古典の挑戦　第 2 版

古典の挑戦
第2版
古代ギリシア・ローマ研究ナビ

葛西康徳／ヴァネッサ・カサート
吉川　斉／末吉未来
編

知泉書館

For a young Anacharsis

アナカルシスは伝説上のスキュタイ人。賢人の誉れ高く，
ギリシア文化を身につけて故郷スキュティアに帰還した
が，その地で殺害された。

　　　　──ヘロドトス『歴史』第 4 巻 76-77 章，ディオゲネス・
　　　　　　ラエルティオス『ギリシア哲学者列伝』第 1 巻 8 章

第 2 版　まえがき

――この本が想定する読者は誰ですか。

　高校生以上（中学生も可）で，Classics（日本では「西洋古典学」と訳されます）とは何かを全く知らない人，聞いたこともない人に向かって書いています。この本を読んで，Classics が面白いと思った人は，（だまされたと思って）大学で勉強してみたらいかがですか。後悔することはないと思います。そして，卒業したら社会に出て仕事をしてください。その際の職業は，なんでも構いません。どんな職業に就くのであれ，Classics は役に立ちます。それどころか，強力な武器になります（ただし，専守防衛で）。皆さんが，社会に出ていろいろな困難に遭遇した時，Classics は解答を用意してはくれませんが，ヒントはくれます。なぜなら，Classics には，人間と社会に関して考えうるかぎりの困難な状況の例が含まれているからです。その例に従うか，従わないかは皆さんの自由です。例は（幸か不幸か）皆さんを強制はしません。いくら強制してほしいと願っても。

　皮肉な言い方ですが，この本は Classics を職業としたい人のためのものではありません。ただし職業選択の自由がありますので，なりたい人は止めません。

――ところで，Classics とは何ですか。

　この質問が出るのは当然です。この本を読んでください，としか答えられないのですが，目次を眺めていただけると，文学，哲学，歴史学はじめ，考古学，美術史，法学などを含んでいることがわかります。と言いますか，私たちの方で勝手に切り刻んでいるだけなのです。

　一言申します。よく日本の大学は西洋の大学をモデルにして近代化の

中で創られたと言われますが，それは誤りです。モデルにはしていません。なぜなら，西洋の伝統的な（現在でいえばワールドランキング上位の）大学には Classics が必ずありますが，日本の大学の中で Classics をもつ大学は例外的です。西洋をモデルにはしていません。

　——この本は何のために書かれたのですか。

　日本ではあまり学ぶ機会がない Classics のイメージを持ってもらうためです。具体的には，TOPS と呼ばれるサマー・スクールで用いる教材として作りました。同時にまた，大学での西洋古典に関する授業の教科書，参考書としても役立つように希望しています。

　——TOPS とは何ですか。

　Tokyo Oxford Programme of Summer の略号です。2012 年に東京大学で「体験活動プログラム」の一つとして始まり，翌年から本格的にスタートしました。青山学院大学法学部と立教大学法学部が加わり，さらに神戸大学，そして 2017 年からは高校生もプログラムの一部（前半 2 週間）に参加し始めました。毎年 8 月にオックスフォードとケンブリッジのコレッジに滞在し，その後エジンバラを訪問します。全体で 4 週間，授業あり，訪問あり，プレゼンあり，同種のサマー・スクールは他にはありません。いまでは，高校生と大学生あわせて約 100 名が参加しています。

　——そこで何を学ぶのですか。

　Classics と Law です。高校生はこのほか，数学や自然科学も学びます。Law は Common Law と言って，日本の法律とは全く異なります。

　——なぜ Classics と Law (Common Law) なのですか。

　Law（Common Law）はグローバル社会における共通ルールです。ま

第 2 版　まえがき　　　　　　vii

た，Classics を学んだビジネスマンや国際機関で活躍する人は意外に多く，国際会議や交渉の場で思わぬ威力を発揮します。いずれも汎用性があるという点で共通しています。そして，この二つはオックスフォードやケンブリッジで学ぶには最もふさわしい学問と言えます。

　　──本書の特徴は何ですか。

　いわゆる概説書や事典的な説明ではなく，Classics の様々な分野の最前線の問題に，それぞれの著者独特のナラティブで斬り込んだ分析です。全部で三部構成です。分厚い本ですが，読みとおすことができる本を目指しました。中にはわが国で初めて紹介される内容もあります。詳しくは，「あとがき」をご覧くだい。

　　──誰が書いたのですか。

　ほとんどがオックスフォード大学またはケンブリッジ大学で Classics の教育を受け，国際的に第一線で活躍している研究者です。基本的には，TOPS で授業を担当している先生が書きました。この本を読めば，どのような授業が開講されているか，一目でわかると思います。執筆者の選考にあたっては編者の一人ヴァネッサ・カサート先生の尽力を得ました。なお，Law の授業については，別の本で説明します（ジョン・ベイカー・葛西康徳編『コモン・ロー入門』東京大学出版会，2025）。

　　──外国人執筆者の多くの人の肩書に D.Phil. とありますが，これは何ですか。

　ラテン語で哲学博士を意味する Doctor Philosophiae の略号です。同じ意味を表わすもので Ph.D.（Doctor of Philosophy）もありますが，違いが何かわかりますか。D.Phil. はオックスフォード大学だけが出すことができる，いわば特権的な（嫌味な）称号です。巻末の執筆者一覧をご覧ください。

——この本に託した夢は何ですか。

　高校までの教育を日本で受けてきている若い人がこの本を読んで，イギリスの大学，できればオックス・ブリッジで Classics を専攻してほしいのです。いまから 75 年ほど前，敗戦後間もないころ，日本から直接ハーヴァード・コレッジに入学して Classics を専攻した久保正彰先生のように。

（葛西康徳）

古典の挑戦
〈第 2 版〉

目　　次

x 目　次

第 2 版　まえがき …………………………………………………葛西 康徳　v

第 1 部　記憶と再現

1　ギリシアは東からやって来た？ ····クリストファー・メットカルフ　5
　　歴史的概要／楔形文字と古代近東文学／「起源の歌」概要／「起源の
　　歌」とヘシオドス／『ギルガメシュ叙事詩』とホメロス／現在の研究
　　アプローチ／参考文献

2　ホメロス問題に挑む ………………………ベルナルド・バッレステロス　31
　　はじめに／耳で聞く詩／テクストとその起源／ホメロス問題へのアプ
　　ローチ／『イリアス』，『オデュッセイア』とトロイア戦争にまつわる
　　叙事詩の伝統／ホメロスとその出典／参考文献

3　ギリシア抒情詩，復元の挑戦………………ヴァネッサ・カサート　59
　　古典学における抒情詩／復元への第一歩／作者を推定する試み―サッ
　　ポーとアルカイオス／抒情詩とパフォーマンス―独唱／抒情詩とパ
　　フォーマンス―合唱／抒情詩の語り手／参考文献

4　「悲劇」は悲しい劇なのか？ ………………グンター・マーティン　74
　　はじめに／神話物語としての悲劇／公的な行事や宗教儀礼としての悲
　　劇／演技としての悲劇／参考文献

5　喜劇を真面目に読む …………………………アデル・C・スカフーロ　97
　　はじめに／ギリシア喜劇／ローマ喜劇／参考文献

6　ローマで観る演劇 …………………………ドメニコ・ジョルダーニ　141
　　はじめに／パッリアタ劇／トガタ劇／トラベアタ劇／コトゥルナタ劇
　　／プラエテクスタ劇／理論と実践／参考文献

目　次　　xi

7　ヘレニズム文学の彩り……………マッシモ・ジュゼッペッティ　165
　　はじめに／文学活動への公的な支援／劇作と「エピグラム」／三人の
　　学者詩人―カッリマコス，テオクリトス，アポッロニオス／三人の詩人の
　　周辺―その他の主たるヘレニズム作家たち／ヘレニズムと歴史記述／翻
　　案・偽作―ヘレニズムの新しい文学／参考文献

8　アウグストゥスと詩人たち……………………………日向　太郎　189
　　はじめに／内乱と平和―ウェルギリウスの場合／内乱と平和―ホラティウ
　　スの場合／詩のなかで歌われるアクティウムの海戦―ホラティウスとウェ
　　ルギリウスの場合／恋愛エレゲイア詩人―プロペルティウス／恋愛エレゲ
　　イア詩人―ティブッルス／エレゲイア詩人から叙事詩人へ―オウィディウ
　　ス／参考文献

9　ローマでギリシアを主張する――セカンド・ソフィスティック
　　……………………………………………ベネデク・クルチオ　223
　　「セカンド・ソフィスティック」？／ソフィストとその活動／パイデ
　　イア―過去，そして現在／帝政期ローマの修辞学とソフィスト的文学／
　　主要な作家たち／読書案内／参考文献

第2部　素材と受容

10　古典ができるまで――テクスト批判…パトリック・フィングラス　251
　　はじめに／初期の印刷本／現代の校訂本／デジタル化された校訂本／
　　校訂作業の実例／結び／参考文献

11　蘇るパピルス………………………エンリコ・エマヌエレ・プロディ　270
　　はじめに／「パピルス」とは何か？／何故エジプトか／科学技術とパ
　　ピルスの解読／パピルス学の始まり／参考文献

12　壺絵は語る………………………………フランソワ・リッサラーグ　297
　　イマージュの人類学／イマージュとは何か？　何を意味するのか？／
　　イマージュとコンテクスト／陶器に描かれたイマージュ／イマージュ

xii　　　　　　　　　　　　　目　　次

とホメロス／結論／参考文献

13　歴史の中のギリシア美術………………………ロビン・オズボーン　313

古典期の美術史／古代美術史研究へのアプローチ—ヴィンケルマンとその遺産／古代美術史研究へのアプローチ—20世紀／古代美術史研究へのアプローチ—21世紀／結び／参考文献

14　聞く神話，見る神話——ギリシア神話の表現とプロメテウス

………………………クレシミール・ヴコヴィッチ／末吉　未来　340

神話を論じることの難しさ／ギリシアの神々—オリュンポス十二神／ギリシア神話のはじまり—ヘシオドスが語るプロメテウス神話／「プロメテウス」が持つイメージ—現代のプロメテウス／プロメテウスの過去，現在，未来—アイスキュロスが見せるプロメテウス神話／神話の正体／参考文献

15　ローマ神話の紡がれかた

……クレシミール・ヴコヴィッチ／マリア・マリオラ・グラヴァン　359

序／ローマの神話と歴史／ローマの神々と英雄たち／ローマ建国神話—ロムルスとレムス／ローマの女性／神話と環境／参考文献

16　ギリシアを翻訳する——バルバロイの文化への翻訳

………………………………………ドメニコ・ジョルダーニ　388

はじめに／創世神話の翻訳—「環状の濠」とヘシオドスが描くカオス／散文の翻訳—ローマに持ち込まれたエウヘメロス／叙事詩の翻訳—ローマ版『オデュッセイア』／参考文献

17　古代演劇を日本で研究する………………マクシム・ピエール　413

ディオニュソス，ヨーロッパから日本へ／日本とギリシア演劇の出会い／ギリシア演劇と日本演劇—実りある比較／日本におけるギリシア悲劇—世界劇場／世界が聴いている演劇／参考文献

目　次　　xiii

18　「イソップ」の渡来と帰化……………………………吉川　斉　431
　　はじめに／イエズス会と『エソポのハブラス』／『伊曽保物語』と江
　　戸時代／幕末・明治初期の「イソップ」／『通俗伊蘇普物語』の登場
　　／修身教育と「イソップ」／参考文献

第3部　思想と人間

19　哲学がうまれる ……………………………………納富　信留　463
　　古代ギリシアと哲学／哲学の誕生をめぐって／スタイルの革新と葛藤
　　／自然の探究／「ある」の形而上学／理論体系としての哲学／生き方
　　をめぐる哲学の広がり／参考文献

20　よく語ること ………………………………………吉田　俊一郎　483
　　ギリシア・ローマにおける弁論・修辞学の重要性／ギリシアの弁論と
　　修辞学／ローマの弁論と修辞学／ギリシア・ローマの修辞学理論／参
　　考文献

21　歴史を創ること …………………………………オズウィン・マリー　496
　　古代ギリシアの歴史学／ヘレニズム時代の歴史学／ローマの歴史学／
　　古代から近代へ―近代から見たギリシア・ローマ／参考文献

22　ギリシア人の法と裁判……葛西　康徳／ゲーアハルト・チュール　520
　　裁判術と裁判実務／脱刑事法／デモステネス一般法廷弁論／参考文献

23　ローマ人の法と法文化………………………アーネスト・メッツガー　540
　　はじめに／都市法務官／法律家／代行と弁論／ローマ法はどのように
　　表現されているか／ローマ法はどのようにまとめられているか／セン
　　ターは財産法／ローマ法の学ばれ方／訳者解説／参考文献

24　ギリシア教……………………………………ロバート・パーカー　568
　　神々とその他のパワー／宗教的権威―ポリス教／儀礼／あの世／批判
　　と存続／訳者解説／参考文献

目　次　　xiv

25　踊る合唱隊………………………………………………末吉　未来　598
　古代ギリシアの合唱隊（コロス）／コロスとは何か／神に祈るコロス／
　コレゴスを引き立てるコロス／結び／参考文献

26　古典古代の人類学………………………アンドレア・タデイ　620
　はじめに―古典歴史人類学の誕生／言葉，観念，神々／正義の神々／神
　から人間へ／殺人と宗教／pre-law―ホメロスとギリシア悲劇／神話か
　ら現実へ―とある裁判事例の考察／呪いと誓い／結び／参考文献

27　妥協するギリシア人………………………………………葛西　康徳　646
　ギリシア人／*peithomai / peitho*／アゴーン *agon*／In (half) losers' eyes
　／参考文献

結びに代えて――21 世紀の古代ギリシア・ローマ
　………………………………………ティム・ウィットマーシュ　687
　生き残った古代／ギリシア・ローマのもたらす功罪／古典を学ぶこと
　とは

第 2 版　あとがき……………………………………………葛西　康徳　695
総合文献案内………………………………………………………………709
索　　引………………………………………………………………………711
執筆者紹介…………………………………………………………………727

古典の挑戦　第2版
──古代ギリシア・ローマ研究ナビ──

第 1 部
記憶と再現

シュメール語で書かれたギルガメシュ叙事詩の粘土板

（前 2 千年紀前半。古代都市ウルの遺跡から出土）

©British Museum

1

ギリシアは東からやって来た？

クリストファー・メットカルフ

　一般に，古代ギリシアのホメロスやヘシオドスの作品がヨーロッパ文学のさきがけと考えられてきたが，はたしてそうした認識は正しいといえるだろうか。本章は，ホメロスやヘシオドスらの作品に先立つものとして，古代近東地域の神話・文学作品に注目し，古代ギリシアを超える時間的・空間的広がりのなかで古代ギリシア文学を捉える試みの一例である。

　はじめに，古代ギリシアと古代近東地域の交流について，おもに古代ギリシアのミュケナイ時代から概観する。古代近東地域で用いられた楔形文字の解読は 19 世紀以来の出来事であり，古代ギリシア研究に比べてその研究史は大幅に短い（第1節）。

　次に，メソポタミアのシュメールにはじまる，楔形文字で刻まれた古代近東文学の広がりを簡単に説明する（第2節）。そして，ヒッタイトの首都ハットゥシャから出土した神話作品「起源の歌」の概要を示し（第3節），神々の王権確立の物語を中心にヘシオドス『神統記』との関係を検討する（第4節）。さらに，古代近東地域で普及した『ギルガメシュ叙事詩』を取り上げて，ホメロス作品との関係性を論じる（第5節）。ホメロスとヘシオドスの作品には，古代近東地域の神話・文学作品との共通項を見いだせるが，直接的なつながりについてはいまだ不明の部分が多い。

　以上の議論をふまえ，最後に，こうした比較研究の現在のアプローチの在り方を紹介する（第6節）。

6 第1部　記憶と再現

1　歴史的概要

　古代のどの時期においても，ギリシアと地中海東部の近隣地域には意義深い交流があった。現在確認可能なギリシア文化の最も初期の段階，ミュケナイ宮殿の時代[1]（前15-前13世紀頃）は，近東型の再分配経済あるいは計画経済によって特徴付けられると伝統的に考えられている。つまり，これは神殿や宮殿によって支配される経済であって，それら神殿や宮殿は，耕地の大部分を所有し，対外貿易だけでなく工業生産をも独占し（ミュケナイの場合，香水や織物の生産），そして複雑な官僚制度を用いて社会の経済的，軍事的，政治的，宗教的生活を組織していた。そうした経済下においては，私有地の所有や民間貿易も存在するかもしれないが，財貨の多くを所有し，社会でそれらを再分配する中央宮殿や神殿の管理に比べて，果たす役割ははるかに小さい。ミュケナイが属するこの種の経済は，古代世界最初の主要な都市文明である，紀元前第4千年紀[2]のメソポタミア南部のウルクのような諸都市から知られており，地中海世界東部の経済と行政を広く支配する形態だった。ミュケナイや近東地域の宮殿が果たした経済的，社会的役割に関する私たちの理解は，最近の研究によって相当に洗練されてきており，現在の学者のなか

---

　1)　ミュケナイは，ギリシアのペロポンネソス半島東北部のアルゴリス地方に位置した城塞都市。日本では慣用的にミケーネと表記されることが多い。トロイア戦争の物語で有名なアガメムノンの「黄金に富む」本拠地とされる。ギリシアの後期青銅器時代，特に前14世紀から前13世紀頃に最盛期を迎えた。ミュケナイ時代，ミュケナイ文化などの名称は，その名にちなんだものである。ミュケナイ時代は，慣例的に，前-宮殿時代（前1700-前1400頃），宮殿時代（前1400-前1200頃），後-宮殿時代（前1200-前1050頃）に区分される。1841年から考古学的調査が行われ，今なお継続されている。1874年にハインリヒ・シュリーマン（Heinrich Schliemann, 1822-90）によって（当初は無許可ながら）大規模な発掘が始められた。墳墓から黄金製副葬品が多数出土しており，いわゆる「アガメムノンの仮面」（1876年にシュリーマンが発見）などが著名。1999年には，近隣都市遺跡と併せて「ミケーネとティリンスの古代遺跡群」としてユネスコの世界文化遺産に登録された。
　2)　「千年紀」（ミレニアム，millennium）は，千年を1単位として区切って数える時代区画。1-1000年が第1千年紀，1001-2000年が第2千年紀，2001-3000年が第3千年紀となる。紀元前に関しても同様に，例えば前4000-前3001年が紀元前第4千年紀となる。なお，100年ごとの区切りは「世紀」である。（1千年紀，2千年紀，という表記もよく見られるが，本章ではわかりやすさと意味を優先して「第」を付している。）

には，民間の経済活動により大きな役割を割り当てようとする者もいるが，いずれにせよ，ミュケナイ時代のギリシアの支配者たちがアナトリア中部のヒッタイト帝国[3]の王たちと直接接触していたことは確かである。このことは，何よりも粘土板に楔形文字で書かれた文書によって実証されている。ヒッタイトの首都ハットゥシャ[4]で発見された粘土板は，ヒッタイトの王たちが，おそらくトロイアやその周辺を含む小アジア西岸地域に関連する複雑な外交問題について，ミュケナイの支配者たちと交渉していたことを示す。ヒッタイト人は，私たちが今日ミュケナイ人と呼ぶギリシア人を「アッヒヤ *Ahhiya*」や「アッヒヤワ *Ahhiyawa*」の人々として認知しており，この名称はペロポンネソス半島北東部の一地域を示すギリシア語地名「アカイア」に対応する可能性が非常に高い[5]。

　現在の考古学的調査によると，紀元前1200年頃にミュケナイ宮殿が崩壊した後も，ギリシア世界は，ミュケナイ時代に確立されていた経路に沿って，中央組織をもたず，より小規模に，地中海東部への貿易によって接続されたままであった。書かれた情報源という点では，こうした広い背景をもつギリシア世界の統合を示す次の主要な証拠は，書く技

　3）　ヒッタイトは，アナトリアを中心に勢力を広げた，既知のインド・ヨーロッパ語族のなかで最も古い一派。その名はアナトリア中央部にかつて居住したハッティ人 *Hatti* に由来する。ヒッタイトは，馬車・鉄器の使用で知られ，アナトリア中部に位置する都市ハットゥシャを中心に王国を築いた。その歴史は，古王国時代（前1650-前1500頃），中王国時代（前1500-前1400頃），帝国時代（前1400-前1200頃）に分けられる。前14世紀頃に最盛期を迎え，シリアまで支配したが，帝国滅亡後，首都ハットゥシャは破壊され，楔形文字の伝統は途絶えた。また，アナトリア南東部やシリア北部では，ヒッタイトの文化を受けつぐ「新ヒッタイト」と呼ばれる都市国家群が残り，前10世紀頃から前8世紀頃まで栄えたが，最終的にはアッシリア帝国に制圧され，ヒッタイトは歴史から姿を消すことになる。

　4）　前1650-前1200年頃に存在したヒッタイト王国の首都。現在のトルコの首都アンカラから東方およそ150kmに位置する小村ボアズキョイ（ボアズカレ）に遺跡がある。1906年よりドイツの考古学者たちによって発掘が行われ，王宮跡から多数の楔形文字文書が出土した。1986年に「ハットゥシャ：ヒッタイトの首都」としてユネスコの世界文化遺産に登録。

　5）　楔形文字文書に残る *Ahhiyawa*（*Ahhiya* は古い表記）に関する記述は，前1400-前1220年頃の王，人物，船，神々などの内容を含む。また，トロイア（古名イリオン *Ilion*）を示すと目される *Wilusa* という表記もみられる。*Ahhiyawa* とアカイア（ミュケナイ時代のギリシア）との関係については1920年代以来議論が続き，1980年頃よりアナトリア半島西部でのミュケナイ人の活動が明らかになるに従って，両者の関連性は確実視されている。なお，「アカイア人」は『イリアス』『オデュッセイア』におけるギリシア人の総称の一つであるが，作中でアカイアが示す具体的な領域は詳らかではない。

術そのものによって提供される。というのも，ギリシアのアルファベットは，紀元前800年頃に東部の文字体系，おそらくフェニキア語のアルファベットから借用され適合されたためである[6]。もちろん，これはギリシア文化の発展のための非常に重要なステップだった。ミュケナイ人は線文字B[7]として知られる文字を使用していたが，私たちが知る限りにおいて，その文字の使用は宮殿経済の管理に限定されたまま，他の環境に広がることはなく，そのため紀元前1200年頃に宮殿群とともに姿を消した。どのように，どこで，いつアルファベットがギリシアに導入されたかは正確には不明だが（最も広く受け入れられている推定が紀元前800年頃），この新しいタイプの文字筆記は使用範囲がおよそ限定されていなかった。現存するギリシア語のアルファベット筆記の最初期の証拠には詩行を記した碑文も含まれており，最終的には文字筆記という文化的技術は古代ギリシアの生活の至る所でみられるようになったのである。もちろん，その後の時期にも，ギリシアと東方の近隣非ギリシア地域には重要な交流があった。紀元前5世紀初めのペルシア戦争[8]は，ギリシアの自己イメージを形作り[9]，ギリシアの主要都市国家としてア

---

6) フェニキア文字は，古代の東地中海沿岸地域で活動した北西セム語系フェニキア人が発明した表音文字。前10世紀以前に成立し，22字の子音文字からなる。前760年頃のギリシア文字史料が残っており，フェニキア文字は前8世紀初期までにはエーゲ海周縁に到達していたと考えられる。ギリシア文字では母音文字といくつかの子音文字が追加された。

7) 線文字Bは，前1450年頃から前1200年頃に，クレタ島のクノッソスやギリシア本土のミュケナイなどで用いられた，ミュケナイ・ギリシア語を表記する音節文字。1900年に英国の考古学者アーサー・エヴァンズ（Arthur Evans, 1851-1941）がクレタ島のクノッソス宮殿跡の発掘で発見した多数の粘土板に刻まれていた文字の一種である（そのほか，クレタ島では聖刻文字，線文字Aと呼ばれる文字も発見されているが，それらは今なお未解読）。1951年から1952年にかけて，英国の建築家マイケル・ヴェントリス（Michael Ventris, 1922-56）が，クレタ島の地名を手がかりに，線文字Bが古形のギリシア語を表記したものであることを発見，その後，ケンブリッジ大学の古典学者ジョン・チャドウィック（John Chadwick, 1920-98）とともに研究を進めて，1953年に線文字Bの解読について連名で論文を発表した。

8) おもに，前490年および前480/479年に行われた，アケメネス朝ペルシアによる二度のギリシア侵攻の試みをいう。前5世紀はじめのイオニアの植民市による反乱に端を発し，アテネおよびスパルタを中心とするギリシア軍がペルシア軍を迎え撃った。

9) ペルシア軍を非ギリシアたる「外敵」と位置づける意識が，翻って総体としての「ギリシア」の自己認識を強めた。ペルシアと敵対する「ギリシア」というイメージは，前480年以降，各所でしばしば登場する。

テネが台頭する道を開く上で重要であり[10]，そして紀元前4世紀後半には，アレクサンドロス大王（Alexandros III, 前356-前323）の東征の結果として，こんどは東方世界がギリシアの影響を受けることになった[11]。

　以上のきわめて簡潔な歴史的概要は，「ギリシア文学に対する近東の先例」の話題にいくらかのもっともらしさを持たせることを意図している。少なくともヨーロッパでは，古代ギリシアを西洋文明の始まりを象徴するものとみなし，ホメロス[12]（Homeros, 前8世紀頃?）やヘシオドス[13]（Hesiodos, 前8世紀後半-前7世紀初め）といった初期のギリシア詩人たちを文学の発明者と見る傾向が，長年にわたり存在してきた。上記の歴史的概要に照らし合わせると，この推定はそもそも信じがたいようにみえるが，ここで重要なこととして，近現代の学問分野の形成について確認しておこう。古代ギリシア・ローマに関する近代的な研究は，突きつめると古典古代に根ざす，非常に根深いヨーロッパの伝統に基づくの

---

10)　ペルシア戦争後の前478/477年，ペルシア軍の再来襲に備え，アテネを中心にギリシア諸都市が参加して，デロス島を本部とするデロス同盟が結成された。加盟都市は200近くまで増加。同盟の資金は当初デロス島に置かれたが，おそらく前454年に金庫がアテネに移された。アテネではペリクレス（前495頃-前429）が指導者として辣腕を振るい，デロス同盟の資金も背景として，アテネの帝国化が進んだ。一方，強権的なアテネに対する反発も高まり，前431年にはペロポンネソス戦争が始まることになる。

11)　アレクサンドロス3世（大王）はギリシア北方に位置したマケドニア王国の王。マケドニアによるギリシア諸都市の平定（コリントス同盟の結成）を経て，前336年に20歳で即位，前334年よりマケドニア・ギリシア連合の大軍を率いて東方遠征に出発し，前331年にアケメネス朝ペルシアの首都ペルセポリスを制圧した。また，軍の再編成後，さらに東方への遠征を続け，インド北西部まで到達したのち，前324年にペルセポリスおよびスサに帰還した。その後，バビロンを本拠地としてさらなる領域拡大を目指したが，熱病のため前323年に33歳で急逝。遠征の途上，アレクサンドロスは，エジプトをはじめ，各地にアレクサンドリアと名付けた都市を建設し，東西融合政策をとりつつ，ギリシア文化の東方への伝播に大きく貢献した。

12)　ホメロスは『イリアス』『オデュッセイア』の作者とされる古代ギリシアの叙事詩人。前8世紀頃の人物と想定されるが，作中に登場することもなく，生まれや生涯などの個人情報は知られていない。とはいえ，少なくとも古代を通じてその実在は受け入れられていた。両作品をめぐる問題など，ホメロスに関わる議論は多い。本書第2章を参照。

13)　ヘシオドスは『神統記』『仕事と日々』の作者として知られる古代ギリシアの叙事詩人。ホメロス以後の人物と考えられる。ホメロスと異なり，ヘシオドスは作中で自身の名や自伝的内容に言及している。それによると，ヘシオドスはボイオティア地方のアスクラ村出身で，村に近いヘリコン山の麓で羊を世話しているときに，詩の女神ムーサたちから霊感を受け歌人となったという。古代のギリシア人は，しばしばホメロスとヘシオドスを同時代の並び立つ詩人として想像し，「ホメロスとヘシオドスの歌競べ」などの物語も作られた。

10　　　　　　　　　　第1部　記憶と再現

に対し，多くの場合で古代ギリシアよりもはるかに古い近東古代文明の
研究は，（逆説的に）ヨーロッパの大学のカリキュラムについ最近追加
されたものであり，制度上，古代ギリシア・ローマ研究と比べてはるか
に周縁的な位置を占めている。このことは，現代世界と消滅した近東古
代文明とのあいだの文化的継続性の欠如と，それらの文明に関する私た
ちの知識のほとんどが比較的最近発見されたばかりという事実に関係す
る。例えば楔形文字は，紀元前第4千年紀後期にメソポタミア南部で
発明され，次の3000年間には広くメソポタミア地域（様々な時期のシリ
ア，アナトリアを含む）で支配的な文字となったが，その解読は19世紀
になってからのことだった[14]。もちろん，楔形文字の解読以来，古代ギ
リシア・ローマ研究はギリシアと東部近隣地域との間の様々な歴史的，
文化的なつながりを探求してきた。次節では，文学的証拠と，古代メソ
ポタミアやアナトリアの楔形文字の世界に焦点を当てることにしよう。
これらは，古代ギリシアと比較可能な点を，古代エジプトよりも数多
く提示してくれるように思われる。エジプトについては別途議論が必要
であるが，ヘロドトスやプラトンといった古代の重要な作家たちがエジ
プト文化に大きな関心と賞賛を寄せていたこと，そしてエジプトの神テ
ウトが文字を発明したというプラトンによる有名な逸話（『パイドロス』
274c5-275b2）が，実際には『トートの書』として知られる古代エジプ
トの対話篇に着想を得たものである可能性を最近の研究が示唆している

　　14）　楔形文字 cuneiform は，一つ以上の楔形の字画で構成される表語文字・音節文字。
名称はラテン語で「楔」を意味する *cuneus* にちなんだものである（初出1700年）。紀元前第
4千年紀後期にシュメールで発明されて以来，メソポタミア周辺地域で各言語を表記するた
めに借用され拡がった。時代・地域において変化を伴いながら，日常的な文字としては紀元
前第1千年紀まで，学術的には紀元1世紀まで使用された。また，前6世紀から前4世紀ま
で，アケメネス朝ペルシアでは，シュメール・アッカド語の楔形文字をもとに，ほぼ表音文
字として構成された楔形文字が用いられた。これら古代ペルシアの楔形文字は，近代におい
て解読された最初の楔形文字であり，1802年のゲオルク・グロテフェント（Georg Grotefend,
1775-1853）によるペルセポリス碑文の研究に始まり，1850年代はじめまで解読が続けられ
た。一方，1835年には，ダレイオス1世（Dareios I, 前6世紀-前486）の事績が古代ペルシ
ア語・エラム語・バビロニア語の三種の楔形文字によって記されたベヒストゥン碑文が発見
され，古代ペルシア語の楔形文字を手がかりに，バビロニア語の楔形文字の解読，さらには
その前身であるアッカド語の楔形文字の解読へつながった。そして，アッカド語の楔形文字
に基づき，20世紀半ばにはシュメール語の楔形文字も解読された。なお，本章で話題となる
ヒッタイト語の楔形文字は，アッカド語の楔形文字を借用したもので，20世紀初頭のハッ
トゥシャの発掘による多数の楔形文字文書の発見を経て，解読が進んだ。

ことをここでは述べておこう。

2 楔形文字と古代近東文学

　私たちがメソポタミアと呼ぶ地域[15)]は，現代のイラクにおおよそ対応し，ウル[16)]，ウルク[17)]，バビロン[18)]，ニップール[19)]などの有名な古代都市

---

　　15)　メソポタミアは，「川の間（の土地）」を意味するギリシア語。ここではおもにティグリス川とユーフラテス川に挟まれた沖積地域（およびその周縁）を指す。メソポタミア北方地域はアッシリアと呼ばれ，シュメール，アッカドを含むメソポタミア南方地域はバビロニアと呼ばれる。文書記録において，紀元前第3千年紀まではシュメール語のものが主流であるが，紀元前第2千年紀に次第にアッカド語へと移行し，さらに紀元前第1千年紀後期にはアラム語へと切り替わる。

　　16)　ウル Ur はユーフラテス川下流に位置したシュメールの古代都市。紀元前第3千年紀はペルシア湾の海岸線が現在よりも内陸で，ウルはユーフラテス川の河口付近にあったと考えられる。前26-前25世紀のウル第1王朝の時代に，ウルクに代わってシュメールの覇権を握った。その後，前24世紀後期に勃興したセム系のアッカド帝国に統治されるが，アッカド帝国の滅亡後，前22世紀末に成立したウル第3王朝の時代には，メソポタミア一帯を広範に支配した。ウル第3王朝を創始した「シュメールとアッカドの王」ウルナンムは，ウルナンム「法典」と呼ばれる最古の「法典」を集成したほか，都市神である月の女神ナンナを祀る「ウルのジッグラト」を建造したとされる。19世紀半ばにウルとして確認されたのち，最初の本格的な発掘調査は，1922年から1934年にかけて，英米の調査隊によって行われた。また，ウルは『旧約聖書』に記載される始祖アブラハムの出生地「カルデアのウル」（「創世記」11章31節他）と考えられている。

　　17)　ウルク Uruk はユーフラテス川沿い（ウルよりおよそ60km上流）に位置し，1849年に遺跡が発見された，シュメール最古の都市の一つ。紀元前第4千年紀後期のシュメールの代表的都市であり，前4000年頃からササン朝時代（紀元7世紀半ば）まで存続した重要な都市である。楔形文字の原型とおぼしき絵文字を刻んだ前4000年後期の粘土板などのほか，前7世紀から前2世紀頃の多数の楔形文字文書が見つかった。1912年以来のドイツの発掘調査で，女神イナンナ（イシュタル）を祀る神域（Eanna 地区）をはじめ，防壁で囲まれた古代都市の姿について，数々の発見がなされてきた。また，ウルクは『旧約聖書』に登場する都市エレク（「創世記」10章10節）と考えられている。2016年に「イラク南部の湿原地域：生物多様性の保護地とメソポタミア都市群の残存する景観」として登録されたユネスコの世界複合遺産にウルとウルクが含まれる。

　　18)　バビロン Babylon はウルクの北西およそ170km，ユーフラテス川をまたいで築かれた古代都市。紀元前第3千年紀から紀元7世紀頃まで存続。前5世紀のギリシアの歴史家ヘロドトスは，壕と防壁で二重に囲まれたバビロンについて描写している（『歴史』1.178-79）。遺跡は現在のイラク中部ヒッラ（バグダッドの南方およそ80km）付近のいくつかの墳丘にひろがる。前19世紀末に興ったバビロン第1王朝期，特にハンムラビ王（Hammurabi, 在位前1792-前1750）の時代（ハンムラビ法典などで有名）に政治的に重要な都市となったが，最盛期は新バビロニア王国のネブカドネザル2世（Nebuchadnezzar II, 在位前604-前

を含む。ニップールの南の地域はシュメール文化の中心と考えられている。古代メソポタミア文明は，実際には南部のシュメール文化と北部のアッカド文化の二つの主要な文化で構成されていたという点で独特である。シュメール語とアッカド語は全く異なる無関係の言語であり（アッカド語はセム語族であり，シュメール語は既知の語族に属していない）[20]，多くの地域的な差異にもかかわらず，これら二つの領域がともに保持された要因は，紀元前第4千年紀後期にメソポタミア南部で始まった楔形文字の使用と，両者にまたがる共通の神々への崇拝だった[21]。楔形文字は，行政管理のために発明されたようにみえるが，すぐに文学的テクストの筆記に適応された。そのため，紀元前第3千年紀中期までに楔形文字で書かれたシュメール語の文学的テクストを私たちはまとまった形

562）の時代で，イシュタル門，都市神マルドゥークを祀る神殿（エサギラ）やジッグラト（エテメンアンキ）などの著名な建造物の多くがこの時代のものである。前539年に新バビロニア王国を滅ぼしたアケメネス朝や，その後のセレウコス朝の時代にも重要都市としての地位が保たれた。バビロンの発掘調査は，1810年代に開始されてから現在に至るまで断続的に行われ，遺構など多くの発見が報告される一方，多数出土した楔形文字文書の大部分は未刊行のままである。また，バビロンは『旧約聖書』に登場する都市バベルと目される（「創世記」11章9節他）。2019年に「バビロン」としてユネスコの世界文化遺産に登録された。

19）　ニップール Nippur は，ウルクの北方およそ100km，バビロンの南東およそ75km，ユーフラテス川とティグリス川の中間に位置したシュメール最古の都市の一つ。シュメール・アッカド神話（メソポタミア神話）の最高神である「嵐の神」エンリル Enlil を都市神として祀り，シュメールにおける宗教的な重要拠点であった。ウル第3王朝の創始者ウル・ナンム（Ur-Namma，前21世紀頃）がエンリルを祀る神殿を建設。ニップールは，1851年に初めて発掘されたのち，1889年以来は，米国調査隊による本格的な発掘調査が断続的に行われている。これまで，神殿などの遺構のほか，楔形文字が刻まれた数万を超す粘土板が発見された。

20）　アッカド語という用語は，1869年までは，現在シュメール語として知られる言語を示すために使用されていた。1869年以降は，アッシリア語とバビロニア語の南北方言によっても知られる東方セム語系の言語を示す。アッカド語は，紀元前第3千年紀中期の人名表記で現れ，時期は不明ながら，紀元前第2千年紀にはシュメール語に代わってメソポタミアの主要言語となった。その後，シュメール語は一部の儀礼的・文学的なテクストを記述する書き言葉として，セレウコス朝時代まで使用され，アッカド語は，書き言葉としては紀元1世紀初期までみられる一方，話し言葉としては前800年頃から次第にアラム語におされて使用されなくなった。なお，シュメール語とアッカド語には影響関係が見られ，アッカド語の楔形文字はシュメール語の楔形文字からの借用である。

21）　紀元前第4千年紀後期，楔形文字が使用され始めた頃，メソポタミアではウルクのように神殿をもつ城壁都市が建設されていた。シュメールの神話は，その後のメソポタミア人の基本的な世界観の基礎となった。紀元前第3千年紀末までに優勢となったアッカド人は，シュメールの神々を自身の神々に同化させ，ときにシュメール語の名を維持し，ときにセム語の同等の名を使用した。例えばシュメールの女神イナンナはアッカドの女神イシュタルと融合し，さらにその物語や讃歌はバビロニア人によって翻案されることになる。

で手にしており，そこには宗教的または神話的な作品と思われるものも含まれるが，残念ながら，これら最初期の文献資料について，現代の学者たちはいまなお解釈できていない。幸いなことに，紀元前第3千年紀後期から紀元前第2千年紀初期に状況は改善する。私たちにも相応に理解できる形で書かれた，この時期の何千もの豊富なシュメール文学のテクストが残っているのである。この時期には，例えば，世界の創造や人類の起源に関する神話的な物語，メソポタミアの様々な神々を賛美して創作された典礼的な歌，ギルガメシュと呼ばれるウルクの伝説的な王についての壮大な叙事詩，シュメールの王たちの事績に関する歴史的文書，叙情詩（恋の歌や嘆きの歌など），説話，格言，その他のジャンルの作品を目にすることができる。紀元前第2千年紀前期には，シュメール語は話し言葉としては消滅し，美しい文学的な方言で創作されるアッカド文学の始まりが見られるが，当然のことながら，それらは古いシュメール語のテクストとのつながりを多数示している。紀元前第2千年紀のあいだに，楔形文字はより広範に古代近東地域の他の文化によって借用されており，例えばアナトリア中央部のヒッタイト人は，メソポタミア，シリア，アナトリアの要素が混合された神話，叙事詩，賛歌のテクストの，同じく豊かなまとまりを私たちに残している。ヒッタイト語自体は，ギリシア語と同様に，インド・ヨーロッパ語族の言語である。

　古代近東の文学テクストが提示する世界は，初期のギリシア神話のテクストと基本的に異ならないようにみえる。世界は神々によって支配され，ほとんどの場合，神々のなかでも一定の男性神たちが最高位に置かれる。神々は，人間たちとは明確に区別される。人間は神々によって創造された存在で，祭儀において神々を崇拝することが義務づけられるのである。しかし，人間のなかには，たいていは親の一方が神であるおかげで，神々と特別なつながりを持つ者たちもいる。例えば敵の都市の包囲や遠く離れた架空の土地への旅というような，彼らの顕著な事績を叙事詩が伝えている。他の詩は，神々の起源，世界そのもの，あるいは，通常は神々によって人類に授けられたといわれる様々な文化的慣習の起源を説明する。また，一般的な道徳的訓戒だけでなく，農耕に関わる教えを聞き手（ふつうは息子，ときにはより広い聴衆）に与える，賢明な父親の姿を提示するテクストもある。讃歌は，対象とする神々について，

様々な方法で人間を助ける権能や，神々全体のなかで占める立場の重要
性を誉め称え，その神々による継続的で好意的な支援を祈願する。ホメ
ロスやヘシオドス，『ホメロス讃歌』[22]といった初期のギリシア詩とのあ
いだの，これらの類似性は示唆的に見えるものではあるが，これらはお
そらく相当に一般的な性格をもつものでもある。具体的に言うと，これ
らの先例は，初期のギリシア文学について何を教えてくれるだろうか。

3　「起源の歌」概要

　ドイツ人考古学者による発掘調査によってヒッタイト帝国の首都ハッ
トゥシャから発見された楔形文字テクストを，1930 年代に，ベルリン
の学者たちが解読して出版すると[23]，一つのヒッタイト文学作品が初期
ギリシア詩人ヘシオドスの『神統記』に特に類似していることがすぐに
認識された。『神統記』は，神々の血統やゼウスが神々の王位へ就くま
でを物語る作品である。私たちは今，問題の楔形文字テクストが紀元
前 13 世紀にさかのぼり，あるいは詩自体はそれよりも古いかもしれな
いが，文字どおりには「出現の歌」と呼ばれ，より自由に「起源の歌」
と翻訳しうるものであることを知っている。テクストはヒッタイト語で

　22）『ホメロス讃歌』は，古代ギリシアで作られた，作者不詳の 33 篇のギリシアの神々
への讃歌。ホメロス『イリアス』『オデュッセイア』と同じ韻律・言語が用いられており，伝
統的にホメロスの名のもとにまとめられている。数行のものから 500 行以上の作品まで，主
要な神々への讃歌が含まれ，最も古いものは前 7 世紀に作られたと推定される。これらの讃
歌は「序歌」として言及されることもあって，もともと他の作品の導入として歌われた可能
性があり，長編讃歌はそれ自体が独立した作品に成長したものと考えられる。なお，讃歌が
歌われた場としては，その讃歌が讃える神の祭礼などが想定されやすいが，その場合も，詩
の形式上，合唱ではなかったはずである。

　23）　ドイツのアッシリア学者，ベルリン大学教授フーゴ・ウィンクラー（Hugo
Winckler, 1863-1913）が 1906 年からボアズキョイを発掘して大量の粘土板を発見，そのう
ちの一部のアッカド語楔形文字文書を解読して，当地がヒッタイト帝国の首都ハットゥシャ
であることを同定した。ヒッタイト語楔形文字の解読は，1910 年代半ばにチェコ人アッ
シリア学者ベドジフ・フロズニー（Bedřich Hrozný, 1879-1952）によって先鞭がつけられ
た（1917 年にライプツィヒで研究書を刊行）。その後，ドイツの考古学者カート・ビッテル
（Kurt Bittel, 1907-91）が，1931 年から再開されたボアズキョイの発掘調査の責任者を務め，
ドイツ系ヒッタイト学者ハンス・グスタフ・ギュターボック（Hans Gustav Güterbock, 1907-
2000）らとともに，成果をイスタンブールやベルリンで順次発表していた。

書かれているが，メソポタミアやシリア起源と私たちが認識する多くの神々に言及する。したがって，「起源の歌」は，ヒッタイト語で書かれているものの，もともとは異なる言語，アナトリア南東部やシリア北西部で話されていたフルリ語として知られる言語で創作され，根源的にはメソポタミアに由来する神話的要素を含む作品の翻訳である可能性もある[24]。

「起源の歌」の概要は次のとおりである。神々の最初の王はアラルという名の神で，アラルの酌人[25]アヌ（メソポタミアの天空神）が彼と戦い倒すまで，9年間君臨した。その後，天空神アヌは，最初の王アラルの子孫でアヌの酌人クマルビに退位させられるまで，天上で王として9年間君臨した。アヌは逃げようとしたが，クマルビはアヌの性器を噛みきり飲み込んだ。退位したアヌは，クマルビが実際には嵐の神テシュブを含む3柱の恐ろしい神々を飲み込んだと警告した。その後，アヌは立ち去り，クマルビは吐き出せるものを吐き出し，おそらくそれがのちにアナトリア東部のカンズラ山にティグリス川を生み出すことになった。この後には，クマルビが自分の中にいる神々に難儀しているようにみえる非常に断片的で難解な一節が続き，ついに彼は頭部から嵐の神テシュブを産むことになる。そして，ある断片的な一節では，クマルビが，産んだばかりの嵐の神を含めて自分の子供を食べるつもりだと表明するが，子供の代わりに非常に硬い玄武岩の石塊を食べるようにと与えられ，歯

---

24) フルリ語は，前24世紀頃から前10世紀頃までメソポタミア北部に居住し，前16世紀頃にはミタンニ王国の支配下にもあったフルリ人が用いた言語。フルリ人はシリアやアナトリア東部まで広がり，ヒッタイト人と隣接した。ハットゥシャからは，フルリ語やフルリ語・ヒッタイト語併記の楔形文字文書も発見されている。また，ハットゥシャ出土の文書から，ヒッタイトの神話体系において，アナトリア中部原住のハッティ人の神々と，ヒッタイト人が現地で発展させた神々と，のちに移入されたフルリ人（あるいはフルリ人を通じたメソポタミア）の神々が重なり合い，次第にフルリ人の神々が地位を確立したことを確認できる。本章で言及されるアラル Alalu・アヌ Anu・クマルビ Kumarbi・テシュブ Tessub といった神々は，シュメール・アッカド由来のアヌを除いてフルリ神話に登場する神々である。

25) 酌人 cup-bearer は，宮廷においておもに王族に酒などの飲物を給仕する係。王が直接口にするものを扱うことから，王に深く信頼され，側仕えとしてふさわしい人物が就くべき役職といえる。一方，ギリシア神話のガニュメデスのように，美少年であるがためにゼウスにさらわれて天上で酌人を務めた逸話もある。また，アッカド帝国の建国者サルゴン大王がキシュ第4王朝のウル・ザババ王の酌人であったと「シュメール王名表」に記録されている。紀元3世紀頃に登場する『アレクサンドロス大王物語』では，アレクサンドロスが酌人に毒を盛られることになる。

を傷め，おそらく石を吐き出し，その後，それが大地に配置され，崇拝の対象となる。さらに，少々問題のある箇所では，嵐の神テシュブはクマルビの体から再度生まれるようで，このテシュブ神が，従来のヒッタイト人やフルリ人の神話において，神々の新しい王となる神だとされている。このあと，「起源の歌」は断片的になるが，他のフルリ・ヒッタイトの詩には，物語をさらに先の展開まで取り上げるものもある。それらはこの「起源の歌」と緩やかに繋がっているようにみえ，おそらく「起源の歌」とともに一種の詩的作品群を形成していた。それらの詩は，嵐の神テシュブの支配への挑戦を物語る内容で，前王クマルビがたえずテシュブを退位させようと試みるものだった。

4　「起源の歌」とヘシオドス

　ヒッタイトの「起源の歌」のもどかしい断片的な状態にもかかわらず，ここにはヘシオドスの『神統記』で語られるギリシアの物語といくつかの非常に明白な類似がある。アヌ，クマルビ，テシュブという神々の支配者の連続は，神の王権に関してヘシオドスが物語る，ウラノス，クロノス，ゼウスの連続に非常によく対応する。アヌとウラノスは天空の神であり，一方，クマルビはフルリ神話では（特徴の一つとして）穀物の神であるが，これはクロノスのおよそ確実な農耕的起源に対応する。クロノスの象徴的持ち物は鎌，収穫に使用される道具であり，その祭であるクロニア祭は収穫後に祝われた[26]。神々の最終的な支配者であるテシュブは，ゼウス同様に，嵐の神である。このように，これら3柱の連続した神々の支配者たちの間に，明確な機能的対応を観察することができる。この大きな枠組みでの類似は，その他の古代文化の既知の神話には見つからない，様々な特有の物語細部の類似によって補完される。フルリ・ヒッタイト版の最初の神はアラルであり，自身の酌人であ

　26）　クロニア祭は，古代ギリシアのアテネやいくつかの場所で収穫後に行われた，クロノスをたたえる歓喜と豊穣の非日常的な祭。古代の作家が報告するところでは，主人と奴隷がともに饗宴を行う，あるいは，祭の期間は主人が使用人の世話をしたとも。ただし，いずれも紀元後の作家による記述であり，実態はよく分からない。

1 ギリシアは東からやって来た？　　17

る天空の神アヌによって退位させられる。これは古代近東文学の広く流布した民話的モチーフの反映であるが，そのモチーフによると，（天空の神のような）強力な支配者はもともと酌人としてアラルのような重要な支配者に仕えていて，のちにその王座を強奪するのである。アラルと裏切り者の酌人のモチーフはヘシオドス版には欠けているが，ヘシオドスの物語の残りの部分はヒッタイトのテクストと明らかにとてもよく似ている。いずれにおいても，天空の神アヌ／ウラノスは，その対抗者，クマルビ／クロノスによって去勢される。クマルビ／クロノスは特に不快な存在にみえる。クロノスは実際に自分の子供を食べ，クマルビは，少なくとも断片的な一節において，そうするといって脅している。クマルビとクロノスは子供の代わりに石を与えられ，両者ともそれを吐き出す。その石は最終的に地上の崇拝対象となる。ヒッタイト版ではおそらく，古代シリアやアナトリアで広く崇拝された聖なる石柱，いわゆるフワシ石[27]を指しており，一方，ヘシオドス版では，吐き出された石は，パルナッソスの谷のピト，つまり今日のデルフィに置かれていて，将来の世代の人間たちにとってしるしや驚異となっていると語られる[28]。しかし，クマルビとクロノスの努力にもかかわらず，嵐の神テシュブとゼウスは，『神統記』のテュポエウス[29]や「起源の歌」とおそらく同じ作品群に属する別のフルリ・ヒッタイトのテクストに登場する石の怪物ウルリクムミ[30]のような挑戦者とさらに直面する必要はあるものの，ついには神々の最高位に就く。もう一つの有名な共有要素は，クマルビの頭部

---

27)　フワシ石はヒッタイト人が各地に設置し，神々と関連付けて祭祀の対象とした石（碑）。神を象る神像とは異なり，基本的に屋外に置かれ，何かしらの祭祀が行われた。

28)　ヘシオドス『神統記』498-500 行。「ゼウスはそれを，神さびたピュト（デルポイ）にて，パルナッソスの山峡の，道の広がる地に埋め込み，後の世の人たちへの，驚くべき記念となした」（中務哲郎訳）。

29)　テュポエウスは大地の女神ガイアとタルタロスの子で，ゼウスがティタン神族との戦いに勝利したのち，最後に戦う相手である。ヘシオドス『神統記』820 行以下でゼウスとテュポエウスの戦いが描写され，テュポエウス戦勝利後に，ゼウスは神々の王として登位する（同 881-85 行）。

30)　ウルリクムミ Ullikummi は，フルリ神話に由来する巨大な石の怪物。テシュブに王位を奪われたクマルビが反抗を試み，巨石（あるいは支援者である海神の娘）との間にもうけた息子である。物語はハットゥシャで発見された「ウルリクムミの歌」と呼ばれるテクストに残る。テシュブを含む神々は初戦でウルリクムミに圧倒されるが，知恵の神エアの助けをえて再戦し，テシュブはおそらく最終的に勝利する（現存テクストではその場面が欠落）。

から嵐の神テシュブが誕生することであり，これは『神統記』の別の場面，つまりゼウスの頭部からアテナが誕生する箇所[31]と明らかに類似している。

　以上の類似点が，天空の神の去勢や頭部からの誕生のモチーフのような物語の細部と，天空の神アヌとウラノス，穀物の神クマルビとクロノス，嵐の神テシュブとゼウスのあいだの機能的類似のような，より大きな構造的類似のいずれにも及ぶことに注目することは重要である。これらの類似点が非常に広範で非常に細部にわたることから，ギリシア神話における，ウラノス，クロノスに続くゼウスの王権確立について，「起源の歌」（や本章で取り上げていない文献）に描写されるような，近東の神話における嵐の神の王権確立と何らかの繋がりを想定すべきであることを，今日の学者たちは認めている。このゼウスの王権確立の物語は，ゼウスが最高神である理由を説明したため，ギリシア人にとって重要な神話であり，ゼウスの性質や起源に関する代替的な物語や解釈は確かに存在したものの，この物語が最も影響力を持っていた。例えば，ホメロスの『イリアス』は，多くの箇所で，ヘシオドスによって語られるようなゼウスの神話を前提とする。とはいえ，これはもともとギリシアの神話ではなかったのである。

　このことは，どのようにして嵐の神の神話がギリシアの神話となったのか，という重要な問題を提起する。完全な答えのためには，ゼウスの受け継ぐインド・ヨーロッパ語族の側面の調査や，ギリシアの初期のゼウス祭儀におけるミュケナイ文化の形跡も調査する必要があるだろう。いずれもここで扱うことはできないが，現在の証拠をもとに簡単に触れておくと，ヘシオドス『神統記』が土台とする嵐の神の神話は，紀元前第2千年紀初期から中期のどこかの時期に，シリア北部のフルリ人の地域で，根源的にはメソポタミア南部の影響もいくらか受け，生み出された。その後，ヒッタイト人が，この神話のあるバージョンを自分たちの言語へ翻訳するという，きわめて重要な段階を踏んだ。いわゆる「起

　31）　ヘシオドス『神統記』886 行以下。メティスを最初の妻としたゼウスは，メティスが女神アテネを産もうとするとき，アテネが自身の王権を脅かすことを恐れ，先手をうってアテネを腹中に飲み込んだ。ゼウスは最後にヘラを妻として子をなしたあと，「更に自分で，梟の目のアテネを頭から生んだ」（同 924 行，中務哲郎訳）。

源の歌」への翻訳であり，その結果として，ハットゥシャの粘土板に刻まれた物語が私たちに残るのである。「起源の歌」が属するヒッタイト語とフルリ語の歌の作品群が，紀元前第 2 千年紀後期のあいだに，地中海沿岸で，現代のトルコとシリアの国境近くに位置するハッツィ山（ギリシア語ではカシオン山，現在の Jabal al-Aqra）の祭儀で奏でられたという証拠があり，また，この作品群の主役である嵐の神の祭儀が，その地域で紀元前第 1 千年紀初期まで維持されていたことが知られている。可能性としては，おそらくこの段階で，近隣で交易していたエウボイア島のギリシア人たちによって[32]，あるいはキプロス島の多言語環境のなかで[33]，嵐の神の王権確立の神話はギリシア語に翻訳され，ギリシアに持ち込まれたのだろう。しかし，ヘシオドス自身がどのように直接関与したかを知ることは難しい。はたしてヘシオドス自身が近東神話を知っていたのか，それとも彼が『神統記』を生み出す頃にはそれがギリシアで伝統的な物語となっていたのか。今のところ，ギリシアと古代近東の文学および神話のあいだの重要な文化的接触については，こうした明確な事例でさえ，そこに至る歴史的な伝播に関する私たちの知識が非常に限られていることに注意しておきたい。将来的には，とりわけ紀元前第 1 千年紀初期の近東の嵐の神の祭儀に関する研究が進展することで，全体像が明らかになることを期待している。

---

32)　エウボイア島はエーゲ海西部，ギリシア本土東岸沿いに北西から南東に延びる長大な島。初期青銅器時代から人々の営みを確認できる。前 8 世紀頃には，『イリアス』でも言及されるカルキス，エレトリアなどの都市が，シリアとの交易を含む，商業活動の中心地となっていた。また，カルキスとエレトリアの間にはレフカンディの遺跡があり，前 10 世紀頃の墳墓から，キプロス産の青銅製甕棺やシリア産の装身具が発見されており，交易関係を窺わせる。

33)　キプロス島は，アナトリア半島の南，シリア沿岸に位置する東地中海地域最大の島。海上交易の拠点として重要な位置を占めており，古来近隣諸国の政治権力の影響を受けやすかった。紀元前第 2 千年紀には，エジプトや東地中海沿岸地域との交流のほか，クレタ島やミュケナイ時代のギリシアとも接触し，その強い影響下に置かれた。また，前 9 世紀末頃にはフェニキアが影響を強めており，キプロス島はギリシア人とフェニキア人の交流の場ともなっていたと考えられる。

5 『ギルガメシュ叙事詩』とホメロス

　前述のように，ホメロスの詩，特に『イリアス』は，他の点で相違はあるものの，少なくともヘシオドスが『神統記』で語ったゼウスの生い立ちの大筋を前提としている。ここで，近東の文献が，ホメロスの二つの長大な叙事詩，『イリアス』と『オデュッセイア』の主要な物語の理解に何か貢献しうるか，という問題を考えてみよう。この問題は，ヘシオドスの場合よりもさらに議論の余地がある。ホメロスの叙事詩が伝統的に比較される最も著名な近東のテクストは，いわゆる『ギルガメシュ叙事詩』である。第2節で触れたように，メソポタミア南部の都市ウルクの伝説的で英雄的な支配者の物語は，紀元前第2千年紀初期のシュメール語の詩に記された記録ではじめて登場する[34]。そしてアッカド語版がすぐに続き，ヒッタイト語などの他の近東語への翻訳も行われて，おそらく紀元前第2千年紀後期までに，比較的安定した大規模なギルガメシュの詩（私たちが現在『ギルガメシュ叙事詩』と呼ぶもの）が出現した[35]。『ギルガメシュ叙事詩』では，まず，ギルガメシュが僚友エンキドゥとともに，天の牛を殺して神々を怒らせるまで，どのように英雄的行為を成し遂げたかが語られる[36]。この行為のためにエンキドゥは死を

---

[34]　「シュメール王名表」によると，ギルガメシュはウルク第1王朝の5代目の王で，紀元前2600年頃に存在した伝説的な支配者である。シュメール語版では，独立した五つのギルガメシュの物語が現存する。

[35]　紀元前1700年頃までさかのぼるアッカド語版のギルガメシュの物語がバビロニア人によって保持され，19世紀半ばに発見された新アッシリア王国の首都ニネベのアッシュールバニパル王（Assurbanipal, 前669–前631在位）の宮殿跡から出土した11枚の粘土板に残る。また，それらが物語を最もまとまった形で伝える『ギルガメシュ叙事詩』の標準版であり，おそらく前13世紀頃に詩人シン・レキ・ウニンニ（Sîn-lēqi-unninni）によって作り出された。現代の『ギルガメシュ叙事詩』の翻訳のほとんどは，この標準版を土台として，種々の断片によって補足しながら構成されたものであるが，物語の全体像は失われたままである。

[36]　「標準版」では第1書板から第6書板。およそのあらすじは次の通り。ウルクの王ギルガメシュは女神を母，人間を父とし，3分の2が神，3分の1が人間という人物。ギルガメシュが自分勝手な暴君であったため，ウルクの民が神に嘆願し，神々はギルガメシュをいさめるためにエンキドゥを生み出した。エンキドゥは野生の動物たちと暮らす野人だったが，巫女シャムハトと出会い，人間らしさをえる。エンキドゥはウルクでギルガメシュに闘いを挑み，激しい闘いのあと，両者は友情を誓う。親友となったギルガメシュとエンキドゥはと

もって罰せられ，嘆き悲しむギルガメシュは自身の死の運命について
じっくり考えることになる[37]。彼は死を避けるための手段を求めて地上
を歩き回り，その果てに，不死を達成した唯一の人物が，大洪水の生存
者（聖書のノアのモデル）であることを知る。その人物は，自身と妻が
神々によって死の運命を負う領域から取り除かれたこと——しかし，残
念なことに，それはギルガメシュが繰り返すことのできない例外的出来
事であることをギルガメシュに伝える。そして，ギルガメシュは打ちひ
しがれてウルクに帰還する[38]。

　一部の古代ギリシア研究者は，ホメロスが『イリアス』と『オデュッ
セイア』を創作するときに『ギルガメシュ叙事詩』を知っていたはず
だと主張する。『イリアス』のアキレウス／パトロクロス[39]と，『ギルガ
メシュ叙事詩』のギルガメシュ／エンキドゥとの間には，明確な類似が
ある。古代ギリシア研究者のマーティン・ウェスト（Martin West, 1937-

もに冒険に乗り出して杉の森に向かい，森を守護する巨人フンババを攻撃し殺害する。その
後，ウルクに凱旋したギルガメシュに女神イシュタルが求婚するが，ギルガメシュは拒否す
る。怒ったイシュタルは父神アヌを脅し，天の牛をウルクに送り込む。牛は攻撃を開始する
が，すぐにギルガメシュとエンキドゥに殺害され，神々が激怒する。そしてエンキドゥが夢
を見る。

　37）「標準版」では第7書板から第9書版。エンキドゥは，夢の中で，フンババと天の
牛殺害の罰として神々から死を宣告される。そしてエンキドゥは病に倒れ，命を落とす。ギ
ルガメシュは嘆き悲しみ，エンキドゥを弔うとともに，自身の死の運命を想う。

　38）「標準版」では第9書板から第11書板。不死者となったウトナピシュティムを訪ね
るべくギルガメシュは世界中をさまよう。第11書板において，ウトナピシュティムは不死と
なった経緯をギルガメシュに示し，洪水を神の助言によって箱船で生き残る「洪水物語」が
詳細に語られる。話を語ったのち，ウトナピシュティムはギルガメシュに7日間眠らずにい
られるか尋ねるが，ギルガメシュは7日間眠ってしまい，不死をえられないことが明らかに
なる。また，帰るにあたって，ギルガメシュはウトナピシュティムから若返りの草について
教えられ，草を摘むことに成功する。しかし，ウルクへ戻る途上，その草を用いる前に蛇に
とられてしまい，ギルガメシュは涙を流す。物語はギルガメシュがウルクに帰還したところ
で幕を閉じる。なお，ノアの箱船の逸話は，『旧約聖書』「創世記」6章から9章。

　39）アキレウスは『イリアス』に登場する主人公で，父は人間ペレウス，母は女神テ
ティス。『イリアス』は「アキレウスの怒り」をめぐる物語でもあるが，はじめにアキレウス
は戦いの褒賞をめぐって大将アガメムノンと対立して怒り，味方であるギリシア軍のために
出陣しないことを決意する。しかし，ギリシア軍が窮地に陥ると，親友パトロクロスがアキ
レウスの代わりに出陣し，トロイアの武将ヘクトルに討ち取られてしまう。アキレウスは大
いに嘆き悲しみ，怒りの矛先をヘクトルへと変えて，パトロクロスの仇をとるべく再び出陣
する。ヘクトルを討ち取ったあともアキレウスの怒りは鎮まらず，最終的に，トロイア王プ
リアモスとの対話をへて，アキレウスは怒りを鎮めることになる。

2015）が，その画期的な著書『ヘリコン山の東側』において，「子供を気遣う女神を母親とし，腹心の僚友をもつ，並外れて感情的な気質の男が，僚友の死に打ちのめされて，不安定な精神状態のうちにそれまでとは異なる行動をとりはじめ，最終的に落ち着きを取り戻す」[40]と指摘したように，アキレウスとギルガメシュはともに母親が女神であり，威圧的な気質を共有し，大切な仲間パトロクロスとエンキドゥの死後に行動方針を変更する。『ギルガメシュ叙事詩』の冒頭部分は，痛みをともなう学びを経験するものとして主人公の旅を枠づけするが[41]，これはまた，『オデュッセイア』序歌におけるオデュッセウスの描写（「また数多くの国人の町々をたずね，その気質を識り分け，ことさらに海の上ではたいへんな苦悩をおのが胸中に咬みしめもした」〔呉茂一訳〕）との類似を複数の読者に思い起こさせる。また，遠く離れた空想的な土地へのオデュッセウスの旅には，大地の果てでのギルガメシュの冒険と同じ物語的特質をもつものもある。

　これらの（そして他の）類似点に基づいて，ホメロスが『ギルガメシュ叙事詩』を知っていて，『イリアス』『オデュッセイア』の創作にあたってそれを利用した，と結論付けることができるだろうか。もしそうならば，私たちはホメロスの叙事詩の少なくとも一つの典拠の特定に成功したことになる。とはいえ，ヘシオドスの場合には，ヒッタイトの「起源の歌」と『神統記』の間で大きな枠組みから物語の細部にわたるまで多くの対応が示されており，両者の関係について論争とはならないが，ホメロスへの近東の影響を支持する議論には疑問の余地が残るのである。ホメロスの叙事詩の主題は『ギルガメシュ叙事詩』とは大きく異なるもので，『ギルガメシュ叙事詩』はトロイア戦争に類するものは何も含まないし，ギルガメシュの旅はオデュッセウスの旅と同じ目的を持つものではない。これらの叙事詩は，根本的に異なる関心をはっきりと持ち，異なる物語を語るものである。ギルガメシュとアキレウス

40）　West, M. L. (1997). *The East Face of Helicon: West Asiatic Elements in Greek Poetry and Myth.* New York, 338 (Paperback, 1999).

41）　『ギルガメシュ叙事詩』「標準版」第1書板冒頭「深淵を覗き見た人について，わたしはわが国〔人〕に知〔らし〕めよう。｜〔すべて〕を知った〔人について，〕すべて「をわたしは教えよう。」｜（中略）｜彼は遙かな道を歩んで労苦を重ね，〔ついには〕やすらぎを得た。」（月本昭男訳）。

がいくつかの重要な特徴を共有していることは事実だが，それらがどの程度歴史的なつながりを示してくれるだろうか。忠実な仲間を伴い，神につらなる血統を持つことは，偉大な英雄にとって自然なことにみえないだろうか（他のギリシア文学や神話では，ヘラクレスとイオラオス[42]，テセウスとペイリトオス[43]，あるいは大アイアスとテウクロス[44]を考えてみよう）。ホメロスへの近東の影響を支持する議論は，一部の学者，特に古代ギリシア研究者たちによって強力に行われたが，誰もが納得しているわけでもなく，そして，ホメロスに対する『ギルガメシュ叙事詩』の広範な影響を訴える主張には，明らかに誇張されたものも含まれる。ホメロスと『ギルガメシュ叙事詩』との明白な類似のいくつかを一定の関係性に当てはめるためには，例えば他の文化における英雄詩の伝統や，特に『オデュッセイア』にみられる多くの民話的要素を考慮に入れることによる，より完全な調査研究が必要だろう。また，『ギルガメシュ叙事詩』をホメロスが知るにいたったはずの歴史的手段が，全体としてはっきりしないことも認められなければならない。シュメール語の初期ギルガメシュ関連作品がメソポタミア南部の王宮で上演された可能性は高いと思われ，紀元前第2千年紀には，ギルガメシュ関連の詩がメソポタミアの中心部を越えて広がり，アナトリアやレバントに到達したという証拠がある。しかし，小アジアの西岸中央部に沿って紀元前8世紀か前7世紀に活動していたと一般に考えられている『イリアス』の詩人は，地理的にも時間的にも離れたこれらの文献と，どのように接触したのだろうか。ヘシオドスと「起源の歌」の場合とは異なり，私たちは，こうし

---

42) ヘラクレスはギリシア神話中最大の英雄。ゼウスとアルクメネの子で，「十二の功業」の物語が有名である。イオラオスはヘラクレスの異父兄弟イピクレスの子で，ヘラクレスの甥にあたる。イオラオスはヘラクレスの戦車の御者を務め，数々のヘラクレスの冒険に随行した。

43) テセウスはギリシア神話の英雄で，アテネ王アイゲウスの子，あるいはポセイドンの子とする説もあった。クレタ島でアリアドネの助力をえて果たしたミノタウロス退治など，様々な逸話で知られる。ペイリトオスはラピテス族の王イクシオンの子で，テセウスの盟友として数々の冒険をともにした。

44) アイアスはギリシア神話の英雄で，サラミス王テラモンの子。アキレウスのいとこにあたる。ロクリス王オイレウスの子のアイアス（小アイアス）と区別して，大アイアスと称される。『イリアス』において，大アイアスはアキレウスに次ぐギリシア陣営の勇将で，アキレウス不在時にギリシア軍を支えた。テウクロスは大アイアスの異母兄弟であり，『イリアス』では大アイアスとともに行動して戦果をあげている。

た伝播が起こった過程を歴史的に考えるための漠然とした手がかりさえ欠いているのである。

6 現在の研究アプローチ

　このような問題に直面して，現在の研究では，二つのアプローチがとられている。一つめのアプローチは，ホメロス叙事詩細部の様々な様相の文化的歴史的背景を特定しようとするものである。例えば，アガメムノン王がその土地のアポロン神官を怒らせて，『イリアス』の幕開けとなる疫病の物語[45]は，初期ヒッタイト語文献で証言されたアナトリアの疫病や疫病に関わる儀礼に関連している可能性がある。特に，ギリシア陣営の会合において，アキレウスが「ともかく，まずは誰なりと占い師か，神主でも呼び，問い質そうよ，または夢占解きなりを――夢というのもゼウスの遣わすものであるから。そしたら彼が，何故かほどにポイボス・アポローンは立腹されたか……言ってくれよう」（『イリアス』第1歌 62-64 行〔呉茂一訳〕）と語って行う提案は，前後に夢への言及はなく，夢の解釈も行われないため，直近の文脈上は不可解である。しかしこの提案が，懲罰的な疫病をもたらす動機について神々に説明を求める際にヒッタイトの王たちが使用した，文書に裏付けられる決まった言い回しを反映している，ということもありうるだろう。こうしたつながりをもっともらしく思わせるような，時代状況に関わる歴史的な証拠は存在するが，たとえ歴史的なつながりが認められない場合でも，ヒッタイトの文学的および儀礼的証拠は，『イリアス』における疫病の物語が，その時代や場所のなかで決して孤立していたわけではなく，古代アナトリアでそれまでに起きた疫病関連の出来事に関する初期文献資料と多くの主題を共有している，ということを教えてくれる。

　45）『イリアス』第1歌8行以下。アポロンの祭司クリュセスが，アガメムノンに囚われた娘クリュセイスの返還を願い出たとき，アガメムノンは冷たくあしらってしまう。拒絶されたクリュセスがギリシア軍への災禍をアポロンに嘆願して，アポロンがそれに応える。「彼こそは国の主に怒りを含んで，陣中くまなく悪疫を起したもの，兵士たちがそのためぞくぞく斃れていった」（9-10 行，呉茂一訳）。

1 ギリシアは東からやって来た？ 25

　このことは，二つめのアプローチへの道を示している。つまり，特に
ヘシオドスの場合には，近東の歴史的影響に関するいくつかの要素に疑
いの余地はないが，たとえ歴史的なつながりがあまり明確でない場合で
も，文学的な比較が役に立ちうる，ということである。ホメロスの叙事
詩，および他の初期ギリシア文学を，他の，近隣文化の類似した（必ず
しも関連はしない）文学と並置することで，初期のギリシア詩人たちに
特有の選択と優先事項を説明できる。例えば，ホメロスの叙事詩に特徴
的な，高度に発達した戦闘描写は，近東の文献資料に明確な類似が見つ
からないし，ヘシオドスの神話のいくつかの側面は，妙にギリシア的で
あるようにみえる。前述のとおり，ヒッタイトの「起源の歌」は，神
の王権交替の物語を進めるために，裏切り者の酌人のモチーフを採用し
ている。アヌとクマルビはどちらも，前王を退位させて王座に就くま
えに，それぞれの前王の酌人を務めていた。これは，紀元前 23 世紀に
アッカドを支配したサルゴン大王の王権確立に関連するシュメールの伝
説で最初に証言される[46]，広く普及したモチーフの反映である。このモ
チーフのギリシアにおける影響と変容については，ギリシアの作家クテ
シアス（Ctesias of Cnidos, 前 5–前 4 世紀）が語るペルシア王キュロスの伝
説[47]や，ヘロドトス（Herodotos, 前 5 世紀前半–前 420 頃）が『歴史』の始
まりで語るリュディア王ギュゲスの伝説[48]といった，近東の王たちに関

　46）　サルゴンはアッカド帝国（前 24 世紀末–前 22 世紀半ば頃）の建国者とされる王。
アッカド帝国の王たちの事績は半ば理想化され，のちの時代にも語り草となっていたようで，
とりわけサルゴンとその孫ナラム・シン（アッカド帝国第 4 代の王）に関する逸話がアッカ
ド語やシュメール語，ヒッタイト語等で広く伝わる。サルゴンの出生や王権確立に関する伝
説，その偉業を語る物語などを刻んだ粘土板が各地で発見されている。サルゴンがキシュ第
4 王朝のウル・ザババ王の酌人であったことについては注 25 も参照。
　47）　クニドスのクテシアスは，アケメネス朝ペルシア王アルタクセルクセス 2 世
（Artaxerxes II, 在位前 405/4–前 359/8）の侍医を務めた人物で，『ペルシア史』『インド誌』な
どの作品を残した著作家。生没年不詳。前 413 年頃から前 397 年頃までペルシアに滞在して
いたらしく，作品にもその経験が反映されている。ペルシア王キュロスの物語は『ペルシア
史』に登場し，キュロスが青年時代にメディア王アステュアゲスの酌人を務めたことが語ら
れる。なお，『ペルシア史』は 23 巻あったとされ，多数の古代の作家たちが言及しているこ
とから，古代のベストセラーの一つだったと考えられる。残念ながら作品は散逸し，一部が
断片的に伝わるのみである。『ペルシア史』に関しては，内容に誇張や偽りが多いとして厳し
い批判にさらされてきたが，近年はむしろペルシア側の視点からペルシアの歴史を語るもの
として，その評価の見直しが図られている。
　48）　ヘロドトス『歴史』第 1 巻 8–14 章。リュディア王カンダウレスの侍従であった

連してつねに見いだすことができる。しかし,『神統記』において,ヘシオドスはこのモチーフを利用していない。代わりに,その文脈のなかで,女性の登場人物に目立った役割を割り当てている。特に,大地の女神ガイアは,ウラノス,クロノス,ゼウスという王権の継承を進める様々な計略を考案する中心的存在であり,ヘシオドスが「大地の計略に従って,遠く見はるかすオリュンポスのゼウスに,不死なる神々の王として君臨するよう促した」(『神統記』883–85 行〔中務哲郎訳〕)と結ぶように,結果としてゼウスの王権を確立させる。これは,女性の登場人物が,男性の登場人物の行動を助けたり遅らせたりすることが可能な計略を生み出す特有の技能を持つという,初期のギリシア叙事詩(およびそれ以降)で広く普及したモチーフと比較できるようにみえる。このモチーフは,例えば『オデュッセイア』でオデュッセウスの行動を遅らせも助けもする,カリュプソ[49),ナウシカア[50),キルケ[51)に当てはまる。この特定の側面が,酌人のモチーフを描くヒッタイトの「起源の歌」とは共有されていないとしても,両者を比較することは,それまでとは異なる語りの可能性を考察し,ヘシオドスの物語における選択と優先事項を

ギュゲスが,特殊な状況に巻き込まれ,カンダウレスを害して王位に就く逸話が語られる。

49) カリュプソはオギュギエ島に住むニンフ(自然の精,神的な女性)。アトラスの娘。難破したオデュッセウスを助けて 7 年間引き止め,不死を与えて自分の夫にしようとした。ゼウスとヘルメスにオデュッセウスを解放するように命じられ,船造りや出航準備を手伝ってオデュッセウスを送り出した(『オデュッセイア』第 5 歌 1–268 行,第 7 歌 244–66 行)。

50) ナウシカアはスケリエ島に住むパイエケス人の王アルキノオスの娘。女神アテネの導きにより,ナウシカアが侍女たちと川辺で洗濯とボール遊びをしているときに,スケリエ島に流れ着いていたオデュッセウスが姿を現し助力を求める。このときオデュッセウスはほぼ裸の状態で,侍女たちは恐怖に逃げ出すが,女神アテネに勇気を与えられたナウシカアはその場にとどまり,衣服や食べ物を与えるなどオデュッセウスを手助けして,王宮への道を示す(『オデュッセイア』第 6 歌)。一方,ナウシカアはオデュッセウスとの結婚の望みを心に抱くが,オデュッセウスはそつなくナウシカアに別れを告げ,ナウシカアの望みは叶わない(『オデュッセイア』第 8 歌 457–68 行)。

51) キルケはアイアイア島に住む魔女で,太陽神ヘリオスとオケアノスの娘ペルセの子。アイアイア島に流れ着いたとき,オデュッセウスの部下たちはキルケによって豚に変えられてしまうが,オデュッセウスはヘルメスの助力をえて難を逃れ,部下の姿も取り戻す。その後オデュッセウス一行がキルケの元で 1 年間過ごしたのち,キルケは,帰国に向けてオデュッセウスが予言者テイレシアスから話を聞くようにと,詳細な助言を与えて一行を冥府行へと送り出す(『オデュッセイア』第 10 歌 135 行以下)。また,一行が冥府行から戻ると,キルケは歓待して休ませたのち,旅路に関する詳細な助言を与えて,改めてアイアイア島から一行を送り出す(第 12 歌 1–150 行)。

明確にするよう私たちを誘い，ヘシオドスの神話特有の特徴に焦点を合わせることを助けてくれる。つまり，異文化間の比較では，類似と同様に相違も明らかにできるのであり，ギリシア文学と非ギリシアの先例とのあいだの歴史的つながりを探究することは依然として重要かつ正当であるとはいえ，現在の研究の焦点は，純粋に歴史的な問題には決して限定されていないのである。

参 考 文 献

　本章の訳注を作成するにあたって基本的な情報は *The Oxford Classical Dictionary* (=*OCD*) のオンライン版をおもに利用した。これまで *OCD* は紙媒体で出版されており，2012 年刊行の第 4 版が最新版であったが，2015 年よりデジタル化されて必要に応じて記事が更新されるようになり，第 4 版から内容が更新された記事や，新しい項目も増えている。利用するためには有料のサブスクリプションが必要とはいえ，「古典」のお供として利便性は高い。

　　Oxford Classical Dictionary (online edition), Oxford University Press.
　　[https://oxfordre.com/classics]

　さて，本章の内容と関連する和書を，比較的最近出版された，手に取りやすい一般書を中心にいくつか挙げておく。

1　近東地域に関する概説
岡田泰介（2008）『東地中海世界のなかの古代ギリシア』山川出版社.
後藤健（2015）『メソポタミアとインダスのあいだ――知られざる海洋の古代文明』
　　筑摩選書.
小林登志子（2005）『シュメル――人類最古の文明』中公新書.
――――（2020）『古代メソポタミア全史』中公新書.
月本昭男編（2017）『宗教の世界史 1　宗教の誕生――宗教の起源・古代の宗教』山
　　川出版社.
前田徹（1996）『都市国家の誕生』山川出版社.
――――（2003）『メソポタミアの王・神・世界観――シュメル人の王権観』山川
　　出版社.

2　メソポタミア周辺の神話に関する概説
岡田明子・小林登志子（2008）『シュメル神話の世界』中公新書.
小林登志子（2019）『古代オリエントの神々――文明の興亡と宗教の起源』中公新書.

3 近東地域の神話・物語の日本語訳

杉勇他訳（1978）『筑摩世界文学大系 1　古代オリエント集』筑摩書房.
杉勇・尾崎亨訳（2015）『シュメール神話集成』ちくま学芸文庫.
月本昭男訳（1996）『ギルガメシュ叙事詩』岩波書店.
矢島文夫訳（1998）『ギルガメシュ叙事詩』ちくま学芸文庫.
　（数少ない原典日本語訳であり，解説も充実している。『シュメール神話集成』は
『古代オリエント集』からの抜粋である。また，矢島訳『ギルガメシュ叙事詩』は再
刊であり，月本訳の方が新しい。）

4 ホメロス『イリアス』の日本語訳

ホメーロス，呉茂一訳（2003）『イーリアス（上・下）』平凡社.
ホメロス，松平千秋訳（1992）『イリアス（上・下）』岩波文庫.

5 ホメロス『オデュッセイア』の日本語訳

ホメーロス，呉茂一訳（1971）『オデュッセイアー（上・下）』岩波文庫.
ホメロス，松平千秋訳（1994）『オデュッセイア（上・下）』岩波文庫.
　（呉茂一訳は松平千秋訳に置き換わる前の岩波文庫版。新刊は入手できない。）

6 ヘシオドス『神統記』『仕事と日』の日本語訳

中務哲郎訳（2013）『ヘシオドス　全作品』京都大学出版会.
ヘーシオドス，松平千秋訳（1986）『仕事と日』岩波文庫.
ヘシオドス，廣川洋一訳（1984）『神統記』岩波文庫.

　以下，原著者による文献案内である。

1 歴史的コンテクスト

Beckman, G. M., Bryce, T. R. and Cline, E. H. (2011). *The Ahhiyawa Texts*. Atlanta.
Cline, E. H. (2014). *1177 B.C.: The Year Civilization Collapsed*. Princeton.（エリック・
　　H. クライン，安原和見訳（2018）『B.C.1177──古代グローバル文明の崩壊』筑
　　摩書房）
Coulié, A. (2013). *La Céramique Grecque aux Époques Géométrique et Orientalisante
　　(XIe–VIe siècle av. J.-C.)*. Paris.
Duhoux, Y., and Morpurgo-Davies, A. (eds.) (2008–14). *A Companion to Linear B:
　　Mycenaean Greek Texts and Their World*. Louvain-la-Neuve.
Healey, J. F. (1990). 'The Early Alphabet', in *Reading the Past: Ancient Writing from
　　Cuneiform to the Alphabet*. London, 197–258.
Heinhold-Krahmer, S., Hazenbos, J., Hawkins, J. D., Miller, J. L., Rieken, E., and Weeden,
　　M. (2019). *Der Tawagalawa-Brief: Beschwerden über Piyamaradu: Eine Neuedition*.
　　Berlin.
Janko, R. (2015). 'From Gabii and Gordion to Eretria and Methone: The Rise of the Greek
　　Alphabet', *Bulletin of the Institute of Classical Studies* 58, 1–32.

Lane Fox, R. (2008). *Travelling Heroes. Greeks and Their Myths in the Epic Age of Homer*. London.

Lemos, I. S. and Kotsonas, A. (eds.) (2020). *A Companion to the Archaeology of Early Greece and the Mediterranean*. Hoboken.

Rollston, C. (2020). 'The Emergence of Alphabetic Scripts', in Hasselbach-Andee, R. (ed.) *A Companion to Ancient Near Eastern Languages*. Chichester.

Vlassopoulos, K. (2013). *Greeks and Barbarians*. Cambridge.

Wittke, A.-M. (ed.) (2015). *Frühgeschichte der Mittelmeerkulturen*. Der Neue Pauly Supplemente 10. Stuttgart and Weimar.

2　古代近東の文学

Foster, B. R. (2015). *Before the Muses: An Anthology of Akkadian Literature*, 3rd ed. Bethesda.

George, A. (2019). *The Epic of Gilgamesh*, 2nd ed. London.

Mouton, A. (2016). *Rituels, Mythes et Prières Hittites*. Paris.

Volk, K. (2015). *Erzählungen aus dem Land Sumer*. Wiesbaden.

3　初期ギリシアおよび近東の文学

Audley-Miller, L., and Dignas, B. (eds.) (2018). *Wandering Myths: Transcultural Uses of Myth in the Ancient World*. Berlin and Boston.

Ballesteros, B. (2024). *Divine Assemblies in Early Greek and Babylonian Epic*. Oxford.

Burkert, W. (1992). *The Orientalizing Revolution: Near Eastern Influence on Greek Culture in the Early Archaic Age*. Cambridge, MA.

Clarke, M. J. (2019). *Achilles beside Gilgamesh: Mortality and Wisdom in Early Epic Poetry*. Cambridge.

Currie, B. (2016). *Homer's Allusive Art*. Oxford.

Darshan, G. (2023). *Stories of Origins in the Bible and Ancient Mediterranean Literature*. Cambridge.

Haubold, J. (2013). *Greece and Mesopotamia. Dialogues in Literature*. Cambridge.

Kelly, A. (2014). 'Homeric Battle Narrative and the Ancient Near East' in Cairns, D. and Scodel, R. (eds.) *Defining Greek Narrative*. Edinburgh, 29‒54.

―――. and Metcalf, C. (eds.) (2021). *Gods and Mortals in Early Greek and Near Eastern Mythology*. Cambridge.

Metcalf, C. (2015). *The Gods Rich in Praise: Early Greek and Mesopotamian Religious Poetry*. Oxford.

―――. (2025). *Three Myths of Kingship in Early Greece and the Ancient Near East: The Servant, the Lover, and the Fool*. Cambridge.

Poetsch, C. (2021). 'Das Thothbuch: eine ägyptische Vorlage der platonischen Schriftkritik im Phaidros?', *Archiv für Geschichte der Philosophie* 103, 195‒220.

Rutherford, I. (2020). *Hittite Texts and Greek Religion*. Oxford.

West, M. L. (1997). *The East Face of Helicon*. Oxford.

（吉川　斉　訳）

2

ホメロス問題に挑む

ベルナルド・バッレステロス

> この章では，ホメロスの作品を歴史文献学的に読む方法について紹介
> する。第2節ではホメロスの詩が持つ，耳で聞くものであるという特性
> と叙事詩の重要性について，第3節ではテクストの歴史と「ホメロス」
> という概念について，第4節では「ホメロス問題」としてこれまで理解
> されてきたものとその現状について，第5節ではホメロスの詩のあらす
> じと，さらに広い範囲を含むトロイア伝説との関係について扱う。第6
> 節では，詩を詳しく読むにあたって，様々な方法論がいかに寄与するも
> のであるかを，『イリアス』中のアキレウスの死を例として考察して締め
> くくりとする。

1　はじめに

　古代ギリシア・ローマでは，作家たちは『イリアス』[1]と『オデュッセ
イア』[2]の著者を「かの詩人」と呼ぶことがしばしばであった。そして，

　　1）　ホメロスの作として知られる，長大な二大叙事詩の一つ。トロイアの王子パリス
に妻ヘレネを奪われたアカイア側の英雄メネラオス，その兄アガメムノン，アキレウス，オ
デュッセウスらの英雄が各々の部下を率いて参加し，トロイアにヘレネ奪還へ向かう，10年
間の戦争（トロイア戦争）が主題である。内容の詳細は本章第5節を参照のこと。

　　2）　ホメロスの作として知られる，長大な二大叙事詩の一つ。全24歌の前半では，トロ
イア戦争の終結後，英雄オデュッセウスが10年かけて故郷イタケへ帰り着くまでの摩訶不思
議な冒険譚を描く。後半（第13-24歌）では，オデュッセウスがイタケ島に到着後，数々の
策を駆使して，妻ペネロペイアに迫る求婚者たちを殲滅するまでを描く。内容の詳細は本章

読者もそれがホメロス[3]（Homeros, 前8世紀頃？）のことであると了解していた。中世に至っても，ダンテ[4]（Dante, 1265–1321）はホメロスのことを「詩人の王者[5] *poeta sovrano*」（『神曲・地獄篇』第4歌88行）と評した。彼はホメロスの叙事詩を一度も読んだことがなかったのだが——そしてできもしなかったのだが。なぜなら，もはや当時の西洋では入手可能なものではなかったからだ。そしてホメロスはいまなお，西洋文学の傑作の比類のない源として見られていると言っても差し支えないだろう。

　だが，本章はこれらの詩の膨大な受容史や，その文化的影響に注目するものではない[6]。むしろ，制作と受容について推測するにあたって生じるホメロス叙事詩の諸様相，これに迫るための方法と問題を検討しようとするものだ。『イリアス』，『オデュッセイア』はふつうギリシア文学の最初の産物と考えられていて，主たる困難の一つに同時代に書かれた文献が（近いジャンルに属する他の詩を除いて）ないということがあるため，関連する情報を求めて，ホメロス叙事詩そのものに注目することが多くなる。

第5節を参照のこと。

　　3）　前8世紀頃の人物とされるが，伝承の他には，詳しい事実は分かっていない。「弘法も筆の誤り」にあたる英語のことわざ「even Homer sometimes nods（ホメロスも居眠り）」を聞いたことがあるかもしれない。ホメロスが西洋でいかに大人物であるかは，この一例で知れようか。名前には，「盲目」の意味があるという説もある。詩人としてのホメロスについては本章第3節に詳しい。

　　4）　イタリアの詩人，哲学者。代表作は『神曲』，『新生』など。

　　5）　和訳はダンテ・アリギエーリ，寿岳文章訳（2003）『神曲　地獄篇』集英社文庫より引用。師と仰ぐラテン詩人ウェルギリウス（Vergilius, 前70–前19）に導かれ地獄の第1圏へと足を踏み入れたダンテは，他から際立って輝く四つの魂に出会う。その代表がホメロスであり，それぞれラテン詩人のホラティウス（Horatius, 前65–前8），オウィディウス（Ovidius, 前43–後17），ルカヌス（Lucanus, 後39–65）が後に続く。

　　6）　ホメロスの受容史に関しては，Burgess (2008) が扱っている諸文献と Finkelberg (2011a) の 'Reception（受容）' の項目を参照のこと。古代におけるホメロスの受容については，特に Graziosi (2002) と新刊の Hunter (2018) を参照。

2 耳で聞く詩

　ホメロスの叙事詩が文化的に占めた立場の結果の一つとして，「叙事詩 epic」という言葉——ホメロスの詩のジャンルと特徴を定める言葉——の意味が，ホメロスの叙事詩それ自体によってもまた定義されている。オックスフォード英語辞典（*Oxford English Dictionary*, 以下 *OED*）で epic の意味として一番目に挙がっているものを見てみよう。

　　ひと続きの物語の形をとり，一人の，あるいはそれ以上の歴史・伝説に登場する英雄的人物の偉業を讃える詩。
　　代表例に『イリアス』『オデュッセイア』がある。

　この定義は，やや堂々巡りの感があるものの，われわれ自身の言葉で言うホメロスの叙事詩が何であるかということをよく説明している。叙事詩は，散文とは真反対の韻文であり，次々と続く物語から成る一つの主題を語るものであり，そして現実のもの，あるいは同時代的なものの真逆，すなわち伝説にまつわる主題を有する。しかし，ホメロス作品のギリシア語においては，epic の語源となった「エポス *epos*」という語は「言葉」を意味するに過ぎず，複数形の「エペア *epea*」や「エペー *epe*」が抒情詩（もっと短く，披露の方法が異なり，概して物語の形を取らない）[7] に対しての「叙事詩的題材を扱う韻文／詩」を意味するようになったのは後代になってからのことである。

　さらに分かりやすいのは，作品中に登場するその種の文芸作品を示すためにホメロスの詩そのもので使われている用語であり，そこに決定的な状況が示されている。つまり，詩は「歌」であって，目で読まれるよりも声に出して読まれることが意図されていた。歌い手は叙事詩によく

---

　7)　抒情詩 lyric は，ギリシア語のリュリコス λυρικός，つまりリラ λύρα から来ており，元々はリラの演奏を伴う歌を指していたらしい。叙事詩とは異なる韻律で構成されていて，代表的な詩人にサッポー（Sappho, 前 630 頃–前 570 頃），アルクマン（Alcman, 前 7 世紀半ば–終盤活動），シモニデス（Simonides, 前 556 頃–前 5 世紀半ば？）などがいる。

登場する。彼らは，一種の弦楽器フォルミンクス[8]*phorminx* の伴奏と共に叙事詩を歌い上げる。『イリアス』第 2 歌 594–600 行[9]，『オデュッセイア』第 17 歌 382–85 行[10] から，歌い手は場所を転々とするのが特徴だったと分かる。歌い手について最も詳しく描かれているシーンが『オデュッセイア』に見られるが，その中で，支配者の王宮で催された高貴な人々の会合における一興として彼らは詩を披露する。また，身分の高い人以外も参加する野外の宴会で歌い手が歌を披露しているシーンもあり，その宴会では運動競技会やダンスといった他の催しも含まれていた[11]。巡業する歌い手が王宮や祝祭で歌を披露していたというのは，当時の実状を反映したものだと認めてしまってもいいだろう。

　これらの歌の主題が言及されたり報告されたり，あるいは歌自体がホメロスの叙事詩の中で引かれていたりするため，それらの主題は詩それ自体と同じ種類のもの，つまり「英雄にまつわるもの」（上述 *OED* の定

　8）　ミノア文明やミュケナイ文明の壁画にも残る木製の弦楽器。形状としては竪琴に近かったようである。

　9）　トロイア攻めに集まったギリシア方の勢力を列挙する長大な「軍船表」の場面の一部であり，トロイア戦争に軍勢を送った町の一つドリオンで，かつて詩神ムーサイの不興を買った歌い手タミュリスにまつわる挿話となっている。王の前で歌を披露し，仕事を終えると町を去った様子が描かれる。以下『イリアス』および『オデュッセイア』の和訳は，原則として呉茂一訳（書誌情報は章末参照）より引用する。

　　あるはプテレオスやヘロス，またドーリオン，この邑でむかし

　　詩神（ムーサイ）らが　トラーキア人タミュリスに出逢い，その謡を止めたという，

　　彼がオイカリアの王エウリュトスを去り，オイカリアから出ていった折，

　　傲然として，たとえよし雲楯（アイギス）をたもつゼウスの御娘たち詩神（ムーサイ）なりとて，

　　その方々とて，謡くらべをしようものなら，負かして見しょうと高言したので。

　　されば詩神も慣りたまい，彼を片輪にしたうえで神変不思議の

　　歌の力を取り上げ，また琴ひく技も忘れさせたもうたのである。

　10）　トロイア戦争終結後，オデュッセウスが 20 年ぶりに屋敷へ帰還すると，長きにわたる主人の留守につけ込んで彼の妻に求婚する者たちが居座っている。そこへオデュッセウスが乞食に変装して潜り込んでいると，求婚者の筆頭アンティノオスが，オデュッセウスと協力者の豚飼エウマイオスに暴言を吐きかける。引用部分はエウマイオスがそれに反駁する場面であり，歌い手はよそから呼ばれてやって来る業種の一つだったことが分かる。

　　誰がそもそも自身出かけて，他拠（よそ）から客を

　　呼んで来ましょう，余計になど。まあ町のため働くような方なら別だが。

　　例えば占い師とか，病気を癒す医者とか，または木を組む大工さんや，

　　あるいは歌を唱（うた）って人をたのしませ，神輿にのる歌唱者とかの。

　11）　オデュッセイア第 8 歌 97–420 行。

義から）であり，そのうち一度は神々の世界についてのものでさえある
とわかる。この英雄たちの世界は，同時代の現実とは異なるものである
という点で詩ははっきりしている。語り部が，主役がいかに今日の人間
と異なるかを強調して描くのもよくあることだ。主役はうんと力強く，
神々と非常に密な関係性を持っている。伝説的人物の多くは神々の子孫
であり，神々も定期的に彼らと交流を持っている。

　同じように興味深いのは，「英雄の」詩を歌い，聴くことに関する詩
中での描写であり，それは部分的に，自らの事績が将来的に歌の主題と
なるだろうという主役の自覚から窺い知ることができる。概して，英雄
たちは死後も彼らの事績が思い出されるかどうか，ひどく気にかけてい
る。英雄アキレウスがフォルミンクスを手に歌う時，彼が歌うのは「ク
レア・アンドローン *klea andron*」であり，「人間の輝かしい業績」とで
も訳されうるものである。この言い回しが，叙事詩の主題をうまくまと
めている。「クレア *klea*」の単数形の「クレオス *kleos*」という語は「噂」
「風評」「聞こえ」ほどの意味を持ち，「聞く」を意味する動詞「クリュー
オー *kluo*」と繋がりがあるが，加えて「よい評判」も意味し，「名声」
や「栄光」と解することができる[12]。ある英雄が為した業績の栄光は，
本質的にはそれらが記憶に留められる可能性にかかっている。つまり，
叙事詩とは，記録する価値のある過去の出来事の記憶を伝えていくため
に機能し，そうした過去の出来事をその卓越性にそぐうような，かつそ
れを不朽たらしめる威厳ある方法で伝えていくことを使命とするのであ
る[13]。

　それゆえ，耳で聴くものであるという性質は，歌としての叙事詩の本
質と主題としての（英雄的）栄光にそもそも備わっているのだ。けれど
も，ホメロス批判が抱える一つの重大な困難は，私たちの手元にあるホ
メロスの詩が「書かれたもの」としてあるという事実にある。したがっ
て，ホメロスの詩のテクストが辿った歴史，すなわちどのようにしてそ
れが古代から現代に伝えられたのか考察することが重要となる。

　12）　Chantraine (1999) 541 および Beekes (2009) 712–13 をそれぞれ参照のこと。
　13）　「耳で聞いて記憶される戦物語」を日本の例で考えれば，琵琶法師の語る『平家物
語』を思い出すと分かりやすいかもしれない。

3 テクストとその起源

　大多数の古代ギリシア文学と同じく，ホメロスの叙事詩は古代の文書から復元されたわけではなく，現代に至るまで連綿と筆写されて（そして印刷されて）きた。異なるテクスト伝承の数々を擦り合わせて「原文」を推定するのが現代の校訂者の仕事であるが，どのような文脈で作者がそう書いたのかが分かっていてもなお，それは難しい作業だ。ホメロスの叙事詩においてはなおさらのことである。その成立年代も不明で議論が割れているし，作者が一人だったのか，それとも二人（『イリアス』，『オデュッセイア』で一人ずつ）だったのかさえ分からない。

　ごく僅かの例外を除いては，古代の人々はそれら二大叙事詩を「ホメロス」の作品とすることには一致していた。しかし，いつ，どこに「ホメロス」が生きたのかに関しては意見の一致を見ない。『イリアス』，『オデュッセイア』をそれぞれ別の作者に割り当てる人もいれば，両叙事詩はばらばらに断片化してしまった詩人の作品をあとから寄せ集めたものだと主張する人もいる。ホメロスの生涯に関して，またホメロスなる人が実在したのかどうかについても，信頼に足る歴史的証拠はない。現代の学者に広く受け入れられている見解では，「ホメロス」とは伝説上の名前であり，おそらくは「集会場」（歌の競技が催された場所）あるいは「（歌を）組み合わせる人」を意味する古代語から来ているのだろうということになっている[14]。古代の人々が様々に言う成立年は概して極めて古い時代だが，あてにはならない上，アルカイック期[15]ギリシアについて分かっていることと整合しない。ホメロスの詩の起源に関して言えば，これらの詩が前6世紀遅くのアテナイでは知られていたことは確かである。しかし歴史記述に基づく証拠が現存しないため，学者たちは軍事技術などに着目して，詩の中に見られるものと歴史や考古学から

　14）　West (1999) および Nagy (1979) 296–300 を参照のこと。

　15）　前8世紀から，クセルクセス王（Xerxes I, 在位前486–前465）率いるペルシア勢がギリシアに攻め入った前480年までを一般的にアルカイック期とする。続く古典期は前5世紀から前4世紀のおおよそ200年間を指し，その後にヘレニズム期が続く。

知られているものを関連づけようとしている。今日では，その起源は前750年から前520年（依然かなり幅があるが）の間にあっただろうと広く意見の一致を見ている。

　ホメロスの詩に関する典拠の大多数はビザンツ時代（後9世紀以降）の写本に依存しているため，推定成立年代から1500年以上後のものということになる。これらの写本は，かなり一貫したテクストを伝えているものの（つまりどのようなテクストが流布していたかは推測できる），引き写し元のテクストはただ一つには求められず，古代後期（後4-6世紀）の失われた諸写本に拠るものだと考えられている。ヘレニズム期（前3-前1世紀）の校訂者たちは，ホメロスの詩のテクストを中世の写本に見られるような定まったものに確定するのにたいへん大きな貢献をしたようである[16]。それにもかかわらず，それら古代の校訂者たちの仕事は正確にはどういったものか，彼らのテクスト校訂の手法が現代のものとどれほど近しいか，つまるところ彼らの活動がいかなる影響を及ぼしたかという点について，学者たちの意見は一致しない。ヘレニズム期から紀元後1000年までの間に書かれた古い写本の破片（パピルス）が，多くはエジプトで発見されており，そうしたパピルスに書かれたテクストから，ホメロスの詩文の大体はその時代までにしっかりと確定されていたことが明らかになった[17]。しかし，それらのパピルス間でも，また特に前150年くらいまで流布していた詩文と比べても，いくつかの差異があることも確かである。それ以前の時代で決定的だったのはおそらく前520年であり，この時アテナイの重要な祭事の一つ大パンアテナイア祭[18]においてホメロスの叙事詩すべてが定期的に朗唱されるよう制度化

　16）　ホメロスの作品の体系的な整理は，アレクサンドリア図書館で行われた。特に大きな業績を残した人物として，ビュザンティオンのアリストパネス（Aristophanes of Byzantium，前257頃-前180頃，同名の喜劇作家とは別人），サモトラケのアリスタルコス（Aristarchos of Samothrace，前216頃-前144頃）がいる。

　17）　パピルスについては，Parsons (2007)，また本書第11章を参照。学校の手習いでホメロスなどの詩行を書いたパピルスが裏紙として使われていたらしく，当時のゴミ捨て場から，写本伝承から失われたテクストが発見されることもある。ギリシアやローマでは，気候の問題から埋没したパピルスは失われてしまったが，エジプトでは今でも発掘調査が進められるほど残存している。女性詩人として知られるサッポーの知られざる詩行が，ミイラを包んでいたパピルスから発見されたこともある。

　18）　パンアテナイア祭はアテナイの守護神アテナを祀る祭典であり，行列や犠牲式を伴って毎年開催されていた。4年に一度は「大」パンアテナイア祭となり，運動や音楽など

38　　　　　　　　　第 1 部　記憶と再現

された。複数の古代の文献が朗唱の準備の際の入念さを伝えていること
を考えれば，ここで，もしかすると初めて「公式の」テクストが制定さ
れたということかもしれない。また，『イリアス』『オデュッセイア』そ
れぞれが 24 のラプソディ（一回の朗唱に適した分量で，現代では「巻」や
「歌」と言われる）に分けられたのもこの時かもしれない[19]。

　ホメロスの詩のテクストが持つ歴史を概観してきたが，いつ，どう
やって，『イリアス』『オデュッセイア』が圧巻の長さ（合計約 28,000 行）
を誇る一つの作品として現在のような形になったのかについては結論を
与えられない。よって，ホメロスの詩の成立について同時代の証拠がな
いこと，一人（ないし二人）の作者の存在について不確定であることも
十分説明されたとは言えない。多くの学者が考える，分かりやすい解決
策としては，両詩の作者は自ら，ほぼ古代から今に伝わっているような
状態の『イリアス』『オデュッセイア』に取り組んでいたのだとするこ
とだ。だが，一番頭を悩ませるのは，『イリアス』『オデュッセイア』が
一人，あるいは二人の作者によるゼロからの作だと考えるのが難しい
というまさにその点である。この問題は，ふたつの叙事詩が持つ「伝承
的」性格に起因するものであり，「ホメロス問題」として知られる諸問
題の核心でもある。

　ホメロスの叙事詩の主たる目的は，輝かしい偉業の記憶を伝えること
にあると見てきた。詩中に登場する歌い手は，聴衆が多かれ少なかれそ
の内容に親しんでいる歌の創造的な作者ではなく，詩を伝承し披露する
者として描かれている。歌い手は巧拙どちらにしろ物語を伝える能力は
あるが，発案は重要な資質ではない。詩それ自体も，同じ目線で語られ
るべきである。なぜなら，叙事詩は英雄の世界と題材についての知識を
前提条件とし，その知識は聴衆に知悉されていたに違いないからであ
る。何が受け継がれたもので，何が新しいものなのかを明らかにするこ
とは，確かにホメロス批判の最も興味をそそる問題の一つであり，最も
難しい問題の一つでもある。その問題は，ホメロスの詩に向き合う上で
重要であり，しかもホメロスの詩がどう成立に至ったのかを理解せんと

の様々な種目で参加者が競った。
　　19）　West (2001) 17–19 の論による。他の見方については Jensen et al. (1999) を，テクス
ト伝承と「異読」という難問については最新の Pontani (2024) を参照。

するならば欠かすことのできないものである。こうしたホメロスの詩の伝統的性格は，幾世代もの詩人たちがこの題材を取り扱ったのだという広く受け入れられている仮説と決して矛盾しない。だとすれば，ただひとりの作者，ただ一つの原文をどこまで想定できるだろうか？ そして，『イリアス』『オデュッセイア』の裏にすべての糸を引く「仕掛け人」がいなかったのならば，起源はただ一つだとどうして言えようか？ そう，ホメロス問題の中心課題は，厳密に言っていつ，どうやって『イリアス』『オデュッセイア』が書かれたかであり，（もしいるならば）それらを著した作者と，作品の背景となる詩作伝統との間にいかなる関係があるのか，ということなのである。

4　ホメロス問題へのアプローチ

17世紀から18世紀に，『イリアス』『オデュッセイア』は本当に一人の作者の手によるものなのか，という疑いが大きさを増し，ホメロス問題の主な論点となった。両叙事詩の伝統的な性質，成立に関する古代文献の情報に見られる齟齬，構造上の欠陥に対する指摘などを基盤とするホメロス「分析論」は，19世紀から20世紀初葉まで話題の中心を占めることとなった。

分析論者とは，「『イリアス』『オデュッセイア』の各部分を批判的に読むことで，各箇所は互いに異なる時期または異なる詩人により書かれたのだと示そうとする学者」と定義される[20]。この分析論は，その創立の端緒はフリードリヒ・アウグスト・ヴォルフ[21]（Friedrich August Wolf, 1759–1824）の『ホメロスへの序論 *Prolegomena ad Homerum*』（1795年）に帰せられるのが普通であり，大まかに二つの理論に分けることができる。ある詩人の作った原型を核として，後代の詩人がそれを拡張していったのだとする拡張理論と，卓抜な一人の詩人が先に成立していた「歌」の数々を融合させたとする層理論である[22]。ホメロスの詩をかつて

---

20)　West (2011a) の‘Analysts（分析論者）’の項目を参照のこと。

21)　ドイツの古典学者。文献学の父と言われる。

22)　注20に同じ。

ないほど体系的に検証したこのような研究は，今だに参照の価値がある。しかし，作品にいくつの層があるか，それらをどう区別するか，成立の段階をいかに説明するかなど，そのあまりに込み入った結論は互いに矛盾を孕むため，分析論者たちは詩の芸術性を貶め，論証不可能な仮説に基づいた堂々巡りの議論をしていると昔から批判され続けている。

　分析論者の対極として知られているのが統一論者である。彼らは，『イリアス』『オデュッセイア』は一人（または二人）の極めて優れた詩人の手によるものであり，批評家の使命は，その詩人の芸術的手腕を説明し人々に理解させることだと考えていた。現代では，ホメロス学者の大多数が統一論者であると言って差し支えないが，それは今伝わっているようなホメロスの両叙事詩を，そういうものとして研究されるべき一つの有機体と研究者が見ている限りの話である。とはいえ，最新の統一論者が提唱する作品の体系論が分析論的手法を用いていることは注目に値する。つまり，原型となる核に，同じ作者が長年にわたって付け足していったのであろう作品の層を突きとめようとしているのだ[23]。

　しかし，これらの研究はあくまで例外に過ぎず，ホメロス問題の焦点は 20 世紀の間に急激に詩の口承詩的側面へと移ってゆく。ホメロスの詩の起源は，究極的には口承段階，詩が文字の助けなしに作られた時期まで遡れるはずだと長らく想定されていた。このことが詩の理解と成立の歴史にどのような影響を与えるのかという点については，ミルマン・パリー[24]（Milman Parry, 1902–35）が現れるまでは重要視されていなかった。まず，彼はホメロスの言語と言い回しに広く観測される側面，特に「足疾きアキレウス」などのエピセット[25]表現が，一人の人間によって

　　23）　West (2011b), (2014) をそれぞれ参照のこと。統一論者の代表であるマーティン・ウェスト（Martin West, 1937–2015）は，West (2011b) 4 で「本書の目的は，イリアスが着想されその後筆記されるに至るまでの各段階を解明し，詳細に説明することにある」と述べている。ウェストはオックスフォード大学の研究者で，『神統記』研究から出発し，古代の音楽や文学など幅広い分野で活躍した。特に，オリエント学をホメロス研究に導入して，西洋古典学の最先端を牽引し続けた。最新の分析論的研究には Lucarini (2019) がある。研究史の概要については Tsagalis (2020) を参照のこと。

　　24）　アメリカの研究者。彼と後出のロードの研究は，古典文学のみならず現代口承詩研究の草分けとなった。33 歳という若さでこの世を去ったが，遺稿が息子アダム・パリー（Adam Parry, 1928–71）の手で編集，刊行された。アダムもまた古典研究者である。

　　25）　和歌の枕詞に似た要素で，それ自体は大きな意味を持つものではないが，修飾する名詞を導く機能を果たしている。

2 ホメロス問題に挑む 41

発明されたはずはなく，何世代もの歌い手が発展させたものに違いないと示した。これらのいわゆる「定型表現 formulae」[26]が持つ構造の「拡張」（量）と「経済性」（韻律が要求する条件の遵守）は，アポロニオス・ロディオス（Apollonios Rhodios, 前 3 世紀）やウェルギリウス（Vergilius, 前 70–前 19）など，のちの文字時代の叙事詩人には見られないものである。したがって，ホメロスの言語は局所個人的なものではなく伝統的なものであり，英雄詩の口承において機能的なのである。パリーとその弟子アルバート・ベイツ・ロード[27]（Albert Bates Lord, 1912–91）は旧ユーゴスラヴィアでフィールドワークを行い，文字を用いない歌い手が英雄詩を披露するところを録音した。比較の結果，こうした英雄詩と同様，ホメロスの詩も口承詩の生きた伝統の産物と考えられるべきだと彼らは結論づけた。

　上述のような「口承詩論」モデルが想定するのは，難解な韻律の制限下で即興により詩作した，文字を用いない詩人である。以前の分析論者たちと同じく，口承詩論者たちもじきにホメロスの詩の有機的芸術性や詩作の巧みさを軽視していると非難された。確かにパリーはホメロスの定型的言葉遣いが口承詩の伝統によるものだと示したが，当時の南スラヴの詩からの類推を根拠とした，文字を用いない詩人による口承での詩作という理論は，歴史的・文化的理由から，完璧には程遠かった。世界中の口承詩に関する比較研究や民族誌学的研究は分野を拡大し，じきにその多様性と，筆記と口承が制作にもたらす相互作用の多くの事例を明らかにすることになった。詩の披露にあたって即興で作詩する，文字を用いない詩人という像は多くの可能性のうちの一つに過ぎず，今日ではホメロスに関しては広く受け入れられていると言うには程遠い[28]。それ

　26）　韻律にうまく嵌まるような人名＋枕詞の結合のこと。古典ギリシア語には母音の長・短の区別があるため，それを組み合わせてリズムを構成する。『イリアス』，『オデュッセイア』はヘクサメトロス（六脚韻）と呼ばれる韻律で歌われ，‒ ⌣ ⌣（長・短・短）の一単位が六つつながる ‒ ⌣ ⌣ ‒ ⌣ ⌣ ‒ ⌣ ⌣ ‒ ⌣ ⌣ ‒ ⌣ ⌣ ‒-x（最後の x 部は短・長どちらでも可）で 1 行が構成される。詩行の韻律に当てはまる語の組み合わせ（句）を用いることで，その部分の内容を新たに考える手間が省けるとともに，詩を朗誦するにあたっては，そのリズムが記憶の助けとなっていたとも言われる。例えば ποδὰς ὠκὺς Ἀχιλλεύς（‒ ⌣ ⌣ ‒ ⌣ ‒）「足疾きアキレウス」や πολυμῆτις Ὀδυσσεύς（‒ ⌣ ⌣ ‒ ⌣ ‒）「知謀豊かなオデュッセウス」などが頻出する。

　27）　ハーヴァード大学の研究者。パリーとの研究で口承詩研究の端緒を開いた。

　28）　口承詩論に関する最新の議論には Friedrich (2019) がある。

42　　　　　　　　　　第 1 部　記憶と再現

でも，叙事詩の制作過程で口承と筆記の間に生じる相互作用がどれほど
のものかを決することは依然として難しいままであり，間違いなく今も
ホメロス問題の中心にある。口承と筆記に関する問題という文脈におい
て，言及する価値のある現代理論は三つあるが，まずは前提を述べてお
く必要がある。アルファベット記法がギリシア世界で広まったのは早く
ても前 8 世紀の前半だが，その時には十中八九，英雄詩は口承で広く
人々に知られていた。筆記の導入がただちにこの伝統に終焉をもたらし
たとは考えられない。ギリシアの文芸文化は，前 4 世紀に入ってもな
お基本的には上演文化であり，詩といえば読むものではなく聞くもので
あった。以上が前提となる。

　（1）筆記と詩人の創作を最重要視するモデルでは，『イリアス』およ
び『オデュッセイア』はそれぞれ特異な才能をもつプロの歌い手によっ
て制作されたものとされる。よってこれらの叙事詩は，口承詩の様式と
テーマを提示するものとなっており，詩人はそうした口承詩を即興で作
る訓練を受けていた。筆記の技術は基本的に彼らのやり方には影響せ
ず，むしろ有機的・記念碑的作品となるべく作品を入念に見直すことを
可能にした。これらの詩人は作品の原稿を残し，それが何世代もの歌
い手によって伝えられ普及していった。その過程で施された変更の中に
は，はっきりと判別できるものもある。つまり，ここでいう筆記による
伝承の過程は，後代の詩の伝承と基本的には変わらないものとして想定
される[29]。
　（2）翻って，「ディクテーション（書き取り）」理論では，叙事詩の作
者が文字を用いない詩人であって，一人の，もしくはそれ以上の人に自
分の作品を書き取らせたと考える。その場合，『イリアス』および『オ
デュッセイア』は，詩人が伝統的題材をもとにして，一生涯にわたる朗
唱を通して完全に頭の中で生み出したものである。だが，筆記者によっ
て書き留められた詩行が変容という過程を避けて通れないこと[30]は，民

　29）　West (2001) 3–32 を参照のこと。
　30）　手書きの写本が伝承の過程で避けることができない変容や過誤については，本書第
10 章を参照のこと。

族誌学における類例からも明らかである[31]。こうして作られた写本の運命と，そこから派生する筆写伝統の歴史については，上述の理論（1）のように比較的単純なものだった可能性もあれば，あるいは後出の理論（3）のように複雑なものだった可能性もある。

　（3）いわゆる「進化理論」は，推定される作者の作り手としての人格は重要視せず，口承伝統の歴史に最も重きを置く。『イリアス』および『オデュッセイア』は何世代もの口承詩人たちが集合的に生み出したものであって，ひとり或いはふたりの個人の創造による産物ではない。創造的な口承伝統がヘレニズム期に至るまで口承詩人たちの語りと詩作の様式を形作り，その結果，筆記されたテクスト一つ一つが，他の詩人の手ですでに完成されていた作品を表記したものではなく，伝承されてきた作品を個別的に具体化したものとなった。進化理論モデルは時が経つにつれて詩のテクストがどんどん固定されたものになったと提唱し，今日にまで伝承されてきたホメロスの叙事詩の「標準」版はおおよそヘレニズム期の文献学の産物であると見る[32]。ホメロスの詩行は，数世紀に渡って披露される中で絶え間なく再構成されてきたものなのだから，それらの「原テクスト」を求めるのは誤解を招く行為である。

　ざっとではあるが，こうして見ると，口承と筆記との間の境界が，『イリアス』および『オデュッセイア』の制作過程とテクスト史の理解にとっていかに重要なものになったかが分かる。しかし，解釈の段階では，統一論的に両叙事詩を有機的全体とみなす方向で一致してきている。それでも，上記のようなホメロス問題に対しての態度は，間違いなくその人のホメロスの読み方に影響してくる。この章の最後では，異なるアプローチがいかにして制作過程を念頭に置いたホメロス読解に有意義に寄与するのか，一つの例を示して結論とする。だが，まずは『イリアス』および『オデュッセイア』の内容を説明し，その物語をアルカイック期ギリシアの伝統的英雄叙事詩の広大な文脈の中に位置付けておくと都合がいいだろう。

　31）　Janko (1998) および Ready (2019) を参照のこと。
　32）　Nagy (1992) を参照のこと。

5 『イリアス』,『オデュッセイア』とトロイア戦争に まつわる叙事詩の伝統

　ホメロスの詩は朗唱される意図の下にあったこと，聴衆は叙事詩というジャンルとそれが扱うテーマや登場人物に親しんでいるという前提があったことをこれまで示してきた。『イリアス』と『オデュッセイア』はトロイア伝説の一部を成し，その伝説の中心には，ミュケナイの王アガメムノンが指揮するギリシア人（詩中では「アカイア人」）連合軍が，10年間に渡り北西アナトリアの都市トロイア[33]（またの名をイリオン[34]）を包囲侵攻した戦争が存在する。この戦争は，トロイアの王子であるパリスが，ゼウスの娘であり，アガメムノンの弟のスパルタ王メネラオスの妻であったヘレネを誘拐したことに端を発する。トロイアは10年ののち，ギリシアの英雄オデュッセウスの計略によってついに陥落する。すなわち，ギリシア勢は戦争を放棄したと見せかけて退却し，トロイアへの贈り物として巨大な木馬を後に残した。トロイア勢はその木馬を城壁の中へ引き入れ終戦を祝ったのだが，ギリシアの兵士たちが夜中に木馬の中から飛び出し，友軍のために市門を開け，トロイアを陥落させたのであった[35]。ギリシアの英雄の多くはその遠征から帰還するにあたって困難に直面したのだが，これ[36]もまた伝説の重要な一部分であり，『オデュッセイア』もそれに含まれる。

　トロイア伝説にまつわるアルカイック期ギリシアの詩で現存するのは『イリアス』および『オデュッセイア』だけだが，関係する物語の数々は当時間違いなく，口承であれ文字の形であれ普及していたはずであ

---

　33)　現在のトルコ西部，チャナッカレ県にあるヒサルルクの丘の遺跡が，古代のトロイアであるとされている。

　34)　『イリアス』という題は舞台となったこの町からとられ，「イリオンの歌」を意味している。

　35)　この部分が有名な「トロイ（トロイア）の木馬」の物語である。『オデュッセイア』第8歌492–520行では，歌い手デモドコスがこれについて歌うが，楽しい宴会の中で，戦の記憶を思い出したオデュッセウスは一人涙を流す。

　36)　アイスキュロス『アガメムノン』が典型だが，エウリピデス『ヘレネ』は主流とは異なる伝説に題材を採っている。

る。ホメロスの叙事詩も含めて，トロイア伝説の出来事すべてを網羅する一連の詩群（「叙事詩の環[37] Epic Cycle」）があったことは知られている。これらの作品について，伝わっているのは後代の要約と，多数の短い断片だけだが，これらの詩群はおそらくホメロスの詩よりも後のものでありながらも，『イリアス』や『オデュッセイア』と同時代かそれ以前の，さらに初期の物語を下敷きとしていた。トロイア伝説は，古代を通してギリシア・ラテン文学のすべてのジャンルに物語の題材を提供し続けたものであるがゆえ，ホメロスの詩はトロイア伝説が擁するより広い背景に照らして読むべきなのだ。

　『イリアス』の最も目覚ましい特徴の一つは，ごく一部を物語ることでトロイア戦争全体を網羅しているところにある。『イリアス』の概略は次のようになる。戦争の10年目に，ギリシアの最も偉大な英雄，神の血を引くアキレウスが，軍勢の指揮官であるアガメムノンと口論になる。その結果，アキレウスは自身の軍隊を戦闘から引き揚げさせた。アキレウスの母である女神テティスは，アキレウスが恨みを晴らせるよう神々の王ゼウスに頼む。アキレウスを欠いたギリシア軍は，トロイアの王子ヘクトルに率いられたトロイア軍に大敗し，ギリシア人たちはアキレウスに戦線復帰を求めるが聞き入れられない。トロイア軍がギリシア軍の船団に迫ってくるとようやく，アキレウスは自らの代わりに親友であるパトロクロスを戦線に送り出したのだった。アキレウスの鎧を身にまとったパトロクロスは，トロイア軍を退却させギリシア軍を危機から救うものの，ヘクトルに殺されてしまう。悲しみに打ちひしがれたアキレウスは，アガメムノンへの怒りは捨て，ヘクトルへの復讐に燃えて戦線に復帰する。雌雄を決する決闘の末，彼は復讐を果たし，アキレウスはパトロクロスの葬儀を執り行う。だが，彼の怒りの炎は冷めやらず，ヘクトルの葬儀を挙げることを許さない。ここで再びゼウスが介入し，アキレウスは最後には怒りを鎮め，ヘクトルの遺骸を彼の父，老王プリアモスに返還する。この二人は印象的な出会いの中で，人間の苦難がもつ普遍性に思いを馳せる。妻と母，そしてヘレネの嘆きに送られながら，ヘクトルの大々的な葬儀で詩は終わる。

───────────

37）　詳細は本章第6節を参照のこと。

これらの出来事の紆余曲折は，戦争全体の 10 年間のうちたったの 51 日間で展開する。『イリアス』が戦争の全体像を描くべく用いている手法の一つに，戦争の別の局面にむしろ適していそうなエピソードを物語るというものがある。これは詩の最初の部分，第 2 歌から第 7 歌の間に顕著であり，ギリシア・トロイア両軍はあたかも初めて戦闘に配備されるかのように描かれ，ヘレネはギリシアの首領たちについてプリアモスに委細説明してみせ，トロイアの陥落について神々の間で協定が結ばれる場面が語られる。二つめの箇所に関しては，詩が対象とする時間を拡大するために，『イリアス』の時間軸の外にある出来事について登場人物に語らせている。ヘレネの誘拐や，トロイアを攻める船団の一覧表[38]など，過去 9 年間の戦争中の出来事がここで言及され，同じくトロイアの陥落もよく仄めかされる。特に終盤の第 18 歌から第 24 歌で顕著な，アキレウスの死への言及も同様である。これらは学者の間で数多の議論を引き起こしてきたものであるが，この章の最後でもう一度触れよう。

　『オデュッセイア』はさらに分かりやすいお話だが，より複雑な語り口をしている。トロイア戦争が終わってすでに 9 年になるが，木馬の作戦を考案した英雄オデュッセウスは，自らが王としての立場を占めるイタケ島へまだ帰り着いていなかった。彼の妻ペネロペイアと息子テレマコスのところにはオデュッセウスに関する知らせは届いておらず，求婚者の集団は，ペネロペイアと結婚しイタケの支配者たらんとして，オデュッセウスは死んでもう帰らない者のように振舞っていた。求婚者たちはオデュッセウスの王宮を事実上占拠し，財産を食い潰していた。ゼウスの計らいによって，オデュッセウスは女神カリュプソと長らく暮らしていた不思議な島オギュギエをようやく出発する。筏でイタケに向かっている途中，彼に敵意を抱く海神ポセイドンが起こした暴風によって進路を逸れ，これまた不思議なパイエケス人の島に漂着する。この島で手配された船に乗せられて，オデュッセウスはようやくイタケにたどり着く。ここで，彼は家の支配を取り戻すための計画をついに実行する。乞食の変装をして王宮に入り込んだ後，息子の手を借りて求婚者を

38）　注 9 も参照のこと。

皆殺しにしたのだ。そこでやっと彼は自らの正体をペネロペイアに明かし，老父ラエルテスと再会して，求婚者たちの遺族と和解に至った。これでやっと平和に島を統治できる。

『イリアス』に色濃く見られるような血生臭い趣は，オデュッセウスが求婚者たちを容赦なく殺戮する時に感じられるけれども，『オデュッセイア』がただ一人の人物に焦点を当て，摩訶不思議な冒険を語り，前向きな結末を迎える事実を考えると，『イリアス』とはかなり趣向を異にすることが分かる。とはいえ，『イリアス』にあったような，物語の外にある神話的な出来事さえ網羅してしまう方法の数々はここでも認められる[39]。繰り返しになるが，実際の物語の中ではたった41日しか経過していないにもかかわらず，作品全体では少なくともトロイアの陥落以降10年間の出来事が網羅されようとしているのである。オデュッセウスがトロイアを去った後どんな事態に見舞われたのか，帰路でどのように朋友全員を失ったのか，また，彼が目にした人々や怪物，そして冥府への訪問。これらすべてがオデュッセウス本人の口から，パイエケス人の宮殿で語られるのだ。この有名な逸脱は，全24歌のうち実に4歌（第9歌-第12歌）を占めており，すぐにオデュッセウスのイタケ帰還が続く（第13歌）。トロイアの陥落，そしてトロイアの木馬の逸話は，パイエケス人の宮殿で歌われる（第8歌）。第11歌の「冥府（ハデス）」（「地獄」に相当する）下りでは，オデュッセウスはかつてのトロイアでの戦友たちと会う。殺された求婚者たちが冥府に導かれた際には，アキレウスとアガメムノンが自らの生涯を振り返り，死について言及する場面もある。トロイア戦争のすべてが『イリアス』の背景となったように，『オデュッセイア』はギリシア軍の「帰還」を背景としている。第3歌と第4歌では，父についての知らせを求めてテレマコスが思慮深い老齢のネストルとメネラオスの許へ赴くが，どちらの英雄も，トロイアから無事帰還していたものの，オデュッセウスの消息は聞いていなかった。その代わり，彼ら自身の（成功した）帰還，また他のギリシア人たちの帰還について語る。特に，『オデュッセイア』を通して，ミュケナイに

---

[39]　この点は『オデュッセイア』の詩人が，偉大な先駆者（『イリアス』の作者のこと）を真似た結果であるとされてきた。『オデュッセイア』が『イリアス』を模倣したかという議論については，Currie (2016) 39-47 および Ballesteros (2020) を参照のこと。

48　　　　　　　　　　　第 1 部　記憶と再現

帰り着いてすぐ不貞の妻に殺されたアガメムノンの話は，オデュッセウス自身の話を引き立て続ける。なぜなら，オデュッセウスの妻ペネロペイアは貞節であり続け，オデュッセウス自らも最後には家の支配を取り戻すことができるからである。

　ホメロスの叙事詩はこのようにして，トロイア戦争と，その後の出来事を取り巻く，より広範な伝説の系譜と相互に連関する。物語内に収まらない時間軸へも焦点を当てることで，『イリアス』と『オデュッセイア』はトロイア伝説の全体を内面化し，またある意味で，それ自体の中に包摂するのである。知られている限りでは，この方法はアルカイック期の他の叙事詩には類を見ず，前 4 世紀の偉大なる哲学者にして批評家アリストテレス（Aristoteles, 前 384-前 322）をしてホメロスを絶賛せしめた。この事実が今だに，両叙事詩の重要性の証左となっている[40]。

6　ホメロスとその出典

　ここまで見てきたように，『イリアス』や『オデュッセイア』の作者が前の時代の，あるいは物語の外の題材をどの程度利用していたかがホメロス問題の核心であり，ホメロス学者の間で激しい議論を呼ぶ論点でもある。「ホメロス」の手元には，先行作品が書かれた状態であったのだろうか？　それとも，文字を使わない口承詩人だったとしたら，ゆらぎのある口承づてでしか知らなかったのだろうか？　ホメロスの詩は先行作品を受け手に意識させたり，模倣したりできたのだろうか？　あるいは，そうした行為は文字を駆使できる詩人の特権だったのだろうか？　大部分が失われてしまった「叙事詩の環」作品群にまつわる証拠を，ホメロス作品の源を推定する際に用いることができるのだろうか？　このような疑問を抱く批判学派として知られているのが「新分析派」であり，20 世紀後半に台頭してきた。彼らは分析派の手法を用いて，例えば詩の内容の矛盾を探り出し，それを複数回に及ぶ創作の積み重ねや，

　　40）　アリストテレス『詩学』1459a.「叙事詩の環」の詩人と比較したホメロスの卓越性については，Griffin (1977) や Finkelberg (2011b) を参照のこと。

２　ホメロス問題に挑む　　49

複数の出典の撚り合わせの証拠として見ようとする。だが，分析派と異なるのは，新分析派が一つの叙事詩にひとりの作者を想定している事である。新分析派は「叙事詩の環」に関する証拠を重視し，それらの中にホメロスが利用した題材の痕跡を認める[41]。近年，新分析派は口承詩理論と親和性を深めており，古代の文学作品に見られる題材の受容とそれへの言及を口承詩理論の枠組みの中で考えることが可能になった。新分析派の観点に立つと，ホメロスはおそらく，文字を使う詩人たちのように書かれたものを再利用したのではなく，口承の物語を実際に諳んじ再配置することができたということになる。

　当然，批評家たちは，ホメロスがいかにして利用可能な題材（そしていかなる種類の題材）を配置したのかという疑問に答えることになる。その際，彼らがホメロスの叙事詩の成立をどう見るか，口承で成立したと考えるのか文字で書き留められて成立したと考えるのかが問題になる。この章の最後では，分かりやすい例を一つ取り上げ，互いに異なり衝突する見方のもとに検討する。これで，どの見方を取ってもホメロス叙事詩の理解に益するところがあると分かるはずである。この例は『イリアス』の主役であるアキレウスの死を含むため，特に興味を惹くものと思う。

　『イリアス』の一つの大きな転換点は，アキレウスの親友パトロクロスの死である。パトロクロスはアキレウスの鎧に身を包み戦場へ繰り出し，トロイア軍を敗走させるが，ヘクトルに殺されてしまう。ここに至り，アキレウスの怒りは焦点をアガメムノンとギリシア人たちからヘクトルへと移す。『イリアス』中でアキレウスが見せる英雄的ふるまいの一つの特徴は，彼がトロイアで死ぬことを運命付けられているということにある。特に第 9 歌に顕著で，アキレウスは敗走してきたギリシア人たちからの贈り物を断り，戦線復帰の要請も拒絶する。そして，トロイアで戦死することで成る不滅の栄光よりも，ギリシア本土へ戻っての平穏な生活がいいと言い放つ。しかし，パトロクロスが死んだ時，アキレウスは戦線復帰と友の復讐を決心する。たとえ命を賭けることになる

　41）「叙事詩の環」については，West (2013) で網羅的に扱われている。本文中で扱われる以外にも，『キュプリス』『小イリアス』などの作品が伝わっている。

としても。アキレウスの死の自覚は『イリアス』を通して見られるが，特に彼の母である女神テティスの人智を超えた知識によってもたらされる。さらに，死にゆくヘクトルが最期の言葉を伝える時，彼はアキレウスが殺される様をまさしく予言する[42]。『オデュッセイア』第11歌で，オデュッセウスが冥府でアキレウスと出会った際，アキレウスは，曖昧にではあるが，生きているだけでも死ぬよりはましだと言う[43]。死んでしまったアガメムノンとアキレウスが冥府で会話を交わす第24歌の場面では，アガメムノンがアキレウスの盛大な葬儀について述べる[44]。これらのすべてから，叙事詩の伝統に代々伝わる項目の中でも，アキレウスの死は定番の題材であったことが明らかになる。しかし，彼の死は『イリアス』ではそこまで詳細に語られず，叙事詩そのものがトロイアの陥落を象徴するヘクトルの死で終わる。もし伝わっている『イリアス』に一人の作者だけを認めるのならば，ホメロスはこうしてアキレウスの死という伝統的題材を配置した，ということになる。つまり，ホメロスはアキレウスの死を詩の本編には組み入れないことを選んだのだ。これに対して，新分析派の有力な理論に言わせると，ホメロスは伝統的題材をさらに積極的に再利用した。その鍵となるのが『イリアス』第18歌の冒頭シーン，アキレウスが若い兵士アンティロコスからパトロクロスの戦死について聞かされる場面である。

　女神テティスがアキレウスの悲痛な叫びを聞くと，語りの焦点はテティスの住まう海へと移る。海中にある父神の住居で，血を分けた姉妹女神たち（ネレイデス）に囲まれながら，テティスは嘆きの演説をぶつ。重要なのは，この嘆きの演説が，パトロクロスに向けたものではなく，アキレウスに向けたものであるという点である。テティスは，アキレウスが故郷に帰り着くことはないと知っている。ついで，ネレイデスに伴われて，息子アキレウスと話をするためテティスは海中から出る。それに続く以下の対話の中で，アキレウスはヘクトルを殺す算段を披露するのである。ヘクトルと間を置かずお前もじきに死んでしまうだろうという母テティスの予言も意に介さず。

---

　42)　『イリアス』第22歌358-360行。
　43)　『オデュッセイア』第11歌467-540行。
　44)　『オデュッセイア』第24歌35-96行。

2 ホメロス問題に挑む　　51

それに対して今度はテティスが，涙を流しながらに言うよう，
「きっとあなたの寿命もじきに尽きよう，話のようでは。だって直
ぐさま　ヘクトールにつぎ，死ぬ日があなたを待っているのです」。
それに大そう気色を損ねて，脚の速いアキレウスが言うよう，
「直ぐさま死んで終いたいもの，友達が殺されるという間際にさえ
も護ってやれない仕末ですから。それで彼奴は祖国から全く遠いと
ころで，私が破滅を　防いでやれないばっかりに死んだのでした」。
(ホメロス『イリアス』第 18 歌 94–100 行)[45]

今こそ私は出てゆきます，愛しい友を殪した男，そのヘクトールと
出で会うために。死の定業は　いつなりとも身に受けましょう，ゼ
ウスなり，余の不死なる神々なりが　果たそうと望まれる時。
(ホメロス『イリアス』第 18 歌 114–16 行)

それ故戦さを　止め立てしては下さいますな，慈しさからとて，無
駄なことゆえ。　　　　(ホメロス『イリアス』第 18 歌 126 行)

　テティスが神々の山オリュンポスに登っていくところで終わるこの
シーンは，慎重にかつ対照的に構成されている。感情の強烈な顕出，そ
れに続く英雄的解決は，ホメロスの詩のハイライトである。だが，ここ
で，ホメロスはアキレウスの死という既存の題材を再利用しているの
だろうか？　詩人としての手腕に関して，何か読み取れるところはない

---

　45)　西洋古典学においては，作品の詩行を挙げる際に作家の名や作品名，該当箇所を
記す。韻文であれば行数，散文であれば章や節番号を明記し，複数巻存在する場合には巻数
が添えられる場合もある。特に作家・作品については固有名詞であるため簡略表記が用いら
れる。例えば，ホメロスであれば Hom.，喜劇作家のアリストパネスであれば Ar. と書くだけ
で通じる。作品名については，『イリアス』は Il.，『オデュッセイア』は Od. でよい。なお，
作品名はギリシア語で書かれた作品であってもラテン語で書かれた作品であっても，ラテン
語表記のタイトルが略称に用いられる。ホメロス『イリアス』第 18 歌 94–100 行は Hom. Il.
18.94–100 となるわけである。これらの略記については，LSJ（書誌情報は本書巻末の総合
文献案内を参照）のリストが便利である。ホメロスの作品については，巻数とギリシア文字
の総数が同じ 24 であるため，例えば第 1 歌をアルファ，第 3 歌をガンマで示すことがある。
『イリアス』『オデュッセイア』を同時に扱う時は，『イリアス』の巻を大文字で，『オデュッ
セイア』の巻を小文字で示す。『イリアス』第 18 歌 94 行は Σ94，『オデュッセイア』第 24 歌
47 行は ω47 と書ける。さて，E. Hec. 864–65 とは誰の，何の作品か分かるだろうか？

か？

　「叙事詩の環」の一つに属する，『イリアス』の続きを描いた『アイティオピス』という詩の後代の要約から，アキレウスの死についてさらに分かることがある。新たな勇士，アイティオピア人のメムノン（詩のタイトルは彼にちなむ）がトロイア軍へ加勢に来る。メムノンはアキレウスの友アンティロコスを殺すが，決闘ののち，彼はアキレウスの手によって殺される。それから，アキレウス自らもパリスとアポロン神によって殺されることになる。まさに『イリアス』の中でヘクトルが予言していたように。この物語構造は，『イリアス』のそれと同一であり，アンティロコスがパトロクロスに，メムノンがヘクトルに対応する。この類似は偶然のものではない。しかし，どちらの詩がどちらに影響を与えたのかについては，ホメロス研究において議論の尽きない問題の一つである。『イリアス』の成立年代についても，『アイティオピス』の成立年代についても，確かなことは分かっていない。さらには『アイティオピス』は現存していないのだから（後代の要約は残っているが），作品内に根拠とできるものはない。

　新分析派の典型的な議論では，ホメロスは文字を用いた詩人であって，『アイティオピス』を下敷きに作品の筋を考えたとして扱うことが非常に多い。つまり，ホメロスはアンティロコスをパトロクロスに，メムノンをヘクトルに置き換えた，というわけである。パトロクロスの死に見舞われたアキレウスを，テティスが嘆くという場面は，先に成立していた『アイティオピス』から取られ，新しい文脈で配役を直されたのだというのである。しかし，ホメロスを丁寧に読む際に，この配役操作にはまだ見るべきところがある。パトロクロスではなく，アキレウスが嘆き悲しまれるべきであるという点が注目に値するからである。アキレウスの葬儀を叙述する『オデュッセイア』のシーン（第24歌47-59行）では，死んでしまったアキレウスをテティスとネレイデスが嘆き悲しむ。この場面こそ，「アキレウスの死を嘆くテティス」が，確立した伝統的テーマの一つであったということの明確な証拠であり，ホメロスはこれを意図して利用したのだ。もう一つの重要な証拠は，ヘクトルのすぐ後に死ぬであろうという，アキレウスへ向けたテティスの言葉である。ヘクトルの直後のアキレウスの死は『イリアス』の中には見ら

れず，現存する作品群から窺われる叙事詩伝統の中にも見られない。だが，『アイティオピス』では，アキレウスはメムノンのすぐ後に死ぬ。ホメロスがメムノンの物語（しかも特に彼の死にまつわる場面）を，メムノンとヘクトルを入れ替えて新しい文脈の中で採用したということを，テティスの言葉が示しはしないか。

　ごく最近，ホメロスは文字を使う詩人がするように，書き留められたテクストを利用したのだと仮定する必要を避けるために，全く同じ論が採用された。ホメロスが利用したのは，当時すでに書き留められた形で成立していた『アイティオピス』（あるいはその前身，仮説上の『メムノニス』[*46)]）ではなく，同じテーマを扱った口承の歌だった。この仮説上の口承で伝わる歌がどの程度確立されたものだったのかは不明だが，少なくとも一連の出来事とそれらが起きる順番（『アイティオピス』の要旨に見られるような）までは定まっていただろうと考えられている。口承詩理論が強調する，聴衆の知識と期待に着目して，古代のホメロス作品の聴衆は叙事詩一般とメムノンの話に親しんでおり，ホメロスが『アイティオピス』を利用したことが分かっただろうとも主張されている[47)]。このようにして，作品外の証拠を検討したり，分析派的に不一致を探し出したりする手法は深く掘り下げられ，凄腕の詩人が叙事詩を作り上げた方法や，後代の「書物文化」とは異なる文芸文化の中でホメロスの詩作法が持った意味についての洞察を得ることができる。このような文化においては，詩は朗唱されるものであり，古代の聴衆は物語の背景知識と作品への期待を有していた。詩人は，彼らの知識と期待を考慮に入れ，有効利用しなければならなかったのである。

　これでも十分，批判を尽くした結論と言えるだろう。だが，この論旨のどれだけが，確固たる事実ではなくむしろ仮定に基づくものであるか検証することもまた重要である。以下に挙げる相反する二つの見方によってこのことを明らかにしていこう。ホメロスの詩の成立過程についての現代研究が抱える致命的な決定不可能性と，それらが与えるテクスト理解への影響を強調しつつ見ていくことにする。

---

　46)　＊は，作品自体の存在が証明できていないため，作業仮説として想定していることを表す。
　47)　Currie (2016) 55–72, 61–63, 119–26 を参照のこと。

ホメロスのテクストの最も新しい版を編集したウェスト[48]は、『イリアス』の作者はメムノンを知らなかったと主張している。確かに、メムノン自身もメムノンの話も『イリアス』には登場しない。彼によれば、後の『アイティオピス』の作者が、むしろホメロスの傑作を模倣したというのである。テティスが嘆くシーンは、アキレウスの死についての話を反映していることは確かであり、それはホメロスもその聴衆も知っており、詩人自らもおそらく歌い慣れていただろう。しかし、ウェストによれば、ホメロスが知っていたそのような話や歌が『アイティオピス』のようなものであったと信じる理由はないというのだ[49]。この見方に逆行する事実の一つとして、アキレウスの葬儀場面を叙述する『オデュッセイア』にはメムノンの逸話について言及がある。これに対してウェストは、『メムノニス』*が成立したのは『イリアス』より後だが、『オデュッセイア』よりも先であると主張する。このような再構成作業が、「作品内容からの類推が許す以上の正確さをもたらすこと」[50]もなくはないが、この場合、ホメロスの利用した題材についてのウェストのユニークな解答を証明できるものはない。

　48）　ウェストについては注23を参照。古典作品のテクスト、あるいは底本は、最新の研究動向や新しいパピルス、資料の発見をうけて、その都度改訂されていく。テクスト校訂は、残存する写本や写本の余白に書き込まれた古代注釈者のメモ gloss、パピルス断片などを総合的に把握し編集する、非常に労力のかかる作業である。伝わる写本の間で記された文字列が異なる場合、それらは異読 variant として整理される。写本による文字列の相違、あるいは行の脱落（写本は手で転写されたので、書き間違い、書き落としというものが発生しうる）は、テクスト本文の下部にアパラトゥス・クリティクス *apparatus criticus* としてまとめられ、テクスト伝承を一覧できるようにしている。単語単位・文単位で全く異なるテクストが伝わっていることもあり、作品の内容・文法的観点から、どの読みに従うのか決定する必要がある。注釈者のメモが本文に紛れ込んでしまい、ある行の真贋が疑われることも少なくない。編者によっては、ある箇所について、伝承で伝わる読み、失われてしまった読みに対して、より適切だと思われる修正案 conjecture を提示することがある。こうしたテクスト校訂によって、写本を扱えなくとも古典作品に触れることができるのである。写本伝承については、Reynolds and Wilson (2014) も見よ。また、アパラトゥス・クリティクスはラテン語で書かれるのが普通で、テクスト校訂の性格上、必然的に術語が多くなる。そのため、注44で作家・作品名の略記について触れたように、アパラトゥス・クリティクスでも慣習的な略記法がある。add.（後代の書き込みである）、cett.（すべての写本で一致している）など。これについて、Tarrant (2016) 164–69 が参考になる。テクストの著名なシリーズとしては、ドイツのトイプナー Teubner、イギリスのオックスフォード・クラシカル・テクスト Oxford Classical Text、フランスのビュデ Budé がある。テクスト校訂作業の詳細は本書第10章を参照のこと。

　49）　West (2003) を参照のこと。

　50）　Currie (2016) 60, 注120 より引用。

2　ホメロス問題に挑む　　55

　また，新分析派の見解に対する別の反論では，ホメロスの詩行は「ホメロス的」用語によって違和感なく説明できる，つまり，現存しない文献を参照する必要はないとも言われている。もしそうならば，ホメロスが先に成立していた詩を利用したという仮説は不要になる。これによれば，アキレウスが生前にその死を嘆かれていたのは，ホメロスが用いた技法の典型的な例である。ヘクトルの妻アンドロマケは夫が生きているのに夫の死を嘆くし（『イリアス』第6歌），ペネロペイアも『オデュッセイア』の中で何度か夫の死を嘆いている。アキレウスの来たるべき死は『イリアス』そのものの中心的問題であるがゆえに，ホメロスがそのテーマをこのように利用したとしても驚くに当たらない。特に，物語の筋書きがもたらすパトロクロス・ヘクトル・アキレウスの死が互いに深く関係していることを強調するために。アキレウスがヘクトルに続いて直ちに死ぬであろうというテティスの「誤った」予言も，該当詩行が感情を揺さぶり，修辞的役割を果たす目的があったと説明できる。テティスが「（ヘクトルの）すぐ後にあなたは死ぬだろう」と言うと，アキレウスは力強く「ならば，すぐに死なせてくれ」と返している。あるいは，叙事詩の登場人物がまだ生きている者の死を嘆く例は他にも散見されることから，テティスの場合もそうした典型的な「誤り」の一例であったかもしれない。これも聴衆は予期しており，驚くような類のことではなかった。この見方を取れば，この場面はそれ自体で完結したものとして現代の読み手に（そして古代の聴衆に）映り，補完するために作品外の情報は必要ない。

　アキレウスの死を例とする，叙事詩の伝統の中で重要な位置を占める場面をホメロスがどう扱ったかという以上のような議論によって，テクストをどう読むかという問題が，テクストが生まれた道筋をどう認識するかということと不可分だと示せたと思う。詩は書き留められたのか，それとも口承で成立したのか（あるいは口承伝統に割り入ってきた詩人によって書き留められたのか）？　ひとりの作者によって完成されたのか，それとも複数の世代にわたって，数人の作者によって作られていったのか？　あるいは，「作者」や「作者の意図」といった概念を用いるべきでないならば，数世代にわたる歌い手から生まれたのか？

　現代の研究者の多くは，ホメロスの詩は有機的産物だと考えている

が，それでも，分析派の手法や統一論者たちの結論は議論に大きく貢献している。詩のパフォーマンスという側面や，聴衆が持つ詩作品や神話に関する背景知識を重視すると，ホメロス作品の解釈は元来のコンテクストに近づいていくのである。とはいえ，ホメロス問題は解決とは程遠く，「詩人の王者」の探求は熱心に続いていきそうだ。

参 考 文 献

　本論では扱えなかったホメロス作品の重要な観点がいくつもある。例えば，他にも様々あるけれども，神々の世界と宗教，トロイア戦争の歴史的背景やミュケナイ時代との関係，などが挙げられようか。前者については，近東の観点も含めてBallesteros (2024) が詳しい。ホメロス研究における無数のテーマについて，優れた入門として Finkelberg (2011a) と Pache (2020) を勧めたい。英語で書かれた最新の入門書では，Rutherford (2013)，Burgess (2014)，Graziosi (2016) がある。Lane Fox (2023) は非常に読みやすい。さらに詳しく知りたいなら，Morris and Powell (1997)，Fowler (2004) もある。研究分野を知るアンソロジーとして，Jones and Wright (1997)，De Jong (1999)，Cairns (2001) もよい。『イリアス』の標準的な注釈書は Kirk et al. (1986–93)，『オデュッセイア』は Heubeck et al. (1988–92) である。英語で書かれた初級用のものとして，2015 年から Latacz et al. (2000–) も刊行されている。各巻，あるいは複数巻を対象とした注釈書は，Cambridge Greek and Latin Classics series から出ている。

　最も意義のある分析派の研究については，おそらく West (2011a–b) がよく参照し要約している。『イリアス』の統一論的研究の到達点が Schadewaldt (1938) と Reinhardt (1961) と言える。ミルマン・パリーの業績は，Parry (1971) に収められている。Lord (1960) は口承詩理論の基礎として今も価値がある。Foley (1999) はさらに発展した口承詩理論的批判を展開し，Friedrich (2019) の議論も非常に鋭い。雑誌 *Oral Tradition* (1986–) は，ホメロスの口承の性格について，重要な比較材料と最近の研究を収める。新分析派と最近の展開については，Montanari, Rengakos, and Tsagalis (2012), Currie (2016), Nelson (2023) が詳しい。「叙事詩の環」に関しては Fantuzzi and Tsagalis (2015) を挙げておく。

Beekes, R. (2009). *Etymological Dictionary of Greek*, 2 vols. Leiden.
Ballesteros, B. (2020). 'Poseidon and Zeus in *Iliad* 7 and *Odyssey* 13: On a Case of Homeric Imitation', *Hermes* 148, 259–77.
————. (2024). *Divine Assemblies in Early Greek and Babylonian Epic*. Oxford.
Burgess, J. (2008). 'Recent Reception of Homer: A Review Article', *Phoenix* 62, 184–95.

―――――. (2014). *Homer*. London; New York.

Cairns, D. (ed.) (2001). *Oxford Readings in Homer's* Iliad. Oxford.

Chantraine, P. (1999). *Dictionnaire Étymologique de la Langue Grecque. Histoire des Mots*. Paris.

Currie, B. (2016). *Homer's Allusive Art*. Oxford.

De Jong, I. J. F. (ed.) (1999). *Homer. Critical Assessments*, 4 vols. Oxford.

Fantuzzi, M., and Tsagalis, C. (eds.) (2015). *The Epic Cycle and Its Ancient Reception. A Companion*. Oxford.

Finkelberg, M. (ed.) (2011a). *The Homer-Encyclopedia*, 3 vols. Oxford.

―――――. (2011b). 'Homer and His Peers: Neoanalysis, Oral Theory, and the Status of Homer', *Trends in Classics* 3, 197–208.

Foley, J. M. (1999). *Homer's Traditional Art*. University Park, PA.

Fowler, R. (ed.) (2004). *The Cambridge Companion to Homer*. Cambridge.

Friedrich, R. (2019). *Postoral Homer. Orality and Literacy in the Homeric Epic*. Stuttgart.

Graziosi, B. (2002). *Inventing Homer. The Early Reception of Epic*. Cambridge.

―――――. (2016). *Homer*. Oxford.

Griffin, J. (1977). 'The Epic Cycle and the Uniqueness of Homer', *The Journal of Hellenic Studies* 97, 39–53.

Heubeck, A. et al. (eds.) (1988–92). *A Commentary on Homer's* Odyssey, 3 vols. Oxford.

Hunter, R. (2018). *The Measure of Homer: The Ancient Reception of the* Iliad *and the* Odyssey. Cambridge.

Janko, R. (1998). 'The Homeric Poems as Oral Dictated Texts', *The Classical Quarterly* 48, 1–13.

Jensen, M. S. et al. (1999). 'Dividing Homer: When and How Were the *Iliad* and the *Odyssey* Divided into Songs?', *Symbolae Osloenses* 74, 5–91.

Jones, P. V. and Wright, G. M. (eds.) (1997). *Homer. German Scholarship in Translation*. Oxford.

Kelly, A. (2012). 'The Mourning of Thetis: "Allusion" and the Future of the *Iliad*', in Montanari, Rengakos, and Tsagalis (eds.), 221–65.

Kirk, G. S. et al. (1985–93). *The* Iliad. *A Commentary*, 6 vols. Cambridge.

Latacz, J. et al. (2000–). *Homers Ilias Gesammtkommentar*. München.

Lane Fox, R. (2023). *Homer and His Iliad*. London.

Lord, A. B. (1960). *The Singer of Tales*. Cambridge, MA.

Lucarini, C. M. (2019). *La Genesi dei Poemi Omerici*. Berlin.

Montanari, F., Rengakos, A., and Tsagalis, C. (eds.) (2012). *Homeric Contexts: Neoanalysis and the Interpretation of Oral Poetry*. Berlin.

Morris, I. and Powell, B. (eds.) (1997). *A New Companion to Homer*. Cambridge.

Nagy, G. (1979). *The Best of the Achaeans. Concepts of the Hero in Archaic Greek Poetry*. Baltimore.

―――――. (1992). 'Homeric Questions', *Transactions of the American Philological*

Association 122, 17–60.

Nelson, T. J. (2023). *Markers of Allusion in Archaic Greek Poetry*. Cambridge.

Pache, C. O. (ed.) (2020). *The Cambridge Guide to Homer*. Cambridge.

Parry, M. (1971). *The Making of Homeric Verse*. Oxford.

Pontani, F. (2024). 'Textual Variants in Homer: An Overview' in Most, G. W. (ed.) *Variants and Variance in Classical Textual Cultures: Errors, Innovations, Proliferation, Reception?* Berlin, 231–56.

Ready, J. (2019). *Orality, Textuality, and the Homeric Epics*. Oxford.

Reinhardt, K. (1961). *Die* Ilias *und ihr Dichter*. Göttingen.

Rutherford, R. (2013). *Homer*, 2nd ed. Cambridge.

Schadewaldt, W. (1938). *Iliasstudien*. Berlin.

Tsagalis, C. (2020). 'The Homeric Question: A Historical Sketch', *Yearbook of Ancient Greek Epic* 4, 122–62.

West, M. L. (1999). 'The Invention of Homer', *The Classical Quarterly* 49, 364–82.

————. (2001). *Studies in the Text and Transmission of the* Iliad. Leipzig.

————. (2003). '*Iliad* and *Aethiopis*', *The Classical Quarterly* 53, 1–14.

————. (2011a). 'Analysts', in Finkelberg (ed.) (2011a), i.47–50.

————. (2011b). *The Making of the* Iliad. *Disquisition and Analytical Commentary*. Oxford.

————. (2013). *The Epic Cycle*. Oxford.

————. (2014). *The Making of the* Odyssey. Oxford.

作品和訳

ホメーロス, 呉茂一訳 (1953-58)『イーリアス (上・中・下)』岩波文庫.

————, ————訳 (1971-72)『オデュッセイアー (上・下)』岩波文庫.

————, ————訳 (2003)『イーリアス (上・下)』平凡社ライブラリー.

ホメロス, 松平千秋訳 (1992)『イリアス (上・下)』岩波文庫.

————, ————訳 (1994)『オデュッセイア (上・下)』岩波文庫.

日本語文献

F. アルトーグ, 葛西康徳・松本英実訳 (2021)『新装版オデュッセウスの記憶』東海教育研究所.

川島重成 (2014)『『イーリアス』 ギリシア英雄叙事詩の世界』岩波書店.

川島重成・古澤ゆう子・小林薫編 (2019)『ホメロス『イリアス』への招待』ピナケス出版.

久保正彰 (1983)『オデュッセイア 伝説と叙事詩』岩波書店.

フィンリー, 下田立行訳 (1994)『オデュッセウスの世界』岩波文庫.

（嵐谷勇希　訳）

3

ギリシア抒情詩，復元の挑戦

ヴァネッサ・カサート

抒情詩（lyric）は古典世界の詩の中でもかなり古い時代に属するジャンルであるが，現存する作品が限られることから，研究面では今後さらなる発展が期待される分野である。抒情詩作品の多くは断片的にパピルスに残されるのみであるため，残された文字の痕跡から欠損した単語を推測し，その上で詩の作られた背景や上演の場，作者の属性や社会的地位などを総合的に考察していく必要がある。こうした過程を経て，抒情詩は現代に「復元」されるのである。

本章では，この復元という「挑戦」の様子を，前 7-6 世紀の詩人サッポーの詩を題材として観察していく。問題となるサッポーの 16 番の詩は，10 年ほど前に新しいパピルスが見つかったことからその解釈に新たな局面が開かれたことで知られる。2500 年以上前の古い作品に，新たに見つかったパピルス断片が息を吹き込むことで，抒情詩の姿はよりいきいきと私たちの前に現れるのである。

1　古典学における抒情詩

「抒情詩 lyric」というジャンル名は，「リュラ lyre」と呼ばれる弦楽器に由来する。前 7 世紀から前 5 世紀にかけて地中海一帯のギリシア諸ポリスで作られ，その上演に際してリュラの伴奏が用いられた抒情詩は，紙に書かれた言葉ではなく，何よりもまず，歌でありパフォーマンスであった。中には文字に起こされ複写されていった作品もあるが，ほ

とんどのものは長い間忘れ去られ，再発見に至ったのはこの 100 年ほ
どのことである。加えて，現在まで伝わる抒情詩の作品はほんのわずか
で，しかも断片的であるため，その内容を理解するには，現存する箇所
の再構成のみならず，失われた部分も含むより広い文脈全体の復元が必
須となる[1]。

　抒情詩作品の多くが，現存する古典の詩の中で最も古い時代に属する
一方，研究ジャンルとして古典学界に登場したのは比較的最近のことで
ある。そのため，知的好奇心を煽るような全く新しい発見が今でも数年
に一度はなされ，抒情詩の全体像を変えてしまうことがある。手元にあ
る断片をつなぎ合わせて考えうる限り最良のテクストを復元するという
文献学的な作業は，抒情詩というものを正確に理解するための一工程に
過ぎない。より踏み込んだ解釈のためには，パフォーマンスの様子を想
像し，言語以外の様々な面をも再構成する必要がある。音楽はどのよう
なものだったか，上演を担ったのは誰か，そしてその上演者はどのよう
な衣装や装身具を身につけ，どのような場面でどのような聴衆に向かっ
て上演したのか。何よりも，抒情詩の上演は何らかの宗教儀礼の一環と
して行われることが多かったため，その儀礼の裏にある信仰や，儀礼の
枠組みとなる社会および政治の構造，そしてその中で抒情詩に期待され
た役割を見つけ出さなければならないのである。

　抒情詩の研究とは，こうした大小の規模での復元を試みるものであ
り，様々な学問領域の詳細な知識を必要とする。古典学に関連する，韻
律学，方言学，文献学，パピルス学，碑文学，音楽学などに加え，文芸
批評，宗教史学，考古学，パフォーマンス研究などの分野横断的な領域
にも精通していなければならない。抒情詩を学びたければ，復元と解釈
が様々な人の手によって行われるこのジャンルが内包する認識論的な挑
戦を常に念頭に置くことが重要なのである。こうしたことから，古典学
の中でも，抒情詩は最も多くの技能が要求される分野の一つということ
になる。

　　1）　本書第 10 章および第 11 章では，文献学とパピルス学の観点からこうした古典作品
の復元の過程を紹介している。

2 復元への第一歩

　では，こうした多方面からの復元が抒情詩研究において実際に行われている様子を見てみよう。以下に実例として挙げるテクストを出発点とし，抒情詩研究一般が抱える挑戦がどういったものであるかを示してみたい。ちなみに，この作品を選んだのは抒情詩を代表するものだからではない。代表する，というにはこのジャンルはあまりに多様である。長さにしてもたった数行のものから数百行のものまで，内容でいえば，公的式典のために練り上げられた大作から，ほぼ即興で作られたおふざけの小曲，宗教的な歌や政治的な歌，労働歌や恋愛歌など，非常に多岐に渡る。どの作品をもってしても，抒情詩を代表することはできない。

　こうした事情から，以下に挙げる作品は，その魅力と，おそらくこちらがより目立つであろう，その謎の多さを理由に選択した。未だ解答の見つからない疑問を多く抱えるこの断片は，抒情詩研究が直面する挑戦とそれが持つ魅力をより際立たせてくれるはずだ。作品は詩人サッポー（Sappho, 前 630 頃–前 570 頃）の断片 16 番である[2]。

> ある人が言うには騎士団が，またある人は歩兵団が
> またある人は船団が，最も美しいのだと
> この黒き大地に存在するもののなかで。私なら
> 愛するものなら何でも美しいと言おう
>
> これを伝えるのはそう難しくはない　　　　　　　　　　5
> 誰でも知っている，何人をも超越する
> 美を誇ったヘレネを。彼女が捨てたのは
> 最も高貴な［…］夫だった

---

　2)　本章で原著者が用いた抒情詩のギリシア語原典は Campbell (1982–93) のものである。サッポーの断片 16 番については，Budelmann (2018) 収録のより完全な原文を参考にした。

それからトロイアへと海を渡ったとき
残してきた我が子のことは考えもしなかった　　　　　　　　10
愛する両親のことさえも。愛が彼女を導いて
…］破滅

…］なぜなら［…］考えた
…］大したものではないと［…］
…］（そしてヘレネは？）私にアナクトリアを思い出させる　　15
アナクトリアが］ここにはいなくても

私がこの目で見たいのは，彼女の美しい歩み
その顔に浮かぶまばゆい輝き
リュディアの戦車でも，武具を携えた
歩兵でもない　　　　　　　　　　　　　　　　　　　　　20

…］実現することはない
…］人間［…］分け与えてくれるよう祈る
……］私を
……　　　　　　　　　　　　　　（サッポー断片 16 番 1-24 行）

　抒情詩の基準からすれば，この作品の保存状態は非常に良いと言える
だろう。それでも，本文を一瞥しただけで，失われた箇所を示す角括弧
が目に付き，パピルスの欠損に起因する校訂上の問題が少なくないこと
が見て取れる。欠損は特に行頭の部分に顕著だが，これはパピルスのよ
り脆い左端の部分が擦り切れてしまったためである。
　本作品の大部分は，オクシュリュンコスで出土し 1914 年に初めて発
表されたパピルスに保存されている。加えて，同じ作品を伝える別のパ
ピルスが，あるミイラの棺の一部に使われていたことも分かった。この
パピルスは 2014 年というごく最近になって出版され，作品復元のため
の新たなヒントを提供してくれている[3]。上の本文から明らかでないの

　3）　オクシュリュンコスと，かの地におけるパピルスの発見については，本書第 11 章を
参照のこと。2014 年に発見されたこの新しいパピルスに関しては，Bierl and Lardinois (2016)

は，詩の始まりと終わりがどこかという点である。つまり，同じパピルスに一続きになって書かれている他の詩から，どうやって区別するのかということだ。これは校訂者の判断に委ねられる。そしてその根拠となるのは，詩の内容からの合理的な推測と，パピルス製作時におけるサッポーの詩の編集状況に関する知識である。

前3世紀から前2世紀のアレクサンドリア時代に，学者たちが抒情詩を初めて本のような形式にまとめた際の編集方法については，徹底した研究がなされてきた。その結果得られた知見は，抒情詩作品を当時の形に復元する際に重要な役割を担う。注意すべきは，アレクサンドリアの段階でサッポーの時代から400年が経過していたという点だ。彼女の詩作が前提としていた「パフォーマンス文化」が消滅し，文字で書かれた本にその地位を譲ってから，すでに長い時間が経っていたのである。その間の時代についてはほとんど何の情報も伝わらないが，アレクサンドリアの学者たちも抒情詩の復元に取り組んでおり，彼らの手元には現在よりも格段に多くの作品が残されていたことは確かだ。

断片16番に戻ろう。この詩の場合，どの行から始まるかは決定的だが，最終行がどこかという点については議論の余地がある。しかし，2014年に新たなパピルスが発見されたことで，20行目を本作の最終行とする案がいよいよ現実味を帯びたのであった。

3　作者を推定する試み —— サッポーとアルカイオス

復元の過程で特定の作者への帰属が問題となることも多いが，断片16番の場合については，それほど大きな疑問が呈されることはない。作者の推定は，詩に使われている方言や韻律，内容などから行われる。サッポーは，アイオリス方言で詩を書き，かつその作品が現存している二人の詩人のうちの一人である。アイオリス方言とは，現在のトルコ沿岸に位置するギリシア系のレスボス島で話されていた方言をもとに作られ，詩作に用いられた一種の人工言語であった。この方言を用いたもう

に詳しい。

一人のレスボス島の詩人は，軍人でもあったアルカイオス（Alcaios, 前
625 から 620 頃-？）である。全くの同時代に活躍した二人の作品は，同
じ歴史的背景に根ざした異なる観点を提供してくれるという点で，非常
に魅力的である。つまり，一方は，レスボス島の最有力ポリスであった
ミュティレネの政界で波乱の人生を送った軍人の男性の視点であり，他
方は，同じように上流階級に属した女性の視点となる。
　アルカイオスが語るのは，当時の有力な一族の間での権力闘争であ
り，政治的かつ社会性を孕む作品からは，彼自身の政治観や同志との繋
がりが見て取れる。例えば断片 129 番は，レスボス島で最も重要とさ
れた聖域から，島の守護神であるヘラ，ゼウス，ディオニュソスに詩人
が祈りを捧げる，という形式を取っている。詩人は，自身の政敵の不義
を罰するよう神々に願う一方，彼の同志がいかに忠誠心に優れているか
を力説する。

　　かつて誓いを立てたからだ
　　同志を一人とて見捨てることはすまいと
　　我らに刃向かう者どもの手にかかり
　　土の外套を着て横たわるのだと
　　あるいは奴らをこの手で討ち取り
　　人々をその仇から救い出すのだと

　　　　　　　　　　　　　　（アルカイオス断片 129 番 14-20 行）

　この詩の矛先はピッタコス（Pittacos, 前 650 頃-前 570 頃）およびミュ
ルシロス（Myrsilos, 前 7 世紀）なる政敵に向けられている。前者はアル
カイオスのかつての同志で，ミュティレネの支配者となるべく，敵対す
るペンティロス家と姻戚関係を結んだ。後者はクレアナクス家の出身
で，レスボスの権力闘争に以前から関わっていた。
　サッポーの詩にもこれらの一族が登場するが，その文脈は面白いほど
異なる。断片 98b 番では，自身の娘クレイスに語りかけ，彼女に美し
い髪飾りを贈ってあげられないことを嘆きながら，サッポーはクレアナ
クス家の追放に言及する。断片 71 番では，サッポーとの友情を捨て，
ペンティロス家の女性たちとの関係を選んだかつての友人に呼びかけ

る。他者を攻撃するという趣旨とは対照的に，「甘い歌」「柔らかな声」「美しい調べの風」「露にぬれた」といった言葉が描き出す世界は，女性的な美に溢れている。

　アルカイオスの断片 130b 番は，ミュティレネを追放された詩人が，断片 129 番と同じ聖域から語りかける作品である。ポリスの政治から排除されてしまった自身の現状を嘆きながら，女性たちの祭典の様子を描写するアルカイオスは，追放の身にあるため，ただ傍観者としてこの祭典を見つめている。

　　　厄介ごとからは身を引こう
　　　レスボスの女性たちが衣をなびかせ
　　　行き来して，その美を競うこの場からは。
　　　彼女らが天に捧げる叫び声の，その神聖な響きが
　　　くる年もくる年もこだまする

　　　　　　　　　　　　　（アルカイオス断片 130b 番 16-20 行）

　この場面は，言うなれば，アルカイオスの目から見たサッポーの詩の世界である。美しい衣装をまとった女性たちが宗教儀礼に参加し，歌に乗せて互いの美を賞賛し合う様子が，息つく暇もなく描写されている。サッポーとアルカイオスという好対照をなす二人が詩作に用いた方言は確かに同じであるが，断片 16 番の様式と主題は明らかにサッポーの範疇に属する。しかし，どちらの手による作品かが判別できない断片も少なくないため，サッポーとアルカイオスの作品をまとめた校訂本には「作者未詳 *Dubia*」という項目が設けられ，いずれかの詩人の作品と考えられるが，その判別ができない断片を収録している。

4　抒情詩とパフォーマンス —— 独唱

　サッポーの断片 16 番の上演背景については，どれほど議論を重ねても残念ながら推測の域を出ない。彼女の上演の場の詳細は他の抒情詩人ほど明らかになっていないため，興味深い研究事例となっている。そも

そも，女性の社交がどういう枠組みで行われたかに関してさえ記録があまり残っておらず，女性の創作活動となると，ほとんど何も伝わらない。古代ギリシアで名の知れた女性の詩人はほんの一握りで，少しでもその作品が残る詩人となれば，サッポーのみとなってしまう。こうしたことから，彼女の作品を抒情詩の既知のパフォーマンス文化に当てはめようと試みても，その正当性には疑問がつきまとうのである。

抒情詩一般の上演方法は，独唱と合唱の二種類に大別される。独唱の場合，歌い手本人がリュラのような弦楽器で伴奏するか，別の伴奏者がリュラまたはアウロスと呼ばれる2本一組の管楽器で伴奏をする。独唱用の詩はより短いものが多く，内容も限られてしまうため，神話の引用は一切含まれないか，あったとしても簡潔にさりげなく引き合いに出される程度である。

独唱詩の最も重要な上演の場は，シュンポシオンと呼ばれる男性の公的な宴席であった。抒情詩の上演の場として最も豊富に資料の残されているのがこのシュンポシオンで，そこで歌われた詩そのものや宴席用のワインを入れる甕に描かれた絵[4]，後代の文学作品などにその記録が残る。シュンポシオンでの会話を題材とするこうした作品は，前4世紀のクセノポン（Xenophon, 前430頃−前350頃）やプラトン（Platon, 前427頃−前347頃）に端を発し，ローマ時代にも様々な形式で作られたのち，現代にも受け継がれている。前出の詩人アルカイオスの作品の多くは，こうした文脈で作られている。10人ほどの友人が集まって会話を交わしワインとともに思い思いの社交を楽しむ場で，彼の詩の上演は団結力と忠誠心を高め，友情の輪から外れていった政敵に対抗して彼らが共有する理想を形成し披露する役割を担ったのである。

サッポーの詩にも，小規模な宴席での上演が想像される作品が多く存在する。仮に他の詩人の手によるものであれば，研究者がシュンポシオンの場に関連づけたであろう特徴を備えたものである。断片16番もその一つで，各連が分かりやすい反復で組まれた短編となっている。シュンポシオン用の一般的な抒情詩と同じく愛を主題とし，主張は控えめで，話者独自の美意識とアナクトリアなる少女（15行）への愛着を語る

---

4) 詳細は本書第12章および第13章を参照。

ことを目的とする。神話的要素については、ヘレネのトロイアへの逃避行にたった6行ほどを割くのみで、またすぐに話者のいる現実、つまり、「今ここで」起きている出来事へと視点は戻っていく。ヘレネへの言及から、話者はアナクトリアを思い出す。彼女もまた、ヘレネのように遠くへ行ってしまったのである。

　しかしながら、サッポーの詩がシュンポシオンにおいて初演を迎えたと考えることに、研究者たちは抵抗を示してきた（再演であれば可能性はあっただろうが）。シュンポシオンは男性のみが参加できる場で、そこにいる女性といえば奴隷か娼婦のみとされてきたためである。最近になって、サッポーは一種の「芸人」であり、女性が参加したシュンポシオンのような社交の場で活躍したのではないかという仮説が立てられた[5]。上演の背景に関して他の解釈を試みると、どうしても個別的な筋書きを用意せざるを得ない。その中には、かつて広まったサッポーが若い女性たちの教師だったとする説があるが、時代に鑑みて適切でないとして現在では退けられている。

5　抒情詩とパフォーマンス —— 合唱

　サッポーの作品が持つ、合唱隊による上演が想定されるような側面を強調するやり方も、解釈の一方法として考えられる。一般的に言えば、合唱詩の方が独唱詩よりもよりスケールが大きく、野心的な作品であることが多い。合唱詩を上演するのは、年齢や性別など、ある特定の要素で区切られた人々の集団であり、出征の適齢期を迎えた青年や、特定のデモス（小地区）出身の男性、未婚の若い女性といった分類がこれに相当した。内容は神話などのより壮大なものになり、その合唱詩が上演された宗教儀礼への言及とともに作品中で描写された。

　合唱詩には一種の舞踏を伴うものもあり、断片的にではあるがその様子を作品の韻律からうかがい知ることもできる。長音節、短音節、休符

---

　5)　シュンポシオンにおけるサッポーについては、Schlesier (2013) および Bowie (2016) を参照。特定の場ではない、女性のみの一般的な社交場という説については、Budelmann (2018) 122 を参照。

68 第 1 部 記憶と再現

を組み合わせることで構成されるギリシア抒情詩の韻律は，そのすべて
が伴奏された音楽の名残である。詩に合わせて演奏された音楽の旋律を
作品が伝えることはないが，リズムの微かな残響を感じ取ることはでき
る。

　断片 16 番を英訳で読んでみると[6]，元のギリシア語の長音節や短音節
に馴染みがなくとも，韻律を反映した翻訳のおかげで，4 行一連の反復
に合わせる形で音楽も作られただろうと想像できる。それぞれの連の短
く簡潔な構造を見るに，大掛かりな上演を伴った作品ではなかっただろ
う。こうした特徴は，やはりこの作品が独唱用に書かれたことを示して
いる。合唱詩よりも単純な旋律の独唱詩は上演がより容易で，特別な指
導なしで再演することもできた。上演の場はよりくだけたものであるこ
とが多かった。

　合唱隊によって上演されたとある程度の確信を持って想定できる作品
の，より複雑な歌や踊りもまた，その韻律に反映されている。そうした
詩の多くは 3 連からなる一組が反復する形をとっており，「旋回」を意
味する「ストロペー」，「反旋回」を意味する「アンティストロペー」，
「直立した歌」を意味する「エポドス」の三つが一組となって何度か繰
り返される。ここに，合唱隊が踊ったとされる振り付けの痕跡も見てと
ることができる。

　しかしながら，独唱詩と合唱詩の区別をあまり厳密なものとして捉え
てはいけない。合唱隊によって上演され，後に独唱で再演される作品も
あったためである。先に少し触れたように，サッポーの詩が独唱で再演
されたことは確実である。美しさと完成度で名高いサッポーの作品は，
彼女の死後，シュンポシオンにおいて好んで歌われるようになった。参
加者の耳を楽しませるのはもちろん，同時に上演者の洗練度を示す手段
でもあった。シュンポシオンでのこうした再演は，サッポー作品の保存
にも大きな役割を果たした。

　上演形式が独唱であったか合唱であったかが特定できない抒情詩作品
は，実はかなりの数に上る。作品内からしか情報が得られず，しかもそ
れが不確定となると，研究者の間でもなかなか一致を見ないのである。

---

　6)　Campbell (1982–93) を参照。

サッポーの場合，彼女の作品のいくつか，特に結婚歌はほぼ確実に合唱詩であったことが知られているが，その他の作品に関しては上演形態を決定するような証拠がなく，その判断も研究者によってまちまちである。サッポーの作品が持つ合唱詩的な側面をより評価する研究者は，少女たちが結婚適齢期に至るまで参加した一種の宗教儀礼を，いくぶん組織だったものとして捉えている[7]。そうした文脈では，断片 16 番に見られるような女性間での愛情表現も宗教的な色合いを帯びてくる。若い女性の究極的な役割を明確に示し，それに対する土台を整えるという機能を備えていると考えられるのである。

6　抒情詩の語り手

　サッポーの詩により深みを与えているのが，その捉えどころのなさである。各作品が描き出す状況，つまり詩の語り手その人が身を置く「時と場所」は，すぐには把握できないことが多い。本章ではここまで，彼女の詩の背景にある現実性を論じるべく，歴史上の人物としてのサッポーに注目し，詩の上演がなされたであろう場面を定義しようと試みてきた。しかし，詩の中に語り手として現れる「サッポー」は現実のサッポーから，また，作品中に描かれる場面は現実の上演の場面から，それぞれ切り離して考えなければならない。サッポー作品のみならず，一般に抒情詩とは，ある特定の状況の中で，特定の物事を誰かが描写する形式を取るものだからである。

　現実に根ざした内容をはっきりとした一人称の語り手が描写するという手法は，抒情詩というジャンルを定義づけ，他の種類に属する詩との間に明確な境界を引く特徴の一つである（例えば叙事詩は，明らかな語り手の一人称も現在の場面設定も欠くし，悲劇や喜劇では，詩人の語りは登場人物の声の中に点在するのみである）。とはいえ，抒情詩における語り手および特定の場面設定が，実際の上演の場と完全に一致するかといえば，それが一筋縄ではいかない。この点に関してサッポーはもはや名人

---

　7)　この議論の詳細ついては，Lardinois (1996) を参照。

で，彼女が詩で描き出す世界は，特定の情景を喚起しているようで，実のところ非常に捉え難いのである。何らかの宗教儀式などの具体的な場面を想定しているような作品でさえ，彼女はそれらを周縁から観察するため，詩中の表現と実際の上演の文脈との間には常に不思議な隔たりが存在する。

　断片 16 番も例外ではない。語り手の置かれた状況ははっきりとは示されず，われわれに分かるのは語り手が美しいアナクトリアを思い出していること，彼女がもう語り手の眼前にはいないこと，そしてその理由は判然としないことのみである。他のいくつかの詩でも，サッポーは自身の愛の対象となった女性との別離を嘆いている。その一つである断片 96 番では，サッポーの愛した女性が今はリュディア[8]のサルディスにいることが語られる。レスボス島のギリシア人とリュディア人との間に婚姻関係が結ばれることは実際にあったとされており，サッポーの愛した少女たちは結婚のためにリュディアに発ったのだとする研究もある。断片 16 番 19–20 行におけるリュディアの戦車や兵士への言及は，アナクトリアが今やリュディアの上流階級に属していることを示すと考えられるため，本作をこうした枠組みの中で理解することも可能となる。

　いずれにせよ本作が，アナクトリアの出立という特定の事象をつうじて，美や愛を一般的に論じるところから始まり，語り手その人の経験に焦点を絞っていく形式を取っていることに違いはない。一連の典型的な美を否定的に列挙する冒頭の表現により，語り手が考える真の美，つまり「（自分が）愛するものなら何でも」に自然と注目が集まる。この概念は，卓越性，美，愛などと同化していき，その過程で，騎士団や歩兵団，船団といったものに象徴されるより男性的な理想を退けていく。これらの戦争に関する事物や第 2 および 3 連で登場するトロイアの伝説は，どちらかといえば叙事詩の領域に含まれるものであり，そうしたものへの意図的な言及は，自らの作品を叙事詩の上に位置づけるサッポーの自信の表れといえよう。

　第 2 連では神話のあるエピソードが紹介される。トロイア戦争の原因

　　8）　現在のトルコ本土にあった，豊かでどちらかといえば異国情緒の漂う王国。レスボス島とは密接な関係を築いていた。

3　ギリシア抒情詩，復元の挑戦

となった事件，すなわち，傾国の美女ヘレネが夫メネラオスをはじめ家族を捨て，トロイアの王子パリスと共に彼の国へと出奔してしまった時の話である。ここで賞賛されるべきは，この詩がいかに多くの個別的事象を一つに結びつけているかという点である。第1連が示す一般的な価値観から，次の数連に登場する神話，そして，建前としては本作の主題となるサッポーとアナクトリアを取り巻く「現在」までが，見事に一つの詩に編み込まれている。「最も美しいもの」の話題はヘレネのエピソードにおいて具体化し，そこでは美そのものではなく美の判断における主観が問題となる。高貴な夫メネラオスの元を去り，パリスと共に遠くの地を目指すヘレネの像は，こちらもまた遠くへと発ってしまったアナクトリアを語り手に想起させる。語り手としての「サッポー」がより求めるのは，一種の典型的な美とされるリュディアの戦車ではなく，アナクトリアの美なのである。神話のヘレネが象徴するのは，旅立ってしまった美しいアナクトリアと，自分が愛するものであれば何であれ美しいと感じる「サッポー」の両者なのである。

　しかし，「サッポー」はまた同時に，アナクトリアに置き去りにされたとも言える。トロイアへ逃げるにあたってヘレネが捨ててきた家族も同様であり，彼らは詩人が愛や美に劣るとする騎士団や歩兵団，船団などの象徴でもある。第1連がヘレネのエピソードおよび詩の中の「現在」に対して持っている関係性は常に変化していくが，その多種多様な関連づけや，多角的でありながら多くを語らない比喩表現によって，この詩はどこか自然体のままであり続ける。また，第1連と最後の数連において，詩人が望むものと武具との対比を繰り返して見せることで，作品全体に見事な統一感も生まれているのである。

　サッポーの断片16番をつうじて，ギリシア抒情詩を読むことから得られる美的な充足感や，詩を復元する際の大変な作業の一部を体験していただけただろうか。しかし本章で提示したのはそれらのほんの一部なのであって，抒情詩という非常に多様な詩の集まるジャンルの中には，疑いなく，これからの再発見が待たれる作品がまだ数多く残されている。

参 考 文 献

　Budelmann (2009) は抒情詩全体を見事にカバーし，各章では主要な詩人およびテーマが個別に取り扱われている。Campbell (1982–93) は Loeb 叢書のシリーズで，最近になって発見されたものを除く全作品を収録する。抒情詩人や作品についての古代の解説である「証言 Testimonia」が充実し，ギリシア語原文と英訳が向かい合わせに印刷されているのも魅力である。Rutherford (2019) は，これまでに成された重要な研究を集めたものとなっている。

　サッポーの参考文献は大変な分量になってしまうが，まずは Finglass and Kelly (2021) から始めると良いだろう。偶然にも 'Sappho in China and Japan' という章が含まれている。ギリシア語の原典にあたる際の注釈書としては，Budelmann (2018) と Hutchinson (2001) をお薦めしたい。

Bierl, A. and Lardinois, A. P. M. H. (eds.) (2016). *The Newest Sappho (P. Sapph. Obbink and P. GC inv. 105, Frs. 1–4): Studies in Archaic and Classical Greek Song,* vol.2. Leiden.

Bowie, E. (2016). 'How Did Sappho's Songs Get into the Male Sympotic Repertoire?', in Bierl and Lardinois (2016), 148–64.

Budelmann, F. (ed.) (2009). *Cambridge Companion to Greek Lyric*. Cambridge.

————. (ed.) (2018). *Greek Lyric: A Selection*. Cambridge.

Campbell, D. A. (ed.) (1982–93). *Greek Lyric*. Cambridge, MA.

Finglass, P. J. and Kelly, A. (eds.) (2021). *The Cambridge Companion to Sappho*. Cambridge.

Hutchinson, G. O. (2001). *Greek Lyric Poetry: A Commentary on Selected Larger Pieces*. Oxford.

Lardinois, A. P. M. H. (1996). 'Who Sang Sappho's Songs?', in Greene, E. (ed.) *Reading Sappho: Contemporary Approaches*. Berkeley, 150–72.

Rutherford, I. (ed.) (2019). *Greek Lyric*. Oxford.

Schlesier, R. (2013). 'Atthis, Gyrinno, and Other *Hetairai*: Female Personal Names in Sappho's Poetry', *Philologus* 157, 199–222.

作品和訳・日本語文献

アルクマン他，丹下和彦訳（2002）『ギリシア合唱抒情詩集』京都大学学術出版会.

沓掛良彦（2018）『ギリシアの抒情詩人たち　竪琴の音にあわせ』京都大学学術出版会.

呉茂一訳（1991）『ギリシア・ローマ抒情詩選　花冠』岩波文庫.

テオグニス他，西村賀子訳（2015）『エレゲイア詩集』京都大学学術出版会.

ピンダロス，内田次信訳（2001）『祝勝歌集／断片選』京都大学学術出版会.

（末吉未来　訳）

4

「悲劇」は悲しい劇なのか？

グンター・マーティン

　前5世紀，三大悲劇詩人のアイスキュロス，ソポクレス，エウリピデスのもとで栄えた悲劇は，ギリシア演劇の中で最も重厚な表現形式といえる。現代演劇との差異を考えてみると，その中で悲劇と呼ばれる作品と比較した場合でも，いくつかの特徴的な要素に気づく。第一に，ギリシア悲劇はその物語を神話に取材し，既知の話を新しい装いで提示した。劇作家は有名な神話を思いおもいの形に再構成し，使い古しの物語展開を意外な方法で再利用することで観客を驚かせた。第二に，悲劇は公的な宗教儀礼の場で上演され，制作を担ったのは職業化された人々ではなく，一般市民であった。その結果，悲劇作品は，共同体が自分自身やその価値観をかえりみる契機となった。最後に，これはどの時代の劇にもいえることであるが，ギリシア悲劇も例外なく「再現性のある」芸術作品であった。劇とは演じられるものである。つまり，何がしかの言動を舞台上で「再現」してみせることによって，劇は命を吹き込まれる。一方で注目すべきは，ギリシア悲劇には殺陣のような派手な動作が連続する場面はなかったという点である。そのかわりに中心となったのは動作の言語化であり，これこそが劇作家の腕の見せ所であった。言語化された動作によって，登場人物同士の衝突とその解決が緊張感をもって表現された。

　本章ではソポクレスの『アンティゴネ』とエウリピデスの『タウリケのイピゲネイア』を取り上げ，上述のようなギリシア悲劇の特徴を解説し，その特異性と革新性を概観する。

1　はじめに

　現代において「悲劇 *tragedy*」という語がその元々の意味で使われることはあまりない。竜巻で家が壊れたり，当選した宝くじを紛失してしまったり，高齢者が飼い猫を亡くしたりすれば，それは新聞が言うところの悲劇かもしれない。確かにこうした出来事は心を痛めるものだが，前5世紀のアテナイ[1]で栄えたギリシア悲劇の題材になり得るかといえば，そうではない。では，神の命により遠方へ赴くことになった高貴な男の場合はどうだろうか。その地で彼は死んだと思っていた姉と再会し，共に逃げることとなる。現代ではこのような物語が悲劇と呼ばれることはないが，エウリピデス（Euripides, 前480頃-前406頃）作『タウリケのイピゲネイア』[2]のおおよその筋はまさにこの通りなのである。実を言えば，古典における悲劇の多くはこの作品とは比較にならないほど衝撃的で残酷なものばかりであるが，そうした恐怖や絶望といったものが悲劇作品に必須であったわけではない。

　大学者アリストテレス（Aristoteles, 前384-前322）以来，研究者たちは「悲劇的なるもの」の構成要件，つまり，悲劇を悲劇たらしめる要素の定義を試みてきた。偉大な人物が犯す過ちとそれがもたらす自身の破滅[3]，社会規範の衝突に起因する板挟みの窮地，規則から逸脱する行為[4]

---

　　1)　現在のアテネ。古代ギリシアのポリスの一つであり，前5世紀にはその絶頂を迎えていた。
　　2)　前414年あるいは413年に上演されたと推定される本作は，その名のとおりタウリケ（クリミア半島南西部，現在ウクライナとロシアとの間で帰属が争われているセヴァストポリ市のあたり）を舞台とし，その地からのイピゲネイアのギリシア帰還を描く。イピゲネイアはトロイア戦争でのギリシア軍総大将であったアガメムノンの娘であるが，ギリシア軍出征の際に順風を得たいと願った父によって生贄に捧げられることになる。神の介入によってどうにか生贄とされずに済み，タウリケの地に連れてこられた彼女は，アルテミスの神殿に巫女として仕えている。これを背景に本作が始まる。
　　3)　この典型例がソポクレス作『オイディプス王』の主人公オイディプス王であろう。テバイの町を怪物スピンクスから救った彼は王として称えられているが，知らずに犯した父親殺しと近親婚が明るみに出ることによって破滅してしまう。
　　4)　これら二つの項目は，本章で扱われる『アンティゴネ』において主題とされている。前441年に上演され，現存する七つのソポクレス作品の中では初期のものとされる本作は，

第1部　記憶と再現

などが挙げられる。しかしどの要素で定義しようとしても，アイスキュ
ロス（Aischlos, 前 525/4 頃-前 456/5 頃），ソポクレス（Sophocles, 前 496/5
頃-前 406/5 頃），エウリピデスいずれかの作とされ現在にまで伝承され
ている 32 作品[5]のうちの 1 割は該当しないという結果になってしまう。
この定義づけにある程度成功していると言う点で研究史において唯一の
例外となっている文献[6]も，話の筋の性質についてはほとんど何も触れ
ておらず，むしろ形式的な特徴に着目し，悲劇に対して後世になされた
様々な分析の細部を説明している。この文献中の定義によれば，ギリシ
ア悲劇の作品は以下の要件を備えている必要がある。

・一話完結型の英雄神話物語である
・洗練された詩の様式で書かれている
・上演を目的として作られている
・アッティカ[7]の市民からなる合唱隊と二人あるいは三人の俳優に
　よって演じられる
・ディオニュソス[8]の聖域で行われる祭典の場で上演される

これらのうち，悲劇の題材に関わる基本的な問題に触れているのは最
初の項目のみである。本章では，悲劇に備わる以上のような要素からい

ギリシア中部の町テバイが舞台である。表題にもなっている女性アンティゴネは王家の一員
で，おそらくギリシア悲劇の登場人物として最も知られているであろうオイディプス王の娘
である。オイディプスは，そうとは知らずに実父を殺し実母と結婚してしまう（その事実が
明るみに出る過程を劇にしたものが，同じくソポクレスの『オイディプス王』）。『アンティゴ
ネ』で描かれるテバイ王家の崩壊は，元はといえばこのオイディプスの行動が招いた結果な
のであり，彼とその実母との間の娘であるアンティゴネが本作の中心となる。
　5）　ほぼ完全な形で現存する作品数はそれぞれアイスキュロスが 7 作，ソポクレスが 7
作，エウリピデスが 17 作となっている。加えて，断片的な形でのみ伝わる作品も数多く存在
する。古典作品の伝承やその過程については，本書第 10 章を参照のこと。
　6）　von Wilamowitz-Moellendorff (1895) を指す。詳細な書誌情報については章末の参考
文献欄を参照のこと。
　7）　アテナイを含むギリシアの一地域。アテナイとほぼ同義語として使われることも多
い。
　8）　バッコスとも呼ばれるこの神からは，酒の神としての地位や狂乱を伴う儀式が思い
起こされがちであるが，特にアテナイでは演劇の神としても知られる。彼に捧げる祭である
ディオニュシア祭では，アクロポリス南側に位置するその聖域内の劇場で悲劇や喜劇が上演
された。悲劇や喜劇が上演された祭典の詳細については，本書第 5 章を参照のこと。

くつかを扱っていく。

2　神話物語としての悲劇

　悲劇が扱うのは神々と英雄の時代であり，ギリシア人の想像する世界
には神々の調和が息づいている。それぞれの木や川に固有の神が宿り，
また木や川それ自身が神である。こうした神の世界の中心には 12 柱の
特に強大な神々[9]がおり，それぞれが天気，家族，学芸，自然界や人間
の生活を構成する重要な部分を支配している。この 12 柱は互いに血縁
関係にあるが，過去には（つまり神話の時代には）特に男性の神々が人
間と交わり子孫をなすことがあった。こうして誕生するのが英雄[10]であ
る。英雄の人生は後世に語り継がれる戦争や冒険に満ち，そこから彼ら
の家族にまつわる複雑に絡み合った伝説が生まれる。悲劇作家からすれ
ば，題材はよりどりみどりである。

　ペロプス[11]家にまつわる神話もその一つである。最高神ゼウスの孫で
あるペロプスはどの神々からも気に入られていたが，彼の二人の息子は
互いにいがみ合い，とうとう弟（テュエステス）が兄（アトレウス）の妻
をかどわかしてしまう。アトレウスはその復讐にと弟の息子二人を手に
かけ，禍根は次の世代へ持ち越される。トロイア遠征軍の大将となっ
たアトレウスの息子アガメムノンは，出航時に順風を得るため自身の
娘のうち一人[12]を犠牲に捧げるよう強いられた。その後 10 年間戦争で

---

　9)　いわゆるオリュンポス十二神。それぞれの神の特徴や相互関係については，本書第
14 章を参照。
　10)　ギリシアの英雄は多くが神の血を引いているが，その最も有名な例はアキレウスで
あろう。注 2 でも触れたトロイア戦争に出征し，その武勇も名高い彼は，海の女神テティス
を母に，人間ペレウスを父に持つ。ギリシア世界において神は不死とされるが，半神半人で
あるアキレウスはトロイア戦争でかかとを射抜かれ落命する（急所としてのアキレス腱の由
来）。テティスとペレウスの結婚式に招待されなかったことを妬んだ争いの女神が元凶となっ
てトロイア戦争が起きたことを思えば，ある意味で皮肉な結末であった。
　11)　一説にはギリシア南部ペロポネソス半島の語源にもなったとされるペロプスは，ゼ
ウスの孫であり，今日のオリンピックの起源となった古代オリュンピア競技祭の創始者とも
される。以下の本文中で述べられるとおり，彼の息子二人の対立が代々にわたる一族の災い
の元凶となった。
　12)　注 2 を参照のこと。

家を空けているあいだ，テュエステスの生き残った息子（かつアガメム
ノンの従兄弟）アイギストスが彼の妻クリュタイムネストラ[13]を誘惑す
る。戦地から帰還するやアガメムノンは妻と従兄弟により謀殺される
が，その息子オレステスが仇を取る。血で血を洗う争いの連鎖はここで
決着し，神話は幕を閉じる。どの悲劇作品もここまでの物語全体を扱う
ことはせず，各々が個別の出来事に着目するため，現在まで伝承されて
いる悲劇作品のうち5作品[14]がアガメムノン世代の出来事を，6作品[15]
がオレステス世代の出来事を描く。この男オレステスこそが，先に述べ
た「姉と再会する高貴な男」であり，その姉イピゲネイアは，父アガメ
ムノンに犠牲に捧げられた（と見せかけてどういうわけかタウロス人の国
に運ばれていた）娘だったというわけである。

　完全な創作である物語を上演するのではなく，観衆にも馴染みのある
有史以前の神話を演劇化するという手法は，貴重な上演時間を人物紹介
や複雑な背景説明などの導入部に割く必要がなくなるという点で，劇作
家にとって有用なものであった。オレステスと彼が背負う世代をまたぐ
復讐の連鎖については誰もが知っている。エウリピデス作『タウリケの
イピゲネイア』の冒頭部，オレステスは以下のように託宣の神アポロン
に問いかける。

　　　ぼくが母を殺し，父の流した血の復讐を果たしたあとで，あなたは
　　　神託を下し，ぼくをまた運命の網に追い込み，どこへ連れてきた
　　　のですか。入れ替わりたち現われるエリーニュエス[16]に追われ，故

　13）　イピゲネイアとオレステスは彼女とアガメムノンとの子であり，実の娘イピゲネイ
アを生贄に捧げようとしたことで夫を憎み，帰国後殺害したとされる。
　14）　アイスキュロス『アガメムノン』，エウリピデス『ヘカベ』，『トロアデス』，『ヘレ
ネ』，『アウリスのイピゲネイア』がこれに相当する。
　15）　アイスキュロス『コエポロイ』，『エウメニデス』，ソポクレス『エレクトラ』，エウ
リピデス『エレクトラ』，『タウリケのイピゲネイア』，『オレステス』がこれに相当する。同
名の『エレクトラ』2作については，以下の本文を参照のこと。
　16）　殺人に関する復讐の女神で，単数形のエリニュスが用いられることもある。母を手
にかけた直後からオレステスには彼女らが幻影として見えるようになり（アイスキュロス『コ
エポロイ』1048-62行），その幻覚のせいで時折発作的な錯乱状態に陥ってしまう（エウリ
デス『オレステス』253-74行）。なお，アイスキュロス『エウメニデス』の表題ともなって
いる善意の女神エウメニデスは彼女らの生まれ変わった姿である。ここでも彼女らはオレス
テスを追い立てているが，女神アテナの説得で彼への悪意を捨て去り，善意の女神へと変貌

郷の地を離れ，逃亡者となり，（中略）あなたの仰せはこうでした。タウリケーの地の国境に行くがよい，そこはあなたの姉妹アルテミスの祭壇のあるところ。そして，女神の木像を手に入れよ，（中略）危険な任務を果たしたならば，それをアテーナイの地に捧げよ，——ここまでで，それ以上のことは何もおっしゃらなかったが——そうすれば苦難からはほっとひと息つけるだろう，との仰せ。

（エウリピデス『タウリケのイピゲネイア』77-92 行)[17]

　一見謎めいた表現であるが，観客席のアテナイ人にとってその意味は明白であった。オレステスといえば母殺しであり，アテナイでの裁判で無罪となって先祖代々の呪いから解放されるということは，はっきりと説明されなくとも誰もが知っている。そこで「それ以上のことは何もおっしゃらなかったが」とオレステスが言えば，この後の展開と結末まで知る観客にとってはむしろ皮肉を含んだ表現となる。

　また同時に，既存の物語の流れに作品を組み込んだからといって，劇作家の創造性が失われるわけではない。彼らは単に有名な物語を劇という形式に落とし込んでいるのではなく，伝統と革新の均衡を保っているのである。劇の結末は伝承に準拠する必要があるが，そこに至るまでの過程には寄り道やまわり道があってもよい。この作品の場合，オレステスとイピゲネイアの再会そのものがエウリピデスによる創作の可能性もある。彼はイピゲネイアの犠牲とオレステスの母殺しの後の放浪に加え，アポロンの神託によるアテナイ行きまでをも結びつけて，伝統的神話に見られる空白を補完する劇を書いた。オレステスが故郷アルゴスを追われ，アテーナイにたどり着くまでの時間を描いたのである。さらにイピゲネイアの伝承にも抜け穴を見つけ，彼女が姿を消してからの運命を書き加えている。

　すでに一つの版が存在していても，結末さえ神話の伝承に則っていれば，同じ主題で創作することもできる。例えばオレステスの母殺しにつ

を遂げる。本書第 27 章参照。

　17)　本章におけるギリシア悲劇作品の和訳は，原則として『ギリシア悲劇全集』（岩波書店）からの引用である。

いては三大悲劇詩人の全員が扱っている[18]が，物語の焦点や，特にオレステスのもう一人の姉エレクトラの役割はそれぞれで大きく異なる。アイスキュロス『コエポロイ』[19]では母殺しが一家に伝わる厄災の一部だと強調され，一つの殺人が新たな殺人を導く原因となる。エレクトラは物語を動かしはせず，注目を浴びるのはあくまでオレステスである。これとは対照的に，ソポクレスとエウリピデスの作品は『エレクトラ』と題される。

　ソポクレスが中心とするのは彼女の心の動きである。父が殺されたのち宮殿に幽閉されながらも，オレステス帰還の望みを胸に抱き続けたエレクトラだが，そのオレステスは素性を隠したまま帰国し，自分は戦車競走で命を落としたという嘘の知らせを広める。こうして一度は望みが絶たれる様子，真実を知って歓喜する様子，そしてオレステスに奮起を促す様子など，エレクトラの様々な反応を読み取ることができる。

　一方，エウリピデスは舞台を郊外へと移す。貧しい農夫と結婚させられたエレクトラは，彼女のもとに現れたオレステスに対して，姉弟の母を宮殿の外へ誘い出して殺害するべく二つの策謀を用意している。本作品におけるエレクトラの憤懣たるやソポクレス作品にも劣らぬほどだが，一方でオレステスは母殺しがもたらすであろう結末を恐れる。姉が活を入れなければ，母の命乞いに屈してしまっていたかもしれない。

　以上の例から，ある程度固定された枠の中でも，悲劇詩人はかなり自由に物語の筋道を組み立てられたことが分かる。しかしどの道を選んでも母親は生きながらえず，岩が落ちてきて死ぬようなことにもならない。贖いを求めるオレステスのアテナイへの放浪[20]が無用になってはな

　18）　アイスキュロス『コエポロイ』，ソポクレス『エレクトラ』，エウリピデス『エレクトラ』がそれぞれオレステスの母殺しと実行に至るまでの逡巡などを描く。三大悲劇詩人全員が同じ主題を扱ったもので，そのすべてが現存するのはこれら3作のみである。3作ともに共通するのは，父の死後アルゴスを離れ養育されていたオレステスが成長し故郷に帰ってくること，そこで姉エレクトラと「認知」（詳細な定義は注41を参照）を果たすこと，姉あるいは弟が母クリュタイムネストラとその愛人アイギストスを殺し，父の仇を取ることである。本文でも述べられているとおり，主題は共通するものの，登場人物の立ち位置や作品全体の着眼点は詩人によって大きく異なるため，それぞれを対照することで各詩人や各作品の興味深い特徴が浮かび上がってくる。

　19）　表題の意味は「（死者への）供物を運ぶものたち」であり，母クリュタイムネストラの手にかけられた父アガメムノンの墓前に供物を運ぶエレクトラとその侍女たちを指す。

　20）　母の殺害後，故郷を追われたオレステスは放浪ののちにアテナイにたどり着く。ア

らないのである。人物像の設定に関しても特に制限はない。エウリピデスの描くオレステスは確かに祖先ペロプスの血を受けた[21]高潔な英雄だが，自身の母を殺す勇気が出ず策を弄するあたりは全く英雄的でない。一つの物語を描く角度も詩人によって異なる。アイスキュロスは代々受け継がれる罪に焦点を合わせる一方，ソポクレスは孤独とそこからの解放に際した心理の動きに着眼し，エウリピデスは道義的な葛藤を描き出す。

3　公的な行事や宗教儀礼としての悲劇

　ギリシア悲劇は，酒と越境の神ディオニュソスを祀るアテナイの祭典での上演を目的として書かれた[22]。そののち多くの作品が他の場所でも再演[23]されたが，後代の史料が伝える劇の「成功」とはアテナイの祭典での初演の出来を指す。こうした上演の背景にはギリシア悲劇と現代の演劇とを大きく分かつ要素が含まれ，初演の際の反応をも左右したと推察される。

　まず，作品中にはっきりとは表れていなくとも，悲劇には「ある程度の」宗教的側面がある。しかし，神々が劇中で描写されているからといって，そうした宗教的要素がより強化されるわけではない。顕現するに際して神々は偉大で強力な存在として示されるが，ときに謂れのない苦難を人間にもたらすこともある。オレステスは結果的にはアポロンの導きで呪縛から逃れられるものの，劇で描かれるのは解放に到達するま

イスキュロス『エウメニデス』ではアテナイで裁判にかけられ，女神アテナの助けもあって無罪となる。
　21)　オレステスにとってペロプスは曾祖父にあたる。ペロプスについては注11を参照のこと。
　22)　注8を参照。
　23)　悲劇作品の多くはアテナイの祭で初演を迎えるが，人気のある作品はアテナイの内外で，また，後代に至っても再演されたようである。例えばアイスキュロスはシチリアで人気を博し，シュラクサイ（現シラクサ）等の僭主にたびたび招かれては悲劇を上演していた。彼の作品のうち現存する『ペルサイ』はシチリアでの再演が記録されており，断片として伝わるものの中にはかの地で初演されたものもあったらしい。シチリア島ゲラ（現ジェラ）で没したとされることからも，アイスキュロスとシチリアとの深い繋がりが想像できる。

での苦しみが大部分であり，そのせいでオレステスは神の叡智に疑問さえ抱きはじめる。加えて，ディオニュソスの祭で上演されているにもかかわらず，ディオニュソス自身が実際に劇中に登場することはほとんどなく[24]，ごくたまに言及されておしまいである。したがって，上演が行われる祭典と劇の内容とを関連付けることは非常に難しくなる（酒とディオニュソスに頻繁に言及する喜劇[25]とは対照的である）。

　悲劇と同時代の人々との関わりについてより理解しやすい要素を挙げるとすれば，劇の上演も含めた祭典の運営がポリスに任されていたという点になるだろう。ポリスとはつまり普通の市民たちのことであり，アテナイのデモクラシー最大の特徴は彼ら（男性市民）の大部分が公的な活動に直接参加していたという事実にある。ディオニュソスの祭典の責任者は高位官職者の一人[26]だが，この役職でさえ選挙で選ばれた役人や官僚ではなく，くじで選出された市民が占める上に，職務経験も不問であった。祭典の運営に際して彼はまず「コレゴス」[27]それぞれに劇作家，俳優，合唱隊[28]（コロス）を割り当てた。「コレゴス」とは裕福な市民で，

　24）　最大にして最重要な例外はエウリピデス『バッカイ』である。表題は「バッコス（ディオニュソスの別名）を信奉する女性たち」を意味し，彼女らを率いてディオニュソス自身が舞台に登場する。信者の一団とともに故郷テバイを訪れた彼は，信仰に加わろうとしない王ペンテウスを罠にかけて八つ裂きにさせ，また次の町へ自らの勢力を伸ばそうと去っていく。ちなみに，ディオニュソスの母セメレはテバイ王家の娘であり，ペンテウスの母アガウエとは姉妹にあたるため，ディオニュソスとペンテウスは従兄弟同士ということになる。同じテバイ王家に属するオイディプスは，彼らから三代ほどのちの世代に相当する。

　25）　例えばアリストパネスの『蛙』に登場するディオニュソスは劇の愛好家で，エウリピデス作『アンドロメダ』（断片のみ現存）を読んでいたと本人が語る（52–54 行）。ギリシア喜劇一般については，本書第 5 章を参照のこと。

　26）　通称「筆頭アルコン」。候補者の中からくじで選出される任期 1 年のアテナイの最高職であり，前 5 世紀後半以降は国家的祭事の責任者であった。筆頭アルコンの他に，アルコンには「アルコン・バシレウス」と「ポレマルコス」の二つの職種があり，三人をまとめてアルコンと総称する。前 5 世紀末までに筆頭アルコンの名前で各行政年を呼ぶ習慣が定着したため，時に「アルコン・エポニュモス（その年の名祖となったアルコン）」と呼ばれることもあるが，この表現が最初に登場するのは実はローマ時代になってからのことである。

　27）　文字どおりには「コロス（合唱隊）を率いる者」を意味する。アテナイでの祭事における劇の上演という文脈では「コロスを（金銭的な意味で）組織する有力者」を指すが，他の文脈では「コロスを（音楽的な意味で）率いる指揮者」を表すことも多い。特に前 5 世紀のアテナイでコレゴスに選出されるのは大変な名誉であり，その立場をひけらかした美青年アルキビアデスの逸話も残されている。詳細は本書第 25 章を参照。

　28）　悲劇や喜劇は二人ないしは三人の役者に加え，合唱隊も参加することで上演される。合唱隊は初期悲劇の 12 人からのちの 15 人，喜劇では 24 人の男性市民によって構成さ

4 「悲劇」は悲しい劇なのか？　　　83

劇の制作にかかる費用を負担した。

　劇の制作陣や出演者も同様にそれを職業としている人々ではなかった。専門家として祭典に定期的に参加する者もおり，劇作家（ソポクレスは生涯で100本以上の劇を書いたとされる）と一部の俳優はその筆頭であったが，彼らも演劇で生計を立てていたわけではない。こうした点から見れば，ディオニュソスの聖域に集まった人々の中に関係者と観客という二項対立は存在せず，彼らはみな等しく祭典に参加する市民であり，その多くが何らかの形で上演にも加わっていた。

　劇の上演が持つこのような公的な側面は，観衆と劇との関係を形づくる要因となる。悲劇とは国家から任される仕事であり，主に市民の観劇を念頭に書かれたものであるため，劇中で様々な問題を提示するのは作家ではなく，ある意味では共同体そのものだと言える。悲劇を通して観衆は一つの集団となり，そこで示された考えや価値観を検討するよう要求される。悲劇が「教育的な」目的をもって特定の価値観を奨励したか否かについては議論があるが，「アテナイ的な」特徴の存在に関しては疑問の余地がなく，アテナイに対する称賛の頻度は目をひく。また，劇の結末部で語られることも多い起源譚[29]では，特にアテナイに関連し実在する儀礼や信仰がどのように神話から派生したのか，その神話の結末の予言をもって解説される。

　最後に劇場に集まるアテナイの人々は，私的な個人として，また共同体の一員として，舞台上で表現される様々な葛藤を自らのものとして捉えていた。劇中で語られる神話はもちろん日常生活の一部ではないし，登場人物を取り巻く問題は民主政社会に生きる市民からすると非現実的

────────────

れ，役者と同じく老若男女様々な集団として機能した。邦訳では「合唱隊」とされることが多いので，本章でもそれに従うが，ギリシア語の「コロス」はむしろ舞踏を意味し，彼らの機能が歌いながら踊ることにあったことを示す。合唱隊の舞踏については次節でも扱われる。本書第25章も参照のこと。

29）『タウリケのイピゲネイア』を例に挙げよう。劇の最終盤，ギリシアに向かって出帆したイピゲネイア一行を追おうとするタウロス人の王の前に女神アテナが現れ，怒りを鎮めて追跡を止めるよう命じる。女神いわく，イピゲネイアが無事逃げおおせることはすでに運命づけられており，その後アテナイ近郊のブラウロンでアルテミスとともに信仰されるようになることも決まっている。ブラウロンでのアルテミス信仰は前5世紀のアテナイ人観客にも馴染みのあるものであり，アテナがその信仰の「起源譚」を語ることで，観客は神話世界と現実のアテナイとの結びつきを実感するのである。詳細は本章第4節を参照のこと。

だが，舞台設定は明らかにギリシア世界に置かれており，観衆の生活の根幹をなす原理原則に通ずるものがあることも確かだ。よって観衆は，自分ならこの場合どう振る舞うべきか，社会における自分の立ち位置はどこかなど，自問することとなる。

　有名な例はソポクレスの『アンティゴネ』[30]である。主人公の女性アンティゴネは若くして二人の兄を失うのだが，その状況には少し説明が必要であろう。長兄エテオクレスがテバイの王となったことを受け，次兄ポリュネイケスは挙兵しテバイへと進攻する。テバイの城門で二人が刺し違えたところまでが本作の背景であり，兄弟の伯父である新王クレオンが彼らの遺体の処遇をめぐる命令を下したことから劇の幕が開く。テバイを守ったエテオクレスは手厚く埋葬せよ，片や侵略者ポリュネイケスは埋葬などせず，野鳥の食うがままにでもしておけ，これらに背いた者については誰であれ処刑する，以上がクレオンの命である。アンティゴネはこの布告に従わず，王の命令よりも肉親を尊重して慣習どおりの葬儀を行うことが自らの責務だと考えるが，妹イスメネは姉の反抗的態度を女性には似つかわしくないとして諫める。妹との議論が物別れに終わった後，アンティゴネは密かに次兄を弔おうとするが，その現場を捕えられ死刑を宣告される。王クレオンは断固たる態度で，アンティゴネの許婚にして自身の息子でもあるハイモンの説得にすら耳を貸さない。結果，アンティゴネは自ら死を選ぶ。それを嘆いたハイモンも命を絶ち，その知らせを受けた彼の母も自害を遂げる（これらの死はすべて舞台の外で起き，その様子は使者から報告されるのみである）。劇の終わりには，絶望に打ちひしがれたクレオンただ一人が残される。

　アテナイで王家の息子二人が互いに殺し合うようなことは起きないし，アンティゴネの葛藤が誰しもが直面する類のものではないことに鑑みれば，この物語の展開は観衆の経験に直接的に関わってはいない。しかしながら本作は，社会が孕むごく一般的な問題を，既存の法や特定の状況という文脈から離れて提示することに成功している。各々が普遍的

―――――――――

　30）　以下で登場するエテオクレス，ポリュネイケス，アンティゴネ，イスメネはオイディプスとその実母との間に誕生した4きょうだいで，兄二人はテバイの王位を争って戦死，残された妹二人は，国賊とみなされた次兄の遺体の処遇をめぐって対立する。なお新王クレオンはきょうだいの母（オイディプスの母でもある）の兄であり，伯父にあたる。

4 「悲劇」は悲しい劇なのか？

な原理原則にのっとって行動し，その結果として互いの原理原則が衝突するという事態はどこにでも起きうるのである。

　クレオンにとって，皆の幸福を支えるものは国家の繁栄である。彼は何よりも共同体を重視し，個人の人間関係などは気にも留めない。

> 余は——すべてを見そなわすゼウスも御照覧あれ——もし我が太平の国民に禍いの来たるを見るならば，口を閉ざして座視せんであろう。また，国に仇なす輩を，我が友とも認めんであろう。余は承知しておるのだ，この国こそ我らを無事に運ぶ船にして，この大船に乗ったればこそ，友もつくることができるのだとな。
> 　　　　　　　　　　（ソポクレス『アンティゴネ』185-90 行）

　クレオンが埋葬を禁じることでポリュネイケスに与えた罰[31]も，この信条から生じたものであって，決して彼が自己中心的な暴君だったわけではない。一方アンティゴネは，クレオンとは正反対の優先順位を持っていることが明らかだ。

> あの方は，私がちゃんと弔ってさしあげます。それで死ぬならそれこそ本望。あの方に愛されて，並んで横たわりましょう，愛する方といっしょに。神の掟に従って，人間の掟に背いてやります。この世の人々よりは，あの世の人々の気に入って頂かねばならない月日の方がずっと長いんですもの。
> 　　　　　　　　　　（ソポクレス『アンティゴネ』71-76 行）

　アンティゴネにとって生者の共同体は短期的なもので，その方針に従い参画することよりも，死者の永続的な要求をのむことの方が重要であった。この場合，クレオンとアンティゴネのどちらかの立場に根本的な過誤があるわけではなく，互いに自らの姿勢を絶対視して譲らないところに致命的な問題がある。両者ともに自身の行動原則のみが正当であ

　31）　遺体を野ざらしにすることが，祖国に進攻したポリュネイケスに対する罰であるのみならず，テバイの街全体を覆う血の穢れの原因となり，クレオンに息子の命を償いとして捧げさせることになるという結末は，1064-90 行で予言者テイレシアスが語るとおりである。

ると信じ込み，どちらの考え方も一理あるなどとは思いもしない。それでもお互いに一人ずつ，妥協するよう説得してくれる者はいる。アンティゴネの妹イスメネは女性としての出過ぎた行為を諫め，クレオンの息子ハイモンはアンティゴネへの同情をこっそりと父に打ち明けた上で，父の制裁の過剰さを指摘する。

　ソポクレスが本作で提示するのは，国家に対する個人のあり方と共同体内での行動の多様性であり，観衆にも関係する種々の制限でもある。個人の幸福の前提条件や枠組みとしての国家，統治者の意向とそれに対立する公共の意思，異なる規範同士の衝突などが描き出されたとき現れるのは，法の限界と抵抗する権利であった。そして，個人の判断が集団のルールに優越するのかという問題へとつながっていく。

　この劇の観衆にとって，何がおかしいのかを見抜くことはさほど困難ではないが，正しい道を提示せよと言われれば格段に難しくなる。ギリシア演劇はこうして観衆の価値観に挑戦する。彼らはアテナイの市民であり，立法者であると同時に家族の一員でもあるのだ。公的に運営される劇の中で，国家が個人の価値観を侵害していると警告を受け，個人が共同体への非協力的態度を指摘されることがあったという事実は，アテナイという共同体が自身をかなり正確に客観視できていたことの表れであろう。しかし国家は正答を教えはしない。劇は観客に直接訴えかけ，共同体での生活を送る中で起こりうる衝突の解決策や，共同体における自分自身の役割や従うべきものについての自問自答を強いるのである。

4　演技としての悲劇

　ここまで見てきたとおり，悲劇は観衆が安易な解決策に走ることを拒絶するものであるが，だからといって悲劇は単に頭だけを使って楽しむものだと言いきることはできない。劇と他の表現形式とを決定的に分かつのは書かれたものを具体化して見せるという方法であり，この事実は無視できないからだ。そしてこの方法によって，筋のある物語を演じることが見せ物として成立する。その際に核となる要素は，視覚および聴覚効果と動作の言語化である。

4　「悲劇」は悲しい劇なのか？　　87

　悲劇は読むものではなく観るものである。コレゴス[32]の出資金のほと
んどは豪華な衣装や舞台装飾に充てられ，劇場の外での名声をも求める
コレゴスたちは自らの財力を観衆に印象づけようと躍起になる。

　舞台上での演技については，全場面とは言わないまでも，かなり自然
なものでなくてはならない。例えば，舞台への俳優の登場が告げられる
場面の長さも役によって異なってくる。杖をついた老人がよろめきつつ
登場する場面と，舞台外で起きた奇跡や災厄を主人公に報告すべく使者
が駆け込んでくる場面とでは，その長さに5倍もの差があることもあ
る。このような報告とともに登場すると，役者は舞台を動き回りつつ時
には膝をついてみたり，泣きの演技が必要であれば顔を覆ってみたりす
る。合唱隊による舞踏も上演の根幹をなしており，その重要性はギリシ
ア語の「コロス（合唱隊）」という語が元々は「舞踏」を意味したこと
からも明らかであろう。合唱隊の舞踏についての詳細は伝わらないが，
宗教儀礼での踊りにかなり類似するものがあったのではないかと言われ
ている（合唱隊が劇中で神々への讃歌や祈りの曲を歌い踊ることは珍しくな
い）[33]。役者の歌と踊りについては合唱隊よりもよく知られている。役者
が歌い踊るのは感情が特に高ぶるような状況にあるときだけであり[34]，
歌にのせて感情や記憶，恐怖を呼び起こすのみならず，自身の動作を言
語化することもある。生き別れたイピゲネイアとオレステスが互いを認
知したとき，彼らは以下のように歌う。

　　イピゲネイア：おお，誰よりも愛しい弟，まちがいない，あなたは
　　　　愛しい弟だから，わたしが抱きしめているのはオレステース，
　　　　あなたね，故郷のアルゴスを離れてやってきた弟，おお，愛し

---

　32)　コレゴスという役職については注28を参照のこと。
　33)　『アンティゴネ』の第5スタシモン（コロスのみが歌い踊る部分）はその最たる例
であろう。血の穢れから街を浄化してもらおうと，コロスはテバイの守護神であるディオニュ
ソスを讃え，今こそ姿をお見せくださいと祈る。しかし彼らの望みが実現することはなく，
死はアンティゴネ，ハイモン，そして彼の母にまで拡がる。ちなみに，この讃歌の中でディ
オニュソスは「コレゴス」と呼ばれるが，これは明らかに出資者ではなくコロスの歌や踊り
を導く指揮者を意味する。
　34)　現代の演劇とは異なり，ギリシア劇は台詞のすべてが韻文で書かれている。役者は
その大部分をふつうの会話に近いとされる韻律で演じるが，感情の高ぶりに合わせて韻律が
変化し，歌唱へと移っていく演出もごく一般的に用いられている。

い弟！

オレステス：ぼくの抱きしめているのは，死んだ姉さん，あなたな
　　　のですね。死んだと思われていたのに。

イピゲネイア：嬉し涙が，嬉し泣きがあなたの瞼を濡らしている，
　　　わたしの瞼も同じこと。

（エウリピデス『タウリケのイピゲネイア』828-33行）

　同じような状況で，抱擁や時には口づけさえも言語化される場合があ
るが，特定の場面における身ぶりや動作の証拠が本文中に残っているか
らといって，ギリシア悲劇がそうした視覚表現ばかりに依存していたと
考えるのは早計である。言葉なしで演じられる劇が想定しがたいのと同
様，言語化されない演技のみで演じられる劇の存在もまた考えにくい。
舞台上に馬車を登場させるなどの特殊効果や，見張りに罪人をひっ捕ら
えさせたり[35]，タウロス人の王[36]にイピゲネイアとオレステスを追いか
けるよう市民を集めさせたり[37]する派手な演出はほとんどなされなかっ
たようである。つかみ合いの乱闘や殺陣，これに準ずる曲芸的な場面
は，シェイクスピア劇では作品の高まりに華を添えるかもしれないが，
ギリシア悲劇には用いられない。舞台上で人が死ぬ例もたった二つのみ
である。一方の男は自殺を遂げ[38]，他方は舞台に上がった段階ですでに
虫の息であった[39]。

　換言するならば，上演に際して優先されたのは言語的側面であって，
派手な演出（つまり劇の視覚的側面）ではなかったということになる。
とはいえ悲劇は知的な行為だという話にまた戻っていくのではなく，こ

　35）　アンティゴネは王の命に背いて兄を埋葬しているところを番人に捕らえられるが，
その場面自体は舞台上で演じられず，彼女を伴った番人が登場することで表現される。
　36）　イピゲネイアが巫女として暮らすタウロス人の国の王トアスは，信頼していたイピ
ゲネイアが策を弄して国を脱出したと知るや，怒りに駆られて追走を命じる。
　37）　トアスが部下に命令をしている場面の直後に女神アテナが現れて事態を収拾する
ことから，実際に部下が追走の準備をする場面は描かれなかったことが想像できる。加えて，
悲劇上演の前提として，役者は三人までしか同時に舞台に上がることはないため，人数を使っ
た大がかりな演出はそもそも存在し得なかったといえるだろう。
　38）　ソポクレス『アイアス』では，自身の行いを恥じた英雄アイアスが自ら命を断つ。
　39）　エウリピデス『ヒッポリュトス』の主人公ヒッポリュトスは，祖国を追われ去って
いく道中で瀕死の重傷を負い，何とか帰還するものの，父に看取られながら落命する。

4 「悲劇」は悲しい劇なのか？　　　89

こからは悲劇を言語化された行為として見ていきたい。悲劇における行為の中心には，ほぼ例外なく衝突が展開している。この衝突は暴力を伴わず，必ず対話によって繰り広げられ，利害関係のある者同士が互いの不一致を披歴しあう場となる。

　『アンティゴネ』における一連の衝突の中心にはクレオンが存在する。アンティゴネは公然と彼に反論し，息子はアンティゴネの処刑を思いとどまるよう説得し，予言者テイレシアスは共同体の安寧を危険に晒してはいけないと忠告する。クレオンと息子との会話は正式な討論の形をとっており，まずは互いの主張を長々と披露してから論争へと移っていく。処刑に関しては市民の意見に従った方が賢明であり，さもなくば頑固な統治者として評判も権力も地に落ちてしまう，とのハイモンの説得に対し，クレオンは息子の正気を疑い，アンティゴネに言いくるめられているだけだと判断する。二人の間の緊張はいよいよ高まり，議論が白熱する。前節で述べたように，ここでも論争を深く読み解いて，そこで提示される価値観やアテナイの観客への教訓を見つけ出すことはもちろん可能である。しかし，この場面で注目すべきは，父親に過ちを犯させまいと絶望的な努力をする息子と，自身の権力と男性社会の権威への脅威を恐れるあまり疑心暗鬼になる父親との間の緊張である。父子が破滅へと一歩一歩確実に向かっていく様子は劇の動力源となり，互いの論に含まれていたであろう政治的な思想など置き去りにして，純粋に人間的な次元で感情に働きかける。二人の論争は，火を噴くような言葉の応酬をもって最高潮を迎える。

　　　ハイモン：国というものは，ただ一人の人間のものではございませ
　　　　　んゆえ。
　　　クレオン：国は支配している人間のものとは認められんのか。
　　　ハイモン：それなら人の住まぬ国を，お一人で支配なさるがよいで
　　　　　しょう。
　　　クレオン：こやつめ，どうやらあの娘と組んで，わしと一戦交える
　　　　　つもりらしいぞ。
　　　ハイモン：いかにも，父上が娘ならば。まっこと，父上こそ心配の
　　　　　種でございますから。

クレオン：何たる言いぐさだ。父親と，いちいち理屈をこねて争う
とは。

ハイモン：父上が正義の道を踏み外しておいでなのを見るゆえです。

クレオン：わしが，王の大権を大事と思うのが正義の道に悖ってお
るのか。

ハイモン：大事になどなさっていません。敬神の道を踏みにじって
おいでですから。

クレオン：何と穢らわしい奴め，あの娘に鼻づら引き回されておるわ。

ハイモン：ただし恥ずべき心にすら届したとは，父上とてもおっ
しゃいますまい。

（ソポクレス『アンティゴネ』737–47 行）

　『タウリケのイピゲネイア』にはこのような激しい論争の場面はない
が，動作の言語化が秘めた可能性をありとあらゆる方法で利用し尽くし
た一連の名場面には，大いに注目する価値がある。まず思い浮かぶのは
兄妹の認知[40]の場面であろう。数百行にもわたって観客を焦らした後，
ようやくオレステスとイピゲネイアがお互い探し求めていた肉親だった
と判明する。二人は異国の地で同じギリシア人，しかも地元アルゴスか
ら来たという人に出会って驚きを隠せないが，自身のことを話す段にな
ると歯にものが挟まったような言い回しを使うためほとんど素性がわか
らない。よって認知の場面は徐々に遅らされてしまう。一体いつ，何が
決定打になってお互いを認知するのか，見る者の緊張感は高まるばか
りである。するとイピゲネイアが，オレステスの友人ピュラデスに対し
て，故郷にいる弟に手紙を届けてほしいと頼みごとを持ちかける。引き
受けてくれるならこの異国の地から彼を解放すると約束し，手紙の宛名
を口にした瞬間に彼女の素性が明らかになる。

---

40)　アリストテレス『詩学』第 11 章で悲劇を規定する要素の一つとして挙げられる認
知は，何らかの理由で生き別れになっていた肉親同士が，持ち物や身体的特徴などが手がか
りとなって，互いを家族と認識する場面のことをいう。以下で見るように，『タウリケのイピ
ゲネイア』では手紙をとおして姉弟の認知がなされる。なお，『詩学』の和訳には，松本仁
助・岡道男訳（1997）『アリストテレース　詩学／ホラーティウス　詩論』岩波文庫がある。

4 「悲劇」は悲しい劇なのか？　　　91

イピゲネイア：アガメムノーンの子オレステースに伝えてください。

ピュラデス：おお。神々よ。

イピゲネイア：わたしの問題なのに，なぜ神々に呼びかけるのですか？

ピュラデス：何でもない，先に進めてくれ。他のことを考えていた
　　のだから。

イピゲネイア：「オレステースよ。」これで二度名前を聞いたことに
　　なりますから覚えられますね。「この手紙を送るのはアウリス
　　で生贄にされたイーピゲネイア，そちらの人たちにすればとう
　　に死んでいるのですが，私は生きています。」

オレステス：その人はどこにいるのだ，死んでしまったのがまた生
　　き返ってきたのか？

イピゲネイア：あなたの目の前にいるこのわたしのことです。話の
　　腰を折らないでくださいな。「血を分けた弟よ，わたしが死な
　　ないうちに，夷狄の地からアルゴスへ連れ戻してください，そ
　　して女神様の生贄の仕事から解放してください，そのとき異国
　　のものを屠るのがわたしの務めなのです。」

　　（中略）

ピュラデス：ああ，なんてたやすい誓いでぼくを縛ってくれたんだ
　　ろう，あなたもとってもよいことを誓ってくれました。ぐずぐ
　　ずしないで，ぼくの立てた誓いを実行することにしよう。（注：
　　手紙を隣にいるオレステスに渡しながら）ほら，オレステース，
　　書付けを持ってきたからきみに渡すよ，ここにいるきみの姉さ
　　んからのだ。

（エウリピデス『タウリケのイピゲネイア』769–76 行[41]，787–92 行）

　しかし緊張から解放されたのもつかの間，認知を果たした姉弟は今度
はタウリケから脱出する方法を考え出さなければならない。乗ってきた

　41）　この部分では台詞の割り振りが混乱し，行の移動が提案されることもある。和訳の
出典である『ギリシア悲劇全集』では「おお。神々よ。」と「何でもない…」の部分をピュラ
デスでなくオレステスが発しており，イピゲネイアが手紙を読み終わった後に配置している
が，ここでは原著者が採用した順序のままにしてある。なお，この部分の和訳の引用に際し
ては，『ギリシア悲劇全集』の表現に少し手を加えている。

船に王に気づかれないよう戻りたいのだが，その王は二人の異邦人を神
への犠牲に捧げ，その上で巫女イピゲネイアにはこの地に留まってもら
おうと画策している。作戦を立てたのはイピゲネイアであった。異邦人
二人が女神の像を穢したと嘘をつき，犠牲式の前に海水で彼らを清める
ことを王に許可してもらうよう仕向ける。以下に引用するのは，犠牲式
と（やけに手の込んだ）準備の手順について王がイピゲネイアに次々と
質問を投げかける場面である。ここでもやはり二人の対話からは皮肉と
緊張が感じとれ，王は自身への罠の核心に迫っているにもかかわらず，
巫女の忠誠心と信仰心をあてにしすぎたがために，実際に計略を阻止す
るには至らない。

　　　イピゲネイア：なによりもまず，穢れを落とす神聖な水で二人を清
　　　　　めたいのです。
　　　トアス：せせらぎの水でか，それとも澄んだ海の水でか？
　　　イピゲネイア：海は，人の身についた汚濁を何もかも洗い流してく
　　　　　れます。
　　　トアス：そうした上で二人が殺されれば，女神様の意に適うもっと
　　　　　神聖な捧げ物ができるということだな。
　　　イピゲネイア：わたしのほうのことも，そうすればずっとうまく行
　　　　　くことになります。
　　　トアス：この社のすぐそこまで波が打ち寄せているのではなかった
　　　　　のか？
　　　イピゲネイア：独りきりになる必要がございます。わたしは他にも
　　　　　することがありますから。
　　　（中略）
　　　イピゲネイア：全員家から一歩も出ないように。
　　　トアス：人殺しの穢れに触れないようにか？
　　　イピゲネイア：こういったことは穢らわしいことですから。
　　　トアス：（従者に向かって）おまえが行って伝えてこい。
　　　イピゲネイア：誰も見えるところに近づいてはなりません。
　　　トアス：そなたはほんとうに町のことをよく考えてくれている。
　　　イピゲネイア：ええ，それに愛する者たちの場合はとりわけ考えず

にいられません。

（エウリピデス『タウリケのイピゲネイア』1191–97 行，1210–13 行）

　彼女がこう言うとイピゲネイア，オレステス，ピュラデスのギリシア
人三人はタウリケ人の集団とともに去っていき，すっかり納得してし
まった王だけが残される。観客はといえば，イピゲネイアとオレステス
の脱出劇の行方を気にかけているのだが，伝令が突然舞台に駆け上がっ
てくる[42]ことで（アテナイの演劇通にはもはやお馴染みの光景だが）答え
を得られることとなる。本作の最も「劇的な」瞬間は舞台の外で起きる
ため，この伝令の報告からしか全貌を知ることはできない。王とアテナ
イの観衆の前に立った伝令は，秘儀を見てはいけないとの命令を破って
まで海辺へ行ったときの様子を語る。イピゲネイアが儀式からなかなか
戻らないので，異邦人に殺されてしまったのではとの不安に襲われての
ことであった。

　　とうとうみんなの考えが一致し，許しが出たわけではないが，彼女
　　らの所へ行ってみようということになりました。そこに行ってみる
　　と，ギリシアの船が見えました，翼のようにさっと動く櫂を備え，
　　五十人の水夫が櫓杭にはめた櫂を握り，縛めを抜けて自由の身に
　　なった若者たちは，船尾のところに立っていました。（中略）われ
　　われは，前と同じようにギリシア女を押さえ，力づくで彼女を王の
　　もとへ引っ張って来ようとしました。その時，頬のここのところを
　　手酷く殴られたのです。というのも，奴らは素手で，武器を持って
　　いませんでしたし，われわれも素手でしたから，拳と拳で打ち合っ
　　たのです。おまけに，若者は二人とも足蹴りを繰り出して，それが
　　脇腹やみぞおちに命中したりしたのですが，手も足もどちらも痛く
　　なり，へとへとになってしまいました。われわれは，痛々しい傷跡

　　42）　ギリシア悲劇において伝令が果たす役割は大きい。例えば，悲劇では様々な死が描
かれるが，既述のとおり（注39と40も参照のこと），舞台上で観客に見えるように表現され
ることは少ない。代わりに用いられるのが伝令の報告で，舞台の外で起きた事件やその結果
としての登場人物の死などを克明に描写するのである。『タウリケのイピゲネイア』において
は，イピゲネイア一行が王とその部下を出し抜いて祖国に向け出帆する様子が実際に演じら
れることはなく，観客は伝令の言葉のみを頼りにその場面を想像することになる。

を極印のように付けられて崖のところまで退却しました。

（エウリピデス『タウリケのイピゲネイア』1343–49 行，1364–73 行）

　ここでもまた，息もつかせぬ伝令の語りや辛くも難を逃れた様子の鮮明な描写が機能するか否かは，その役者の話しぶりにかかっている。現代の映画などでも，一度視覚化されてしまえば，以降の発展は観る者の空想の中でしか達成されず，その契機となり得るのは言葉のみである。『アンティゴネ』におけるハイモンとクレオンの論争や，『タウリケのイピゲネイア』での認知までの永遠とも感じられる時間，トアスへの裏切りと逃亡の場面は，いずれも劇作上の工夫と台詞回しの巧みさがあってはじめて効果的になり，より強烈な感情を呼び起こすことが可能となる。こうした場面において，悲劇はほとんど言語化された動作以外の何ものでもなく，豪奢な衣装や大袈裟な演技とは無縁の境地に到達する。

　『タウリケのイピゲネイア』は，本章の冒頭で挙げた悲劇の特色をすべて盛り込んだ場面をもって幕を下ろす。怒り狂ったトアスが三人の乗る船を追うよう命じれば，観衆は彼の部下が忙しなく働く様子を想像しはじめる。そこへ突然，舞台の裏手から女神アテナが上空へ現れ，追跡を止めるようトアスに命令する。女神によれば，オレステスとイピゲネイアがアテナイへ安全に航海することは初めから運命として定まっていて，その地でオレステスが新しい神殿を建立し，イピゲネイアがその巫女となる。後世にはイピゲネイア自身も信仰の対象になるのだという。

　悲劇においては，途中の展開はどうあれ，幕が下りる前にすべての帳尻は合うことになっている。物語は無事に終結し，アガメムノン家を取り巻く神話の流れに再び合流する。姉弟の行末がはっきりしたことで緊張から解き放たれると同時に，物語はアテナイ人にとって特別な意義を持ちはじめる。アテナが語るのは他でもない，実際にアテナイに存在する神殿や信仰の起源であり，神話世界の一族と現実世界のアテナイ人との結びつきなのである。この長いアテナの演説もまた，役者の技量の見せ所であろう。強大な力を持つ国家の守護神アテナを演じるにあたって，役者は当然きらびやかな衣装を纏い，さらに舞台上空に現れる[43]。

───────────

　43）　この演出法はラテン語で「デウス・エクス・マキナ」と呼ばれ，特にエウリピデス作品の結末部によく用いられる。「機械仕掛けの神」という訳語が示すとおり，クレーンのよ

こうした視覚効果と言語効果の併用，また，出来事を語ることと眼前の観客へ働きかけることとの両立によって，ギリシア悲劇は総合芸術となり，感情と知性両方の要求に応えることができるのである。

参 考 文 献

本章で言及した悲劇の定義については，von Wilamowitz-Moellendorff (1895) に従った。ギリシア悲劇の入門書としては Scodel (2010) や Rehm (2016) があり，前者は個別作品の分析をとおして悲劇という分野を詳細に論じ，後者は社会的な文脈により重きを置いている。視覚効果に関しては Taplin (1977) が詳しく，言語を中心とした表現形式としての悲劇は Rutherford (2012) が主題として取り上げる。

Easterling, P. E. (1997). *The Cambridge Companion to Greek Tragedy*. Cambridge.

Goldwell, S. (1986). *Reading Greek Tragedy*. Cambridge.

Rehm, R. (2016). *Understanding Greek Tragic Theatre*. London

Rutherford, R. (2012). *Greek Tragic Style*. Cambridge.

Scodel, R. (2010). *An Introduction to Greek Tragedy*. Cambridge.

Taplin, O. (1977). *The Stagecraft of Aeschylus: The Dramatic Use of Exits and Entrances in Greek Tragedy*. Oxford.

von Wilamowitz-Moellendorff, U. (1895). *Heracles*, 2nd ed. Berlin.

作品和訳

アイスキュロス，久保正彰訳（1998）『アガメムノーン』岩波文庫.

―――，呉茂一訳（1974）『テーバイ攻めの七将』岩波文庫.

―――，高津春繁他訳（1985）『ギリシア悲劇 I』ちくま学芸文庫.

エウリーピデース，逸身喜一郎訳（2013）『バッカイ　バッコスに憑かれた女たち』岩波文庫.

―――，久保田忠利訳（2004）『タウリケーのイーピゲネイア』岩波文庫.

―――，松平千秋訳（1959）『ヒッポリュトス　パイドラーの恋』岩波文庫.

エウリピデス，丹下和彦訳（2012-16）『悲劇全集 1-5』京都大学学術出版会.

―――，松平千秋他訳（1986）『ギリシア悲劇 III エウリピデス（上）』ちくま学芸文庫.

―――，―――訳（1986）『ギリシア悲劇 IV エウリピデス（下）』ちくま学芸文庫.

うな装置で舞台上空に登場した神が，命令を発したり縁起譚を語ったりすることで，物語の収拾を図るのである。

96 第 1 部　記憶と再現

ソポクレース，呉茂一訳（1961）『アンティゴネー』岩波文庫.
————，中務哲郎訳（2014）『アンティゴネー』岩波文庫.
ソポクレス，高津春繁訳（1973）『コロノスのオイディプス』岩波文庫.
————，藤沢令夫訳（1967）『オイディプス王』岩波文庫.
————，松平千秋他訳（1986）『ギリシア悲劇 II』ちくま学芸文庫.
松平千秋他編（1990-93）『ギリシア悲劇全集』岩波書店.
　　1-2：アイスキュロス，3-4：ソポクレス，5-9：エウリピデス，10-13：断片，
　　別巻：概説

日本語文献
逸身喜一郎（2008）『ソフォクレース『オイディプース王』とエウリーピデース
　　『バッカイ』——ギリシャ悲劇とギリシャ神話』岩波文庫.
川島重成（2004）『アポロンの光と闇のもとに——ギリシア悲劇『オイディプス王』
　　解釈』三陸書房.
S. ゴールドヒル，佐野好則訳（1999）「大ディオニュシア祭と市民イデオロギー
　　（上）」，『思想』901，30-50.
————，————訳（1999）「大ディオニュシア祭と市民イデオロギー（下）」，『思
　　想』902，126-42.
中村善也（1974）『ギリシア悲劇入門』岩波新書.

（末吉未来　訳）

5

喜劇を真面目に読む

アデル・C・スカフーロ

　ギリシア喜劇およびローマ喜劇は，古代社会で人気を集めた表現の一分野であるのみならず，現代にまで続く演劇の歴史を開いた文化活動でもある。現存するローマ喜劇の多くはギリシア喜劇を翻案した上に作者の独自性を加えたもので，そのローマ喜劇はシェイクスピアなどのルネッサンス期以降の演劇にも影響を与えている。

　ギリシア喜劇の上演の場はディオニュソス神を祀る祭典であった。そこで，まずはその祭典の種類や歴史，出資者や参加者の性質などを概観する。その後，ギリシア喜劇を時代によって分類した「古喜劇」，「中喜劇」，「新喜劇」の各節で，それぞれに特徴的な作劇法や代表的な詩人の作品を分析していく。

　次に，上述の手法をローマ喜劇にも用い，少ない資料からローマでの上演の様子を探っていく。ローマにも多数の祭典があり，演劇の上演に割かれる日数の年間合計はギリシアのそれを遥かに凌いでいた。作品の現存するただ二人の詩人，プラウトゥスとテレンティウスの作劇技法の分析においては，彼らがギリシアの手本をいかに用いたかという点にも言及しながら議論を展開する。

　本章の扱う範囲はこうした歴史的な事項に留まらない。古代喜劇と日本の伝統芸能との比較や，現代における受容も検証され，ここ数年間で上演された作品についても適宜取り上げる。本章をとおして，ギリシアおよびローマの喜劇が連綿とわれわれの時代にまで受け継がれてきた様子を垣間見ることができる。

1　はじめに

　ギリシアあるいはローマ喜劇とは，それぞれアテナイとローマの文化
活動の結晶である。前5世紀のアテナイで都市部と郊外との区別なく栄
華を誇ったギリシア喜劇は，本土のみならず，島嶼部や小アジア西岸に
まで拡がっていった。前3世紀になると，イタリア半島の詩人たちが，
ギリシア喜劇作品を翻案してラテン語で書かれた喜劇に作りかえるよう
になった。特によく翻案されたのは，ディピロス[1]（Diphilos, 前360から
350頃–前3世紀初頭）やメナンドロス[2]（Menandros, 前344/3–前292/1？）
といった「新喜劇」の作家による劇であった。こうしてギリシア喜劇か
ら生まれた新しいラテン喜劇は「パッリアタ劇」[3]，つまり「ギリシア風
外套劇」と呼ばれ，ローマで上演されていた。ラテン喜劇詩人のうち，
作品が完全な形で今日に伝わるのは，プラウトゥス[4]（Plautus, 前250頃–
前184活動）とテレンティウス[5]（Terentius, ？–前159？）のみである。こ

　1）　ギリシア新喜劇の作家であったディピロスは，約100本の作品を書き，レナイア
祭で9度の優勝を果たしたと伝えられる。ギリシア喜劇の一種である新喜劇については本章
2.4.3 を，ギリシアの大規模な祭典の一つであったレナイア祭については同2.1 および2.2 を
それぞれ参照のこと。

　2）　新喜劇を代表する作家とみなされるメナンドロスであるが，その作品は長らく歴史
から姿を消していた。よって，彼の作品を伝えるパピルスの発見とその出版は，20世紀の古
典学界を最も揺るがした出来事であったといっても過言ではない。パピルス発見の詳細とそ
の研究が明らかにした彼の作劇技法などについては，本章2.4.3 を参照のこと。古典学の世界
におけるパピルスやパピルス学の発展については，本書第11章に詳しい。

　3）　「パッリアタ」の語源となったラテン語の「パッリウム」はギリシア風の外套を意
味し，「パッリアタ劇」は直訳すれば「パッリウムを着た劇」となる。本来の用法としては，
「ギリシア新喜劇をもとにプラウトゥスとテレンティウス（いずれも後出）が書いたローマ喜
劇」を指すのだが，後述のとおりローマ喜劇作品のうち本文が伝承されているのはプラウトゥ
スとテレンティウスのみであるため，「パッリアタ劇」といえばローマ喜劇全体を意味するよ
うになった。ローマで上演された各種の劇については，本書第6章を参照のこと。

　4）　ラテン語で創作活動をし，その作品が完全な形で伝わる著者のうちでは最も古い時
代に属するプラウトゥスは，彼の同時代から後代に至るまで人気を博し，詩人ホラティウス
（Horatius, 前65–前8）の時代にもなお上演されていたと伝えられる。後述のとおり，ローマ
喜劇で作品の本文が伝わるたった二人の作家のうちの一人であり，ローマにおける喜劇上演
の性質やギリシア喜劇からの影響を明らかにするにあたって，彼の劇が果たした役割は大き
い。彼の作風については，本書第6章を参照のこと。

　5）　伝わる作品も6本とプラウトゥスに比べて少なく，生涯についても詳細は明らかで

5 喜劇を真面目に読む 99

うして現存する彼らの作品も，中世の間に散りぢりになっていた時期があったため，プラウトゥスの劇のうち8本は完全に散逸してしまったと思われていた。しかし，それら完全に失われてしまったはずの作品も含んだプラウトゥスの重要な写本[6]が1429年にローマに持ち込まれたことで，プラウトゥスとテレンティウスの作品およびそのラテン語での上演に関する研究が栄えることとなる。15世紀になってプラウトゥスとテレンティウスの研究が再興し，それにともなって，ギリシア中喜劇あるいは新喜劇の翻案であるローマ喜劇を下敷きにし，日常語で書かれた新しい喜劇の上演も盛んになった。こうした喜劇をめぐる活動が，実は現代の西洋喜劇また悲劇の祖となったといっても過言ではないだろう。この点に関しては，特に新喜劇の五幕構成とその起承転結が注目に値する。英語で書かれた最初期の喜劇は，実はプラウトゥスとテレンティウスの劇から直接的に派生したものである。ニコラス・ユーダル[7] (Nicholas Udall, 1505-56) の『レイフ・ロイスター・ドイスター[8] *Ralph Roister Doister*』（1552年頃）はプラウトゥスの『ほら吹き兵士』[9]を基に，テレンティウスの『宦官』[10]の要素を少し加えたもので，作者未詳の『ジャッ

ないテレンティウスであるが，その作品はキケロ（Cicero, 前106-前43）やホラティウスなど後代の作家・批評家には非常に好まれたようである。ルネッサンス期以降も上演という形式で世間に広まっていたプラウトゥスとは対照的に，彼の作品は学校教育で用いられることが多く，作品の一節がことわざのような形で残っていることもある。彼の作風については，本書第6章を参照のこと。

　6) 11世紀にドイツで作られたとされるこの写本は，通称「D写本」と呼ばれ，現在はヴァチカン図書館が所有している。古典学における「写本」の基本的な説明やその製作，伝承などについては，本書第10章を参照のこと。

　7) 劇作家であり学者でもあったユーダルは，英国の名門イートン校の校長を務めたこともあった。彼の作品であることが確実視される唯一の作品『レイフ・ロイスター・ドイスター』は，生徒たちによる上演のために書かれたとされている。

　8) ローマ喜劇に基づき「食客」や「ほら吹き兵士」が登場する本作は，美しい未亡人に求婚する主人公レイフ・ロイスター・ドイスターの清々しいまでの失敗を描く，いかにも「喜劇的」な作品である。同時に，教育者でもあった作者の配慮ゆえ，節制の大切さを説く目的も達成されている。

　9) 一説には前204年頃に上演され，初期のプラウトゥス作品とされる本作は，主人公の「ほら吹き兵士」が隣人の恋人に懸想し破れ去る様子を描く。「ほら吹き兵士」はローマ喜劇の典型的登場人物の一種であり，『レイフ・ロイスター・ドイスター』の主人公のモデルにもなった。なお，本章におけるローマ喜劇（プラウトゥス，テレンティウス）作品本文の和訳は原則として『ローマ喜劇集』（京都大学学術出版会）に従う。

　10) テレンティウス作品の中でも特に有名であった本作は，古代においては詩句がキケロ等に引用されたり，近代でも登場人物の遊女タイスを元に様々な近代文学作品が著された

100 第1部　記憶と再現

ク・ジャグラー[11]*Jack Juggler*』（1553年頃）はプラウトゥスの『アンピ
トルオ』[12]が下敷きとなっている。シェイクスピア（William Shakespeare,
1564-1616）の『間違いの喜劇[13]*The Comedy of Errors*』（1559年頃）も，
その大部分をプラウトゥスの『メナエクムス兄弟』[14]に負うている。

　本章では，まず初めに，アテナイにおける劇場という場の性質と，作
劇に際しての方針に注目する。ギリシア喜劇は，神々を祀る祭典におい
て優劣を競う形で上演されるもので，役者および合唱隊の活用と彼らへ
の経済的支援が不可欠であった。そうした上演の場で，前5世紀から前
3世紀前半に活躍した詩人たちを取り上げたのち，今度はローマ喜劇に
視点を移し，ギリシア喜劇の場合と同様に，競演の場の性格や作劇にあ
たっての戦略を概観する。その過程で，日本の能や歌舞伎における場面
展開との類似点も指摘することに加え，今日世界中で見られる古典劇の
「受容」についても論じていこうと思う。もちろん現代の日本における
「受容」も例外ではない。

りしている。翻案元とされるメナンドロス『宦官』にはない「ほら吹き兵士」と彼に取り入
る「食客」がローマ喜劇的要素として追加され，彼らのやり取りが滑稽さを生み出す。この
点はプラウトゥス『ほら吹き兵士』にも共通する部分である。

　11)　『レイフ・ロイスター・ドイスター』と並び，英国喜劇最初期の作品とされ，作者
は同じくニコラス・ユーダルだとする説もある。主人公ジャック・ジャグラーはとある怠惰
な召使に変装して様々な悪戯を仕掛け，最終的に召使の方が懲らしめられる。

　12)　プラウトゥス唯一の神話をもじった作品とされる。大神ユッピテルが出征中のアン
ピトルオに変装し，彼の貞淑な妻をかどわかす物語である。

　13)　生き別れた双子の兄弟を探す主人公は，兄弟と同じ名前にそっくりな容姿を持つ
ため，行く先々で探している兄弟と間違われる。主人公に仕える召使にも同名の双子の兄弟
がいるため，間違いに間違いが重なるものの，最後には大団円を迎える様子が喜劇的に描か
れる。主たる翻案元『メナエクムス兄弟』の他にも，同じくプラウトゥス作『アンピトルオ』
やギリシアの小説からも様々な要素を取り入れている。

　14)　主人公メナエクムスは，生き別れた同名の兄弟メナエクムスを探す旅に出るが，道
中で探している兄弟の愛人や妻などから本人と間違われ，混乱を巻き起こす。兄弟同士の対
面によって劇は大団円となる。

2 ギリシア喜劇

2.1 ディオニュソスを讃える祭典

　古代アテナイでディオニュソス[15]を祀る祭典は少なくない。酒，収穫，性的能力の神であるディオニュソス[16]は三つの大きな祭で讃えられ，陽物崇拝の行列や一連の儀式，飲めや歌えやの騒ぎをともなったのち，最後に合唱と劇の行事を迎えるのが常であった。この三つの祭典とは，すなわち，都市ディオニュシア祭，レナイア祭，田舎ディオニュシア祭を指し，都市ディオニュシア祭は大ディオニュシア祭とも，田舎ディオニュシア祭は小ディオニュシア祭とも呼ばれた。大ディオニュシア祭はアッティカ地方のエラペボリオン月（おおよそ現在の3月下旬に相当する）に開催された。初春であるこの頃に航海の季節が始まるため，祭に参加しようとギリシア中から多くの観光客が集まった。前450年代の半ばから，アテナイはデロス島からではなく自市内から祭のための貢納金を集めるようになり，同盟諸市には捧げ物の奉納を要求するようになった。同盟市からの捧げ物はアテナイ市内の宝物庫からディオニュソス劇場へと運ばれ，集まった観客に披露された[17]。こうした国家権力を誇示するような行事は，27年にわたったペロポネソス戦争（前431-前404/3）でアテナイがスパルタに敗北し，帝国が終わりを迎えるまで続いた。

　大ディオニュシア祭の初期に戻ろう。正確な年代は不明だが，前6世紀の終わりごろから，「筆頭アルコン」と呼ばれる政府高官が毎年三人の悲劇作家を選出するようになった。選ばれた詩人はそれぞれが一人につき悲劇3作とサテュロス劇[18]1作の計4作を大ディオニュシア祭で上

　15）　オリュンポス十二神の1柱とされることもある演劇の神であり，エウリピデス作の悲劇『バッカイ』やアリストパネス『蛙』では登場人物の一人として舞台に登場する。東方世界に由来し，比較的時代が下ってからギリシアに入ってきた神だとされている。

　16）　Csapo (1997); Parker (2005) 136–52; (2011) 171–222.

　17）　イソクラテス『平和演説』82節。翻訳は，イソクラテス，小池澄夫訳（1998）『弁論集1』京都大学学術出版会に第8章として収められている。

　18）　ディオニュソスに付き従い，小鬼のような風貌をしたサテュロスたちが合唱隊とし

演した。おおよそこれと同時か，あるいは数年前には[19]，20 のディテュ
ランボス[20]の合唱隊が同じく大ディオニュシア祭で競うようになってい
た。ディオニュソス神を讃える歌で競うこの行事には，50 人の少年男
子からなる合唱隊と 50 人の成年男性からなる合唱隊が 10 ずつ参加し，
アッティカの 10 氏族がそれぞれ一つずつ組織していた。喜劇の上演が
大ディオニュシア祭に加わったのは，前 468 年のこととされる[21]。悲劇
とディテュランボスの作家のように，喜劇作家も事前に選出されたが，
その人数が五人であった点と，一人が 1 作のみを上演したという点は
悲劇とは異なっていた[22]。上演後には審査員たちが集まり，悲劇には 1
位から 3 位まで，喜劇には 1 位から 5 位までの順位をつけた。優勝し
た劇の主演俳優と「ディダスカロス」（「教師」を意味し，ふつうは劇を書
いた詩人が担った）には栄誉が与えられ，彼らの名前が刻まれた石碑群
「ディダスカリアイ」は，今日にも伝わっている。前 450 年頃には悲劇
の最優秀俳優賞が設けられたが，喜劇には前 330/29 年になるまでそう
した賞はなかった[23]。「ファスティ」と呼ばれる別の碑文史料には，優勝
したディテュランボス，悲劇，喜劇それぞれの合唱隊出資者「コレゴ
ス」（詳細は以下 1.2 を参照）の名前も記録されている。

　前 480 年以降の大ディオニュシア祭では，5 日間にわたって合唱や劇
の上演が行われていたらしい。この 5 日間について確かなことは残念な
がら分かっていないが，以下のような日程はあり得たかもしれない。す
なわち，初めの 3 日間は，1 日に一人ずつ悲劇詩人が悲劇 3 作とサテュ
ロス劇 1 作を上演し，続いて喜劇詩人が喜劇 1 作を上演する。残りの 2

て登場する滑稽な劇だったらしいが，現存する作品がエウリピデス『キュクロプス』の一部
のみであるため，内容などの詳細はあまり分かっていない。
　　19）　M&O 156. 略記されている文献の書誌情報については，本章末の「略称一覧」を参
照のこと。
　　20）　合唱詩の一種であり，バッキュリデス（Bacchylides, 前 520 頃–前 450 頃）やピン
ダロス（Pindaros, 前 518 頃–前 438 頃）といった詩人の作品が断片的に伝わる。
　　21）　『スーダ辞典 Suda』中の「キオニデス Chionides」の項目を参照のこと。『スーダ
辞典』とは 10 世紀頃に東ローマ帝国で編纂されたいわば古典学の百科事典であり，現在で
はそのオンライン版にユーザー登録すれば誰でもアクセス可能である（https://www.cs.uky.
edu/~raphael/sol/sol-html/index.html）。これによればキオニデスは古喜劇の詩人で，ペルシア
戦争より 8 年も前にすでに喜劇を書いていたらしい。
　　22）　詩人と彼らの作品の選出方法については，CAD 105 を参照のこと。
　　23）　M&O 25 および 2.

5 喜劇を真面目に読む

日間で，1 日に 10 のディテュランボス合唱隊が歌い踊り，その後また喜劇詩人が 1 作ずつ上演する[24]，というわけである。ペロポネソス戦争中は上演期間が 3 日間に短縮されたため，悲劇詩人も喜劇詩人も三人しか選出されなかった。祭典の運営方法は，時勢に応じて変化せざるを得なかったのである。

最初期の大ディオニュシア祭の上演場所については，あまり詳しくは伝わらないものの，前 480 年頃にはアクロポリス南側に位置するディオニュソス劇場での上演が始まっていたらしい。その当時はまだ常設の劇場というものがなく，観客用には木造の仮設席がもうけられた。収容人数は 6,000 人ほどで，追加で 2,000 人分の立ち見席も用意できた。石造りの劇場が建設されはじめたのは前 4 世紀のことで，政治家リュクルゴス（Lycurgos, 前 390 頃–前 325/4 頃）によって拡張が続けられたため，完成したのは前 329 年頃になってからともいわれる。この「リュクルゴス劇場」は，およそ 16,000 人の収容人数を誇った[25]。

その起源においては大ディオニュシア祭よりも古いレナイア祭と小ディオニュシア祭でも，劇の上演は行われた。前者はガメリオン月（おおよそ今の 1 月）に，後者はポシデイオン月（おおよそ今の 12 月）に開かれたとされる。レナイア祭の上演競争については，前 440 年代はアテナイ市が出資したらしいが[26]，喜劇の上演にコレゴスが出資するようになったのも少なくとも大体この時期であったとされる。10 年ほどすると悲劇の上演競争も始まり[27]，前 5 世紀の間は，二人の悲劇詩人が 2 作ずつ，五人の喜劇詩人が 1 作ずつを上演するという形式であった。前 430 年代末には悲劇の俳優に贈られる最優秀賞が創設されたが，喜劇役者については前 4 世紀の後半になってようやくこのような賞が贈られるようになった[28]。前 5 世紀のレナイア祭は，これも確かなことは言えないが，アゴラの中で開催されていたらしい。前 5 世紀半ば頃になると，アクロポリス南斜面のディオニュソス劇場が用いられるようになっ

24）　*DFA2* 64–67.

25）　Csapo (2014) 53 および (2007) 98; Gotte (2007) 116–21.

26）　IG II² 2325E; M&O 178.

27）　Davies (1967) 34 および注 17, 21.

28）　M&O 193, 204, 208.

た[29]。

　大ディオニュシア祭と異なる点はといえば，レナイア祭は航海に適さ
ない冬の開催だったため，アテナイの外からの観光客が見込めなかった
ことだろう。このことは，前425年のレナイア祭で上演されたアリス
トパネス（Aristophanes, 前460から450頃-前386頃）作『アカルナイの
人々』において，主人公ディカイオポリスによって皮肉られている。彼
は農夫だが，悲劇詩人エウリピデスに借りたばかりの物乞いのぼろ切れ
をまとって登場し，観客に向かって語りかける。彼が槍玉にあげるクレ
オン（Cleon, ?-前422）とは，この前年の前426年に大ディオニュシア
祭で上演された『バビュロニオイ（バビュロニア人）』でも中傷された人
物である。

　　　観客である市民の皆さん，
　　　諸君はどうか私に対して悪意を抱かないで下さい，
　　　たとえこの私が乞食であるにもかかわらずアテナイ人諸君の前で，
　　　喜劇の最中にこのポリスについて
　　　演説を行おうとしているからといって。
　　　なぜなら，喜劇といえども，
　　　正義の何たるかを弁えているからです。
　　　これから私が話すことは確かに恐るべきことですが，
　　　正しいことでもあるのです。
　　　今度ばかりはクレオンも，私が外国人たちの見ている前で
　　　ポリスを侮辱していると言って，
　　　私を中傷することはないでしょう。
　　　なぜなら，今日はレナイオンの競技会であり，
　　　居るのは私たちだけなのですから。
　　　まだ外国人たちは来ていないし，諸ポリスからの貢租も，
　　　同盟諸国の人々も，まだ到着していないのです。
　　　今こそ私たちはすっかり脱穀され，
　　　私たちそのものになっているのです……

29）　*DFA2* 39-40.

5　喜劇を真面目に読む

（アリストパネス[30]『アカルナイの人々』497-507 行）

　アリストパネスは古喜劇（詳細は以下 2.4.1 を参照）では最大の詩人であり，レナイア祭でも大ディオニュシア祭でも作品を上演していたが，彼は後者をより格上とみなしていたことが分かる。大ディオニュシア祭には観客がより多く，より広範囲から集まったことに加え，ある種の虚飾と圧倒的な雰囲気も段違いであった。陽物崇拝の荘厳な行列と上納品の披露に，劇の上演が続いたのである。

　大ディオニュシア祭とレナイア祭の優勝者を記録した碑文史料は，前 140 年代半ばか，ものによっては前 130 年代の分まで存在したようである。この頃には，どちらの祭も，悲劇と喜劇とを交互に隔年で上演するようになっていた[31]。しかし，碑文での記録が途絶えたからといって，劇の上演そのものが終わってしまったわけではない。悲劇や喜劇は後 2 世紀になっても新しく書かれ，上演され続けていた。ただし，大ディオニュシア祭やレナイア祭における上演については，それ以上の史料は残されていない[32]。

　アッティカに 139 ある小地区（「デモス」という）ごとに行われていた小ディオニュシア祭は，ディオニュソス神を祀るアッティカの祭としては最古の部類に属し，各地区がポシデイオン月の異なる日にちに開催していた。この祭での合唱や演劇の上演については，残念ながら乏しい史料しか伝わらないが，古いものは前 5 世紀の後半ごろにさかのぼる[33]。1 年の間デモスの行事などを司った地区長「デマルコス」が，祭典と上演競争を組織する責任者であり，経済的な支援はこちらでもコレゴスが担っていた[34]。小ディオニュシア祭で作品を上演した悲劇や喜劇詩人の名も伝わっており，例えばアリストパネスやソポクレス（Sophocles, 前496/5 頃–前 406/5 頃）などの，特に著名でその作品が現存するような詩人は，複数の地区で上演することもあったらしい。とはいえ，こうし

---

　30)　本章におけるアリストパネス作品，また，ギリシア喜劇作品断片の本文の和訳は，原則として『ギリシア喜劇全集』（岩波書店）に従う。

　31)　M&O 76, 144, 158, 179, 193.

　32)　Millis (2014).

　33)　例えば IG I³ 254 は，大まかに前 440 年から前 415 年頃のものと推定される。

　34)　IG II² 1178; Makres (2014) 80-83; *CAD* 121-22, 124-32.

106　　　　第 1 部　記憶と再現

た有名作家が地方の祭典で新たな作品を下ろすことはあまりなく，初演
の場はやはり大ディオニュシア祭あるいはレナイア祭であることが多
かったようである[35]。一方で，これらの大規模な祭典を初演の場として
あまり選ぶことのなかった詩人もいる。多作で知られるアンティパネス
（Antiphanes, 前 4 世紀）は「中喜劇」（詳細は以下 2.4.2 を参照）の作家で，
生涯で書いたとされる少なくとも 200 以上の作品のうち，138 作の表題
が現在に伝わる。詩作を始めたのは前 388 年から 384 年頃のこととさ
れ，前 4 世紀末になってもまだ活動していたらしい。新喜劇の最も有名
な詩人メナンドロスは，分かっているだけでもおよそ 105 本の劇を書
き，そのうち 98 本の表題が伝わる。詩作を始めたのは前 321 年で，そ
れから 30 年後の前 291/0 年頃に没した。これらの詩人は，地方や外国
の劇場で多くの新作を下ろしていたと考えられる[36]。

2.2　祭典への出資

　アテナイの人々や，市外から観劇にやって来る観光客の演劇好きは相
当なものであった。演劇全盛期のアテナイでは，大ディオニュシア祭
とレナイア祭で合わせて 26 本の劇が毎年上演されていた。地区ごとの
小ディオニュシア祭での上演本数（具体的には不明だが）も合わせれば，
その数はさらに大きくなる。こうした行事の運営に必要な経費について
は，前 5 世紀から 4 世紀の間は国庫と富裕層の市民とで分担されてい
た。当時のアテナイでは，裕福な市民には金銭面での公共奉仕が義務付
けられており，演劇の上演にあたって合唱隊（コロス）への出資を割り
当てられた市民は「コレゴス」と呼ばれた。前 4 世紀後半のアリスト
テレス（Aristoteles, 前 384-前 322）（あるいは彼の弟子）の著作によれば，
筆頭アルコンが 1 年の任期を始める際にまず行ったのが，大ディオニュ
シア祭に向けて三人の裕福なアテナイ市民を悲劇のコレゴスに，五人を
喜劇のコレゴスにそれぞれ任命することであったらしい。ディテュラン
ボスのコレゴスについては 10 の氏族が各々で指名し[37]，レナイア祭のコ

　35）　DFA2 46-54.
　36）　Scafuro (2014) 219-20; Konstantakos (2008) および (2011) 158-62. Csapo (2010) 89-103 は考古学史料や碑文史料に基づく議論を展開している。
　37）　『アテナイ人の国制』56 章 3 節。訳書には，アリストテレス，村川堅太郎訳（1980）

5 喜劇を真面目に読む　　107

レゴスはアルコン・バシレウスによって任命された[38]。コレゴスは合唱
隊の構成員（悲劇 15 人，喜劇 24 人，ディテュランボス 50 人）の訓練費用
や舞台稽古にかかる費用，衣装代に生活費まで負担し，詩人への手当も
支払った。出費の合計は途方もない金額となり，中喜劇の有名詩人アン
ティパネスの登場人物が皮肉るには，コレゴスに選出されたら「コロス
には金糸銀糸の衣装に金を出し，自分はぼろ服を身にまとう」[39]ありさ
まであった。前述のアリストテレス（あるいは彼の弟子）によれば，筆
頭アルコンが大ディオニュシア祭での上演競争を運営し，そのための予
算も計上していたそうなので，少なくとも大ディオニュシア祭ではコレ
ゴスの担当外の部分についてはアテナイ市が出資していたと考えてよさ
そうである。少なくともアリストテレスの時代には，アテナイ市は役者
と楽器奏者への手当は支払っていた[40]し，前 4 世紀までには，市民に観
劇のための切符代の援助もするようになっていた[41]。前 307/6 年頃[42]，パ
レロンのデメトゥリオス（Demetrios of Phaleron, 前 350 頃–前 285 頃）によ
る寡頭政治が終わりを迎える頃には，「アゴノテテス」と呼ばれる役人
が投票で選ばれて上演競争の責任者となり，自らの資産から運営費を負
担した[43]。喜劇詩人ピリッピデス（Philippides, 前 4–前 3 世紀）が前 284/3
年にこのアゴノテテスとなったことも伝えられている[44]。

2.3　詩人，役者と演劇一家

　前 5 世紀の詩人や俳優，合唱隊の教師などは，いわゆる「演劇一家」
の出であることが多く，例えばソポクレスが前 441 年にペリクレス
（Pericles, 前 495 頃–前 429）と並んで公職に選出されたことを考えれば，
こうした家は裕福な地元の名士だったようである。悲劇の制作に少なく

『アテナイ人の国制』岩波文庫があり，内山勝利他編（2014）『新版アリストテレス全集 19』
岩波書店にも収録されている。
　　38）　同 57 章 1 節。
　　39）　『ギリシア喜劇全集 7』アンティパネス作『ストラティオテス（兵士）』または
『テュコン』断片 202 番 6–7 行より引用。
　　40）　Csapo (2010) 89.
　　41）　Roselli (2009); Rosivach (2000).
　　42）　IG II² 3073.
　　43）　出資者の変遷に関する様々な見方については，Makres (2014) 88–89 を参照のこと。
　　44）　IG II² 657, 38–40.

とも一世代以上が関係していた家の名前は八つ，喜劇の制作については12 ないし 13 の家名が伝わる。ほとんどの家は悲劇または喜劇のどちらかを専門にし，両方の制作に携わることはなかった[45]。アリストパネスには少なくとも四人の演劇関係の子孫がいたようだ[46]が，全員が喜劇の詩人か俳優であった。同様の例は日本の歌舞伎界にも見られる。12 代目市川團十郎の息子である市川海老蔵が，團十郎を 2020 年 5 月に襲名する予定であったように，花形の役者はその名跡と地位を何世紀にもわたって子孫に継承させてきた。市川團十郎は歌舞伎を代表する名跡の一つであり，17 世紀から脈々と受け継がれている。古典期のアテナイでも現代の日本でも，こうした一族が尊敬を集めてきたことに変わりはないのである。ところで，なぜアテナイの演劇一家は悲劇あるいは喜劇にこだわり，両方の制作を行わなかったのだろうか。仮説として，「前 5 世紀の初頭においては役者の雇用は詩人の仕事で，時に詩人自身が役者を兼ねることもあった」[47]ため，「自らの息子や甥，あるいは同僚の詩人の息子や甥を雇っていくことに繋がった」[48]，ということが考えられる。こうして一家に悲劇あるいは喜劇の俳優たちが生まれ，次の世代へと継承されていったのではないだろうか。

　しかし，後代になると，俳優の選出と雇用はアルコンの職務となった。アルコンは腕のある俳優を選び，大ディオニュシア祭やレナイア祭で作品が優勝したり，最優秀俳優賞をもらえたりといった名誉や，国庫からの手当などで彼らを焚きつけた[49]ため，俳優同士の競争が激化していった。前 4 世紀の間に，演劇関係者の組合がより組織的になり，地中海世界で力を持つようになると同時に，俳優は国際的な知名度を獲得した。アテナイの祭でもらえる「第 1 位」でも，花形として認められることにはなったが，国際的な名声に勝てるものではない[50]。こうした

45）　Sutton (1987). M&O 73-74, 201 は，大カリッポスと小カリッポスなる者を擁する前 4 世紀終わり頃の喜劇一家に関する記録に触れている。

46）　Sutton (1987) 20-21.

47）　Csapo (2010) 88.

48）　同上。

49）　Wilson (2008) 100-08.

50）　プルタルコス『英雄伝』の「アレクサンドロス大王伝」29 節は好例である。訳書には，村川堅太郎編（1996）『プルタルコス英雄伝（上・下）』ちくま学芸文庫がある。

5 喜劇を真面目に読む

俳優はどんどん大物になっていき，大物にふさわしい「契約」を要求したり，実際に結んだりするようになった。有名演劇関係者は，富と名誉に加え，時として政界への「進出」も果たした。前項の終わりで触れたピリッピデスは，前4世紀末に活躍した喜劇詩人で，デメトゥリオス・ポリオルケテス（Demetrios Poliorcetes, 前336–前283）とその父アンティゴノス（Antigonos, 前382頃–前301）の取り巻きの敵であり，デメトゥリオスの政敵リュシマコス（Lysimachos, 前355頃–前281）の友人であった。前287年のアテナイで，ピリッピデスのこれまでの公共奉仕に報いて彼に最大の栄誉を与えることが投票で可決され，黄金の冠と銅像が贈られた。この公共奉仕には，前301年にイプソスの戦い（この戦争でアンティゴノスは殺害され，デメトゥリオスは敗北）で落命したアテナイ人を自らの資金で埋葬したこと，アテナイ人捕虜の解放に際してリュシマコスに協力したことなどが含まれていた[51]。

　前5世紀半ばまでのギリシア悲劇は，三人の男性俳優と男性合唱隊によって上演された。ちなみにこの場合の「俳優」とは，台詞を割り当てられている者を指し，いわゆる「黙り役者」は含まない。喜劇は四人ないし五人の俳優を用いることもあったが，前4世紀末までの新喜劇は「三人規定」に則っていたようである。つまり，台詞のある役が十数人に及ぶ場合でも，詩人はすべての登場人物を三人の役者に割り振れるよう工夫する必要に迫られたのである。一度に会話するのは三人までとし，俳優の衣装替えと仮面の付け替え時間を計算に入れ，登場人物の入場や退場の時間には余裕を持たせた。衣装，特に仮面は，どういった人物を演じているのか識別するための重要な道具であった。例えば，メナンドロスの『辻裁判』では九人の登場人物（存在が不確定な前口上の話者を除く）が台詞を発し，三人が台詞を持たない。この作品では，三人の話者全員を三人の俳優が入れ替わりながら演じられるよう，入場と退場に工夫が凝らされている[52]。ギリシア劇では，悲劇も喜劇も同様に役者といえば男性のみであった。「女性を演じる男性」があまりにも普通のことと捉えられ，特に注目を集めてこなかったのは，能や歌舞伎な

---

51) IG II² 657.
52) Furley (2009) 16–17.

110 第1部 記憶と再現

どの日本の伝統芸能と同様である。しかし，アリストパネス作の少々下品な喜劇に「女装した男性を演じる男性」が出てくれば，それは滑稽さにつながっていく。『テスモポリア祭を営む女たち』に，妙になよなよしたアテナイの悲劇詩人アガトン（Agathon, 前450頃-前399頃）を演じる俳優が女装して登場し，エウリピデスの親類役の男に女性の祭に参加するための衣装を渡す場面がある。この滑稽な描写は，エウリピデス（Euripides, 前480頃-前406頃）の『バッカイ』において，男子禁制のバッコスの儀式を覗き見できるよう，ペンテウスを女装させるディオニュソスの場面に着想したと考えてよいであろう。同じような性差を用いた笑いに，アリストパネス『女の議会』で「男性が演じる女性」が男装する場面がある。男装した女性たちは早朝の議会に赴き，男性が握る公的権力を女性に移譲せよという法案を提出するのである[53]。

　古喜劇でこうした役を演じる俳優には，声を自在に操る技術が不可欠だったことは想像に難くない。新喜劇には性別の入れ替わるような役はそれほど多くないものの（例外として，ディピロスの新喜劇『クレルメノイ（くじを引く者たち）』を翻案したプラウトゥスの『カシナ』など），声の技量が求められたことに変わりはない。メナンドロス作『シキュオニオイ（シキュオンの人々）』の第四幕（176-271行）を見てみよう。ある男が，今しがた出席してきたアテナイ郊外エレウシス地区の会合の様子を物語る。そこでは，最近アテナイに嘆願者としてやって来た，両親の分からないピルメネという少女の結婚について話し合われる。シキュオンの兵士ストラトパネスが彼女を妻にしたがるが，アテナイ人の求婚者も現れる。会合の出席者たちはストラトパネスの発言には感情的な反応を見せるものの，アテナイ人の主張には大して関心を示さない。語り手の男はこうした会合の内容をまた別の男に話し聞かせているのだが，この聞き手こそがストラトパネスのアテナイ人の父親であることが後になって判明する。シキュオン人ストラトパネスは実はアテナイ人を父親に持っていることが分かり，無事に少女を妻にする。会合の様子を描写する長台詞の間，語り手はエウリピデス作『オレステス』の有名な使者の台詞（866-956行，オレステスとエレクトラ姉弟の処遇を決めるアル

───────────────

53) Japaridze (2006); Compton-Engle (2005).

5 喜劇を真面目に読む　　111

ゴスの議会の様子を語る場面）への暗示をちりばめ，会合でなされた数々
の発言を引用しながら，エレウシスでの議論の場面をありありと再現す
るのである。ある時はストラトパネスの奴隷ドロモンに，またある時は
野次を飛ばす集団になり，今度は両親の分からない少女，そして涙を誘
う感情表現と熱のこもった発言が特徴的なシキュオンの兵士とそれに対
抗する恋敵，彼らに対する群衆の反応など，すべてを一人で演じる。こ
うした長台詞においては，話者とその転換の箇所が不明瞭なことも多い
が，ここでは少なくとも 7 種類の声を使い分けていることがわかる。こ
の役には相当な技術が要求され，したがって腕利きの役者が求められた
ことは言うまでもない。

2.4　古喜劇，中喜劇，新喜劇

　古典期の学者や教養人によって，ギリシア喜劇は三つの時代に分けら
れた。すなわち，おおよそ前 5 世紀から 404 年までの「古喜劇」，おお
よそ前 404 年から 321 年までの「中喜劇」，前 321 年以降の「新喜劇」
である。とはいえ，現代の学者が指摘するように，こうした伝統的な区
分を明確に示す証拠があったわけではなく，前 4 世紀初頭から中盤にか
けて，新しい時代の到来を告げるような先進的な喜劇作家がいたわけで
もない。時代ごとの作劇上の習慣や劇の主題の傾向を把握するにあたっ
ては，こうした古典時代からの区分は非常に有用であるが，それらの
特徴も複数の時代にまたがることがある。例えば，その処女作が前 327
年より前には上演され[54]，99 年の生涯で 97 本の喜劇を書いたとされ
る[55]ピレモン（Philemon, 前 368/60–前 267/63）を，古典期のある作家は中
喜劇に分類し[56]，別の作家は新喜劇に分類する[57]。ギリシア喜劇の全作家
のうち，その作品が完全な形で現代に伝わるのは二人のみであり，両者
とも本章ですでに紹介した。前 427 年から 387 年にかけて作品を発表
したアリストパネスの活動期間は，古喜劇時代の終盤から中喜劇時代の

---

　54)　『ギリシア喜劇全集 9』ピレーモーン証言 13 より。前 327 年に大ディオニュシア祭
で優勝したことが記録されている。
　55)　同証言 1 より。
　56)　同証言 7 より。
　57)　同証言 1 より。

初頭にまたがっており，前 321 年から 291 年の間に活躍したメナンド
ロスは，新喜劇時代の初期の作家とみなされる。これら二人の作家の間
やアリストパネスより前，また，メナンドロスの後にも数多くの喜劇作
家が存在し，その作品は数千にのぼる断片によって伝わる。古典期の学
者によると，アリストパネスは 44 から 54 の作品を書いたとされ，完
全な形で残っているのはそのうちの 11 作である。メナンドロスは 105
本の喜劇を書いたといわれ，唯一全文が伝わっている『人間嫌い』に加
え，大部分が保存されているものも 6 作ある。アリストパネスとメナ
ンドロスだけでも多くの作品が散逸してしまったように見えるが，古典
期に失われた劇全体からすれば，氷山の一角に過ぎない。

2.4.1 古喜劇 —— クラティノス，エウポリス，アリストパネス

　古喜劇は陽気で，時に下品であり，主題の多様性が特徴的な，非常に
発展した舞台芸術の一形式である。上演に際しては，四人あるいはそれ
以上[58]の俳優と 24 人からなる合唱隊が登場するが，彼らは鳥や蜂など
の動物や虫，雲や島，船といった自然現象や人工物などに扮しているこ
ともある。もちろん，お百姓や主婦，夫といった人間の役を演じること
も多い。壺絵に描かれた古喜劇の仮面は，中にはゼウスやヘラクレスと
いった神々を模しているものもあるが，多くは妙に誇張された老人のも
ので，青年期や壮年期の男性であることは少ない。衣装は「重ね着」を
して，早替わりに対応した。役者はタイツを履き，その上から「上下ひ
とつなぎになった革製の肉襦袢（ソマティオン）」を着込んだ。この肉襦
袢には「豊満な胸に突き出たお尻，膨れたビール腹，そしてそこからぶ
ら下がる巨大な男根」[59]が付いていたようだ。「古喜劇における両性具有
の肉体は，おそらくディオニュソスの祭儀に由来するものだが，上演
という面では，女性の胸部と臀部に男性の腹部と性器を組み合わせる
ことで，男性の登場人物から女性の登場人物への早替えを可能にしてい
た」[60]。そういうわけで，議会に出席するために男装しなければならない
『女の議会』の「女性」たちも素早く着替えられたし，『テスモポリア祭

58）　*CAD* 222.
59）　Csapo (2014) 57.
60）　同上。

5 喜劇を真面目に読む　　113

を営む女たち』に登場するエウリピデスの親類も，舞台上で女装へ転換
できたのである。

　アリストパネスに先行した喜劇作家や彼の同時代の作家の作品で，完
全な形で伝わるものは一つもない。しかし，古典期に書かれた各作品の
概要や，パピルスや他の文学作品内での引用から，断片的な情報を得る
ことは可能である。アテナイオスの『食卓の賢人たち』（詳細は 2.4.2 を
参照）に代表される文学作品や，注釈者たちが施した古注が時に本文を
引用しているのである。そうした本文が断片的であっても，そこから工
夫に富んだ作劇の様子を推しはかることはできる。同時代に活躍した二
人の喜劇作家の例を見てみよう。クラティノス（Cratinos，？‐前 421 ？）
は 21 から 29 本の喜劇を書き，前 450 年代の初優勝から前 424/3 年の最
後の優勝まで合計 9 度の栄冠に輝いたのち，前 421 年より前には引退
あるいは世を去ったといわれる[61]。彼の作品には，神話をもじって同時
代の政治家を暗に皮肉ったものもあったようだ。『ディオニュサレクサ
ンドロス』では，既知の神話「パリスの審判」を取り上げ，パリスの代
わりにディオニュソスを登場させる。「審判」でアプロディテを勝者と
したディオニュソスは，スパルタへ赴いてヘレネを掠奪し，追いかけて
きたアレクサンドロス（パリス）に対し意図せずしてトロイア戦争を開
戦してしまう。ここで描かれるトロイア戦争が，心なしかペロポネソス
戦争（おそらくサモス戦争ではない）に似ているのである。彼の最も有名
な作品『ピュティネ（酒壺）』は作風がかなり違ったようで，前 423 年
の大ディオニュシア祭でアリストパネスの『雲』を下して優勝してい
る。古典期の注釈者によれば，この作品はクラティノス自身と「酔い」
を扱ったもので，「酔い」は擬人化され[62]「ピュティネ」という名の女
性として舞台に登場したようだ。「クラティノスが仕立てた話は，コモ
ディア（喜劇）は彼自身の妻であるが，彼女は彼との結婚の解消を望み，
虐待の廉で彼を告発する権利を得る。たまたま立ち寄ったクラティノス
の友人たちは彼女に早まったことは何もしないように頼み，憎しみの原
因を尋ねると，妻の方は彼がもはや喜劇を作ろうとせず，酔いに身を任

61）　M&O 53, 54, 158, 167, 178.
62）　Storey (2014) 104.

114　　　　　　　　　　第 1 部　記憶と再現

せていると彼を非難する」[63]。アリストパネスは彼の大胆な作風を称賛す
ることもあったが，それよりも晩年の詩作能力の低下や身体的特徴を揶
揄することの方が多かった（『騎士』526-36 行，『蛙』354-58 行，『アカル
ナイの人々』848-53 行，1168-73 行，『平和』700-03 行など）。最後に挙げ
た『平和』の一節は，『ピュティネ』の主題とも関連する。

　　　ヘルメス：ではどうだ。巧みなクラティノスはいるか。
　　　トリュガイオス：死んだ，ラコニア人が攻め込んで来た時に。
　　　ヘルメス：どんな目に遭ったのだ？
　　　トリュガイオス：どんな目か，だと？　気を失ったのだ。葡萄酒で
　　　　いっぱいの大壺が壊されるのを見て耐えられなかったから。
　　　　　　　　　　　　　　　　（アリストパネス『平和』700-03 行）

　この種の「詩人たたき」は，上の例や他の箇所でもあからさまに行わ
れ，アリストパネス『蛙』ではアイスキュロス（Aischylos, 前 525/4 頃-
前 456/5 頃）とエウリピデスがその対象となった。同作家の『雲』でソ
クラテス（Socrates, 前 469-前 399）がからかわれるような「哲学者たた
き」や，『騎士』と『蜂』でクレオンを中傷する「政治家たたき」と同
様に，喜劇においては日常的な場面だったといえる。
　エウポリス（Eupolis, 前 445 頃-前 411 頃）は，作品数こそ 14 あるいは
17 本と少ないものの，7 回の優勝を数える喜劇作家である。処女作の
上演は前 429 年で，その後の 10 年間で 7 作を発表した。『スーダ』に
よれば，彼は「ペロポンネソス戦争中にヘレスポントスで難破して」[64]
落命したらしく，前 412/1 年の戦没者名簿[65]に名を残すエウポリスはこ
の詩人と同一人物だと考える研究者もいる[66]。彼も，アリストパネスや
クラティノスと同様，政治家ヒュペルボロス（Hyperbolos, ?-前 411）を
題材にした『マリカス』に代表されるような政治的作品を書いたが，神
話をもじった作品は避ける傾向にあった。この方針はアリストパネス

　　63）　『ギリシア喜劇全集 8』，『ピュティネ』作品証言 2 より引用。
　　64）　『ギリシア喜劇全集 8』，エウポリス証言より引用。
　　65）　IG I³ 1190. 52.
　　66）　M&O 168; Storey (2003) 59.

にも見られるが，クラティノスはその次第ではない。古典期に人気を博したエウポリスの『デモイ（諸デモス）』という政治劇では，アッティカ地方を分割した単位である小地区「デモス」が擬人化され，合唱隊を形成したらしい。そこへ，ピュロニデスという男が，ソロン（Solon, 前7–前6世紀），アリステイデス（Aristeides, ?–前467頃），ミルティアデス（Miltiades, 前550頃–前489），ペリクレスというアテナイの4政治家を冥界から連れ帰り，当時の社会問題を解決する，という筋であったようだ。『コラケス（追従者たち）』という作品は，どちらかといえばクラティノスの『ピュティネ（酒壺）』に近いかもしれない。カッリアスという裕福なアテナイ人が宴を開くと，彼の奔放な義兄弟アルキビアデス（Alcibiades, 前451/0–前404/3），哲学者プロタゴラス（Protagoras, 前490頃–前420頃）とともに，「食客」たちが合唱隊となってやって来る。食客たちは，宴のおこぼれに与るべく，主人カッリアスに追従し，のちには金貸しと一緒になって彼の家財を略奪していく。古喜劇における「食客」は，後代のギリシア喜劇やローマ喜劇では「居候」となり，性格づけにも少し変化が見られるようになる[67]。エウポリスの食客たちは，観客に向かって，食事の分け前を手に入れるためのコツを以下のように伝授する。

　　では，追従者たちの持つ生活ぶりを私たちがあなた方に
　　話しましょう。
　　私たちが何事においてもいかに洗練された男であるか
　　聞いて下さい。第一に誰にでも奴隷がついていますが
　　たいていは他の人の奴隷です，
　　それでもしばらくは他人のものが私のものです。
　　私には二枚のしゃれたマントがあり，いつでも
　　もうひとつのと取り替えてアゴラへと
　　出かけるのです。そこで誰か間抜けな男がいるのに気づき，
　　金持ちですと，私は直ぐにその男にまとわりつきます。
　　その間抜けな金持ちがたまたま何か言えば，

67）　Damon (1995).

それを褒めちぎります。
そして驚いてみせます，その話に喜んでいる素振りをしながら。
そのようにしてから私たちは食事を目指して
それぞれ別行動で他人の大麦団子のところへ行きます。
追従者は気の利いたことをたくさん
その場にふさわしく言わねばいけません，
さもないと戸口から抱えて運び出されます。

（エウポリス『コラケス（追従者たち）』断片 172 番 1-13 行）

　浪費家のカッリアスは，劇の結末でひどい目に遭わされることになったのではないかと推測する研究者もいる[68]。
　以上のように，様々な解釈の余地があるという点で断片は確かに魅力的だが，劇の構造や主題，そしてその創意工夫を完全に理解するには，やはり全文が伝承されている必要がある。アリストパネスの作品は卑猥な表現を多く含むため，1970 年代までの英訳本では当該箇所が削除されることもあったほどであるが，表現の形式という点ではやはり一級品である。例えば，前 425 年から 421 年の間に書かれた彼の初期の作品である『アカルナイの人々』，『雲』，『騎士』，『蜂』，『平和』には，以下に挙げる 8 点の構成要素が共通して見られる[69]。

1) 一人ないし二人の登場人物が眼前にある問題について説明し，解決策を提案する（前口上）。
2) 合唱隊が入場して（パロドス）すぐ舞台上の役者との会話に加わり，物語に参画する。
3) 最初に提示された問題に関する議論が紛糾するものの，暴力は放棄し言論で戦おうという合意に至る。複雑な韻律をともなう「アゴーン」の形で正式な討論が行われ，「正義」の側が劇の本題を提示した上で勝利する。
4) 勝利した「正義」側は自分の計画を実行に移す。劇は最高潮を迎

---

68) Storey (2011).
69) Zimmermann (2014) 143-45; Dover (1972) 67, 49-51.

える。

5）合唱隊が複雑な韻律の「パラバシス」を挟んでくるため，4）の
　計画は一時的に中断される。『蜂』ではその限りでないが，「パラバ
　シス」では合唱隊が劇中の役を脱ぎ捨て，詩人の言葉を観客に直接
　語りかける。

6）「正義」側が勝利した結果起こる一連の出来事が描写される。

7）6）の「一連の出来事」には二つめの「パラバシス」も含まれる
　ことがある。

8）「正義」側の計画が成功したことで発生する新たな事態が収束す
　ると，にぎやかなお祝いとともに登場人物と合唱隊が行列をなして
　舞台からはけ，劇は大団円を迎える。

前422年に上演された『蜂』を，これらの構成要素にしたがって分
析してみよう。

1）二人の奴隷が自分の見た夢について話している。そのうちに，一
　方が観客に向かって劇の筋を語り始める。どうやら，老人ピロクレ
　オン（「親クレオン」）が裁判人としての日々の奉仕活動に病みつき
　になってしまい，耐えかねた息子ブデリュクレオン（「反クレオン」）
　によって屋敷に閉じ込められているらしい。

2）そこへ，ピロクレオンの裁判人仲間が合唱隊となって歌いながら
　入場してくる（230–316行，パロドスに相当）。蜂に扮装しているか，
　あるいは外套の下に蜂の針を付けた装いの彼らは，ピロクレオンの
　窮状を知るや彼を救出しようとする。ブデリュクレオンはその企み
　を察知し，父の解放を拒否する。

3）合唱隊とブデリュクレオンとの間で議論が紛糾し，ブデリュクレ
　オンは今にも蜂の針で刺されそうになる。彼は，裁判中毒の是非に
　ついて父と直接議論したいと提案し，合唱隊が仲裁者となることを
　申し出たため（512–25行），父子の間で正式な形の「アゴーン」が
　執り行われる（526–728行）。権力を行使できて実入りもそこそこの
　裁判人は素晴らしいと主張する父に対し，息子は，アテナイ帝国の
　歳入や権力に比べれば給料は雀の涙だし，力もまやかしに過ぎない

と反論する。合唱隊は息子ブデリュクレオンに軍配を上げる。

4）それでも裁判に出ることを諦めきれないピロクレオンに，代わりに「家内裁判」を開いてみようと息子が提案したことで，「犬がチーズを盗んだ事件」が裁かれることになった。裁判に必要な道具が運び込まれ，原告と被告が「入廷」する。有罪判決を求めていながら心ならず原告を無罪としてしまったピロクレオンは，息子の説得に応じて自らが出した評決を受け入れる。二人は屋敷に戻っていく（729-1014 行）。

5）合唱隊がその場に残り，「パラバシス」の場面に入る（1009-1121行）。合唱隊は，アリストパネスの作品と彼の反クレオン的立場を称賛する一方，蜂に扮している理由を説明しながら，自らの功績も自慢する。兵士として勤めていた若き日や，老いた今の裁判員としての仕事において，蜂の針が勝ち取ってくれた栄光を語る。

6）父子が舞台に再登場する。息子は老父に正しい立ち居ふるまいを教え，宴席に出るのに相応しい服装に着替えさせていた。二人は奴隷を伴って出かけていく（1122-1264 行）。

7）合唱隊は居残る。二度めの「パラバシス」の場面で，クレオンの中傷に関してアリストパネスを擁護する（1265-91 行）[70]。

8）父子と奴隷が帰ってくる。酩酊したピロクレオンは上機嫌で，宴席から無理やり連れ帰った笛吹き女に様々なお願いをする。帰宅途中にピロクレオンが狼藉をはたらいた人々が次々にやって来て，彼を裁判に召喚しようとするため，状況は混乱をきわめる。ブデリュクレオンは父を屋敷の中へ引っぱり込んで場を収めようとするが，努力もむなしく，ピロクレオンが今度は機嫌よく踊りながら外へ出てきてしまう。観客の中に悲劇役者で彼に踊りの勝負を挑むものはいないかとピロクレオンがけしかけると，悲劇詩人カルキノス（Carcinos, 前 5 世紀）と彼の三人の息子（まさに「演劇一家」である）が舞台に上がり，四人で合唱隊を率いながら退場していく。

70）　Biles and Olson (2015) の当該行および Harsh (1934) 182.

5 喜劇を真面目に読む　　119

　研究者の指摘するとおり[71]，アリストパネスは最後の場面で喜劇に典型的な物語の流れから逸脱する。観客としては，「アゴーン」の勝者ブデリュクレオンが最後の場面でも「正義」側となることを予期するのだが，二度めの「パラバシス」の後，つまり退場の場面で実際に「正義」となっているのは，踊っているピロクレオンなのである。『蜂』のみならず，アリストパネス後期の作品でも，典型的な構造というのはある程度曲げられることが多く，完全に従われることはない。とはいえ，彼の喜劇に一定の型が存在するのは確かで，前420年代の作品の「アゴーン」や「パラバシス」で歌われる歌には，特に工夫が凝らされている。

　こうして簡単に『蜂』を分析しただけで，アリストパネスの喜劇が時事性を持ったものだったことが分かる。悲劇は，例えばアイスキュロスが『オレステイア』で終わりない復讐の連鎖を描き，「正義はどこにあるのか」という疑問を投げかけたように，普遍的な主題を提示することがある。一方で，アリストパネスの喜劇が見せるのは，裁判人の日常や裁判そのものの滑稽な模倣，アテナイ人の訴訟好きへの皮肉，彼の時代を牽引した政治家の一人クレオンに対する中傷などである。他にも時事問題を扱った作品は多く，中には当時まさに進行中であったスパルタとの戦争にかなり直接的に言及するものもある。例えば，前425年の『アカルナイの人々』では，戦争と政治家による和平交渉の失敗に飽き飽きした「正義」の男が，自分と家族の個人的な平和を追求することを決心する。前411年の『リュシストラテ』では，表題にもなっている女性リュシストラテが，戦争に嫌気がさしたことから，アテナイの女性と諸外国の女性とで会合を設ける。アクロポリスに集まった女性たちに，リュシストラテはある提案を持ちかける。男性たちが今の戦争を終わらせるまで，相手が夫だろうが愛人だろうが，一切の性交渉を拒否することを皆で誓おうというのだ。はじめは気乗りしなかった女性も，最終的には一致して誓いを立てる。劇の終盤にはスパルタからの使者がやって来て，アテナイに対して和平を乞う旨が告げられる。

　幻想や現実逃避が物語の多くを占める劇もあり，前414年の『鳥』ではその方向性が特に顕著に見られる。二人の男ペイセタイロスとエウ

---

71)　Zimmermann (2014) 145.

120 第1部 記憶と再現

エルピデスはアテナイ暮らしに疲れ，ヤツガシラに姿を変えた元人間の
テレウスを探して旅に出る。中空に浮かぶ彼の家から，二人が住むに適
した新しい町を見つけてもらおうと考えてのことだ。テレウスが挙げた
候補が役に立たないと見るや，ペイセタイロスは，まず神々を飢えさせ
て屈服させれば，鳥が人間を支配できるかもしれないと持ちかける。テ
レウスも納得したところに鳥たちの合唱隊が現れ，皆で「雲カッコウ
国（ネペロコッキュギア）」という名の鳥の国を新たに建設することとな
る。劇の終盤，計画どおり飢えさせられた神々が和解のために送った使
節団が到着すると，鳥の国は宴の最中であった。鳥たちは自らの支配を
勝ち取ったのだった。本作は，アリストパネスの中でも最も大衆受けす
る作品の一つだろう。しかしながら，既述のものも含む他の作品とは異
なり，「理想的な政策決定や政治的慣習の改革に共同体の関心を向かわ
せるものではない」[72]。だからこそ，今日に至るまで，『鳥』の上演は安
定した成功を重ねてこられたのではないだろうか。前5世紀アテナイ
の政治家やペロポネソス戦争の歴史を知らなくとも，本作の面白みを解
し，大都会での生活に疲れて逃避行を望む主人公に共感することはでき
るからだ。

　現代における『鳥』の制作で最も注目に値するのは，カロロス・クー
ン（Karolos Koun, 1908-87）の演出で1959年に上演された舞台であろ
う。アテネのヘロデス・アッティコス音楽堂にて，文語ギリシア語（カ
サレヴサ）ではなく口語（デモティキ）で上演された本作は，たった一
度の公演のみで上演禁止処分が下ったこともあり，その後数十年にわ
たって最も世に知られた『鳥』となった。翻訳者のヴァシリス・ロタ
ス（Vassilis Rotas, 1889-1977）が，反アメリカを主とする同時代の政治的
主張や，正教会への不敬表現などを盛り込んだことがその要因であっ
た[73]。その後も，このクーンの作品の再上演も含め，沢山の新たな『鳥』
が制作されている。二つほど例を挙げておこう。大岡淳（1970-）によ
る演出で静岡芸術劇場（SPAC）が2015年に日本で上演した作品は，ア
リストパネスの原作に創造力あふれる設定を付け加えた。満員の地下

　72）　Dover (1972) 145.
　73）　Van Steen (2000) 124-89.

鉄が突如として停電で止まってしまう。乗客は一斉に携帯電話を耳に当て，何とかならないか解決策を探す。この場面は現代のわれわれが感じている不満を端的に表しており，事実，この電車からペイセタイロスとエウエルピデスが飛び出し，より簡素で羽をのばせる生活を探しはじめるのである。2か月後の2016年1月，今度は『ナード』[74]がスタンフォード大学古典演劇部（Stanford Classics in Theater, SCIT）によって制作され，リジー・テン＝ホーヴ（Lizzy Ten-Hove）演出のもと，カリフォルニア州ロサンゼルスでのアメリカ古典学会（Society of Classical Studies）年次総会で上演された。物語の筋を公演プログラムより以下に抜粋する。「2008年の経済危機ののち，ウォール街に辟易した二人の主人公は，国の反対側に住むティム・テレウスに会うべく東海岸を飛び立った。ティムはあらゆる種類のオタクたちを束ね，シリコンヴァレーに暮らしている元上院議員だ。顔を合わせた三人は国を揺るがす企みを思いつく。オタクたちが国家機密を握れば，合衆国も彼らに降伏せざるを得ないはずだ。オタクの復讐はここに達成される！」アリストパネスの『鳥』は，いとも簡単に時代に適合し，われわれが持つ幻滅感を芸術に昇華してみせるのである。

2.4.2　中喜劇

　中喜劇に分類される時代には，57人の詩人が創作活動をしていたといわれる[75]。全文が伝わる作品はないが，残された断片は数千にも及ぶ。後2世紀のアテナイオス（Athenaios, 後200頃活動）著『食卓の賢人たち』では，登場する話者たちがかつて読んだ作品から長い引用をしながら，食事や料理を味わう楽しみ，お抱えの料理人，友人や高級娼婦との宴席での気さくな付き合いなどについて語り合うのだが，そこでは中喜劇作品も頻繁に言及される。デモクリトスという見識ある話者は「中喜劇なら800作は読んだ」と豪語し，アレクシス作『放蕩の教師』より，奴隷と思われる男がぜいたくな暮らしを勧める場面を引用する。

　74）「ナード Nerds」はいわゆる「オタク」を意味する俗語で，原題『鳥』の英訳 Birds と韻を踏んでいる。
　75）『ギリシア喜劇全集7』アンティパネース証言2より。

第 1 部　記憶と再現

　　おめぇら何をくだらねぇこと言ってるんだ，ああだ，こうだって。
　　リュケイオンだと，アカデメイアだと，オデイオンだと。
　　ソフィストどものたわごとよ。
　　何ひとついいことなんぞ言っちゃいない。
　　それよか，飲もう，シコン，飲もうぜ，シコン。
　　魂が，体ん中にあるうちは，楽しくやろうぜ。
　　盛大にいけや，マネス。食うにまさることなんざぁありゃしねぇ。
　　食うことすなわちおまえの親父，で，たったひとりのおふくろだぁね。
　　徳だの使節や指揮官になるだのってのは，
　　太鼓みたいによく鳴るが，中は空っぽ，夢みてぇなもんだな。
　　神様はちゃんと決まりの時に，おまえを嗅ぎ出しなさる。
　　身になるのはおまえが食ったものと飲んだものだけ。
　　ほかのものぁみんな灰さ。ペリクレス，コドロス，キモンなんてな。
　　　　　　　　（アテナイオス『食卓の賢人たち』第 8 巻 833d–e）[76]

　中喜劇の断片のうち約 6 割がアテナイオスの著作に由来するため，食
事や宴席，料理人，高級娼婦などの話題が多くなってくるのは仕方がな
い。問題は，そうした料理に関する場面からでは劇全体の筋や趣旨が分
からないという点である。それでも，プラウトゥスの 3 本の劇『メナ
エクムス兄弟』，『ペルシア人』，『アンピトルオ』の下敷きになっている
のは中喜劇の作品だとする研究者もいる[77]ことは確かだ。
　断片をより詳細に分析してみると，作劇上の方針や劇の主題にはある
程度の発展があったことが見えてくる。前者に関しては，合唱隊の役割
が大きく制限されたことが挙げられる。この現象は，アリストパネスの
『プルトス』ですでに発生しており，合唱隊は入場時に役者と会話し一
緒に歌うだけとなっている。とはいえ，エウブロス（Eubulos, 前 380 頃
–前 335 頃活動）作『ステパノポリデス（花冠を売る娘たち）』のように，
表題が合唱隊の性質からつけられていることもある。劇の主題について
は，アンティパネス作『アイオロス』に代表される，神話をもじった作

---

　76)　アテナイオス，柳沼重剛訳（2000）『食卓の賢人たち 3』京都大学学術出版会より
引用。
　77)　Webster (1970) 5–9, 70.

5 喜劇を真面目に読む　　123

品が大部分を占めたようだ。前380年代に上演されたアリストパネス
『コカロス』や『アイオロシコン』でも見られたように，神話という素
材は前4世紀初頭の一種の流行であった[78]。政治家への中傷も全く存在
しないわけではないが，古喜劇ほど盛んではなかった。一方で，新喜劇
では要となる高級娼婦（ヘタイラ）がからむ物語は，この時代に人気が
出はじめたようである[79]。また，前377/6年から353/2年頃まで活動し
たとされる[80]中喜劇初期の詩人アナクサンドリデス（Anaxandrides, 生没
年不詳）が，「最初に恋と乙女の破滅を上演した」[81]。しかし，古典期の
『アリストパネスの生涯』の著者によれば，「レイプや認知場面（アナグ
ノーリシス）やメナンドロスが模倣することになったその他の場面」[82]を
最初に取り入れたのはアリストパネスであって，アナクサンドリデスの
功績とはされていない。おそらく，これらの場面を初めて神話に用いた
のがアリストパネスで，家族内の問題としたのがアナクサンドリデス
だったのだろう[83]。その際，両詩人とも『イオン』に代表されるエウリ
ピデス劇を念頭に置いていたのではないだろうか[84]。彼の悲劇に処女の
掠奪や家族の認知の場面が多いことはよく知られている。

2.4.3　新喜劇

　古喜劇の時代から新喜劇にいたるまで，ギリシア喜劇は様々な点で
変化してきた。初期に見られた大げさで誇張に富んだ言い回しはすた
れ，下卑た表現も目に見えて減少してくる。とはいえ，メナンドロスが
何度か「このあばずれ！ hippoporne」なる台詞を用いている[85]事実から

---

78)　Konstantakos (2014).
79)　Henderson (2014).
80)　『ギリシア喜劇全集7』アナクサンドリデース証言3–5より。少なくとも前376年
から前352年頃までは，大ディオニュシア祭やレナイア祭で上演をしていたことが記録され
ている。
81)　同証言1より引用。
82)　『ギリシア喜劇全集4』アリストパネース証言1より引用。
83)　Henderson (2014) 194.
84)　Scafuro (1990).
85)　『テオポルメネ（神憑りの女）』19行，『髪を切られた女』394行および482–485行。
『ギリシア喜劇全集6』の解説によれば，元のギリシア語「ヒッポポルモス」を直訳すれば
「馬のような娼婦」となり，「馬」の比喩によって「野卑なこと，程度が甚だしいこと」など
を表している。

124　　第 1 部　記憶と再現

も分かるとおり，俗っぽい表現が根絶やしにされてしまったわけではない[86]。制作にかかる費用も抑えられるようになった。合唱隊が，完全になくなりはしなかったものの，その役割が変化し重要性を失った[87]こと，誇張された表情の仮面が使われなくなり，男性器をかたどった小道具「ファッルス」もそれに続いたことで，衣装が簡素化されたことがその要因である。こうした方向性は「幻想性と現実性の二兎」[88]を追った結果生じたのかもしれない。より表現の幅が広い新しい型の仮面が徐々に利用されはじめたことも，その一例である。修辞学者ユリウス・ポッルクス（Iulius Pollux, 後 2 世紀）が『オノマスティコン』第 4 巻で記録するところによれば，新喜劇では全 44 種類の仮面が使われたようだ。それらは性別，年齢，身分によって分類され，老人 9 種，若い男性 11 種，奴隷 7 種，老女 3 種，若い女性 14 種から成っていた。若い女性 14 種には，乙女，偽の乙女，愛人，経験豊富な娼婦，黄金を身につけた娼婦などが含まれたらしい[89]。こうした幅広い種類の仮面が用いられるようになったことで，演技はより繊細に，登場人物の性格づけはより複雑になっていった。同時に，登場人物の類型化も進み，兵士，若い恋人，頑固な父親，田舎者，高級娼婦，女衒，居候，おべっか使い，料理人，ずる賢い奴隷などが登場するのが恒例となった[90]。

　生涯で 100 以上の喜劇を書き，優勝は 8 度[91]と決して多かったわけではないメナンドロスは，死後にむしろ人気の高まった詩人である。このことは古典期の再演記録[92]（前 237/6 年と前 168/7 年の『パスマ（幽霊）』，前 198/7 年の『ミソギュネス（女嫌い）』）や，彼の作品を伝えるパピルスの数から明らかで，メナンドロスより多くのパピルスが現存するのはホメロス（Homeros, 前 8 世紀頃？）とエウリピデスのみ[93]だという事実には驚かされる。彼の姿をかたどった像が多数製作されたこと，また，ポ

86）　Handley (2009) 28.
87）　Rothwell (1995).
88）　Csapo (2014) 66.
89）　Petrides (2010) 111–23; Wiles (1991) 154.
90）　Nesselrath (1990).
91）　『ギリシア喜劇全集 6』メナンドロス証言 46 より。
92）　M&O 190 nr. 60.
93）　Arnott (1979).

5　喜劇を真面目に読む　　125

ンペイやミュティレネなどギリシア本土から離れた地域でも彼の劇の場面を描いた絵画や壁画が見つかっていることも，メナンドロスの人気を物語る。また，アンティオキア近郊のダフニで発見され，メナンドロスの四つの作品の場面が描かれていると判明した，後3世紀の美しいモザイクも記憶に新しい[94]。彼の劇は，時代が下ってもなお人々に愛されていたのだった。ここまで人気を博したにもかかわらず，中世まで生き延びた彼の写本が一つもなかったとは未だ信じがたい。20世紀の初頭まで，メナンドロス作品を伝えるのはぼろぼろの断片の寄せ集めだけであり，作品の全体像を考えるには，確実にメナンドロスを下敷きにしたとされるローマ喜劇の作品に基づいて，その骨子を再構築するより他なかった。

　ところが，2片の重要なパピルスが発見されたことで，従来のメナンドロス研究は変革の時を迎える。一つめは1905年に発見され，2年後にルフェーヴル（Gustave Lefebvre, 1879–1957）によってカイロ写本として発表されたパピルスで，『辻裁判』，『ヘロス（守護霊）』，『髪を切られた女』，『サモスの女』に加え，表題不明の作品1本がそれぞれ部分的にではあるが収録されていた。二つめは1950年代後半に発表された，ボドマー写本の一部を成すパピルス断片であり，『サモスの女』と『楯』の一部に加え，『人間嫌い』の全文を伝承していた。メナンドロス作品ではじめて全文が見つかった『人間嫌い』は1958/9年に，また，『サモスの女』と『楯』は1969年に出版された。他にも『シキュオニオイ（シキュオンの人々）』の断片が1964年に発表され，新たに見つかったパピルス断片に残る『ディス・エクサパトン（二度の騙し）』の約110行のうち一部が1968年に[95]，加筆されたものが1972年に[96]，いくつかの読みの変更とさらなる加筆ののち1997年に[97]，それぞれ出版されている。この作品は，一部がプラウトゥス作『バッキス姉妹』の494行から561行に酷似しているため，その重要度が非常に高いのである。

　こうして未知の作品が複数見つかり，中には完全な形で伝わるものも

94）　Gutzwiller and Çelik (2012).

95）　Handley (1968).

96）　Sandbach, H. (ed.) (1972). *Menandri Reliquiae Selectae*. Oxford を指す。

97）　Handley (1997).

126　　　　　　　　　　　　第 1 部　記憶と再現

あったため，1960 年代末になってようやくメナンドロスの作劇技術を
直に評価し，物語構築の仕組みを新たな視点から研究できるようになっ
た。まず，前口上の話者は神々であることもあれば人間であることもあ
るが，劇の背景を観客に語るという点は共通する。『人間嫌い』の前口
上では，パン神がアッティカ地方に置かれた舞台設定と各登場人物の背
景とを説明し，ある青年が「人間嫌い」で知られる老人の娘に恋をす
るよう神自身が仕向けたことを明かす。『楯』では運の女神が「前口上」
の語り手をつとめるが，この作品の「前口上」は第 1 幕の後にまで延
ばされ，観客が見聞きしたばかりの内容を訂正する形となっている。第
1 幕で登場する奴隷が，戦場で倒れた主人の楯を持ち帰ったと説明する
のだが，実はそれは誤りであり主人は直後に生還するという事実を女神
は語る。『サモスの女』の前口上の話者はとある養子で，彼自身とその
養父の人となりを簡単に紹介する。

　次に合唱隊の使用について見てみよう。『人間嫌い』の全 5 幕は合唱
隊の歌によって分割されたようで，第 4 幕までの各幕の終わりに「合
唱隊の部」と記されている。『サモスの女』でも幕終わりに 2 度「合唱
隊の部」という表現が見られることから，このしるしを根拠に『人間嫌
い』は全 5 幕構成であったとすることは可能だろう。この 5 幕構成は，
メナンドロスの同時代の詩人や彼に追従する劇作家たちも広く用いてい
た[98]。どの時点でこの構成が確立されたかは不明だが，ギリシア伝統の
形式と見なされていたようだ。「合唱隊の部」で歌われた内容は全く伝
わらないが，舞台上で起きる出来事と無関係だったことは確実である。
例えば『人間嫌い』の合唱隊は，第 1 幕の終わりに奴隷が見つける，た
だの酔っぱらったパン信徒の一団であった[99]。ただ，幕間の合唱隊の歌
で時間の経過を示すことはでき，歌の間に主人公がアッティカのとある
地区から遠くの地区へ移動した，といった設定は可能であった[100]。

　メナンドロス劇の緻密な構成や物語の多様性は，古典期からすでに称

　　98）　後代の文法家ドナトゥス（Aelius Danatus, 後 4 世紀）およびエウアンティウス
（Euanthius, 後 4 世紀）の証言による。両者ともにテレンティウス作品の注釈を書いた。
　　99）　230 行でメナンドロスが確かに $Πανιστάς$（パン信徒たち）という語を書いていたと
すれば，という限定つきの解釈である。
　　100）　Hunter (1985) 36-37.

5　喜劇を真面目に読む

賛されていた。とはいえ，表面上は似かよっている劇もある。ある青年が若い女性と恋に落ちる。身分の差，父親のはっきりしない妊娠や出生，恋人間の誤解などが障壁となったり，どちらかの親の素性が分からなかったり，誰かが死んだりすることで，二人の関係は窮地におちいるものの，最後にはすべて丸くおさまる，といった展開は珍しくない。メナンドロスの発想力が光るのは，「認知」の場面に至るまでの道すじである。生き別れた，棄てられた，さらわれた，あるいは幼少期によそへやられた子どもが今や成長し，元の家族と再会するという展開は，新喜劇やローマ喜劇においては一般的である。ソポクレス『オイディプス王』のオイディプスや，エウリピデス『タウリケのイピゲネイア』のオレステスに代表される，悲劇の「認知」の場面との共通点も多い。実は，本章ですでにそういった作品に出会っていることにお気づきだろうか。『シキュオニオイ（シキュオンの人々）』である。シキュオンの兵士ストラトパネスが，親の分からない女性に恋をするが，どちらもアテナイ人だと判明し，幸せな結婚をして幕を閉じるのだった。ちなみに，メナンドロスの作品は上演されていた場所の法に忠実で，当時のアテナイでは自国民の子ども同士でなければ結婚が許されなかったことが本作の背景となっている。「認知」への道すじで，物語が複雑にからみ合うこともある。こうした複雑な展開は「認知劇」の一種である「掠奪劇」によく見られ，多くは子どもの父親探しが問題となるが，『サモスの女』ではむしろ反対で，幼子とその父親がはっきりしているものの，母親の素性に関してはいかにも喜劇的な混乱が起こる[101]。『辻裁判』のように，両親も子どもも互いの素性を全く知らないところから「認知」を果たす場合もある。悲劇でいえば，エウリピデスの『イオン』が同様の道すじをたどる。

　ギリシア悲劇や喜劇の「認知」は，日本の能のものとは大きく異なることを指摘しておこう。能では，多くは人さらいによって子を失った母親が，それまでの生活を捨て，子を探して各地を放浪する。母親は物狂となって舞台に現れる（『百万』のようにそのふりをしているだけの場合もある）が，その狂気がむしろ鬼気迫る舞の表現につながり，人々の関心

101）　Scafuro (2003).

をひいた結果，母親は子との再会を果たす（『三井寺』，『百万』，『隅田川』など）。近松門左衛門の人形浄瑠璃『丹波与作待夜の小室節』も「認知劇」だが，能の「狂女物」とは違った道すじを取る。母親は子を認知するものの，それを公にすることを拒むのである。洋の東西が異なれば，「認知」の活用も随分かわってくるようだ。

　20世紀になると，人気の面ではアリストパネスに及ばないものの，メナンドロスの喜劇も西洋諸国で上演されるようになった。彼の作品が日本で初めて舞台化されたのは少し遅れて2015年，東京大学の学生団体「古代演劇クラブ」が東京と京都で，古典ギリシア語を用いて『辻裁判』を上演したときであった。公演が大成功を収めたことで，彼らはギリシア本国に招かれ，いくつかの町で上演を行った。その中から，デルフィの野外劇場での公演を告知するウェブサイトを紹介しておく（https://thedelphiguide.com/animart-2017-epitrepontes-menander/）。

3　ローマ喜劇

3.1　ローマの祭典と劇場
　ローマ喜劇の上演に関する史料はギリシアのものほど残らないが，祭典で行われた数多くの催し物のうちの一つとして喜劇を考えるには十分である。ローマにも様々な祭典があり，戦車競技や剣闘士の戦い，綱渡り競走などの運動種目 *ludi circenses* に加え，演劇の上演競争 *ludi scaenici* も含まれていた。最古の上演競争が行われた前240年には，すでにリウィウス・アンドロニクス（Livius Andronicus, 前280頃–前200頃）が活動しており，複数の形式の劇を書いていたようだ[102]。アテナイの場合と同様，上演競争は既存の祭典に新種目として加えられる形ではじまり，これもアテナイと同様，各祭典は行列と犠牲式をもって開幕した[103]。ローマに特有なのは，上演競争を捧げる神が祭典によって異なる

　102）　Manuwald (2011) 188–93. ローマで上演された喜劇を含む様々な演劇のジャンルについては，本書第6章を参照。
　103）　アッピアノス『ローマ史——ポエニ戦争』66章，ハリカルナッソスのディオニュシオス『ローマ古代誌』7巻72章5節。Taylor (1935) も参照のこと。

点だ。アテナイでは一律にディオニュソス神に奉納されていた。ローマで定期的に行われていた祭典は以下のとおりであり[104]，すべてが公的な資金で運営されていた。

1）ローマ祭。大祭とも呼ばれる。前364年に創設，演劇の上演は前240年以降。ユッピテル，ユノ，ミネルヴァの3柱を祀り，その運営は上級造営官が担当した。テレンティウスの『ポルミオ』が前161年に，『義母 III』[105]が前160年にそれぞれ上演された。

2）プレブス（平民）祭。前212年創設，演劇は前200年には始まる。ユッピテルを祀り，平民造営官が監督。プラウトゥス『スティクス』が前200年に上演された。

3）アポッリナリス祭。前212年創設，前208年より毎年開催。演劇は創設の年から種目にあった可能性も。アポッロを祀り，首都法務官が監督。

4）メガレ祭。前214年創設，演劇は前194年より。地母神キュベレを祀り，上級造営官が監督。プラウトゥス『プセウドルス』が前191年，テレンティウス『アンドロス島の女』が前166年，『義母 I』[106]が前165年，『自虐者』が前163年，『宦官』が前161年にそれぞれ上演された。

5）フロラ祭。前241年または238年創設，前173年までには毎年開催となり演劇も開始。フロラを祀り，平民造営官が監督。ミムス劇が上演された。

6）ケレス祭。前201年創設，アウグストゥス（Augustus, 前63–後14）時代には演劇も開始（？）。ケレスを祀り，平民造営官が監督。

104）Franco (2014) 411–12; Manuwald (2011) 41–49; Marshall (2006) 16–20; *CAD* 207–09; Taylor (1937).

105）『義母』は三度めの上演でようやくの成功を見るまで，二度に渡って上演が途中で止まるという災難に見舞われた。現在まで伝わるのは三度めに上演された『義母 III』（上演回数を便宜上こう示す）のみで，先行した二つは破棄されてしまったようである。二度の上演が止まってしまった理由として，前口上の話者は，祭典で同時に行われていた曲芸師や剣闘士の見せ物に観客が流れたことを挙げ，今度ばかりは席をたたずに観劇するようお願いをする（『義母』前口上1および2）。

106）注105を参照。

130　　　　　第 1 部　記憶と再現

　以上のような定期開催の祭典に加え，不定期に開かれる祭でも演劇が
上演されることがあった。そうした祭典は，凱旋した将軍が神に感謝を
捧げる儀礼や，貴族の葬送競技として開かれ，個人の出資で運営され
た。テレンティウスの『兄弟』と『義母 II』[107]は，前 160 年のアエミリ
ウス・パウッルス（Aemilius Paullus, 前 229 頃–前 160）の葬礼で上演され
たといわれる。特定の祭典や祝祭で上演する劇を選出した基準は伝わら
ないが，詩人の評判は一つの指標であり，俳優兼世話役でもあった「代
理人」の力によるところも大きかった。

　ローマがカルタゴを相手に戦った第一次ポエニ戦争（前 264–前 241）
の終結後，演劇を上演する祭典が急増した。その後，第二次ポエニ戦争
（前 218–前 201）の最中と，その終結から第三次ポエニ戦争（前 149–前
146）までの間にも，上演競争の数は増えていった。これは戦争でロー
マが収めた大勝利の証であって，ペロポネソス戦争で国家が傾き，演劇
の日数を減らすまでになったアテナイの事例とは対照的である。おお
よその数字を見てみると，プラウトゥスの生涯の終わり頃，前 184 年
には年間で約 12 日だった上演の日数は，前 160 年代にテレンティウス
が活躍する頃になると倍増し[108]，アウグストゥスが初めて帝国を支配し
た時代には 43 日にまで増加していた[109]。12 日間であれ 43 日間であれ，
前 5 世紀の演劇最盛期のアテナイでさえ，大ディオニュシア祭とレナ
イア祭を合わせて 10 日間しか上演に割いていなかったのだから，その
数字の大きさは明白だろう。

　石造りの常設劇場は，前 55 年，マルスの野にポンペイウス（Pompeius,
前 106–前 48）が建造するまで存在しなかった。プラウトゥスやテレン
ティウスは祭典になると造られる仮設の舞台で上演し，人々は舞台の前
から神殿へとのびる階段に腰かけて観劇した。「このようにひと続きに
なった劇場と神殿が示すのは，演劇が宗教行事の一部であったという事
実であり，劇と儀礼の直接的な繋がりである」[110]。上演に先立つ行列の
最後に行われるのが，神が観劇できるよう「劇場神殿」の特等席に椅子

　107）　注 105 を参照。
　108）　Franko (2014) 411; *CAD* 207–09.
　109）　Taylor (1937) 291.
　110）　Manuwald (2011) 57.

を置くという儀式だった点もこれを象徴する[111]。他にも，例えばメガレ祭での上演はパラティヌスの丘にある地母神の神殿の前で行われ[112]，前191 年の神殿落成時には，プラウトゥスが『プセウドルス』を奉納した[113]。この時も，キュベレを満足させようと特等席を構えたことが想像できる。このように，人々が仮設劇場の階段に座って劇を楽しんでいたことを考えると，少なくともアテナイのリュクルゴス劇場ほどの収容人数はなかったと思われる。一説ではパラティヌスの神殿のあたりに座れたのが最大 1300 人で，周囲で立ったまま観劇した人を合わせても 2000人程度とされる[114]。他の上演場所についても観客数の試算はされているが，確かなことは分かっていない。

3.2 プラウトゥス時代の上演と作品の伝承

　プラウトゥスがローマで上演を始めた紀元前 205 年頃は，主演俳優（ラテン語では actor）が「劇団」[115]の責任者も兼ねていることが多かった。プラウトゥス『バッキス姉妹』の 215 行で名前があがる，ペッリオなる俳優兼世話役もこうした人物の一人だ。テレンティウスは前 166年から 160 年にかけての全公演でアンビウィウス・トゥルピオという俳優兼世話役を起用し，『義母』と『自虐者』の前口上の話者役も彼に割り当てている。詳細は伝わらないものの，こうした世話役はあらかじめ詩人から作品を買い上げ（『義母』57 行），上級造営官などの公演の出資者と売買契約を結んでいたことは推測できる[116]。

　劇が上演される祭典は ludi（「競技」あるいは「競争」）と呼ばれたが，賞に関する記録はほとんど残らない。ローマの詩人たちは賞欲しさに競ったのではなかったのかもしれない。その代わり，先ほど述べたように，政府高官が作品を買い取る仕組みになっていた。その際，世話役た

---

111)　詳細な史料については Taylor (1935) を参照。

112)　キケロ『臓卜師の返答について On the Response of the Haruspices』22 節。管見の限り訳書はまだ出版されていない。

113)　Goldberg (1998); Franko (2014) 419-21. 上演に用いられた他の場所については Marshall (2006) 36-48 を参照のこと。

114)　Goldberg (1998) 93.

115)　ラテン語では「群れ」や「集合」を意味する grex と呼ばれる。

116)　McC. Brown (2002) 228-34; Marshall (2006) 84-86; Manuwald (2011) 82, 85.

132　　　第 1 部　記憶と再現

ちが競い合って，自らが契約している詩人の劇を売り込んだのであろ
う。しかし，プラウトゥス作品のいくつかの箇所は，一読した限りだと
「最優秀作品賞」と「最優秀俳優賞」があったことを示唆するように思
われる。『三文銭』の 698 行から 706 行では，寛容な心と高潔な精神を
持つリュシテレスという青年が，彼の許婚の兄が支払う持参金を断ろう
とする。許婚の兄レスボニクスが有り金をほぼすってしまったことを知
る彼は，残った財産をもらうようなことをしたくないのだ。リュシテレ
スが誇り高くそう言うや，レスボニクスの父に仕える奴隷スタシムスが
立ち聞きしていたらしく，話に割り込んでくる。彼がリュシテレスに対
し，皮肉混じりに以下の発言をする。

　　　ブラボー！　叫ばずにはいられませんや。
　　　ブラボー！　リュシテレス。アンコール！
　　　勝利の栄冠をあなたに。こちら（注：レスボニクス）は負け，
　　　あなたの喜劇の勝ち。
　　　こちらの方がテーマが深く，表現もよろしい。
　　　あなたには，ばかばかしさの罰として一ミナ払っていただきましょう。
　　　　　　　　　　　　　　　　　（プラウトゥス『三文銭』705-11 行）

　　奴隷の発言からするに，リュシテレスが最優秀作品賞（「あなたの喜
劇の勝ち」）と俳優賞を獲得したようだ。物語の筋をそれらしく表現し，
台詞回しもより上手かったというわけである。しかし，これらの「賞」
が実際の上演競争と関係している様子は見てとれず，この発言はあくま
でリュシテレスに対する奴隷の意見でしかない。よってこの箇所は，ギ
リシア演劇の慣習から借用した隠喩に過ぎないか，『三文銭』が基にし
たギリシア喜劇作品からそのまま引用しただけとも考えられる。ただ，
奴隷が発する二度の「ブラボー」と「アンコール」は，メタ表現[117]と
いう意味で重要になってくる。『三文銭』の再演，つまり契約更新とそ
れに伴う契約金の増額を求めているとすれば[118]，それが叶ったあかつき

　　117）　劇の設定を超越した視点，ここでは観客の視点を意識し，劇中の登場人物が劇の
外の現実を念頭に置いて行う発言を意味する。
　　118）　Franko (2014) 417.

5　喜劇を真面目に読む　　133

にはある意味で「賞」を得たようなものであろう。『アンピトルオ』前
口上では，語り手のメルクリウス神がユッピテルからの命令を伝える。
大神は，観客監視人が劇場の全座席を見て回り，「もし誰かに送り込ま
れたサクラ favitores を発見したら，観客席で上着のトガという証拠を
取っておくこと」（67-69 行）を要求する。メルクリウスは以下のように
続ける。

　　　あるいはまた，俳優なり，歌い手なりへの勝利の栄冠獲得の
　　　運動を行ったら，（中略）
　　　あるいはまた
　　　造営官が勝利の冠を誰かに不正に与えるようなことがあれば，
　　　ユッピテルは，自分か誰か他の人のために政務官職獲得運動を
　　　行った場合と同じ法律が適用されるようお命じになったのだ。
　　　　　　　　　　（プラウトゥス『アンピトルオ』69-70 行，72-75 行）

　この表現から，何らかの賞が贈られたことは明白である。しかし，一
体誰が，どうやって選出したのだろうか。上に引用した詩行から推測す
るに，観客の拍手喝采が受賞者決定にあたって計算に入れられた可能性
はある。また，造営官も「冠 palma」を贈っていたと読み取れるが，こ
れは単に詩人に支払う契約金[119]や，再演のための契約書などを指すの
かもしれない。残念ながら，こうした疑問を解消できる史料は今日には
伝わらない[120]。
　ローマ社会での劇団員の地位は低く，帝政期には限られた市民権しか
持たない「インファミス」（字義どおりには「聞こえの悪い」）と見なされ
た。一座の構成員のほとんどは奴隷あるいは解放奴隷で，俳優兼世話
役だけは自由人である場合もあった。伝記作家スエトニウス（Suetonius,
69 頃-122 頃）は，共和政初期の俳優の扱いについて，「古い法律は，政
務官がいつでもどこでも俳優を取り締まることを許していたが，（注：
アウグストゥスが）その権限を祭の間と上演中を除き，取り上げた」[121]

　119）　『カルタゴ人』37-39 行。
　120）　McC. Brown (2002) 234.
　121）　スエトニウス，国原吉之助訳（1986）『ローマ皇帝伝（上）』岩波文庫より引用。

134 第 1 部　記憶と再現

（『アウグストゥスの生涯』第 45 節 3）と記録する。テレンティウス自身も解放奴隷だったようだ。前出のスエトニウスは『テレンティウスの生涯』の第 1 章で，「カルタゴ生まれのプブリウス・テレンティウス・アフェルは，ローマの元老院議員テレンティウス・ルカヌス（Terentius Lucanus, 前 2 世紀）の奴隷だった。若き奴隷の才能と美貌を見込んだ議員は，彼に十分な教育を受けさせ，その後すぐ解放した」と語っている。この証言はよく引用されるものの，他に同様の記録はない[122]。

　プラウトゥス作『ロバ物語』で，前口上の話者が観客の注意を引きつけ「私にも，皆さんにも，役者たち，一座の世話役，興行主の方々にも，事がうまく運びますように」（2-3 行）と呼びかけるが，「この台詞から，「一座の世話役」とは劇団の所有者であると同時に奴隷の所有者でもあり，彼らを訓練して俳優に育てあげていたことが読み取れる。「世話役」は劇団の成功と同様，「興行主」つまり造営官の利益にも関心を抱いていたことも明らかである」[123]とする研究者もいる。一座の自由人が「ずる賢い奴隷」を演じ，奴隷が自由人を演じる逆転現象が，もはや恒例になっていたと考える研究者も多い。自由人を演じる奴隷が，奴隷を演じる自由人を痛めつけると脅すような場面を想定することもできる[124]が，舞台上はまだしも実際のローマ社会では起こり得ないことだった。歌舞伎でいえば，『勧進帳』での身分の交換は有名である。源義経の家来である武蔵坊弁慶は，自身と他の家来を山伏に，主人の義経を荷物持ちの強力にそれぞれ変装させ，義経と不仲の兄頼朝の一派が守る関所を突破しようと画策する。策が見破られそうだとみるや，弁慶はとっさに杖で義経を打ちすえ，主人の正体を隠し通そうとする。

　プラウトゥス作品の上演にあたっては，劇団の即興芝居が大きな役割を担ったと指摘する研究者も，過去 500 年の間に数多く見られる。さらに，プラウトゥスの劇は，奴隷，解放奴隷，貧困層の人々などの一座同士の協力で完成された「奴隷の劇場」の産物だったと指摘する研究者もいる。プラウトゥスは「作者」として名を残すが，今日に伝わる彼の

　122）　奴隷だったかもしれない他のローマの劇作家については，Manuwald (2011) 188-89, 202, 276-77 を参照のこと。
　123）　McC. Brown (2002) 235 および注 43, 44.
　124）　McC. Brown (2002) 236; Marshall (2006) 87-89.

詩行は，そうした劇団の即興芝居や加筆などによって，上演のたびに変化していった台詞を書き留めたものに過ぎないのかもしれない[125]。

　プラウトゥスとテレンティウスの劇は，15世紀以降ヨーロッパで人気を保ちつづけている。1470年代に最初の校訂本が出版されると，研究者によるラテン劇の上演がローマで盛んになった。1480年代末には，イタリアの他の大都市にも上演が広まっていき，時に翻訳されたものも上演された。この人気はその後50年ほど続いたようだ。ルネッサンスの発明の波は16世紀前半にふたたび訪れ，プラウトゥスやテレンティウスを模倣した新しい形式のイタリア演劇が生まれた。こうした演劇が，現代劇の発展に多大な影響を及ぼしたのである。ローマ喜劇の上演は今日にも引き継がれ，オックスフォード大学ギリシア・ローマ劇上演記録（APGRD, the Archive of Performances of Greek and Roman Drama）によれば，15世紀半ば以降，プラウトゥスは575回，テレンティウスは348回の上演が確認されている[126]。残念ながら，日本での公演はまだ記録されていないようだ。近い将来の実現に期待しよう！[127]

---

125)　Richlin (2017) と同様の議論が Marshall (2006) 263-79 にも見られる。Marshall (2006) の注60に含まれる文献一覧も参考になる。プラウトゥスの詩作におけるこうした即興的側面を批判的に見るのが Petrides (2014) 426-33 である。

126)　本書の初版が刊行された2021年現在。

127)　筆者は，何よりもまず，本書の編者であり，TOPS（Tokyo Oxford Programme of Summer）という素晴らしいプログラムの立案者である葛西教授に感謝したい。この夏期プログラムのおかげで，英国，フランス，そしてアメリカの大学の教員と日本の大学生がオックスフォードで一堂に会することが可能になった。このような場でここ5年のあいだ日本人学生を教えてきたが，それは筆者にとって大変晴れがましい経験であり，同時に貴重な学びの機会にもなった。このプログラムの更なる発展を願っている。加えて，オックスフォード大学出版局ニューヨーク支局の古典学担当編集者ステファン・ヴランケ氏にも感謝したい。氏のご協力のおかげで，Fontaine, M. and Scafuro, A. (eds.) (2014) より 'Comedy in the Late Fourth and Early Third Centuries BCE' (199-217) および 'Menander' (218-38) の2章の素材を本章に用いることができた。

参 考 文 献

略称一覧

BOC　　Rusten, J. (2011). *The Birth of Comedy: Texts, Documents, and Art from Athenian Comic Competitions, 486–280*, transl. by J. Henderson, D. Konstan, R. Rosen, J. Rusten, and N. W. Slater. Baltimore.

CAD　　Csapo, E. and Slater, W. J. (1995). *The Context of Ancient Drama*. Ann Arbor.

DFA2　　Pickard-Cambridge, A. (1968[1953]). *The Dramatic Festivals of Athens*, 2nd ed., rev. by J. Gould and D. M. Lewis. Oxford.

IG　　*Inscriptiones Graecae*. (1913–), vols. 1–3, *Inscriptionum Atticarum*. Deutsche Akademie der Wissenschaften zu Berlin. Berlin.

K-A　　Kassel, R. and Austin, C. (1983–). *Poetae Comici Graeci*, 8 vols. Berlin.

M&O　　Millis, B. W. and Olson, S. D. (2012). *Inscriptional Records for the Dramatic Festivals in Athens, IG II2 2318–2325 and Related Texts, with Introductions and Commentary*. Brill Studies in Greek and Roman Epigraphy. Leiden.

読書案内

(1) ギリシア喜劇断片集（ギリシア語）

　ギリシア語の原文は上述の省略表記一覧に含まれる K-A（*PCG* と略記されることも）にまとめられている。この書は最重要文献であり，断片が詩人ごとに整理され，詩人の名のアルファベット順に掲載されている。それぞれの見出しは，詩人の生涯の文献および碑文資料である「証言」から始まり，次に作品の断片が続く。また，断片のみでしか作品の伝わらない詩人たちの個々の作品や，それに対する注釈も数多く出版されている。代表例として Arnott (1996) を挙げておく。

　加えて，「ギリシア喜劇断片注解計画 Kommentierung der Fragmente der griechischen Komödie」が *PCG* から派生し，ハイデルベルク学術協会 Heidelberger Akademie der Wissenschaften の後援により，ベルンハルト・ツィマーマンの指揮のもとフライブルクで進行中である。『喜劇研究 *Studia Comica*』というギリシア喜劇断片の注釈書シリーズの刊行を目的としており，既刊分の一覧はウェブサイトで確認できる（https://www.komfrag.uni-freiburg.de/frc_baende-und-indices/publ-baende）。

(2) ギリシア喜劇断片集（英語）

　省略表記一覧に挙げた *BOC* はギリシア喜劇断片選集の傑作で，各詩人の紹介も高品質である。各詩人の「証言」や作品断片の整理番号は K-A に準拠している。

5 喜劇を真面目に読む

ローブ古典叢書は，見開きの左ページにギリシア語原典，右ページに英語対訳が配置されており，断片のみの詩人の作品も充実してきた。文献一覧に Henderson (1998–2007) のアリストパネス，Storey (2003) の古喜劇断片集，Arnott (1979) のメナンドロスを挙げている。

(3) *The Oxford Handbook of Greek and Roman Comedy*

本章で扱った題材の多くは，Fontaine and Scafuro (eds.) (2014) で紹介されている。喜劇の分野に関心のある読者は，この書籍の各章に付された「読書案内」を参照されたい。プラウトゥス研究への個人的な関心から，特に Petrides (2014) 440–41 より，'Review articles on Plautine scholarship', 'On Plautus and "popular drama"' および ''On the issue of the mask in Plautus' の項目を強調して紹介しておく。

(4) 喜劇の上演に関する文献

ムーア（以下の文献一覧 Moore, T の項目参照）はローマ音楽研究の先駆者であり，プラウトゥス劇の歌唱部分を詳細に論じている。彼本人による歌唱をウェブサイトで聴くこともできる（https://sites.wustl.edu/tjmoore/links/recordings-of-plautine-cantica/）。

スタンフォード大学古典演劇部（Stanford Classics in Theater, SCIT）の詳細や，アリストパネス『鳥』を翻案した『ナード』の 2015 年の初演の映像には，http://scit.stanford.edu からアクセスできる。

Arnott, W. G. (1979). *Menander*, vol. 1. Cambridge, MA.

―――. (1996). *Alexis: The Fragments: A Commentary*. Cambridge.

Bainbridge, E. O. (1992). 'The Madness of Mothers in Japanese Noh Drama', *U.S.-Japan Women's Journal*. English Supplement 3, 84–110.

Barsby, J. (2001). *Terence*, 2 vols. Cambridge, MA.

Bathrellou, E. (2014). 'New Texts: Greek Comic Papyri 1973–2010', in Fontaine and Scafuro (eds.), 803–70.

Biles, Z. P. and Olson, S. D. (eds.) (2015). *Aristophanes:* Wasps. Oxford.

Brown, P. McC. (2002). 'Actors and Actor-Managers at Rome in the Time of Plautus and Terence,' in Easterling, P. and Hall, E. (eds.) *Greek and Roman Actors*. Cambridge, 225–37.

―――. (2014). 'The Beginnings of Roman Comedy', in Fontaine and Scafuro (eds.), 401–08.

Compton-Engle, G. (2005). 'Stolen Cloaks in Aristophanes' *Ecclesiazusae*', *Transactions of the American Philological Association*, 135.1, 163–76.

Csapo, E. (1997). 'Riding the Phallus for Dionysus: Iconology, Ritual, and Gender-Role De/Construction', *Phoenix* 51, 252–95.

―――. (2010). *Actors and Icons of the Ancient Theater*. Chichester; Malden, MA.

―――. (2014). 'Performing Comedy in the Fifth through Early Third Centuries', in

Fontaine and Scafuro (eds.), 50–69.

Csapo, E. and Goette, H. R. (2007). 'The Men Who Built the Theatres: *Theatropolai*, *Theatronai*, and *Arkhitektones*, with an Archaeological Appendix by H. R. Goette', in Wilson, P. (ed.) *The Greek Theatre and Festivals, Documentary Studies*. Oxford, 87–121.

Damon, C. (1995). 'Greek Parasites and Roman Patronage', *Harvard Studies in Classical Philology* 97, 181–95.

Davis, J. K. (1967). 'Demosthenes on Liturgies: A Note', *The Journal of Hellenic Studies* 87, 33–40.

De Melo, W. (2011–13). *Plautus*, 5 vols. Cambridge, MA.

Dover, K. J. (1972). *Aristophanic Comedy*. Berkeley; Los Angeles.

Fontaine, M. (2014). 'Between Two Paradigms: Plautus', in Fontaine and Scafuro (eds.), 516–37.

———— and Scafuro, A. (eds.) (2014). *The Oxford Handbook of Greek and Roman Comedy*. Oxford.

Fraenkel, E. (1922). *Plautinisches im Plautus*. Philologische Untersuchungen 28. Berlin.

Franko, G. F. (2014). 'Festivals, Producers, Theatrical Spaces, and Records', in Fontaine and Scafuro (eds.), 409–23.

Furley, W. (2009). *Menander* Epitrepontes. *Bulletin of the Institute of Classical Studies*. Supplement 106. London.

Goldberg, S. M. (1998). 'Plautus on the Palatine', *The Journal of Roman Studies* 88, 1–20.

Gutzwiller, K. and Çelik, Ö. (2012). 'New Menander Mosaics from Antioch', *American Journal of Archaeology* 116, 573–623.

Handley, E. W. (1968). *Menander and Plautus: A Study in Comparison: An Inaugural Lecture Delivered at University College, London 5 February 1968*. London.

————. (1997). 'Menander, *Dis Exapaton*', *The Oxyrhynchus Papyri* 64, 14–42.

————. (2009). 'Menander, *Epitrepontes*', *The Oxyrhynchus Papyri* 73, 25–36.

Harsh, P. W. (1934). 'The Position of the Parabasis in the Plays of Aristophanes', *Transactions of the American Philological Association* 65, 176–97.

Henderson, J. (1998–2007). *Aristophanes*, 5 vols. Cambridge, MA.

————. (2014). 'Comedy in the Fourth Century II: Politics and Domesticity', in Fontaine and Scafuro (eds.), 181–98.

Hunter, R. L. (1985). *The New Comedy of Greece and Rome*. Cambridge.

Japaridze, T. (2006). 'Transvestite Disguise in Aristophanes' Comedies', *Phasis* 9, 137–50.

Konstantakos, I. (2008). 'Rara Coronato Plausere Theatra Menandro? Menander's Success in His Lifetime', *Quaderni Urbinati di Cultura Classica*, n.s. 88, 79–106.

————. (2011). 'Conditions of Playwriting and the Comic Dramatist's Craft in the Fourth Century', *Logeion: A Journal of Ancient Theatre* 1, 145–83.

————. (2014). 'Comedy in the Fourth Century I: Mythological Burlesques', in

5 喜劇を真面目に読む   139

Fontaine and Scafuro (eds.), 160–80.

Makres, A. (2014). 'Dionysiac Festivals in Athens and the Financing of Comic Performances', in Fontaine and Scafuro (eds.), 70–92.

Manuwald, G. (2011). *Roman Republican Theatre*. Cambridge.

Marshall, C. W. (2006). *The Stagecraft and Performance of Roman Comedy*. Cambridge.

Millis, B. (2014). 'Post-Menandrian Comic Poets: An Overview of the Evidence and a Checklist', in Fontaine and Scafuro (eds.), 871–84.

Moore, T. (2012a). *Music in Roman Comedy*. Cambridge; New York.

————. (2012b). 'Don't Skip the Meter! Introducing Students to the Music of Roman Comedy', *The Classical Journal* 108. 2, 218–34.

Nesselrath, H.-G. (1990). *Die attische mittlere Komödie: ihre Stellung in der antiken Literaturkritik und Literaturgeshichte*. Berlin.

Parker, R. (2005). *Polytheism and Society at Athens*. Oxford.

————. (2011). *On Greek Religion*. Ithaka, NY.

Petrides, A. K. (2010). 'Performing Traditions: Relations and Relationships in Menander and Tragedy', in Petrides, A. K. and Papaioannou, S. (eds.). *New Perspectives on Postclassical Comedy*. Newcastle upon Tyne, 125–45.

————. (2014). 'Plautus between Greek Comedy and Atellan Farce: Assessments and Reassessments', in Fontaine and Scafuro (eds.), 424–43.

Richlin, A. (2017). *Slave Theater in the Roman Republic: Plautus and Popular Comedy*. Cambridge.

Roselli, D. K. (2009). '*Theorika* in Fifth-Century Athens', *Greek, Raman and Byzantine Studies* 49, 5–30.

Rosivach, V. J. (2000). 'The Audiences of New Comedy', *Greece and Rome* 47.2, 169–71.

Rothwell, K. S. (1995). 'The Continuity of the Chorus in Fourth-Century Attic Comedy', in Dobrov, G. (ed.) *Beyond Aristophanes: Transition and Diversity in Greek Comedy*. Atlanta, 99–118.

Scafuro, A. C. (1990). 'Discourses of Sexual Violation in Mythic Accounts and Dramatic Versions of "The Girl's Tragedy"', *differences, A Journal of Feminist Cultural Studies* 2, 126–59.

————. (1997). *The Forensic Stage: Settling Disputes in Graeco-Roman New Comedy*. Cambridge.

————. (2003). 'When A Gesture Was Misinterpreted: *didonai titthion* in Menander's *Samia*', in Bakewell, J. and Sickinger, J. (eds.) *Gestures: Essays in Ancient History, Literature, and Philosophy presented to Alan L. Boegehold*. Oxbow, 113–35.

————. (2014). 'Menander', in Fontaine and Scafuro (eds.), 218–38.

Storey, I. (2003). *Eupolis: Poet of Old Comedy*. Oxford.

————. (2011). *Fragments of Old Comedy*, 3 vols. Cambridge, MA.

————. (2014). 'The First Poets of Old Comedy', in Fontaine and Scafuro (eds.), 95–112.

第 1 部　記憶と再現

Sutton, D. F. (1987). 'The Theatrical Families of Athens', *American Journal of Philology* 108, 9‒26.

Taylor, L. R. (1935). 'The Sellisternium and the Theatrical Pompa', *Classical Philology* 30.2, 122‒30.

―――. (1937). 'The Opportunities for Dramatic Performances in the Time of Plautus and Terence', *Transactions of the American Philological Association* 68, 284‒304.

Van Steen, G. (2000). *Venom in Verse: Aristophanes in Modern Greece*. Princeton.

Wiles, D. (1991). *The Masks of Menander: Sign and Meaning in Greek and Roman Performance*. Cambridge.

Zimmermann, B. (2014). 'Aristophanes', in Fontaine and Scafuro (eds.), 132‒59.

作品和訳（ギリシア）
アリストパネース，高津春繁訳（1955）『蜂』岩波文庫.
―――，―――訳（1956）『平和』岩波文庫.
―――，―――訳（1975）『女の平和』岩波文庫.
―――，―――訳（1977）『雲』岩波文庫.
―――，村川堅太郎訳（1954）『女の議会』岩波文庫.
中務哲郎・久保田忠利編（2008-12）『ギリシア喜劇全集』岩波書店.
　　1-4：アリストパネース，5-6：メナンドロス，7-9：群小詩人断片，別巻：ギリシア喜劇案内

作品和訳・日本語文献（ローマ）
小林標（2009）『ローマ喜劇――知られざる笑いの源泉』中公新書.
テレンティウス，木村健治他訳（2002）『ローマ喜劇集 5』京都大学学術出版会.
プラウトゥス，木村健治他訳（2000-02）『ローマ喜劇集 1-4』京都大学学術出版会.

（末吉未来　訳）

6

ローマで観る演劇

ドメニコ・ジョルダーニ

実に多様なローマの演劇は，悲劇なのか喜劇なのか，あるいはギリシアが舞台なのかイタリアが舞台なのかによって，理論上は四つのジャンルに分類される。しかし，実態は必ずしも理論どおりであるとは限らない。悲劇と喜劇との境界，ギリシアとイタリアとの国境は，劇作家の創造性を前にして曖昧なものになっていく。

ジャンルによっては作品の断片や間接的な証言しか残らず，全体像を正確に読み取ることが困難なものも多いが，そうした情報をつなぎ合わせてローマの演劇を考える試みが本章である。各節ではそれぞれの分類を再構成した上で，それらが持つ社会的，また異文化間での翻訳活動という観点からの意義を論じる。総括として，演劇のジャンル分け自体が孕む問題を再考し，理論と実態がどう絡み合ってローマの演劇そのものを発展させたのか検討する。

1 はじめに

はじめに「物語」ありき。「物語 *fabula*」とは，ラテンの劇作家が自身の作品を呼ぶ際に用いた語であり[1]，演劇理論家が喜劇にも悲劇にも使える包括的な用語として頼ったものでもあった[2]。ローマ最初の演劇

---

1) 例えばナエウィウス（Naevius, 前 280/60 年頃=前 200 頃）は自身の作品を「『アコンティゾメヌス』は実に素晴らしい物語 *fabula* だ」（断片 1 番）と賞賛した。

2) ドナトゥス『喜劇論抜粋 *Excerpta de Comoedia*』第 6 章 1 節。文法学者・修辞学者のドナトゥス（Aelius Donatus, 後 4 世紀）は，テレンティウス『兄弟』7 行への注釈におい

142　　第 1 部　記憶と再現

の記録は前 240 年にさかのぼり，そこには「リウィウスが物語 *fabula* を上演した」[3] とある。リウィウスとは，タレントゥム生まれの詩人リウィウス・アンドロニクス（Livius Andronicus, 前 280 頃-前 200 頃）であり，筋書きのある劇をローマで初めて作ったことで，当時流行していた劇の形式に大変革をもたらしたのだった[4]。

　起源より定義を知りたい？　では「物語 *fabula*」に戻ろう。この語は，様々な種類のローマの舞台演劇を表す他の六つの用語，すなわち「アテッラナ劇」，「ミムス劇」，「パッリアタ劇」，「トガタ劇」，「コトゥルナタ劇」[5]，「プラエテクスタ劇」の総称であり，そのうちアテッラナ劇とミムス劇を除く 4 種の劇には，それぞれに相互関係がある。喜劇と悲劇はそれぞれパッリアタ劇とトガタ劇，コトゥルナタ劇とプラエテクスタ劇の 2 種ずつ（計 4 種）に分けられ，それぞれが場面設定と登場人物の特徴によって対比的な関係にある。これら四つのジャンルの特徴を簡単に見ていこう。パッリアタ劇は喜劇で，場面はギリシアに設定され，登場人物も名前からギリシア人だと想像できる。トガタ劇も喜劇だが，場面はローマあるいはイタリアであり，ラテン風の名前を持つ人々が登場する。コトゥルナタ劇とプラエテクスタ劇の関係も同様で，両者とも悲劇であるが，前者はギリシアの主題，後者はローマの主題をそれぞれ取り上げる。こうしたパッリアタ−トガタ間，およびコトゥルナタ−プラエテクスタ間に見られる水平の対比関係に加え，喜劇と悲劇という区別がギリシア主題のパッリアタとコトゥルナタ，ローマ主題のトガタとプラエテクスタとの間に垂直の対比をも生み出す。ここで重要となるの

て，「物語 *fabula*」をギリシア語の「劇 *drama*」と関連づける。「劇 *drama*」に動詞「する，行う *drao*」との語源的繋がりが想定される一方，「物語 *fabula*」は動詞「話す *fari*」から派生しており，演劇作品における発話の重要性を強調しているとする。この点については，ウァッロ（Varro, 前 116-前 27）も「悲劇や喜劇などの *fabula* は，動詞 *fari* との関連からそう呼ばれる」（『ラテン語論』第 6 章 55 節）と述べる。さらに，*fabula* が特に「劇」を指すようになったことで，別の語源的説明も生まれた。古典後期の文法学者ディオメデス（Diomedes Grammaticus, 後 4 世紀）は，帝政期の伝記作家スエトニウス（Suetonius, 後 69 頃-122 頃）の作品を中心的に引用しながら，*fabula* が動詞「成す，行う *facio*」に由来することを示唆し，*fabula* は語られるよりむしろ演じられるものであったからだと解説する（*GLK* 1. 490. 22）。

　3）　キケロ『ブルトゥス』73 節，『トゥスクルム荘対談集』第 1 巻 1 章 3 節。
　4）　ローマにおける演劇の誕生については，アウグストゥス時代の歴史家リウィウス（Livius, 前 64/59-後 12/17）の『ローマ建国史』第 7 巻 2 章 5-8 節を参照。
　5）　クレピダタ劇ともいう。本書第 5 章ではクレピダタ劇の呼称を用いる。

は，喜劇であれ悲劇であれ，ギリシアの主題を扱う作品はほぼすべて，異文化間での「翻訳」という行為[6]を経て，雛型となる既存のギリシア劇を翻案したものである一方[7]，ローマの主題を扱う作品は，その内容を既存のものには問うていない，という点である。詩人ホラティウス（Horatius, 前 65–前 8）はこの違いにはっきりと言及しており，トガタ劇とプラエテクスタ劇の作者を賞賛する際，「ギリシア人の足跡から抜け出し，ローマでの出来事に焦点を合わせた」[8]ことを評価するのである。

　理屈は分かった？　では実態はどうだろうか。実のところ，現存する作品や断片から集められる資料によれば，ローマのすべての劇作品が必ずしもこれまで見てきたような明確な相互関係の中に位置するものではない。また，こうした相互関係を構築する元となった古典期の理論でさえも，それぞれの劇の名称やそれらが指し示す範囲において，全くもって一致しているとは言いがたい。この点を念頭において，本章ではそれぞれの劇の特徴を概観する。まずはパッリアタ劇から始めるが，これはプラウトゥス（Plautus, 前 250 頃–前 184 活動）およびテレンティウス（Terentius, ? –前 159 ？）作のパッリアタ劇が何本か完全な形で現在に伝わるためである。他の劇に関しては，残念ながら間接的な証言や作品からの断片が残るに過ぎないが，重要な例外として，コトゥルナタ劇に分類される小セネカ（Seneca, 前 4 から後 1 頃–65）の悲劇と，事実上プラエテクスタ劇といえる作者不明の『オクタウィア』がある。また，本章の結びでは，劇作品の分類の問題を再考し，演劇ジャンルの理論と作劇上の実践との関係に新たな視点を提示してみようと思う。

2　パッリアタ劇

　共和政期に膨大な数の作品が作られたにもかかわらず，現在にまで残るパッリアタ劇はプラウトゥスの 21 作（不完全なものあり），テレンティ

---

6)　ラテン語の動詞 vertere（英 turn）で表現される，「文化的同等性および訳者の創作的意図に従って行う原著の自由な変換や改変」（本書 407 頁）を意味する行為。

7)　古典期における文化をまたいだ翻訳，翻案の実態については本書第 16 章を参照。

8)　ホラティウス『詩論』286–88 行。

ウスの 6 作だけである。断片が伝わる作家として，リウィウス・アンド
ロニクス，ナエウィウス，エンニウス[9]（Ennius, 前 239−前 169 頃），前出
のプラウトゥス，その感情表現の巧さをウァッロ（Varro, 前 116−前 27）
が賞賛した[10]トラベア（Trabea, 前 2 世紀前半）とアティリウス（Atilius,
生没年不詳），リキニウス・インブレクス（Licinius Imbrex, 生没年不詳），
プラウトゥスとテレンティウスの間の時代で最高の劇作家カエキリウ
ス・スタティウス（Caecilius Statius, 前 220 頃−前 166 頃），ルスキウス・
ラヌウィヌス（Luscius Lanuvinus, 前 2 世紀），セクストゥス・トゥルピリ
ウス[11]（Sextus Turpilius, 前 2 世紀）なども忘れてはならない。共和政後期
には，ウォルカシウス・セディギトゥス（Volcacius Sedigitus, 前 1 世紀初
め）なる人がパッリアタ劇作家のトップ 10 をランク付けした詩を書い
た。それによれば，第 1 位はカエキリウス・スタティウス，最下位は
エンニウスとのことだが，エンニウスの最下位は単純に彼が古い時代に
属するからだそうだ[12]。

　これまで見てきた劇の各ジャンルを指す用語は，実は「物語 fabula」
という名詞を修飾する形容詞の形で示されていて，それぞれが各ジャン
ルに特徴的な衣装の名称に由来する。例えば「パッリアタ palliata」は，
ウァッロが初めて紹介したように[13]，主としてギリシア人が着ていた短
い外套「パッリウム pallium」に由来しており，パッリアタ劇そのもの
も舞台がギリシア語世界に設定されている[14]。こうした作劇上の慣例を
劇作家たちもよく自覚しており，プラウトゥス『メナエクムス兄弟』の
前口上では，近頃の劇は「よりギリシアっぽく」なるように詩人がみな
場面設定をアテナイにするものだ，と役者が述べる。しかし，同作での

---

　9)　ここまでの三人の詩人は，パッリアタ劇や他の劇のみならず叙事詩まで書いた。プ
ラウトゥス以降，詩人は専門化し，一つのジャンルのみで活動するようになる。
　10)　ウァッロ, GRF 40.
　11)　カエキリウス・スタティウスとセクストゥス・トゥルピリウスについてのみ，彼ら
の作劇技術を一般化できるほどの量の作品断片が伝わっている。
　12)　ゲッリウス『アッティカの夜』第 15 巻 24 章。
　13)　ウァッロ, GRF 306.
　14)　多くはアテナイだが，他にもアイトリア（プラウトゥス『捕虜』），エペソス（同
『ほら吹き兵士』），エピダウロス（同『クルクリオ』），カリドン（同『カルタゴ人』），キュレ
ネ（同『綱引き』），エピダムノス（同『メナエクムス兄弟』），シキュオン（同『小箱の話』），
テバイ（同『アンピトルオ』）など。

プラウトゥスは，アッティカよりもむしろシケリアの風味を加えたり，イリュリアのエピダムノスで出来事を展開させたりする[15]ことで，「ギリシアっぽく」という流行からの逸脱を図る。パッリアタ劇では登場人物の名前もギリシア風で，カッリクレスやパンピルスなど実在した名前もあれば，プセウドルス（「嘘つき」）やアルトトロゴス（「パン齧り」）のように滑稽さを狙った架空の名前もある。

　このようにギリシアの文化や神話への言及を重ねながら，パッリアタ劇の作者，特にプラウトゥスは，イタリア社会，あるいは特にローマ社会の現実に目を向けさせるべく，様々な要素を作品に混ぜ込んでいる。時には他所の制度をラテン世界での等価なものに「翻訳」したり[16]，時にはローマでの実際の慣習をほのめかしたりもする[17]，こうした混成そのものに喜劇的おもしろみの種があることは明らかだろう。しかしそれ以上に，ギリシアの雛型を巧みに変形することで，一方では，そのままでは意味が不明瞭な箇所もローマの観衆に伝わりやすくなり，他方では，ローマが舞台だと表現上不適切になりそうな場面もある程度の距離を保って描けるのである。例えば，プラウトゥス『スティクス』の終盤で奴隷たちが催す放縦をきわめる宴席の場面は，特に上流階級の観客には不快感を与えたかもしれない。そこで，奴隷スティクスが言うのだ。「ここはアテナイ，こんなの全然平気です」[18]。

　パッリアタ劇が元にしたギリシア喜劇は，前4世紀から前3世紀の新喜劇に属する詩人たち，すなわちメナンドロス（Menandros, 前344/3 –前292/1 ?），ディピロス（Diphilos, 前360/50頃–前3世紀初頭），ピレモン（Philemon, 前368/60–前267/63），カリュストスのアポロドロス（Apollodoros of Carystos, 前285以降活動），デモピロス（Demophilos, 生没年不詳）らの作品が中心であった。原作のタイトルと作者名は，現代でいう劇のプログラムの「ディダスカリア」に載ることが多かったが，時

---

15)　プラウトゥス『メナエクムス兄弟』5–16行。

16)　『捕虜』ではアイトリアにローマの法務官が，『綱引き』ではキュレネに元老院がそれぞれ登場する。

17)　『綱引き』373–74行では神ネプトゥヌスが「わがままな造営官のごとく」次々と不用品を捨てる。同じくプラウトゥスの『三文銭』では「ギリシア人」奴隷がローマの町プラエネステの俗語を引用する。

18)　『スティクス』448行。

には劇の開始後の前口上で，ラテン版に翻案する際にタイトルの変更が行われていればその新タイトルとともに発表されることもあった[19]。ローマの劇作家たちは，ギリシア版を直訳して上演することにまるで関心がなかったわけではないが，かといって雛型を一つに絞る気もあまりなかった。テレンティウスの複数の作品の前口上を総合すると，主となる雛型の作品以外から登場人物や場面などを切り取ってきて寄せ集める作業は，共和政期の劇作においてはかなり習慣化されていたらしいが，別の資料はその習慣が必ずしも一般には是認されていなかったことを示す。実際，テレンティウスの批評家には，こうした習慣は作品を「混交している contaminari」にすぎないとのレッテルを貼り，否定的な態度を隠さない者もいる[20]。

　パッリアタ劇の作りを見ると，前口上の後にいくつかの「幕」が続くことがわかる。幕ごとの分割はルネッサンス期の校訂家による伝統的なものだが，幕を細分化した「場」への分割やその開始部分の表示，登場人物名を示す省略記号の記載などは，ローマ帝政期の学者のやり方を踏襲している。劇の構造を規定するのは韻律的・音楽的要素で，イアンボスの韻律で書かれた会話部分からなる場 deverbia と，トロカイオスや色々な韻律を組み合わせて書かれ，楽器の伴奏とともに歌って演じられる場 cantica が交互に現れることで作品が成立する。詩人はこれら二種を使い分けることで，「場」同士の類似性や登場人物の一連の行動

---

19)　プラウトゥス『ロバ物語』10-12 行，同『三文銭』19-21 行など。プラウトゥスが新たなタイトルを付けることが多かった一方，テレンティウスが原作タイトルを変更したのは『ポルミオ』のみ。原作はカリュストスのアポロドロス『婚姻提訴人』で（『ポルミオ』24-26 行），ローマの観客には難しいであろうギリシアの法制度から付けられたタイトルであった。カエキリウス・スタティウスも原作のタイトルをあまり変えなかったようである。

20)　過去の研究では，喜劇の物語には一貫性がないとの主張を正当化するべく，学者たちは「混交」の習慣があったことを大前提としていた。少しでも一貫性を欠けば場面ごとに異なるギリシアの原作が想定され，その結果ローマの劇作家の自律性が矮小化されて，パッリアタ劇はギリシア喜劇のつぎはぎに過ぎないとされた。この風潮に反し，エカード・ルフェーヴル（Eckard Lefèvre, 1935-）と彼の学生が，すべてのパッリアタ劇がギリシア喜劇の翻案だったのではなく，いわゆる即興劇（独 Stegreiftheater）の仕組みも利用していたと主張し，パッリアタ劇はイタリアの大衆演劇の再構築であるとした。これら二つの立場が，ローマ劇作家の起源をめぐる議論の両極に位置する。プラウトゥス作品のオリジナリティに関しては，Fraenkel (2007) を参照。

を強調したり，物語の転換点を目立たせたりできた[21]。最後の「場」は音楽とともに演じられることが多く，観客に拍手を要求するフレーズ *plaudite* で幕を閉じる。

　登場人物の性質や物語展開のレパートリーはあらかじめ決まっており，例えばプラウトゥスが最も好んで登場させたのは「奴隷」であった。喜劇の奴隷といえば悪知恵が働くもので，自身の若い主人を喜ばせ最終的には奴隷の身分から解放してもらうべく，様々な計略をしかける。プラウトゥス劇での奴隷は物語の真の「仕掛人」であった。彼らが中心的な役割を担うおかげで，奴隷や解放奴隷を演じる役者たちが下層の人々の経験や恐怖，欲望などを表現したり，奴隷が自由人を打ち負かすような社会構造の逆転を演じたりすることが可能になり，それがパッリアタ劇というジャンルの定義にも結びついていった。こうした大逆転もまた，ローマから遠く離れたギリシアを舞台に設定することで，より観客に受け入れられやすくなった[22]。一方，テレンティウスは奴隷の役割にあまり重きを置かなかった。彼はギリシア化をより好み，パッリアタ劇のどんな「進化」よりも上流階級の方へと意識を向けていたようだ。

　パッリアタ劇の物語はごく個人的な出来事を中心に展開する。多くの作品で物語の契機となるのは青年の恋で，その相手が娼婦であるばかりに，彼女の好意を得るためのお金が必要になる。しかし，こうした典型的な登場人物像や状況も，組み合わせを替えることによって複雑に絡み合ってくる。あらかじめレパートリーに用意されているような人物像や状況からの逸脱も，このジャンルにはつきものなのである。パッリアタ劇のさらなる特徴として，突如フィクションの虚構が打ち砕かれ，舞台の裏側への考察が入る瞬間，いわゆる「メタシアター」と呼ばれる現象が挙げられる。プラウトゥス『クルクリオ』の独白場面がその好例で，

　21）　Marshall (2006) を参照。プラウトゥスのパッリアタ劇は混合した韻律で書かれた多くの歌唱部分を含み，たった3箇所の *cantica* しか現存しない（『アンドロス島の女』481-85行および625-38a行，『兄弟』610-17行）テレンティウス作品とは大きく異なる。コロスは基本的には存在せず，その痕跡がわずかにプラウトゥス『綱引き』290行以降の漁師の一団と『カルタゴ人』504行以降の証人たちに残るのみとなっている（Lowe 1990 参照）。パッリアタ劇の音楽的側面については，Moore (2012) を参照。

　22）　Richlin (2017) 参照。

劇の出資者（コレゴス）が登場し，食客を演じる役者に衣装を貸したことへの後悔を述べた上で，ローマのどの区画にどういう類の人々が住むかを細かに解説する[23]。また，同『プセウドルス』では，主人公となる奴隷が，自身のつく嘘を詩人の作劇技術，つまり真実に見えるような嘘を作りだすことで物語を書くことと比較するきわめて重要な場面がある[24]。

　最後に，パッリアタ劇の作者ごとの特徴を挙げておこう。既に述べたとおり，テレンティウスは奴隷の役割を重視せず，歌唱部分の割合も少なくした。同じく，彼の用いる言葉も，プラウトゥス的な生き生きとした詩作用に再構成された言語（独 Kunstsprache）とは一線を画す。テレンティウスが用いた詩作用言語は，口語的要素に加え非常に文語的な頭韻を多用することで上流階級の流れるように優雅な文体を表現したため，カエサル（Iulius Caesar, 前 100–前 44）が彼を「瀟洒たる言葉を愛する者」と評価するに至った[25]。プラウトゥス的な文体の痕跡は，早くはリウィウス・アンドロニクス，ナエウィウス，エンニウスから後のカエキリウス・スタティウスまで，多くのパッリアタ劇作家の断片に残る。このことから，プラウトゥスとテレンティウスの異なる言葉づかいの要因を，観客の嗜好やパッリアタ劇のしきたりの変化にではなく，テレンティウス自身の革新に見ることができるのである。

3　トガタ劇

　「トガを着た男たちの生活を描いて作られた劇」[26]——これがトガタ劇である。トガとは，肌着の上に着るひだの多い一枚布の衣服のことで，ローマ人が典型的に身につけるものであった。現存する 60 の作品タイトルと 650 の断片はこのジャンルを代表する三人の詩人のティティニウス（Titinius, 前 2 世紀前半），アフラニウス（Afranius, 前 2 世紀後半–前 1

---

23)　『クルクリオ』462–86 行。
24)　『プセウドルス』401–05 行。
25)　スエトニウス『テレンティウス伝』7 節。
26)　ウァッロ，*GRF* 306.

6 ローマで観る演劇　149

世紀前半），アッタ（Atta, ?–前77）によるもので，それらの断片からは
トガタ劇の構造がパッリアタ劇に類似していたことがうかがえる。すな
わち，トガタ劇も前口上，独白，対話の各場面から成り，音楽のある場
面とない場面とが交互に使われていたと考えられる。パッリアタ劇との
最大の相違点は，タイトルと登場人物の名前にラテン語あるいはイタリ
ア土着の言葉が使われたことである[27]。古典後期の文法学者ディオメデ
スによれば，トガタ劇は「貧しい人々とふつうの家庭」[28]を題材にした
そうで，現存する作品タイトルと断片からしても，物語はどうやら家族
関係や正反対な都市と田舎，社会の下層に生きる登場人物の生活を中心
に展開したようだ。女性の登場人物が焦点になることが多かったと思わ
れ，ティティニウス作とされる14作品のうち10までが女性の名前を
タイトルに冠し，女性特有の言葉の癖への関心を示す断片も複数残る。
トガタ劇の作者はみな，登場人物や場面設定のレパートリーを共有し，
パッリアタ劇にも見られる文体の形式を用いていた。

　古典後期の別の文法学者・注釈者のドナトゥスは，パッリアタ劇では
受け入れられた「主人より賢い奴隷」像が，トガタ劇では許されなかっ
たと記す[29]。彼は続けて，ギリシア人の主人への同じくギリシア人奴隷
による奸計は上流階級でも問題にならないが，ローマ市民が自身の奴隷
に騙される場面は不適切とされたと述べる。しかし，この見解をあまり
深く捉えすぎてはいけない。例えばアフラニウス作『炎』では，ある老
人の息子が「邪で無分別な」奴隷ニカシオ（ギリシア名）によって操ら
れ，父である老人に悪だくみを働く，という典型的なパッリアタ劇の展
開が用いられる[30]。パッリアタ劇にはない同性愛の描写も，トガタ劇で
は受け入れられた可能性がある。クインティリアヌス（Quintilianus, 後
35頃–90頃）は，アフラニウスをトガタ劇最高の詩人としながらも，「恥
ずべき少年愛，つまり自身の習慣を持ち込んでしまうことで，物語を汚
した」[31]と非難している。アフラニウス作品の断片に同性愛の描写を示

---

27)　例えば『セティアの女』，『ブルンディシウムの女』など。
28)　*GLK* 1. 489. 31.
29)　ドナトゥスによるテレンティウス『宦官』56行への注釈より。
30)　アフラニウス断片189–91番（Ribbeck版）。
31)　『弁論家の教育』第10巻1章100節。

す証拠はないが,『手紙』に登場するような異性装の場面[32]をクインティ
リアヌスは判断材料にしたのかもしれない。

　パッリアタ劇とは異なり,トガタ劇はギリシアの作品を直接の下敷き
にしているわけではない。かといって,トガタ劇がギリシア新喜劇の方
法論や慣習から完全に分離しているということにもならない。アフラ
ニウス作品の前口上は,時に悲劇の形式にのっとり,プリアプスなどの
神々[33],または「遅れ Remeligo」や「知恵 Sapientia」などの人格化した
抽象概念[34]が語ることがあるが,これは新喜劇にも見られる手法である。
『タイス』や,特にメナンドロスに同名の作品がある『預かり金』など
のタイトルを見れば,少なくともアフラニウスにはメナンドロスが深く
影響していたことがわかる。こうした影響を,キケロ（Cicero, 前 106–前
43）やホラティウスなどの読者・観劇者は見て取っていた[35]ことは明ら
かで,後者は「メナンドロスはアフラニウスのトガをすっかり着こなし
ている」[36]と評したほどだ。さらに,『コンピタリア祭』の前口上では,
アフラニウスはメナンドロスを剽窃したとの訴えから自身を弁護し,ギ
リシアの作家のみならず,自身に欠ける部分を補う方策を提供してくれ
た人たちに多くを負っていると認める[37]。この前口上は,テレンティウ
スを模した文学論争的な前口上で,アフラニウスが最高の喜劇作家と評
したテレンティウス本人にも言及している。一方,新語や頭韻にあふれ
た華やかな文体を伝える断片を見れば,ティティニウスはプラウトゥス
により近かったようだ。ウァッロの評価によるとティティニウスの卓越
性は人物描写にあり,その点においてはアッタはもちろん,テレンティ
ウスをも上回っていた[38]。

　文体に関しては,アフラニウスはテレンティウスの影響を受けなかっ
たようで,断片を見る限りむしろプラウトゥスに近いように思われる。
文法学者エウアンティウス（Euanthius, 後 4 世紀）はテレンティウスのバ

　32）　アフラニウス断片 122–23 番（Ribbeck 版）。
　33）　同 402–03 番（Ribbeck 版）。
　34）　同 277 番および 298–99 番（Ribbeck 版）。
　35）　キケロ『善と悪の究極について』第 3 章 7 節。
　36）　『書簡詩』第 2 巻 1 歌 57 行。
　37）　アフラニウス断片 25–28 番（Ribbeck 版）。
　38）　ウァッロ, GRF 40.

ランスの良い文体を好み，時にジャンルの垣根を超えて悲劇式の言葉を用いるプラウトゥスやアフラニウスを良しとしなかった[39]。アフラニウスは『競売』という作品の断片である登場人物にパクウィウス（Pacuvius, 前 220–前 130 頃）の悲劇の一節を引用させる[40]のだが，それこそが小セネカをしてトガタ劇を「喜劇と悲劇の中間」[41]にあると言わしめた，悲劇と喜劇の要素の混合であり喜劇が時折見せる真剣さなのであった。

　前 1 世紀を過ぎるとトガタ劇やパッリアタ劇の作家の記録は途絶えるが，喜劇の上演は続いた。プラウトゥス『カシナ』の再演に際して書かれた前口上からは，この作品が初演から一世代を経てなお観客の関心を大いに集めたことがうかがわれ[42]，アフラニウスの『なりすまし』が前 57 年のアポッリナリス祭で上演されたことを記録するキケロは，彼の政敵の一人だった護民官クロディウス（Clodius, 前 92 頃–前 52）を辱める 1 行を劇団員が全員ユニゾンで発したことにも触れている[43]。またこの時代には，ウァッロに代表される批評的・好古的な学者たちによって過去の喜劇が読み物として収集され，真作品がまとめられた。帝政期に入ると，このような動きは本文分析的な領域に突入する。皇帝ネロ（Nero, 後 37–68）がアフラニウス『炎』を上演した際，本文内容に忠実になるあまり，舞台背景に描かれた家に実際に火を放ったらしい[44]。しかし，この唯一の逸話を除いては，帝政期にパッリアタ劇やトガタ劇が上演された記録はない。前 77 年のアッタの死が，ローマ喜劇全盛期の終焉を象徴的に告げたのであった。

4　トラベアタ劇

　実は喜劇には短い復興期があった。アウグストゥス（Augustus, 前 63–後 14）の復古政策の一環で，廃止された儀礼が復活したときである。

39）　エウアンティウス『喜劇について』第 3 章 5 節。
40）　アフラニウス断片 9 番（Ribbeck 版）。
41）　『ルキリウスへの手紙』第 8 章 8 節。
42）　『カシナ』5–19 行。
43）　『セスティウス弁護』118 節。
44）　スエトニウス『ネロ伝』11 節。

元首 *princeps*[45)]のアウグストゥスは伝統主義的な施策を打ち出し，自由人や特に騎士階級 *equites* などの社会集団の国家内における地位の強化を図った。騎士階級には様々な行政上の特権が付与されていたが，それに加え，皇帝は騎士観兵式 *transvectio equitum* も復活させた。この式典は古代にさかのぼる儀礼で，行列をなして行進する騎士を皇帝が直々に閲兵するものだった。その際に騎士階級が身に付けた式典用衣装がトラベア *trabea* である[46)]。アウグストゥスは舞台や剣闘士の興行にも騎士を出させたそうだが，その習慣は後になって法律で禁止された[47)]。こうしたことを背景に，アウグストゥスの腹心で騎士階級のガイウス・キルニウス・マエケナス（Gaius Cilnius Maecenas, 前 68–前 8）の解放奴隷ガイウス・メリッスス（Gaius Melissus, 後 1 世紀）が，一種の実験的なトガタ劇であるトラベアタ劇を生み出した。作品断片は全く残らないが，このトラベアタ劇は騎士階級の生活や慣習を演劇化したものだったと考えられる。端的に言えば，勢力を増す騎士階級が，彼らを代表する最も輝かしい著名人の手引きで，自分たちだけの喜劇を得たというわけである。

5　コトゥルナタ劇

コトゥルナタという名前は，悲劇役者が履いた厚底の靴「コトゥルニ *cothurni*（希 *kothornoi*）」に由来する。ギリシア神話を題材とするローマ悲劇を定義するのに「コトゥルナタ劇」という用語を使うのは現代になってからで，古典期には別種の靴「クレピダエ *crepidae*（希 *krēpides*）」に由来する「クレピダタ劇」として言及されることもあった[48)]。

コトゥルナタ劇の最初の詩人として知られるのはリウィウス・アンドロニクスだが，伝わるのはいくつかの劇のタイトルと断片のみである。

---

45)　原意は「第一人者」。アウグストゥスの称号の一つで，「市民の第一人者」と解釈される。

46)　スエトニウス『アウグストゥス伝』38 節。

47)　同書 43 節。

48)　ドナトゥスによるテレンティウス『兄弟』7 行への注釈より。

続くナエウィウスとエンニウスも状況は変わらない。次の世代には，エンニウスの甥で生徒でもあったパクウィウスと小アッキウス（Accius, 前170-前86頃）がいる。ギリシアの主題を元にした悲劇は共和政期から帝政初期にかけて書かれた。前1世紀から後1世紀までの作品はほぼ失われたが，小セネカのものが9本も完全な形で現在に伝わる[49]。

　形式を見てみると，コトゥルナタ劇はギリシア悲劇に典型的な構成要素（プロロゴス，独白，対話，使者の報告）をもって書かれている。パッリアタ劇と同様に会話部分と歌唱部分を交互に用い，音楽を伴う箇所があったのはもちろんのこと，コロスも登場して劇の展開に上手く融合した。小セネカの作品でもコロスの重要性は保たれたが，人数は減り，舞台から決して去らないというギリシア悲劇的伝統は途絶えた。『フェニキアの女たち』を除く彼の作品では，コロスの歌唱部分が各劇を5幕に分ける機能を果たす[50]。

　コトゥルナタ劇が雛型としたのは，アイスキュロス（Aischylos, 前525/4頃-前456/5頃），ソポクレス（Sophocles, 前496/5頃-前406/5頃），エウリピデス（Euripides, 前480頃-前406頃），テゲアのアリスタルコス（Aristarchus of Tegea, 前5世紀半ば）ら古典ギリシアやヘレニズム期の作家であったとされるが，一方で，ローマ悲劇詩人は特定の雛型に頼ることなく独自にギリシア神話を劇に仕立てたとする説もある[51]。原作と翻案との比較が可能な箇所[52]からの情報を総合するに，コトゥルナタ劇にはパッリアタ劇と同程度の原作改変の自由があり，キケロの評価ではパクウィウスは『清めの水』で原作者ソポクレスを超えたとさえ言われている[53]。

---

49)　『オエタ山上のヘルクレス』を偽作とする説を受け入れれば全8作となる。

50)　小セネカの悲劇における形式上の問題や想定される雛型については，Tarrant (1978)を参照。

51)　Fantham (2005) を参照。

52)　例えばエンニウス『故郷を追われたメデア』断片103番（Jocelyn版）とエウリピデス『メデア』1-8行。

53)　『トゥスクルム荘対談集』第2巻21章48節。キケロが言及するのはオデュッセウスの嘆きの場面で，パクウィウス版の方がよりバランスの取れた口調だったらしい。『清めの水』はオデュッセウスがトロイア戦争後10年の放浪を経て故郷イタケ島に帰還した際，気心の知れた召使の老女エウリュクレイアに足を「清めの水」で洗ってもらったことで変装を見抜かれる，いわゆる「認知」の場面が描かれた作品だと考えられる。

ギリシア神話を題材にしてはいたものの，コトゥルナタ劇が扱うテーマがローマの観客にとって全く無関係だったわけではないことが，作者による原作の選択にも表れている。例えば，ディオニュソス神にまつわる主題[54]の選択は，ローマでバッコス崇拝が拡大したことと，その結果として前186年に元老院がそれを禁じたことと無関係ではなかっただろう。こうした題材の劇を上演することで，神話というレンズを通して，外来の慣習との融合の困難さが社会に引き起こす緊張状態を観察する良い機会をローマに提供できたのである。また，トロイアの一連の物語に関連するタイトル[55]が頻出することから，神話上ローマの祖先とされたトロイア人への関心が高かったこともうかがえる。

　これに加え，ローマ人の価値観では最も重要であった倫理的な問題も明らかに好まれた。詩人たちは道徳的な格言に富んだスタイルを採用し，修辞学的また哲学的な視点を含む方法で，美徳や正義，権力といったテーマを探求することを好んだ。この傾向は特に小セネカに顕著である。共和政期に限って言えば，英雄アイアス[56]に関連するタイトルが多く見られることから，名誉や権力者同士の関係性といったテーマも好まれたようだ。パクウィウス『武具の争い』やアティリウス『エレクトラ』の一部がカエサルの葬儀で上演された際には，「カエサルへの憐憫や下手人への憎悪を参列者に呼び起こした」[57]と言われる。ギリシア神話を主題に用いるコトゥルナタ劇が当時のローマにもたらした情動を，これほど鮮明に伝える描写は他にない。

　共和政が去ったあとも，コトゥルナタ劇はローマにとどまった。オウィディウス（Ovidius，前43-後17）はたった2行しか伝わらないものの『メデア』を書き，クリアティウス・マテルヌス（Curiatius Maternus，後1世紀）もタイトルのみ伝わる同名の作品を書いた。後者はフラウィ

54）　ナエウィウス『リュクルゴス』，エンニウス『アタマス』，パクウィウス『ペンテウス』，アッキウス『バッカイ』『スタシアスタイ，あるいは勝利のしるし』など。

55）　リウィウス・アンドロニクスおよびナエウィウス『トロイアの木馬』，ナエウィウス『出撃するヘクトル』，エンニウス『ヘクトルの身代金』など。

56）　本書第1章の注44を参照。アキレウス亡き後，彼の武具の継承権をめぐってオデュッセウスと対立，敗れたのち自殺。後出の『武具の争い』はこのエピソードを扱っているらしい。

57）　スエトニウス『カエサル伝』84節。

ウス朝期（後 69-96）に活躍し，『テュエステス』[58]の作者として知られる。すでにアクティウムの海戦（前 31）の後，同じ主題の『テュエステス』がルキウス・ウァリウス・ルフス（Lucius Varius Rufus, 前 74 頃-前 14 頃）によって書かれており，前 29 年のオクタウィアヌス[59]（Octavianus, 前 63-後 14）の祝勝会で上演されていた。ウァリウスが対価として 100 万セステルティウスを受け取ったとされるこの作品では，野蛮な僭主として描かれるアトレウスの中に人々はマルクス・アントニウス（Marcus Antonius, 前 83-前 30）を見出さずにはいられなかった[60]。同様に，小セネカの悲劇，特に『テュエステス』と『パイドラ』には反ネロ的な政治指向を読み取ることができる。しかし，彼の実際の目的は，人間が持つ強烈な感情の最暗部を劇という形で探求することにあったようだ[61]。

　共和政期のコトゥルナタ劇は手の込んだ舞台装置を使うこともあった。前 55 年，石造りのポンペイウス劇場のこけら落とし公演では，アッキウス『クリュタイムネストラ』に 600 頭のラバが，『トロイアの木馬』に 3000 体の混酒器がそれぞれ使われたと記録される[62]。小セネカの作品からはこうした大掛かりな装置の存在は読み取りにくいものの，それを根拠に彼の悲劇は朗唱されただけで上演用ではなかったと断定することはできない。確かに小セネカの悲劇は修辞的な仕掛けに相当頼っており，一見上演を目的に書かれたとは見えないかもしれないが[63]，彼の作品がルネッサンス期に賞賛されなければ，ローマ喜劇が近代初期ヨーロッパ文化の一部になることはなかったのである。

　58）　テュエステスと後出の兄アトレウスにまつわる神話については，本書第 4 章 2 節を参照。兄弟は対立を深め，アトレウスがテュエステスの子らを殺し，父であるテュエステスに食卓で供するまでに至る。

　59）　のちのアウグストゥス。彼の生涯やマルクス・アントニウスと干戈を交えたアクティウムの海戦については，本書第 8 章 1 節を参照。

　60）　Leigh (1996) を参照。

　61）　Schiesaro (2003) を参照。

　62）　キケロ『縁者・友人宛書簡集』第 7 巻 1 章 2 節。観客には好まれたと思しきこうした大規模な装置だが，キケロは否定的だった。

　63）　特に Zwierlein (1966) など。Zimmermann (2008) や Zanobi (2014) ら，より近年の研究者はパントマイム劇からの影響を前提とした議論を行う。

6 プラエテクスタ劇

　トガがローマ市民一般の衣服だったのに対し，紫で縁取られた「トガ・プラエテクスタ toga praetexta」は政務官と僧侶，加えて初期のローマでは王のみに着用が許された衣装である。ローマの神話や歴史に取材し上層の市民が登場する劇であることから，プラエテクスタ劇，あるいは文法学者によってはプラエテクスタタ劇と呼ばれるようになった。古典後期の文法学者ディオメデスは「このジャンルの物語 fabula は，トガ・プラエテクスタを着た王や政務官の言動を描くのでプラエテクスタ劇と呼ばれる」[64]と述べている。

　約 60 の断片が残る『オクタウィア』の他には 10 ほどのタイトルが伝わるのみで，資料は非常に限られているものの，劇の構造と様式についてはコトゥルナタ劇と同じ特徴を持っていたことが分かっている。ディオメデスの述べるように[65]，伝わるタイトルからはプラエテクスタ劇がローマの指導者や人々の関心事を中心に扱ったことがうかがわれ，その点はコトゥルナタ劇とは大きく異なる。

　プラエテクスタ劇の最初の詩人はナエウィウスとされるが，彼が明確にローマ的内容かつ初めて直近の出来事を扱った叙事詩『ポエニ戦争』の作者でもあることは決して偶然ではない。ナエウィウスの作品群からは，彼が古い歴史と最近の出来事の両方に関心を持っていたことが分かる。ローマ建国神話に取材した『ロムルス』（あるいは『狼』）は，エンニウス『サビニの女たち』と同じテーマを異なる視点から観察した作品であった。ウァッロの記録には，あるプラエテクスタ劇がアポッリナリア祭で上演された際，ローマの女性たちがユノ・カプロティナに犠牲を捧げるため野生のイチジクの木の下に集まる理由を「人々に教えた」[66]

　64）　*GLK* 1. 489. 26–28. 王やローマの指導者たちについて論じる文脈でこの説明がなされる。

　65）　*GLK* 1. 489. 24–25. 後 2 世紀の文法学者フェストゥスによれば，プラエテクスタ劇の内容はまさに「ローマ人の行い」を描いていた。Lindsay 版 Paul-Festus, 249 頁参照。

　66）　ウァッロ『ラテン語論』第 6 章 18 節。オウィディウスは『祭暦』で，大地母神キュベレのローマへの到来とそれにあたってのクラウディア・クインタの功績を歌う際，プ

とある。公の祭典の場で，建国神話を劇にし伝統儀礼や信仰の起源を説明することこそ，プラエテクスタ劇の社会的機能の一つだったのである。こうした劇はおそらく，限られた特権を持つ個人しか各氏族の口承での記憶や歴史記録に触れることができない社会において，人々の共同体への帰属意識を高めることを目的に作られたのであろう。時代は下り，クラウディウス帝（Claudius, 前 10–後 54）の治世に生きたポンポニウス・セクンドゥス（Pomponius Secundus, 後 1 世紀）作の『アエネアス』もまた，同様の効果を狙って書かれたようだ。当時の皇帝が好んだ復古主義的な風潮を反映しているとも言われる。

ローマの「公務 *publica negotia*」への着目から想定される社会的機能に加え，プラエテクスタ劇は「指揮官の公務 *negotia imperatorum*」に関連する政治的役割も果たした。ナエウィウス『クラスティディウム』は，マルクス・クラウディウス・マルケッルス（Marcus Claudius Marcellus, 前 268 頃–前 208）が前 222 年クラスティディウムの戦いで古代ケルト人の一派インスブレス人を破ったことを祝う作品で，おそらく指揮官の凱旋式の場で上演された。エンニウス『アンブラキア』も同様で，詩人のパトロンだったマルクス・フルウィウス・ノビリオル（Marcus Fulvius Nobilior, 前 2 世紀）のエペイロス地方の町アンブラキアでの勝利（前 189）を劇にし，またパクウィウス『パウルス』も，ルキウス・アエミリウス・パウッルス（Lucius Aemilius Paullus, 前 229 頃–前 160）のピュドナでのマケドニア人に対する勝利（前 168）を描いた。これらのプラエテクスタ劇は，戦後の犠牲祭典 *ludi votivi* などの特定の場での上演のために制作を依頼され，主人公の人気を高める狙いがあったと考えられる[67]。例えば『アンブラキア』は，戦勝ののちノビリオル本人によって建立されたヘルクレス・ムーサルム（ムーサのヘラクレス）神殿での儀礼で，また『パウルス』はタイトルになった指揮官自身の葬儀でそれぞれ上演された可能性がある。パウッルスの葬儀では，テレンティウスの『兄弟』と『義母 II』も上演された。さらに，われわれの手元には前 43

ラエテクスタ劇に言及しているとされる（第 4 巻 325–26 行）。大地母神を祀った「メガレンシア祭」がアフラニウスおよびアッタによるトガタ劇のタイトルとして伝わることも特記に値する。

67) Flower (1995) を参照。

158 第1部 記憶と再現

年にイベリア半島のカディスで上演されたプラエテクスタ劇も伝わっている。『行軍』と題されたその作品は，財務官コルネリウス・バルブス（Cornelius Balbus, 前1世紀）その人がデュッラキウムまでの自身の行軍を劇にしたとされる。前48年パルサルスの戦い前夜，ポンペイウス派のコルネリウス・レントゥルス・クルス（Cornelius Lentulus Crus, 前1世紀）をカエサル派に寝返らせるべく，バルブスはデュッラキウムへ向かうのであった[68]。このような共和政期の競争的かつ寡頭政的な文脈で，プラエテクスタ劇はプロパガンダの道具でありながら，激しい政治闘争に身を置く個人や氏族の利益になる象徴資本[69]を生み出すという決定的な役割を果たしたのであった。

　同時代の出来事と関連の薄い作品にも政治的メッセージが込められることがある。コンスルのプブリウス・デキウス・ムス（Publius Decius Mus, ？-前295）による前295年センティヌムの戦いでの犠牲式の様子を描いたアッキウス作『デキウス』（あるいは『アエネアスの子孫たち』）は，イタリアの同盟市に広がる不満への返答として，かつてガリアやエトルリアと結んだサムニウム人やウンブリア人に対する勝利をもたらしたローマの武勇を再確認する目的で書かれたとされる。同作者の『ブルトゥス』も，タルクィニウス家の追放と共和政の創立を中心に据え，初代コンスルの末裔でありアッキウスの友人かつパトロンでもあったデキムス・ユニウス・ブルトゥス・カッライクス（Decimus Junius Brutus Callaicus, 前2世紀）を讃える作品であった。

　「古典」の復興により，プラエテクスタ劇は新しい政治的意義を持つことになる。別のブルトゥス，今度はカエサル暗殺を遂げたマルクス・ユニウス・ブルトゥス（Marcus Junius Brutus, 前85頃-前42）が，前44年のアポッリナリア祭で件の『ブルトゥス』の上演を試みた。独裁者殺しの功績を彼の輝かしい祖先，つまり前出のブルトゥスになぞらえて人々に示そうとしたが，結局上演はできずじまいであった。こちらもカ

68）　キケロ『縁者・友人宛書簡集』第10巻32章，アシニウス・ポッリオからのキケロ宛書簡による。

69）　地位や肩書など，社会における力関係に影響を及ぼす資本。経済資本や文化資本など，他の形態の資本が他者により客観的に認識されることで，それらの資本は象徴資本と見なされるようになる。

エサル暗殺者の一人，カッシウス・パルメンシス（Cassius Parmensis, 前1世紀）は自ら『ブルトゥス』と題した劇を書いたが，同様に反君主の心情を中心に扱った。帝政のイデオロギーへの共和政による対抗は，フラウィウス朝期に入ってもプラエテクスタ劇のテーマであり続けた。前出のクリアティウス・マテルヌスは，コトゥルナタ劇以外にも『ドミティウス』（あるいは『ネロ』）と『カトー』という2本のプラエテクスタ劇を書いた。いずれも直接的あるいは間接的にネロを批判する内容だったようだ。最後のプラエテクスタ劇は，完全な形で現存する唯一のものでもある『オクタウィア』である。作者は不詳だが，小セネカの悲劇作品群とともに伝承され，後90年頃に書かれたと見られる[70]。プラエテクスタ劇の終焉を飾るのは，何とも忌まわしい，ネロとその妃オクタウィア（Octavia, 後40頃–62）の離婚譚である。オクタウィアの死が近づくと，ローマ市民からなるコロスがユリウス＝クラウディウス朝[71]に降りかかってきた厄災の歴史を語り，ローマは「市民の流した血に生い茂る」[72]とまで言ってのけるのだった。

7　理論と実践

　これまで見てきた様々な劇のジャンルは，古典期の文学理論から発展した分類に基づいている[73]。ドナトゥスは，テレンティウス注釈の前書きとして集めた資料の中で，プラエテクスタ劇をラテンの主題を用いた悲劇であると定義し[74]，ギリシア人が登場するパッリアタ劇や登場人物がローマのトガを着る必要があったトガタ劇などを喜劇の下位分類とす

---

70)　Ferri (2003) を参照。他の仮説については Boyle (2008) を参照。
71)　初代アウグストゥスの皇帝就任から第5代ネロ死去までの時代，年代で言えば前27年から後68年までを指す。第5代のネロに至るまで嫡出子による直接の帝位継承はなされず，アウグストゥスの属したユリウス氏族が途絶えてからは外戚関係にあったクラウディウス氏族に帝位が引き継がれたためこの名で呼ばれる。直後にフラウィウス朝が続く。
72)　伝セネカ『オクタウィア』980行。この作品とプラエテクスタ劇というジャンルとの関連性については，Kragelund (2015) を参照。
73)　Wiseman (2008) を参照。
74)　ドナトゥス『喜劇論抜粋 Excerpta de Comoedia』第6章1–2節。

160　　　第1部　記憶と再現

る[75]。一方でディオメデスは，トガタ劇はローマの慣習を描く劇だと最初に述べ，それをさらにトガタ・プラエテクスタタ劇とトガタ・タベルナリア劇とに分類する。前者は主題と登場人物をローマの歴史に取材する悲劇に近い作品で，後者はより身分の低い人々の日常生活を扱うより喜劇的な作品だとする。この枠組みに従えば，ローマの衣類を着た劇トガタは，ギリシアの衣類を着た劇パッリアタと対応関係にあることになる。ディオメデスによれば，「トガタ劇」という用語が喜劇のみをカバーすると考えるのはよくある誤解で，ホラティウスでさえもその罠を逃れ得なかったらしい[76]。

　こうした用語が流動的で，かつ時代が下ってから使われ始めたからといって，劇ジャンルの区別が長らく存在しなかったと考えてはいけない。多少の重なりは見られるものの，悲劇と喜劇は前3世紀にはかなり明確に分けられていた。この区別は多くを登場人物に負っており，例えばプラウトゥス『アンピトルオ』は，悲劇に典型的な神々メルクリウスやユッピテルが登場することから「悲喜劇 tragicomoedia」に分類される[77]。同『捕虜』の前口上では，悲劇と同じように戦闘は舞台上ではなく舞台の外で起きると言って[78]観客を安心させている。トロイア戦争についてのコトゥルナタ劇やローマの勝利を扱うプラエテクスタ劇の存在によって，悲劇も時には複数の場面や日にまたがる戦闘を描いていたことも確認できる。

　加えて，特定の舞台装置[79]によっても，どういった種類の劇がこれから上演されるのか予想することができただろう。悲劇と喜劇では登場人物のランクや演出にはっきりとした区別があり，『ロムルス』や『アイアス』と題された劇と『義母』と題された劇とは，おそらく異なる舞台装置を必要としただろう。舞台背景や装置のしきたりに加え，役者が身につけた衣装や履物もヒントになったかもしれない。観客は物語の展開

---

　75)　同書第6章4-5節。
　76)　*GLK* 1. 489. 19-22. 注8で言及したホラティウス『詩論』286-88行を指す。こう述べるにもかかわらず，ディオメデス自身も最も一般的な区分に従ってアッタを「トガタ劇の作者」と呼ぶ（*GLK* 1. 490.8）。
　77)　『アンピトルオ』50-63行。
　78)　『捕虜』58-62行。
　79)　同書61行で言及される「喜劇用道具 comicum choragium」など。

を追うために，そして学者は体系的なジャンル分けをするために，それぞれ衣装や靴に着目した。

ディオメデスは，特にウァッロにさかのぼる伝統的分類に着目する。共和政期の学者ウァッロは何に関しても四分類を好む傾向にあり，パッリアタ劇[80]，トガタ劇[81]，トガタ・プラエテクスタ劇[82]（この場合はディオメデスと同じく，トガタがローマ式の衣装をつけた劇全体を指す）に初めて言及したことでも知られる。また，前出のウォルカシウス・セディギトゥスによる喜劇詩人の一覧にはパッリアタ劇の作者しか含まれず，ここからもパッリアタ劇とトガタ劇との間に区別があったことが分かる。キケロもアシニウス・ポッリオ（Asinius Pollio，前 76–後 4）もトガタ劇とプラエテクスタ劇に特段の説明なく言及していることから，これら二つのジャンルは前 1 世紀半ばより前には既に確立していたようだ。前 2 世紀半ばには，学のあるローマ人がラテン語のテクストを研究するようになり，ヘレニズム期の学者が発展させた方法論が導入された。演劇の起源や当時存在した作品の真贋にまつわる議論の記録や，アレクサンドリアで発達した校訂技術で作られた校訂本・注釈書の痕跡も今に伝わる[83]。ジャンル理論は，こうした校訂術の一つだった。アッキウスは悲劇を作るのみならず『ディダスカリカ』と題された論文も著し，その中でエウリピデスのコロス部分の詩作を批判し[84]，「詩の各ジャンル genera poematorum」とその区別も検証した[85]。

　以上のように，劇のジャンル体系というものは，上演の際の習慣によって課された絶対的な区分というわけでもなく，実際の上演からは独立して生まれた完全に人工的・学問的な構造というわけでもない。ジャンルにまつわる考察は舞台におけるいくつかの側面に端を発し，早くも前 2 世紀には創作に息を吹き込むのに必要不可欠な存在になっていた。『追従者』と題される典型的パッリアタ劇と『タレントゥムの少女』と題される典型的トガタ劇との区別は，ナエウィウスの時代にはそれほど

80）　ウァッロ，*GRF* 306.

81）　ウァッロ『ラテン語論』第 5 章 25 節。

82）　同書第 6 章 18 節。

83）　Deufert (2002) および Zetzel (2018) を参照。

84）　アッキウス，*GRF* 6.

85）　同 8.

162　　　　　　　　　　第 1 部　記憶と再現

明確でなかったかもしれないが，パッリアタ劇作家プラウトゥスの作品
の中にはトガタ劇に分類されうるタイトルは一つもない。また，自身の
論文でジャンル理論を披露したアッキウスが，作劇においてその理論の
影響を受けなかったとも考えにくい。理論と実践との間には動的な関係
があり，そのおかげでアフラニウスのトガタ劇におけるギリシア的雛型
の使用や，悲劇とプラエテクスタ劇との融合など，ジャンルそのものも
進化を遂げた。特に後者は 3 月イドゥスの日（前 44 年 3 月 15 日，カエ
サル暗殺の日）以降，共和政のノスタルジーが求めるジャンルとしてま
すます好まれるようになった。しかし，進化の果てには消滅しかない。
ローマの劇も，すべてこの世に存在したものと同じく，歴史の波に飲ま
れていった。

参 考 文 献

　共和政ローマの演劇概論には Manuwald (2011) がある。Manuwald (2010) も英訳と
注釈付きのローマ演劇集成として非常に便利。上演の面については，特にパッリア
タ劇を焦点として Marshall (2006) が包括的な議論を行う。喜劇に関する研究とさら
なる参考文献には Fontaine-Scafuro (2014) と Dinter (2019) が必携。悲劇への入門書
には Boyle (2006)，必携書には Harrison (2015) がある。

Boyle, A. J. (2006). *An Introduction to Roman Tragedy*. London; New York.

───. (2008). Octavia *Attributed to Seneca. Edited with Introduction, Translation, and Commentary*. Oxford.

Deufert, M. (2002). *Textgeschichte und Rezeption der plautinischen Komödien im Altertum*. Berlin; Boston.

Dinter, M. (ed.) (2019). *The Cambridge Companion to Roman Comedy*. Cambridge; New York.

Fantham, E. (2005). 'Roman Tragedy', in Harrison, S. (ed.) *A Companion to Latin Literature*. Malden, 116–29.

Ferri, R. (2003). Octavia: *A Play Attributed to Seneca*. Cambridge.

Fontaine, M. and Scafuro, A. (eds.) (2014). *The Oxford Handbook of Greek and Roman Comedy*. Oxford; New York.

Flower, H. I. (1995). 'Fabulae Praetextae in Context: When Were Plays on Contemporary Subjects Performed in Republican Rome?', *Classical Quarterly* 45, 170–90.

Fraenkel, E. (2007). *Plautine Elements in Plautus*. Oxford.

6 ローマで観る演劇　　163

Harrison, G. W. M. (ed.) (2015). *Brill's Companion to Roman Tragedy*. Leiden.

Kragelund, P. (2015). *Roman Historical Drama: The* Octavia *in Antiquity and Beyond*. Oxford.

Leigh, M. (1996). 'Varius Rufus, Thyestes and the Appetites of Antony', *Proceedings of the Cambridge Philological Society* 42, 171–97.

Lowe, J. C. B. (1990). 'Plautus' Choruses', *Rheinisches Museum für Philologie* 133, 274–97.

Manuwald, G. (2010). *Roman Drama. A Reader*. London.

————. (2011). *Roman Republican Theatre*. Cambridge.

Marshall, C. W. (2006). *The Stagecraft and Performance of Roman Comedy*. Cambridge.

Moore, T. J. (2012). *Music in Roman Comedy*. Cambridge; New York.

Richlin, A. (2017). *Slave Theater in the Roman Republic. Plautus and Popular Comedy*. Cambridge; New York.

Schiesaro, A. (2003). *The Passions in Play:* Thyestes *and the Dynamics of Senecan Drama*. Cambridge.

————. (2005). 'Roman Tragedy', in Bushnell, R. (ed.) *A Companion to Tragedy*. Malden, 269–86.

Tarrant, R. J. (1978). 'Senecan Drama and Its Antecedents', *Harvard Studies in Classical Philology* 82, 213–63.

Wiseman, T. P. (2008). *Unwritten Rome*. Exeter.

Zanobi, A. (2014). *Seneca's Tragedies and the Aesthetics of Pantomime*.

Zetzel, J. E. G. (2018). *Critics, Compilers, and Commentators: An Introduction to Roman Philology, 200 BCE-800 CE*. New York; Oxford.

Zimmermann, B. (2008). 'Seneca and Pantomime', in Hall, E. and Wyles, R. (eds.) *New Directions in Ancient Pantomime*. Oxford, 218–26.

Zwierlein, O. (1966). *Die Rezitationsdramen Senecas*. Meisenhaim am Glan.

略称一覧

GLK　　Keil, H. (ed.) (1857–80). *Grammatici Latini*. Leipzig.

GRF　　Funaioli, G. (ed.) (1969). *Grammaticae Romanae Fragmenta*. Leipzig.

Jocelyn　Jocelyn, H. D. (ed.) (1967). *The Tragedies of Ennius: The Fragments*. Cambridge.

Lindsay　Lindsay, W. M. (ed.) (1913). *Sexti Pompei Festi De Verborum Significatu Quae Supersunt; cum Pauli Epitome*. Leipzig.

Ribbeck　Ribbeck, O. (ed.) (1897–98). *Scaenicae Romanorum Poesis Fragmenta*, 3rd ed. Leipzig.

作品和訳・日本語文献

小林標（2009）『ローマ喜劇──知られざる笑いの源泉』中公新書.

セネカ，小川正廣他訳（1997）『悲劇集 1』京都大学学術出版会.

164　　第 1 部　記憶と再現

――――，大西英文他訳（1997）『悲劇集 2』京都大学学術出版会.
テレンティウス，木村健治他訳（2002）『ローマ喜劇集 5』京都大学学術出版会.
プラウトゥス，木村健治他訳（2000–02）『ローマ喜劇集 1-4』京都大学学術出版会.

（末吉未来　訳）

7

ヘレニズム文学の彩り

マッシモ・ジュゼッペッティ

　19世紀の歴史家がヘレニズム時代と名づけた，前323年のアレクサンドロス大王の死からおよそ300年間にわたる時代には，ギリシア語世界の各地で様々な文学や学問が花開いた。エジプトではプトレマイオス朝があらゆる分野の研究に惜しみない援助をし，今日の古典学研究の礎を築いた。特に大図書館を擁したアレクサンドリアは，カッリマコス，テオクリトス，アポッロニオスという時代を代表する三人の学者詩人も輩出した。ギリシアでは後代のローマ喜劇にも多大な影響を与えた大喜劇作家が誕生した一方，各地で数行からなる短い詩「エピグラム」が多数書かれ，集成としてまとめられた。政治的・軍事的な意図をもった歴史記述も盛んに行われ，アレクサンドロス大王の遠征とも関わる外国文化への関心の高さがうかがわれる。

　このように非常にバラエティ豊かなヘレニズム文学ではあるが，現存する資料に偏りがあるため，その実像を把握するのは容易ではない。こうした問題点も念頭に置きながら，本章ではこの時代を彩った様々な研究者，詩人，作家およびその作品を網羅的に紹介していく。最終節では，ギリシア語で書かれたユダヤ文学や，古典期の作品の一風変わった翻案など，ヘレニズム文学に特徴的な作品もいくつか紹介する。

1　はじめに

ヘレニズム文学とは，アレクサンドロス大王[1]（Alexandros III, 前356–

---

1)　マケドニアのピリッポス2世（Philippos II, 前382頃–前336）の子。ギリシア連合

166 第 1 部 記憶と再現

前 323）の死とアクティウムの海戦[2]の間，つまり，アレクサンドロス
の後継者の一人によって統治されていた最後の王国がローマに征服され
るまでの間に，ギリシア世界で花開いた多様な文学的経験のことを指
す[3]。この時代は，ギリシア世界の拡大と，そのなかで正統性を主張し
あう諸王国がもたらした政治的断片化によって特徴づけられる。実際，
様々な水準において，断片化はこの時代の文学作品の特徴である。ヘレ
ニズム時代に書かれた散文と詩の大部分は失われており，弁論，悲劇
作品はほとんど完全に失われている。一方，歴史叙述や伝記文学につい
ては，状況はほんの少しだけましである。伝存しているものが明示す
るのは，これらのジャンルが特に盛んであったということである。そ
れでも，前 3 世紀初期の卓越した将軍デメトリオスに関して現存する
唯一の伝記的記述については，我々はローマ帝政初期のプルタルコス[4]
（Plutarchos, 後 50 以前-120 以降）による『攻城王デメトリオスの生涯』
（後 1 世紀後期-2 世紀初期）まで待たなければならない。

　一方で，碑文はしばしば強力な情報源であり，それも個人の生活を記
録するものだけではない。例えば，ヘレニズム時代のアテナイには豊富
な公的碑文が残っており，少なくともある期間は，都市の政治状況の変
遷をかなり精確に追跡することができる。残念ながら，アレクサンドリ
アのように資料が失われた場合は絶望的である。結果として，文学が繁
栄した知的環境やその発展の根底にある社会的，文化的な過程を再構築
することは必ずしも容易ではない。ヘレニズム文学に対する我々の見方

軍を率いて東方に遠征，ペルシアを滅ぼし，エジプト，西アジアからインド西部にまたがる
大帝国を築いた。しかし，バビロニアに戻った前 323 年に急死した。遠征の途中，アレクサ
ンドリアなど多数の都市を建設し，東西文化の融合を図った。
　2）　前 31 年アントニウス（Marcus Antonius, 前 83- 前 30）とオクタウィアヌス
（Octavianus, 前 63-後 14）の間にローマの覇権をめぐって起こった海戦。アントニウスはク
レオパトラ（Cleopatra, 前 69-前 30）と結んでオクタウィアヌスと争ったが，最終的にはア
ントニウスは破れ，プトレマイオス朝エジプトも滅びる。
　3）　ヘレニズムは時代区分を表す語で，ドロイゼン（Johann Gustav Droysen, 1808-84）
という 19 世紀の歴史家が初めて用いた。それは，アレクサンドロス大王の東征の前 331 年
（もしくは彼の死後の前 323 年）からプトレマイオス朝エジプトの滅亡の前 30 年までを指す
とされる。
　4）　ボイオティアのカイロネイア出身。彼はプラトン主義者であり，哲学の教師もしてい
た。後年彼は 30 年間デルフォイで神官を務めていた。現存する作品は『モラリア』，『英雄
伝』（いずれも京都大学学術出版会より邦訳あり）。

7 ヘレニズム文学の彩り 167

は，資料伝存に伴う偶然性によって偏ってしまっているのである。

2 文学活動への公的な支援

とはいえ，文学の生産と消費における一般的な傾向に論争の余地はない。この時代の文芸文化を形作る上で重要な要素は，一方では，教養レベルの向上と国際的な書籍市場の成長であり，他方では，新しい種類の公的支援の存在である。後者は特に，王宮と近しく，アレクサンドリアの図書館やムセイオン[5]（文字通りにはムーサたちの社）のような，大規模な図書館あるいは知識人の研究や知的生活を支えるべく企図された施設の形態で現れた。このような環境では，学術的な主題が定期的に議論される対象であり，文学研究はいわゆる「自然科学」を含むあらゆる種類の科学研究とともに追究された。そのうちに，アレクサンドリア図書館が，古典作家（例えば，ホメロス[6]，抒情詩，劇）の写本を所蔵するということで名声を得るようになった。それらの写本は，ムセイオンで行われた研究を反映し，そのため権威ある「校訂本」とみなされたのである。この過程において中心的な役割を果たした人物は，ゼノドトス[7]（Zenodotos, 前 325 頃–前 3 世紀），彼より少し年少のカッリマコス（Callimachos, 前 3 世紀活動。詳しくは後述），ビュザンティオンのアリストパネス[8]（Aristophanes of Byzantium, 前 257 頃–前 180 頃），サモトラケのアリスタルコス[9]（Aristarchos of Samothrace, 前 216 頃–前 144 頃）である。

---

5) ムセイオンは芸術の神ムーサの名をとる，おそらく学術的な研究が行われた施設である。しかしながら，ムセイオンに関する古代の言及があまり残っていないので，どのような場所で，どういうことが行われたのか，詳しいことは不明である。この近くにアレクサンドリア図書館があった。英語の museum の語源でもある。

6) ギリシア文学史上最大の詩人。『イリアス』，『オデュッセイア』の作者とされる。ホメロス自身については出身や年代など不明な点が多い。本書第 2 章参照。

7) エペソス出身。ピリタスの弟子，アレクサンドリア図書館初代館長。『イリアス』，『オデュッセイア』の校訂本を作り，その中でおそらく初めてそれぞれを 24 巻に分けた。複数の写本の校合という科学的手法を用いたのも彼が初めてだとされる。

8) 文献学者。エラトステネス（Eratosthenes, 前 285 頃–前 194 年）に次いでアレクサンドリア図書館の館長となる。『イリアス』，『オデュッセイア』，ヘシオドス『神統記』，アルカイオス，アルクマン，ピンダロスの校訂本をつくっている。

9) ビュザンティオンのアリストパネスの学派に所属し，プトレマイオス 7 世の教師と

この状況において，文学は多くの関心を集めた。過去の文学は独立した批判的探求の対象であり，そのなかで，読まれて注釈が付されるべき作家と作品のリストが作り出された。また，その同じ文学が，同時代の情熱が作用する場でもあった。そうして，文学は，自己の理想的な系譜またはアイデンティティーを構築する，すなわち文学の視点から自らの歴史を記述する生きた実践かつ手段ともなったのである。

ヘレニズム時代初期に王家の庇護のもとで果たされた学問の驚くべき成長は，より広範な発展に照らして評価される必要がある。この点について，地中海全域にわたるギリシア都市の継続的な活力が特に重要である。この活力は，新しい王や政治家のもとにある古い都市にも，誕生当初から学問の中心地として王の威信を示す灯火となるべく想定された新興都市にも関わるものである。もう一つの鍵となる要素は，実のところ，新しく確立した政治権力が果たした役割である。これらの権力は，王家の正統性の証として，あるいは実際的なプロパガンダではないにしても，自己宣伝の強力な手段として，文化や文学を奨励した。

その一方で，洗練された詩や文学に対する王家による支援の正確な性質を一般的な観点から明確にすることは，いまだ難しい。例えば，おそらくカッリマコスはプトレマイオス朝の影響が最も浸透している作家であり，特に『アルゴナウティカ』の作者アポッロニオス（Apollonios Rhodios, 前 3 世紀）のような同時代の作家と較べると，その特徴は明らかである。ここでの相違は一般的な多様性によるかもしれないが，しかし，詩人たちが一方で学者たちと，他方で王たちとどのように関わり合っていたのか，我々が知る術を持たないという問題は残る。詩人と統治者の間の距離はいつも橋渡しが難しく，例えばヘレニズム時代の称賛文学をみると，この時代が鋭い緊張と対立の時代であることに我々は気付かされるのである。また，王と詩人の間の距離とは別に，「高尚な」詩とその主題の対立も問題となる。質素なもの，あるいは控えめなもの，要するにホメロスの叙事詩や合唱抒情詩の高尚な世界から離れたものに対するヘレニズム時代の関心は，それ以前の世紀には類をみない

なった。のちに分類家のアポロニオスのあとを継いでアレクサンドリア図書館の館長も務めたとされる。彼は多くの注釈を書いた最初の学者とされ，ホメロス，ヘシオドス，アルカイオス，アナクレオン，ピンダロス，アルキロコスの校訂本を作った。

（この点について，非常に重要な先駆者がいるとしても）。同時に，この関心は，文学的な仄めかしと韻律上の洗練を混ぜ合わせた，極めて手の込んだ言語で表現される。つまり，ヘレニズム文学の世界には，現存するテクストの内外で，様々な緊張関係が存在するのである。

3　劇作と「エピグラム」

　一般に，演劇や音楽の上演は，技術の進歩ではなく，新たなプロフェッショナリズムの台頭によって決定的な変化がもたらされる領域の一つだろう。アテナイの演劇産業における重要な発展は，前4世紀初頭にはすでに起こっていた。その頃，大ディオニュシア祭[10]のプログラムに新しい競技部門が導入され，悲劇の上演者が「古い」悲劇の再演を競い始めた（重要な資料は『暦』として知られる碑文 *IG* II 22318 である）[11]。注目すべきは，この競争が劇作家よりもむしろ上演者の間でなされたことである。わずか数十年後には，俳優たちの最初の組合が結成された。前3世紀以降，各地で組合が組織されていたことが確認されているが，それらの組合は「ディオニュソスの芸術家たち」と総称され，数世紀にわたって，劇場や詩の公演といった文化的事業において，中心的な役割を果たすことになる。組合はギリシア本土の主要都市に拠点を置いていたが，そのメンバーたちはギリシア世界全域を巡業し，特に重要な祭礼の際には，彼らの上演を必要とする都市で活動を行うことが多かった。こうした芸術家たちは，（非常に広く言うところの）ギリシア大衆娯楽という汎ギリシア的かつ国際的な文化の創造，あるいは少なくとも，その発展に貢献した。この共有された文化のなかには，前5世紀アテナイ演劇の「高尚な」モデルから，様々な（音楽的あるいは演劇的）オプションまで，幅広い構成要素が見受けられる。とはいえ，ここで「高尚な」

　10）　アテナイで開催されたディオニュソスを祀る祭儀。田園で行われる方は単にディオニュシア祭（おおよそ12月頃に開催）と呼ばれ，都市で行われる大ディオニュシア祭（春に開催）とは区別される。悲劇や喜劇はこの祭儀の際に披露された。

　11）　*IG* = Inscriptiones Graecae. これは『ギリシア碑文集』のことで，この箇所では毎年の大ディオニュシア祭でのディテュランボス詩や劇の優勝者であるコロス，役者，詩人のリストが羅列されている。

170　　　　　　　　　　　第 1 部　記憶と再現

エリート文化と「低俗な」大衆娯楽の間の二項対立を見ることは，安易に過ぎるだろう。ヘレニズム世界については，むしろ，異なる層の文化的言説が共存し，それらが互いに依存し影響を与え合う大きな舞台であると考えるのが，おそらく最善である。

　ヘレニズム世界の劇作家として，アテナイのメナンドロス[12]（Menandros, 前 344/3-前 292/1 ？）は際立っている。彼は新喜劇の代表的作家であり，100 本以上の劇を生み出したが，中世写本には一作も残っていない。しかし，パピルスの発見のおかげで，『デュスコロス（人間嫌い）』はほぼ完全な形で読めるようになり，さらに六つの劇がかなりの程度まで理解できるようになっている。彼の劇の筋はしばしば，当時のギリシアに舞台が設定されたもので，いくらかの理想化とともに，家庭内の私的な問題に焦点を当てる。メナンドロスは，同じ家族内の異なる世代間の関係を舞台の中心に据える。しかし，その主要な登場人物たちは，いつも幅広い多様な人々と一緒にいる。奴隷，売春婦，兵士，料理人がその典型であるが，彼らは，観客の期待を翻弄するように性格付けられた，現実味のある個人として描かれる。メナンドロスの喜劇は，プラウトゥス[13]（Plautus, 前 250 頃-前 184 活動）やテレンティウス[14]（Terentius, ？-前 159 ？）の主要な手本の一つとなった。

　一方，前 3 世紀の初めから，エピグラム[15]のジャンルが驚くべき拡がりを示している。この現象については，幸運にも『パラティナ詞華集』[16]

---

　12)　ギリシアの新喜劇を代表とする作家。メナンドロスの作品は後 7，8 世紀には一度失われてしまったが，近代になってからパピルスの形で発見され，注目を集めることとなる。彼は彼の生きていた時代よりも彼の死後，その劇が再上演されるなどして人気を博したと考えられている。詳しくは本書第 5，6，11 章を参照。

　13)　完全な形で作品が現存している，最初期のラテン語による喜劇作家。彼はギリシア新喜劇を手本としていたとされる。彼の作品は人気があったようで，後の時代になっても繰り返し上演された。

　14)　共和政ローマの劇作家。彼の六つの作品はすべて現存している。彼の喜劇はより自然主義的で，日常言語に近いものであった。プラウトゥスおよびテレンティウスの詳細や書誌情報については，本書第 5，6 章を参照。

　15)　エピグラムというのは元来「碑文などに刻まれたもの」という意味合いのものでしかなかったが，時代が下りヘレニズム時代にはむしろ碑文に刻まれたものではない数行の単なる短い詩のことを指すようになった。

　16)　『ギリシア詞華集』とも言われるこの作品は，様々な時代，様々な作家のエピグラムの集成である。現存するこの『パラティナ詞華集』は最終的には後 10 世紀頃にケパラスという人物がまとめたものである。ケパラスはいくつかの以前から存在した「詞華集」を基

が 3500 篇以上もの詩（計 2 万 3000 詩行以上にも及ぶ長さである）を含んでいるおかげで，我々はかなり詳細に知ることができる。ヘレニズム時代のエピグラムは，少なくとも概念上は，碑文に刻まれたエピグラムの物質的な性質とのつながりを保っている。墓碑銘や奉献詩は，きわめて人気のあるサブジャンルであり続け，この時代からあらゆる芸術形式で繰り返し見られる「質素な」人々の生活のモチーフを，ことさらに強調している。タレントゥムのレオニダス[17]（Leonidas of Tarentum, 前 3 世紀初期）は，この分野で最も影響力のある人物の一人である。キュレネのカッリマコス（彼については後に詳述）やサモスのアスクレピアデス[18]（Asclepiades of Samos, 前 300–前 270 頃活動）は，表面上は，饗宴における娯楽（女性，少年，ワイン，歌）という，より伝統的な主題に関わっているように見えるが，同時に，彼らは自身の主題を新たな知的洗練をもって探求している。彼らのエピグラムは，後の世代にとってエピグラムのジャンルの定番となる，仄めかしと機智という特徴を顕著に示すのである。前 3 世紀初頭の良く知られたエピグラム作家のもう一人は，ペラのポセイディッポス[19]（Poseidippos of Pella, 前 3 世紀半ば）である。彼のエピグラムは，20 篇程度が『ギリシア詞華集』などの写本を通じて伝存していたが，20 世紀終わりにミラノ大学が入手し，2001 年に校訂本が出版されたミラノ・パピルスによって，新たに 112 篇のエピグラムが補充された。ミラノ・パピルスではエピグラムが大まかなカテゴリー

にまとめている。それがガダラのメレアグロスの『花冠』（前 100 年頃），テッサロニケのピリッポスの『花冠』，アガティアスの『環』である。この三つのエピグラム集にケパラス自ら選んだ作品を加え，さらに別の伝承で伝わっている『プラヌデス詞華集』のエピグラムも加えてできているのが現在の『パラティナ詞華集』である。巻数で言うと 16 巻に及び，内容としては恋愛，奉献，墓碑銘，飲酒，神託，謎々などのタイトルが巻についてはいるが，実際の内容はその区分に当てはまらないほど多岐にわたる。

17）　タレントゥムのエピグラム作家。彼の作品は他の作家とは異なり，恋愛や饗宴ではなく漁師への墓碑銘や奉献詩のテーマが中心である。

18）　サモスのエピグラム作家。シケリデスとも呼ばれ，テオクリトスの『牧歌』第 7 巻 40 行でも称えられている。カッリマコスやポセイディッポスにも影響を与えたと言われている。

19）　ペラ出身のエピグラム詩人。元来彼のエピグラムは『ギリシア詞華集』に収録されたものが知られる程度であったが，前 3 世紀のものとされるパピルスが 1990 年前後に見つかり（＝ミラノ・パピルス），その中に含まれていた 112 篇のエピグラムのうち，110 篇が今まで知られていないものだった。『ギリシア詞華集』に収録されたエピグラムの訳に沓掛（2015 –17）がある。

172 第1部　記憶と再現

に分類されており，特に驚くべきは，ここに戦車競技の勝者を称えるエ
ピグラムが 20 以上存在する点である。その中には，プトレマイオス王
家の人物を称えるものも含まれている。

4　三人の学者詩人 —— カッリマコス，テオクリトス，アポッロニオス

　ヘレニズム文学の中で，「アレクサンドリア派」の詩は，最も革新的
で影響力のあるグループの詩として伝統的に認識されている。すなわ
ち，カッリマコス，テオクリトス（Theocritos, 前 3 世紀前半−？），アポッ
ロニオスらによるグループである。これらの詩人を一つのグループとし
て考える理由は，いくつかある。まず，彼らは同じ時代に活動していた
と思われる（おおよそ前 3 世紀中ごろ）。また，彼らの作品には，程度の
差はあるにせよ，アレクサンドリアのプトレマイオス宮廷と相当な関わ
りがみられる。さらに，彼らの詩作には，強調の度合いは異なるが，例
えばホメロスや古典抒情詩に関する批判的議論への意識など，同時代の
学問の影響が顕著に見られる。要するに，彼らはみな「学者詩人」で
あって，詩を執筆して結実させるための新しい（あるいは少なくとも新
たに発展した）アプローチを主導する人物として位置づけられるのであ
る。

カッリマコス

　キュレネのカッリマコスは，プトレマイオス 2 世フィラデルポス[20]
（Ptolemaios II Philadelphos, 在位前 285−前 246）のもとで最盛期を迎え，プ
トレマイオス 3 世エウエルゲテス[21]（Ptolemaios III Euergetes, 在位前 246−
前 221）の治世でも活躍し続けた。六つの讃歌とおよそ 60 篇のエピグ
ラムを除けば，散文と韻文の両方にわたる彼の膨大な作品は，断片でし

　20）　プトレマイオス朝エジプト 2 代目の王。フィラデルポスは愛姉王という意味で，実
姉のアルシノエ 2 世を妃とした。両親や姉を神として祀る，君主神化を制度を始めた。ムセ
イオンや附属の図書館も彼の治世に完成した。
　21）　プトレマイオス朝エジプト 3 代目の王。エウエルゲテスは善行王という意味。キュ
レネ王女ベレニケ 2 世を妃とし，この時代に領土を最大にした。

7 ヘレニズム文学の彩り 173

か残っていない。散文作品としては，彼はいくつかの主題に関する論考を著したが，その中でも主要なものは『ピナケス』*Pinakes* である。これは 120 巻に及ぶギリシア文学の書誌目録かつアレクサンドリア図書館の蔵書目録であり，主題ごとに整理され，それぞれの作品ついて短い書誌的注釈が含まれていた。一方，カッリマコスの詩作の多様性と洗練は，ヘレニズム時代において比類ないものであり，おそらくギリシア文学史全体をみてもそうだろう。彼の『アイティア』（「起源」あるいは「原因」の意）は全 4 巻からなり，二部構成である。第 1 巻と第 2 巻は，詩人とムーサたちの対話形式であり，第 3 巻と第 4 巻は独立したエレゲイア詩の寄せ集めとなっている。共通の特徴は「起源」のモチーフであり，都市や祭儀の由来や，彫像や墓碑といった様々な事物の起源が示される。第 3 巻と第 4 巻は，のちに追加された可能性がある。これらは，第 3 巻冒頭の『ベレニケの勝利』（frr. 54–60j Harder）と第 4 巻の終わりの『ベレニケの髪』（fr. 110 Pfeiffer）という二つの宮廷詩によって組み立てられている。また，このような追加には「序詞」（fr. 1 Pfeiffer）も含まれるかもしれない。序詞は，カッリマコスが自身を新しいヘシオドスとして描き，批判者たちに応答する，計画的なテクストである。批判者たちは，カッリマコスが王や英雄についての「一続きの詩」を書いていないことに不平を漏らす。しかし，カッリマコスは，詩とは量ではなく技巧によって判断されるべきであると返答し，アポロンが「細身の」ムーサと「人跡未踏の道」を推奨していることを引き合いに出す[22]。多くの場合にそうであるように，彼の詩は，ローマの詩に大きな影響を与えることになる，力強い（そしてときおり密に織り交ぜられた）比喩を用いて語られるのである。

『イアンボス詩集』（コリアンボス[23]，あるいは他のイアンボスの韻律で書

22）　これは『アイティア』第 1 巻 25–28 行の詩句のことを指している。「細身の」というのは，長大な叙事詩のような詩ではなく，彫琢を凝らした短い詩を書くことを，「人跡未踏の」というのは叙事詩がテーマにしている王や英雄についてではなく，別の新しいテーマのことを暗示していると考えられている。

23）　ギリシア語では *scazon* であるがこれは choliamb つまりコリアンボスのことである。コリアンボスとは韻律の名で，長短短長の韻律のことを指す。choliamb は跛行のイアンボスの意であり，イアンボスは，本来は短長の韻律のことを指すが，イアンボスでは短音節がくる所に長音節が来て，調子がずれているのを choliamb と言う。

かれた 13 篇の詩が含まれる）において，カッリマコスはある詩的な領域
へと足を踏み入れている。その領域は，一方では，個人的な誹謗中傷と
いうアルカイック時代のジャンルの世界を取り込み，他方では，その伝
統が扱う範囲を拡張して，学者間の文学的な争い（『イアンボス詩集』1
番と 13 番での重要なモチーフ）への言及も含め，あるいは寓話（2 番と 4
番）やエピグラム（6 番），祝勝歌（7 番）のような異なるジャンルも探
究するものである。これらの詩は断片的にしか伝わっていないものの，
この詩集において，カッリマコスが「低俗」で「古い」ジャンルを探究
して，実験をしていることは明白である。はたして「現代の」（つまり
カッリマコスの時代の）アレクサンドリアにおいて，アルカイック時代
のエペソスのヒッポナクス[24]（Hipponax, 前 6 世紀半ば）と同じ流儀でイ
アンボス詩は書かれうるだろうか。カッリマコスは詩集全体を通じて
この問いに答えている。例えば，ヒッポナクスの亡霊とその「新しい」
イアンボス詩を描き（『イアンボス詩集』1 番），そして，無思慮な模倣は
「詩」のあるべき姿ではない，と指摘するのである（『イアンボス詩集』
13 番）。

　『讃歌』（6 篇が残る）は，二つの主要なモデルに従って形成されてい
る。一つは，ホメロス風讃歌[25]という先例であり，いくつかのテクスト
では特にその影響を見て取ることができる（とりわけカッリマコスの『ア
ポロン讃歌』，『アルテミス讃歌』，『デロス讃歌』はホメロス風『アポロン讃
歌』に倣うものである）。もう一つは，劇のモデルをとるもので，讃歌の
語り手が，（テクスト内外の）聴衆を順に儀礼的な枠組みへ引き込み，長
大な物語を展開する。このような構造は，最後の二つの讃歌（『パラス
の沐浴』と『デメテル讃歌』）において，より徹底的に採用されており，
ある種の，対となる二部作を構成している（ドリス方言の採用や，『パラ

　24）　エペソス（現トルコのセルチュク近郊）の生まれだが，彼は僭主によって追放され
クラゾメナイ（現トルコのイズミルの西方）で極貧生活を余儀なくされた。彼は誹謗詩が有
名で，特に彫刻家のブパロスは彼が殺したと言われているほどである。彼は色彩に富み，珍
しく，卑猥な言葉を用いた。彼の作品はヘレニズム時代に高く評価され，模倣された。現在
はパピルスと引用断片からしか彼の作品についてはわからない。
　25）　ホメロス風讃歌というのは，作風をホメロスに似せて作られた讃歌であり，30 篇
以上が現存する。今日ではこの『ホメロス風讃歌』はホメロス自身の作とはみなされず，後
の時代の様々な作者によって作られたものであるとされる。その作者は分からないものの，
ホメリダイと称するホメロスの末裔たちが作者ともされる。

7 ヘレニズム文学の彩り　175

スの沐浴』におけるエレゲイア詩形の採用によってさらに特徴づけられる）[26]。ここで詩人は，抒情詩の伝統に特有の詩的慣習を呼び起こし，展開しているように思われる。ピンダロス[27]（Pindaros, 前 518 頃-前 438 頃）は，おそらくこの種の文学的実験の最も強い先行例と認識されていたのかもしれない。カッリマコスはおよそ 60 篇のエピグラムの作者でもあり，その選り抜きがガダラのメレアグロス[28]（Meleagros of Gadara, 前 100 頃活動）の詞華集の中に保存されている。そのテーマは文学，恋愛，奉献，墓碑銘というあらゆる範囲に及ぶものである。

　最後に，ヘクサメトロス[29]で書かれた比較的短い作品『ヘカレ』（およそ 1000 行？）である。この作品では，テセウスの英雄的経歴の初期における小さなエピソードが語られる。若い英雄テセウスは，最初の偉業として，マラトンの雄牛と対峙しようとしている。しかし，嵐に見舞われ，彼は老婆ヘカレの小屋に避難する。夜明けに彼は出発し雄牛を討伐するが，ヘカレのもとに戻ると，彼女はすでに亡くなっている。そこで彼は，彼女を讃えて，一つのデーモスとゼウス・ヘカレイオスの神域を創設する。『ヘカレ』は，ヘレニズム時代の『小叙事詩 *epyllion*』の最初期の例の一つであると考えられる。この呼び名は近代のもので，短く非常に技巧的な詩に対して用いられる（例えばモスコス[30]の『エウロペ』やカトゥッルス[31]『詩集』64 番がこれにあたる）。カッリマコスの場合，特

　26）　讃歌は基本的には叙事詩と同じヘクサメトロスの韻律で書かれたが，『パラスの沐浴』はそうではない。

　27）　ボイオティアのキノスケファライ出身の合唱抒情詩人。貴族階級に属する家系だったらしい。後のアレクサンドリアの編集者は彼の作品を 17 巻に分類しており，讃歌，パイアン，パルテネイア，ヒュポルケマタ，ディテュランボス，合唱祝勝歌などがある。完全な形で伝存するのは合唱祝勝歌の 4 巻分 45 篇だけであり，他は断片でのみ伝わる。彼の作品は技巧的な比喩，そして間に長い神話が導入されたりする難解なものであった。

　28）　シリアのガダラ出身の詩人であり哲学者。彼の哲学に関する著作は失われてしまったものの，『花冠』という名の詞華集を編纂し，自らの詩もこの中に収録している。彼の詩の大部分は少年や少女に関する恋愛詩である。『花冠』は先に挙げられた『パラティナ詞華集』のうちに再編集され，含まれている。

　29）　本書第 2 章注 26，第 8 章注 22 を参照。

　30）　シュラクサイ出身の牧歌詩人（Moschus of Syracuse, 前 2 世紀半ば）。『スーダ』という事典の説明ではアリスタルコスの弟子で文献学者でもあるという説明がされている。『エウロペ』は 166 行の小叙事詩 *epyllion* で，エウロペが牛に変身したゼウスに連れ去られる神話を題材としている。他に『逃げ去るエロス』，『メガラ』などの短い作品も伝存している。

　31）　ローマの詩人（Catullus, 前 84 頃-前 54 頃）。作品は『詩集（カルミナ）』が現存。

176 第1部 記憶と再現

に目を引くのは，歓待の場面（オウィディウス[32]『変身物語』におけるバウキスとピレモンのエピソードを参照されたい）と，しゃべる鳥たち[33]である。後者のエピソードは，詩の叙述形態を多様化させ，アテナイの原初的な神話を慣習にとらわれない視点から探求している。

テオクリトス

シュラクサイのテオクリトス[34]について，中世の写本は，30篇からなる詩集と数篇のエピグラム（そのうちのいくつかは確実に偽作である）を彼の作とする。これらの詩は伝統的にイデュッリア（Idyllia，「短詩」あるいは「小品」）と呼ばれ，言語，叙述方法，文学的関連性における驚くべき多彩さが特徴である。テオクリトスの作品の一部は，英雄詩[35]の伝統的な領域を探求しており，例えば，『牧歌』第13歌（ヒュラス）や第22歌（ディオスクロイ）ではアルゴナウタイのテーマが扱われ，あるいは『牧歌』第16歌（優雅の女神あるいはヒエロン）や第17歌（プトレマイオス・ピラデルポスへの賛辞）では叙事詩や抒情詩の手法が想起される。

テオクリトスの詩集には，少なくともエリート層の詩の慣例（と期待）の観点からは，あまり確立されていない主題に顕著な関心を示す詩も含

恋愛詩人として彼は有名ではあるが，実際には『詩集』の詩は様々な韻律を用いて，その内容も多岐にわたる。64番の詩は通常「ペレウスとテティスの結婚」という題名が与えられている。

32) ローマの詩人（Ovidius，前43−後17）。詩人として名声を博したものの，晩年は皇帝によって追放を命じられてしまうが，その原因ははっきりとしない。作品としては『名婦の書簡』，『恋愛術』，『変身物語』，『黒海からの手紙』などが現存している。バウキスとピレモンの話は『変身物語』第8巻に出てくる。プリュギアの地に人間の姿で現れたゼウスとヘルメスを，他の人間たちは冷たくあしらってしまったが，バウキスとピレモンの老夫婦だけが温かく歓迎する。このことに業を煮やした神は，この老夫婦だけを山へ避難させて他の人間たちを洪水で滅ぼしてしまう。

33) ここは女神アテナが隠していたヘパイストスの子のエリクトニオスが見つかってしまう場面のことを指している。エリクトニオスは箱に入れられて，アテナはケクロプスの娘たちに箱は決して開けてはならないと言って預ける。だが，その禁を破って娘たちは箱を開けてしまい，赤子と一緒の蛇を見てしまう。それを見ていた鳥がそのことをアテナに告げ口をする，という話である。

34) 前3世紀頃に活躍したシチリア島シュラクサイ出身の詩人。詳しくは本文を参照のこと。

35) 英雄詩というのはホメロスの『イリアス』，『オデュッセイア』のような英雄たちの活躍する叙事詩のことを指す。

7 ヘレニズム文学の彩り

まれている。いくつかの詩では，田園風景の中に舞台が設定され，山羊飼いたちが，しばしば（報われない）恋について歌を交わし，互いに競い合う様子が描写される。『牧歌』第7歌は，とらえどころがない詩ではあるにせよ，詩人の最も計画的な一篇となっている。この詩の語り手であるシミキダスは，コス島の土地に向かう途中で，山羊飼いであり詩人仲間であるリュキダスと出会う。二人は最初に軽口を交わした後に，歌のやり取りをし，リュキダスはシミキダスに杖を贈る。この牧歌的な詩の「寓意」については多くの議論があるが，シミキダスの背後にはテオクリトス自身がいて，自身を新しいヘシオドスとして提示していると認識されるべきことは，非常に明確であるように思われる[36]。

『牧歌』第1歌では，ある山羊飼いが羊飼いのテュルシスに，その代わりに山羊と木の器をあげるからと言って「ダプニスの苦しみ」を歌うように説く。その器の素晴らしい装飾は詳細に描写され（「エクフラシスekphrasis」）[37]，この場面はテオクリトス自身の詩的課題と視覚的に相関するものとして意図されているように思われる。歌そのものは，ダプニスがアプロディテへ抵抗し，その後死んでしまうというものであり，要するに，田園的な詩的風景を構成するすべての要素を包含する物語を提供している。これらの田園風景を描いた詩は，牧歌としても知られており，のちのギリシアおよびローマ（特にウェルギリウス）の詩作の伝統に多大な衝撃を与えた。ここでは，主題の「低俗な」性質と，それを描写するために用いられる言語の「高尚さ」の対比が，とりわけ際立っている。

それとは異なるジャンルとして，都会的なミモス（ミムス）劇[38]（『牧歌』第2歌と第5歌）がある。これは前5世紀にソプロン[39]（Sophron, 前

36）　テオクリトスはヘシオドスのことを明言しているわけではないが，そうと取れるような表現がみられることは事実である。詳しくは，古澤（2004）の解説を参照。

37）　ある物についての詳細な文学的描写のことを指し，多くは美術的な作品に関して使われる文学的技法である。有名なものが『イリアス』第18歌におけるアキレウスの盾のエクフラシスである。

38）　ミモス劇とは声や身振りや踊りをする物まね劇のようなもので，市場や個人の家などで催された。

39）　シュラクサイ出身のミモス劇作家。彼のミモス劇は散文で書かれてはいるが，韻律には拠らないある種の詩のようなものであったという。現存するのはパピルスの断片一つと170もの短い引用のみである。

5世紀）によって生み出された形式を発展させたものである。『牧歌』第15歌では，我々は，アレクサンドリアのアドニス祭[40]に，ゴルゴとプラクシノアという二人の主婦の目を通して参加する。『牧歌』第2歌はモノローグ形式で描かれており，アレクサンドリアの若い女性シマイタが，自分の奴隷のテステュリスに，浮気した恋人を引き戻す，さもなければ亡き者にするための魔術的な儀式の方法を指示する。

アポッロニオス

アポッロニオス[41]の『アルゴナウティカ』（全4巻）は，ホメロスと帝政期ローマの間で唯一現存するギリシア語で書かれたヘクサメトロス作品であり，おそらくヘレニズム時代の叙事詩の最良の例である。第1巻と第2巻は，金羊皮を入手するためのテッサリアからコルキスまでの往航を物語る。第3巻と第4巻は，金羊皮入手にともなう難題と，英雄たちが辿る長い回り道に焦点を当てる。彼らは，東ヨーロッパ，イタリア，ギリシア，リビア，そして，ついにはクレタ島へと巡り，ようやく故郷へ帰還するのである。アポッロニオスの叙述技法にはホメロスの影響があらゆる面で見られるが，アポッロニオスが行った作業は，常に創造的であり，決して機械的なものではない[42]。この作品は，特に叙述構造の点において，不連続性という詩的原則によって特徴づけられる[43]。

40）　知られている限りではアテナイ，アレクサンドリア，シリアのビブロスでのみこの祭は行われた。女性たちは真夏に壊れた鉢に種をまき，それを家の屋根に置いた。そうすることで発芽が促進され，またすぐに枯れる。アドニスとはアプロディテに愛された美少年で，あるとき狩猟をしているときに猪に突かれて死んでしまい，その血からアネモネが，彼を悼むアプロディテの涙からはバラが生まれた。アドニスは農業と植生の息吹のイメージを持つと考えられているが，別の研究では儚さや脆さ，不毛のイメージを持つとされる。

41）　出身はアレクサンドリアだが，ロドス島に長く滞在したためロドスのアポッロニオス（アポッロニオス・ロディオス）とも呼ばれる。カッリマコスに師事し，後に文学上の論争のために二人の間に不和が生じ，仲たがいしたと言われるのが通例であるが，現在ではその根拠が薄弱なため異議が唱えられている。

42）　『アルゴナウティカ』は当初不評で，その後作り直したものが好評を博したと言われているが，その話もカッリマコスとの関係と同じように確かなことではない。詳しくは，堀川（2019）の解説を参照。

43）　ホメロスの長大な叙事詩とは違って『アルゴナウティカ』は比較的短いエピソードをつなぎ合わせた書き方になっている。全体の巻数，分量ともに短めになっていることも特徴である。これはカッリマコスも主張した，長大な詩ではなく短く技巧を凝らした作品を書くことを踏襲した考えであるとされる。

アレクサンドリアで図書館司書および王室家庭教師に任命されたという
アポッロニオスの博識は，先行するテクスト，特に抒情詩のテクストの
利用において顕著である。

5　三人の詩人の周辺 —— その他の主たるヘレニズム作家たち

　以上の三人のアレクサンドリア詩人は，もちろん，その時代の文学体
系におけるより大きな潮流の表れである。しかし，彼らは，あらゆる
学問への広範な関心によってその作品が育まれたように見える最初の
詩人というわけではない。コス島のピリタス[44]（Philitas of Cos, 前 340 頃-
前 3 世紀初め）は，その種の詩人として，非常に重要な初期の一人であ
る。ピリタスの作品は，ほとんど残っていないものの，ホメロスや様々
な方言から引用された稀少語彙を説明する『雑録注解集』が含まれる。
ピリタスとおおよそ同時代に活動したのが，ソリのアラトス[45]（Aratos of
Soloi, 前 315 頃-前 240 頃）である。彼は前 3 世紀初めにマケドニアのア
ンティゴノス・ゴナタス（Antigonos Gonatas, 在位前 277/6 頃-前 239）の
宮廷で活躍した。彼の唯一現存する作品『パイノメナ（星辰譜）』は，
星座の位置や動きに関するヘクサメトロスの詩であり，クニドスのエウ
ドクソス[46]（Eudoxos of Cnidos, 前 390 頃-前 340 頃）による天文学研究の
「翻訳」と考えられる。そして，『パイノメナ』はすぐに名声を博した。
タラントのレオニダスやカッリマコスに称賛され，後の世代の詩人，特

---

　44)　コス島出身の学者詩人で，ピレタスとも呼ばれた。プトレマイオス 2 世やテオクリ
トスの教師でもあった。『エピグラム集』や『ヘルメス』，『デメテル』という名の詩集や，散
文ではホメロスの語句注解や方言，専門用語を解説したものを書いたと考えられているが，
ほとんど散逸した。彼の後代のヘレニズム，ラテン詩への影響は多大であり，カッリマコス
やプロペルティウスなどは彼を称えている。彼の詩は学識に富み，小さいスケールで洗練さ
れたものであったという。
　45)　小アジアのキリキアのソリ出身。彼はアテナイで学び，そこでカッリマコスや他の
哲学者と知り合いとなり，ゼノンからストア哲学を吸収した。上述の『パイノメナ』の他に
彼は多くの著作を書いたようであるが，二つのエピグラムの以外はすべて散逸した。『パイノ
メナ』の和訳には伊藤（2007）がある。
　46)　小アジアのカリア地方のクニドス出身，数学者で天文学者。彼は，通約できない量
にまで適用できるよう一般比例論を発明し，それはエウクレイデス『ストイケイア』第 5 巻
の中にまとめられている。

180 第1部　記憶と再現

にローマの詩人たちに多大な影響を及ぼした。この点では，ヘレニズム
詩の地平が，当初からプトレマイオス朝エジプトに限定されていないと
強調することは，とても重要である。確かに，アレクサンドリアは学問
と詩の一大中心地ではあったが，この都市は，類似した関心を共有し
て，言うなれば同じ言語を話す，広大な文化的ネットワークの一部だっ
たのである。

　アポッロニオスの『アルゴナウティカ』が，ローマの詩人たちによっ
て読まれ，高く評価され，模倣された「新しい」叙事詩の良い例であ
るとしても，それがこの創造的な時代に発展してきた唯一の叙事詩の潮
流というわけではない。そうした潮流のなかの一つは「民族誌的な」面
を持っている。その代表的な人物が，クレタ島のリアノス[47]（Rhianos of
Crete, 前275頃–？）である。彼は「その土地固有の」題材に着想を得た
いくつかの詩の作者であり，中でも最も有名なものが『メッセニア物
語』（少なくとも6巻）である。一方で，テオクリトスは，ジャンルとし
てミモス劇を採用することで，文学の過去を探求し，書き換えようとし
た唯一の詩人ではなかった。ヘロダス[48]（Herodas, おそらく前3世紀半ば）
もミモス劇『ミミイアンボイ』[49]を書いた。しかし，彼は，ヒッポナク
スが用いたアルカイック時代のイオニア方言を再構築するにあたって，
コリアンボス（カッリマコスの『イアンボス詩集』にも同じ韻律を用いた詩
がいくつかある）のような古風な韻律と関連付けている。パピルス断片
で伝わるだけであるが，ヘロダスのミモス劇は（実際の舞台で演じられ
たか，単に理論上の舞台を想定したものであったか不明だが）秀逸に女性の
世界を扱っており，例えば，老女が若い女性に，今の恋人が去ってし
まったときには新しい恋人を見つけるように説得する場面（『ミミイアン
ボイ』第1劇）や，友人たちの間で新しい快楽の道具が話題になる場面
（『ミミイアンボイ』第6劇）が描かれる。これらの詩は，明らかに喜劇
の影響を受けているが，「実生活」と類似性があるという点においての

　47）　クレタ島出身の学者詩人。元々は奴隷であったが，後に学校教師となる。彼はホメ
ロスの校訂本を作った。他にエピグラムや叙事詩も書いた。『メッセニア物語』は叙事詩だが，
他に『ヘラクレス物語』，『アカイア物語』，『テッサリア物語』などの叙事詩も書いた。
　48）　擬曲（ミモス劇）作家。おそらくコス島出身。1891年に出土したパピルスから彼
の作品を読むことが可能になった。和訳に高津（1954）がある。
　49）　「イアンボスで書かれたミモス劇」を意味する。

7 ヘレニズム文学の彩り　　　181

み「現実的」である。それらは洗練された文学的な創作であって，芸術
作品としての性質を常に前面に押し出すものである。

　一方で，カルキスのエウポリオン[50]（Euphorion of Chalcis, 前 275-？）に
ついて知られることが示すのは，カッリマコスが次世代の詩人たちの中
に有能な後継者を見出していたことである。しかし，エウポリオンの作
品の多くが失われていることが問題となる。彼は主に『トラキア人』あ
るいは『キリアデス』のような呪詛詩で知られており，そこでは，難解
な神話伝承とともに，自身の敵に下る罰の予言が語られる。また，前 2
世紀から前 1 世紀の間に作られた詩の多くも失われている。この時期
の作品で，完全な形で現存するものの例としては，ガダラのメレアグロ
スの『花冠』に収集されたエピグラムの数篇，モスコスの『エウロパ』，
ビオン[51]（Bion, 前 2 世紀後半）の『アドニスへの墓碑銘詩』が挙げられ
る。ここに，その身元や年代はあまり明確ではないものの，コロポン
のニカンドロス[52]（Nicandros of Colophon, 前 2 世紀）も付け加えるべきだ
ろう。『テリアカ（有毒生物誌）』（およそ 1000 行）と『アレクシパルマカ
（毒物誌）』（630 行）という，教訓的で，ある程度相補的な二つのヘクサ
メトロス作品が現存している。『テリアカ』は蛇，蜘蛛，蠍やそれに似
たような動物と，その動物たちが負わせる傷に関する作品である。少し短
い『アレクシパルマカ』は，幅広い毒や解毒法について詳しく語る。さ
らに，ニカンドロスの作とされる多くの作品の中でも，『変身物語』は
際立っている。この作品は，アントニヌス帝時代のアントニヌス・リベ
ラリス[53]（Antoninus Liberalis, 後 2 世紀半ば？）による著作の情報源の一つ

　50）　カルキス出身の学者詩人。『スーダ』では三つの著作のみ（『ヘシオドス』，『モプソ
ピア』，『キリアデス』）名が挙がっているが，他の情報源によれば彼はどうやら 20 以上もの
著作を書いたものと思われる。その中でも叙事詩が有名である。彼はニカンドロス，カトゥッ
ルス，ウェルギリウス，ガッルスなど後の時代の作家によって模倣されたようである。

　51）　スミュルナ（現イズミル，トルコ西部）出身の牧歌詩人。『アドニスへの墓碑銘詩』
は女神アプロディテの死んでしまったアドニスに対する情感的な悲しみを表現した作品。彼
はテオクリトスの影響を強く受けている。その他にも計 100 行ほどの作品が引用で伝わる。

　52）　現存する『テリアカ』，『アレクシパルマカ』の他の著作は断片かタイトルのみしか
わからない。その中でも『農耕詩』はキケロにも称えられている。また，この『農耕詩』と
『メリッスルギカ（養蜂術）』はウェルギリウスの『農耕詩』に利用されている。『テリアカ』
『アレクシパルマカ』の和訳には伊藤（2007）がある。

　53）　この著者の詳細は不明である。彼のギリシア語で書かれた『変身物語』はそれぞれ
の神話語りの冒頭に出典が示されており，それが今日では失われてしまった著作であるため

182   第1部　記憶と再現

となり，ローマにおいてオウィディウスの独壇場であったサブジャンル
を育成したからである。また，ニカイアのパルテニオス[54]（Parthenios of
Nicaia, 前1世紀）は，ローマで活躍していた多くのギリシア人知識人の
うちの一人であり，アレクサンドリアの「黄金時代」が過ぎた後も，ギ
リシアとローマの文化的交流が途絶えなかったことを示している。

6　ヘレニズムと歴史記述

　ギリシア世界の政治的地平の拡大が目覚ましい時代に，歴史記述は
盛況な文化産業となった。歴史記述は，新たなテーマや様式を取り入
れることによって，常に進化するような知的手段を示している。一つ
のジャンルとして，新しい出来事，土地，人々を説明することは非常に
重要である。そのようなものとして，歴史記述は，異なる歴史や政治的
伝統をもつ人々に権力を行使する，新たに設立された君主国にとって
は，価値のある政治的な手段ともなる。さらに，図書館や学問研究拠点
の発展が，様々な形式で歴史を記述することに大きく貢献すると同時
に，ヘロドトス[55]（Herodotos, 前5世紀後半–前420頃），トゥキュディデ
ス[56]（Thycidides, 前460から455頃–前400頃），クセノポン[57]（Xenophon, 前
430頃–前350頃）といった，歴史記述の古典への関心を持続させること
になった。そして，各地の年代記が豊富に生み出され，個人の人物描写
や性格類型に重点をおく伝記文学も，広く成功を収めた。例えば，前3
世紀初期には，ペリパトス派の一人，カラティスのサテュロス[58]（Satyros

に重要である。この『変身物語』は物語調のオウィディウスのものとは異なり，簡潔で短い
ものとなっている。和訳には安村（2006）がある。
　　54）　彼は学者詩人で，第三次ミトリダテス戦争の際に捕虜となり，後に解放された。彼
の詩作品は散逸してしまったが，『恋の苦しみ』という散文作品は現存している。これはロー
マの詩人ガッルスに宛てたものであり，神話などを題材とした恋愛物語のあらすじを提供し
たものとなっている。
　　55）　ハリカルナッソス（現トルコ南西部のボドルム）出身の歴史家。彼の『歴史』はペ
ルシア戦争が主題となっており，最古の散文作品の部類に属する。
　　56）　古代ギリシアの歴史家。ペロポネソス戦争が彼の『戦史』の主題になっている。
　　57）　軍人，著述家。彼はソクラテスの弟子の一人であった。『アナバシス』などの著作
がある。
　　58）　カラティス（現ルーマニアのマンガリア）出身。著作は散逸しており，その内容は

7 ヘレニズム文学の彩り　183

of Callatis, 前 3 世紀）が，王や政治家，弁論家，哲学者，詩人の『伝記』
を数巻にわたって記している。彼は，喜劇や逸話といった異なる資料か
ら情報を引き出し，各種作品をその著者自身の自伝的な主張としてしば
しば取り扱った。あるパピルスは，エウリピデス（Euripides, 前 480 頃−
前 406 頃）に関する箇所の，かなりの部分を保存している[59]。

　完全な形ではないものの，作品が現存する主要な歴史作家は，ポ
リュビオス（Polybios, 前 200 頃−前 118 頃）とシケリアのディオドロス[60]
（Diodoros Siculos, 前 90 以前−前 30 以降）である。しかし，両者とも，「世
界史」という，この時代の非常に重要なジャンルの実践者である。二人
のうち，前 1 世紀のディオドロスは，本質的には既存の歴史記述を編
集し再構成する編纂者であった。彼の作品は，空間を原則として編集さ
れた第 1 巻から第 5 巻，時間を原則として編集された第 11 巻から第 20
巻という，二つの主要な叙述構造に分かれている。一方で，ポリュビオ
スはヘレニズム時代の最も偉大な歴史家であり続けている。彼は，歴
史的，政治的に注目すべき重要な話題として，ローマの勃興から地中海
支配に至るまでを詳細に扱った最初の人物である。彼は，ローマがピュ
ドナの戦いでマケドニアのペルセウス王を打ち負かした後（前 168 年），
ローマに引き渡された著名なアカイア人の一人である。そこで彼はス
キピオ家のサークルに紹介され，スキピオ・アエミリアヌス[61]（Scipio
Aemilianus, 前 185−前 129）の遠征を直接目撃することになった。彼の
『歴史』は，第 1 巻から第 5 巻までは完全に現存しており，第 6 巻から
第 40 巻は断片的にのみ残る。この作品において，彼は，ローマ人がど

アテナイオスの『食卓の賢人たち』やディオゲネス・ラエルティオスの『哲学者列伝』から
の引用，パピルスから分かるだけである。伝記の他『性格論』という作品もあった。
　　59）　これは『オクシュリュンコス・パピルス』1176 番のことを指しており，6 巻のかな
りの部分がここには保存されている。この巻ではアイスキュロスやソポクレスも扱っている。
また，この『伝記』は対話形式となっている。
　　60）　ディオドロスの『世界史』は全 40 巻ではあるが，完全な形で伝存するのは第 1-
5 巻と第 11-20 巻であり，他は断片でのみ伝わる。この著作はヘカタイオスやメガステネス，
アガタルキデス，エポロス，カルディアのヒエロニュモス，ポセイドニオスなどの先人の歴
史家からの引用がかなり多くみられる。現在ではそれらの著作はほとんど残存していないた
め，その貴重な史料ともなっている。
　　61）　有名なスキピオは二人いるが，こちらは小スキピオの方で大スキピオ（Publius
Cornelius Scipio Africanus, 前 236−前 183）の養子にあたる。第三次ポエニ戦争でカルタゴに
勝利したのが小スキピオである。

のように，そしてなぜ，世界を単独の支配下に置くに至ったのか，また
その支配の影響に焦点を当てている。ポリュビオスが実践した歴史記述
の種類は，彼自身が「実践的歴史」と称するもので，主にトゥキュディ
デスのモデルに従い，文書や文献資料の研究，地理学，直接の見聞，目
撃者の慎重な検討を含む探究である。そのため，彼の歴史記述は，主に
軍事的な出来事と政治制度に関心を寄せている。特に政治制度について
は，第 6 巻において，経済，宗教，社会的側面も含めて，ローマの国
家体制の詳細な分析が行われている。しかし，同時に，このローマの制
度に関する（ギリシア語による）貴重な分析には，いくらかの限界もあ
る。少なくとも，この分析がアリストテレス（Aristoteles, 前 384–前 322）
の政体モデルを用いており，ローマ独自の観点からローマ人を完全に理
解するには至っていない点は指摘できるだろう。

　異国や評判の良い文明への関心は，アレクサンドロス大王の軍事遠征
と密接に関係している。アレクサンドロスによって総督として任命され
た外交官メガステネス[62]（Megasthenes, 前 350 頃–前 290 頃）は，そのよう
な関心のかなり早い時期の例である。彼は，地理，政治制度，宗教的慣
習を扱ったインドに関する物語（『インド誌』）を著した。ヘロドトス同
様に，彼は情報を通訳から直接得ていたが，インド文明の理想化も行っ
ており，ギリシア哲学の伝統の眼鏡を通してインド文明を考える。それ
にもかかわらず，彼の『インド誌』は，西洋世界におけるインドに関
する知識の主要な情報源となりえるものだった。メガステネスの『イ
ンド誌』とほぼ同時代で，比較的類似する性質を持つものは，理想化さ
れたエジプトを記す，アブデラのヘカタイオス[63]（Hecataios of Abdera, 前
360 頃–前 290 頃）による『エジプト誌』である。彼の記述は熱狂的であ
り，またギリシア人作家によるユダヤ人への最初の言及（断片 6）もみ
られる。その後間もなく，エジプト人はヘリオポリスのエジプト人大祭

　62）　外交官で歴史家。彼は実際にインドに訪れており，その経験をもとに書いた『イン
ド誌』は当時の人々にとっても重要なものだったが，散逸して引用の形でのみその内容が知
られる。
　63）　哲学民族誌家であり，懐疑派ピュロンの弟子でもある。プトレマイオス 1 世治世下
のエジプトのテバイを訪れた。著作は『エジプト誌』のほかに『ヒュペルボレオス人』，『ホ
メロスとヘシオドスの詩のついて』が知られている。

司マネト[64](Manetho, 前 280 頃最盛) の中に「その土地固有の」声を見出すことになる。前 3 世紀初頭，マネトはエジプトの歴史を 3 巻にわたって書き，その中で，神話時代から前 342 年までの人類の歴史を 30 の王朝に区分した。ほぼ同時代に，バビロニアの神官ベロッソス[65](Berossos, 前 4 世紀後半–前 3 世紀初め) は，セレウコス朝のアンティオコス 1 世（Antiochos I, 在位前 281–前 261) に献じるものとして，バビロンの歴史（『バビロニア誌』) をギリシア語で書いたが，現在は断片的に伝わるのみである。

7　翻案・偽作 —— ヘレニズムの新しい文学

　前 2 世紀には，重要な発展が見受けられる。はじめはエジプトにおいて，（ギリシア語による他民族の）民族誌が，新しい形式の文学，すなわちアレクサンドリアを一つの中心地とする，ギリシア語によるユダヤ文学の隆盛にその場を譲ることになる。この新文学の代表的な二つの作品が，『アリステアスの手紙』[66]とエゼキエルの『エジプトからの脱出』[67]であり，いずれも前 2 世紀のアレクサンドリアの状況に属するもの，と一般的には考えられている。『アリステアスの手紙』は，プトレマイオス 2 世フィラデルポスの図書館のためにヘブライ語モーセ五書（トーラー）がギリシア語に翻訳された経緯について語る。この手紙によれば，王は，72 人の学者にその仕事を託し，彼らは 72 日間で完全な一致をもってその仕事を終わらせたという。こうして，その翻訳は『セ

---

　64)　マネトの『エジプト誌』は重大な誤りや省略がみられるものの，当時のエジプトを知る上で重要な史料であることには変わりはない。

　65)　ベロ（ッ）ソスはバビロニア起源の資料を用いて『バビロニア誌』を書いたが，現在では断片のみ伝わる。第 1 巻で天地創造を，第 2 巻では洪水からナボポラッサル王（Nabopolassar, 在位前 626–前 605) まで，第 3 巻ではアレクサンドロス大王までを扱っている。

　66)　『アリステアスの手紙』は旧約聖書偽典の一つで，主にトーラー（律法）のギリシア語訳の作成に関する叙述が主体となっている。

　67)　エゼキエルは年代ははっきりしないが，前 3 世紀から前 1 世紀頃と推定されるギリシア化したユダヤ人でアレクサンドリアで活動していたとされる。当然ながら旧約聖書の『エゼキエル書』のエゼキエルとは別人である。

186 第 1 部　記憶と再現

プトゥアギンタ』[68]として知られることになった。その語りは歴史的な
要素をいくらか含むが，当然ながら，教説擁護の意図がかなり明白であ
る。エゼキエルについてはほとんど知られていないが，彼の『エジプト
からの脱出』は，非常に独特であるにしても，ヘレニズム時代の悲劇の
注目すべき例を提供してくれる。この作品は，モーセがイスラエル人た
ちを率いてエジプトから脱出する物語を劇化したもので，アイスキュロ
ス[69]（Aischlos, 前 525/4 頃‐前 456/5 頃）やエウリピデス[70]といった古典期
アテナイの劇作家に強く影響を受けている。その特異性ゆえに，エゼキ
エルの詩は，ヘレニズム時代のアレクサンドリアにおける多様な知的世
界において，ギリシア古典期の悲劇がどのように受容され翻案されたか
を示す，魅力的な例となっている。

　古典期の悲劇の再構成に秘められた文学的可能性もまた探究されて
いる。リュコプロン（Lycophron, 前 3 世紀？）の『アレクサンドラ』[71]
は，全く異なる方向性で，しかもより大規模にそれを探究するもので
ある。この詩（アイアンビック・トリメトロス[72]による 1500 行ほどの詩）
は，カッサンドラによる予言的な朗誦の形式で語られており，それゆ
え，凝った文体が用いられ，分かりにくい比喩的な言葉遣いによってエ
ピソードや人物を覆い隠している。カルキスのリュコプロンは，後にプ
レイアデス（スバル派）として知られる悲劇詩人の一人である。リュコ
プロンが前 3 世紀にアレクサンドリアで活動していたとしても，この
作品そのものは，次の世紀の初頭に東方でローマが台頭してきたことに
言及しているようにみえる。この詩の作者についてはいまだ議論の余地
があり，あるいは，『アレクサンドラ』は意図的に作者名を偽った作品

---

68)　ギリシア語で 70 という意味で，七十人訳聖書とも言われる。

69)　ギリシアの悲劇詩人。90 もの作品名が伝えられるが，現存するのは 7 作品。詳細
および作品和訳の文献案内などについては，本書第 4 章を参照。

70)　ギリシアの悲劇作家。彼の悲劇作品は 90 ほどあったとされるが，現存するのは 18
作品。詳細および作品和訳の文献案内などについては，本書第 4 章を参照。

71)　リュコプロンという人物に関してはややこしい問題ではあるが，基本的なこととし
てスバル派のリュコプロンと『アレクサンドラ』という悲劇を書いたリュコプロンは別人で
あると考えられている。場合によっては後者を偽リュコプロンと呼ぶこともある。

72)　これは韻律の種類を指し，悲劇や喜劇で主に用いられた。イアンボス（アイアン
ビックは英語読み）は本来，短長の韻律のことを指すが，実際に詩で用いられる際には，×
長短長（×は短でも長でもよい箇所）を一つの単位として，これを三つ繰り返す形を基本と
する。

の例であるのかもしれない。

参 考 文 献

　ヘレニズム世界への入門書として，例えば Erskine (2003) の論文集は良い出発点となる。また，Ogden (2002) や Erskine and Llewellyn-Jones (2011) もそうである。Gutzwiller (2007) と Clauss and Cuypers (2010) はヘレニズム文学への導入にはとても良いものだろう。前 3 世紀におけるプトレマイオス王朝の庇護については Strootman (2017) を参照。Fantuzzi and Hunter (2004) はヘレニズム詩のかなりの部分について微妙なニュアンスを含む鋭い読み物を提供してくれる。Bing (1988) はテクスト解釈が優勢な時代に，文学的な過去を流用しているという点で，ヘレニズム詩（特にカッリマコス）についての権威ある研究である。Harder, Regtuit, and Wakker (2017) の論文も参照のこと。ヘレニズム詩の二つの選集については Sider (2017) とより短いものとしては Hopkinson (2020) を参照。ヘレニズム詩学の簡潔さについての興味をそそる再検討については Porter (2011) を参照。

　個別の作家とジャンルについて（校訂本あるいは注釈は含まない）の鍵となるような研究については，以下のようなものがある。ヘレニズム・エピグラムについては Gutzwiller (1998), Harder, Regtuit, and Wakker (2002), Kanellou, Petrovic, and Carey (2019) を，「新しい」ポセイディッポスについては Gutzwiller (2005) を，カッリマコスについては Cameron (1995), Acosta-Hughes, Lehnus, and Stephens (2011), Acosta-Hughes and Stephens (2012) を，テオクリトスについては Hunter (1996) と Payne (2007) を，アポッロニオス・ロディオスについては Hunter (1993) と Mori (2008) を，リュコプロンについては McNelis and Sens (2016) と Hornblower (2018) を，ヘロダスについては Mastromarco (1984) を，ヘレニズム悲劇については Kotlińska-Toma (2015) をそれぞれ参照のこと。

Acosta-Hughes, B., Lehnus, L., and Stephens, S. A. (eds.) (2011). *Brill's Companion to Callimachus*. Leiden.

Acosta-Hughes, B., and Stephens, S. A. (2012). *Callimachus in Context: From Plato to the Augustan Poets*. Cambridge.

Bing, P. (1988). *The Well-Read Muse: Present and Past in Callimachus and the Hellenistic Poets*. Göttingen.

Cameron, A. (1995). *Callimachus and His Critics*. Princeton.

Clauss, J. J. and Cuypers, M. (eds.) (2010). *A Companion to Hellenistic Literature*. Malden; Oxford; Chichester.

Erskine, A. (ed.) (2003). *A Companion to the Hellenistic World*. Oxford; Malden.

————. and Llewellyn-Jones, L. (eds.) (2011). *Creating a Hellenistic World*. Swansea.

Fantuzzi, M. and Hunter, R. L. (2004). *Tradition and Innovation in Hellenistic Poetry*.

Cambridge.

Gutzwiller, K. J. (1998). *Poetic Garlands: Hellenistic Epigrams in Context*. Berkeley; Los Angeles; London.

————. (ed.) (2005). *The New Posidippus: A Hellenistic Poetry Book*. Oxford.

Harder, M. A., Regtuit, R. F., and Wakker, G. C. (eds.) (2002). *Hellenistic Epigrams*. Groningen.

————, ————, and ————. (eds.) (2017). *Past and Present in Hellenistic Poetry*. Leuven; Paris; Bristol, CT.

Hopkinson, N. (2020). *A Hellenistic Anthology*, 2nd ed. Cambridge (1st edition 1988).

Hornblower, S. (2018). *Lykophron's* Alexandra, *Rome, and the Hellenistic World*. Oxford.

Hunter, R. (1993). *The* Argonautica *of Apollonius: Literary Studies*. Cambridge.

————. (1996). *Theocritus and the Archaeology of Greek Poetry*. Cambridge.

Kanellou, M., Petrovic, I., and Carey, C. (eds) (2019). *Greek Epigram from the Hellenistic to the Early Byzantine Era*. Oxford.

Kotlińska-Toma, A. (2015). *Hellenistic Tragedy: Texts, Translations, and a Critical Survey*. London; New York.

Mastromarco, G. (1984). *The public of Herondas*. Amsterdam.

McNelis, C. and Sens, A. (2016). *The* Alexandra *of Lycophron: A Literary Study*. Oxford.

Mori, A. (2008). *The Politics of Apollonius Rhodius'* Argonautica. Cambridge.

Ogden, D. (ed.) (2002). *The Hellenistic World: New Perspectives*. London.

Payne, M. (2007). *Theocritus and the Invention of Fiction*. Cambridge.

Porter, J. I. (2011). 'Against λεπτότης: Rethinking Hellenistic Aesthetics.', in Erskine and Llewellyn-Jones (eds.), 271–312.

Sider, D. (ed.) (2017). *Hellenistic Poetry: A Selection*. Ann Arbor.

Strootman, R. (2017). *The Birdcage of the Muses: Patronage of the Arts and Sciences at the Ptolemaic Imperial Court, 305-222 BCE*. Leuven; Paris; Bristol, CT.

作品和訳

アポロニオス・ロディオス，堀川宏訳（2019）『アルゴナウティカ』京都大学学術出版会.

アラトス他，伊藤照夫訳（2007）『ギリシア教訓叙事詩集』京都大学学術出版会.

アントニーヌス・リーベラーリス，安村典子訳（2006）『メタモルフォーシス　ギリシア変身物語集』講談社文芸文庫.

沓掛良彦訳（2015-17）『ギリシア詞華集 1-4』京都大学学術出版会.

テオクリトス，古澤ゆう子訳（2004）『牧歌』京都大学学術出版会.

中務哲郎訳（2004）『ギリシア恋愛小曲集』岩波書店.

ヘーローンダース，高津春繁訳（1954）『擬曲』岩波書店.

ポリュビオス，城江良和訳（2004-13）『歴史 1-4』京都大学学術出版会.

（吉川斉　訳／千葉槙太郎　注）

8

アウグストゥスと詩人たち

日 向 太 郎

　アウグストゥス時代には，ウェルギリウス，ホラティウス，プロペル
ティウス，ティブッルス，オウィディウスといった優れた詩人が輩出し
た。
　ウェルギリウス，ホラティウスは，その青年時代に権力闘争や内乱に
戸惑い，ローマの将来を深く憂慮した。やがて，彼らは芸術理解に優れ
た後援者マエケナスに見出されることになる。マエケナスは，後に元首
となるオクタウィアヌス（アウグストゥス）と親密な関係にあった。二人
の詩人は，後援者を通じてオクタウィアヌスに期待を寄せるようになり，
その創作活動によってローマの平和と新しい秩序の構築に文化的な貢献
を果たした。
　他方，プロペルティウスやティブッルスは，恋愛エレゲイア詩の創作
路線を生涯ほぼ貫く。ローマの覇権拡大に懐疑的で，ときに新体制や新
しい時代に対して消極的な姿勢を示すことはあっても，反体制の詩人に
はならなかった。
　この二人から恋愛エレゲイア詩の伝統を受け継いだオウィディウス
は，ローマの平和と繁栄にあって文壇の寵児となり，様々な読者層のあ
いだで絶大な人気を博す。しかし，才気煥発なるあまり，ときに政権を
揶揄するように見える言動を示したことで，元首の不興を買い，追放の
憂き目にあうこととなった。

190　第1部　記憶と再現

1　はじめに

　紀元前1世紀の後半，古代ローマは共和政から元首政へと移行する。まさにこの政治体制の転換期に，ラテン文学は爛熟期を迎えた。

　政治の変革の立役者は，オクタウィアヌス（Octavianus, 前63-後14）である。彼は，大叔父だったガイウス・ユリウス・カエサル（Gaius Iulius Caesar, 前100-前44）の養子となり，ガイウス・ユリウス・カエサル・オクタウィアヌスの名を得た。養父亡き後は，マルクス・アントニウス（Marcus Antonius, 前83-前30）とレピドゥス（Lepidus, ?-前13/12）とともに第二回三頭政治を担う（前43年）。アントニウスは，オクタウィアヌスの姉オクタウィア（Octavia, 前69頃-前11）と結婚する（前40年）。しかし，程なくアントニウスとオクタウィアヌスとは対立を深め，権力闘争，内乱を生み出した。アントニウスは，オクタウィアとの婚姻関係を顧みず，エジプトのプトレマイオス王朝の女王クレオパトラ（Cleopatra, 前69-前30）と結ばれる。異国の女王を伴侶としたアントニウスは，祖国ローマの敵とみなされた。オクタウィアヌスは，アクティウムの海戦において，アントニウスとクレオパトラが指揮する連合軍を撃退し，勝者となった。オクタウィアヌスは，元老院からアウグストゥスなる称号を授かる（前27年）。ローマは彼の統治の下で，地中海世界の覇者となり，「ローマの平和（パクス・ロマーナ）」が実現されることになる。

　一方，アウグストゥスと同時代に活躍した主な詩人としては，以下の5名を挙げることができる。

　　（1）ウェルギリウス（Vergilius, 前70-前19）
　　（2）ホラティウス（Horatius, 前65-前8）
　　（3）プロペルティウス（Propertius, 前54から47-前2以前）
　　（4）ティブッルス（Tibullus, 前55から48-前19）
　　（5）オウィディウス（Ovidius, 前43-後17）

8　アゥグストゥスと詩人たち　　191

さて，詩というと，概ね個人的な感慨や思考に基づく私的な営みの結果であり，社会や共同体とは距離を置いた創作だと思われるかも知れない。しかし，古代ローマの詩は，公共性と不可分に結びついている。たしかに，詩人が独自の想念や感情を吐露しているように見える場合もあるが，それは特定の社会のなかに位置付けられた一個人の表現として，一定の普遍性を失うことはない。読者は，詩のなかに自らの生活，考え，思いにも共鳴する何かを認めるだろう。詩人を自分の気持ちの代弁者と思ったであろう。あるいは，詩人が単なる代弁者ではなく，個人の思いつきを一層深化させたり，感情を繊細かつ斬新な言葉によって表現したりすることに驚いたはずである。

ラテン語で「詩人」を意味する言葉には，「ポエタ *poeta*」と「ゥァテス *vates*」の二つがある。前者は，ギリシア語の「ポイエテス」という言葉に由来する。「ポイエテス」は，「作る」という意味の動詞「ポイエオー」の派生語である。広義では「作る人」の意であり，とりわけ「詩人」を意味する。一方，後者「ゥァテス」は，本来「予言者」を意味する単語である。そして「ゥァテス」が，より一般的な「ポエタ」とともに「詩人」の意味で用いられるようになるのは，まさにこのアゥグストゥス時代からである。というよりも，上に挙げた五人のアゥグストゥス時代の詩人は，自身を「予言者」と称し，自らの言葉に重みを持たせた[1]。自分は神から霊感を授かり，神の言葉を代弁し，これを社会に向かって発するのだと言う自意識を言い表したのだろう。

この時代にパトロンとして詩人を支援したのは，マエケナス（Maecenas, 前 78 から 64–前 8）という政界の中心人物である。今日芸術活動や文化事業の後援は，「メセナ mécénat」と言われるが，これは彼の名に由来するフランス語である。マエケナスは，エトルリアの王族の家系に生まれた大富豪であり，アゥグストゥスの片腕として，とりわけ文化事業を支えたのはこの人物である。もっとも詩人を支援した有力者は，このマエケナスだけではない。例えば，ウェルギリウス，ホラティウス，プロペルティウスはマエケナスの庇護を受ける一方で，ティブッルスとオウィディウスは，メッサッラ（Messalla, 前 64–後 8）という有力

1）「ゥァテス」としての詩人の社会的役割については，中山（1977）を参照。

者をパトロンとした。この人物も古くからの高貴な家柄を誇った。軍人として優れ弁論家としても名高かったが，アウグストゥスとは一定の距離を置いた。さらに言えば，ウェルギリウスの才能を最初に見出したのは，ポッリオ（Pollio, 前76–後4）という有力なる政治家だった。前40年には執政官を務めている。ポッリオも弁論家として知られ，（現存はしていないが）歴史書を著わしたり，恋愛詩を書いたことでも知られる。彼自身が文人であり，ローマで初めて図書館を建てた（前39年）。彼はアントニウス派であり，やはりアウグストゥスとは一定の距離を置いたようである。

　そのようなパトロンに支えられる詩人は，たとい「予言者」であることを自任しても，それ以上に自身の社会的影響力を誇示することには，概ね控え目である（もっとも，オウィディウスは例外かもしれない）。ラテン語には「オティウム otium」と「ネゴティウム negotium」という，二つの対立する意味の名詞がある。後者は，経済活動とともに政治，外交，軍事などの公的な任務や労苦を意味する。他方前者は，閑暇や平和の状態を言い表す。詩人は，自身のパトロンが「ネゴティウム」に励むお陰で自らが「オティウム」を享受することができ，自作品をそのような「オティウム」の賜物だとして，遜（へりくだ）ってみせるのである。

2　内乱と平和 —— ウェルギリウスの場合

　さて，このように公共的な役割を担い，有力な政治家や軍人とも関係を持っていた詩人たちは，どんな素材を選び，どんな作品を生み出したのだろうか。もちろん，創作にパトロンたちの思惑が影を落としたであろうことは，想像に難くない。そのことは，詩人が自作のなかで，しばしばパトロンたちに呼びかけていることからも明らかである。例えば，ウェルギリウスは，初期の詩集『牧歌 Bucolica（ブコリカ）』（前42–前38頃。別名『詩選』）において，当時のパトロンだったポッリオが執政官を務めていた年に以下のように歌っている。なお，彼が，マエケナスをパトロンとするのは，『牧歌』を完成した後，『農耕詩 Georgica（ゲオルギカ）』（前37–前31頃）の創作を開始する頃である。

クマエの予言の最後の時代が，やって来た。

新たに，偉大なる世紀の系譜が生まれる。

今や「乙女」は戻り，サトゥルヌスの王国が戻ってくる。

今や新しい子孫が，天の高みから送られて来る。

汝は，生まれて来る子に恵み深くあれ，——この子故に鉄の種族は
　　初めて消失し，

世界全体で黄金の種族が育つだろう——

貞潔なルキナ（お産の女神）よ。今や汝の〔兄弟〕アポッロが，支
　　配する。

そしてさらに君が，ポッリオよ，君が執政官を務める年に，

時代のこの名誉が始まるだろう。偉大な月々が進み始めるだろう。

君が導き手となれば，もし我々の罪の痕跡が幾許か残っていても，

それは無かったものとして，大地は永続的な恐怖から救われるだろう。

彼は神々の生を受けるだろう，神々に英雄たちが交わっているのを
　　見るだろう。

そして彼が彼らに仲間入りするところが見られ，

彼は父祖譲りの徳によって，世界を平和に統治するだろう。

（ウェルギリウス『牧歌』第 4 歌 4-17 行，拙訳）[2]

　ギリシアの詩人ヘシオドス（Hesiodos, 前 8 世紀末–前 7 世紀初め活動）は，『仕事と日』106-201 行において，人類が「黄金」，「白銀」，「青銅」，「英雄」の 4 時代を経て，現在嘆かわしくも「鉄」の時代に生きていると言う。黄金時代はクロノス神（ローマではサトゥルヌス）が支配し，人間は神と変わらない幸福な存在だった。ところが，クロノスの子ゼウス（ローマではユッピテル）が父から王位を奪うと，黄金時代は終焉する。以来，人類の精神的堕落が始まり，罪深さを増してゆく。現在の鉄の時代は最悪である[3]。人類が鉄の時代を迎えたときに，正義の女神（「乙女」）は幻滅のあまり，地上を離れたと言われている。

　2）　ウェルギリウス『牧歌』の邦訳については，章末の参考文献を参照。

　3）　ヘシオドス『仕事と日』の邦訳は，松平千秋訳（1986）『仕事と日』岩波文庫および中務哲郎訳（2013）『ヘシオドス全作品』京都大学学術出版会がある。

194 第1部 記憶と再現

　『牧歌』の一節は，予言のように謎めいた言葉遣いを呈しているが，失われた黄金時代が回帰する（「サトゥルヌスの王国が戻ってくる」）こと，ひとたび人類を見捨てた「正義」も帰還すること（「乙女」は戻り），まさしくポッリオが執政官を務めているときに，黄金時代の担い手となる子が生誕することは明白に歌われている。そして，新しい時代の導き手となる執政官ポッリオも称えられている。

　もっとも，黄金時代は，予言後すぐに実現するわけではない。『牧歌』第4歌においては，「生まれてくる子」が揺り籠において育まれ，成長し，父祖の徳や武勇を学ぶにつれて，世界はその時代の特徴を徐々に表し始めると言われている。家畜は，自発的に牧草地に向かい，乳で胸を膨らませて戻る。猛獣が家畜を襲う心配もなくなり，蛇や毒を含んだ草は消滅する。畑は麦穂によって黄金色に輝き，世話を受けることなくイバラは葡萄の実をもたらし，硬い樫の樹皮には蜜が滴る。「それでも古き不正の名残は潜伏」して，それは戦争というかたちで表れるが，黄金時代の申し子が成人すると，最後の禍も解消する。「すべての大地がすべてを生産し」，もはや貿易や通商の必要もなくなる。

　前40年は，アントニウスとオクタウィアヌスとのあいだで平和協定（ブルンディシウムの和議）が成立した年でもあった。三頭政治においては，アントニウスにマケドニア以東オリエントに至るまでの地域，オクタウィアヌスにはイベリア半島からイッリュリクム（現在のアルバニア，ギリシア西北部）までが，レピドゥスにはアフリカ北部がそれぞれ統治範囲として割り当てられる。アントニウスは，オクタウィアヌスの姉を妻として娶った[4]。二大巨頭の一時的な融和状態によって，新しい平和と繁栄の時代を願う気持ちが人々の間に萌芽していたのだろう。

　しかし，雲行きは僅かの間に怪しくなる。ウェルギリウスは，紀元前37年頃から，『農耕詩』の創作を開始したと思われる。その第1巻を，内乱や国家の破滅を予言するような怪奇現象によって締めくくっている。ユリウス・カエサルが暗殺されて間もなく，独裁者の死を悼むかのように日蝕が起きたが，それは戦争の予兆だったと歌う。不吉を告げる出来事，身の毛がよだつ現象はこれに留まらない。エトナ山は頻繁に

---

　4)　Syme (1939) 217.

8　アウグストゥスと詩人たち　　195

噴火する。ゲルマニアでは天空全体に武器の音が鳴り響く。アルプス
の山も震撼する。夜のあいだに森で大きな声が聞こえ，幽霊が徘徊す
る。家畜が物を言う。河の流れが止み，大地は干上がる。神殿の象牙の
像が涙を，銅像が汗を流す。そうかと思えば川の氾濫が農業に被害をも
たらす。腸卜は不吉なしるしを告げ，狼の遠吠えが夜のあいだに都市に
響き渡る。青天の霹靂も，恐ろしい箒星も頻繁に現れた。これらは，カ
エサル亡き後のカエサル派（アントニウス，オクタウィアヌス，レピドゥ
ス）と反カエサル派（ブルトゥス〔Brutus, 前85頃-前42〕，カッシウス
〔Cassius,？-前42〕ら）とが繰り広げた戦争，前42年のピリッピ（ギリ
シア北部の都市）の戦いを予告するものだったと言われているのである。
　しかし，内乱は過ぎ去った危機としては歌われていない。むしろ危機
は継続しているかのように考えられていることは，以下の詩行からも明
らかである。

　　　祖国の神々とロムルスよ，そして汝母なるウェスタ，
　　　エトルリアに接するティベリス川とローマのパラティウムの丘を守
　　　　られる方よ，
　　　少なくともこの若者が，転覆した時代を救うことを
　　　妨げることなかれ。
　　　　　　　　　　　（ウェルギリウス『農耕詩』第1巻498-501行，拙訳）[5]

　「この若者」とは，オクタウィアヌスのことを意味している。ピリッ
ピの戦いで勝利を収めたカエサル派は，自分たちの退役兵を労うべく，
イタリア半島の土地を強制的に取り上げてこれを分与した。ウェルギリ
ウスの故郷の農地も，接収の対象となったらしい。しかし，詩人はオク
タウィアヌスに直訴して，これを返還してもらった。その経緯は，『牧
歌』第1歌において示唆的に歌われている。ティテュルスなる牧童は
ローマに赴き，一度失った先祖代々の土地をある「若者」に嘆願して取
り戻すことができた。それ故，牧童はこの若き恩人を「神」と呼び，崇
拝の対象とするのである。

────────────
　5)　ウェルギリウス『農耕詩』の邦訳については，章末の参考文献を参照。

196　　　　　　　　第1部　記憶と再現

　そして『農耕詩』第1巻末でも，救済者として彼には一縷の期待が
寄せられている。何といっても，オクタウィアヌスは，死後神格化され
たカエサルの息子である。しかし，詩人は同時代の現状を「転覆した」
と呼ぶ程に絶望視している。さらに「世界中に数多の戦争が繰り広げら
れ」ると嘆き，「罪深い戦争が猛威を振るう」様子を，「あたかも（競走
用）ゲートから馬車が躍り出て，距離を増してゆく。手綱を引き締めて
も無駄で，車は馬に引っ張られ，馬車は手綱に聞く耳を持たない」と歌
い，内乱が収拾不能な事態に陥っていることを印象付ける。もうこれ
は，黄金時代の回帰どころではない。かくして，『牧歌』第4歌に託さ
れた希望は無残にも打ち砕かれている。

3　内乱と平和 —— ホラティウスの場合

　ホラティウスは，南イタリアに生まれたが，教育熱心な父親の後押
しを受けてローマで学び，やがては哲学を学ぶべくギリシアのアテナ
イに渡る。ところが，この留学中に上述したピリッピで繰り広げられ
た戦争において，反カエサル派陣営に付くことになった。彼は軍団副
官 *tribunus militum* に抜擢されたものの，戦場では逃げ回っていたよう
である。戦後には，やはりウェルギリウス同様，故郷の土地を没収され
てしまう。生活の必要に迫られて官吏になったが，ウェルギリウスと出
会い，前39年もしくは38年頃に彼の紹介を通じてマエケナスと知り
合う。マエケナスとの出会いは，自伝的な性格の強い『諷刺詩 *Saturae*』
第1巻第6歌で印象的に歌われている[6]。

　ホラティウスもまた，彼の初期の詩集『エポディ *Epodi*』第16歌に
おいて，ローマの抱えている内乱に対して危機感を表明している。ロー
マ人に近接する諸民族も，エトルリア人も，スパルタクス（Spartacus, ?
−前71）も，さらにはイタリアの外からやって来たゲルマニアの民も，
ハンニバル（Hannibal, 前247頃−前182頃）が率いるカルタゴもローマを
亡ぼすことはできなかった。ところが，ローマは内乱によって疲弊し，

---

　6)　ホラティウスの生涯と作品については，Nisbet (2007).

8 アウグストゥスと詩人たち 197

自らの力で滅びようとしている。詩人は「呪われた血筋に与り，悪徳に染まった世代である」ことを自覚する。『牧歌』第4歌においても，明確にではないにせよ，「古き不正の名残は潜伏」すると歌われていた。この『エポディ』第16歌でも，明示的に歌われている訳ではないが，同じ詩集の第7歌の一節を読み比べれば，ロムルスが兄弟関係にあるレムスを殺害して流した血に内乱が由来することは明らかだろう[7]。

こうした呪われた地を後にして，かつてポカイア人が市を挙げて移民した先例を引き合いに出しつつ[8]，もはやこのローマの地を（市民全員が無理とあれば，より良き同朋のみを率いて）離れることを，予言者の如くに提言する。また，決して祖国に後戻りしないことを誓った上で船出を奨める。

彼らが辿りつくだろうと言われる幸福の田野，豊かな島々は自発的に実りを与え，労働の苦しみはない。家畜の世話も要らない。穏やかな気候に恵まれ，家畜は野獣や毒蛇に襲われる心配もない。平穏無事な生活。まさしく黄金時代の特徴を示している。

> そこでは，耕さなくとも毎年大地が穀物をもたらしてくれるだろう。
> そして，剪定されなくとも，葡萄はずっと花を咲かせるだろう。
> 決して人を欺かないオリーブの樹木が繁茂し，
> くすんだ暗色の無花果(いちじく)がその木を飾るだろう。
> うつろな樫の木からは蜜が滲み出し，高き山からは
> さらさらと足音を立てて，清らかな水が下って行く。
> そこでは，指図を受けることなく，山羊は乳を搾られるためにやって
> 　来て，
> 愛らしい群れは乳を張らせて戻って来る。
> 日暮れになって熊が羊小屋の周りで唸ることはない。
> 深い大地の奥底が毒蛇で膨れ上がることもない。

---

7) 中山（1976）43 は，『エポディ』第7歌 17–20 行を引用する。「ローマ人を率いるは／惨い定め，兄弟殺しの罪。／殺されるいわれのなかったレムスの血が，大地へと，／末裔にとって呪わしい血が流されたから」（拙訳）。

8) ヘロドトス『歴史』第1巻第165章（邦訳としては松平千秋訳〔1971–72〕『歴史（上・中・下）』岩波文庫がある）。

198　　　　　　　　　第1部　記憶と再現

　　　我々は幸福にも，これ以上多くのことに瞠目することだろう，
　　　湿り気を多く含んだ南東風が雨で大地を削ることはなく，
　　　豊かな種が乾いた大地で焦がされることはない。
　　　神々の王が（湿気と乾燥の）両者を制御してくれるのだから。
　　　　　　　　　（ホラティウス『エポディ』第16歌43–56行，抽訳）[9]

　ただし，その後に「青銅によって黄金の時代を穢すや否や，ユッピテルが敬虔なる民のためにその岸辺を取り除けてくれたのだ」（63–64行）と付け加えるに至って，この詩の読者は，「呪われた血筋に与り，悪徳に染まった世代である」ローマ人にはその土地の居住資格はないと思ったかも知れない。ただ，ホラティウスが読み手をいたずらに絶望させるために，このような詩行を加えたとは思われない。何故ならば詩人は，呪われたローマ市民のなかにもより良い者らがおり，彼らこそが幸福の土地の住民にふさわしいと言っているからである[10]。
　『エポディ』第16歌がいつ頃創作されたのかについては，決定的な証拠はない。研究者のあいだの見解も様々である。だが，黄金時代的特徴への言及が，ウェルギリウスの黄金時代の再来を主題にした『牧歌』第4歌を踏まえているのだと見れば，ホラティウスは黄金時代の再来という見方に触発されて，彼自身もまたある種の夢想を抱きつつも，予言者的な詩人（「ウァテス」）として，ウェルギリウスよりも一層現実的な態度で，ローマの抱える問題に託宣を与えたのではないかと思われる。

4　詩のなかで歌われるアクティウムの海戦
―― ホラティウスとウェルギリウスの場合

　三巨頭のなかで最も実績を備えており，それ故ローマ人に人気があったのは，アントニウスだった。実際，彼はすぐれた軍人であり，英雄である。勇敢にして，指揮官ながら危険や労苦にも率先して耐えた。兵士

―――――――――――
　9)　『エポディ』第16歌全体の訳については，中山（1976）38–40.
　10)　中山（1976）46–49.

たちのあいだで，とりわけ人望を集めることになったのである。弁舌巧みにして，豪放磊落。誠に気前良く人々にふるまう一方，浪費家であり，贅沢や遊蕩を好んだと言われている。

　一方女王クレオパトラは，美貌と才知を武器にして，すでに若い頃からポンペイユス（Pompeius, 前106–前48）やカエサルを籠絡していた。実際，彼女は，カエサルとの間にカエサリオン（Caesarion, 前47–前30）という名の男子を儲けたと公言していた[11]。英雄色を好むの譬えもあるように，そのような彼女がアントニウスを手玉に取ることなど，いともたやすいことだった。アントニウスはピリッピの戦いの後，彼女に初めて会い，ウェヌスのように美しい姿と巧みな演出効果によって登場した彼女にすっかり魅了される[12]。その後，ブルンディシウムの和議やタレントゥムの和議などにおいて，アントニウスはオクタウィアヌスとその姉によって，一時的には繋ぎとめられる。だが，クレオパトラの魅力は彼を捕らえて離さない。当時のローマ人には，ローマ随一の英雄がエジプトの女王の奴隷に成り下がったように思われたかも知れない。

　ローマが安定した海外諸地域の統治を実現するためには，しばしばその地域に根付いている有力な支配機構をローマに対して好意的・友好的なものとならしめ，利用することが容易かつ有効だった。例えば，東方地域の平和には，エジプトのプトレマイオス朝の役割が大きかった。アントニウスは，エジプトに東方地域安定の要としての役割を期待して，シリア，キュプロス島，キリキア（小アジアの南東部）のいくつかの都市を領土に加えて，版図を拡大させた。もっとも，アントニウスはクレオパトラにそれ以上の支配領域を許すことはなかった。こうした外交政策は，ローマが単なる暴力的な侵略国家ではなく，服従する者には寛大であることを印象付けるものだったろう。東方地域の統治管理がアントニウスではなく，オクタウィアヌスに委ねられたとしても，多かれ少なかれ同様な融和政策をとったものと思われる[13]。

　ところが，アントニウスが外国の女王に自国勢力圏の統治を委ねたこ

　11）　スエトニウス『ローマ皇帝伝』第2巻（『アウグストゥス伝』）第17章第5節。『ローマ皇帝伝』の邦訳については，章末の参考文献を参照。

　12）　プルタルコス『アントニウス伝』第26章。

　13）　アントニウスの東方統治については，Syme (1939) 260–61, 273.

とは事実であるから，その委譲の意図が明らかでなければ，同朋ローマ人には彼が背任行為を犯しているようにも見えた。オクタウィアヌスは，自分の姉の名誉が傷つけられた恨みもあったかも知れないが，この二人の蜜月を，政敵を追い落とす絶好の機会と考えた。彼は，元老院においてアントニウスの倫理的堕落を指弾し，彼を国家の敵として非難する。また，女王がカエサルとのあいだに儲けた子とするカエサリオンを，アントニウスがカエサルの実子だと認定する一方，オクタウィアヌスは，これを否定することに躍起となった。自己をイシス女神であるかのように装い振舞うクレオパトラ。その彼女に寄り添い，自らをオシリスやバッコスになぞらえようとしたと伝えられるアントニウス。そのようなアントニウスの行いを，オクタウィアヌスは狂気の沙汰と断じ，この狂気を引き起こした者として，アントニウス以上にクレオパトラを激しく糾弾した。クレオパトラを，ローマを我が物にしようとする怪物とみなした。

　詩人のあいだでも，アクティウムの海戦におけるオクタウィアヌスの勝利は，こうした公敵や侵略者を撃破し，国家を救った功績として意味づけられた。最初に見るのは，ホラティウスの『歌章 *Carmina*』の例である。

　　　　今こそ飲まん。今こそ自由な足どりで
　　　　大地を踏み鳴らさん。今こそサリイ（軍神マルスの神官団）の
　　　　饗宴でもって，神々の像が横臥する座を
　　　　飾らんときかな，おお我が同朋たちよ。

　　　　以前，カエクブムの名酒を父祖代々の
　　　　樽から注ぎ出すことは禁ぜられていた，カピトリウム
　　　　を支配せんとして女王が，狂気じみた破滅と
　　　　死を画策しているうちは。

　　　　病に染まった破廉恥な連中の群れと一緒になって
　　　　女王は，自制を喪い，どんなことであろうと
　　　　期待し，甘い偶運に酔いしれた。

だが，狂気を減ずることになったのは，

ただ一艘のみで命からがら戦火から，逃れたときのこと。
そして，マレオティスの酒を浸した心をば
本当の恐怖へと変えたのは，
カエサル。イタリアから

櫂を漕いで逃げる者を，追い詰める。それは，さながら鷲が
ひ弱な鳩を，機敏なる猟師が
ハエモニアの野で兎を追い詰めるが如し，
運命の道具たる怪物を

鎖につながんとして。女王はむしろ気高く
滅びることを望み，えてして女がそうであるように
剣を恐れることはなかったし，隠れた岸に
進みの速い艦隊で到達することもなかった。

瓦解した王宮を果敢にも見届ける
その顔立ちは晴れやか。気丈にも毒蛇を
引き寄せる，黒い毒を
肉体をもって飲まんとして。

死を決して一層傲然たり。
けだし，冷酷無比な快速船に乗せられ
一私人として尊大な凱旋に引きずり回されるのを
嫌悪したのは，さもしい女の心ならず。

　　　　　　　（ホラティウス『歌章<ruby>カルミナ</ruby>』第 1 巻第 37 歌，拙訳）

　この詩においては，国家の敵として非難されたアントニウスには一言
も触れられていない。クレオパトラについても，「女王」と呼ばれてい
るだけで，名前は挙がっていない。ホラティウスは，アクティウムの海
戦をローマの侵略をもくろむ外国の独裁者に対する防衛として意味づけ

ている。これを内乱としては描きたくないのである[14]。

　他方，詩人はオクタウィアヌスの武勲を具体的に賞賛することにも控え目である。彼が女王を撃退する様は，鳩を鷲が，兎を猟師が仕留めることに譬えているが，それは叙事詩において常套的に用いられるような紋切り型の比喩表現に過ぎない[15]。

　むしろこの歌で印象的に描かれているのは，女王の立派な最期である。クレオパトラは，戦に敗れた上は，王位を捨てて生き永らえることなど潔しとしない。また，敵方の凱旋に引きずり回されるような屈辱には決して耐えられない。そこで，滅びた国家を平然と見据えながら，自害を決意する。詩人は，「敵ながら天晴（あっぱれ）」という思いを表しているようにすら見える[16]。あるいは，あまりにも精神的に堕落しきった人間に対する勝利は，称賛の価値がないので，このように敗れてはじめて正気に返るクレオパトラ像を作り上げているのかも知れない。それでも，最終連に含まれる「冷酷無比な快速船」や「尊大な凱旋」が，敗者の立場に寄り添った表現であることは否めない。

　次に，ウェルギリウスの叙事詩『アエネイス *Aeneis*』[17]の一節を見てみよう。これは，トロイアの英雄アエネアス（ギリシア語ではアイネイアス）が，トロイア戦争でギリシア人に国を滅ぼされたあと，生き残った同朋市民を率いて，イタリア半島に渡り新しい国家の礎を築くという艱難辛苦と民族復興の物語である。移住にあたって，先住民との大規模な戦争が生ずる。この叙事詩の第8巻では，その戦争に先立って，愛の女神でもあり英雄の母親でもあるウェヌス（ヴィーナス）が英雄を励ますべく，鍛冶の神ウルカヌスが製造した武具を贈り物として手渡す。その武具のなかでも，とりわけ英雄が瞠目したのは，楯だった。楯の表面には，ローマの歴史的名場面が図像として，予言のように刻まれていたのである（第8巻626-731行）。

　主人公の眼には視覚的予言，叙事詩の読者には歴史図絵に相当する楯

---

　14)　Syme (1939) 275.

　15)　例えば Nisbet and Hubbard (1970) 415-16 は，『イリアス』第22歌139行以降や『アエネイス』第11巻721-22行を類例として挙げている。

　16)　逸身（2011）31.

　17)　『アエネイス』の邦訳については，章末の参考文献を参照。

の図像のなかで，中心という最も目立つ場所に描かれているのが，そして最も多くの行数を費やして描写されているのが，アクティウムの海戦の図像である[18]。ホラティウスの場合と異なり，アントニウスはその名前も挙がっており，「かたやアントニウスは，異邦の戦力と混成軍を率いて，勝利者として曙（アウロラ）の諸民族と紅海の岸辺から，エジプトの民やオリエントの軍勢，僻遠のバクトリア人を一緒に連れて来る。後に従うは，（邪悪なるかな！）エジプトの妻」（685–688 行）と言われている。実際には，アントニウス勢の艦隊の大部分はローマ人だったにもかかわらず，ウェルギリウスは彼を東方世界の覇者として特徴づけている。そしてクレオパトラについては，ホラティウス同様，その名前を挙げることはない。「邪悪なるかな！」という，はき捨てるような詩人自身のコメントがはさまれている。他方，オクタウィアヌスは，すでにアウグストゥス・カエサルと呼ばれている。軍事における彼の片腕であるアグリッパ（Agrippa, 前 64 から 62–前 12）を伴い，元老院や民衆，そして先祖神や神格化された養父カエサルの後押しを受ける人物として，描かれている。

　しかし，海戦の図像の描写でむしろ際立っているのは，名前こそ伏せられているものの，クレオパトラの姿である。彼女はアントニウスに付き随う「エジプトの妻」として登場した後，今度は「女王」とだけ呼ばれて，「皆の真中にあって祖国のシストルムで，軍勢を呼び出す」（696行）姿が描かれる。シストルムはイシス女神の崇拝に用いられた打楽器である。そして呼びかけに従うように，「（エジプト在来の）あらゆる神々の異形の姿，吠えるアヌビス」が，（ローマを守るオリンポスの神々である）「ネプトゥヌス，ウェヌス，ミネルウァに刃を向けている」様子が描かれていたことになっている。人間たち同様，それぞれの側を支援する神々のあいだでも戦いが繰り広げられているのである。ここで，クレオパトラは，自軍に号令をかけて戦を仕掛けた。プルタルコスは，『アントニウス伝』第 66 章において，彼女が不可解なことにも，ほとんど戦わずに敵前逃亡したと伝えるが，楯の図像の女王はむしろ勇気や祖国愛を備えた存在である。また彼女の背後には悲劇的な最期を象徴する「二匹の蛇」が迫っているが，それには気付かない（「まだ背後の二匹の

18）　アクティウムの海戦の図像についての解釈については，日向（2004）を参照。

蛇を振り返り見ない」697 行）。

　戦の神々が入り乱れ，戦闘の帰趨が分からなくなっているときに，楯の図像において勝敗を決した存在として描かれているのは，ローマの艦隊の軍事力でも，オクタウィアヌスの采配でもなく，弓矢の神アポッロの介入である（「アクティウムのアポッロは，これらを見て，天空から弓を引き絞っていた。／全エジプト人もインドも，その恐れのために，／全アラブ人も，全サバエイ人も敗走していた」704-06 行）。

　歴史的事実がどうあろうとも，神の手になる予言的な図像において，クレオパトラはローマ人の武力というよりはアポッロの弓矢に屈したことになっている。神に敗れた女王は，祖国へと逃げ帰り，ナイルの河神に迎えられる。

　　　　他ならぬ女王が，風を呼び寄せ，
　　　　帆を張り，刻一刻帆綱を緩めているのが見えていた。
　　　　彼女が殺戮の只中で迫り来る死に蒼ざめて，
　　　　波と西北西風とによって運ばれて行く場面を，ウルカヌスは作って
　　　　　おいた。
　　　　他方，これに対して，大きな体のナイル河神は悲しみ，
　　　　懐と衣服全体を広げて，
　　　　青色の胸の奥と秘密の流れへ敗れた者らを呼び寄せる。
　　　　　　　　（ウェルギリウス『アエネイス』第 8 巻 707-13 行，拙訳）

　女王の姿は，ホラティウス『歌章』とは異なり，敵よりもむしろ死の危険から必死に逃れようとしているように見える。そして，海戦の場面同様，この敗走の場面でも，クレオパトラとエジプトの神々，あるいはエジプトという土地との結びつきが寓意的に強調される。ここに描かれているのは，敗北の悲哀であり，その悲哀に同調する神の憐憫である。このように，敗者の立場に立って印象的な場面を描き出している点にかんしては，ウェルギリウスはホラティウスと共通している。

　さて，クレオパトラとナイル河神との絆が強調された後，今度は勝者オクタウィアヌス（カエサル・アウグストゥス）とアポッロ神との密接な関係が克明に描かれる。

一方，カエサルは三度の凱旋によって，ローマの城壁のなかに乗り
　　込み，
　イタリアの神々に不滅の祈願成就の奉納を行っていた。
　市中の三百の壮大な神殿が，道中の歓喜，祝祭，喝采によって揺れ
　　ていた。
　すべての神殿には，婦人たちの一団が詣で，すべてに祭壇が設えら
　　れる。
　祭壇の前では，屠られた若牛が地に横たわる。
　彼自ら，輝くポエブス（アポッロ）の
　神殿の白い敷居に座して，諸民族の貢納の品々を検め，
　これらを入り口の高い場所に吊るす。
　　　　　　（ウェルギリウス『アエネイス』第 8 巻 714-22 行，拙訳）

　カエサル・アウグストゥスは，多くの公共事業や古い神殿の修復を手
掛けたことを，また廃れていた古い宗教祭儀を復活させたことを誇り，
宣伝している[19]。なかでも，ここで言われているアポッロの神殿は，海
戦後の前 28 年に奉納された。パラティウムの丘に新しく彼が築いた建
造物であり，美しい柱廊や図書館も併設されていた。彼の邸宅もこの丘
にあり，神殿とつながっていたようである[20]。図像のアウグストゥスは，
海戦の勝利を感謝するように，対外戦争で獲得した戦利品を検分し，
これを自ら奉納するのである。アウグストゥスとアポッロの結びつきは，
この時代の文学作品を読み解く際には，極めて重要であり，この点につ
いては，本章の後半部分でも触れることになるだろう[21]。

　19）　アウグストゥスの功績については，『神君アウグストゥスの業績録』を参照（邦訳
については，章末の参考文献スエトニウスの項を参照）。
　20）　Zanker (1989) 51-52.
　21）　アウグストゥスがアポッロとの結びつきを意識し，これを強調したことについて
は，Miller (2009) 15-44.

5 恋愛エレゲイア詩人 —— プロペルティウス

　ここで，すでに述べたウェルギリウスとホラティウス同様，マエケナスを庇護者としていたプロペルティウスについて，触れておきたい。

　ウェルギリウスはその三つの作品『牧歌』，『農耕詩』，『アエネイス』において，一貫してヘクサメトロスという韻律を用いた。これは，ホメロス叙事詩で用いられる基本的な韻律である。他方，ホラティウスはヘクサメトロスの作品（『諷刺詩』，『書簡詩 Epistulae』，『詩論 Ars Poetica』）の他に，アルキロコス（Archilochos, 前7世紀後半？）の作品を踏まえたイアンボス詩の作品（『エポディ』），サッポー（Sappho, 前630頃–前570頃），アルカイオス（Alcaios, 前625から620頃–？）らも用いた様々な抒情詩の韻律に載せた作品，『歌章 Carmina』を残している。

　プロペルティウスは，この二人が使っていないエレゲイアという呼ばれる詩形を一貫して用いている。やや単純化した説明になるが，ヘクサメトロスは，一つの長音節とその後に続く二つの短音節のまとまり（長短短）を一つの単位（脚）とみなして，それが各行6度繰り返されるように言葉を配置した詩行である。他方，エレゲイアにおいては，奇数行はヘクサメトロス同様6脚で構成されるが，偶数行は5脚分（ペンタメトロス）しかない。したがって各ヘクサメトロス行が後続のペンタメトロス行と一つの組を形成して，作品が展開するような具合になる[22]。

　プロペルティウスは，エレゲイアを用い，もっぱら彼自身の恋愛を題

　22）　エレゲイアの詳細については，逸身（2018）173–82. 音節の配列を，図式して説明をするならば，以下の通りである。

　ヘクサメトロスは，[長短短] [長短短] [長短短] [長短短] [長短短] [長短]（短短は一つの長に置き換えることが可能。なお，第6脚目のみは，長短もしくは長長となる）。

　叙事詩の各行がヘクサメトロスで構成されるのに対し，エレゲイア詩は奇数行のみがヘクサメトロスで，偶数行は以下のような音節の配列となる。

　[長短短] [長短短] [長] [長短短] [長短短] [長]（[長短短] [長短短] [長]）という2.5脚が2回繰り返され，1行は長短短都合5脚分になる。短短は前半の2.5脚内に限り一つの長に置き換えることが可能）。

　「ヘクサメトロス」の「ヘクサ」，「ペンタメトロス」の「ペンタ」はそれぞれギリシア語で「6」，「5」の意味である。

材とした作品を歌っている。彼が愛する女性は，キュンティア Cynthia
と呼ばれている。作品は恋愛の体験の告白であり，自叙伝的性格を持
つ。とはいっても，一続きの長い作品ではなく，平均 40-50 行程度の
独立・完結した主題や内容の歌が集められた詩集（全4巻）である。恋
愛体験の告白と述べたが，もちろんどの程度実体験を反映しているかは
不明である。まったくの虚構を，自己の体験のように語っている可能性
もあるだろう。しかし，重要なことは，歌われていることが実体験か虚
構かということではなく，彼が恋愛を自己の体験として歌うという創作
路線を選んだことである。

　プロペルティウスに先んずる世代で恋愛を自己の体験として歌った詩
人としては，前1世紀前半に活躍したカトゥッルス（Catullus, 前 84 頃-
前 54 頃）が有名である。プロペルティウスは，このカトゥッルスから
多大な影響を受けている。彼が愛した女性は，人妻レスビア Lesbia で
ある。当然，これは不倫の恋である。一方，プロペルティウスの相手
は，解放奴隷であり，高級遊女のような存在だったと思われる。二人に
は社会階層の違いもあり，結婚を前提にしない恋愛だった。キュンティ
アは，複数の男性と関係を持ち，詩人は「貧しい」（もっともそれは他と
の比較からそのような卑下に走るのであって，平均的にみれば十分裕福だっ
た）ために，富裕な恋敵の出現によって恋の通い路を阻まれたり，裏切
られたりする。しかし，失意の体験こそが恋愛詩人に豊かな文学的題材
を提供する。加えて，キュンティアは，その美貌もさることながら，音
楽や舞踊にも秀でていたようで，さながら彼女自身が詩歌の女神ムーサ
（Musa, 英語のミューズ Muse）のような存在だった。

　　君らは尋ねる，どこからこれほどの数の愛が書かれ，
　　どこから軟弱な私の本は人々の噂に上るのか。
　　これを私に歌うのはカッリオペではなく，アポッロでもない。
　　恋人こそが私に才能を与えてくれる。
　　　　　　　　　　（プロペルティウス第2巻第1歌 1-4 行，拙訳）[23]

23）　プロペルティウス詩集の邦訳については，章末の参考文献を参照。

208　第1部　記憶と再現

　詩人は通常，ムーサ（カッリオペは九人いるムーサの筆頭）やアポッロから詩的霊感を受けることを自覚的に語るものであるが，プロペルティウスは自分の詩的霊感の源泉が，ムーサやアポッロではなく，キュンティアにあることを力強く宣言する。

　恋愛は個人的な営みではあるけれど，大半の人は誰かに恋する。だから，恋愛は普遍的な文学的主題であり，それが恋愛詩人の強みである。プロペルティウスには，少なからぬ熱烈な愛読者がいたように思われる。現存する彼の作品集の第1巻は，モノビブロス（単巻本）とも呼ばれ，おそらくはマエケナスの文学サークルに入る前に創作・公表され，話題となり，マエケナスの眼に止まることにもなったと推測される[24]。

　マエケナスの庇護の傘下に入るということで，アクティウムの海戦後は，体制派の意図を忖度して文化政策上の協力をすることが，アウグストゥスを称讃する詩を書くことが期待される。しかし，彼は恋愛詩人として売り出したわけだから，体制派に迎合する詩を書くなどお門違いだった[25]。そうした期待への抵抗，さらには体制の政策に対する反発を感じさせる生きのよい歌もある。

> たしかに君は喜んだね，キュンティアよ，例の法律が廃案になって。
> 以前はその法律が発布されれば別れさせられることを恐れ，
> 我々は二人とも長々泣いた。とは言え，ユッピテルだって，愛し合う二人が
> 別れるのを嫌がっているのに，別れさせることはできない。
> 「だが，カエサルは偉大なり」。しかし，それは戦においての話だ。
> 諸民族を破ったことは，恋愛においては，何の力もない。
>
> 　　　　　　　　　　　　　　　　　　（第2巻第7歌1-6行，拙訳）

　アウグストゥスは，将来のローマ市民の数を確保するために，騎士階級・貴族階級の結婚を奨励する法案を押し通そうとした。法案の詳細は不明であるが，この歌の後続部分から察するに，市民に解放奴隷との結

　24）　マエケナスが詩人の才能を見る目とその才能に付き合う忍耐を備えていたことについては，Griffin (2005) 314.

　25）　中山（1977）74-81. Griffin (2005) 314-15.

婚を禁じ，また婚外恋愛も許さないものだったと思われる。それは，プロペルティウスのように，独身であることを望み，家に束縛されない自由な恋愛を楽しもうとするローマ市民たちの反発を招いた。さらに，同じ歌の後半部分では，「どうして，私は対パルティアの凱旋のために息子を与えるというのか。／我が血筋からは兵士は生まれないだろう」（13-14行）と言い，ローマの侵略戦争や対外支配に対する否定的な態度を取る。そして，最終行を「私には君だけが，キュンティアよ，君には私だけが好ましくあれ。／この愛こそは我が父祖の名前より価値があるだろう」（19-20行）と結ぶ。詩人には，ローマ人にとって最も大切なものの一つだった家名や家柄よりも，キュンティアとの関係の方が重要である。恋愛は政治が首を突っ込むことのできない聖域である。

　もっともこうした自由な発言は，次第に影を潜めるようになる。庇護者は，プロペルティウスにアウグストゥス体制を肯定し，称揚する叙事詩の創作を強力に求め続けたようである。お門違いの注文を断るために，詩人は技巧を駆使した辞退詩 recusatio で再三にわたって応じ，圧力をやり過ごそうとする[26]。辞退詩を作るにあたって彼が依拠した詩人は，ヘレニズム文学の権威的存在であり，古代ローマの文芸にも多大な影響を及ぼしたカッリマコス（Callimachos, 前3世紀活動）である。カッリマコスは長大な詩を蔑んだ。むしろ，豊かな学識に基づき，機知に富み，洗練された小品を理想として，そのような詩の創作を実践した。プロペルティウスの先達であるカトゥッルスも，カッリマコスを信奉していた。ウェルギリウスやホラティウスもやはりカッリマコス主義者だったが，プロペルティウスはことさら自分自身を「ローマのカッリマコス」と自任して，カッリマコス主義を前面に出すことで自らの創作の自由を守ろうとした。

　しかし，要求に屈しているように見えることもあった。プロペルティウスはアクティウムの海戦を第3巻第11歌で扱っている。この歌を，「何故君は驚くのか，女が私の人生を翻弄し，／奴隷となった男を，自

26）　プロペルティウスの叙事詩辞退については，Williams (1968) 46-47; 中山（1995）185-209; 日向（2019）6-14, 19-33. なお，叙事詩辞退をする際には，カッリマコス主義を持ち出す他，自分の資質や適性が長大な叙事詩に合わないこと，また叙事詩を創ろうとしたが（アポッロなどの）神様に諫められたということを口実とするのが常套である。

らの支配の下に引きずり込むとしても。／君は，私が軛を砕き束縛を断ち切ることができないからといって，／柔弱者という恥ずべき科をでっち上げるのか（1-4 行，拙訳）」と切り出し，英雄たちを魅惑し，恋の虜にした神話世界の女たち（メデア，ペンテシレア，オンパレ，セミラミス）に言及する。その後話題を現代に転換し，「では，どうだろう，最近我らの軍に恥辱を結び付け，／その奴隷のあいだで疲弊しつつ，／おぞましい婚姻の祝いとして，／ローマの城壁と自らの王国に隷属する元老院議員を求めた女は」（29-32 行）とクレオパトラに言及する。もっとも，ウェルギリウスやホラティウスのように，一貫して名前は挙げず，彼女を「女王」や「女」などと呼ぶのみである。プロペルティウスは，彼女の野望を「吠えるアヌビスを我らがユッピテルに対抗させ，／ティベリス（河）にナイル（河）への恐れを耐えるように強い，／ローマの喇叭をガラガラ鳴るシストルムで撃退し，／平底船の櫓で快速船の船嘴を追おうとする」と歌う（41-44 行）。この表現もウェルギリウスやホラティウスを手本としており，読者をして二人の先輩詩人との比較へ誘い込む仕掛けになっている。

　だが，二人の先輩詩人とは異なり，プロペルティウスには敗者の立場に立ったり，クレオパトラの最期を立派に描こうという考えはなかった[27]。むしろ，彼女は死に際しても「『ローマよ，汝はこれ程優れた市民が共にあれば，私など恐れるに足らなかったのだ』／と言って，飲み続けた葡萄酒に舌は埋もれた」（55-56 行）と醜態を曝したことになっている。また，アウグストゥスの功績を称揚する言葉も二人のそれよりも，大仰であるように見える。「カエサルが無事である限り，ローマがユッピテルを恐れることはまずあり得ない」（66 行）とすら言い切っている。カミッルス（Camillus, 前 5 世紀後半-前 4 世紀前半）やスキピオ（Scipio, 前 236-前 183）といった歴代のローマの英雄に言及しながら，海戦の勝利が彼らの立てた栄光を凌駕することを歌い，「だが水夫よ，汝は港に向かうにせよ，港を離れるにせよ，／どこでもイオニアの海上ではカエサルを思うがよい」（71-72 行）と取って付けたように唐突に歌を締めく

　27）　Sullivan (1976) 23-24 は，ホラティウス『歌章』第 1 巻第 37 歌との言葉遣いの類似性を指摘し，プロペルティウスが第 3 巻第 11 歌においてホラティウスに対する競合意識を示していると考える。

くる。

　ウェルギリウスやホラティウスに比べて，称賛の言葉がだいぶ誇張されているので，ここには，果たしてどれだけ誠意が込められているのか疑問であるが[28]，それ以上に冒頭に掲げられた「恋の隷属 servitium amoris」の主題が，何処へ行ったかが気になる[29]。この歌は，神話的人物の列挙から同時代の人物への話題転換を契機に，アウグストゥス礼讃へ突き進むのだが，意図的に生み出されている統一性の欠如や不安定が，転換に際して故意に名前を伏せられている人物のことを思うように読者を促す。アントニウスがクレオパトラの虜となったことが，このアクティウムの海戦という歴史的事件の原因である[30]。実際，冒頭の「何故君は驚くのか，女が私の人生を翻弄し，……」を読んだり聞いたりしただけでも，同時代のローマ人はアントニウスを連想したことだろう。だとすれば，アウグストゥスの勝利を喧伝することは，恋愛詩人の務めに即して，愛神の脅威の大きさを訴えることに他ならない。心に宿る愛の炎は，じつにローマ随一の英雄の人生すら狂わせ，破滅させることになったのだから。

6　恋愛エレゲイア詩人 —— ティブッルス

　自作のすべてを，エレゲイアで創作した詩人として，もう一人ティブッルスを挙げておかねばならない。プロペルティウスが，ほぼ詩集全4巻にわたってキュンティアへの恋愛感情を題材としたように，ティブッルスも主に自己の恋愛経験に基づいた歌を創作した。彼の作品集は2巻からなり，第1巻は全10歌，第2巻は全6歌を含む。それぞれ

　28）　プロペルティウスの体制に対する冷淡ないしは無関心については，Griffin (2005) 316.

　29）　大芝（2020）168 は，この第3巻第11歌が「恋愛エレゲイアの体裁の中で国家的なテーマを扱おうとしている」と指摘し，「恋愛詩人の立場に立った」アウグストゥス称讃だと見る。

　30）　第2巻第16歌37-40行にもアントニウスへの言及がある。「見よ，最近罪深い軍勢を率いて，／空しき轟きでアクティウムの海を満たした指揮官を。／不名誉な愛が，この人に船の向きを変えて敗走し，／地の果てに逃げ場を求めるよう命じた」。

の歌は，小品ながら独立完結した内容と洗練を備えている。ただし，彼が愛した人物は一人ではない。第1巻では女性デリアと美少年マラトゥスであり，第2巻では女性ネメシスである。

　上述したように，プロペルティウスは「ローマのカッリマコス」を自称した。神話に頻繁に言及し，叙事詩創作の辞退を表明するために自身の恋愛詩を擁護する詩を歌った。対して，ティブッルスは，カッリマコス主義的な学識の披瀝には控え目であり，自らの文芸上の立場を表現することもない。これは，すでに述べたように，彼の支援者だったメッサッラが，政治的にはアウグストゥスと一定の距離を置いており，体制の要求や注文からも比較的自由だったためだろう。しかし，マエケナスのサークルの詩人，特にホラティウスとは交流があったようである[31]。ウェルギリウスやホラティウス，そしてプロペルティウスの作品も丹念に研究したと思われ，自作のなかにしばしば彼らの言葉や詩的着想を踏まえた詩句を配して，さりげなくテクスト間のネットワークintertextuality を築き上げる。

　さて，ティブッルスの理想は，都会を離れ，田舎で愛する人とささやかな農場を所有し，自給自足の共同生活を送ることだった。このあたりが，恋愛エレゲイア詩人としてのティブッルスの独自性である。彼は広大な土地を所有すること，軍事遠征に参加することには関心がないと宣言する。もっとも先祖は，彼よりも大規模な地所を有していたらしいが，「もはやわずかなことで満足し，生きることができればよい」と願っている。

　　私は父祖代々が得ていた富や，いにしえの祖先に刈り集めた
　　収穫がもたらした利潤を求めることはない。
　　小さな田畑で十分だ。寝台で休めて，
　　いつもの寝床で疲れた体を回復することができれば，十分だ。
　　何と愉快なことだろうか，容赦ない風の音を寝たままで聞くことは，
　　そして，恋人を柔らかな懐のなかに抱きかかえることは。

　　31）『歌章』第1巻第33歌や『書簡詩』第1巻第4巻で呼びかけられているアルビウスは，ティブッルスのことだと考えられている。

8　アウグストゥスと詩人たち　　　213

あるいは，冬の南風が冷たい雨を降り注ぐとき，
火の暖かさに恵まれて，憂いなく眠り続けることができることは。
我が身には，このようなことが実現しますよう。

　　　　　　　　　（ティブルス第1巻第1歌41-49行，拙訳）[32]

　詩人は，このあと友人であり，パトロンであるメッサッラに呼びかける。メッサッラには「大地と陸で戦うことがふさわしい」（53行）と英雄的生き方を勧める一方，自身は「美しき乙女の縄目に縛られたままである」（55行）と，恋の隷属状態にあることを自認している。彼は社会的成功や立身出世，軍事的な栄光やネゴティウム（公務）にはきっぱり背を向け，「我がデリアよ，私は褒められることを気にかけず，／私は君と一緒にいられさえすれば，ぐず，役立たずと呼ばれてもよい」（57-58行）と自らを貶め，ただオティウム（閑暇）を享受することを選ぶ。彼は一私人として，農村において平和と愛に満たされて生涯を全うすることを望む。たしかに，それは現実逃避的な生き方だったが，同時に土着，先祖崇拝，質実剛健を重んじたローマの伝統的価値観への回帰だったとも言えるだろう。平時は耕し，戦時は戦う。それが，かつてのローマ市民の典型的な生き方だった。
　実際，戦争を忌み嫌い平和を愛したティブルスではあったが，メッサッラに付き随って遠征にも参加している。第1巻第3歌では，パエアキアなる土地で発病したので，置き去りにされたことを歌っている。彼は病床で不安に陥り，デリアが傍にいないことを悲嘆したり，旅に出たことを後悔したり，死を想像したり，死後の世界について思索したりする。最後には，自身がオデュッセウスのように奇跡的に生還する場面を夢想する（「一方，その傍らで重い糸の塊に根を詰めていた乙女は，／少しずつ眠気に打ち負かされ，仕事がおろそかになるだろう。／そのとき，私は突然戻るだろう。誰かが事前に帰りを知らせることなく，／あたかも天から降りてきたかのように君を訪ねる。／そのとき，君はそのままの姿で，長い髪を振り乱し，／裸足で私に向かって駆けて来い。／願わくば，輝く曙が，薔薇色の馬たちを駆って，／我々にこのようにきらきらとした一日をもたら

---

　32)　ティブルスの詩集の邦訳については，章末の参考文献を参照。

さんことを」87-94 行，拙訳)。

　しかし，ティブッルスにとって喜ばしいデリアの姿は，彼の幻想のうちにしかない。現実の彼女は，彼の理想どおりには応えてはくれない。詩人は，恋愛の教師 magister amoris を自任し，彼女やマラトゥスに密会の裏技を教えてやるが，生徒たちは逆にその裏技を利用して教師を裏切る。彼は，しばしば裏切られる自己の愚かしさを自嘲的に語っている。

　失恋にもかかわらず，ティブッルスは田園において理想の生活を求め続ける。はたして第 2 巻において恋愛の対象として歌われるネメシスは，田園にやって来た。しかし，ここでも強力な恋敵となる富裕な大土地所有者が現れ，ネメシスを奪い，囲い者にしてしまう。この恋敵は，実は元奴隷である。だが，現在は社会的立場が逆転した。彼女の姿を一目見たい一心で，ティブッルスは元奴隷の奴隷となって農耕に精を出す。そのような痛々しい自分の姿を，かつて人間のアドメトゥスに恋し，農業奴隷として彼に奉仕したアポッロ神になぞらえる（「見目麗しきアポッロもまたアドメトゥスの牛たちに牧草を食ませたが，／キタラも長い髪も役に立たなかった。／彼は自分の恋煩いを，健やかなる薬草でも癒すことはできなかった。／およそ医術に備わるものを凌駕するのが，愛」第 2 巻第 3 歌 11-14 行，拙訳)[33]。失望した詩人は自暴自棄になり，農耕の世界や文明を呪う。

　　綺麗どころを忌まわしい田野に隠しておいて，ただで済むと思うな。
　　父なるバッコスよ，あんたの酒粕なんぞろくなものではない。
　　乙女らが田舎にさえ住まなければ，麦畑なんぞには用はないんだ。
　　人はどんぐりに養われ，昔の人のように水を飲むがよい。
　　昔の人はどんぐりに養われ，至る所でいつも愛し合ったのだ。
　　種を蒔いた畝溝を持たなくとも，何か悪いことがあっただろうか。
　　　　　　　　　　　　　　　　（第 2 巻第 3 歌 65-70 行，拙訳）

---

　　[33]　ティブッルスは，第 2 巻第 5 歌で崇高なアポッロを歌う一方で，第 2 巻第 3 歌ではこの神を恋物語の人物として扱う。Cf. Miller (2009) 238.

こうしてティブッルスは恋する人にも，田園にも裏切られる。この歌は，そのような自身の戯画となっている。だが，詩人が垣間見せる憂愁は，彼個人に特有なものではなかっただろう。ティブッルスの作品は，豊かな大土地所有者がますます栄え，自給自足の自作農はますます困窮，没落するという同時代の社会的状況をも映し出している。

7　エレゲイア詩人から叙事詩人へ── オウィディウス

紀元後 1 世紀の修辞学者クインティリアヌス（Quintilianus, 後 35 頃-90 頃）は，『弁論家の教育 Institutio Oratoria』第 10 巻において，ギリシア・ラテンの文学をジャンル別に概観しているが，そのなかでエレゲイア詩について以下のように述べている。

> 我々〔ローマ人〕はエレゲイア詩においても，ギリシア人相手に良い勝負をしている。なかでももっとも洗練され，優雅であると私に思われるのは，ティブッルスである。プロペルティウスの方を好む人々もいる。この二人に比べると，オウィディウスは慎みを欠いており，ガッルスは生硬である。
> （クインティリアヌス『弁論家の教育』第 10 巻第 1 章第 93 節，拙訳）[34]

オウィディウスは，プロペルティウスやティブッルスのように，自己の恋愛経験を素材とする恋愛エレゲイア詩人としてデビューし，『恋の歌 Amores』全 3 巻を創作した。彼はコリンナなる女性に恋し，彼女の虜となった。しかし，彼の恋はプロペルティウスやティブッルスに比べると，深刻なところが少なく，ともすると遊戯のように感ぜられる。その創作にあたっては，個人的な経験というよりも先行する恋愛文学の研究に基づいているように思われる。

クインティリアヌスが「慎みを欠いており」とこの詩人を評したのは，とりわけ彼が『恋愛術 Ars Amatoria』全 3 巻を創作したことにある

34）『弁論家の教育』の邦訳については，章末の参考文献を参照。

だろう。この作品で、オウィディウスは恋愛の教師として、いかにして恋愛において成功者となるかをローマの読者に説いている。具体的には、第1巻は男性がいかにして意中の女性をものにするか、第2巻はその女性をいかに自分の許に引き留めるか、第3巻は反対に女性の方が男性をものにする手練手管を伝授する。恋愛エレゲイア詩人が、恋愛の教師として恋の道を説くという発想は、すでにティブッルスやプロペルティウスに認められるが、この発想を系統的な恋愛の指南書にまで発展させるところが、オウィディウスの非凡のなせる業である。豊かな才能、自由闊達な言論、読者に対する細やかなサーヴィス精神を発揮し、詩人はいきおい情事にかんしてかなりきわどい部分にまで踏み込むことにもなる。彼の新奇な試みはローマ人のあいだで評判になり、多くの読者を勝ち得たことだろう。だが、『恋愛術』は、保守的な人々や権力者からは嫌悪され、ローマの市民に自由気ままな恋愛を奨励し、風紀を乱す危険な書とみなされたふしがある。第4節でも触れたように、アウグストゥスはローマ市民に結婚を強制し、性生活を統制しようと考えていたから、『恋愛術』を政策に対する挑発と感じたかも知れない。なお、『恋愛術』が好評を得たためであろうか、失恋者のために、姉妹編ともいうべき『恋愛治療術 Remedia Amoris』も創作した。

　オウィディウスは、パクス・ロマーナにおける文壇の寵児、流行作家だった。こうした斬新な試みに続いて、彼の代表作である『変身物語 Metamorphoses』を手がけることになる。これは、ギリシア・ローマ神話の変身を題材としているが、何よりも形式自体が「変身」を遂げている。『変身物語』は、それまでオウィディウスが用いたエレゲイア詩ではなく、全行ヘクサメトロスで構成された叙事詩となったのである。しかも、それは全15巻11,995行の長編である。

　すでに述べたように、アウグストゥス時代以前からラテン文学を支配していたのは、とりとめのない長大な詩の創作を戒めるカッリマコス主義である。それ故に、アウグストゥス時代の詩人は、皆叙事詩の創作を避けて来た。しかし、ウェルギリウスがこのタブーと難事業に挑むことになった。彼は、ローマの建国と歴史を歌うことを目的としながら、ひたすら建国の父アエネアスの労苦を扱うことを選んだ。これが、『アエネイス』である。一方、ローマが辿る長い歴史のあゆみは、神々や亡父

8　アウグストゥスと詩人たち　　217

から主人公が受ける予言というかたちで表現される。予言に込められたアウグストゥスの勝利や功績への言及は，運命として意味づけられ，神々によって承認されたことになる。それは，君主に対する効果的な称讃となった[35]。実際，カッリマコス主義を守りつつ歴史叙事詩を創作するとなれば，これ以外に手法はなかっただろう。

　オウィディウスは，『アエネイス』と比較されることを意識しつつ[36]，『アエネイス』よりも長大で，それとまったく異なる叙事詩を作ろうとした。そのため，従来の文学の常識を破っている。『変身物語』は，『アエネイス』どころかホメロス叙事詩とも異なり，扱う時代や地域を限定しない。作品冒頭にも宣言されている通り「世界の起源から同時代に至るまで *ab origine mundi/ ad mea [...] tempora*」（第 1 巻 3–4 行）の変身の系譜を辿っている。これは，トロイア戦争を歌う際に，双子の卵から始めることを戒めたホラティウスの『詩論 *Ars Poetica*』にも抵触するだろう[37]。

　そうした破天荒な試みに加えて，全 15 巻が含む夥しい数の神話は，時間的順序に即して「ひとつながりの詩 *perpetuum carmen*」になるように工夫されている。『変身物語』は，変身にかかわる小規模の物語が互いに連鎖して，神話のカタログ，切れ目のない一つの長大な物語群を形成していることになる。

　さて，ホメロス作品や『アエネイス』を読んでいて誰もが感ずることではあるが，叙事詩に登場する神々は，しばしば人間のごとく感情に支配され，欲望に忠実に行動するように描かれる。『変身物語』では，特にこの人間化の傾向が強まっているように思われる。ここではその一例として，アポッロに着目してみたい。

　『変身物語』第 1 巻において，大蛇ピュトを退治しパルナソスに平和をもたらした功績を誇るあまり，アポッロは，彼と同じように弓矢を携えるクピド（愛神，キューピッド）に弓矢の誉を横取りしないように苦

---

　35)　日向（2014）86.

　36)　オウィディウスの『アエネイス』に対する競合意識については，久保（1978）190–207; 日向（2019）91–109.

　37)　Fantham (2004) 5. ホラティウス『詩論』147 行には，「トロイア戦争は双子の卵から始まらない」とある。これは，トロイア戦争の原因となるヘレネが，卵から生まれたという伝説に基づいている。

言を呈する。これに対し，クピドはアポッロを恋の矢で射る。射られた神は，ペネイオス河神の娘ダプネに恋を覚える。彼女に求愛するが拒絶され，逃げられてしまう。アポッロは，恋における自分の無力をつくづく自覚して嘆く（「ニュンペよ，ペネイオスの娘よ，お願いだから逃げないでくれ。追いかける私はあなたの敵ではない。／［……］あなたは誰に気に入られたのか，とにかく尋ねるがよい。私は山に住む者でも，／牧童でもない。この辺りで家畜の群れの番をする荒くれ男でもない。／軽はずみな人よ，あなたは自分が誰を避けているのか知らないのだ。だから逃げているのだ。私には，デルポイの地が，／クラロスが，テネドスが，パタラの地が仕えている。／ユッピテルが父だ。／私には未来のこと，過去のこと，現在のことは皆明らかだ。／私のお陰で，歌は弦に調子を合わせる。／私の弓はたしかだが，その私の弓をしのぐ弓があり，／その弓が愛を知らなかった胸に傷を与えたのだ。／医術は私の発明であり，私は世界中で救いの神と呼ばれる。／薬草が効くのも私のお陰なのだ。／嗚呼哀れなるかな，愛はいかなる薬草によっても癒すことはできない。／万人に役立つ技術が，これを治める者には役立たない」504–24 行，拙訳）。これは，およそ人を口説くような言葉には思われない。

　追跡の果てにダプネは月桂樹に変容し，思いを遂げることはできない。能力，地位，評判，家柄に恵まれ高慢ちきになっている若者が，意中の女性に無残にも振られてしまう。アポッロはそのような人物のように描かれている。神は，変容した彼女にせめて自分の聖木になるように求める（「月桂樹よ，あなたを髪が，あなたをキタラが，あなたを我が箙<rt>えびら</rt>が飾りものとなすだろう。／歓喜の声が勝利を歌いカピトリウムの丘が長い行列を見るとき，／あなたはラティウムの指揮官たちに寄り添うことだろう。／アウグストゥスの門柱の常に忠実この上ない番人として／戸口の前に立ち，中央にある樫を守ることだろう。／そして我が頭<rt>こうべ</rt>が切られることのない髪によっていつも若々しいように，／あなたもまた葉の永遠の誉を保つがよいだろう」559–65 行）。神は，ローマとアウグストゥスの栄光を約束する。時空を越えて，アウグストゥスは失恋者アポッロと結び付けられているので，同時代のローマの読者はびっくりしたり，にんまりしたりしたかも知れない。

　すでに見たように，アポッロは，ウェルギリウス『牧歌』では黄金時

代の回帰を実現する神として歌われていた。アエネアスの楯の図像においては、アウグストゥスの守護神として性格づけられている。プロペルティウスは、本章第5節で紹介した第3巻第11歌以外にも、第4巻第6歌においてアクティウムの海戦を題材としている。その歌では、戦いに臨むアウグストゥスのもとにアポロが駆け付け、激励の言葉をかける。そして弓矢の神にふさわしく、敵艦に向けて矢を射たことになっている。また、アウグストゥスは、前17年の世紀祭に際して、ホラティウスに機会詩『世紀祭の歌 Carmen Saeculare』の創作を委託した。この歌においても、アポロは姉妹のディアナ女神とともに、ローマの栄光を存続させる守護神として崇拝の対象となっている。

　他方、『変身物語』で登場するアポロには、守護神や救済の神としての神々しさ、崇高さはない。恋の手練手管を知らない。恋わずらいの青年のように描かれる。しかし、読者にしてみればこちらの方が面白い[38]。上述したように、ティブッルスは、アドメトゥスに恋して彼の奴隷として奉仕する哀れな神の姿を描いた。こちらも楽しい。オウィディウスは、ティブッルスを手本にしているかも知れないが、さらに悪戯を加えている。卑近な存在になったアポロを、アウグストゥスやローマの栄光と結び付けている。

　オウィディウスは、読者を喜ばせたいだけで別に悪意はなかったのだろうが、この手の神々の卑近化を随所で行っている。特に神々の父であり、王であるユッピテルは、浮気の天才として描かれている。そして、イオを誘拐したり（第1巻）、女神ディアナに化けて女神に仕えるカリストを手籠めにしたり（第2巻）、美しい雄牛に姿を変えてエウロパを誘惑したり（第2巻）、随分とやりたい放題の蛮行を重ねているように見える。第1巻では、神々の会議の場面が描かれているが、ユッピテルが他の神々を集める場所を「もし言葉に大胆さを認めてもらえるならば、／ここは偉大なる天のパラティウムだと言って憚らない場所である」（175-76行）と歌っている。パラティウムの丘はアウグストゥスの私邸があった場所であるから、オウィディウスはユッピテルをはじめオ

---

　38)　ダプネの変容の物語が、修辞学訓練を基礎とするオウィディウス独自の着想に基づくことについては、久保（1978）15-17.

リュンポスの神々を，アウグストゥスや彼に近しい権力者たちになぞらえている[39]。これもオウィディウスならではのほんの軽口，冗談だろう。だが，人によっては神々の横暴や乱行を，アウグストゥスらの行いに対する当てこすりと考え，諷刺として解したかもしれない。アウグストゥス自身は，ユッピテル，ことに自身にとって特別な意味を帯びていたアポッロが面白おかしく戯画化されたり，悪事や失態を犯す存在として描かれている『変身物語』を快く思っていなかった可能性が高い。

　オウィディウスは，アウグストゥスの不興を買って，晩年ローマを追放される。黒海沿岸で余生を送ることになった。理由については，よくわからない。しかし，追放後も執筆活動は続け，『悲しみの歌 Tristia』全5巻と『黒海からの手紙 Epistulae ex Ponto』全4巻などを創作した。これらの作品はエレゲイアで書かれている。

　彼の作品は，今日現存しないものもあるが，本章で紹介した五人の詩人のなかで，最も多く残っている[40]。それは，彼が終生精力的な創作を行っていたことも一因だろうが，とりわけ読者に愛されたためだろうと思われる。死後も長く読み継がれ，中世にあっても圧倒的に人気が高かった。

参 考 文 献

邦語文献

逸身喜一郎（2011）『ラテン文学を読む――ウェルギリウスとホラーティウス』岩波書店.

―――（2018）『ギリシャ・ラテン文学――韻文の系譜をたどる15章』研究社.

大芝芳弘（2021）「プロペルティウス第3巻の詩作構想――第9，11歌を中心に」，浜本裕美・河島思朗編著『西洋古典学のアプローチ――大芝芳弘先生退職記念論集』晃洋書房，140-84.

久保正彰（1978）『OVIDIANA――ギリシア・ローマ神話の周辺』青土社.

中山恒夫（1976）『詩人ホラーティウスとローマの民衆』内田老鶴圃新社.

―――（1977）「アウグストゥス新体制と詩人たち」，川島重成・荒井献編『神話・

---

39)　『変身物語』におけるユッピテルとアウグストゥスとの関連については，Miller (2009) 334-38.

40)　オウィディウスの諸作品の成立推定年代については，Fantham (2004) 153-55.

文学・聖書——西洋古典の人間理解』教文館，73-112.

──── (1995)『ローマ恋愛詩人の詩論──カトゥルルスとプロペルティウスを中心に』東海大学出版会.

日向太郎（2004)「アクティウムのクレオパトラ──アエネーアースの楯の描写 (*Aen.* 8, 626-731) に関する一考察」，高梨光正編著『生きた証──古代ローマ人と肖像』（「ヴァチカン美術館所蔵古代ローマ彫刻展」カタログ）国立西洋美術館，43-56.

──── (2014)「ウェルギリウス『アエネイス』」，宮下志朗・井口篤編『ヨーロッパ文学の読み方──古典篇』放送大学教育振興会，80-99.

──── (2014)「オウィディウス『変身物語』」，宮下志朗・井口篤編『ヨーロッパ文学の読み方──古典篇』放送大学教育振興会，100-18.

──── (2019)『憧れのホメロス──ローマ恋愛エレゲイア詩人の叙事詩観』知泉書館.

欧語文献

Fantham, E. (2004). *Ovid's* Metamorphoses. Oxford.

Griffin, J. (2005). 'Augustan Poetry and Augustanism', in Galinsky, K. (ed.) *The Cambridge Companion to the Age of Augustus*. Cambridge, 306-20.

Miller, J. F. (2009). *Apollo, Augustus, and the Poets*. Cambridge.

Nisbet, R. (2007). 'Horace: Life and Chronology', in Harrison, S. (ed.) *The Cambridge Companion to Horace*. Cambridge, 7-21.

──── and Hubbard, M. (1970). *A Commentary on Horace* Odes, *Book 1*. Oxford.

Sullivan, J. P. (1976). *Propertius. A Critical Introduction*. Cambridge.

Syme, R. (2002[1939¹]). *The Roman Revolution*. Oxford.（ロナルド・サイム，逸身喜一郎他訳 (2013)『ローマ革命（上・下）』岩波書店.）

Williams, G. (1968). *Tradition and Originality in Roman Poetry*. Oxford.

Zanker, P. (1988). *The Power of Images in the Age of Augustus*, transl. by A. Shapiro. Ann Arbor.（原典はドイツ語，1983 年刊行）

本章で言及したラテン語作品の邦語訳（現在比較的入手しやすい，参照しやすい訳書を選んで挙げておく）

・ウェルギリウス『牧歌』

河津千代訳 (1981)『牧歌・農耕詩』未来社.

小川正廣訳 (2004)『牧歌／農耕詩』京都大学学術出版会.

・ウェルギリウス『農耕詩』

河津千代訳 (1981)『牧歌・農耕詩』未来社.

小川正廣訳 (2004)『牧歌／農耕詩』京都大学学術出版会.

・ウェルギリウス『アエネイス』

泉井久之助訳（1976）『アエネーイス（上・下）』岩波文庫.
岡道男・高橋宏幸訳（2001）『アエネーイス』京都大学学術出版会.

・オウィディウス『恋の歌』
中山恒夫（1985）『ローマ恋愛詩人集』国文社.
　　（プロペルティウス，ティブッルスの詩集の他，カトゥッルス『レスビアの歌』および
リュグダムス詩集，スルピキア詩集，作者不詳『スルピキア名歌選』を含む）

・オウィディウス『恋愛術』
樋口勝彦訳（1995）『恋の技法』平凡社ライブラリー.
沓掛良彦訳（2008）『恋愛指南』岩波文庫.

・オウィディウス『変身物語』
中村善也訳（1981-84）『変身物語（上・下）』岩波文庫.
高橋宏幸訳（2019-20）『変身物語 1，2』京都大学学術出版会.
大西英文訳（2023）『変身物語（上・下）』講談社学術文庫.

・オウィディウス『悲しみの歌』，『黒海からの手紙』
木村健治訳（1998）『悲しみの歌／黒海からの手紙』京都大学学術出版会.

・クインティリアヌス『弁論家の教育』
森谷宇一・戸高和弘・伊達立晶・吉田俊一郎訳（2016）『弁論家の教育 4』京都大学
　　学術出版会.（第 9 巻と第 10 巻の邦訳を収録）

・『神君アウグストゥスの業績録』
國原吉之助訳『ローマ皇帝伝（上）』に併収.

・スエトニウス『ローマ皇帝伝』
國原吉之助訳（1986）『ローマ皇帝伝（上・下）』岩波文庫.

・ティブッルス詩集
オウィディウス『恋の歌』の項を参照.

・プロペルティウス詩集
オウィディウス『恋の歌』の項を参照.

・ホラティウス『詩論』
岡道男訳（1997）『詩論』岩波文庫.（アリストテレース，松本仁助訳『詩学』も併
　　収）
高橋宏幸訳（2017）『書簡詩』講談社学術文庫.（『書簡詩』第 2 巻第 3 歌として収録）

9

ローマでギリシアを主張する

──セカンド・ソフィスティック──

ベネデク・クルチオ

　本章は，セカンド・ソフィスティックと呼ばれる，一種の文化的現象について扱う。セカンド・ソフィスティックとは，紀元50年から250年の間の帝政期ローマにおけるギリシア文化に関連する，極めて多様な概念である。ギリシア人弁論家・著作家のピロストラトスによって，主に1世紀から3世紀頃のギリシア人弁論家（ソフィスト）に関して造り出された用語が，19世紀後半に改めて注目され，より広汎な文化的現象を表すものとして捉えられるようになった（第1節）。

　帝政期ローマにおけるソフィストは，ギリシア語を話す，一定の教養（パイデイア）を有するエリート層の一員として，ローマ当局に対して地元の利益を代表する役割も果たした。ソフィストの弁論は，公の場での修辞学的な実演であり，聴衆との双方向的なやり取りが特徴であった。こうした実演文化は当時の文学的生産にも大きな影響を持ち，特に帝政期ローマの象徴的ジャンルである「小説」に顕著である（第2節）。また，彼らギリシア人エリートは，ギリシア古典に基づくパイデイアを社会的な資本として扱い，理想化された過去と向き合うことでアイデンティティーを構築した。ギリシア語による当時の修辞学・文学作品においては，彼らにとっての「現在」，すなわちローマが如実に不在となる。これはギリシア人とローマの関係性に関わるものであり，彼らの作品におけるローマ帝国の「消去」は，彼らにとって創造的で戦略的な行為であった（第3節）。

　以上の議論ののち，特に当時の修辞学とソフィストによる文学作品の関係についてより詳しい検討を行い（第4節），さいごに主要な作家とその作品について紹介する（第5節）。

1 「セカンド・ソフィスティック」?

　古典研究者たちがセカンド・ソフィスティック（およそ後 50 年-250 年の間のローマ帝政下のギリシア文化に関連した概念）へ言及するとき，以下の幾ばくかのことを念頭においている[1]。

・ギリシアの歴史や神話に関して公共の場で演説を行うという修辞学的実践
・その状況に関連する文学的生産物（およそ帝政ローマ期におけるギリシア文学ジャンルの真髄といえるギリシア小説を含む）
・より広汎に，自己表現と解釈学的戯れに関わる文化
・遥か過去への憧れと古典の教養に基づくギリシア的アイデンティティー

　私が，端的な定義を示すのではなく，関連事項を羅列するという回りくどい方法でこの章を始めている理由は，セカンド・ソフィスティックに関して明確な定義が存在しないためである。セカンド・ソフィスティックという用語は，それぞれの時期や文脈に応じて，様々な意味を内包し，様々な事物に関連する。
　この用語は古代に由来する。すなわち，2-3 世紀のギリシア人弁論家・著作家ピロストラトス（Philostratos）による造語である。ピロストラトスは『ソフィスト列伝』のなかで，幅広い主題の教師であった早期のソフィストと対照的なものとして，おもに語り手が他の（歴史上，神話上などの）人物を模倣する実演的修辞学を，セカンド・ソフィスティック（ギリシア語で *deutera sophistikē* ＝第二のソフィスト術）と記述した。ピロストラトスによると，この伝統は前 4 世紀のアイスキネス（Aischines, 前 390 頃-前 322 頃）にさかのぼる。とはいえ，『ソフィスト

---

　1) Second Sophistic の訳語として，「第二次ソフィスト運動」「第二次ソフィスト思潮」「第二ソフィスト時代」「第二次ソフィスト」などもみられるが，意味を限定しないために，本章ではカタカナ表記としている。

9 ローマでギリシアを主張する   225

列伝』の大部分は，1世紀から3世紀のあいだに活躍した弁論家に関わるものである。

　セカンド・ソフィスティックという概念は，19世紀後半の卓越した古典研究者エルヴィン・ローデ（Erwin Rohde, 1845-98）によって復活した。ローデによると，それは郷愁的な修辞学的動向であり，退廃するローマ帝国の支配に苦しむギリシア人が，自分たちの文化的な自尊心と優越性を主張しようとする試みであった[2]。1960年代後半以降，セカンド・ソフィスティックは，より広汎な文化的現象として捉えられる傾向を強めつつ，一層の注目を集めている。グレン・バウアーソック（Glen Bowersock, 1936-）は，帝政期ローマのギリシア語修辞学の発展を，ギリシア都市とローマ行政を仲介する使節としてのソフィストの役割に言及して，説明する[3]。イーウェン・ボーウィ（Ewen Bowie, 1940-）は，ある先駆的論考で，セカンド・ソフィスティックと呼ばれるものについて，修辞学的文化，歴史記述的文化，物資的文化にまたがる連続性への注意を促している。ボーウィは，それらの領域をまたいで見出される懐古的な傾向を，（彼らにとっては屈辱的ながら）輝かしい帝国下での，無力化に苦しむギリシア人エリートたちの現実逃避の証拠として理解するべきと議論する[4]。

　ここ数十年の学術研究は，知的，美学的，社会的，政治的に入り組んだ，帝政期ローマのギリシア文化に関する私たちの理解を深めてくれている。本章はそれらを扱うものであるが，ここで改めて強調しておくべきことは，セカンド・ソフィスティックが曖昧な概念だということである。すなわち，セカンド・ソフィスティックは，修辞学的動向，美学的風潮，ある種の文化的同一性，歴史的な時代区分，として理解されてきた。この困惑させる多様性が示すのは，セカンド・ソフィスティックがなによりも，発見的手法により仮設された概念である，ということである。したがって，セカンド・ソフィスティックについて，（しばしばそうされるように）それが実体的な概念であると提示するように語ることは，誤解を招くことになる。私が，本章のタイトルを「セカンド・ソフィス

---

2)　Rohde (1914 [1876]) 310-23, (1886).

3)　Bowersock (1969).

4)　Bowie (1974 [1971]), Swain (1996) も参照。

ティックと帝政期ローマにおけるギリシア文化」とするのは，様々な概念を扱う——さらには，セカンド・ソフィスティックが他の時代，また，ギリシアを越えて広がる可能性をも考慮する[5]——余地を残すためである。

2　ソフィストとその活動

ソフィストとは何者か？　帝政期ローマにおいて，この言葉は専門的（職業的）弁論家を表す。彼らは，公然と活動する影響力の大きな者たちであり，複雑で独特な教育形態であるパイデイア（教養 *paideia*）の有り様を披露する修辞学的実演によって自身の権威を引き出す。修辞学教師としての活動とは別に，ソフィストの主要な役割は，ローマ当局に対して，（ギリシアの）自身の地元の利益を代表することである。この観点では，ソフィストは本質的に帝政期ローマのギリシア的現象である。ローマ帝国は，あらゆる主体に利益をあたえる慈善的な組織として，戦略的に自らを形作った。このように努めるなか，ローマは，地域的問題に関して自治体制を残していた東方のギリシア語圏の諸都市を管理するにあたって，地域のエリートの支援に頼った。この方法は，使節として振る舞うことが可能で，政治システム的に繊細で入り組んだ状況に対処することができる，修辞学的に熟達した専門家への需要を伴うものであった。

ソフィストによる実演の詳細を扱う前に，その社会的機能を理解することは極めて重要である。この専門家たちは，二つのレベルで評価と権威を競っていた。すなわち，彼らは，自分たちの技能についてゼロサムゲームでお互いに競い合う一方，ローマ帝国の政治世界において，権力の中心により近づこうと試みていたのである[6]。

---

5)　Whitmarsh (2017) は，帝政期ローマの文化と，ギリシア，ユダヤ，およびエジプトの文化的背景のあいだの継続性を強調する。

6)　ウェスパシアヌス帝（Vespasianus, 在位 69-79）は，教育を奨励するために，様々な公的義務からの免除特権を修辞学者に与え，その後の皇帝にも引き継がれた。また，皇帝は修辞学の欽定講座を設立した。ウェスパシアヌス帝がローマでギリシア語とラテン語の欽定講座を設け，アントニウス・ピウス帝（Antonius Pius, 在位 138-61）は帝国全域に拡げた

9　ローマでギリシアを主張する

　ソフィストが自身の技術を披露するための主要な媒体は，公の場での修辞学的な実演，つまり，聴衆と近しくやり取りしながら行われる，多くの場合即興的な弁論だった。通常，演者は，聴衆に主題の設定をお願いし，（古典的な）歴史やギリシア神話から主題が示されると，手早く考えをまとめて，広汎な弁論を行った。とりわけ一般的なジャンルである模擬弁論 meletē においては，特定の人物を装って（あるいはそうした人物に語る形で）演説が行われた。例えば，「アンドロマケはヘクトルに何を語ったか？」「アキレウスはパトロクロスに何を語ったか？」（ヘルモゲネス『修辞学初等教程 Progymnasmata』9），「50 タラントの賄賂を受け取らなかったとデモステネスが誓う」（ピロストラトス『ソフィスト列伝』538）といったものである。

　こうした実演は，非常に双方向的であった。聴衆は弁論家をじっと観察し，発音の誤り，文法的あるいは文体的な失陥，タイミング，内容の過誤などを吟味した。彼らは，自分たちの喜びや不満を表現するにあたって，拍手，口づけ，やじ，沈黙など，幅広い反応を好きなように示した。ソフィストの演示は，たんに言語的な事柄というわけではなく，具象的に表現される重要な要素を持っていた。演台での小道具や身振り手振りは必要不可欠であったし，ソフィストは，語り手としての人格を形作るために，髪，衣装，足取りといった，自分たちの見た目を利用した。このことについては，著名なソフィストのポレモン（Polemon, 88-144 頃）を描写したピロストラトスの記述が好例である。

　　彼は，熱弁を振るうためにやってくるとき，穏やかで自信に満ちた表情をしていたが，身体の節々をすでに病んでいたため，いつも籠に乗って登場した。……彼の言葉は明瞭かつ的確で，その声の調子には玲瓏な響きがあった。……弁論の最高潮に達したとき，彼は椅子から飛び上がるほど興奮を高め，弁論を締めくくるときは，最後

といわれる。また，少なくともハドリアヌス帝（Hadrianus, 在位 117-38）の時代以降，騎士身分の公職の一つで，皇帝のギリシア語書簡や布告の作成に携わるギリシア語書簡長官 ab epistulis Graecis を，著名な修辞学者が務めることがしばしばあった。そこからさらに上位の職に登用される者もいるが，ソフィストたちにとっては，ローマ世界におけるギリシア文化の担い手としての自己を誇示する立場として，ギリシア語書簡長官職は魅力的であったようである。

の一節を，造作もなくそれを語りうるとはっきり示すかのように，微笑みながら口にした。また，弁論のなかで，彼は幾度も地面を踏みならした……。　　　　　　（ピロストラトス『ソフィスト列伝』537）

　実演は，ソフィストが修辞学的技術を披露するためだけではなく，自身の公的イメージを形成するためにも行われた。ここで，一流のソフィストたちの使節としての役割を思い出すことが重要である。地域のエリートが厭わずに自分たちの命運をその手に委ねたかどうか，あるいはどの程度そうであったかは，ソフィストたちの，たんに弁論や議論の技術だけではなく，頼もしく堂々としていながら，それでも穏健で適切だという印象を人に与える能力にもかかっていた。
　ソフィストの「場」が本質的に闘争的であり，弁論家たちがつねに威信をかけてお互い競っていたことは，『ソフィスト列伝』にみられる幅広い逸話によって確認できる。専門家たちはお互いの演示を批判し，同僚たちをあざけった。また，競い合うソフィストの弟子たちは，例えば，定評のある弁論家たちに対して，あるときは剽窃だといって，またべつのときには既成の弁論を即興のふりをして語っているといって大声で騒ぎたて，実演を妨害した。もちろん，そうしたことばかりでなく，ソフィストたちが互いに直接的に実演で競い合ったことも，私たちは知っている。
　こうした実演文化は，この時代の文学的生産に大きな影響を持っている。このあとみるように，散文による創作の重要性の増大は，同時代的な修辞学の状況との関係で最もよく理解されるのであり，なかでも帝政期ローマの象徴的文学ジャンルである「小説」は，様々なレベルで，そうした状況との生き生きとした対話に勤しんでいる。

3　パイデイア —— 過去，そして現在

　歴史的題材や神話的題材の蓄えから設定をえた，これらの実演の焦点は，良いソフィストであること，より一般的には，ギリシア語を話すエリートたちの一員であるということが，たんに修辞学的な技能に関する

ことだけではなかったことを示唆している。すなわち，帝政期ローマの
ギリシア人たちは，複雑な教育プログラムによって身に付けられる教
養——パイデイア——を社会的な資本として扱ったのである。より本質
的な要素は，（とりわけ古典的な）ギリシアの歴史に関する知識であり，
アッティカ方言を模倣する能力であり，数あるなかでもホメロス，ヘシ
オドス，ピンダロス，エウリピデス，メナンドロス，ヘロドトス，トゥ
キュディデス，イソクラテス，アイスキネス，デモステネス，そしてプ
ラトンといった作家たちで構成される正統的文学作品群に精通している
ことであった。したがって，この時期の（散文）作品の多くは，古典的
な語彙や構文，語形，また，至る所にみられる上記の作家たちからの
（多くの場合遊び心や機知に富んだ）引用やほのめかしによって特徴付け
られる。

　こうした帝政期ローマのパイデイアの特徴が示すように，理想化され
た過去と関わり向き合うことを通じてアイデンティティーを構築するエ
リートたちを，私たちは扱っている。この文化は自覚的に二次的で，古
典期以後のものである。ここで，帝政期ローマのギリシア語修辞学と文
学の顕著な特徴に触れておくことも有意義である。つまり，彼らにとっ
ての「現在」，とりわけローマが，顕著に不在なのである。ソフィスト
的な模擬弁論だけが一貫して神話や古典のシナリオに依拠しているわけ
ではなく，同様の傾向を同時代の文学作品にも見出すことができる。こ
の時代のおそらく最も重要なジャンル，ギリシア小説を例にとってみよ
う。カリトン『カイレアスとカッリロエ』（1世紀），ロンゴス『ダフニ
スとクロエ』（2または3世紀），ヘリオドロス『エティオピア物語』（お
そらく4世紀後半）は，古典期を舞台としている。アキレウス・タティ
オス『レウキッペとクレイトポン』（2世紀）の物語は，ヘレニズム期あ
るいはそれより後の時代を舞台とする。しかし，そこに，ローマが存在
する気配はまったくない。過去とその文学作品に焦点を合わせる傾向
は，特にピロストラトス『ヘロイコス（英雄論）』において顕著である。
この作品では，フェニキアの商人とトラキアのぶどう園主が，ホメロス
叙事詩の英雄たちについて対話を繰り広げる。トラキアのぶどう園主
は，英雄のひとりプロテシラオスの幽霊とよく会い，叙事詩に関わる他
の人物たちについて信頼できる情報をもらっていると主張する。ほぼ間

違いなく，この特異な設定は，遠い過去に対する帝政期ローマのギリシア人の営みを想起させる。読者は，ぶどう園主による『イリアス』『オデュッセイア』の世界への直接的な接触，その世界への固執によって，この現象についてよく考えるように誘われるのである。

　ソフィスト的パイデイアの回顧的側面は，間違いなく，ギリシア人とローマの間の関係性に関わるものである。ローマ帝国が推し進めた言説によれば，ギリシア人は（芸術的，人文的）文化の発明者であり，新しい政治的秩序の下においても，そうした文化の熟達した守護者であり続けている一方，ローマ人は，政治的に権力を握りながら，いまだ粗野な存在として自らを形作っていた。この二分される見方をふまえて，学者たちは，帝政期ローマのギリシア人による過去への執着を，ある種の現実逃避——ローマ統治下におけるおそらく抑圧的な現実の生活から，いにしえの理想的な日々への逃避の試み——の表れとして解釈してきた。しかし，この考え方は，権力関係の交渉の媒体として機能しうる，パイデイアの政治的意義をあまりに単純化し過少に評価している。ソフィスト的修辞学と帝政期ローマのギリシア文学は，（おそらく政治的強者であるが教養がないとされる）ローマ人と（政治的弱者であるが教養があるとされる）ギリシア人の間の，特定の固定的な関係性を受け身的に反映したものではない。そうではなくて，ローマ人もギリシア人も，それぞれの「もう一方」に関係して，各自の文化的アイデンティティーを造り出し交渉するために，パイデイア論議に携わる。帝政期ローマのペパイデウメノイ *pepaideumenoi*[7]——パイデイアを持つ者たち——が，その弁論や著作からローマ帝国を「消去」するとき，それは，以前から存在する不変の時代精神の徴候ではなく，アイデンティティーを形作るための創造的で戦略的な行為である。帝政期ローマのギリシア人エリートたちにとって，古典的な過去は，自身の政治社会的な環境からの平和的な逃避としてではなく，彼らがその環境下における自分たちの立ち位置を行動で示し，それを改めるために上がった舞台として機能する。

　7）　ペパイデウメノイ *pepaideumenoi* は，「教育する」を意味する動詞 *paideuō* の中・受動態完了分詞の男性複数主格の形で，いわば「教育された状態の者たち」である。この場合，彼らが与えられ身に付けているであろう「教育・教養 *paideia*」が要点といえる。

4　帝政期ローマの修辞学とソフィスト的文学

　私たちは，前述の演劇的な喩えをもって，帝政期ローマのギリシア文化においてそのような「演示的」機能を果たすものがソフィスト的な見世物であり，そうした機能を果たすのはそれだけである，とは考えるべきではない。種々の媒体があるなかで，教養あるエリートは，自己形成のために様々な文学的ジャンルを利用することもできた。この話題に関する探究については，優れた研究がいくつも存在するが，本章の範疇を超えるものとなる。ここではあくまで帝政期ローマの文学における「ソフィスト的」性質に注目して，同時代の修辞学的文化の大きな影響を物語る主要な特徴の幾つかを強調しておくことにしよう。

　第一に，帝政期ローマにおけるギリシアの文学的状況は，明らかに散文によって支配されていた。この状況のなかで，プルタルコスによると，著名なデルポイの予言でさえ詩形での予言を止めたという。散文に対するこの一般的な傾向は，公の場での演説や台本執筆は散文に関わる事柄であるという，本質的に修辞学的なものとしてのパイデイアの考え方に結びつけられる。同様に，おそらくこの時代の最も著名なジャンルである恋愛小説の成功は，同時代の修辞学的状況を背景に置くことで最もよく理解される現象である。魅力的な語りを展開し，もっともらしい人物描写を達成し，そして人物に応じた精巧な演説を考案することは，小説家とソフィストに等しく中核的な技術である。

　第二に，ある帝政期ローマの修辞学手引書の一項目で「対象物を視覚的な鮮明さをもって眼前にもたらす描写的な言説」（テオン『修辞学初等教程』118.7）と定義されるエクフラシス *ekphrasis* の人気は，修辞学的文化と文学的文化の密接な繋がりを物語る。この項目が複数の手引書に渡って一貫して取り扱われていることが示すように，エクフラシスは帝政期ローマにおける修辞学の中心的な要素であり，私たちは多くの文学作品に精巧なエクフラシスの数々を見出すことができる。例えば，アキレウス・タティオス（Achilleus Tatios, 2 世紀）とロンゴス（Longos, 2–3 世紀）による絵画や庭園のエクフラシス，ヘリオドロス（Heliodoros, 4 世

紀後半）による儀式の行列，そして宝石彫刻のエクフラシスである。さらに，ピロストラトス『絵画論』やルキアノス『広間について』のように，作家のなかには，自身の作品の主題として絵画や建築などを選び，それに関する広汎なエクフラシスを提示する者たちもいる。これらの作品は，エクフラシスの修辞学的見本としても，エクフラシス自体を探究するものとしても機能する。文学は，ソフィスト的修辞学の重要な手段を反映する手立てとなるのである。

　第三に，弁論と帝政期ローマの文学はホメロス叙事詩への執着を共有している。先に述べたとおり，ソフィストたちは『イリアス』『オデュッセイア』との創造的な対話にしばしば入り込み，英雄によって行われたかもしれない弁論を即興的に行うことで，そうしたパイデイアの土台と自身の親和性を披露する。（演説が実演としても読み物としても楽しまれるべく書かれえたように，修辞学的な作品とたびたび重なり合う）同時代の文学は，ときに遊び心を持って，この風潮と向き合うのである。例えば，ディオ・クリュソストモス『トロイア弁論』（第11弁論）やピロストラトス『英雄論』は，ホメロス版と「競合する」――皮肉にも，より信頼できるものとして提示される――トロイア戦争の逸話を特色とする。ディオは，パリスがヘレネの正当な夫であり，ヘクトルがアキレウスを殺害し，トロイア人がギリシア人を打ち負かした（そして，その逆ではない）とまで論じている。ホメロスは，ギリシア人の聴衆たちを喜ばせたいとただ望むだけの，信じるに値しないと申し立てられる証人であるとして，法廷弁論の手法でもって，化けの皮を剝がされる。出来事の順序の混乱や誤り，あるいは重要な情報の省略といった，物語の不調和らしき箇所は，ホメロスが思いつくままに物語を作り上げ，即興的な虚言を取り繕うことに失敗した表れとして提示される。また，ピロストラトスが描くぶどう園主は，プロテシラオスに聞いた話として，ホメロスはその語りを歪めるように，他でもなくオデュッセウスによって説得された，とさえ主張する。このような真偽不明の申し立ては，文化的な権威としてのホメロスの地位について，そして，理想化された過去の信頼できる情報源としてのホメロス作品に対するペパイデウメノイの信心について，戯れに疑うものである。しかし，同時に，これらの介入行為は，作者の（あるいは話者の）ソフィスト的技術を披露する。すなわち，自

身の相手を信頼できない情報源として攻撃し，相手の矛盾を暴露することは，修辞学の中核的な技術なのである。

　最後に取り上げる点は，パイデイアが，作者によって披露されるものであると同時に，読者を試すものでもあることに内在する緊張関係に関連する。すなわち，帝政期ローマのギリシア文学作品の多くは，確固とした意味と解釈的な戯れの際限のない引き延ばしによって特徴付けられる。例えば，ヘリオドロス『エティオピア物語』は，物語の筋書上の中心的人物であるカラシリスについて二つの相反する視点を保持し，私たちがカラシリスのことを，悪意ある食わせ者あるいは神に霊感を授かった予言者的助力者として読むように誘う。カラシリスの二面性の不一致は決して解決されず，結果として，この小説の筋書きの大半は，相反するような理解がされうることになる。ピロストラトス『アポロニオス伝』では，聖なる哲学者であり教師である人物の旅が描かれるが，その中心的人物の一貫して理想化された人物描写は，アポロニオスの描く冒険旅行の情報源として示される，ダミスなる人物の疑わしい雰囲気と折り合わない。私たちは，『トロイア弁論』および『英雄論』においても，同様に意味の不安定化を見出す。これらのテクストは，ホメロスよりも信頼できると思われるものとしてその情報源を紹介する一方，両者とも，ホメロスと異なる説明が真剣に受けとめられるべきではないと，明らかに示唆している。そのような相反する視点と，信頼できる言説の顕著な欠如が，これらの作品を様々に解釈可能な万華鏡へと変え，その内容について，私たちが何度も何度も異なる対立的な観点から考えるように誘う。この美学的な特徴は，重要な修辞学的技能——すなわち，ある問題に対して異なるアプローチを心に留めて，相反する議論を予期して備える技能——を活性化する。アエリオス・アリステイデス（第5弁論と第6弁論）やポレモン（第1弁論と第2弁論）といったソフィストは，同じ問題について相反する議論を提示する一組の弁論を構成することで，自分たちの能力を披露する。こうしたソフィストたちに内在する相対主義的な能力は，帝政期ローマのギリシア文学の多くに求められる精神的訓練によく似ている。それらの文学作品は，作者がパイデイアを披露するものであるばかりでなく，読者に対して，本物のソフィスト同様に考えるように要求するのである。

要するに，この節で触れた作品は，様々なレベルで同時代の修辞学的
状況と熱烈な対話に勤しんでいるのである。「セカンド・ソフィスティッ
ク」が明確に定義された同質的な芸術的動向であったことを意味するわ
けではないが，この特定の点において，私たちは，帝政期ローマのギリ
シア文学の多くが「ソフィスト的」であったと，自信を持って結論づけ
ることができる。

5　主要な作家たち

　この節では，一般にセカンド・ソフィスティックに関連する主要な作
家について概観する。ただし，これはおもに私の選択に基づく作家であ
り，帝政期ローマのギリシア文学それ自体についての代表的なイメージ
を提示することを意図するものではない。例えば，詩人や歴史著述家，
あるいは医学や地誌などの「技術的」文学の作家を，私はここに含めて
いない。

　プルサのディオン（Dion of Prusa / Dion Chrysostomos, 40 年代-120 年
代），のちに「ディオン・クリュソストムス」（黄金の口を持つディオン）
として知られるこの人物は，地域の政治家としても公に活動する弁論家
としても成功した。ディオンは幅広い範囲の作品を著しており，そこに
は修辞学的な見本となる著作や，地元で行った政治的な弁論，哲学的な
随筆や対話篇などの様々な作品が含まれる。とりわけ印象的な演説は
『トロイア弁論』（第 11 弁論）である。これはイリオン（つまりトロイア）
にいる同時代のローマ市民に向けて語られるもので，トロイア戦争の原
因，経過，結果について，ホメロスが嘘をついていたことを証明しよう
とする[8]。ディオンは，遊び心を持って，ギリシアの歴史著述に触発さ
れたとされる情報源を事ごとに紹介し，自身の議論をギリシア神話に結
びつける。

8）　本章第 4 節参照。

9 ローマでギリシアを主張する 235

そこで，私は，エジプトの神官のひとり，オヌピスの非常に高齢な神官から学んだ話を語ろう。彼はギリシア人がほとんどのことについて本当のことを知らないといって，ギリシア人を嘲笑していた。とりわけその証拠として挙げたのは，トロイアがアガメムノンによって攻略されたこと，および，メネラオスと共に暮らしているときにヘレネがパリスに恋したこと，をギリシア人が信じていたということである。彼が言うには，ギリシア人はひとりの男（つまりホメロス）にすっかりだまされて，誰もが誓ってそうだと認めるほどに，そのことを完全に確信していた。また，その神官によると，古い時代のあらゆる歴史は彼らのもとで記されていて，あるものは神殿に，あるものは石碑に記録されていたが，一部の出来事は石碑が破壊されてしまったためにわずかな人々にしか記憶されておらず，また，のちの世代の人々の無知と無関心のために，石碑に刻まれて伝わる多くの事々も，信じられなくなっているという。しかるに，トロイアに関するこれらの物語は最近の記録に含まれているが，それはメネラオスがエジプト人のもとにたどり着き，すべての出来事を，起きたようにそのまま説明したため，ということであった。

（『トロイア弁論』37-38）

エジプトを古代の知恵の源泉とする考え方（これは，ルキアノス，ピロストラトス，ヘリオドロスといった，セカンド・ソフィスティックの他の作家にも見られる）は，ここで，ギリシア文化の基礎的なテクストであるホメロス作品を問い直し，書きかえるために使われている。同時に，ディオンの方法自体，古典ギリシア文化に根ざしている。すなわち，エジプトから口述の情報源を導入し，再びその人物が古代の書かれた文書に言及する，という方法は，ヘロドトス『歴史』に触発されている。特に注目すべきは，これらのテクストの存在がメネラオスのエジプト訪問によって説明されており，私たちがその訪問について，他でもないホメロス（『オデュッセイア』4巻）によって知っているということである。他の多くの例と同様に，『トロイア弁論』はここでホメロスをホメロスに「対抗して」用いており，その権威を傷つけている。

前述したとおり，この演説は，同時代の聴衆，かつてトロイアであっ

236　　　第 1 部　記憶と再現

た場所に住むローマ人に向けたものである。トロイア人とローマ人の間の繋がりは，トロイア人のアイネイアスがローマ人の祖先であったという一般的な考えに依拠している。ディオンの有名な主張によると，「もはや状況は変わり，アジアの何者かがいつかギリシアへ進軍してくるという恐れはない。ギリシアは他の国（ローマ）に従属し，アジアも同様であるから」（『トロイア弁論』150），彼は今こそ真実を――すなわち，トロイアの勝利を――明らかにできるという。ラリー・キム（Larry Kim）によると，これは「ギリシア人とローマ人の間の調和，すなわちローマの平和によって変わった世界と折り合いをつけることを示す基本的なメッセージ」として解釈されてきたが，「そのような読み方は，ディオンによるホメロスの改訂を額面どおりに受け取ることが求められる」。『トロイア弁論』の遊び心と皮肉に満ちた構成を考慮すると，それは，「聴衆や読者を挑発し，彼らのもつ前提に異議を唱える試み」であり，「ローマ帝国に住むギリシア人の自己定義における英雄的，ホメロス的過去の位置づけに関わるもの」として，最もよく理解される[9]。『トロイア弁論』がセカンド・ソフィスティックにおける中心的な作品であるのは，この点においてである。

　ディオンのさらに重要な作品は，王政に関わる四つの弁論である。これらはディオンがトラヤヌス帝（Traianus, 在位 98-117）に向けて語るもので，理想的な王のイメージを展開する一方，ソフィストよりも優れた型のパイデイアを身につけた哲学者として自身を形作る。また，それらとは別の，特に印象的な弁論は，彼の最も長いもの，すなわち『エウボイアの話』（第 7 弁論）である。その前半部は，船が難破し，田舎の狩人たちに救われるという，ディオンの一人称による長々とした語りによって構成されている。この物語は，牧歌的なモティーフ，埋め込まれた語り，小説的な要素を特色とする。弁論の後半部は，貧しい生活が豊かな生活よりも優越しうることを論じる。ここでディオンはエウリピデスとホメロスに依拠しながらも両者に反論するが，その特有の遊び心と皮肉さを保ちつつ，道徳的な哲学者として自身を形作るのである。

　［詳しくは Swain (ed. 2000), Nesselrath (ed. 2009)］

9）　Kim (2010) 89-90.

9 ローマでギリシアを主張する　237

　プルタルコス（Plutarchos, 50 年頃-120 年頃）は，古代ギリシアの最も
多作で多才な作家のうちの一人だった。古代後期のカタログには 227
もの作品が記載されており，そのうちのおよそ半分が現存している。初
期の演示弁論がいくつか残っているが，プルタルコスの関心はすぐに他
のジャンルに移ったようである。すなわち，道徳的なエッセイ，プラ
トン哲学の伝統に基づく哲学的著作，宗教や予言に関する対話——長年
にわたるデルポイの神官としての経験が，この話題について彼を権威あ
る専門家としていた——などである。特に興味深いのは，『詩の学び方』
というエッセイであり，古代における読書の実践に関する私たちの最も
重要な情報源の一つである。この論考では，倫理的啓発の機能を持ち，
若者たちが理想的な市民となるのを助ける活動として，読書に関する精
緻な理論が展開される。プルタルコスが論じるところでは，彼の解釈に
関する指針は，読書を安全で有益な活動に変える方法を学生たちに提供
し，プラトンの描くソクラテスが理想国家から詩を排除するに至る原因
となる，詩が含む危険を克服するものである。

　プルタルコスの最も有名な作品である『対比列伝（英雄伝）』は，ま
さにこの倫理的教育の目標に合わせられている。プルタルコスは，古
代の有名な人物の伝記を対にして提示し，その美徳や欠点に焦点を当て
る。それぞれの対は，倫理的な比較に適した類似点をその人生の特色と
して持つ，ギリシアとローマの人物で構成されている。例えば，テセウ
スとロムルス，アレクサンドロス大王とユリウス・カエサル，デモステ
ネスとキケロといった人物が対となる。プルタルコスの修辞学的能力が
最も明らかになるのは，これらの生き生きとした，影響力のある人物研
究においてである。

　［詳しくはBeck (ed. 2014), Hunter and Russell (eds. 2021), Titchener and
Zadorojnyi (eds. 2023)］

　アエリオス・アリステイデス（Aelios Aristeides, 117 年-180 年代）は，
当時の卓越したソフィストで，散文による讃歌，エッセイ，そして，そ
の多くが歴史的な話題を扱う弁論作品を著した多才な作家であった。彼
の最も知られた作品は『聖なる話』である。この特別な自伝は，彼の数

238 第1部 記憶と再現

十年におよぶ病気について扱うものであり，彼の苦悩と宗教的体験に内省的な焦点を当てている。アリステイデスによると，医学の神アスクレピオスが彼のもとを繰り返し訪れて，医学的な指示を与えたのである。この一連の作品は，その私的で個人的な雰囲気にもかかわらず，熟練したソフィストとしてのアリステイデスの地位と関連付けて最もよく理解される。つまるところ，『聖なる話』は，自己をソフィスト的な方法で形成するための媒体なのである——この場合，ペパイデウメノス[10]としてではなく，アスクレピオスへの忠実な信奉者としての自己ではあるが。

　［詳しくは Harris and Holmes (eds. 2008)］

　サモサタのルキアノス（Lucianos of Samosata, 120 年頃–？）は，諷刺作家であり弁論家であったが，彼が実際に何を生業としていたかは不明である。ルキアノスが自身について語る多くのことは，彼の皮肉な趣向と戦略的な自己様式化のために，捉えにくいものとなっている。ルキアノスは帝政期の最も魅力的な諷刺の語り手である。彼の著作は，見せかけと派手な自己提示の文化に支配された社会，自己陶酔的なペテン師や，教養を持つように見せかける成り上がり者，そして権力や称賛への渇望に駆られるあらゆる種類の人々がひしめく社会を痛烈に嘲笑する。

　特に注目すべき作品は，2 巻からなる『本当の話』で，これは旅行文学の衝撃的なパロディである。他にも様々なエピソードを含むが，語り手は，月への旅，月の住民と太陽の民との戦争，そして至福者たちの島への訪問を描く。そして，作品の序文で，彼は挑発的な宣言を行っている。

　　さて，これらの著者すべてを読んだとき，彼らが嘘をつくことについて，私はあまり非難しなかった。……しかし，彼らが本当でないことを書いても，それがばれないと考えていたことに，私は驚いた。そこで，私自身も，虚栄心から，後世に何かを残したいと思

　10）　ペパイデウメノス *pepaideumenos* はペパイデウメノイ *pepaideumenoi* の単数形。ペパイデウメノイについては本章注 7 参照。

い，私だけが話を語る自由に浴さないことにならないように，とはいえ語るに値する経験があるわけでもないため，何も本当のことを語ることができなかったので，私は嘘をつくことにした。しかし，私の嘘は，他の者たちの嘘よりも，はるかに道理にかなっている。というのも，私が嘘をついていると語るその一点において，私は本当のことを語っているからである。私は，自分が何ら本当のことを語っていないと自ら認めることで，他者からの非難を免れるだろうと思う。　　　　　　　　　　　　　　　　　　　　　（『本当の話』1.4）

　『本当の話』は，ディオンの『トロイア弁論』よりも露骨で痛烈な諷刺的調子によって特徴づけられるが，その主な関心のいくつかは重なっている。それは，真実と虚偽の関係や，帝政期ローマにおけるギリシア文化の二次的な性質についてである。例えば，至福者たちの島において，語り手は過去の著名な人物——スキタイ人，イタリア人，ギリシアの賢人たち，ヘレネ，ホメロス，ソクラテスほか，多くの者たち——と出会うが，それらの人物が共に暮らしている様子は，ペパイデウメノイの競争的環境を彷彿とさせる。彼らの退屈な共同体からの逃げ道がないため，この筋書きは，帝政期のエリートたちが経験した「閉塞されることへの不安と後発であることの危機」を象徴的に表す[11]。語り手はホメロスとさえ直接触れ合い，ホメロスが実は「バビロンのティグラネス」なる人物であることが明らかになるが，これは詩人のアイデンティティーに対する特徴的な戯れの書き換えである。『本当の話』は，続編の第3巻で物語が続くという約束で締めくくられるが，第3巻は存在しない。すなわちこれは，語り手の最後の冗談である。
　　［詳しくは ní Mheallaigh (2014)］

　マダウロスのアプレイウス（Apuleius of Madaurus, 125年頃-？）は，一般的にセカンド・ソフィスティックと関連付けられる主要なラテン語作家である。彼は，ローマ帝国のギリシア語圏とラテン語圏の両方で活動した，旅行経験豊富な弁論家，哲学者，神官，そして物語作家だった。

11）　ní Mheallaigh (2014: 250).

アプレイウスのあまり知られていない作品には，プラトン哲学の伝統に影響を受けた哲学的論考も含まれる。彼の『弁明』は修辞学のきらめく印象的な作品で，彼が裕福な未亡人を誘惑するために魔術を用いたとして訴えられた（現実の）裁判で，自身を弁護するものである。

『変身物語』あるいは『黄金の驢馬』として知られる，彼の最も有名な作品は，11巻からなる，複雑で物語論的に野心的な小説である。この作品は，ロバに変身させられるルキウスの物語を描くもので，彼は，魔女や盗賊，野生動物，そして詐欺的な宦官の神官集団との遭遇を含む，一連の壮大な冒険を経験し，最終的には宗教的な啓示のおかげで人間の姿を取り戻す。

この作品の全体的な調子とメッセージは，明確に説明するのが難しいことでよく知られている。この小説は性的に露骨で，諷刺的であり，低俗なユーモアに特徴づけられ，逸話的な面白い脱線に満ちている。その一方で，有名な挿話であるアモルとプシュケの逸話や，ルキウスの宗教的体験に焦点を当てた最終巻が，この作品に神秘的な雰囲気を与え，作品を形而上学寓意譚として読むように私たちを誘う。ルキアノスやピロストラトスのような他の多くの「ソフィスト的」作家たちも，曖昧さと解釈の開放性を伴う革新的で示唆に富む物語実験を展開している。しかし，ヘリオドロス『エティオピア物語』（下記参照）を除いて，『黄金の驢馬』が，帝政期のフィクション作品で最も謎めいていて意見の分かれる作品であることは確かである。

　　　　［詳しくは Winkler (1985), Harrison (2000), Graverini (2012 [2007])］

フラウィウス・ピロストラトス（2世紀後半-3世紀半ば）は，その時代を代表する最も有名なソフィストの一人で，セプティミウス・セウェルス帝（Septimius Severus, 在位 193-211）の宮廷で活動していた。彼の作品のなかには，古代の運動競技や慣習と自然の関係に関する随筆も含まれる。いくつかの観点から，ピロストラトスは，セカンド・ソフィスティックという用語について私たちがどのように理解するにせよ，その典型的な人物である。彼の『ソフィスト列伝』は，ローマ支配下におけるギリシアの修辞学文化に関する最も重要な情報源である。この作品は，著名なソフィストたちの伝記的情報だけでなく，彼らの弁論様式，

実演習慣，聴衆との交流，そして職業上の競争関係に関する詳細な説明を提示する。

ピロストラトス『英雄論』は，ディオンの『トロイア弁論』に倣うもので，フェニキアの商人とトラキアのぶどう園主の会話によって組み立てられた，ホメロスの登場人物や逸話と批判的，独創的に向き合った内容の宝庫である[12]。この作品はおそらく，帝政期ローマのギリシア文化と遠い過去との関係を最も巧妙かつ複雑に検討したもので，ホメロスを抜け目がなく信頼できないペテン師として提示する。論争となるホメロスの出身地に関して示される説明の一つは，「ホメロス自身がそのことについて語っていないのは，熱心な諸都市が彼を自分の都市の市民であると考えるようにするため」（『英雄論』44.2）というものである。さらに，ぶどう園主によると，ホメロスはトロイア戦争について真実を知っていたが，オデュッセウスに説得されてその話を歪めたという。ある意味では，『英雄論』は全体として，こうした信頼できない遊戯に参加している。ぶどう園主は，トロイア戦争に関するすべての（確実とされる）情報をプロテシラオスの幽霊から受け取ったと主張するが，この主張は決して実証されることはなく，その権威を疑問視するように私たちを誘う微かな手がかりが散りばめられている。

ルキアノス『本当の話』の，宣言されながら存在しない第3巻と同様に，『英雄論』も終結を拒み，読者に対して閉じない結末を挑発的に突きつける。フェニキアの商人はさらなる神話的話題への好奇心を表明し，ぶどう園主は議論を続けることを喜びながら，それを翌日に延期する。商人は「ポセイドンに誓って，その話も聞くまで私は出航しないでいたい」（『英雄論』58）と答えるが，そこで物語は終わるのである。

最後に取り上げるピロストラトスの重要な作品は『絵画論』で，これもまた帝政期ローマの弁論文化に深く関わるテクストである[13]。鑑賞者が，画廊にある架空の絵画について，それらの意味や自身への美的印象とともに描写する。『絵画論』は，帝政期ローマのエクフラシスを主題

---

12)　本章第3節も参照。

13)　『絵画論』の著者とされるピロストラトスの人物同定には諸説あるが，本章はフラウィウス・ピロストラトスを著者とする説をとる。なお，『絵画論』には初編著者の孫が著したという続編がある。

242　　第1部　記憶と再現

とする修辞学的作品のなかで，最も印象的な傑作であり，美的可能性やテクストと図像の関係性に関する刺激的な探究である。
　　［詳しくは Bowie and Elsner (eds. 2009), Miles (2017)］

　　さて，次にギリシアの小説家たちに目を向けるが，とりわけ3名がセカンド・ソフィスティックと密接に関連している[14]。学術的には，彼らの作品はしばしば「ソフィスト的小説」と呼ばれる。
　　［詳しくは Swain (ed. 1999), Whitmarsh (ed. 2008), Whitmarsh (2011)］

　　アキレウス・タティオス（2世紀）は，『レウキッペとクレイトポン』の作者であり，その物語の枠組みは，ゼウスとエウロペの絵画の広汎で生き生きとした描写を特色とする。この小説の大部分は，埋め込まれた一人称の語りで構成されており，そこでは，男性主人公クレイトポンが非常に主観的で偏った方法で，自分の冒険を語る。彼は異母姉妹と結婚するとされていたが，従姉妹のレウキッペに恋をする。恋愛経験に乏しいクレイトポンは，彼の奴隷と親戚の，手の込んだ助言に従う。その助言によると，エロスは「独学のソフィスト」（1.10）であり，誘惑の技術は修辞学的な説得に非常によく似ているとされる。
　　クレイトポンがレウキッペと秘密裏に逢瀬を楽しんでいたとき，彼らはレウキッペの母親に見つかりそうになり，クレイトポンの地元であるテュロスから駆け落ちすることを決める。その後に続くのは，海賊，難破，見せかけの死，魔法，奴隷化，恋敵，戦争，法廷劇，処女検査，別離，再会，そして最終的には結婚という，長く楽しい一連の冒険である。
　　より信頼できる語り手が不在のなかで，私たちは行間を読み，クレイトポンの信頼できない語りを精査することが求められる。彼が物語の一部を歪め，あるいは省略している可能性はないか？　どのくらい，彼は

　　14）　ギリシア小説は以下の5作品が現存する。カリトン『カイレアスとカッリロエ』（おそらく1世紀後半），クセノポン『エペソス物語』（2世紀前半），アキレウス・タティオス『レウキッペとクレイトポン』（2世紀），ロンゴス『ダプニスとクロエ』（2世紀後半～3世紀初頭），ヘリオドロス『エティオピア物語』（4世紀後半または3世紀初頭）。このうち，文体などの特徴から，カリトンおよびクセノポンがここでの議論から外されている。

自分で主張するほどに，勇敢で善意を持った人物であるのか？ 彼とレウキッペのお互いに対する感情は，どのくらい一致しているのだろうか？ 『レウキッペとクレイトポン』は性的にいかがわしく，婚前交渉の試みや浮気の事例を描いている。クレイトポンは，レウキッペが死んだと思い込んでいる間に，裕福な女性メリテに求愛される。彼はしばらくの間は彼女を拒絶するが，最終的には彼女と同衾することに同意する——ただし，それはレウキッペがまだ生きていることを彼が知る前のことである。

　アキレウス・タティオスの小説は，物語の急展開に満ちており，幅広い話題に関する疑似科学的な余談とともに，よく作られた演説を特徴としており，作者の多才な修辞学的技術と教育を誇示している。その一例は，自然の中に見られる様々な矛盾した愛の形に関してクレイトポンが余談を語る場面であるが，それは「恋愛に対してどうにかレウキッペが従順になるようにしたい」（1.16）がための語りである。

> 爬虫類のなかには別の愛の秘儀があり，同じ種の仲間同士だけではなく，異なる種の仲間にも愛が芽生える。陸生の蛇であるクサリヘビは，ウナギに欲情する。ウナギは海に住むまったく異なる種類の蛇で，姿は蛇であるが，生態は魚である。彼らが交尾を望むとき，クサリヘビは浜辺へ降りてきて，海に向かってウナギに合図の声を発する。ウナギはその合図を聞き分け，波間から立ち上がる。しかし，ウナギは花婿の元にすぐには行かない。ウナギは花婿がその牙に死を宿していることを知っているためである。ウナギは岩に這い上がり，恋人が口を無毒化するのを待つ。そのためふたりは，すなわち陸の愛するものと島の愛されるものは，お互いに見つめ合って動かない。愛するものが花嫁の恐怖を吐き出し，死が地面に放り出されたのを花嫁が見ると，そのとき初めて彼女は岩から降りて陸地に向かい，愛するものを抱きしめ，もう口づけを恐れない。
>
> （『レウキッペとクレイトポン』1.18）

［詳しくは Morales (2004), Whitmarsh 2020)］

　ロンゴス（2世紀または3世紀）は，『ダプニスとクロエ』において，

テオクリトス（Theocritos, 前3世紀前半）やピレタス（Philetas, 前340頃−前3世紀初め）といったヘレニズム期の詩人たちから借用した牧歌的要素を小説のジャンルに注ぎ込んだ。捨てられた主人公たちが，動物に育てられ，田舎のレスボスで山羊飼いや羊飼いとして成長し，自分たちの都市的出自を知ったあとも，その場所で生活することを選択する。物語は，主人公たちが理想化された相互への愛を徐々に発見し，性的な目覚めを経験する過程を描くもので，外見上は単純な筋道で展開するが，広汎な文学への巧みな言及に溢れている。さらに，一見すると素朴な恋愛物語は，プラトンの愛の哲学との対話を通じて体系的に展開される。この単純さと洗練の間の緊張はロンゴスの文体にも反映されており，構文的には単純でありながら，非常に詩的で音楽的である。

『ダプニスとクロエ』の田園的設定に加えて，ロンゴスがジャンルを融合させている顕著な要素は，彼が主要な小説の定型を牧歌的な方法で変形させていることである。例えば，クロエは危険な山賊ではなく，メテュムナの若い裕福な男たちに掠われる。主人公たちを引き離すのは戦争ではなく冬の雪である。主人公たちは，遠い国々へ旅する代わりに，レスボスから一度も離れない。彼らの恋敵は，海賊や総督，裕福な女性たちではなく，牛飼いや「小さな雌狼」（リュカエニオン）と呼ばれる女性である。彼女は「田舎の基準では上品」（3.15）であり，年老いた農夫によって田舎に連れて来られた。

『ダプニスとクロエ』の世界は，養育と文化の間の，そして田舎と都市の間の緊張によって特徴付けられる。愛と性は単に経験するものか，それとも学ぶべきものか？　質素な暮らしの山羊飼いと裕福な都会人はどちらが幸せか？　自分が両方の世界に属していると気付いたとき，何が起きるのか？

　［詳しくは Morgan（2004）］

ヘリオドロス（おそらく4世紀後半）の『エティオピア物語』全10巻は，エティオピアの黒人の王と王妃の間の白人の娘カリクレイアの冒険を語る。母親に捨てられた彼女はデルポイで育ち，そこで包括的な教養教育（パイデイア）を受けて，まもなく修辞学の技術に秀でることになる。カリクレイアはギリシア人の若者テアゲネスに恋をして，忘れられ

ていた自分の正体に気付く。そして，彼女は恋人とエティオピアへ旅を
して，そこで王女として認められようとする。カリクレイアの故国に到
着するまえに，二人は一連の冒険を経験する。彼らはエジプトの海賊に
捕らえられ，神聖な賢者か詐欺的なペテン師か判別の難しい謎めいたエ
ジプトの神官と協力し，ペルシアの総督の危険な妻によってメンピスで
閉じ込められる。エティオピアの首都メロエでは，テアゲネスは巨人と
戦い，逃げ出した牛を捕まえる。カリクレイアは，彼女の複雑で矛盾す
る正体について，長々とした，裁判めいた試験を経験する。最終的に，
主人公たちは王室に迎え入れられる。

　『エティオピア物語』は，古代から現存する物語のなかで，最も熟練
した作品である。作品は物語の中途で始まり，大半が信頼できない数多
くの挿話が5巻にわたって展開されたあとで，私たちはようやく，主
人公たちが誰であるか，彼らがどこから来ているのか，そして彼らの目
的が何であるかを完全に理解する。この小説の有名な冒頭部は，ヘリオ
ドロスの「映画的な」語りの様式の良い例である。

　　微笑む夜明けが空を明るくし始め，太陽の光が山の尾根を照らし始
　　めた頃，ナイル川が海へと流れ込む，ヘラクレス河口と呼ばれる場
　　所を見下ろす丘の上から，盗賊の装束をまとった男たちの一団が頭
　　を覗かせた。彼らは少しばかり立ち止まって，眼下に広がる海を見
　　渡していた。はじめは海原を見つめていたが，略奪や戦利品の望み
　　を抱かせるような船は何も航行しておらず，彼らの目は近くの浜辺
　　に引き寄せられた。彼らが目にしたのは次のような光景だった。商
　　船が船尾をつながれて停泊しており，乗組員はいないが貨物は積
　　み込まれている……しかし浜辺には，殺されたばかりの遺体が溢れ
　　ている。完全に絶命している者もいれば，半死半生でまだ身体の一
　　部が痙攣している者もおり，戦いが終わったばかりであることを物
　　語っていた。　　　　　　　　　　　　　　　（『エティオピア物語』1.1）

　ヘリオドロスの小説は，プラトンの対話編や古典悲劇，歴史著述と
いった正典化されたテクストだけでなく，帝政期の新プラトン主義や，
ルキアノス，アキレウス・タティオス，ピロストラトスといった初期

の「ソフィスト的」作家たちも含む，非常に幅広い文学への度重なる複雑で遊び心のある言及を特色とする。さらに，『エティオピア物語』は，『オデュッセイア』の大まかな構造を模倣しており，ホメロスとその詩に関する広汎な議論を展開している。要するに，ヘリオドロスの作品は，間違いなく，ギリシアのパイデイアへの記念碑的なトリビュートと見なすことができる。この観点においては，第 6 巻の宴会の場面と最終巻の法廷手続の場面がとりわけ興味深い。それぞれの場面は，幅広い文体や表現を包含し，ソフィスト的な修辞学で一般的な，様々な比喩や論証技法を巧みに駆使した，広汎な演説の連続を特色とするのである。

　アプレイウスの『黄金の驢馬』と同様に，『エティオピア物語』も対照的な方法で解釈されてきた。この小説は，遊び心をしばしば持ち，文学に関する広汎で皮肉な議論を展開し，解釈に関して自己反省的な機会を多く含む。これらの，そして関連する特徴から，ヘリオドロスを主に解釈に関心を持つ遊戯的な作家と読む学者もいる。一方，『エティオピア物語』には「深刻な」側面もある。この小説は，登場人物を道徳的な方法で描き，愛と情熱の善い形と悪い形を区別し対比する。ヘリオドロスはしばしばプラトン哲学に依拠し，特に物語の終盤にかけて，複数の逸話に宗教的な雰囲気を持たせている。最終的に，いくつもの箇所が，『エティオピア物語』を形而上学的な寓意譚として読むように私たちを強く促すのである。

　　［詳しくは Hunter (ed. 1998), Kurchió (2019)］

読 書 案 内

　セカンド・ソフィスティックに関する最良の入門書は Whitmarsh (2005) である。Johnson (ed. 2017) は充実した最新の論集である。帝政期ローマの知的風景に関しては，Eshleman (2012) を参照のこと。Schmitz (1997) はパイデイアを社会的資本として扱う良質な議論を提示してくれる。ソフィストの実演文化については Gleason (1995) および Korenjak (2000)，帝政期ローマのギリシア文学におけるホメロスに関しては Kindstrand (1973) および Kim (2010) が参考になる。

　また，本章で登場するセカンド・ソフィスティック関連の作品については，数篇を除いて日本語訳が出版されている。すべてを挙げるには量が多いため，詳細は作

家名・作品名などで調べてみることをお勧めしたい。ここではギリシア小説 5 篇の日本語訳を挙げておこう。

アキレウス・タティオス，中谷彩一郎訳（2008）『レウキッペとクレイトポン』京都大学学術出版会.
カリトン，丹下和彦訳（1998）『カイレアスとカッリロエ』国文社.
クセノポン，松平千秋訳（1961）『エペソス物語』（筑摩世界文学大系 64『古代文学集』筑摩書房所収）.
ヘリオドロス，下田立行訳（2003）『エティオピア物語』国文社.
ロンゴス，松平千秋訳（1987）『ダフニスとクロエー』岩波文庫.

　なお，上記の筑摩世界文学大系 64『古代文学集』（1961）には以下の日本語訳も含まれる。
タティオス，引地正俊訳『レウキッペーとクレイトポーン』.
ロンゴス，呉茂一訳『ダフニスとクロエー』.

参 考 文 献

Beck, M. (ed.) (2014). *A Companion to Plutarch*. Chichester.

Bowersock, G. W. (1969). *Greek Sophists in the Roman Empire*. Oxford.

Bowie, E. (1974). 'The Greeks and Their Past in the Second Sophistic', in Finley, M.I. (ed.) *Studies in Ancient Society*. London: 166–209 (first pub. 1971).

Bowie, E. and Elsner, J. (eds.) (2009). *Philostratus*. Cambridge.

Eshleman, K. (2012). *The Social World of Intellectuals in the Roman Empire: Sophists, Philosophers, and Christians*. Cambridge.

Gleason, M. W. (1995). *Making Men: Sophists and Self-presentation in Ancient Rome*. Princeton; Chichester.

Graverini, L. (2012). *Literature and Identity in the* Golden Ass *of Apuleius*, trans. by B.T. Lee. Columbus (first pub. 2007).

Harris, W. V. and Holmes, B. (eds.) (2008). *Aelius Aristides between Greece, Rome, and the Gods*. Leiden; Boston.

Harrison, S. J. (2000). *Apuleius: A Latin Sophist*. Oxford.

Hunter, R. L. (ed.) (1998). *Studies in Heliodorus*. Cambridge.

———— and Russell, D. (eds.) (2021). *Plutarch: How to Study Poetry*. Cambridge.

Johnson, W. A. (ed.) (2017). *The Oxford Handbook of the Second Sophistic*. New York.

Kim, L. Y. (2010). *Homer between History and Fiction in Imperial Greek Literature*. Cambridge.

Kindstrand, J. F. (1973). *Homer in der zweiten Sophistik: Studien zu der Homerlektüre und dem Homerbild bei Dion von Prusa, Maximos von Tyros und Ailios Aristeides.* Uppsala.

Korenjak, M. (2000). *Publikum und Redner: ihre Interaktion in der sophistischen Rhetorik der Kaiserzeit.* München.

Kruchió, B. (2019). 'Heliodorus (4): Greek Novelist, c. 4th Century CE', in Whitmarsh, T. (ed.). *Oxford Classical Dictionary 5.* Oxford.

Miles, G. (2017). *Philostratus: Interpreters and Interpretation.* London.

Morales, H. (2004). *Vision and Narrative in Achilles Tatius'* Leucippe and Clitophon. Cambridge.

Morgan, J. R. (2004). *Longus:* Daphnis & Chloe. Warminster.

Nesselrath, H.-G. (ed.) (2009). *Der Philosoph und sein Bild: Dion von Prusa.* Tübingen.

ní Mheallaigh, K. (2014). *Reading Fiction with Lucian: Fakes, Freaks and Hyperreality.* Cambridge.

Rohde, E. (1886). 'Die asianische Rhetorik und die zweite Sophistik', *RhM* 41: 170–90.

————. (1914). *Der griechische Roman und seine Vorläufer.* Leipzig (first pub. 1876).

Schmitz, T. (1997). *Bildung und Macht: zur sozialen und politischen Funktion der zweiten Sophistik in der griechischen Welt der Kaiserzeit.* München.

Swain, S. (1996). *Hellenism and Empire: Language, Classicism, and Power in the Greek World, ad 50–250.* Oxford.

————. (ed.) (1999). *Oxford Readings in the Greek Novel.* Oxford.

————. (ed.) (2000). *Dio Chrysostom: Politics, Letters, and Philosophy.* Oxford.

Titchener, F. B. and Zadorojnyi, A. V. (eds.) (2023). *The Cambridge Companion to Plutarch.* Cambridge.

Whitmarsh, T. (2005). *The Second Sophistic.* Oxford.

————. (ed.) (2008). *The Cambridge Companion to the Greek and Roman Novel.* Cambridge.

————. (2011). *Narrative and Identity in the Ancient Greek Novel: Returning Romance.* Cambridge.

————. (2017). 'Greece: Hellenistic and Early Imperial Continuities', in Johnson (ed. 2017): 11–23.

————. (2020). *Achilles Tatius:* Leucippe and Clitophon *Books I–II.* Cambridge.

Winkler, J. J. (1985). *Auctor & Actor: A Narratological Reading of Apuleius's* The Golden Ass. Berkeley; London.

（吉川　斉　訳）

第 2 部

素材と受容

ペウケスタスの命令（*SB* XIV 11942）

「神官の家につき立ち入り禁止」

（前 4 世紀のもの。サッカーラで出土。第 8 章参照）

The Journal of Egyptian Archaeology 60 (1974), 図 55

10

古典ができるまで
──テクスト批判──

パトリック・フィングラス

　現代のわれわれが比較的容易に古典作品を入手できるのは一体どうしてだろうか。約 2500 年前の作品がある程度流通しているという（文字どおり）有難い状況が生まれた背景には，一体何があったのだろうか。

　古典期に活動した人々の著作のほとんどが，実は完全に失われてしまっている一方で，時代を経て常に伝承され続けた作品もある。中には偶然が重なって運良く生き残ってきた作品もあるが，そうでない作品の裏には「古典文献学」と呼ばれる学問的活動が存在する。古典期の作品はその伝承のほとんどを中世に複写された写本に依拠しており，前 5 世紀に書かれた作者の直筆原稿が残っているわけではない。そこで，今われわれの手元にある中世写本を手がかりに，古典の作者が実際に書いたものを可能な限り復元しようと試みる学問が生まれたのであった。

　印刷機が発明される以前の写本はすべて手作業で複写され，様々な要因による誤写などの人為的過誤が後を絶たなかった。15 世紀に印刷機が誕生すると，複写のたびに誤写が重なることはなくなったものの，新たに印刷本ならではの欠点が見つかる。このように，古典作品の伝承はある意味で非常に不安定なものであったがゆえに，作品のもとの姿を追求する文献学は古典学研究に不可欠な分野なのである。

　手書き写本から印刷本へ，そして現代ではオンライン版も登場し，古典文献学が上げてきた成果はより多くの人の目に触れることとなった。本章では，古典文献学が一体どういった歴史をたどって発展してきたのかを概観する。また，最終節でその作業の実例を示すことで，文献学という学問が古典作品の内容やその理解に与えうる影響を強調したい。

252   第 2 部　素材と受容

1　はじめに

　古代ギリシアやローマの時代に書きあらわされた作品のほとんどは現存していない。アテナイの劇作家ソポクレス[1]（Sophocles, 前 496/5 頃–前 406/5 頃）は 100 以上の作品を書いたが，今日に伝わっているのはたったの 7 作と少しの断片である。リウィウス[2]（Livius, 前 64/59–後 12/17）はローマの歴史を 142 巻にわたって書き連ねたが，現存するのはそのうち 35 巻にすぎない。それでもソポクレスやリウィウスはまだ運の良い方だと言える。古代においてギリシア語やラテン語で創作活動をしていた詩人，劇作家，歴史家，地理学者，小説家，哲学者たちのうちで，作品が残されているのはほんの一握りなのだ。

　こうした状況を一見すると，「現存」と「散逸」との間には決定的な差異があるのではと考えたくなるが，実はその境界は非常に曖昧なものである。そもそも，ソポクレスの 7 作品が「現存」しているとは一体どういう意味なのだろうか。また，その「現存」とは具体的に何が残されている状態を指すのだろうか。答えは「それら 7 作品の本文を含む写本[3]が伝わっている」ということになるが，この写本もソポクレスが活動した前 5 世紀に書かれたものではない。最古の写本でさえ製作は

　　1）　いわゆる三大悲劇詩人のひとりであるソポクレスは，少し先行する時代のアイスキュロス（Aischylos, 前 525/4 頃–前 456/5 頃），おおよそ同時代に活躍したエウリピデス（Euripides, 前 480 頃–前 406 頃）とともに，前 5 世紀のアテナイ（現在のアテネ）でギリシア悲劇最盛期を築いたとされる。ギリシア悲劇一般については，本書第 4 章を参照のこと。

　　2）　ティトゥス・リウィウスは帝政ローマ初期の歴史家で，主にアウグストゥス（Augustus, 前 63–後 14）の治世に長大な『ローマ建国史』を著した。本文でも触れられているとおり，全 142 巻のうち現存するのは第 1–10 巻および第 21–45 巻の計 35 巻のみである。訳書には，リーウィウス，鈴木一州訳（2007）『ローマ建国史　上・中・下』岩波文庫がある。

　　3）　英語での表現 manuscript は本来「手書きで書かれたもの一般」を意味するが，ここでは古典作品が手作業で書かれた本のことを指す。古くは巻物の形状をしていたが，長い移行期間を経て，おおよそカロリング・ルネッサンス（後 8 世紀末–9 世紀）の頃には，横開きの冊子の形状になっていたとされる。冊子状の本は巻物 scroll よりも目当ての箇所が発見しやすく，数百年にわたって書物といえば冊子の形状をしていたが，近年ではまた画面をスクロールして情報を追いかけるようになったのだから，実に面白いものである。

後 950 年頃とされ，ソポクレスが没したとされる前 405 年からは 1500年近くもの隔たりがある。つまりソポクレス作品の写本は（当然のことながら）本人や同時代の人々の手によるものではなく，のちの時代の写字生[4]たちがより古い写本を複写することによって生まれたものなのである。その際に複写元となった写本は残されていないが，それ自体もさらに古い写本の複写だったことは想像に難くない。こうして写本をさかのぼっていけば，ソポクレス本人と前 5 世紀に彼自身が書いた本文にたどり着くのである。

　このように複写が連鎖していく過程で，例えばある人の作品が流行遅れになってしまい，もはや誰もその複製をつくることに興味がなくなってしまったような場合に，その時点で作品が「散逸」してしまうことがある。場合によってはおおよそどの時点で複製が止まってしまったかを推測することもできる。例えば，古典期に書かれたサッポー[5]（Sappho, 前 630 頃–前 570 頃）の最後の断片的な写本は後 6 世紀から 7 世紀に作られたもので，彼女の作品には中世写本が残されていないことから，大体この時期を最後にサッポーは複製されなくなったと考えられる。とはいえ，複写され続け「現存」している作品に関しても，後代のわれわれに問題が残されていないわけではない。そもそも手書きでの複写は写本の

　4）　英語では scribe といい，邦訳では「筆者人」や「書写者」などどされることもあるが，本章では写字生と訳出する。彼らの仕事は写本を元のまま，そのとおりに複写することであり，書き写した行数で報酬を得ることもあったらしい。最初の組織立った写本の作成とのその研究は，プトレマイオス朝（前 305–前 30）が治める，いわゆるヘレニズム時代のエジプトで学術活動を展開したアレクサンドリア図書館において始まったといわれる。数々の動乱を経て，図書館が破壊されてしまったことから，その蔵書は残念ながら現代には伝わらない。中世では写本の作成，複写作業の多くが修道院内の写字室で僧によって行われ，その様子は，ウンベルト・エーコ『薔薇の名前』に代表されるように，現代のフィクション作品などでも描かれることがある。本文でも述べられているとおり，中世写本には現存するものもあり，今日の研究で古典作品の本文を復元する際の基盤となる。こうした中世写本は，近年ではその画像がオンラインで公開されていることも多く（本章第 4 節参照），貴重な資料を誰でも閲覧できるようになっている。中世あるいは古代の写本や，アレクサンドリア図書館については，本書第 11 章も参照のこと。

　5）　古典期の女流詩人であったサッポーは，現在のギリシア領のほぼ東端，トルコ沿岸に位置するレスボス島で活躍した。彼女の同性愛的指向は伝説的に拡められ，出身地であるレスボス島が現代語の「レズビアン」の語源となったほどであるが，その真偽は定かではない。作品のほとんどが断片による伝承で，合計 200 以上が伝わっており，その多くは竪琴の伴奏に合わせた歌唱用に作られた抒情詩である。

正確な伝承にとって大きな障害であり，写字生は人為的過誤を犯しがち
であった。例えば，単語の誤読や行の読み飛ばしはもちろんのこと，存
在しない文を挿入したり（例えば，ある単語に対する説明的な注解を誤っ
て本文に混入するなど），後の写字生が読み間違うような文字で書いたり，
気が散って説明のつかない失敗をしたりなど，様々な失敗が起こり得る
のである。複写元の本文が何世紀も前のものとなれば，作業の難易度は
また格段に上昇する。写字生は必然的に馴染みのない語彙や構文に取り
組むこととなり，日常的に使っている用法に修正したいという無意識の
欲求に駆られることも多い。一度きりの複写でさえこうした過誤を生む
のだから，それが何世紀にもわたって繰り返されたとなれば，問題は膨
らんでいくばかりだ。一人の写字生が間違い，その間違いが後の写字生
のさらなる間違いのもとになる。その繰り返しで，元々の本文はもはや
復元不能となってしまう。

　見慣れない語形を意図せずして書きかえてしまうという潜在意識的な
修正については，先ほど触れたとおりである。一方で，写字生が馴染み
のある言語を写している場合には，意識的に修正することもあった。見
慣れない語形に出くわした写字生は，複写元の写本が間違っている，そ
して自分にはそれを適切に修正する能力があると思い込み，意図的に
書きかえてしまう。もちろん時にはその判断が正しいこともあっただろ
う。しかし，大抵の場合は，元は「正しかった」ものを不必要に「正し
て」いるだけだったり，原著者の手による最初の版からすでに逸脱して
いたものをさらに改悪していたりするに過ぎなかった。困ったことに，
こうした無意識的，潜在意識的，意識的な書きかえの区別がつかないこ
ともある。それを解決するには，人間の行動における志向性という課題
と向き合わねばならず，古典文献学の範囲をゆうに超えてしまう。

　以上のようなことが起きるため，現存する古典作品というものは，原
著者が書いたものからはある程度異なってきてしまう。そうなれば，あ
る単語がソポクレスの写本にあるからといって，ソポクレス本人が書い
たと断定することはできない。何世紀も前に一人の写字生が運悪く誤っ
て書き込んでしまったものを，のちの写字生が忠実に書き写してきただ
けなのかもしれないからだ。古典作品を扱う際には，こうした根本的な
不確定性を念頭に置かなければならない。

2　初期の印刷本

　15世紀半ば，ドイツのマインツ市でヨハネス・グーテンベルク（Johannes Gutenberg, 1400頃-68）が印刷機を発明したとき，古典作品の伝承は新たな時代を迎えた。それまでの古典作品の複写はすべて手作業で行われ，大変な労力を要求するとともに，多くの過誤を生み出していたことは先に述べたとおりである。印刷機の発明によってついに複写は機械化され，その過程での誤りは劇的に減少することとなる。15世紀後半になると，最初の機械刷りの校訂本[6]が出版されはじめた。当時はラテン語作品の方が需要が高く，ギリシア語作品よりも先に印刷本となっていった。複写方法の変化がもたらした意義は大きい。写字生をとおして新たな人的過誤が付け加わることなく古典作品が世に出ることができるようになり，流通量もかなり増加した。こうした技術の進歩によって，写本がただ一つしか残されておらず散逸の危機にあった作品を，何十，何百部と刷ることも可能になった。印刷本は手書きの写本よりも容易に入手できた。

　しかし，印刷本には印刷本ならではの過誤が存在する。どの写本をもとに印刷版を製作するかを決めるのは印刷業者であって，彼らは写本の精度の高さや原著者版への近さを検討したわけではなく，たまたま手に入りやすかったものを選択していたに過ぎなかった。写本に残る明らかな誤りは印刷業者が訂正することもあったが，時にはそのまま放置していたり，時には修正を試みた結果さらなる誤りを招いたりすることもあった。つまり，中世の写字生と同じ過程をたどっていたわけである。異なる点はといえば，印刷版は（すでに見たように）何十，何百と流通したため，どの手書き写本よりも入手しやすく，そこに印刷された誤

　6）　英語の edition をこのように訳出する。「校訂」とは，写本が伝える様々な異読（詳細は本章第3節および注11を参照）や代々の研究者が提案してきた読みを検討しながら，古典作品の本文をその時点で最良とされる形に決定していく作業である。その成果として刊行されるのが「校訂本」であり，現在の形式では，本文に加えて異読情報欄も備えていることが多い。

りが写本に含まれる誤りよりもはるかに大きい影響力を持ったというこ
とだろう。印刷という手法によって，著名な印刷業者や学者の名を冠す
る[7]こととなった古典作品は，新たな権威を帯びるようになる。しかし，
実態はといえば，現代の基準からすれば学問的な過程を踏んで作られ
たとは到底いえないような代物で，そうした権威には不釣り合いであっ
た。

　ソポクレスの場合を見てみよう。学問的に重要な印刷版が，1552年
あるいは53年にアドリアヌス・トゥルネブス[8]（Adrianus Turnebus, 1512
-65）によって，また，1568年に学者であり印刷業者のヘンリクス・ス
テファヌス[9]（Henricus Stephanus, 1528/31-98）によって作られた。これら
の版は流通量も多く，200年にもわたってソポクレス作品の覇権を握
り，しばらくの間ソポクレスの劇を原語で読む人は皆これらを参照し
ていた。だが実は，この印刷本のもとになった写本はひどく低品質で，
14世紀前半にビザンツの学者デメトゥリウス・トゥリクリニウス[10]
（Demetrius Triclinius, 1300頃-?）が様々に手を加えて作った写本であっ
た。トゥルネブスとステファヌスは，トゥリクリニウス写本にあったも
のをそのまま印刷し，どこが本文伝承に基づく部分で，どこがトゥリク
リニウスの校訂が加わった部分なのかを明示しなかった。ある単語が写

　7）　それまでの写本は写字生による単なる複製であって，誰が筆写して作成したかは
大きな問題にはならなかった。一方で，機械刷りの校訂本の表紙には校訂者や印刷者の名前
が表示され，「誰々の版」とも呼ばれることから，校訂本がその名の持つ権威を帯びること
となった。以下の本文中に登場するトゥルネブスやステファヌス，第5節で言及されるアル
ドゥスもそうした著名な学者あるいは出版業者である。

　8）　トゥルネブスはフランスの古典学者で，注9で言及されるヘンリクス・ステファヌ
スの教師の一人でもあった。

　9）　ステファヌスは様々なギリシア古典作品を出版し，3巻からなるプラトン全集をま
とめるのに彼が用いた一種の整理番号である「ステファヌス番号」は，現在に至るまでプラ
トンの校訂本や翻訳において利用され，プラトン作品のどの部分に言及しているのかを正確
に表示するには欠かせない手段となっている。今では考えにくいことかもしれないが，彼と
その一家は印刷・出版業者でありながら，同時に古典に通じた学者でもあった。例えば，ギ
リシア語作品をラテン語に翻訳するところから，その印刷・出版までが業務に含まれていた
と考えれば，当時の印刷業がどれほど現在と異なるかが分かるだろう。

　10）　トゥリクリニウスは特にギリシア悲劇作品の韻律分析で知られる学者であり，彼の
本文への加筆・修正がはっきりと判別できる中世写本も多く残されている。同じ写本を複数
回にわたって検討したこともあるようで，インクの色の差などから彼が加筆した時期を推定
できるのも興味深い。

本から伝わったのか，あるいは後代の学者の手によるものなのかを判別することはきわめて重要であるにもかかわらず，このような印刷本の読者にはその区別がつかなくなってしまう。これを避けるため，たとえ校訂者がある部分を誤っていると判断したとしても，元々はどう書かれていたかを示しておくことも重要である。読者が校訂者の判断に疑問を持ち，他の修正案を思いつくこともあるからだ。

　現代の基準からすれば，このような品質の印刷本が流通していたとは信じられないかもしれないが，批判するのはまだ早い。初期の印刷本によって古典学は新たな局面を迎え，手書きでしか存在しないものを最高品質の印刷本にしようとする試みも，ここにきて初めて生まれた。そう考えてみると，今であれば認められないような手法が取り入れられていたとしても，何ら筋の通らないことはないだろう。余白に行番号をふったり，各ページの下部に異読情報[11]を載せたりといった実用的な要素の導入まで時間がかかったのも，ある意味で当然のことかもしれない。初期の印刷本は終わりなき改良の道を開いた。そしてその道は今日にも続いている。

3　現代の校訂本

　時代とともに，校訂者たちは自身の方法論を校訂本に反映し，それを正当化することに心血を注ぐようになった。今や校訂本は各ページの下段に異読情報欄を備え，校訂者が採用しなかった以前の版の読みに関する情報を読者に提供してくれる。異読情報欄（ラテン語をそのまま用いて「アパラトゥス・クリティクス apparatus criticus」と呼ばれることもある）と

　11）　一つの古典作品が複数の写本で伝承されている場合，同一の箇所が異なる語や表現で伝わることは多々ある。以下の第3節で述べられるとおり，校訂者は複数の候補から最も適切と考えられるものを選んで本文に印刷し，本文には選ばなかったが特に重要な情報を「本文以外の読み」，すなわち「異読」として同じページの下部に掲載する。それらを総称して異読情報というが，邦訳としてあまり定着しておらず，ラテン語の「アパラトゥス・クリティクス」をそのまま用いて呼ぶことも多い。なお，各ページ下部の異読情報欄には，写本には伝わらないが過去の学者が提案した別の単語や表現，あるいは詩行の入れ替え提案などの情報も，本文の理解にとって校訂者が必要と判断すれば掲載される。

は，特定の単語や語句についてどの写本がどの読みを伝えているかを読者に示し，様々な学者によって提示された本文の変更案を記録するものである。校訂本の根本にある不確定性を明示する方法でもあり，校訂者が複数の選択肢の中から一つの読みを選び取ったこと，読者はその選択の正当性と本文解釈に及ぼす影響を検討する必要があることを知らせる役割も果たす。

　ラテン語の「アパラトゥス・クリティクス」という用語の意味を見てみよう。「アパラトゥス」とは何かしらのために備え付けられたものを指し，ここでは上段部に印刷された本文の解釈を助ける道具，ほどの意味となる。「クリティクス」は「判断する」という意味のギリシア語「クリノー *krino*」[12]に由来し，「アパラトゥス」を修飾する。過去の写本や校訂に関する情報をすべて盛り込むのは実質的に不可能であるから，「アパラトゥス」を作成する際には，校訂者の取捨選択による「判断」が必要となる。古典作品の中には数百もの写本で伝承されているものもあり，仮にこれらすべてが基本的には同じ読みを伝えていたとしても，綴りやアクセント記号の付け方に差異があることは珍しくなく，写字生による多種多様な過誤も当然含まれる。もしそれら数百の写本が伝える読みをすべて記録しようとすれば，たった一単語を扱うだけでも何ページにも及ぶ量となるだろう。加えて，代々の学者によって提示された修正案も写本には含まれる。人気作家ともなれば数世紀にわたって熱心に研究されているので，その成果のすべてを読者に説明するには相当な労力が要求される上に，ともすれば本文に付随するはずの異読情報が本文を矮小化してしまうことになりかねない。そこまで詳細で，かつ尋常でない長さの異読情報欄の作成を，校訂家が一人で担うことは到底不可能であろう。しかし，仮に複数の学者が集まってその長大な異読情報欄を作ろうとなったとしても，あるいは，最新技術（詳細は次節を見よ）でそれが可能になったとしても，疑問はつきまとう。なぜそれほどの異読情報が必要なのか，一体誰の役に立つのか，と問わざるをえないのだ。作業に要する労力と，その成果が読者にもたらす実用的価値との釣り合

　12）　英語の critical などといった単語の語源となった動詞である。アパラトゥス・クリティクスは英語では critical apparatus と呼ばれることもあり，「本文批判に用いられる備考情報」ほどの意味を持つ。

いを考慮せず，ただ情報を集積しただけでは意味がない。もちろん，校訂本が想定する読者によっても，異読情報に要求される度合いは変わってくる。中高生向けであればほぼ不要であろうし，研究者向けとなればある程度のものが必要だ。しかし，誰もすべての情報を必要とはしていない。

校訂者の「判断」は常に読者を念頭に置かねばならない。考えもなく情報を受け流すことはせず，学問的創造力を駆使する一方で読者に思いやりを持ち，彼らにとって有益となるよう取捨選択をするのが校訂者である。そもそも，有益でなければ，学問の意義とは一体何であろうか。そしてその有益は，厳選からのみ生まれる。

4　デジタル化された校訂本

技術の進歩は，今も昔も変わらず古典作品の伝承に影響を及ぼす。すでに見たように，印刷機の発明は校訂本にとって大きな転機となったが，現代においてその役割を担うのはインターネットである。古典作品に対するインターネットの重要性は徐々に明白になってきており，読者に新たな方法で作品を届けられるようになるとともに，印刷が抱える限界に打ち勝つ潜在能力も見えてきた。筆者が古典学の担当者として参加する「オックスフォード・オンライン校訂本[13] Oxford Scholarly Editions Online」をその一例として紹介しよう。オックスフォード大学出版会から刊行されているこのオンライン校訂本によって，印刷本ではできなかった画期的な表示方法が可能になった。例えば，従来の本では1ページが伝達できる情報量は限られ，一度印刷されてしまえば，本を開くたびにページの内容が変わるなどということはない。一方デジタル版では，読者のその時々での必要性に応じて，一画面の表示内容を調整することが可能となる。本文，異読情報，翻訳（対応している書籍のみ）と注釈のすべてを同時に別々の欄に表示でき，どれを表示するかは読者が

---

13)　英語の頭文字を取って OSEO とも呼ばれるこのウェブサイトは，古典期から中世を経て，20世紀初頭にいたるまでの西洋世界の様々な作品の校訂本を計1500冊以上網羅している。日本からでもモジュールによっては個人での購読が可能である。

その都度選択できるのである。本文と異読情報のみを見たり，あるいは翻訳もあわせて表示したり，必要に応じていつでも選択が可能である。一つの欄をスクロールすれば他の欄も自動的に動き，本文中の特定の箇所に関係する情報が常に表示されたままとなる。このオンライン校訂本は，新技術が可能にした古典作品の表示方式をいわば最大限に有効活用した仕組みなのであって，印刷本の内容をただ単にスキャンして閲覧できるようにすることとはわけが違う。

　この事業の当座の目的は，オックスフォード大学出版会が過去に出版した膨大な量の古典作品の校訂本をデジタル化することにある。加えて，このデジタル化された表示形式のおかげで，校訂者はまったく新しい校訂の方法にも行き着いた。前節で述べたとおり，読者が違えば異読に求める情報量も異なる。通常の本の場合は，どの程度詳細なものにするのか校訂者が決定し，印刷できるのはそれ一種類のみである。一方デジタル版では，校訂者が複数の異読情報欄を用意し，重要写本が伝える詳細をすべて表示するのか，あるいは，写本の読みとは異なる修正読みが採用されている場合のみ表示するのかを，読者が選択できる。翻訳についても複数作成しておいて，一方は直訳調のもの，他方は読みやすさ重視の自然なものにしておけば，読者の好む方を選んでもらえる。特定の箇所に関する校訂者の解釈を見極めるにはどちらの翻訳も有用だし，読者によっても時と場合によっても必要な翻訳は変わってくる。さらに，写本がオンラインで公開されていれば（所蔵する機関のあたたかい対応のおかげで今や多くが公開されている）[14]，校訂本内にその写本へのハイパーリンクを貼ることもできる。これによって読者は，校訂者の判断を鵜呑みにする前に，まずは自分の目でその正当性を容易に確認できるようになる。どんなに優れた，あるいは慎重な校訂者であっても，結局のところ過誤は避けきれないのだから，他人の報告を信じる前にまずは情報源を精査するのが最良の学問的態度であろう。写本へのハイパーリンクを挿入することで，校訂者にとっては従来型の異読情報欄から一歩先に進む機会が生まれ，読者にとってはより根源に近い資料にあたること

　　14）　日本企業がその所蔵写本のデジタル化を請け負ったことで話題になったヴァチカン図書館も，今では多くの写本をオンラインで一般向けに公開している（https://digi.vatlib.it）。

のできる大きな契機となる。この革新的で刺激的な媒体が提供してくれる好機を，古典の校訂者は逸してはいけない。その可能性の探究は，まだ始まったばかりである。

5　校訂作業の実例

　ここまでは主として歴史的なことがらに着目してきた。古代からどうやって作品が伝承されてきたのか，そしてその過程で本文はどのように損なわれていったのか。印刷本の登場がどんな影響を与え，そしてそれらの本は数百年の間にどのように形を変えていったのか。デジタル校訂本についてはどうなるだろうか，といった点であった。

　この章の最終節となる本節では，いくつかの実例を見ていきたいと思う。すべてギリシアの悲劇作家ソポクレスから取られており，校訂作業が本文の理解に対して生み出す差異を物語る例である。

Ισ.　ἀλλὰ κτενεῖς νυμφεῖα τοῦ σαυτοῦ τέκνου;

Κρ.　ἀρώσιμοι γὰρ χἀτέρων εἰσὶν γύαι.

Ισ.　οὐχ ὥς γ᾽ ἐκείνῳ τῇδέ τ᾽ ἦν ἡρμοσμένα.　　　　　　570

Κρ.　κακὰς ἐγὼ γυναῖκας υἱέσι στυγῶ.

[?]　ὦ φίλταθ᾽ Αἷμον, ὥς σ᾽ ἀτιμάζει πατήρ.

Κρ.　ἄγαν γε λυπεῖς καὶ σὺ καὶ τὸ σὸν λέχος.

Ισ.　ἦ γὰρ στερήσεις τῆσδε τὸν σαυτοῦ γόνον;

Κρ.　Ἅιδης ὁ παύσων τούσδε τοὺς γάμους ἐμοί.　　　　　575

　イスメネ：ですがそれでは，ご自分の御子のいいなずけを，亡きものにしようとの仰せでございましょうか。

　クレオン：耕せる畠はほかにいくらもあるわ。

　イスメネ：たとえあっても，ハイモーン様とこの姉が，互いに心が通じ合ったように通じ合うというわけには参りますまい。

　クレオン：悪女を息子の嫁になど，まっぴらだ。

　[?]：ああ，ハイモーン，いとしいお方，お父上は何とひどいこと

262 第 2 部 素材と受容

　　　をおっしゃるのでしょう。　　　　　　　　　　　　（572 行）

　クレオン：まったくもってうんざりだ。おまえという女も，おまえ
　　　　　との縁組みの一件もな。

　イスメネ：と仰せられますのは，御子と姉とのことは取り消しとい
　　　　　うことでございますか。

　クレオン：冥府の神がこの婚姻を取りやめにして下さろうよ。

　　　　　　　（ソポクレス『アンティゴネ』[15]568–75 行）

　テバイの王クレオンはアンティゴネを処刑しようとしている。彼女の
死んだ兄ポリュネイケスは国賊につき相応の報いを受けさせよ，という
新王クレオンの命令を無視したためである。アンティゴネの妹イスメネ
は姉の命を救うべく王に嘆願し，姉はクレオンの息子ハイモンの許婚だ
と訴えかける。572 行は，クレオンのハイモンに対する行いを責める感
情のこもった台詞なのだが，写本ではイスメネに，最初の印刷本であ
る 1503 年のアルドゥス[16]版ではアンティゴネに，それぞれ割り振られ
ている。アルドゥス版での判断はのちの校訂者にも受け継がれ，19 世
紀末の出版にもかかわらず今なお参照される，かの名高いリチャード・
ジェブ卿（Sir Richard Jebb, 1841–1905）の版でも同様である。これが本
当にアンティゴネの台詞だとすれば，劇中で彼女がハイモンと同時に舞
台にいることは一度もないため，アンティゴネが自身の婚約者に言及す
る唯一の箇所となる。この台詞をアンティゴネに割り当てれば，作中に
全く見られない彼女が許婚を思う一面を提示できるのだから，校訂者に

---

　　15)　本作の表題になっているアンティゴネはテバイ王家の一員で，ギリシア悲劇の中
でも最も有名な登場人物のひとりであろうオイディプス王（本章注 19 および本書第 4 章を
参照）の娘である。彼女の二人の兄がテバイ王権をめぐる戦争ののちに互いに差し違えた際，
他国から友軍を率いてテバイに進攻してきた次兄ポリュネイケスは国賊と見なされて埋葬を
禁じられた。アンティゴネは肉親を思う気持ちから，王の命令に背いて次兄を弔おうとした
ため，クレオンは立腹し彼女を処刑すると宣言する。その後に問題の場面が続く。『アンティ
ゴネ』の詳しい内容については，本書第 4 章も参照のこと。また，本章内で取り上げられる
ギリシア悲劇作品の和訳については，『ギリシア悲劇全集』（岩波書店）より引用する。書誌
情報については，第 4 章末の参考文献を参照のこと。
　　16)　古典作品の様々な版にその名を残すアルドゥス・マヌティウス（Aldus Manutius,
1450 頃–1515）は，ルネッサンス期のヴェネツィアで自身の印刷・出版社を経営し，イタリッ
ク書体のもとになった活字を開発したことでも知られる。彼のような職業については，注 9
を参照のこと。

10 古典ができるまで

とっては抗いがたい判断なのは明らかであろう。しかし，写本に書かれ
ている話者の名前には，実は何の文献学的証拠もない。ソポクレス本人
の時代の写本には話者は明記されておらず，数百年後の学者によって書
き加えられたものが今に伝わっているだけなのだ。その時代の学者がソ
ポクレスの意図をどの程度汲めていたかといえば，現代のわれわれと大
差ないだろう。

　劇作上の形式を考慮すると，この台詞をアンティゴネが発したと考え
ることはほぼ不可能になる。上の例のように，二人の登場人物の間で交
互にかつ均等に交わされる会話（ギリシア語でスティコミュティア[17]とい
う）の場合，三人めが突然割り入ってくるとは考えにくいのである。こ
うした形式上の問題に着目して，この行をイスメネが発したと想定す
れば，アンティゴネの台詞とするよりも劇的な効果が高まることも分か
る。アンティゴネがハイモンに関して一切の言及をしないのは，彼女の
関心が兄ポリュネイケスのみに集中しているためである。彼女は兄を埋
葬したいという想いに取りつかれ，自身の婚約者さえ話題にしない。ハ
イモンに言及する台詞を割り当ててしまっては，この性格づけが台無し
である。

　話者を決定するにあたって，写本伝承による証拠，悲劇の表現形式の
特徴，性格描写の一貫性の三点をふるいにかける必要性が生じること
により，この問題はとりわけ興味深くなる。最終決定を下すためには，
様々な角度から一つの問題を観察しなければならない。誰がこの行の話
者かという問題は，一見単純なように思えるが，実は文学作品としてこ
の劇全体を検討することへも繋がっていく。ここで見たのはその一例に
過ぎない。

　　ΑΓΓΕΛΟΣ
　　　ἄνδρες πολῖται, ξυντομωτάτως μὲν ἂν
　　　τύχοιμι λέξας Οἰδίπουν ὀλωλότα·　　　　　　　　　　　　1580

---

　17)　「一行対話」と訳されることもあるこの劇作上の技法は，二人の登場人物の間で
交わされる議論が白熱してくる場面に用いられることが多い。本書第4章では，同じ『アン
ティゴネ』におけるクレオンとその息子ハイモンとの間の論争場面を題材の一つとして取り
上げている。

264　　　　　　　　　　第 2 部　素材と受容

ἃ δ᾽ ἦν τὰ πραχθέντ᾽ οὔθ᾽ ὁ μῦθος ἐν βραχεῖ
φράσαι πάρεστιν οὔτε τἄργ᾽ ὅσ᾽ ἦν ἐκεῖ.
Χο. ὄλωλε γὰρ δύστηνος;　Αγ. ὡς λελοιπότα
κεῖνον τὸν ἀεὶ βίοτον ἐξεπίστασο.
πῶς; ἆρα θείᾳ κἀπόνῳ τάλας τύχῃ;　　　　　　　　　　1585
Αγ. τοῦτ᾽ ἐστὶν ἤδη κἀποθαυμάσαι πρέπον.

知らせの者：この国の皆さん，ごく手短かに報告させていただけれ
　　　ば，オイディプースが亡くなりました。　　　　（1579-80 行）
　　　しかし，この事件に関しては，あそこで起きたことも簡単では
　　　ありませんし，わたしの話も簡単にお伝えすることは無理で
　　　す。
コロス[18]：では，気の毒に，お亡くなりになったか。
知らせの者：たしかに，あの方はすでにこの世を去られました。
　　　　　　　　　　　　　　　　　　　　　　　　　　（1583-84 行）
コロス：どのようにしてか。哀れな人だったが，神のはからいに
　　　よって，苦しまずにか。
知らせの者：それが，まさに驚くべきことなのです。
　　　　　（ソポクレス『コロノスのオイディプス』[19] 1579-86 行）

　次の例はソポクレス作『コロノスのオイディプス』の終幕近く，オイ
ディプスが舞台を下り，神々によって死へといざなわれた後の場面で
ある。知らせの者が舞台に登場し，オイディプスの死という重大な事実
を明らかにするのだが，1583-84 行のギリシア語が少々変わっている。

---

　18)　邦訳では「合唱隊」と言われるコロスの性質と，ギリシア悲劇や喜劇の上演におい
て果たした機能については，本書第 4 章，第 5 章，第 25 章を参照のこと。
　19)　テバイの王オイディプスは，町に穢れをもたらしていた怪物スピンクスを退治した
ことから皆にあがめられていたが，過去に知らずに犯した実父殺しと実母との結婚が明るみ
に出たことで，その身は破滅し，自らの手で盲目となった上で放浪の身となる（ソポクレス
『オイディプス王』）。彼と実母との間の娘アンティゴネが父の目の代わりとなって共に放浪し，
アテナイ近郊のコロノスにたどり着いた場面から本作が始まる。雷という兆しをもって象徴
的に表現される最高神ゼウスらにより，オイディプスは死の世界へと導かれるが，死の場面
そのものは舞台で演じられることはない。ギリシア悲劇と死の表現については，本書第 4 章
を参照のこと。

「彼が常に生きていた人生」と訳せる部分（和訳では単に「この世」とされている）が特に難解で，文字どおりには「常の人生」を意味し，ふつうの表現に直せば「永遠の生」を意味すると解釈できるかもしれない。となれば，「去ってしまった」を意味する λελοιπότα[20] は，「割当てとして手に入れる」を意味する λελογχότα[21] の誤りなのだろうか。このちょっとした差が，本作の結末部分に大きな影響を与える。「割当てとして手に入れる」を選択した場合，オイディプスはただ死んだのではなく，友を助け敵を害する力を地下から行使する英雄という永続的な存在となった，と使いの者が宣言しているように解釈できるのである。一方で，「去ってしまった」λελοιπότα を保持する場合，使いは単にオイディプスが死んだという冒頭の内容を繰り返しているに過ぎず，死後の存在や力には一切言及していないことになる。たった 2 文字の変更がここまで文意に，ひいては劇全体の解釈に影響を与えるのだから，どちらを採用するかをめぐる議論はやむことがなく，本章で解決できるような問題でもない。この例が示すのは，本文伝承の問題が往々にして広く劇全体の解釈の問題につながるということ，そしてそれらは切り離すことができないということである。

καὶ δεῦρ᾽, ἐάν μοι τοῦ χρόνου δοκῆτέ τι
κατασχολάζειν, αὖθις ἐκπέμψω πάλιν

---

20) λελοιπότα は「去る」，「残して行く」などを意味する動詞 λείπω が活用した語で，ここでは意味上の主語である「あの方（オイディプス）」に対応する動詞となっている。1583 -84 行に関する筆者の議論を整理すると以下のとおりになろう。①「オイディプスがこの世を去ってしまった」と知らせの者が言っているとすれば，それは 1579-80 行での彼の発言と全く同じ内容になってしまう上に，②「この世を去ってしまった」という解釈は，珍しい表現である τὸν ἀεὶ βίοτον（τὸν βίοτον は「この世／人生」ほどの意味）から ἀεί を無視してしまっている，というわけであり，この 2 点を解決する方策の一つが λελοιπότα の λελογχότα（意味などの詳細は以下の注 21 を参照）への修正なのである。この修正案は 18 世紀に発表されて以降，重要な提案読みとして異読情報欄には記載されていることもあるが，本文に採用している校訂本はあまりないようである。

21) λελογχότα は元々「くじ引きで（戦利品などを）手に入れる」という意味を持つ動詞 λαγχάνω が活用したもので，写本で伝承されている λελοιπότα に代わる読みとして提案された。これを採用して全体を見てみると，使いの者は「オイディプスは永遠の ἀεὶ 生を手に入れた」と伝えていることになり，本文でも説明されているとおり，その発言はより大きな意味を持つことになる。写本伝承と修正読みとの間の差異はたったの 2 文字，ιπ か γχ かの違いでしかないが，本文解釈には多大な影響を与えることになる。

266　　第 2 部　素材と受容

τοῦτον τὸν αὐτὸν ἄνδρα, ναυκλήρου τρόποις

μορφὴν δολώσας, ὡς ἂν ἀγνοίᾳ προσῇ·

οὗ δῆτα, τέκνον, ποικίλως αὐδωμένου　　　　　　　　　　　130

δέχου τὰ συμφέροντα τῶν ἀεὶ λόγων.

　君のほうがどうも手間どっていると思えたならば，その時には，同
じあの男を，商人のような姿に偽り，正体を悟られないようにし
て，またもう一度こちらに送ってやろう。そうすれば君は，そいつ
がまことしやかに語る話に合わせて適当なところで，あいづちを打
てばよい。　　　　　　　　　　（ソポクレス『ピロクテテス』[22] 126 行-31 行）

　最後の例は前 409 年のソポクレス作品『ピロクテテス』より，オ
デュッセウスがネオプトレモスに指示を与える場面である。ネオプト
レモスはレムノス島へおもむき，ピロクテテスをトロイアの町にいるギ
リシア軍のもとへ連れ帰るという使命を帯びている。上記の本文を複数
の中世写本が伝えているのだが，パピルスに書かれた古代の写本の断
片が 2017 年になって発表され，そこでは 130 行の冒頭が中世写本の οὗ
δῆτα, τέκνον とは異なり，οὗ δή, τέκνον, σύ（「彼から，いいかね，君が…」）
と伝承されていることが判明したのである。中世写本との差異はそこま
で大きくはないが，「君が」σύ とはっきり代名詞を使う[23]ことで，その

───────

22）　ギリシア軍のトロイア攻めに参加した武将の一人ピロクテテスは，その途上で蛇
に嚙まれた傷が悪化し，悪臭を放ちはじめたことからレムノス島に置き去りにされてしまっ
た。ギリシア方の勝利にはピロクテテスと彼の持つ弓が必要だと予言で告げられたことから，
これもまたギリシア方の武将であるオデュッセウスと，英雄アキレウスの息子ネオプトレモ
スとが，ピロクテテスを再び軍勢に加えるためレムノスにやってくる。傷のせいで命を落と
す前に故郷に帰りたいと嘆くピロクテテスを戦列に復帰させるには相応の説得とある種の罠
が必要だが，ギリシア軍随一の策略家オデュッセウスはかつてピロクテテスを置き去りにし
た張本人であるため，説得の場には出ていかず，若きネオプトレモスに策を授けて送りこも
うと考える。問題の場面は，ネオプトレモスをピロクテテスの住処に送り出すにあたってオ
デュッセウスが作戦を指南しているところであり，のちに商人に扮して登場する「同じあの
男」とはネオプトレモスの部下の一人を指す。

23）　古典ギリシア語では動詞が各人称に合わせて活用するため，現代語でいえばイタリ
ア語やスペイン語のように，主語となる代名詞はふつう省略される。このパピルスの読みに
は二人称の主格代名詞 σύ が含まれており，「君が」と主語をあえて明示することで，行為の
主体がよりはっきりと表される。中世写本と古代のパピルスの両方が伝承する τέκνον も，直
訳すれば「息子よ」ほどの意味になり，同じギリシア軍に属しているとはいえ親子ほどの年

10 古典ができるまで

後の命令形が強調され，また二人の上下関係も明白になるので，パピルスの方の読みがより文脈に合っているように思えてくる。オデュッセウスはネオプトレモスに命令を下しており，「君が」という代名詞がその事実をネオプトレモスによりはっきりと印象づけているのである。加えて，パピルス断片は中世写本よりも数百年前のもので，過誤を起こす元となる複写の過程を中世写本ほどは経てきていない。それでも，このパピルスが発表されるまでは，どの校訂者もこの部分の読みに疑問を呈さなかった。すべての中世写本が一致して伝えている読みに皆が満足していたのだ。今やこうして新しい証拠が発見されたので，将来的に出版される校訂本の当該箇所には間違いなく変更が加わるだろう。しかしこのことは，同時に，われわれの持っている古典作品の基盤のもろさを物語る。いまだかつて疑われたことのない，しかしながら古代の写本が発見されればその正統性が覆されるような一節が，現存する写本の中に一体どれだけ眠っていることだろうか。

6 結 び

本章では，古典文学に取り組むわれわれを悩ませる数々の不確定要素を紹介してきた。現存するギリシア作品やラテン作品は概して比較的最近の伝承に依存しているため，多くの意味で不確かであり，研究者は細心の注意を払って取り扱わねばならない。そういうと否定的に聞こえるだろうし，実際にそういった側面があるのは否めない。古典作品の作者本人による真作が手に入ればそれに越したことはなく，手が加えられておらず過誤もない本文が読めるのがもちろん最善である。一方で，視点を変えてみれば，そうした一見ありがたい状況も不満のもとになってしまうかもしれない。古典文学が人々の関心を惹きつけるのは，単純に作品が面白いからだけではなく，時に難解であり，様々な次元での知的活動の結果ようやくその秘密が見え隠れしはじめるからなのである。古典

齢差があるオデュッセウスとネオプトレモスとの関係を示す役割を果たしている。そこに代名詞 σύ が加わることで，彼らの間の上下関係はなお明白になるのである。パピルスの発見が古典文学研究に与える多大な影響については，本書第 11 章に詳しい。

を学ぶ醍醐味の一部はその容易ならざるところにあり，また，その難しさの一部は，持てる情報と知識とを総動員して古代の作家が本当は何と書いたのかを「決定する」，という根源的課題に取り組まねばならない点にある。内容のすべてが正確で完全な形の作品が手に入ったとすれば，それは確かに魅力的だが，本文伝承にかかわる懸命な知的活動を否定してしまうことにならないだろうか。知識の活用や疑問の提起，創造性などが一切わけ入る隙がないような分野に，人は果たして興味をひかれたりするだろうか。

　最後は，偉大な文献学者エドゥアルド・フレンケル（Eduard Fraenkel, 1888-1970）の名言で締めよう。本文校訂の授業で，天国には古典の作者本人が書いた真作が何でも揃っていますよ，と言われた彼はこう答えたそうだ。「学者にとっては地獄でしょうね」。

参 考 文 献

　本文校訂の最重要文献は Timpanaro (2005)（1963 年に出版されたイタリア語原著の英訳）である。Timpanaro (1976)（1974 年の原著の英訳）も同時に参照されたい。Barrett (2007) は本文校訂の大家による論文集で，その方法論が詳しく再検討されている。West (1973) は古典作品を校訂し編集する方法をつまびらかにし，Tarrant (2016) は古典学という学問における校訂作業の意義と性質について述べる。De Melo/Scullion（近日刊）は，本章で扱ったあらゆる問題を考えるに際して中核的な研究書となるだろう。本章第 5 節で取り上げたソポクレス作品の重要箇所は，Finglass (2019) で参考文献とともにより詳細に分析されている。フレンケルのひとことは口頭での伝承に依拠している。

Barrett, W. S. (2007). *Greek Lyric, Tragedy, and Textual Criticism: Collected Papers*, assembled and edited by M. L. West. Oxford.

De Melo, W. and Scullion, S. (eds.) (forthcoming). *The Oxford Handbook of Greek and Latin Textual Criticism*. Oxford.

Finglass, P. J. (2019). *Sophocles*. Greece and Rome New Surveys in the Classics 44. Cambridge.

Tarrant, R. (2016). *Texts, Editors, and Readers: Methods and Problems in Latin Textual Criticism*. Cambridge.

Timpanaro, S. (1963). *La Genesi del Metodo di Lachmann*. Firenze.

―――. (1974). *Il Lapsus Freudiano: Psicanalisi e Critica Testuale*. Florence.

―――. (1976). *The Freudian Slip: Psychoanalysis and Textual Criticism*, trans. by K. Soper. London.

―――. (2005). *The Genesis of Lachmann's Method*, trans. by G. W. Most. Chicago.

日本語文献

安西眞（2008）「古典文献学とはどういう学問か――人文学の「カタ」」，葛西康徳・鈴木佳秀編『これからの教養教育――「カタ」の効用』東信堂，5-39.

池田亀鑑（1991）『古典学入門』岩波文庫.

（末吉未来　訳）

11

蘇るパピルス

エンリコ・エマヌエレ・プロディ

> ギリシア・ローマ文学の多くは失われてしまったが，エジプトにおけるパピルスの発見のおかげで，今や150年前よりも多くの作品が存在する。それを可能にしたのがパピルス学であり，その発展によって，多くのギリシア詩人の理解は革命的に変わってきた。パピルス学が影響を与えるのは，なにも今まで知られていなかったテクストに関する研究だけではない。例えば既知の『イリアス』を例に取ってみると，用語解説や注釈の書かれたパピルスが多量に見つかっている。
>
> エジプトで発見されたパピルスに関しては，ギリシア語資料がラテン語資料のおよそ10倍にも上る。そのためこの章では，ギリシア語のパピルス資料が考察の中心となる。こうしたギリシア語パピルスがエジプトから出土するに至った理由や，古代におけるパピルス紙の製法なども紹介しつつ，議論の主題は近代の科学技術へと移っていく。ナポリ近郊のヘルクラネウムで火山灰の下から見つかった大量の炭化したパピルスを解読するため，新技術も生まれ，パピルス学は飛躍的に進歩したのである。
>
> パピルス学発展の最大の契機となったのは，オクシュリュンコス・パピルスの発掘であろう。若き二人の英国人によって始まったこの事業とその多大なる成果を紹介し，本章の結論とする。

1　はじめに

　ギリシア・ローマ文学の多くは失われてしまった。とは言え，150年前よりも多くの作品が，現在われわれのもとにはある。新たな作品は

様々な形で見つかり，例えば 2005 年にビザンツ写本[1]の中から発見された ガレノス[2]（Galenos, 129–216）の失われた作品『嘆かないことについて Peri alypias』[3]のような事例もあるが，こうした進歩の大部分はエジプトにおけるパピルスの発見のおかげである。抒情詩人[4]サッポー[5]（Sappho, 前 630 頃–前 570 頃）の場合，パピルス学が発展する前の 1882 年に刊行された，テオドール・ベルク（Theodor Bergk, 1812–81）編纂の校訂版では[6]，170 の断片が彼女のものとされた。つい最近カミーロ・ネリにより公刊された最新の校訂版では，その数はおよそ 350 にまでのぼる[7]。カッリマコス[8]（Callimachos, 前 3 世紀活動），バッキュリデス[9]

---

1) 写本とは人間の手によって書写された手写本のことを指し，多くは中世の羊皮紙写本のことを指す。写本の製作や流通については，本書第 10 章を参照のこと。

2) 小アジア（現トルコ）のペルガモン出身の医者。彼は動物解剖を頻繁に行い，人体の働きや構造について優れた考えを示したが，一方で人体の解剖は行わなかった。医師ヒポクラテス（Hippocrates, 前 5 世紀）の四体液説を基にした彼の医学は近世の 17 世紀になるまで強い影響力を持ち，信じられていた。彼の著作は医学だけにとどまらず，哲学，数学，文法の分野にまで及んだ（著作の邦訳に，内山勝利他訳〔2005〕『ヒッポクラテスとプラトンの学説 1』京都大学学術出版会，坂井建雄他訳〔2011〕『解剖学論集』京都大学学術出版会など）。

3) 2005 年にギリシアのテッサロニキの修道院で発見された 15 世紀頃のものとされる写本。火事によって自らの書物の多くを失ったガレノスが，そのことをなぜ嘆かずにいられるのか，という友人の問いかけに答える形の著作である。

4) 抒情詩というと近代詩的な作者の感情や情緒を表現する詩だと思われるかもしれないが，古代ギリシアの場合は少々事情が異なる。抒情詩は英語では lyric と綴るが，これはリラ lyra という竪琴の一種の楽器から由来する言葉である。古代ギリシアの抒情詩人は，独唱詩人と合唱詩人の二種類に分けられる。独唱詩人は竪琴を持ち，詩を歌った。なお，本書第 25 章では，合唱抒情詩を扱っている。

5) サッポーはレスボス生まれの女性詩人。彼女の詩集はアレクサンドリアの編集者によって 8 巻もしくは 9 巻にまとめられた。完全な形で現存するのはそのうちの 2 篇に過ぎず，他にはいくつかの断片でのみ伝わる。彼女の生涯についてわかることはわずかなことしかない。おそらく結婚しており，兄弟がいた。女性同性愛者のことをレズビアン lesbian と呼ぶが，これは彼女が同性愛者と考えられたことからその出身地のレスボス島 Lesbos にちなんでいる。しかし，彼女が同性愛者であったという話は後世の伝説にちなむことが多く，実際に彼女が同性愛者であったかどうかは確たる証拠があるわけではない。とはいえ，おそらく女性のみのサークルをつくり，女性に向けた詩があることは事実である（呉掛良彦〔1988〕『サッフォー──詩と生涯』平凡社。最新の研究まで踏まえた英訳としては Powell, J. (2019 [2007]). *The Poetry of Sappho*. Oxford がある）。

6) Bergk, T. (ed.) (1882). *Poetae Lyrici Graeci*, vol. III. Leipzig.

7) Neri (2021).

8) キュレネ（現リビア）出身のギリシアの学者詩人。彼は 800 巻にも及ぶ作品を書いたとされるが，現存するのは六つの讃歌と 60 ものエピグラム（数行の短い詩で，内容は多岐にわたる），いくつかの散文と断片にすぎない。彼はアレクサンドリア図書館長にはな

272　　第 2 部　素材と受容

(Bacchylides, 前 520 頃-前 450 頃)，ヘロダス[10] (Herodas, 前 3 世紀半ば)，ポセイディッポス[11] (Poseidippos, 前 3 世紀半ば) など，多くのギリシア詩人に関する近代の理解は，パピルス学における発見によって革命的に変わってきたが，おそらく他の誰よりもメナンドロス[12] (Menandros, 前 344/3-前 292/1 ？) が顕著な事例だろう。彼の喜劇は古代を通じて非常に人気だったが，中世初期には世に忘れ去られ，近代になってエジプトの砂漠の中から大量に再発見されることになった。また，歴史家にとっての最重要テクストもパピルスの形で発見されている。一つ挙げるならば，アリストテレス[13] (Aristoteles, 前 384-前 322) の『アテナイ人の国制』であろう[14]。哲学史家は，自由に使える完全な古代の図書館を持ってい

らなかったが，『ピナケス』(散逸) というアレクサンドリア図書館のカタログともいうべきものを作った。彼は短い詩を書くことを推し進め，ホメロスに続く叙事詩，特に「叙事詩の環」と呼ばれる詩を批判した。彼の詩は後のローマ詩人にも絶大な影響を与えた (中務哲郎訳〔2004〕『ギリシア恋愛小曲集』岩波文庫には『アイティア (起源譚)』の一部，沓掛良彦訳〔2015-17〕『ギリシア詞華集 1-4』京都大学学術出版会には『エピグラム集』，呉茂一他編〔1963〕『世界名詩集大成第 1　古代・中世篇』平凡社には『讃歌』の一部の翻訳が収録されている。本書第 7 章も参照)。

　9)　ケオス島 (現ケア島，エーゲ海のキクラデス諸島北西部の島) 出身の抒情詩人。抒情詩人シモニデス (Simonides, 前 556 頃-前 5 世紀半ば？) の甥。『ディテュランボス』と『祝勝歌集』を書いた。彼の作品は引用の形でわずか数行程度が知られるのみであったが，1896 年にエジプトのヘルモポリス・マグナで相当数の彼の作品がパピルスの形で出土したことにより，より詳しくその内容がわかるようになった (邦訳に，アルクマン他著，丹下和彦訳〔2002〕『ギリシア合唱抒情詩集』京都大学学術出版会)。

　10)　ヘロンダスとも表記される擬曲 (ミモス劇) 作家。おそらくコス島 (現ギリシア東部，ドデカネス諸島の島) 出身。1891 年に出土したパピルスから彼の作品を読むことが可能になった (邦訳に，ヘーローンダース著，高津春繁訳〔1954〕『擬曲』岩波文庫)。

　11)　ペラ (現ギリシア北部，古代マケドニアの首都) 出身のエピグラム詩人。元来彼のエピグラムは『ギリシア詞華集』に収録されたものしか知られていなかったが，前 3 世紀のものとされるパピルスが 1990 年前後に見つかった。その中で 110 にも及ぶ今まで知られていなかったエピグラムが発見された (本章注 8，沓掛〔2015-17〕。パピルスで発見された新しいエピグラム集の英訳は https://chs.harvard.edu/CHS/article/display/1723 から参照可能)。

　12)　ギリシア喜劇作家。100 以上もの作品を書いたが，7-8 世紀になると彼の作品は失われてしまった。しかし，パピルスからかなりの量の彼の作品が見つかっている。喜劇一般および彼の作風やパピルスの発見の詳細については，本書第 5 章を参照。

　13)　古代ギリシア最大の哲学者の一人であり，プラトン (Platon, 前 427 頃-347 頃) の弟子。著作は『自然学』，『形而上学』のような哲学的作品にとどまらず，『動物学』のような幅広いジャンルにまで及び，「万学の祖」とも呼ばれた。プラトンのように対話篇形式の作品も書いたとされるが，現存していない (著作の邦訳に，内山勝利他編〔2013-〕『新版アリストテレス全集 1-20』岩波書店など)。

　14)　アリストテレスは 158 ものギリシアのポリスや異民族の国制に関する著作を書いた

11　蘇るパピルス　　273

る（詳しくは後述）。ラテン文学者も宴会のおこぼれ[15]にあずかっている。最も注目されるのはおそらくウェルギリウス[16]（Vergilius, 前 70–前 19）の友人コルネリウス・ガッルス[17]（Cornelius Gallus, 前 70/69–前 27/6）の一つの断片であろう（残念ながら小さなものではあるけれども）。他方でまた，パピルス学における発見というのは，なにも今まで知られていなかったテクストに関するものだけではない。ギリシア文学の礎である『イリアス』[18]を取り上げてみよう。最新の校訂版[19]は，1545 もの『イリアス』本文が書かれたパピルスに加え，142 もの本文注釈や専門用語解説などのパピルスをリストに挙げている。『オデュッセイア』[20]では本文のパピルスが 580，注釈や用語解説のパピルスが 61 もリストに挙がっている。中世を経て作品が現存するほぼすべてのギリシア文学の作家のパピルス断片が発見されているのはもちろん，中世の段階で作品が散逸した作家もパピルス断片は残っている。ラテン文学の作家のパピルス断片もあり，最多の『アエネイス』[21]を筆頭として，キケロ[22]（Cicero, 前 106

と言われるが，ほとんど現存していない。しかし，『アテナイ人の国制』のパピルスが見つかり，それまで引用の形でしかほとんど知られていなかったものが 1891 年に出版され，その詳細な中身がわかるようになった。

　15）　新約聖書「ルカによる福音書」16:20–21，「マタイによる福音書」15:27 には「金持ちの食卓からのおこぼれ」という表現がある。

　16）　ローマの代表的な詩人。代表作は『牧歌』，『農耕詩』，『アエネイス』。本書第 8 章を参照。

　17）　ローマの詩人。彼はエレゲイア詩の創始者であり，『アモレス』という作品を 4 巻書いたが，現存していない。そのため彼の作風に関することは何も知られていなかったが，1978 年にエジプトのヌビアからパピルスが発掘され，わずか 9 行ではあるがその詩行が明らかになった。

　18）　『イリアス』はホメロス（Homeros, 前 8 世紀頃？）作とされる英雄叙事詩である。今日伝わっているものは全 24 歌で構成されており，10 年にわたるトロイア戦争のうちの数十日間の出来事を扱う。ギリシア方のアキレウス，トロイア方のヘクトルをはじめとする数多くの英雄の戦いと死を描いた。ホメロスと彼にまつわる様々な研究課題については，本書第 2 章を参照のこと。

　19）　West, M. L. (1998–2000). *Homeri* Ilias, vol.1–2. Stuttgart.

　20）　『オデュッセイア』（紀元前 8 世紀頃）は『イリアス』と並ぶ叙事詩で，ホメロス作とされる（一般的に『オデュッセイア』のほうが後に成立したとされる）。全 24 歌で，トロイア戦争が終結したのち，英雄オデュッセウスの 10 年にわたる放浪と冒険譚，そして故郷のイタケへの帰還までを描く。詳細は本書第 2 章を参照のこと（最新の校訂本は West, M. L. (2017). *Homerus* Odyssea. Berlin）。

　21）　ウェルギリウス作，ローマの建国を語る叙事詩。全 12 歌で構成され，トロイア戦争を落ちのびたアエネアスが労苦と戦争を重ね，ローマの祖となる様子を描く。

-前 43)，テレンティウス[23]（Terentius, ?-前 159 ？），サルスティウス[24]（Sallustius, 前 86 頃-前 35 頃）などの作品も残っている。実際，パピルス学が古代文学やその受容の研究に与える隠れた恩恵の一つは，おおよそヘレニズム時代初期から古代末期まで[25]のエジプトにおける様々な作家の人気について，定量的なデータを提供してくれることである。

　しかし，こうした事実は一体何を意味するのだろうか。そもそもパピルスとは何なのか，パピルスに古典作品がなぜこれほどたくさん残っているのか，それらの作品はなぜエジプトにあったのか，そして，この失われた古代文学の再発見はいかにして起こったのか。順序だてて進んでいこう。

2　「パピルス」とは何か？

　パピルスは，パピルス（学名：*cyperus papyrus*）という植物から作られる。植物のパピルスはエジプトで栽培されており，アフリカの他の湿地帯にも自生している。大プリニウス[26]（Plinius, 後 23/4-79）のある一節（『博物誌』13.74-82）が伝えるパピルスの作り方は，唯一今日に残る古代の記録であり，その内容は現存するパピルス写本の調査によっておお

---

　22)　共和政ローマの著名な弁論家，哲学者，政治家。政治家としては国家転覆を狙うカティリナの陰謀を防いだ功績があった。彼は多作であり，その大部分の著作は現存している。その内容は弾劾演説や弁護演説，哲学的著作，弁論的著作など多岐にわたる（著作の邦訳に，竹中康雄他訳〔1999-2001〕『キケロー選集』岩波書店がある）。

　23)　共和政ローマの劇作家。六つの作品はすべて現存している。彼の喜劇はより自然主義的で，日常言語に近いものであった。彼の作品やローマ喜劇一般については，本書第 5 章を参照のこと。

　24)　共和政ローマ末期の政治家，歴史家（サルスティウス，栗田伸子訳〔2019〕『ユグルタ戦争／カティリーナの陰謀』岩波文庫）。

　25)　ヘレニズムは時代区分を表す語で，ドロイゼン（Johann Gustav Droysen, 1808-84）という 19 世紀の歴史家が初めて用いた。アレクサンドロス大王が東征した前 331 年（もしくは彼の死後の前 323 年）から，プトレマイオス朝エジプトが滅亡した前 30 年までを指すとされる。古代末期という時代区分に関しては，厳密な定義があるわけではないが，おおよそ紀元 3-7 世紀頃を指すとされる。本書第 7 章参照。

　26)　大プリニウス（「大」というのはこの場合，年上を意味し，年下であれば「小」をつけて同名の者を区別する）は古代ローマの軍人であったが，『博物誌』の作者としてよく知られる。その内容は動物，植物，鉱物，にわたり 37 巻にも及ぶ。

よそ裏付けられている。パピルス（植物）の背の高い三角形の茎を，縦に細長く切り分ける。それらを均一な層を作るように並べて置き，その上に，最初の層と直角になるように二層目を重ねる。そして，まだ湿っている状態で，それら二層を一緒にハンマーで打ち付ける。すると，植物自体の樹液が糊の役割を果たし，一枚の紙状になる。完成したパピルス（紙）には植物の繊維が見えたままとなるが，品質が高いほど繊維は目立たない。また，この二層構造のため，パピルス紙面の繊維は，片面は水平方向，もう片面は垂直方向に走る。乾燥後，パピルス（紙）を一枚一枚貼り合わせ，望ましい長さの巻物を作る。この巻物，つまりパピルスでできた本は，右手に持ち，左手で広げていくものである。少なくともギリシア語の場合，横書きの行が縦方向の列 column で段組されて書かれ，巻物を広げてテクストを左から右へと読むことができる。通常，パピルスの水平方向に繊維が走る面が巻物の内側となり，テクストはその面にのみ書かれる。これは，水平方向の繊維に沿って書く方が，垂直方向に走る繊維を横切って書くよりも容易であり，また，巻物の内側に水平方向の繊維，外側に垂直方向の繊維を配置すると，巻物がより柔軟となり，ひび割れしにくくなるためである。巻物は，古代の大部分，つまり最初期のファラオの時代から紀元後の最初の数世紀にわたって，パピルスで作られた書物の標準的な形式だった。そして，パピルスの巻物の重要性は，単に物質的な側面だけにとどまるものではなかった。少なくとも前 3 世紀以降，巻物は書かれたテクストの計量単位であり，また，構造化の手立てともなった。長い詩や散文作品は「巻」に分けられ，短い詩は「巻」にまとめられた。そして，巻物一巻の長さはほぼ標準化されていた。詩人も散文作家も「巻」，すなわちパピルスの巻物を念頭に置いて作品を書いた。その後，新しい形式がとってかわった。それが冊子本である。これは，文字が両面に書かれたページを持ち，中央に綴じ目がある，われわれが知っている西洋の本である。冊子状の本ははじめはノートや携帯用小型本のための形式として登場したように思われるが，巻物に較べると，より丈夫で扱いやすく，同じ大きさのパピルス紙片に 2 倍のテクストを収められる。この形式を，キリスト教徒たちは早くに採用した。おそらくそのために，キリスト教を主題とする初期の本のほぼすべてが冊子形式である。そして，後 4 世紀末

までには，古い作品や異教文学，その他のテクストにおいても，冊子本は最も一般的な形式になった。

　パピルスは，少なくとも紀元前3千年紀から用いられていたが，最初に羊皮紙，次に中国の新技術である紙に取って代わられた（ちなみに，英語を含む多くのヨーロッパ言語では，紙 paper を表す語はパピルス papyrus に由来する）。われわれが知る古代エジプト文学の多くはパピルスに保存されており，「パピルス」という言葉を聞くと，まずこれを思い浮かべるかもしれない。けれども，「パピルス学 papyrology」と言うとき，それはエジプト学とは大きく異なる学問を指す。要するに，（誤差はあるにしても）前4世紀から古典古代末期までに書かれたパピルス写本の研究を意味するのである（もちろん，専門分野の境界というのは極めて恣意的で，さして助けにならないのが常であるが）。現存するパピルスの多くはエジプトで発見されているが，古代の地中海世界内外の広範な地域においてパピルスは標準的な筆記媒体であったため，パピルス写本はパレスティナ，メソポタミア，ギリシア，イタリア，そして黒海沿岸からも見つかっている。パピルスに見られる言語もそれに応じて多岐にわたる。すなわち，様々なアルファベット[27]（ヒエログリフ，ヒエラティック，デモティック），あるいは後の形態であるコプト語[28]で書かれたエジプト語のパピルスや，ギリシア語，ラテン語，シリア語のパピルス，さらには，まだ十分に研究されていない膨大な量のアラビア語資料もある。アルメニア語（むしろ正確にはギリシア語とアルメニア語の二言語）のパピルスも一点存在する。言語学習者のための手引書や，対訳の付いた校訂版のほか，ある言語で本文が書かれて，別の言語で注釈が付けられた本など，二言語のパピルスはたくさんある。二言語の最も一般的な組み合わせは，ギリシア語とラテン語，ギリシア語とコプト語である。しかし，本書の主題と私の専門を考慮して，この章は古典語に焦点を当てることとしよう。ここでの古典語とはつまりギリシア語を意味する。エジ

　27）　ヒエログリフは聖刻文字ともいわれ，柱などに刻まれた象形文字。ヒエラティックは神官文字とも呼ばれ，主にパピルスの書体として使われた。デモティックは民衆文字とも呼ばれ，より幅広い用途に用いられた。

　28）　後3世紀頃から用いられた古代エジプト語を継承する言語。エジプトがキリスト教化された頃に使われたが，アラビア語におされて16世紀頃には廃れた。文字はギリシア文字とデモティックの混ざったものが用いられる。

プトで発見された資料において，ギリシア語資料はラテン語資料のほぼ
10 倍にも上るのである。

3　何故エジプトか

　一体なぜこれほど多くのギリシア語の資料がエジプトにあるのだろう
か。マケドニアのアレクサンドロス 3 世，すなわちアレクサンドロス
大王[29]（Alexandros III, 前 356–前 323）がその鍵を握る。彼は，前 332 年
にペルシア帝国からエジプトを奪い取った。9 年後に彼が死ぬと，エジ
プトは彼の将軍であったプトレマイオスのものとなったが，プトレマ
イオスはすぐに自らをエジプトの王であると宣言し，プトレマイオス 1
世「救済者（ソテル）」[30]（Ptolemaios, 前 367 頃–前 282 頃）として，プトレ
マイオス朝を立ち上げた。最後の子孫クレオパトラ 7 世[31]（Cleopatra VII,
前 69–前 30）がローマの実力者オクタウィアヌス（Octavianus, 前 63–後
14），後の「皇帝アウグストゥス（Augustus）」[32]に敗れるまで，エジプト
は，ギリシア語を話すプトレマイオス 1 世の子孫によって，3 世紀にわ
たり支配されることになる。マケドニア人によるエジプト支配には，ギ
リシア人植民者の流入が伴った。彼らは概して自身の言語と文化的な遺
産を保持していた。植民者のギリシアらしさを促進し，人口の大部分を

　29）　ギリシア北方マケドニアの王でピリッポス 2 世（Philippos II, 前 382–前 336）の子。
ギリシア連合軍を率いて東方に遠征してペルシアを滅ぼし，エジプト，西アジアからインド
西部にまたがる大帝国を築いたが，バビロニアに戻った前 323 年に急死した。遠征の途中，
アレクサンドリアなど多数の都市を建設し，東西文化の融合を図った。

　30）　アレクサンドロス大王の将軍の一人。王の死後，後継者（ディアドコイ）戦争の最
中プトレマイオス王朝を創設した。

　31）　プトレマイオス王朝最後のファラオ。クレオパトラという名の女王は複数人いる
が，通常クレオパトラとして有名なのはこの女王である。最初にカエサル，彼が暗殺される
とアントニウス（Antonius, 前 83–前 30）と良好な関係を結び，それぞれの間に子をもうけた
が，アクティウムの海戦で敗れ，自殺した。本書の第 8 章では，彼女をめぐるローマ詩につい
て述べられる。

　32）　ローマ帝国初代皇帝。本名はガイウス・オクタウィウス。カエサルの姪の子で，カ
エサルが暗殺されるとその養子となり，オクタウィアヌスと改名。前 31 年アクティウムの海
戦でアントニウスを破り，前 27 年に元老院から「アウグストゥス」の尊称を与えられ，皇帝
となる。アウグストゥスはオクタウィアヌスの名でもあるが，後には皇帝を意味する称号と
なる。

278　　　　　　　　　　第 2 部　素材と受容

占めた現地のエジプト人とは違うという意識を保つため，彼らはギュム
ナシオン[33]のような典型的なギリシアの制度をエジプトに移植した。ギ
リシア語の文学活動，つまり昔の作品を研究することや新しい作品を作
ることは，民族的なアイデンティティーという意味では欠くことのでき
ない要素であった。

　プトレマイオス 1 世の息子であるプトレマイオス 2 世[34]（Ptolemaios
II, 在位前 285-前 246。プトレマイオス朝の男はまったくもって面白みのない
名前であった）は，王都アレクサンドリアに「ムーサの神殿」ムセイオ
ン[35] Mouseion を建てた。これには，あの有名なアレクサンドリア図書
館も含まれていた。ギリシア語世界全体から学者や科学者を惹きつけた
この図書館は，古代地中海世界における学問の一大中心地となった。ギ
リシア文学の膨大なコレクションが蓄積され，そのメンバー（そのうち
の何人かは王子たちの家庭教師に任命された）は，学問のあらゆる分野に
おいて，注釈や歴史，論文を書くために，たゆみなく働いた。この図書
館と，その文化的中心地としての役割は，前 48 年のユリウス・カエサ
ル[36]（Iulius Caesar, 前 100-前 44）のエジプト侵攻によって，社会的・政治
的な大混乱，粛清，火事の被害を被ったときも，オクタウィアヌスがエ
ジプトを征服した後，最も貴重な宝物のいくつかをローマへ持ち去った

---

　　33)　古代ギリシアの体育場。後には青少年のための教育の場にもなっていった。今日の
「ジム」の語源でもある。
　　34)　プトレマイオス 1 世の子でプトレマイオス王朝 2 代目の王。愛称はピラデルポス
（愛姉王）。前 278 年頃に実姉のアルシノエ 2 世を妃とし，プトレマイオス王朝の兄弟姉妹婚
の始まりとなった。また両親やアルシノエ 2 世などを神として祀り，君主神化の制度を始め
た。
　　35)　ムセイオンは芸術の神ムーサ（複数形ではムーサイ，現代語ではミューズ）の名を
とる，おそらく学術的な研究が行われた施設である。しかしながら，ムセイオンに関する古
代の言及があまり残っていないので，どのような場所で，どういうことが行われたのか，詳
しいことは不明である。この近くにアレクサンドリア図書館があった。英語の museum の語
源でもある。
　　36)　ローマ共和制末期の政治家，軍人である。若い頃から軍務で名をあげて，様々な
官職を歴任し，ポンペイウス（Pompeius, 前 106-前 48），クラッスス（Crassus, 前 115 頃-前
53）と共に三頭政治を結成する。前 59 年コンスル（執政官。本書第 15 章注 70 を参照）と
して政治，社会改革を行う。そののちにガリアなど諸部族と戦いその地を平定する。内乱に
勝利し，地中海各地も撃破し，独裁官（ディクタトル）となるが，共和派からは反感を買い，
ブルトゥス一派に暗殺される。文筆家としても優れており，『ガリア戦記』，『内乱記』などの
作品が現存している。

ときも生き残った。しかし，その後 2, 3 世紀の間に，その重要性は失われていった[37]。ラテン語がエジプトで強力な足場を得ることはついぞなかった。ローマの支配下に入ってもなお，ギリシア系住民はギリシア語を話し続け（同様にエジプト系住民はエジプト語を話し続けた），後 639年から 641 年のアラブ人による征服[38]のときまで，ギリシア語は行政の主要言語であり続けた。

　しがたって，ギリシア語パピルスの領域は，この章の冒頭で挙げたような文学作品に限定されるわけではない。現存するパピルスの実に 9 割が「記録資料の」パピルスと呼ばれるもので，「文学的な」パピルスとは対置される。記録資料のパピルスは，個人や共同体の生活のあらゆる面に関係するものである。つまり，それらには，納税記録，人口調査記録，出生・死亡証明書，裁判手続きのような統治文書や，契約書，遺言書，請求書，領収書のような私的文書，さらには市民の間で私的にやり取りされた手紙から，行政の役人に送られた苦情，君主やローマ総督から伝えられた命令までが含まれ，またあらゆるレベルの通信用文書，護符，呪い，ポスター，楽譜，学校の課題なども記されていた。エジプトで発見された最古のギリシア語パピルスとして知られているのは，アレクサンドロス大王麾下のある将軍が出した命令の掲示（本書 249 頁，第 2 部扉の図参照，ペウケスタスの命令〔*SB* XIV 11942〕[39]「神官の家につき立ち入り禁止」）である。また，別のパピルスには，クレオパトラ自身の手で署名が書かれたと考えられる文書（*P. Berol.* 25239）[40]もある。このように政治的・軍事的重要人物が突然現れることもあるが，記録のほとんどは比較的普通の人々を中心としている。そのような記録は，女性や奴

37）　いつの時点でアレクサンドリア図書館が失われたのかは不明だが，カエサルの攻撃を受けた時点で相当な打撃を受けたことは確かで，その後にアレクサンドリア図書館への言及が古代の作家たちの間にもあまり見られないため，仮に生き残っていたとしても規模が縮小されたか，その影響力が失われていったことは確かであろう。なお現在では，古代の図書館があった場所に新アレクサンドリア図書館が建っているが，これは古代のものとは歴史的なつながりはない。

38）　後 636 年ヤルムークの戦いでアラブ・イスラム軍がビザンツ帝国軍を破ったことからアラブ側の大征服が始まり，その中でエジプトも征服された。

39）　SB= Preisigke, F. (ed.) (1974). *Sammelbuch griechischer Urkunden aus Ägypten*, 3 vols. Berlin.

40）　P. Berol.= Papyrus Berolinensis=Berlin Papyrus (https://berlpap.smb.museum/sammlung/?lang=en)

第 2 部　素材と受容

図 11.1　「5026 番の家」の戸口の地中から発見されたパピルス
後 2 世紀のもの。ミシガン大学ケルシー考古学博物館所有（KM5.1801）

隷，労働者階級の人々など，尊大な歴史家が往々にして見逃してきた階層の生活や取引を垣間見る手がかりを与えてくれる。われわれの手元には，子供と両親の間，兵士と遠く離れた故郷の恋人との間，あるいは富裕な土地所有者と有象無象の手下たちとの間でやり取りされた手紙が残されている。さらに，同様に，記録資料のパピルスのおかげで，エジプトの行政や経済について，われわれはおそらく他のヘレニズム諸王国やローマの属州のものよりも詳細に理解している。これらのパピルスが，中世を通じて伝えられた歴史資料や法律資料からわれわれが得られる知識を，大きく発展させてくれているのである。

　時には，まとまった量のパピルスがある特定の個人や家族，官職，あるいは土地所有に関わる記録を残しており，その実態や機能をかなり詳細に調査できることがある。こうした大規模な「アーカイブ（保存記録）」のうち，最大にして最も有名なのは，プトレマイオス 2 世麾下の高級官僚が所有するフィラデルフィアの町の土地を管理していたゼノン（Zenon，前 3 世紀半ば）のものである。このアーカイブは，前 261 年から前 229 年までのゼノンの経歴の様々な段階にまたがり，いくつかの小

さなアーカイブを統合しておよそ 3000 ものパピルスを含むが，現在で
は様々なコレクションに分散してしまっている。カラニス[41]Karanis で
は，丹念な考古学的な発掘の結果，後 2 世紀初期の小規模で完全なアー
カイブが，「5026 番の家」の木製の敷居の下に隠された状態で発見され
た（図 11.1）。オクシュリュンコスの遺跡（詳しくは第 5 節を参照）では，
慣習的にアピオン家として知られる一家について，後 5 世紀中期から 7
世紀初期までのほぼ 2 世紀にわたって記録する大規模なアーカイブが発
見された。アプロディト村のある家からは，文人であり法律家でもあっ
たディオスコロスのアーカイブが保存されていた。このアーカイブは，
ギリシア語とコプト語のおよそ 350 ものパピルスで構成され，後 6 世
紀後半のディオスコロスの経歴全般にわたる法律文書や，彼が所有して
いた本の何冊か（そのうちの一冊が現在カイロにあるメナンドロスの喜劇の
有名な写本である），そして，彼自身が作った多くの詩を含んでいる。そ
のため，彼は自筆原稿が残る最古の詩人として知られている。

4 科学技術とパピルスの解読

　文学の分野で記録資料のアーカイブに相当するものは，おそらく「文
庫」library であろう。エジプトにはいくつかの例があり，先ほど言及し
たアプロディトのディオスコロス（Dioscoros, 後 6 世紀）の蔵書もその一
つである。また，ナグ・ハマディ村近郊で発見された，後 3 世紀から 4
世紀のコプト語の 13 冊の写本群[42]も，同様である。この写本群の内容
は，グノーシス主義の作品であった（聖書外典の『トマスによる福音書』[43]
を含む）。おそらく正統派によるグノーシス主義[44]の排斥が決定的になっ

---

　41)　カラニスはエジプト北部の都市ファイユーム Fayyum の町。

　42)　ナグ・ハマディ写本の内容の多くはグノーシス主義と関係する資料であるが，中に
はプラトンの『国家』の抄訳なども含まれる。詳しいことは荒井献他訳『ナグ・ハマディ文
書──グノーシスの神話 I－IV』岩波書店および荒井献（1994）『トマスによる福音書』講談
社学術文庫を参照のこと。

　43)　『トマスによる福音書』はナグ・ハマディ写本に含まれ，コプト語で書かれた後 4
世紀のパピルスの写本である。1945 年に発見され，その当時は新しい福音書の発見というこ
とで世間一般にも一大センセーションを巻き起こした。

　44)　後 1 世紀に生まれ，後 2-3 世紀に最盛期を迎えた宗教思想である。端的に言えば，

た後に放棄されたのであろう。オクシュリュンコス Oxyrhynchos や他
の地域から出土した例については，後ほど述べることにしよう。

　古典古代から現存する最も有名な文庫は，エジプトから遠く離れた場
所にある。南イタリアのナポリ湾北岸に位置する裕福な町ヘルクラネウ
ム[45]Herculaneum は，後 79 年のウェスウィウス（ヴェスヴィオ）火山噴
火の際の火砕流によって壊滅した。その出来事の記憶は，歴史記述の資
料や，小プリニウス[46]（61 頃–112 頃）の目撃証言によって伝えられてい
る。プリニウスは，タキトゥス[47]（56 から 58 頃–118 以降）宛の 2 通の手
紙の中で，この噴火ににについて語っている（『書簡』6.16, 20）。ヘルクラ
ネウムの遺構は火山岩の 20 メートル下に埋もれたまま忘れ去られてい
たが，18 世紀初め，地元の人々が井戸を掘る際に，地中深くで彫像を
発見したという噂が拡がり始めた。さらに継続的な調査が始まると，ナ
ポリ王がその発掘に興味を持った。1750 年，彼の技術者たちによって
掘られた地下トンネルの一つが，町のすぐ外にあった邸宅の遺構に突き
当たった。その遺構は，古代から元の場所にそのまま生き残る，最も豊
かで最も精巧な青銅彫刻のコレクションの一つを保存していた。しか
し，その邸宅は今日，「像の邸宅 Villa of the Statues」ではなく「パピル
スの邸宅 Villa of the Papyri」として知られている。その理由は，そこか
ら発見された，およそ 1800 片にも及ぶ大量の炭化したパピルスの巻物
の書庫の存在によるものである。

　炭化したパピルスの巻物を開くことは，複雑な作業であることが判明
している。一部の巻物は，炭化したパピルスの脆くなった層を化学薬品
や熱を用いて無理に剥がそうとした初期の試みによって，完全に破壊さ
れてしまった。また，アントニオ・ピアッジョ[48]（Antonio Piaggio, 1713–

人間の本来的自己と宇宙を否定的に超えた究極的存在とが，本質的に同一であるという認識
（グノーシス）を救済とみなす思想である。本章注 42 の荒井（1994）102–03 頁参照。

　45）　ヘルクラネウムのより詳しいことはヘルクラネム協会のホームページ（http://www.
herculaneum.ox.ac.uk）を参照のこと。

　46）　ローマの政治家，著作家。大プリニウス（本章注 27 参照）の甥にあたる。後 100
年にはコンスルを務めた。『書簡集』10 巻が現存（國原吉之助訳〔1999〕『プリニウス書簡集』
講談社学術文庫）。

　47）　帝政期ローマの政治家・歴史家。政治家業のかたわら，『同時代史』や『年代記』
などの著作もあらわした。

　48）　学者であり神父だったピアッジョは，ヘルクラネウムのパピルスを開いて解読し，

96）が発明した機械を使用し，時間と手間をかけて巻物を開こうとする試みも行われたが，その過程で多くの資料が損壊し，完全とは言えない結果に終わった。なお，元の状態のまま保管されている巻物もあり，破壊を伴わない非侵襲性の画像技術を用いて，研究者たちがその内容を読めるようになる日を待っている。一方，開いて読めるようになったパピルスの中には，ラテン語作品もある（その最も長いものが，アクティウムの海戦についての叙事詩の断片である。*P.Herc.* 817）が，文庫のほとんどはギリシア語の哲学作品で構成されている。この邸宅の所有者とされるのは，ユリウス・カエサルの義父であり，前58年に執政官を務めたルキウス・カルプルニウス・ピソ・カエソニヌス[49]（Lucius Calpurnius Piso Caesoninus, ?－前44頃）であるが，彼は哲学者ピロデモス[50]（Philodemos, 前110頃－前35頃）のパトロンであった。ピソの文庫のうち内容の判明している資料の大半をピロデモスの著作が占め，ピロデモスが信じるエピクロス派[51]の教義（あるいはピソの信じた教義。とても似通っていたはずである）がコレクション全体を形作った。近代の学者も一般の読者も，この文庫の内容が比較的興味を惹かないものであったことに失望を口にしたが，アリストテレスとピロデモスの時代の間の数世紀におけるギリシア哲学の知識を深めるうえで，非常に貴重な資料となっている。また，これらのパピルスは物理的なテクストとしても興味深い。いずれの文書も，ピロデモスの自筆であるとは証明されていないが，明らかに本

内容を記録せよとの命をヴァチカンより受け，1753年にナポリに赴任した。

49）　ローマの政治家。前58年コンスルの職に就く。彼の娘をカエサルに嫁がせた。政治的にはキケロと対立し，彼の弁論の中でも攻撃される。

50）　シリアのガダラ生まれの哲学者，詩人。ヘルクラネウムから発見されたパピルスからは，彼の哲学的著作が相当量発見された。詩的著作としては，主に恋愛詩に関するエピグラムが『ギリシア詞華集』に35篇残っている。キケロはピロデモスを詩人として言及しているようであるが，パピルスで見つかった散文作品は，弁論術，詩学，音楽，倫理学，神学など多岐にわたる内容を扱い哲学でないものも含んでいる。

51）　エピクロス（Epicuros, 前341－前270）は古代ギリシアの哲学者。前307/6年にアテナイで学園を開き，弟子たちを教えた。デモクリトス（Democritos, 前460から前457－前4世紀）の原子論とその倫理思想が，彼の思想の根底をなしている。著作は多くあったがそのほとんどは散逸し，『主要教説』および3通の手紙のみが現存している。彼の思想は快楽主義と呼ばれたが，それは簡素な生活の中にアタラクシア（心の平安）を得ることを求めることにあった。ピロデモスにくわえて，ローマの詩人のルクレティウス（Lucretius, 前44頃？－前55から前50頃？）もこの一派に含まれる。

人による作業中の写しと分かるものはある。例えば，*P.Herc.*1021 が伝える，いわゆる『哲学者総覧[52] *Index Academicorum*』のあるバージョンはそのうちの一つで，巻物の表側に草稿が書かれたのち，裏側に加筆がなされて補完されている（清書されたバージョンも *P.Herc.*164 として残っているが，ほんのわずかな断片だけである）。発掘が行われたのは邸宅の一部のみであるため，ピソの文庫のラテン語蔵書（そのわずかな断片のみが発見されているにすぎないが，存在はしたはずである）が，噴火が直撃する前に安全な場所に運ばれたのか，あるいは現在のエルコラーノ[53]の地下にある未発掘の場所に隠されたままになっているのか，学者たちはいまだに議論している。

　ウェスウィウスからの火砕流が，まさに噴火の日のままの状態で町全体を封じ込めたため，ヘルクラネウム・パピルスは元々あった場所で見つかった。18 世紀半ばの発掘技術は未発達だったため，それぞれのパピルスが具体的にどこで見つかったのかは分からないが，邸宅の発掘された区画の正確な地図が残っており，パピルスが見つかった区域はわかっている。20 世紀には，科学的見地に基づく考古学的方針に従って発掘作業が行われるようになり，発掘が繰り返し行われるなかで，その手法は大きく改善した。1924 年から 1935 年にかけてカラニスで行われたアメリカによる発掘は，すぐれた初期の改善例として評価されている。発掘チームは遺跡全体の地図を作成し，パピルスを含むすべての発見物の位置を，一つ一つの家や部屋の図の中に詳細に記録して，記録資料パピルスと文学パピルスの両方と，その読者に関する非常に貴重な情報を学界に提供した。初期のパピルス収集において，パピルスは，その持ち主と一緒に埋葬された状態で墓の中から発見されることもしばしばであった。エジプトでのいくつかの例（きわめて古いエジプトの慣習を引き継ぐもの）をのぞけば，最古のギリシア語のパピルスとして知られる二つの事例も，墓から発見されている。いずれもギリシアで見つかったもので，一つ[54]はテッサロニキ近くのデルヴェニ Derveni で

　52）　『哲学者総覧 *Index Academicorum*』は 10 巻から成り，ピロデモスがギリシア哲学の諸学派の系譜をまとめた作品である。

　53）　ヘルクラネウムの現代イタリア語名。

　54）　1962 年にギリシア北部マケドニア地方のデルヴェニで発見されたパピルスのこと

11　蘇るパピルス　285

（前 4 世紀制作），もう一つ⁵⁵⁾はアテネ郊外のダフニ Daphni にある「詩人
の墓」（前 5 世紀制作）から発見された。どちらの場合も，パピルスは副
葬品として意図的に置かれていた。

　パピルスが墓から見つかる別の可能性としては，葬送装飾の一部と
して使用されているものがある。プトレマイオス朝時代に，パピルス
を一種のパピエ・マシェ⁵⁶⁾papier mâché にして石膏で覆い，彩色を施し
て，ミイラの仮面や似たような道具を作ることがあった。これをパピル
ス学者は「棺材 cartonnage」と呼んでいる。この棺材を解体することで
多くのギリシア語パピルスが再発見されてきた。最近の重要な事例の一
つは，ポセイディッポスのエピグラムを有する長いパピルスの巻物（*P.
Mil. Vog.* Ⅷ 309）である。しかし，棺材からパピルスを抜き取るという
行為は，それ自体が歴史的・文化的な価値を持つ別の人工遺物の破壊を
伴うため，それを実行に移すには問題がある。とはいえ，棺材に埋め込
まれたままの状態のパピルスを学者が読めるようになる日も，それほ
ど遠くないかもしれない。というのもヘルクラネウム・パピルスについ
て，炭化して脆くなった巻物に手を加えることなく，巻かれた状態のま
ま読もうという，同種の研究が進行中であるからだ。画像処理研究は，
強力な技術を用いて重要な遺物を保護しながら古い時代を精査するべ
く，パピルス学者と科学者を結びつけている，パピルス学の刺激的な先
端領域である。

　少なくとももう一つ，パピルス発見の意外な状況について触れておく
必要がある。それは，ごみ捨て場である。古代では，不要になったもの
は，町の外の埋め立て場のような場所に投げ捨てられていた。それ
は，砂漠の端に大きなごみの山を形成した。町の人口が減少してくるに
つれ，砂漠は徐々にがらくたの山を砂で覆い，乾燥させ，エジプトのア
ラビア語で言うところの「キマン *kimân*」という特徴的な丘の背に変え
ていった。不要なパピルスは他の不要なものと同じ道を辿ることになっ
たが，パピルスは湿気によって腐敗するものの，乾燥した環境では紙よ

で，オルペウス教に関する内容が含まれている。通称デルヴェニ・パピルス。
　　55)　1981 年に発見されたもので，遺骨や竪琴などの副葬品と共にパピルスがあった。
パピルスがあまりに断片的で内容の詳細は分からないが，詩の一部であると考えられている。
　　56)　紙（この場合はパピルス）を溶かして，粘土状にしたもの。

りもずっと丈夫であるため，砂漠の気候はパピルスが生き残るには理
想的だった。そうして，何世紀もの時を経て，これらのキマンの中から
廃棄された大量のパピルスが見つかったのである。運命とは皮肉なもの
で，パピルスを書写した人やパピルスを保存しようと骨を折った人だけ
でなく，偶然にも他にはない好都合な条件下でパピルスを廃棄した人に
も，われわれは恩恵を受けている。この種の発見場所は，今日ではベネ
サ Behnesa と呼ばれる，オクシュリュンコスの遺跡と特に関係が深い。
オクシュリュンコスは，かつてのエジプトでは，アレクサンドリアに次
いで二番目に大きい町であったが，古代の終焉と共に集落へと縮小して
いったため，それが申し分ない条件となって砂漠が外縁部までのみ込む
ことになり，単一の遺跡として，ギリシア・ローマ時代のエジプトの遺
跡の中で最も多くのパピルスを保存する場所となった。

5　パピルス学の始まり

　オックスフォード大学クイーンズ・コレッジ（The Queen's College）の，
二人の古典学学部生が登場する。バーナード・パイン・グレンフェル
（Bernard Pyne Grenfell, 1869–1926）とアーサー・サリッジ・ハント（Arthur
Surridge Hunt, 1871–1934）である。彼らは学位をとると，大学からパピ
ルス発掘のための奨学金を受け，エジプトへと渡った。カラニスとバッ
キアス Bacchias での発掘第 1 期がおおよそ失敗に終わり，彼らは 1896
年と 1897 年の冬にオクシュリュンコスに対象を移した。他の場所と同
様に，副葬品として置かれているパピルスを発見することを期待して，
彼らは最初に墓地を発掘したが，これも収穫がなかったため，彼らはそ
の場所からギリシア語パピルスが見つかるという地元のある人物（名前
は記録されていない）の指摘に従い，キマンの一つに目を向けることに
した。すぐに，彼らが世間をあっといわせた最大の発見の一つが早くも
姿を現す。それが「イエスの言葉 Saying of Jesus」である。後 3 世紀初
期に作られたたった 1 ページのパピルス写本で，現在は，それが聖書外
典の『トマスによる福音書』の一部であることがわかっている。1897
年，発掘からたった数か月ののち，パピルスは小冊子として出版さ

11　蘇るパピルス　　　287

れ，イギリス国民の間で非常に大きな関心を呼んだ。エジプト探査基金
Egypt Exploration Fund（現在のエジプト探査協会 Egypt Exploration Society
の前身）の後援を受けて，グレンフェルとハントはオクシュリュンコス
で6期にわたって発掘を行い，ときに「世界最大のパピルス・コレク
ション」とも呼ばれる，膨大な資料を収集した。「イエスの言葉 Λόγια
Ἰησοῦ」を P.Oxy.1 として誇りをもって収録した『オクシュリュンコス・
パピルス The Oxyrhynchus Papyri』第1巻が1898年に出て以来，合計
5572のパピルスを収録した全86巻が出版されている。数日の休暇と二
度の世界大戦を考慮に入れても，およそ1週間にパピルス一つを発表し
ているペースである。さらに数千以上もの断片が，オックスフォード大
学のサクラー図書館 Sackler Library のパピルス学の部屋に収められ，今
まさに編集されている。

　ここまで簡単にパピルス学を概観してきたが，私の研究の専門分野か
ら，本章の最後にいくつかのオクシュリュンコスの資料を紹介しよう。
しかし，その前に，一歩引いて，パピルス学という学問分野とその歴史
について見ておくべきだろう。これらのことは，テクストに関係するわ
れわれの仕事と切り離すことができないものなのである。パピルス学の
始まりは1788年にさかのぼるとされる。これは，持ち主の枢機卿ステ
ファノ・ボルジア（Stefano Borgia, 1731-1804）にちなんで「ボルジア・
パピルス Charta Borgiana」として知られる，エジプトで発見された最
初のギリシア語パピルスが，西洋で公刊された年である[57]。その後間も
なくヘルクラネウム・パピルスの刊行も始まったが，パピルス研究をそ
れ自体で学問分野とするように向かわせたのは，1798年から1801年の
ナポレオン（Napoléon, 1769-1821）によるエジプト侵攻によってヨーロッ
パ人の内に掻き立てられた，エジプトへの多大な関心であった。19世
紀になると，発掘が活発になると同時に，古物市場でのパピルスの売買
も盛んになった。しかし，このような発掘においては，出土状況や資料
による裏付けに，ほとんど，もしくは一切注目が向けられないことが多
い。古物市場から入手されたパピルスの多くは，発見場所が分からない
か，分かっていたとしても曖昧だったり，まったく捏造されていたりし

---

57)　Schow, N. (1788). *Charta Papyracea Graece Scripta Musei Borgiani Velitris*. Rome.

た。イギリスは 1882 年に様々な口実のもとエジプトを占領し，その支
配は 1952 年にエジプト王政を打ち倒したクーデターの後まで続いたた
め，パピルスの発掘も植民地主義的な態度や慣行に深く巻き込まれてい
た。これらの発見は，しばしばロマンチックな物語として語られ，ヨー
ロッパの学者が英雄として描かれる一方，エジプト人たちは悪役として
配役されるか，あるいは全く無視されることが多かった。「グレンフェ
ルとハントがオクシュリュンコスで発掘を行った」というとき，それは
つまり，多数の子供も含む大勢の現地の労働者が，グレンフェルとハ
ントの監督のもと発掘を行い，二人のために日中はパピルスを抜き取
り，夜間はそれらを分別してファイリングするという作業を，各期の発
掘の終わりに研究と出版のためパピルスがオックスフォードに送られる
までやり続けた，という事実を意味する。発掘によるものにせよ購入に
よるものにせよ，これはナポリと中東を除くほとんどのパピルス・コ
レクションに言える話である。しかし，1858 年の考古部局[58]Antiquities
Service の創設から 1952 年のクーデター[59]まで，エジプトの文化遺産の
管理は，イギリス人ではなくフランス人の手によって行われた。通常，
外国の考古学調査隊は，発見物をエジプト政府と分け合ったが，パピル
スはほとんどの場合，エジプトから持ち去られる側に含まれていた。し
たがって，輸出には法的な手続きが存在していたものの，「探検家」は，
例え公的に派遣されて入国している場合でも，必ずしも法律を遵守し
ようとはしなかった。大英博物館で中東担当の代表を長く務めたウォリ
ス・バッジ卿（Sir E. A. Wallis Budge, 1857-1934）は，エジプトの税関職
員に詮索されることなく，バッキュリデスのパピルスを国外に密輸する
ための策略を誇らしげに語っている（結果そのパピルスは現在 733 番と
して大英博物館に所蔵されている）。今ではエジプトからのパピルスの輸出
はすべて違法となったが，1970 年の協定[60]の前にエジプトから持ち出
されたとされるパピルスの市場がいまだに存在しており，それらのパピ

---

58) 1994 年には考古最高評議会 the Supreme Council of Antiquities に，2011 年には考古
省 Ministry of Tourism & Antiquities と改称した。

59) 1952 年にナセル（Nasser, 1918-70）を指導者とする自由将校団が起こしたエジプ
ト革命のこと。

60) 1970 年にユネスコにおいて採択された「文化財の不法な輸出，輸入及び所有権譲
渡の禁止及び防止に関する条約」のこと（https://www.mext.go.jp/unesco/009/003/010.pdf）。

ルスには，その事実を証明する明確な証拠書類がないことが多い。第二次湾岸戦争後のイラクの場合と同じように，2011 年の革命[61]の後に違法な発掘が増加した証拠もある。そうして見つかった出所の怪しい品々は，国外に密輸され，時にはインターネットも介して売買されており，エジプトの文化遺産に深刻な被害をもたらしている。

　19 世紀および 20 世紀初頭のヨーロッパや北アメリカの動向も，パピルス学の隆盛に様々な形で影響を与えた。例えば，パピルスの発掘と購入へ向かった大きな推進力の一つは，初期キリスト教の解明に役立つ可能性のある新約聖書の初期の写本や他の文書の探求であった。当時の，個人による大規模なパピルスのコレクションのうち，アルフレッド・チェスター・ビーティー[62]（Alfred Chester Beatty, 1875-1968），マルティン・ボドマー[63]（Martin Bodmer, 1899-1971），チャールズ・ラング・フリーア[64]（Charles Lang Freer, 1856-1919）のものは，聖書関連のパピルスを中心に据えていた。そうした聖書関連の写本は，古典作家の写本よりも，当時の新聞や読者の関心を強く引きつけた。グレンフェルとハントがそれまで知られていなかった「イエスの言葉」を発見したとき，即座に大々的に注目を集めたのも，そのためである。この関心はいまだに生き続けていて，この学問分野に対する一般的な認識を形成している。ワシントン D.C. の聖書博物館によるパピルスの取引や[65]，「イエスの妻

　61）　大規模な反政府デモから当時のエジプトのムバラク大統領が辞任に至った革命のこと。

　62）　ニューヨーク市生まれのイギリスの鉱山技師，美術蒐集家。彼の蒐集した美術品，古文書，古物の多くはダブリンのチェスター・ビーティー図書館に保管されている。

　63）　スイスの蒐集家で，彼の集めたものはボドマー写本と言われる。その主な内容は後 200 年から 7 世紀頃までのキリスト教関係の写本群である。図書館でもあり，美術館でもあるマルティン・ボドマー財団 Fondation Martin Bodmer はアルト古典学研究所 Fondation Hardt と隣接して共にジュネーヴ郊外にある。

　64）　アメリカの実業家，美術品蒐集家。実業界を引退後，ヨーロッパ・アジアを旅行し，特に東洋の美術品の蒐集に努めた。そのコレクションは 1906 年にスミソニアン協会に寄贈された。

　65）　聖書博物館が収集した死海文書の断片と考えられていた 16 点がすべて偽物であったことが 2020 年 3 月にわかった。断片自体は古代の皮革を使い，文字は現代になって書かれたものだという。調査の結果によれば，これらの断片は四人の別の人物から異なる時期に購入されたが，これらの断片はすべて同じ手法で偽造されていたという。つまり，出所は 1 か所である可能性が高い。

による福音書」[66] として知られる，騒々しい議論を呼んだ捏造事件がその証拠である。また，パピルス学の世界に生き続けている，ある種の偏りも注目すべきである。例えば，オクシュリュンコスにおける発掘や，さらには棺材を解体してまでパピルスを探し求めることが証明しているように，パピルスが他の考古学的遺物よりも重視されてきたことや，あるいは，文学パピルスが記録資料パピルスよりも重視され，それぞれのパピルスの割合と全く対応しない学問的関心が示されてきたことが挙げられる。また，ギリシア語パピルスが，例えばアラビア語パピルスよりも優先され，それに応じてイスラム時代よりもギリシア・ローマ時代の方が重視されてきたことも指摘できる（ここでも学問分野の境界は助けにはならない）。

　さて，文庫と古書に関する私の個人的なこだわりの締めくくりとして，オクシュリュンコスに戻ろう。グレンフェルとハントの記録は，現代の基準からすると非常に不完全であり，その傾向は，特に 1970 年代より前に公刊されたパピルスについて顕著である。そもそも，資料はどこにでもありながら特徴がなく記憶に残らないような場所，つまりごみ捨て場から発見された。そのため，あるパピルスが，いつ，さらに肝心なのは遺跡のどの地点で見つかったのか，正確には分からないことがほとんどである。これは，それぞれのパピルスが孤立した存在であり，他のパピルスとの関連性は推測の域を出ないものであることを意味する。ただし，三つの大きな例外がある。すなわち，1906 年 1 月に，それぞれ数日間で発見された三つの大規模な文学パピルス群である。これらの発見は目を見張るものであったため，グレンフェルとハントは，それらについて発掘報告書で報告し，新聞記事で広く公表した。この三つの事例の場合，それぞれの箇所で多数の文学パピルスが互いに近接して見つかっており，したがって，それぞれのパピルスのグループはおそらく一度に廃棄されたと考えられる。このことは，これら三つの発見が，それ

　66）　2012 年の学会で，研究者のカレン・キング（Karen King, 1954–）はコプト語のパピルス片に「イエスの妻は……」という文言がみられるということを発表した。多くの学者はこれが偽造だとしたが，鑑定の結果ではインクは古代のものでパピルス自体もおよそ後 7 世紀のものであるという。ただし，現段階ではこれが古代のものではないという証拠がないだけで，このパピルス自体の真贋や内容に関することに結論が出ているわけではない。Sabar (2020) も参照のこと。

ぞれ長期間にわたって保持されたのち，古代末期に廃棄された，三つの文庫である可能性を示唆している。

　そして，それぞれの文庫は非常に充実したものであった。一つめの発見は，保存状態の良い大きな巻物いくつかを含んでいた点で注目に値する。それらは，ギリシア文学者，歴史学者にとっては非常に重要なものであった。いまだ作者不明の前4世紀のギリシア史，いわゆる『オクシュリュンコスのギリシア史 Hellenica Oxyrhynchia』[67]（P.Oxy. 842）や，最も保存状態の良い悲劇の断片である，エウリピデス[68]（Euripides, 前480 頃–前 406 頃）の『ヒュプシピュレ Hypsipyle』（P.Oxy. 852），ピンダロス[69]（Pindaros, 前 518 頃–前 438 頃）の『パイアン Paeans』（P.Oxy. 841）に，プラトン[70]の『饗宴 Symposium』やイソクラテス[71]（Isocrates, 前 436–前 338）の『賞讃演説 Panegyricus』のような既知のテクスト（P.Oxy. 843, 844）も含めて，全部で 12 の写本が発見され，その多くに大量の注釈がついていた。実際，P.Oxy. 841 は，注釈のための余白を残すように本文が書写されており，本文の行間は十分に離され，本文の上下や列間に広い余白が残されていた。

　三つめの発見は，より大規模だが，個々のパピルスの保存状態はあまり良くない。ホメロス，ヘシオドス[72]（Hesiodos, 前 8 世紀末–前 7 世紀初

67）　Hellenica Oxyrhynchia はオクシュリュンコスで見つかった前 2 世紀のものと思われる二組のパピルス。内容的にはトゥキュディデスの描くペロポンネソス戦争の叙述の続きのようになっている。

68）　ギリシアの悲劇作家。彼の悲劇作品は 90 ほどあったとされるが，現存するのは 18 作品。『ヒュプシピュレ』は断片でのみ伝わる。ヒュプシピュレはレムノス島の王トアスの娘。彼女はアポッロニオス・ロディオス（Apollonios Rhodios, 前 3 世紀）の『アルゴナウティカ』にも登場する。

69）　ギリシアの合唱抒情詩人。17 巻に及ぶ，『讃歌』，『パイアン』，『祝勝歌集』，『ディテュランボス』などの作品があったが，完全な形で現存するのは『祝勝歌集』のみで，他は断片でのみ伝わる。邦訳に，ピンダロス，内田次信訳（2001）『祝勝歌集／断片選』京都大学学術出版会がある。

70）　ギリシアの哲学者。ソクラテスを主人公とした対話篇が有名。著作の邦訳に，今林万里子他訳（1974-78）『プラトン全集 1-15，別巻』岩波書店がある。

71）　ギリシアの弁論家，教育者。21 の作品と書簡が現存。邦訳に，イソクラテス，小池澄夫訳（1998-2002）『弁論集 1-2』京都大学学術出版会がある。

72）　ホメロスと並び称される叙事詩人。ホメロスとは異なり，個人の心情を詩に歌っている。作品は『仕事と日』，『神統記』など。本書第 1 章を参照のこと。

292 第 2 部　素材と受容

め活動），クセノポン[73]（Xenophon, 前 430 頃–前 350 頃）やデモステネス[74]（Demosthenes, 前 384–前 322）のような作家の作品も含まれるが，とりわけアイスキュロス[75]（Aischylos, 前 525/4 頃–前 456/5 頃）の写本の「セット」が突出している。少なくとも 10 巻，おそらくさらに多くの巻（中にはこのパピルスでしか伝承されていない作品もある）が同一の書写者によって同一の形式で書かれており，それらが明らかに一つの編纂計画として作成されていたことを示す。当時，アイスキュロスはそれほど人気のある作家というわけではなかったため，最も控えめに見積もっても，この一つの発見で，オクシュリュンコスで見つかったアイスキュロス資料の 3 分の 1 以上を占めることになる。

　しかし，これら三つの発見の中で最も興味深いのは，おそらく二つめの発見である。これらのパピルスは，後 4 世紀から 5 世紀の文書の層の上に位置していたので，おそらく 5 世紀に処分されたものである可能性が高い（新しい層は既存の層の上に堆積するため，地中での位置から各層の相対的な年代を推定できる。考古学者たちが「層位学」と呼ぶものである）。しかし，これらのパピルス自体はさらに昔のもので，ほとんどが後 2 世紀か 3 世紀に作られ，中にはそれよりもかなり古いものも含まれている。多くのパピルスに注釈が書き込まれており，そこに複数の異なる筆跡が見られる場合も多い。内容は多岐にわたるが，詩が非常に多く，明らかに一般的でない作者や作品も含まれている。具体的には，例えば，テオクリトス[76]（Theocritos, 前 3 世紀前半），カッリマコス，ソポクレス[77]（Sophocles, 前 496/5 頃–前 406/5 頃）（サテュロス劇『イクネウタイ

73）　ギリシアの軍人，著作家。『アナバシス』など。

74）　ギリシアの弁論家，政治家。強大化するマケドニアに対して対抗することを訴えたが，最終的には挫折する。彼の弁論作品は多く残っており，そのうち特に私訴弁論については本書第 22 章を参照のこと。邦訳に，デモステネス，加来彰俊他訳（2006–）『弁論集 1–7』京都大学学術出版会がある。

75）　ギリシアの悲劇詩人。90 もの作品名が伝えられるが，現存するのは 7 作品。

76）　ギリシアの牧歌詩人。30 本の『牧歌』といくつかの断片，24 篇のエピグラムが現存している。邦訳に，テオクリトス，古澤ゆう子訳（2004）『牧歌』京都大学学術出版会がある。

77）　ギリシアの悲劇詩人。123 の作品のうち現存するのは七つのみ。『イクネウタイ』は日本語にすれば『追跡者たち』。サテュロス劇であり，300 行に及ぶ断片がオクシュリュンコス・パピルスから発見された。『ホメロス風讃歌』の『ヘルメス讃歌』を題材にして，ヘルメスに盗まれた牛の群れをアポロンが追う場面を描いている。

Ichneutai』のような失われた作品も含む。『イクネウタイ』はトニー・ハリソン[78]〔Tony Harrison, 1937-〕の劇『オクシュリュンコスの追跡者たち』にインスピレーションを与えた）の作品や，アルカイオス[79]（Alcaios, 前 625 頃から 620 頃-?）の巻物 5 巻，サッポー 2 巻，ピンダロスが少なくとも 6 巻（そのうちの 5 巻は三つめの発見のアイスキュロスのように「セット」を構成している），バッキュリデス 2 巻，それほど知られていない抒情詩人イビュコス[80]（Ibycus, 前 6 世紀）1 巻，である。このイビュコスのパピルス（図 11.2, *P.Oxy.* 1790）は，二つめの発見の中で最も古い時代のものであり，オクシュリュンコス全体で見ても最古のパピルスの一つである。前 2 世紀後期から前 1 世紀初期に遡るもので，したがって，このパピルスを含むコレクションが一緒に地中の「寝床」送りになった時点で，制作から 500 年かあるいはもう少し経過していたことになる（古書のコレクションは古代では珍しいものではなく，例えばヘルクラネウムの「パピルスの邸宅」で見つかった本の何冊かは，ウェスウィウス火山が襲ってきたときすでに 300 年物であった）。この 500 年の間，パピルスは使用され続けたようで，余白に書き込まれた注釈は後 1 世紀か 2 世紀に追加されたものとされる。さらに，このパピルスは古代において修復もされていた。注釈が書かれた後，美しい見た目のまま保存できるよう，ヒマラヤスギ油を塗られ，巻物の上端と下端は追加のパピルス片で補強された。興味深いことに，これらの補強用パピルス片は完全な白紙ではなかった。多スペクトル感応性画像処理により，その裏に書き込みがあったことが判明した。これはおそらく後 2 世紀に書かれたもので，その内容を転写することは可能であるものの，残念ながらその正体は分から

---

78)　現代イギリスの詩人，劇作家。ラシーヌ（Jean Racine, 1639-99）やモリエール（Molière, 1622-73），古代ギリシアの劇の翻案も手掛けた。『オクシュリュンコスの追跡者たち』は，部分的には『イクネウタイ』を基にしており，さらに『イクネウタイ』がオクシュリュンコスで見つかる過程を演劇化している。

79)　ギリシアのレスボス島の抒情詩人。サッポーとは同郷で同時代の人であった。当時のレスボス島は政争と内乱の時代で，アルカイオスもそれに巻き込まれ，最終的には政敵のピッタコス（Pittacos, 前 650 頃-前 570 頃）に敗れて亡命する。彼の詩集は 10 巻に及ぶとされるが，断片しか伝わらない。色々な主題の詩を作ったが，特に政治詩にその特徴が表れているとされる。

80)　ギリシアの抒情詩人。同じく抒情詩人のステシコロス（Stesichoros, 前 600 頃-前 550 頃活動）の流儀に従って物語詩を書いた。7 巻の詩集があったとされるが，現存するのは断片のみ。邦訳には，本章注 9 の丹下（2002）がある。

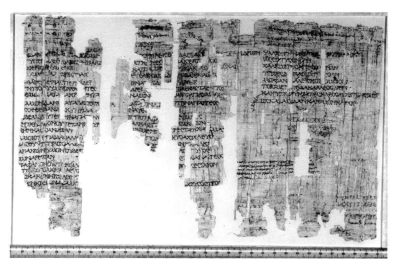

図 11.2　イビュコス『ポリュクラテス賛歌』が書かれたパピルス
　　　　（*P.Oxy.* XV 1790）のマルチスペクトル画像
前 2 世紀から後 3 世紀のもの。オクシュリュンコスで出土（エジプト探査協会
およびオックスフォード大学パピルス画像プロジェクトの許可により掲載）

ない。この正体不明の本は，作られてしばらくした後，切り刻まれ，パピルスの端材として再利用されたのである。それはつまり，このコレクションに含まれる本の多くが作られたのとほぼ同じ時期，後 2 世紀から 3 世紀の変わり目あたりのことだったと考えられる。このことから，パピルス所有者がコレクションのために新しい写本を筆写させる一方で（巻物のうち 11 巻分がたった四人の書写者の手によるもので，各々に課された努力目標が窺える），古書を保存したり，あるいは修理が必要な古書を実際に買ったりしていた様子を想像できる。

　この事例も含め，多くの場合，パピルスそのもの以外には何の証拠も存在しない。公的な図書館だったのかあるいは私的な蔵書だったのか，誰が所有者で，彼らが何をした人物なのかといったことは何も分からない。ただ，彼らが何を好んで読んでいたか，読んでいる中で彼らが何を面白い，あるいは難しいと思ったかを推測することは可能である。この推測においては，パピルスの余白に彼らが残した注釈が助けになる。さ

らに，これらの注釈には，時おり他の作品からの引用が含まれている
ため，注釈者がどのような文献を読んでいたのか再構成することができ
る。また，一つのパピルスに複数人の手によって注釈が書き込まれてい
る場合，所有者が変わった可能性や，あるいはよりありそうなこととし
て，何らかの読者サークルの中で回し読みされていた可能性が考えられ
る。いつの日か，異なるパピルス間で注釈者たちの筆跡を比較すること
によって，ある特定の個人が読んでいたものや，彼らの注釈の方法をた
どることができるようになるかもしれない。あるいは，記録資料との比
較により，注釈者のなかには，名前を特定できる人物も出てくるかもし
れない。しかし，そうした事柄は，パピルス学研究の未来に開かれた広
大な地平の上では，ほんの片すみのことに過ぎない。

参 考 文 献

　パピルス学全般に関する最も重要な手引書は Bagnall (ed.) (2009) である。記録資
料パピルスに特別な関心を払って，より詳細な論じ方をしているのは Montevecchi
(1998)（イタリア語）である。Pestman (1994) は記録資料パピルスを英語で簡潔かつ
実践的に取り扱っている。文学パピルスとその特徴の入門としては，図版や転写の
非常に貴重なセット付きで Turner and Parsons (1987) がある。Parsons (1982) は失わ
れた古典文学の再発見にパピルスが果たした寄与の概略を述べている。もう一つの
パピルス学への重要な入門は Turner (1968) である。ヘルクラネウム・パピルスの詳
細な研究については Capasso (1991)（イタリア語）を参照のこと。Parsons (2007) は
オクシュリュンコスとそのパピルスについて一般読者向けに書かれたとてもおもし
ろい本である。発掘から出土した文書を含む，遺跡のより学術的な論じ方をしてい
るのは Bowman et al. (eds.) (2007) である。また，刺激的で成功を収めた古代の本に
ついてのエッセイが Vallejo (2022) である。初期キリスト教に関する写本の探求に特
に焦点を当てている，エジプトにおけるパピルス学の初期の歴史については Nongbri
(2018) を参照。オクシュリュンコスからの証拠を含む，本の古代のコレクションに
ついては Houston (2014) を参照。
　三つのオンラインデータベースにも言及する必要があるだろう。Trismegistos
（https://www.trismegistos.org）はパピルスとその内容の様々な面についてのいくつか
のサブデータベースを含む。https://papyri.info は記録資料パピルスの大規模なレポ
ジトリである。そして，the Centre de Documentation de Papyrologie Littéraire によっ
て管理されている the Mertens-Pack データベース（https://web.philo.ulg.ac.be/cedopal/
database-mp3/）である。これは既知のすべてのギリシア・ラテン文学パピルスのた

めのデータと文献表を収集している。

パピルス学を主題にしている三つのブログにも言及しておこう。Jennifer Cromwell の *Papyrus Stories*（https://papyrus-stories.com），Roberta Mazza の *Faces & Voices*（https://facesandvoices.wordpress.com），そして Brent Nongbri の *Variant Readings*（https://brentnongbri.com）である。

Bagnall, R. (ed.) (2009). *The Oxford Handbook of Papyrology*. Oxford.

Bowman, A. K. et al. (eds.) (2007). *Oxyrhynchus: A City and its Texts*. London.

Capasso, M. (1991). *Manuale di Papirologia Ercolanese*. Galatina.

Houston, G. W. (2014). *Inside Roman Libraries: Book Collections and their Management in Antiquity*. Chapel Hill.

Montevecchi, O. (1988). *La Papirologia*, 2nd ed. Milan.

Neri, C. (2021). *Saffo - Testimonianze E Frammenti*. Berlin; Boston.

Nongbri, B. (2018). *God's Library: The Archaeology of the Earliest Christian Manuscripts*. New Haven.

Parsons, P. J. (1982). 'Facts from Fragments', *Greece & Rome* 29.2, 184–95.

————. (2007). *The City of the Sharp-Nosed Fish: Greek Lives in Roman Egypt*. London.（高橋亮介訳（2022）『パピルスが語る古代都市——ローマ支配下エジプトのギリシア人』知泉書館.）

Pestman, P. (1994). *The New Papyrological Primer*. Leiden.

Sabar, A. (2020). *Veritas: A Harvard Professor, a Con Man, and the Gospel of Jesus's Wife*. London.

Turner, E. G. (1968). *Greek Papyri: An Introduction*. Oxford.

————. and Parsons, P. J. (1987). *Greek Manuscripts of the Ancient World*, 2nd ed. London.

Vallejo, I. (2022). *Papyrus: The Invention of Books in the Ancient World*. London.

（千葉槙太郎　訳）

12

壺絵は語る

フランソワ・リッサラーグ

イマージュの人類学のおかげで，古代ギリシアが残した数々の作品に関して，それらの歴史的，政治的，宗教的，儀礼的，社会的なコンテクストに基づく探求が可能になった。古代ギリシアの文化が生み出したある作品が意味するところのものは，その美術史的，図像学的な内容のみには還元されず，それが実際に用いられた社会と文化において，それが挿入された歴史的，政治的，宗教的，儀礼的なコンテクストによって，またイマージュとそれを見る者との間の様々な関係によって明らかにされ，豊かにされ，あるいは変容されることになる。この章では，古代ギリシアのイマージュの領域に属するオブジェ（主に像と壺絵）の主要なタイプについて，それらの歴史的，政治的，宗教的，儀礼的な役割と機能を明確にするために，イマージュの人類学の方法に則り，それらの幾つかの具体例（クーロス像，壺絵，等）を用いながら，論じることにしよう。

1 イマージュの人類学

1764 年にヴィンケルマン[1]（Johann Joachim Winckelmann, 1717–68）が「ギリシア芸術」に関する歴史を書いて以来，西洋近代が「ギリシア芸術」という項目に分類するものとは，古代ギリシア文化が残した一連の人工物 artefacts のことである。それはすなわち，それらが有する造形

---

1) ヨハン・ヨアヒム・ヴィンケルマンはドイツの美術史家・考古学者，『古代美術史』(*Geschichte der Kunst des Alterthums*, 1764) の著者。

的あるいは図像学的なクオリティーによって，つまり，それらが有する
豊かさと美しさとによって特徴づけられるものではあるが，博物館に所
蔵されるには不向きなもののことである。たしかに，これらのオブジェ
objets は美しく，貴重であり，また，ある理想的な美しさが念入りに仕
上げられたものは，彫刻家たちや画家たちの熱心な仕事の結果であると
言えよう。しかし，21世紀の私たちが理解するところの芸術の理念は，
古代ギリシアのこれらの類のものからは遠く離れてしまった。そもそ
も，古代ギリシア人たちは，私たちが「芸術 art」と呼ぶものを指し示
す言葉を持っていなかった。古代ギリシア人たちが「テクネー *technē*」
という時，それは，時に目覚ましいやり方で，厳密な手続きに従い，不
活発な質量に形相を与える，すなわち，石や金属や粘土を加工する能力
のある職人が有する技能のことである。このことは，金属製のオブジェ
に生命を与えることが出来たという典型的な神話上の職人ダイダロスの
名声から明らかである。

　それゆえ，私たちが「芸術」に与えている役割を（古代ギリシアにお
いて）担当したのは，「テクネー」である。そうして（このテクネーに
よって）制作されたオブジェは，それらの美しさゆえに注目された。そ
して，それらの製作者たちは，彼らの有能さ，彼らが創造し，幻惑す
る才能ゆえに名声を得た。彼らは自らの作品を誇りに思い，それらに自
分の署名をいれることもあった。しかし，作品の美しさがそれらのオブ
ジェの存在理由ではなかった。像や，彫刻を施されたフリーズやフレス
コ画は，何よりもまず公的な空間の中で，すなわち都市（ポリス）の中
で，ある役割を果たすべきものであった。それらのオブジェは，記念碑
的な存在であり，しばしばコミュニケーションの機能を有するもので
あった。像は神々や人間たちを目に見えるものとした。像は，宗教的，
文化的，あるいは儀礼的な機能を有していたのであり，この観点からそ
れらの像を研究するならば，それらはよりよく理解されるのである。

　そのようなわけで，30年くらい前からこの観点に立って，これらの
人工物 artefacts に対する従来とは異なるあるアプローチが発展した。作
品の形式的な発展を明らかにし，それらをそれらが属している地理学的
かつ年代学的な枠組みの中に位置づけるギリシア芸術史（とはいえ，こ
の歴史学のアプローチが，個々のオブジェをそれらを作り出した文化の中に

しっかり位置づけるために不可欠な道具であることに変わりはない）を超えて，ギリシア文化における使われ方との関連で視覚文化を研究することがより重要視されたのである。あれら（古代ギリシア）の像は，（絵の描かれた）壺は，テラコッタは一体何の役に立ったのか？　それらのオブジェは一体どのように認識され，利用されたのか？　それらのイマージュの機能は一体何だったのか？　要するに，私たちは美術史からイマージュの人類学へと移行したのである。

　このアプローチの変化は何を意味するのか？　芸術というよりむしろイマージュについて語ることによって，私たちはオブジェの視覚的な位相を強調するのであり，それらのオブジェと結び付けられた諸々の社会的活動を考察対象にしない，近代的な，つまり博物館的な部類のアプローチに対して距離を置くのである。例えば，キリストの磔刑を描いた絵画が，大聖堂の中に置かれ信者たちの祈りの支えになっている場合と，それが美術館の中に置かれ，それを描いた画家の名前を明示する名札が添えられている場合とでは，全く同じ意味をもってはいないのであるが，ちょうどそれと同じように，アルカイック時代のクーロス像は，古代アテナイのアクロポリスに置かれている場合と，ニューヨークのメトロポリタン美術館に置かれている場合とでは，全く同じ意味をもってはいないのである。

　イマージュの人類学という名称のもとに分類されるこの新しいアプローチが，イマージュとして制作された作品に関して，それらの歴史的かつ考古学的なコンテクストからの，よりいっそう（オブジェそのものに）接近した探求を可能にする。というのも，ある一つの表現が意味するところは，その図像学的な内容のみには還元されない。すなわち，その一つの表現はそれが挿入されるコンテクストによって，またイマージュとそれを見る者との間に確立される関係によって明らかにされ，豊かにされ，あるいは変容されるのである。本章では，イマージュの領域に属するオブジェについて，それらの役割と機能を明確にするために，それらの主要なタイプについて論じることにしよう。その後に，この論述の中ではあまりにも理論的であると思われかねないことをより分かりやすく説明するために，いくつかの特徴的な具体例の分析を行うことにしよう。

2　イマージュとは何か？　何を意味するのか？

　古代ギリシア語において，イマージュ eikon という言葉の意味は非常
に広い。イマージュは「類似」の観念を，それゆえ，イマージュが参照
する「モデル」の観念を含む。イマージュは「絵画」と同様に「像」を
も意味する。ギリシア語には「像」を意味する一般的な用語は存在しな
いが，こうしたタイプの対象の属性を表す一連の用語は存在する。そ
ういうわけで，像の人間的な形態を強調する *andrias* という用語，ある
いは，ある対象が提供する喜びを特徴づける *agalma* という用語がある
（例えばアクセサリーのように，何であれそれを身につける者が喜びを感じ
るものは *agalma* と呼ばれるが，同様に *agalma* は神に喜んでもらうための奉
納物でもある）。*xoanon* という用語は制作の過程を含意する（*xeo* は「削
り取る」，「ひっ掻く」を意味し，木材の加工に適用される）。パウサニアス
（Pausanias, 後 150 頃最盛）において，この用語は木製の古い像のことを
指しているのである。*kolossos* という用語もあり，これはキュレネでは
儀礼的な複製，すなわち不在者のイマージュを表すが，巨大な像（ロ
ドス島の巨像，すなわち太陽神ヘリオスの像）の意味で用いられるように
なったのは，より後の時代になってからのことである。*typos* という用
語は，刻印による制作の過程を表しており，どちらかと言えば浮き彫り
の意味で使われた。

　アルカイック時代に制作された像の中で最も頻繁に見いだされるもの
の一つは，考古学者たちが「クーロス像」と命名したものである。クー
ロスという言葉は「若者」を意味しているが，「若者」という名称とは
いえそれが表現する対象が何であるかを勝手に決めてしまってはいけな
い。それは死すべき人間ないしアポロン神を表している。これらの像が
再発見された当初，特にアクロポリスの発掘の際，人々はこれらの像を
数多く発見したのであるが，最初，人々はこれらをアポロン像であると
考えた。しかし，ある幾つもの類似した像はアポロン像の特徴を有して
いたが，別のその他の幾つもの類似した像は奉納物の特徴を有してお
り，それらがアポロンに話しかける信者であることを表していた。ま

た，その他の幾つもの像が複数の墓の上にみつかり，それらの像の名前を記した碑銘が示していた通り，それらの像は死者の姿であることを表していた。形はいつも同じであった。つまり片方の脚を前に出し，両腕を体の脇に伸ばした裸の若者の形だったが，その持つ意味はそのタイプの像が立てられた場所によって変わっていたのである。それは死者の理想的なイマージュ，あるいはアポロンに敬意を示す信者の，あるいはアポロン自身のイマージュだったのかもしれない。それぞれがある一つの相異なる空間的な配置に対応するこれら三つの諸状況において，肖像は不在かつ目に見えない存在を表していた。ジャン・ピエール・ヴェルナン[2](Jean-Pierre Vernant, 1914–2007) が適切に示したように，イマージュとは，死者であれ神であれ，そこに現前していない存在を物質化するものである。不在の理由は，人間の場合，死者の世界へ旅立ったからであり，神々の場合，たとえ神々が人間の姿を持つものと考えられていたとしても，（人間の目には）直接見ることが出来ないものであるからである。

　アルカイック時代の像を特徴づけるクーロス像の例が，コンテクストの重要性を，そして，作品とそれを見る者との間に確立される視覚的関係の重要性を，理解させてくれる。公共のあるいは私的な空間におけるイマージュの置かれた位置が，その意味作用を決定し，それを見る人々の記憶の中に組み込まれる。イマージュの人類学的な位相は非常に重要であり，視覚像がどのように利用されているかという点は，文化の違いによって様々であるが，これは歴史上のある特定の時間に現れた社会における文化の本質的な特徴である。

　普遍的なイメージというものは存在しない。個別的な場所に，特定の用途のために，個々の形象が存在するのである。

　2）　フランスの歴史家，人類学者，古代ギリシアの専門家。古典学，特に神話学への貢献や彼の研究の詳細については，本書第 14 章を参照。

3 イマージュとコンテクスト

　それでは，これらの理論的な話をより具体的かつより明確にするために，いくつかのオブジェについて各々の媒体を特徴づける違いを強調する試みによって，それらを具体的なコンテクストの中に置いて研究してみることにしよう。像，浮き彫り，貨幣，あるいは絵が描かれた壺は同等のものではなく，同じ用途に属するものではなく，それぞれのケースによって異なる効果を生み出すものである。

　古代ギリシア文化が生み出した夥しいイマージュの数々の中には，完全に消失してしまったものがある。例えば，織物や壁画がそうである。私たちはそれらが存在したこと，また，幾つものテクストがそれらについて語っていることを知っている。例えば，『オデュッセイア』の中に登場するペネロペの織物。『ギリシア案内記』の中でパウサニアスが記述している，デルポイにあったタソスのポリュグノトス[3]（Polygnotos, 前5世紀活動）の複数の絵画。その他のもの，例えばブロンズ像は稀にしか残らなかった。金属は容易に溶かされるものであるため，ブロンズ像の作品の主要なものはリサイクルの対象となった。例外は沈没した船に運ばれていた幾つもの像で，後に現代の潜水夫たちによって発見されたものである。それゆえ，私たちが見ることの出来るものは部分的である。古代史は断片的であることを，部分的であることを，不完全なものであることを運命づけられている。しかし，すべてが失われたわけではない。膨大な量の陶器生産物が残っており，それらは，幾何学文様からオリエンタリズム，黒像式から赤像式，コリントス様式からアッティカ様式へと，地域と時代により様々である。これらの陶器について，私たちは多くの情報を欠いている。考古学的な情報が失われているケースが非常に多いのは，これらの陶器がかなり昔に行われた発掘によって発見されたものであったり，発掘場所に関する情報や一つの墳墓中で見つけ

　3）　ギリシア人の画家。デルポイにあった彼の絵画の様子を記録するパウサニアス『ギリシア案内記』第10巻25-31章は，ギリシア文学作品中における視覚芸術の描写という点で，最も卓越した表現を見せる箇所の一つである。

られたオブジェの集合状態を台無しにする，不法な秘密裏の発掘によっ
て獲得されたものであったりするからである。これらの集合状態はしば
しば大きな意味を持っており，例えば，スピナ（Spina, 前6世紀に作られ
たエトルリアの港町）の墳墓の研究のように，入念な分析に値する。最
後に，議論の詳細に入ることは出来ないものの，強調しておかなければ
ならない問題が一つある。今日私たちが有しており，ヨーロッパやアメ
リカの博物館で目にすることが出来る陶器の大部分は，それらを生産し
たギリシアではなく，それらを輸入して，おそらくはそれらの生産地
以外から受け取ったエトルリアや南イタリアからもたらされたものであ
る。この副次的なレヴェル，つまり製作物の受容のレヴェルは，これら
の陶器を，それらを製作した特定の文化の束縛から解放することを禁止
しなかった。そういうわけで，パンアテナイア祭[4]のアンポラは，アテ
ナイではポリスの守護女神を崇拝するために開催された競技会において
獲得された賞品として，すなわち，都市国家アテナイに固有の政治的か
つ宗教的な諸価値を担う市民的なオブジェとして理解される一方で，同
じアンポラがウルキ[5]のエトルリア人の墳墓で発見された場合，地下の
住処に眠る死者に随伴すべき埋葬時の副葬品として理解されるのであ
る。

4　陶器に描かれたイマージュ

　私たちはここで，古代ギリシア陶器，特にアッティカ陶器という領域
におけるイマージュの働きの諸様式と，それらのオブジェとしてのイ
マージュに適用することが出来る解釈方法とを理解してもらえるよう，
明快かつ限定された幾つかの実例に注目してみることにしよう。まず
は，ナポリの近くにあるクマエの地下墳墓で見つかったある大きな壺の
話から始めよう。それは円柱型のクラテル（混酒器）であるが，現在，

　4）　パンアテナイア祭 Panathēnaia は，古代アテナイで毎年7-8月頃にアクロポリスの
エレクテイオンに祀られたポリスの守護女神アテナのために行われた祭典。
　5）　Urci, 古代エトルリアの中心的都市。イタリア中南部のフィオラ川沿岸にあり，前6
-4世紀に繁栄。巨大墓室，フレスコ画，彫刻，ギリシアの壺などが出土した。

304　　　第 2 部　素材と受容

図 12.1　パーンの画家　ARV^2 551, 15

ナポリ考古学博物館に保管され,「パーンの画家」[6]の作とされている。クラテルは, 古代ギリシアの饗宴の習慣によれば, ワインと水を混ぜるための壺である。古代ギリシアの饗宴においては, 人々は水で割らない生のワインを飲まないのが習慣だった。それは危険なことと見なされ, 人々はワインを水で薄めてアルコールの濃度を調整していた。ところが, クマエにおける最終的な考古学的コンテクストにおいて, そのクラテルは骨壺として利用されていた。その中には死者の遺骨が入っていたのである。このオブジェは, それ自体の本来の機能から引き剝がされ, 高価な, 栄えあるオブジェとして, 一人の死者を顕彰するために再利用されたのである。この地下墓地において火葬の例は稀であり, 骨壺の利用はおそらく特別な社会的な身分の区別の指標となっていたため, こうした側面はより一層注目に値するのである。

　このクラテルのある面には, 比較的ありふれた主題である移動中の三人の人物が描かれており, 主要な面には犠牲の場面が描かれている (図12.1)。

　犠牲を行う三人のグループが祭壇の周囲に集まっている。その祭壇の

---
　6)　Naples 127926; BAPD 206290; パーンの画家 ARV^2 551,15.

12 壺絵は語る   305

横には，正面を向いたヘルメス柱が並んでいる。そもそもこのようなヘルメス柱は考古学的に稀であり，祭壇と関連付けられたものは更に稀であるのだが，イマージュには頻繁に現れ，それらが神を表しつつも神とは混同され得ない人工物であることを明確に示すことができる。ここでは，ヘルメス柱はあくまでも像として存在しているのである。このイマージュにおいて最も目を引く点は，儀礼という観点から見て，「パーンの画家」が祭壇の上において垂直に上から下に向かって，（1）一人の若者が抱える穀物の粒を入れた犠牲用籠 kanoun，（2）顎鬚を生やした成人男性が祭壇の上に差し延べる，献酒用のワインを入れた盃，（3）二人めの若者が祭壇で焼いている肉を刺した焼串 obelos を並べると共に，（4）祭壇の上では，骸骨が（より正確には脊柱の最下部 osphus）が焼けて，よじれているということである。その他の諸要素，例えば，祭壇の上にある血痕あるいはイマージュの右側の領域に置かれた複数のヤギの角は，それより以前に行われた犠牲を表している。

　このイマージュの構成は，犠牲に伴う象徴的な諸要素（穀物の粒，ワイン，肉）を一列に並べることによって，その儀式に直接関係のあるものを明らかにしている。しかし，この構成は，籠と盃と焼串という明らかに技術的なオブジェによって，耕作と犠牲と肉摂取の間に存する関係を示す諸要素をつなぐ一続きの身振りの順序を再現しているというわけではない[7]。むしろ，この場面は一覧図であり，これら三つの要素の間に存する象徴的な連関を示すために，それらを一塊にまとめて置いているのである。美術史家が特に注目するこのイマージュの構成要素は，美学的な価値を持つだけではない。それらは，犠牲という行為において提示すべきもの，すなわち，アテナイの儀礼を知っておりその本質を表現しようとする画家の目にとって重要であるものについて，私たちに感知させる効果を持っている。画家は宗教史家たちのために仕事をしているのではなく，それらの儀礼を実践する陶器の使用者たちを相手にしているのである。つまり，画家はそれらを説明する必要はなく，それらの象徴的な効能を表現しなければならない。方法という観点から見て，これらのイマージュが，フィールドワークの写真のような写生された資料で

7）　これらの関係については Durand (1986) を見よ。

はなく，それらのイマージュが表現するところの儀礼の一つの解釈を視覚的に作り上げる構築物であることは一目瞭然である。人類学者にとってこれらのイマージュがきわめて重要となるのは，画家による選択と絵画的演出という点でそれらが内包するもののためである。儀礼に関連するアッティカのイマージュの大多数は，犠牲であれ，結婚式であれ，葬儀であれ，諸要素の組み合わせによって機能する。諸要素というのは，身振り，空間中に占める位置，取り扱われる諸対象のことであるが，これらがそのように演出された儀礼の本質を示すのである。これらの要素の一連の反復が，画家たちの目にも彼らの顧客たちの目にもそれら諸要素の関連性と重要性を確実に示し，その結果として儀礼の複雑性は完全に規定されるのだ。

5　イマージュとホメロス

　アッティカ陶器に描かれた図像のレパートリーの中で，「儀礼的な」イマージュは表現の中でも限られた一つのグループに過ぎない。日常の生活世界との関連では，他にも多くの主題が扱われているし，その他の多くの主題は神話的な物語に関連付けられている。陶器に描かれた図像のレパートリーのこの側面を論ずるために，ホメロスの両詩とヘクトルの遺体の引き取りのエピソード[8]との関連で，二つの実例を取り上げることにしよう。方法という観点から見る限り，私たちはしばしば，イマージュに取り組んでこれら二つの異なる表現様式の間に存する類似点と相違点を点検するにあたり，ホメロスの詩から出発し，この問題の文献学的な側面をむしろ優先してきたという経緯がある。しかし，私たちのもとに伝存するホメロスのヴァージョンに関連して画家による選択が理解され得るその方法をよりよく把握するためには，イマージュそのものの構成と，イマージュの組織的な配置に注目することがより適切である。

---

8)　ホメロス『イリアス』第24歌のエピソード。

12 壺絵は語る

図 12.2　レアグロスの作家　Boston 63.473

　レアグロス Leagros のグループ[9]のものであるとされるヒュドリア（水壺）から始めよう。このヒュドリアには，アキレウスによってヘクトルの死体に陵辱が加えられる様子が描かれている（図 12.2）[10]。

　アキレウスの戦車は右側に向かって突進し，後半身しか見えない馬たちは大部分がイマージュの枠からはみ出してしまっている。そのことがこの場面の全体的な躍動感を強めている。ヘクトルの死体は横たわっている。ヘクトルの死体の上で，アキレウスは手綱を握る御者のもとへ加わろうと飛び上がる。アキレウスの盾にはトリスケレス（3本脚のモティーフ）が描かれ，この英雄（瞬足のアキレウス）の速さを強調している。図像の最前面には，イリスらしき羽を生やした一人の女性がアキレウスに向かって飛ぶ。場面は二つの固定された建物の枠に囲まれている。すなわち，右側にはパトロクロスの墳墓が見え，彼の名前が tymbos （墓石）の白い表面に刻まれ，また，武具を身に着けた彼の eidōlon （亡霊）がその碑の上を飛んでいる。左側には，一連のメトープからなるアンタンブルマン（建築上部の水平材）を支える円柱が見え，

9）　前6世紀の最後の20年間にアッティカの黒像式の壺絵を描いた画家たちの総称。
10）　Boston 63.473; BAPD 351200; *Paralipomena* 164/31bis.

トロイアの都のある場所を示している。この柱廊のようなものの下に一人の顎髭を生やした男と一人の女が立っている。この二人の身振りは，葬儀における *prothesis*（遺体を人々の前に横たえる儀式）の際に行う，女は髪の毛をむしり，男は死者に別れの挨拶をするという身振りを表している。イマージュの範囲を限定するこれら二つの建造物という要素は，住居と墳墓という葬儀の始まる場所と終わる場所とを構成している。しかしここでは，その葬儀という儀礼に従って機能しているものは何もない。

　『イリアス』における，自分の敵の死体をその家族に返還する代わりに陵辱するというアキレウスによる暴力的な違反行為が，この図像においては，コード化された葬儀の図式 *schema* をもとに画家が遂行する変換作業を経て提示されている。左側の二人の人物は，死者の両親，すなわちプリアモスとヘカベを表しており，彼らは自分の息子を前にして嘆き悲しんでいる。しかし，標準的なイマージュであれば，これらの（嘆き悲しむ）人物たちを死者の横たわったベッドの周りに配置するのが通例である。ところがこの図像では，死者は引きずられて地面に横たわっている。死者の墳墓への到着は，通常であれば，戦車に乗せるか男に背負われる形の *ekphora*（死者の搬出）によって実現する。ところが，この図像では，死者は戦車によって引きずられており，運ばれてはいない。それに加え，この死者は自分のものではない墳墓へと向かって連れてゆかれるのである。この儀礼的な諸形態の転倒は，幾つもの図像学的なコードの曲解によって，また，一方ではアキレウスとパトロクロスのグループと，他方ではプリアモス，ヘカベ，ヘクトルのグループとの間の干渉によって表現されている。アキレウスの配置が注目に値する。なぜなら，アキレウスは彼が陵辱する死者の両親に最も近い場所に配置されており，さらに，アキレウスは反対方向に突進しながらも，あたかも挑発の限りを尽くすかのように彼らの方に向き直り，彼らに彼らの息子の体を返還することを拒否しているからである。

　儀礼的な諸形態の操作は，例えばヘクトルの遺体の引き取りを表す場面に見いだされる。『イリアス』において，プリアモスに随行し彼のアキレウスの野営地への到着を請け合うヘルメスは，アキレウスが自分を見るべきではないと言って退くが，ヘクトルの遺体の引き取りを描く

12　壺絵は語る

図 12.3　ブリゴスの作家　ARV^2 380/171

数々のイマージュはヘルメスの存在を前面に配置する。同様に，イマージュにおいては，ヘクトルの遺体は不可欠の位置を占めるが，ホメロスの詩においてはそうではない。

　具体例の提示は，ブリゴスの画家の作と考えられるスキュポス（取っ手が二つ付いたカップ）だけにしておこう（図 12.3）。そこにはナイフを片手に，肉の切り身をもう片手に携え，一人の若い給仕の者に向き直るアキレウスが見える[11]。ベッドの下には，血を流し，手首を縛られ，胸に傷を受けたヘクトルの遺体が横たわっている。血の赤い線の描かれた長い肉の切り身が，テーブルからヘクトルの遺体の高さまでぶら下がっている。これらの肉の切り身が衝立となって，その背後にヘクトルの遺体が垣間見える。この重ね合わせは偶然の産物ではない。この巧みな配置によって，画家はほとんど「人食い」の効果を生み出しているのである。これは，アキレウスが極度に暴力的であることを強調し，また，『イリアス』の中で，彼ら二人の英雄の最後の戦闘の際に，自身の死後の遺体の返還を求めるヘクトルに答えてアキレウスが言った言葉に相当する。「恥を知らぬ犬めが，わたしの膝とか両親にかけて哀願するのはやめにせよ。わたしとしては，この胸にたぎる想いがわたしを駆って，おぬしの身を切り裂き生のままで食わしてくれたら，どんなにかよかろ

---

11) Wien, Kunsthistorisches Museum 328; ARV^2 380/171, 1649; BAPD 204068.

310 第2部 素材と受容

うと思う，なにせあれほどの罪を犯したおぬしだからな」[12]。

　こうした視覚的な表現形態と言語的な表現の形態は異なっており，叙事詩においてアキレウスが戦闘を前に自分の考えを述べる場合と，図像においてプリアモス（中央の白ひげの人物）の見ている前で「食らうこと」が間接的な仕方で実現する場合とは，同じではない。ブリュゴスの画家は『イリアス』の文章に字句通りには従わず，その文章に対して，言論の論理ではなく，絵画の論理に従う等価物を提供しているのである。このスキュポスでは，プリアモスに男女合計四人の召使いが従っている。彼らはあたかも商品目録のように，プリアモスがヘクトルの遺体と交換するために持ってきた贈り物を陳列している。それらは，金属製のオブジェ（献酒用の平皿，水壺，足洗桶），織物の籠であり，ホメロスが言及した *aglaa dôra*（見事な贈り物）[13]に類似している。アキレウスの右側には剣が1本，左側には盾が一つと兜が一つ吊るされている。これらの対象の配置は注目に値する。その兜は，中空の状態でフックのようなものに吊るされ，あたかもプリアモスの頭と同じ方向を向いており，それに対してプリアモスが呼応しているのだが，その一方で，ゴルゴン（盾の図柄）の顔は，あたかもヘクトルの生命を奪うことに成功した死神の姿のように，この壺の観察者の方を向いている。この複雑なイマージュにおいては，いかなる対象も偶然によってそこにあるのではない。各々の要素が一つの正確な意味を（イマージュに）加え，この場面の劇的な緊張を高めている。アキレウスのベッドの装飾に至っては，1頭のヒョウと1頭の雄牛が格闘する様子が描かれ，それはあたかもアキレウスとヘクトルが交えた戦闘のようだ。

　このように，ホメロスの叙事詩における物語の技法は，前6世紀のイマージュとは明確に異なっていることが分かるだろう。言語による筋の展開は，イマージュには表現できないあらゆる種類の（表現）様式を可能にする。反対に，イマージュは一挙に全体として与えられる。イマージュは物語を語らないが，ある一つの物語を参照し，観察者がその状況を識別すること，劇的なニュアンスを把握することを可能にする。

---

　12)　『イリアス』第22歌345-48行（松平千秋訳〔1992〕『イリアス（下）』岩波文庫）。
　13)　この贈物のリストについては『イリアス』第24歌228-34行を，*aglaa dôra* は第24歌447行を見よ．

壺が異なれば，武具，贈物，食物に割り当てられた重要性に応じて，細部における一定の違いは存するものの，全体の論理は類似しており，前6世紀の初頭に確立された図像的な解決法は，前5世紀の中頃に至るまで，アッティカのレパートリーにおいて維持された。寝床 kline という要素の，饗宴においても葬儀においても用いられるという両義性が，アキレウスの位置とヘクトルの位置を緊張関係に置くことを可能にする。観察者の記憶に対して二重の喚起が行われている。一方で観察者は，葬儀（の主題）の転用に気づくと共に，他方でその状況と登場人物を，すなわち，プリアモス・アキレウス・ヘクトルの三角形を識別するのである。アッティカの墳墓を飾る pinakes（板）の上に私たちが見出す儀礼的な図式に，ヘクトルに対して加えられた陵辱の図式が重ねられる。ヘクトルの遺体の引き取りを表している一連の壺（絵）を，ホメロスの詩の単純な挿絵であると考えることは出来ない。それらはむしろ，ある一つの表現形態，すなわち，饗宴において酒を飲むアルカイック時代のアテナイ人たちの眼下に英雄時代の物語を置くという，ある特別なパフォーマンスなのである。

6　結　　論

このように，イマージュはアルカイック時代のギリシア文化において重要な位置を占めている。イマージュは，それが描かれたオブジェを通じて，また，それらイマージュが用いられるコンテクストの中で，ある複雑な世界の美学的，倫理的な諸価値を表現する物語を伝える。これらのオブジェやそれらの装飾を作り出した職人たちの視覚的な記憶と詩に関する知識は，往々にして非常に豊かである。彼らの制作物は，私たち現代人には部分的にしか残されないが，とはいえその豊かさが私たちの好奇心をそそり，私たちを誘惑してやまない一つの文化へと近づくための方法なのである。

参 考 文 献

イマージュについて

Hölscher, T. (2018). *Visual Power in Ancient Greece and Rome: Between Art an Social Reality.* Berkeley.

彫刻について

Spivey, N. (1996). *Understanding Greek Sculpture: Ancient Meanings, Modern Readings.* London.

Stewart, A. (1990). *Greek Sculpture: An exploration*, 2 vols. New Haven.

儀礼について

Durand, J.-L. (1986). *Sacrifice et Labour en Grèce Ancienne*. Paris: Rome.

陶器について

Giuliani, L. (2013). *Image and Myth: A History of Pictorial Narration in Greek Art.* Chicago.

Lissarrague, F. (1987). *The Aesthetics of the Greek Banquet.* Princeton.

Snodgrass, A. (1998). *Homer and the Artists: Text and Picture in Early Greek Art.* Cambridge.

Sparkes, B. (1991). *Greek Pottery: An Introduction.* Manchester.

ジーモン，芳賀京子・藤田俊子訳（2021）『ギリシア陶器』中央公論美術出版.

略称および WEB サイト

*ARV*² = Beazley, J. D. (1963). *Attic Red-Figure Vase-Painters*, 2nd ed. Oxford.

BAPD = Beazley Archive Pottery Database (https://www.beazley.ox.ac.uk/archive/default. htm).

Boston=Museum of Fine Arts Boston (https://collections.mfa.org/collections).

Naples = Museo Archeologico Nazionale di Napoli (https://www.museoarcheologico napoli. it).

Wien, Kunsthistorisches Museum (https://www.khm.at).

（野津 寛 訳）

13

歴史の中のギリシア美術

ロビン・オズボーン

美術の歴史を書き記そうとする動きは，古代にはじまり21世紀の今にも受け継がれている。本章が扱うのは古代ギリシアの美術史を記述する際のモデルとその変遷であり，それぞれのモデルが持つ特性が可能にしてきた数々の興味深い叙述である。

後代の記述の前例を作ったローマ時代のウィトルウィウス，大プリニウス，パウサニアスの各作品と彼らの視点をまずは論じ，次に大プリニウスの築いた基礎の上に立つ18世紀の大学者ヴィンケルマンの業績をあらためて考察する。20世紀にもヴィンケルマンの足跡を見た後，各地の遺跡の発掘によって増加した資料が果たした功績にも触れながら，美術史研究の発展の様子を観察する。21世紀になって書かれた優れた研究書も3冊ほど紹介し，ローマ時代から現代まで美術史の記述がわれわれに課してきた課題の再考へと導く。

1　古典期の美術史

美術史の記述する際のモデルは，古代に書かれた作品に由来する。現存する作品のうち最も重要なものは，アウグストゥス（Augustus, 前63–後14）時代のウィトルウィウス『建築十書』，ネロ（Nero, 在位54–68）治世からフラウィウス朝期の大プリニウス『博物誌』，アントニヌス・ピウス（Antoninus Pius, 在位138–61）からマルクス・アウレリウス（Marcus Aurelius, 在位161–80）治世のパウサニアス『ギリシア案内記』

だろう。これらの作品により，古代美術を記述するに際しての多様なモデルが供給されてきた[1]。

ウィトルウィウス（Vitruvius, 前1世紀）の『建築十書』[2]は前30年から前20年の間に書かれた。著者自身が言うように現役の建築家であったこと以外，彼については何も知られていない。この作品は建築理論および実践の手引き書であって建築史を扱うわけではないが，起源の説明や既存の建築書の比較検討をするにあたり，必然的に建築に対する歴史的な考察も加わる。美術史という観点でいえば，最も重要なのは第7巻の壁画に関する短い一節である。「仕上げ」に分量を割き，床，天井，漆喰塗り，描画，彩色を論じている。

第7巻5章で光の十分にある室内での描画法を論じる際，ウィトルウィウスの口調は突如として熱を帯び，先人が築いた筋の通った絵画理論は今ではただのこけおどしとなったと主張する。彼によれば，ローマの壁画は大理石の化粧板を模すいわゆる「第一様式」[3]から出発し，建物や舞台セット，『オデュッセイア』に登場する風景など神話の一場面を描く「第二様式」（エスクイリヌスの丘からその一例が見つかっている）を経て，「決して実在しない，実在し得ない，実在したことがない」ものを描く同時代の「第三様式」へと移り変わってきた。この「第三様式」の虚構性がウィトルウィウスにとっては問題で，例えばアカンサスの若枝が石像を支えることは不可能なのだから，それを絵にも描くべきではないとする（図13.1）。

この研究史で重要なのは，表象と実在との関係に焦点を合わせ，「絵画とは実在する，あるいは実在し得るものの像である」ことを議論の礎に置いている点である。建築家としては意外かもしれないが，ウィトルウィウスは空想や装飾に富んだ絵画を徹底して排除した。彼が好むのはあり得るように描かれた絵であって，「ある建物の形状を模し，それを柱廊と切妻壁が作る空間に投影すること」で得られるような，実在の建

　　1）　本章は，古代ギリシア美術史の記述の変遷を追うことを目的としている。古代美術そのものの変遷については，Vout (2018) を参照。

　　2）　現代の校訂本で最良のものは Rowland and Howe (1999) である。Nichols (2017) も参照。邦訳には森田訳（1979）がある。

　　3）　Mau (1899) によるポンペイの遺跡研究が初めて定義した用語。

図 13.1　石像を支えるアカンサスの若枝の壁画
（ポンペイより出土。メトロポリタン美術館所蔵）

築的特徴を打ち消す実在しない建築的特徴ではない。ウィトルウィウスの美術史は自然主義を中心とし，最も自然な芸術こそすぐれた芸術だと考えるのである。

　大プリニウス（Plinius, 23/4-79）の『博物誌』も自然主義に関心を寄せないわけではなく，むしろ自然の役割は大きなテーマの一つなのだが[4]，美術史という意味では彼の視点は大きく異なる。博学者だった大プリニウスの知識欲は，世界をただ書物から学ぶことに留まらない。軍事から民間まで様々なポストを歴任し，ローマ海軍の指揮官としての任務中にウェスウィウス火山の噴火に遭って死んでしまった。ポンペイとヘルクラネウムを壊滅させたあの噴火である。『博物誌』が扱うテーマは多岐にわたるが，中でも金属や鉱物の章で芸術論が展開される。第 34 巻では青銅の彫刻，第 36 巻では大理石の彫刻をそれぞれ取り上げ，第 35 巻では絵画を論じる[5]。

　4）　Beagon (1992) 参照。
　5）　『博物誌』の美術史論に関する章は Jex-Blake and Sellers (1896) が英訳付きでまとめてくれている。内容の議論については Isager (1991) が詳しく，Donohue による書評も https://

316　　第 2 部　素材と受容

　大プリニウスのアプローチは歴史的なものであることが多く，まずは
作品の実態に，それから美術がどう利用されその方法がどう変遷したか
に着目する。例えば青銅の彫刻を論じる際には，元来の神から同時代の
傑出した個人への対象の変化や，着衣から裸体への表現の変化とその点
におけるギリシアとローマの差異をたどっていく。彫像を支えるための
柱の使用法などについても，同様にその起源を見ようとする。彼の関心
は多くがローマやイタリアにあり，美術史の断片的な情報も主として
ローマ人に関わるものである。また，傑出した彫刻家とその年代を一覧
にし，彼らの特に優れた作品をある程度の分量で論じる際には，各人の
スタイルを簡潔に描写しながら個別の作品をおおよそ年代順に議論して
いる。絵画の巻や大理石彫刻の巻でも同様の構成が取られる。

　青銅彫刻，絵画，大理石彫刻それぞれの巻はより広い文化史的な観点
から見た美術史論から始まるが，後代に最も影響を与えてきたのは優れ
た作家とその作品に関する議論である。それらの議論が美術史における
「卓越人」観に特権を与え，個別的な発見が芸術を前進させるとの見方
を奨励したのである。第 34 巻 65 節，ギリシアの彫刻家リュシッポス
（Lysippos, 前 370 頃–前 315 頃活動）へのコメントを見てみよう。「彫刻芸
術へのリュシッポスの主たる貢献は，頭髪を鮮明に表現し，前時代の彫
刻家と比べて頭部をより小さくし，胴体をより華奢で肉付きの少ないも
のとすることで，彫像の見ための高さを増したことであると言われてい
る」[6]（図 13.2）とあるが，リュシッポスの代表作が《ファルネーゼのヘ
ラクレス》の複製元になった「物憂げなヘラクレス」だったであろうこ
とを考慮すれば，「肉付きの少ない」という表現は一種の皮肉にも聞こ
えてくる[7]。

　大プリニウスはそれぞれの作家や作品の年代を記録していたため，

---

bmcr.brynmawr.edu/1992/1992.03.08/ から参照できる。大プリニウスが建築史に与えた影響に
ついては Fane-Saunders (2016) を参照のこと。第 34 巻から第 36 巻を含む邦訳には，中野他
訳（2021）がある。
　6）　Jex-Blake and Sellers (1896) の本文より訳出。
　7）　《ファルネーゼのヘラクレス》は後 3 世紀の彫刻で，カラカラ浴場で発見された。
ローマ教皇も輩出したイタリアの名門ファルネーゼ家が最初に所有したことからこの名で呼
ばれる。多くのローマ彫刻と同様，ギリシアの彫刻を「原作」に持つとされるが，原作者リュ
シッポスの持つ（と大プリニウスが言う）特徴と，彼の作品を模倣した《ファルネーゼのヘ
ラクレス》の筋骨隆々ぶりとに一致を見出すのは少々困難を伴う。

図13.2 リュシッポス作のブロンズ像の複製とされる《アポクシュオメノス（拭う者）》（ローマで発見。ヴァチカン美術館所蔵）

『博物誌』は後代の美術史記述の基礎となり，特により歴史的な文脈に当てはめての記述を可能にした。後出のヴィンケルマンによる議論も，大プリニウスの基礎の上に立つものである。

　パウサニアス（Pausanias, 150 頃最盛）は大プリニウスともウィトルウィウスとも大きく異なる文筆家であるが，本人の著作からしかその人物像をうかがえないという点は後者と共通する[8]。彼の『ギリシア案内記』[9]はある意味で大プリニウスの鏡写しと言え，大プリニウスがローマに渡ってきたギリシアの芸術作品を頻繁に取り上げる一方，パウサニアスはギリシア本土にある（あるいはかつてあった）作品にのみ関心を示し，ギリシア美術へのローマ人の関与やローマの建造物などにはほとんど言及しない。旅行記によくあるように，パウサニアスは人々が訪れる名所や歴史的建造物の背景にある物語を語ることを自身の仕事と考え

　8）　この 20 年ほど，パウサニアスは頻繁に議論の対象となった。特に有用なのは Hutton (2005) および Pretzler (2007) である。
　9）　邦訳には馬場訳（1991-92）がある。

た。この歴史的建造物に対する関心により，パウサニアスは人工物よりも自然に目を向けたストラボン（Strabo, 前64頃-後21以降）などの地理学者とは一線を画している。パウサニアスの興味はわれわれが典型的に「芸術作品」と見なすものに向けられるが，それらを丁寧に描写はせず，旅行者が目にするものを見分られるよう最低限の情報を与えるに過ぎない。また，大プリニウスのように年表の形に整理することもない。中心はあくまで歴史的建造物で，それを空間的，また時に歴史的文脈に置いて論じるのである。

　パウサニアスが美術史の優れた感覚の持ち主だったことに疑問の余地はない。様式を観察するだけで作品の製作年代を特定できる能力があり，個別の作品について自身の学識を披露できそうなテーマだと見るや，極端に長い解説を付すこともあった。これが最も顕著なのが，デルポイにあるクニドス人の集会所に飾られたポリュグノトス（Polygnotos, 前5世紀活動）の絵画の場面である（第10巻25-31章）。彼はそれぞれの絵画を眺め，誰が描かれ何をしているのか，その表現は文学作品における表現とどう異なるのか，詳細な解説を加える。「ヘレノスの隣にはメゲス。腕に傷を負っている。アイスキュリノスの子，ピュラのレスケスが彼の詩『イリオン陥落』で歌ったとおりだ」[10]という描写は，同じく『ギリシア案内記』の「キュプセロスの櫃」の箇所[11]と同様，微に入り細を穿つ表現を見せつけ，研究者たちは彼の言葉を頼りに実際の芸術作品の復元を試みようとしたほどであった[12]。このようにパウサニアスが作品を一定の文脈の中に置いて観察する際，その比較対象はほぼすべてが文学作品であり，他の美術作品であることは非常に稀である。

　美術を歴史の中にどう位置づけるかという点について，ウィトルウィウス，大プリニウス，パウサニアスは三者三様の態度を示す。ウィトル

　10）　ピュラのレスケスは前7世紀に活動したとされる叙事詩人。彼の作品とされる『イリオン陥落』はいわゆる「叙事詩の環」に属する作品の一つで，トロイア戦争終盤，城壁の外に突如置かれた木馬の処遇をめぐるトロイア勢の議論の場面から始まったらしい。「叙事詩の環」の詳細は，本書第2章6節を参照。

　11）　第5巻17章5節から19章10節。キュプセロスは前7世紀のコリントスの僭主。幼少時に命を狙われた際，母によって櫃（キュプセレ）に隠され難を逃れたことからこの名が付いたとされる。パウサニアスの当該箇所はのちに成長したキュプセロスがこの櫃をデルポイに奉納した時のエピソードで，櫃の様子が事細かに描かれている。

　12）　Snodgrass (2001) 参照。

ウィウスのローマ壁画論はより美学史的で，時代とともに変遷する芸術の性質を，表象と現実との関係という一点のみから論じたものだった。大プリニウスは美術史記述に編年的な枠組みを与え，個々の偉大な芸術家を起点にその歴史を語った。彼はまた同時に，作品が持つ現在進行形の経歴にも着目し，ローマ人が他国から入手した作品や，その入手過程がローマの歴史に占める位置も明らかにした。パウサニアスは個々の芸術家に関心を示さないでもないが，彼の主軸は常に作品そのものの内容にあり，そこから生まれる詳細な解説やコメントに重きを置いた。作品をより広い文化論的な文脈から観察することに長け，製作年代に特別な注意を払わない様子からは，美術作品をどの時代の文学作品とも自由に関連づけようとするパウサニアスの趣向が見て取れる。

2　古代美術史研究へのアプローチ
―― ヴィンケルマンとその遺産

　ヴィンケルマン（Johann Joachim Winckelmann, 1717-68）が古代美術史の記述を試みた最初の人間だというわけではないが，彼の著作は彼以前の試みをすべて凌駕するほど圧倒的であるため，ここではヴィンケルマンのアプローチを議論することから始めるのが適切だろう[13]。ウィトルウィウスの壁画論は著者自身の観察に基づいて書かれ，パウサニアスは既存の文学作品から知識を得つつ自身で作品を解剖し解説した。ヴィンケルマンは大プリニウスと同じく，過去の著作を参照することができ（その量は大プリニウスよりも相当少なかったが），彼の時代までにイタリアで発見されていた美術作品も直接見ることができた。

　『古代美術史』において，ヴィンケルマンは，自身が知る芸術作品，主として彫刻作品を取り上げ，それらを書物から得た知識と対話させようと試みる。しかし，彼は数多くの仮定に基づいてそれを行うのであ

　13）　ヴィンケルマン入門には Winckelmann (2006)，すなわち Potts and Mallgrave による『古代美術史』の校訂本が最適である。以下本文での『古代美術史』の引用部分は，同書の Mallgrave による英訳から訳出したものである。『古代美術史』の邦訳には中山訳（2001）がある。

る。『古代美術史』の冒頭もこうした仮定の一つ，すなわち「描画から
誕生した芸術は，他の発明と同様，必要が生んだものである。次に美が
追求され，そして最後に蛇足が続く。これが芸術の主要な各段階であ
る」という主張から始まり，章全体の構造を概観する中で，「本章はま
ず芸術の根源的な形式を一般的な形で論じ，次に彫刻の様々な素材，そ
れから気候が芸術に及ぼす影響を論ず」[14]という別の仮定を明らかにす
る。議論が進むにつれこの「気候」という語は，「天候」はもちろんの
こと，食料や教育，政府といった「環境」全般にまで拡大されるように
なる。特に第4章でギリシアの芸術を取り上げる際には，ヴィンケルマ
ンはギリシア人の「制度と政府」が持つ「自由」の側面を強調する[15]。
彼の関心はギリシア芸術全般から始まり，美とその身振りや動作におけ
る表れにかなりの紙幅を割いたのち，男性の裸体像と女性の着衣像それ
ぞれのプロポーション論に移る。

　「ギリシア芸術の発展と没落」を論じるにあたり，ヴィンケルマンは
全体を時代に応じた四つの様式に区分する。すなわち，ペイディアス[16]
（Pheidias, 前465頃-前425頃活動）の頃までの「古い様式」，ペイディア
スからプラクシテレス[17]（Praxiteles, 前375頃-前330頃活動）の頃までの
「大いなる様式」，プラクシテレスからアペッレス[18]（Apelles, 前4世紀-前
3世紀初頭）頃までの「美しい様式」，そして単なる模倣へと身をやつす
最終期の「模倣の様式」である[19]。「古い様式」および「大いなる様式」
に関しては多くを古典文学に依拠し，結果的に確実性の低い判断が含ま
れるのは著者本人も認めるところであり，「美しい様式」や同書第2部
での「ギリシア人世界における芸術の運命とギリシアにおける外的要因

　14）　Winckelmann (2006) 111.

　15）　同書 187.

　16）　アテナイの彫刻家。政治家ペリクレスと親しく，彼によるアクロポリス再建の際に
はパルテノン神殿本尊のアテナ女神の像と外壁装飾用の彫刻を担当したとされる。

　17）　アテナイの彫刻家。ヴァチカン所蔵《コロンナのウェヌス》の複製元となったとさ
れる《クニドスのアプロディテ》の作者といわれる。最近の研究では，《コロンナのウェヌス》
は《クニドスのアプロディテ》の複製の複製とされている。

　18）　コロポンとエペソスで活躍したギリシアの画家。大プリニウスによればアレクサン
ドロス大王の肖像画を描いたらしい。

　19）　Winckelmann (2006) 227.

13　歴史の中のギリシア美術

図 13.3　ラオコオン像
（ローマで発見。ヴァチカン美術館所蔵）

との関係」論[20]にも同様のことが言える。しかしながら，「大いなる様式」ではニオベとその子供たちの像に，「美しい様式」ではラオコオン像（図 13.3。現在の研究ではヴィンケルマンの年代表記は誤っているとされるが）にそれぞれ言及している。

ヴィンケルマンの「芸術と自由」に関する仮定は，大プリニウスの「前 290 年代に彫刻という芸術は途絶え，前 150 年代に復興した」[21]とする主張とも相まって，歴史観を歪める結果を招くことになった。ヴィンケルマンは，前 3 世紀は彫刻不毛の時代で，ローマがギリシアに自由を与えた[22]ゆえ復興した（大プリニウスの前 150 年代彫刻復興説をヴィンケルマンは否定する）が，ギリシアがローマの属州となった時[23]に完全

---

20)　同書 299.
21)　大プリニウス『博物誌』第 34 巻 19 節。
22)　第二次マケドニア戦争（前 200–前 197）において，ローマはアンティゴノス朝マケドニアからのギリシアの解放をうたった。マケドニアは敗北，その結果ギリシアは独立し，ローマの影響力が増大する。
23)　前 146 年，コリントスの戦いでギリシア諸ポリスの同盟だったアカイア同盟を破っ

な終焉を迎えたとする。彼によれば，「ボルゲーゼ邸の美しいヘルマプロディトス」[24]や「ギリシアが自由を失う前に生み出した完璧な作品の一つ」[25]こと《ベルヴェデーレのトルソ》が制作されたのは，この前2世紀の短い復興期のことだった。また，「破壊を免れた中では古代美術で最高の理想形」である《ベルヴェデーレのアポッロ》（図13.4）については，四様式のいずれにも分類せず，ネロによるギリシアからの盗品の一部だったとの仮定のもとで解説を加える──「天来の精神が……穏やかな細流のように流れ，言うなればこの像の輪郭ひとつひとつに溢れている」[26]。ここでも，ヴィンケルマンの使う用語そのものは実際の歴史の特徴とは何ら関連しない。

より初期の著作，1755年の『ギリシア芸術模倣論』[27]において，ヴィンケルマンは，偉大な芸術はそれが表現する魂の偉大さと高貴さによって偉大となる，と主張する。同書で「高貴なる簡潔さと静謐なる偉大さ」にあると強調したギリシア芸術の特徴を，『古代美術史』では古代ギリシアの書物から得た知識と結びつけようと試みる。「自由」をことさらに強調し，それを，アテナイは自身を僭主から解放したことで偉大になったと述べるヘロドトス（Herodotos, 前5世紀前半-前420頃）の一節[28]にはっきりと結び付けるのもこの試みの一例である。同様のことは，大プリニウスに依拠したギリシアの彫刻家年表についても行われる。その結果として叙述は見事なものになるが，芸術に起こったことがギリシアの政治史に起きたことと厳密にどのように関連するかは，決して明確にはならないのである。

それでも，ヴィンケルマンの影響は，長きにわたり，多くの意味で根源的なものとなっている。ギリシア美術の記述にあたっての言葉や調

たローマは，ギリシアをその領土に組み込むこととなった。

24）ルーヴル美術館所蔵《眠れるヘルマプロディトス》を指す。元はイタリアのボルゲーゼ家が所有。ヘルマプロディトスは両性具有の神で，アテナイでは早くも前4世紀に崇拝の痕跡が残る。ヘルメスとアプロディテの間の子との解釈もあり，ヘレニズム期からローマにかけては芸術家たちがこぞって主題とした。発達した胸部，男性器，柔らかく少年的な肉体をもって描かれる。

25）Winckelmann (2006) 323.

26）同書333.

27）近年の邦訳には田邊訳（2022）がある。

28）『歴史』第5巻78節。

図13.4　ベルヴェデーレのアポッロ
(ヴァチカン美術館所蔵)

子を確立し，ルネッサンスを引き合いにギリシア美術に光を投じる前例を作ったのは他でもない彼の著作である。19世紀に入ってこの方法論を支持した者の中で，突出しているのはウォルター・ペイター (Walter Pater, 1839-94) であろう。彼はギリシアの芸術に関する一連の論考を著し[29]，中でも，ホメロスの描写とパウサニアスの作品に大幅に依拠した「ギリシア彫刻の起源」や，アイギナの大理石像，そして運動競技者の彫刻に関するものが知られる。中世からルネッサンスの芸術との比較や古代ギリシア文学の引用，鋭い洞察力という点で，ペイターの著作は完全にヴィンケルマンの伝統に則っている。例えば，アルカイック期（おおよそ前8世紀から前480年まで）から古典期の芸術への変遷を示すいわゆる「ギリシア革命」が，単なる「様式」の変化ではなく，主題の変化が引き起こした結果でもあったことを簡潔に論じる以下の一節に，その洞察力が垣間見える。「芸術において，この，若さの，若々しい身体

---

[29] 邦訳には富士川他訳 (2002) がある。

の，自然が持つ美点を最大限まで高める身体的運動の，そして，それによって発現する完璧な肉体の卓越は，芸術家が本質的な熟達に至っていることのしるしである（中略）。というのも，そうした若さは，まさにその本質において，眼に見える世界，経験される世界の境界内でのみ問題になるものだからだ。そして，若さの表現にあたって，象徴的な仄めかしや観察者の有用な想像力への依存は全く必要ではない。芸術が宗教的な対象物を扱う場合は，そうした想像力の担う正当な範囲も大きくなる」[30]。

　ヴィンケルマンにあってペイターにないのは，芸術を同時代の政治史に位置づけようとする試み，あるいは大プリニウスの芸術家年表の復権の試みである。しかし，その後も歴史に芸術を「説明」させようと試み続けた研究者はおり，時にはヴィンケルマンの用語そのものが使われることもあった。1980年代には，ヴィンケルマンからの影響について一切言及しないものの，デニス・ヘインズ（Denys Haynes, 1913-94）によって『ギリシア芸術と自由の概念』[31]というタイトルの本が出版されている。また，ギリシア芸術に起きたことをその他のギリシアの歴史での出来事に関連するものとして観察しようとする試みは，ジェローム・ポリット（Jerome Jordan Pollitt, 1934-2024）著『ギリシャ美術史—芸術と経験』[32]で示されるような高い影響力を持つ記述の背後にも隠されている。文学や政治の発展の上に芸術の発展を重ねて議論を展開する同書は，第2章では古典期初期を「自覚と分別」というタイトルの下で論じ，この時期の芸術と劇作に起きたことはペルシア戦争後に自信と深刻さが増大した結果だとする。続く第3章は「統制下の世界」と題し，前450年から前430年までのペリクレス（Pericles, 前495頃-前429）指揮下のアテナイとパルテノン神殿の建造を扱う。第4章「統制をこえた世界」では，ペロポネソス戦争の影響を検証し，特に芸術と宗教との関連性に重点を置く。最終章は前4世紀を「個人の世界」と定義し，感情の探究を中心に据える。この最終章では，明らかに，およそ視覚芸術のみが引き合いに出されるのである。

　30）　Pater (2021) 175.
　31）　Haynes (1981) を指す。
　32）　Pollitt (1972) を指す。

3 古代美術史研究へのアプローチ —— 20世紀

ヴィンケルマンからヘインズやポリットまでの間に，ギリシア美術史の記述の元になる資料が様変わりした。ヴィンケルマンが参照できたものは，古代のテクストと，ローマかポンペイ（あるいはより広くカンパニア）で見つかった作品のみであり，したがって，作品としては，ローマ人が盗んできたか複製した古典期やヘレニズム期の彫刻，カンパニアの古代の墓地跡から出土したアテナイ式の壺[33]，ポンペイとヘルクラネウムから出土したフレスコやモザイクに残るギリシア式のパネル画や壁画といったものに限られていた。しかし18世紀の終盤以降，特にギリシアが独立した1820年代からは，遺跡の発掘や偶然の発見によって，彫刻や他の古典期の作品が数多く世に出るようになった。パルテノン神殿やアイギナ，バッサイなどから出土した彫刻は研究者の知識の転換点となり，エトルリアの墓地から出た大量のアテナイ式の壺もそこに加わった。19世紀末にはアルカイック期の様々な彫刻も見つかり，特にアテナイのアクロポリスの発掘によって，ペルシア戦争中に被害を受け戦後埋められた品々を再発見できたことが大きな収穫となった。大学における石膏像収集の流行もギリシア彫刻の知識の拡大に一役買った。壺絵については，まずは「古代壺絵コーパス」[34]プロジェクトのもとで所蔵博物館ごとに体系的に目録化され，次に画家ごとにビーズリーによる不朽のカタログ[35]（詳細は後述）に整理されたことで，より簡単に研究できるようになった。発掘という方法が大プリニウスの年表に取って代わり，ペルシア人によるアテナイのアクロポリス略奪や，オリュンピアのゼウス神殿の建立などが美術史記述の起点となったのである。

　資料が大幅に増加したこと，その一部が大プリニウスの年表からのみ

33）　18世紀のナポリ王国に外交官として赴任したウィリアム・ハミルトン卿（Sir William Hamilton, 1730-1803）が収集したコレクションがあり，一部は大英博物館に所蔵されている。

34）　*Corpus Vasorum Antiquorum* は現在では大部分がオンライン化されており，https://www.carc.ox.ac.uk/cva/Home から誰でも参照可能である。

35）　Beazley (1942), (1956) を指す。

でなく発掘からも年代を特定できたことにより，ある壺絵群を他の壺絵群から，またある彫刻群を他の彫刻群から切り離すことが古典考古学者の主要な仕事の一つとなった。その結果，研究は作品形式の詳細な分析を重視し，作品製作の技術的な側面に重きを置くことになる。また，彫刻および陶器の製作の時系列をより正確にしようとする動きにもつながった。例えば，ペルシア人による略奪後に埋められたアルカイック期の大理石彫刻がアテナイのアクロポリスから出土した場合，それらにある程度の順序をつけようとするものである[36]。アテナイの壺絵に関しては，現存する数が多いことと画家の署名が残る場合もあることから，画家ごとに壺を分類する発想が促され，結果として，研究者は，署名ではなく壺絵の様式で画家を判別することが可能になった。この方法論を確立したのがジョン・ビーズリー卿（Sir John Beazley, 1885-1970）である。このような目利き作業が，画家ごとに壺絵の歴史を記述することにつながり，画家の個性が壺絵の外観を決定する最も重要な要素になるというストーリーを書き上げることに発展しても何ら不思議はない。こうした著作で最高のものは今でも同ビーズリー卿の『アッティカ黒像式壺絵の発展』[37]であり，ある一節では「アマシスの画家[38]（中略）にはハイデルベルクの画家[39]と多くの共通点があるが，前者はいかなる点でも後者を凌いでいる。クレイティアス[40]の特徴も，最も素晴らしい部分ではないにせよ，その多くがアマシスの画家に受け継がれている。すなわち，軽妙さ，優雅さ，正確無比な技術である」と述べられる（図 13.5）。

　こうして，20 世紀においては，ギリシア美術史がギリシアの歴史に説明を求めることはほとんどなくなり，壺絵なら壺絵という芸術様式の中だけを探究するようになった。好例として挙げられるのが，ビーズリーと，20 世紀古典考古学界のもう一人の巨人，バーナード・アシュ

---

36)　この点で Payne and Mackworth Young (1936) での Payne の業績の右に出るものはない。

37)　Beazley (1951) を指す。

38)　前 560 年頃から前 515 年頃までアテナイで活動。作品に「アマシス作」という署名を残したことからこう呼ばれるが，本名は不詳。

39)　前 560 年頃から前 540 年頃が最盛期とされるアテナイの壺絵画家。彼の作とされる盃が 2 台ハイデルベルクに所蔵されていることからこう呼ばれるようになった。

40)　前 6 世紀のアテナイで活動した壺絵画家。アッティカ黒像式を代表する作品《フランソワの壺》の絵付けをした。

13　歴史の中のギリシア美術　　327

図 13.5　アマシスの画家作，アポロン，ヘルメスと若者たちの図
(前 540 年頃。バーゼル古代美術館所蔵)

モール (Bernard Ashmole, 1894-1988) との共著で，『ケンブリッジ版古代史』の初版用に書かれたのち『ギリシアの彫刻と絵画』[41]と題して一冊にまとめ直された複数の論考である。古代史の集成向けという本来の執筆意図を考えれば，歴史上の出来事がほとんど言及されない点は衝撃的で，言及されるにしても「アルキダモス戦争[42]により，アテナイのみならず各地の彫刻家の仕事が減少した」[43]というように，芸術に直接の影響がある場合のみであった。こうした政治史との関わりの不在に対する一つの例外は，ヴィンケルマンの伝統に従って，芸術と自由との関連を論じる箇所である。「共同体の目的と個人の自由との結合の中で，また，常に崩壊を予感させながら実のところ決して崩壊しない秩序の中で，パ

---

41)　Beazley and Ashmole (1932) を指す。
42)　アテナイとスパルタがそれぞれ同盟を率いて戦ったペロポネソス戦争の最初の10年間 (前 431-前 421) を指す。開戦当時のスパルタ王アルキダモス 2 世からこの名がついた。当初のアテナイ方の指導者はペリクレス。
43)　Beazley and Ashmole (1932) 50.

ルテノン神殿のフリーズ[44)]は，ペリクレスの葬送演説[45)]が表明するデモ
クラシーの理想を完璧に描き出す」[46)]。

　ビーズリーとアシュモールは，「《サモトラケのニケ》を芸術として
鑑賞するのに，年代など不要だと迫ることもできよう」[47)]（図13.6）と
も述べ，どんな形の歴史ももはや問題でないと断言する寸前まで至る。
しかし，彼らにとって，彫刻と絵画の歴史を動かしてきたのは個人の
才能（「古典期の成熟した頃では，少なくとも一つの卓越した発明がその創
始者ないし完成者に帰され得る。その発明とはポリュクレイトス風コントラ
ポストである」[48)]と，ウィトルウィウスが述べたような，時代精神（独
Zeitgeist）との融合である。そういうわけで，彼らは，オリュンピアの
ゼウス神殿の東側破風[49)]について，「ここでわれわれがこのナラティヴ
的美術作品を見て気付くこと，すなわち，行為そのものから，行為に先
立つあるいは後に続く精神状態への興味の移行は，彫像においてもすで
に気付かれていたことに類似している。そして（中略），長く葛藤を伴
う緊張状態，刃の閃きのような一瞬の行為，目に見えない，さらには奇
妙な不快感と不安感という流れは，まさにアイスキュロスの悲劇が持つ
型，魂そのものである」[50)]と叙述するのである。

　20世紀後半になると，ウィトルウィウスを踏襲し，ギリシア美術史
を美術だけの問題として記述するという方法論が，英語圏の内外を問

---

　44)　パルテノン神殿の柱の上部を飾った，帯状の大理石彫刻群。アテナイの祭典での行
列の様子を描いており，民主政アテナイを象徴的に表現しているとされる。

　45)　トゥキュディデス『戦史』第2巻が記録する，前430年のペロポネソス戦争戦死
者国葬での演説。アテナイのデモクラシーの本質やペリクレスの政治思想をよく反映してい
るとされる。

　46)　Beazley and Ashmole (1932) 49.

　47)　同書76.

　48)　同書43. ポリュクレイトス（Polycleitos, 前460頃-前410頃活動）は古典期を代表
するアルゴスの彫刻家。今日では「コントラポスト」と呼ばれる，片脚に重心をかけ反対側
の脚を緩ませる立ち姿を多く用いた。自身の芸術論・製作論をまとめた『カノン（規則）』と
いう著作もあったらしい。

　49)　前460年頃に制作された彫刻群を指す。ペロポネソス半島の名前の由来となったペ
ロプスが，ヒッポダメイアとの結婚を果たすべく，その彼女の父オイノマオス王を馬車競走
で破る。競走に備えてペロプスらが準備を整えているという場面は，この神殿が古代オリン
ピック発祥の地であるオリュンピアにそびえ立ち，そのふもとで競技が行われるのを目撃し
ていた事実に鑑みるに，運動競技という文脈を意識して設定されたものだといえる。

　50)　Beazley and Ashmole (1932) 38.

図 13.6　サモトラケのニケ
（ギリシア，サモトラキ島で出土。ルーヴル美術館所蔵）

わず主流になった。仏語で書かれた Charbonneaux, Martin, and Villard (1969) などがその好例である。英語圏でその潮流を体現するのは，ジョン・ボードマン（John Boardman, 1927–2024）によるギリシア美術・彫刻・壺絵の手引書シリーズ[51]で，慎重に選ばれた豊富な画像資料がギリシア美術への接近を容易にした。ボードマンはアルカイック期ギリシアの芸術家がエジプトや中東の芸術から受けた影響を強調するが，その後の古典期ギリシアで起きた変化を論じる彼のモデルは，芸術家たち自身に依拠し，「スキーマと修正」という概念を別の研究者[52]から引き継ぐものである。「前 500 年頃までは，ギリシア美術，特に男性の裸体の表現が内包したリアリズムは，文字どおり表面的なものに過ぎなかった。（中略）しかし，その後まもなく，このリアリズムが収めた成功でさえも，改善され得ることが明らかになった。芸術家が自身の主題をより意

---

[51] Boardman (1964) を指す。
[52] Gombrich (1960).「スキーマと修正」という概念については，同書 116-45 頁「ギリシア革命」の章，特に 118 頁を参照。

識的に観察するようになり，人間や神，動物などの表現において，単に
先人から教わったものを再現するにとどまらなくなったことは，彫刻よ
りも壺絵の絵画から明確に見てとれる。詳細な観察は，細部のみならず
（中略）全体の構造にも及び，それとともに，少年がどのように動くか
についての理解が深まっていった」[53]。

　リース・カーペンター（Rhys Carpenter, 1889-1980）の『ギリシア彫刻
の批判的再検討』[54]のような高い影響力を誇る著作でも，本質的には同
種の内的な説明がなされる。彼は古典期の様式の到来を「古典期初期の
芸術に典型的とわれわれが認識する，いわゆる理想主義と個の欠落は，
規範的な抽象化によって強められた，アルカイック期の図式化の直接的
な産物である。しかし，視覚的真実への着実な接近の影響を受けて，こ
れら旧来の支配的な力は弱まり，（理想的）特性は徐々に霧散していっ
た。そして，前 4 世紀終盤から前 3 世紀初頭には，より広汎な自然主
義が取って代わることになった」と描写する。「徐々に霧散していった」
と行為者を明言しない表現は特筆すべきであろう。

　カーペンターの弟子ブルニルデ・リッジウェイ（Brunilde Ridgway,
1929-）もこの内的な方法論を踏襲し，アルカイック期からヘレニズム
期にかけてのギリシア彫刻の様式を論じる一連の著作を発表した[55]。
リッジウェイは，一般的に歴史上の出来事が芸術に影響を与えることは
あるとし，例えば厳格な様式は，「過去との断絶が，おそらく，ペルシ
ア戦争によって創出された緊張状態の当然の帰結だった」[56]ことを理由
として，一部説明がつくと述べる。また，より一般的に，時代精神も
依然として重要で，「前 5 世紀の作品群には，新しい関心，新しくより
（人間的な）着想が反映されている可能性を考えるべきである」[57]とも述
べている。内的な力学と，より広汎な時代精神や価値観の変化という同
様の組み合わせが，アンドリュー・スチュアート（Andrew Stewart, 1948
-2023）による古典期彫刻の到来に関する説明にも力を与えている[58]。彼

53）　Boardman (1985) 20.
54）　Carpenter (1960) を指す。
55）　文献表内 Ridgway の項目の著書すべてが一連の著作群を成している。
56）　Ridgway (1970) 6.
57）　Ridgway (1981) 12.
58）　Stewart (1990) 133-06.

の著作は 20 世紀の最後を飾る優れたギリシア彫刻史論である。

　様式の議論に終始することが多かった以上のような記述に挑戦を仕掛けたのが壺絵の研究者たちである。その最大の契機となったのは、壺絵画像の展覧会とそれに伴って出版された書籍『イマージュの世界——宗教と社会』[59]であった。仏語圏の研究者グループが、ルイ・ジェルネ研究所と協力し、かの機関が誇るギリシア文学・文化史の大家、ジャン＝ピエール・ヴェルナン（Jean-Pierre Vernant, 1914–2007）およびピエール・ヴィダル＝ナケ（Pierre Vidal Naquet, 1930–2006）らとともに出版した大作である。同書は、壺絵画家を枠組みとして扱うことを放棄し（事実、問題となる壺絵に署名があったとしても、その枠組みが個々の名前を抑え込んでいた）、その代わりに、アテナイの壺絵画家が様々な主題をどう扱い、彼らの描いた像が互いにどう呼応し合ったかを探求した。この著作は、およそ全体をとおして、様式や時代に伴う変遷を議論するような歴史書ではなく、その関心はむしろ、壺絵画家たちが自身の生きている世界をどう想像し描写したかという面に向けられた。これによって、壺絵を解釈する適切な文脈として個々の芸術家や時代から記述するスタイルは、「都市」という文脈で壺絵を解釈する方法に取って代わられた（「パウサニアス的転回」である）。「都市」の中でもとりわけ酒宴であるシュンポシオンの空間・活動に注目し、アテナイの壺絵画家が、壺を実際に使用した人々、特にシュンポシオンという男性社会の中心をなす場所で使用した人々の課題をどのように形にしたのかを初めて明らかにした（図 13.7）。同書の著者の一人、フランソワ・リッサラーグ（François Lissarrague, 1947–2021）が『イマージュの海——シュンポシオンの美的感覚』[60]において優れた筆致で描くのは、まさにこのシュンポシオンの世界である。同書は、壺絵画家が社会の課題を形にする様子を示しつつも、実質的に、前 580 年から前 400 年までのアテナイを変容のなかった社会と見なしたという自己の欠点の分析に至る。もし壺絵画家が社会の課題を形にしていたのであれば、彼らは社会的な需要にも応えていたであろうし、その需要が 180 年間にわたって全く変わらなかったとは、

　59）　Bérard et al. (1984) を指す。

　60）　Lissarrague (1987) を指す。本書第 12 章の著者による壺絵を用いたシュンポシオン考である。

図 13.7　嘔吐するシュンポシオン参加者の図
（前 5 世紀前半。カールスルーエ，バーデン州立博物館所蔵）

なかなかに考え難いのである。

4　古代美術史研究へのアプローチ —— 21 世紀

　1990 年代以降，多くの研究者が壺絵における特定のテーマの表現を歴史化しようと試みてきた。中でも重要な著作がアレン・シュナップ（Alain Schnapp, 1946–）による狩猟のイメージ論である[61]。しかし，アテナイの壺絵に描かれた図像がより一般的に同時代の出来事にどう反応しどう参画していたかという観点で研究者たちがこの問題に真剣に取り組み始めたのは，2000 年代に入ってからである。

　美術史と歴史の他の側面との関連を読み解く三つの試みを挙げておこう。リチャード・ニアー（Richard Neer）は，『様式と戦略——前 530 年から前 460 年頃のデモクラシーの創出』において，「アッティカの壺絵に，その歴史的偶然性をいくらか取り戻す」[62]ことを目指した。ニアー

61）　Schnapp (1997) を指す。
62）　Neer (2002) 183.

によれば，壺絵は「視覚が捉えた対象の複製に向けた着実な進歩」を見せるよりもむしろ，「自然主義的技法が，絵画的緊張状態をもたらし，描写における矛盾や曖昧さを創り出す手段として発展している」[63]ことを示したのである。そして，ビーズリーが「様式とは作り手そのものだ」[64]主張したのに対し，ニアーは「壺絵が持つ捉えにくい不確かな側面は，形式的特質であると同時に，イデオロギー的特質である」[65]と述べ，様式は政治的なものであると主張した。

こうしたニアーの議論が壺絵と密接に関係するのは，絵付けを施された壺がシュンポシオンという文脈に依存していたためである。壺絵画家の制作の裏には，彼ら自身もまた，酒，歌，娼婦や皮肉，快楽といった世界，つまりシュンポシオンの一員だったという事実がある[66]。ニアーにとって，三次元の世界を二次元で複製することは，見る者の目を欺く行為などではなく，むしろその次元のねじれから生まれる緊張状態を見る者に楽しんでもらうための行為であった。このことで，壺絵画家たちはシュンポシオンへの能動的な参加者となり，自身の社会的立場を改めて認識することが可能となった。そして，彼らは自らをシュンポシオン参加者として描き，その参加者としてお互いの名前を挙げるようになった。

ニアーが自然主義的な描写の核とみなす「曖昧さ」は，彼にとって，壺絵画家が用いるイメージの核でもあった。壺絵が，見る者の眼前に主題を提示しながら，見る者に対しそこに何を見出すべきか決して指示しない姿勢を，ニアーは本質的にデモクラティックなものと見る。例えば，アキレウスの武具の継承権をめぐり，ギリシア勢がアイアスかオデュッセウスかに投票する場面（図13.8）は，ニアーによれば，新しいデモクラシーの核であった投票という行為に直接的に言及するものである。さらに，挙手ではなく「机上での投票」を行う方法は，裕福なエリートたちの慣習をほのめかしてもいる。同様に彼が強調するのは，テ

---

63) 同書 5.
64) 同上。
65) Neer (2002) 2. Neer (1997) では，ビーズリーの主張を直接的に攻撃している。
66) Neer (2002) 86.

図 13.8　アキレウスの武具継承者を選ぶ投票の様子
（前 490 年頃。ポール・ゲティ美術館所蔵）

セウスも「僭主殺したち」[67]も同等にデモクラシーの英雄であり，かつエリート階級が持つ必要性の代弁者だという点である[68]。

しかし，ある面において，ニアーには少々踏み込みすぎるきらいがある。彼の言う前 530 年から前 460 年頃の壺絵が持つ曖昧さは，図像一般に固有の曖昧さなのであり[69]，壺絵を現実の複製と見るかただの連続した線の集合と見るかという問題も，やはり表現一般に固有の問題なのであって，その表現が自然主義的か否かという議論とは別のものである。とはいえ，壺絵がシュンポシオンにおける会話の中で役割を担っていたという彼の主張は，非常に価値が高く重要なものである。

ヴォルフガング・フィルザー（Wolfgang Filser）の『アッティカ高級陶器とアテナイのエリート』[70]は，絵付けのある壺は主としてアテナイのエリート層向けに作られ消費されたとの前提のもと，シュンポシオン，運動競技や戦車競走といったエリートたちの活動を描く壺絵をヒン

---

67) 前 514 年に当時のアテナイの僭主を暗殺したハルモディオスとアリストゲイトンの二人。暗殺の動機の一部は痴情のもつれだったと見られるが，これを契機に僭主政打倒の機運が高まったことからデモクラシーの英雄と見なされるようになった。
68) Neer (2002) 154-81.
69) Osborne (1984) を参照。
70) Filser (2017) を指す。

トに，アテナイのエリートの歴史を紐解く。政体がデモクラシーに代わっても，シュンポシオン参加者として描かれる者たちの属性に変化が見られないなど，壺絵が政治的出来事を直接には反映していないことを彼は繰り返し指摘するが，描かれる図像はそうした政治的出来事への反応によって決定されたとも述べる。つまり，政治的領域がエリートたちにもはや彼らの社会的特異性を主張する場を与えてくれなかったことを考えると，前500年頃の壺絵に見られるシュンポシオンの豪華さは，エリートたちがそうした場を見つけようとしていたことを反映しているのである。

フィルザーの方法論が導くのは，壺絵に見られる図像の変化は，それが描く対象物の実際の変化に直接的に関係していたとする主張である。フィルザーは，運動競技が描かれ続けた一方，シュンポシオンや戦車競走のテーマが人気を失っていったのは，これら三つの活動のうち運動競技だけが社会的・政治的変化の煽りを受けなかったからだと述べている。このアプローチの弱点は，議論がどちらかといえば常に恣意的に感じられる点である。ニアーとは対照的に，これらの議論は，いずれも，芸術そのものの実践から生じたものではないのである。

芸術を歴史化する三つの試みの最後として，私自身の著書『アテナイの変容』[71]を挙げておきたい。対象を赤像式壺絵に絞った同書は，異なる壺絵技法がもたらす異なる知覚情報によって議論が複雑化する可能性を排除するため，フィルザーと同様，神話でない場面を描いた壺絵を多く取り上げるが，壺絵の選択の根拠は，エリート層との関連という文脈ではなく，それらのテーマが描かれた頻度に基づく。しかし，フィルザーとは異なり，同書の主張と結論は，異なるテーマに見られる様々な変化に共通する要素をもとに構築している。つまり，表現の対象として選ばれた場面の種類が，戦争，運動競技，性的関係といった様々な主題にわたって似たような変化を見せるという事実が，歴史の他の側面が図像へ与えた影響を明らかにするものであると私は考えている。戦争における変化，特に海戦のはじまりが，壺絵の戦争描写の中で表現されるケースはほとんど存在しない。対照的に，性行為の場面は，実際に性

71）Osborne (2018) を指す。

336　　第 2 部　素材と受容

図 13.9　出征する歩兵と見送る女性の図
(前 5 世紀前半。ローマ，ヴィラ・ジュリア国立博物館所蔵)

行為が行われ続け，その背景や形式に変化があったわけではないことは確かであるにもかかわらず，壺絵においてはその頻度と性質という点で著しい変化を見せる。そして，暴力の描写は実際の個別的出来事ではなく「精神史におけるより長期のプロセス」[72]への反応だとするスザンヌ・ムート (Susanne Muth) の指摘に基づいて，私は，美術史を形づくるのは価値観の変遷であり，前 520 年頃から前 400 年頃に見られることは，個人間の競争に支配された文化が消滅し，協力や集団の団結を重んじる文化が取って代わったことであったと主張した[73] (図 13.9)。ここで問題となるのは，デモクラシーの到来そのものやそのおかげで競争の場がより開けたものになったということよりも，より発展したデモクラシーの中で大勢の社会参加が鍵となり，個人よりも集団が社会的責任を負うよ

---

72) Muth (2008) 637 (独語版), 644 (英語版).
73) Bažant (1985) は，短く簡潔な研究ではあるが，こうした議論の大枠を既に先取りしている。

うになったという事実なのである[74]。

5　結　び

　歴史は決して単一の物語ではない。人間生活のどの側面の歴史も，その側面に特有の要素と，より広汎な要素との両方によって左右される。古代以来，美術史を記述してきた人々は，それぞれのやり方で，芸術の内的なダイナミクスと，それがより広い人間の歴史のどこに位置付けられるかを理解しようと努めてきた。現代における古代美術史の記述には，ウィトルウィウスのようにその内的な要素を重視したり，大プリニウスのようにより広い政治的枠組みに位置付けようとしたり，あるいはパウサニアスのように，いわゆる文化史的な要素との対話をつうじて解釈したりと，様々な方法が見られる。これらのどのアプローチも芸術の異なる側面をより鮮明に描き出すが，同時に，芸術を人間が持つ他の歴史から過度に孤立させてしまう危険や，芸術が常に自らの問題を解決しようとしている方法を無視してしまう危険がつきまとう。美術史を形づくる様々な要素の中にバランスを見出すことこそ，美術史の記述が変わらず突きつけてきた課題なのである。

参 考 文 献

Bažant, J. (1985). *Les Citoyens sur les Vase Athéniens du 6e au 4e Siècle*. Prague.
Beagon, M. (1992). *Roman Nature: The Thought of the Elder Pliny*. Oxford.
Beazley, J.D. (1942). *Attic Red-Figure Vase Painters*. [2nd ed. 1963]. Oxford.
―――. (1951). *The Development of Attic Black-Figure*. Berkeley.
―――. (1956). *Attic Black-Figure Vase Painters*. Oxford.
―――. and Ashmole, B. (1932). *Greek Sculpture and Painting*. Cambridge.
Bérard, C. et al. (1984). *La Cité des Images: Religion et Société en Grèce Antique*.

---

74) アテナイの最高職アルコン（法律担当のテスモテタイを含む広義のアルコン）や後に実権を握ったストラテゴス（将軍）が，どちらも10人からなる委員会制度を取っていたことにも反映されているといえる。

Lausanne. (英訳：Bérard, C. et al. (1989). *The City of Images: Iconography and Society in Ancient Greece*. Princeton.)

Boardman, J. (1964). *Greek Art*. London.

―――. (1974). *Athenian Black Figure Vases*. London.

―――. (1975). *Athenian Red Figure Vases: The Archaic Period*. London.

―――. (1978). *Greek Sculpture: The Archaic Period*. London.

―――. (1985). *Greek Sculpture: The Classical Period*. London.

―――. (1989). *Athenian Red Figure Vases: The Classical Period*. London.

―――. (1995). *Greek Sculpture: The Late Classical Period and Sculpture in Colonies and Overseas*. London.

―――. (1998). *Early Greek Vase Painting*. London.

Carpenter, R. (1960). *Greek Sculpture: A Critical Review*. Chicago.

Charbonneaux, J., Martin, R., and Villard, F. (1969). *Grèce Classique*. Paris. (英訳：Charbonneaux, J., Martin, R., and Villard, F. (1972). *Classical Greek Art*. London.)

Fane-Saunders, P. (2016). Pliny the Elder and the Emergence of Renaissance Architecture. Cambridge.

Filser, W. (2017). *Die Elite Athens auf der attischen Luxuskeramik*. Berlin.

Gombrich, E. (1960). *Art and Illusion*. London.

Haynes, D. (1981). *Greek Art and the Idea of Freedom*. London.

Hutton, W. (2005). *Describing Greece: Landscape and Literature in the Periegesis of Pausanias*. Cambridge.

Isager, J. (1991). *Pliny on Art and Society: The Elder Pliny's Chapters on the History of Art*. Odense.

Jex-Blake, K and Sellers, E. (1896). *The Elder Pliny's Chapters on the History of Art*. London.

Lissarrague, F. (1987). *Un Flot d'Images: Une Esthétique du Banquet Grec*. Paris. (英訳：Lissarrague, F. (1990). *The Aesthetics of the Greek Banquet: Images of Wine and Ritual*. Princeton.)

Mau, A. (1899). *Pompeii: Its Life and Art*. London.

Muth, S. (2008). *Gewalt im Bild: das Phänomen der medialen Gewalt im Athen des 6. und 5. Jahrhunderts v. Chr.* Berlin.

Neer, R. T. (1997). 'Beazley and the Language of Connoisseurship', *Hephaistos* 15, 8–30.

―――. (2002). *Style and Politics: the Craft of Democracy, ca. 530–460 BCE*. Cambridge.

Nichols, M. (2017). *Author and Audience in Vitruvius' De Architectura*. Cambridge.

Osborne, R. (1984). 'The Myth of Propaganda and the Propaganda of Myth', *Hephaistos* 5–6, 62–70.

―――. (2018). *The Transformation of Athens: Painter Pottery and the Creation of Classical Greece*. Princeton.

Pater, W. (2021). *The Collected Works of Walter Pater*, vol. 8: Classical Studies. ed. by M.

Potolsky. Oxford.

Payne, H. and Mackworth Young, G. (1936). *Archaic Marble Sculpture from the Acropolis: A Photographic Catalogue*. London.

Pollitt, J. J. (1972). *Art and Experience in Classical Greece*. Cambridge.（ポリット，中村るい訳（2003）『ギリシャ美術史──芸術と経験』ブリュッケ.）

Pretzler, M. (2007). *Pausanias: Travel Writing in Ancient Greece*. London.

Ridgway, B. S. (1970). *The Severe Style in Greek Sculpture*. Princeton.

──────. (1977). *The Archaic Style in Greek Sculpture*. Princeton.

──────. (1981). *Fifth Century Styles in Greek Sculpture*. Princeton.

──────. (1997). *Fourth Century Styles in Greek Sculpture*. Madison; London.

──────. (1990). *Hellenistic Sculpture I: The Styles of ca. 331–200 B.C.* Bristol; Madison.

──────. (2000). *Hellenistic Sculpture II: The Styles of ca. 200–100 B.C.* Bristol; Madison.

──────. (2002). *Hellenistic Sculpture III: The Styles of ca. 100–31 B.C.* Madison.

Rowland, I. D. and Howe, T. N. (1999). *Vitruvius: Ten Books on Architecture*. Cambridge.

Schnapp, A. (1997.) *Le Chasseur et la Cité : Chasse et Érotique dans la Grèce Ancienne*. Paris.

Snodgrass, A. M. (2001). 'Pausanias and the Chest of Kypselos', in Alcock, S., Cherry, J., and Elsner, J. (eds.) *Pausanias: Travel and Memory in Roman Greece*. Oxford, 127–41.

Stewart, A. F. (1990). *Greek Sculpture: An Exploration*. New Haven.

Vout, C. (2018). *Classical Art: A Life History*. Princeton.

Winckelmann, J. J. (2006). *History of the Art of Antiquity*. Intro. by A. Potts, transl. by H. F. Mallgrave. Los Angeles.

作品和訳・日本語文献

ヴィンケルマン，田邊玲子訳（2022）『ギリシア芸術模倣論』岩波書店.

ヴィンケルマン，中山典夫訳（2001）『古代美術史』中央公論美術出版.

中野定雄・中野里美・中野美代訳（2021）『プリニウスの博物誌──第34巻-第37巻』雄山閣.

パウサニアス，馬場恵二訳（1991-92）『ギリシア案内記（上）（下）』岩波書店.

ペイター，富士川義之他訳（2002）『ウォルター・ペイター全集（2）』筑摩書房.

森田慶一訳（1979）『ウィトルーウィウス建築書』東海大学出版部.

その他日本語文献

ジーモン，芳賀京子・藤田俊子訳（2021）『ギリシア陶器』中央公論美術出版.

中村るい（2017）『ギリシャ美術史入門』三元社.

──────（2020）『ギリシャ美術史入門 2──神々と英雄と人間』三元社.

（末吉未来　訳）

14

聞く神話，見る神話
——ギリシア神話の表現とプロメテウス——

クレシミール・ヴコヴィッチ／末吉未来

> ギリシア神話は，古典学のあらゆる場面に顔を出す。詩，演劇，美術，歴史記述，法学理論など，何を論じるにしても，神話を無視することはできない。神話は一ジャンルではなく，古典作品のすべてにおいてその想像（と創造）の源泉となってきたがために，包括的に論じることには困難が伴うが，その困難に「挑戦」するべく，本章ではプロメテウスの神話を見ていくことにする。
>
> まずは，ヘシオドスの叙事詩に登場するプロメテウスの神話とその解釈に関する研究を紹介し，後代の作品の下敷きとなったプロメテウス像を概観する。次に，そのプロメテウス像が現代の創作にどう利用され，どのようなイメージを受け手に喚起しているかを簡単に紹介する。最後に，アイスキュロスの悲劇『縛られたプロメテウス』が示した，悲劇における神話のナラティヴの可能性について論じた上で，ジャンル横断的に古典の最重要部を占める神話の本質について，少し考察を加える。

1　神話を論じることの難しさ

　古典学は様々なジャンルを内包する。本書を構成する各章を見てみるだけでも，叙事詩，抒情詩，悲劇，喜劇，文献学，パピルス学，美術史学，哲学，歴史学，弁論術，宗教学，法学，人類学など，実に多様な表現形式や学問分野が名を連ねていることがわかるだろう。本章で論じる

14　聞く神話，見る神話　　　341

神話（あるいは神話学）も，一見すると，そうした他の分野と同等の立場で古典学の一角をなしていると思われるかもしれない。それこそが，神話学の書き手と読み手を待ち受ける大きな落とし穴である。

　古典の世界において，神話はジャンルであるようでジャンルではない。詩であろうが劇であろうが，哲学であろうが歴史であろうが，おおよそ古典ギリシアの文学作品と呼ばれ得るものの中で，神話に一切言及しない，あるいは神話を題材として一切用いない作品はおそらく存在し得ない。ギリシアにとって神話というものは，既知のコーパスの中から切り取られた任意の集合なのではなく，それらの集合すべての母体であるコーパスそのものに命を吹き込む，いわばイマジネーションの源泉のようなものなのである。

　このことは，本書のそれぞれの章が展開する議論からも明確に見て取れる。ヘシオドスが語る神々の物語（「神話」という語とイコールで結んでも差し支えないだろう）とオリエント神話との偶然を超えた類似性を紹介する第1章，ホメロスの両叙事詩を読むための方法論とそれが内包する問題を考察する第2章では，ギリシアの神々の世代交代やゼウスの王権確立，トロイア戦争といった神話上の出来事やエピソードが議論の根幹を成している。抒情詩（第3章）や喜劇（第5章），ローマ演劇（第6章）で題材となる作品では，トロイア戦争やヘレネといった要素が，聞き手や観客が当然知っているものとして言及される一方，悲劇（第4章）というジャンルは，他ならぬ神話が中心となって展開される劇作品の数々から成る。時代が下り，創作の場所がギリシアを離れても，この傾向に変化はない。ヘレニズム期やアウグストゥス時代の詩でも，アポロンやムーサといった神々は当然のように言及されるし（第7章および第8章），帝政ローマで活躍したソフィストたちは，ギリシア神話を主題に即興の弁論を披露した（第9章）。

　文献学（第10章）やパピルス学（第11章）が扱う写本やパピルスは，言わずもがな，神話に取材した様々なジャンルの作品を現代に伝える。媒体が壺絵や彫像といった視覚的なものになっても，その機能は同じである（第12章および第13章）。ギリシアの神々は，時にはローマに「輸入」され（第16章），また時には悲劇の上演という形で日本の舞台に現れることさえある（第17章）。16世紀に日本に伝わった「イソップの

話」には，例外的にギリシアやローマの神々への言及が見られないが，これは，ラテン語を伝えたキリスト教徒たちが異教の要素を意図的に排除した結果であったようだ（第18章）。

　最初の哲学者ともいわれるタレスは，ホメロスやヘシオドスが歌った神々に関する知恵の伝統を汲んでいたし（第19章），アテナイに修辞学をもたらしたとされるゴルギアスの代表作は，トロイア戦争の原因になったと非難されるヘレネを擁護する弁論である（第20章）。『イリアス』は，ギリシア人にとっての過去の記録であるという点で，歴史の一部を成すものであるし（第21章），最初期の裁判の様子を伝えるという点で，法学の議論にも欠かせない（第22章および第23章）。ギリシア宗教（第24章）は，神話の理解なくしては探究できないギリシアに特有の現象であるし，同じく非常に「ギリシア的」な存在の合唱隊（第25章）は，神話の場面を歌い，踊り，時には演じることで，神事において最重要ともいえる機能を担った。また，法と宗教が不可分であったギリシア社会をテーマにする際，神話上のエピソードを用いて法学や人類学の議論を展開することには何の不都合もない（第26章および第27章）。

　このように，ギリシア神話とは，古典学を構成するあらゆる分野の礎となり，古典に分類されるあらゆる創作の根源となったものであるため，あくまで古典学のサブジャンルである「悲劇」や「哲学」といったものと同じやり方で論じることは，少なからず不適切であり，多くの困難を伴う挑戦なのである。とはいえ，古今東西を通じて多くの人々にとっての古典学への入り口であり続けるギリシア神話という現象に紙幅を割かなくては，古典学の入門書としてはあまりに不完全になってしまう。

　そこで本章では，神話を論じることが持つ根本的な困難や不自由さを念頭に置きながらも，まずは，ギリシア神話の基礎となる十二柱の神々を概観する。オリュンポス十二神と呼ばれるこの神々は，ギリシア人が語る神話の至るところに顔を出す，彼らの生活や思想の根幹をなす存在である。次に紹介するのは，オリュンポス十二神に負けずとも劣らぬ知名度を誇るプロメテウスの神話である。人間に文明を与えたとされ，現代の科学技術という文脈でも頻繁に言及されるこの神は，古典ギリシア文学ではどのように描写されているのだろうか。また，プロメテウス神

14 聞く神話，見る神話　　　343

話という一つの題材は，ヘシオドスの叙事詩およびアイスキュロスの悲劇という二つの異なる表現形式において，それぞれどのように物語られているのだろうか。こうしたテーマに沿ってプロメテウスという神が持つイメージを検討したのち，改めて「神話とは何か」も考察してみたい。

2　ギリシアの神々 —— オリュンポス十二神

　ギリシア神話の世界には，数えきれないほどの神々が存在する。彼らを束ねるのがゼウスで，天空，雷鳴や稲妻の神である彼は，ティタン族との大戦に際しても神々を率いた。女神や人間（男女問わず）相手の色恋沙汰には事欠かず，その結果アポロンやディオニュソスといった神々や，ヘラクレスなどの英雄の父となった。ゼウスには兄弟ポセイドンとハデスがおり，各々が世界のそれぞれの領域を支配している。ポセイドンは海や大洋の神で，時に大地を震わすこともある。手にはトリアイナ（三叉槍）を握り，ニンフや河との間に多くの子をもうけている。叙事詩『オデュッセイア』では，主たる神格として英雄オデュッセウスを憎み，罰を与え，故国帰還まで 20 年間の放浪の旅を強いる。ハデスは死の神で，自信が司る冥界に住む（オリュンポス山の頂に住む他の神々とは対照的である）。妻のペルセポネは大地と農作の女神デメテルの娘で，地上から力づくで奪い，彼とともに地下に住まわせている。

　ゼウスの妻ヘラは婚姻と貞節の女神で，夫の情事に嫉妬しては，その相手やその子どもに罰を与える。中でも，ゼウスがアルクメネに生ませたヘラクレスの逸話が最もよく知られている。ヘラはヘラクレスに十二の難業を課したのみならず，最後には発狂させ，自らの子どもたちを手にかけさせたのだった。

　アポロンは詩人や歌の守護神で，ムーサからなる合唱隊を導く。輝くばかりの美しさから「ポイボス（輝く者）」とも呼ばれ，その像は竪琴と月桂冠を携えて表される。彼はまた多産と健康の神でもあり，息子アスクレピオスも健康の神とされる。ホメロスの叙事詩『イリアス』の冒頭では，ギリシア軍総大将のアガメムノンがアポロンの神官を軽視し，

344 第2部 素材と受容

神官の娘を返さなかったことから，アポロンは怒りに駆られトロイアに
駐留しているギリシア軍へと疫病を放つ。アポロンにはアルテミスとい
う双子の姉妹がいる。彼女は弓矢を携え，動物を狩ったり人間を撃ち抜
いたりする。狩猟と出産の女神でありながら，自身の処女性に誇りを持
ち，彼女を欲した男たちを数多く手にかけてきた。一例として，狩の途
中だったアクタイオンは，彼女が湖で水浴びしているのを偶然目にして
しまった。アルテミスは彼を鹿の姿に変え，彼自身の猟犬に狩られ，生
きたまま引き裂かれるよう仕向けたのであった。

　アプロディテは愛の女神である。ヘシオドスによれば，彼女はクロノ
スが父ウラノスを去勢した際にその性器から発生した泡 aphros から生
まれたとされる。彼女は魅力的で美しく，最も見目麗しい女神であり，
ヘパイストスという夫がありながら，アレスを愛人としている。彼女が
トロイア戦争の原因になってしまった際の有名な逸話がある。アキレウ
スの両親となるテティスとペレウスが結婚式を挙げているところへ，争
いの女神エリスが「最も美しい者へ」と書かれた黄金の林檎を投げ込ん
だ。ヘラ，アテナ，アプロディテの三女神がこの称号を競い，さながら
古代版ミス・ユニヴァースの様相を呈す。女神たちは判断をゼウスに委
ねるが，大神はそれを拒否し，トロイアの王子で当時は羊飼いであった
パリスに決定権を譲る。それぞれの女神が，選出してもらった暁にはと
贈り物をパリスに約束すると，パリスはアプロディテを選んだ。彼女の
約束とは，世界で最も美しい女性をパリスの妻にすることであった。そ
の女性ヘレネは，その時すでにギリシアの王メネラオスの妻だったため，
パリスは彼女を掠奪してしまった。ヘレネを取り戻すべくギリシア
勢がトロイアを攻めたことで，トロイア戦争が開戦したのであった。

　ディオニュソス（あるいはバッコスとも）は酒と葡萄の神であり，カ
ドモスの娘セメレとゼウスとの間に生まれた。ヒョウの毛皮をかぶり，
蔦でできた杖を携えた様子で描かれる。彼を信奉する女性たちは「マイ
ナデス」と呼ばれ，性的な放埓を特徴とする（酒池肉林に相当する英語
「orgy」は，この神の儀礼に由来する）。神話によれば彼は二度生まれたそ
うで，一度めは母から，二度めは父ゼウスの腿から誕生したらしい。と
いうのも，ディオニュソスの母セメレは，ゼウスに彼の神性をすべて見
せ，正体を明かすよう頼んだが，人間である彼女はその顕現に耐えられ

14 聞く神話，見る神話 345

ず，その場で落命してしまう。セメレの胎内にいたディオニュソスは，ゼウスに救い出されて腿に縫い付けられ，誕生の月が満ちるまで父神の腿の中で成長した，というわけである。

神々御用達の鍛治ヘパイストスは，様々な道具や武具を作っては神々に提供する。トロイア戦争随一の英雄アキレウスに，大楯とまばゆく輝く鎧を作ったのも彼であった。彼の足が不自由なのは，一説には，彼を生んだばかりのヘラが，その醜さに驚くあまり，赤子のヘパイストスをオリュンポスの高みから地上へ投げ落としてしまったからとも言われる。

アテナは叡智，知識，戦争の女神である。ゼウスの娘だが母親はいない。ゼウスが知力の女神メティスを飲み込んだとき，大神の額から飛び出てきたのだった。このように，彼女は生まれながらにして処女性と結びつき，自身もそれを保っている。彼女は多くの英雄の冒険を支え，様々な儀礼をもってギリシア全土で崇拝されたが，中でもアテナイのパルテノン神殿が目をひく。「若い乙女」を意味する「パラス」とも呼ばれ，フクロウが彼女の象徴である。手に携えた楯には，彼女自身がゴルゴンへと変えた少女メデューサが，蛇を頭に生やした怪物の姿で描かれている。

ゼウスとマイアの子ヘルメスは，神々の使者として働く。伝令，外交官，商人や旅行者に加え，牛や馬の守護神でもある彼は，足には翼の生えたサンダル，頭には兜，そして手には2匹の蛇が絡まる杖（カドケウスの杖）を装備している。アプロディテの数多いる愛人の一人であり，彼女との間に両性具有の肉体を持つヘルマプロディトスをもうけた。ゼウスから「お使い」を仰せつかることもしばしばで，ゼウスの数多いる愛人の一人イオの監視のためにヘラが置いた百眼の怪物アルゴスを退治してきたこともある。

最後を飾るアレスは，戦争および戦士の神であり，楯，兜，槍や剣を伴って描かれる。戦闘に際してギリシア人はこの神の加護を祈った。アプロディテとの情事はよく知られており，ヘパイストスによって透明な網で捕らえられた素裸の二人が，他の神々の笑いものになったこともあった。

346　　第2部　素材と受容

3　ギリシア神話のはじまり —— ヘシオドスが語るプロメテウス神話

　ギリシア神話のはじまりには，二人の詩人がいる。後代のギリシア人の思想に様々な領域で影響を及ぼした彼らは，ホメロスとヘシオドスといい，両者とも前7世紀に活躍したとされる。ホメロスについては，何世紀にもわたって，その実在や，『イリアス』と『オデュッセイア』の両叙事詩を作ったか否かという点に疑義が呈されてきた一方，ヘシオドスが『神統記』および『仕事と日』を著したということは，おおよそ確実だとされてきた。『神統記』はギリシア神話叙述の礎であり，この種の作品では最古のものとされている[1]。

　ヘシオドスの叙述は創造された世界 kosmos の端緒から始まり，それがどのようにして生まれたかを語る。彼によれば，はじめにあったのは，ただカオス（巨大な裂け目），エロス（愛あるいは魅力）とガイア（大地）のみであった。ガイアは新しい神々を次々と生み出すようになり，その中でもウラノス（天空）が勢力を持った。ガイアは，今度はウラノスとの間に強大な力の巨人ティタン族を生み，その中で最も力の強かったのがクロノスであった。やがてクロノスは父ウラノスに反旗を翻し，父を去勢して権力の座を奪ったはいいが，自身も息子から同じ目に遭わされるのは御免とばかり，妻のレアが生む子たちを片端から食べてしまうことにした。この繰り返しに飽き飽きしたレアは，名案を思いつく。ゼウスを生んだ際，赤子の代わりに大石を産着にくるんでクロノスに貪らせたのだ。かくしてクロノスが裏切られた一方，ニンフによって密かに養育されたゼウスはいよいよ力をつけていった。父クロノスから実権を簒奪した後，父が飲み込んでいた自身のきょうだいたちを吐き出させ，地上を徘徊する巨大な怪物ティタン族に対して戦を開いた。その結果，ティタン族のほとんどは地中深く，タルタロスの淵の暗闇に囚われることとなった。ほとんどと言ったのは，他の形でゼウスに戦いを挑んだティタン族もいたからだ。

---

1)　West (1966).

14 聞く神話，見る神話

　ティタン族の中で異彩を放つ存在がプロメテウスである。他のティタンたちとは異なり，彼はゼウスその人の権威に果敢にも挑んだのであった。この物語は「黄金時代」という神話の一時代に設定されている。神々と人間が分たれる以前，至福の調和をもって共に暮らしていた時代である。プロメテウスは，人間の代理として父神ゼウスに犠牲を捧げようと，雄牛を屠ってその肉を不均等に分け，神々が損するよう配分した。すなわち，一方の器には骨を盛って上から脂肪で覆い，肉が沢山隠されているように見せかけ，もう一方の器には実際に肉を沢山盛り，それを醜い胃袋で包んだのである。ゼウスは，この企みに気付いていながら，肉の少ない骨だらけの器を選んだと言われているが，プロメテウスのこの行動に対しやはり怒り心頭に発したのであった。お返しとばかりにゼウスは人間から火を取り上げ，使えないようにしてしまうが，プロメテウスはまた神々から火を盗み，人間に返してやった。怒りに燃えるゼウスは，今度はパンドラを創った。見目麗しいパンドラはすべての神々からあらゆる能力を贈られており，魅惑的で不誠実な女性である。ゼウスはパンドラに「種々の禍悪が詰まった甕」を渡し，プロメテウスの考え無しの弟エピメテウスの元へ送り込むと，やはり彼は後先を考えずに甕を開けてしまう。甕からは病，苦，死といったあらゆる禍悪が世界中に飛び出し，中には希望だけが残った。

　この複雑に絡み合った神話から生じる多様な連想の一例として挙げられる事柄は少なくないが，後世に最も影響を及ぼした解釈の一つであるジャン＝ピエール・ヴェルナン（Jean-Pierre Vernant, 1914-2007）の理論[2]を見てみよう。構造主義理論に基づいてこの神話を分析するヴェルナンによれば，プロメテウス神話が表すのは人間の条件の諸様相である。第一に，雄牛の犠牲の場面が，世界における人間の立ち位置を確立する。人間は神と動物の中間に位置し，より劣る存在である動物の命をもらい，より優れた存在である神に捧げる。この行為をとおして，人間は，神には劣るが動物よりは優位であるという自らの存在を自覚するのである。第二に，プロメテウスが人間に取り返してやる火によって，人間

---

2)　Vernant (1980) 183-202. 同じ論文の別訳が Gordon (1981) に Vernant (1981) として収録されている。

は，生命維持に欠かせない調理などに加え，金属加工などのより進歩した技術をも入手する。火が象徴するのは人間の機知，技術や革新なのである。第三に，この神話の唯一の女性であるパンドラは，最後になってようやく登場し，女性嫌悪主義的な視点から「禍悪」として描かれる。人間は本質的に二つの性に分れており，この区別が人間存在の根本にあるのだ。つまり，生殖しなければ人間は滅びるのである。男性と女性は二つの性として区別されるが，種の存続のために子をなすべく一体となる。最後に，プロメテウス神話が強調する人間の最たる特徴の一つは欺瞞である。ヘシオドスが何度も繰り返すように，プロメテウスがゼウスを欺こうとするのは，人間がいつも互いに騙し合いをしているからに他ならない。事実として，人間の条件の規定に不可欠なのは話す能力であると言える。動物とは異なり，人間は意思の伝達のために複雑な言葉を用いるが，その言葉が本当に表現したい感情や思想，現実などと完全に一致するためしはない。よって，「私は神であるあなたにこの動物を捧げます」という簡潔な一節さえ誤解を招き，様々な疑問も尽きないのである。例えば，この文の「私」とは一体誰だろうか。「私」はなぜその神に動物を捧げるのだろうか。「捧げる」といっても，動物を丸ごと一体なのか，それとも一部のみなのだろうか（プロメテウスが捧げたのは価値のない部分のみだった）。こうした視点から見ると，話者の意図はどうあれ，言葉は欺くものだと分かる。ヴェルナンによれば，プロメテウス神話は多義性に満ちており，様々な解釈ができる様々な要素を対照して示しているのである。

　今度は「希望」の例を見てみよう。パンドラの甕からすべての禍悪が放たれたあと，最後に残ったのがこの「希望」であった。このエピソードは，人間にはまだ希望が残されているということを表すのだろうか。「希望」は本来喜ばしいもののはずだが，だとしたらなぜ禍悪と一緒に甕に入っていたのだろうか。ヘシオドスが用いたギリシア語「エルピス*elpis*」が，「希望」のみならず「予期」も意味するという事実が，解釈をさらに複雑にする。つまり，「エルピス」は，前向きな予想（「勝つことを希望している」）にも，後ろ向きな予想（「負けることを予期している」）にも使用できるのである。希望によって，人間は「未来を知りながら」ではなく「より良い未来を期待しながら」生きることができる。すなわ

ち，人間存在の最も根本的な側面であり，人間存在を（「不死の」神々に
対置して）規定する避けようのない事実である「死」を覆い隠すのが希
望なのである[3]。

　端的に言えば，プロメテウスの神話が物語るのは，人間の条件の根
幹をなす諸要素である。この神話は，人間であることの意味を探ろうと
する試みなのであり，遠い時代のギリシアで生まれたにもかかわらず，
現代を生きるわれわれにも大きな意義を持ち続けている。

4　「プロメテウス」が持つイメージ —— 現代のプロメテウス

　プロメテウスの存在こそが，人間を人間たらしめている，すなわち，
神でも動物でもないものとして人間を規定しているとギリシア人が考え
ていたことは，前節で論じたとおりである。現代でも，特に自然科学の
分野や，それに関連する創作の中でこの名前が言及される事例は枚挙に
いとまがないが[4]，そうした場合，プロメテウスのどういった側面に焦
点が当てられているのだろうか。

　近年の例で最も興味深いのは，本国アメリカで 2023 年に公開され，
日本ではその内容のセンシティヴさから一時公開が議論された映画
『オッペンハイマー』であろう。理論物理学者ロバート・オッペンハイ
マー（J. Robert Oppenheimer, 1904-67）のケンブリッジでの不遇な学生時
代から原爆開発の成功，続く失脚やその後の人生を描いたこの作品は，
『オッペンハイマー：「原爆の父」と呼ばれた男の栄光と悲劇』という伝
記本を原作とする。邦訳には反映されていないが，この書籍の原題は
American Prometheus: The Triumph and Tragedy of J. Robert Oppenheimer
という。実際，映画中にも，原爆開発計画を指揮するオッペンハイ
マーが，同僚の物理学者から「君はアメリカのプロメテウスだ」と声
をかけられるシーンが登場するし，メインの劇中歌の曲名も "American
Prometheus" である。しかし，オッペンハイマーが「アメリカのプロメ

---

　3)　Dougherty (2006).
　4)　同書 117-41.

テウス」と表現される場面には、これといった文脈も注釈もない。プロメテウスは唐突な比喩として登場し、オッペンハイマーの立ち位置を明確に定義して去っていく。原作の伝記本とは異なり、映画のタイトルにはプロメテウスという語が含まれず、劇中歌のタイトルもエンドロールで初めて判明するだけに、この場面はより際立ったものになる。人類の歴史を変える可能性を持つ発明にいよいよ成功しようとする学者を「プロメテウス」と呼ぶ場面は、元になった神話におけるプロメテウスの特徴を鑑賞者がある程度まで知っていることを前提として挿入されたのかもしれない。

　プロメテウスの名前は、フィクション、ノンフィクションの別を問わず、宇宙にまつわる文脈でもよく言及される。現在までに200以上が確認されている土星（Saturn＝羅サトゥルヌス＝希クロノス）の衛星のいくつかが1980年に新たに発見された際、そのうちの一つが後年プロメテウスと命名された。付近にはエピメテウスやパンドラといった名が付いた衛星も存在する。また、木星（Jupiter＝羅ユッピテル＝希ゼウス）の衛星の一つイオにおいて1979年に活火山が発見された際、人間に火を与えたとされる神話から、プロメテウス火山と名付けられることとなった[5]。こうした命名は、土星や木星、その衛星のイオといった、新発見当時に既に知られていた天体からの連想によるところが少なくないだろう。クロノスやプロメテウスが属するティタン族とゼウスとの対決については、前節で紹介したとおりであるし、ゼウス、イオ、プロメテウスの三者にまつわる複雑な因縁は、後述のアイスキュロス『縛られたプロメテウス』の主題の一つである。

　宇宙世界を題材にしたフィクションにおけるプロメテウスといえば、2012年公開の映画『プロメテウス』が思い出されるかもしれない[6]。大ヒットSF映画『エイリアン』シリーズの前日譚として制作されたにもかかわらず、その後公開された同シリーズの『エイリアン：コヴェナン

　5）　これら二つの「プロメテウス」の発見は、両者とも無人宇宙探査機ボイジャー1号の成果である。

　6）　Buxton (2022) 21-46 は、この映画『プロメテウス』をはじめ、古代の壺絵、中世から近現代の絵画など、多様な芸術作品に見られるプロメテウス像を紹介する。

14　聞く神話，見る神話　　351

ト』や『エイリアン：ロムルス』[7]とは異なり，タイトルに『エイリアン』を冠さないことにより，「プロメテウス」という語そのものに鑑賞者の目を向けさせるのがこの作品の特徴である。そこでは，宇宙船プロメテウス号の乗組員が，ギリシア神話のプロメテウスを「人間の神の位置まで高めようとして，オリュンポスを追われた」存在と解釈しつつ，「われわれ人間を創造した」とされる地球外生命体（劇中では「エンジニア」と呼ばれる）を発見するべく探索の旅に出る。

　『オッペンハイマー』と『プロメテウス』という，二つの近年の作品に共通するプロメテウス像として，人間の能力や人間存在の価値をより高める（可能性を持つ）存在であるという要素が挙げられる。これは，ヘシオドスの神話やアイスキュロスの悲劇から受け継がれた発想でもあるだろう。ヘシオドスが示したとおり，プロメテウスが人間に与えた火は人間の機知や技術の象徴であり，後述のアイスキュロスが描くプロメテウス本人が（半ばうんざりしながら？）語るところによれば，自身が色々なものを与えるまで，人間は何も持たない愚かな存在に過ぎなかったのである。『オッペンハイマー』や『プロメテウス』が，アイスキュロス版プロメテウスのように人間を無力で無価値なものとして表現する場面はないが，戦争を終わらせうる新たな発明を可能にした学者や，地球にやって来て人間を創造したとされる[8]より高次の地球外生命体を「プロメテウス」の地位に置くという発想の根底には，人間をより発展させる何かを与えてくれるという，古来より固定的なプロメテウスの役割が見て取れる。

　プロメテウスへのポジティヴな言及は，同時に，そこからの転落，暗い未来をも仄めかす。人間に肩入れし過ぎたプロメテウスは，ヘシオドスでも後述のアイスキュロスでも，ゼウスの逆鱗に触れる。その結果の惨事が，ヘシオドスではパンドラの甕から飛び出す厄災であり，アイスキュロスではプロメテウス本人への肉体的な責苦である。「アメリカの

---

　7)　ここにもまた，神話への明らかな言及が見られる。ローマの建国者ロムルスの詳細については，本書第15章および第16章を参照のこと。
　8)　Dougherty (2006) 17によれば，早ければ前5世紀のアテナイでは，プロメテウスが泥から人間を創ったとする神話が知られていたらしい。ただし，プロメテウス崇拝はアテナイでは盛んだったものの，ギリシアの他の地方では比べるべくもなかったようである。

プロメテウス」と賞賛されたオッペンハイマーは，自身が開発した兵器が実際に使用され，多くの犠牲者を出したと知るや，「私は世界の破壊者になった」と自己を規定し，また，人間を創った高次の存在を求めた「プロメテウス号」の乗組員は，まさに人間の知恵の結晶ともいえるアンドロイドの裏切りにあって全滅する。新しいもの，未知のものを求める行為は，危険な逸脱と常に隣り合わせにある。人間に知恵を授けるという，一見すると善行のように見えるプロメテウスの行為も，それまでの世界が保っていた調和を破壊したという意味では，ネガティヴな結果を招くものだったのである。

5　プロメテウスの過去，現在，未来
── アイスキュロスが見せるプロメテウス神話

　前節では，現代の創作，特に映画という視覚表現の中に現れるプロメテウスについて紹介してきた。しかし，本章のタイトルが示すとおり，神話の表現形式は実に様々であり，そのはじまりにあるのは，ホメロスやヘシオドスといった詩人たちの歌や語りであったことを忘れてはならない[9]。ギリシアの人々は，日々の生活の中で膨らませた想像から詩を作り，そこで歌われる神話を聞くことで，想像をさらに豊かにした。そうして育まれた想像力が生み出したのが，古代版の映画と言っても過言ではないだろう，動く視覚芸術たる演劇である。プロメテウスを主題にした中で，現存する唯一のギリシア悲劇であるアイスキュロス作[10]『縛られたプロメテウス』は，さながら映画のごとき臨場感で，罰を受けるプロメテウス本人の過去，現在，未来を観衆に語って聞かせ，演じて見せる。

　特定の神話を 1 人の詩人が歌った場合と，最大 3 人の俳優に加え，

---

　9)　二つの作品の両方でプロメテウスのエピソードを歌うヘシオドスとは対照的に，ホメロスはプロメテウスに一切の言及をしない（Dougherty (2006) 27）。ホメロス（とプロメテウス）の後代への影響の大きさに鑑みるに，これは非常に興味深い現象であるが，この問題に立ち入るのは本章の目的ではない。

　10)　作品の構成や文体から，『縛られたプロメテウス』のアイスキュロスへの帰属を疑問視する現代の研究者も多い。Griffith (1977), (1983) 31-35 参照。

12人ないし15人のコロス（合唱隊）が演じた場合とでは，その表現に様々な差異が生まれることは言うまでもない。何よりも，演劇では役者たちが仮面と衣裳を着けて役になりきり，一人称で物事を語ることができる[11]。『縛られたプロメテウス』は，演劇が持つこの特徴を最大限に利用した作品の一つであろう。多くのギリシア悲劇作品では，役者が演じるキャラクターが入れかわり立ちかわり登場することが常であるが，『縛られたプロメテウス』の主役のプロメテウスは舞台上に出づっぱりである。プロメテウスがなぜ舞台を下りられなくなってしまったのか，その背景を明らかにしながら，この作品のあらすじを簡単に見ていこう。

　劇の冒頭（1-87行），プロメテウスは，クラトス（「力」の神格化）とビアー（「暴力」の神格化）によって罪人として引き立てられながら入場する。場面は険しい山の頂上。オリュンポス十二神の一柱，ヘパイストスも一緒だ。なんでも，神でありながら仲間を裏切り，人間に肩入れしたことの罰として，プロメテウスはこの山頂で岩に縛り付けられなければならない。鍛治の神ヘパイストスは，血縁関係にあるプロメテウス[12]を苦しませることに前向きではないが，ゼウスの命とあってはやむなしと，この主人公の身体を鎖で縛る。まさにこの物理的な理由により，プロメテウスは常に舞台上に晒されることになるのだ。プロメテウスの現在が，ここに規定された。

　この先は，縛られてしまったプロメテウスの独白や，他の登場人物およびコロスとの対話によって劇が進行する。まず，プロメテウスの一人称の独白（88-127行）をつうじて，自身が神であり未来を見通す能力を持つこと，火や生きるための様々な技術を人間に与えたこと，その咎でゼウスに罰されていること，そのゼウスは権力を掌握したばかりのさながら暴君であることなどが順々に明らかになる。独白ののち，オケア

---

11) 言語の視覚化や演技の言語化など，視覚芸術としての演劇に特有の要素や，ギリシア悲劇の題材となり脚色された神話にまつわる議論の詳細については，本書第4章を参照。

12) ヘパイストスはヘラの子で，ウラノスとガイアの孫。プロメテウスの血統は，神話によって伝承が異なるが，この作品ではウラノスの娘テミスの子とされ，さらにテミスはガイアと同一視される（209-10行）ため，ヘパイストスにとってはおじに相当する。Griffith (1983) 85によれば，ヘパイストスは，こうした血縁関係よりもむしろ，火とそれがもたらす技術の神であるという両者の機能上の共通点を重要視しているとされる。

ノスの娘たちから構成されるコロスが入場歌を歌いつつ入場し（128-92行），プロメテウスとの対話に入っていく（193-283行）。若き権力者ゼウスを恐れ，プロメテウスに同情を見せるコロスに対し，プロメテウスは，ゼウスがいつか自身の能力を必要とする日が来る，と予言じみたことを口にしつつ，なぜ自身がゼウスと対立するに至ったかを振り返る。ゼウスが父クロノスに反旗を翻した時，彼はプロメテウスの助けもあって権力の掌握に成功したのだが，王座を得るや否や人間を軽視し，滅ぼそうとさえ企む。これに介入し，人間を救ったがために，プロメテウスはゼウスとの対立関係に陥ってしまったらしい。プロメテウスの過去が，徐々に語られていく。

コロスの父オケアノスからの，長いものには巻かれろという忠告（284-396行）を受け流し，世界中がプロメテウスの運命を嘆いていると歌うコロスの歌唱と舞踏（397-435行）を目撃したのち，プロメテウスは再びコロスと対話する（436-525行）。プロメテウスは，ここでもまた過去を振り返り，愚かで何も知らない人間に与えた様々なものをとめどなく列挙する。数学，科学，文字，芸術，航海術，病の治療法，夢占い，鳥占い，神への捧げ物のやり方など，生活の一から十までの知識を，彼は人間に教えたのだった。人間への過干渉を諌めながら，コロスの本当の関心はゼウスの未来にある。しかし，ゼウスが権力を追われそうになり，プロメテウスの力を必要とするのはいつなのか，ここではまだ明かされない。過去は語られるが，未来は仄めかされるにとどまる。

ゼウスを恐れ，その怒りの矛先を向けられませんようにと祈るコロスの歌唱（526-60行）が終わると，イオが入場する。ゼウスの愛情を拒絶し，罰として放浪を余儀なくされる乙女イオは，全く同じ立場にいるプロメテウスを前に独白をし，対話を行う（561-886行）。イオの身の上話から，主題は未来にシフトし，プロメテウスは放浪するイオに行く先を示す。そして，作品をとおしての謎であったゼウス失脚の原因がとある結婚[13]であること，それを食い止めるためにはそのシナリオを知るプロ

13） 本文中では「父を超える息子を産む女性との結婚」としか語られないが，これはテティスとの結婚を指す。多くの伝承では，テティスは人間ペレウスと結婚し，父をはるかに凌ぐ英雄アキレウスの母となった。ゼウスもその父クロノスも，それぞれ父親から権力を奪い取ったのであるから，テティスが産んだゼウスの息子が同じことを達成しても何ら不都合

14 聞く神話，見る神話 355

メテウスが解放される必要があること，そして彼を解放するのがイオの
遠い子孫（名は出ないがヘラクレス）であることが遂に明かされる。ゼウ
ス，イオ，プロメテウスを結びつける複雑な因縁が，未来の出来事とし
て示されたのである。

　イオを見送ったコロスは，神から関心を寄せられる恐ろしさを歌う
（887-906 行）。それに対し，ゼウスさえもいつかは滅びるのだし，その
うちゼウスの方から助けを求めて誰かを送り込んでくるだろうというプ
ロメテウスの予言（907-40 行）は，即座に的中する。劇も終盤を迎えた
頃，ゼウスの使者ヘルメスが登場し，二柱の神の間には一触即発の空気
が漂う（941-1093 行）。ゼウスを破滅させる運命，すなわち，例の結婚
とは何か教えよと詰め寄るヘルメスを軽くあしらったプロメテウスは，
ゼウスのさらなる怒りを買い，いずれにせよ自分は不死身だと言い残し
つつ，ゼウスの起こした雷鳴と地響きの中へと消えていく。プロメテウ
スの現在は，これをもって観衆の前から姿を消す。

　あらすじとしてはいささか長くなり過ぎてしまったが，ここで特に強
調しておきたいのは，演劇という形式がプロメテウス神話に与えた表現
の可能性についてである。ギリシア悲劇の舞台の上では，役者が仮面と
衣裳を着けることで役になりきることができたというのは既述のとおり
である。つまり，『縛られたプロメテウス』では，神の仮面と衣裳でプ
ロメテウスとなった役者が常に舞台上に存在し，終幕まで観衆の眼前を
離れることがない，ということになる。一人の詩人による神話の語りと
比較してイメージしてみると，これは何たるインパクトであろうか。神
は可視化され，岩に縛られ罰を受けている。のみならず，自身の過去や
未来を，劇中の対話相手に，また，それを飛び越えて客席に座る人々
に，語り聞かせるのである。まさに「神」自身が語る「神」の「話」と
しての「神話」であり，より本質的な一人称のナラティヴを体現してい
ると言えよう。

　確かに，過去や未来の話はすべてが登場人物の言葉で描写されるだけ
で，実際に舞台で演じられるわけではない。目に見えているのは，プロ

はないだろう。しかし，このシナリオは実際には成就せず，ゼウスは神々の王であり続けた。
ウラノス，クロノス，ゼウスと続く王権交代の神話と，ヒッタイトが伝える同様の神話との
類似性については，本書第 1 章を参照。

メテウスが縛られ，そこに他の神や人間が入れかわり立ちかわり現れては去っていく，その「現在」に過ぎない。しかし，仮にすべてを視覚化して演じてしまえば，言葉が生み出す効果は著しく減少し，神本人が自身の神話を語るという設定を生かしきることはできないだろう。ヘシオドスがプロメテウスの過去を語った一方，アイスキュロスは現在を目の前に提示し，それを起点に，見えない過去と未来を語らせた。これは，他でもない，演劇という表現形式が可能にしたことであり，アイスキュロスはその潜在能力を利用し尽くしたのである。

6　神話の正体

　本章の冒頭で，古典の世界の神話はジャンルではないと述べた。実際に，プロメテウス神話ひとつを取ってみても，叙事詩，ギリシア悲劇，現代の文芸作品や映画などの題材となり，想像力の源泉となっていることが，ここまでの議論で明らかになっただろう。神話は時に歌われ，時に演じられ，また，時間と空間を隔てた先でも，特定のイメージを喚起するために言及される。神話は実に柔軟で，ありがたいことに，著作権がない。誰がどのように改変し，どのように作品に利用しても，誰かの怒りを買ったり，罰せられたりすることは決してない。古典の中であれば，それは伝承の違いに過ぎず，現代であれば，独創性あふれる受容，とでも呼ばれるところであろう。

　では，神話の正体とは一体何であろうか[14]。ことギリシア神話に関していうと，「神」が主題である必要はないが，「話」であることは必須である。プロメテウスの話を「神話」に分類するのと同様，われわれは「アキレウスの神話」や「アガメムノン一家にまつわる神話」などと表現し，そこに違和感を覚えない。しかし，いくらアキレウスやアガメムノンが神の血を引き，彼らの運命の背後には常に神々の意図が存在するとはいえ，プロメテウスとアキレウスやアガメムノンが同程度「神」で

---

　14)　神話の伝統的な定義や，神話を指す様々な用語については，Graf (1993) を参照。この本は，ギリシア神話の近現代における解釈から，古代の様々なジャンルにおける利用まで，簡潔にかつ包括的にまとめた，神話の優れた入門書である。

14 聞く神話，見る神話　　　357

あるとは到底言えない。彼らの半分，またはそれ以上が人間であるのに
対し，プロメテウスは純粋な神である。そこにある差は，ギリシア世界
においては決して埋まらないのだ。

　しかし，神話は常に「話」，すなわち，ナラティヴの体をなしている
必要がある。「ゼウスはクロノスの子である」という一片の情報に登場
するのは確かに神だけだが，これを神話と呼ぶことはできない。ゼウ
スがどういう経緯をたどってクロノスを父として生まれ，何が起きて簒
奪が可能になったのかなど，背景にある物語や神同士の関係，そしてそ
れがどう現在を説明し規定するかを，人は聞き，読み，納得したいもの
なのだ[15]。神話は，もちろん人間の観察眼や想像力の産物であるが，そ
のナラティヴを耳にし，目にすることで，想像力にはさらに拍車がかか
る。こうした循環のおかげで，ギリシア神話は，古代ギリシアから時間
も空間も隔て，古典という文脈を失ってしまった現在においても，人々
の創作の源泉であり続けているのである。

参　考　文　献

　プロメテウスについての読みものとしては，Dougherty (2006) をお勧めしたい。古
典文学作品から近現代の美術に至るまで，プロメテウスがどうイメージされてきた
かが，簡潔に，平易な英語でまとめられている。Graf (1993) は，ギリシア神話が古
典の様々なジャンルに現れ，近代以降に受容されてきた様子を，時系列で，またジャ
ンル別に紹介する。こちらの英語も非常に読みやすい。神話のナラティヴ研究を掘
り下げてみたい読者は，Buxton の一連の作品に「挑戦」してみるといいだろう。無
駄がなく，言葉の全てに説得力を感じさせる。古典学への人類学的，あるいは構造
主義的アプローチに関心があれば，Gordon (1981) や Vernant の作品群にあたって
いただきたい。

　本章では触れなかったが，神話といえば星座や占星術を連想する読者も多いだろ
う。古代の天文学をまとまった形で伝える最古の作品『アストロノミカ』が，竹下
訳（2024）で出版された。文庫で簡単に手に入るのがありがたい。また，『縛られた

---

　15)　Buxton (1994) 9 によれば，どんな物語であれ語り手の目的は人を納得させること
であり，そのためには真実そのもの，あるいは真実らしいことを語らなければならない。こ
れは，簡潔ながら神話の本質を突いた表現である。神話研究の大家である同著者の Buxton
(2013) は，ギリシア悲劇において特定の神話のどういった側面がどういった目的で利用され
ているかを詳細に論じる。

プロメテウス』の続編として上演されたらしいが散逸した『縛を解かれたプロメテウス』を，シェリーが書き直したとされる詩も，後代における興味深い受容の例である。こちらも石川訳（2003）として文庫化されているので，古典にとどまらないギリシア神話の世界を比較的手軽に楽しむことができる。

Buxton, R. G. A. (1994). *Imaginary Greece: The Context of Mythology*. Cambridge.

————. (2004). The Complete World of Greek Mythology. London.（バクストン，池田裕他訳（2007）『ビジュアル版　ギリシア神話の世界』東洋書林.）

————. (2013). *Myths and Tragedies in their Ancient Greek Contexts*. Oxford.

————. (2022). *The Greek Myths that Shape the Way We Think*. London.

Dougherty, C. (2006). *Prometheus*. London; New York.

Gordon, R. L. (ed.) (1981). *Myth, Religion and Society: Structuralist Essays by M. Detienne, L. Gernet, J.-P. Vernant and P. Vidal-Naquet*. Cambridge.

Graf, F. (1993). *Greek Mythology: An Introduction*, trans. by T. Marier. Baltimore; London.（原著：Graf, F. (1987). *Griechische Mythologie*. Munich; Zurich.）

Griffith, M. (1977). *The Authenticity of Prometheus Bound*. Cambridge.

————. (1983). *Aeschylus:* Prometheus Bound. Cambridge.

Vernant, J.-P. (1980). *Myth and Society in Ancient Greece*, trans. by J. Lloyd. New York.（原著：Vernant, J.-P. (1974). *Mythe et société en Grèce ancienne*. Paris.）

————. (1981). 'The Myth of Prometheus in Hesiod', in Gordon (1981), 43-56.

West, M. L. (1966). *Hesiod:* Theogony. Oxford.

作品和訳

アイスキュロス，呉茂一訳（1974）『縛られたプロメーテウス』岩波文庫.

————，高津春繁他訳（1985）『ギリシア悲劇　I』ちくま学芸文庫.

シェリー，石川重俊訳（2003）『鎖を解かれたプロメテウス』岩波文庫.

ヘーシオドス，松平千秋訳（1986）『仕事と日』岩波文庫.

ヘシオドス，廣川洋一訳（1984）『神統記』岩波文庫.

マーニーリウス，竹下哲史訳（2024）『アストロノミカ』講談社学術文庫.

日本語文献

J.-P. ヴェルナン，上村くにこ他訳（2024）『形象・偶像・仮面——コレージュ・ド・フランス宗教人類学講義』みすず書房.（原著：Vernant, J.-P. (1990). *Figures, idoles, masques*. Paris.）

B. グラツィオージ，西村賀子監訳，西塔由貴子訳（2017）『オリュンポスの神々の歴史』白水社.（原著：Graziosi, B. (2013). *The Gods of Olympus: A History*. London.）

G. デュメジル，松村一男訳（2025）『神々の構造——印欧語族三区分イデオロギー』講談社学術文庫.（近日刊）（原著：Dumézil, G. (1958). *L'idéologie tripartie des Indo-européens*. Brussels.）

15

ローマ神話の紡がれかた

―――――――

クレシミール・ヴコヴィッチ／マリア・マリオラ・グラヴァン

> ギリシア・ローマ神話というペアは，世界のどこでも古典学科で一番
> 人気のある科目だが，本章は，そのうちあまり知られていないほう，す
> なわちローマ神話の簡潔な紹介である。ペアの片方であるギリシア神話
> とは対照的に，ローマ神話はローマの歴史と密接に結びついている。本
> 章では，ローマの神々と，その神々がもつ神話を，ロムルスとレムスの
> 建国神話に対する分析と並行して示す。ローマ神話がもつ範例的な性格
> についても，ローマの神々や英雄たちと並行して論じる。最後に，都市
> ローマにまつわるローカルな神話のいくつかによって，環境というもの
> がローマ神話の成り立ちにとって重大な役割を果たしたことを示す。

1　序

　ギリシア・ローマ神話は，英語圏の大学でたいてい一番人気のある古
典の科目である。古典学専攻の学生だけでなく，他の多くの学生も選択
科目として履修している。漫画や映画，ゲームで出会った古代の神々や
英雄たちについて，もっと知りたいと思うからだ。これは驚くようなこ
とではない。人間というのは結局，「おはなしのいきもの」なのだ。太
古の昔より，物語というものが個人のアイデンティティーやひとまとま
りの社会を形作ってきたし，政治と共同体から人間関係と感情に至るま
で，人が経験するものの基本的なありさまを表現してきた。ギリシア・

ローマ神話は，近代社会とはたいへんに異なった，遠い昔の社会で創られたものではあるが，現代的関心と響きあって人を引きつけるような物語を，今もなお生み出している。ところが，ギリシア神話がより広く知られている一方で，それと対になっているローマ神話は，発表される研究の数でいえば，ここ二，三十年で増えているのに，概論的科目において軽視され気味のままなのである。本章は，ローマ神話の簡潔な全体像と，いくつかの個別的なローマ神話——ローマのアイデンティティーと歴史の形成において，それらがいかに重要であったかを示すべく選んだもの——をお見せする。

2　ローマの神話と歴史

　ギリシア神話という人気が高いほうの片割れと比べ，ローマ神話は20世紀のほとんどの間じゅう無関心に苦しんできた。いまだに大体の専門家がローマ神話を独立した学問領域と定義したがらないし，多くの専門家は，ローマ神話がギリシア神話の単なる翻案だと考えている[1]。しかし，ほとんどのローマ人にとって，神話は日々の経験の不可欠な部分であったし，ローマ人のアイデンティティー形成に不可欠な役割を果たすものだった。神話は，行動において人が憧れる，心を揺さぶる偉人たちの歴史的「範例 *exempla*」を提供することによって，「ローマ人である」ということの意味の核心部分に実体を与えた。この種のローマ神話は，ウェルギリウス（Vergilius, 前70–前19）『アエネイス』，オウィディウス（Ovidius, 前43–後17）『祭暦』といったローマの詩作品や，リウィウス（Livius, 前64/59–後12/17）『ローマ建国以来の歴史』，ワレリウス・マクシムス（Valerius Maximus, 後1世紀）『著名言行録』といった歴史関連の著作に見出される。それだけでなく，神話はフレスコ画，モザイク画

---

　　1)　次節で触れるように，また手近なギリシア・ローマ神話の概説書を繙いてみれば分かるように，ローマの神々はそのほとんどが各々に対応するギリシアの神々と同一視され，あたかもギリシアの神々のラテン語名のようになっているという事情がある。例えば，ギリシアのゼウスに対応するローマのユッピテル，ギリシアのヘラに対応するローマのユノ，という具合に。

や，彫刻といった物質文化[2]でも主要な役割を果たしている。

これらの物語には，それらが事実に即した正確な説明を描いているか否かに無頓着に，「歴史的」という語がふつうに冠される。これは，ローマ人が神話と歴史との間に，近代（啓蒙思想以後）におけるような区別を設けていなかったためである。ローマの歴史家がなにがしかの物語を明らかな作り話だと切り捨てることもしばしばであったが，しかしこのことはそういった物語が歴史に包含され，模範として用いられるのを妨げなかった。例えば，最も影響力の大きい古代の歴史家の一人であるリウィウスは，初期ローマの歴史が作り話に満ちていることを自身の重要な著作『ローマ建国以来の歴史』の冒頭で非難している。にもかかわらず，彼はそのままローマ七王[3]時代の詳説に進み，それが彼の『ローマ建国以来の歴史』第1巻全体を占めるのである。

こうした理由から，ローマ神話は伝統的にローマ史の分かちがたい一部として研究されてきたのであり，そのことがローマ神話の独立した研究課題としての発展を足止めしてきた。範例となる偉人として，例えば，ロムルス，ヌマ，カミッルス（Camillus，前5-前4世紀），クィントゥス・ファビウス・マクシムス・クンクタトル（Quintus Fabius Maximus 'Cunctator'，前3世紀）[4]といった人物の名を挙げられるが，彼らはみな，ローマが伝統的に模範として受け継いでいた者たちである。このうち，政治家ファビウス・マクシムス（彼のとった遅滞戦術にちなんでのろまと

2）物質文化（英 material culture）は，人と物の関わりが特に注目される文化や，そうした文化を支える物自体を指す。例えば，文化人類学（／民俗学）はしばしば日用品（／民具）を研究対象とするが，その場合に探究される人と日用品の関わり，あるいは日用品それ自体が物質文化である。ここでは，文章の形で残される著作に対し，物の形で残される絵画や彫刻のことをそのように呼んでいる。

3）ローマは建国からしばらく王政であったが，7代目の王が追放されて共和政に移行したとされる。しかし，これら初代から7代目までの7人の王については，伝説的な側面が大きい。彼らの時代について伝わっている話は，歴史と神話を明確に区別しようとする近代的視点から見れば，神話の側に分類されるだろう。

4）ロムルスはローマ初代の，ヌマは2代目の王とされている人物。マルクス・フリウス・カミッルスは臨時にしか置かれない公職であるディクタトル（独裁官）に，前396年から前367年にかけて5回も選ばれた。クィントゥス・ファビウス・マクシムス・クンクタトルは本文の通り，第二次ポエニ戦争で活躍した政治家，将軍。ただし，彼は前203年に没しており，第二次ポエニ戦争の終結を見届けてはいない。

呼ばれる)[5]は，ハンニバル[6]（Hannibal, 前 247 頃–前 182 頃）に対する第二次ポエニ戦争（前 218–前 201）で決定的な役割を果たしたが，この頃はローマ人が自分たちの歴史を書き留め始めた時期だったので，彼の生涯や経歴については，信頼できる証拠がいくらか存在する。これに対して，ロムルスやヌマといったローマの王たちの実在を歴史的に裏付けることはできない。われわれのもつ史料のほとんどは共和政末期と帝政初期（前 1 世紀および後 1 世紀）のものであり，したがって建国当初の王たちの時代から 6–7 世紀隔てられているためである。しかし，そのようなことは，ローマ人にとって大した違いではなかった。というのも，これらの偉人全員が，模倣すべき正しい振る舞いの規準として「祖先の慣習 *mos maiorum*」を保つ伝統の一部をなしていたためである。それゆえ，ローマ史から切り離すことのできないローマ神話 mythology を考えるとき，「歴史神話 mythistory」というのが「歴史 history」より役に立つ用語となるだろう。王の時代（伝統的にローマ史の最初の時代とされる）は正真正銘，歴史神話の例である。ローマの伝承は七王の支配を前 753 年から前 508 年の間としている。これだと個々の治世の平均期間は 35 年となるが，それはとてもありえそうになく，歴史的にも例のないことである[7]。後代の王たち（タルクィニウス家[8]など）の中に実在した者がいるというのは妥当な論だとしても，彼らに付随する物語のほとんどはその本質において神話的である。

　しかしながら，多くの学者が見出しているのは，これらの物語がかなりの程度で一貫性を示し，書き手による単なる想像の産物ではないとい

　5）　ローマの自由人（＝奴隷でない）男性は通常三つの名を持つ。最初が個人名 *praenomen*，次に氏族名 *nomen*，三つ目に家名 *cognomen* である。すなわち，クィントゥスは個人名，ファビウスは氏族名，マクシムスは家名となる。では四つ目のクンクタトル（のろま）は何かといえば，これは彼自身の行動に由来する渾名だということになる。

　6）　ローマと地中海世界の覇権を争ったカルタゴの将軍。アルプスを越えてイタリア本土に攻め込み，ローマを恐怖のどん底に陥れた。

　7）　Cornell (1995) 119.

　8）　ローマ 5 代目の王タルクィニウス・プリスクス（Tarquinius Priscus）はエトルリアのタルクィニイ出身であり，プリスクスの娘の夫であった 6 代目のセルウィウス・トゥッリウス王（Seruius Tullius）を挟み，7 代目（にして最後）の王はプリスクスの息子であったタルクィニウス・スペルブス（Tarquinius Superbus）だとされる。本章第 5 節，第 6 節で触れる通り，スペルブスの息子セクストゥス・タルクィニウス（Sextus Tarquinius）の乱行もあってタルクィニウス王家はローマを追われ，ローマは共和政の時代に入るという伝えである。

15　ローマ神話の紡がれかた　　363

うことである[9]。むしろ，それらは後世になって文字で書き留められる
以前から何世紀にもわたって口頭で受け継がれた伝承の一部を形作って
いる。王政期の神話には，伝承の過程での変化はあるものの，他のイン
ド・ヨーロッパ系[10]の人々との比較を通じて数千年さかのぼれる起源を
もつような，非常に古いものもある。

　最も有名なローマ神話の一つ，サビニ人女性の略奪の例を見てみよ
う。その話は以下の通りである。ロムルスはローマの町を創設するにあ
たって多くの男たちを集めたが，次代を産み出せる社会を形成するのに
必要な女性がいなかった。それゆえ彼は隣国のサビニ人を招き，見せ物
で彼らの気を引いて，その隙に女たちを奪おうと企んだ。彼の計画は成
功したが，これが両者の間の戦争の引き金となった。最終的に，女たち
がサビニとローマの男たちの間を取り持ち，結果としてサビニ人もロム
ルスの新しい町に加わり，ロムルスはサビニの王ティトゥス・タティウ
スと共同で統治することと，サビニの神々をローマの神々の中に受け入
れることに同意した。一見したところ，この神話はローマ新国家にイタ
リア人移民が混合し，多くの相異なる民族集団の坩堝になっていったこ
とについての物語である。そのような解釈は，この神話の重要な側面を
強調している。すなわち，ローマ社会が共和政期の何世紀にもわたって
変化し，多くの相異なる人々の混合体を形作ったということである。し
かしながら，なぜローマ人が，自分たちの起源と伝説上の建国者につい
て，このような不名誉な物語を語りたがったのかは明らかではない[11]。
実は，デュメジルが論じた[12]ように，この話にはヴェーダ[13]や古代北欧

---

9)　Cornell (1995) 10-12; Oakley (1997) 21-72.

10)　西はギリシア語，ラテン語を含むヨーロッパの諸言語，東はインドのサンスクリッ
ト語など，ユーラシア大陸の広い範囲にわたって類似した一群の言語が存在し，まとめてイ
ンド・ヨーロッパ語族と呼ぶ。これらは，相互の比較研究（比較言語学）によって，インド・
ヨーロッパ祖語と呼ばれる共通の言語から枝分かれしたものと推定される。さらにインド・
ヨーロッパ祖語を話していた人々の文化も，言語と同様に変化しながら各地域に受け継がれ
たと考えることができる。本章でこれ以降用いられるインド・ヨーロッパ系の神話の比較と
いう視点には，こうした前提がある。

11)　Dench (2005) 205-06.

12)　Dumézil (1970a) 60-76. ジョルジュ・デュメジル（Georges Dumézil, 1898-1986）は
フランスの比較言語学者，比較神話学者。インド・ヨーロッパ系の神話，伝承や儀礼の分析
から，「三機能体系」（「三区分イデオロギー」などとも）を見出したことで特に有名。この
「三機能体系」説によれば，インド・ヨーロッパ系の人々は世界を「聖性」「戦闘性」「豊穣性」

の神話と比較する中で見出せる，古代インド・ヨーロッパ系のパターンによって形成されている部分がある。ヴェーダの伝承，古代北欧の伝承のどちらにおいても，統治権をもち戦争を司る神々が，豊穣を司る神々と対立する集団を作る。その対立は，彼らが和解に至り，皆が一つの社会の構成員となるまで続く。インド・ヨーロッパ系のパターンは非常に古い思考法を表しており，それをローマ人は継承し，歴史的な状況にあわせて翻案した。すなわちローマ人は，古くからある系譜にまつわる物語を用いて，前4-前3世紀におけるサビニ語を話す人々との間の戦争および統合を語ったのである。

　西洋世界の多くに広がったアブラハムの宗教（ユダヤ教，キリスト教，イスラム教）[14]とは異なり，古代ローマ人は，彼ら自身の信仰の教義が概説される，正統な聖典をもっていなかった。われわれがローマ人の宗教について知っていることは，およそ文学作品または歴史関連の文献資料を通じて再構成されたものである。ローマ神話にとって最も重要な資料のいくつかは，詩の世界からきている。ウェルギリウス『アエネイス』，オウィディウス『変身物語』といった叙事詩[15]は，われわれのもつ最も重要な資料の中に含まれる。オウィディウスは，『祭暦』と呼ばれる詩形のカレンダーも書いた（未完）。その中では，ローマの祝日と習俗の起源について，1月から6月まで各月ごとに議論されている[16]。最後の

の三要素からなるものだと捉えていたという。

　13）　バラモン教，ヒンドゥー教の聖典にあたる古代インドの一群の宗教文書。

　14）　アブラハムはユダヤ教の聖典である『聖書』（その中でも『創世記』）に登場する，民族の父祖で神の預言者とされる人物。ユダヤ教の『聖書』は，ユダヤ教の一派から生じたキリスト教でも『旧約聖書』として聖典である。また，イスラム教の聖典『クルアーン』（『コーラン』）においてもアブラハム（イブラーヒーム）は重要な地位を占める。このことから，ユダヤ教，キリスト教，イスラム教を同起源の一神教としてまとめ，「アブラハムの宗教」と呼ぶことがある。

　15）　古代ギリシア・ローマの詩において，最も重要といってもよいジャンルの一つ。形式としては，ヘクサメトロス（ギリシア語。ラテン語では「ヘクサメテル」となる）と呼ばれる韻律（音声上の規則）で書かれる詩を指す。形式に対応する内容としては教訓詩，牧歌，（ラテン語では）諷刺詩などがあるものの，神話や歴史上の英雄の事績を歌う（狭義の）叙事詩こそが王道中の王道であろう。ローマ建国の英雄アエネアスを主人公とする『アエネイス』は，まさにこの（英雄）叙事詩である。これに対して『変身物語』は数多くの短い物語を編み合わせたもので，典型的な（英雄）叙事詩ではないが，ヘクサメテルの韻律にのせて物語をかたるという面ではやはり（狭義の）叙事詩の一環であるといえよう。

　16）　未完に終わったため，下半期（7-12月）については筆が及んでいない。

異教作家の一人マクロビウス[17]（Macrobius, 後5世紀頃）も，ローマの祝日と習俗を『サトゥルナリア』と呼ばれる散文作品で論じている。プロペルティウス（Propertius, 前54から47–前2以前）はエレゲイア詩人でありながら恋愛詩のみに固執することなく，自身のエレゲイア詩集第4巻において多くの詩をローマに取材した神話的テーマに捧げている[18]。歴史家リウィウスも，『ローマ建国以来の歴史』の最初の数巻に見られるように，初期ローマに関する著作がほとんど「歴史神話」に基づいていることを考えれば，ローマ神話についての重要な資料である。

ギリシア語作家もローマ神話の研究のために重要な資料を提供してくれる[19]。例えば，プルタルコス（Plutarchos, 後50以前–120以降）の『ローマ習俗問答』，『英雄伝』などの作品は，初期ローマの歴史と宗教にまつわる問いのために重要な資料となる。歴史家ポリュビオス（Polybios, 前200頃–前118頃）の『歴史』は，「歴史神話」のレンズを通したローマの興隆についての記述である。

---

17) 古代ギリシア・ローマの宗教はキリスト教の視点から見れば「異教」であり，そのように呼ばれることがある。元来は「異教」の世界であったローマ帝国であるが，東方から流入したキリスト教が徐々に広まっていき，後4世紀終わりにはいわゆる「国教化」に至った。他方で「異教」は衰退し，やがて痕跡のみを残して消滅した。それゆえ，後5世紀のマクロビウスはローマの「異教」作家としては最後の世代にあたる。

18) エレゲイア詩とは，古代ギリシア・ローマ詩の一ジャンルである。形式としては，ヘクサメトロス（注15を参照のこと）と呼ばれる韻律で書かれた行とペンタメトロス（ギリシア語。ラテン語では「ペンタメテル」となる）と呼ばれる韻律で書かれた行を交互に繰り返す。形式に対応する内容としては，ローマで独自に発展した恋愛エレゲイアが重要である。恋愛エレゲイアにおいては，詩の語り手が自身の恋愛を主体的に語る。プロペルティウスは代表的な恋愛エレゲイア詩人の一人であり，「キュンティア」の偽名で呼ばれる女性との関係を歌った。しかし彼は，残された全4巻の詩集のうち第3巻の終わりで自身の恋愛の終結を宣言し，第4巻ではローマ神話など様々なテーマを扱っている。そのモデルとなったのは，エレゲイア詩『アイティア（起源譚）』で様々な事物の神話的由来を語ったヘレニズム期ギリシアの学者詩人カッリマコスである。本書第8章も参照。

19) ここまでに紹介されたウェルギリウス，オウィディウス，マクロビウス，プロペルティウス，リウィウスはラテン語で著作した作家たちである。ラテン語は都市ローマで用いられていた言葉であるから，彼らをローマ文学者と呼ぶことも可能であろう。実際，マクロビウスを除く四人は（ローマではないものの）イタリア半島で生まれている。

3　ローマの神々と英雄たち

　ローマの宗教は，古来の特徴を数多く保持する特定の慣習もあったとはいえ，全般的には外部からの影響に開かれ，その浸透を受けるものであった。早くも前6世紀にはローマ人たちがエトルリア[20]やギリシアの宗教的工芸品を輸入し，それらの地の神々が自分たちの神々と本質的に同一だというふうに理解し始めたのを見ることができる[21]。例えば，ウルカヌスは前6世紀にはもうギリシアのヘパイストスと同一視されていた[22]。しかしながら，同一視が一方的な影響の表れとなることはまれであって，土着の特徴と輸入された特徴との間の習合（シンクレティズム）の結果となることのほうが多い。それゆえ，ヘルクレスのカクス（火を吹く龍のような怪物）殺し神話に，インド・ヨーロッパ系世界の至るところ，インドからアイルランドにまで広まっている龍殺し神話のパターンを発見することができる[23]。

　ユッピテルの息子ヘルクレスはローマに多くの神殿や礼拝の場所を持っていた。「ヘルクレス Hercules」という名前は，この英雄が王政期にはもう（ギリシアの「ヘラクレス Heracles」から直接にではなく）エトルリア人を経由してローマへ来ていたことを示している。同じことは，アエネアスにもあてはまる。アエネアスは，陥落したトロイアからの落武者で，戦争の後に遠く離れた地で新たな植民市を創設し，結果としてローマ建国の英雄の一人となった[24]。共和政ローマが拡大すると，アエネアス神話はより重要になった。というのも，それはローマ人に，ヘレニズム文化の中心地である地中海世界（ホメロスの英雄たちが非常に崇敬されているところ）において名誉ある血統を与えるものだったためであ

---

[20]　イタリア中部にエトルリアと呼ばれていた地域があり，ローマによる覇権以前はこの地域を中心にエトルリア人が大きな勢力を誇っていた。彼らは独自の言語，文化を有していたが，それらはやがてローマの言語，文化に吸収されて消滅した。

[21]　Wiseman (2004) 13–36.
[22]　Beard, North, and Price (1998) 12.
[23]　Woodard (2006) 189–224.
[24]　Rodríguez-Mayorgas (2010) 101.

る。大詩人ウェルギリウスが，ホメロスの『イリアス』，『オデュッセイア』の向こうを張る国民叙事詩の形で，アエネアス神話の自分なりの翻案『アエネイス』を創作した理由の一つがこれである。この神話には政治的な含意があり，ウェルギリウスがアエネアスを選んだ背景の一部には，ユリウス氏族が自らの起源を，アエネアスの息子アスカニウスと同一視されるユルスに遡るものとしていることの影響があった。ユリウス氏族とは，ユリウス・カエサル（Iulius Caesar, 前100–前44）や，その養子で初代ローマ皇帝のアウグストゥス（Augustus, 前63–後14）が属する一門である[25]。

　ギリシア人のように，ローマ人も，大なり小なり人々の関心を引きつける，無数の神々をもっていた。自分たちの神々とコミュニケーションをとるためにローマ人が用いる最も重要な手法は，犠牲を捧げることと祈願を行うことであった。ローマ人は穀物なり果物なり，あるいは液体なりを供物にすることができたが，すべての供物の中で最も重要なタイプのものは，動物の犠牲であった。オスの動物は男の神々への，メスの動物は女神たちへの犠牲となった。犠牲となる動物にはどんな欠点もあってはならず，捧げられるのに抵抗しないものである必要があった。神々のうちで最も重要だったのは，天空の神ユッピテルである。彼は神々の王であり，ローマの歴史を通じて中心的役割を担ったカピトリヌスの丘[26]の上の大神殿において，妻ユノ，娘ミネルワ[27]と並んで祀られていた。ローマの神々は（そして一般にイタリア半島の神々は）しばしば第二の名前をもち，その名の下に礼拝を受けた。そうした第二の名前は，渾名（あだな）とも言われる。これらの渾名が，ローマ化された祭儀の実践から生じたのか，あるいは，一柱の神への異なる複数の渾名の使用で例証されるように，神々がその在（あ）り方において異なる複数の側面をもつという信仰から生じたのか，いまだ断定できない[28]。

　ローマで最も重要な神として，ユッピテルは多くの渾名で知られてい

---

25) ウェルギリウスとアウグストゥスの関係，またウェルギリウス作品と政治体制の関係については本書第8章を見よ。
26) いわゆるローマ七丘のうちの一つ。ローマ七丘には他に後出のパラティヌスの丘などがある。
27) ユノはギリシアのヘラ，ミネルワはギリシアのアテナに対応する。
28) Bispham and Miano (2019) 7.

る。例えば，ユッピテル・オプティムス・マクシムス，ユッピテル・ラピス，ユッピテル・フェレトリウス，ユッピテル・トナンスといった渾名を挙げられるが，これだけでは，まったく網羅的なものとは言えない。ユッピテルは，おそらく現在最も良く再構築されているインド・ヨーロッパ系の神がローマで投影された存在であるものの，一つ注意点がある。そのインド・ヨーロッパ系の神 *Dyēus[29]は昼間の空の神であったが，ユッピテルはシンクレティズム（習合）と呼ばれる過程を通じ，もう一柱のインド・ヨーロッパ系の神，すなわち雷の神の側面をも引き継ぐ神に進化しているように思われる。ユッピテルを祀る高位の神官団は，フラメン・ディアリスと呼ばれた。

　ローマの宗教におけるユノの重要な役割はローマ地誌にも反映されており，ユノ・モネタ神殿 Templum Iunonis Monetae では貨幣が鋳造されている時期があった（英語の money はここからきている）。モネタはまた，リウィウス・アンドロニクス[30]（Livius Andronicus, 前 280 頃-前 200 頃）によって，カメナたち[31]の母としてその名が挙げられている。「モネタ Moneta」という名はラテン語の動詞 moneo に見出されるのと同じ語根に由来しており，警告することに関係し，それだけでなく記憶とも関係する。それゆえ，ユノ・モネタ神殿は歴史的記録の保管庫としても機能していた。また，ユノは「ユノ・カプロティナ Iuno Caprotina」としても礼拝を受けていたが，「カプロティナ」という渾名はヤギを示すラテン語 caper に由来する。この女神の祭日はノナエ・カプロティナエで，この期間にはユノに対して野生のイチジクの木の下で犠牲が捧げられた。

　ミネルワは，「インテルプレタティオ・ロマナ interpretatio Romana」によって，ギリシアの女神アテナと同一視される。「インテルプレタ

---

[29] *Dyaus は推定されるインド・ヨーロッパ祖語での形。実例が残っているわけではないのでアスタリスクを付けて表記する。

[30] ラテン文学の創始者とみなされる詩人。彼はギリシア人であったが，ローマで奴隷とされ，後に解放されたと考えられる。そのローマにおいて，ホメロス『オデュッセイア』をラテン語に翻案し，またギリシアのものを下敷きにした悲劇・喜劇をラテン語で書くなどした。これがラテン文学の始まりとされることから分かる通り，ラテン文学はギリシア文学を手本として創られたものであり，多くの面でギリシア文学と伝統を共有し続けた。

[31] ギリシアのムーサたちに対応する。詳しくは本節にて後述。

ティオ・ロマナ」とは，ローマ人がローマに固有の神格を異国の神格と同一視する過程を表す名称である。ミネルワの本来の役割は，とりわけ，この女神に関するローマの物語，それもギリシア神話に由来しない物語の中に見出せる。詩人オウィディウスの『祭暦』によって伝えられる物語も，そのような物語の一つである。そのなかで，オウィディウスは，アンナ・ペレンナの祭について説明する。この女神は3月のイドゥスの日に祝日をもつが，この日はもともと年の最初の満月を示すものだった[32]。オウィディウスによると，アンナ・ペレンナはマルス[33]をだまして，彼が処女神ミネルワをかどわかせているかのように思わせた。結局マルスは，そのミネルワが老婦人アンナ・ペレンナのなりすましであることに気づくのであった[34]。

　ユッピテル，ユノ，ミネルワで構成されるカピトリヌスの三大神格と並んで，古い三大神格が存在した。それはユッピテル，マルス，クイリヌスからなり，古い時代にカピトリヌスの丘で祀られていた。ヴィッソーヴァはこの古い三大神格を，それぞれの神に捧げられた大フラメン神官団（フラメン・ディアリス，フラメン・マルティアリス，フラメン・クイリナリス）[35]の存在から再構成したのである[36]。

　ギリシアの神話世界におけるオリュンポス12神と異なり，ローマの最も重要な神々の大多数は，明確にインド・ヨーロッパ系に起源のある

---

[32] ローマでは一つの月ごとに名前のついた日が三つあった。すなわち，1日（ついたち）の「カレンダエ」，5日または7日（月によって変わる，次も同様）の「ノナエ」，そして13日または15日の「イドゥス」である。3月のイドゥスの日とは，すなわち3月15日である。「十五夜の日」であるから，太陰暦（月の満ち欠けに基づく暦）ならば，満月の日であることが了解できるだろう。これが「年の最初の満月」だというのは，古来のローマの暦は，後のローマの暦で3月にあたる「マルス月 Martius」から一年を始めていたとされるからである。

[33] 本文で後述の通り，戦争の神。ギリシアのアレスに対応する。ここでは，アンナ・ペレンナの祭日をもつ「マルス月」の名称の由来であることに注目されたい。

[34] この物語は，オウィディウス『祭暦』第3巻675-96行にある。

[35] 上述の通り，フラメン・ディアリスはユッピテルを祀る神官団であった。以下，フラメン・マルティアリスはマルスを，フラメン・クイリナリスはクイリヌスを祀る神官団。

[36] Wissowa (1902) 133-34. ゲオルク・ヴィッソーヴァ（Georg Wissowa, 1859-1931）はドイツの古典学者。補遺，索引を含めて全84巻にもおよぶ『古典古代学実用百科事典 Realencyclopädie der classischen Altertumswissenschaft』新版（1893-1978）の編集主幹として有名。この新版は，初版の編集主幹であったパウリー（August Pauly, 1796-1845）の名前と並べて，Pauly-Wissowa と呼ばれることがある。

名を持っている。このことは，ローマの宗教が，そもそも外部からの影響に開かれていたにもかかわらず，多くの古い特徴を保っていたという見解に適合する。ウェヌス[37]は愛と情欲の女神であり，配偶者アンキセス（アエネアスの父）を通じてローマの人々の偉大な祖先となった。戦争の神マルスは，ギリシアのアレスがギリシアで果たしたよりもはるかに大きな役割を，古代イタリアの人々の間で広く果たした。例えば，マルスは，お祓いの儀式や古来のフラトレス・アルワレスの祭儀[38]において，土地と境界の守護を祈願する対象となった。シルワヌスは森の神で，ファウヌスと非常に似通った，自然と動物の野性的な神であり[39]，最も重要な宗教的祭日の一つであるルペルカリア祭[40]の守護神であった。リベル[41]は豊穣の神で，共同体の絆の守護神であり，作物と農業を担当する女神ケレス[42]としばしば対にされた。ウルカヌス[43]は火と鍛冶屋の，ウェスタ[44]は竈（かまど）の女神であった。

男神ファウヌスと対になっている女神ファウナ[45]は，むしろ「良い女神」を意味するボナ・デアの名のほうで知られる。ボナ・デアには二つの祝日が捧げられていたが，男性はそれらへの参加が認めらなかった。また，男性がボナ・デアの神域に入ることも認められていなかった。ヘルクレスは，ボナ・デアの神域に無理やり入り込み，水を失敬した後に（彼はカクスとの戦いで喉が渇いていた），自身の大祭壇 *Ara Maxima*[46]を創設したと，詩人プロペルティウスが伝えている[47]。

---

[37] ギリシアのアプロディテに対応する。

[38] フラトレス・アルワレスは神官団の名称。*fratres* は「兄弟」の意。*aruales* は *aruum*「耕地」から来た言葉である。

[39] シルワヌスおよびファウヌスはギリシアのパンと同一視された。

[40] ローマで2月15日はルペルカリアと呼ばれる祭日であった。その儀式については本文次節を参照。

[41] ギリシアのディオニュソスに対応する。

[42] ギリシアのデメテルに対応する。

[43] 先述の通り，ギリシアのヘパイストスに対応する。

[44] ギリシアのヘスティアに対応する。

[45] ラテン語において -us は多くの男性名詞，-a は多くの女性名詞の語尾になる。「ファウヌス *Faunus*」と「ファウナ *Fauna*」のような男女の対応は，例えば「男の主人 *dominus*」と「女の主人 *domina*」のように，一般名詞にもしばしば見出せる。

[46] ローマ市内のフォルム・ボアリウムという広場にあった。フォルムについては注51を参照。

[47] この物語は，プロペルティウス第4巻9歌にある。ボナ・デアの祭儀に男性が参加

ウェスタの巫女は最も重要な宗教的集団で，ウェスタの聖なる火（円形のウェスタ神殿[48]内にある）を絶やさないようにしていた。この火は，ローマの永遠性のシンボルだったのである。ウェスタの巫女はローマ社会でたいへんな尊敬を集め，その処女性はローマ国家そのものの高潔のシンボルであった。このことは彼女たちに神話的な地位を与え，偉大な事績を遺した高名な巫女についての物語が数多くうみだされた。例えば，イリアないしレア・シルウィアは，マルスにレイプされて建国者ロムルスとレムスを産んだ。アエミリアは冷たくなった竈にウェスタへの祈りによって奇跡的に火をつけ[49]，トゥッキアはティベル川[50]の水を一滴もこぼすことなく篩（ふるい）でフォルム[51]へ運んだ[52]。しかし，ウェスタの巫女の特別な地位とローマ国家との関係は破滅的な結果も招いた。危機と混乱の際には，その責任を負わせ，人々の関心を現実的問題の範囲から逸らすためのスケープゴートがしばしば求められた。そのような場合の多くで，ウェスタの巫女が近親相姦の疑いで告発され，国家反逆の罪に

できなかったように，ヘルクレスの大祭壇での儀式には女性が参加できなかった。つまりこの物語は，ボナ・デアの神域の女たちが男のヘルクレスを締め出し，水を与えようとしなかったのに対し，ヘルクレスはお返しとして自らの祭壇での儀式から女たちを締め出すことにしたのだ，という縁起譚になっている。

48) フォルム・ロマヌムに建てられていた神殿のうちの一つ。フォルム・ロマヌムについては注 51 を参照。

49) ハリカルナッソスのディオニュシオス（Dionysios of Halicarnassos, 前 1 世紀）『ローマ古代誌』第 2 巻 68 章によれば，ウェスタの巫女の一人であったアエミリアが後輩の巫女に火の管理を託したところ，火は消えてしまった。かかる不祥事の原因となるような穢れ miasma が巫女たちにあったのではないかという疑いから，神官団によって調査が行われるような全市的騒動となったが，アエミリアの祈願によって再び火がついたという。ワレリウス・マクシムス第 1 巻 1 章 7 節，プロペルティウス第 4 巻 11 歌 53-54 行にもこの伝説への言及がある。

50) イタリア語ではテヴェレ川。アペニン山脈に端を発し，ティレニア海に注ぐ。ローマはこの河畔に建設された都市国家であった。

51) 古代ローマにおいて都市の中心となる公共広場はフォルムと呼ばれる。ギリシアのアゴラに対応するもので，政治的・宗教的な公共施設が集積するとともに，市場を擁する商業的中心地でもあった。共和政期から長くローマの中心となっていたフォルムは，フォルム・ロマヌム（イタリア語ではフォロ・ロマーノとなる）である。

52) ワレリウス・マクシムス第 8 巻 1 章放免（absol.）5 節によれば，自身の純潔に疑いをかけられたウェスタの巫女トゥッキアは，もし自身が純潔ならば篩でティベル川から水をすくい，フォルムのウェスタ神殿まで運ぶことができるようにとウェスタに祈願し，その超自然的な行いを成功させて己の無実を証明したという。大プリニウス『博物誌』第 28 巻 3 章 12 節にもこの伝説への言及がある。

問われたのである。性的関係の証拠が欠けていたとしても，自身の葬儀も同然となる儀式的行列で市中引き回しとされた後に，彼女は3日分の食料を持たせられて生き埋めにされた。このことは，ウェスタの巫女の性的純潔がローマ国家の純粋性と結び付けられていた事実と関係があったのかもしれない。一度この連関が確立すると，国家の危機はウェスタの巫女の罪のせいだと言われ得るようになった[53]。

　ローマ人は他にも，特定の機能をもっていたり，具体的な状況と結び付けられていたりする多くの神々を崇めていた。麦さび病の神であるルビゴ，調和の女神で，国内の不和の文脈でしばしば祈願の対象となるコンコルディアといった具合である。戦争の女神で，マルスの妃のベッロナは，ラテン語でまさに「戦争」を意味する「ベッルム *bellum*」がその名の由来である。ポモナは，「果実」を意味する名詞「ポムム *pomum*」にその名が由来する，植物と豊富さの女神である。

　マテル・マトゥタはローマの暁の女神であり，再構築されたインド・ヨーロッパ系の暁の女神との間で多くの特徴を共有している。この女神を，もう一柱の暁の女神アウロラと同一視する者もいた[54]。

　ローマのどの家にも，家族と先祖の神々がいた。ラレスとペナテス[55]であり，家の竈と，町中至る所にある小さな社で礼拝の対象となった。ペナテスは，食料や生き延びるために必要な資源が手に入るのを保障してくれるという信仰ゆえに，家の継続性のために不可欠の神々だと考えられていた[56]。ラル・ファミリアリスは家族（自由人と奴隷を含む）[57]な

---

53) Parker (2004).
54) ルクレティウス『物の本質について』第5巻656行，カエサレアのプリスキアヌス『文法学教程』第2巻53章。
55) ラレスもペナテスも名詞の複数形であり，ふつう複数の「神々」として言及される。ラレスの単数形は後述の「ラル」となる。
56) トロイアの遺臣にしてローマ建国の英雄とされたアエネアスは，トロイア陥落の際に老父アンキセスを背負って落ち延びた。その際，アンキセスはペナテス像を携えていた（ウェルギリウス『アエネイス』第2巻707-20行）。実父と家の継続性に不可欠なペナテスを同時に救い出すアエネアスの姿は，彼のピエタス（敬神，孝心，家族愛，愛国などを含む概念）を象徴する。
57) 古代ギリシア・ローマ社会には自由人と奴隷の区別があり，奴隷は自由人の所有する財産に過ぎなかった。他方で，奴隷はそれを所有している主人の家の一員でもあったため，ラル・ファミリアレスはその家に属する奴隷にとっても守護神であった。なお，奴隷は主人から解放されて自由の身分（解放奴隷）になることもできた。その場合でも，解放された主

らびに家のラル神[58]であった。他のラレスは，神殿，道，辻，野，そしてローマ市それ自体といった，特定の様々な場所を守護していた。この神々の影像はラララリウムと呼ばれる祭壇に安置されており，そのことはローマのどの家にも見られる決まった特徴であった。ラレスとペナテスはここでゲニウスと並んで礼拝を受けた。ゲニウスとは，ローマの家の男性リーダーたるパテル・ファミリアス[59]の神霊である。それぞれの男が自身の「ゲニウス」を，そしてそれぞれの女が自身の「ユノ」を持っていた。これらの神霊はしばしば，考古学調査で発見されるラララリウムに付随する色とりどりの図像において，蛇の姿で表現されている。

　ギリシア人が彼らの叙事詩をムーサたち[60]への祈願で始めていたのに対し，ローマ人は，最も古いローマ叙事詩群の中では，カメナたちとして知られる女神たちに祈願していた。このミステリアスな女神たちは伝統的に水と関連付けられてきたが，それはたぶんカメナたちに捧げられた泉，フォンス・カメナルム（カペナ門の外側[61]で発見された）ゆえである。伝説によれば，この泉はカメナ・エゲリアが，夫であるヌマ・ポンピリウス（2代目のローマ王）の死のために流した涙によって満たされたものだという。カメナたちを構成する女神の数は，ムーサたちより少なかった[62]。すべての者がエゲリアをカメナたちの一員と考えるわけでもないが，エゲリアの他にわれわれが見出せるのは，カルメンタ，アンテウォルタ，ポストウォルタである。カメナたちは今日においても謎の残

人や家との結びつきを維持するのが普通であった。

58)　ラルはラレスの単数形。本章注55を参照。

59)　日本語に訳せば「家父長」。ローマの家は男性の家父長に支配され，妻や子供たちなど家族の成員はその支配を受けるのが原則であった。このような家族や社会のあり方を「家父長制」という。

60)　ギリシアの学芸の女神たちで，（ヘシオドスおよび後世の通説によれば）9姉妹である。英語ではミューズ Muse(s) となる。詩や音楽を司るものとされ，叙事詩や教訓詩の冒頭ではムーサに助力を乞うのが定型となっていた。例えば，「怒りを歌え，女神（＝ムーサ）よ……」（『イリアス』第1歌1行），「男のことを私に語れ，ムーサよ……」（『オデュッセイア』第1歌1行目）という具合である。

61)　古代ギリシア・ローマの都市においては，城壁が市の内外を分かつものであった。城壁の各所には，出入りのための門が設置されていた。カペナ門は，ローマから南東の方角へ抜けるところにあった。

62)　本章注60にある通り，ムーサはふつう9姉妹とされる。カメナたちの数は，このムーサたちの9より少ないということである。

る存在ではあるが，古くは重要であったということは，この女神たちが自分たちを祀る小神官[63]，すなわちフラメン・カルメンタリスを持っていたという事実の中から見出せる。

　ヤヌスは主要な神々の中で唯一，ギリシアに対応する存在がない。いつも二つの頭を持つものとして表され，扉と通路，始まりと終わりの神である。根本的に相反するものを合わせもつ神格であり，様々な対立する観念（火と水のような）を組み合わせ，橋から歳月まで，あらゆる種類の遷移を守護する。われわれはいまだに新しい年を毎度ヤヌスの月，January[64]から始める。これは，私たちの使っている暦（グレゴリウス暦と呼ばれる）がユリウス暦，すなわちユリウス・カエサル[65]がローマ宗教の筆頭神官たるポンティフェクス・マクシムスとして制定した暦の修正版だからである。暦というものは，もともと，ローマ人が崇める様々な神格の祝日あるいは祭の日取りを追跡することを目的としていた。暦を統制していたのはローマの神官たち pontifices で，彼らは，早い時代には暦を秘匿して，各月の初めに人々に口頭で祭を告知するのみだった。

　イタリアの古い収穫の神格であるサトゥルヌスは，鎌を持ち，有史以前にあった黄金時代の神として，ギリシアのクロノスと同一視された。その祭は，年末におけるギャンブル，ごちそう，飲酒をともなった社会規範の転覆に特徴づけられる，騒々しいサトゥルナリア祭であった[66]。

　63）　前述の大フラメン神官団 Flamines Maiores に対し，それより格下の小フラメン神官団 Flamines Minores があった。ここでは，後者に属するという意味で「小神官」と呼ぶ。

　64）　IとJはもともと同じ字であり，ラテン語でこの2字を使い分けるときには，Iが「い」の母音，Jが「や」「ゆ」「よ」の子音（半母音）を表す。この場合，ヤヌスは Janus と綴ることになり，ヤヌスの月，すなわち1月はラテン語で Januarius（ヤヌアリウス），英語で January となる。ただし今日，IとJの使い分けが古典ラテン語の正書法として採用されることは，滅多にない。

　65）　ローマ共和政末期の動乱の中で，第一回三頭政治の結成，ガリア遠征，ライヴァルとなったポンペイウスとの対決と勝利，終身独裁官への就任を経て，後継者オクタウィアヌス（アウグストゥス）による帝政の樹立を準備した「英雄」カエサルその人である（本邦では英語読みの「ジュリアス・シーザー」の名でも知られる）。

　66）　サトゥルナリア祭は12月17日から行われるものであった。余談ながら，日本において年末の風物詩的なギャンブルの機会（の一つ）といえば競馬の有馬記念であろう。2019年の有馬記念で2着となったサートゥルナーリアの馬名は，このサトゥルナリア祭に由来する。

ローマの一般民衆にとっては，共通のリラックスできる期間であった。最も注目すべき特徴は，主人たちが奴隷たちに給仕するという社会的転覆であった。サトゥルナリア祭の慣習の中には，（ろうそくを売ることや贈り物を交換することのように）現代のクリスマスのお祝いに似ているものもある。しかしながら，キリスト教の祝日であるクリスマスが，サトゥルナリア祭の単なる修正版だと言ってしまうことは，誤りであろう。

4　ローマ建国神話──ロムルスとレムス

　ローマの神話世界がギリシアのそれと異なっているもう一つの点は，明確な宇宙創成神話を欠いていることである。神々の起源を明確に示すヘシオドス『神統記』と同等のものを，ローマは持っていない。その主な理由の一つは，ローマ人が自分たちの神々について述べる物語は，儀式の入念な維持と遂行を伴うローマの宗教的伝統と比べて，副次的な役割しか持っていないことである。キケロ[67]（Marcus Tullius Cicero, 前106–前43）がローマの宗教を「諸神の祭儀」[68]と定義した（『神々の本性について』第2巻71節）ことはよく知られている。最も重要な儀式は年ごとに開催される共同体の諸祭日で，それらは都市ローマの民衆のために国家によって準備され，ローマのアイデンティティー形成において中心的な役割を担っていた。

　ローマ人が最も宇宙創成神話に接近したのは，建国神話，すなわち自分たちの都市の創設についての物語においてであった。双子のロムルスとレムスはティベル川の河原に捨てられ，パラティヌスの丘の麓の洞窟（ルペルカル）のそばで雌オオカミに乳を与えられた。年月が過ぎ，彼らは新しい都市を創設するためにティベル河畔に戻り，誰が創設者となるかを見る占いの儀式（神意を確かめるために鳥を観察する）において争っ

---

[67]　マルクス・トゥッリウス・キケロは前63年にはコンスル（本章注70を参照）も務めた政治家，弁論家であるが，多くの哲学的著作を残してもいる。『神々の本性について』はそうした作品の中の一つ。

[68]　ラテン語原文では *cultus deorum* である。

た。ロムルスはレムスより数多くの鳥を見たことを根拠として自身の勝利を宣言した。レムスは怒り，ロムルスが創設したばかりの都市の簡素な壁（ないし堀）を飛び越えた。これに対してロムルス（彼の補佐役だったケレルとも伝えられる）は，同様の冒瀆的行為を試みる者に対する警告として，レムスを殺した。

ローマ建国神話は数多くの解釈を受けてきた。ワイズマン（Timothy Peter Wiseman, 1940-）は，ロムルスとレムスが双子であったことと後のレムス殺害がこの神話の主な問題であると論じた[69]。双子問題には以前から様々な社会・政治的説明が与えられてきたが（例えば，双子は二人のコンスル[70]というもの），双子が貴族と平民（共和政期ローマの二つの社会的階級）[71]の闘争と，後の平民の高位公職への到達（前4世紀終わりから前3世紀初め）を象徴していると論じることによって，ワイズマンもこうした推測の輪に加わった。しかし，この年代決定は多くの理由から批判されている[72]。ローマ神話を政治の反映とみるワイズマンの解釈は，その経験則的な視野に限定され，その複雑さのすべてに照らした神話の理解を妨げてしまうのである。一方，比較による研究が示すのは，双子の神話は普遍的に広まっており，このモチーフには特段の説明が必要ないということである[73]。プーヴェル（Jaan Puhvel, 1932-）はレムスについて，最初の男（*Manu）がその双子のきょうだい *Yemo（>Remus）[74]を犠牲に捧げるという，最初の供犠に関して語るインド・ヨーロッパ系神話のローマ版である可能性が最も高いと論じる[75]。この解釈は，多くの

---

69) Wiseman (1995). なお，ワイズマンは英国の古典学者で，専門は古代ローマの歴史および文学。1977年から2001年までエクセター大学教授を務めた（現在は名誉教授）が，当時の学生の中には「ハリー・ポッター」シリーズの作者J・K・ローリング（J. K. Rowling, 1965-）もいる。

70) 共和政ローマの最高職であり，定員2名。任期は1年間で，毎年選挙によってえらばれた。日本語には「執政官」と訳される。

71) ラテン語ではパトリキイ *patricii* とプレブス *plebs* である。

72) Vuković (2014) 145-54.

73) Meurant (2000).

74) *Manu, *Yemo は推定されるインド・ヨーロッパ祖語での形。（本章注29と同じく）実例が残っているわけではないのでアスタリスクを付けて表記する。「(>Remus)」は，Yemoが変化してラテン語の形 Remus になったと考えられることを示す。

75) Puhvel (1987) 284-90. プーヴェルはエストニア出身の比較言語学者，比較宗教学者。カリフォルニア大学ロサンゼルス校で教授を務めた。『ヒッタイト語語源辞典 *Hittite*

インド・ヨーロッパ系の神格がローマにおいては王や英雄になったのと同じように，インド・ヨーロッパ系の宇宙創成神話はローマにおいて建国神話になったということを示唆する。こうした過程は，多くの事例で見られるもので，例えば，ヴェーダの神インドラの戦士としての事績については，それに近い類例がローマ第3代の王トゥッルス・ホスティリウスの生涯の中に見出される[76]。

　レムス神話を，ローマ社会の闘争史がひとひねりして反映されたものとみるワイズマンの解釈は，神話を政治の反映であるとする歴史的解釈に内在する問題を示している。ワイズマンの議論[77]はローマ神話の研究にいくつかの貢献をなしたが，多くの場合，彼の解釈はその神話に関する最初の資料の時代について入手可能な歴史的証拠を（共時性の水準で）強調しすぎ，神話が時を経て展開していく仕方（通時的な次元）を無視してしまう。しかしながら，すでに見たように，ローマ人は受け継がれてきたインド・ヨーロッパ系の神話のパターンを同時代の歴史的状況に合わせるために翻案するのがしばしばだったのだから，比較に基づく視点からローマ神話を考えることが必要なのである。

　これら古来の要素を伝えていくものは祭，すなわちローマの文化的記憶の維持を確かなものとする毎年の祭典であることが多かった。神話は，儀式の遂行を通じて祭典に埋め込まれていたが，その儀式は，祭の始まりといわれる神話的時代の記憶を呼び起こすものであった。ルペルカリア祭は一つの優れた例である。それは，神話上の双子ロムルスとレムスが羊飼いで，家畜の略奪に向かう若い男たちを率いていた頃を思い起こさせる[78]。この祭典における神官たちはルペルキと呼ばれ，二つのグループに分割されて，裸で（ただし腰布は身につけて）走った。だが最初は，神話上の双子の象徴となるように選ばれた二人の若い男が，生贄

Etymological Dictionary』（1984–）の編者でもある。
76) Dumézil (1970b); Allen (2003).
77) Wiseman (2004).
78) ロムルスとレムスはアルバ・ロンガの町の王家の血筋であるが，捨てられて羊飼いに育てられ，成長すると他の若い羊飼いらを束ねて盗賊たちと争い，その略奪品を分捕るようになった。こうした行動が原因となって，レムスがアルバ・ロンガに囚われる事態が生じ，ロムルスとその祖父ヌミトルによるアルバ・ロンガ王アムリウス（双子の大おじにあたる）殺害，双子によるローマ建国へとつながっていく。リウィウス『ローマ建国以来の歴史』第1巻4節以下を参照。

のヤギの血を顔に受けて笑わなければならなかった。こうした血の祭儀は世界中の狩猟の通過儀礼（仲間入り）に広まっているものであり，この祭典では，新しく仲間となる者が少年から一人前の男になるために捕食動物（狼＝ルプス lupus）と一体になるため，ルペルカリアという祭の名前とも結びついている。さて，それからルペルキはパラティヌスの丘のまわりを裸で走るが，このとき彼らは自分の肉体を共同体に見せ，多産増進のため女たちを鞭で打つ。ローマ建国の双子を記念する行事としては奇妙な種類のものに聞こえるかもしれないが，弁論家キケロのような支配的エリートの一員も，儀式がこのように行われているのを見たのである。裸のルペルキ（油を自身に塗りつけ，イヌとヤギを犠牲に捧げる）の行動は，ユッピテルの神官であるフラメン・ディアリスに課せられた禁忌（タブー）と対照的である[79]。彼らは（寝床の中でさえ）裸になってはならず，イヌやヤギに触ったり，それらの名を呼んだりしてはならなかった。ユッピテルの神官が常に守らなければならなかった他の広範な禁止事項については，バラモン（もともとヴェーダの宗教の犠牲式における司祭で，後にヒンドゥー教の社会階級になった）の禁忌の中にそれと近い類例を見出せる。両者の比較は，先史時代においてインド・ヨーロッパ系がもっていた儀式の古いシステムを示している。言い方を変えれば，バラモン，ユッピテルの神官，ルペルキが分かち持つ共通の遺産は，紀元前3千年紀に黒海北方のステップ地帯に住んでいた半遊牧民の移住者[80]にまで源をたどることができる。このことが，ローマ宗教がオオカミにローマの象徴としての特別な地位を用意している理由である可能性も非常に高い[81]。オオカミは最も社会的な陸上の捕食者で，遥かな距離をこえて移り住む。そのような存在であるから，オオカミは，モンゴル人やトルコ人といった世界中の多くの遊牧民によって，その狩猟と移住の能力ゆ

---

79) フラメン・ディアリスに課された禁忌については，アウルス・ゲッリウス『アッティカの夜』第10巻15章，プルタルコス『モラリア』「ローマ習俗問答」問答109-13に言及がある。

80) インド・ヨーロッパ祖語を話していた人々，すなわちインド・ヨーロッパ系の共通の祖先の出自は，このように推定されている。インド・ヨーロッパ祖語およびインド・ヨーロッパ系については，本章注10を参照のこと。なお，元来「ステップ」とは当該地域の周辺に広がる草丈の低い草原を指す言葉であるが，ケッペンの気候区分（「ステップ気候」の分類がある）により，大陸内陸部の半乾燥地帯に広がる草原一般をこう呼ぶようになった。

81) Vuković (2022).

えに崇敬されていた。帝政期ローマになると，ルペルカリア祭は騎士身分の若い男子が通過する儀式となった。騎士身分とは，国家の行政や軍事において名声あるキャリアを得ていた社会的エリート階級である。

5 ローマの女性

　ローマの「歴史神話」の中の女性というのは，そのほとんどが男性目線の幻想の産物か，窮地に陥った乙女，あるいは政治的問題のためのスケープゴートであるように思われる。ローマ的な女らしさの「範例 *exempla*」には，肯定的な例よりも否定的な例のほうが多く存在し，家父長制社会の教訓説話を提供する。例えば，女性のレイプは，ローマの最も古い歴史に絡んだ物語の中でしばしば取り上げられる。先述したヘルクレスがボナ・デアの水を力ずくで奪う神話[82]では，ヘルクレスがボナ・デアの巫女を，ヘルクレスの大祭壇 *Hercules Invicti Ara Maxima* が創設されることになるまさにその場所でレイプすることが暗示されている[83]。レイプはサビニ人女性誘拐の物語[84]の中でも暗示されている。ロムルスと彼の仲間の男たちは，新たな町への植民のためには妻が必要であると決心し，若い女性たちを近隣の町々からひとまとめに誘拐したが，そのようにして初代ローマ王の治世を性暴力で導き入れたのである。一方，サビニ人との戦争において，今度はタルペイアという名のローマの若い未婚の娘が，共同体に対する裏切り者として現れる。伝説によれば，彼女は高価な腕輪を見返りに得られるものと信じて，サビニ人兵士の侵入を許すことで，町を裏切った。ところがサビニ人は，彼女の背信に憤激し[85]，自分たちの盾を用いて彼女を圧死させた。タルペイ

---

82) この神話については本章第3節を参照。
83) Glavan (2022); Staples (1998).
84) この「歴史神話」については，本章第2節を参照。
85) サビニ人は，タルペイアの裏切りによって利益を得たにもかかわらず，その裏切りに対する義憤を感じたということである。後述のクロエリアの物語はこの逆となっている。すなわち，エトルリア人はクロエリアの勇気ある行動によって人質を失うという不利益を被ったにもかかわらず，敵ながらあっぱれと感心し，再び人質として送られた彼女をすぐに解放したという。

アの物語は，裏切りの結末についての戒めの説話としてしばしば引き合いに出されるものである[86]。ローマ王政期の終焉も，初代ローマ王の治世と同様，女性に対する性暴力の物語とともに導かれた。性暴力が統治の新方式，すなわちローマ共和政の成立につながったのである。伝説によれば，ローマの王子だったセクストゥス・タルクィニウス（第7代にして最後の王タルクィニウス・スペルブスの息子）がルクレティアをレイプし，ルクレティアは自殺した。このできごとは，ローマ王政の転覆とローマ共和政の成立において枢要な役割を演じた[87]。それゆえにルクレティアは，ローマの歴史と神話の中で中心的な人物となっている。彼女の悲劇的な物語は，ローマ女性の美徳と政治的腐敗の結末の例としてしばしば示されるのが習いとなっていた。また別のローマ女性クロエリアは，ローマとエトルリア人の間の争いの際に見せた勇気で名高かった。人質とされた彼女はローマの乙女らの集団を率い，ティベル川を渡って果敢に脱走したのである[88]。クロエリアが示しているのは，例えばタナクィル[89]のようなエトルリア人女性が示すのと同様の果敢さと勇気であるが，これは初期ローマに対するエトルリアの影響を反映している。エトルリア社会における女性は，ローマ社会における女性のように男性に従属させられていたのではなく，様々な社会的自由を享受していたし，社会生活において極めて重要な枠組みであった饗宴に参加していたのである。

---

86) タルペイアの物語については，リウィウス『ローマ建国以来の歴史』第1巻11章を参照。プロペルティウス第4巻4歌も全篇にわたってタルペイアの裏切りを扱っているが，そこでは裏切りの理由が腕輪などの見返りの品でなく，サビニの王ティトゥス・タティウスに抱いた恋心になっている。

87) ローマ王政の終焉をめぐる「歴史神話」については，本章第6節も参照。

88) クロエリアの物語については，リウィウス『ローマ建国以来の歴史』第2巻13章を参照。

89) タナクィルは，ローマ5代目の王であるタルクィニウス・プリスクスの妻。夫婦そろってエトルリア地方の出身であったが，よそ者の夫がローマ王となるのを助け，夫が暗殺されるや，娘婿セルウィウス・トゥッリウスの擁立を主導したとされる。リウィウス『ローマ建国以来の歴史』第1巻34章，41章を参照。

6　神話と環境

　宗教と神話は，政治や交易や戦争，そして環境といったローマ人の体験の他の側面と切り離せない。ローマ史の多くが（少なくとも帝政の開始まで）ローマという都市をその焦点とするものであるがゆえに，ローマ神話もそれが置かれていた土地の景観（ランドスケープ）の産物である。特に早い時代において，ティベル川は多くのローマ神話を形成するのに重要な役割を果たした。建国神話において，ロムルスとレムスの双子は（溺れて）死ぬべきところを神意によるティベル川の洪水ゆえに救われた。それゆえ，河神ティベリヌスは，神話を描いたローマの図像において，しばしば取り上げられる[90]。ティベリヌスはティベリナ島[91]で礼拝されていたが，この島は戦略的要衝，すなわち大河（幅80-120メートル）を渡る主要地点の近くであり，ローマの都市としての興隆を容易にした。この地域に最初に定住した者たちは防御に優れたいくつかの丘（カピトリヌスの丘やパラティヌスの丘）の上に登り，それから谷の低地エリアに居住するようになることで徐々に一つに融合していった。カピトリヌスの丘とパラティヌスの丘の間は，ウェラブルムの谷とフォルムの谷として知られ，都市の形成において決定的に重要であった。これらの地域は季節の来るたびティベル川の氾濫にさらされていたので，前6世紀にローマ人はフォルムの谷の土地の高さをかさ上げし，排水路（クロアカ・マクシマ）を建設することに決めた。クロアカ・マクシマに聖域を与えられ，「川を曲げて戻らせる」と信じられた変幻自在の神ウェルトゥムヌスの神話[92]は，この文脈の中に見ることができる。ウェルトゥムヌスの神話はフォルムが季節によってティベル川の洪水にさらされていた時の記憶を呼び起こし，姿を変え川の流路を曲げる彼の能力は，古代・中世を通じてローマの主要地域をティベル川の氾濫がなお脅

---

90) Le Gall (1953).
91) ティベル川の中洲。医神アスクレピオスを祀る神殿があったことで有名。
92) オウィディウス『祭暦』第6巻409-10行，プロペルティウス第4巻2歌を参照のこと。後者は全篇（64行）にわたってこの神のことを扱っている。

かしていたという現実を象徴していた[93]）。

　ティベル川はローマを内陸地の資源と河口における海上貿易に結びつけただけでなく，最も早い時代において西岸からのエトルリア人の侵入を防ぐ境界かつ障壁としての働きもなしていた。ホラティウス・コクレスの神話は，当時を思い起こさせる。それは，ローマ最初の橋（材料である木の丸太からスブリキウス[94]）と呼ばれていた）を守るという内容によって，自由の価値を強調する。ローマの「歴史神話」によれば，ローマ最後の王タルクィニウスは非道な暴君であって，ローマ人は彼をいよいよ耐えがたいと思い始めていた。彼の息子セクストゥスが高潔な乙女ルクレティアをレイプするに及んで，ローマ人は王を町から追放し，共和政を宣言した。タルクィニウスはエトルリア人のいとこたちに助けを求め，大軍を集めた。彼は舞い戻ってローマ人を打ち負かし，ローマ人はティベルの両岸をつなぐ唯一の橋を渡って町へと駆け戻った。圧倒的に打ち負かされた状況で，町が敵の手に落ちることを防ぐため，ローマ人は橋を壊すことに決めた。ホラティウス・コクレスは，彼の後ろでローマの守備兵たちが橋をなんとかして壊そうとする間，その場所を独り英雄的に守った。たくさんの傷を受けた後，彼は己の身を川の中に投じ，川は彼の傷を洗って無事にローマの側に運びかえしたのであった[95]）。

　ローマ神話は帝政時代にも日常生活に大きな影響を与え続けた。このことは，今やローマの権力の下に入った人々の多くの物語が混合される（オウィディウス『変身物語』におけるギリシア神話の翻案は最も有名な例である）ということだけでなく，神話を今までにない新たな手法で動員することをも意味した。例えば，神話は見せ物や娯楽のために動員された。競技場での死刑の宣告を受けた者たちは，ときに（積み薪の上で焼け死んだという）ヘルクレスの燃えやすい衣服を身につけさせられ，あるいは（神話上の歌い手オルペウスのように）様々な動物の前で竪琴を弾かせられさえしたが，動物たちはみな腹を空かせた捕食者であったし，

93）　Vuković (forthcoming).
94）　「スブリキウス *Sublicius*」という橋の名は，丸太を意味するラテン語「スブリカ *sublica*」に由来する。
95）　Meulder (2016).

もちろん犯罪者たちは（オルペウスと違って）[96]野獣を馴らす能力など持っていなかった[97]。この身の毛のよだつようなローマの残酷性の例は，現代の眼から見たときに古代世界がどんなに異質であったかを示している。それと同時に，これは神話がローマの生のすべての側面に——まさしく「死」にまでも——浸透しているということの一例なのである。

参 考 文 献

　古典の神話に関しては多くの教科書がある。最もポピュラー（にしてその理由も確か）であることが証明済みなのは Morford and Lenardon (2003) で，12 版以上を重ねているようだ。Grant (1962) は（より古めかしいとしても）同様な概観を提供してくれる。

　ローマ神話については Puhvel (1987) において短い導入が提供されている。より詳細なことについては，全体像の両面を知るために Wiseman (2004) と共に Dumézil (1970a) を参照。欠くべからざる古典テクストはオウィディウス『祭暦』，ウェルギリウス『アエネイス』，リウィウス『ローマ建国以来の歴史』である。最近ではウッダード（Woodard 2006, 2013）がこの領域で数多くの比較研究を行っている。Scheid (2003) はローマ宗教の簡潔な導入を，Beard, North, and Price (1998) はより詳細な研究を提供する。Rüpke (2007) も非常に有用。Sofroniew (2015) は家庭祭祀に関する短くてカラー図版が豊富な本である。ルペルカリア祭とオオカミの神話については Vuković (2022) を参照。

　タルペイアについては Neel (2019) が，ローマの女性については，ウェスタの巫女関連で Takács (2008) および Staples (1998) がある。競技場における神話についての必携文献は Coleman (1990) である。

Allen, N. J. (2003). 'The Indra-Tullus Comparison', in Drinka, B. and Salmons. J. (eds.) *Indo-European Language and Culture in Historical Perspective: Essays in Honor of Edgar C. Polomé*, Special Issue of General Linguistics 40, 148-71.
Beard, M., North J. A., and Price, S. R. F. (1998). *Religions of Rome.* Cambridge.
Bispham, E. and Miano, D. (2019). *Gods and Goddesses in Ancient Italy.* London.
Coleman, K. M. (1990). 'Fatal Charades: Roman Executions Staged as Mythological Enactments', *Journal of Roman Studies* 80, 44-73.

---

96)　オルペウスの歌は野獣ばかりか木石の心をもつかんだとされる。「このような歌によって，トラキアの詩人（オルペウス）が，森の，そして野獣たちの心を，さらには後をついてくる岩々を導いている間に」（オウィディウス『変身物語』第 11 巻 1-2 行）。
97)　Coleman (1990) 44-73.

Cornell, T. J. (1995). *The Beginnings of Rome: Italy and Rome from the Bronze Age to the Punic Wars (c. 1000–264 BC)*. London.

Dench, E. (2005). *Romulus' Asylum.* Oxford.

Dumézil, G. (1970a). *Archaic Roman Religion*, trans. by P. Crapp. Chicago.（原著：Dumézil, G. (1966). *La Religion Romaine Archaïque : avec un Appendice sur la Religion des Étrusques*. Paris.）

―――. (1970b). *The Destiny of the Warrior*, trans. by A. Hiltebeitel. Chicago.（原著：Dumézil, G. (1969). *Heur et Malheur du Guerrier; Aspects Mythiques de la Fonction Guerrière chez Led Indo-Européens*. Paris. 伊藤忠夫・高橋秀雄訳（2001）「戦士の幸と不幸」, 丸山静・前田耕作編『デュメジル・コレクション 4』ちくま学芸文庫.）

Glavan, M. M. (2022). 'Propertius IV 9 as a Reflex of the Indo-European Fire in Water Mytheme', *The Journal of Indo-European Studies*, 50 (3 & 4), 361–87.

Grant, M. (1962). *The Myths of the Greeks and Romans*. London.

Le Gall, J. (1953). *Le Tibre: Fleuve de Rome dans l'Antiquité*. Paris.

Meulder, M. (2016). 'Horatius Coclès, Gardien de la Frontière Romaine?', *Nouvelle Mythologie Comparée* 3, 1–39.

Meurant, A. (2000). *L'idée de Gémellité dans la Légende des Origines de Rome*. Brussels.

Morford, M. P. O. and Lenardon, R. J. (2003). *Classical Mythology*, 7th ed. Oxford; New York.

Neel, J. (2019). 'Tarpeia the Vestal', *Journal of Roman Studies* 109, 103–30.

Oakley, S. P. (1997). *A Commentary on Livy, Books VI–XI: Introduction and Book VI*. Oxford.

Parker, H. N. (2004). 'Why Were the Vestals Virgins? Or the Chastity of Women and the Safety of the Roman State', *American Journal of Philology* 125.4, 563–601.

Puhvel, J. (1987). *Comparative Mythology*. London; Baltimore.

Rodríguez-Mayorgas, A. (2010). 'Romulus, Aeneas and the Cultural Memory of the Roman Republic', *Athenaeum* 98.1, 89–109.

Rüpke, J. (2007). *Religion of the Romans,* transl. and ed. by R. Gordon. Cambridge.

Scheid, J. (2003). *An Introduction to Roman Religion*. Edinburgh.

Sofroniew, A. (2015). *Household Gods.* Los Angeles.

Staples, A. (1998). *From Good Goddess to Vestal Virgins*. London; New York.

Takács, S. A. (2008). *Vestal Virgins, Sibyls, and Matrons: Women in Roman Religion*. Austin.

Vuković, K. (2014). 'Review of R. D. Woodard (2013) *Myth, Ritual and the Warrior in Roman and Indo-European Antiquity* (Cambridge)', *Kratylos* 59, 145–54.

―――. (2022). *Wolves of Rome: The Lupercalia from Roman and Comparative Perspectives*. Berlin.

―――. (forthcoming). 'River, Agency, and Gender: An Ecocritical Reading of the Myths of the Tiber', in Schliephake, C. and Eidinow, E. (eds.) *Conversing with*

Chaos: Writing and Reading Environmental Disorder in Ancient Texts. London.
Wiseman, T. P. (1995). *Remus: A Roman Myth.* Cambridge.
―――. (2004). *The Myths of Rome.* Exeter.
Wissowa, G. (1902). *Religion und Kultus der Römer.* Munich.
Woodard, R. D. (2006). *Indo-European Sacred Space: Vedic and Roman Cult.* Chicago.
―――. (2013). *Myth, Ritual, and the Warrior in Roman and Indo-European Antiquity.* Cambridge; New York.

作品和訳・日本語文献

　ギリシア神話に比べてローマ神話へ向けられる関心が薄いのは，本邦においても同様であろう。「ギリシア神話」，あるいは「ギリシア・ローマ神話」の概説書は数多くあるけれども，「ローマ神話」単独のそれは少ない。とはいえ，まったく存在しないというわけでもないようだ。まず本章で説明される「歴史神話」については，以下の5冊を挙げよう。松田（2007）がロムルスとレムスによる建国神話をまとめてくれている。丹羽（1989）はアエネアスによる建国神話から共和政期までを幅広く扱うが，特にアエネアス神話に紙幅を割いている。グランダッジ（2006）は歴史神話を考古学の成果に基づいて考察する。ガイ・ド・トーリーヌ（1980），シャルク（1997）はそれぞれフランス語とドイツ語で出たローマ歴史神話の古い読みものである。次に，より広くローマ神話を扱うものとしては，ガードナー（1998），ペローン（1993）の2冊を挙げておく。後者は神話の概説書というよりはむしろ古代ローマ宗教史という趣をもつ。

　さて，本章ではローマの神話や信仰の典拠として様々な古典作品の名が引かれているが，それらの作品の多くに日本語訳が存在する。有名な作品の翻訳であれば，上述した概説書よりよほど手に取りやすいだろう。まず実際にナマの古典に触れてみることをすすめる。ウェルギリウス『アエネイス』には岡・高橋訳（2001），オウィディウス『祭暦』には高橋訳（1994）がある。オウィディウス『変身物語』も高橋訳（2019-20）で読めるが，文庫版で読みたいなら中村訳（1981-84）あるいは最近出た大西訳（2023）になる。リウィウス『ローマ建国以来の歴史』の全訳は岩谷他訳（2008-）として全14冊の予定で刊行中だが，2024年現在まだ完結に至っていない。全3冊の予定だった文庫版の鈴木訳（2007）は，上（原典1-2巻にあたる）のみの刊行で未完となっている。ワレリウス・マクシムスは本邦未訳だが，吉田（2017）の巻末に「章題一覧」が掲載されており，どのようなテーマが含まれているかを概観できる。また，プロペルティウスの詩集全4巻は中山編訳（1985）に収録されている。

　ギリシア語作品についていえば，プルタルコス『ローマ習俗問答』は伊藤訳（2018）に収録されている。同じプルタルコスの『英雄伝』（『対比列伝』）は明治時代から本邦で盛んに翻訳，紹介されてきた。最新の全訳は柳沼・城江訳（2007-21）である。ポリュビオス『歴史』には竹島訳編（2004-07），城江訳（2004-13）が出ており，どちらも全訳である。（ただし，同書のうち完全な形で伝存するのは原典1-5巻のみ。以降の巻は抜粋や引用断片をまとめて翻訳したものとなる。）

最後にラテン語作品に戻り，脚注で紹介した大プリニウス『博物誌』とアウルス・ゲッリウス『アッティカの夜』の邦訳を掲げておこう。前者は中野他訳（2021）が原典全 37 巻の完訳であるが，これは英訳から重訳したもののようだ。植物について論じた部分（原典 12-27 巻）に限っていえば，ラテン語原文からの翻訳として大槻編（2009）が出ている。後者は大西訳（2016）が出たが，全 2 冊予定のうち第 2 分冊が未刊である。これら二つの作品は神話の典拠というよりも，むしろ古代の森羅万象に関する情報の宝庫である。

アウルス・ゲッリウス，大西英文訳（2016）『アッティカの夜 1』京都大学学術出版会.
ウェルギリウス，岡道男・高橋宏幸訳（2001）『アエネーイス』京都大学学術出版会.
オウィディウス，大西英文訳（2023）『変身物語（上・下）』講談社学術文庫.
―――，高橋宏幸訳『祭暦』（1994）国文社.
―――，―――訳（2019-20）『変身物語 1-2』京都大学学術出版会.
―――，中村善也訳（1981-84）『変身物語（上・下）』岩波文庫.
J. F. ガードナー，井上健・中尾真樹訳（1998）『ローマの神話』丸善ブックス．（原著：Gardner, J. F. (1993). *Roman Myths*. London.）
C. ガイ・ド・トーリーヌ，植田祐次・大久保敏彦訳（1980）『物語 ローマ誕生神話』現代教養文庫．（原著：Gailly de Taurines, C. (1931). *Les contes de la louve*. Paris.）
A. グランダッジ，北野徹訳（2006）『ローマの起源――神話と伝承，そして考古学』文庫クセジュ．（原著：Alexandre Grandazzi (2003), *Les origines de Rome*, Paris.）
G. シャルク，角信雄・長谷川洋訳（1997）『ローマ建国の英雄たち――神話から歴史へ』白水社．『ローマ建国物語――神話から歴史へ』（1968）の改題新装版．原著：Schalk, G., rev. by G. Aick. (1965). *Römische Götter- und Heldensagen*. Wien; Heidelberg.）
中山恒夫編訳（1985）『ローマ恋愛詩人集』国文社.
丹羽隆子（1989）『ローマ神話――西欧文化の源流から』大修館書店.
プリニウス，大槻真一郎責任編集，岸本良彦他訳（2009）『プリニウス博物誌 植物篇・植物薬剤篇』八坂書房．（1994 年初版の新版）
―――，中野定雄・中野里美・中野美代訳（2021）『プリニウスの博物誌 Ⅰ-Ⅵ（縮刷第二版）』雄山閣．（『プリニウスの博物誌 Ⅰ-Ⅲ』（1986）雄山閣出版の判型を小さくし，全 3 冊から全 6 冊に分割したもの）
プルタルコス，伊藤照夫訳（2018）『モラリア 4』京都大学学術出版会.
―――，柳沼重剛・城江良和訳（2007-21）『英雄伝 1-6』京都大学学術出版会.
S. ペローン，中島健訳（1993）『ローマ神話』青土社．（原著：Perowne, S. (1988). *Roman Mythology, new revised edition, 3rd impression*. London.）
ポリュビオス，城江良和訳（2004-13）『歴史 1-4』京都大学学術出版会.
―――，竹島俊之訳編，塚田孝雄訳編協力（2004-07）『ポリュビオス 世界史Ⅰ-Ⅲ』龍溪書舎.
松田治（2007）『ローマ建国伝説――ロムルスとレムスの物語』講談社学術文庫.

(『ローマ神話の発生──ロムルスとレムスの物語』)(1980) 社会思想社の改題文庫化)

吉田俊一郎 (2017)『ワレリウス・マクシムス『著名言行録』の修辞学的側面の研究』東海大学出版会.

リーウィウス,鈴木一州訳 (2007)『ローマ建国史 (上)』岩波文庫.

リウィウス,岩谷智他訳 (2008–)『ローマ建国以来の歴史 1–14』京都大学学術出版会.

J. リュプケ,市川裕・松村一男監訳 (2024)『パンテオン──新たな古代ローマ宗教史』東京大学出版会.

(友井太郎　訳)

16

ギリシアを翻訳する
―― バルバロイの文化への翻訳 ――

ドメニコ・ジョルダーニ

> 本章では，初期ローマ文学における翻訳の概念とその意義を考察する。序節ののち，第2節では言語を横断しての語源研究を用いながら，ローマの建国神話とギリシアの創世神話の類似性を探り，第3節ではギリシアの論説が初期ローマ文学に受容される様子を見ていく。第4節では『オデュッセイア』の最初期のラテン語訳が持つ特徴と後代への影響を検討し，結びとする。

1　はじめに

　「翻訳」が持つ意味は，文化によって異なる。時代や社会背景が変われば，翻訳という行為への見方も大きく変わり，その行為を指す際に使う表現は，特定の文化において「翻訳」という言葉がどのような意義を持っているのかという問題にかかわってくる。例えば，英語の"translation"は，語源となっているラテン語の *trans-ferre*「向こう側へ運ぶ」という動作を意識させるが，それによって特定の言語から別の言語へある程度忠実に運ぶのだ，という意図が見てとれる。いわゆる「良い翻訳」に期待されるのは，まさにこの条件である。このような，どちらかといえば近代的な観点に立ち，日本映画の傑作『蜘蛛巣城』（1957

年)[1]を『マクベス』[2]の翻訳であるとしたならば，それはまったく的外れな主張となる。「あのスコットランド劇」[3]から着想したのは確かだが，黒澤明[4]（1910-98）は場面設定を置き換え，元の作品の筋に大変意義のある変更を施している。彼の翻案が上手く機能しているのは，『蜘蛛巣城』が，異文化間で同等とされる一連の要素を利用して作り上げられているからであり，かつ監督によるその「等価」[5]が創造性に富んでいるためである。これにより，中世のスコットランドは見事に封建時代の日本へと「翻訳」される。単に英語から日本語に置き換わったのではなく，マクベスは，真の意味で，野心ある武士の鷲津武時に変身するのである。武士の時代という過去を振り返る1950年代の日本と，驚くほど現代的な眼差しで古いスコットランドの物語を見つめるエリザベス朝期のイングランドとの間のどこかから，鷲津は生まれた。

　もちろん，この黒澤による『マクベス』の翻案は，現代でいうところの「翻訳」とは異なるが，文化間の置き換えによって成り立っていることは確かだ。マクベスを鷲津にすることで，外来の要素との同化を通じ，日本文化の中に新たな意味を生み出す無限の可能性を開いたのである。初期ローマの著述家たちが，ギリシアの先駆者やギリシア文化全般

---

[1] 後述の黒澤明監督作品の一つ。シェイクスピア『マクベス』のプロットを戦国時代に移した翻案作品である。武将の一人である鷲津武時は栄進したのち妻に唆され城主を殺害し，自らが『蜘蛛巣城』の城主となる。しかし，最終的には権力争いの中で殺害した者達の子に討たれる，という筋で展開する。

[2] 1606年成立で，シェイクスピア（William Shakespeare, 1564-1616）の四大悲劇の中にも数えられる劇作品。劇中では，将軍マクベスは野心家の妻に唆され主君を暗殺し，スコットランドの王位に就くが，暴政のため貴族や王子に復讐される形で最期を迎える。

[3] 現在でも『マクベス』の名を劇場で挙げることは不吉であるとされるため，験担ぎ的にこのように呼ぶ習慣がある。ただし，そのように呼ばれることになった原因は仮説の域を出ない。

[4] 戦後日本を代表する映画監督であり，その作品は世界的に高く評価された。代表作に『羅生門』（1950）や『七人の侍』（1954）などがある。

[5] ここで「等価」と訳したのは"equivalence"という単語であり，これは所謂「翻訳研究」において専門用語的に使われる言葉である。「等価」とは，異なる言語間で言葉を変換する際必然的に生じる差異にも拘らず，原文と訳文の間にあると見做される「同一」もしくは「類似」関係に言及する場合に用いられる用語である（例えばPalumbo (2009) 42を参照）。しかし，この用語の使い方にも大きな議論がある（邦語文献として，河原（2017）を参考に挙げる）。以下，ローマ文学に注目する本章では任意の言葉，概念についてギリシア文化とローマ文化で本来異なるにも拘らず，それらを対応物としてイコール関係にあると見做すことを指す。

に対して取った方法も，これからそう離れたものではない。本章では，三つの事例を用いて，ローマ人にとっての「翻訳」がわれわれの思うものと如何に異なるかを示し，ローマ文学の誕生に「翻訳」という行為が担った重要な役割を強調していく。

2　創世神話の翻訳 ——「環状の濠」とヘシオドスが描くカオス

　古代の社会では珍しいことに，ローマ人はもともと，神々の誕生や人間の創造，自身が住む世界の起源などを語る神話を持たなかった[6]。共和政期[7]に入ってようやく，初期ギリシアの思想からの多大な影響のもとに，自前の創世神話を生み出したのである。しかしながら，ローマ人の文化には，都市の起源に関する物語が長きに渡り根を下ろしていた。
　ローマ人は，エトルリア[8]などの高度に発展した文明がすでに長いこと栄えていた土地に遅れてやってきた。よって，彼らは何においても「最初」にはなれず，アテナイ人のように「最初に大地から生まれてきた」などとは言うべくもなかった[9]。必然的に，ローマ人の起源はロー

---

[6]　このテーマに関する邦語文献は，松村 (2008) などがある。

[7]　伝承によれば，ローマはロムルスによって建国された後王政を敷いていた。5 代目のタルクィニウス・プリスクス (Tarquinius Priscus, 在位前 616–前 579) の代からはエトルリア系の王が続いており，最後の王となった 7 代目タルクィニウス・スペルブス (Tarquinius Superbus, 在位前 534–前 510。*superbus* は「傲慢な」の意) もエトルリア系と見なすことが出来る。この最後の王自身の振る舞いや彼の息子セクストゥス (Sextus Tarquinius, 前 6 世紀) の犯したルクレティア強姦事件などは市民の不満を招き，ルキウス・ユニウス・ブルトゥス (Lucius Iurius Brutus, 前 6 世紀) の弁論を契機にローマ人たちが決起したことで王は追放され，前 509 年に王政ローマは終わりを迎える。その後ローマは有力貴族を中心とし，元老院，執政官，民会を基盤とする政治体制に移行した。これらの半神話的な伝承がどれほど現実を反映しているのかは確かではない。また上記政治体制の権力関係も不変ではない。しかし，王政の終わりからオクタウィアヌス (Octavianus, 前 63–後 14) がプリンケプス (第一人者の意) の称号を得て事実上帝政を開始したとみなされる前 27 年までの期間を一般に共和政期と呼んでいる。

[8]　ローマがイタリア半島全域の支配権を得るまで，現在のトスカーナ地方など主にイタリア中西部に栄えた文明。前 4 世紀以後に徐々にローマに同化されたが，その文化はローマの文化形成にも大きな影響力を有していたと推測される。概説として，Haynes (2000) がある。

[9]　例えば，アナクサゴラス (Anaxagoras, 前 500 頃–前 428 頃) の弟子であり，アテナイで活躍したアルケラウス (Archelaos, 前 5 世紀) は，動物と人間が土から発生したと述べ

マという共同体の興りと一致するようになり，民族としての名前やアイデンティティーも共同体ローマから得ることになった。その結果，ローマの起源譚に大別できる物語はすべて，特定の要素の「創造」ではなく「都市空間への導入の瞬間」を描写している。例を挙げると，サビニ人の女性たちを略奪することで女性が[10]，ペナテスの移入によって最初の神々が[11]，それぞれローマに到来したことになっている。

　共和政期の学者であるウァッロ[12] (Marcus Terentius Varro, 前116–前27) も創造に対して同じ視点を有していた。彼は散逸した『人事と神事に関する故事について』において，神事を人間に関する内容よりも後に論じているが，その後回しの動機は，アウグスティヌス[13] (Aurelius Augustinus, 354–430) によって以下のように引用されている。

　　そういうわけで，ウァッロは，まず人間に関する事物について，つ

たらしい（ディオゲネス・ラエルティオス『哲学者列伝』2.4）。しかし，より有名な話としてプラトン（Platon, 前427頃–前347頃）の『プロタゴラス』320d–321があり，そこではプロタゴラスが神々は「大地の中で」(320d) 土，火，そして土と火の混合物から人間の形を作り，能力の配分をするようプロメテウスとエピメテウスに委ねたと語っている。

　10）　ロムルスと彼の元に集まった男達によって建国されたローマには女性が絶対的に少なく，子孫が絶えてしまう恐れがあった。そこでローマで祭を開き，それに参加しようと訪れた近隣のサビニ人が連れる女性たちを略奪するという手段が取られた。その後そのために近隣諸国と交戦状態になったが，略奪されすでにローマ人の子を出産していた女性たちは戦場に割って入り戦争を和解させた，というエピソードがリウィウス『ローマ建国以来の歴史』第1巻9章から13章で語られている。

　11）　ペナテス Penates はラレス Lares などと同じく，家庭の神として主に家の中で祀られていた神格である。これと同じ名を持つ神として，ローマという都市全体の家神として「ローマ人民のペナテス Penates Publici Populi Romani」がパラティノの丘周辺で祀られていた。この都市のペナテスが，アイネイアスによってトロイアからこの地にもたらされた神であると考えられていたようである。例えば『アエネイス』第2巻293行以降やプロペルティウス第4巻1歌39行以降の記述を参照。ローマの礎を築いたとされるアイネイアスがもたらしたのだとしたら，神話の年代学上は，「ローマ」において最も早い時期に導入された神と言える。

　12）　ローマ共和政期の政治家，詩人，学者であり，後の時代もその学識で知られていた。『メニッポス諷刺詩集 Saturae Menippeae』などを含む多くの著作を残したが，『農業論 Rerum rusticarum libri』と『ラテン語論 De lingua latina』（ただし全25巻中現存するのは6巻のみである）だけが現存し，その他大部分は散逸した。

　13）　テオドシウス1世の時代に活躍したラテン教父。北アフリカ出身でミラノの修辞学教師をしていたが，キリスト教に回心した。『告白 Confessiones』や『神の国 De civitate Dei』などの著者である。

ぎに神に関する事物について書き記したのは，それらの神に関する事物は，人間によって設けられたからだと告白しているが，その理由はこうである。——「画家が画かれた絵よりも先であるように，大工が建築物よりも先であるように，国家の方が国家によって設けられたものよりも先である」。

(アウグスティヌス『神の国』第 6 巻 4 章 11 節)[14]

　ローマ人の発想では，神々は創世神話に現れないのみならず，その実在さえも，市民自らが特定の場所や時期を設定して創始する神殿や儀礼といった，人間の作る制度に依存していた。ローマ人は，独自の創世神話を発展させる代わりに，ローマという彼らの「世界」の始まりを，創世のときを見つめる目で観察していたのである[15]。
　ローマ建国の様子は様々な記録から伺い知ることができる。そうした記録には，神話の一部だけを取り上げるものもあれば，重要な出来事を追加したり省いたりして，物語の全体像をまったくの別物にしてしまっているものもある。ギリシアの伝記作家プルタルコス[16] (Plutarchos, 50 頃 –120 頃) が以下のように伝える，ロムルス[17]による建国儀礼の詳細は非常に興味深い。

　　現在のコミティウム[18]の周囲に，環状に濠が掘られた。(中略) 彼らはこの濠を，天空と同じ名で μοῦνδος (「ムンドゥス」羅：mun-

---

14)　服部英次郎訳 (1982)『アウグスティヌス　神の国 (二)』岩波文庫より引用。
15)　建国神話に対して宇宙発生論が有した意義に関しては，Horsfall and Bremmer (1987) および Bettini (2012a) を参照。
16)　ボイオティアのカイロネイア出身のギリシア人著述家。その名で伝わる著作集としては『英雄伝 Vitae Parallelae』や『モラリア Moralia』などがある。
17)　ローマの伝説的な建国者。軍神であるマルスとアルバ・ロンガの王ヌミトルの娘レア・シルウィアの間の子として，双子の兄弟であるレムスと共に生を受けたが，ヌミトルの弟であり叔父であるアムリウスの策略により，母から引き離される。弟と共に雌狼や養父ファウストゥルスに保護され成長し，やがてアムリウスのアルバ・ロンガと戦い，勝利する。その後もレムスとの決闘などを経て，ローマを建国し，突然の死後クィリヌス神として祀られた。以上が，ロムルスの神話である。
18)　この「民会集会場」などと訳される場所は，フォルム・ロマヌムの北側の角の辺りに位置した。後に手狭になったためクリア・ユリア (元老院議事録) に移されたが，共和政期には政治演説が為される重要な場所であった。

dus)[19]と呼んだ。（プルタルコス『英雄伝』「ロムルス」第11章)[20]

　プルタルコスがラテン語の mundus に対応する言葉として，空を表す標準的な語「ウラノス οὐρανός」ではなく，神々の座としての天空を指すのに使われる「オリュンポス ὄλυμπος」を選んで訳出している事実は特筆に値する。ラテン語の mundus が，天空のアーチという意味に加え，世界全体を表す語でもあったことを考えると，プルタルコスの用語選択の正確さがさらに際立ってくる。アウグストゥス（Augustus, 前63–後14）時代の文法家ウェッリウス・フラックス[21]（Verrius Flaccus, 前55頃？–後20頃？）が集めた好古家の資料を後の時代に引用している資料編纂家フェストゥス[22]（Festus, 後2世紀後半）によれば，「空，大地，海，大気をまとめて mundus と呼ぶ」（Paul. Fest. 143 L.）とされている。

　プルタルコスに戻ろう。ローマの建国儀礼の次の段階は，環状の濠の外周に畝間を掘ることであった。環状の濠は今や，新たに創建された都市空間の中心である。雄牛と雌牛1頭ずつが引く犂で掘られた畝間は，ローマの領域を規定する境目となり，「最初に生まれた primigenius」というエピセットを冠した[23]。この「最初に生まれた」という表現は明ら

---

19) 「世界」「天」などを意味するラテン語であり，その意味の広さは以下扱われる。なお，プルタルコスはこの語をギリシア語の綴りで書いているが，これはラテン語の mundus のことである。

20) 以下原語での単語の意味が論じられており，その論旨に合うように原語を一部引用し和訳した。

21) 本文中にあるように，この人物の最も重要な著作である百科事典的な『語の意味について』は主にフェストゥスの『摘要』の中にまとめられてわれわれのもとに伝わっている。その他にも『正書法について』などの著作があったと考えられるが，散逸。

22) 前注を参照。彼の『語の意味について』が『摘要』としばしば訳されるのは，これがウェッリウス・フラックスの著作の摘要であるからである（ただし，全20巻あったとされる）。しかしフェストゥスの著作である『語の意味について』も現存するのは12巻以降のみであり，しかもフェストゥス本人のテクストが書写されて伝えられたのは11世紀の codex Farnesianus の名で呼ばれる損傷の激しい一冊のみである。これ以外ではカロリング朝期にパウルス・ディアコヌス（Paulus Diaconus, 720頃–799頃）がフェストゥスの『語の意味について』を要約したものを残しているが，今日「フェストゥス」として扱われるテクストの大部分はこれに基づく（なお，略号中，L は Lindsay, W. M. (1913). *Sexti Pompei Festi De Verborum Significatu quae Supersunt cum Pauli Epitome.* Leipzig を指し，数字はそのページ数を指示している）。

23) Paul. Fest. 271 L. を参照。また建立儀礼に関する最初期の説明としては Cato Orig. fr. 18 Chassignet を参照。

かに「創造」を念頭に置いており，ロムルスが掘った濠に対して天空や世界を意味する mundus という語を当てたこととも矛盾しない。建国儀礼が進むにつれ，世界の中心となる場所を起点として同心円状に拡大していく。そして，そこにローマという誕生したての共同体が確立する。建国儀礼はそのようなイメージと合致するように思われる。

創世神話の代替物であるローマの建国儀礼と翻訳に，一体どんな関係があるのだろうか。環状の畝間を掘るという，儀礼以外では極めて例外的と言える作業のためには，犂の轅(ながえ)の一部を曲げたままにしておく必要があった。その湾曲した部分は，犂の刃から梁までの部分と牛側へ伸びる轅とを連結する箇所であり，ラテン語では urvum あるいは urbum と呼ばれた。ウァッロは『ラテン語論』において，都市を意味するラテン語 urbs を urvum と「環 orbis」の混成語だと解釈している（『ラテン語論』第5巻143章）。ウァッロは，ローマ人の「都市」の見方を規定する言語学的な根拠を見出していた。すなわち，彼らにとっての都市とは，「湾曲した犂で（掘った溝で）外周を囲まれた円形の空間」だったのである。

これより数章前，ウァッロは「2頭の牛を繋ぐ軛(くびき)の中ほどに穴があり，梁の一端が挿入されることで塞がっている。この穴を「空洞 cavum」に由来して cohum と呼ぶ」と記している（『ラテン語論』第5巻135章）。少なくとも犂に関しては，cohum という語は梁の一端をしかるべき位置に固定するための「穴」や「くぼみ」を意味し，urvum の同義語とされることもあった。注目すべきことに，ウァッロが「天空 caelum」の語源を説明する際，彼は師であるルキウス・アエリウス・スティロ[24]（Lucius Aelius Stilo, 前150頃-?）の意見に対抗すべく，cohum を引き合いに出している。ウァッロの解釈では，「天空 caelum」は動詞「彫る，彫刻する caelo」から派生した語[25]でも，反語的な由来を持つ語[26]でも

---

24) 共和政期の学者である。その通り名である Stilo は彼が他人のためによく弁論原稿などの筆を取ったことから，「尖った筆 stilus」に由来してそう呼ばれていたらしい。教育活動も行ったようでウァッロの他にもキケロなどにも教えていたようである。

25) 「天空 caelum」が「彫刻されたもの caelatum」に由来するとする説。cf.Varro Sat. Men. fr.420 Cèbe "appellatur a caelatura caelum, graece ab ornatu kosmos Latine a puritia mundus" および Plin.HN.2.8.1 "namque et Graeci nomine ornamenti appellavere eum et nos a perfecta absolutaque elegantia mundum."

なく，「空洞 cavum」から生まれた語であり，その「空洞 cavum」も choum という語形を通して「カオス chaos」に由来するとされる（『ラテン語論』第 5 巻 18–19 章）。こうした言語学的な議論から導かれる次の結論がまた興味深い。「ヘシオドス（Hesiodos, 前 8 世紀末–前 7 世紀初め活動）が万物の根源と見なした「カオス chaos」から「空洞 cavum」が派生し，そこから「天空 caelum」が生まれた」（『ラテン語論』第 5 巻 20 章）[27]。

厳密にはこうした議論は言語学的に常に正確とは言えないが，古代の語源学研究はその文化特有の連想に光を当てることがある。一見どんなに突拍子もなくとも，こうした議論は，言葉の意味をその内部から，つまり，その文化に参画していた古代の人々の視点から考察しようとしているのであり，その文化の探究こそわれわれの目指すところである。これを踏まえれば，ウァッロが上述のような結論に達したのは，単に cohum / choum（犂に空いた穴）と「カオス chaos」との表面的な類似性に着目したからだ，と言ってしまうのは問題を単純化しすぎることになる。音声面での相似が類推を助長し，それによって後代の文法学者もこの説を支持しているのは確かだ。しかし，筆者としては，ローマが誇る学者ウァッロを突き動かしたのは，単に言語学的な根拠のみではなかったと考えてみたい。

文法家ウェッリウス・フラックスは，自身が編纂した辞書『語の意味について』において，cohum（犂に空いた穴）の語源をウァッロと同様の所に求めている。ウェッリウスは以下のように述べている。「詩人たちは「天空 caelum」を指して，「カオス chaos」から派生して cohum という語で呼んだ。カオスから天空が形づくられたと信じていたからだ」（Paul. Fest. 34 L.）。この語源論は，別言語および異文化へ向けられた同一視を前提に成立している。すなわち，ギリシア人にとって天空はカオスから生成されたものであるから，対応するラテン語 cohum もギリシア語の「カオス chaos」から派生したという考え方だ。ウェッリウスはこの同一視をさらに推し進め，名詞由来の動詞「始める incohare」は

---

26) 「天空 caelum」が「隠されていないもの non celato」に由来するとする説。
27) De Melo, W. D. C. (2019). *Varro: De lingua Latina: Introduction, Text, Translation, and Commentary*. Oxford を参考に和訳した。

「おそらくギリシア語源であろう。ヘシオドスが万物の始まりはカオスだと述べたから」と記している（Paul. Fest. 95 L.）。これは，ヘシオドス『神統記』でカオスが「始まりの始まり」とされる箇所[28]への明らかな言及である。ウェッリウスあるいは彼が用いた出典（ウァッロその人だった可能性もある）は，ラテン語の単語「始める incohare」の意味を説明するために，わざわざギリシア創世神話の世界へ足を踏み入れているのだ。

これは一体なぜだろうか。この疑問を解決すべく，上述の語源論を少々異なる角度から見てみることにしよう。古代末期にウェルギリウス作品の注釈者として活躍したセルウィウス[29]（Servius, 4 世紀後半）は，「始める incohare」を「儀礼的用語」であるとしており（Serv. A. 6. 252），実際に，この動詞の現存する用例の多くは，神殿の建立や儀礼の創始，さらには創世そのものを表している。すでに見たように，*cohum* は犂に空いた穴を意味し，*urvum* で結ばれていた。ローマ建国神話では，ロムルスがこれを用いて「最初に生まれた」畝間を環状に掘っている。どちらも天空を意味するという *mundus* とのつながりや，儀礼の創始を表す *incohare* との関係において，*cohum* という語は，ローマ建国における創世的な側面を再び想起させるのである。

よって，その原初のカオスとの関連性は，いかに密接に創造の概念がローマ建国に関する神話的な物語に結び付けられていたのかを示している。語源学的な探究の結果，ウァッロと彼の後継者たちは，建国神話に登場する言葉 *cohum*（犂に空いた穴）を，ギリシアの創世神話における

---

28) 『神統記』第 115-116 行およびその箇所ついての West (1966) 192-193 の解説を参照。和訳は以下の通り。「始めから（物語りたまえ），それらのうちで最初のものが何だったのかを／最初に生じたのはカオス Χάος（chaos）であった」。

29) ラテン詩人の作品に対しても生前もしくは死後早い段階から文法家により解釈，研究が為され注釈が書かれた。そうしたものの中には，伝承の形は様々だが（本書の関連する章を参照）古代，古代末期から時代を超えて伝わったものがある。ウェルギリウスの場合，その最も有名なものがセルウィウスによる注釈である。現在，Thilo と Hagen により校訂された 3 冊本でセルウィウスの注釈を読むことができる（Thilo et Hagen (eds.) (1881-1902). *Servii grammatici qui feruntur in Vergilii carmina commentarii*, 3 vols. Leipzig.）。また，新しい校訂版として所謂 Harvard Servius 版を出す計画が長期に渡って続いている（Rand が『アエネイス』1-2 巻（1946），Stocker and Travis が同じく 3-5 巻（1965）を出版した後，続く巻は長い間本の形では出版されて来なかったが，2018 年に Kaster が同書第 9 巻から 12 巻を分担していた Murgia の遺稿をまとめる形で出版している）。

万物の根源「カオス chaos」に置き換えた。こうして異文化間の要素にイコール関係を確立しつつ，それにより建国神話も「始まりを語る物語」という意味ではヘシオドスの『神統記』と大差ないものだ，と示せたのである。これは厳密には「翻訳」とは言えないだろう。しかしながら，この暗黙の「等価」[30]を通して，ローマ人の文化的同化の手法の一端を知ることが出来る。この手法を彼らは *interpretari* とか *vertere* などと呼んでいた[31]。続く章では，エンニウス[32]（Ennius, 前 239-169 頃）とリウィウス・アンドロニクス[33]（Livius Andronicus, 前 280 頃-前 200 頃）という二人のローマの初期の著述家が，いかにこの手法をギリシア語作品の翻訳に応用したのかを見ていくことにする。

3　散文の翻訳——ローマに持ち込まれたエウヘメロス

　前 4 世紀の哲学者で政治家でもあったメッセネ[34]のエウヘメロス（Euhemeros of Messene, 前 4 世紀-前 280 頃？）は，ゼウスはクレタ島に埋葬されたと主張したことで知られる（断片 2 および 9）[35]。こうした発言の根底には，『神聖史』と題された彼の作品で展開されている大胆な理論がある。それによれば，神などは遠い過去に生きた人間に過ぎず，並外れた功績を上げたため死後に人々の思想の中で神格化されただけの存在である（断片 14 および 15），とされる。こうした思想は生前激しい批判にさらされたようだが，共和政初期のローマではこの作品は非常に高く評価され，彼の同時代人エピクロス[36]（Epicuros, 前 341-前 270）に次ぐ

---

30)　「等価」に関しては，本章注 5 を参照。
31)　これらの単語の意味に関しては，以下で説明される。
32)　「ラテン詩の父」とも言われるこの人物の仕事に関しては，本論の以下の記述を参照。イタリア南東部のルディアエで生まれた彼はギリシア語，オスク語，ラテン語によく通じており，その多言語性が重要な特徴の一つである。
33)　この人物に関しては，本章第 3 節で述べられる。
34)　シチリア島北東部の都市。シチリア島は現在イタリア共和国に属するが，古代世界ではシュラクサイなどギリシア都市が栄えていた。
35)　断片の通し番号は Winiarczyk (1991) の校訂本に従う。
36)　サモス島に生まれたヘレニズム期の思想家。独自の思想を持ち弟子たちと共同生活を送った。後にその思想と言葉は高弟たちにより形成された学派の教義の中に残されることとなる。

人気を誇った。

　その人気の高さは，本作がラテン詩人エンニウスによって翻訳された事実からも分かるだろう。翻訳は『エウヘメルス』あるいは『神聖史 Sacra Historia』と題され，その断片の多くは初期キリスト教著述家のラクタンティウス[37]（Lactantius, 250頃-325頃）による引用を通じて今に伝わる。ラクタンティウスは非キリスト教の神々に対する伝統的な見方に抵触するような理論に興味を持ち，そうした思想を持つ作家を熱心に引用していた。彼はエンニウスの書いたものを一言一句違わず引用したと主張しているが，彼の作品『神聖教理』に実際に残る散文が誰の手によるものかはまだ解明されていない。また，彼が直接エンニウスによる翻訳[38]を引用したのか，あるいは何か未知の作品を介して引用したのかという問題についても決着をみない[39]。エンニウスの翻訳の目的も長きに渡って研究の対象だったが，これはおそらく，彼のパトロンであったププリウス・コルネリウス・スキピオ・アフリカヌス[40]（Publius Cornelius Scipio Africanus, 前236-前183）を神の如く敬うように促すためとされている。

　傑出した人間が死後神になれるという思想は，ローマの宗教にもすでに存在していた。数百年後，エウヘメロスの非キリスト教の神々に関する理論を取り上げたアウグスティヌスは，ロムルスという最適な題材を提示し，神話上のローマ建国者ロムルスは，天上の神々の世界へ昇ったと伝えられているとする。このことから，こうしたギリシア的発想をローマの偉人たちに適用することに人々は何の抵抗も持たなかったと彼は主張している（アウグスティヌス『福音書記者たちの調和について』第1

37）北アフリカ出身の教父。修辞学を学び，古典期の文体を模したその作品は広く読まれた。ギリシア哲学者たちからの批判に反論する形での護教的著作も残しており，最も有名な『神聖教理』もそれを主な目的としている。

38）アクシラオス（Acusilaos, 前5世紀）やペレキュデス（Pherecydes, 前5世紀）による初期ギリシア神話作品のように，ほぼ間違いなく散文で書かれていたとされる。

39）反対意見に関しては，それぞれ Canfora (1993) 317-321 および Winiarczyk (2013) 115-122 を参照。

40）この人物の義理の孫に当たるスキピオ・アエミリアヌス（Publius Cornelius Scipio Aemilianus Africanus Numantinus, 前185-前129）と区別するために「大スキピオ」の通称で呼ばれることもある。名門出身であり，第二次ポエニ戦争のザマの戦いでハンニバル（Hannibal, 前247頃-前182頃）を下し英雄的扱いを受けたが，後年は収賄の疑いをかけられ公の場から離れた。

巻23章32節)。この思想は容易に「翻訳」できたのだった。

一方，エンニウス本人はといえば，自身の翻訳という仕事を，オックスフォード英語辞典が定義するような「ある言語から別の言語へ置き換える行為」[41]だとは考えていなかった。『神々の本性について』においてエウヘメロスを論じる際，キケロ[42] (Cicero, 前106–前43) はエンニウスにも忘れることなく言及し，彼の作品を以下のように評している。

> この理論を展開したのは主としてエウヘメロスである。彼は特にわれわれの誇る詩人エンニウスによって翻訳され（was translated)，模倣された。　　（キケロ『神々の本性について』第1巻119章)[43]

英訳者は，この箇所の *interpretari* というラテン語を "translated" と訳出している。しかし，*interpretari* はわれわれが思う「翻訳」よりも複雑な語であり，単純にある要素が一つの言語から別の言語へ文字通り「運ばれる *trans-ferre*」という動作を定義するものではない。実際の意味は全く異なっていて，語源的には商業取引の分野に由来し（「間に」*inter*-「値段，代価」*pretium*），「対象となる要素の間で成立する適正な等価性に基づく文化上のやり取り」という概念を導く語なのである[44]。

エンニウスの筆はまさにこのように進んでいく。ギリシアの神々をローマの神々に当てはめ，「フォルム *forum*（公共広場）」，「裁判所に出廷する *in ius venire*」，「命令権を与える *imperium dare*」など際立ってローマ的と言える語彙を盛り込む工夫は，出典となったギリシア文化と彼自身の文化との間の類似性を指摘しようとする彼の意図を明らかにし

---

41) 『オックスフォード英語大辞典 *Oxford English Dictionary*』(1989, 第2版) 'translation' 1 "The action of converting from one language to anothor".
42) 共和政期末期の政治家，弁論家，哲学者。自ら有名な『カティリナ弾劾』などで述べているように，カティリナ一派のクーデターを防ぎ，その後元老院から「国父 *pater patriae*」の称号を得るなど政治的成功を収めていたが，その後の政治的混乱の中で立場を失って行き，最終的には暗殺される。著述家としては多くの著作を後世に残し，哲学，修辞学などの分野で死後も大きな影響力があった。本書第20章を参照。
43) 原著者は敢えて Rackham, H. (1933). *Cicero: De Natura Deorum, Academica*. Cambridge, MA; London の英訳を引用しているため，その英訳から和訳した。
44) ローマ人の文化における *interpres* / *interpretatio* の概念に関しては，Bettini (2012b) 88-121 を参照。

ている。しかしながら，彼の「ローマ化」は用語法の範囲を超え，構造的な部分にも触れている。複数の証言から判断するに，エウヘメロスの語る神々の起源は，おおよそ以下のように人間化されていたらしい。

1) ウラノス[45]は篤志家で，名高い天文学者でもあり，地上を支配する最初の王である。ティタン[46]とクロノス[47]の二人の息子と，レア[48]とデメテル[49]の二人の娘に恵まれた。　　　　　　　（断片49）
2) 彼の死後，王国は（年長の？）息子クロノスに受け継がれる。クロノスは姉妹レアと結婚し，ゼウス[50]，ヘラ[51]，ポセイドン[52]の三人の子をなす。　　　　　　　　　　　　　　　　　　（断片53）
3) 国を揺るがす戦争の後，ゼウスが王座に座る。男の子孫に打倒されるだろうとの予言の成就を恐れたクロノスが，ゼウスを殺そうとして起きた戦争であった。　　　　　　　（断片58および59）
4) 最後に，ゼウスは諸国を遍歴し，バビロニア，シリア，キリキア[53]に神殿を建立する。　　　　　　　　　　（断片61および63）

---

45) この神は一般的には天空の神とされる。神々の最初の王としてガイアを妻とし，クロノスなどティタン12神を儲けたが，怪物のような容姿の子供達を疎んでタンタロスに幽閉した。妻ガイアは怒り，末子クロノスにウラノス打倒のための鎌を与え，最終的にその鎌によってウラノスは男性器を切り取られ追放される。
46) ここでは息子の一人になっているが，ティタンは通常ウラノスとガイアとの間に生まれたクロノスの兄弟姉妹である12神を指す。巨躯であり，「オケアノス（海神）」など自然神と考えられるものを含んでいる。
47) 注45を参照。この神は大地と農耕に結びついていると考えられる。ウラノスを打倒した後，クロノスはウラノスに代わり王位につく。レアを妻とし，ヘスティア，デメテル，ヘラ，ハデス，ポセイドンなどを儲けるが，かつて自らが父に為したのと同じく子により王位を追われるとの予言を受け，子が出来る度に飲み込んでいた。しかし，レアの策でクレタ島に秘匿された子であるゼウスはやがて成長し，クロノスを打倒することとなる。
48) 大地の女神の一人であり，クロノスの妻とされる。
49) 一般的にはクロノスの兄弟姉妹ではなく，クロノスとレアの子の一人とされる。主に穀物と関係する豊穣女神であり，彼女と娘のペルセポネの神話を題材にした讃歌が『ホメロス風讃歌』の中の一つに含まれている。
50) クロノスとレアの子。クロノスから王権を勝ち取った後，ヘラを妻とし，神々の父として君臨した。女神と人間たちの間に多くの子を儲けている。
51) ゼウスの妻とされる女神。結婚や出産に力を持つとされた。
52) ゼウスの兄弟で，海と地震に関係する神。
53) キリキアは現在のトルコ，アナトリア半島南東部。

クロノスとゼウスにまつわる物語の主たる出典はまたもラクタンティウスで（断片58），護教的な作品である『神聖教理』において，彼はエンニウス『エウヘメルス』の断片をほぼすべて伝えている。しかし，そこまで時代が下った段階で，ラクタンティウスがエウヘメロスのギリシア語作品を直接参照できたとは考えにくい。加えて，「ラティウム Latium」は「隠れる latere」に由来するといった縁起譚的な偽語源学を根拠に[54]，ユッピテル[55]が隠れた場所をラティウムとしていることからも，彼が引いているのはエンニウス版だったことが分かる。ラクタンティウスが，エウヘメロス版『神聖史』に言及している現存のギリシア語資料には見られない詳細な話も伝えていることもその証拠となる。ギリシア語資料にない物語として，彼は以下のような物語を伝える。サトゥルヌスの兄ティタンが，サトゥルヌスの男の子孫を皆殺しにするという条件付きで弟に王位を譲る。ある時，オプスあるいはレアが双子を生む。ユッピテルとユノ[56]である。兄弟間の取り決めに従い，ユッピテルはティタンに引き渡され殺されるはずが，サトゥルヌスとレアは息子をウェスタ[57]に預ける（断片54）。成長したユッピテルは，両親が囚われの身だと知るや帰還する。彼は父方の伯父ティタンとその息子たちティタン族を倒し，父サトゥルヌスに王位を取り戻す（断片56）。

この物語は，神話上のローマ建国者ロムルスがたどった運命に酷似している。類似点として何よりもまず，ユッピテルとユノが双子であるという特徴的な記述がある。加えて，父親の兄弟が敵対的である点が指摘できる。エンニウスの作品でもローマ建国神話でも，権力の安定を欲する父方の兄弟が傍系の血統を絶やそうとするが，彼は最終的に甥によって王位を追われることになる。結果甥により元の支配体制が回復されるという共通の流れが見られる。神話におけるティタンの敵対的役割は，

---

54) latere は「隠れる」を意味する動詞。『アエネイス』第8巻319行以下でも，クロノスと同一視されることが多い，ローマの農耕神サトゥルヌスがユッピテルに追われ，この地に避難した latuisset ことがラティウムという名の由来である，という話が語られている。
55) ローマ神話にてゼウスに相当すると考えられていた神。
56) ローマ神話にてヘラに相当すると考えられていた女神。
57) ローマ神話における竈の女神。ギリシア神話ではヘスティアに相当すると考えられた。ローマではこの女神は都市という大きな家庭を支える女神として，ウェスタ神殿にて崇拝されていた。

ローマの血族関係における「父の兄弟」という立場に固有の苛烈さを反映し、最も極端な形で表現している。伝統的なギリシアの家族関係に見られる、甥に優しい伯（叔）父とは正反対の性格とも言えよう[58]。最後に挙げるなら、エンニウスの作品ではティタンに囚われた両親を助けにユッピテルが帰還する場面があるが、これはアムリウスに捕虜にされた弟レムスの救出のため、ロムルスがアルバ・ロンガ[59]に進攻する逸話に対応している。

　確かにギリシア語資料には一切残らない場面だが、神々とティタン族との戦争をこのように描いたのはエウヘメロスその人だった可能性も十分にある。しかし、エンニウスが創造力を発揮して彼の翻案元と向き合い、ローマ化へのたゆまぬ努力をもって改変を施していることは否定すべくもない。エウヘメロスが人間化した神の起源譚を「翻訳」するにあたって、エンニウスは二段構えの手法を用いた。すなわち、ローマに固有の語彙を用いるという形式レベルの工夫に加え、ギリシア神話的な内容をローマで最も適切な対照物、つまりロムルスと彼の建国神話に同化させるという構造レベルの工夫も行ったのである。エンニウスの *interpretatio* とは、より正確には、文化間の物々交換だったと言えるだろう。この行為は、根本的には、ギリシアの神々の起源譚とローマの建国神話の「等価」*inter / pretium* に基づいている。こうした「等価」が *cohum* と「カオス *chaos*」との語源的な繋がりを説明する際も根底にあったことは前節で指摘した。初期ローマの翻訳者が目指していたのは、文化的な「等価」を確立させ、外来の要素を同化することであったとも思われる。次節では、この手法がローマ文学の創造に際して担った主導的かつ決定的な役割を見ていくこととしよう。

---

58) Bettini (1991) 14-38.
59) イタリア中部に存在した都市。その神話や歴史書に見える王家の系譜などは後世にローマの歴史的正統性を高めるために創造、改変されたものと考えられるが、遺跡の存在から、かつてその場所に王国が実在していたことは確からしいと考えられる。アムリウスに関しては、注 17 を参照。

4　叙事詩の翻訳——ローマ版『オデュッセイア』

　ローマ文学の創出は，翻訳史の一章を占める重大な出来事であった。後代の著述家たちはエンニウスを「ラテン文学の父」と見なしたようだが，ラテン語で初めて韻文を書いたのは文法家のリウィウス・アンドロニクスである。リウィウスと名乗る以前[60]，彼はイタリア生まれのギリシア人であり，タレントゥムの刺激的な環境の中で教育を受けた。当時のタレントゥムはマグナ・グラエキア[61]の中心的な都市の一つであり，数多の芸術家や哲学者を輩出していた。彼の経歴は，共和政後期にはすでにローマの学問において大きな問題となっていたが，おそらくはピュロス戦争[62]でタレントゥムを含む多くの南イタリアの都市がローマの手に落ちた時，奴隷としてローマに連れてこられたのだろうとされる。ローマに来るや，彼はリウィウス・サリナトル[63]（Livius Salinator, 前3世紀）の奴隷となり，解放された際に彼からリウィウスという名をもらった[64]。記録によれば，リウィウス・アンドロニクスは公的・私的を問わず教育に尽力し，彼の主人の息子たちを教える一方，一般向けの講義も

---

60)　古代ローマでは，主人の遺言による解放など，奴隷にも自由の身（解放奴隷 *libertus*）になる道が幾つか存在した。解放奴隷とされた人物の息子の世代からはローマ市民権を得ることも出来た。奴隷を解放する理由は様々であるが，解放された奴隷は解放後もかつての主人とその一家との関係を保ち，氏族名をかつての主人から得た。この習慣も時代により変遷するが，共和政末期には個人名も主人から得ていたようである。

61)　共和政ローマによって併合されるまで南イタリア半島およびシチリア島はギリシア人の植民都市が栄えるなど，ギリシア人が多く暮らす地域であった。そのためにこの名で呼ばれる。

62)　南下するローマに対抗するためタレントゥムはエペイロス王ピュロス（Pyrrhos, 前319–前272）に支援を求め，これに答えたピュロスの軍と共和政ローマ・カルタゴとの間で戦争状態になった。前280年に始まるこの戦争は序盤ピュロス側も勝利を収めたが，やがて疲弊し前275年にピュロスが撤兵する形で終結する。

63)　第二次ポエニ戦争期に活躍した政治家。前219年と前207年に執政官に就任。なお，注60で氏族名を得たと説明したが，マルクス・リウィウス・サリナトルの場合は，「マルクス」が個人名 *praenomen*，続く「リウィウス」が氏族名 *nomen*，「サリナトル」が家族名（≒愛称名）*cognomen* である（彼は塩 *sal* 税の件で揉めたことから愛称として Salinator と呼ばれたらしいが，*cognomen* ではしばしばそうであったように子孫らによってその愛称は家族名として継承された）。

64)　リウィウス・アンドロニクスの経歴と年表に関しては Conte (1999) 39-42 を参照。

行っていたとされる。
　帝政期の伝記作家スエトニウス[65] (Gaius Suetonius Tranquillus, 69 頃-122 頃) が，ローマの文献学の歴史を簡潔に著した作品から，彼の講義の一端が垣間見える。

> この学問も，初めは慎ましいものであった。というのも，最初は詩人であり，イタリア生まれであったギリシア人が教えていて，ギリシア語を解釈する Graecos interpretabantur か，彼ら自身がラテン語で書いたものを何でも読ませていたに過ぎなかったからである。
> 　　　　　　　　　　　　　　　　　　（スエトニウス『文法家伝』第 1 章）[66]

　間接的な証拠から，リウィウス・アンドロニクスがラテン語で詩作をしていた事実を確認できる。彼はラテン演劇作品の先駆者となり，オリジナルの劇も書いていたが，それ以外にもユノ・レギナ[67]への讃歌を書いて前 207 年に上演されたと伝えられている。ところで，スエトニウスの「彼自身がラテン語で書いたもの」がこうした作品を指すとすれば，「ギリシア語を解釈する」とはどういった活動を意味するのだろうか。
　ざっと読んだだけでは，スエトニウスが挙げるリウィウスやエンニウス（彼も南イタリア出身だった）らイタリア出身のギリシア人教師が，自身の書いたラテン語詩を読み，著名なギリシア詩に解釈を施していたように思える。「解釈 interpretation」と詩作とが，互いに深く関係した演習とされていたことも事実である。しかし，前節で見たように，interpretari が定義するところは文化上のやり取りの方法であり，現代的な "interpretation" の概念とは一致しない。熟達した文法家であった

---

65) ローマ五賢帝時代の歴史家。『ローマ皇帝伝』などの著者として知られる。
66) この箇所で原著者は敢えて Rolfe, J. C. (1914). *Suetonius: The Lives of Caesars*, vol.2. Cambridge, MA; London の英訳とラテン語原文の一部を引用しているため，その英訳を参考に和訳した。
67) ユノには添え名が付けられていることがあり，それぞれ女神の起源や権能と関係していると考えられる。ユノ・レギナの場合は神々の「女王 Regina」としての側面が名から推測されるが，確かではない。なお，リウィウス・アンドロニクスが讃歌を捧げたのは，アヴェンティノの丘に神殿が建てられ祀られていたユノ・レギナである。

リウィウス・アンドロニクスは，当然ホメロス解釈にも精通しており，タラント時代に習得したギリシアの文献学の手法をローマの生徒に教えていたに違いない。しかし，同時に，彼の仕事は現代の翻訳者の範囲をゆうに超えてもいた。ホメロス『オデュッセイア』からラテン語の『オドゥシア』への翻訳は，ギリシアの叙事詩を，ローマ文化の中で同じ意義を持つものに変容させる試みであり，後にラテン語叙事詩が成立する前提となった。

こうした試みの例として，リウィウス・アンドロニクスが『オデュッセイア』第1行に施した工夫を見てみよう。彼の『オドゥシア』はよく知られた次の1行で始まる。

uirum mihi Camena insece uersutum
かの男をわたくしに，カメナよ，語ってください　知略に長け
　　　　　　　　（リウィウス・アンドロニクス『オドゥシア』断片1）

ἄνδρα μοι ἔννεπε Μοῦσα πολύτροπον
かの男をわたくしに語ってください，ムーサよ　機知縦横な
　　　　　　　　（ホメロス『オデュッセイア』第1歌1行）[68]

リウィウス・アンドロニクスが，極めて入念に語順さえも再現しながら，ホメロス作品に一言一句従っていることが一見して分かる。彼の狙いが，かくもよく知られたホメロスの語り出しを一目で読者に認識させ，翻案元との密接な関連性を強調することであったのは間違いないだろう[69]。しかし，この厳密さは，現代の翻訳者には許されないほどに著しい創作上の自由によって，バランスが取られている。例えば，女神ムーサ[70]のカメナ[71]への置き換えはローマ化の一環であり，見逃しよう

---

68)　以下で語順の議論が続くため，日本語としては正しくないが語順をそのままに和訳した。両者とも最後の形容詞は *uirum* / ἄνδρα を形容している。ただし，『オデュッセイア』第1行の「機略縦横な」は松平千秋訳（1994）『ホメロス　オデュッセイア（上）』岩波文庫の表現を借りている。

69)　Mariotti (1986) を参照。ローマ文学におけるムーサの導入に関しては Hinds (1998) 52 以下を参照。

70)　ここに引用した『オデュッセイア』の冒頭1行目で詩人が呼びかけていることから

もない要素である。前179年にマルクス・フルウィウス・ノビリオル[72]（Marcus Fulvius Nobilior, 前2世紀）がヘルクレス・ムーサルム（ムーサのヘラクレス）神殿を建立し，ムーサへの祭儀が創始される以前は，ローマの歌の女神といえばカメナであった。「文学」誕生前夜，ギリシア式の叙事詩もまだ伝来しない時代，カメナは祖先の偉業や善行を称える伝統的な歌の女神だった[73]。「歌 carmina」[74]とカメナ Camenae との語源的な関わりは，古代の文筆家もすでに意識しており，文法家フェストゥスは以下のように記している（Paul. Fest. 38 L.）。

> 「カメナ Camenae」の名は，「歌 carmina」に由来するか，あるいは，祖先を称賛して「歌う canunt」ことから来る

こうした祖先の偉業や善行を称える伝統的な「歌 carmina」は，サトゥルニウス詩形として知られる古い（その起源に関しては韻律学者の間で激しい議論が交わされてきた）[75]韻律で歌われた[76]。リウィウス・アンドロニクスがホメロスのヘクサメトロス[77]を翻訳する際，伝統的ラテン詩

も窺われるように，ギリシア神話において文芸・音楽などを司るとされた女神。ヘシオドスの『神統記』ではゼウスとムネモシュネの娘として九つの名前のムーサたちが挙げられている。

71) 泉のニンフであったこの神格に関しては，本文の以下の記述を参照。
72) 共和政期ローマのプレブス（平民）出身の政治家。前189年執政官に就任。
73) これを示す直接的な文献は残っていない。
74) ここで「歌」と訳した carmina（単数形 carmen）について少々説明する。アウグストゥスの時代の詩人たちは詩作品を指す言葉として用いているが，この言葉は元々より広く呪文や誓約，祈禱，執行文などで使われる言葉も指しており，「詩歌」の意味に特化して使われていた訳ではない。例えばキケロは若い頃十二表法を carmen necessarium のように覚えたと言っているが（Cic. Leg. 2. 59），これは正確な韻律に基づく韻文に直して覚えたというよりは，リズミカルな言い回しのように覚えたということである。古い時代の carmen/carmina としてわれわれに伝えられる直接ないし間接的資料を踏まえて，それを定義することは形式，内容共に困難である。こうした carmina については，Kenney and Clausen (1982) 53-58 が簡便にまとめている。また，Suerbaum (2002) 30-49 に挙げられた文献リストが参考になる。
75) 極めて根本的な問題も含め，現在でも確立された定説はないと言える。近年かなり専門的ではあるが，Mercado (2012) 27 以降が現在に至るまでの議論を整理し，自説を展開している。
76) ただし，キケロが『ブルートゥス』75 で嘆いているように，キケロの時代においてもこれらの詩は残されていなかった。
77) 古典ギリシアの韻律は，音節の強弱に基づく英詩などとは異なり，音節の長短の規則的な繰り返しで構成され，その組み合わせの差異により種類が区別される。詳しい説明は

との結びつきをより強調するために，敢えてこのサトゥルニウス韻律を選択していることは，われわれの議論のためにも注目に値する。

　ムーサをカメナに置き換えたと言う事実から，翻訳に対するリウィウス・アンドロニクスの考え方を伺い知ることができる。エンニウスが『エウヘメルス』を訳した際と同様，彼の *interpretatio* も異文化間での「等価」を成立させており，カメナをギリシアのムーサと同一視するのみならず，ローマの「歌 *carmina*」をホメロスの詩を生んだギリシア叙事詩の伝統に見立てている。これにより，本質的に全く異なるもの同士に同じ価値を付与している。この *interpretari* の手法と対になり互いを補うものとして，ローマ人が *vertere* と呼ぶ方法がある。この語は「翻訳」を「文化的同等性及び訳者の創作的意図に従って行う原著の自由な変換や改変」という実践として考える際に用いられた[78]。

　リウィウス・アンドロニクスの行った *vertere* がラテン文学の発展に及ぼした影響は計り知れない。彼による原著の改変は，真の意味でのホメロスのローマ化であり，ギリシアが生んだ偉大な詩に比肩し得るローマ独自の叙事詩への基盤を築いた。彼の『オドゥシア』が創始した詩の形式を受け継いだのがカンパニア出身のグナエウス・ナエウィウス[79]（Gnaeus Naevius, 前 280/60 頃–前 200 頃）であり，彼のサトゥルニウス韻律で書かれた意欲作『ポエニ戦争』は，ギリシア作品の翻案ではなく，第二次ポエニ戦争という同時代の出来事を歌っている。時代が下るとエ

避けるが，ヘクサメトロスとは，この詩形では韻律上ひとまとまりとされる単位（*periodos* / period: ヘクサメトロスの場合は印刷される 1 行がこれに当たるので，差し当たりここでは「行」のこと）がダクテュロスと呼ばれる単位（長・短・短となる音節群）を六つ繰り返して構成されているように考えられる（実際には位置によってダクテュロスは長・長のスポンダイオスで置き換えが許される）ことからダクテュリコス・ヘクサメトロス（ギリシア語でヘクスἕξは 6 の意味）と呼ばれる詩形を略した言い方である。ヘクサメトロスはホメロスの両叙事詩やヘシオドスの作品などで使用され，古典ギリシア・ローマ文学の中で叙事詩や教訓詩，諷刺詩などのジャンルはこの韻律で作詩されるのが規則となった。古代における韻律と文学ジャンルの問題に関する邦語文献としては，逸身喜一郎（2018）『ギリシャ・ラテン文学――韻文の系譜をたどる 15 章』研究社がある。本書第 8 章も参照。

78)　Bettini (2012b) を参照。
79)　生年および出身地に関して確かなことは伝わっていない。彼の『ポエニ戦争』はウェルギリウス（Vegilius, 前 70–前 19）など後世の叙事詩人に大きな影響を与え，ローマ喜劇の領域でも続くプラウトゥスやテレンティウス（Terentius, ?–前 159 ?）の時代に花開く素地を為したと言える。

ンニウスが『年代記』を著した。長大な叙事詩の形式で彼が語るローマの歴史は，神話の時代から詩人本人の時代までを網羅している。詩は以下のように始まる。

　　　ムーサよ，そのおみ足で高きオリュンポスを踏み鳴らす女神よ
　　　　　　　　　　　　　　　　　　（エンニウス『年代記』第 1 歌断片 1）

　エンニウスは時代遅れとも思われたカメナを廃し，再びムーサに呼びかけたことで，ギリシア叙事詩の歌い出しをより忠実に再現した。韻律においてヘクサメトロスを導入し，「かつてファウヌスや予言者詩人が歌っていた」（『年代記』第 7 歌断片 1b）サトゥルニウス詩形から脱却したことも，誕生間もないローマの叙事詩をギリシア化するという彼の狙いの表れである。こうしてエンニウスは，ローマの叙事詩をその起源へと再翻訳したのであった。

　異文化間で独創的に「等価」を成立させ interpretari，それに基づき大掛かりな改変を行う vertere というリウィウス・アンドロニクスの翻訳手法は，プラウトゥス[80]（Plautus, 前 205 頃-前 184 活動）の元でも成功を収め続ける。プラウトゥスはギリシアの喜劇を翻訳・翻案し，ローマで上演した。彼は形式上喜劇の舞台をギリシアとしたので，前口上役は，プラウトゥスがギリシアの芝居を「バルバロイ[81]の言葉に」変えました，と告げるのが常だった。バルバロイ（異邦人，野蛮人）とはギリシア語話者の架空の視点を通しての表現であり，つまり，ラテ

　80）ローマ喜劇の代表的詩人であり，この時代に属する著述家としては珍しく，大部分が伝えられている作品が 20 ほどある（ただし，その中には完全な形とは言えないものも含まれる）。彼の作品の多くがメナンドロス（Menandros, 前 344/3-前 292/1 ?）に代表されるアッティカ新喜劇の翻案作品である。本書第 5 章および第 6 章を参照。
　81）その語の起源はともかくとして，ホメロスではこの表現は『イリアス』第 2 歌 867 行（Καρῶν……βαρβαροφώνων）の一例しか見られず，古くはギリシアで異民族を指す総称として頻繁に用いられる用語ではなかったようである。しかし，植民時代に他民族と接触する機会が増えたことで，ギリシア人は自らを集団的にヘレネスと呼び，それ以外の民族をバルバロイと総称し始めたのだと思われる。文献史料から見る限りペルシア戦争以後民族意識の高まりから「野蛮人」という否定的な意味合いで使われるケースが目立つようになった。バルバロイ論に関しては，Hall (1989) などの著作がある。プラウトゥスの例からも分かるように，ローマ人は自らもギリシア人から見れば「バルバロイ」であるということに意識的であった。

語へということである。本章を通して、「バルバロイの言葉へ翻訳する barbare vertere」という行為が、ある言葉を単に一つの言語から別の言語へ置き換えることを意味するのではないと示せただろうか。むしろ、「翻訳」の概念は、突き詰めればローマ人の文化を形成した同化と流用[82]の方法をも広く包含しているのである。

参 考 文 献

　この章では翻訳研究の観点から初期ラテン文学を眺めた。この領域における秀でた導入は Venuti (2012) である。「翻訳事業」としてのラテン文学という包括的な観点を与えるものとしては Feeney (2016) を参照。Traina (1970) と Fraenkel (2007) は今なお基本書であり、後者はプラウトゥスとそのモデル作品に焦点を当てている。ローマ文化において翻訳が占める重要性に関する革新的研究として Bettini (2012b) がある。

　ローブ古典叢書は、初期ローマの著述家に対する近年の批評の傾向を踏まえアップデートされたテクストと英訳を提供してくれる。プラウトゥスに関しては de Melo (2011-13) を、エンニウスに関しては、Goldberg and Manuwald (2018) をそれぞれ参照。Warmington (1956-59) と Mariotti (1986) は現在でもリウィウス・アンドロニクスの断片の主流な参考図書である。初期ラテン文学の歴史と概念に関しては、Conte (1999) と Goldberg (2005) を見よ。

　上記原著者の文献案内に加えて、本邦の読者のために一部補足する。

　所謂「翻訳研究 translation studies」について、日本語で読める辞典的な用語解説として M. ベイカー・G. サルダーニャ編（2013）があり、主要な専門用語の概念と日本語訳を提示している（原著の Baker and Saldanha (2009) は、2019年に第3版が出版され、第2版と比べてページ数が大幅に増えている）。特に「等価」に関しては、河原（2017）がある。

　本章は初期ローマ文学もしくは初期ラテン文学と呼ばれる作品群に関する研究である。しかし、この時代の文学的活動を集中的に扱った日本語の単著は訳者の知る限りない。ただし、ラテン文学を通史的に扱った著作の中で一部取り上げられている。この時代の文学を記述しており、日本語で読むことの出来る比較的入手し易い文献としては、P. グリマル（1966）（特に 13-35）、高橋（2008）（ジャンルごとの各

---

[82] ここで「流用」と訳した "appropriation" はしばしば「文化の盗用 cultural appropriation」といった意味でも用いられる言葉である。ただし、ギリシア文化から発してラテン文学等を形成した（初期）ローマ文化において、（ギリシアの）文化財を「わがものとする」ことが有した意義は、本章で原著者が間接的に示している通りであり、必ずしもネガティブな意味合いのみで使われているわけではない。

章に記述が分かれている），松本他編（1992）（特に第 1 章「初期ラテンおよび共和制初期」10-37）がある。

　雑誌論文は数点挙げることが出来るが，オンラインを通じて参照でき導入的な記述を含む楠田（2016）および野津（2013）に言及するにとどめる。

　初期ラテン文学作品の邦訳も同じくまとまった形では出版されていないが，論文の形で数点試訳を読むことが出来る。網羅的ではないが，楠田（1992）および丹下（1998）を紹介しておく。しかし，一部を除き邦訳はない場合が多い。初期ラテン詩に含まれうるものとしては珍しく，プラウトゥスとテレンティウスの作品はまとまった形の邦訳で読むことが出来る。これに関しては本書第 5 章および第 6 章を参照して頂きたい。

　邦訳のない作品に実際に触れようとする場合は，欧米の文献に当たる他ない。原著者の挙げているものの中では Warmington (1956-59) のローブ古典叢書版が旧版 (1935-) も含めて比較的入手し易い。オンラインを使用する場合は，例えば The Packard Humanities (https://latin.packhum.org) でエンニウスの作品などのラテン語原文を参照可能である。ただし翻訳はついていない。同じく翻訳はついておらず，また極めて専門的ではあるが，Blänsdorf (2011) は本章で名の挙がっていた主要な詩人の断片と参考文献を提示してくれる。この本に含まれないエンニウスの『年代記』に関しては，Goldberg and Manuwald (2018) が近年出版されたものであり，オンライン書店で入手し易い。散文に関しては，Courtney (1999) が本章で論じられたエンニウスの『エウヘメルス』断片やウァッロの一部作品などを含んでいる。

Bettini, M. (1991). *Anthropology and Roman Culture: Kinship, Time, Images of the Soul*, trans. by J. van Sickle. Baltimore; London.（原著：Bettini, M. (1988). *Antropologia e Cultura Romana: Parentela, Tempo, Immagini dell'Anima*. Rome.）

———. (2012a). 'Missing Cosmogonies: the Roman Case?', *Archiv für Religionsgeschichte* 13, 69-92.

———. (2012b). *Vertere. Un'Antropologia della Traduzione nella Cultura Antica*. Turin.

Blänsdorf, J. (2011). *Fragmenta Poetarum Latinorum Epicorum et Lyricorum Praeter Enni Annales et Ciceronis Germanicique Aratea*, post W. Morel et K. Büchner, 4th. ed. Berlin; NewYork.

Canfora, L. (1993). "Sull'Euhemerus di Ennio", in *Studi di Storia della Storiografia Romana*. Bari, 317-21.

Conte, G. B. (1999). *Latin Literature: A History*, trans. by J. B. Solodow, rev. by D. Fowler and G. W. Most. Baltimore; London.（原著：Conte, G. B. (1987). *Letteratura Latina: Manuale Storico dalle Origini alla Fine dell'Impero Romano*. Milan.）

Courtney, E. (1999). *Archaic Latin Prose*. Atlanta.

De Melo, W. D. C. (2011-13). *Plautus*, 5 vols. Cambridge, MA; London.

Feeney, D. (2016). *Beyond Greek: The Beginnings of Latin Literature*. Cambridge, MA; London.

Fraenkel, E. (2007). *Plautine Elements in Plautus*. Oxford.（原著：Fraenkel, E. (1922). *Plautinisches bei Plautus*. Berlin. これに著者自身が加筆しイタリア語訳されたものが Fraenkel, E. (1960). *Elementi Plautini in Plauto*, trans. by F. Munari. Florence で，英訳はこちらも参考にしている。）
Goldberg, S. M. (2005). *Constructing Literature in the Roman Republic: Poetry and Its Reception*. Cambridge.
―――. and Manuwald, G. (2018). *Fragmentary Republican Latin*, vols. I-II, *Ennius*. Cambridge, MA; London.
Hall, E. (1989). *Inventing the Barbarian*. Oxford.
Haynes, S. (2000). *Etruscan Civilization: A Cultural History*. Los Angeles.
Hinds, S. (1998). *Allusion and Intertext: Dynamics of Appropriation in Roman Poetry*. Cambridge.
Horsfall, N. and Bremmer, J. N. (eds.) (1987). *Roman Myth and Mythography*. Bulletin of the Institute of Classical Studies of the University of London 52. London.
Kenney, E. J. and Clausen, W. V. (1982). *The Cambridge History of Classical Literature*, vol. 2, *Latin Literature*. Cambridge.
Mariotti, S. (1986). *Livio Andronico e la Traduzione Artistica: Saggio Critico ed Edizione dei Frammenti dell'Odyssea*. Urbino.
Mercado, A. (2012). *Italic Verse: A Study of the Poetic Remains of Old Latin, Faliscan, and Sabellic*. Innsbeck.
Palumbo, G. (2009). *Key Terms in Translation Studies*. London; New York.
Suerbaum, W. (ed.) (2002). *Handbuch der lateinischen Literatur der Antike*, vol. 1, *Die archaische Literatur*. Munich.
Traina, A. (1970). *Vortit Barbare: Le Traduzioni Poetiche da Livio Andronico a Cicerone*. Rome.
Venuti, L. (2012). *The Translation Studies Reader*. London.
Warmington, E. H. (1956-59). *Remains of Old Latin,* vols. i-iv, rev. ed. Cambridge, MA; London.
West, M. L. (1966). *Hesiod:* Theogony. Oxford.
Winiarczyk, M. (1991). *Euhemeri Messenii Reliquiae*. Stuttgart; Leipzig.
―――. (2013). *The «Sacred History» of Euhemerus of Messene*. Berlin; New York.

日本語文献
河原清志（2017）『翻訳等価再考――翻訳の言語・社会・思想』晃洋書房．
楠田直樹（1992）「ナエウィウス「ポエニ戦争譚」について」,『創価女子短期大学紀要』13, 109-124.
―――（2016）「ラテン文学の先駆け」,『創価女子短期大学紀要』47, 57-80.
P. グリマル，藤井昇・松原秀一訳（1966）『ラテン文学史』文庫クセジュ．（原著：Grimal, P. (1965). La Littérature Latine. Collection Que sais-je?. Paris.）

高橋宏幸編（2008）『はじめて学ぶラテン文学』ミネルヴァ書房.
丹下和彦（1998）「エンニウスの『メデア』」,『大阪市立大学文学部紀要 人文研究』50.7, 55–75.
野津寛（2013）「比較文学としてのラテン文学――（1）Acquired Language」,『信州大学人文科学論集』1, 185–209.
M. ベイカー・G. サルダーニャ編，藤濤文子監修・編訳（2013）『翻訳研究のキーワード』研究社.（原著：Baker, M. and Saldanha, G. (eds.) (2009). *Routledge Encyclopedia of Translation Studies*, 2nd. ed. London; New York.）
松村一男（2008）『この世界のはじまりの物語』白水社.
松本仁助・岡道夫・中務哲郎編（1992）『ラテン文学を学ぶ人たちのために』世界思想社.

（岡野航星　訳）

17

古代演劇を日本で研究する

マクシム・ピエール

> 16世紀からヨーロッパでは古代ギリシア・ローマ演劇が盛んに研究されたが，西洋近代演劇はこれらの古代演劇，つまり古代の悲劇および喜劇との接触によって作り出されたのである．しかし人々はこの西洋近代演劇を発明したせいで，まずはキリスト教的な，次いで世俗的な枠組みの中で，古代ギリシア・ローマ演劇が有する様々な固有のあり方を忘れてしまった．第一に，多神教に根付いたその儀礼的な性格を，第二に，あくまでも非写実的な，舞踊と音楽とマスクを動員する，その総合芸術的なスペクタクルであるという性質を．だからこそ，それに似た対応物が現存する，現代のヨーロッパ以外の場所でギリシア・ローマ演劇を研究し実践することの重要性が生じるのであり，1960年代以来，鈴木忠志，蜷川幸雄，宮城聰が世界的な展望のもとで，古代ギリシア悲劇を政治的・芸術的に全く新しい問題提起の場として利用したことが理解されるのである．日本が地理的な特殊性を有するがゆえに，また，日本がアジアと西洋の双方に開かれているがゆえに，日本におけるギリシア演劇の研究と実践がとりわけ実り深い道を切り開くのである．

1 ディオニュソス，ヨーロッパから日本へ

なぜ，あえて古代ギリシア・ローマ演劇を日本で研究しなければならないのか？ ルネッサンス時代以来，ヨーロッパ人たちが古代ギリシア・ローマの演劇作家のテクストからインスピレーションを得て彼ら自

身の演劇を作り上げたのは事実だが，そのことは，あの古代演劇が，西洋人たち固有の所有物であることを意味しない。実際，近代の西洋人たち，すなわち近代ヨーロッパ人たちは，古代ギリシア人でもなければ，古代ローマ人でもない。ギリシア・ローマの古典古代は，たとえ近代の西洋人たちがそこからインスピレーションを得たものだったとしても，それは，いわば「他なる惑星」である。その「他なる惑星」は，あらゆるものが（西洋近代とは）異なっている世界である。その世界は，キリスト教以前の世界であり，そこでは，多神教の様々な崇拝が行われており，諸々の都市国家という文化によって特徴付けられる，多様な世界であった。同様に，その世界における「演劇」とは，今日私たちが「演劇」と呼ぶものとは大いに異なるものであった。前5世紀のアテナイにおいて演劇とは仮面を被った合唱隊と俳優たちを用い，ディオニュソス神に奉納される見世物としての競技であり，舞踊と音楽という儀礼であった[1]。この古代の演劇はヨーロッパが夢見て憧れる対象となったのだが，それは，何よりその演劇が遥か彼方の，失われた世界の出来事であり，西洋近代の演劇とは非常に異なるものであったからである。古典古代の演劇は西洋人の所有物ではない。それは「主のいない土地」であり，「人類の遺産」であり，すべての人々に共有される文化財である。なぜ，このはるか彼方に位置する演劇文化をとりわけ今日の日本において研究しなければならないのか？　日本における古代ギリシア悲劇との出会いは，明らかに明治時代の西洋化と共に始まったものであるが，古代ギリシア悲劇はわれわれが生きる現代のグローバル化された日本においてなお，かつて無いほどの現代的意義を有しているのである。

2　日本とギリシア演劇の出会い

　日本の（古代ギリシア・ローマの）古典演劇との出会いは，その出会いに先立つ数世紀の間に起った最初の諸々の接触によって準備されたもの

---

[1]　話を単純化するためにここでは古代ローマの演劇については論じない。確かに古代ローマの演劇は古代ギリシア演劇と類縁関係にあるが，それ自体，別個に扱われるべき対象である。

であるが，明治時代になって飛躍的な発展を見ることになる[2]。それは，双方向的な出会いであった。それまで，日本の演劇と接触を持ったヨーロッパ人たちにとって，日本の演劇は，単にエキゾチックな演劇であり，中国の演劇と区別されてはいなかった[3]。また，日本人たちの側も，ヨーロッパの演劇についてはほとんど何も知らなかった。それゆえ明治維新における日本の開国は，相互的な発見の時代であった。一方でヨーロッパ人たちが歌舞伎と能と文楽を発見し，他方で日本人たちがオペラとバレエと西洋演劇を発見した。もちろんこれらの相互的発見は，驚きや文化的な誤解を伴うものでもあった。

1　ヘレニズム（ギリシア的であること）の資格証

　この相互的な出会いに関して，私たちにとって最も興味深い観点は，（日本の演劇と）古代ギリシアの演劇との比較という観点である。ヨーロッパ文化の中でも最も権威ある文化的価値基準は古代ギリシア文化であったが，この古代ギリシア文化との比較によって，西洋人たちの関心が日本に向かうようになったのである。日本の演劇はそれまではよく知られておらず，むしろ「中国的」と見なされていたのだが，この日本の演劇が，頻繁に「ギリシア的」と見なされるようになったのである。能の称賛者であり，欧米人たちの中でも能の最初の翻訳者の一人であったバジル・チェンバレン（Basil Chamberlain, 1850-1935）が，能のことをギリシア悲劇とみなしているのは，そのようなわけである。

　　その結果は驚くべき仕方で古代ギリシア演劇に類似するものだった。理論化されることはけっして無かったが，実践において三一致の法則が厳格に守られていた。（訳者補足：古代ギリシア悲劇と能の間で）合唱隊は同じ，しばしば仮面をつけた俳優たちの態度は同じ，野外で座っているという点も同じ，演劇全体を支配するほとんど宗教的な雰囲気も同じである[4]。

---

2) この出会いの諸段階については，Lucken (2019) 75-125 を参照。
3) Tschudin (2014) 72-125.
4) Chamberlain (2000 [1890]) 341-42. 日本語訳は，フランス語訳からの重訳。

この日本の演劇に「ヘレニズムの資格証」を授与することは、いわば日本の演劇に「ヨーロッパの品位」を認めることであった。このようなステレオタイプが、エミール・ギメ（Emile Guimet, 1836-1918）、ノエル・ペリー（Noël Peri, 1865-1922）、アーネスト・フェノロサ（Ernest Fenollosa, 1853-1908）のような学識ある旅行者たちの著作物の中に浸透している。実際、古代ギリシア文化はルネッサンス以来ヨーロッパ文化の起源と考えられている。ヨーロッパの植民主義的な文脈の中では、ある文化をギリシア的なものとして指し示すことは、その文化を、原始的ないし野蛮なものと見なされた植民地の諸文化から区別することに帰着する。それゆえ、ギリシアに匹敵すると見なすということは、日本の演劇にある種の品位があることを認定することであるが、これは賛辞として実は脆いものであって、いつでも覆される可能性があった。「ギリシア的」である日本の演劇は他の観点から見て（特にその音楽がそうだが）「奇妙な」「エキゾティックな」ものとも見なされた[5]。

2　「ギリシア的日本」の発見

　確かに、このギリシア的という性質が史実と考えられたことがあった。ある芸術史家たちによれば、日本は仏教の介在を経て古代ギリシアにその根源を持っているかもしれないのだという[6]。中国と（その芸術がヘレニズムの影響を受けた）インドとの境界地域に位置するガンダーラ地方の仏像は「ギリシア・仏教的」芸術の継承者と考えられ、この「ギリシア・仏教的」芸術がやがて日本に伝えられたのであろうというのである。そのようなわけで、フランス人のテオドール・デュレ（Théodore Duret, 1838-1927）はこう言っている。

> 日本は、主に中国から、仏教と仏教芸術を受け入れた時、ギリシア芸術の一部もまた受け取ったのである[7]。

　明治時代の日本の知識人たちにとって、この「ギリシア的日本」とい

---

5) この日本の演劇に関する認識については、Tschudin (2014) 72-125 を参照。
6) Lucken (2019) 38-43, 60-65 を参照。
7) Duret (1885) 152.

う観念は自国の独自性を考えるために非常に有り難いものであった。こうして，この思潮を最も良く体現する者たちの一人であった和辻哲郎は，伎楽面が古代ギリシア演劇のマスクの遠い親戚であると考えた[8]。このように考えることで，日本の演劇が中国や朝鮮半島という大陸の演劇との間に有する類縁関係をより小さく見積もる結果になる。こうして，忘れられていた古代ギリシアとの類縁関係に注意を集中することによって，アジア大陸の影響を受けたダンスや音楽を無視することになる——例えば大陸起源の舞楽や，能の先祖であり中国からやって来た申楽[9]など。

3　本当にギリシア演劇の一つなのか？

それでは，日本の演劇がギリシア的であるのは，単に（褒め言葉という意味で）修辞的な観点からだけ言えることなのか，それとも，シルクロードによって媒介された歴史的な影響関係に基づくものなのか？　アーネスト・フェノロサは，チェンバレンに倣って，能と古代ギリシア演劇の間に存在する数多くの類似性を詳説したにもかかわらず，古代ギリシアからの影響という歴史的な要因は小さく見積もっている。

> ギリシアによる征服によってインドと中国の境界線上に或る文化が出現していた時，すでに古代ギリシア演劇の影響がインドと中国の演劇に入り込んでおり，日本の能にもその影響が及んだのかもしれない，と言われている。しかし能に対する外来思想の影響は，土着の神道の影響に比べると，わずかなものである。それにまた，能が古代ギリシア演劇の（突然の）再興であると考えることは，シェイクスピアがそのような再興であると考えることと同じくらいに馬鹿げたことである[10]。

フェノロサが能に対するギリシアの影響に限定的な価値しか認めないのは，能の土着の芸術としての価値を高めたいがためであり，そして，

---

[8]　和辻哲郎（2007［1919］），84-102。
[9]　Ortolani (1995 [1990]) 3-84.
[10]　Fenollosa (2017 [1916]) 103. 日本語訳はフランス語訳からの重訳。

中国と朝鮮半島の影響を逃れるためである。しかしながら，この主張は根本的に，古代ギリシアからの歴史的影響の誇大評価と同じ効果，すなわち，アジア大陸を拒絶するという効果を有しており，結局のところ，日本の演劇の起源が古代ギリシアにあるかもしれないという可能性を最小限に見積もるということは，この古代ギリシア演劇との数々の類似性をよりいっそう引き立たせることだったのだ。このパースペクティブの中では，日本の演劇（＝能）はその起源において本質的にギリシア的ではなく，世界の外れに奇跡的に見いだされた（古代ギリシア演劇の）等価物となろう。

　日本の演劇が古代ギリシアに起源を有しているという主張を真剣に受け止めるにせよ，あるいは，古代ギリシアとの比較は単なる美辞麗句の一種であると考えるにせよ，その結論は同一である。つまり，日本をアジア大陸から引き離し，ヨーロッパに近づけるということである。なるほど，このやり方は，1885年の福沢諭吉（1835-1901）による，有名なスローガン「脱亜入欧（アジアを脱し，西洋の仲間入りをする）」[11]が要約する明治時代の計画を全くもって満足させるものであった。それは最初，日本を西洋化の運動の中に組み入れる一つのやり方であり，続いて，20世紀初期の帝国主義の文脈の中では，自己の特殊性すなわちアジア大陸に対する自己の優越性を主張する一つのやり方であった[12]。

3　ギリシア演劇と日本演劇 ── 実りある比較

　そのイデオロギー的な性格にもかかわらず，古代ギリシア演劇と日本演劇の比較は20世紀になってからも非常に生産的であり続けたことが認められる。古代ギリシア演劇を日本演劇に比べる試みが消滅することはなかった。しかし，その意味は変わった。当時の日本はイプセン（Henrik Ibsen, 1828-1906）やシェイクスピア（William Shakespeare, 1564-1616）といった西洋演劇の大作家たちを発見し，「西洋風の」新しい演

11）　このスローガンは，日本の西洋化を奨励するために書かれた有名な記事（『時事新報』1895年3月16日）の中で初めて用いられた。
12）　Lucken (2019) 71-74.

劇である「新劇」を開発したのであるが，その一方で，古代ギリシア演劇の方は，逆説的にも，それ自身をむしろ日本の伝統的な演劇の側により一層接近させる，ある例外的な事例として出現することになった。実際にはその接近には限界があった。例えば，「ドラマ」あるいは「コロス（合唱隊）」というギリシア語の概念は，ギリシア悲劇には有効であるが，それを日本の（伝統的）演劇に当てはめるには，異論の余地のあるものである[13]。それでもやはり，この比較は実り深いものとなるのである。以下，この比較の試みにとって好都合な三つの点をあげてみよう。

1 宗教と儀礼

能は，ユダヤ・キリスト教とは全く対照的な宗教に深く根ざした演劇であると言えよう。古代ギリシアの多神教は，その多様な神々と多様な神殿とによって，日本の神道と仏教を想起させる[14]。古代アテナイの劇場はディオニュソスの儀礼的な諸々の祭式の枠組みの中で，ディオニュソス神に奉納されたものであった。それはちょうど，能の舞台が元来，神々に奉納された宗教的な儀礼と見世物に関連していたことと同様である[15]。

古代ギリシア演劇においても日本の能においても，しばしば神々が舞台上に現れる。ギリシアの演劇作品の中では，演劇の神であるディオニュソス，アテナイの守護神であるアテナだけではなく，アポロン，ポセイドン，アプロディテにしばしば出会う[16]。同様に，能の第1カテゴリー（神能）においては，第1俳優（シテ）は神の役割を演じる。例えば，『絵馬』における天照大神，『小鍛冶』における稲荷。さらに，ギリシア悲劇の場合も能の場合も，演劇作品はその内容に関して数多くの儀

---

13) 研究者たちは特に能とギリシア悲劇の比較に関心を寄せている。両者の間に見いだされる諸々の共通点については，Smethurst (2016) 240 (1)–230 (11), Smethurst (2013), Smethurst (1989) をそれぞれ参照。両者の間に存する諸々の相違点については，小林（2003）1–30，野上（1935），Nogami (1940) を参照。

14) Goodman (1988).

15) Csapo and Slater (1995) 103–38 および O'Neill (1958) 59–72.

16) 例えば，アテナ，アポロン，エリニュスたちはアイスキュロス『エウメニデス』の終わりのオレステスの裁判における主役である。演劇の神であるディオニュソスはエウリピデス『バッカイ』の筋において中心的な役割を果たす。

礼的な場面を提示する。祈り，供儀，悪魔祓い。大抵のギリシア悲劇作品には，アポロン，ゼウス，アテナといった，特定の神に関係する神官が登場する。同様に，歌舞伎や文楽にも，神道の神社や仏教の寺に関係付けられた神官や僧が数多く登場する。例えば，能と歌舞伎の演目の中でも古典となった『道成寺』がそうである。更に，写実主義的な演劇には現れない諸々の超自然的な人格も加えて考えなければならない。夢幻能の主要な要素であり，歌舞伎とギリシア悲劇にも繰り返し現れる幽霊や，更には，ギリシア悲劇における預言者カッサンドラや魔女メディアのように，並外れた能力を有する登場人物や，能の作品『葵上』に登場する巫女，照日など。

2　音楽と舞踊

　古代ギリシア演劇と日本の伝統的な演劇の間に存するもう一つの共通点，それは音楽と舞踊である。演劇一般の歴史という観点から見るならば，一方で，西洋近代演劇の出し物は，舞踊と音楽という要素を捨て，純化され，他方で，音楽と舞踊は，バレエやオペラの占有物となったと言えよう。その結果，コード化された諸々の身体表現と音声表現を近代的写実主義によって置き換え，話し言葉だけによる演劇の一形態が出来上がったのである[17]。さて，そのようなわけで，西洋近代演劇は古代ギリシア演劇および日本の伝統演劇とは大いに異なるものになる。音楽が能や文楽や歌舞伎にとって必要不可欠の要素であるのと同様に，古代アテナイのギリシア演劇は，その3ジャンル（悲劇，喜劇，サテュロス劇）[18]に関して言えば，とりわけ歌いかつ踊る合唱隊（コロス）のメンバーたちの存在のおかげで，構造的には音楽劇なのである。もちろん，両者において楽器の種類は同じではない。古代ギリシアにおける主要な楽器は，アウロス（2本のパイプから構成されリードを備えた管楽器）である。日本の演劇の方も同様に，様々な管楽器を使う。例えば，能舞台に特有の能管の他に，数々の楽器がある。三味線のような弦楽器に加え，ギリシアには相当する物が見当たらない幾つもの打楽器もある。こうした相

　17）　Yokoyama (2008). もちろん例外はあるので，これはあくまでも一般的な傾向のことを言っているのである。
　18）　本書第5章注18を参照。

違にもかかわらず，これら二つの伝統は，音楽を伴う歌の部分と，音楽を伴わない対話部分とが交互に現れるという顕著な特徴を共有している。この類似性に注目した研究者，丹波明（1932–）は，ギリシア悲劇においてそうであるように，能にも三つの異なる発話形態の存在を認めている。すなわち，対話 *katalogē*，レチタティーヴォ *parakatalogē*，歌 *melos*[19]。また，歌い手のグループによる自律的な歌 *chorōdia*，役者たちによる独唱 *monōdia* のみならず，役者と歌い手たちが同じ一つの歌を共有する合唱もある。このような合唱は，例えば，ギリシア悲劇であればコンモス *kommos* と，能であればロンギと呼ばれる部分である[20]。

3　見世物の回帰

　これら二つの見世物の伝統のいずれに関しても，非写実主義的な造形美追求の存在を指摘しておかねばならない。ギリシアにおいては，演劇のすべての役どころは男性によって演じられたという事実が認められるが，それは能と歌舞伎においても同様である。この場合，役どころは，現実世界を再現する具象化行為ではなく，様式化された再創造行為である。日本では，「新劇」に影響を与えることになる写実主義的な演技とは反対に，これら古代ギリシアと日本の伝統的演劇は，役者を「ユーバー・マリオネット Über-Marionnette」[21]として用いるという共通性を有している。実際，これらの二つの伝統的演劇には，役者の頭全体を覆うかつらと共にマスク（日本語では面、ギリシア語ではプロソーポン *prosōpon* と呼ばれる）の使用が見受けられる[22]。これらの伝統的演劇のいずれにおいても，われわれは豪華絢爛で色とりどりの模様で飾られた衣装を見出すが，その衣装の大きく拡大され誇張された形態が人工的な容姿を作り上げ，観客の視線を引きつけるのである[23]。ところで，西洋人の旅行家たちは非常に早くから，この非写実化の効果を生み出す能と古

---

19)　Tamba (1974) 136–38.
20)　Nogami (1935) 135–36.
21)　この述語は，Craig (1911) からの借用である。
22)　これらのギリシア悲劇と能のマスクの共通性と相違点については，Johnson (1992) 20 を参照。
23)　前 4 世紀以降，劇場用のブーツ *kothornos* で嵩上げされ，カツラを付けるマスクの額部分 *onkos* が延長されたために，ギリシア悲劇の俳優の背丈は拡大された。

代ギリシア悲劇に共通の慣行に気づき，こう言っている。

> ギリシア悲劇と全く同様に，日本の演劇は，合唱隊，歌，統一性，2名ないし3名のマスクをつけ豪華な衣装を着た役者を有している。それらの役者たちは，驚くべきことに，全くもって宗教的な厳かさを伴って動き，人間の声ならざる声を発するのだ[24]。

　その他の偶然の一致としては，舞台美術と機械式の舞台装置の利用をあげることができる。この点について，ギリシア悲劇の中で神々を飛行させるクレーン *mēkhanē* を，歌舞伎の中で用いられる装置に比較することができる。またギリシア悲劇の中で用いられる，絵が描かれた可動式の板 *periaktoi* は，文楽に見いだされるものに比較することができる。ギリシア悲劇において用いられるエッキュクレーマ[25] *ekkyklēma* のような舞台効果は，文楽や歌舞伎に用いられる舞台装置による舞台変更に比べることができる。

　これらすべての類似点が収斂して，古代ギリシア演劇と日本の演劇との間に，或る種の対話を作り出すことになる。しかしながら，この夢が具現化するためには，1960年代に起った日本における最初のギリシア悲劇上演を待つ必要があった。

4　日本におけるギリシア悲劇 —— 世界劇場

　20世紀初頭，日本の伝統的な演劇がギリシア的であるという主張は，まずは日本の西洋化と，次いで日本のアジア大陸への拡大と，軌を一にするものであった。その場合，古代ギリシア演劇は夢想の産物である隠喩的なギリシアの一部をなすものであり，それが実際に上演されることはなかった。ところが，第2次世界大戦後の日本になると，すべてが変わる。古代ギリシア演劇は，日本という国の世界の中での位置づけを問

---

24) Edwards (1906) 274-75. マスクについては，Johnson (1992) 20-34 を参照。
25) 悲劇の上演において建物の内部を観客に見せるために用いられた大道具。

題にする上演活動の対象となる。大学における古代演劇研究が発展し，1958 年から 1970 年に渡り「東京大学ギリシア悲劇研究会」によりギリシア悲劇上演の最初の試みが行われたことから，この新しい関心を部分的に説明することができる[26]。しかしながら，日本におけるギリシア悲劇の上演数の増大は，政治的な論争と芸術的な実験の新たな時代にも対応している。これらの上演活動が，先入観をもって抱かれたあらゆる既存のアイデンティティーを告発することになる。西洋的であると同時に西洋的ではないギリシア演劇は「新劇」とは異なるがゆえに，60 年代の論争の枠組みの中で「アングラ演劇」によって導入された世界的な革新運動の要求に応えたのである[27]。

1 異種混合の美学

ギリシア悲劇上演の試みとは，何よりも「新劇」が前提とする写実主義との間に存する狭い境界，および日本の演劇と西洋の演劇との間に存する対立を乗り越えることによって，演劇を革新する一つの形である[28]。能役者観世寿夫（1925-78）は最初，劇団「冥の会」のメンバーとして，ソポクレスの『オイディプス王』（1971）を，次いで，渡邊守章（1933-2021）と共同で，アイスキュロスの『アガメムノン』（1972）と小セネカの『メデア』（1975）に出演し，ギリシア悲劇と能の融合を試みた[29]。この異種混合の試みは，演劇の総合的改革の信奉者である鈴木忠志（1939-）によって深められる。鈴木は，『トロイアの女』（1974）において，同時代のロック音楽を用いながら，能役者観世寿夫に加え歌舞伎と新劇の役者たちを用い，彼らに一緒に合唱隊パートを語らせること

---

26) 1958 年から 1970 年の間に，東京大学ギリシア悲劇研究会は，主に東京の日比谷野外音楽堂で 11 のギリシア悲劇作品を上演した。
27) Goodman (1988) を参照。
28) Chatzidimitriou (2017) 93-108.
29) 『オイディプス王』の上演は観世寿夫によるものだった。『アガメムノン』の上演は渡邊守章に委ねられた。観世寿夫のギリシア悲劇を上演するという発案は，演出家ジャン・ルイ・バロー（Jean-Louis Barrault, 1910-94）との出会いによるところが大きい。『オイディプス王』のパンフレットの中で，観世寿夫は「我々がギリシア悲劇作品を選んだのは，おそらくジャン・ルイ・バローのおかげである。能とギリシア悲劇は共通の基盤を有している。なぜなら，両者はいずれもある一人の人間とその人の運命の対立に基づいているからである」と述べている（日本語訳はフランス語訳からの重訳）。

に躊躇しなかった。1978 年以来，鈴木はエウリピデスの『バッコスの信女』においてこの異種混合の試みを深化させた。鈴木はアガウエの役どころに舞踏の俳優を加え，非常に古い舞楽の音楽を使うことによって，二つのグループからなる合唱隊を作った[30]。

　蜷川幸雄（1935-2016）の上演活動も，1978 年上演の彼のエウリピデス『メディア』に見られる通り，この異種混合によって特徴づけられる[31]。蜷川は，鈴木忠志の技法の数々を採用する。例えば，合唱隊の集団的な声，歌舞伎と能の演技方法の挿入である。こうして蜷川は，女形という日本の演劇の伝統に従い，メディアの役どころを男性の俳優に与えることによって，古代ギリシアの慣行に合致させている。また，幾つかの興味深い革新が見いだされる。蜷川においても，古代演劇のように合唱隊は舞踊の動作を有している。蜷川がそうするのは，歌舞伎を転覆させるある新しい演劇を創造するために古代ギリシア演劇を利用しているからである。蜷川は歌舞伎における三味線と化粧と衣装の通常の使い方を流用し，日本のメディアを創造するのである[32]。

　鈴木忠志の協力者であった宮城聰（1959-）は，別の道を進んだ。特に合唱隊の集団的な声に関して鈴木の身体と声の技法を利用しながらも，俳優の身体と声を分割する新たな演劇の形態（この技法はすでに能と文楽に見いだされ，俳優をマリオネットに変えるものである）を作り出すことによって，宮城は革新を行っている[33]。さらに宮城は，日本文化とギリシア文化との出会いを最大限に推し進める。ソポクレスの『アンティゴネ』を上演するにあたり，古代ギリシアと現代日本の儀礼との間に存する共通点を利用する新たな形式に従って，宮城は日本文化の中にギリシアの儀礼を見出し，古代の歌と舞踊によって上演される儀礼を回復する[34]。

30）Carruthers and Takahashi (2004) 164-79.
31）Chatzimitriou (2017).
32）Smethurst (2002) 1-34 を参照。この異種混交の実験は，蜷川によるそれ以降の上演においてはこれほど顕著ではないが，それでもやはり，特に，雅楽から借用された笙を用い鈴木忠志のような日本文化の世界を展開する蜷川の『オイディプス王』に現れている。Hanratty (2007) 7-30 も参照。
33）この技法は，文楽に由来すると共に，歌手が歌う歌に合わせて沈黙の俳優が演じる，ローマのパントマイムの技法を想起させる。Johnson (2017) 76-90 を参照。
34）Scafuro and Notsu (2018) 881-922.

2　ポスト・コロニアル演劇

　これら日本の演出家たちの演劇はもはや民族的アイデンティティーを主張するための場所ではなく，それとは全く反対に，西洋とアジアとの関係の中で日本が置かれている立ち位置に関する問題提起の場である。この問題提起は，すでにアテナイがしばしばアジア大陸（トロイア，ペルシア）と対峙させられた演劇作品（この演劇においてはディオニュソス自身がアジア大陸からやって来た神として提示された）によって行われていたものであり，現代の日本と共鳴している。鈴木忠志は，1973年の『トロイアの女』において，ギリシア人たちの捕虜となったトロイアの女たちを登場させたが，ギリシア人たちが占領者たちの横暴な振る舞いを表しているこの演出において，鈴木は20世紀の戦争の試練を揶揄しているのである。そこには，中国と朝鮮半島における日本軍による権力乱用（特に兵士たちによるアンドロマケの強姦において）のみらず，日本におけるアメリカ人たちの，また植民地諸国におけるヨーロッパ人たちの，権力乱用を読み取ることができる[35]。中国大陸と朝鮮半島を否定するどころか，このように，これらの日本人演出家の演劇にはポスト・コロニアル的な諸問題が組み込まれているのである。同様に，1990年の『バッコスの信女』の上演において鈴木は，役どころの一部が日本人たちによって，他の一部がアメリカ人たちによって演じられるバイリンガル劇を創作することによって，日本と西洋との関係を問題にしている。ここでは，日本人であるペンテウスに対して，外国人の神であるディオニュソスが一人のアメリカ人俳優によって演じられている。この演劇は，日本というものがある時は支配者として，またある時は被支配者の役割を演じることで，現代における支配の企てについて問題提起する場となっているのである。

　このポスト・コロニアルという局面は，宮城聰の上演活動にも非常に顕著に現れている。宮城がその上演活動において朝鮮半島と日本の関係に取り組んでいることは明らかである。宮城は2005年，韓国人演出家ヤン・ジョンウン（Yang Jung-Ung, 1968-）と協力して『トロイアの女』の新たな翻案を再創作した。韓国人と日本人の俳優たちを混在させると

---
35)　Wetmore (2016) 397-421.

いう演出は，20世紀前半における日本と朝鮮半島の紛争を乗り越えるために，明白な形で上演しているのである。宮城聰の演劇カンパニー（ク・ナウカ）によって上演された『メデイア』にも，同一の主題が見いだされる。ここでは，メデイアが日本人であるイアソンと対峙する朝鮮人女性として表象されている。さらに，演劇の舞台設定によって，言葉を話すことの出来ない女性俳優たちの身体と男性俳優たちの声とが分断され，これらの男たちが女たちにマリオネットのような仕草の演技を強制している。すなわち，ここでは民族主義批判に，男性による女性搾取に対するフェミニズム的批判が加えられているのである[36]。

3 「世界演劇」

　これら日本人による新しいギリシア悲劇上演は，古代の悲劇においてそうであったように東洋と西洋という概念の区別を不安定化することによって，「ギリシア悲劇は何の役に立つのか」という問いについて，私たちをその前衛的な理解とは対立するある別の理解へと案内してくれる。古代ギリシア悲劇とは，もはや日本に投影されたヨーロッパ空間としてではなく，むしろ，グローバルな空間として捉えられ，そこでは，明治の時代において影響力のあった国々（フランス，英国，ドイツ）はすでに中心には存在せず，周辺的にしか現れていない。この開け放たれた状態は複数の大陸へと及び，古代演劇の参照対象としてのギリシアを新たに価値付けるのである。

　鈴木忠志は世界中で数々の上演を行った。1980年代，鈴木による『トロイアの女』と『バッコスの信女』の上演がヨーロッパ，アメリカ合衆国，オーストラリアで行われた[37]。それと同時期，蜷川幸雄の『メデイア』がヨーロッパとアジアで上演された[38]。宮城聰も同じ道を進んでいる。例えば，韓国の演出家とコラボレーションすることで，アジアの諸問題を取り入れながら，宮城はアメリカ合衆国，アジア，ヨーロッパで上演を行い，2017年，権威あるアヴィニョン国際演劇祭においてソポクレス『アンティゴネ』によるオープニング上演を任された。これらす

---

36) Anan (2014) 843–46.
37) Carruthers and Takahashi (2004) XXIV–XXXI.
38) Smethurst (2002) を参照。

べての日本人演出家による上演活動にとって，ギリシア悲劇の発祥地であるギリシアを経るということ，すなわち，ギリシアの古代劇場で上演するということは，不可欠のステップであった．蜷川の『メディア』は1984年，アテネのヘロデス・アッティコス劇場において，2晩の上演で14,000人の観客を集め，大成功を収めた．1985年，鈴木はアテネとデルフィで彼の『トロイアの女』を上演した．同様に，宮城も2004年に彼の『アンティゴネ』をギリシアのデルフィの古代劇場で上演した．

　ギリシアには，エピダウロス，デルフィ，アテネ等に数々の古代劇場が保存されているのであるが，他でもないこのギリシアが，世界的規模の広がりへとわれわれを引率するトランポリンとして役立ってくれる．「演劇オリンピック」は1993年に始まったが，これには多くの国々が参加した．その国々の中に日本も含まれていたのは，鈴木忠志のおかげである[39]．最初の「演劇オリンピック」はテオドロス・テルゾプロス（Theodoros Terzopoulos, 1945-）の指導のもとに開催された．1999年の「演劇オリンピック」は静岡で開催されたが，その時に合わせて，SPAC（公益財団法人静岡県舞台芸術センター Shizuoka Performing Arts Center）が設立され，それ以来，SPACは，「ふじのくに⇄せかい演劇祭」[40]の枠組みの中で，毎年，各国から数々の劇団を招待することによってその国際的な使命を果たしている．宮城聰は，このSPACの芸術総監督として，この世界化の運動を彼の創作に取り入れている．そこでは，ギリシア悲劇が世界中の数々の演劇の伝統と並んで上演されている[41]．鈴木忠志もこの国際化の運動を推進している．鈴木のコラボレーションはアジアに向かい，特にインドネシアと中国とのコラボレーションによって上演を行った．例えば，エウリピデスの『バッコスの信女』は，1990年以来，

---

39) Carruthers and Takahashi (2004) 56-69．「演劇オリンピック」は，スポーツのオリンピック競技会をその理念的なモデルとしているが，このスポーツのオリンピックそのものも，古代ギリシアのオリンピアにおいて4年毎に開催された古代の競技会からインスピレーションを得たものである．

40) 2000年に始まったこの芸術祭は，当初「Shizuoka春の芸術祭」と呼ばれていたが，2011年からは「ふじのくに⇄せかい演劇祭」と名称を改め，世界中から演出家たちと様々な舞台芸術作品を静岡に集めて開催されている．

41) 宮城聰はインドの叙事詩『マハーバーラタ』，アメリカ・インディアンの伝説からの翻案『いなばとナバホの白兎』，カメルーンの作家レオノーラ・ミアノ（Léonora Mirano, 1973-）のアフリカの奴隷貿易の実態を扱った作品『顕れ』を上演している．

『ディオニュソス』というタイトルで翻案され，2017年には日中共同で上演され，2018年にはブルミ・プルナティというインドネシアの劇団とのコラボレーションで上演された。

5　世界が聴いている演劇

　古代ギリシア演劇と日本の演劇との類縁性ゆえに，ギリシア語で書かれたテクストの研究が同時に理論的な面と上演という面とで数々の新たな解釈の道を開いた。多くの可能性がまだ探求されるべきものとして残っている。日本において上演されたギリシア悲劇作品はまだほんの一部分に過ぎないし，古代ギリシア喜劇はほとんど手つかずの状態である[42]。この道は実り豊かなものである。今日，「ギリシア演劇」はすでに「世界演劇」となっており，もうそれは「ヨーロッパ演劇」ではない。アジア大陸の影響のみならず，同時にヨーロッパとアメリカの影響を受け入れ，それらに同化した国として，日本はとりわけ演劇に関する新たな提案を行うことに適している。演劇は，平和的な問題提起の場である。自身のアイデンティティーを表明する場ではなく，そこはいわば「ヘテロトピア」[43]なのだ。民族主義に閉じこもる場ではなく，アジアと日本の間に，アジアと西洋の間に架けられ，アフリカにもアメリカにも広がっていく架け橋として，世界へ開かれたコラボレーションの場なのだ。世界で最も古い演劇が，最も現代的であり，文化的な対話の最良の助けとなってくれるのである。以上が，知識人，芸術家，研究者，学生に提案したい理想である。すなわち，自国の市民でありながらも，同時に世界市民であることを表明することである。

42）　もちろんローマの喜劇と悲劇も日本ではほとんど手つかずの状態である。1975年に渡邊守章によって小セネカの『メデア』が上演されたのは例外的である。

43）　この言葉はミシェル・フーコー（Michel Foucault, 1926-84）によって，「他なる諸空間」と題された講演の中で，作り出されたものであり，権力の空間とは異質な想像力を探求する特別な文化の諸空間を指している。

参 考 文 献

　古代ギリシア演劇と能の比較に関しては，Smethurst の諸研究は避けて通れない。Smethurst (2013) および Smethurst (1989) は特に重要である。それでもやはり，両者の比較に対して慎重な態度を示す小林標の「ドラマ」の概念に関する論文（小林 [2003]）および野上（1935）を参照するのが良いだろう。野上豐一郎が英語で書いた論文（Nogami [1940]）は入門的な総論となっている。日本におけるギリシア悲劇上演については，何よりも Wetmore の総括的な論文（Wetmore [2016]）を読むべきであろう。この章の理解を深めるためには，鈴木忠志，蜷川幸雄，宮城聰によるギリシア悲劇上演について脚注で引用している諸々の著作や論文を読むのが良いだろう。

Anan, N. (2006). 'Medea (review)', *Asian Theatre Journal* 23, 407–11.
Carruthers, I and Takahashi, Y. (2004). *The Theatre of Suzuki Tadashi*. Cambridge; New York.
Chamberlain, B. (2000[1890]). *Collected Works of Basil Hall Chamberlain*, vol. 6. Tokyo; Bristol.
Chatzidimitriou, P. (2017). 'Tadashi Suzuki and Yukio Ninagawa: Reinventing the Greek Classics: Reinventing Japanese Identity after Hiroshima', in Rodosthnous, G. (ed.) *Contemporary Adaptations of Greek Tragedy: Authorship and Directorial Visions*. London, 93–108.
Craig, G. E. (1911). *On the Art of Theatre*. London.
Csapo, E. and Slater, W. J. (1995). *The Context of Ancient Drama*. Ann Arbor.
Duret, T. (1885). *Critique d'Avant-garde*. Paris.
Edwards A. H. (1906). *Kakemono - Japanese Sketches*. Chicago.
Fenollosa, E. (2017 [1916]). *Noh or Accomplishment. A Study of the Classical Stage of Japan*, ed. by E. Pound. London.
Goodman, D. G. (1988). *Japanese Drama and Culture in the 1960s: The Return of the Gods*. Armonk, NY.
Guimet, E. and Regamey, F. (1886). *Le Théâtre au Japon*. Paris.
Hanratty, C. (2007). '"What Ninagawa Did Next": Notes on Productions of Greek Tragedy by Yukio Ninagawa after Medea in 1999', in Sípová, P. N. and Sarkissian, A. (eds.) *Staging of Classical Drama around 2000*. Newcastle, 7–30.
Johnson, M. B. (1992). 'Reflections of Inner Life: Masks and Masked Acting in Ancient Greek Tragedy and Japanese Noh Drama', *Modern Drama* 35.1, 20–34.
Johnson, W. A. (2017). 'Imperial Pantomime and Satoshi Miyagi's *Medea*', *Didaskalia* 13.13, 76–90.
Lucken, M. (2019). *Le Japon Grec: Culture et Possession*. Gallimard.

Nogami, T. (1940). *The Noh and Greek Tragedy*. Sendai.
O'Neill, P. G. (1974[1958]). *Early Noh Drama: Its Background, Character and Development 1300–1450*. Westport.
Ortolani, B. (1995[1990]). *The Japanese Theatre: From Shamanistic Ritual to Contemporary Pluralism*. Princeton.
Pierre, M. (2019). 'Le Groupe de Chanteurs du Nô Est-il Assimilable à un Chœur de Tragédie Grecque ?', *Revue de Littérature Comparée* 93.4, 379–98.
Scafuro, A. and Notsu, H. (2018). 'Miyagi's *Antigone*' in Bigliazzi, S., Lupi, F., and Ugolini, G. (eds.) Συναγωνίζεσθαι: *Studies in Honour of Guido Avezzù*. Verona, 881–922.
Smethurst, M. J. (1989). *The Artistry of Aeschylus and Zeami*. Princeton.（M. J. スメサースト，木曽明子訳（1994）『アイスキュロスと世阿弥のドラマトゥルギー——ギリシア悲劇と能の比較研究』大阪大学出版会.）
―――. (2002). 'Ninagawa's Production of Euripides' Medea', *The American Journal of Philology*, 123.1 1–34.
―――. (2013). *Dramatic Action in Greek Tragedy and Noh: Reading with and beyond Aristotle*. Princeton.（M. J. スメサースト，渡辺浩司・木曽明子訳（2014）『ギリシア悲劇と能における「劇展開」——アリストテレースを手引きに，そして彼を超えて』野上記念法政大学能楽研究所.）
―――. (2014). 'Interview with Miyagi Satoshi', *PMLA: Publications of the Modern Language Association of America*, 129.4 843–46.
―――. (2016). 'Noh and Greek Tragedy', 『能楽研究所紀要』41, 240 (1)–230 (11).
Tamba, A. (1974). *La Structure Musicale du Nō*. Paris.
Tschudin, J.-J. (2014). *L'éblouissement d'un Regard : Découverte et Réception Occidentales du Théâtre Japonais à la Fin du Moyen Âge à la Seconde Guerre Mondiale*. Toulouse.
Witmore, K. (2016). 'The Reception of Greek Tragedy in Japan' in Van Zyl Smit, B. (ed.) *A Handbook to the Reception of Greek Drama*. Chichester, 397–421.
Yokoyama, Y. (2008). *La Grâce et l'Art du Comédien. Conditions Théoriques de l'Exclusion de la Danse et du Chant dans le Théâtre des Modernes*, Thèse de Doctorat, Paris X – Nanterre. Paris.

日本語文献
小林標（2003）「能は演劇であるのか——言語学の立場からの試論」，『人文研究』54. 7, 1–30.
野上豊一郎（1935）「合唱歌の非戯曲的性質——能とギリシア劇との比較」，『能の再生』岩波書店，120–46.
和辻哲郎（2007 [1919]）『古寺巡礼』岩波文庫.

（野津 寛 訳）

18
「イソップ」の渡来と帰化

吉川　斉

　日本と西洋の交流が始まって以来，西洋の文物が日本にもたらされ，様々な形で受け容れられてきた。本章は，そうした日本における西洋古典受容の一例として，西洋から渡来した古典由来の題材である「イソップの話」の受容について，近世から近代までの様相を概観し，日本のイソップ普及の背景に目を向ける。

　16世紀半ばに日本にキリスト教を伝えたイエズス会は，「イソップの話」も持ち込んだ。それらは教材として当時の日本語に翻訳され，1593年には『エソポのハブラス』が印刷刊行される。『エソポのハブラス』は古典由来の題材が初めて日本語翻訳された例といえるが，その後日本から姿を消してしまう（第2節）。一方，17世紀初めに仮名草子として刊行された『伊曽保物語』は，『エソポのハブラス』とも内容が一部重なるものであったが，江戸時代を通じて，唯一の日本語「イソップ集」として日本に留まることになった（第3節）。

　江戸時代末期，日本が開国すると，再び「イソップの話」が日本へと持ち込まれ日本語に翻訳されはじめる。同時に，この時期に『伊曽保物語』が再び注目され，あるいは『エソポのハブラス』が英国で再発見される（第4節）。明治6年（1873）には，同時代の英語版イソップ集を翻訳した，渡部温『通俗伊蘇普物語』が登場した。こうした明治初期の受容において，当時の洋学者たちが果した役割は大きい（第5節）。

　一方，明治初期にはじまる近代の学校教育において，修身教育の教材として「イソップの話」が利用され，日本社会に「イソップの話」が溶け込んだ。近世・近代と二段階の受容を経た「イソップの話」は、西洋の古典であり日本の古典でもあるという，希有な存在として日本に広がるのである（第6節）。

1　はじめに

　本書各章で論じられているとおり，西洋古典は古代ギリシア・ローマにさかのぼる種々の対象であり，日本とは時間的にも空間的にも遠く離れたものといえる。その点では，日本でみられる西洋古典の存在は，何らかの形で日本に持ち込まれた（あるいは持ち込んだ）外来種ということになる。つまるところ，東西の交流があってはじめて，西洋古典は日本に現れ，何某かの過程を経て，受け入れられるのである。とはいえ，もちろん西洋古典はあくまで西洋の古典であり，もともと日本の古典ではないことに変わりはない。

　さて，本章では，日本における西洋古典受容の一例を扱う。日本と西洋の直接的接触は，16世紀に入ってからのことである。1540年代はじめのポルトガル人来航を契機に，16世紀後半から17世紀初頭にかけていわゆる南蛮貿易が行われ，ポルトガルやスペインを通じて西洋の様々な文物や人物が日本へと渡来した。17世紀半ばには，西洋との窓口はオランダに制限されるが，米艦が来航する19世紀半ば以降，幕末から明治期の日本は，日本から西洋への留学も含めて，より積極的に西洋との交流を展開していくことになる。このような西洋との交流のなかで，日本と西洋古典との関わりに目を向けると，近世・近代のいずれの時期においても日本へもたらされ，日本語へと翻訳された希有な事例を見いだすことができる。それが「イソップの話」である。本章は，日本と西洋古典との関わり方において他に類例がない「イソップの話」を主題とし，それがどのように日本のなかに受け入れられたか，おもに近世・近代における受容の様態を概観する。

　なお，「イソップの話」は，前600年頃に古代ギリシアで活動したイソップ（ギリシア語ではアイソポス，Aisopos）なる人物が語ったとされる話で，もとは古代ギリシアにまでさかのぼる。それらを集めた体裁のものがいわゆる「イソップ集」各種であり，「兎と亀」「蟻とキリギリス」など，現代の日本でも著名な話が含まれる。ただ，実態はおそらく紀元後に作られた話が大部分を占め，現存するイソップ集も紀元後にまとめ

られたものである。教材として有用であったためか，「イソップの話」は西洋古典の題材としては珍しく，中世を通じてキリスト教世界においても読まれ続け，近世以降は多数の印刷本により西洋各地に大きく拡がっていった。

2　イエズス会と『エソポのハブラス』

　1534 年にイグナチウス・デ・ロヨラ（Ignatius de Loyola, 1491-1556）を中心に創設されたイエズス会は，ポルトガルの支援のもとに（西洋からみた）海外布教に努め，1549 年には会士フランシスコ・ザビエル（Francisco Xavier, 1506-52）が日本にキリスト教を伝えた。イエズス会はもともと教育活動に熱心な修道会だったが，1579 年に来日したアレッサンドロ・ヴァリニャーノ（Alessandro Valignano, 1539-1606）は，特に日本人司祭の養成を目指し，1580 年からセミナリオやコレジオなどの教育機関を立ち上げた[1]。当時，イエズス会が設立した教育機関では，神学に限らず，古典教育や修辞学教育を含む幅広い教養教育が行われており，日本においても，例えば初等教育機関にあたるセミナリオでは，ラテン語や日本文学，音楽，絵画等が教育されていた。1582 年に天正遣欧少年使節として送り出され，海を渡って当時の西洋に日本の存在を知らしめた伊東マンショ（1569 頃-1612）ら 4 名は[2]，セミナリオで教育

---

[1]　セミナリオ（seminario, 神学校）はイエズス会によって 1580 年に有馬（現・長崎県南島原市）と安土（現・滋賀県近江八幡市安土町）に開設された日本人聖職者育成のための全寮制初等教育機関。1582 年の本能寺の変ののち，安土の学校は京都，高槻，大阪と転じ，1588 年には有馬の学校と合併。その後も 1614 年に廃絶するまで，九州各地を転々とした。また，1601 年には，長崎にセミナリオ（教区神学校）が新設されている。一方，コレジオ（collegio, 学林）は，同じくイエズス会によって 1580 年に開設された聖職者養成のための高等教育機関で，セミナリオ修了者を対象とした。はじめは豊後の府内（現・大分県大分市）に置かれたが，キリスト教禁教政策にともない，島原（加津佐），天草，長崎などへと転じ，1614 年に長崎で閉鎖。加津佐の頃から，ポルトガル渡来の活版印刷機を用いて各種「キリシタン版」を生み出した。なお，同時期にイエズス会によって開設された教育機関には，豊後の臼杵（現・大分県臼杵市）に置かれたノビシヤド（noviciado, 修練院）もある。ノビシヤドはイエズス会士の修練期を担う養成機関であり，終了後にはコレジオに学ぶこともできた。

[2]　天正遣欧使節は，アレッサンドロ・ヴァリニャーノの発案により，天正 10 年（1582）に大友宗麟（1530-87），大村純忠（1533-87），有馬晴信（1567-1612）といった九州のキリ

を受ける少年たちだった。彼らはラテン語教育も受けており，その学習のなかで，キケロ（Cicero，前106-前43）等の古典作家のラテン文に接する機会もあったと思われる[3]。

ところで，1590年に帰国した天正遣欧使節は，西洋から日本へと活版印刷機を持ち込んだ。印刷機はコレジオに置かれ，コレジオの移転とともに場所を移しながら，各地で印刷物（いわゆるキリシタン版）を生み出した[4]。そのなかに，1593年に天草で刊行された『平家物語 Feiqe no monogatari』『エソポのハブラス Esopo no fabulas』『金句集 Quincuxu』の合冊本が含まれる。大英図書館に1冊だけ現存するこの合冊本は，当時の日本語の口語体および文語体をポルトガル語式にローマ字印刷したもので，16世紀末頃の日本語やその発声を知る手がかり

シタン大名の名代として西洋に派遣された，伊東マンショ，千々石ミゲル（1569頃-1633），中浦ジュリアン（1568頃-1633），原マルティノ（1569頃-1629）ら4名を中心とする使節団。4名とも有馬のセミナリオの在学生だった。インドのゴアを経由して，1584年8月にポルトガルのリスボンに到達。ポルトガル国王を兼ねるスペイン国王フェリペ2世（Felipe II, 1527-98）にマドリードで謁見したのちイタリアへ向かい，1585年3月にはローマでローマ教皇グレゴリウス13世（Gregorius XIII, 1502-85）に謁見するなど，各所で歓待を受けた。1586年にリスボンより帰路につき，1587年にゴア，1588年にマカオへ到着。豊臣秀吉（1537-98）によるキリスト教禁教政策のため帰国が遅れ，天正18年（1590）に長崎に帰着した。

3）　彼らは離日後もラテン語学習を継続していたと考えられるが，例えば帰国後に伊東マンショが記したラテン語書簡が残っており，文面にキケロを含む古典の影響が指摘されている。なお，時期はあとになるが，1610年に長崎で刊行されたイエズス会宣教師マヌエル・バレト（Manuel Barret, 1564-1620）による『聖教精華』は，日本人司祭のために，新旧訳聖書，聖人，教父，神学者の著書のほか，古典作品からラテン語短文を抽出した抜書き集である。日本におけるラテン語教育のなかで，ギリシア・ローマの古典が（断片的ではあれ）伝えられていたことを確認できる。バレトは，帰国する天正遣欧使節とともに1590年に来日し，日本語を学びながら，天草のコレジオでラテン語教師を務めた。「バレト写本」でも知られる。

4）　天正遣欧使節が持ち帰った活版印刷機を用いて，1591年頃からおよそ20年間のうちに印刷刊行された出版物がいわゆる「キリシタン版」である。印刷機はコレジオに置かれ，印刷地にあわせて加津佐版，天草版，長崎版などとも呼ばれる。日本で印刷されたものとして，30点ほどのキリシタン版が確認されている。また，その前後の時期に同じ印刷機を用いてゴアやマカオで印刷された出版物をキリシタン版に含む場合もある。キリシタン版については，上智大学のキリシタン文庫で公開されている「ラウレスキリシタン文庫データベース」（https://digital-archives.sophia.ac.jp/laures-kirishitan-bunko/）などが参考になる。なお，ヴァリニャーノは，1579年に日本で活動を始めて以来，布教拡大のために教育事業の拡充を目指し，教科書の印刷など，日本における印刷事業の開始を願っていた。天正遣欧使節の日本人随員には，西洋で印刷術を学ぶべく手配された者たちもおり，遣欧使節派遣の目的の一つに，日本への西洋印刷術の導入があったことが窺える。

としても重要である．また，キリスト教とは直接関わらない，いわば世俗の本である点において，当時の日本で刷られたイエズス会の印刷物として希少なものだった．

　この点については，この合冊本の『平家物語』第1巻扉裏の序文に次のように記されている[5]．

> この一巻には日本の平家と言う Historia と，Morales Sentenças と，Europa の Esopo の Fabulas を押す物なり．然ればこれ等の作者は Gêtio にて，その題目も然のみ重々しからざる儀なりと見ゆると言えども，且つうは言葉稽古の為，且つうは世の徳の為，これ等の類いの書物を版に開く事は，Ecclesia に於いて珍しからざる儀なり（Cono ychiquanniua Nipponno Feiqetoyũ Hiſtoriato, Morales Sentençasto, Europano Eſopono Fabulasuo voſu mono nari. Xicareba corerano ſacuxaua Gêtio nite, ſono daimocumo ſanomi vomo vomoxicarazaru gui narito miyuruto iyedomo, catçũua cotoba qeicono tame, catçũua yono tocuno tame, corerano taguyno xomotuo fanni firaqu cotoua, Eccleſianivoite mezzuraxicarazaru gui nari.）

　すなわち，同書が3冊の合冊であることが示されると同時に，それらの作者がいずれも「異教徒 Gêtio」であることが述べられる．そして，「言葉稽古」と「世の徳」のために異教徒の本を刊行することは，特に「教会 Ecclesia」の道に外れることではなかったというのである．当時のイエズス会の適応主義の現れということもできよう[6]．

　とはいえ，合冊本のなかで，『エソポのハブラス』は異色のものであった．『平家物語』『金句集』が日本に既存の題材を土台とする一方で，『エソポのハブラス』はおそらくイエズス会が西洋から持ち込んだイソップ集を利用しているためである．『エソポのハブラス』冒頭をみ

---

5) 以下，本章における『平家物語』『エソポのハブラス』の引用は，国立国語研究所『日本語史研究用テキストデータ集』掲載の「『天草版平家物語』翻字テキスト」「『天草版伊曽保物語』翻字テキスト」を利用した（https://textdb01.ninjal.ac.jp/dataset/）．

6) ここでの「適応主義」は，生物学の用語ではなく，来日後のヴァリニャーノがとった布教方針で，宣教国（この場合は日本）の文化や生活，言語を尊重し，その国および民族の中にあるものを取り入れていく柔軟な姿勢をいう．

ると，「Latin を和して日本の口と成す物なり（Latinuo vaxite Nippon no cuchito nasu mono nari）」と記されており，ラテン語から日本語への翻訳であることが主張されている。残念ながら，訳者に関する情報は含まれず，訳者は不詳である。確認できるかぎりにおいて，『エソポのハブラス』は，西洋の非キリスト教の文物（しかも古典に由来するもの）が日本語に翻訳され日本で印刷刊行された最初の事例ということになる。

『エソポのハブラス』は上下2巻で構成され，「Esopo が生涯の物語略」「Esopo が作り物語の抜き書き」の2部からなる[7]。前者はイソップの伝記物語，後者は個々の話を集めたイソップ集で，70話を含む。こうした2部構成は西洋近世の印刷本イソップ集では一般的なものであり，『エソポのハブラス』の構成もそれに倣ったものといえる。ただ，その原典については不明な部分が多い。

1470年代半ばにドイツ語翻訳付きラテン語印刷本イソップ集（シュタインヘーヴェル集）が刊行されて以来，ラテン語やギリシア語，各国語によるイソップ集が出版され西洋各国に広がっており，イエズス会が登場する16世紀には，多種多様なイソップ集が入手可能な状況となっていた。イエズス会の教育において，キケロなどの古典作家の作品のほか，古典語イソップ集が教材として用いられていた可能性が高く，日本での教育の展開にあたっても，彼らが何らかのイソップ集を持ち込むことは不自然ではない。しかし，何が持ち込まれたかという点で，シュタインヘーヴェル集の系統とみる説が有力ではあるものの，具体的にそれ（あるいは，それら）が何であったかは判然としないのである。

注意が必要とすれば，多種多様と述べたように，イソップ集が単一の存在ではない，という点である。多くの場合，イソップ集の構成や内容は編者が作り上げるものであり，個々の話は容易に改変，翻案，あるいは創作される。また，ともすれば既存の複数のイソップ集を土台として新規のイソップ集が編集される。イソップ集は，イソップの名と相まっ

---

[7] 「抜き書き」の中途で「Esopo が作り物語の下巻」と記されている。印刷本は一冊にまとめられているわけで，これは印刷前の段階で2巻本だったことを示す。ラテン語版→日本語版→印刷版という大きな流れが考えられるが，どの時点で2巻であったかは不明である。なお，イエズス会の教育課程を考えると，ラテン語版もまた，ラテン語教育上有用であったはずで，あるいは，その用途でまとめられたラテン語版が存在したかもしれない（が，これはまったくの想像である）。

て古代ギリシアに紐づけられる一方で，むしろ編者が同時代の読者に向けて再生産した，編者個別の作品集，という側面をもつのである。近世から近代にかけて出版された各種イソップ集は，こうした傾向が強いようにもみえる。

　この点は，『エソポのハブラス』も同様である。「読誦の人へ対して書す（DOCVIVNO FITOYE TAIXITE XOSV）」と題される序文に，「Latinより日本の言葉に和らげ，色々の穿鑿の後，版に開かるるなり（Latinyori Nipponno cotobani yauarague, iroirono xenzacuno nochi, fanni firacaruru nari）」とあり，印刷刊行に先立って「色々の穿鑿」，すなわち内容の検討が行われたことが述べられる。それに続く「これ真に日本の言葉稽古の為に便りと成るのみならず，良き道を人に教え語る便りとも成るべき物なり（Core macotoni Nipponno cotoba qeicono tameni tayorito naru nominarazu, yoqi michiuo fitoni voxiye cataru tayoritomo narubeqi mono nari）」という記述は，『エソポのハブラス』がこうした使用目的に適うように編集されたことを示唆している。

　例えば，『エソポのハブラス』に含まれる話をざっと眺めると，ギリシア・ローマの神々が登場しないことに気づく。古来，イソップ集にはゼウスやヘルメスなどの登場する話が含まれることが多く，16世紀もその状況は変わらない。一方，『エソポのハブラス』では，原則としてその種の話が採録されていない。例外的に，古代ローマのイソップ集以来多くのバージョンでユッピテル（ゼウス）が登場する話が含まれるものの（「Esopo Athenas の人々に述べたる例えの事」）[8]，ユッピテルに該当する部分は「天」と訳される。こうした措置は，（明言はできないが，）異教の神々の名に学習者が触れないようにする意図もあったのではないかと思われる。また，採録された個々の話の内容に目を向けると，『エソ

8）　この話は，主人の不在を嘆く蛙たちが天に主人を与えてくれるよう願うもので，最終的に鶴を与えられた蛙たちは食べられてしまう。紀元後1世紀のファエドルス（Phaedrus, 後1世紀）によるラテン語イソップ集（ファエドルス集）第1巻第2話に，蛙がユッピテル（ゼウス）に王を与えるよう願う，同種の話がみられる。直接的関係は不明ながら，話の導入部にアテナイの人々への言及がみられる点も共通し，『エソポのハブラス』版の導入部は，ファエドルス版の導入部をかなり簡略化したものにもみえる。ただし，ファエドルス版では最終的に水蛇を与えられる筋書で，「鶴」への改変は『エソポのハブラス』ならではかもしれない。なお，近世のシュタインヘーヴェル集にも同様の話は含まれるが，そちらではアテナイの人々へ言及する導入部はなく，蛙を襲うのは水蛇である。

ポのハブラス』（あるいはその原書）が，既存の単一のイソップ集から編集されたものではなく，複数の参照元をもとに構成されたであろうことは容易に推測できる。

　豊臣秀吉による 1587 年の禁教令以来，日本におけるキリスト教の活動に対する圧力は高まっていき，イエズス会の活動も制限されることになった[9]。1590 年の天正遣欧使節の帰国時にはすでに禁教政策が始まっており，彼らが持ち帰った活版印刷機は島原（加津佐）のコレジオに置かれたのち，天草，長崎と移動を余儀なくされた。そして，1614 年には，徳川秀忠（1579-1632）の名で出された禁教令により，主だったイエズス会関係者はマカオへと退去し，それまで長崎で維持されていたセミナリオやコレジオも閉鎖された。このような状況下，天草で印刷され，基本的にイエズス会内部で使用されていたと思しき『エソポのハブラス』（を含む合冊本）が，当時の日本社会に普及しえたとは考えにくい。そうしてみると，『エソポのハブラス』は，日本に最初に現れた翻訳イソップ集として重要ではあるが，イエズス会のフィルターを通し，あくまで日本のイエズス会のコミュニティに現れた内向きのもので，それ以上の広がりを持ちえなかったことになる。

　その点では，17 世紀初頭から半ばにかけて登場した国字本『伊曽保物語』は，『エソポのハブラス』とは異なる道をたどることになった。

3　『伊曽保物語』と江戸時代

　『伊曽保物語』は，いわゆる仮名草子の一種で，日本語文語体，おもに漢字平仮名交じりの古活字を用いて印刷された[10]。上中下の 3 巻から

　9）　豊臣秀吉による 1587 年の「吉利支丹伴天連追放令」をはじめ，江戸時代初期まで幾度か禁教令が出されているが，多くの場合，日本から継続的にキリスト教関係者を排除しようとするものではなかった。時期によってはむしろ容認されることもあり，日本におけるイエズス会の活動は，程度の問題はあるにせよ続いていた。また，1590 年代前半にはフランシスコ会が日本での活動を開始している。江戸幕府によって実際にキリスト教排除の動きが積極的に進められていくことになるのは，1610 年代半ば頃からである。

　10）　16 世紀末頃から 17 世紀半ば頃にかけて出版された活字本を古活字本と呼ぶ。古活字本の印刷には，イエズス会のもたらした西洋印刷術と，豊臣秀吉時代の文禄・慶長の役を通じて朝鮮から伝来した印刷技術の影響が考えられる。後者の，朝鮮伝来の活字本では銅活

なり，中巻途中まで「イソップの生涯」，以後「イソップ集」64話という構成である。無刊記本が多く，初版刊行年は不明ながら，おそらく慶長・元和年間の1615年前後に刊行されたものから寛永16年（1639）刊本までの9種の古活字本が複数確認されており，また，万治2年（1659）には絵入りの製版本が出版されている。『エソポのハブラス』のような序文にあたる部分はなく，翻訳元言語に関する言及もない。また，「イソップ集」の箇所に注目すると，『エソポのハブラス』と『伊曽保物語』で共通するのは26話にすぎず，それらも厳密に同一ということではない。巻の構成からみると，『エソポのハブラス』上巻と『伊曽保物語』上中巻は共通項が多く，双方下巻はほぼ別物となる。

　『エソポのハブラス』同様に，『伊曽保物語』の原本についても，確かなことは分からない。『エソポのハブラス』と『伊曽保物語』に共通の日本語文語体翻訳本（祖本）を想定し，『伊曽保物語』が祖本に近いものである，とする向きもあるものの，実態は不明である[11]。『伊曽保物語』の「はすとる」（pastor，「牧人」の意）などの訳語[12]や後述の引用例などをみると，イエズス会と関係していたことは確実であるが，祖本の存在を示すものでもない。また，『伊曽保物語』と当時のスペイン語翻訳版イソップ集の近縁関係が指摘されている点も興味深い。この場合，スペイン語原典が持ち込まれた時期や経路，翻訳の経緯が問題となる。ポルトガル庇護下のイエズス会士たちが日本へスペイン語版イソップ集を携行する必然性は低く，あるいはスペイン船とともに遅れて日本へ持ち込

字を用いたものが多いが，日本の古活字版では大半が木活字となっていた。また，木製活字は金属活字と異なり，手製のため形が不統一なうえ摩耗が早く，一度に印刷可能な部数は限られていたようである。17世紀半ば頃から，活字を使用せず版面に文字を刻み込む製版本が主流となっていく。

11）　祖本とは，現在まで伝わる写本や版本のもとになった（と想定される，多くの場合すでに散逸した）書物をいう。作者による自筆本，原本を指すことも多いが，ここでは『エソポのハブラス』や『伊曽保物語』の印刷本のもととなった中間段階の手稿本が想定されている。

12）　『エソポのハブラス』には，Pastorなど日本語に翻訳されないまま表記される語彙がみられる。例えばPastorについては，キリスト教に関わる重要な用語であり，あえて日本語にしなかったのではないかと思われるが，『伊曽保物語』もその点の配慮が共通している。『エソポのハブラス』ではアルファベット表記（Pastor）であるが，国字本の『伊曽保物語』では仮名表記（はすとる）である。

まれた可能性も考えられる[13]。もちろん，来日したイエズス会士にはスペイン出身者もいたため，何らかのスペイン語版を持ち込んでいた可能性もあろう。不確かな部分は多いが，どのような経緯であれ，当時の翻訳には，語学の点でキリスト教関係者が関わっていたことは想像に難くない。

慶長8年（1603）に長崎コレジオで印刷刊行された『日葡辞書[14]*Vocabulario da Lingoa de Iapam*』には，『エソポのハブラス』由来の文例が複数使用されている。一方，慶長9年（1604）から慶長13年（1608）にかけて長崎コレジオで印刷刊行された，イエズス会士ジョアン・ロドリゲス[15]（João Rodrigues, 1561/62-1633/34）による日本語文法書『日本大文典[16]*Arte da Lingoa Iapam*』では，『エソポのハブラス』『伊曽

---

13) 南蛮貿易において，フィリピンを拠点とするスペインはポルトガルに遅れて1580年代より来航しはじめ，とりわけ17世紀初め頃に貿易が盛んになった。南蛮貿易とも密接に結びつくキリスト教関連では，ポルトガル船とともにイエズス会士が来航していたのに対し，1590年代はじめにスペイン船とともにフランシスコ会士が来日し，1600年代初頭には徳川家康（1543-1616）に容認されて（ただし布教は禁じられていたが），積極的に布教活動を展開した。

14) 『日葡辞書』は日本語をポルトガル語で説明した辞書である。イエズス会宣教師数名が日本人信徒の協力のもとに編纂。長崎で1603年に本編が，1604年に補遺が刊行された。およそ32,000語を収録し，ポルトガル語式にローマ字表記された日本語がアルファベット順に配列される。収録された語彙には当時の口語が多い。イエズス会の長年に渡る日本語教育・研究の成果といえるものであり，現在，近世日本語研究（さらには当時のポルトガル語研究）において重要な資料である。『日葡辞書』は数冊現存しており，2018年にはブラジル国立図書館において発見された。また，スペイン語訳版（1630年），フランス語訳版（1868年）が存在する。『日葡辞書』に先行するイエズス会刊行の日本語関係の辞書としては，1595年に天草で刊行された『羅葡日辞典』，1598年に長崎で刊行された『落葉集』など。

15) ポルトガル人イエズス会司祭。豊臣秀吉や徳川家康との折衝時に通訳を務めており，同じく日本で活動した同姓同名のイエズス会士（João Girão Rodrigues, 1559-1629）と区別して「通事Tçuzu」と称される。1561年頃の生まれで，1577年に来日，1580年にイエズス会に入会して臼杵のノビシヤドで修練を積み，府内のコレジオに学んだ。1587年よりセミナリオのラテン語教師を務め，1591年には帰国した天正遣欧使節の通訳としてヴァリニャーノに随伴して上洛し，豊臣秀吉に謁見。1610年にマカオへ追放されるまで12年間，日本のイエズス会の財務担当の要職に就いた。ロドリゲスは10代半ば頃から日本で過ごし，日本で教育を受けた人物であり，日本語に習熟していた。その日本語研究の成果が1608年長崎刊行『日本大文典』および1620年マカオ刊行『日本小文典』ということになる。なお，記録では1633年没とされるが，未刊行の『日本教会史』の自筆稿本から1634年没と考えられる。

16) 『日本大文典』は，ジョアン・ロドリゲスが1604年から1608年にかけて長崎で刊行した3巻1冊の日本語文典。ラテン語の文法規範と文法書の構成をもとに日本語の文法を詳述し，ラテン語文法の範囲外となる日本語独特の文法現象も具体的に記述した。なお，書名 *Arte da Lingoa de Iapam* にはもともと「大」の意義は含まれない。これは，ロドリゲスが

保物語』由来の文例が引かれており，ロドリゲスの執筆時には，それらの文例を参照可能な状況にあったことが分かる。祖本の問題はさておき，このとき『伊曽保物語』が刊行前であれば，イエズス会内部のロドリゲス周辺に刊行前の段階の何らかの文語体手稿が存在したことになる。(とはいえ，その場合でも，そうした手稿がそのまま印刷された保証はない。結局のところ，何か決定的な物証が発見されない限り，このあたりの事情ははっきりしないのである。)

　『伊曽保物語』は，イエズス会に限定されない日本の読者向けに刊行されたと考えられる点で，『エソポのハブラス』と性質が大きく異なる。また，『伊曽保物語』が位置づけられる仮名草子は，それ自体，17世紀初頭に始まる日本の商業出版の新しい試みであった。仮にイエズス会内部において仮名草子として『伊曽保物語』が準備されていたとすると，従来の出版事業から大きな転換が図られたことになる。ただ，それまでの事業運営やその後のマカオ等での出版をふまえると，これは少々考えにくい[17]。むしろ，刊行までの筋書きとしては，何らかの形でイエズス会内部に存在した文語体手稿が外部に持ち出され，独自の編集がなされたのちに印刷に供されたとみる方がよさそうである。

　1637年の島原の乱を経て，1639年にはポルトガル船来航が禁止されるなど，日本のキリスト教禁教政策が徹底されていくなか，1639年まで古活字本が出版され，1659年には絵入り製版本が刊行された『伊曽保物語』は，キリスト教との関係が認定されなかったことになる。あるいは，時代状況的には，そうなるべく出版されたとみるべきだろう。絵入り製版本にいたっては，「イソップの生涯」の箇所を含めて，全編とおして和の装いの挿絵が描かれており，図像上は脱西洋化している。そ

1620年にマカオで刊行した『日本語小文典 *Arte Breve da Lingoa Iapoa*』との対比によってそのように呼ばれるものである。「小文典」は「大文典」を整理し簡潔に示そうとするものであったが，内容の更新も図られていた。いずれの文典とも，近世日本語研究資料として重要な資料である。

　17)　日本で刊行されたキリシタン版は，宣教師のための日本語学習書や日本文化学習書，信徒向けのキリスト教教義書，あるいはラテン語学習書など，基本的にキリスト教関係者に向けての出版であり，マカオ追放後に同地で刊行された出版物も同様であった。1610年に京都で国字本『こんてむつすむん地』(キリスト教信心書『キリストに倣いて』の日本語訳の抜粋・簡略版)が一般信徒向けに刊行されており，時期や地域が仮名草子の刊行とも重なるが，はたして両者につながりがあったかどうか詳らかではない。

の点では,『伊曽保物語』は,キリスト教との関わりを絶つことで(といっても元来「異教徒」の作と位置づけられていたが),日本社会に残りえたともいえる。

ところで,『伊曽保物語』においてもギリシア・ローマの神々の名は登場せず,ユッピテルを「御門」と訳す例のほか,「木製の神像」を「仏像」と訳す例などがみられる[18]。また,『伊曽保物語』下巻には『エソポのハブラス』に含まれない話が多いが,例えば「男二女をもつ事」は興味深い特徴をもっている。

　　　十八　男二女をもつ事
有男,二人妻をもちけり。ひとりは年たけて,一人はわかし。あるとき,此おとこ老たる女のもとに行時,その女申けるは,「我としたけよはひおとろへて,若おとこにかたらふなど,人のあざけるべきもはづかしければ,御辺のびんひげのくろきをぬきて,しらがばかりを残すべし」といひて,たちまちびんひげのくろをぬひて白きをのこせり。このおとこ,「あな,う」と思へど,をんあひにほだされて,いたきをもかへりみずぬかれにけり。又,ある時,わかき女のもとに行けるに,此女申けるは,「われさかんなるものゝ身として,御辺のやうにはくはつとならせ給ふ人を,妻とかたらひけるに,世にお(と)この誰もなきかなんどゝ人のわらはんもはづかしければ,御辺のびんひげのしろきをみなぬかん」と云て,これをことごとくぬきすつる。されば,このおとこ,あなたに候へばぬかれ,こなたにてはぬかれて,あげくには,びんひげなふてぞゐたりける。そのごとく,君子たらんもの,故なきゐんらんにけがれなば,たちまちかゝるはぢをうけべし。しかのみならず,二人のきげんをはからうは,くるしみつねにふかき物なり。かるがゆへに,ことわざに云,「ふ(た)りの君につかへがたし」とや。

---

[18] 下巻21「人を嫉むは身を嫉むといふ事」では,おそらくユッピテルが「御門」と訳されている。内容が対応するラテン語版は,ユッピテルがアポロンを派遣して二人の人物に問う話であるが,『伊曽保物語』版では「御門」が二人の人物を召し出す形となり,アポロンは不在である。また,下巻15「ある人,仏祈る事」で用いられる「仏像」は,対応するラテン語の話では *deus ligneus*(木製の神像)であり,日本に合わせた語彙が選択されている。

もともとこの話は，紀元前1世紀の歴史家のギリシア語著述において，イソップとは無関係に語られる逸話である[19]。それが古代以来各種イソップ集の定番の話となり，様々なバージョンが存在するようになった。一方，前述の『日本大文典』に「君子たらんもの」の一文が引かれており，少なくともロドリゲスはこの話を参照できた可能性が高い。そうしてみると，もし最初に日本に持ち込まれたイソップ集にこの話が含まれ，意図的に『エソポのハブラス』で採録されなかったとすれば，「良き道を人に教え語る」教材として，一夫多妻を語る内容が忌避された可能性も考えられる。ところが，『伊曽保物語』では，嫌だと思いながらも女性のために我慢し，ついには禿げてしまう男性の悲劇（喜劇）としてうまくまとめられ，除外されずに掲載される[20]。この話は，翻訳の原典と関わる問題をはらんでおり，簡単に答えを出すことはできないものの，場合によっては『エソポのハブラス』と『伊曽保物語』の編集方針の相違を示す一例となるのである。

　江戸時代初期から印刷刊行された『伊曽保物語』だが，すでに述べたとおり，現存する範囲では，古活字版は寛永16年（1639）刊本以降見られず，絵入り製版本も万治2年（1659）刊本のみである。つまり，17世紀半ば以降の出版は確認されていない。初期刊本が京都の宝鏡寺に旧蔵されていたことなどをふまえると[21]，『伊曽保物語』は他の仮名草紙同様に京都で出版され，世に広まったと思われるが，どの程度普及したものか確認が難しい。とはいえ，同時代の仮名草子のなかに『伊曽保物語』由来の話がいくつも取り込まれ，江戸中期以降も教訓物や心学書に利用される例がみられる[22]。また，文化8年（1811）に画家・蘭学者の

　19）　紀元前1世紀の歴史家シケリアのディオドロス（Diodoros Siculos, 前90以前−前30以降）による『歴史叢書 Bibliotheca Historica』で紹介される逸話。紀元前2世紀半ばにイベリア半島西部に位置するルシタニアの指導者ウィリアトゥス（Viriathus, ?−前139）が語った話として示される。ディオドロスはギリシア語で著述するが，ウィリアトゥスがギリシア語で語ったわけではない。
　20）　他のバージョンでは，男が髪を抜かれることに自覚的ではないことがほとんどである。その点，『伊曽保物語』では説明付けのために話の筋書きに手を加えたようにみえるが，それがかえって男の悲劇性（喜劇性？）を高める結果になっているようにも思われる。
　21）　古活字本『伊曽保物語』無刊記第一種本の一書に宝鏡寺の印記を確認できる。
　22）　心学とは，江戸時代中期に石田梅岩（1685-1744）を祖として興った石門心学をいう。「中国，明の王陽明の学説に，神道・仏教の趣旨を調和総合した実践道徳の教義。心を正しくし身を修めることを，平易なことばや通俗な比喩で説くことを目的とする」（『日本国語

司馬江漢[23]（1747-1818）が，自身の随筆『春波楼筆記』のなかで「西洋の訳書」として「伊曽保物語」の名に言及し，古活字本由来の話を複数紹介したほか，天保15年（1844）に為永春水[24]（1790-1843）が刊行した『絵入教訓近道』は，本文19話中16話が万治2年版『伊曽保物語』に由来する。話が語られる際に「イソップ」の名に言及されることは稀であり，個々の事例について，それが『伊曽保物語』から直接引かれたものであるか，さらには話者や読者が本来の出典である『伊曽保物語』を意識しえたか，など様々に疑問は残るが，その一方で，司馬江漢や為永春水の事例からは，刊行から200年経てなお『伊曽保物語』が参照可能な形で残り，時折利用されたことを確認できる。その点では，『伊曽保物語』は，それ自体の広がりは別としても，話の供給源として，江戸時代を通じて独特に地歩を築いていたことになる。

　1639年にポルトガル船来航が禁止され，日本と西洋との交流は原則としてオランダを通じたものに絞られた。さらに，1641年にはオランダ商館が出島に移されて，交易の管理体制が強化された。キリスト教禁教政策は維持されるが，1720年に8代将軍徳川吉宗（1684-1751）が漢訳洋書の輸入を緩和し，日本では蘭学が興隆していくことになる。1774年に刊行された杉田玄白（1733-1817）・前野良沢の『解体新書』がオランダ語原書からの翻訳であったように，一部では洋書そのものへの接触も可能な状況になっており，あるいはそれ以前から，オランダ船で来航した西洋人から医学や自然科学等を直接学ぶ者たちもいた[25]。つま

大辞典』）。「イソップの話」とも相性が良かったものと考えられる。
　23）　江戸時代後期の洋風画家，蘭学者。江戸の生まれ。狩野派，南蘋派の絵画を学んだのち，西洋画の研究を始めた。前野良沢（1723-1803），大槻玄沢（1757-1827，前野良沢と杉田玄白の弟子）の助力を得て，蘭書なども参考に，1780年代にはエッチングによる銅版画の制作に成功。その後も，蠟画と称する油絵を作成しており，銅版画および油絵作品が複数現存する。また，1780年代末頃に長崎へと旅行し，天文学や地理学への関心を深めており，関連する著作を残している。『春波楼筆記』は，1811年，司馬江漢が65歳の頃に記した200余りの節からなる随筆集。
　24）　江戸中期の人情本作家。1819年より作品を出版し始めるが，この頃の作品は門人や友人との合作だった。1829年より為永春水を名乗り，1832-33年の『春色梅児誉美（しゅんしょくうめごよみ）』で名声を確立した。天保の改革に際し，その作品が風俗を乱すものとして1842年に処罰され，1843年に死去。1844年刊行の『絵入教訓近道』は遺作と考えられる。彼がいつどこでどのように『伊曽保物語』に接したかは不明である。
　25）　例えば1690年にオランダ商館長付医師として来日し，出島に滞在したドイツ人

り，限定的ではあるにせよ，いわゆる「鎖国」期にも，西洋からの知識や技術の摂取が行われていた。しかし，古代ギリシア・ローマの作品が読まれた様子はなく，「イソップ集」も新規に日本語に翻訳されたものは見られない[26]。こうした状況が大きく変じるのは，「開国」する幕末期からである。

4　幕末・明治初期の「イソップ」

　嘉永6年（1853）のペリー（Matthew Perry, 1794-1858）来航，そして翌年以降の日米和親条約をはじめとする欧米各国との和親条約締結により，江戸幕府はそれまでの海禁政策を転換した。安政5年（1858）の各国との修好通商条約の締結後，横浜などが順次開港され，欧米人が居留地に居住するようになった。また，幕府では洋学の研究教育の推進が喫緊の課題となり，洋書翻訳と洋学教育を担う機関として安政3年（1856）に蕃書調所が設置され，安政4年（1857）より教育活動が開始された[27]。蕃書調所は，研究教育機関としての役割が強まるとともに，文久2年には洋書調所，文久3年（1863）には開成所と改名される。そ

エンゲルベルト・ケンペル（Engelbert Kämpfer, 1651-1716）は，日本人の学識ある若者にオランダ語を教えつつ助手としていた。この人物が，のちのオランダ通事の今村英生（1671-1736，源右衛門，のち市兵衛）であり，蘭学者の先駆的存在である。今村は，1708年に密航してきたイタリア人宣教師シドッティ（Giovanni Battista Sidotti, 1668-1714）を新井白石（1657-1725）が尋問する際の通訳や，洋学に関心を示す徳川吉宗がオランダ商館関係者と交流する際の通訳を務めている。1730年頃には，幕命により，馬の治療に関するオランダ語文献の翻訳を行い，それまでに西洋の調馬師から聞き書きした内容と合わせて『西説伯楽必携』にまとめた。日本で最初の本格的な馬術，獣医学の翻訳書である。

　26）ただし，中国経由で日本にもたらされた漢訳イソップ集は存在する。例えば吉田松陰（1830-59）が安政4年（1857）11月20日付の記事「跋伊沙菩喩言」で取り上げる一書である（『丁巳幽室文稿』所収）。吉田松陰が読了したという『伊沙菩喩言』は，1840年に広東で刊行された英語版からの漢訳イソップ集『意拾喩言』に由来し，長崎経由で幕末の日本に入っていたようである。吉田松陰は，香港発行の新聞『遐邇貫珍』中で「イソップの話」に触れ，以前から関心を持っていたらしい。

　27）当初は蘭学一科だったが，万延元年（1860）から文久2年（1862）にかけて，外交上の要請により英語・仏語・独語教育が行われるようになり，さらに西洋の科学技術摂取のため，精煉（化学），器械，物産，画学，数学や西洋印刷術の研究・教育も始められた。なお，1862年時点で，生徒100名のうち6, 7割程度が英学を学んでいたようである。

の教官には，明治期にも活躍することになる著名な洋学者が多かった。西洋から再び「イソップの話」が日本へと渡って来るのは，この時期からである。

　1860年代，外国人居留地や蕃書調所・開成所などで様々な「新聞」が発行されるようになった。まずはそうした新聞に「イソップの話」が登場する。例えば，慶応3年（1867）に英領事館付英国聖公会牧師のバックワース・ベイリー（Michael Buckworth Bailey, 1827-99）が横浜で創刊した日本語新聞『万国新聞紙』[28]に，「鼹鼠の会議」（第2集，慶応3年2月発行）をはじめとしてイソップ集由来と思しき話が幾度か掲載されている。明治2年（1869）4月の第15集に「イーソップ」の名が記されることも，日本における「イソップ」表記の現れとして興味深い。

　同時期に開成所の教官によって発行された『中外新聞』[29]『遠近新聞』[30]などにも，イソップ関係の記事がしばしば掲載された。慶応4年（1868）2月に開成所教官の柳河春三[31]が創刊した『中外新聞』および渡部温[32]

28）『万国新聞紙』はベイリーが慶応3年（1867）1月に横浜で発行した日本語新聞であるが，明治2年（1869）2月の第15集から『万国新聞』と改題し，同年5月の第18集で廃刊した。外国船のもたらす外字新聞から主な記事を訳出し，国別に編集。日本語新聞としてはじめて「日本国」の項をたてて，国内の情勢も扱った。広告なども掲載している。

29）『中外新聞』は慶応4年（1868）2月24日，柳河春三（1832-70）が江戸で創刊した，日本人の手による初めての本格的な新聞である。幕臣による佐幕派新聞であり，官軍の取り締まりにより同年6月8日に第45号で廃刊した。冊子型で，木活字を用いて3，4日ごとに発行。外字新聞からの訳出および国内記事を載せた。渡部温（1837-98），神田孝平（1830-98）など，柳河春三が主宰する会訳社（開成所内部で外字新聞等の回覧翻訳を行った有志のサークル）の同人による寄稿も多く，売れ行きは好評だった。『中外新聞』の増刊号として渡部温が『中外新聞外篇』（全23巻）を発行した。なお，明治2年3月7日に柳河は『官准中外新聞』として復刊し，明治3年（1870）2月12日の第41号まで発行するが，柳河が病に倒れ廃刊となった。

30）『遠近新聞（おちこちしんぶん）』は開成所教官の辻新次（1842-1915）が慶応4年閏4月に江戸で創刊した新聞。同年6月の第30号で廃刊。明治2年3月に再刊するが，3月26日の第3号で終わっている。外国事情を扱う記事が多い。

31）幕末・明治時代初期の洋学者で，日本における新聞・雑誌の創始者。名古屋に生まれ，1856年より江戸で柳河春三を名乗る。漢学，蘭学を学び，のちに英語・仏語を習得。蕃書調所に出仕し，1864年に開成所教授職に抜擢された。職務として外字新聞の翻訳を行っていたが，加藤弘之（1836-1916）・箕作麟祥（1846-97）・渡部温といった同僚の洋学者たちと会訳社を組織して回覧雑誌を編集するようになる。慶応3年に日本最初の『西洋雑誌』を発行，翌年には『中外新聞』を発行し，日本のジャーナリズム活動の先駆けとなった。慶応4年3月に開成所頭取となる。明治3年2月20日死去。

32）渡部温については後述。この時期の活動は基本的に渡部一郎名義である。

により増刊された『中外新聞外篇』では，やはり開成所教官の神田孝平[33]が，『伊曽保物語』に依拠した話を「喩言」として計3編紹介している。掲載時に出典への言及はないが，神田孝平は『伊曽保物語』を所持していたらしく[34]，それに基づくものと考えられる。一方，開成所教官の辻新次[35]によって慶応4年に創刊された『遠近新聞』においても，開成所英学教官であった鈴木唯一[36]（1845-1909）が「弥堅外史訳」の署名とともに話を数編訳出している。やはり出典への言及はないが，慶応4年5月発行の第27号では，ラテン語名 Aesopus を翻訳したと思しき「イソプユス」表記に「所謂イソホなり」と注記される話があり，『伊曽保物語』を前提とした説明が行われる。また，神田孝平は『遠近新聞』においても「喩言」を掲載しているが，それは『伊曽保物語』の形式に倣った創作話だった。こうした状況は，開成所で翻訳された当時の外字新聞にそれら「イソップの話」が掲載されていたことも理由の一つだろうが，わざわざ訳出対象に選ばれるという点では，『伊曽保物語』を所持する神田孝平を中心に，日本既存の西洋の文物として，「イソップの

---

33) 幕末・明治時代前期の洋学者，官僚。美濃国出身。江戸に移り漢学，儒学を学び，ペリー来航を機に蘭学に転じた。1862年に蕃書調所教授出役となり，開成所教授職並，頭取を歴任。おもに数学を担当する。1867年には『経済小学』を翻訳刊行し，日本に西洋経済学を紹介した。一方，維新後は明治政府に出仕し，官僚として勤務したのち，1871年に兵庫県県令，のちに元老院議官，貴族院議員を務める。また，1873年（明治6）発足の明六社に参加し，『明六雑誌』に多くの論稿を発表するなど，啓蒙的活動も展開した。英語学者・教育者として著名な神田乃武（1857-1923）は神田孝平の養子である。

34) 古活字本『伊曽保物語』無刊記第二種本の一書に神田孝平の印記を確認できる。

35) 明治時代の教育行政官であり，日本の近代公教育体制の創立，確立に尽力した人物。信濃国松本に生まれ，1861年より蕃書調所で洋学を学ぶ。1866年開成所教授手伝出役，維新後は1871年の文部省創設時から文部行政に携わる。1872年に大学南校校長。その後文部省本省出勤となり，改正教育令による地方教育の改変を主導した。1886年，内閣制度発足直後に初代文部次官となり，学制改革を推進。また，1883年に発足した大日本教育会（1896年より帝国教育会）初代会長を務める。1892年に退官し，仁寿生命保険株式会社の初代社長を務める一方で，教育界にも身を置き続け，大日本教育会（帝国教育会）会長のほか，東京女学館初代館長，貴族院議員等を務め，各種教育会議，評議会，委員会に参画するなど，精力的に活動した。

36) 明治時代の英学者，官吏，翻訳家。箕作麟祥，開成所に英学を学び，開成所の英字新聞翻訳事業に携わる。1866年開成所英学教授方出役。1868年，辻新次の『遠近新聞』に本名および弥堅外史の名で記事を執筆したほか，英国人アルバニー・フォンブランク（Albany Fonblanque, 1793-1872）の著書 *How We Are Governed* を翻訳して『英政如何』を刊行。明治政府に出仕し，1869年開成学校二等教授。1871年に英国留学ののち，1875年に退官し，翻訳業を主とする。また，1881年より1885年まで文部省に勤務し教育行政に関与した。

話」に対する関心が開成所の内部で高まっていた可能性も考えられる。

　明治2年7月発行の『官准中外新聞』23号では、『エソポのハブラス』からの引用が見られる点も興味深い。「此文は西暦一千五百九十二年即ち今を去ること二百七十七年前の板本にて西洋字を以て日本文を書きたる本の権輿なりとて英国の書庫中にて見出したるを彼国の新聞紙に出せるなり」との記載とともに、「おほかみとひつじのたとへの事」が掲載されている。この話は『エソポのハブラス』「抜書」冒頭（すなわち第1話）の「Vôcameto, fitçujino tatoyeno coto」に該当し、本文もほぼ正確に転写されている。残念ながら「彼国の新聞紙」の詳細は不明であるが、おそらく1860年代後半に英国で書庫中にあった『エソポのハブラス』が発見され、はじめて紹介されたのだろう。のちに来日して開成学校や札幌農学校などで英語や英文学を教えるジェームズ・サマーズ[37]（James Summers, 1828-91）は、雑誌 Phoenix 13号（1871年7月）冒頭の編集短評（Editorial Note）で『平家物語』『エソポのハブラス』翻刻の意思を表明しており、その後実際に、『平家物語』の冒頭部分の翻刻を同誌24号（1872年6月）に掲載した。Phoenix はアジア学研究誌だったため[38]、日本の作品である『平家物語』の方に関心が強かったのではないかと思われる。

　ちなみに、元英国公使館書記官アーネスト・サトウ[39]は、1888年（明治21）に刊行した The Jesuit Mission Press in Japan, 1591-1610 におい

37）英国の語学者、中国・日本文化研究者。青年時代に中国へ渡って各地の方言を学び、1854年よりロンドン大学キングス・カレッジの中国語教授となる。1860年代に独学で日本語を学ぶ。1873年に岩倉具視（1825-83）の要請で来日し、開成学校の英語教師を務める。シェークスピアを日本で初めて講義した。さらに新潟・大阪の英語学校や札幌農学校で教師を務めたのち、1882年に東京に戻り、築地で私塾を立ち上げて晩年を送った。英国時代の学生にはアーネスト・サトウ（Ernest Mason Satow, 1843-1929）がおり、日本時代の学生には井上哲次郎（1856-1944）や岡倉覚三（1863-1913）、加藤高明（1860-1926）、嘉納治五郎（1860-1938）、あるいは新渡戸稲造（1862-1933）などがいた。

38）Phoenix は A Monthly Magazine for India, Burma, Siam, China, Japan & Eastern Asia を副題とする雑誌だった。

39）幕末から明治期にかけて英国外交官で、日本文化研究の先駆者の一人。日本名は佐藤愛之助。その功績により、Sir の称号を得た。1862年、幕末の江戸で英国駐日公使館付となる。日本語に堪能で、1865年には通訳官、1868年には書記官となり、英国公使パークス（Harry Smith Parkes, 1828-85）を助けて活躍する。1883年に日本を離れる。その後、1895年に駐日公使として再来日、1900年に駐清公使に転じて再び日本を離れた。外交活動とともに日本研究にも勤しみ、多くの研究業績を残している。

て，キリシタン版の一書として合冊本を取り上げ，特に『エソポのハブラス』を中心に紹介した[40]。サトウは『エソポのハブラス』所収の話を示すにあたって，16世紀半ばにパリで刊行されたラテン語イソップ集と照合している。注記をみるに，それが原典でないことはサトウ本人も自覚するところではあったが，試みとしては先進的だった。なお，アーネスト・サトウに触発された新村出[41](1876-1967)は，のちに英国で『エソポのハブラス』を筆写して持ち帰り，1910年（明治43）に『藝文』（京都文学会）誌上に連載したのち，1911年（明治44）に『文禄旧訳伊曾保物語』（開成館）として翻字版を刊行した。すなわち，およそ300年ぶりに，『エソポのハブラス』が，今度は日本語活字で日本に戻ってきたことになる。とはいえ，明治末期の同書書名に「旧訳」と付されたように，明治期を通じて，日本の「イソップの話」を取り巻く状況は大きく変わっていたのである。

5 『通俗伊蘇普物語』の登場

　明治5年（1872），福沢諭吉（訳）『童蒙をしへ草』が刊行された。これは，英国で刊行されたチェンバース（William Chambers, 1800-83 および Robert Chambers, 1802-71）編 *The Moral Class-book* を，初編3巻・2編

---

40)　サトウは『エソポのハブラス』所収の話のリストを示すほか，そのうち5話を実際に引用し，ラテン語版本文と左右で照合できる形で掲載した。ラテン語版本文は，1545年パリ刊行のラテン語版イソップ集によるが，サトウ自身は『エソポのハブラス』との相違に自覚的である。合冊本に含まれる『エソポのハブラス』以外の箇所については，本の構成以外には序文を英訳付で示すのみで，『平家物語』等の具体的内容には触れられない。ただし，先行する *Phoenix* への言及があるため，サトウが『平家物語』よりも『エソポのハブラス』の紹介を優先した可能性も考えられる。

41)　明治から昭和にかけての言語学者，国語学者。山口県に生まれる。第一高等学校を経て，1899年に東京帝国大学文科大学博言学科を卒業。上田万年（1867-1937）の指導を受ける。1902年に高等師範学校教授，1904年に東京帝国大学助教授兼任。1906年より西洋に留学ののち，1909年に京都帝国大学教授となり，1936年の退官まで言語学講座を担当した。一般には『広辞苑』の編者として著名であるが，キリシタン文献や南蛮文化に関する研究，西洋言語学理論に基づく日本語学研究，語源に関する研究など，業績は多岐にわたる。留学時，アーネスト・サトウの書誌情報を参考に西洋各所の図書館を訪れており，帰国後の『エソポのハブラス』の翻字紹介はその成果の一つである。

2巻の計5巻に翻訳したものである[42]。*The Moral Class-book* は，英国でチェンバースが編纂していた多岐にわたる教育書シリーズ（*Chambers's Educational Course*）の一書で，同書については10歳程度の子供が読者として想定されていた。一方，福沢は序に「願クハ後進ノ少年諸学入門ノ初ニ先ツ此書ヲ読ミ」と記しており，おそらくもっと小さな子供向け読本として，教育の根幹となるように意識していたようである。

チェンバースの原書は，テーマ毎に短い話を採録してまとめた教育読本であり，序文では「イソップの話」を含むことが述べられている。個々の話でイソップの名に触れられるわけでもないが，18世紀に刊行された2種の英語版イソップ集を主な参照元とする，計12編の話が含まれる。したがって，それらを翻訳した『童蒙をしへ草』にも「イソップの話」が含まれることになった。ただし，『童蒙をしへ草』は「イソップ集」ではなく，どこにもイソップの名は言及されないことに注意が必要だろう。福沢が翻訳した英国の子供向け教育読本の中に，一つの伝統的素材として「イソップの話」が含まれていただけで，福沢がイソップを意識的に採録したわけではないのである。とはいえ，明治期のはじめに，子供向けの教材として日本語でこれらの話が紹介されたことには留意したい[43]。

『童蒙をしへ草』刊行の翌年，1873年（明治6）に渡部温（編訳）『通俗伊蘇普物語』が刊行された。全6巻に237話を含む，英語からの翻訳書である。原書には主にトマス・ジェームズ（Thomas James, 1809-64）の *Aesop's Fables: A New Version, chiefly from original sources* が用いられ，そのほかファイラー・タウンゼント（Fyler Townsend, 1814-1900）の *Three hundred Aesop's fables: Literally translated from the Greek* および『伊曽保物語』も用いられて，1巻から5巻までにジェームズの全203話，6巻にタウンゼントの26話および『伊曽保物語』の8話が掲載された。ジェームズやタウンゼントによる原書は多彩な挿絵を含むもの

---

42) *The Moral Class-book* の初版は1839年にエディンバラで刊行された。ただし，再版多数であり，福沢が用いた原書が何年版であったか定かではない。

43) 後述するとおり，『童蒙をしへ草』は小学校低学年向けの教科書として広く普及するのであり，そこに話が掲載されることの意味は大きかったと考えられる。一方で，イソップとの関わりを認識せずに話に接することも多かったはずである。

であったが，『通俗伊蘇普物語』では河鍋暁斎[44]（1831-89），藤沢梅南[45]（1835-81），榊篁邨[46]（1823-94）らが書き下ろした 30 を超える挿絵が含まれる。「伊蘇普」は「いそっぷ」であり，すなわち『通俗伊蘇普物語』は，近代の日本で初めて刊行された日本語による（文字通りの）「イソップ集」だった。

渡部温は冒頭「例言」で，「此度予が訳述せし此伊蘇普氏の寓言俚喩は。徳教を婦幼に説示す捷径にて。いかなる村童野婦といへども。其事理を解し易き」と記しており，刊行の教育的意図を表明する。この点は『童蒙をしへ草』とも重なる部分である。また，「今其訳言をも易解を主旨として。原文の意に随ひつゝ。俗言俚語にて書取たり」といい，翻訳の言葉遣いにまで配慮を示したうえで，「猶又一層の分解を加へ。童蒙へ説諭せらるゝことあらば」と述べ，ただの読本というだけではなく，「童蒙」への「説諭」，すなわちある種の読み聞かせが想定されていることも特徴といえる。

原書については，藤沢梅南が寄せた序文に「原本を外山捨八公より得，暇に之を訳す」とあり，渡部温が外山捨八[47]（正一，1848-1900）か

---

44) 幕末・明治時代前期の日本画家。下総国古河の生まれ。生後間もなく一家で江戸に出る。幼少期より浮世絵師歌川国芳（1798-1861）に入門。その後狩野派に日本画も学び，独立して狂斎を名乗る。1870 年に風刺画が原因で投獄され，1871 年より暁斎と改めた。1881 年の第 2 回内国勧業博覧会に出品した「枯木寒鴉図」が妙技二等を受賞し名声を確立した。狩野派に浮世絵をまじえた画風で，高い画力と独特な着想から描かれる暁斎の作品は，国内外で評価されている。『通俗伊蘇普物語』の挿絵は暁斎と名を改めた頃に描かれたもので，その大半に「惺々暁斎」と記している。

45) 藤沢次謙（梅南）は幕府奥医師桂川家の生まれ，1856 年より講武所教官を務め，桂川主税を名乗る。1862 年より藤沢次謙。勝海舟（1823-99）の下で幕府最後の陸軍副総裁ともなった。維新後，静岡藩少参事・軍事掛を務める。父桂川甫賢はオランダ商館長ドゥーフ（Hendrik Doeff, 1777-1835）やシーボルト（Philipp Franz Balthasar von Siebold, 1796-1866）と交流を持ちえた蘭学者であり，梅南自身も若い頃から柳河春三，神田孝平，福沢諭吉（1835-1901）といった面々と交際していた。画家としては，講武所教官時代に模写した「和蘭軍人出征図」が残るほか，1870 年頃より梅南を雅号として書画を嗜んでおり，Bynan の署名が見られる『通俗伊蘇普物語』の扉絵・挿絵はその頃のものである。

46) 榊綽（令輔，のち令一）は幕末・明治時代の洋学者。相模の生まれ。篁邨は号である。杉田成卿（1817-59，杉田玄白の孫）に蘭学を学び，油絵など西洋画を研究していたとされる。1858 年より蕃書調所の活字御用出役となり，西洋の印刷技術を習得。印刷の専門家として，欧文文献の翻刻や挿絵の模写などを行った。維新後，沼津兵学校三等教授並（のちに三等教授）として，沼津兵学校に移された活版印刷機を運用する一方，図画の授業を担当した。渡部温との関わりは蕃書調所以来のものといえる。

47) 明治時代の社会学者，教育者。江戸で幕臣の家に生まれる。幼名は捨八。1861 年

ら入手したという。外山正一は慶応 2 年（1866）から明治 2 年（1869）まで幕府派遣留学生として英国に留学しており，その際に原書を入手したものと考えられる。ジェームズ本は初版 1848 年，一方タウンゼント本は初版 1867 年である。渡部温が利用したジェームズ本は 1863 年版であったらしく，つまり，ほぼ同時期に英国で出版されたイソップ集が日本人の手で英国から日本へと運ばれ，日本人の手で翻訳されたことになる。また，ジェームズ本もタウンゼント本も，古代ギリシア・ラテン語原典訳を心がけたことを主張しており，その内容には 19 世紀半ばの古典研究の成果が含まれるなど，『伊曽保物語』などにくらべて，より直接的に西洋古典の装いをまとっていた。

　編訳者の渡部温（一郎）は，天保 8 年（1837）6 月に江戸で生まれた[48]。父重三郎が幕府の役人として長崎，江戸，下田，横浜などを転々としたため，渡部温も各地で過ごすことになり，嘉永 7 年（1854）に下田が開港されると下田へ，安政 5 年（1858）に横浜が開港されると今度は横浜へと移った。渡部温は，外国との交流が制限されている時代に，窓口となっていた長崎で少年期を過ごし，幕府の役人として働き始めた 10 代後半から 20 代はじめの青年時代に，下田・横浜という外国との交流の最前線で実務に携わることになった。留学はしなかったものの，つねに一種の境界に身を置いており，実務を通じて蘭学および英学に馴染んでいったものと思われる。文久 2 年（1862）1 月に，渡部温は 20 代半ばで蕃書調所の英学教官となった。その後，改称された開成所でも英学を教え続けるが，慶応 4 年（1868）6 月に開成所が閉鎖されると，静岡移封となった徳川家にともなって静岡に移り，明治元年（1868）12 月設立の沼津兵学校で引き続き英学を担当した。

　沼津兵学校は，静岡藩の陸軍士官養成学校として計画されたものだ

より蕃書調所や箕作麟祥のもとで英語を学ぶ。1862 年に句読教授出役，1863 年には教授手伝並出役となって英語を教えるようになり，さらには開成所の教授方に進んだ。1866 年に幕府留学生として英国に渡り，1868 年に帰国して静岡学問所に勤める。その後明治政府に出仕し，1870 年森有礼（1847-89）にともなって渡米，1872 年よりミシガン大学に学んで 1876 年に帰国した。開成学校を経て，1878 年に東京大学（のちに帝国大学，東京帝国大学）初の日本人教授となる。1893 年から日本初の社会学講座を担当。東京帝国大学総長，貴族院議員，文部大臣等を歴任した。

　48）　渡部一郎は旧名。明治 5 年（1872）頃より渡部温を用いるようになる。

が，実態は洋学教育機関としての性格が濃厚だった[49]。初代頭取には西周[50]（1829-97）が就き，教官を主に旧幕臣の洋学者や軍人たちが務めており，渡部温もその一人といえる。兵学校は，明治4年（1871）7月の廃藩置県後に兵部省の管轄下に置かれ，同年12月には沼津出張兵学寮と改称，さらに翌明治5年5月には東京の陸軍兵学寮に合併され廃校となった。それに伴い，渡部温は沼津から東京へと戻ったと考えられる。『通俗伊蘇普物語』は，渡部温が東京へ戻った後に刊行されたものである。

　以上の経歴にみえるように，渡部温は蕃書調所・開成所，そして沼津兵学校でいわゆる英語教師を務めていた。前節で述べたように，開成所には神田孝平ら「イソップの話」に関心を持つ者たちがいたと考えられるが，渡部温は神田孝平と同僚であり，友人だったという。また，原書を持ち帰って渡部温に渡した外山正一は，蕃書調所で英語を学び，開成所では渡部と同僚ともなった人物である。こうしてみると，『通俗伊蘇普物語』の誕生には，開成所を介した洋学者たちの繋がりが背景にあったことが分かる。以後の渡部温の活動においても，周辺で関わる人々には旧幕臣が多いが，そうした人脈は基本的に蕃書調所・開成所時代から沼津兵学校時代にかけて構築されていたのである。

　ところで，渡部温は，開成所時代の慶応2年頃から沼津兵学校時代にいたるまで，英書の翻訳・翻刻刊行をいくつも手がけている。職務

49）沼津兵学校では，正規の学生として，基礎となる高等一般教育を受ける資業生と兵学を学ぶ本業生の別があり，試験を経て資業生から本業生へと進むものとされていた。しかし，3年半という短い期間の中で，結局本業生は誕生しなかった。また，沼津兵学校には付属小学校が置かれ，そこからやはり試験を経て資業生へと進む者も多かった。この付属小学校は，日本の近代的小学校の先駆とも呼びうるものである。

50）幕末・明治時代の蘭学者，哲学者，啓蒙思想家。石見国津和野の藩医の家に生まれる。儒学を修め藩校の教官となる。ペリー来航を機に洋学に転じ，蘭学および英学に勉める。1857年，蕃書調所開設とともに教授手伝並となる。1863年に幕府留学生として津田真道（1829-1903）らとオランダに留学，ライデン大学のフィセリング教授（Simon Vissering, 1818-88）のもとで法律，政治，経済，哲学などを学ぶ。1866年に帰国して開成所教授に昇進，さらに徳川慶喜（1837-1913）の側近となり京都に赴く。維新後，沼津兵学校初代頭取を務めて教育制度を立案するが，1870年には明治政府の召命で兵部省に出仕し，近代軍事制度の整備に携わる。また，1873年結成の明六社に参加，『明六雑誌』に多くの論稿を寄せ，積極的に啓蒙活動を展開。数々の西洋概念の訳語創出にも関わり，近代哲学の基礎を築いた。東京学士院会長，東京師範学校校長，元老院議官，貴族院議員などを歴任。

柄，主に英語教科書としての活用が想定されていたと思われるが，開成所で翻刻された『地学初歩』（全2冊，慶応2年）や沼津兵学校での『経済説略』（全1冊，明治2年），『英国史略』（乾坤2冊，明治4年）などは，英語学習に加えて，英語を通じた西洋の知識や文化の摂取も意識されたものと考えられる。そして，そのように渡部温が手がけた翻刻本のなかに，『英文伊蘇普物語』（乾坤2冊，明治5年？）[51]が含まれていた。同書は沼津兵学校時代に準備されたもので，ジェームズ本の序文の一部と全203話が話順もそのままに英語で翻刻されており，英語学習教材として想定されていたと考えられる。実際，『通俗伊蘇普物語』所収の各話にはジェームズ本との対照番号も付されており，英語学習の補助としての意識もみられる[52]。

　渡部温は英語教師であり，英語教本としての『英文伊蘇普物語』が先にあったと考えられる。その対象も，中心は10代の英語学習者だったはずである。一方で，『通俗伊蘇普物語』では，まず子供や女性向けの徳育用教本という位置づけが示される。つまり，『英文伊蘇普物語』と『通俗伊蘇普物語』のあいだで，英語教本と子供向け徳育用教本という，その主要な目的に大きな相違があったことになる。この点については，ジェームズ本序文の "the most popular Moral and Political Class-book of more than two thousand years" という記述が示唆的である。すなわち，福沢諭吉の『童蒙をしへ草』の原書名 Moral Class-book と共通する言い回しであり，『通俗伊蘇普物語』について，Moral Class-book として

51）　『英文伊蘇普物語』の扉には1872年（明治5）の沼津刊行であることを示す表記が印字されており，明治5年刊行の準備が進んでいたことを窺える。ただし，当時の沼津兵学校が置かれた状況を考えると，実際の刊行は『通俗伊蘇普物語』と同じく1873年（明治6）にずれ込んでいたとしても不思議ではない。時期的にはわずかな差であるが，実態が明確には分からない部分である。

52）　例言に「(13)の如く西洋数字を毎章に附したるは。すでに予が刷行せし此伊蘇普物語の原書の歎数に引合せんための便に供へたるものなり」とある。なお，渡部温は脚色等も含めて比較的自由な翻訳を行っているため，英文と翻訳を比較対照したときに必ずしも内容や表現が細部で一致しない場合も多い。また，渡部訳の興味深い点として，古代ギリシア・ローマの神名の日本語化を挙げられる。例えばMercury（マーキュリー）を「水星菩薩」と翻訳する例がみられるが，こうした手法は当時の他の日本語訳イソップ集には見られない。渡部はおそらく当時のウェブスター英語辞書の語義説明をもとに翻訳を試みたのではないかと思われ（「水星」Mercuryに「菩薩」である種の神性を付与），彼が西洋古代の神々に関して体系的・具体的に知り得ていたということではないだろう。

の「イソップ集」を訳出した，という側面が見えてくる。そして，明治5年頃から，日本では Moral Class-book を活用する場が生じてきていたのである。

6 修身教育と「イソップ」

維新後，明治政府が中央集権化を図るなか，明治4年（1871）7月に文部省が設置された。同年12月任命の学制取調掛による準備期間を経て，明治5年（1872）8月には学制が発布され，小・中・大学が置かれることが決まった。学制起草を担った学制取調掛は，箕作麟祥[53]を筆頭に当時著名な洋学者を中心としており，学制は欧米の教育制度を参考として設計された制度であった。学制において小学校の教科の一つに「修身　解意」が示され，同年9月に出された「小学教則」で「修身口授」という教科が具体化される。「小学教則」によると，「小学」は上下に分けられ，下等8級から1級，上等8級から1級に区分される。半年ごとの区分で，下等小学は6歳から9歳，上等小学は10歳から13歳の子供が対象であった。そして，「修身口授」は下等小学の8級から5級の間に配分されており，すなわち当初は6歳から7歳の子供たちが学ぶことが想定されるような教科だった。また，「小学教則」では，各級各科目の教授法や教科書が例示された。「修身口授」の項では5級までに5種の教科書が挙げられており，8級の箇所に福沢諭吉の『童蒙をし

53）　幕末・明治時代の洋学者，法学者。江戸に生まれる。祖父は蘭学者箕作阮甫（1799-1863）。少年時より漢学，蘭学，さらに英学を学ぶ。1861年より蕃書調所の英学教授手伝並出役，同時期に私塾を開き鈴木唯一，外山正一らに英学を教える。1863年開成所教授見習，1864年には外国奉行支配翻訳御用頭取となり福沢諭吉らとともに英語文書の翻訳に従事。1867年より徳川昭武（1853-1910）のパリ万国博覧会行に渋沢栄一（1840-1931）らと随伴し，仏国に留学。1868年に帰国，明治政府に出仕する。1869年にフランス刑法典，1870年にフランス民法典の翻訳を命じられ，1873年のボアソナード（Gustave Émile Boissonade de Fontarabie, 1825-1910）来日後，民法や商法などの法律編纂に従事。「憲法」などの訳語も箕作麟祥によるもので，日本の近代法制度の整備に大きく関わった。また，1871年の文部省設置後，学制取調掛で学制の起草・制定に主導的役割を果す。1889年，法政大学の前身である和仏法律学校の初代校長に就任。また，明六社創立に関わり，啓蒙活動にも携わった。なお，日本の近代精神医学を創立した医学者・精神医科の呉秀三（1865-1932）は箕作麟祥の従弟であり，その長男呉茂一（1897-1977）は日本の西洋古典学の先駆者の一人である。

へ草』が含まれていた。つまり，6歳児向けの教材としての想定である。この時期の修身教育で用いられた教科書は欧米の書物の翻訳本が多く，「小学教則」に指定された5種のうち4種までが，原書名に moral を含むものだった。

　一方，学校教育が始まったのちも，修身に限らず，例示された教科書を必ずしも各地方で入手できたわけではなかった。そこで，修身の教科書としては，1873年（明治6）に和漢書3種が追加されたほか，当時出版された本が利用されるようになった。そのなかに『通俗伊蘇普物語』が含まれていたのである。なお，学制は1879年（明治12）9月の教育令によって廃止され，新しい教育制度へと移行していく。1880年（明治13）12月の教育令改正では，「修身」が小学校の筆頭科目となり，1881年（明治14）5月に出された「小学校教則綱領」では「修身」が小学校全期にわたる必修科目となる。学制時代に比べて修身の地位が強められる一方で，教科書については，当初用いられた翻訳教科書の多くは使用が認められなくなり，新しい教科書へと切り替えられていた。しかし，そのような状況下でも，『通俗伊蘇普物語』は教科書として利用され続けた。

　結果として，『通俗伊蘇普物語』は明治時代前期によく売れたようである。1888年（明治21）には，版を改めた『改正増補　通俗伊蘇普物語』と英語「原書」が刊行されている。翌年1月9日の『東京日日新聞』に掲載された出版広告が当時の状況を教えてくれる。

　　（改正増補　通俗伊蘇普物語）
　　此書ハギリシヤ国ノ賢人イソップ先生ノ寓言ヲ，小童婦女ニモ分リ易キ様，俗文ニテ訳シタル者ニシテ，小学ノ修身教話ニ適当ノ書ナルガ故，明治六年初版以来既ニ一万部ノ多ヲ摺出シ，板木摩滅セシニヨリ，此度改正増補ノ上，原書ヲモ共ニ出版シ，且従来ノ定価ヲモ引下ゲ，広ク発売スル者也，
　　（改正増補　通俗伊蘇普物語原書）
　　此書ハ渡部温君ノ訳サレタル改正増補通俗伊蘇普物語ノ原書也，英語初学ノ読本ニ適当ス，和英ヲ照シ合セ読ミ習ヒ給フ諸君ニ尤宜シ，

「小学ノ修身教話ニ適当」な『通俗伊蘇普物語』は，発行1万部に及ぶ，当時としてはベストセラーとなっていたという。また，「英語初学ノ読本ニ適当」なものとして「原書」も改めて刊行された。初版から15年を経た明治期半ばの日本においても，渡部温の「イソップ集」について，修身教育と英語教育の教材として有用性が認められていたのである。

その一方で，『改正増補　通俗伊蘇普物語』が刊行される頃から，「伊曽保物語」「伊蘇普物語」を書名に含む本が他の編訳者たちの手で複数刊行されるようになっていた。そして，例えば1901年（明治34）には，今もよく知られる「兎と亀」の歌が登場する。また，1902年（明治35）に出された東京高等師範学校教諭村田宇一郎による修身教育の研究報告では，「尋常一学年にては桃太郎花咲爺の如き童話と，兎と亀，狐と鶴の如き寓話が歓迎せられ」という記述が見られる[54]。特にイソップの名への言及はないが，「寓話」として挙げられる話が明らかに「イソップの話」である。この時期の修身教育の教材に「イソップの話」が利用されていたことを確認できる一方で，「桃太郎」「花咲爺」と同列の扱いとなっており，1年生の頃にこれらの話を学んだ児童は，「兎と亀」「狐と鶴」といった話も日本の話として認識していたかもしれない。こうした構造は『伊曽保物語』が利用された江戸時代も同様であったと考えられるが，明治期後半は新規の各種「イソップ集」が刊行されていた点で大きく状況は異なった。本章ではこれ以上取り上げることはしないが，近代日本におけるイソップ受容という点では，明治期後半に新たな広がりを見せるようになり，それとともに渡部温がイソップ関係で占める位置は次第に狭まっていった。つまり，渡部温の『通俗伊蘇普物語』は，近代日本に「イソップ」を根付かせる役割を果たしたのち，後進に道を譲ることになるのである。

本章の締めくくりとして，明治末期の上田敏（1874-1916）の発言を紹介しておこう。上田敏は1874年（明治7）に旧幕臣の家に生まれ，静岡尋常中学校を経て東京帝国大学を卒業した。東京高等師範学校教授，

---

54) 村田宇一郎（1902）『単級修身教授の実際』金港堂。その後出された東京高等師範学校付属小学校編（1903）『小学校教授細目』においては，修身科教材として「兎と亀」なども挙げられるが，村田が示した「童話」「寓話」の区分はみられない。

東京帝国大学講師，京都帝国大学教授を歴任した英・仏文学者であり，詩人，翻訳者としても著名な人物である。以下，少々長いが，1910 年（明治43）11 月に行われた『伊曽保物語考』と題する講演の冒頭部分を引用する[55]。

> 伊曽保の動物譬喩談に接したのは，幼年の頃，当時の小学読本で「狼来れり」の話に戒められ，鶴と狼との馳走談にほゝ笑まされたのが始であって，やゝ長じて，英文の喩言集などを繙くに至つて，益々これに対する興味を深く感じたが，其後，年を経て一日，東京帝国大学の書庫中に，日本学者を以て名ある英国外交家サトウ氏（今のサア・アアネスト）の撰にかゝる日本耶蘇会刊行書解題を見出して，文禄二年天草の耶蘇会学板刻，羅馬字綴，日本俗語訳伊曽保喩言集あるを始めて知り，又殆ど同時に東京高等師範学校の書庫に蔵する寛永一六年刊本『伊曽保物語』三巻を通読する事あって以来，伊曽保が喩言集の由来流布等について聊か考証を重ねて見たくなり，先年海外観光の途に上った時も，実は大英博物館珍蔵の文禄本について取調べてみたいという下心もあったのだが，旅中閑を得ず，つい意を果さなかった。然るに昨四十三年中，新村博士は，かの文禄本を親しく手写されたものを基として，之を国字に書改め，雑誌「藝文」に訳載し，極めて有益な文献資料を提供された為，忘れるとも無く打棄てゝ置いた伊曽保の事がまたまた念頭に浮び，そのまゝこれを以て今日講演の材とする。精細の考証に至ってはもとより他に希臘羅甸古典学者また印度学者を煩はさねばならぬ。さなくとも又別に一篇の長論文を要するから，今は唯研究の筋道と結論の一端を談るばかりである。

すなわち，近代のイソップ受容と教育への導入が，日本で教育を受けた人物の「イソップの話」に対する興味を喚起し，のちに近世日本のイソップ集への気づきもあって，専門的見地からその出自たる西洋古典へ

55）史学研究会編（1912）『史学研究会講演集　第四冊』冨山房所収。もとは 1910 年11 月の講演であるが，新村出の翻字版（本章第 4 節参照）への言及箇所などをみるに，掲載にあたって手が加えられていることが分かる。

と立ち返るのである。

　日本に渡来した「イソップの話」は，近世・近代の2段階の受容を経たことで，日本の古典とも西洋の古典とも認識されるものとして，引き続き現代の日本にも息づいている[56]。

参 考 文 献

1　「イソップの話」に関する紹介

小堀桂一郎（2001）『イソップ寓話　その伝承と変容』講談社学術文庫.（1978年の中公新書版の再刊）

中務哲郎（1996）『イソップ寓話の世界』ちくま新書.

吉川斉（2020）『「イソップ寓話」の形成と展開——古代ギリシアから近代日本へ』知泉書館.

2　古代の「イソップ集」の日本語訳

岩谷智・西村賀子訳（1998）『イソップ風寓話集／パエドルス，バブリオス』国文社.

河野与一編訳（1955）『イソップのお話』岩波少年文庫.

中務哲郎訳（1999）『イソップ寓話集』岩波文庫.

3　『エソポのハブラス』『伊曽保物語』『通俗伊蘇普物語』

朝倉治彦編（1981）『仮名草子集成2』東京堂出版.

————編（1982）『仮名草子集成3』東京堂出版.

飯野純英校訂・小堀桂一郎解説（1986）『古活字版　伊曽保物語』勉誠社.

大塚光信・来田隆編（1999）『エソポのハブラス　本文と総索引』清文堂.

中川芳雄（解題）（1976）『古活字本伊曽保物語　国立国会図書館所蔵本影印』勉誠社.（1994年再版）

新村出・柊源一校注（1993）『吉利支丹文学集1, 2』平凡社.（1957年『吉利支丹文学集』の復刊。第1巻に豊富な解説，第2巻に『エソポのハブラス』本文を含

56）実際，第二次大戦後の現代日本においても「イソップの話」は教材として活用され続けている。例えば，中学校の国語教科書には『エソポのハブラス』や『伊曽保物語』が古典教材として扱われる例がある。また，平成30年度より必修化された小学校道徳科の教科書をみると，低学年向けの教材として「イソップの話」が利用されており，近代小学校教育における修身科を彷彿とさせる。とはいえ，すでに時代は変化しているのであり，現代の道徳教育と近代の修身教育が合致するわけでもない。この点はむしろ，「イソップの話」が持つ，時代や地域あるいは思想の相違をも越えうる普遍的特性を示すといえるかもしれない（本章は科学研究費助成事業〔学術研究助成基金助成金・若手研究18K12349〕による助成の成果を含む）。

む）

福島邦道（解説）（1976）『天草版イソポ物語　大英図書館本影印』勉誠社．（オンデマンド版を入手可能）

前田金五郎・森田武校注（1965）『日本古典文学大系 90　仮名草子集』岩波書店．

武藤禎夫校注（2000）『万治絵入本　伊曾保物語』岩波文庫．

渡部温訳・谷川恵一解説（2001）『通俗伊蘇普物語』平凡社．

4　そのほか

桑原直己（2017）『キリシタン時代とイエズス会教育——アレッサンドロ・ヴァリニャーノの旅路』知泉書館．

桑原直己・島村絵里子編（2020）『イエズス会教育の歴史と対話——キリシタン時代から現代に至る挑戦』知泉書館．

P. コーニツキー（2018）『海を渡った日本書籍——ヨーロッパへ，そして幕末・明治のロンドンで』平凡社．

府川源一郎（2017）『「ウサギとカメ」の読書文化史——イソップ寓話の受容と「競争」』勉誠出版．

吉見孝夫編（2011–）『イソップ資料』イソップ資料研究室．

第3部

思想と人間

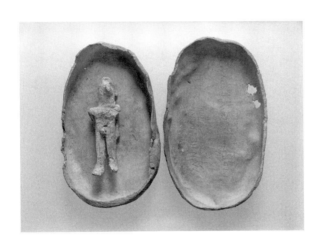

鉛製の「呪い人形」と，内部に呪いの
文言が書かれた棺状の入れ物

（前4世紀のもの。アテネのケラメイコスで出土）

在アテネ・ドイツ考古学研究所（D-DAI-ATH-KERAMEIKOS 5879）

参考）第19章「参考文献」Parker (2005) 125.

19

哲学がうまれる

納富信留

　「フィロソフィアー（知への愛求）」の理念と営みは古代ギリシアで成立し，その後世界で受け継がれる「哲学」という普遍的な知の探究となった。現代にいたる哲学の歴史と意義を考える上で，私たちはつねに古代ギリシア哲学に立ち返って反省的に考察する必要がある。古代ギリシアでなぜ，どのように哲学が生まれたのかは，答えることが難しい。だが，世界と人間の生について根源的な問いを発し，それに応答しつつ共同で探究する知の営みが，それに先立つエジプトやメソポタミアの文明からの飛躍をもたらした。ギリシアでは，実践的な知よりも観想（テオーリアー）を重視する姿勢や，どのような言葉を語って知を追究するかをめぐるスタイルの実験や葛藤が重要で決定的な役割を果たした。
　前6世紀初めにイオニアでタレスらが「万物の始源（アルケー）」を問うて始まった哲学は，対抗的な言論をつうじて展開し，イタリアでパルメニデスが新たに「ある」をめぐる形而上学に道を開く。それらの哲学営為は，前4世紀にプラトンとアリストテレスによって総合されて理論的な知的探究としての哲学が確立した。続くヘレニズム時代に生の技法という側面を強くしたギリシア哲学は，紀元後のローマ時代には新プラトン主義を経て，中世ヨーロッパやイスラムの世界に受け継がれて，やがて西洋近現代哲学を生み出していった。ギリシア哲学者が培った概念や問題や枠組みは，その後二千年にわたって哲学を発展させる基盤となったのである。

1　古代ギリシアと哲学

「哲学」は古代ギリシアで生まれた，と言われる。以後，その営みはヨーロッパなどに受け継がれ，西洋哲学の伝統を形成して，今日世界で学ばれる「哲学」の中核となっている。それは「ギリシア哲学」と呼ばれるが，その範囲や時代は広く，まずは次のように定義される。

「ギリシア哲学とは，紀元前6世紀初めから紀元後6世紀前半まで，地中海東部から西ヨーロッパの地域で，つまり，ギリシアのポリス世界からヘレニズム世界を経てローマ帝国まで，古代ギリシア語及びラテン語で営まれた，キリスト教以外の哲学である」。

これほどの広範囲を扱うため，ギリシア哲学史は便宜的に4期に区分して論じられる。まず，ギリシア哲学の始まりは前585年の日蝕を予測したとされるタレスに帰されるが，そこからアレクサンドロス大王とアリストテレスが死去した前323–前322年までが，前半期となるポリス社会の哲学である。後半期の広域王国・帝国の哲学は，ヘレニズム期の哲学とローマ期の古代後期哲学で，終焉は529年に東ローマ皇帝ユスティニアヌスが異教徒の学校閉鎖令を出した年とされる。前半はさらに，前6世紀から前5世紀後半にイオニアと南イタリアで主に自然の原理が探求された初期ギリシア哲学（古くは「ソクラテス以前」と称されていた）と，前5世紀半ばからアテナイを中心に展開された古典期哲学に分けられる。後半期は，前1世紀までのアレクサンドロス大王の後継となった諸王朝で展開されたヘレニズム哲学と，それ以後にローマで行われた古代後期哲学に分かれる。最後の時代にはキリスト教の勢力が拡大し，ギリシア哲学はやがて「異教」として退けられる。

古代ギリシアの文化遺産を考える上で「哲学」は，二つの点で特別な意味を担う。第一は，「フィロソフィアー（知への愛求）」という理念と枠組み自体が古代ギリシアにおいて誕生し，その後ヨーロッパなどに受け継がれて今日の「哲学」となっている点である。第二は，医学・天文学・数学・生物学・物理学といった自然科学や，歴史学・地理学・言語学といった人文科学も，その哲学の一部として，あるいはそれとの連動

で発展した点である。つまり，西洋文明で発展して現在世界に普及している哲学と科学はギリシア起源であり，その始点としての古代ギリシアが影響と制約という両面でつねに問題となっている。

ギリシアに発した哲学の影響については，すでに広く知られている。「フィロソフィアー」というギリシア語の合成語が前6世紀頃に新たに導入されてから，欧米語をつうじて日本語の「哲学」となり，その呼称とともに現在では日本も含む全世界で学ばれている。「哲学」とは，万物の根源をめぐる基礎的な探究であり，普遍的な真理を求める総合的な知の営みである。その基本的な理念が形作られたのが古代ギリシアという時代であった。

また，今日私たちが論じる多くの問題とそこで用いる様々な概念は，古代ギリシアの哲学者たちが創設し，鍛え上げたものである。いくつか例を挙げると，「原理」と訳される「アルケー archē」は，初期ギリシアの哲学者たちが「始源」として議論を展開した概念を，アリストテレスが体系的に用いたものである。プラトン（Platon, 前427-前347）[1]の「イデア idea」も，ギリシア語の「姿，形」に当たる言葉を，目ではなく知性で見る真のあり方という意味で転用したものである。近代では「観念」と訳される哲学概念に転化した。プラトンが「イデア」と同義で用いた「エイドス eidos」という語は，アリストテレスが「形相，種」という意味に用いて今日まで受け継がれている。形相と対になった「質料 hylē」は「木材」という語を哲学的に術語化したものである。それらはラテン語を経て，英語の principle, form, matter（原理，形式，素材）として今日では日常語としても使われる。

ギリシア哲学がもたらした制約は，より長い射程において西洋文明がもたらした負の側面の源として捉えられる。西洋の哲学と自然科学は，近代の科学革命と産業革命を通じて全世界規模で生活や環境のあり方を変えてきた。だが，それがもたらした負の遺産は起源であるギリシアの哲学にも何がしか起因すると推定される。例えば，ギリシアに由来する「自然（フュシス），技術（テクネー）」といった概念が，人間と環境との関わりに深い影響を与えてきたという見方もある。また，「理

---

1) 以下，生没年代は，納富（2021）『ギリシア哲学史』筑摩書房に従う。

性」によって進歩した文明が，20世紀に破壊的な全面戦争や虐殺という負のあり方を産んだことも，ギリシアに遡ってその責任が問題化されている。具体的な議論を挙げると，カール・ポパー（Karl Popper, 1902-94）は『開かれた社会とその敵』でナチズムやマルクシズム（スターリニズム）という全体主義の起源をプラトンの哲人政治の理想に求めて批判した[2]。アドルノ（Theodor Adorno, 1903-69）とホルクハイマー（Max Horkheimer, 1895-1973）の『啓蒙の弁証法』は，近代理性がもたらした野蛮や暴力を論じて，その原型としてホメロス『オデュッセイア』を検討する[3]。現代文明の直接の原因ではないものの，より根源的な影響をもたらした起源として，古代ギリシアの哲学は現在でも論争の焦点となっている。

　哲学がギリシアから始まったという歴史観は，哲学がその伝統以外では成立しなかったという偏見をもたらし，西洋文明を絶対視する西洋中心主義の基盤となった。マーティン・バナール（Martin Bernal, 1937-2013）が『黒いアテナ』で，19世紀にドイツを中心におこったアーリア人中心主義による歴史観の歪みを指摘した。現代では世界哲学の視点から，その見方の相対化が模索され，哲学伝統の多元化においてギリシア哲学を位置づける試みが行われている。

　ここでギリシア哲学の資料について，簡単に説明しておこう。古代ギリシアの哲学者が著した書物は，ごく一部を除いて今日まで伝わっていない。初期からヘレニズム期までのギリシアでは，「プラトン著作集」（対話篇）と「アリストテレス著作集」（講義録）が中世写本を通じてほぼ完全に今日まで伝承され，クセノポン（Xenophon, 前430頃-前355頃）とテオプラストス（Theophrastos, 前371頃-前286頃）の一部の著作が残された。だが，それ以後はローマ期の著作まで待たねばならず，著作の残っていない哲学者の言説と思想は，すべて後世の文献での引用や紹介でのみ伝えられた。それらは現代では「断片集・証言集」という形で編集され，研究の基本文献となっている。

　2）　カール・R・ポパー，内田詔夫・小河原誠訳（1980）『開かれた社会とその敵　第1部　プラトンの呪文』未来社．
　3）　M. ホルクハイマー・T. W. アドルノ，徳永恂訳（2007）『啓蒙の弁証法――哲学的断想』岩波文庫．

プラトン以前の初期ギリシア哲学については，以前にはディールスとクランツが編集した『ソクラテス以前哲学者断片集』(DK, 1903 年初版)が用いられ，そこでの A（生涯や学説の証言）と B（著作断片）の番号で参照されてきた[4]。2016 年に全 9 巻で公刊されたラクスとモスト編『初期ギリシア哲学』(LM) が新たな方針で資料を整理して，今後はそれが基本文献となる[5]。古典期とそれ以後については，それぞれ個別の学派や哲学者に資料集が編集されており，それらを使いこなすことがギリシア哲学の研究に必要となる。

2　哲学の誕生をめぐって

　古代ギリシアにおいて「哲学が誕生した」とはどういうことか。そもそも人間に普遍的な営みであるはずの哲学が，なぜ紀元前 6-前 5 世紀のギリシアという特定の地域・言語・文化において成立したと言われるのか。
　まず，「哲学が誕生した」と言ってもそれは特定の歴史的出来事に限定できず，多様な理解があることにも注意しよう。アリストテレス (Aristoteles, 前 384-前 322) の権威の下で「最初の哲学者」と呼ばれてきたのは前 6 世紀前半にミレトスで活躍したタレス (Thales, 前 625 頃-前 548 頃) である。だが，彼の年下の同僚アナクシマンドロス (Anaximandros, 前 610 頃-前 546 頃)，あるいは「哲学者 philosophos」という造語を語ったとされるピュタゴラス (Pythagoras, 前 572 頃-前 494 頃)，倫理学を始めたソクラテス (Socrates, 前 469-前 399) らに哲学の創始を帰する立場もある。
　だが，問題は特定の誰が最初かというより，この時期のギリシアに哲学の起源を帰すること自体にある。古代ギリシアの人々はペロポネソス半島を中心としたギリシア本土と，小アジア西岸のイオニア地方に定着し，その後，エーゲ海や黒海の沿岸，南イタリアや北アフリカにも植民

---

[4] 内山 (1996-98)。
[5] Laks and Most (2016).

市を建設していく。そのギリシアは，メソポタミアやエジプトの周縁部に位置し，それら先進文明と関わりながら文化を発展させてきた。ギリシアに哲学が発展した前6-前4世紀より二千年も前からメソポタミアやエジプトではすでに高度な文化と社会が栄えており，天体観測や暦法や測量術などが発達していた。また，メソポタミアでは『ギルガメシュ叙事詩』などが，エジプトでは「死者の書」をはじめとする宗教儀礼があり，ギリシア人はそれらを学びつつ独自の文化を作り出したのである。

では，なぜそれらの先進地帯ではなくそこから外れたギリシアで新たな知の動きが生じたのかは，現在でも歴史上の謎である。だが，同時代にインドや中国でもそれまでの伝統を打ち破る新たな宗教や思想が登場しており，カール・ヤスパース（Karl Jaspers, 1883-1969）は「枢軸の時代」と呼んだ[6]。より古い文明で培われた知恵や技術から，人類が何を新たに切り開いたのか，その最大の場面は古代ギリシアにおける哲学と科学の誕生にある。

最初の哲学者にも位置づけられるタレスは，「七賢人」と呼ばれる伝統文化の代表者の一人でもあった。ソロン（Solon, 前7-前6世紀）やピッタコス（Pittacos, 前650頃-前570頃）らを含む七賢人は，人生を送る有益な知恵や，社会の調和をはかる共同体の知恵に優れ，それを格言や詩の形で表して人々の生き方を導いていた。ギリシアではまた，前700年頃にホメロス（Homeros, 前8世紀頃？）とヘシオドス（Hesiodos, 前8世紀末-前7世紀初め活動）という詩人が出て，『イリアス』『オデュッセイア』，そして『神統記』『仕事と日』という叙事詩で世界と人間と神々に関する知恵を歌っていた。ミレトスの政治家として活躍したタレスは，一方でその知恵の伝統にありながら，他方で哲学という新たな知のあり方を開いたことになる。

タレスは，後に「万物の始源とは何か」と定式化される問いに対して，「水である」という答えを提示したという[7]。なぜ水を万物の根源と見なしたかについては，主な報告者アリストテレスにとってもすでに不

---

 6) カール・ヤスパース，重田英世訳（1978）『歴史の起源と目標』理想社．
 7) アリストテレス『形而上学』A3, 983b18-27 = DK 11 A12 = LM THAL. D3, R9, 32a. 初期ギリシア哲学者の資料については，本章末尾の補足を参照．

明な点が多かったようである。大地は水の上に浮いていて、そのために地震が起こるとか、生物はみな水分からできているという考察が背景にあったとされる。だが、重要なことは、どのような人生を送りこの社会を生き抜くかといった知恵をはるかに超えて、宇宙の全体を対象にし、万物の究極の根源を探究して一つの回答を提示した点にある。

　このような根源への探究は、それまで社会で重視されてきた実用的な知恵、例えば社会の役に立ったり金儲けしたりする「実践（プラークシス）」の知識とは異なり、物事の真理を純粋に知るという「観想（テオーリアー）」の重視にあった。実践から切り離された観想こそ大切であるという見方は、ギリシアに成立した哲学の精神として、今日にも受け継がれて学問の基礎となっている。

3　スタイルの革新と葛藤

　ギリシアで哲学を誕生させたもう一つの革新は、言論のスタイルにある。古代文明において「知恵」は神々の元にあり、それに与ることのできる一部の特権的な人々の専有物であった。哲学成立以前のギリシアでも、不死なる神々と対比される死すべき人間は、過去や未来の知識は無論、現在についての十分な認識も持つことはできないという悲観論が支配的であった。それに対して、人間が言論をつうじて探究できると考えたのが、イオニアで興った新たな運動であった。

　ギリシアにおいて詩人は、神々から言葉を授かって特別な言葉で人間たちに開示する知者であった。その言葉の形式は「六脚韻（ヘクサメトロス）」であり、長・短・短（あるいは、長・長）の脚を6回繰り返して1行とする詩の韻律は、叙事詩（エポス）と呼ばれる最も格調高い詩の形式であり、神々の言葉を人間に伝える特別なスタイルとして、例えばデルフォイのアポロン神託もその韻律で授与されていた。ホメロスの叙事詩『イリアス』の冒頭は、「怒りを歌え、女神よ、ペレウスの子アキレウスの」という呼びかけ（命令形）で始まっており、ヘシオドスも『神統記』で、まず自分の言葉は女神に由来すると語っている。過去に起こった戦争や、神々の世界の有様、あるいは人間のなすべき義務は人

知の及ばぬところであり，それは特別な言葉をつうじて神から授かる詩人の知恵であった。

　その伝統文化から離れ，人間が自身の言葉で語るという新たな探究が，イオニアで始まった。最初に「散文」つまり韻を踏まない「裸の言葉」で思考と表現をしたのは，ミレトスのアナクシマンドロスとされる。今日の視点では，散文で哲学や科学の考察を書くことが普通であり，六脚韻などの韻律でわざわざ著作を書く方が特殊で困難であると考えがちである。だが古代では反対で，人間が普段しゃべる日常の言葉に真理が宿るはずはなく，詩という特別な形式以外では神からのインスピレーションは来ないと信じられていた。それに対してイオニアの哲学者たちは，人間が自分の思考で発する考察が，それ自体ではいまだ真理ではないとしても，議論を通じて次第に真理に近づくことができるという信念を持った。そのため，イオニアの散文はまず著者の名前を提示し，考察の主題と趣旨を語るという形式をとった。例えば，前6世紀末から前5世紀はじめの歴史家・地理学者，ミレトスのヘカタイオス（Hecateios, 前550頃－前476頃）は著作をこう始めた。

　　ミレトスのヘカタイオスは次のように物語る。私は，私に真実であると思われるように書く。というのは，ギリシア人たちの議論は数は多いが笑うべきものだと，私に思われるからだ[8]。

　同様に，イオニア自然学の伝統から前5世紀後半にペルシア戦争の『歴史（ヒストリアイ）』を綴ったヘロドトス（Herodotos, 前5世紀前半－前420頃）も，自身の著作でこう明記した。

　　これは，ハリカルナッソスのヘロドトスによる探究（ヒストリエー）の証示である。人間たちから生じた出来事が時と共に忘れ去られ，ギリシア人と異邦人の果たした偉大で驚嘆すべき諸々の事績，とりわけ互いにどんな原因から戦い合ったかも，やがて世の人々に知ら

8）デメトリオス『文体論』1.12。和訳は，ディオニュシオス，デメトリオス著，木曽明子他訳（2004）『修辞学論集』京都大学学術出版会に収録されている。

れなくなるのを危惧して[9]。

　叙事詩の伝統から意図的に離れて，人間に可能な知を追求するイオニアの探究は，哲学から自然科学や医学や歴史地理におよぶ範囲で，年月を経て研究を積み上げていった。
　他方で，人間の知恵とは何かという限界は人間自身には見て取ることができず，その点では従来の詩の語りにおいてそれを相対化して捉える思索がつづいた。自身も詩人としてギリシア各地で活躍したクセノパネス（Xenophanes, 前570頃–前470頃）は，一方で人間の知の限界をこう歌っている。

　　そして，精確なことは誰も見た人はなく，誰一人知る者もいないだろう。
　　神々についても，すべてのことについて私が語ることについても。
　　というのも，もし最大限，実際のものを言い当てたとしても
　　その者は知ってはいないのだから。そうではなく，思いがすべてを覆っている[10]。

　だが，そのクセノパネスもイオニアの自然探究に従事する一人として，人間にとっての知恵の進歩を信じる立場にあった。

　　神々は，最初からすべてを死すべき者に示しはしなかった。
　　〔人間は〕時とともに探究しながら，より善きものを見出していく[11]。

　以下に見るように，「ある」の真理を女神が語る叙事詩で哲学を提示したパルメニデス（Parmenides, 前520頃–前450頃）や，自然の生成変化

---

9) ヘロドトス『歴史』第1巻序。ヘロドトスとその作品の詳細については，本書第21章を参照のこと。

10) セクストス・エンペイリコス『学者たちへの論駁』7.49, 7.110 (cf. 7.51), 8.326 等 = DK 21 B34 = LM XEN. D49. 和訳には，セクストス・エンペイリコス，金山弥平，金山万里子訳（2006）『学者たちへの論駁2　論理学者たちへの論駁』京都大学学術出版会がある。

11) ストバイオス『抜粋集』1.8.2, 3.29.41 = DK 21 B18 = LM XEN. D53.

と魂の輪廻転生を壮大な叙事詩で歌ったエンペドクレス（Empedocles, 前490頃-前430頃）など，イオニアでの散文開発のあとでも哲学者は詩という形式を用いつづけた。だが，それは従前のような神の言葉の直接の伝達ではなく，人間の語る言葉としての散文を意識した新たな詩の語りであった。

　言葉のスタイルをめぐる実験と葛藤はその後もギリシア哲学の枠組みをなす。ヘラクレイトス（Heracleitos, 前540頃-前480頃）は神託に似た「箴言」というスタイルで，やはり神からの言葉に似た「ロゴス」を高みから語った。また，ソフィスト思潮では，法廷弁論を模した演説の設定と形式で，様々な主題を論じるやり方がファッションとなった。さらに，ソクラテスの刑死をうけて前4世紀に弟子たちが展開した「ソクラテス対話篇」では，ソクラテスら登場人物が対話を交わすという戯曲の形式で，著者がほとんど登場しない言論で互いに個性的な主張や議論をくり広げる。プラトンが書いた三十余りの対話篇は，そのようなスタイルの実験の中で生み出されたものである。

　プラトンのライバルであった弁論家のイソクラテス（Isocrates, 前436-前338）は，演説という形式に加えて「書簡」を活用し，特定の人物に宛てた言論という枠組みで自分の考察や主張を展開する独自のスタイルを確立した。書簡によって哲学を有効に展開した一人に，エピクロス（Epicuros, 前341-前270）がいる。彼は自身の学説を弟子宛の書簡として語り，それを憶えさせることで哲学を伝えたのである。

　イオニア散文の伝統は，メリッソス（Melissos, 前5世紀半ば-後半）やアナクサゴラス（Anaxagoras, 前500頃-前428頃）らに受け継がれ，自然学を体系化したアリストテレスの講義録（「アリストテレス著作集」と呼ばれる）として，今日の哲学論文の典型となった。イオニアに始まる人間による探究としての哲学は，どのような言葉をどのスタイルで用いるかという実験によって，哲学を生み出し発展させたのである。

4　自然の探究

　タレスが表明した，万物の始源は「水である」という考察をめぐっ

て，まず彼の出身地ミレトスで論争が起こる。著作を残したかが不明なタレスに対して，アナクシマンドロスは最初の散文の著作で，万物の始源は「無限」であると唱えた。この「始源（アルケー）」という術語を初めて用いたのもアナクシマンドロスであったと伝えられるが，その答えとして「無限（アペイロン）」と考えたのである。この提案は「水」としたタレスへの対抗であり，私たちが経験する宇宙や自然の変化がすべて水からなると考えるより，水でも空気でも火でも土でもない「無限」がそれらに変化することで，この世界の生成変化が起こっていると考えたのである。その意味で「無限」は，限定がないという「無限定」であり，それがこの宇宙の外に広がっているという世界観においては「無際限」という意味も持っていた。

さらに，同じミレトス出身のアナクシメネス（Anaximenes, 前587頃-前527頃）は「空気」という答えを提示した。自然の要素のなかで空気こそが万物の根源であり，それが凝集すると水や土になり，希薄化すると火になるというように，同じ空気の変化として万物のあり方を統一的に捉えたのである。

「始源」をめぐる立場の違いに加えて自然や宇宙のあり方にも，彼らはそれぞれ異なる説を唱えて対抗した。タレスは大地が水の上にあると考えたが，アナクシマンドロスは大地（地球）は宇宙の中心にあるとした。それがどこにも落下しないのは，宇宙の果てのどこからも等距離にあって，止まっているからであると説明し，宇宙の中で，地球と太陽や月や星との関係を数比で表した。こういった合理的な理論は，その時点では必ずしも十分な説明となっていなくても，議論をつうじて改善されて真理に近づくことができる。

この三人のミレトス哲学者の間で起こったことは，その後の哲学の展開への基礎となる。そこでは同じ問いに対して共通の関心から異なった答えを提示する対抗があり，より合理的な説明が重視されていく。彼らにつづいて独自の思考を展開したコロポン出身のクセノパネスとエペソ出身のヘラクレイトスは，ホメロスやヘシオドスといった知者たちや同時代の哲学者たちを厳しく批判し，その考え方の問題点を指摘することで，他の思考可能性と，より合理的な見方を示していった。

古代ギリシアは個と個の対抗という「アゴーン（競争）」を特徴とし

ており，オリンピック競技会や悲劇・喜劇コンクールや民主政諸制度では，相手と対決して自分の優勢を示すことが「徳」とされた。哲学においても師や先人を権威として従うのではなく，厳しく批判しつつ自説を押し出すという精神が顕著であった。クセノパネスはホメロスとヘシオドスの神観を痛烈に批判し，ヘラクレイトスはそのクセノパネスやピュタゴラスを含む思想家たちを片っ端から批判した。後にはアリストテレスや学園アカデメイアの後継者たちが師プラトンの「イデア論」を批判したように，人間の言葉において説を立てて批判し合うことで，それらの欠点を意識して理論を改善させ進歩することが，ギリシアの合理性を生み出したのである。

　初期の哲学は主に自然の始源について考察を巡らせたため「自然哲学」と呼ばれることになり，水や空気など物質を基本とする素朴な宇宙論であるという見方が定着している。だが，彼らが考えようとした「自然」は神々や魂を基本とする生きた全体であり，「タレスは万物が神々で満ちていると考えた」とも報告されている[12]。クセノパネスはギリシア神話で人間的に表象される神々の語り方を批判的に吟味し，一なる最大の神について「全体として見，全体として思惟し，全体として聴く」という表現でその絶対性を強調した[13]。

　万物の始源や宇宙のあり方といった全体的なテーマだけでなく，人間の身体と病気に関わる医学や，過去の出来事の原因を追求する歴史学などが，イオニアの探究において形をとった。医学についてはコス島出身のヒッポクラテス（Hippocrates, 前460頃-前370頃）とその仲間たちが理論と臨床の考察を『ヒッポクラテス文書』として積み重ね，歴史学についてはアテナイにも滞在したヘロドトスが探究の精神を発揮してペルシア戦争に関する『歴史』を著した。それらは自然科学や人文・社会科学の基盤となった。ギリシア語の「エピステーメー epistēmē」は「知識・学問 science」を意味し，アリストテレスは論証を通じて確保される真

---

[12] アリストテレス『魂について』1.5, 411a7-8 = DK 11 A22 = LM THAL. D10. 和訳は，内山勝利他編（2014）『新版アリストテレス全集 7』岩波書店に収録されている。

[13] セクストス・エンペイリコス『学者たちへの論駁』9.144 = DK 21 B24 = LM XEN. D17. 和訳には，セクストス・エンペイリコス，金山弥平・金山万里子訳（2010）『学者たちへの論駁 3　自然学者たちへの論駁・倫理学者たちへの論駁』京都大学学術出版会がある。

理として現代の「科学」の基礎となる学問論を提示した。

5 「ある」の形而上学

　前6世紀初めにミレトスを中心とするイオニア地方で始まった哲学は，およそ1世紀後に南イタリアで新たな展開を見せる。エーゲ海東部のサモス島出身のピュタゴラスは前6世紀の後半に南イタリアに移住し，クロトンを中心にピュタゴラス派と呼ばれる共同体を作ってそこで哲学の生き方を広めた。その影響下にイオニアでの探究とは異なる傾向の哲学がイタリアで展開されることになるが，その推進者の一人はエレア出身のパルメニデスであった。

　パルメニデスの生涯はほとんど知られていないが，一つの叙事詩を書いた。そこで若者が疾駆する馬車によって神の住む国に導かれる様が描かれる。昼と夜を分ける門を通り抜けた若者は女神に迎え入れられる。真理と人間たちの思い込みを教えるという女神は，真理の道をこう語る。

　　さあ，私がそれについて語ろう，お前は話の筋を聞いて，心に留めよ。
　　まさにそれだけが考えられた探究の道であるものを。
　　一方の道は，「ある」そして「ないはない」とする道
　　説得の道である。真理に従うのだから。
　　他方の道は，「ない」そして「ないが必然である」とする道
　　この道はお前には全く知りえない小道であると私は指摘する。
　　というのは，お前は「ない」を認知することもなく——それは成立不能だから——語り示すことも出来ないのだから。／同じそのものが，思惟され，あるのだから[14]。

　この神秘的な詩は，パルメニデス自身の体験だったかもしれず，あるいは叙事詩の形を借りた思索の提示だったかもしれない。女神が提示した真理は，それ自体では否定のしようがないように思われる。

だが，女神は人間である若者にこうも語る。人間は「あるとない」を混同して，あたかもあるものがなかったり，ないものがあったりという思い込みで世界を生きている。それは二つの頭を持つ怪物のような有様であると。そして，言論によって判定せよ，と促す。女神に問いかけられた私たち人間は，「思い込み」の内にありながら，それを超える真理，ならびに私たち自身がおかれたあり方を聞くことで，「ある」の地平へと超越することを促される。

　「ある」という真理を捉えるためにはいくつかの徴を捉えなければならない。生成も消滅もなく，多数性もなく，過去あったとか将来あるということもなく，「今，すべてが，一挙に，一で，連続して，ある」のである。この不思議な議論は，「あるは，ある。ないは，ない」という原則に則った論駁しようのない帰結とされる。例えば「生成する」とは「ないが，あるになる」という変化であるが，「ない」がそもそも「ある」に変わることはなく，変わるとして何時変わるのかも不明である。この論理によれば，存在はいっさいの変化を被らず，一つだけ完全にあるということになる。

　パルメニデスが女神の言葉で示した真理は，イオニアとイタリアで普及していた哲学に衝撃となって受け入れられる。もしその真理が揺るぎないものであったら，これまで哲学者たちが議論してきた，宇宙や自然の事物の多様性や生成変化は一切否定され，すべてが人間の誤った思い込みによる幻想に過ぎないということになってしまうからである。天体の運行から自然物の変化，人間の生き方に至るまで，それらのあり方が一切否定されることになると，自然の探究として成り立ってきた哲学そのものの存立が危機となる。パルメニデスが「ある」に向けて語った真理は衝撃として，それ以後の哲学を大きく変えることになる。

　では，パルメニデスが「ある」に着目した意義はどこにあったのか。それまでの哲学者たちは「万物の始源とは何か」を問い「水である」「無限である」といった形で答えを提出したが，そこに前提されている「ある」とは何か，は問われることがなかった。そもそも「水がある」や「万物がある」とはどのようなことなのか。そのようなさらに根源的

14）　DK 28 B2+B3 = LM PARM. D4. 序歌にすぐに続く。

な問いが，「ある」をめぐる真理というパルメニデスの立場となった。
　哲学の歴史においてこれは「存在論」の登場とみなされる。それまでの自然のあり方の探究は「自然学」と後に呼ばれる形で哲学の一角を築いていくが，それは近現代では自然科学とその方法論にあたる。それに対して，さらにその基盤を問う存在論は，哲学に固有の領域として，現代ではハイデガー（Martin Heidegger, 1889-1976）の影響で復活を遂げている。
　アリストテレスは，運動変化する自然物の総体には，その運動変化そのものを可能にする根拠として，自らは動くことなく他のものを動かす「不動の動者」の存在を認めなければならないと論じ，その領域を扱う第一哲学，後に「形而上学」と呼ばれる探究を提示した。「形而上学」と訳される「メタフュシカ」とは，「自然学（フュシカ）の後（メタ）」という意味の言葉で，存在論，およびその究極存在である神を扱う神学にあたると考えられる。
　アリストテレスの探究に従って整理すると，私たちの世界で「ある」と語られるものは多様にあり，「机である。茶色である。15キロである。教室内にある。学校の備品である」といった様々なカテゴリーに分かれる（机は実有，茶色は質，15キロは量，教室内は場所，学校の備品は関係のカテゴリーに属する）。だが，それらがみな「ある」と語られるのは，最も基本となる「実有（ウーシアー）」という「ある」に支えられているからであり，それゆえその実有が「ある」とされる根拠の探究がつづく。プラトンが超越的なイデアに存在の根拠を求めたのとは異なり，アリストテレスはこの個物の「ある」を成立させている内在する形相に存在原理の役割を見た。存在論はこうして何が究極の存在根拠かをめぐる探究であった。それは，パルメニデスの強烈な問いに発する哲学のあり方であった。

6　理論体系としての哲学

　イオニアに始まった自然の探究は，パルメニデスによる「ある」の衝撃によって一時はその基盤が大きく揺るがされた。だが，それを克服す

る様々な試みの中で，私たちが生きて経験するこの世界のあり方を説明する理論が求められる。それは，初期イオニアの哲学者たちが競った大胆な世界像とは異なり，「現象を救う」という標語によってまとめられる哲学の課題であった。すなわち，私たちが経験し感覚する世界を合理的に説明するという科学的なプロジェクトである。

「あるは，ある。ないは，ない」というパルメニデスの原理は，理論的に反論できない限りそれを受け入れて理論を立てなければならない。他方で，私たちが経験する世界は様々な事物が時間と空間のなかで生成変化するあり方であり，それを幻想として否定する道は避けられなければならない。そこでいくつかの方向が模索される。

「無からの生成や，無への消滅は不可能である」というパルメニデスの根本洞察を受け入れた自然学者たちは，基本存在を立てて，それ自体は生成も消滅もしないとした上で，それらの間での変化という形でこの世界での様々な変化を説明しようとした。エンペドクレスは「火・空気・水・土」という四つの根（基本物体）が「愛・争い」によって結合・分離されて変転していると考えた。アナクサゴラスも「すべての物にすべての物が内在する」という特異な原理によって，すでに存在する万物の分離や結合として事物のあり方と変化を説明しようとした。この方向で最も徹底した立場をとったのは，レウキッポス（Leucippos，前5世紀前半）とデモクリトス（Democritos，前460頃-前370頃）の原子論で，「あるもの」である原子が，「ないもの」であるところの空虚の中で離合集散して世界を作り上げていると考えた。そこでは「ないものも，あるものに劣らずに，ある」という主張によって，原子と空虚という二つの原理が存在を説明することになる。

これら様々な提案は，実験や観察によって確かめられる次元を超えた高度な理論をなすことから，そのそれぞれの間で理論としての整合性や卓越性が競われた。とりわけ，最小の原理によって多様な世界のあり方をどのように整合的に説明するか，が哲学の課題となった。

このプログラムを最も先鋭に示すのは，プラトンが学園アカデメイアで課したと言われる問題（プロブレーマ）である。彼は数学者や天文学者の仲間たちに，「どのような基礎措定（ヒュポテシス）を立てれば，惑星の見かけ上の不規則運動を規則的に説明できるか」と問うたという。

天体の運動を説明することはイオニア自然学以来の重要課題であったが，とりわけ複雑で不規則な運行をする「惑星」（「プラネット」は彷徨う者の意）を数学的モデルで説明することは，近代以後に自然科学を進める原則ともなる。

　いくつの「原理」を立てれば特定の領域の事象が説明できるかは，とりわけアリストテレスが学園リュケイオンで行った講義によって理論的にかつ体系的に論じられた。「自然」というあり方について「四原因説」を明示し，「火・空気・水・土」という四元素の間の変化を「乾・湿，熱・冷」という二対の性質で説明した生成消滅論などが典型である。他方でアリストテレスは，プラトンのようにすべての哲学領域が一つに収斂して，「善のイデア」という究極原理と，それを扱う「ディアレクティケー（問答法）」という哲学方法によって解明できるという統一的な学問論を批判し，学問にはそれぞれ異なる領域と原理があるという点を強く意識した。とりわけ，倫理学・政治学が扱う実践知には，数学などの理論知が解明する厳密さや正確さは期待できず，「おおよそこのようである」という考察で満足しなければならず，他方で，理論知がただ知ることを目指すのに対して，倫理学は実際にそのような徳ある人になるということが目標であると語る。そのように，学問の分類と組織化が前4世紀後半からの課題となり，今日の大学や学問に至る組織や方法論の区分が始まっていく。

7　生き方をめぐる哲学の広がり

　イオニアで始まった哲学は，タレスらポリスの政治に関わる社会の指導者たちが従事したもので，彼らにとって哲学や自然学の探究は純粋な関心ではあっても，専門や職業ではなかった。彼らが著した書物も，そういった知識人の間で流通して批評の対象となったはずだが，一般の人々が普通に読んだり議論したりする営みではなかった。その意味で，初期ギリシアの哲学は一部の社会上層の知識人，指導者に限られた知的営為であった。

　文化や政治経済の中心が民主政アテナイに移った前5世紀半ばから

の古典期では，哲学のあり方の様相は一変する。ギリシア各地からアテナイに集まったソフィストたちは，授業料を取って市民の教育にあたる職業的知識人であり，「徳」を身につけることで社会で活躍しようという若者らはこぞって彼らの講義や講演を聞き，また公刊されて普及した書物を読むことで知的活動に加わった。そこでも議論や教育を先導するのは一部の知識人ではあったが，それまでの宇宙や自然や存在をめぐる純粋に理論的な探究から，法律や政治や倫理や宗教や言論をめぐる，より実践的で社会的な関心へと移っていく。

さらに，前4世紀になって，イソクラテスがまずアテナイに弁論術教育の学校を開き，つづいてプラトンが前387年頃にアカデメイアの地に哲学を共同で論じる学園を設立すると，多くの人々がそこに加わって教育を受け，哲学の素養を身につけて社会や政治でも活躍するようになる。学校（スコレー）での哲学という流れは，学園アカデメイアを中心にアテナイや他の地にも広まり，前4世紀後半にはアリストテレスが学園リュケイオンを開き，テオプラストスを経て受け継がれていく。

前4世紀の後半に，マケドニア王国のアレクサンドロス3世（アレクサンダー大王 Alexandros, 前356-前323）がギリシアの諸ポリスを統合し，ペルシア王国を滅ぼして西インドにまで及ぶ王国を築いたことで，古典期が終わりヘレニズム期が始まる。それまで，ポリスという小規模な社会秩序を基準としていた政治哲学と倫理学は，それを超える世界市民的（コスモポリタン）な観点へと移行し，人々の関心は内面へと移る。

前4世紀末からエピクロス（Epicuros, 前341-前270）がアテナイ郊外に「庭園」と呼ばれる私邸で共同体を営み，また，キュティオン出身のゼノン（Zenon, 前334頃-前262頃）が彩色回廊（ストア・ポイキレー）で哲学を教え，それぞれエピクロス派，ストア派としてヘレニズムからローマ時代に哲学の中心となる。そこでは，生徒が教えを選択してそれぞれ相異なる「生き方」の指針を論じるという新たな哲学のあり方が成立する。プラトンの学園アカデメイアも，前264年頃に学頭になったアルケシラオス（Arcesilaos, 前316-前241）の影響で懐疑主義に転向し，ヘレニズム時代にはそれら三つの学派の鼎立を基盤に，人間の認識の可能性と限界，幸福を得る生き方，宇宙や自然のあり方をめぐって学問的な論争が活発に繰り広げられることになる。

生の技法を重んじたヘレニズムの哲学は，ローマに入ってより実践的な色彩を帯びるが，同時にローマ帝国の中で盛んになる様々な信仰や宗教が対抗しながら理論や実践を人々に普及させていく。イエスの教えを体系化したキリスト教はそういった新興宗教の一つであったが，ギリシア哲学の教えを批判的に取り入れながら理論化し，教義を整備しながら中心的な勢力となっていく。

　3世紀にはプロティノス（Plotinos, 前205頃–前270）がプラトン哲学を超越的で宗教的な仕方で展開した新プラトン主義を創始し，ローマで教えた。彼の教えは，アテナイやアレクサンドリアにも広まって古代後期で最大の哲学潮流となる。それらの間での論争と成果が，ギリシア哲学の著作をラテン語訳することで中世キリスト教世界に受け継がれる。

　紀元前6世紀に始まったギリシア哲学は，ラテン語のローマ世界にも広がって後6世紀まで展開する。そして，キリスト教が帝国の宗教となるに及んで，異教という枠での知的活動はそこで閉じられ，千百年に及ぶ古代ギリシア哲学は歴史を終えることになった。その知的遺産は，中世のラテン世界，ビザンツ世界，そしてイスラム世界をつうじて近現代の私たちにまで大きな影響を残している。

参 考 文 献

Guthrie, W. K. C. (1962–81). *A History of Greek Philosophy* I–VI. Cambridge.
Laks, A. and Most, G. W. (eds.) (2016). *Early Greek Philosophy*, 9 vols. Cambridge, MA.

内山勝利編訳（1996–98）『ソクラテス以前哲学者断片集』全5冊＋別冊，岩波書店.
─────編（2007）『哲学の歴史〈第2巻〉帝国と賢者 古代2』中央公論新社.
─────編（2008）『哲学の歴史〈第1巻〉哲学誕生 古代1』中央公論新社.
神崎繁・熊野純彦・鈴木泉編（2011）『西洋哲学史I──「ある」の衝撃からはじまる』講談社選書メチエ.
─────・─────・─────編（2011）『西洋哲学史II──「知」の変貌・「信」の階梯』講談社選書メチエ.
伊藤邦武・山内志朗・中島隆博・納富信留編（2020）『世界哲学史1──古代I 知恵から愛知へ』ちくま新書.
─────・─────・─────・─────編（2020）『世界哲学史2──古代II 世

界哲学の成立と展開』ちくま新書.
D. セドレー編著, 内山勝利監訳 (2009)『古代ギリシア・ローマの哲学——ケンブリッジ・コンパニオン』京都大学学術出版会.
ディオゲネス・ラエルティオス, 加来彰俊訳 (1984-94)『ギリシア哲学者列伝 (上・中・下)』岩波文庫.
納富信留 (2021)『ギリシア哲学史』筑摩書房.
———— (2022)『西洋哲学の根源』放送大学教育振興会.
———— (2024)『世界哲学のすすめ』ちくま新書.

20

よく語ること

吉 田 俊 一 郎

> この章では，ギリシア・ローマの弁論と修辞学（弁論術）を扱う。弁論とは議会や裁判など公の場で行われる演説のことであり，修辞学はそれをうまく行うための技術である。まず，今日われわれにはなじみが薄いように思われるこれらが，なぜギリシア・ローマ世界で重要であったのかについて考察する。弁論の重要性は，ギリシア・ローマ世界が今日よりもはるかに口頭によるコミュニケーションが重視された社会であったことによるところが大きい。修辞学はその弁論の上手な方法を教えることを目的に誕生したが，後には弁論以外の文章作法や文芸批評の道具にもなり，また，教育制度の一部として広く普及した。こうした概観の後で，ギリシア・ローマそれぞれにおける弁論と修辞学の歴史を簡単に見ていく。ギリシアについては，まずホメロスにおける弁論に簡単に触れてから，紀元前5世紀から紀元前4世紀のアテナイの民主政のもとでの弁論・修辞学の状況を見た後，その後のヘレニズム時代の修辞学の発展についても扱う。ローマについては，ギリシアの影響を受ける前の状況について簡単に見た後，紀元前2世紀半ば以降のギリシア修辞学の移入，キケロの時代の状況，その後の帝政下における弁論と修辞学の変化などを扱う。最後に，古代の修辞学理論について簡単な見取り図を提供する。

1　ギリシア・ローマにおける弁論・修辞学の重要性

　おそらく，この本の中に弁論と修辞学を扱う章があること自体が不思議なことだと思う人も少なくないことだろう。そもそもこの二つの言葉

自体があまり用いられることのない言葉であろうし，それが何を指しているのか，よく分からない人もきっと多いと思う（英語で修辞学を指す言葉は rhetoric であり，レトリックというカタカナ語が用いられることもあるので，この言葉の方がまだしも馴染みがあるかもしれない）。

　弁論とはつまり演説・スピーチのことである。もう少し定義をするならば，多くの人が聞いている前で，その人たちに何かを伝えたり，その人たちの意見を変えようとしたりして誰かが行う，ある程度まとまった長い話というように言うことができるだろう。そして修辞学とは，こうしたスピーチをうまく行う方法を考える研究・学問，あるいはその教育課程である。これには「修辞学」の他に「弁論術」という呼び方もあるが，この二つに対応する区別が古代ギリシア・ローマにあったわけではなく，日本語での呼び方の問題なので，この章では「修辞学」で統一する[1]。しかしこうしたスピーチが，古代社会でどれほど，そしてなぜ重要であったのかは，今のわれわれにはなかなか理解することが難しい。このことにはいくつかの側面がある。最も大きな一つは，古代の社会が現代よりもはるかに，話す・聞くという音声によるコミュニケーションを重視した社会であったということである。これは現代ほど書く・読むという習慣が一般的でなかったということと関係している。古代の社会は現代と比べて文字の読み書きができる人が少なかった。また現代のように文章を遠くの人に素早く伝える手段も限られていた。そして古代の社会では，公的な活動にしても私的な活動にしても，現代よりはるかに小さな社会の中で行われるのがつねであり，その中で最も効率的なコミュニケーションは，多くの人が集まる場で自分の意見を口で述べるということであったと考えられる。古代における弁論はそうした様々な場で行われうるものであったが，そのうち重視されていたのは，国の政治を決定する議会あるいは裁判の場で行われる弁論であった（これ以外には，例えば祝祭や葬儀などにおける演説というものもあった）。そして修辞学という学問も，議会や裁判で弁論をうまく行う方法を教えるものとして誕生した。

---

[1]　ただし題名の和訳として『弁論術』が定着している本はそのまま『弁論術』と表記する。

ただし，古代における修辞学は，こうした場で用いられる弁論の仕方を教えるという元々の役割からしだいに離れて，別の重要性を獲得していった。それは，教育課程としての修辞学である。修辞学はしだいに，公の場の弁論の仕方だけでなく，正しい言葉遣いや，分かりやすく美しい文章を話したり書いたりする方法全般を教えるという役割を持つようになっていった。また弁論で使われる様々な事例として，歴史や神話といった知識を学ぶということも修辞学の訓練の一部として行われるようになり，しだいに修辞学の習得は知識人にとって必要な一般的な教養という役割を持つようになった。その結果，修辞学校に通い修辞学を身につけるということは，現代の中等教育から高等教育にかけての教育に相当するものとして，必ずしも弁論家を志さない人にも必要とされるものとなっていった。こうした状況では，詩や歴史や哲学といった古代ギリシア・ローマのありとあらゆる著作に修辞学の影響が現れ始めるようになる。極端な言い方をすれば，修辞学は，古代のある時期から，人々が文章を書く際の基本技術となったのであり，どんなジャンルの文献を読むさいにも，これを知らなければ正しく理解することはできないと言っても良いほどのものとなったのである。

　またこのことからさらに修辞学は，詩や歴史のような文芸的な著作を分析し批評するためのツール，つまり文学理論としても機能するようになった。

　このように弁論や修辞学は古代において重要なものとみなされていたが，それが持つ価値については，古代の人々も必ずしも一致して認めていたわけではなかった。例えば，修辞学とは何かという定義の問題にしても，様々な意見があった[2]。ある人々は，修辞学とは人を説得することの技術であると考えた。説得という言葉は修辞学を考える上で非常に重要で，ギリシア・ローマ世界においてもしばしば問題となることである。説得とは，主に言葉によって人の心を動かし，彼らに自分の望むとおりの行動を取らせることである。これは非常に大きな力を持つものであり，もし修辞学が自分の望むままに説得を達成できる技術であるとす

---

2) 修辞学の定義を巡る議論については，例えばアリストテレス『弁論術』第1巻第1章，キケロ『発想論』第1巻第6節，クィンティリアヌス『弁論家の教育』第2巻第15章などを参照。

るならば，それが非常に魅力的なものだと思われたということは想像できる。ただ無論のこと，どんなに話が上手い人であっても，つねに自分の思うままに人を説得することができるわけでない。したがって，修辞学をもう少し厳密に定義しようとした人々は，つねに説得を達成することを目的とするのではなく，説得する可能性の最も高いことを発見するのが修辞学である，というように言うことが多かった。

　それからまた，弁論で人を説得することや，そのことを教える修辞学ははたして良いものなのか，という別の問題もあった。この点は，今の日本語で「レトリック」という語がどんなニュアンスを持つかを考えてみると分かりやすいかもしれない。日本語でレトリックと言った場合には，それはさきほど述べたような演説をうまく行うための学問体系といった意味ではなく，もっぱらある種の凝ったあるいは気の利いた表現や，巧みな論法などを指すことが多い。そしてこのような表現や論法は，日本語ではほぼ間違いなく否定的なニュアンスで捉えられているように思われる。レトリックとは，本当ではないことを表現や議論の方法によって巧みにごまかして本当のことであるかのように見せる，良くない論法・手段だと何となく思われているのではないだろうか。レトリック・修辞学に関するこうした理解（誤解）は，古代ギリシア・ローマにおいても決してなかったわけではない。言葉を巧みに操るということは，結局それを使って人を騙すことにつながるのではないか，もし正しいことを言うのであるならば，そんなに言葉を巧みに操る必要はないではないか，という議論は，古代にもあるし，もっともな異論である。これに対して修辞学を擁護する人々は，例えば次のように反論した。修辞学の正しい用い方は人を騙すことではなく，誤った用い方をして騙そうとする人に誰かが説得されることのないようにすることである。つまり，誤った意見を説こうとする人の議論を崩し，正しい意見を人々に説得するために，正しい意見を主張する人々こそ修辞学を習得する必要がある，というわけである。しかしこれでもまだ，では修辞学は善くも悪くも使える中立的なものであり，善いものとは呼べないではないか，という反論が生じてしまう。この点を重視する人々は，修辞学を倫理学と結びつけて，修辞学は善いことを説くものであるというように定義しようとした。しかしそうすると，では善いこととは何かということをすべ

て学ぶことも修辞学に含まれるのか，という問題が生じてしまい，修辞学の扱う範囲は非常に広いことになってしまう。この論争が終わりを見ることはなかったようだが，いずれにせよ修辞学が本当に役に立つ技術であるのかということに関しては，古代の人もかなり問題としていたと言える。とはいえ，それにもかかわらず，古代のある時期以降は，この学問が教育の一環として広く普及し，どんな人もこれの影響から逃れることができないほどであったということは，それだけ弁論が古代において現実に大きな影響力を持っていたことの証拠なのかもしれない。

2　ギリシアの弁論と修辞学[3]

　ギリシアにおける弁論の重要性はすでに述べたとおりで，それは主に公の集会において皆で何かを決める時にその力を発揮した。人々が何らかの弁論によって他の人の心を動かし，意見を変えさせようとするようなさまは，すでにギリシアの最古の文献であるホメロス（Homeros, 前8世紀頃？）の叙事詩，『イリアス』，『オデュッセイア』（紀元前8世紀頃成立）の中にも見出すことができる。またこれらの詩にはすでに，ある登場人物の演説の仕方について別の登場人物が批評めいた感想を述べる場面もあり，そうした場面に修辞学の萌芽を見ることもできるだろう[4]。

　ただしこのような神話に属する話を別にして，現実のギリシアの社会で弁論や修辞学が大きく注目されたことをわれわれが知ることができるのは，紀元前5世紀の後半になってからである。伝承によれば修辞学はシチリア島で生まれ，それが当時各地を旅していた新しい知識人であったソフィストによってアテナイにもたらされたということになっている。もっともこの伝承が信用できるかどうかは問題である。ギリシア語で修辞学を表すレートリケー *rhetorike* という言葉が紀元前4世紀のプ

　3）　ギリシア・ローマの弁論・修辞学の通史については Pernot and Higgins (2005), Kennedy (1994) を参照。ギリシアの弁論・修辞学の詳細については Kennedy (1963), Warthington (2007) を参照。

　4）　弁論の場面は，例えば『イリアス』第1歌冒頭のギリシア人たちの集会での議論や，戦場に出ることを拒むアキレウスを説得する使者の演説（『イリアス』第9歌）などに見出すことができる。演説の仕方についての感想は，『イリアス』第3歌に見られる。

ラトン (Platon, 前 427 頃–前 347 頃) の著作に初めて現れるということから，修辞学の成立をその時代にみるという考えもある[5]。とはいえ，ソフィストに代表されるこの時代の新たな知の潮流の中で，言葉や弁論に関する学問が一つの大きな要素であったということは否定できない。伝承でシチリア島からアテナイに修辞学をもたらしたとされているのはソフィストのゴルギアス (Gorgias, 前 485 頃–前 380 頃) であり，彼の弁論の技術は，彼自身が書き残した弁論の見本である『ヘレネ頌』などからうかがい知ることができる。この弁論は，トロイア戦争の原因となったスパルタの王妃ヘレネを弁護するもので，様々な見方ができる不思議な弁論だが，真剣な議論というよりは，ゴルギアス自身の弁論の技術を誇る側面が強いと考えられる。そして修辞学がアテナイに伝わったとされている点も，その真偽はともかく，その後の弁論の発達を考えると興味深い点である。

　紀元前 5 世紀から 4 世紀にかけてのアテナイの民主政における議会や裁判の状況は，単純に言えば様々な人々が相対立する主張を述べあった後で，それを聞いていた大勢の人々が投票で結果を決めるというものであり，議論の弁論が発達するのに適した状況であった（もっとも，われわれがこの時代に関して圧倒的に詳しい資料を持っているのはアテナイなので，その他の都市において弁論が発達していなかったと断言できるわけではない）。ただし，この時代のうちでも，紀元前 5 世紀の末期よりも前の弁論の実態については，われわれは直接にはあまり知ることができない。とはいえ，トゥキュディデス (Thycidides, 前 460 から 455 頃–前 400 頃) の歴史の中に描かれた弁論や，アリストパネス (Aristophanes, 前 460 から 450 頃–前 386 頃) の喜劇の中に登場する裁判の場面などの間接的な資料も，この時代のアテナイの弁論の様子を推測する材料となる[6]。

　われわれが持っている資料の大半は，紀元前 5 世紀の終わり頃から紀元前 4 世紀にかけてのものである。この時代のアテナイで弁論を行った著名な人々はアッティカ弁論家と総称されており（アッティカというのはアテナイを中心とした地方の名称である），彼らが議会や裁判のために

---

5) 修辞学の起源に関する古代の伝承の再検討については Cole (1991) を参照。
6) 例えばトゥキュディデス『歴史』第 2 巻において政治家ペリクレスが戦死者を追悼して行う演説や，アリストパネス『蜂』における裁判の描写などを参照。

作成した多くの弁論が現代にまで伝わっている。彼らの中には，他の人が裁判で用いるための弁論を書くことを仕事としていたリュシアス（Lysias, 前 445 頃–前 380 頃），学校を開いて修辞学と教育について多数の考察を残したイソクラテス（Isocrates, 前 436–前 338），そしてギリシアの北方の王国マケドニアの王ピリッポス 2 世（Philippos II, 前 382–前 336）に対抗してアテナイの政治家として重要な役割を果たしたデモステネス（Demosthenes, 前 384–前 322）などが含まれている。これらの弁論はその後ずっとギリシアの弁論の模範として尊重され，修辞学のお手本となって，古代と中世を通じて書写され，学ばれ，利用されてきた。

この時期にはまた弁論そのものだけではなく，弁論に関する考察すなわち修辞学に関する著作も多く書かれた。先に少し触れたソフィストたちの考えを受けて，それに対抗する形で修辞学を論じたのが，哲学者プラトンの二つの対話篇『ゴルギアス』と『パイドロス』である。これらの著作は当時一般に行われていた修辞学に対して明らかに批判的であるが，その中では，修辞学とは何であるか，また，何であるべきかということについて，後代にも大きな影響を与えた重要な考察が行われている。また先に弁論家として触れたイソクラテスも，修辞学教育と並行して，修辞学（教育）についての考察を自分の弁論という形で書き残している。プラトンの弟子であった哲学者アリストテレス（Aristoteles, 前 384–前 322）も，その著書『弁論術』の中で，修辞学について哲学的・理論的な優れた分析を残している。彼の弟子テオプラストス（Theophrastos, 前 371 頃–前 287 頃）も修辞学に関心を持ち，言葉の表現などに関して重要な著作を残した（これは今には伝わってはいない）。

次の時代，紀元前 3 世紀から 2 世紀にかけてのいわゆるヘレニズム時代の修辞学については，残念ながら今に伝わっている資料が少ないため，確実なことは少ししか分かっていない。しかしギリシア語の使用された各地において，少なくとも裁判の弁論は引き続き盛んに行われた。またこの時代には，各地に修辞学校が建設され，多くの修辞学者が活躍して，前の時代に基礎が築かれた修辞学理論がさらに洗練され精密なものとなり，後代の理論の基礎となった。代表的な理論家としては，修辞学者ヘルマゴラス（Hermagoras, 前 150 頃活動）が挙げられる（彼の著作も失われている）。こうしたヘレニズム時代の修辞学理論は紀元前 2 世紀

の後半からローマに輸入され、ラテン語世界でもさらに発展し続けることになる。またギリシアの修辞学自体も、ギリシアがローマの支配下に入った後も盛んであった。特に紀元後2世紀の第2次ソフィストと言われている人々の弁論は多く残されている。またその時代の修辞学者ヘルモゲネス（Hermogenes, 2世紀）の著作はギリシアの修辞学を体系化したものとして、その後の古代後期から中世にかけて、ギリシア世界において修辞学の教科書として確かな地位を占めるものとなった。

3　ローマの弁論と修辞学[7]

ギリシアと同様にローマでも、弁論は古い時代から、政治の最高決定機関である元老院などの議会や裁判の場において大きな重要性を持っていた。またローマの有名な家系の場合には、その家の誰かが亡くなった場合に、遺族の代表がその人の生前の行いやその家系の先祖たちを称える葬送演説というものもあった。ただしローマの古い時代の弁論がどのようなものであったかは、残念ながら直接われわれが知ることはほとんどできない。この頃のローマについて後に描かれた歴史や詩では、登場人物が元老院など様々な場で演説をする場面がたびたび現れるが、そうした弁論はそれを書いた人の創作にすぎない。われわれがローマの弁論を断片的にせよ直接に知ることができるのは、紀元前2世紀半ば頃からである。この時代に活躍した大カトー（Cato, 前234–前149）の弁論は、全体が残っているものは一つもないが、後の時代の様々な人々によって断片的に引用されているので、その一端を窺い知ることができる。

われわれがローマの弁論について詳しく知ることができるのは、紀元前1世紀からである。この時代には先ほど述べたギリシアの修辞学がローマに移入され、ギリシアの修辞学者からローマ人が学ぶようになっただけでなく、ラテン語によってローマ人が修辞学を教えることも行わ

---

[7]　ギリシア・ローマの弁論・修辞学の通史についてはPernot and Higgins (2005), Kennedy (1994) を参照。ローマの弁論・修辞学の詳細についてはKennedy (1972), Dominik and Hall (2007) を参照。

れるようになった[8]。この世紀の政治の激動の中で，重要な裁判と，元老院などでの重要な政治的議論が多く行われたことによって，この時代のローマの弁論は非常に活気のあるものとなった。この時代に最も活躍した弁論家はキケロ（Cicero, 前106-前43）であった。彼は多くの政治弁論と裁判弁論，そして修辞学に関する考察を残しており，その後のローマの弁論と修辞学に絶大な影響を及ぼした。実際，われわれが知っている彼以外の古代のラテン語の弁論は数えるほどしかなく，彼の影響力の強さがローマの他の弁論家の痕跡を消し去ってしまったとすら言える。しかしこの時代には彼以外にも多くの弁論家が活躍したということは確実であり，ローマにおいては弁論の黄金時代であったとされている。

　紀元前1世紀の後半にローマの政治体制は，有力者の合議による共和政から，一人の人間すなわち皇帝が治める帝政へと大きく変化した。この時代の弁論は，前の時代のキケロの陰になってわれわれがほとんど実情を知ることができないという事情もあり，衰退したと一般に考えられがちである。このことは特に，政治体制が帝政という独裁に変わったことと関連づけられて，政治的な自由の損失が自由な言論の制限，そして弁論の衰退につながったと説明されることが多い。ただし実際にはこうした考え方は誇張を含んでいるものであり，帝政のもとにおいても，少なくとも裁判の弁論は盛んであったし，その他の弁論の形態も消滅したわけではないということには注意しておく必要がある。

　この時代の修辞学の特徴は，それが必ずしも弁論をよく行うためだけではなく，一般教養として非常に広範囲に学ばれるようになったということである。その結果，修辞学校で行われる練習用の弁論は，現実の弁論のための訓練という性格から少しずつ離れ，しばしばそれ自体を楽しむために行われるようになっていった。こうした練習や楽しみのための弁論は「模擬弁論 declamatio」と呼ばれ，当時大いに流行した。その様子は，大セネカ（Seneca, 前50頃-後40頃，哲学者セネカの父）の著作によって伝えられている。ときとしてこうした弁論には空想的な状況設定

---

[8] この時代のギリシア・ローマの修辞学は，紀元前80年代頃にラテン語で書かれた二つの修辞学書，キケロが若い頃に書いた『発想論』と，同じキケロの作と信じられていたこともある『ヘレンニウス宛の修辞学書』という書物から知ることができる。

が持ち込まれもし，それは弁論以外の同時代のあらゆるテクスト，例えば歴史書や詩にも影響し，さらには古代の小説の発展にも関与したと考えられている。この時代には修辞学理論もさらに発達し，キケロの理論を継承しつつ，それをより精緻にした形で様々な修辞学書が書かれた。今日古代の修辞学理論の代表例の一つとしてよく取り上げられるクインティリアヌス（Quintilianus, 35 頃-90 頃）の修辞学書は，この時代に書かれた。

　こうした修辞学の発展と広がりは，古代世界の末期に至るまで継続したので，古代の後期に書かれたテクストには何であれ，多かれ少なかれ修辞学の影響を認めることができる。また古代末期に至るまで多くの人々によって書かれた様々な修辞学書が伝えられている。修辞学の習得は中世においても大学で学ぶ基本的な科目の一つとして続けられ，また教会の説教などの作り方としても大きな影響を持った。したがって古代の修辞学書も研究され続け，それに対する様々な注釈が書かれたりもした。その影響は，近世・近代に至るまで，ヨーロッパの様々な教育に残り続けたのであり，例えば今われわれが耳にする欧米の政治家のスピーチなどの背景にも，このような長い伝統がある。この点では修辞学は今でも，欧米の文化の欠くことができない一部であると言っても良く，われわれがそれを知るということにも意味があり続けている。

4　ギリシア・ローマの修辞学理論

　修辞学理論は古代の間に非常に大きな発達を遂げているので，古代の修辞学理論を統一されたものとして記述することは非常に難しい。時代や地域や個々の著作家によって，修辞学の用語や定義や分類などには大きな違いがあるのが実情である。ここでは，紀元前 2 世紀のヘレニズム時代の修辞学校で基本が確立し，ローマに引き継がれた修辞学理論を，紀元前 1 世紀から紀元後 1 世紀のローマ人たちの著作を基礎として簡単に紹介する[9]。

　9）　以下の記述は，『ヘレンニウス宛の修辞学書』，キケロ『発想論』，『弁論家について』，クインティリアヌス『弁論家の教育』などに主に基づく。古代修辞学理論の体系を詳述した

修辞学全体は五つの部分に分かれるとされる。そのうちの一つめで，大きな部分を占めるのが発想である。これは何を述べるかを考えるということであり，弁論の内容面についての教えである。発想の中には様々な細かい規則が含まれるが，そのうち紀元前2世紀のギリシアで特に発達したのは，主に裁判弁論について，裁判で自分の主張をいかなる点に立脚させるのが最も良いかを判定する争点の理論であった。修辞学の二つめの部分は，述べるべきことをどのような順序で述べるのが良いのかという配置の問題である。これは弁論の構成に関わっている。弁論の構成は，序論，自分が論じることの中身を時系列を追って説明する叙述，叙述したことについて自分の意見を証明する立証，相手の意見を崩す反証，そして最後に全体のまとめをする結びの5部分からなるとされた。修辞学の三つめの部分は，先ほど発想のところで発見した内容をどのような言葉で表現するかということに関するものである。これは発想と並んで非常に重要なもので，措辞と呼ばれる（この部分だけを指して修辞という訳語が使われることもある）。最初に論じたカタカナ語でのレトリックという言葉の意味は，古代の修辞学の五つの部分のうちこの措辞のところだけに対応するものであるということは注意が必要である。これには言葉の文法的な正確さや，意味を明晰に伝えるという明確さの問題も含まれるが，最も大きな問題は，それらを前提として，いかに美しい言葉で効果的に自分の言いたい内容を伝えるかという点であった。これはいわゆる表現技法の問題であり，そこには，今われわれが比喩と呼んでいる様々な譬え方（直喩や隠喩など）と，その他の様々な言葉の綾，つまり言葉を美しく飾る方法が含まれている。後者には多くの種類があるが，例えば，反語，人への呼びかけ，擬人法，倒置法などが挙げられる。そしてこうした言葉を飾る表現技法は，どんな場合でもそれらをふんだんに用いて文章を美しくすれば良いというものではなく，その時々の説得したい内容に応じて適切に使い分けなければならなかった。この適切さもまた措辞の中に含まれている。四つめの部分は記憶であった。古代の弁論は基本的には原稿を読み上げるのではなく，その中身を覚えておいて暗記で話さなくてはいけなかったので，記憶力は重要であっ

ものとしては，Lausberg et al. (1998) がある。

た。記憶を助ける記憶術もあったことが伝えられているが，詳細についてはよく分からないことも多い。五つめの部分は実演・口演などと呼ばれるもので，実際にどのように弁論を聴衆の前で行うのがよいかということである。これは発音・発声のしかたと，声に合わせた弁論家の身振り手振りの両方が含まれている。古代の弁論家は決してただ直立したまま原稿を読み上げるということはなく，いわば役者のように，発声や体の動きによって聴衆に弁論の内容を効果的に伝えようとした。古代の弁論の録音や録画が今に残っているわけではないので，こうした側面はなかなか想像しづらいが，弁論が言葉を書き文章を作ることだけで終わるものではなかったという点は大切である。

　これらの主要な5部分の他に，古代の修辞学者たちは，弁論について様々な理論を発達させた，例えば，弁論家が行うべきことは，聴衆に情報を与え，彼らを楽しませ，そして彼らの心を動かすことであるという，弁論家の義務についての理論であるとか，あるいは，弁論家の用いる文章のスタイル（文体）には，物事を伝えるのに適した簡潔なもの，人を楽しませることに適した中間のもの，そして人の心を動かすことに適した壮大なものの三つがあるとする文体論などである。これらはいずれも，効果的な弁論を作り出すという点で非常に役立つものであったし，また，弁論の分析のツールとしても用いられ，先に述べたように文芸批評などにも繋がるものとなった。

参 考 文 献

本章で言及された古代の著作の翻訳（和訳のあるもののみ）
アリストテレス，戸塚七郎訳（1992）『弁論術』岩波文庫.
イソクラテス，小池澄夫訳（1998-2002）『弁論集』京都大学学術出版会．（全3冊）
岡道男他編（1999-2002）『キケロー選集』岩波書店．（全16冊，ただし弁論・修辞学関連の著作で含まれていないものもかなりある）
クインティリアヌス，森谷宇一他訳（2005-）『弁論家の教育』京都大学学術出版会．（全5冊，刊行中）
デモステネス，加来彰俊他訳（2006-22）『弁論集』京都大学学術出版会．（全7冊）
トゥーキュディデース，久保正彰訳（1966-67）『戦史（上・下）』岩波文庫.

中務哲郎・久保田忠利編（2008-12）『ギリシア喜劇全集』岩波書店．（全10冊，アリストパネスの訳を含む）
プラトン，加来彰俊訳（1967）『ゴルギアス』岩波文庫．
――――，藤沢令夫訳（2010）『パイドロス』岩波文庫．
――――，脇條靖弘訳（2018）『パイドロス』京都大学学術出版会．
ホメロス，松平千秋訳（1992）『イリアス（上・下）』岩波文庫．
――――，――――訳（1994）『オデュッセイア（上・下）』岩波文庫．
堀尾耕一・野津悌・朴一功訳（2017）『新版アリストテレス全集18 弁論術・詩学』岩波書店．
リュシアス，細井敦子・桜井万里子・安部素子訳（2001）『弁論集』京都大学学術出版会．

現代の研究

Cole, T. (1991). *The Origins of Rhetoric in Ancient Greece.* Baltimore.
Dominik, W. and Hall, J. (eds.) (2007). *A Companion to Roman Rhetoric.* Oxford.
Kennedy, G. A. (1963). *The Art of Persuasion in Greece.* Princeton.
――――. (1972). *The Art of Rhetoric in the Roman World.* Princeton.
――――. (1994). *A New History of Classical Rhetoric.* Princeton.
Lausberg, H. (1998). *Handbook of Literary Rhetoric: A Foundation for Literary Study*, trans. by M. T. Bliss et al. Leiden.（原書：Lausberg, H. (1960). *Handbuch der literarischen Rhetorik,* 2 Bde. Munich）
Pernot, L. (2005). *Rhetoric in Antiquity*, trans. by W. E. Higgins. Washington, D.C.（原書：Pernot, L. (2000). *La Rhétorique dans l'Antiquité.* Paris.）
Warthington, I. (ed.) (2007). *A Companion to Greek Rhetoric.* Oxford.

21

歴史を創ること

オズウィン・マリー

　この章で扱われる問題は，歴史学のなかでも「史学史 historiography」と呼ばれる分野に属する。史料批判などによって歴史的事実を探究する歴史学とは異なって，歴史家が歴史を記述する方法や探究の手法を批判的に検討する学問である。

　それゆえ，以下では古代の作家について，それぞれ主題や研究手法が概観されるが，その際注目したいのは，古代と近代との関係である。この章の特徴は，近代の古代世界への視線が随所で取り上げられていることにある。ヘロドトスに始まる古代ギリシアの歴史学，そしてそれを受け継いだローマの歴史学は，中世という断絶を経て近代へと受け継がれ，近代の歴史学（あるいは，近代そのものと言ってもいいかも知れない）は古代を常に模範としてきた。東と西という二項対立は，ペルシアとギリシアの戦争の歴史を書いたヘロドトス以来のものであるし，トゥキュディデスの精密な分析は，国際関係や政治学における分析の根幹部分となっている。モンテスキューやマキャヴェッリといった近代の著名な政治学者も，ポリュビオスやタキトゥスといった古代の歴史作品を介して思索を深めたのである。

　われわれにとってより現実的な問いを発するのは，古代を帝国主義と自由の二つの問題として扱う 18 世紀以来の思潮である。絶対君主制から立憲君主制への移行期にあったヨーロッパ世界は，ローマを盛衰の歴史とし，悪徳や美徳あるいは帝国主義支配までもローマを見本としたのである。もう一方の自由は，アテナイ民主政と結びつけられ，民主政を至高の政体とする現代まで続く見方を生み出した。二つの思潮を体現するアメリカという大国が，民主主義を人類史の自明の結論として推し進めるとき，古代の歴史はわれわれにとって何を意味するのだろうか。

1　古代ギリシアの歴史学

　文字による記録は，最も先進的な諸文明の起源にまで遡るが，通常，それらは行政や祭祀における必要に応じたものである。純粋な過去それ自体への関心というものは非常に珍しく，中国・ユダヤ・ギリシアという三つの大きな文化圏においてのみそれぞれ独自に生じたというのが実際である。それら三つの文化は，統治・宗教・戦争という尺度によって，それぞれの起源に関する痕跡を残している。ギリシア的な過去は，戦争とホメロス（Homeros, 前8世紀頃？）の『イリアス』をもって始まる。それは，共通の敵に対して祖国の共同体を結集して行われた壮大な遠征についての物語であり，その起源は青銅器時代にある[1]。

　最初の歴史家ヘロドトス（Herodotos, 前5世紀前半–前420頃）は現在のトルコのハリカルナッソスの出身で，のちに南イタリアのトゥリオイへと移住した[2]。ヘロドトスが前5世紀中葉に西洋世界で最も長大な書物をはじめて散文で書くことになった理由は，『イリアス』のような戦争の記憶にあった。ヘロドトスが主題に据えたのは，古代の近東において最も領土拡大に意欲的な帝国，前5世紀初頭のペルシア帝国（アケメ

---

[1]　トロイアの王子であるパリスがスパルタ王メネラオスの妻であるヘレネを祖国に連れ帰ったため，ギリシア各地の王侯たちはメネラオスの兄アガメムノンを総大将に据え，トロイアへの遠征を行った。ホメロス『イリアス』は，トロイア人の都市イリオンおけるトロイア戦争10年目の出来事を描いた叙事詩である。後にも述べられるが，このように戦争の原因を女性の誘拐とする発想はヘロドトスにも見られる。邦訳に，ホメーロス，呉茂一訳（1953–58）『イーリアス（上・中・下）』岩波文庫や，ホメロス，松平千秋訳（1992）『イリアス（上・下）』岩波文庫などがある。内容の詳細については，本書第2章を参照のこと。

[2]　ヘロドトスはハリカルナッソスで生を受け，諸国遍歴の旅に生涯の多くを費やしたとされる。晩年はアテナイの支援を得てイタリア南部のギリシア人植民地であるトゥリオイに移り，そこで没したとされる。そのため，序文にある「ハリカルナッソス出身の」を「トゥリオイの」とするアリストテレスの読みを本来の読みとする説もある（アリストテレス，戸塚七郎訳〔1992〕『弁論術』岩波文庫，3巻9章）。ヘロドトスの作品は現存の散文作品の中でも最も古い層に属する。ホメロス，ヘシオドス（Hesiodos, 前8世紀末–前7世紀初め活動）の叙事詩や，悲劇・喜劇は韻文作品に，ヘロドトスやトゥキュディデス（Thucydides, 前460から455頃–前400頃）などの歴史作品やプラトン（Platon, 前427頃–前347頃）の哲学対話編は散文作品に分類される。

ネス朝ペルシア）の侵略に対する，ギリシア本土の諸ポリスによる抵抗の成功譚であった。このペルシア・ギリシア間の紛争の本質と重要性について説明を与えるためにヘロドトスが最初に行ったことは，地中海東部から黒海地域にかけての諸国家（リュディア，ペルシア，エジプト，スキュタイ，北アフリカ）間の情勢の調査であった。これら諸国についての記述は『歴史』の最初の4巻を占めており，残りの5巻を占めるのは，ペルシアとギリシアとの間に生じた実際の紛争についての記述である。このヘロドトスの一大事業の礎にあるのは，主にヘロドトス自身の生涯をかけた旅と調査の中で収集された口頭伝承である[3]。しかし，エジプトとスキュタイの物語の中にはヘロドトス以前に書かれた書物の痕跡が見受けられる。つまり，ヘロドトスより以前に，地理や神話について書いた作家がすでに存在したようであり，その中でミレトスのヘカタイオス（Hekataios of Miletos, 前6世紀末−前5世紀初頭）がよく知られている[4]。

　ヘロドトスは包括的で決定論的な歴史理論を持っており，その理論は大帝国であれ小国であれ等しく適用されるが，彼の物語の大部分は宗教的な発想からは独立している。ヘロドトスの歴史は公平である。『歴史』の冒頭で，「つづいて人間のすみなす国々（町々）について，その大小にかかわりなく逐一論述しつつ，話を進めていきたいと思う。というのも，かつて強大であった国の多くが，今や弱小となり，私の時代に強大であった国も，かつては弱小だったからである」とヘロドトスは言っている[5]。ペルシアの廷臣には，王に対して以下のように言わせている。「殿もご存知のごとく，動物のなかでも神の雷撃に打たれますのは際立って大きいものばかりで，神は彼らの思い上がりを許し給わぬの

---

3) 文字ではなく，言葉によって言い伝えられてきた物語や逸話のこと。

4) ミレトスのヘカタイオスは，ヘロドトスの地誌に関する情報源であると同時に物語中の登場人物でもある。物語中にヘカタイオスが登場するのは，イオニア半島の人々によるペルシア帝国への反乱について書かれた箇所である。そこでは，革命軍の首領であるアリスタゴラスに対して，優れた立案を行う人物として描かれる。ヘカタイオスは，地理学に関する著作と系譜に関する著作を残したとされるが，ヘロドトスや別の作家による引用などによって断片のみが伝わる。

5) ヘロドトス，松平千秋訳（1971-72）『歴史（上・中・下）』岩波文庫，上巻，1巻5章。

でございますが，微小のものは一向に神の忌諱にふれません」[6]。人の栄華は容易く崩れ去るとするこの言葉が明らかにしているのは，宗教的な態度というよりはむしろ倫理的な態度である。だから人は，デルポイの神殿の正面に掲げられた格言に従わねばならないのである。「何事も度を越すなかれ」。

　以上のような歴史観から生み出されたのは，真に人間の物語である。神々については，時折言及こそされるが，人間の行為に影響を及ぼす事はなく，現代の歴史記述にありがちな一般化もほとんど行われない。物語は人間の行為と結果によってなり立っている[7]。また，テクストの中には詳細な事実がふんだんに書き込まれていることもしばしばある。海岸沿いの港[8]，ペルシアの遠征軍[9]，ペルシア帝国の税収[10]，といった多くの章は目録の如く読むことができる。こうした情報のほとんどは驚くほど正確である。他方で，ヘロドトスの知識にはむらがあり，ペルシア人の宗教やペルシアの経済における祝宴の役割などに関して言えることであるが，非常に離れた地域や人々についての記述となると旅人の旅行譚と大差がないように思える。物語の大すじは，ヘロドトスがロゴイと呼ぶものの連続である。このロゴイとは，口頭伝承に由来する物語である[11]。そして，物語全体もまた，個々の比較的大きな話のまとまりがそ

---

[6]　『歴史』下巻，7巻10章。
[7]　戦争の原因について考えると，このことがよくわかる。後述されるように，『歴史』の冒頭では戦争の原因が繰り返される女性の誘拐が原因であることが表明され，クロイソスの物語からその因果を追っていくことになる（注1も参照）。このような人と人との行為の応報，すなわち互酬性によって物語全体も構築されていく。
[8]　『歴史』中巻，5巻52章。
[9]　『歴史』下巻，7巻61-98章。
[10]　『歴史』上巻，3巻89-97章にかけて，ペルシア王ダレイオス（Dareios I, 前6世紀-前486）が制定した行政区ごとの租税徴収額が列挙されている。これら目録は，行政文書とは別種の，ペルシアの事情に詳しい人々の手によって書かれた情報をもとにしているとされる。
[11]　ギリシア語「logos ロゴス」の複数形「logoi ロゴイ」のこと。ロゴスは，話や演説などの非常に広い意味を持つ言葉である。他方で，ギリシア語にはロゴスと似た意味を持つ「mythos ミュートス」という言葉もあり，こちらも物語や話あるいは逸話などを指す。ヘロドトスが『歴史』を書いた時代は，アテナイを中心にソフィストらの活動が盛んになり，古くからある伝承や逸話（ミュートス）に対して合理的な視線が向けられた時代であった。ソフィストらの議論の中で，彼らにとってより合理的なものであるロゴスと，古くからあるミュートスとが対置されるようになっていった。ヘロドトスは作中でミュートスという言葉をほとんど使用していないことから，こうした同時代のソフィストらの議論を意識していた

うであるように，一つのロゴスである。各々の話は，始まりと期待にそうような結末によって組み立てられた物語である。つまり，各々の話は，その話が記憶されるために，物語の中で自己完結的な説明が与えられている。こうした物語の手法は，あらゆる口承物語の特徴である。在地の有力者や神官といった人々が情報の出所である場合には，彼ら独自の見方を備えているが，特定の集団に情報の出所を見出すことができる場合もある。だが，そのような構造は，ヘロドトス自身によって作り出されることも多い。というのも，ペルシア王が見た夢やペルシア王宮で行われた議論を，ヘロドトスは知り得なかったのだから。事実，ヘロドトスはペルシア帝国主義の根本的なメカニズムを，ほとんど理解していなかった。そのシステムの一貫性を維持するため，ほぼ毎年大軍勢を動員する必要があったこと，金や銀に価値を認めない経済にとって，宴会を催すことが必要不可欠であったこと[12]などを理解していないことがその例である。それゆえに，ヘロドトスの作品が現代の批判的歴史家を満足させることはない。だが，一人の語り部としてはこの上ない人であった。ヘロドトスは，フィクション・ノンフィクションを問わず古代ギリシアの作家たちの中でも最も偉大で鮮明な物語を書いた。だが，良かれ悪しかれ，ヘロドトスは現代で最もよく用いられる認識を作り出した。すなわち，歴史とは東と西，専制と自由との衝突であるという認識である[13]。

　ヘロドトスは前440年ごろから『歴史』を書いていたが，それは東地中海地域の海上覇権を握ったアテナイが絶頂の真只中にある時期にあたる。ヘロドトスは悲劇詩人ソポクレス[14]（Sophocles, 前496/5頃-前

のではないかとされる。ロゴスとミュートスを区別する傾向は，ヘロドトスの後に続いて歴史を書いたトゥキュディデスにおいてより顕著である。

12) 本書第24章訳者解説を参照。

13) ヘロドトスは，ペルシアとギリシア，バルバロイとギリシア，王の支配と自由といった二項対立を作り出した。時代が下るにつれて，この二項対立の前者に野蛮の意味が読み取られるようになるが，すくなくともヘロドトスにはその意図はないと思われる。ヘロドトスの作り出したこの認識に関する詳しい議論は，F. アルトーグ，葛西康徳・松本英実訳（2021）『新装版オデュッセウスの記憶』東海教育研究所の第3章「バルバロイの発案と世界の目録」にある。

14) ソポクレスは，アイスキュロス（Aischylos, 前525/4頃-前456/5頃），エウリピデス（Euripides, 前480頃-前406頃）と並ぶアッティカ三大悲劇詩人の一人で，『オイディプス王』『アンティゴネ』などの作品で知られる。120の悲劇作品を書いたとされるが，完全な形

406/5 頃）と友人であり同世代でもあった．しかし，ヘロドトスが『歴史』を書き終える頃には，少なくとも説明を与えるという試みとしては，『歴史』は時代遅れのものとなっていた．例えば，喜劇詩人アリストパネス（Aristophanes, 前 460 から 450 頃-前 386 頃）は，前 425 年に上演された『アカルナイの人々』の中で，戦争は女性の誘拐の繰り返しによって引き起こされるとする説明を揶揄している[15]．

ヘロドトスの後継者は新たな歴史観を掲げて，最初の一文を以下のように綴っている．

> アテナイ人トゥキュディデスは，ペロポネーソス人とアテーナイ人がたがいに戦った戦の様相を綴った[16]．筆者は開戦劈頭いらい，この戦乱が史上特筆に値する大事件に展開することを予測して，ただちに記述した[17]．当初，両陣営とも準備万端満潮に達して戦闘状態に突入したこと，また残余のギリシア世界もあるいはただちに，あるいは参戦の時期をうかがいながら，敵味方の陣営に分かれていくのを見たこと，このふたつが筆者の予測を強めたのである[18]．

で伝わるのは 7 作品のみ．本書第 4 章および第 10 章では，ソポクレス作品のいくつかを具体的に論じている．

15) 『アカルナイの人々』（中務哲郎他編〔2008〕『ギリシア喜劇全集 1　アリストパネス 1』岩波書店に収録）は，喜劇詩人アリストパネスによる 2 作目の喜劇作品で，完全なかたちで現存する最古の喜劇作品である．アリストパネスの初期の作品は，アッティカ古喜劇に分類され，中喜劇以降の作品と比較すると政治批判の特徴が色濃い．同作品では，戦争の原因を女性の誘拐とする発想について言及されていることなどから，この時期すでにヘロドトスの『歴史』が刊行されていたことを推測する説もある．ギリシア喜劇一般およびアリストパネスの作風や政治風刺については，本書第 5 章を参照のこと．

16) 古代ギリシア人は，われわれが言うところのスパルタ人のことを「ラケダイモン人 *Lacedaimonioi*」と呼んでいた．スパルタは彼らが住む都市であり，ラコニアという地域にある場所の一つである．ここで「ペロポネーソス人」と言っているのは，戦争がペロポネーソス同盟軍とアテナイ同盟軍の二つに別れて行われたため，前者の方を指して「ペロポネーソス人」としている．

17) トゥキュディデスは「かのトロイア遠征については，これは当時としては前代未聞の大戦争であったとすべきである．しかし今日の戦争に比べればはるかに小規模であったと考えてよい（『戦史』1 巻 10 章，書誌情報は以下注 18 を参照）」とし，ペルシア戦争については，二つの陸戦（テルモピュライとプラタイア）と二つの海戦（アルテミシオンとサラミス）について言及するのみである．

18) トゥーキュディデース，久保正彰訳（1966-67）『戦史（上・中・下）』岩波文庫，上巻，1 巻 1 章．

それゆえ，主題は再び大戦争の歴史である。しかし今度はギリシアの都市国家間の戦争である。その上，その歴史は同時代史である。トゥキュディデスは未だその結末を知らない戦争について，戦争が始まると同時に記述を始め，記述は著者の死という途絶を迎えるまで続いた。戦争の最初の10年間，トゥキュディデス自身，アテナイ側に積極的に加担していた。しかし，アテナイを追放されて以降，彼のアテナイの政治指導に対する評価は否定的なものとなった。だが，トゥキュディデスは自らその足で各地を回ることができたからこそ，先入観に囚われない見方を提示することができたのだと述べている[19]。この主張についてはしばしば議論が交わされてきたが，トゥキュディデスが実際の出来事の正確な記述を提示しようと追求したことは間違いない。トゥキュディデスは，彼以前の歴史家たちが，実際に起こったことに対する注意を欠いていると，名前を挙げずに批判している。トゥキュディデスの『戦史』は，「今日の読者に媚びて賞を得るためではなく，世々の遺産たるべく綴られた」[20]。しかし，彼の批判も公平なものではない。過去の出来事について，同時代の出来事について記述するのと同程度の正確さで記述することは容易ではないからである[21]。さらに，トゥキュディデスが出来事の行く末について知らないという事実は，過去について正確に記述する場合とは別種の不確かさを生む。すなわち，事態の成り行きが未だ不確定な状況で，どの出来事を記録し，どのようにして物語の調和を保つか，という選択をする際の不確かさである。その他にも，トゥキュディデスへの批判は行われてきた。例えば，トゥキュディデスが財政の重要性を正確に理解しておらず，それが俸給制を採るアテナイ艦隊の維持に関して顕著であること，アテナイの戦争指導者ペリクレス（Pericles, 前495

---

19) アテナイの指揮官であったトゥキュディデスは，前424年のアンピポリスでの軍事作戦失敗の責任を問われて流刑になったことを自ら綴っている（『戦史』中巻，5巻26章）。

20) 『戦史』上巻，1巻22章。

21) トゥキュディデスは物語の本筋においては現在について書いているが，作中いくつかの箇所で本筋から外れて過去に関する記述も行っている。最も大きなスケールで過去を取り扱っているのは，『戦史』の導入部の「考古学」（『戦史』上巻，1巻1-20章）である。しかし，トゥキュディデスは，詩人が謳う古事や論証できない過去の出来事に信憑性を認めず（『戦史』上巻，1巻20-21章），あくまで現在の出来事を中心に記述する。ヘロドトスの『歴史』においては主に扱われるのは過去であったが，トゥキュディデスは『戦史』を執筆する際，ヘロドトスの『歴史』を意識して書いた可能性が高い。

頃-前429)を蹇屓して，ペリクレスの後継者たちに反感を持っていたこと，戦争末期におけるペルシアによるペロポネソス側への肩入れの重要性を見落としたことなどである[22]。

トゥキュディデスの分析方法の核心は，口頭伝承における型を得た物語の手法から，文字化したテクスト内でのできるだけ精緻な分析へと移行したことにある。トゥキュディデスの文体は新しい独特な書き言葉であり，古代においては難文として名高いが，ひとえに人間の争いと意思決定の本質についての見解を明確に説明するため，トゥキュディデスが模索した結果である[23]。そのため，トゥキュディデスはしばしば最初の政治理論家と目されるのである。

トゥキュディデスの偉大な才覚は，諸々の出来事の背後に存在する原因に注目した点にある。トゥキュディデスは『戦史』1巻でペロポネソス戦争の原因を取り扱う際，武力衝突に発展した二つの事件を取り上げている。一つは，コリントスとその植民都市であるケルキュラの内紛にアテナイが軍事介入したことであり，もう一つは，半島の反対側に位置する別のコリントス植民都市ポテイダイアにアテナイが弾圧を行ったことである。これらの事件への抗議からは，コリントス側の敵対心が読み取れる[24]。しかし，根底にある真の原因は，スパルタ側のアテナイ勢力

---

22) 『戦史』におけるペリクレス最後の演説のあとに，トゥキュディデスは，ペリクレスの評価とその後の世代の政治家らの失敗について，地の文で記述している（『戦史』上巻，2巻65章）。すなわち，ペリクレスがアテナイの力量を正確に見通し，長期戦に持ち込むことで勝機を伺う戦略を唱えていたのに対し，彼の死後の指導者たちは自らの名誉や利益を求めるあまりポリスに災禍を招いたのだとする。その際たるものが，シケリア遠征での敗北であった。シケリア遠征（前415年-前413年）に関する言及があることなどから，トゥキュディデスは戦争の終わり頃（前404年頃）にこの章を書いたと考えられている。この章の後半では，ペルシアによるスパルタへの援助についても言及されるが，ペロポネソス戦争におけるペルシアの影響力は，トゥキュディデスの盲点の一つとしてよく取り上げられる。

23) 後代の作家ハリカルナッソスのディオニュシオス（Dionysios of Halicarnassos, 前1世紀）はトゥキュディデスの文体論（邦訳に，ロンギノス／ディオニュシオス，戸高和弘・木曽明子訳〔2018〕『古代文芸論集』京都大学学術出版会がある）を書いたが，トゥキュディデスの文体の難解さを強調している。また，ローマの作家たちは難解なトゥキュディデスよりも，ヘロドトスの文体を好んだと言われている。

24) 『戦史』上巻，1巻67章。自らの植民都市であるポテイダイアが籠城策をとるのを目にしたコリントスは，ペロポネソス同盟諸国の代表をスパルタに招集し，代表者は各々アテナイの不正行為を訴えた。開戦前夜の出来事は，コリントスを中心とした記述となっており，トゥキュディデスがコリントス側の動向やスパルタでの会議に関する情報へアクセスすることができたことを示唆する。

拡大に対する恐れであった。トゥキュディデスは，本筋から逸れてアテナイが海上覇権を確立する過程で版図を拡大した過去 50 年について記述することで，この真の原因を説明している[25]。以上は，背後に存在する原因と公に主張された原因を区別する最初の試みであり，第二次世界大戦の勃発といった紛争を説明する試みにおいて，雛型の説明としてよく用いられたのだった[26]。

　トゥキュディデスの主題選択と，身をもって体験した同時代の出来事へのこだわりは，彼の分析を特定の箇所に集中させることになった。そのため，トゥキュディデスの地の文における因果分析が，一般的記述となることが時折ある。戦時中に生じた内乱について説明する箇所と，ペリクレス以降のアテナイ指導者たちの失敗について書く箇所は，両方とも 3 巻にあるが，地の文における一般的記述の例である[27]。だが，トゥキュディデスは様々な公的集会の場で指導者たちが行う対になった演説を一般化の装置として用いることがほとんどである。少なくとも『戦史』の 1 巻では，実際に話者が述べたことではないにしても，演説の意図を忠実に記録したと主張している。のちに，7 巻よりあとで完全に姿を消してしまうまで，演説は因果分析の一部となっているように思える。そのように思われる理由は，一つには最終巻の 8 巻には別の不完全さが認められること，もう一つには，おそらく演説が地の文の完成を見たあとで挿入されたことにあるだろう。後者が示唆するのは，演説がある意味で種々の出来事の意義に関するトゥキュディデスの後の見解で

---

25) 「五十年史」と呼ばれている箇所のこと。プラタイアの戦いからペロポネソス戦争開戦までの時期，すなわち前 479 年から前 431 年の期間におおよそ該当することからそう呼ばれる（『戦史』上巻，1 巻 89-117 章）。スパルタでの開戦決議の理由が，アテナイの勢力拡大への恐れにあることが明らかにされた直後に挿入されている。

26) ペルシア戦争後に勢力を拡大したアテナイを恐れたスパルタが，止むを得ず戦争に踏み切ったことが，ここでいう背後に存在する原因である（『戦史』上巻，1 巻 23 章）。公に主張された原因というのは，コリントスが主張するポテイダイアでの事件や，メガラの代表が述べる経済制裁のことである（『戦史』上巻，1 巻 67 章）。

27) トゥキュディデスは似たようなことについて繰り返し記述することを避ける。内乱（注 31 を参照）は前 5 世紀から前 4 世紀にかけて，122 のポリスにおいて計 279 回起きたと言われているが，トゥキュディデスが明示的に内乱について記述するのはケルキュラの内乱のみである。トゥキュディデスはケルキュラの内乱を内乱の典型として，以降の内乱に通ずる一般的な要素を分析し記述している。アテナイの指導者クレオン（Cleon, ?-前 422 ?）についても，個人というよりも大衆扇動家（デマゴーグ）の一般的な性質が記述される。

もあるということである。

　『戦史』は話の途中のある文で未完に終わってしまう物語であり，『戦史』の記述年代はかつて格好の研究主題とされたが，今では時代遅れとなった。それでもなお，いくつかの事が明らかである[28]。トゥキュディデスは，『戦史』の1巻から5巻25章にかけて，前425年のニキアスの和約を区切りとする，ペロポネソス戦争最初の10年間の一貫した記述を行っている[29]。1巻から5巻は，3巻を主軸とする一つのまとまりとして構想されたものである。戦争の原因の究明をもって1巻が終わり，2巻では，開戦年度の戦死者へ向けられたペリクレスによる葬送演説の中で，理想都市としてのアテナイが描写される。しかし，この理想はアテナイを襲った疫病という未曾有の大災害のために突き崩される。城壁内への人口集中政策のために，アテナイ人の3分の1は死に，死者の中には政策の立案者であるペリクレスも含まれていた[30]。結果，もたらされたのはモラルの退廃と消耗戦であった。3巻ではケルキュラ島での

28）　トゥキュディデスが開戦当初から記録を始めたのであれば，記録を始めた頃とその後とでは，トゥキュディデス自身の考えにも変化が生じたはずである。そこで，分析学派と呼ばれる研究者たちは，記述年代を特定し，いくつかの段階を設定することで，トゥキュディデスの思想の発展を辿ろうとした。トゥキュディデス研究における19世紀から20世紀のこの一つの傾向は，口承叙事詩の伝統に属するホメロスの作品の任意の部分を取り出して，その成立時期を特定しようとするホメロス研究における分析学派の立場に通ずる。それゆえ，ホメロス問題になぞらえて，トゥキュディデスの記述年代に関する議論はトゥキュディデス問題と呼ばれる。戦後に書かれた『戦史』の注釈書には，統一的な解釈を採るにしても，分析派の主張をある程度は受け入れる必要があると書かれている。ホメロスと彼の作品をめぐる「分析論者」や「統一論者」の議論については，本書第2章に詳しい。

29）　ペロポネソス戦争最初の10年は，スパルタ王アルキダモス（Archidamos II, 在位前469？－前427）の名を冠してアルキダモス戦争と呼ばれる。スパルタ王は軍事指揮権をもち，自ら戦地へ赴く。開戦決議がなされたスパルタでの議会において，アルキダモスは開戦には慎重な姿勢を見せていた（『戦史』上巻，1巻80-85章）。

30）　ペリクレスの提案による政策の一つである。スパルタ軍がアッティカの領土に侵攻してきた際，アテナイ城壁外に住むアテナイ人たちを城壁の中に集住させた。ペリクレスは領土を守って戦うよりも，船に乗り込み海上から侵攻するほうが有利に戦争を進められると考えたのである。しかし，ワインの木や作物を育てる畑は焼かれ，アッティカの領土は焼け野原となった。この時最も被害を受けた地域がアッティカ最大のデモスであるアカルナイである。アリストパネス『アカルナイの人々』は，戦時中のこうした状況を舞台設定として作劇された。トゥキュディデスはペリクレスの死について，「かれは開戦後，二年六ヶ月間生きていた」（『戦史』上巻，2巻65章）とするのみである。疫病に罹患して死亡したとするのは，プルタルコス（プルタルコス，柳沼重剛訳〔2007〕『英雄伝2』京都大学学術出版会，38章1節）である。

内乱勃発が取り上げられる。この内乱は双方に無秩序をもたらし，政治的な議論は破綻した。言論活動が破綻した状況では，融和論が過激論へとねじ曲げられ，言葉はその意味を変えた[31]。事態は，スパルタ人がピュロス岬に設営された砦からアテナイ人を撃退するにまで至った。スパルタはスパクテリアにある島に300の精鋭部隊を上陸させたが，今度はアテナイの艦隊に砦を包囲されてしまった。その行く末をめぐる政策についてアテナイでは意見が割れたが，最終的にある議論の中で，強硬派の新指導者であるクレオンがスパルタ軍をわずか20日で落とすことができると豪語したことは，物議を醸すこととなった。クレオンはすぐに将軍に任命され，ピュロスの指揮官の助力もあり，この無理難題をこなしたのである。この時獲得した捕虜を理由にして，アテナイは和平交渉を拒絶した。スパルタ人はギリシア北部にあるアテナイ支配下の都市に戦争を仕掛けたが，度重なる戦の中でクレオンとスパルタの指揮官が戦死し，和約締結へと収束した[32]。

　トゥキュディデスの『戦史』は，出来事の趨勢のみならず，出来事の社会的・政治的影響をも明らかにする巧みな記述である。『戦史』にお

---

31) トゥキュディデスはケルキュラの内乱を最初の例として，戦時中に生じる内乱の本質を分析する（『戦史』中巻，3巻69-85章）。「内乱 stasis」とは，ポリス間における紛争ではなく，ポリス内での紛争のことを指す。トゥキュディデスが冒頭で述べているように，ペロポネス戦争においては，諸ポリスがスパルタ側につくかアテナイ側につくかで二極化していった。その帰結として，各ポリスの内部では親スパルタ派や親アテナイ派のような党派が生じることとなった。そうした党派間の争いが激化したものが内乱である。その凄惨さについては，トゥキュディデスの記述を見るほかない。前411年にアテナイの民主政が崩壊し寡頭制が成立したのも，内乱が原因である。プラトンの著作で伝えられるソクラテスやその弟子たちの問答は，こうした内乱の経験と不可分に結びついている。近代に目をやれば，イギリス内戦の時期を生きたトマス・ホッブズ（Thomas Hobbs, 1588-1679）にとって，トゥキュディデスが描く内乱はまさに実際の出来事であった。事実，ホッブズはトゥキュディデス『戦史』の名訳を残しており，『リヴァイアサン』や『市民論』で展開される政治理論には，トゥキュディデスやプラトンの著作における内乱に関する分析の影響が見られる。

32) ここまでは，1巻から5巻25章までに起きた主要な出来事の要約である。アテナイ支配下の都市とは，トラキア地方に位置する都市アンピポリスのことである。金銀が多く産出され，軍船用の木材も豊富であったためアテナイにとっての要所の一つとなっていた。スパルタ側の指揮官とは，ブラシダス（Brasidas, ?-前422）のことであり，2巻から5巻までの『戦史』前半に登場する人物である。トゥキュディデスはブラシダスを非常に評価しており，彼は，スパルタ人であるにもかかわらずアテナイ人のような演説を行い，実践的な戦略にも長けた人物として描かれる，『戦史』の中で最も英雄的な人物である。『戦史』後半のキーパーソンの一人でもあるアルキビアデス（Alcibiades, 前451/0-前404/3）は，プラトン『饗宴』の中で，英雄アキレウスのような性質を持つ人物としてブラシダスをあげている。

いては，最も周到に練られた策でさえ裏切られることが多々ある。二つのエピソード，すなわち，ペリクレスによる葬送演説と疫病の大流行に関する記述は，西洋における歴史理解にとって，特に欠かせないものとなった[33]。後者は，パンデミックについて詳細に記述した最初の例として，それ自体特筆すべきである。この大流行に際しては，医者たちは無力であった。また，トゥキュディデスは，このような疫病の最も基本的な二つの要素を明確に記述してもいる。それは接触による感染と回復後の抗体獲得という現象である。これら二つの概念は，古代の医学書の中には見当たらない。あるいは近代になっても，20世紀以前には見られないのである[34]。さらに，トゥキュディデスは，疫病がもたらした社会秩序の完膚なきまでの廃頽についても分析している[35]。

　5巻26章で，トゥキュディデスは新たに序文を附して，不穏な平和と再浮上する対立について，歴史を継続して書くことを説明している。とはいえ，『戦史』のこの後半部分は前半と比べて，構成上の一貫性を

　33）『戦史』上巻，2巻，34-46章。葬送演説は，戦没者への国葬の一環としてある時期から行われるようになったアテナイ独自の慣習であるとされる。トゥキュディデスが伝える前431年のペリクレスによる演説は，われわれに伝わる葬送演説としては最も古いものである。アテナイ民主政について語るこの演説は，古典中の古典であるが，それだけに読み手のバイアスが色濃く出る箇所でもある。一つ例を挙げると，ヘーゲル（Georg Wilhelm Friedrich Hegel, 1770-1831）は「我らは素朴なる美を愛し，柔弱に堕することなき知を愛する（『戦史』上巻，2巻，40章）」という箇所のみを取り出して，これをアテナイ民主政の特色としている。後述される芸術活動と自由を結びつける18世紀以来の思潮に基づいた解釈である。葬送演説は，トゥキュディデスの伝えるもののほかに，リュシアス（Lysias, 前445頃-前380頃），デモステネス（Demosthenes, 前384-前322），ヒュペレイデス（Hypereides, 前389-前322）といった弁論家が書いたものが伝わっている。また，プラトン『メネクセノス』（北嶋美雪他訳〔1975〕『プラトン全集10』岩波書店に収録）は，ペリクレスの愛人であったアスパシア（Aspasia, 前5世紀）から葬送演説を習ったソクラテスが演説を披露する作品である。

　34）感染という概念について，歴史上はじめて言及された箇所である。トゥキュディデスと医学との関係はかねてより研究されてきたが，同時代のヒポクラテス学派の医学書などにも同様の記述は見られないとされている。トゥキュディデスは同時代の医学について相当の理解があったようであるが，疫病の記述が純粋に医学的な記述であったかと言われれば，そういう訳でもない。疫病の治療にあたった医師らが何もできなかったとしている以上，当時の医療に絶対の信頼を置いていたわけではなく，自らの罹患経験をもとに記述することで，再び疫病が発生した場合に備えて有用な情報を提供する狙いがあったと思われる。

　35）疫病の記述は『戦史』上巻，2巻47-54章にある。社会秩序は混乱し，戦でも大きな結果が出せていない状況で，アテナイ人たちは指導者ペリクレスを非難し責任を押し付ける。しかし，直後にペリクレス最後の演説が置かれ，演説を聞いたアテナイ人たちはペリクレスの指示に従い戦争を遂行するようになった，とトゥキュディデスは書いている。

欠いていると言えるかもしれない。いわゆる「メロス島対談」では，島に攻撃を仕掛けたアテナイ人がメロス島の政務官らと対話形式で交渉を行う[36]。対談では，強者の絶対的な力と弱者の正義への虚しい期待とが対置されている。この傲慢と呼ぶべき行為は，アテナイのシケリア島遠征の決議やアテナイにおける和戦対立論争へと繋がっていく[37]。6 巻から 7 巻にかけてのシケリア遠征についての完成された記述は，遠征軍全軍の壊滅という結末を描く古典的ギリシア悲劇の様相を呈する[38]。戦争は出来事の飾り気のない記述として継続されるが，文の途中で未完に終わってしまう。

　トゥキュディデスは，武力の本質とそこから生じる不測の事態を冷静に分析することで，国際関係理論の全体像を打ち立てた。今日でも，冷戦終結以前以降を問わず，タカ・ハトの議論でトゥキュディデスが引用されることはよくある[39]。一見トゥキュディデスが「力こそ正義」という理論の信奉者のように見えることが，いわゆるリアリストたちには受けがいいのである。しかし，彼らは道徳意識や世論が最終的にはやはり力を持ちうるのだというトゥキュディデスの警告を理解していない。

　アリストテレス（Aristoteles, 前 384−前 322）の『政治学』や『アテナイ人の国制』は，以上のようなトゥキュディデスの分析に負うところが大きい[40]。だが，トゥキュディデスに匹敵する後世の歴史家の出現は稀

---

36) メロス島対談（『戦史』中巻，5 巻 85-113 章）は，当時の弁論における議論形式を模した対話文で書かれている。このような対話文は，『戦史』の他の箇所には見られない。

37) ここでいう傲慢とは，ギリシア語の「ヒュブリス hybris」の訳語である。トゥキュディデスの『戦史』においては，ペルシア戦争後に強大化したアテナイの帝国主義的な振る舞いこそ，ヒュブリスであり，メロス島対談はその最も顕著な例である。栄華と過ちによる転落というのは，次に述べられるように悲劇の古典的な筋書きであり，ヘロドトスが好んだテーマでもあった。

38) 強力な海軍で海上覇権を確立したアテナイであったが，シケリアでの敗北によって，海軍力を根こそぎ失うこととなる。これがアテナイ敗北の決定打となった。

39) 対外的な紛争解決において，武力行使をも辞さないとするような立場をタカ派，武力行使によってではなく平和的解決を望む立場をハト派と呼ぶ。強硬派と穏健派と言い換えてもいいかもしれない。ミュティレネ反乱の事後処理に関して交わされたクレオンとディオドトスの議論や，ケルキュラ島での内乱の記述，あるいはメロス島の対談等々を見ればわかるように，『戦史』では，力こそ正義の理屈は倫理観の頽廃をもたらし，破滅的な結果に至る。

40) 両書とも，最新の研究を反映した翻訳については，内山勝利他編（2013−）『新版アリストテレス全集』岩波書店を参照。

である。『戦史』をペロポネソス戦争の終結まで続行する試みは多くあり，クセノポン（Xenophon, 前430頃-前350頃）の『ギリシア史』はそうした試みのうちで現存する作品の一つであるが，トゥキュディデスの二番煎じにすぎない。のちにクセノポンは，歴史たるもの終わりはないということを悟り，『ギリシア史』をスパルタの覇権の終わりまで綴ったのであった[41]。その後の出来事について書いた歴史家の作品で現存するのは，さらに後代のものに限られる。誰もが知るアレクサンドロス大王（Alexandros III, 前356-前323）の遠征でさえ，それから400年ほど後になって書かれた作品のうちにしか出てこないのである[42]。

2　ヘレニズム時代の歴史学

　アレクサンドロス大王の死後，ヘレニズム時代には，新たに地方都市史家たちが盛んに活動するようになったが，引用を通して彼らの足跡をおぼろげながら辿ることができる[43]。壮大なテーマが再び現れるのは，ポリュビオス（Polybios, 前200頃-前118頃）の『歴史』においてである。

---

[41]　邦訳に，クセノポン，根本英世訳（1998-99）『ギリシア史1・2』京都大学学術出版会がある。

[42]　碑文史料などを除いて，アレクサンドロス大王と同時代の歴史文献はすべて散逸している。大王について書かれた著作は，2世紀の歴史家アッリアノス（Arrianos, 86頃-160頃）や前1世紀の作家シケリアのディオドロス（Diodoros Siculus, 前90以前-前30以降）のものが残っている。アッリアノスの邦訳には，大牟田章訳（2001）『アレクサンドロス大王東征記（上・下）付インド誌』岩波文庫がある。ディオドロスの書いた『歴史叢書』は神話時代から前60年までを描く長大な書物で，全部で40巻あったが，現存するのは1-5巻と11-20巻である。アレクサンドロス大王に関して書かれているのは17巻であり，森谷公俊教授による翻訳が『帝京史学』において連載中。インターネット上でも閲覧可能である（http://history.soregashi.com/diodoros/index.html）。

[43]　ローカルヒストリーあるいは最近ではポリスヒストリーとも呼ばれる。ヘロドトスやポリュビオスが広範な世界を扱う歴史を描いたのに対して，地方都市史家たちはある特定のポリスや島についての歴史を描いた。彼らの作品はまとまった形では伝承されておらず，後代の人々によって引用されたものなどが断片的に伝わっている。それら断片はフェリクス・ヤコービ（Felix Jacoby, 1876-1959）によって編纂され，『古代ギリシア歴史家断片集 Die Fragmente der griechischen Historiker（略号 FGrH）』に収められている。ローカルヒストリーに関する最近の研究については，Thomas (2019) を参照のこと。

人の住むかぎりのほとんど全世界が，いったいどのようにして，そしてどのような国家体制によって，わずか53年（前220-前167）にも満たない間に征服され，ローマというただ一つの覇権のもとに屈するにいたったのか，史上かつてないこの大事件の真相を知りたいと思わないような愚鈍な人，あるいは怠惰な人がいるだろうか[44]。

事実，ポリュビオスの『歴史』は前146年のローマによる最終的なカルタゴ占領にまで及ぶ。40巻あるポリュビオスの長大な作品の多くが現存しており，ローマ対カルタゴ，ギリシアとマケドニアへのローマ軍の遠征という三つの大戦争，そしてローマによる地中海世界の支配，これらすべてを包括している。ポリュビオスは，自身も立派な政治家であった。前167年より16年間ローマで捕虜となっていた際には，当代きっての名将軍スキピオ・アエミリアヌス（Scipio Aemilianus, 前185-前129）とも友好関係を結んでいた。ポリュビオスの狙いは，ギリシア人たちにむけて，ローマの世界覇権が永久に続くことを説得することであった。ポリュビオスは政治の場で実践経験を積んだ者のみが歴史を書くべきであるという信条を有し，自身が記している出来事の多くに自ら積極的に身を投じていた。文学的な飾りを取り払い，事実に即し的確に政治と軍事を扱う「実践主義的歴史」は，ローマの偉大さを評価する術とその偉大さに対応する術を人々に説くものであった。ローマの軍事（機構）や，王政・貴族政・民主政の三つを「混合」したローマ独自の政体について記述するのは，そのような狙いがあってのことである[45]。歴史は人間の尺度で理解可能なものであるが，予測不可能性の最大要因

---

44) ポリュビオス，城江良和訳（2004）『歴史1』京都大学学術出版会，1巻1章。

45) ポリュビオスによれば，三つの単純な政体，王政・貴族政・民主政が存在し，それぞれの堕落した形態として，僭主政・寡頭政・衆愚政が存在する。また，政体は歴史的に，王政・僭主政・貴族政・寡頭政・民主政・衆愚政の順で転変し，最後の衆愚政から王政へと循環する。こうしたポリュビオスの政体論は，政体循環論と呼ばれる。この思想には，プラトンやアリストテレスの影響があるとされている。これらの政体に加え，三つの単純な政体の特徴を兼ね備えた，混合政体が存在する。混合政体は，政体循環論における政体の転変に耐えうるとされる。リュクルゴス（スパルタの伝説上の立法者）の法に基づくスパルタの国制と，ローマの国制がその例である。ポリュビオスによれば，前者は一人の立法者によってもたらされたが，ローマの国制は歴史的に獲得されたものである。政体循環論に関する一連の議論は，ポリュビオス，城江良和訳（2007）『歴史2』京都大学学術出版会の6巻にある。

は「偶然＝運命」であり，これが最終的に事の成否を決する[46]。ポリュビオスの分析は，マキャヴェッリ（Machiavelli, 1469-1527）やモンテスキュー（Montesquieu, 1689-1755）以降の西洋政治思想に非常に大きな影響を及ぼし，最終的には合衆国憲法の青写真となるにまで至った[47]。

3　ローマの歴史学

　ローマ人はギリシア人を介して自ら歴史を書くことを知ったが，彼らの記す歴史の独自性は，ローマ国民とその諸制度への共和政的関心が盛り込まれたことにあり，その関心は，強力な貴族政治のもたらす利益によってバランスが保たれていた。ユリウス・カエサル（Iulius Caesar, 前100-前44）の一派であるサルスティウス（Sallustius, 前86-前35）は貴族階級の腐敗を描こうとして，まずまずの成果を納めている[48]。しかし，アウグストゥス（Augustus, 前63-後14）によって君主体制が築かれると，言論の自由は陰りを見せる。リウィウス（Livius, 前64/59-後12/17）の『ローマ建国以来の歴史』は歴史学という批判的な作品というより，むしろ文芸作品というべきである。対立が再浮上してくるのは後1世紀のことであり，元老院出身の作家であるタキトゥスの作品を待たなければならない。タキトゥス（Tacitus, 後56から58頃-118以降）の作品はラテ

　46）　偶然や運あるいは運命を意味するテュケーは，古典作品全般において重要な概念であるが，作家によってその内容は異なる。ポリュビオスの『歴史』において，テュケーは1巻4章で導入される。そこでは，「運命というのは人の予想だにしなかったことを次々に生み出し，人の世という舞台の上でたえず劇を作り出すものだが，これほどの作品を完成し，これほどの劇を競演に出したのは，われわれの時代が初めてなのである」と言われている。

　47）　テュケーは，フォルトゥナというラテン語化された形で，マキャヴェッリの重要な分析概念の一つとなっている。マキャヴェッリのフォルトゥナに関する議論は，『君主論』（邦訳に，マキアヴェリ，池田廉訳〔2018〕『君主論　新版』中公文庫など）を参照。A. ハミルトン他，斎藤眞・中野勝郎訳（1999）『ザ・フェデラリスト』岩波文庫には合衆国憲法の批准推進のために書かれた論文が収められている。合衆国建国の父たちは，モンテスキューの三権分立に強く影響を受けたが，一連の議論ではポリュビオスの混合政体論なども参照された。ローマ共和制について最も体系的に扱われているのは，ノア・ウェブスター（Noah Webster, 1758-1843）による論文である（上記日本語訳には未収録）。

　48）　邦訳については，サルスティウス，栗田伸子訳（2019）『ユグルタ戦争／カティリーナの陰謀』岩波文庫が最近出版された。

ン語歴史作品の最高峰である。タキトゥスの洗練された文体は，元老院議事録やその他の情報源の入念な調査の数々が背後にあることを忘れさせてしまう。「怨恨も党派心もなく，のべてみたい」[49]，「好むままに感じ，感じるがままにものを言うことが許されている，実に稀なほど幸福なこの時代」[50]とタキトゥスは述べている。しかし，皮肉めいた態度や風刺的な表現には，彼が描く皇帝や体制との深い隔たりの意識が見え隠れする。曰く，「国家が最も腐敗した時に，最も多くの法律が制定されるようになった」[51]，「もし〔ガルバが〕皇帝になっていなかったら，世評は一致して彼こそ皇帝の器であると認めていたろうに」[52]，「神々はより勇気あるものに味方する」[53]，「人の世に悪徳は絶えない」[54]。さらに，ローマ帝国については「彼らは破壊と，殺戮と，略奪を，偽って『支配』と呼び，荒涼たる世界を作りあげたとき，それをごまかして『平和』と名づける」としている[55]。16 世紀にタキトゥスが再発見されて以来，こうした鋭い発想は西洋の政治生活全般に影響を与えてきた[56]。

> 皇帝ネルウァ（Nerva, 後 35 頃–98）の元首政から皇帝ウァレンス一世（Valens I, 在位 364–78）の死までに生じた以下の出来事を，かつては兵士であり，ギリシア人である私が能力の許す限りで，世に送り出す。真実を旨とする仕事であるが故に，沈黙や虚偽によっていたずらにその価値を減じてしまわないように心がけたつもりであ

---

49) タキトゥス，国原吉之助訳（1981）『年代記（上・下）ティベリウス帝からネロ帝へ』岩波文庫，上巻，1 巻 1 章。
50) タキトゥス，國原吉之助訳（2012）『同時代史』ちくま学芸文庫，1 巻 1 章。
51) 『年代記』上巻，3 巻 27 章。
52) 『同時代史』1 巻 49 章。
53) 『同時代史』4 巻 17 章。
54) 『同時代史』4 巻 74 章。
55) 国原吉之助訳（1965）「アグリコラ」，『タキトゥス　世界古典文学全集 22』筑摩書房，30 章。
56) タキトゥスの言葉が引用され，政治の文脈で利用されるようになったのは，ここにも書かれているとおり 16 世紀頃の話である。前述のマキァヴェッリの著作においても，タキトゥスの影響が認められる（マキァヴェッリ，永井三明訳（2011）『ディスコルシ――「ローマ史」論』ちくま学芸文庫）。皇帝の残虐非道を描くタキトゥスの作品は，絶対王政の時代を生きた人々にとって，専制君主について書かれた教科書であった。

る[57]。

　古代世界の偉大な歴史家たちの最後の人物は，アンミアヌス・マルケッリヌス（Ammianus Marcellinus, 330頃-395頃）である。アンティオキア生まれの役人であったアンミアヌスは，ある将軍の旗下でキリスト教皇帝コンスタンティヌス（Constantinus I, 272/3-337）の息子コンスタンティウス（Constantius II, 317-61）に仕え，その後三世代にわたって皇帝たちに奉公した。公職を退いたのちにアンミアヌスがラテン語で著したローマの歴史は，タキトゥスの最後の記録を始点として，後96年から378年までを扱っており，31巻のうちアンミアヌスの生涯と重なる後ろ18巻が現存している（14巻から31巻）[58]。アンミアヌスの母語のギリシア語や後期ラテン語の特徴が多く見られるアンミアヌスの文体は，大袈裟で古典的ではないと批判されることがよくある。だが，アンミアヌスは，時の皇帝たちが陥った疑心暗鬼と残忍さ，また宮廷宦官らが真っ当な行政官を巧妙に排除する様子を詳細に記録してもいる。アンミアヌスの歴史では，帝国統治機構とそれが直面したバルバロイによる侵攻が恐ろしくもくぎ付けになるように描かれている。この作品は，アンミアヌスにとっての英雄である異教の皇帝，背教者ユリアヌス（Iulianus, 331-63）に関する，批判的ではあるが，唯一偏りのない記述を含んでいる。ユリアヌスの規律ある統治と軍事的成功は，彼の前後のキリスト教皇帝と対比されている。アンミアヌスの歴史観は暗澹たるものである。曰く「これら及びこうした類の数知れぬ出来事は，悪行を懲らし善行に報いるアドラスティアが折にふれ惹き起こすところであり——願わくはそれが常にならんことを——この女神をわれわれは二つ名でネメシスとも呼んでいるが，霊験あらたかな神意の崇高なる法とも言うべき存在であり，人智の考えるところでは，月の軌道のさらに上のところに座を占める。も

---

57) アンミアヌス・マルケッリヌス『ローマ帝政の歴史』31巻16章9節。この箇所の日本語訳は未刊行なので，本章筆者による英訳から重訳した。『ローマ帝政の歴史』では軍事についての記述が中心になることから，アンミアヌスは自身の軍人時代の経験をもとに記述していると思われる。また，ギリシア人であると言っているのは，アンミアヌスがギリシア文化やその学芸に関する知識を持つことを明らかにするためであったと考えられる。

58) タキトゥスの歴史を継続するアンミアヌスの意図については，上述のタキトゥス『同時代史』1巻1章を参照。

しくは，ある人たちの定義によれば，実質的な守護女神であって，万般に及ぶ権能をもって個人の人間の運命を司っているのであり，昔の神学者はこれを正義の女神（ユスティティア）の娘に見立てて，隠れたる永遠とも言うべきところより地上のすべてを見そなわしていると伝える」[59]。アンミアヌスは諦めにも似た一文で締めくくる。「あとの歴史を伝えることは，壮年にあって自らの学識に自信をもつ，もっと才能ある人に残しておくことにしよう。しかし，彼らが書こうと欲するときには，称賛演説のように高尚な調子で書くよう，私は警告しておこう」[60]。真実はもはや時代遅れである。

4 古代から近代へ ── 近代から見たギリシア・ローマ

　西洋文明における，批判を重視する歴史学の伝統は，近代にとっても古代が模範となった，1000年後の16世紀に復活した。18世紀までに，歴史学は二つの根本的な問題のまわりに固定化されてしまっていた。一つは帝国主義という問題である。ローマ帝国はいかにして偉大になり400年の安寧を築いたのか。また，植民地主義の近代西洋帝国諸国にとってローマ帝国はどの程度模範となるのか。繁栄，衰退，滅亡というローマ帝国の運命を先例として以上のような問いを立てることで，ローマ史の根本的な重要性が明らかになる。ローマの衰亡を教訓とするようになったのは，あのフランスの著名な作家モンテスキューが，1734年にオランダで出版された『ローマ盛衰原因論』の中で問題として以来である[61]。モンテスキューはこの短いエッセイの中で，前2世紀におけるローマ帝国の版図拡大の足跡を辿り，その理由をローマ人の徳 vertu,

---

　59）アンミアヌス・マルケリヌス，山沢孝至訳（2017）『ローマ帝政の歴史1　ユリアヌス登場』京都大学学術出版会，14巻25章．
　60）『ローマ帝政の歴史』31巻16章9節．この一文が意味するところは，存命の皇帝について歴史を書く際には，歴史はもはや歴史ではなく，時の皇帝を称賛するものとならざるを得ないということであろう．
　61）邦訳に，モンテスキュー，井上幸治訳（2008）『ローマ盛衰原因論』中公クラシックスがある．

つまりは倫理的・政治的特徴に求めた[62]。モンテスキューは，君主体制のなかでローマ人の伝統的な自由が姿を消し，帝国がもたらした豊かさのためにローマ人の倫理観が頽廃するまでの倫理と政治の両面における衰勢を描いた。この洞察は，強権的な統治者ルイ 14 世（Louis XIV, 1638-1715）治世下のフランス君主体制の没落と，1688 年の名誉革命以来商人層を主たる担い手としてきたイングランド式の立憲君主体制の台頭とを対立させる，18 世紀初頭のある大きな動きの一環である。モールバラ公爵（Duke of Marlborough, 1650-1722）指揮下のイングランド軍が勝利し，世界を舞台としたイングランドの海上覇権が誕生する中で，絶対君主制のもとでの領土侵略が，土地所有貴族とロンドン市内の商人による支配を基盤にした当時の海外貿易の発展と相容れないことが，段々と明らかになっていった。モンテスキューのメッセージはすべての啓蒙思想家らに受け入れられ，新たな批判歴史学の土台となった。そうした新たな批判歴史学はエドワード・ギボン（Edward Gibbon, 1737-94）のあの有名な作品において絶頂を迎える。古代からルネッサンスまでのヨーロッパの歴史すべてが『ローマ帝国衰亡史』（1776-88）に収録されたのだった[63]。

　それ以来，ギボンはローマ史のあり方をずっと規定してきた。その根本的な諸問題についての問いの立て方は今日でも 18 世紀と変わっていない。すなわち，ローマはどのように強大な帝国となったか。ローマの繁栄はいかなる政体において成し遂げられたか。帝政によってもたらされた贅沢と富はローマの政治，社会，経済の発展にどれ程の影響を及ぼしたのか。ローマの強大な体制が，政治的な自由と相容れない絶対君主制のもとに安寧を見出しただけで終焉を迎えたのはなぜか。歴史に新たなダイナミズムを付与したのは，一つは新たな宗教キリスト教の登場で

62）　モンテスキューは，こうした徳の起源が土地の平等な分割にあると考え，土地を持つ兵士がおのおの命をかけて祖国を守ろうとするところから，公共事への関心が生じるとしている（『ローマ盛衰原因論』23-27 頁）。『法の精神』（邦訳に，モンテスキュー，野田良之他訳（1989）『法の精神（上・中・下）』岩波文庫）の 1757 年版では，「私が共和政体における徳（vertu）と呼ぶものは，祖国への愛，すなわち，平等への愛だということを注意しておかなければならない。それは，決して道徳的な徳でもなければ，キリスト教的な徳でもなく，政治的な徳である」と注記している。

63）　邦訳に，エドワード・ギボン，中野好夫他訳（1996）『ローマ帝国衰亡史』ちくま学芸文庫がある。

あり，もう一つは遊牧移民の侵入による打撃であった。ローマの強大な体制の終焉がもたらしたのは，過去との断絶である（ルネッサンス期になると，部分的にではあるが過去と縒りを戻すことになるのだが）[64]。古代史をこのような視座から眺めると，ローマの歴史は帝国の盛衰の歴史であり，それこそが未だわれわれが答えを求めてやまない問いを発する。さらに，アイルランド，北アメリカ，インドでのイギリス帝国主義の功罪についてのエドマンド・バーク（Edmund Burke, 1729-97）の 18 世紀的な分析から，その原理においてローマ属州の統治機構を直接の模範としたイギリス・インド帝国での体系的な統治者教育に至るまで，近代の西洋帝国主義を正当化する試みの多くがローマをモデルとしてきた[65]。フランス・ドイツの帝国主義も同様であった。要するに，美徳や悪徳，そしてもちろん帝国的支配の方法についても，ヨーロッパの国々はいつもローマを模範として発想してきたのである。

　二番目の問題，つまり自由についての歴史は，政治的自由と民主的政体の歴史の問題であり，それは同時に個人の自由や個人という観念自体の出現をも含む問題でもある。自由についての歴史は，古代から現在まで連綿と続く発展の過程として捉えられ，特に古代ギリシアの歴史に体現されている。古代ギリシア史家がアテナイと民主政体の原理にこだわる理由はそこにある。われわれは，今もアテナイ民主政を最も優れた統治であるとして理想化し，近現代の統治機構をこの古代の模範と関連づけて論じる。われわれは，それが政治的自由であれ個人の自由であれ，自由という観念を追い求めて止まない。そしてその帰結として，それぞれの政体の歴史的背景がなんであれ，われわれにとって絶対的と思われる基準との関係で，あらゆる政体を評価するのである。古代史におけるこの一つの傾向は，歴史を自由の歴史とするヘーゲル的な歴史観や，独創的な天才芸術家の創造性は伝統の外にあるという発想へのロマン主義時代のこだわりに端を発しているとされることがしばしばである[66]。ま

---

64) ローマの東西分裂とキリスト教の支配によって，西側で古典古代のギリシア・ローマの作品との断絶が生じたことを意味する。1453 年に東ローマ帝国が崩壊したことで，東ローマ帝国にあった古典文学作品と学者たちがイタリアへと流れ込んだ。

65) バークの『イギリス史略』（Burke, E. [1757] *The Abridgement of the History of England*）の日本語訳は未刊。

66) 前者，すなわちヘーゲル的歴史観については，19 世紀の前半に行われた『歴史哲

た，19世紀の思潮として知られる功利主義が，ラディカルな功利主義の政治家であるジョージ・グロート（George Grote, 1794-1871）が『ギリシア史』（1846-56）を書いたことによって，民主主義と自由を至高のものとして確立したとされている[67]。

しかし，自由と民主主義への以上のような関心もまた 18 世紀の産物で，モンテスキューを突き動かしたのと同じ動機に因るというのが実際であった。きっかけは，1674 年にニコラ・ボワロー（Nicholas Boileau, 1636-1711）が，ある古代の文芸批評作品を紹介したことにある。この作品は，偽ロンギノス（'Longinos', 後1世紀？）『崇高について』として知られるものの，作者は不明である[68]。著作の末尾で，著者は芸術的な創造力と政治的自由を紐付けるある古代の発想について言及する[69]。崇高さこそが重要であると主張するこの作品は，18 世紀の文芸理論にとって欠かせないものとなり，その主張は，1688 年に起きた名誉革命後の英国での新たな文芸運動に対する説明や弁護として受け入れられた。古代ギリシア，とりわけアテナイの学芸は貴族の後ろ盾によってではなく，政治的自由とアテナイ民主政によってもたらされたのだと考えられ

学講義』（邦訳に，ヘーゲル，長谷川宏訳〔1994〕『歴史哲学講義（上・下）』岩波文庫）で，ヘーゲルは「精神は自由だ，という抽象的定義にしたがえば，世界の歴史とは，精神が本来の自己をしだいに正確に知っていく過程を叙述するものだ，ということができる」（同書 39 頁）とし，その実体ないし本質が自由である精神が自由になっていくことが歴史の究極目的であるとしている。後者に関して，芸術と自由を結びつける発想は 18 世紀に非常に多く見られるため，最初の提唱者の特定は難しいとされている。19 世紀の思想家であるジョン・スチュアート・ミル（John Stuart Mill, 1806-73）は，『自由論』（邦訳に，J. S. ミル，関口正司訳〔2020〕『自由論』岩波文庫）の 3 章で人の個性について論じる際，「天才が自由に呼吸できるのは，自由な空気の中だけである。天才は，天才というこの言葉の意味からして，他の人々よりも個性的である。そのため，天才の場合，他の人々以上に，性格を作り上げる面倒を省くために社会が提供している少数の鋳型のどれかにはめ込もうとすると，圧力がかかって傷つけてしまいやすい」（同書 146 頁）と言っている。

67）ジョージ・グロートは『ギリシア史 *A History of Greece*』（日本語訳未刊）の著者として有名であるが，1832 年の選挙改革法施行後の新たに導入された選挙において議席を獲得し，直接的な政治経験を積んでいた。ここで述べられているとおりグロートは 19 世紀に『ギリシア史』を書いた。しかし，民主主義と自由を至高のものとする点において，依然として 18 世紀的な発想が根強いことがわかる。

68）偽ロンギノス『崇高について』（注 23 の邦訳に所収）は，後 1 世紀頃に書かれたとされるが，作者は今もわかっていない。

69）偽ロンギノス『崇高について』44 章。

た[70]。18世紀になり民主政の利点に目が向けられるようになったのである。民主政は危うい政体としてほとんど一顧だにされなかったにもかかわらず，民主的諸制度が次第に理想化されていった変化の背後にはボワロー以来の発想があった[71]。古代アテナイを近代英国と，そして次に近代アメリカと重ね合わせることは，その帰結であった。古代と現代の民主政の相違が，直接民主政と間接民主政との違いに求められたのは間違ってはいなかった。間接民主政は18世紀の政治思想における最も重要な発見であり，代表の観念を民主政体に援用可能であるという発想に基づく。ここでもまた発想の大部分はモンテスキューに帰せられる[72]。相違が明らかであるにもかかわらず，古代と近現代の民主政は同じ性質を持っていると人々は信じた。その結果，代表民主政は新たな原則となり，貴族政から民主主義を謳いながらも，実質的には資本家が実権を握る新たな少数支配へと至る歴史的変遷が正当化された。

われわれの時代では，アメリカ合衆国の「民主的帝国主義」において帝国主義と民主主義というこの二つの流れは一つになる。アメリカ帝国覇権の下では，民主主義と資本主義という原理が人類史の自明の結論として推し進められて行く。ヘーゲル的な言い方をすれば，個人と自由の勝利こそ歴史の教訓である。いま一度，真実は時代遅れになる。

参 考 文 献

Momigliano (1990) が概説的な入門書としては最適である。ヘロドトスについては，Thomas (2000) および Luraghi (2001) を参照。トゥキュディデスについてはたくさんの文献があるが，Cornford (1907) は古典として必読である。アリストテレスと心躍

---

70) 芸術と自由を結びつける思潮が風靡していた反面，18世紀の芸術が貴族の後ろ盾によって成り立っていたという事実は皮肉な響きを持つ。

71) つまり，民主政アテナイと自由への積極的な評価は，政治理念としての自由から出発したのではなく，ボワローのロンギヌス解釈のような文芸批評から出発した，ということ。18世紀ヨーロッパにおける民主政アテナイの積極的評価とその思想のルーツに関しては，本章著者の別の論文 Murray (2010) が参考になる（著者のホームページでダウンロード可能 http://oswynmurray.org/home/4558854446）。

72) 代表民主政に関するモンテスキューの議論は，イギリスの国制について論じている箇所にある（『法の精神』11篇6章）。

る『アテナイ人の国制』の発見については，von Wilamowitz-Moellendorf (1893) を見ること。古代ギリシア地方史家の研究は Thomas (2019) がある。ポリュビオスについては，Walbank (1972) を参照。タキトゥスに関して，Syme (1958) は名著である。アンミアヌスについては Matthews (1989) が必要十分な導入となる。

Asheri, D., Lloyd, A., and Corcella, A. (2007). *A Commentary on Herodotus, Books I–IV*, ed. by O. Murray and A. Moreno, trans. by B. Graziosi et al. Oxford.
Connor, W. R. (1984). *Thucydides*. Princeton.
Cornford, F. M. (1907). *Thucydides Mythistoricus*. London.
den Boeft, J., Drijvers, J. W., and den Hengst, D. (2018). *Philological and Historical Commentary on Ammianus Marcellinus, XXXI*. Leiden.
Gomme, A. W., Andrewes, A., and Dover, K. J. (1945–81). *A Historical Commentary on Thucydides*, 5 vols. Oxford.
Gould, J. (1989). *Herodotus*. London
Hornblower, S. (1987). *Thucydides*. London.
―――. (1991–96). *A Commentary on Thucydides*, 3 vols. Oxford.
Luraghi, N. (ed.) (2001). *The Historian's Craft in the Age of Herodotus*. Oxford.
Matthews, J. (1989). *The Roman Empire of Ammianus*. London.
Momigliano, A. (1990). *The Classical Foundations of Modern Historiography*. Berkeley.
Murray, O. (2010). 'Modern Perceptions of Ancient Realities from Montesquieu to Mill', *Démocratie Athéniennes – Démocratie Moderne: Tradition et Influences, Entretiens Fondation Hardt* LVI. Vandoeuvres-Genève, 137–66.
―――. (2024), *The Muse of History: The Ancient Greeks from the Enlightenment to the Present*, Penguin（水島顕介・葛西康徳訳（2026 予定）みすず書房.）
Syme, R. (1958). *Tacitus*. Oxford.
Thomas, R. (2000). *Herodotus in Context*. Cambridge.
―――. (2019). *Polis Histories*. Cambridge.
von Wilamowitz-Moellendorf, U. (1893). *Aristoteles und Athens*. Berlin.
Walbank, F. (1972). *Polybius*. Berkeley.

日本語文献
木庭顕（1997）『政治の成立』東京大学出版会.
―――（2003）『デモクラシーの古典的基礎』東京大学出版会.
M. フィンリー，柴田平三郎訳（2007）『民主主義――古代と現代』講談社学術文庫.
モミッリャーノ，木庭顕訳（2021）『歴史学を歴史学する』みすず書房.

（水島顕介　訳）

22

ギリシア人の法と裁判*⁾

葛西康徳／ゲーアハルト・チュール

　本章は，古代ギリシア法，特に古典期のアテナイ法の特徴を，裁判制度と実務に焦点をあてて，明らかにすることを目的とする。主たる資料として紹介するのは，紀元前4世紀の弁論家デモステネスの法廷弁論である。

　第1節では，ギリシア法が西洋法の伝統の中で占める特異な位置について，法学，法文献，そして専門法律家という三つの不在という点から説明する。その上で，プラトン『ゴルギアス』および『パイドロス』において言及された，裁判（ディケー）に関する技術（テクネー）としての「裁判術 dikaiosyne」とその実務資料としての法廷弁論，という視点からギリシア法について考察することを提言する。

　第2節では，従来の日本の研究が，意識的にか無意識的にかは別として，私訴および公訴をはじめとする一連の訳語を用いることによって，ギリシアの法および裁判を刑事法的に理解してきたことを指摘する。その上で本章では，新しい訳語ないし概念を用いてギリシア法を理解しようと試みる。

　第3節は，ゲーアハルト・チュールの論稿「デモステネス一般法廷弁論」を訳出する。この論稿（未公刊）は，デモステネスの法廷弁論を素材として古典期アテナイの法と裁判制度の概略を簡潔にまとめたものである。裁判開始前の当事者および弁論家（弁論作家）の諸活動を緻密に分析することにより，訴訟手続全体の流れを把握するとともに，それを通じて弁論家と現代の法律家（弁護士）との相違点を明らかにする。

1 裁判術と裁判実務

　万学の祖と言われるアリストテレス（Aristoteles, 前384–前322）の『全集』[1]の中に，『法学』の巻を見出すことはできない[2]。また，日本における「西洋法制史」の講義も，ギリシア法ではなくローマ法から始まるか，あるいは，ローマ法の独立した講義が別にある場合は，ローマ法の復興から，あるいはコモン・ローの成立[3]から始まる。ギリシア法は，せいぜいのところ「法哲学」ないし「法思想（史）」の授業で触れられる程度である。西洋において法の発見は，ギリシアではなくローマに始まるというのが，ある意味で通説かも知れない[4]。

　では，ギリシア，例えばアテナイには，法または法律[5]は無かったのか？　法をどのように定義するかによって答えは変わってくるが，「無い」というためには，相当の説明を要することは間違いない。法または法律を表す（とわれわれには思われる）いくつかのギリシア語[6]の中で，

---

　*）　本章は第3節で訳出するゲーアハルト・チュール「デモステネス一般法廷弁論」（Thür, G. 'Einleitung zu den Privatreden des Demosthenes'）を通じてギリシア法の概説を試みたものである。この論稿は，原著者から2008年3月来日時に葛西に渡された未公刊原稿である。デモステネスの法廷弁論の紹介という目的で書かれたという制約は免れないものの，ギリシア法，特に古典期アテナイ法の特徴を簡潔にまとめたものとして類例を見ないので，原著者の許可を得て，ここに訳出する次第である。なお，原稿の簡約版は『デモステネス弁論集6』月報146，「デモステネスは弁護士か」として，京都大学学術出版会より2020年7月にすでに発表されている。この度完全版の翻訳公刊を許可していただいた同出版会に感謝する次第である。なお，チュール教授の業績についてはウェブサイト参照（https://epub.oeaw.ac.at/gerhard-thuer)。

　1）　最近のものでは内山勝利他編（2013–）『新版アリストテレス全集』岩波書店がある。

　2）　『弁論術』第1巻10章から15章にかけて，法廷弁論の説明の中で，法（nomos ノモス）とその分類について，若干触れられる程度である。ただし，後述するように，アリストテレスの名前で伝わる『アテナイ人の国制』（同全集第19巻），特に52章以下は裁判制度と訴訟手続に関する非常に詳細な情報を提供している。

　3）　コモン・ローについては，ベイカー・葛西（2025）を参照。

　4）　Schiavone (2012) 3-4 および Schulz (1936) 19–39，特に 19–26 参照。

　5）　法と法律は同一ではない。後者は一般に前者の中で，成文法または「書かれた法」と呼ばれる法をさす。ギリシア人はこれを「書かれていない法」と区別した。以下，本章では両者を総称して法として論じる。

　6）　テミス themis，テスモス thesmos など。剣と天秤を持った，（正義の）女神テミスの像はよく裁判所などで見かける。この正義の女神というのがくせものである。正義（ディ

代表的なギリシア語は「ノモス」(nomos, 複数形ノモイ nomoi) である。実際，プラトン (Platon, 前 427 頃-前 347 頃) は最晩年 (前 350 年頃) に，彼の作品の中で最大最長の作品『法律（ノモイ）』全 12 巻を書いている。残念ながら，この作品はプラトンの著作の中で最も読まれることが少ないものであり，まして通読されることは専門家でも非常に稀である。それはともかくとして，この作品を読み始めると，われわれが通常抱いている法のイメージとは非常に異なる法が描かれていることが判る。例えば，第 1 巻では宴会（シュンポシオン）のあり方について，第 2 巻では子供の教育（歌，ダンス，体育）が論じられる。教育については，さらに第 7 巻と第 8 巻において詳細に論じられる。また，第 3 巻と第 4 巻も，通常の意味の法律のイメージとは相当かけ離れている。最後に，第 10 巻は，有名な「無神論（批判）」を扱っている。このように，大雑把に言って，『法律』のうち約半分はわれわれの想像する「法」とは異なる内容である[7]。

もちろん，このようなプラトンの『法律』に描かれた法は彼の法思想であって，現実の法ではないという議論も十分成り立つ[8]。では，アテナイの現実の法[9]は，どのようなものであったのであろうか。それを記録した資料はどのような形で残っているのであろうか。残念ながら，ここでもギリシア（アテナイ）法は，他の西洋法と異なり，いわゆる法資料および法文献がまとまった形では保存されていないため，その全貌をとらえることは容易ではない。確かに，立法者名のついた個別法（例えば，ドラコンの法，ソロンの法など）をはじめとする個別立法は存在した。また，紀元前 5 世紀末のいわゆる「法典編纂」などは行われたとされる[10]。しかし，それらの資料は，碑文のほか，弁論家（弁論代作者）が残

ケー）と法が必ずしもつながらないところが，ギリシア法の特徴であることは後述する。

7) この根本的な原因は，第 4 巻 (719E7-720E9) で論じられるように，法律は強制ないし罰則のみによってその立法目的を実現する（一重の法律）のではなく，まず説得 peitho を試みて，それに従わない場合に初めて罰則を用いる（二重の法律）べきであるという，プラトン独特の法律観にある。

8) プラトンの『法律』とアテナイ実定法の相違については，ジェルネの分析が出発点となる。Gernet (1951) Introduction, xciv-ccvi 参照。

9) 法律学ではこれを実定法 positive law と呼ぶ。ただし，これは法律内容が現実にも実現されていなければならないということを必ずしも意味しない。

10) 前 410-前 399 年。

した法廷弁論作品の中に断片的に伝わるだけであるため，そこから史料批判を通して再構成しなければならない。さらに，コモン・ローのようないわゆる「判例集」もギリシアには存在しない。そして最後に，西洋法の伝統においてある意味では最も重要な特徴である法の専門家 legal profession が，ギリシアには存在しない。したがってまた，彼らの書き残したいわゆる法学文献 legal literature も存在しない。以上の諸特徴を総合して，ギリシア法が「特異（ユニーク unique）」と言われる所以である[11]。

では，どのような視点からギリシア法を考察すればその特徴を捉えることができるのであろうか。ここでは，裁判（ディケー）の視点からギリシア法について考えてみたい。実際，アリストテレスの名前で伝わる『アテナイ人の国制』，特に52章以下は，裁判制度と訴訟手続に関する非常に詳細な情報を提供している。また，法廷弁論作品はそのフィクション性は免れないが，実践例の宝庫である。実は，プラトン自身は『ゴルギアス』において，法や裁判に関する技術（テクネー，techne）について，右表のような分類と位置づけをしている[12]。

ここで立法術と訳したのは nomothetike であるが，これをプラトンは先述した最晩年の著作『法律（ノモイ Nomoi）』によって体系的に提示した。では，もう一つの裁判術はどうであろうか。裁判術と訳したギリシア語 dikaiosyne は，dike に由来する。dikaiosyne も dike も，通常，主に哲学用語として「正義 justice」と訳される。それゆえ，プラトンは正義を正面から扱った『国家』において，これを体系化して包括的に論じたと考えたい誘惑に駆られる。しかし，ここでは，同じく矯正的とされる医術とのパラレルで考えなければならない。病気が生じた後，それをどのようにして治療するかを扱う医術と同様に，事件が生じるとその処理をめぐって紛争が生じる。ではそれをどのように解決するか。その場面はすでにホメロス（Homeros, 前8世紀頃？）の『イリアス』第18歌，アキレウスの盾の描写における一場面で殺人をめぐる裁判の模様が描かれていた[13]。

---

11) 葛西（2008）参照。
12) 464B-465C. Dodds (1959) 226 参照。
13) 第18歌 497-508行。508行には「最もまっすぐなディケー diken ithyntata」という

対　象	総　　称	性　質	技　術	似非技術（迎合）
精　神	ポリス術 politike	規制的 矯正的	立法術 裁判術	ソフィスト術 弁論術
身　体	名称無し[2]	規制的[1] 矯正的	体育術 医　術	化粧術 料理術

1) ここで規制的，矯正的として区別したのは，ドッズの regulative, corrective に基づくものであって，テクスト（プラトン）によるものではない（Dodds (1959) 226）。規制的とは，問題（ポリスの場合。身体の場合は怪我，病気）が生じる前に，それを予防・回避するためのもの，矯正的とは問題が生じたのちに回復するためのものという意味である。
2) 但し，身体の世話をする術という説明が与えられている。

　実際，ギリシアでは dike（複数形 dikai）は，しばしば裁判ないし訴訟を意味した。『ゴルギアス』においても，そのような意味で用いられている[14]。似非技術すなわち迎合 kolakeia として批判されている弁論術[15] rhetorike は，「正 to dikaion と不正 to adikon についての弁論 logoi」（460E）に関するものである。こう言いながら，裁判における具体的な弁論のあり方に話が進まず，461A1 で弁論術を「不正に adikos」用いる（460D）という方向に話が進んでしまう[16]。そして，弁論術は不正な者が裁判で勝つようにすることが目的であると言い，（弁論術の巧みな使用により）裁判と正・不正問題を切り離す。さらに，それに続いてカリクレスが登場し（481C），有名な「ノモス・ピュシス」論，すなわち「自然の正義対慣習（ノモス）の正義」論を展開し，慣習・法律（ノモス）においては不正を行う方が不正を受けることより醜く aischion かつより害悪をもたらす kakion のであるが，自然においてはその反対に不正を受ける方が不正を行うことよりも醜いというロジックを展開する。そして，法律を制定するのは弱者つまり大衆であり，彼らは平等に一番価値を置き，強者がより多く持つことを不正かつ醜いと考えていると喝破する（483A-C）。カリクレスのスリリングなデモクラシー批判に対し

表現がある。尚，アキレウスの盾の分析は本書 26 章でも為されている。
　14) 例えば 478B1 など。
　15) アリストテレスは弁論術をテクネー（技術）として，その著作『弁論術 Techne Rhetorike』によって学問的基礎を確立する。内山勝利他編（2017）『新版アリストテレス全集 18　弁論術』岩波書店．
　16) アリストテレスは，技術としての弁論術の有用性とその用い方の正・不正の問題を切り離す。第 1 巻 1 章 12 節，1355a20-1355b7.

て，われわれは言うに及ばずソクラテス（Socrates, 前469-前399）ですら，正面から反論できない[17]。

このように『ゴルギアス』においては，裁判 dike に関する技術としての裁判術 dikaiosyne の位置づけは与えられるものの，弁論術批判に終始し，それ以上の展開はない。正義を正面から論じた『国家』でも，裁判 dike としての正義 dike は論じられない。

では，『ゴルギアス』においてプラトンの構想した裁判術は，それから約20年後の作品『パイドロス』（前370年頃）においては，どのように扱われているであろうか。『パイドロス』では弁論術は，弁論（ロゴス）による「魂の誘導術 psychagogia」として（261A7-B2），一つの技術（テクネー）として扱われ，その具体的構成がスケッチされている（266D7-266E5）。そして，医術と弁論術をテクネーとしてパラレルにおいて（270B1-2），次のように言う。

> （医術も弁論術も）どちらの技術においても，本性（ピュシス）が定義されなければならない。一方（医術）では身体の本性が，他方（弁論術）では魂（プシュケー）の本性が。もし，あなたが，こつや経験によるだけではなくてテクネーによって，一方は，薬と栄養を適用しながら健康と力を生み出そうと欲するならば，他方は，魂に弁論と法律慣習 nomimous に従った実務 epitedeuseis を適用しながら，いかなる優れた説得（ペイトー）をあなたが望むにせよ，その説得を魂に移転しようと欲するならば。　　　　（270B4-9）[18]

ここで言われている「法律慣習に従った nomimos (nomos の形容詞形)」「実務（プラクティス epitedeusis）」とは何か？　その具体的内容は

---

17) 葛西 (2018) 参照。
18) プラトン，藤沢令夫訳 (1967)『パイドロス』岩波文庫では「弁論術とは，魂に言論と，法にかなった訓育とをあたえて，相手の中にこちらののぞむような確信と徳性とを授ける仕事である」。Yunis (2011) 211: 'by appplying discourse and lawful practices to the soul, to transmit to it whatever persuasion and excellence you wish'. Rowe (1986) 112-113, 205: 'Whatever conviction you wish, and virtue', The orator's aim will be only to produce the right kinds of conviction in the soul, as the doctor aims to promote only healthy conditions in the body. That the 'practices' prescribed will be 'in accordance with law and custom' (translating the single word nomimos) underlines the same point.

『パイドロス』からも，プラトンの他の著作からも必ずしも明らかではない[19]。しかし，このパッセージにおいて，裁判（正義）と法（律・慣習），すなわち dike と nomos が不明確ながら結びついたという点は，極めて重要である。そして，この「法に従った実務」こそ，法廷弁論活動に他ならない。プラトン自身は関わらなかったが，このテーゼによってはじめて，裁判と法が結びつく基礎ができたのである。これに対してアリストテレスは，『弁論術』において確かに技術としての弁論術 techne rhetorike の体系を確立した。しかし，法を，証人（の証言），契約書，奴隷の拷問による自白，宣誓とならんで，「非技術的証明 atechnos pistis」の一つとする（第1巻15章）。その結果，法は弁論においてそのまま「使用するかしないか」の対象となり，（分類はされるが）分析や解釈の対象にはならず，したがって法学へと発展する可能性を閉ざしてしまう[20]。

この裁判実務を記録した資料こそ，弁論代作人 logographos による弁論作品である。いわゆるアテナイ十大弁論家が書き残した現存作品は約150篇[21]あるが，そのうち60篇はデモステネスに帰されている[22]。そこで，第3節に訳出するのは，チュールの「デモステネス一般法廷弁論入門」である。チュールは，主著『アテナイにおける陪審法廷開始前の立証マネジメント——奴隷拷問の果たし状』[23]によって，アテナイ訴訟法のイメージを根底から塗り替えた（ただし，日本では反応は鈍いが）。現在ギリシア法研究を世界的にリードしている研究者である。また，ヴォ

---

19) epitedeusis について，辞書（LSJ）では，'devotion or attention to a pursuit or business, cultivation of a habit or character'. 用例として，トゥキュディデス『戦史』第7巻86章「（日頃の）言行」（久保正彰訳（1967）『トゥーキュディデース　戦史（下）』岩波文庫より），プラトン『法律』第9巻853b「（徳の）実行」（プラトン，森進一他訳（1993）『法律（下）』岩波文庫より）など。なお，実務・慣習 epitedeumata についての総合研究として，Moreno and Thomas（2014）および葛西（2014）参照。

20) なお，チュールは，この5種類の証明手段の中で，アテナイの法実務上，法的意味があるのは証人の証言だけであることを明らかにした。Thür（2005）参照。

21) Todd（1993）および Usher（1999）Index of Speeches 参照。

22) その中でアポロドロス作とされているのは（学説に若干の相違はあるが），Usher（1999）は46，49，50，52，53，59の各弁論とする。一方，MacDowell（2009）によれば，36，45，46，49，52，53，59である。

23) Thür（1977）を指す。タイトルを意訳して日本語で示したが，翻訳が出版されているわけではない。

ルフ（Hans Julius Wolff, 1902-83）によって創始された 'Symposion' と呼ばれるギリシア法国際研究集会を，ガガーリン（Michael Gagarin, 1942-），マッフィ（Alberto Maffi, 1947-）などとともに隔年で開催し，その成果を同名 *Symposion* の冊子として刊行している．

2　脱刑事法

　最初に訳者が強調したいことは，古代ギリシアにおいて，そして基本的には帝政初期までのローマにおいても，いかなる訴訟であれ，訴訟は原則として私人が原告となって開始するということ，したがって被告を訴訟手続に呼び込む責任は原告にあるということである．換言すれば，古代ギリシア・ローマにおいては，現代の検察官のように，職務として刑事訴訟を開始する者は存在しない．また，警察組織も存在しない．誤解を恐れず敢えて言えば，われわれの目から見れば，刑事訴訟ないし刑事事件は存在しないのである[24]．

　日本は長らく中国の律令制度の影響下にあり，また報道機関が取り上げるのは現代でも専ら刑事事件である．そのような刷り込みの結果，裁判といえば刑事裁判を連想してしまう日本においては，この点をいくら強調しても強調しすぎることはない．それに対して，日本が近代化の中でモデルとした西洋法は，ローマ法であれコモン・ローであれ，まず民事事件が出発点であり，裁判は当事者が開始するものであった．歴史に現代の視点や枠組（民事事件と刑事事件の区別）を持ち込むことは危険であるが，西洋法の伝統が欠如した日本では，この点は依然として留意する必要があろう．

　確かに，誰でも訴訟を提起できる，いわゆるグラペー *graphe*（書面訴訟）の原告の役割は，検察官と同様だと考えることに理由があるようにも見える．さらに，グラペーは刑事手続と同じではないかと思われるかもしれない．しかし，それは全くの誤解である．第一に，犯罪の代表格

---

[24]　同じ論理により，われわれの目から見れば，古代ギリシアには，刑事訴訟と区別された「純粋」な民事訴訟ないし民事事件も存在しない．しかし，日本においては，その長い刑事法の伝統を考慮して，刑事法の不存在を強調したい．

といえる殺人は，アテナイでは一度としてグラペーの対象となったことはない。殺人は被害者（およびその家族）と加害者の間の問題にすぎず，したがって被害者がしばらく生きていて，もし加害者の責任を全く問わなければ，その後死亡したとしても問題は生じない。また，グラペーの一つ，違法提案訴訟 graphe paranomon において，原告が勝ち，被告が有責となっても，この違法提案が民会を通過して 1 年以上経過すると，その提案は無効となるが，提案者は特に罰（不利益）は被らない。このように，グラペーは刑事訴訟ではないのである[25]。

われわれがいかに刷り込まれているかをよく示している一例を挙げる。ギリシアの法廷弁論の重要な分類概念として，'private speeches' と 'public speeches' という用語（英語）があり，これを日本（日本語）では「私訴弁論」と「公訴弁論」と翻訳してきた。'private' と 'public' という英語の辞書の訳語に引きずられて「私」訴と「公」訴と翻訳したのであろうが，これによってわれわれは無自覚のうちにいずれの弁論で描かれた世界も，全体として刑事裁判として理解していることになる。なぜなら私訴も公訴も刑事訴訟法の用語だからである（ただし，前者は現行法では完全に消滅した用語である）。確かに，私訴も公訴も法律概念としてではなく，「一般用語」として理解すればよいという反論が成り立つように見える。しかし，同弁論のフランス語訳，'plaidoyers civils' と 'plaidoyers politiques' を見ると（例えば Gernet (1951) 参照），われわれは途方に暮れる。というのも，デモステネス弁論 1-17 番は，'political speeches' という英語に引きずられて「政治弁論」と訳してきたからである[26]。

ただし，このことは，現代のわれわれから見て，犯罪や刑罰に相当するものがギリシアには全く無かったということまでを意味しているのでない。例えば，ソクラテスの裁判において，敗訴したソクラテスが受けるべきもの（それは第二の裁判で決まったものだが）は「死」であっ

---

25) Harrison (1971) 76-78 参照。尚，内川勇海は，最近その博士論文「古代アテナイの殺人訴訟」（東京大学大学院人文社会系研究科 2024 年度）において，殺人訴訟はディケー対グラペーの二項対立とは別の平面にある独特のカテゴリーであることを説得的に論証している。

26) ちなみに 1-17 番はフランス語訳 harangues である。このような理由から，葛西 (2019) ではできるだけ日本の民事訴訟の用語を自覚的に用いて翻訳した。

た。逃亡することが認められていたとはいえ，死刑は執行される可能性はあった。その意味では，これは刑罰でありソクラテスの行為は犯罪であり，ソクラテスの裁判は「刑事裁判である」と言えなくもない。しかし，それでも，この裁判を開始したのは検察官ではないのである[27]。

　アテナイの弁論家の弁論集は近時，上記ガガーリンを総合編者として英訳版が完成した[28]。これにより，われわれは比較的平易な英語で，法廷弁論作品を読むことができるようになった。しかし，注意しなければならないことがある。それは，英語で訳されているということは，その訳者が法律家ではないとしても，英語圏の法であるコモン・ローを前提にしているということである。例えば，英語では裁判を求めることを表現する言葉（の一つ）として prosecute が用いられ，翻訳でも使われている。これを（英語の辞書を頼りに）「訴追」，「告訴」，「告発」などと訳してしまうと，われわれはまた刑事裁判の世界に戻ってしまう。しかし，コモン・ローないしコモン・ローの文化，英語の世界における prosecute と，日本法ないし日本文化，日本語における「訴追」とはパラレル（置換可能）ではないので，翻訳できないのである。そもそも，ギリシア語では，原告は「ディケーを追う人 diken diokein」，被告は「ディケーから逃げる人 diken pheugein」と呼ばれ，それ以上でもそれ以下でもない[29]。それでは，次節でチュールの論稿を訳出しよう。

　27）プラトン『ソクラテスの弁明』を，ソクラテスのナマの声を（相当程度）忠実に伝えているという立場から分析したものとして，チュール（2009）を参照されたい。

　28）全16巻からなる The Oratory of Classical Greece シリーズ。参考文献中では Cooper et al. (2001), Edwards (2007), Todd (2000) がこのシリーズに属する。なお，フランス語訳はすでに上記の Gernet らによる Budé 双書が備わっている。残念ながら（管見のかぎり）ドイツ語訳が備わっていない。

　29）『デモステネス弁論集』京都大学学術出版会の分類は，政治弁論（1-17番），法廷弁論（18-59番），祝典（演示）弁論（葬送60番）の三分法である。さらに，法廷弁論のうち，18-26番までは公訴弁論，27番以降は私訴弁論とされている。以上について，詳細は葛西（2019）423-509「私訴弁論の世界」，特に472までを参照していただきたい。MacDowell（2009）は従来の分類に代えてテーマ毎と作者による分類を試みている。また，弁論術の歴史と体系については，本書第20章を参照。

3　デモステネス一般法廷弁論

　デモステネス（Demosthenes, 前384–前322）は，アテナイのデモス（区）の一つであるパイアニア出身[30]の，同名のデモステネスの子であり，アテナイ十大弁論家[31]の中で最も有名である。他の弁論家の影を薄くする彼の名声は今日まで続いているが，それは主に彼の政治演説，およびマケドニア王ピリッポス（Philippos II, 前382–前336）に対抗してアテナイの自由を守ろうとした彼の貢献によるところが大きい。とはいえ，紀元前364年からおよそ前340年にかけて[32]，一般法廷弁論[33]の作者としても，彼は先輩同業者リュシアス[34]，彼の教師イサイオス[35]，彼の後輩ヒュペレイデス[36]と並んで，トップグループに位置する。この弁論を理解するためには，法廷弁論，アテナイの法システム，裁判組織，裁判手続の

---

30)　デモステネスの出生等については，MacDowell (2009) 14–29 参照。
31)　葛西（2019）423参照。アンティポン（Antiphon, 前480頃–前411），アンドキデス（Andocides, 前440頃–前390頃），リュシアス（Lysias, 前445頃–前380頃），イソクラテス（Isocrates, 前436–前338），イサイオス（Isaios, 前420頃–前340頃），デモステネス，アイスキネス（Aischines, 前390頃–前322頃），リュクルゴス（Lycurgos, 前390頃–前325/4頃），ヒュペレイデス（Hypereides, 前389–前322），デイナルコス（Deinarchos, 前360頃–前290頃）。なお，アポロドロス（Apollodoros, 前394頃–前343以降）はデモステネス弁論集の中に含まれている6ないし7つの弁論の作者とされている（前掲注22）。
32)　デモステネスが20歳の時になされた，アポボスに対する後見訴訟は，紀元前364年ないし前363年に行われた。この訴訟活動の終期については，同第32弁論32節参照。デモステネスの名前で伝わる弁論の中には，デモステネスのものではない多くの「非真正」な弁論が含まれているが，それらは紀元前4世紀の法廷実務に関するかぎり，価値の高い真正なる資料として扱われるべきである。
33)　原語 Privatreden (private speeches) は従来「私訴弁論」と訳されてきたが，上述のように私訴（公訴）は日本では刑事法上の概念なので本章では使用しない。その代わりに，ここでは法廷弁論の基本形という意味で「一般法廷弁論」という名称を用いる。これに対して，従来の「公訴弁論」（18–26番）はさしあたりここでは「審査弁論」と呼ぶことにする。
34)　翻訳に Todd (2000) が，注釈書に Todd (2007) および Todd (2020) がある。
35)　翻訳に Edwards (2007) が，注釈書に Wyse (1967[1904]) がある。なお，ワイズのイサイオス注釈書はこの時期（ある意味では現在でも）英語で書かれた最も優れたギリシア法研究である。さらに，かのサンスクリット語およびヒンドゥー法研究の先駆者ウィリアム・ジョーンズ（William Jones, 1746-94）がイサイオスを翻訳している（Jones (1779) を指す）ことも，注目に値する。葛西（2011）も参照。
36)　翻訳に Cooper et al. (2001) が，注釈書に Whitehead (2000) がある。

流れの基本的知識が不可欠である。それゆえ，以下の導入的説明は，このテーマに対する簡潔な概観を読者に提供することを意図している。これを通じて，アテナイの弁論家，正確に言うと「弁論作家」が，今日の訴訟代理人ないし法廷弁護士といかに異なるかを明らかにしたい[37]。

ギリシア法廷弁論の端緒はシチリアにある。そこでは，法廷弁論の教示かつ学習可能な技術が初めて発達した[38]。もっとも，この地域からの実例はわれわれには全く伝わってはいない。最初の例はアテナイで現れ，それはペロポネソス戦争の終了からアレクサンドロス大王（Alexandros III, 前356–前323）の時代までずっと勢力を保ち続け，安定した民主政によって維持され，そのもとで法廷弁論は満開を迎えた。弁論作家としてのデモステネスの活動は，まさにこの時期にあたる。彼が使いこなした弁論術のスタイルは，時代を超えて後世に影響を及ぼした。例えば，弁論の編成，すなわち，「簡潔な序言 *prooimion*」，「事実の報告 *diegesis*（証人の陳述によって裏付けられた）」，「論証 *pistis*（弁論術でいう証明）」，「結語 *ad personam*（人格による説得および裁判員への懇願）」である。弁論の主目的は法律的な論証ではなく，論者に有利なように事実を信用できるように見せること，論者側に味方する評決を下すように裁判員を説得することであった。民主政に基づいて組織されたアテナイの諸法廷は平均的市民によって占められていたため，弁論は，その効果を得ようとすれば，彼らの小市民的メンタリティに適合していなければならなかった。これと結びついたデマゴーグ的要素は，今日法律家によって厳しく批判されているが，他方歴史家からは，法律専門家による制約のない開かれたディスコースとして称賛されている[39]。

アテナイの法秩序[40]の大まかな特徴は，以下のように述べることができる。確かに，膨大な数の個別法律は存在した。石に刻まれ，公の場所

---

37) デモステネスの訴訟弁論活動に対する優れた入門書として，Wolff (1968) があげられる。その英語版は，Wolff (2007) である。
38) 弁論術の歴史については，本書第20章を参照。
39) Gagarin (2008) 参照。
40) 最も重要な（とは言え未完成の）叙述は，依然として Harrison (1968)(1971) である。さらに参照すべきは，MacDowell (1978) および Todd (1993) である。アテナイ法のいくつかの重要な諸側面は，Gagarin and Cohen (2005) に詳しい。さらに，The Oxford Handbook of Greek Law が（未完成であるが）各章ごとに順次オンラインで公開されている（https://www.oxfordhandbooks.com）。

に立てられ，加えて，担当役人毎に整理されて保管庫に保存されたものはさらに多い。民主政の再建の際に新編集も成立した[41]。しかし，法は今日のヨーロッパ大陸法的意味におけるような「法典化」はされなかった。また，アテナイ人は裁判所の先例拘束性を知らなかった。つまり，裁判所の判決が解釈されてさらにどのような形態になるのかということに関してである。法の広大な諸領域は，昔から続く国制の構成要素として通用しており，規定の詳細は，ほとんど歴史的根拠なく立法者ソロン（Solon, 前7-前6世紀）によるものとされた。private法は，せいぜい，手続から理解しうる程度である（傍点訳者）。つまり，身体ないし財産を侵害された人は誰であれ，「ディケー *dike*」を有していた。これは元来，同胞市民への正当な攻撃を意味した。ある人の殺害行為は，それに対する刑法的な制裁にも拘らず，最近親族による訴えによってのみ追及された。個々の訴えはその原因ないし目的に従って異なる名称を有するものの，「損害 *blabe*」の観念が，債務法と物権法の最も重要な原理であった。アテナイには法律専門家は存在しなかったため，法律は素人裁判人に対して当事者によって提出され，法廷書記によって読み上げられなければならなかった。裁判人は裁判人宣誓によってのみ法律に拘束されていたが，そうは言っても，無記名投票においては彼らがそれを遵守しているかどうか，誰もコントロールすることはできなかった。注目すべきことは，裁判人宣誓は最も正当な判断 *dikaiotate gnome* に従って票決することを認めていたにもかかわらず，法廷の前で当事者が正義に訴えるということはほとんどなかった，ということである。具体的な法規定がその事件について決して都合のよくない場合であっても，論者はその法規定を拠り所として弁論を行ったのである。刑法犯に対する国家訴追はアテナイには存在しなかった。そこで人は，書面訴訟（グラペー *graphe* の形式あるいは他の訴えの形式）を利用した。この私人訴追は欠格事由のない市民は誰でも提起できた。ディケーとグラペーは，手続は同一であり，異なるのは法廷のみであった。

　デモステネスの時代には，誰でも裁判で争うことができるということは民主的国制の一部であった。ここで最優先の原理として妥当したの

---

41) この法典（再）編纂事業は紀元前410-前399年に行われたとされる。

は，訴訟当事者に手続において機会の平等を保証すること，そして法廷の買収ないし外からの影響を阻止することであった。裁判人を構成したのは，単独ないし数人ではなく，通常，数百人から成る「裁判人団」であった。他方，証拠法はほとんど発達せず，証人の証言や証拠文書は僅かな役割しか果さなかった[42]。裁判人は，当事者およびその支援者[43]の弁論と人柄を主な拠り所として，双方の陳述から真実のイメージを自分で拵えたのである。それ故，法廷弁論術は民主政アテナイにおいて最盛期を迎え，その大家がデモステネスであった。

アリストテレスの作とされる『アテナイ人の国制 Athenaion Politeia』と法廷弁論から，裁判組織と手続の流れが完全に再構成できる[44]。ここでは，概観をスケッチしてみよう。アテナイでは手続は二段階で進んでいく[45]。すなわち，役人の前での準備段階と法廷での票決段階である。総合職の役人，まずその中でも最上位の九人のアルコンは，その事物管轄領域において訴訟も担当し，彼らが担当する事件はくじで割り当てられ，その法廷の座長を務めた。特に民事訴訟に関しては，「40人」も一団として管轄していた[46]。訴えの提起を欲する者（原告）は，二人の召喚証人とともに，私人の名において，相手方（被告）を役人の前に召喚しなければならなかった。役人は，その事件の管轄である場合は，「請求原因表示」[47]を受け取り，「弁論準備手続」[48]の日程を決定した。

準備手続において，当事者はそれぞれ，役人の指示により形式に沿って作成された質問に答えなければならず，当事者は法廷の前で読み上げてほしいと望む書類をすべて，相手方に対して提出しなければならなかった。「40人」と呼ばれる役職の一人が手続を進めたならば，弁論準備手続はこの役人の前でなされるのではなく，籤で選ばれた仲裁人[49]の

---

42) Thür (2005).
43) synegoroi と呼ばれる。ある意味で証人もまたそれに含まれる。Rubinstein (2000) 参照。
44) 基本文献は依然として，Harrison (1971) である。最近の問題については，Thür (2000) および (2009) II 228-34; IV 402-16 を参照。内山他編（2014）も参照のこと。
45) 傍点訳者。この点は，ローマも基本的には同じである。
46) 『アテナイ人の国制』第53章参照。
47) エンクレーマ enklema については，葛西（2019）479-81 参照。
48) アナクリシス anakrisis については，葛西（2019）475-79 参照。
49) ディアイテーテース diaitetes については，葛西（2019）493-99 参照。

前でなされたのである。しかしながら，仲裁人の裁定は決して拘束力を有せず，いずれの当事者に対してもさらに法廷での票決への道が開かれていた。準備手続の終了時に，弁論準備手続においても，また職権による仲裁[50]においても同様に，提出された文書書類は二つの陶器の容器に入れて封印され，法廷に持ち込まれた。法廷で裁判人が聴くことが許されていたのは，この文書書類だけであった。ルールは衡平 fairness の要請に対応していたのである。これを通じて，訴訟当事者は主弁論において新しい証拠物件による不意の攻撃から守られていた。それに加えて弁論作家は，クライアントのための弁論 plaidoyer を相手方の論点を熟知したうえで準備することができた。今日，アテナイの法廷弁論を読んでも，弁論作家がどれほどの労力と熟慮をすでに手続の準備において費やしたかという点には気が付かないであろう。準備手続は当事者に対して，相互に質問と返答を応酬する唯一の機会を提供しているゆえ，これを手続の「ディアレクティック dialectic」な局面とよぶことができる。

　準備手続において当事者が円満な合意に全く至らなかった場合，主宰している役人は主手続のために期日と法廷を当事者に割り当てることを提案する。この手続はある種のアゴーン *agon* の形式において，闘争の厳格なルールに従って，「弁論合戦」として提案される[51]。手続の第二の，雌雄を決する局面は，それ故「レトリカル rhetorical」な局面であった。アテナイの法廷弁論を理解するために本質的なことは，それらは大人数のパブリックの前で行われたということである。つまり，事件については訴額に応じて，アテナイ市民の 201 名から 401 名が集まり，審査弁論[52]については，通例，501 名から 1501 名の市民によって票決された[53]。大人数にすることだけで，すでに法廷の買収は現実味を失った。それに加えて，裁判人は裁判当日の朝になって初めて，しかも市民団の 10 の部族 *phyle* 全体から平等に籤で選ばれた。それによって，法廷

---

　50) 『アテナイ人の国制』は，この文脈では職権仲裁についてのみ語っているが，甕 *echinoi* は当事者各々に対して一つずつ弁論準備手続にも使われたのである。Thür (2008) 参照。
　51) アゴーンについては，本書第 27 章参照。
　52) 用語については，注 33 参照。
　53) 裁判人の数が 501 名であったソクラテスの裁判はこの類型に属する。チュール (2009) 参照。

にはある種の客観性が保証された。法廷の弁論において訴訟当事者の一方ないし他方の支持者が集団で固まり，賛成または不満の意見を一緒に表明するという危険性に対して，審理の開始前に座席もまた裁判人に籤で割当られるということによって対処した。アテナイ人はそれゆえ，大衆法廷の欠点も自覚していたのである。他方で，弁論家は大衆心理も十分心得ており，彼らが担当している事件の依頼者である訴訟当事者が裁判人集団を組織的予防措置にもかかわらず感情を通じて操縦することができるように，依頼者（当事者）を手引きした。厳密な合理主義と感情主義の結合があるからこそ，アテナイの法廷弁論は，法律家と歴史家にとって今日でもなお，やりがいのある研究対象となっているのである。

　主たる審理における弁論による闘争ゲームのルールは，考えうる最も単純なものだったと言えよう。つまり，原告と被告が水時計で計測されたぴったり同じ時間を有し，その間は誰も弁論を中断することは許されなかった。ただ，裁判書記（廷吏）は，スピーチの指示に従って，書かれたもの，例えば法律，書面で準備された証言録あるいは文書[54]を読み上げなければならないときだけ，流水は止められた。このようにして弁論時間を延ばそうとする誘惑に対して，弁論者は抵抗した。というのも，あまりに長い中断が弁論の感情に与える効果を殺いでしまうかもしれないからである。当事者の弁論が終了すると，事前の審理すらなく直ちに裁判人たちは秘密投票に移っていった。実際，裁判人の大人数に鑑みても，そのような審理は技術的な意味で実現可能ではなかったかもしれない。「票決」は訴状の単純な肯定か否認の形であった。あらかじめ法律によって規定されてはいない金額ないし刑罰を科された場合は，裁判人は有責票決に従って，第二の票決において原告と被告の見積りの間で査定しなければならなかった。ここから自明なことは，法廷はこのやり方で下された最初の判断をそれ自身として正当なものとは考えていなかったということである。それゆえ，裁判における最初の決定は法的には何も意味をもたなかったのである。票決自体は最終決定であり，上級裁判所への控訴は存在しなかった[55]。指揮する役人は，手続が規則通り

---

54) 遺言書 *diatheke*，契約書 *syntheke* などである。
55) プラトンは『法律』において，いくつかの箇所で裁判制度，特に調停前置主義と三審制について論じている。まず第一審としては，少額訴訟（762A）について，あるいは一

に進行しているかどうかだけを監督し，票決には参加しない。金銭判決の執行は，勝訴判決を得た原告が財産の私的差し押えを通じて行う。

　さてそれでは，デモステネスを弁護士と呼ぶことができるだろうか。ヴォルフはすでに弁護士と弁論作家の相違を指摘している[56]。デモステネスはその政治キャリアの開始前は，社会的評価の低い弁論作家の職業を営んでいた。弁論作家は法知識を有していたにもかかわらず，専門法律家の身分倫理に縛られてはいなかった。訴訟当事者は，彼らの事件を法廷の前で自ら主張しなければならなかったので[57]，弁論作家は「ゴースト・ライター」として隠れて行動した[58]。それでも彼らの活動は法廷弁論の作成をはるかに超えていた。ヴォルフは本番の審理手続の準備にどれほどエネルギーが必要かということについてはまだ検討していなかった。手続を踏んだ相手への質問と挑発，ならびに証拠書類の形式を整えること，そして法律諸規定を収集することは，まちがいなく特に弁論作家の任務であった。それゆえ，法（正義・権利）を求めてくる同胞市民に対するデモステネスの活動は，「訴訟サポート」という表現が言い得て妙であると思われる[59]。

般的に隣人ないし村人などによる一種の仲裁 diaita ないし仲裁人 diaitetes による紛争解決が基本である（766D，さらに915C，920D，956B–C）。次に，第二審としては，訴訟の性質に応じて，不法を受けたのが個人 idiotes か公的なもの demosion かによって分けられる（767B–C）のである。あるいはまた，この裁判は，部族民法廷 phyletikos（768B–C）や公共の法廷 koinai dikai（762B）および koina dikasteria（846B），地方の住民ないし部族民からなる法廷 kometai kai phyletai（956C）などと呼ばれている。最後に第三審として，第三法廷 triton（767A）ないし選抜裁判官による第三法廷（956C–D）を提案している。Gernet (1951) cxxxii–cxxxiii および森進一他訳（1993）『法律（上）』岩波文庫，464–65参照。

56）　Wolff (2007) および Wolff (1968) を参照。

57）　ギリシアでは訴訟当事者が訴訟代理人を立てることが許されず，本人自身が訴訟を遂行した。このような訴訟を本人訴訟と呼ぶ。これに対してローマでは代理人を立てることが許された（キケロなど）。なお，日本では本人訴訟は許されており，実際には（特に下級審では），その方が多いと言っても過言ではない。これに対して，日本が範とするドイツは原則として弁護士強制主義であり，イングランドもまた（歴史的背景は異なるが）本人訴訟は許されていない。

58）　Wolff (2007) 102.

59）　本章から第24章については，翻訳，解説および校正のすべての段階で，（いつものように）松本英実氏から貴重な助言および助力をいただいた。記して心より感謝申し上げたい。

参 考 文 献

葛西康徳（2008）「古代ギリシアにおける法の解凍について」，林信夫・新田一郎編『法が生まれるとき』創文社，11-36.
─── （2011）『法律家としての William Jones──Bailment and Speech of Isaeus』龍谷大学現代インド研究センター（RINDAS）.
─── （2014）「憲法は変えることができるか──古代アテネの場合」，長谷部恭男編『この国のかたちを考える』岩波書店，63-99.
─── （2018）「プラトンと職業──『ゴルギアス』」，小島毅編『知の古典は誘惑する』岩波ジュニア新書，127-51.
─── 他訳（2019）『デモステネス弁論集 5』京都大学学術出版会.
G. チュール，葛西康徳訳（2009）「法廷に立たされたソクラテス──プラトン『ソクラテスの弁明』は法廷弁論か？」，『コミュニケーション文化論集』7, 133-40.
J. ベイカー・葛西康徳編（2025）『コモン・ロー入門』東京大学出版会.

作品和訳
・アイスキネス
木曽明子訳（2012）『アイスキネス弁論集』京都大学学術出版会.
・アリストテレス『アテナイ人の国制』
橋場弦訳（2014）『新版アリストテレス全集 19　アテナイ人の国制・著作断片集 I』岩波書店.
村川堅太郎訳（1980）『アリストテレス　アテナイ人の国制』岩波文庫.
・アンティポン・アンドキデス
高畠純夫訳（2002）『アンティポン／アンドキデス弁論集』京都大学学術出版会.
・イソクラテス
小池澄夫訳（1998-2002）『イソクラテス弁論集 1, 2』京都大学学術出版会.
・デモステネス
加来彰俊他訳（2003-22）『デモステネス弁論集 1-7』京都大学学術出版会.
　　1：第 1 弁論-第 17 弁論，2：第 18 弁論-第 19 弁論，3：第 20 弁論-第 22 弁論，4：第 23 弁論-第 26 弁論，5：第 27 弁論-第 40 弁論，6：第 41 弁論-第 58 弁論，7：59・61 弁論ほか.
・リュシアス
細井敦子他訳（2001）『リュシアス弁論集』京都大学学術出版会.

Canevaro, M. (2013). *The Documents in the Attic Orators: Laws and Decrees in the Public Speeches of the Demosthenic Corpus*. Oxford.
Carawan, E. (ed.) (2007). *Oxford Readings in the Attic Orators*. Oxford.

Cooper, C. et al. (tr.) (2001). *Dinarchus, Hyperides, Lycurgus*. Austin, TX.
Dover, K. (1968). *Lysias and the Corpus Lysiacum*. Berkeley; Los Angeles.
―――. (1975). *Greek Popular Morality in the Age of Plato and Demosthenes*. Oxford.
Edwards, M. (tr.) (2007). *Isaeus*. Austin, TX.
Gagarin, M. (2008). *Writing Greek Law*. Cambridge.
―――. (2020). *Democratic Law in Classical Athens*. Austin, TX.
―――. and Cohen, D. (eds.) (2005). *The Cambridge Companion to Ancient Greek Law*. Cambridge.
Gernet, L. (1951). *Platon:* Lois, vols. I–II. Paris.
Harrison, A. W. R. (1968). *The Law of Athens, I: The Family and Property*. Oxford.
―――. (1971). *The Law of Athens, II: Procedure*. Oxford.
Jones, W. (1779). *The Speeches of Isaeus in Cases Concerning the Law of Succession to Property at Athens*. London.
Leão, D. F. and Rhodes, P. J. (eds.) (2015). *The Laws of Solon*. London; New York.
MacDowell, D. M. (1978). *Law in Classical Athens*. London.
―――. (2009). *Demosthenes the Orator*. Oxford
Martin, G. (2009). *Divine Talk: Religious Argumentation in Demosthenes*, Oxford.
―――. (2019). *The Oxford Handbook of Demosthenes*, Oxford.
Moreno, A. and Thomas, R. (eds.) (2014). *Patterns of the Past: Epitedeumata in Greek Tradition*. Oxford
Phillips, D. D. (2013). *The Law of Ancient Athens*. Ann Arbor.
Rowe, C. J. (1986). *Plato:* Phaedrus. Warminster.
Rubinstein, L. (2000). *Litigation and Cooperation: Supporting Speakers in the Courts of Classical Athens*. Stuttgart.
Schiavone, A. (2012).*The Invention of Law in the West*, trans. by J. Carden and A. Shugaar. Cambridge, MA; London.（原著：Schiavone, A. (2005). *Ius: L'invenzione del Diritto in Occidente*. Turin.）
Schulz, F. (1936). *Principles of Roman Law*, trans. by M. Wolff. Oxford.（原著：Schulz, F. (1934). *Prinzipien des römischen Rechts*. Berlin.）
Thür, G. (1977). *Beweisfürung vor den Schwurgerichtshöfen Athens: Die Proklesis zur Basanos*. Wien.
―――. (2000). 'Das Gerichtswesen Athens im 4. Jahrhundert v.Chr.', in Burckhardt, L. and von Ungern-Sternberg, J. (eds.) *Große Prozesse im antiken Athen*. Munich, 30–49.
―――. (2005). 'The Role of Witness in Athenian Law', in Gagarin and Cohen (2005), 146–69.
―――. (2008). 'The Principle of Fairness in Athenian Legal Procedure: Thoughts on the Echinos and Enklema', *Dike* 11, 51–73.
―――. (2009). 'Courts and Magistrates in Ancient Athens', in Katz, S. et al. (eds.) *The Oxford International Encyclopedia of Legal History*. Oxford.

―――. (2018). 'Recht im Antiken Griechenland', in Manthe, U. (ed.) *Die Rechtskulturen der Antike: Vom Alten Orient bis zum Römischen Reich*, 2nd ed. Munich, 191–238.

Todd, S. C. (1993). *The Shape of Athenian Law*. Oxford.

―――. (tr.) (2000). *Lysias*. Austin, TX.

―――. (2007). *A Commentary on Lysias Speeches 1-11*. Oxford.

―――. (2020). *A Commentary on Lysias Speeches 12-16*. Oxford.

Usher, S. (1999). *Greek Oratory*. Oxford.

Whitehead, D. (2000). *Hypereides: The Forensic Speeches*. Oxford.

Wolff, H. J. (1968). *Demosthenes als Advokat: Funktionen und Methoden des Prozesspraktikers im klassischen Athen*. Berlin.

―――. (2007). 'Demosthenes as Advocate: The Functions and Methods of Legal Consultants in Classical Athens', with an Epilogue by Gerhard Thür, in Carawan (2007), 91–115.

Wyse, W. (1967 [1904]). *The Speeches of Isaeus*. Cambridge.

Yunis, H. (2011). *Plato:* Phaedrus. Cambridge.

(第3節　葛西康徳　訳)

23

ローマ人の法と法文化

アーネスト・メッツガー

> ローマ人は，1000年間にわたって，ひとまとまりの洗練された法を発展させた。その法は，中世，近世・近代ヨーロッパで参照され，用いられ続け，そしてヨーロッパから全世界に輸出された。現代の法システムの多くは，ローマ法を基にしているか，あるいは，一部をそれに負っている。ローマ法の伝統が成功を収めた理由は，ローマ人が生み出した法素材の品質の良さにある。またローマの公職者は，一般の人に新しい権利を拡大してゆくのに熱心であったし，法律専門家集団はその諸権利を巧みに発達させ，高度かつ精密に仕上げた。ローマ人は自分たちの法の枠組みを編み出し，この枠組みは現代法の多くのシステムにいまも通用している。

1 はじめに

ローマ法は，古代研究の中で特別の位置をしめている。それは，ローマ国民の法として1000年の歴史を超えて生き永らえ，東西両方の現代の多くの法システムの永続的部分となった。これには日本も含まれる。日本の民法および商法は，結局のところローマ法モデルを基礎にしている[1]。それゆえ，われわれがローマ法を研究するとき，われわれは同時

---

1) 日本民法は，全5編，すなわち，総則，物権，債権，親族，相続からなり，前3編（財産法）は1896年，後2編（家族法）は1898年に成立し，ともに1898年から施行された。この民法典は，第二次世界大戦後（1947年），家族法の部分が大幅に改正され，また最近第3篇債権法が大幅に改正された（2017年，施行2020年）。この民法典はいわゆる「パンデクテ

に現代法を研究しており，より一般的に言うと，われわれは暗黙の裡に正義について考えるための手の込んだ方法を発見しているのである。これがローマ法研究をパワフルにしている原因である。

　われわれは現代法におけるローマ法の存在価値について話すとき，単にルールについて話しているのではない。たしかにローマ法のルールの中には今でも通用しているものがいくつかあるけれども，ローマ法はルールの集積というより，はるかにそれ以上のものである。それは一つの知的伝統と考えるのが一番良い。つまり，どういう意味かというと，ローマ法は一つの構造，語彙群，表現方法，そして，人々がどのようにして共生すべきかということについてのアイデアの蓄積を持っているということである。例えば，ローマ法では，ルールは別々のグループに整序されているので，それぞれのグループは自律的なシステムになっている。一般的ないし抽象的概念は，「絆」[2]とか，「信義誠実」[3]のような言

ン」（この名称は本章および章末の訳者解説で説明される『ローマ法大全』のなかの『学説彙纂（ギリシア語 *Pandektai*，ドイツ語 *Pandekten*）』に由来）体系により編集されたと言われることからもわかるように，ローマ法に，もう少し正確にいうと長いローマ法研究と実務の蓄積の上に成立したドイツ民法（の草案）をモデルとしている。ただし，民法の前身は，1890年に成立した旧民法である。旧民法はパリ大学から招聘したボワソナード（Gustave Émile Boissonade de Fontarabie, 1825-1910）が作成した草案を元に作られた。旧民法は一旦成立したものの，施行が延期され，結局一度も施行されることなく，現民法にとってかわられた。ボワソナードが依拠したのは，フランス民法典（1804年，別名「ナポレオン法典」）である。そしてこのフランス民法典もまた，長いローマ法研究と実務の蓄積の上に出来上がったものである。他方，商法典はドイツから来日した法律顧問ロェスラー（Karl Friedrich Hermann Roesler, 1834-94）により1890年に成立したが，民法典同様，施行は遅れた。そして，民法典同様に法典調査会で修正を受けたのち，1899年に新商法典が成立し，同年施行された。商法がローマ法の影響をどの程度うけているかは別として，ローマ法の影響をうけたドイツ法をモデルとして成立していることから，やはり影響は免れない。日本法制史の概説書として，浅古他（2010）を参照。

　2）ラテン語 *obligatio*，英語は bond. 通常この語は「債務」と訳され，これに関する法は債務法 law of obligation と呼ばれる。日本法では伝統的に「債権」，そして債権法と呼ばれる。債務と債権では反対の概念のように見えるが，実は *obligatio* をどちらの側から見るかによる。ユスティニアヌスの『法学提要』（詳細は本章末の訳者解説参照）第3巻13章では次のように定義されている。「*obligatio* とは，法の縄（ロープ）のようなものであり，それによって我々は，我々の国の法に従ってある行為をなさなければならないように縛られている」。なお，Nicholas（2008）286によれば，*obiligatio* とは権利とそれに対応する義務によって縁どられる一つの法的人間関係。『法学提要』の枠組みでは，obligation によって創出される権利は，一種の財産 asset として取り扱われ，それゆえモノ・コト・関係 thing である。したがって，obligation は thing の法の第二の分類である。ユスティニアヌスの枠組みでは，obligation は，四つの原因から生じる。すなわち，契約から *ex contractu*，準契約から *quasi ex contractu*，不

葉によって確定されている。法律家は何世代にもわたって，事例，論理，そして命令を用いながら，同じレトリックのスタイルで語り続けてきた。そして最後に，やはり財産がほとんどの私人関係では主役であると言ってよい。これらの要素のすべてが，そして多くのほかのこともあわさって，一つの知的伝統を形作っている。この伝統は，ルールが変わっても何世紀も何世紀も生き延びてきたのだ。

　ではなぜ，ローマ法の伝統はそれほど長く生き延びてきたのだろうか。もし，われわれがこの問いに答えることができれば，ローマ人の功績を理解したことになるだろう。答えは，ローマ法の特殊な性格の中に，あるいはさらに特定して言うと，それを産み出したローマ国民の特別な性格の中に見出せる。特に二つのグループの人々が，ローマ法伝統の成功の鍵を握っていた。

法行為から *ex delicto*，準不法行為から *quasi ex delicto*。さらに Birks (2014) 1-23, 特に最初の 1-5 参照。

　3）　ラテン語 *bona fides*，英語は good faith. *bona* は英語の good に相当する形容詞であり善意と訳されるが，法律用語としての善意は，常識とは異なり，「あることを知らない」という意味にすぎない。「良い」とか「善」というニュアンスは無い。したがって，「悪意」とは「あることを知っている」という意味になる。*fides* はローマ人の基本的価値観念の一つ。*fides* は本書第 27 章で扱われるギリシア語 *peitho/peithomai* と同一語源の *pistis* に相当するラテン語。Fraenkel (1916) 参照。ローマ法およびローマ史では，「信義」ないし「誠実」と訳される。この概念は，ローマ法において特に二つの分野で決定的に重要である。

　第一は，契約法および訴訟法の領域において。ローマ法においては，訴権 *actio* は誠意訴権 *actio bonae fidei* と厳正訴権 *actio stricti iuris* に大別される。そして契約に関する問題を訴訟で解決する場合，後者では当事者の意思の表示が厳格な法の文言に基づいているかどうかだけが考慮されるのに対し，前者では，それ以外の諸要素，例えば，契約当時の状況，取引慣習，詐欺強迫等の有無など，信義誠実の原則に照らして，衡平・妥当性が総合的に判断される（原田 (1955) 151）。法律文言には明記されていない場合，訴訟において，契約を裁判の対象として取り上げる際の根拠として *bona fides* が持ち出された。これによって，地中海世界におけるビジネスに重要な売買，賃約，組合，委任という四つの「諾成契約」として裁判で取り上げることによって，新しい法律を作ることなく，ローマ法は拡大発展することができたのである。Birks (2014) 57-58 参照。

　第二は，財産法，特にいわゆる「物権法」の領域において。例えば，所有権を取得する方法の一つとして使用取得 *usucapio* があるが，使用取得として認められるための要件の一つとして占有 *possessio* がある。その占有において，占有者が誤って自分が所有者であると信じていた場合，その「誤って信じたこと」が善意による *bona fide* として，占有としてみとめられるかどうかについての法律家の議論がある。さしあたり，Nicholas (2008)122-29 および Borkowski and Du Plessis (2020) 187-90 参照。占有 *possessio* という概念ないし制度は古代ローマ法において最も特徴的であり，かつ難問中の難問であるが，勇気ある人は木庭 (2017) にチャレンジされたい。

2　都市法務官[4]

　第一のグループは，紀元前4世紀から1世紀にかけて1年毎の公職を経験した人，および裁判を管掌した人など，様々な人を含む。しかし，その中で最も重要なのはもちろん都市法務官[5]である。共和政下，都市法務官は人々が法律上の不平不満を携えて自分の所に来ることを認めていた。例えば，隣人がきちんと土地家屋を管理していないと文句を言って訴えてくる場合。あるいは，誰かが財産を奪ったとか，金銭をだまし取られたという不平もあろう。都市法務官の任務は，人々の請求を法的なものとしてどの程度，そしてどのように認めるか，を指揮することだった。これはどういうことかと言うと，人々の不平不満を一定の形式的言葉（初期ローマでは口頭）に落とし込むことである。この形式によってはじめて，別の人間つまり裁判人が紛争を評価するために用いることができるのである[6]。

　これらの事案において，初期ローマの都市法務官が直面した主要な困難は，ローマ市民が用いていた形式的かつ伝統的ローマ法が，非常に限定されたものだったということだった。端的に言って，不十分だったのである。ローマ市民間で取引をする際にも（例えば，ある取引について合意をする），その当時のローマ法では本当に限定された方法によるしか

---

[4]　ラテン語 *praetor urbanus*. 原田（1955）は「内人掛法務官」。

[5]　ラテン語 *praetor urbanus*, 英語 urban praetor. 一般的な説明によれば，紀元前367年に法務官（プラエトル）職が創設され，コンスルに代わって市民法に関する裁判権（刑事法を除く，したがって私法裁判権）を行使するようになった。紀元前242年頃，2名に増員され，1名がローマ市民間の紛争を扱う都市法務官，もう1名が紛争当事者のうち少なくとも1名が外国人である事件を扱う，外国人掛法務官 *praetor peregrinus* と呼ばれた。その後，共和政期末に大幅に増員されるが，私法の裁判権を管掌するのは，原則この2名であった。Nicholas (2008) 4 および Kunkel (2001[1967]) 84-85 参照。都市法務官の法創造権力については，Alan Watson, *Law Making in the Later Roman Republic* (1974) 31-62; A Arthur Schiller, *Roman Law: Mechanism of Development* (1977) 402-27; Rafael Domingo, *Roman Law: An Introduction* (2018) 50-51; David Johnston, *Roman Law in Context* (2022), 4-5.

[6]　Metzger (2015) 274-75, 283-87.

なかった。また，損害[7]や不法損害[8]が生じた場合，市民の権利を保護するにしても限られた状況においてしかそれができなかった。同様にまた，外国人が他の外国人と取引をしたり，あるいは紛争に巻き込まれた場合も，それどころかローマ市民との間においてすら，ローマ法は外国人に対して何らの保護手段も提供しなかった。

　紀元前3世紀までに高度に文明化し，商業的に重要になった社会には，これは耐え難い状況であった。ほとんどの不平不満は都市法務官のところにもちこまれたので，法の欠陥を最もはっきりと認識していたのは彼であった。彼ができることは形式的には限られていた。なぜなら，彼には裁判を管掌する権限は与えられたが，新しい法を作る権限はなかったからである。それにもかかわらず，歴代の法務官は，新しい不平不満を進んで聞いてやると公言したことによって，紀元前の最後の2世紀の間，間接的に新しい法を作ったのである。これらの公言内容は，公文書，すなわち告示 edict に記載されていた。告示は，毎年，新しい都市法務官が就任するたびに更新され，彼の法廷の近くに掲示された。それは，新条項を条文に分けて記載し，それによって人びとが自分に特に関係する不平不満に裁判が拡張されたかどうかが，わかるようになっていた。

　都市法務官は，裁判への新しい回路を案出するのに非常に長けていた。ある時は，彼らは既存の法を修正して，古めかしさを緩和した。ある時は，彼らは伝統法を非ローマ人が用いることを許した。ある時は，人々が既に取引慣行として用いているものを法的に承認した。さらにまたある時は，人々が他の人々に不法損害を及ぼしている場合，あるいは他の人々の財産を侵害しているような事例においては特に，端的に新しいタイプの請求を発案した。これらの裁判への新しい回路のほとんどは，ローマ人にも外国人にも開かれていった。こうして，告示はどんどん成長していったのである。

　法システムの目的は裁判への道を開くことだが，どの法システムもそ

---

[7] 英語原文では loss. これについては Birks (2014) 192-220, 'Damunum Iniuria Datum' を参照。

[8] 英語原文では injury. ラテン語 *iniuria* については，Birks (2014) 221-46 および葛西（2016）参照。

れをなすことに熱心というわけではない。それどころか、法システムのなかにはまったく関心がないというものもいくつかある。それらはなかなか裁判への道を開こうとしない。というのも、それらは権利よりも手続により関心がある。それらは、あたらしい不法[9]をなかなか認知したがらない。それらは、個々人の権利よりも国家権力を優先する。しかし共和政期の都市法務官はこれらの悪習を全く有していなかった。彼らは積極的に、新しい救済方法を必要とする人々に与えんとした。それを行う際、私人が自分のビジネスの手筈を整える、また私的不法を追及していくパワーを、彼らは躊躇なく拡大していった。要するに、彼らは、裁判を行うために大量のエネルギーと勇気を見せたのだ。ローマ法伝統の成功は、実質的には、彼らのエネルギーと勇気の結果なのである。

3 法　律　家

　おそらく、都市法務官は大胆に任務を遂行することをそれほど難しいとは思わなかったと思われる。なぜなら、彼らは新しい権利を公認することには責任があったが、その権利を効力あるものとする複雑なあらゆる法を発展させることには責任はなかったからである。この時期の法創造に関する奇妙な事実は、都市法務官によって権利が公認されたのは、各々の権利の基礎にある法が発達するよりも前だったことである。現代の裁判はこれとは大いに異なっている。成文法は膨大でかつ完結しており、権利は、どんな特殊なものであっても、一種の知的操作によって成文法の枠内で「発見」される。これに対して、共和政期の法務官による法創造は、これとは正反対であった。しかし、それでもシステムは動いたのである。その理由は、都市法務官が彼に不平不満を言ってくる人に対して、相手方に勝訴するという確約はせず、正式法廷[10]、つまり、法

　9）　英語では wrongs. その分類学について、Descheemaeker (2009) 参照。
　10）　英語は trial. これはコモン・ローでは「正式事実審理」と訳される。ローマにおける伝統的・典型的訴訟手続は二段階訴訟であり、この点はギリシア（アテナイ）法も同じ。本書第 22 章参照。

務官の前，そして，裁判人[11]*judex* の前 *apud judicum* で事件を審理する機会を与えると約束しただけだったことにある。彼が正式法廷で勝つかどうかは，法が，そのあらゆる複雑さをもって，彼に味方するかどうかである。しかも，その法を発展させることは，都市法務官とは別のグループの人たち，すなわち「法律家」の手によったのである。

「法律家」というのは，法に特別の関心を寄せ，その中で活動することを天職と考えたローマ人たちのことを指す，非常に一般的な用語である[12]。しかし，この用語はさすがに一般的過ぎよう。法律家が異なれば提供されるサーヴィスも非常に異なり，また何世紀も経つうちに，彼らの専門家としての様相はすっかり変わってしまったのである[13]。

紀元前4世紀後半まで，法の発展は閉鎖的な国家統制の下で行われた。初期のローマ人にとっては誰であれ，法的行事は決まっている通りに遂行されることに意味があった。しかも，彼らは言葉の力に非常な信頼を寄せていたので，法的な変更（例えば，養子，遺言，約束，訴訟）を有効にするために使用されるいかなる言葉も，一言一句，正確でなければならないということが，肝要だったのである。そして，ポンティフェックス神官団[14]と呼ばれる貴族階級の一グループが，法的行為に用いられる言葉を監督したのである。彼らは他の人びとを言葉の適切な形式へと導き，そして言葉の形式が不明確な場合には意見を与えた。

しかし，この活動のどれ一つとして，後の世紀における偉大なローマ

---

11) 通常，*judex* は審判人と訳されるが，ここではあえて裁判人とした。欠格事由がない通常の市民という意味では，数こそ1名であるが，ギリシア（アテナイ）と同じである。なお，Metzger (2015) 参照。

12) 法律家（英語は jurists）を表すラテン語は *jurissacerdos, jurisconsultus, jurisprudens* である。*jurissacerdos* の文字通りの意味は，「法の *juris* 神官 *sacer*（神聖な sacred）*dos*」。*jurisconsultus* は「法のコンサルタント」，*jurisprudens* は「法の専門家，熟達者」の意味である。また法学者の系譜について，『学説彙纂』第1巻2章2節（Watson (ed.) (1985). D. 1. 2. 2）参照。

13) 法律家の法創造については，Wolfgang Kunkel, *An Introduction to Roman Legal and Constitutional History*, 2nd ed. (1973) 95-124; Alan Watson（註5），101-68; Alan Watson, *The Spirit of Roman Law* (1995), 82-110. Aldo Schiavone, *The Invention of Law in the West* (2012), 175-95; Ulrike Babusiaux, 'Legal Writing and Legal Reasoning', in *The Oxford Handbook of Roman Law and Society*, ed. Paul du Plessis et al, (2016), 176-87; Domingo（註5），62-77.

14) 原語は the College of Pontiffs. Beard, North, and Price (1998) vol.1, 24-26; vol.2, 194-215 および Wissowa (1912) 501-23 を参照。

人の業績の一部とはなっていない。それどころか，その重要性は紀元前300年ごろ，それが没落したことにある。ポンティフェックス神官団が法解釈を独占している限りは，法に関する一私人の見解は誰にとっても無価値であった。しかし，ポンティフェックス神官団による法解釈の独占が破られ，私人が同じサービスを提供することが許されるようになったとき，新しい職業が誕生した。これらの人びとこそ最初期の法律家であり，ポンティフェックス神官団が行っていたのと同じ業務を遂行した。彼らは，他の人びとに対して，言葉と方式書[15]がもつ法的意味をどのように理解して，それを用いればいいのかについて助言を与え，また法の内容がよくわからないときそれを解釈した。ポンティフェックス神官団のもつ役割と威信は，この初期の法律家に一定程度移行した。そして多くの点において，移行したものは二度と元に戻ることはなかった。

しかし，この法律家たちは例えば遺言書を作成したり，法廷において語るべき正しい言葉を教えたりしたが，ローマが後世に有名になる原因になった法律家というのは彼らではなかった。法について洗練された書物を書いた法律家こそその原因であり，そのような書物が最初に著されたのは大体紀元前200年になってからであった。これがいかに革命的なことだったのかを想像するのは，今となっては難しい。それ以前は，法とはある比較的高位の権威をもった人が宣言し，人々はそれに基づいて行動するというものだった。それに対して，法は知的議論にふさわしい主題であり，役職者ではない人がそれについて思考をめぐらし，著作を残すことによって法に貢献できるという考えは，全くそれまでには無いものだった[16]

当初，著作が扱う範囲は限られており，おもに伝統的法領域を扱い，それに註釈を施していた。しかし，数世紀たつにつれ，都市法務官の告示もまた重要な法源であることがはっきりとし，法著作もより包括的なものとなった。また，法著作の内容も多様になった。つまり，註釈書に加えて，教育用著作，判例集，さらに実務的指南書などである。時代が下るにつれ，その内容は格式ばった言語や方式書よりも緻密な分析に依

---

15) ラテン語 *formula* (-ae 複数)。後述されるように，正式法廷で取り扱われる訴えが備えていなければならない一定の形式を，法務官が文章の形で公示したもの。
16) 彼らの著作とその規範性については，Schiavone（註13）177-86.

拠するようになった。

　これらの法律家が生み出した著作の質が非常に高かったので，法律家の解釈は法源の一つとして認められたのである。しかし，これが意味するのは，法律家一人一人が立法家だったということではなく（実際，彼らはしばしば論争したのである），法律家の著作が法律論争を解決するための権威として利用されたということである。それにもかかわらず，少なくとも帝政中期にいたるまで，法律家は公職者ないし立法家ではなく，私人であったというのが事実なのである。彼らが権威を得たのは純粋にその著作の質ゆえであり，その著作を通じて，彼らは法システムに不可欠の存在となったのである。

　法律家が法を創るのは，直截にそれを言明することによってではなく，それについての議論や論争によってなのである。例えば，ある人が他人の fraud （*dolus malus*）[17] によって何らかの形で損害を被った場合，その人に裁判で争う機会を与えると都市法務官が告示で宣言した。さて，この fraud とはどういう意味だろうか？法律家，セルウィウス・スルピキウス・ルフス[18]（Servius Sulpicius Rufus, ?－前 43）は，fraud と言えるためには虚偽（うそをつくこと）が必要であると言った。すなわち，「fraud とは騙すためのトリック（偽計）である。つまり，偽ってあることが言われ，それとは別のことが為された場合」。例えば，もし，あなたが偽って私の財産が無価値だと私に告げ，その結果私がそれをあなたに与えるならば，あなたは何か虚偽のことが真実だと偽ったことになる。しかし，仮に今日はそのものが無価値だとしても，明日それは価値あるものとなることをあなたが知っているような場合が考えられる。しかしその場合は，かりにウソがなかったとしても，それは fraud とされるべきである。あるいは別の場合を考えてみよう。あなたがそのものの価値を偽って私に告げ，しかし，それによってあなたが何とかして

　17）英語原文では fraud が使われている。田中編（1991）では，fraud は「詐欺」と訳されている。ラテン語 *dolus malus* は原田（1955）では「悪意」。日本語への翻訳語の問題は，どのような学問分野でも生じるが，法律用語の場合は，それが専門性・技術性を有するゆえに，その不統一が特に深刻である。そこで本章では原文を重んじ，fraud をあえてそのまま訳さずに用いることにした。

　18）紀元前 51 年コンスル，キケロ（Cicero, 前 106-前 43）の同時代人。共和政期における最も重要な法律家の一人。Kunkel (2001[1967]) 25 参照。

私を助けようとしている場合。その場合は，ウソがあるとしても fraud とされるべきではない。このように，よく考えてみると，セルウィウスの fraud の定義はお粗末である。例をいろいろと探求することによって，ローマの法律家たちは彼らの法を改修し，その結果セルウィウスより一世代後の法律家マルクス・アンティスティウス・ラベオ[19]（Marcus Antistius Labeo，？-後 10 から 21）は，fraud のよりうまい説明をすることになった。すなわち，fraud とは他人をだますトリック *calliditas* である[20]。

　法律家が用いたのは，法を積み上げてゆくこの種の議論と討論であった。その際試練となるのは，どのようにして抜き打ち的に変更するということなく法を改良していくかであった。実際起こった例であれ，架空の例であれ，彼らが新規の論争点を解決する際に最も重要な道具は，例という方法であった。というのも結局のところ，新しい論争点といっても純粋に新しいということは絶対にないのである。なぜなら，類似例が過去において議論されているだろうし，そのような例は無視できなかったのだ。したがって，法律家は新しい論争点を解決するという任務を負ったが，その際，過去の前例に少なくとも敬意は払ったのである。同時にまた，彼らは将来彼らの解決が顧慮されるだろうと期待し，後に生ずるかもしれない論争点を，できれば解決するような解決案を見つけ出そうと必死に努力した。これが何を意味するかというと，どの法律家の見解も，過去（過去の例），現在（現在の論争点），そして未来（将来起こりうる論争点）に目を向けているということである。

　これこそ，法伝統と言われるものの核心なのである。それは，法についての継続的議論であり，その中ではどの言明も，何か永続的で時間を超えて通用するようなものの一部たらんと欲している。もちろん，すべ

---

[19]　元首制期の劈頭を飾る最も重要な法律家。法務官には就任したが，コンスルには就任しなかった。Kunkel (2001[1967]) 114. ラベオの著作の一つ '*Pithana*' について，葛西（2021）所収の「説得性の軌跡」参照。

[20]　次節で引用する『学説彙纂』第 4 巻 3 章 1 節 2（ウルピアヌス『告示注解』第 11 巻）では，本文で後述される法律家ウルピアヌスが，セルウィウスおよびラベオによる fraud の解釈を引用しながら比較している。セルウィウスやラベオの著作はこうした引用を通してしか伝わらず，この資料は非常に貴重である。『学説彙纂』の詳細については，本章末の訳者解説を参照。

ての法伝統が現代の読者の関心を惹くというわけではない。ローマの法律家の何世紀にもわたる議論は，もしかしたら時間の経過によってほとんど無視されてしまったかもしれない。しかし，そうはならなかったとすればその理由は二つある。第一には，ローマの法律家たちは論争点を正しく解決するために並々ならぬ熱意をもち，驚くべき量のエネルギーを個々の論争点にとって最も正当な結論を見つけることに費やしたのである。これは大変ユニークな性格としか言いようがないが，その理由はよくわかっていない。第二に，ローマ人の後継者たるヨーロッパ人は，ローマ法文献の質と永遠の価値に心底から感動し，ローマの法律家たちが始めていた議論を続けたのである。その議論は今日も続いている。

4　代行と弁論

　法務官と法律家のほかに，法の領域内で活動する様々なグループの人がおり，法にその足跡を残すことがあった。例えば，法務官を含む公職者のために様々な業務をこなす一定クラスの公務従事者（apparitores）がいた。これら apparitores は，法律，告示，そして方式書の原案作りに一部分関与し，また彼らの限定された役割の中で「法律家」と見なされうる場合もあった[21]。あるいはまた，通常の法律業務をサポートする人々もいた。つまり，彼らは必要書類を下書きし，顧客の公的・私的利益を管理した。これらの実務家の中にはプロもいたが，そうでない場合は，彼らの正体は本人の事務を本人に契約で指名されて代行するものであった。そして後者には，場合によっては，訴訟で本人を援護する人もいた。

　実際，訴訟こそ彼らには多くの法的役割を演ずる舞台だった。その役割の中でも，当事者本人に代わって裁判に出るということが特に重要

---

21) O. F. Robinson, 'Lawyers and Jurists', *Georgia Journal of International and Comparative Law* 41 (2013), 711-18. Christine Lehne-Gstreinthaler, '"Jurists in the Shadows": The Everyday Business of the Jurists of Cicero's Time', in *Cicero's Law: Rethinking Roman Law of the Late Republic*, ed. Paul du Plessis (2016), 88-99.

だった[22]。訴訟において当事者の一方の代わりをする人物は，社会的義務を担っていることは誰の目にも明らかであり，彼に対する公の評価がここで下される。訴訟を代行することが始まったのは共和政の中期，民事訴訟の方式が改正されそれが認められたからである。当初は，より裕福な市民がパトロン（patroni）として，より貧しい者（彼らに従うもの clientes）に代わって裁判に出た。しかし，時がたつにつれ，有能な代行者への社会的需要が高まった。滅多にない例であるが，代行者の中には弁論家として特別のスキルを備えた者がいた。彼らは，当事者の利益を擁護するだけでなく，立身出世をはかるためにこのスキルを用いた。彼らは弁論術（レトリック）の腕を磨き，それによって代行者の役割から真の職業，すなわち法廷弁論 advocacy へと高めていった。彼らは，法的結論を出す任務を負った団体，すなわち裁判人団に対して公然と弁論をしたので，彼らは法の公の顔の一部となっていった。それよりももっと重要なことは，彼らが用いた弁論の論証のタイプが法自身の発展に影響したということである[23]。

　弁論術（レトリック）は，ギリシア人が最初に実践し，研究した技術（art）である。ギリシア人はそれを法廷の場で高度に発展させた。ギリシアがローマの支配領域に入ってくるや，ローマ人はそれに関心を向け，直ちにそれが有用であることを理解した。弁論術は，彼らの市民としての活動，公の場での演説，そして見た目の華々しさへの嗜好，とよくマッチした。それは，たちまち法教育[24]の基礎の一つとなり，そして立身出世を願うローマ人によって積極的に獲得されるべきスキルとなった。

---

22) ここでの議論はプロの法廷弁論家に焦点を当てているが，プロではない様々な人々が存在した。その人たちは訴訟において一方当事者に代わって弁論する（procuratores）場合もある，あるいは訴訟手続で公式に認められた，論争点における独立した第三者（cognitores）の場合もある。代行一般については，J. A. C. Thomas, Textbook of Roman Law (1976), 102–04; Schiller（註5）279–82; Andrew M. Riggsby, *Roman Law and the Legal World of the Romans* (2010) 47–54; Domingo（註5）116–17; Jonston（註5）155–56.

23) 訴訟における弁護人のプロフィールについては，Leanne Bablitz, *Actors and Audience in the Roman Courtroom* (2007) 141–50; John A. Crook, *Legal Advocacy in the Roman World* (1995) 37–46.

24) Riggsby（註22）57–66; Jill Harries, 'Legal Education and Training of Lawyers', in *Oxford Handbook of Roman Law and Society*, ed. Paul du Plessis et al, (2016) 151–63.

弁論術は，異なるタイプの論証の仕方を主な研究対象とする。それぞれ場面に応じて適切なタイプの論証を選ぶことを通じて，弁論家は法廷のメンバーに彼が望む結論を出すように誘導していく。このようにして，弁論術は，法と同様に，結論を出す一つの道具であった。弁論術は，論証をタイプに分けることを中心に据え，特定の事件においてよりすっきりする結論を求めて，あるいは皮肉な言い方をすると要するに勝つために，法規範に揺さぶりをかけた。法規範から離れるこのような自由は，それを，野心，理屈，コモン・センス，あるいは衡平，何と呼ぼうと，法と弁論術が同一の事件に対して異なる結論を出すかもしれないということを意味した。これは時として，弁論家と法律家の間の衝突を生むことの原因となった。そして，近代には，ローマ法の本質に関する論争の火種ともなった[25]。

5　ローマ法はどのように表現されているか

　われわれが法について語るとき，しばしば間接的に語る。例えば，われわれはこう尋ねる。この法は法システムの中のどこにおさまるか。この法の前にどのような法があったのか。この法は人々に経済的にどのように影響するか。これらはは重要な質問だが，法自身をまず理解しなければ答えを見いだせない。どの法も元々はそれを用いる人々のために書かれた。それゆえ我々が現在読んでいる法の本来の意味を理解するためには，その法のオリジナルな読み手のことを考える必要がある。このことは，以下の一連の質問を呼び起こす。つまり，この法の名宛人は誰か。この法はいかなる権威を有しているか。この法を理解するためには他にどのような法を理解する必要があるか。ローマ法では，このような質問が特に重要である。なぜなら，これらの質問への答えは，ローマ人が彼らの法を表現した独特のやり方を説明するのに役立つからである。このように問わなければ，我々は我々が読んでいるテクストを本来の意味に沿って理解することはできない。

25）　近代の論争に関する通説は，Kunkel (1973) 100-03 参照。

通常われわれが勉強するローマ人の法というのは，私人間の関係を扱う法である。つまり，人々の間の合意についての争い，あるいは，ある人が他人によって被った損害についての争い。われわれはこれを「私法」と呼ぶ。私法上のどのような事柄であれ，法的な問題を抱えた人は，いくつかの異なる法源から関係ある法を収集しなければならなかった。いくつかの法源の中で，しばしば「第一法源」が存在した。これは探索している権利ないし回復の源泉であるがゆえに，特別の位置を占めていた。

しかし，争いの中で第一法源が制定法である場合は少なかった。ローマ人の制定法というのは，現代のそれと非常に異なるということはなかった。つまり，立法者が一定の行為を公認ないし禁止した正式の言明である。有名な例はアクィリウス法[26] *lex Aquilia* であり，これは人の財産への損害に対する回復を認めたものである。ところが，制定法は読んでもよくわからないことがあり，特定の問題を抱えた訴訟当事者は，いかなる回復を期待できるかがはっきりとわからなかった。このような場合に，都市法務官は制定法を単純な言葉の組み合わせに「翻訳」して，何が不法で，何が回復されるべきかをはっきりさせた。これらのパターン（雛形）が告示に公開されて，訴訟当事者にとっていわば第二の法源となったのである。訴訟当事者は，当該事件の詳細を付け加えてパターンを完成し，それによって，正式法廷における裁判人のために，当事者の問題点を筋の通った形で叙述したもの，すなわち「方式書 *formula*」を作成した。しかし，これらの二つの法源でさえ十分ではない。制定法の下での論争は，多くの困難な法的問題を生ぜしめた。例えば，行為の有責性や金銭賠償の金額についてである。この種の問題については，訴

---

[26] 現在の不法行為法（日本民法 709 条）の（一つの）淵源となった立法。ただし，これは，厳密にいえば「平民の会 *concilium plebis*」が議決した「平民会議決 *plebiscitum*」であり，民会が議決した *lex* ではない。しかし，紀元前 287/6 年に制定されたホルテンシウス法 *lex Hortensia* により，平民会議決はローマ人全市民を拘束することになり，*lex* と同一の効力を有した。成立年代について，バークスは紀元前 287 年から 150 年の間，そしてオノレの見解に従い，おそらく前 200 年頃としている。なお，余談であるが，オックスフォード大学法学部の大学院生向け授業（BCL, MJuris）では伝統的にこのアクィリウス法を扱ってきた。訳者は，幸運にも 1999/2000 年度に，オール・ソウルズ・コレッジにてバークス（Peter Birks, 1941-2004）の授業に出席することができた。なお，詳細は Birks (2014) 192-220 参照。なお，最近の研究書として，Du Plessis (2018) がある。

訟当事者はいわば第三の法源，すなわち法律家による解釈を必要とした。以上が，第一法源が制定法の場合に，どのようにして様々な法源から法が集められるかについての概要である。

しかしながら，ほとんどの私法上の争いにとって制定法は存在しなかった。したがって，「第一法源」となったのは，不平不満を前向きに考慮すると書いた，告示における都市法務官の陳述であった。これを理解するために，前に論じた fraud（*dolus malus*）についての法をつかって説明したい。次に示すのは，fraud についての告示の叙述である。

> fraud によって *dolo malo* なされたと言われることについて，他の訴権では処理できず，また正当な根拠があると思われる場合，私は訴訟が最初に持ち込まれた時から 1 年以内に，正式法廷を開くことを認める[27)28)]。

多くの点で，これは非常に典型的な告示の記載である。その名宛人はすべての市民である。それは一種の約束の形をとっている。すなわち，もし，ある人が自分は fraud の犠牲者だと信じれば，都市法務官はその人に，その争いを正式法廷に持ち込むチャンスがあると約束する。そのほかにまた，fraud に関する訴権に特有のいくつかの細かい事情がある。つまり，もし人が何か他の理由（例えば，「盗」）[29)]で訴えを起こせる場合，あるいは彼が都市法務官の所に来る前にあまりに長期間が経過している場合，彼は fraud では訴えることはできない。

第二の法源は雛型となる方式書である。先に述べたように，方式書とは，法と当事者の主張が併記されている記載のことである。これは裁判人に向けられている。fraud による訴権[30)]について，都市法務官がこの

---

27) ラテン語 *iudicium dabo*.
28) 『学説彙纂』第 4 巻 3 章 1 節 1（ウルピアヌス『告示注解』第 11 巻）より。
29) 現在のオックスフォード大学欽定ローマ法講座教授であるヴォルフガング・エルンスト（Wolfgang Ernst, 1956-）は，2019/2020 年度の大学院生向けローマ法の授業では，「盗 *furtum*」の方式書をテーマとしている。訳者は幸運にも 2019 年 11 月 26 日の授業に出席できた。ヘレン・スコット（Helen Scott）およびジョー・サンプソン（Joe Sampson）も出席していた。
30) *actio de dolo, actio doli.* 原田（1955）では「悪意訴権」と訳されている。

雛形を提供した。

> もし，被告がなにかを fraud によってなし，最初に訴訟が持ち込まれた時より１年以内である場合，裁判人は被告に対して，その事件からしてしかるべき金額を原告に支払うべきであると判決せよ。もし，このことが明らかではなければ，被告は免責されるべし[31]。

両当事者は，都市法務官とともに，彼らの事件をこの雛型に嵌め込む。彼らは，原告，被告，裁判人を，関係者の実際の名前に置き換えるだろうし，「被告が fraud によって何かをなした」の代わりに，彼らは，何かをなしたと被告が主張されているその「何か」を特定して記載するだろう。こうして完成された方式書が裁判人の手に渡るであろう。

しかしながら，告示の文言および雛型方式書は，法廷において当事者が裁判人を納得させる弁論をするために，あるいは裁判人が結論を出すためには，十分な法を提供しなかった。実際，彼らはおそらくさらに多くのものを必要とした。そこでもう一度言うと，第三の，そしておそらく最も重要な資源は法律家の解釈なのである。告示の一つ一つの文言はある面では不明確だったので，専門的な解説を必要とした。法律家の中には当事者または裁判人に直接彼の解釈を伝える者もいるかもしれないし，あるいは，彼らは法律家が fraud について書いた膨大な著書の中にそれを発見するかもしれない。これをわかりやすく説明するために，前の議論で我々が依拠した法律家の著作を引用しよう。

> セルウィウスは fraud（*dolus malus*）を，一種の偽計 *machinatio* と定義している。つまり，我々はそれによって，こう動くと見せかけて別の行為をすることにより，他者を騙すのである。しかし，ラベオはこう反論している。人は欺瞞無く他者を騙すことは可能である。また，こうも言っている。人は *dolus malus* が無くても，見せかけと実際の行動が異なるということはありうる。例えば，自分自身または他人を護るためにこの種の偽装 *dissimulatio* のふるまいを

---

[31] Lenel (1927) 115.

する人たちがいる。したがって，ラベオは dolus malus を，他者をごまかす，かつぐ，騙すために用いたあらゆるトリック calliditas，欺瞞 fallacia，偽計 machinatio と定義している。ラベオの定義が正しい[32]。

これは，法律家ドミティウス・ウルピアヌス[33]（Domitius Ulpianus, ? - 後223頃）が後200年ごろ書いたものである。彼は数世代先輩の法律家の中から二人の見解を紹介している。二人の見解を一緒に議論し，彼らの理由付けを引用しながら，彼は後者（ラベオ）の意見が優るという自分の見解にレトリカルな力を与えている。このようなテクストは山ほどあり，顧客（訴訟当事者，裁判人，都市法務官自身）への助言として始まった。それらは，法を修得し，経験をもつ人々に向かって書かれている。まさにこの事実が，法律家の解釈をして最も価値ある法源にしているのである。

6　ローマ法はどのようにまとめられているか

われわれが法の組織化（まとめ方）について語るとき，われわれは，例えば，「告示」のようなその外見の形よりもむしろ，例えば，「財産法」のような法の内容について語っている。ローマ人は，法の内容を組織化することが望ましいことを早くから認識していた。もし，法が体系的に組織化されていれば，問題解決法を発見することがより簡単であり，同時に法の教育や学習も容易である。しかし，より重要なことは，もし法が体系的に組織化されていれば，法を批判し，発展させ，法に従って裁判することがさらに容易になるであろうということである[34]。

---

32)　『学説彙纂』第4巻3章1節2（ウルピアヌス『告示注解』第11巻）より。
33)　後3世紀前半に活躍した法律家であり，おそらくローマの法律家の代表と言っても許されるであろう。『学説彙纂』に収録された全法学文献の約3分の1は彼の作品であることからも，その地位と評価（少なくともユスティニアヌス法典編纂者にとっての）を窺うことができる。ウルピアヌスについての包括的研究は，Honoré (2002) 参照。
34)　ガイウスが始めたとされる Institutes に基づく法のまとめ方について，P. Birks and G. McLeod, *Justinian's Institutes* (1987) 16-18 参照。法的確実性の道具としてのまとめ方に

すでに議論したように，ローマの法律家は過去の先例（現実のものであれ，仮定のものであれ）に大いに依拠していた。現代の法律家と同様に，彼らは類似の事件は同じように扱われるべきだと考えていた。類似の事件を集める（そして異なる事件を取り除く）行為そのものが，暗黙のうちに法を組織化しているのであり，それが法を改良することであれ，特定の問題点を解決することであれ，その後に生じることすべてにとって，第一のステップなのである。

例えば，人に害を加えるやり方はたくさんある。もし，われわれがこの多くの方法をすべて一つのグループにまとめることができれば，法は「人を害する」ことを，その異なる現出の仕方に対して，妥当に取り扱ったと請け合うことができよう。しかも，それに関連の無い多くのルール，例えば，財産損害あるいは契約のルールに煩わされることなく，それができるであろう。

ローマ人は後2世紀中葉に，私法をまともにかつ体系的に組織化することを達成した。通常，法律家ガイウス（Gaius, 後2世紀）がこれを実現したとされる。彼自身は一人の法学教師であり，学生用の教科書である『法学提要』を用意し，それが新しい組織化を反映したものだったのである[35]。『法学提要』は私法を三つの部分に分ける。すなわち，人の法（法の下の地位，例えば，「妻」，「奴隷」，「市民」），モノ・コト・関係の法（人に経済的に影響を及ぼす法），そして行為の法（法廷における権利）。現代の民法はこの「提要システム」のいくつかの側面をいまだに引きずっているのである。

しかし，ガイウスの本当の貢献は，この三区分の中の再区分であり，

ついて，Dario Mantovani, "More than Codes: Roman Ways of Organising and Giving Access to Legal Information", in *Oxford Handbook of Roman Law and Society*, ed. Paul J. du Plessis et al (2016) 23–42.

35) ガイウスは，ローマの法律家そしてユスティニアヌス法典の編纂者たちにその名前を知られていたにもかかわらず，正式名そして正体は依然として不明である。彼の『法学提要 *Institutiones*』は，1816年になって初めて歴史家ニーブール（Barthold Georg Niebuhr, 1776–1831）によって北イタリアのヴェローナにおいてほぼ完全な写本が発見された。ローマの法律家による著作の中で，ユスティニアヌス法典とは独立して伝承された数少ない著作として，その資料的価値は非常に高い。ガイウスについては，Honoré (1962) および Kunkel (2001[1967]) 186–213 参照。なお，ユスティニアヌス法典の中の『法学提要』の概要およびその普及史については，Birks and McLeod (1987) 7–29（ガイウスの『法学提要』については，16–18）参照。また Gordon and Robinson (1988) 参照。

わけてもモノ・コト・関係の法の再区分であった。この法は，財産権の全種類のみならず，貸借関係 debt も含んでいた。後者は，当事者が義務を負わせているか，負っているかにより，プラスの場合もマイナスの場合もあった[36]。ローマ法において，これらの絆を表す正式の用語は 'obligation' である。これら二つの撚糸，つまり財産と絆は歴史的には法の別々の部分を占めてきた。事実，財産権に基づいて訴求することは，絆に基づいて訴求することとは全く別のことだった。雛型方式書は非常に異なる用語を用い，概念的には両者は相互に全く似ていない。財産訴訟においては，人はその対象物を自分のものと主張したが，絆訴訟では，人は相手方に対してある行為をするように要求した。

これらの相違にもかかわらず，ガイウスは財産と絆は，同じような仕方で経済的には人間にとって意味があることを認知していた。売買，組合，和解契約，そして相続などのような，日常的な法律問題は二つの法領域を自由に行き来した。そして両者一緒になって，人の経済生活全般をほとんどカヴァーしているのである。そこで，ガイウスの業績は次のようになる。彼は法の二つの根本的に異なる領域を総合した。しかし同時に，彼はその違いを了解していたのである。

ガイウスは絆をさらに細分化したが，そのやり方は現代のどのローマ法システムにもなじみのあるものである[37]。絆は，相互にはっきり異なるやり方で作ることができた。もし，合意ないし約束が履行されない場合に生じる絆は，契約上の絆であり，もし，それとは関係なく損害を引き起こす行為によって生まれた場合は，それは不法 delict による絆であった。それゆえ，契約と不法は，同じでもあり，同時に異なるものでもある。どちらも絆であり，類似した方法で訴求も強制執行もされた。しかし，それらの起源が全く異なることから，その帰結も全く異なるものとならざるをえない。その結果，例えば，原告は勝訴すれば，典型的な場合には，契約よりも不法に基づく場合の方が多くを獲得する。敗

---

36) すでに注2でも触れたが，本章で「モノ・コト・関係」と新奇な訳語をあてた英語原文は things, ラテン語は res である。従来の訳語は「物」であるが，これではどうしても（日本で法律学を学んだ人には）物権法を連想させてしまう。しかし，res は非常に広い意味をもつ概念であり，いわゆる「債権関係」も含む。

37) David Ibbetson, 'Obligatio in Roman Law and Society', in *Oxford Handbook of Roman Law and Society*, ed. Paul J. du Plessis, et al. (2016) 569-80.

訴した被告は，不法による絆の場合は，市民としての資格を失う[38]。また，契約的絆は，もし借主が死亡した場合，その相続人に対して訴求することが可能である。これは区分のおかげである。それは法の中の類似点と相違点を鋭く線引きする。その結果，もし特定の法が適用される場合，それに対応した正しい事例と原則が引き出され，関係ないものは無視されるのである。

7　センターは財産法

　法学提要システムにおいて，財産法と絆法はモノ・コト・関係の法の下でまとめて扱われている[39]。しかし，われわれは決まって次のように言う。二つはまとめられているけれども各々は異なる関係を扱っていると。つまり財産法は人と一つの財産の関係（例えば，所有権）を扱い，絆法は人間同士の関係（例えば，二当事者間の金銭貸借）を扱う。確かに，これは的確な説明だ。しかし，それは両者のより根深い相違点を隠している。実は，それらは対等なパートナーではないのだ。財産法は主に単一の権利，すなわちある財産を自分のものと主張する権利に関係している。財産法自体は複雑で，この単一の権利に集中する傾向がある。これとは対照的に，絆法の方は，多くの相異なる権利に関係する。ただし，これらの権利が人間対人間の関係という幅広い説明の下に潜んでいる。絆法の下に潜んでいるのは，例えば，買主から代金を請求する権利，あるサービスを要求する権利，盗による損害を請求する権利，他にもたくさんある。
　この点において二つの法領域が対等ではない理由は，両者の歴史的背

---

[38]　ラテン語 *infamia*，ギリシア語では *atimia*．この問題は，通常市民権喪失または公民権喪失として論じられる。市民（権）も公民（権）も法律概念ではない日本においては，いずれの訳語を充てるべきかについて議論をしても意味はない。市民も公民も，日常用語としても定着していない。しかし，古代ギリシア・ローマにおいては，市民としての権利を失うということは致命的である。なぜなら，名誉 *fama* を失うことは公職 *officium* に就く資格を奪われることであり，彼らにとっては政治的にも経済的にも生きていけなくなることを意味したからである。なお，葛西 (2019a) 489-92 参照。

[39]　注2参照。

景が非常に異なるからである。絆法は，ほとんど都市法務官と法律家が創ったものであった。長年にわたって蓄積されていった権利の複合性は，社会の変化に意識的に対応した結果であった。他方，財産法は正真正銘太古からのもので，ローマ人の *dominium*[40] という権利は，他の下位の財産権とともに，法律家が登場するよりはるか以前から法が持っていた永続する特徴であった。法律家が最終的に財産権に関わるようになった時，彼らの任務は人がある財産権を獲得した，あるいはしなかったのは何時かを確定することだけに限定された。これが何を意味しているかというと，われわれが財産法を研究しているとき，われわれは財産のもつ広範な性質，すなわち，ローマ社会における財産の役割，あるいはローマ経済への財産のインパクトについてはほとんど学んではいないということなのだ。実際，われわれが学んでいるのは財産の獲得方法だけなのである。

　皮肉なことに，もしわれわれが財産のさらに深い側面を知りたいと望むならば，絆法を勉強しなければならない。というのも，絆としてまとめられているほとんどの法は，直接ないし間接に財産に関係している。例えば，それを安全に保管すること，それを貸与すること，それに損害を与えること，それを盗むことなど。しかも，これらの個々の法が，なんらかの形で所有者の財産を保護している。例えば，もしあなたが貸借契約[41]の下で一時的にあなたの財産を他人に引き渡すとき，その財産は依然としてあなたのものであり，あなたに返されるべきであること，借主はそれに損害を与えてはいけないことを法は保証している。また，もしある人があなたを傷つけ，あなたは医者にいかなければならないとき，医者への謝礼は，あなたが不法な行為をした人から請求できる財産として扱われる。この種の絆は，ローマ法の中で財産の利益が評価され，そして保護される相異なる諸事情を，財産法が示していないやり方で，はっきりと示しているのである。

---

　40)　本章著者のメッツガーは，*dominium* は ownership に近似している，と注記しているが，ローマ法と，コモン・ローでわれわれの言う「所有権」を比較するのは容易ではない。ここでは，いくつか文献を挙げるにとどめる。Nicholas (2008) 153-57 および Buckland and McNair (1952) Chapter III, 60-126. さらにこの問題について，Honoré (1987) は非常に刺激的な論考である。

　41)　hire（ラテン語 *locatio conductio*）については，Birks (2014) 97-110 参照。

近代になって，国家がローマ法を自らの私法の基礎として用いようとした時，財産権の優越性は反感をかった。つまり，物質的利益は他の利益，例えば，福祉や家族の権利よりも重要であると思われるが，このことは現代にはそぐわないとみなされた。それゆえ，ローマ法の伝統を有する現代国家は，財産権の強調を和らげるために，その基礎をなす枠組を変更してしまったのである。

8　ローマ法の学ばれ方

　古代において，ローマ法は紀元前5世紀から紀元後6世紀にわたる長い歴史を有していた。その間にルールは進化し，人々は非常に相異なる法素材を産み出した。それゆえ，それぞれの時期が研究のために異なる機会を提供している。

　あるコミュニティが，急速かつ洗練された法発展を経験するのを見るのは，非常にエキサイティングかもしれない。多くの人にとって最も面白い時期は共和政期であり，そこでは都市法務官が法の守備範囲を拡大し，法律家が専門家となり尊敬されるようになった。対照的に，帝政初期は法的安定性を表現し，法発展はあまり目立たないが，法学説が前面に出てくる。これが，ローマ人がその最盛期に産み出したものの複雑さを研究したいと思う者にとって，この時期を最も魅力的なものにする要因である。しかし，その逆もまた真なのだ。なぜなら，原初期のローマからの法資料は法人類学者にとって，財産，罰，紛争解決，さらに他のものについての初期の観念を提供してくれる。最後に，多くの人にとって焦点となるのは，現代世界とそのローマ法の遺産である。これについて鍵となる時代は後6世紀であり，ユスティニアヌス帝（Iustinianus, 482頃-565）によるローマ法の偉大な再公布である。これは，古典期ローマ法の大きな塊を後代に残した一つのプロジェクトだった。われわれが古代世界そのものに戻ることなく，ローマ法を発見できるのは，ユスティニアヌス帝のおかげなのである[42]。

---

42)　これについては，Honoré (1978) および (2010) 参照。

訳 者 解 説

　本章で言及される『ローマ法大全』あるいは『市民法大全』(ラテン語 Corpus Iuris Civilis) は, 東ローマ帝国皇帝ユスティニアヌスが制定した, 次の四つの法典から構成される. すなわち, 『学説彙纂(英語 Digest, ラテン語 Digesta)』, 『勅法集(英語 Codex, ラテン語同じ)』, 『新勅法集(英語 Novels, ラテン語 Novellae)』, 『法学提要(英語 Institutes, ラテン語 Institutiones)』である. 『勅法集』および『新勅法集』はそのタイトルから受ける印象, すなわち皇帝による立法とは異なり, 具体的な問題(諮問事項)に対する一種の解答集である. 後代におけるローマ法の影響という点で最も重要なものは『学説彙纂』であり, 日本では専門家の間で「ディゲスタ」とか「パンデクテン」と呼ばれる. 後者は, オリジナルのギリシア語名称のドイツ語読みであり, 日本の法学(民法学)がいかにドイツ法学の影響を受けてきたかを示している. 『学説彙纂』は全50巻からなり, その内容は(英語名 Digest から推測されるように), 本章にも出てきたラベオ等のローマの法律家の著作を抜粋して編集したものである. 中心はウルピアヌスの諸著作である. 彼の著作は(単語数で)約30万語あり, 『学説彙纂』全体の約4割を占めている. 一方, 『法学提要』は全4巻からなり, 法学徒へのコンパクトな入門書として公布された. その内容においてガイウスの『法学提要』の影響を非常に受けている. そのコンパクトさ(持ち運びに便利)を武器として, 世界中に普及した. 特に, 『法学提要』の編別構成は, 近世以降スコットランド, オランダ, フランス, イングランド等において, 学問としての法学の確立に決定的な影響を及ぼし, それはフランス民法典を通じて, 日本の旧民法典にまで及んでいる[43].

　本章は, その内容においてもスタイルにおいても, 通常のローマ法入門とは相当異なったものとなっている. その理由は, 第一に, 読者として(高校生を含めて) non-lawyer, すなわち法学を専攻していない学生

---

43) 以上については, Birks and McLeod (1987) 7-29, Honoré (2002) 参照.

を念頭に置いていることにある。どのような専門分野にとっても同様であろうが，とりわけテクニカル・タームの結晶とも言うべきローマ法を限られた紙面で紹介するというというのは難題であったにちがいない。この難題に応えていただいたメッツガー教授に対しては感謝の言葉もない。

　しかし，本書にローマ法の章を何としても入れたいと考えたのは，一般の西洋古典（古代）入門書には，日本であれ西洋であれ，ローマ法が含まれていることはまずないからである。西洋であれば，西洋古典にあたる部分は中等教育である程度教えられているため特にその必要はない，と言えるかもしれない。しかし，西洋でも大学で西洋古典を学ぶ学生がローマ法の知識や関心を有していないというのは望ましいことではない。いわんや日本に於いてをや，である。訳者が 1980 年代にブリストル大学古典学科に留学した際，古典学科の履修科目の一つとして，同法学部で開講されていたローマ法[44]があげられていたが，これは例外的だったかもしれない。訳者は興味本位に受講したが，その体験がその後，コモン・ローの用語でローマ法を説明することの難しさ，面白さを強調する訳者の主張の原点になったと思う。留学当時大変親切にしてくださったローマ史のトマス・ヴィードマン（Thomas Wiedmann, 1950–2001）[45]は古典学におけるローマ法の重要性を常に強調され，訳者が受講していると伝えると非常に喜ばれたことを今でも懐かしく思い出す。あわせて，クルック（John Crook, 1921–2007）の名著『ローマの法と生活』（Crook〔1967〕）をお薦めしたいが，この本を読むのは骨が折れる。

　第二に，本章の特徴として，コモン・ロイヤーならではの視点がよく表れている点があげられる。とりわけ，法を扱う人間，すなわち都市法務官と法律家からローマ法を見る視点は重要である。コモン・ローもまた judge-made-law と呼ばれるほど，法律家（裁判官）の役割が重要である。もちろん，同じように法律家が活躍すると言っても，ローマ法とコモン・ローは同じではない[46]。特に，付言しておくと，ローマの法律家は，当初から帝政中期以前までは，基本的に私人として活動した。都市

---

[44]　担当は，参考文献にあげた Borkowski and du Plessis (2020) の原著者 Andrew Borkowski 先生，教科書は Lee (1956) であった。

[45]　イギリス育ちのドイツ人で，本書第 21 章の著者オズウィン・マリー先生の弟子。

法務官も裁判人も，原則としては，素人（一般）市民である。他方，コモン・ローはその法発展の初期から法律家は専門家（職業）として活動し，王権と緊密に結びついている。ただし，人間（法律家）に着目するといっても，いわゆる社会史的分析ではない。法システムや法学説（ドグマーティク）との関連で法律家を扱っている点がいかにもコモン・ロイヤーらしい。

　第三に，本章はローマ法研究が現代社会においてもつ意義についても，コモン・ロイヤーの視点から，ヨーロッパ大陸の法律家と異なり，決してドグマーティクだけに偏ることなく相対的，多元的にとらえている。ドグマーティクを鍛えるのはローマ法素材だけではない，という自負があるのであろうか。オックスフォード大学およびケンブリッジ大学においてローマ法が依然として事実上必修科目であることを考えると，コモン・ローにおいてローマ法は，自己の法素材を総体的に捉えるのに役立ち，ローマ法圏の法律家とのコミュニケーションの手段として重要であり，ここにローマ法研究および教育の意義があると考えているのではないかと訳者は推測している。翻って，ローマ法圏に属する日本では，コモン・ローにおけるローマ法研究を学ぶ意義は，コモン・ロイヤーとのコミュニケーションにあると訳者は考える。

　最後に，本章著者メッツガーを紹介したい。訳者が最初に氏にお会いしたのは，2005年7月，ロンドン大学ユニヴァーシティ・コレッジで開催された，第17回英国法制史学会 British Legal History Conference においてであった。氏はイリノイ大学 Urbana-Champaign で古典学を修めたあと，南メソディスト大学デッドマン・ロースクール Southern Methodist Univesrity (SMU), Dedman Law School で J.D. 取得。実務経験のあと，オックスフォード大学でピーター・バークスの下でローマ法を研究。専門はローマ民事訴訟法。なぜローマ法を研究することになったのか，とその理由を訳者が尋ねると，「SMU で素晴らしいローマ法・法制史学者ジョー・マックナイト（Joe McKnight, 1925-2015）に出会ったから」と即答された。'Lone Star' 出身のジョー・マックナイトもまた，

46）これについては，ベイカー・葛西編（2025）所収のデイヴィッド・イベトソン先生の第7章「ローマ法」を参照されたい。

オックスフォードでローマ法を学んでいる。その教師の名前は、「フリッツ」。それが、いずれも同時期にオックスフォードにいたフリッツ・シュルツ（Fritz Schulz, 1879-1957）かフリッツ・プリンクスハイム（Fritz Pringsheim, 1882-1967）のどちらなのか、訳者は、残念ながら、テキサスまで訪ねたにもかかわらず、すでに重篤であったジョーから聞き出すことはできなかった。

参　考　文　献

浅古弘他編（2010）『日本法制史』青林書院.
葛西康徳（2016）「噂と名誉毀損——古代ギリシア・ローマにおける情報の一側面」、『知的財産・コンピューターと法——野村豊弘先生古希記念論文集』商事法務、1039-74.
─────他訳（2019a）『デモステネス弁論集5』京都大学学術出版会.
─────（2019b）「*Aequitas, Epieikeia*, Ubuntu——平等と衡平」、『日本とブラジルからみた比較法』信山社、353-86.
─────（2021）「説得性の軌跡」、『新版文化転移』Bibliotheca Wisteriana.
木庭顕（2017）『新版ローマ法案内——現代の法律家のために』勁草書房.
田中英夫編（1991）『英米法辞典』東京大学出版会.
原田慶吉（1955）『ローマ法——改訂』有斐閣.
J. ベイカー・葛西康徳編（2025）『コモン・ロー入門』東京大学出版会.

『ローマ法大全』関連資料

Birks, P. and McLeod, G. (1987). *Justinian's Institutes*. London.
Corpus Iuris Civilis, 3 vols. editio stereotypa, Berlin.
　　vol. 1 (*Institutiones, Digesta*) ed. by P. Krüger and Th. Mommsen, 1872.
　　vol. 2 (*Codex Iustinianus*) ed. by P. Krüger, 1877.
　　vol. 3 (*Novellae*) ed. by R. Schöll and G. Kroll, 1895.
Frier, B. W. (ed.) (2016). *The Codex of Justinian*, 3 vols. Cambridge.
Gordon, W. M. and Robinson, O. F. (1988). *The Institutes of Gaius*. London.
Miller, D. J. D. and Sarris, P. (eds.) (2018). *The Novels of Justinian*, 2 vols. Cambridge.
Watson, A. (ed.) (1985). *The Digest of Justinian with Latin Texts*, 4 vols. Philadelphia.

入門書・教科書・研究文献など

Bablitz, L. (2007). *Actors and Audience in the Roman Courtroom*. London.
Babusiaux, U. (2016). 'Legal Writing and Legal Reasoning', in du Plessis, P. J., et al. (eds.)

176-87.
Beard, M., North, J., and Price, S. (eds.) (1998). *Religions of Rome*, 2 vols. Cambridge.
Birks, P. (2014). *The Roman Law of Obligations*. Oxford.
Borkowski, A. and du Plessis, P. (2020). *Textbook on Roman Law*, 6th ed. Oxford.
Buckland, W. W. (1963). *A Textbook of Roman Law*, 3rd ed. Cambridge.
―――. and McNair, A. D. (1952). *Roman Law and Common Law*, 2nd ed. Cambridge.
Crook, J. (1967). *The Law and Life of Rome*. London.
―――. (1995). *Legal Advocacy in the Roman World*. London.
Descheemaeker, E. (2009). *The Division of Wrongs: A Historical Comparative Study*. Oxford.
Domingo, R. (2018). *Roman Law: An Introduction*. London.
du Plessis, P. J. (ed.) (2018). *Wrongful Damage to Property in Roman Law: British Perspectives*. Edinburgh.
―――., Ando, C., and Tuori, K. (eds.) (2016). *The Oxford Handbook of Roman Law and Society*. Oxford.
Fraenkel, E. (1916). 'Zur Geschichte des Wortes *Fides*', *Rheinisches Museum für Philologie*, Neue Folge 71, 187-99.
Harries, J. (2016). 'Legal Education and Training of Lawyers', in du Plessis, P. J., et al. (eds.), 151-63.
Honoré, T. (1962). *Gaius, a Biography*. Oxford.
―――. (1978). *Tribonian*. London.
―――. (1987). 'Ownership', in *Making Law Bind: Essays Legal and Philosophical*. Oxford, 161-92 (first appeared 1961).
―――. (2002). *Ulpian: Pioneer of Human Rights*, 2nd ed. Oxford.
―――. (2010). *Justinian's Digest: Character and Compilation*. Oxford.
Ibbetson, D. (2016). 'Obligatio in Roman Law and Society', in du Plessis, P. J., et al. (eds.), 569-80.
Johnston, D. (ed.) (2015). *The Cambridge Companion to Roman Law*. Cambridge.
―――. (2022). *Roman Law in Context*. 2nd ed., Cambridge.
Kelly, J. (1992). *A Short History of Western Legal Theory*. Oxford.
Kunkel, W. (1973). *An Introduction to Roman Legal and Constitutional History*, 2nd ed. trans. by J. M. Kelly, Oxford.（原著：Kunkel, W. (1971). *Römische Rechtsgeschichte: eine Einführung*, 6th ed. Cologne.）
―――. (2001[1967]). *Die Römischen Juristen: Herkunft und sozial Stellung*, reprinted ed. Cologne; Weimar; Wien.
Lee, R. W. (1956). *The Elements of Roman Law*, 4th ed. London.
Lehne-Gstreinthaler, C. (2016). '"Jurists in the Shadows": The Everyday Business of the Jurists of Cicero's Time', in du Plessis, P. J. (ed.), *Cicero's Law: Rethinking Roman Law of the Late Republic*, Edinburgh. 88-99.
Lenel, O. (1927). *Das Edictum perpetuum: ein Versuch zu seiner Wiederherstellung*, 3rd

ed. Leipzig.
Liebs, D. (2012). *Summoned to the Roman Courts: Famous Trials from Antiquity*, trans. by Garber, R. L. R. and Curten, C. G. Berkeley; Los Angeles; London.（原著：Liebs, D. (2007). *Vor den Richtern Roms. Berühmte Prozesse der Antike*. Munich.）
Mantovani, D. (2016). 'More than Codes: Roman Ways of Organising and Giving Access to Legal Information', in du Plessis, P. J., et al. (eds.), 23–42.
Metzger, E. (ed.) (1998). *A Companion to Justinian's Institutes*. London.
―――. (2015). 'Litigation', in Johnston (ed.), 272–99.
Nicholas, B. (2008). *An Introduction to Roman Law*, rev. by E. Metzger. Oxford.
Riggsby, A. (2010). *Roman Law and the Legal World of the Romans*. Cambridge.
Robinson, O. F. (2013). 'Lawyers and Jurists', *Georgia Journal of International and Comparative Law* 41, 711–18.
Schiavone, A. (2012). *The Invention of Law in the West*, trans. by J. Carden and A. Shugaar. Cambridge MA; London.（原著：Schiavone, A. (2005). *Ius: L'invenzione del Diritto in Occidente*. Turin.）
Schiller, A. A. (1977). *Roman Law: Mechanisms of Development*. The Hague.
Schulz, F. (1946). *History of Roman Legal Science*. Oxford.
Thomas, J. A. C. (2013[1976]). *Textbook on Roman Law*. Amsterdam. reptinted by Philip McDonald, London.
Watson, A. (1974). *Law Making in the Later Roman Republic*. Oxford.
―――. (1995). *The Spirit of Roman Law*. Athens, GA.
Wissowa, G. (1912). *Religion und Kultus der Römer*. Munich.
Wolff, H. J. (1951). *Roman Law: An Historical Introduction*. Norman.

（葛西康徳　訳）

24
ギリシア教

ロバート・パーカー

　本章は，まず第1節「神々とその他のパワー」において，神々の名前の問題から始まって，神々の権能に関する解釈，特に影響力のあるフランス古典神話学の見解に対して，著者自身の最近の研究の成果をもとに具体的な批判を加えてゆく。第2節「宗教的権威——ポリス教」では，ポリスと宗教の関係を論じ，いわゆるポリス教の概念について，ポリス全体（民会および法廷），ポリス間，ポリスの下部組織各々における宗教事項の決定や儀礼を論じ，他方，現実社会における私的な（違反）行動の存在を指摘している。第3節「儀礼」では，従来あまり論じられることのなかった，私的な犠牲について詳しく論じている。特に，アスクレピオス神殿での医療に関する儀式とドドネの神託儀礼は，いわば庶民の目からみた宗教の実態を示すものとしてきわめて興味深い。古代ギリシア人もプラトンのような人ばかりではなかったことを実感させる，ギリシア喜劇とは一味違ったギリシア庶民のナマの姿を紹介する。第4節「あの世」はいわゆる秘儀，そしてオルペウス信仰の問題であるが，本章では簡単に触れるにとどまっている。第5節「批判と存続」は，宗教と哲学の関係を扱う。両者の緊張・対立関係（例えば，クセノパネス，プラトン『国家』）と同時に，哲学者による神々の柔軟な解釈により共存関係を維持し続けたことを示唆している。

1　神々とその他のパワー

　本章は「ギリシア教 Greek Religion」を扱うが，ギリシア人は自分自

身を「ギリシア教徒」とは考えなかった。今日，世界は異なる宗教，例えばキリスト教，イスラム教，仏教などの信者に分かれているとわれわれは考えるが，このような見方が広がったのはつい最近のことにすぎない。ギリシア人は，どの宗教に属するかの選択に迫られたことはなかった。つまり，ギリシア人であることはギリシアの神々を祀ることを意味した。そして，ギリシア人は自分たちの神々は他のどの民族の神々とも，名前を除いて，異なるとは必ずしも思っていなかった。古代地中海世界においてはどこでも，通例，他の民族の神の名前を自分の民族の神のどれかの名前に「翻訳」していた。それゆえ，例えば，ヘロドトス（Herodotos, 前5世紀前半–前420頃）はその著『歴史』のなかで，「オシリス（エジプト人の神の一つ）はギリシア語ではディオニュソスである」（第2巻144章2節）とか，あるいは反対に，「エジプト語ではアポロンはホロス，デメテルはイシス，アルテミスはブバスティスである」（第2巻156章5節）と言うことができるのである。またローマでは，ギリシアのゼウスはユッピテル，アプロディテはウェヌスと同一視されるようになった，などである。

では，この翻訳習慣の基礎にはそもそもいかなる理由があったのかとなると，学説は争っている[1]。ある見解によれば，「オシリスはディオニュソスである」という主張は二つが同じ神であることを意味するのではなく，むしろ，ディオニュソスがそのパワーにおいてオシリスに最も似ているが，それとは区別されるギリシアの神だということである。他方，別の見解によれば，この二つは全く同じ神で，ちょうど英語の 'sun' とフランス語の 'soleil' が同じ普遍的パワーを指しているのと同様である。つまり，神々はどこでも同じであり，名前が違うだけだというのである。ところが奇妙なことに，この問題に関してはっきりした言明は，ほとんど一度も見られないのである。このような便利な同一化については誰でも知っていたが，それらは議論の対象にはならなかった。だが，普通ありえないことだが，もし信者がこの問題についてどのように考えているのか言えと強いて尋ねられれば，今述べた二つの選択肢のうち，

---

[1] この問題を正面から扱ったのが Parker (2017) である。特に第2章（Interpretatio）を参照されたい。

ある者は一方，ある者は他方を取るだろう。ただ，二つの点ははっきりしている。一方では，オシリスはディオニュソスであるということは，それらの儀礼を混合することを意味しなかった。エジプト人はエジプトの儀礼に従ってオシリスを崇め，ギリシア人はギリシアの儀礼に従ってディオニュソスを崇めた。地方の儀礼は，その地方の言語と同様に，それぞれ異なったままであった。しかし他方では，だからといって人々は宗教によって他の民族から分断されてはいなかった（他の多くのことがらによって彼らは分断されていたのだが）。というのも，他の民族の神々は自分自身のそれと同じか，最悪の場合でも似ていたからである。

　われわれはギリシア人を多神教，つまり多くの神々を祀っていたと言う。しかし，これもまた，外部の人間の一つの見方である。彼らがよく知っていたほかのすべての民族は多くの神々を祀っており，一神か多神かの対立は，彼らにとっては関係なかった（この対立が生まれるのは古代もずっと後になってから，すなわち，キリスト教の勃興によってである）。彼らは自分たちはただ「神々」を祀っていると考えていただけである。神々の数は，当時誰も答えられなかったし，今も答えられない。まず，大体紀元前6世紀の後半から，12名の大物の神々の一団を時たま見かけるようになる。彼らはオリュンポス山頂にある神々の王ゼウスの宮殿に住んでいると考えられていた。すなわち，パルテノン神殿のフリーズ（破風）に一緒に座って描かれているのは，アプロディテ，アポロン，アレス，アルテミス，アテナ，デメテル，ディオニュソス，ヘパイストス，ヘラ，ヘルメス，ポセイドン，そしてゼウスである[2]。しかし，これはギリシアにおいて公認された神々の完全決定版リストとはとても言えなかった。というのも，12神の中で比較的マイナーな神々の中には異同がある。例えば，ジェンダーを6ずつで対等にするために，ディオニュソスはヘスティアと取り替えられることがある。またデメテルの娘コレ／ペルセポネと，その夫の冥界の王プルトンは，儀礼においてヘパイストスやアレスよりはずっと重要なメンバーであった。しかし，彼

---

[2] パルテノン神殿とオリュンポス12神については，中村（2017），特に第14章参照。なお，同著者による中村（2020）が最近刊行された。両書とも心憎いまでに精選された資料と名人芸のイラストに満ちており，ギリシア教のみならず西洋古典学全般にとって極めて有益である。そして，なにより読みやすい。

らは冥界と結びついているので，ゼウスと一緒には住んでいない。それから，無数のマイナーなメンバーがいた。それらは，パンのように単独の場合もあれば，河川や風のような自然もあり，またグループで活動するものもいた（ニンフ，海のニンフ，季節，カリス〔カリテス〕）[3]。ヘシオドス（Hesiodos, 前8世紀末–前7世紀初め活動）の『神統記』，すなわち『神々の誕生』（紀元前8–前7世紀）を読むと，あふれんばかりの神々を実感することができるが，そのリストにすらあがっていないマイナーなメンバーを容易に挙げることができるだろう。そして，ここでは統制が全く取れていない。つまり，誰があるいは何が神かを言う，あるいはまた，神々の系譜についての論争点に決着をつける権威というものは存在しなかった。

　ここで，一つ傑作な例を挙げよう。初期の神話詩人で最大の影響を及ぼしたのは，ホメロス（Homeros, 前8世紀頃？）とヘシオドスの二人だった。そしてヘロドトスをして，次のように言わしめたほどである。「ギリシア人のために神々の誕生についての説明を案出し，神々に綽名や枕詞をつけ，彼らの特権を分与し，その風貌を提示したのは，この二人（ホメロスとヘシオドス）なのである」（第2巻53章2節）。ヘロドトスによれば，彼ら以前にはギリシア人は「各々の神がどこから生まれたのか，彼らがみな昔から存在していたのかどうか，彼らはどのような姿をしていたのか」を知らなかったのである。ヘロドトスは確かに誇張しているが，彼がそのような権威を二人の詩人に与え，他の情報源には与えなかったということが重要なのである。とはいえこの二人は，大物の女神アプロディテの素性について異なる説明を与えている。ホメロスは彼女はゼウスの娘と言い，ヘシオドス（『神統記』188-98行）は彼女は泡から生まれた[4]と言い，その泡は息子クロノスの仕業で切断されたウラノスの生殖器が海に投げ込まれたとき発生したとする。だが，このような不一致をギリシア人は問題にしなかった。彼らは詩人から神話を学び

---

3) カリス（複数形カリテス）の英語は Graces，ギリシア語は *charis (charites)* である。これは通常「優美の女神」と訳されているが，これでは何のことか意味がわからない。ギリシア語カリスの中核的意味は，'reciprocity'（人類学でいう「互酬性」）である。Parker (1998) 参照。『神統記』の訳書には，中務（2013）がある。

4) アプロディテ Aphrodite の名前 *aphros* はギリシア語で泡を意味する。

とったが，「詩人はたくさん嘘をつく」（そのような諺がある）ことを知ってもいた。そして詩人たちが選び取ったものが何であれ，それを信じるのも信じないのも彼らの自由であった。

　神々に加えて男女の英雄がいた。ところで「英雄」というのは，ギリシア教においては一種の技術的概念である[5]。どういう意味かというと，オデュッセウスが『オデュッセイア』の英雄だとわれわれが言う時の意味とは異なるということである。ここでの英雄は儀礼の対象であるということを意味する。彼らはすでに死んでしまった（英雄儀礼の場所はしばしばその墓であった）が，それでもその墓から人間世界に影響を及ぼすパワーを失っていない，過去からの偉人だと信じられていた。神話の英雄の中には（主要な登場人物という意味で）この技術的意味での英雄もいたが，全員というわけではなかった。何人かの英雄は無名であり，場所（「ラシレイア Rasileia の英雄」とか「塩原のそばの英雄」）[6]から知られるにすぎない。これらの場合，崇めるべき価値があるかもしれないある過去の偉人がその墓の中に眠っているという信仰を呼び起こした。それは，おそらく素晴らしい墳墓が昔から残っていたからであろう。その名前が知られている儀礼的英雄のほとんどは，「英雄時代」といまでも呼ばれる時代に遡る。ホメロスおよびその他の初期叙事詩人が描いたこの時代に，大抵のギリシア神話は設定されている[7]。しかし，歴史時代の人物にも英雄儀礼を受けるようになった者はいた。植民市の創立者は文句なく，また好成績を収めた競技者もその例である。

　ところで，ギリシア人というのは一つの民族であるが，ギリシア国家というものは無かった。すなわち，ギリシアは夥しい数の（1000以上）小さなポリス（都市国家）に分かれており，その多くが地中海と黒海のいたるところに散らばった植民市であった。また「部族 ethne」として知られる比較的ゆるい集団が存在した。どのポリスも部族も，特に贔屓の神々や英雄を膨大な総体から自分で選んでもっていた。トップの神々（そのほとんどは上述の12神）はどこでも祀られたが，彼らでさえ場所が

---

[5] 英雄についての詳細は Parker (2011) の第4章「英雄のパワーと本質」参照。
[6] ラシレイアの英雄については資料に出てくる。Rice and Stambough (2009) 参照。
[7] ギリシア語表現としてこれを用いた証拠はないが，ヘロドトスが「いわゆる人間の時代」というとき，これを意味している。『歴史』第3巻122章2節を参照。

異なればその序列は異なった。英雄はその出生ないし死亡の地にほとんど限定された（代表的例外ともいえるヘラクレスは，人間として生まれながら，待遇は神扱いであった）。それゆえ，自分のポリスとは別のポリスを訪れたギリシア人はみな，自分が故郷で知っているのとは幾分異なるセットの神々，そして非常に異なるセットの英雄を発見することになる。さらに話をややこしくするのは，儀礼を催す際に使われる枕詞であるが，これは非常に重要である。主要な神々は儀礼においてその名前と枕詞を組みあわせて祀られるのが常であった。これら「儀礼上の二重名称」には大別して二つあった[8]。神の名前プラス形容詞，その形容詞は（a）神ないし女神が祀られている場所（例 *Artemis Brauronia* ブラウロンのアルテミス），または（b）その神がパワーを有する特定の生活領域（例 *Zeus Ktesios* 財産のゼウス，*Athena Hippia* 馬のアテナ）。さらに一つのポリスの中でさえ，同じ神がいくつかの異なる枕詞をもっている場合もあった（アテナイにおけるアテナは 10 以上）。それが祀られる場所ごとに一つの枕詞がついていた。では，馬のアテナは手仕事のアテナ *Athena Ergane* と同じだったのか。ある意味では言うまでもなく，イエス。しかし，彼女は異なる場所で祀られ，儀礼も異なっていたかもしれない。そして参拝者が彼女から聴きだす事項もまた異なっていたであろう。そのように同じ神が異なる枕詞のもとに，宣誓において担ぎ出されることがときどきある。あたかも異なる枕詞がその神を二神にしているように。

また，「オリュンポス」の神々と「地下」の神々という区別がギリシア人自身によって時々なされることがある[9]。すなわち，天空の山（オリュンポス）にいる神々と地下 chthon にいる神々である。前に指摘したように，コレ／ペルセポネとプルトンは地下の神なので 12 神からは外された。この区別について研究者はかつて次のように考えていた。第一に，オリュンポスと地下という神々の区別は，ギリシア人が考えた神々の世界の全体構造の基本であった（ただし，地下の要素をもったオリュンポスという混合の神々もいくらかいた）。第二に，この区別は犠牲儀礼の

---

8) 以下，神々の名前の問題については，Parker (2017) chapter 3, 特に p. 95 以下を参照。
9) 詳細は Parker (2011) 80-84, 283-286.

形式のなかでいくつか現れるが，中でも最も決定的な違いは，犠牲動物の肉がオリュンポスの神々の場合は人間と神々の間で共有されたが，地下の神々（英雄も含む）の場合はすべて焼かれたというものである。しかし，最近の学説によれば，この区別の中心的なポイントは疑われており，特に，犠牲方式を二つに分けるのは単純化しすぎているとされる。つまり，犠牲の中に多くの異形や程度差があった（例えば，通常よりも大量の肉が焼かれたが，動物全体の丸焼きではないというケースが時々ある）。また反対に，英雄のように「地下の神々」と想定されているものに対して捧げられた動物の肉が，確かに食用にされた場合があった。この問題に対する論争は続いているが，オリュンポス／地下という区別は，ギリシア人の思考の中心的支柱のようなものというよりも，むしろ彼らが時々用いた便宜的区別のように思える。

　前に引用した箇所で，ヘロドトスはホメロスとヘシオドスが神々の間で「特権と技能」を分配したと述べている[10]。ギリシア人がしばしば言うように，異なる神々は異なる特権（文字通りの意味は名誉 timai），つまり彼らが影響を及ぼす人間生活の縄張を有しているのである。ギリシアの神々についての入門的説明では，通常，次のように言われる。アレスは戦争の神，ポセイドンは海の神，ゼウスは王権の神，アルテミスは狩猟の神，などである。より上級になると，個々の神にさらに名誉 timai を与えて，これらのリストを拡張し，緻密にする。だが，より詳細に見てみると，個々の神が他の神とはっきりと異なる一定数の名誉 timai を有するというこの画像は，ぼやけてくる。例えば，ポセイドンとアテナは両方とも，馬の hippios という枕詞がついている。さらに，海での安全，あるいは婚姻に関して，祈願する対象となる神々は複数存在する。この事態を説明する一つのやり方は，異なる神々のパワーが重なるこれらの領域を，異なる神々が異なる方向からやって来る，一種の交差点と見なすことである。例えば，ポセイドンは馬の神であるが，それは彼が海の嵐や地震，そして馬の力に見られるようなナマの暴力的なパワーの神であるから。また，アテナが馬の神であるのは，彼女が人間の創意，

---

[10] 以下の本節の内容に関して，著者はドゥティエンヌ（Marcel Detienne, 1935-2019），ヴェルナン（Jean-Pierre Vernant, 1914-2007）などの構造主義的解釈に対する評価と批判を交えながら詳細に議論している。Parker (2011) 85-98 参照。

技巧，技術と結びついているから。彼女の馬との結びつきは頭絡を通してであり，頭絡は馬の無邪気な力をコントロールし，方向付ける技術の産物なのである。しかも，アテナはアレス同様，（いくぶん単純化しすぎた表現を使えば）「戦争の神」である。しかし，アレスは戦争の狂暴さを表しているのに対し，アテナが表しているのは，制御された戦力，すなわち，彼女の贔屓のオデュッセウスが実践する頭脳戦である。ホメロスに印象的な場面がある。そこでは，アテナは自らの手で自分用にあつらえた手の込んだ上着を脱いで，甲冑を身に着け，戦いに出ていく（『イリアス』第8歌384–91行）のである。神々は，しばしばまるで人間のような姿をして現れるが，根本的に異なっているということを思い出させる。つまり，アテナは衣服を作るという女性の特性と戦闘における術策という男性の特性を連結している。二つの側面を一つにしているのは，織物における技術的器用さから戦争における冷静沈着さまでを貫くインテリジェンスである。彼女は一事が万事，これを携えてくる。他方，アプロディテはポセイドン同様，海と結びついている。しかし彼女は愛と調和の女神である。ポセイドンは嵐を呼び起こし，彼女はそれを鎮める。だから両者ともに海に関係するが，その関係は彼らのより広い本性のそれぞれ異なる側面から由来しているのである。

2 宗教的権威 ── ポリス教[11]

ここではっきりしたように，ギリシア教はある意味で無秩序[12]だった。ポリスが異なれば，祀られる神々のセットはいくらか異なり，英雄のセットは非常に異なった。神官および女性神官はいた。しかし，彼らは共通の関心事を議論するためにポリス内で決して集まらなかったし，全ギリシアから集まることはさらになかった。例えば，アルテミスの女性神官という概念はすこし広すぎる。というのは，神官というのはつねに，特定の神域の，特定の男神ないし女神の神官，例えばブラウロン

---

11) ポリス教 polis religion について詳細は，Parker (2011) 57–63 参照。
12) グールド (1999) 58–59 は「即興的 improvisatory」と評する。

のアルテミスの神官であった。男女の神官の主たる業務は，実際のところ，特定の神域に関することならば何でも安全に保ち，そこではあらゆることを伝統に従ってなすよう，万事怠りなくすることであった。男性神官たちは，犠牲における彼らの役割を示すために，しばしばナイフをもった姿で墓石の上に刻まれており，一方，女性神官たちは，神域の財宝の守護者として鍵を持った姿で描かれている。男性神官と女性神官は自分の神域では権威を有していたが，それ以上では全くなかった。

　それでは，どの神々に犠牲を捧げるべきか，神殿をいつ建立するか，儀礼の費用をどのようにして賄うか，そして神々に関するその他全般について何をなすべきかを，ポリスはどのようにして決定したのか。われわれがこのプロセスを観察することができるところではすべて，これらの決定は通常の世俗的事項について決定するのとまったく同一の機関によってなされた。つまり，寡頭制においてはおそらく寡頭的集会によって，民主政（われわれが正確な情報を有するのがこれである）においては民会によって。例えばアテナイでは，民会の一定のミーティングでは「宗教的議題」の三つの事項は他の問題に進む前に取り上げなければならなかった。非常に多くの中から一例をあげると，碑文に残存しているある民会議決は，「勝利のアテナ」の新しい神官職の創設と女性神官の手当を決めている。宗教に特に興味ある（神官たちはまれに，占い師はしばしば）人たちは，民会に提案し，助言を提出することができた。しかし，できるのはせいぜいそこまでであり，宗教事案についての演説能力は，弁論術教科書[13]の中で，どんな政治キャリアにとっても不可欠なものとされている。つまり，通常その演説をしなければならなかったのは政治家だったのである。難しい問題について，民会は神の助言を神託から求めると決議することができ，そのようにして得られた助言に従わないということは無かった。しかし，その事案をよそに照会しようと最初に決定するのは民会であり，その票決は宗教の専門家集団ではなく，神に対して委付されたと（ギリシア人の目には）映ったのである[14]。

　13）　偽アリストテレス『アレクサンドロス宛の弁論術』1423a20-1424a8. Mirhardy (ed.) (2011) 参照。
　14）　葛西 (2014)，特に 85-88 頁参照。なお，法廷弁論における宗教と政治（世俗）の関係を分析した研究として，Martin (2009) がある。この著者マーティンは本書第 4 章の著者

これがギリシア教を「ポリス教」として説明するのが一般的になった理由である。つまり，誰または何がギリシア教をコントロールするのであれ，それは様々なポリスによってその領域の中でなされたということである。(デルポイの神域を含む 2, 3 の神域は，種々のポリスや部族の代表者が出席するポリスを超える委員会によって部分的にコントロールされた。しかし，それらは例外である。) 確かにポリス教の概念は最近批判されてきたが，それが意味している範囲を超えない限り依然として有効である。ポリスが宗教を創設したとは誰も言わないだろう。というのも，ポリスはギリシアで政治組織の典型的な形態として，おそらく紀元前 8 世紀に現れた。だが，ほとんどの神話と神々は間違いなくそれよりさらに古い。また，ポリスは宗教において創造の源泉ではない。つまり，あるポリスがある新儀礼を採用した場合，その儀礼は典型的には私的イニシアティブによってすでに採用されてしまっていたのであり，それがある程度一般に広まってから初めてポリスが採り上げたのである。さらに，個々人には宗教の選択幅があったことも疑いない。確かに彼らは生まれながらにいくつかの儀礼 (例えば，フラトリアやデモスのような親族ないし地域の下位集団の儀礼)[15] をはめ込まれていたが，ポリスのどの神域にお供えをするかを選ぶことができたし，私的に組織した参拝団体に参加

である。
　15) フラトリア *phratria* とは，ギリシアのポリスにみられる，相続的 (血縁，親族)，そして通常は地縁的繋がりをもったメンバーにより構成される集団。「フラトリア」は印欧語で「兄弟」を意味する。アテナイでは少なくとも約 30 はあった。クレイステネスの改革 (前 508 年) より前には，アテナイの市民男子は一つのフラトリアに属しており，フラトリアは家族，親族に関する事柄を扱った。いわゆるドラコンの殺人法 (前 620 年代，5 世紀末に再立法化) において，フラトリアのメンバーは無意思殺人の被害者に家族がない場合，家族に代わって，一定の役割を果たすことが期待されている。しかし，それ以上にフラトリアがいかなる役割を果たしていたか，それ以外の種々の集団との関係など，不明な点が多い。クレイステネスの改革以降も引き続き，フラトリアのメンバーであることは，部族 *phyle*, トリッテュス *trittys*, デモス *demos* のメンバーであることとあわせて，アテナイ市民であることの要件となっている。特に，嫡出子かどうかに関してフラトリアは役割を有することを通じて，市民権と相続で重要な役割を演じている。宗教儀礼では，フラトリア単位で毎年開催される，アパトゥリア祭 *Apaturia* が重要である。
　また，デモス *demos* とは，一定の地域とそこに住む住民ないしそのメンバーという二つの意味をホメロス以来有している。クレイステネスの改革以降，アテナイでは 139 のデモスがあり，三層構造 (部族，トリッテュス，デモス) の一つを形成した。市民はどこのデモスに属するかは父系で決まり，また実際にどこに住んでいるかとは関係なかった。18 歳になってデモスに登録されることが，ポリスのメンバーであることを保証した。Osborne (1985) 参照。

することもできた。また，彼らは自分のポリスの境界地帯を超えて，例えば，病気平癒祈願のためアスクレピオスの聖域を訪問したり，デルポイのアポロン神託のような神託伺いに出かけることもできた。個々人は自分で選んだ，あるいは自分で作った神々の祭壇をしつらえることもできた。実際，哲学者プラトン（Platon, 前 427 頃−前 347 頃）はこのような慣行を手厳しく叱責している（『法律』909D–910A）[16]。しかし彼の激しい攻撃はそれが実際あったことを証明している。その宗教的行動が異端または許せないと思われた個人を，国家が組織して糾問する訴追手続のようなものは，およそ存在しなかった。

　真実は何だったかというと，古代ギリシアにはポリスとその下部組織[17]しかなく，「教会」にあたるもの，すなわち宗教事項に関して権威をもつ決定を下す権限を与えられた人間組織は，存在しなかったということなのである。アテナイで起こった紀元前 415 年の事件とその余波は，ポリスのパワーをまざまざと見せつけてくれる。紀元前 415 年，エレウシスの秘儀が汚されたという噂がひろがり，民会は神域の神官たちに汚した者たちを呪詛するようにと厳重に指示を出した。しかし，前 411 年政治的理由から汚した犯人の一人アルキビアデス（Alcibiades, 前 451/0−前 404/3）を召還せざるを得なくなったので，神官たちは呪詛を撤回するようにと指示された[18]。それゆえ，アテナイの最も格式のある儀礼において，神官たちは民会からの指示を仰がなければならなかったのである。誰でも好きな神を好きなやり方で祀る完全な自由が認められ

16）　プラトン，森進一他訳（1993）『法律（下）』岩波文庫 10 巻 16 節「しかしさらに，これらの人たちに対しては，彼らの全部に共通に適用される法律が定められねばなりません。それは，違法な祭祀を禁止することによって，彼らの大部分が行動の上でも言葉によってでも神々に対して過ちを犯すことがいっそう少なくなるようにするための法律です。（中略）ところが，世間でよく行われているところを見ると，特に女たちはすべてが，また一般に病弱な男たちも，さらには危険な目にあっている人たちや，何であれ困難な事態に遭遇している者たちも，またそれとは反対に，何か事が上首尾に運んでいる人たちも，神々やダイモーンや神々の子たちに対して，そのとき手元にあるものを献納したり，犠牲を捧げることを誓ったり，社を建てることを約束したりしているのです。」

17）　前述のフラトリア，デモスなど。

18）　村川堅太郎編（1996）『プルタルコス英雄伝（上）』ちくま学芸文庫に所収の「アルキビアデス」22 章 5 節，細井敦子他訳（2001）『リュシアス弁論集』京都大学学術出版会の第 6 弁論 51 節，トゥーキュディデース，久保正彰訳（1967）『戦史（下）』岩波文庫の第 8 巻 53 節 2 をそれぞれ参照。

ていたわけではない。たしかに，宗教的犯罪はおろか，いかなる種類の犯罪に対する公訴官（検察官）も存在しなかった。しかし，瀆神行為に対して，一種の私人訴追による公の法廷[19]は存在した。例えば，紀元前4世紀に瀆神にあたるとされた3名の女性の例がある。もっと有名なのは，哲学者ソクラテス（Socrates, 前469–前399）が「ポリスお墨付きの神々を蔑ろにして，別の新しいパワーを導入した事件」の裁判と処刑である[20]。実際はいいかげんなところが随分あったとはいえ，「信仰の自由」とか「良心の自由」とかという理念は無かった。ポリスを挑発しすぎれば，ポリスは鉄槌を下すことがありえたのである。

3　儀　礼

ギリシアの神々は，ギリシアの人間と同様に，祀られるのが好きであり，その祀り方は様々な儀礼方式を通じてなされた。「贈物は神々を説得する」というのは古くからの格言である。その贈物は，神域に奉納された物質的な物か，あるいは犠牲の形をとった。神域に手ぶらで入るというのはおそらく通常ありえないことだった。贈物あるいは犠牲は，しばしば，それに先行してなされた条件付き誓約の履行として，搬入ないし遂行された。「もしあなたが私または私の子供の病気を治してくれれば，もし私が無事に入港できれば，もし私が今年金持ちになれば，私はあなたに○○を持って来ましょう」など。物質的なモノにはいろいろある。最も安価な物は，例えば粘土像，あるいは型にいれて作った鉛の札であり，発掘すると時には数千も出てくる。他方，高価なものは彫刻作品である。アテナイのアクロポリスから出てくる後者に刻まれた碑文

---

19)　私人による公の法廷 public court というシステムは，日本人には理解できないだろう。古代アテナイには現代の検察官にあたる者は存在しない。殺人，相続，契約違反などいかなる種類の争いであれ，訴訟を開始するのは私人である。訴訟の中で，ある種の事件は，当事者以外の第三者も私人として訴訟を提起できた。これを著者は「公の法廷」と呼んでいる。瀆神事件はこの「公の法廷」の一つであった。アテナイの裁判制度については，本書第22章および葛西（2019b）中の「私訴弁論の世界」423–509頁参照。

20)　ソクラテスの裁判については，田中・三嶋訳（1998），納富訳（2012）およびチュール（2009）参照。

は，そこに込められた心理を表している。

> メリンナは手先の器用さと技で家族を養い，あなた，手仕事の女神 Athena Ergane に○○を捧げます，彼女の骨折りの記念品，彼女の財産の一部を最初の奉納として，彼女に対するあなたのお力添えに感謝して。　　　　　　　　　　　　　　　　　　（CEG[21] 774）

> 女神（アテナ）よ，ケットスのテレシノスはアクロポリスの上に彫像を奉納しました。それを気に入りますように，そしてもう一つ奉納することを彼に認めてくださいますように。　　（CEG 227）

　これらの奉納者は彼ら自身と女神の間で，贔屓とその返礼のサイクルを確立したいと願っている。メリンナは細工職人で，手仕事の女神アテナの贔屓によって相当に財をなした。そのご加護への返礼として，その細工品，そしてその財の一部からこの奉納をした。テレシノスの希望は，女神が彼の奉納物をお気に召し，それを感謝して，彼の健康と繁栄を保つことによって，もう一つ奉納することを実現してくれることである。むろん，それより貧しい奉納者は，さらに手ごろな奉納物を持ってきて類似の祈願をその奉納物に添えた。
　犠牲もまた，神々への一種の贈物であった。儀礼にまつわるややこしい問題は，オリュンポスの神々と冥界の神々の違いを議論した時に述べたとおりである。オリュンポスの神々への犠牲は奉納者に共有され，地下の神々への犠牲は全部焼却されるという，この古い区別は，事態を単純化しすぎており，両極の間には沢山の濃淡の差があった。犠牲をする動機もまた，多種多様であった。例えば，もしある人がある神を怒らせてしまった場合，あるいは，なにか悪い夢を見た場合，一種の罪滅ぼしとして。あるいは誓約が成就した場合，吉報が届いた場合，あるいは思いがけない幸運が訪れた場合は，感謝のしるしとして。あるいは単に友人をお肉でもてなすために（というのも，犠牲に使われる主な家畜である牛，羊，豚，あるいは山羊を，犠牲の後以外に食べるというのは，知られて

---

21) Hansen (ed.) (1983-89) を指す。

いないわけではないが，おそらく通常はありえなかったので）。また，占いの重要な一形式として犠牲を行った。すなわち，動物の内臓，特に肝臓の検査である。軍事行動の際はほとんど例外なく犠牲はとり行われた（朝，出陣する前に，重要な戦術決定の前に，戦闘に入る前に）。そして，肉は夕食でリーダーとその部下たちの胃袋を満たすために，おそらく使われたであろう。

このほか，個人が行った可能性のある儀礼が二つある。癒しの神殿での瞑想と神託伺いである。瞑想とは，人が寝室付きの神域に赴き，その中で一日ないし数日間寝る。しかし実際にそこで何が起こったかということは，初期の代表的な資料のせいでかえって分かりにくくなっている。その資料とはエピダウロスのアスクレピオス神域で，紀元前4世紀末に掲示（建立）された一つの信心深い記録である。典型的な記載例を一つ紹介すると，

> ある男が嘆願者としてこの神のところにやってきた。彼は片目の視力は失明し，そこには瞼しかなかった。そして瞼の間には何もなかった。全く空っぽだった。神殿にいた人々の中には，彼には一つの目には眼球のかけらもなくただ眼窩だけしかないのに，ここに来れば見えるようになるかもしれないと考える，その愚かさを笑う者もあった。しかし，彼は寝入った時，ある夢をみた。夢の中で，神様が薬を煮沸し，瞼を開けて，その薬を中に垂らした。夜が明けたとき，彼は両眼が見えるようになって，去っていった[22]。

このように，その日の公式記録によると，人が寝ていた時に神がその人に奇跡を生ぜしめたとなっている。しかし，より後代になって（後2世紀），弁論家アエリウス・アリステイデス[23]（Aelius Aristides, 117–81 以

---

22) *IG* IV² 1. 121. 72–78. *IG* はギリシア碑文資料集 *Inscriptiones Graecae* の略号。
23) いわゆる第二次ソフィスト運動の一人。ミュシア生まれ。アテナイとペルガモンで学ぶ。26歳の時，発病し，以降ペルガモンのアスクレピオス神域で長期病気療養するとともに，文筆活動に入る。その著作は賞賛演説作品（『ローマについての演説』）をはじめとする種々の弁論術著作から本章で扱われている『神聖対談（夢のお告げ）*Hieroi Logoi*』まできわめて広範囲に及ぶ。なお，ローマ演説について，アルトーグ（2021）331–37 参照。

降）がペルガモン[24]のアスクレピオスの神域で見たという夢の話がたくさんある。ここで記されている方法は公式記録とは非常に異なっている。すなわち，アエリウスはおよそ奇跡などを経験しているのではなく，朝に神殿のスタッフと夢について議論し，その夢から従うべき対処の仕方を導き出している（特別の食事，運動方法など）。彼はその神域で相当長い間滞在して，ある時は夢に基づくある節制法を試し，またある時は別の節制法を試している。アエリウスの説明が信じられるのと同じくらい，エピダウロスの記録の説明は信じられない。しかし，比較的初期の時代に神殿の医術の効能がどれほどあったかはともかく，それはものすごく成功を収めたのである。つまり，アスクレピオスの儀礼は前5世紀末に広がり始め，それからほどなくして，アスクレピオス病院 *Asclepieum* のないポリスはギリシアにはほとんどなくなったのである。

　次に，神託について。庶民の生活における神託の役割については，（瞑想の資料より）さらに信頼できる初期の資料がある。北部ギリシアのドドネのゼウスの神託を伺うために，人は鉛の札に一つの質問を書いたのだが，この数千の札が現在復元されている。この神がどのように質問に答えたかについては，まだはっきりとはわからない。質問は，通常イエスまたはノーの形で答えられるようにフォーマットができており，おそらく，硬貨を回して表裏で決める現在のやり方のなにか古代版のやり方で，しばしば処理されていたのであろう。だがより重要なことは，ここで出された質問の種類をわれわれは詳細に知っているという事実である。そのいくつかを示そう。

　　デメテルの境内に隣接する池を，私が買ったらうまくいくでしょうか？
　　　　　　　　　　　　　　　　　　　　　　　　　　　　　（Lhote[25] 109）
　　トピオンが銀を盗みましか？　　　　　　　　　（Lhote 119）
　　ティモがアリストブラに毒をもったのですか？　　（Lhote 125）
　　クレウタスはゼウスとディオナ *Diona* に，羊を飼えば儲かり，いいことがあるかと尋ねる。　　　　　　　　　　　　（Lhote 80）

---

24) 小アジアのミュシア Mysia にある軍事上，文化上，重要な都市（ギリシア的ポリス）であるとともに，ペルガモン王国の首都であった。
25) Lhote (2006) を指す。

リュサニアスはゼウス・ナイオス Zeus Naios とディオナに，アンニュッラが身ごもっている子供は自分の子供かどうかを尋ねる。
（Lhote49）

　顧客が求めたものは，遠い未来からヴェールをはぎとってもらうことではなかった。彼らの関心は，いま，ここで，決断を下してもらうことだった。
　この節では個人が演じる儀礼を専ら扱ってきたが，当然，ポリス全体によって，あるいはそのためになされる儀礼もたくさんあった。ポリスは誓約の成就に向けて，神殿を建立し，大量の犠牲儀礼を挙行した。しかも大半のポリスは，繰り返し開催されるお祭りの年間予定表を有していた。それはあまりに沢山ありすぎ，また様々なものがあるので，ここでは十分議論できない。そこで，例としてアテナイで四年毎に開催される大パンアテナイア祭を取り上げよう。出し物の順番については学説の論争がある。ここでは最もありそうだと思われることを述べるが，その際いちいち「おそらく」という言葉は付け加えない。
　最初は競争，つまり馬術競技，そして音楽。この中には全参列者が参加できるものもあり，部族対抗の場合のようにアテナイ人限定のものもあった。われわれには不思議に思われるかもしれないが，このような競争がギリシア人の多くのお祭りの中心的要素と言えるものだった。勝利者が受け取るのはアッティカのオリーブ油，しかもそれはしばしば，特別の全アテナイ祭用の甕一杯の大量であった。この甕の多くは現代の博物館でいまでも見ることができる。次にくるのが，「徹夜組 pannychis」と呼ばれるもの，すなわち，未婚のアテナイ人女性の合唱隊によって演じられるアテナに奉納される夜間のダンスである。この翌日に挙行されるのが，（大英博物館にある）パルテノン神殿のフリーズ[26]に描かれているようなアクロポリスに向かって進行する壮大な行列である。この行列にはアテナイ社会のほとんどの部門，さらに「在留外人」も加わっていた。この行列の目的は，女神アテナに壮麗な新調のドレスを献呈することだった。このドレスには，神々と巨人族との戦争神話におけるアテナ

---

26) 中村（2017）参照。

の活躍を描いた装飾が施されており，これはそれに先立つ9か月をかけて若い少女たちによって特別に織られたものだった。そして最後に，行列に引かれた犠牲動物が屠殺され，その肉が人々に分配された。それはふだんめったに肉を食べられない参加者に対する一種のふるまいであった。

　日中の光の中で演じられる集団祭礼とは非常に異なるのが，「呪縛」として知られる呪いの一形式によって，自分の敵たちを攻撃する慣習であった。この呪いは鉛の札の上に書かれ，墓や井戸に埋められた（冥界へのもう一つの入口である）。アテナイから出てきた例を示そう。

> 私は我々の近所の食料品屋のカッリアスとその妻トラッタ，それからパラクロスの食料品店とその傍にあるアンテミオンの食料品店，そして食料品屋のピロンを呪縛する。これらの全員・全部の魂，ビジネス，手，足，食料品類を呪縛する（呪いはほかの食料品屋に対して数行続いている）。

　この目的は，様々な業界のライバルたちを殺すことではなく，無能力にすることだった。つまり，この資料にあるビジネス，訴訟事件（おそらくこれが一番多かったであろう），色恋沙汰，政争。しばしば，冥界の神々が「呪縛」の主体として呼び出されている。縛られたり，穴を開けられた鉛の小さな人形がそれに付け加えられることがあった。これはこれまで議論してきたポリスの範囲外でなされた慣行の一つである。それは秘密裏に行われ，自慢するようなことではないが，決して違法だという証拠もない[27]。

4　あの世[28]

　この節は簡単にすませる。というのもギリシア人が神々に期待したの

27）本書第3部の扉に掲載の写真を参照。アテナイで出土した呪いの人形の一例である。
28）Parker (2011), 255–58 およびドッズ（1972）第5章を参照。

は，特に現世での助力である。『オデュッセイア』第 11 歌において，オデュッセウスは「あの世」を訪れる。そこでは死者たちの亡霊が生き延びてはいるが，彼らは何の楽しみもなく影のような空虚な生き物である。エレウシスの秘儀[29]と呼ばれる重要な儀礼があるが，これは全ギリシア人が参加可能であって，その新規の入信者には来世で他の人より恵まれた運命が与えられた。しかし，入信者でさえ，自分の墓石の上に立って，自分への期待を自信をもって語らない。エレウシスが提供するのは，せいぜい「希望」にすぎない。来世についての約束はまた「オルペウスの入信者」によってなされた。彼らは，伝説の詩人オルペウス[30]が作ったとされる詩に基づく儀礼を演じた放浪者なのである。もしかしたら，彼らは次のように説明したかもしれない。彼らは人間であるが，一種の罪によって天界から追放された神々（あるいは，その子孫）であって，儀礼と洗浄によってより良き生へと死後戻ることを期待できるのである。彼らの死体のそばには，収納箱の上に小さな黄金のシートがあり，その上には冥界の守護者に依頼する，次のような（オルペウスの？）詩が刻まれていた。「私を敬虔なる者が住むところにお送りください」，なぜなら「私は不正な行為に対する罰を贖ったのですから」。他方，エレウシスの秘儀は広く知られてはいたが，資料上言えることは，このような信仰はほんの一部の人々に限られていたということである。確かに，来世でよい生活を送れるという確信は一般的には欠如していた。し

---

29) Parker (2011) 250-55. 古典期ギリシアにおいて，ポリスを超えて影響力のあった代表的な「秘儀 mystery cult」の一つ（もう一つ有名なものはサモトラケ島の秘儀）。アテナイ郊外のエレウシスで行われた，デメテルとコレに対する儀礼。その詳細は（「秘儀」という名の通り）不明であるが，その中心点は，「異常体験」と「異常要求」の結合にある。異常な要求とは，この儀礼に参加すれば来世でよりよいくじを引き当てるという主張である。一般の儀礼との最大の相違点は，ギリシア語が分かる人であれば誰にでも（男女，市民，非市民，自由人，奴隷）開かれていたということである。なお，秘儀問題についての基本文献は Burkert (1987) である。

30)「輪廻転生」思想は，ギリシア人の宗教体験に非常に重要な変化をもたらした。この考えを実践したのが，ピュタゴラス派といわゆる「オルペウス」の教えに従った菜食主義者たちである。これについては，ドッズが『ギリシア人と非理性』第 5 章「ギリシアのシャーマンとピューリタニズムの起源」の中で，詳細に論じている。ドッズ (1972) 166-220 参照。そして，ドッズ自身はモイリのシャーマニズム研究から強い影響を受けたと告白している。さらにまた，アルトーグ (2021) の結章「アポローニオスの記憶とピュタゴラスの名前」も参照されたい。西洋人には輪廻転生思想および菜食主義はことのほか興味を引くようである。

かしだからといって，見栄えのする埋葬をして子孫たちが定期的にお墓にやってきて，しきたり通りに記念行事をとりおこなってほしいという人類に普遍的な願望は変わらずに存続したのである。

5　批判と存続

　これまで説明してきたギリシア教の基礎にあるのは，神々や英雄についての物語であった。この物語はホメロスやヘシオドス，そしてほかの初期の詩人たちが語り，また数えきれないくらいの工芸作品（その中にはしばしば日用品，例えば飲酒用の器や化粧品の壺などがある）に描かれ，そして乳母が小さい子供に語り聞かせてきたのである。しかし，神々についてのこの物語や考えは，早くから批判にさらされた。詩人・哲学者クセノパネス[31]（Xenophanes, 前570頃−前478頃）は以下のような非難を加えている。「ホメロスとヘシオドスは，人間の世界ではスキャンダルや失態をすべて神々のせいにしている。つまり，窃盗，姦通，相互に騙しあうこと」[32]。プラトンは彼の理想国から，同じ理由で詩人を追放している。ただし，寓意的な解釈によって，神話の非難されるべき要素を除去するための試みはすでになされていたのだが。再び，クセノパネスに登場してもらうと，彼は目を見張るような論証方法で，神々を人間に似せて表現するやり方を攻撃した。「人はだれもその神々を自分のイメージで表現する。だから，もし牛や馬が神々を彫刻すると，それらは牛ないし馬に似た神々を作ることになろう」[33]。しかしこれ以降は，哲学の伝統では（エピクロス派を別として），神々は，人間の姿と属性をまとって，また彼らのパワーをおおいに行使して，自然法則に反して世界の中に介入したのだった。しかし，新思想に直面して，ギリシア教は実際のところ，正式の制度とか宗教の教師がいないということがむしろ幸いしたのである。懐疑論者から防御しなければならない正統教義などというものは無かったからだ。つまり，もし人が特定の神話が不快で信用できな

---

31) 本書第19章および納富（2021）144-58を参照。
32) 内山編訳（1996-98）『ソクラテス以前哲学者断片集』「クセノパネス」断片11番。
33) 同14番。

いと思えば，人はそれをあっさりと「詩人たちのウソ」として拒絶することができた。他方，哲学者たちは引き続き，自らの背後に潜んでいる神ないし神々を，自分たちのすきなように理解することにより，伝統的な儀礼に参加し続けた。おそらく，紀元前5世紀後半のアテナイでは，急進思想と伝統的な敬虔さの関係になにか亀裂が生じたに違いないだろう。実際，いくつかの資料は，哲学者たちが不敬罪で訴追され，書物が焼却されたことを記録している。だが，これらのほとんどの資料の信憑性は疑わしい。しかし，それがどうであれ，危機はたしかに生じたが，過ぎ去り，ギリシアの神々は祀られ続けた（時には哲学者が神官をつとめたことすらある）。古代末期にキリスト教が勝利を収めるまで。

訳者解説

1 タイトルについて

原題 'Greek Religion' は通常「ギリシア（人）の宗教」と訳されるが，ここでは，キリスト教やイスラム教と同様に，あえて「ギリシア教」と訳した。それは次のような理由による。日本の一般読者，特に本書が念頭においている読者は，「ギリシア（人）の宗教」と言われて，ギリシア神話に出てくる神々や英雄以上の，何かまとまったイメージを抱くことはないと思われる。実際，世界の宗教を扱った概説書にも「ギリシア（人）の宗教」は，キリスト教，ユダヤ教，イスラム教，ヒンドゥ教，仏教，儒教，道教などと同列には扱われていない[34]。では，ギリシアの宗教をそのほかの宗教と分かつ基準は何であろうか。それは，ほかの宗教が有する三つの要素（聖典，教会などの宗教的権威ないし組織，聖職者・専門家）をギリシアの宗教は欠いている点にある[35]。この基準を適用すると，ギリシアの宗教の比較対象は，キリスト教等ではなくいわゆる「原始宗教 primitive religion」（だけ）になる。だが，このような基準

---

[34] 山川出版社『宗教の世界史』（全12巻）では，ギリシアの宗教は第1巻「宗教の誕生──宗教の起源・古代の宗教」（2017）の中に，アニミズム，シャーマニズム，祖先崇拝，古代オリエント，ローマの宗教などとともに収められている。

[35] 詳細はグールド（1999）参照。

はギリシアの宗教の重要な側面を見失うことにならないであろうか。

　ここでは，'Greek Religion' を「ギリシア教」と訳して，あえて実体化してとらえる戦略を試みたい。これは，単に言葉（翻訳）による戦略にすぎないが，言葉のもつ力は大きい。それによって，見えてくる事柄もある（勿論，誤解に導く危険性もある）。実は，これにより訳者が本当に比較したい対象は「日本教」である。日本教という概念は，かつて山本七平が『日本人とユダヤ人』の中で，初めて使用したものである[36]。この著書において，山本七平は以下のように論じた。日本人であることは日本教徒であることと同じことを意味する。日本にはキリスト教徒は存在しない。日本教キリスト派，日本教仏教派，日本教神道派，などがあるだけ。日本教における神は人間。つまり日本教＝人間教である。聖典は存在する。山本が例としてあげる聖典は『氷川清話』，『日暮硯』などである[37]。殉教者も存在し，その代表は赤穂浪士[38]。

　山本七平の主張は，学会ではその個別論点において批判を浴びただけで，全体としては無視されたが，私は深刻な問題を突き付けていると思う。例えば，最近の「空気がよめない」とか「同調圧力」などは，いまから50年前に山本が指摘していたことである。日本教の問題はギリシア教を考えるときにも示唆的である[39]。本章の冒頭で著者が，「ギリシア人であることはギリシアの神々を祀ることを意味した」と述べていることの意味は大きい[40]。

2　西洋古典学における宗教研究

　古典古代（ギリシア・ローマ）から，西洋が継受した文化遺産は計り知れない。文学，哲学，数学，科学，美術，建築，政治（デモクラシー・共和政），法律（ローマ法）など枚挙にいとまがない。しかも，「古典」

---

36)　山本（2004）。
37)　山本（2004）139。
38)　このようにして山本は，キリスト教ないしユダヤ教と日本教とを比較可能なものとして扱っている。
39)　詳細は葛西（2019a）参照，なお，ユダヤ教とユダヤ人の関係について，市川（2019）参照。
40)　ここで「祀る」と訳した英語は worship であるが，これはギリシア語では *nomizo* (*nomizein*) である。これについては，Parker (2011) 特に 36-39 参照。またギリシアの宗教の「神学」を論じた最近の研究として，Osborne et al (eds.) (2016) 参照。

と呼ばれる以上，それは理想であり規範であった。しかし，その中で唯一，宗教だけは継受しなかった。宗教は「異教」として，長い間いわば継子扱いされてきた。西洋文化全般に対する懐疑が生まれるに従って，古典古代の規範としての地位は揺らいでいったが，それに反比例して宗教に対する関心が高まっていった。

戦後の西洋古典学研究は，ドッズ（Eric Robertson Dodds 1893-1979）の『ギリシァ人と非理性』から始まったといっても過言ではない[41]。この本は著者がギリシア人の宗教を扱ったものではないと言っているにも拘らず，その後のギリシア宗教研究の出発点となった[42]。それはなぜであろうか。

本章には，ホメロス，ヘシオドス，ヘロドトス，プラトンなど文学・哲学・歴史学にわたる古典作品はいうにおよばず，碑文や呪い札など，古代ギリシア・ローマ関係の（そしてエジプトやオリエントも）あらゆる資料が総動員されている。古代総合研究としての古典学の特徴が，最もよく現れているのが宗教であるともいえる。しかしそうだとすると，考察するためには何らかの取っ掛かりが必要不可欠である。ドッズは『ギリシァ人と非理性』において，心理学および人類学の方法と知見を活用した。実はこのような試みは19世紀末から古典学において少しずつ行われていたが，『ギリシァ人と非理性』はこれを正面から，しかも古典作品の具体的な分析に採用した。なお，この本のタイトルはギリシア人が（通常のイメージとは異なり）いかに非合理だったかを論じた書という印象を与えるが，それは全く反対である。この本は，ギリシア人がいかに「人間の経験や行動における非合理的なものの重要さ」について深刻に対応したか（つまりいかに「合理的であったか」）を示したものである[43]。

例えば，有名な第1章「アガメムノンの弁明」において，ドッズは，ホメロスにおけるギリシア語「アーテー ate」（次章で詳述）の諸事例を網羅的に分析し（その点では文献学的），それを「心理的干渉」として解釈することを提唱する。ホメロスは，心理的干渉の結果生じる平常の人

---

41) ドッズ（1972）およびその原著 Dodds (1951).
42) 最近，ドッズ再評価に関する論文集 Stray et al. (eds.) (2019) が出版された。
43) 以下の解説は本書第27章の一部と重なるが，その重要性に鑑みてそのまま記述する。

間行動からの逸脱の原因を「外からの（超自然的）働きかけ」に帰する。このような心理的干渉，逸脱，外からの働きの相互関係理解から「神々」が生み出され，詩人がそれに個性を与えた。しかし，このような理解の仕方には多くの人類学的類例があり，驚くにはあたらない，とドッズは言う。

　ホメロスにおける人間には統一的な人格ないし魂（精神）の観念はなく，また性格や行動を知識の言葉（例えば「私は知っている」）で説明する。その結果，平常心から外れた衝動そしてその結果は，（自分は知らなかったとして），アガメムノンの例のように，他者のせいにされる。特にこれが生じるのは，行為者が恥辱を感じるとき。つまり，アーテーという観念は，この恥辱感を真面目な気持ちで外的な力に投影することを可能にした。特にこれをドッズは恥の文化と呼び，罪の文化に対置する。

　第2章「恥の文化から罪の文化へ」において，ホメロス的観念がその後アルカイック期（紀元前7-6世紀）にどのように変化するかを考察する。ドッズによれば，人間は社会正義への自分自身の要求を，宇宙の中へ投影する。そして，外なる空間から，自分自身の声の拡大された谺(こだま)が返ってくると，例えば，罪人に対する懲罰を約束する谺が返ってくると，人間は，その谺から勇気と安心を引き出すのである。こうして，超自然的なものが道徳化され，同時にまた刑罰化された。刑法が民法に先行した。神の法は初期の人間の法と同様に，動機を考慮に入れず，人間の弱さを斟酌しない。神の法は，ギリシア人が *epieikeia* と呼んだ人間的性質を欠いている[44]。

　ここに，穢れ *miasma* と浄め *katharsis* の観念が登場する。ホメロスにおいては穢れは伝染も遺伝もしない。しかし，アルカイック期では伝染し，遺伝する。この違いはどこからくるのか。ドッズは，慎重な留保を重ねつつ，仮説として，この時期に生じた家族の変化にその原因を求める。すなわち，家族的連帯性が緩み始め，家族生活の中に内的緊張が現れる。個人主義の微かな胎動である。心理学者によれば，承認されない（家長に押さえつけられた）欲望は，罪意識の強力な源泉となる（ソポクレス『オイディプス王』）。父親から息子に対して，「私がそう言うのだ

---

44)　*epieikeia* については，葛西（2019c）参照。

から，お前はそれをしなさい」から，「それが正しいのだから，お前はそうしなさい」に変わる。父親の権威が道徳的支柱を必要とするようになったのである。穢れの観念は，抑圧された欲望によって生み出された罪意識に対して，恰好の説明を提供した。不明瞭な罪障感に対して，具体的な形を与えてくれた。自分は穢れと接触したに違いない，あるいはまた，自分の重荷は祖先の宗教的犯罪から受け継がれたもの，という説明である。そして，浄めの儀式によりこの穢れを軽減することができると。ここに心理学と人類学の影響を見出すことは容易であろう。読者は，「恥の文化と罪の文化」や「エディプス・コンプレックス」という言葉を連想しないですますことはできない。

　以上紹介した部分はドッズの著書の最初の2章であるが，それに続くどの章も刺激と挑発に満ちており，次世代のギリシア宗教研究者に多大の影響を与えた。この著作は，心理学と人類学の知見，古典作品の選択と解釈，この両者の絶妙なブレンドが著者独特のナラティブを形成し，専門を超えて幅広い読者を獲得した。確かに，ドッズの主張は現在ではほとんど打ち砕かれたが，その問題提起は重要であり，また打ち砕かれたからこそ価値ある貢献をギリシア宗教研究になしたとも言えるのである。本章の著者ロバート・パーカーもまた，ドッズの著作に感動して宗教研究を志したそうである[45]。ドッズが，罪の文化において重要な役割を果たした穢れについて，パーカーは『穢れ miasma──初期ギリシア宗教における穢れと浄め』[46]によって，若き古典学徒として学界にデビューした。そのあと，アテナイ宗教史に関するスタンダードとなる研究を2冊発表した[47]。この2冊は，その緻密な論理構成と精確な資料操作により，他書の追随を許さない。次に，コネル大学における連続講義をもとにギリシア宗教全体にわたる概説書を公刊した[48]。これは彼の著書の中では最も読みやすいが，「正解」を求めて読むと，甘い期待は即座に裏切られる。さらに最近，ギリシア人の宗教と非ギリシア人の宗教

　45）　2015年3月11日に死去したギリシア宗教研究の泰斗ブルケルト（Walter Burkert, 1931-2015）もまた，その一人であった。
　46）　Parker (1983).
　47）　Parker (1996), (2005).
　48）　Parker (2011).

を特に神々の名称に注目して比較検討した書物を，ドッズの『ギリシァ人と非理性』と同じ Sather Lecture シリーズの一冊として出版した[49]。

以上，本章の著者の直接の学問的背景を形成しているドッズの『ギリシァ人と非理性』と著者本人の主要業績を紹介してきた。そして，本章とあわせてぜひ読んでいただきたいのが，ジョン・グールド（John Gould, 1927-2001）のエッセイ「ギリシアの宗教の意味をつかむことについて」(1999) である。このエッセイではグールドが影響をうけたエヴァンズ＝プリチャード（Edward Evans-Pritchard, 1902-73）やリーンハルト（Ronald Godrey Lienhardt, 1921-93）などのオックスフォードの人類学者の知見およびブルケルトの理論[50]が，初学者にもわかりやすい形で紹介されている。そして，ホメロス，悲劇作家，ヘロドトスの引用を織り交ぜたそのナラティブは読者を惹きつけて離さない。訳者の思い入れが強すぎて，イギリス，特にオックスフォードの研究にスポットライトを当てすぎた。そこで最後に，訳者にとって興味深いドッズの同時代人である二人のギリシア宗教研究者の一端を紹介したい。これにより，ギリシア教における儀礼と神話という二大テーマに読者が一層関心を持つよう願ってやまない。

一人はカール・モイリ（Karl Meuli, 1891-1968）である。'the great Swiss comparativist'[51]と評されるモイリの関心は，なんとアイヌ（における熊の骨格保存）にまで及んでいる。アイヌを日本と呼んでいいかどうかは問題だが，少なくとも古典学者で日本に対する人類学的研究を視野に収めた点では，上述のドッズ（ルース・ベネディクト『菊と刀』，恥の文化）と同様である。実際ドッズは，『ギリシア人と非理性』第5章「ギリシアのシャーマンとピューリタニズムの起源」においてモイリの研究に依拠している。しかしながら，ギリシア宗教研究における彼の最大の功績は，犠牲儀礼 sacrificial ritual であることに異論はない[52]。なぜ，ギリシア人は（食べることはできない）神々に巧妙な犠牲儀礼をおこなってから，家畜を殺して食べたのであろうか。このギリシア宗教最大の謎

---

49) Parker (2017). さらに Parker (ed.) (2019) も参照。
50) 特に Burkert (1983).
51) Parker (2011) 127.
52) 詳細はブルケルト（2003）参照。

に対して，モイリが出した答えは「言い訳の喜劇 comedy of innocence（独語 Unschuldkomödie）」であった。旧石器時代に狩猟によって生きていた人類の記憶，すなわち動物の生命を奪わないと人間は生きていけないが，他方で殺害により獲物が枯渇するという「生命への畏敬と不安」を拭うべく，（アイヌの慣習のように）人間は種々の動物儀礼をおこなってきたが，その記憶と慣習が遊牧民，さらに定住以降も継続している。それが動物犠牲儀礼であり，その儀礼の中で人間が行う種々の殺害に対する「言い訳（自分のせいではない）」が古典文学作品や絵画・考古学資料に豊富に残存しているとモイリは述べる。このモイリの主張と動物行動学 ethology における儀礼研究を総合して，ヴァルター・ブルケルトは『屠殺人 Homo Necans』を公刊し，ギリシア宗教研究に新たな地平を開いた[53]。

　もう一人はルイ・ジェルネ（Louis Gernet, 1881-1962）である。プラトン『法律』第9巻の研究で教授資格を得たジェルネは，デモステネスの法廷弁論集校訂を始めとした一連のギリシア法研究で有名であるが[54]，その学識は恐ろしく広く，古典学，法学に加えて，特にマルセル・モース（Marcel Mauss, 1872-1950）らのフランスの人類学・社会学，さらにドッズと同様に心理学への造詣も深く，重要な論稿を次々と発表していった。その全貌はジェルネの死後，ヴェルナンによって論文集がまとめられ，いわゆる構造主義学派としてヴィダル＝ナケ（Pierre Vidal-Naquet, 1930-2006）らに受け継がれる[55]。

　ここでは，ドッズとの比較をかねて「ギリシア神話における価値」[56]と題された心理学的研究を一瞥したい。この論稿で，ジェルネは現代では全く抽象的概念となった（したがって量化される）「価値」が，古代ギリシアではいかに具体的なモノと結びついているか（モノと切り離しては考えられない）ということを心理学的かつ文献学的に分析している。

---

53) 詳細は Burkert (1983) 参照。
54) 葛西（2019b）参照。
55) 日本でジェルネ以降の諸業績，特に神話分析を批判的に読解して，そこにギリシア独自の「政治」の論理を析出したのが，木庭（1997）および（2003）の古典学研究である。なお，読者はまず Gordon (ed.) (1981) によって英訳でこの学派の業績の一端を垣間見ることができる。
56) Gordon (ed.) (1981) 111-46.

同時にまた,「価値」の経済的側面に着目するのではなく,特に神々への犠牲動物はじめ種々の献上品における宗教的価値 *agalmata*,あるいはまた競争 *agon*(アゴーン)およびそれと同一構造をとる法廷における係争物の獲得行為[57]という法的価値であることなど,ひろく人間生活全般にわたる問題であることを具体例を散りばめながら論証する。特に興味深いのが,「ポリュクラテスの指輪」のエピソードである(ヘロドトス『歴史』第3巻40-43章)。この指輪はサモスの僭主ポリュクラテスの権勢と富の象徴であったが,ポリュクラテスはそれを持っていると権勢が長く続かないのではないかと恐れて,海に捨てた。しかし,それを魚が食べて,その魚を漁師が採り,中から出てきた指輪を王に戻した。指輪は返ってきたのである。この話を聞いた王の客友(クセノス *xenos*)であるエジプト王アマシスは客友関係(クセニア *xenia*)を破棄した。恐れていた通り,ポリュクラテスは権勢を失った。この物語にみられる,価値(あるモノ)への心理的恐怖(したがって長くは保持しない)は,古典作品から人類学的資料まで枚挙にいとまがない。このような方法による古典作品の分析と解釈は,ドッズに共通する側面が非常に多い[58]。

参 考 文 献

F. アルトーグ,葛西康徳・松本英実訳(2026予定)『新版オデュッセウスの記憶』東海教育研究所(初版 2017).

---

57) ラテン語では *mancipatio* といい,ローマ法における所有権の取得方法の一つ。法学では「握手行為」と訳される。

58) 本章は,著者であるロバート・パーカーから 'Greek Religion for Kasai' というタイトルで届いたエッセイの翻訳である。*Miasma* で学界に登場した,訳者よりわずか5歳年長のロバートに初めて会ったのは,1986年10月のオックスフォードにおいてであった。爾来40年間,訳者がオックスフォードに行くと必ずランチに招待してくれ,そのあと話を聞いてくれた。セント・ポールズ・スクールからオックスフォード大学ニュー・コレッジへ進学。ドゥ・サン・クロワ(Geoffrey Ernest Maurice de Ste. Croix, 1910-2000)のチュートリアルを受け,ロイド=ジョーンズ(Hugh Lloyd-Jones, 1922-2009)の下で博士論文を書き,チューリヒのブルケルトのもとに留学した。ドッズの学問的遺産を継承し,発展させ,ギリシア宗教史研究の水準を確定した。訳者の Ph.D. 論文の審査員をつとめてくれたが,そこで出された数々の批判に遺憾ながらまだほとんど答えられていない。2017年3月に来日。早期退職したが,研究は現役。趣味はガーデニング。

市川裕（2019）『ユダヤ教とユダヤ人』岩波新書.
内山勝利編訳（1996-98）『ソクラテス以前哲学者断片集』岩波書店.
葛西康徳（2014）「憲法は変えることができるか」，長谷部恭男編『この国のかたちを考える』岩波書店，63-99.
───（2019a）「古代ギリシア教に改宗することはできるか」，『史友』51, 27-51.
───他訳（2019b）『デモステネス弁論集5』京都大学学術出版会.
───（2019c）「Aequitas, Epieikeia, Ubuntu──平等と衡平」，『日本とブラジルからみた比較法──二宮正人先生古稀記念』信山社，353-86.
J. グールド，葛西康徳訳（1999）「ギリシア宗教の意味をつかむことについて」，『思想』901, 51-83.
J. G. ゲイジャー，志内一興訳（2015）『古代世界の呪詛板と呪縛呪文』京都大学学術出版会.（原著：Gager (ed.) (1992)）
木庭顕（1997）『政治の成立』東京大学出版会.
───（2003）『デモクラシーの古典的基礎』東京大学出版会.
G. チュール，葛西康徳訳（2009）「法廷に立たされたソクラテス──プラトン『ソクラテスの弁明』は法廷弁論か？」，『コミュニケーション文化論集』7, 133-40.
月本昭男編（2017）『宗教の世界史1　宗教の誕生──宗教の起源・古代の宗教』山川出版社.
E. R. ドッズ，岩田靖夫・水野一訳（1972）『ギリシァ人と非理性』みすず書房.（原著：Dodds (1951)）
中務哲郎訳（2013）『ヘシオドス全作品』京都大学学術出版会.
中村るい（2017）『ギリシャ美術史入門』三元社.
───（2020）『ギリシャ美術史2──神々と英雄と人間』三元社.
納富信留（2021）『ギリシア哲学史』筑摩書房.
プラトン，田中享英・三嶋輝夫訳（1998）『ソクラテスの弁明・クリトン』講談社学術文庫.
───，納富信留訳（2012）『ソクラテスの弁明』光文社古典新訳文庫.
W. ブルケルト，橋本隆夫訳（1985）『ギリシアの神話と儀礼』リブロポート.
───，葛西康徳訳（2003）「ヨーハン・ヤーコプ・バハオーフェン，カール・モイリとスイスの古典学研究」，『西洋古典学研究』51, 1-19.
山本七平（2004）『ユダヤ人と日本人』角川書店.（初版：イザヤ・ベンダサン（1970）『ユダヤ人と日本人』山本書店.）

Bremmer, J. N. (1999). *Greek Religion*, reprinted ed. with addenda. Oxford.
Burkert, W. (1979). *Structure and History in Greek Mythology and Ritual*. Berkeley; Los Angeles; London.
───. (1983). *Homo Necans: Anthropology of Greek Sacrificial Ritual and Myth*, trans. by P. Bing. Berkeley; Los Angeles; London.（原著：Burkert, W. (1972). *Homo Necans: Interpretationen altgriechischer Opferriten und Mythen*. Berlin. 〔2nd ed.

1977〕）

―――. (1985). *Greek Religion: Archaic and Classical*, trans. by J. Raffan. Oxford.
（原著：Burkert, W. (1977). *Griechische Religion der archaischen und klassischen Epoche*. Stuttgart. 〔2nd ed. 2010〕）

―――. (1987). *Ancient Mystery Cults*. Cambridge, MA.

Buxton, R. G. A. (1994). *Imaginary Greece: The Contexts of Mythology*. Cambridge.

―――. (ed.) (2000). *Oxford Readings in Greek Religion*. Oxford.

Dodds, E. R. (1951). *The Greeks and the Irrational*. Berkeley; Los Angeles; London.

Eidinow, E. (2007). *Oracles, Curses, and Risk among the Ancient Greeks*. Oxford.

―――. and Kindt, J. (eds.) (2016). *The Oxford Handbook of Ancient Greek Religion*. Oxford.

Gager, J. G. (ed.) (1992). *Curse Tablets and Binding Spells from the Ancient World*. Oxford.

Gordon, R. G. (ed.) (1981). *Myth, Religion and Society: Structuralist Essays by M. Detienne, L. Gernet, J.-P. Vernant and P. Vidal-Naquet*. Cambridge.

Hansen, P. A. (ed.) (1983–89). *Carmina Epigraphica Graeca*, 2 vols. Berlin.

Kearns, E. (2010). *Ancient Greek Religion: A Sourcebook*. Oxford.

Lhote, E. (2006). *Les Lamelles Oracularies de Dodone*. Geneva.

Martin, G. (2009). *Divine Talk: Religious Argumentation in Demosthenes*. Oxford.

Mirhardy, D. C. (ed.) (2011). *Aristotle:* Problems*, Books 20-38;* Rhetoric to Alexander. Cambridge, MA.

Ogden, D. (ed.) (2007). *A Companion to Greek Religion*. Oxford.

The Online Corpus of Greek Ritual Norms: cgrn.ulg.ac.be

Osborne, R. (1985). *Demos: The Discovery of Classical Attika*. Cambridge.

―――. et al. (2016). *Theologies of Ancient Greek Religion*. Cambridge.

Parker, R. (1983). *Miasma: Pollution and Purification in Early Greek Religion*. Oxford.

―――. (1996). *Athenian Religion: A History*. Oxford.

―――. (1998). 'Pleasing Thighs: Reciprocity in Greek Religion', in Gill, C. et al. (eds.) *Reciprocity in Ancient Greece*. Oxford, 105-25.

―――. (2005). *Polytheism and Society at Athens*. Oxford.

―――. (2011). *On Greek Religion*. Ithaca; London.（栗原麻子監訳，佐藤昇・竹内一博・齋藤貴弘訳（2024）『古代ギリシアの宗教』名古屋大学出版会.）

―――. (2017). *Greek Gods Abroad: Names, Natures, and Transformations*. Berkeley; Los Angels; London.

―――. (ed.) (2019). *Tradition and Innovation in Ancient Greek Onomastics*. Oxford.

―――. (2024). *Kernos* Supplément 42. *Cleomenes on the Acropolis and Other Studies in Greek Religion and Society*. Liege.

Price, S. (1999). *Religions of the Ancient Greeks*. Cambridge.

Rice, D. G. and Stambaugh, J. E. (2009). *Sources for the Study of Greek Religion*, corrected ed. Missoula, MT.

Stray, C. et al. (eds.) (2019). *Rediscovering E. R. Dodds: Scholarship, Education, Poetry, and the Paranormal*. Oxford.

Zaidman, L. B. and Schmitt Pantel, P. (1992). *Religion in the Classical Greek City*, trans. by P. Cartledge. Cambridge.（原著：Zaidman, L. B. and Schmitt Pantel, P. (1989). *La Religion Grecque*. Paris.）

（葛西康徳　訳）

25

踊る合唱隊

末 吉 未 来

　古代ギリシアのコミュニティに不可欠な組織であった合唱隊は，ギリシア語では「コロス」と呼ばれ，歌うのみならず踊ることもその役割に含まれていた。本章では，ヘロドトスによる第三者の視点からの記録も紹介しつつ，悲劇からソポクレスの『アンティゴネ』を，合唱抒情詩 choral lyric からアルクマンの断片1番を取り上げて，劇あるいは詩の中でコロスが果たした機能を検討していく。

　コロスの活躍の場の多くは宗教儀礼であった。ヘロドトスは，アテナイ近郊のポリスであるアイギナで，一風変わったコロスのパフォーマンスが女神に奉納された経緯を記録する。アテナイで悲劇（本書第4章）や喜劇（同第5章）などの演劇が上演されたのも，ディオニュソス神を祀る祭典でのことであった。これらの劇においてもコロスは不可欠であり，『アンティゴネ』では劇中で神に歌と踊りを奉納する役割を課せられる。抒情詩であるアルクマンの断片1番でも，やはりコロスはコミュニティでの祭典のためにパフォーマンスを行い，劇の場合と同じく特定の役になって歌い踊る。

　このような基本的な機能に加え，本章では「コロスのリーダー」である「コレゴス」と，集団としてのコロス全体との関係も探ってみたい。コレゴスと彼（女）が率いるコロスの構成員との間に明確な立場の差が存在し，相互に何らかの作用が働いているという意味では，劇のコロスも抒情詩のコロスも同じなのである。

1　古代ギリシアの合唱隊（コロス）

「合唱隊」という語から一般的に連想されるのは，複数人の歌い手が，集団で，その場に立ち上がり整列し，完全な調和をもって一つの曲を歌う様子であろう。英語を用いて「コーラス隊」と表現した場合でも同じかもしれない。しかし，これらの要素の中には，「コーラス chorus」の語源となったギリシア語「コロス choros」には当てはまらないものが一つだけ含まれている。

「コロス choros」をギリシア語辞典で調べたとき，第一義として掲載されているのが「踊り dance」だと言えば驚かれるだろうか[1]。だが実際に，この意味での用例は，悲喜劇や抒情詩といった上演に合唱隊を用いる形式の詩はもちろんのこと，ホメロス（Homeros, 前8世紀頃？）やヘシオドス（Hesiodos, 前8世紀末-前7世紀初め活動）の叙事詩，ヘロドトス（Herodotos, 前5世紀後半-前420頃）などの歴史記述にも登場する[2]。つまり，ギリシアの合唱隊の任務には踊ることも含まれており，むしろそれが第一の機能であったとさえ言えるのである。本章で古代ギリシアの「合唱隊」を考えるに際し，この日本語が想起させる直立不動で歌う人々のイメージは一旦捨て去る必要がある。このような観点から，以下ではギリシアの合唱隊のことを一貫して「コロス」と表現することにする。

こうしたコロスが一体どのようなメロディを歌い，どのような振付で踊ったのかという点に関しては，具体的な証拠は（一部の壺絵や写本を除いて）残念ながら多くは伝わらない。しかし，上述のとおり，「コロ

---

[1]　LSJ では「踊り」に続き，「踊り手と歌い手の一団」，「踊るための場所」といった語義が掲載されている。最もよく利用されるギリシア語辞典 LSJ の詳細な書誌情報については，本書巻末の総合文献案内を参照のこと。

[2]　ホメロス『オデュッセイア』第18歌248行で，パイエケス人の王アルキノオスが国の自慢の一つである「踊り」でオデュッセウスをもてなそうとする場面や，ヘシオドス『神統記』7行でムーサが「踊る」場面など。なお，これらの箇所に続く『オデュッセイア』第18歌260行および『神統記』63行では，「それらの踊りが行われる場」という意味で同じ「コロス」という語が用いられている。

ス」という用語そのものは様々な作品で用いられていることに加え，コロスがその歌唱の中で自分自身の歌や踊りに言及する例も少なくない。このような場面を検討することで，特定の詩や劇作品の中でコロスが担った役割のみならず，それらの作品が上演されたコミュニティにおける彼らの機能までもが見えてくることがある。

　古代ギリシア世界のコロスは，個々のコミュニティに欠かせない組織であった[3]。例えばアテナイでは，ポリスを挙げた毎年の祭典である大ディオニュシア祭でのディテュランボス[4]，悲劇，喜劇それぞれの上演競争にコロスが参加した。これらのコロスを構成したのが，いわゆるプロの歌い手ではなく一般市民（ただし男性のみ）であったことも，その大きな特徴の一つである。大ディオニュシア祭は，字義通りには「ディオニュソス神の祭」であり，これに参加するコロスは必然的に宗教儀礼の担い手にもなった。

　コロスが神々へ奉納した歌や踊りには，様々な形式がある。その中で，ヘロドトスが記録する以下のようなコロスは，現代のわれわれには少々奇異に映るかもしれない。

　　アイギナの人々は2柱の女神の神像をその土地に安置したのち，その御心をしずめるべく，犠牲を捧げ，からかいの言葉を歌う女性の

　3）プラトン（Platon, 前427頃-前347頃）の『法律』では，特に第2巻と第7巻でポリスにおけるコロスの重要性がたびたび強調される。中でも第2巻654a9-b1での「コロスの訓練を受けていないのは教育を受けていないのと同じことで，良い教育とはすなわちコロスの歌と踊りに関して十分な教育である」という趣旨のアテナイ人（対話参加者の一人）の発言はよく知られており，この部分をして古典期のアテナイ人が皆何らかの形でコロスの教育を受けていたことの証拠とする向きも多い。『法律』では，身体を用いる踊りの訓練は体育の訓練とも対比され，集団の調和を目的とするコロスの教育は，感情の適切な制御にもつながると解釈されており，ポリスの運営に欠かせない要素として重視されている。『法律』が想定するコロスの種類やその機能については，Prauscello (2014) に詳しい。

　4）合唱抒情詩の一種。アテナイの大ディオニュシア祭では，10の氏族が少年コロスと青年コロスをそれぞれ一つずつ組織し，互いに競わせた。悲劇や喜劇と同じように，ディテュランボスのコロスにも裕福な市民の「コレゴス」（後述）が出資したと考えられる。詳細はPelliccia (2009) を参照。なお，Pelliccia (2009) のタイトルに含まれる三人の詩人シモニデス（Simonides, 前556頃-前5世紀半ば?），ピンダロス（Pindaros, 前518頃-前438頃），バッキュリデス（Bacchylides, 前520頃-前450頃）がアテナイでの上演用に書いたディテュランボスが，断片的にではあるが現存している。ディテュランボスに関する包括的な研究としては，Kowalzig and Wilson (2013) がある。

コロスを奉納した。コレゴス[5]としては，女神1柱につき10人の男性を割り当てた。コロスにからかわれた男性はおらず，もっぱら地元の女性のみがそのからかいの的となった。同様の儀礼はエピダウロスにもあった。　　　　　　（ヘロドトス『歴史』第5巻83節）[6]

アイギナはかねてよりエピダウロスに従属していたが[7]，その関係に亀裂が入るや，エピダウロスが信仰していた女神ダミアとアウクセシアの像を奪って持ち帰り，女神たちに（彼女らがそれまで居たエピダウロスと同じような）コロスのパフォーマンスを奉納する。既述のとおり，アテナイの大ディオニュシア祭に参加するコロスは男性のみで構成された（もちろん役の上で女性を演じることはある）が，このヘロドトスの例のように女性のみで構成されるコロスも何ら珍しいものではない[8]。興味を惹くのは，彼女らが「歌い踊った」ではなく，アイギナの女性たち

---

[5] ここでのコレゴス（コロスのリーダー）は，例えば Hornblower (2013) のように，コロスの出資者として理解されることが多いが，ヘロドトスの本文からのみでは金銭面でのコレゴスか音楽面でのコレゴスかは判定できない。「コレゴス」という語の解釈については後述される。なお，この箇所は，ヘロドトスが唯一「コレゴス choregos」という語を用いている場面である。

[6] 意味の通りやすいよう，適宜単語を補って和訳した。

[7] アイギナおよびエピダウロスは，古代ギリシアのポリスの名前。前者はアテナイ近郊に，後者はペロポネソス半島東部に位置する。エピダウロスには古代劇場が大変良好な保存状態で残っており，今日でも定期的に悲劇などの上演が行われている。

[8] ここで着目したいのは，女性ばかり（あるいは男性ばかりでも良いが）のコロスが古代ギリシアに実在したか否かではなく，当時の人々によってどのように想像され，描写されているかである。例えば「デロス島の少女コロス Delian maidens」は，『ホメロス讃歌3番 アポロン讃歌』やギリシア悲劇作品の『ヘラクレス』『ヘカベ』等で言及される，コロスの一種の雛形のようなものであった。アポロンやアルテミスを祀るコロスとして全ギリシアにその存在を知られており，碑文資料からおそらく実在したと言えるだろうデロス島の少女コロスは，『ヘラクレス』や『ヘカベ』において，宗教儀礼で中心的な役割を果たす若いコロスとして理想化されている。前者のコロスは若さを羨む老人たちから，後者のコロスはトロイア戦争後に奴隷となって異国へ連れられる途中のトロイアの女性たちから構成される（悲劇のコロスの「周縁性」「他者性」については，本章第2節で紹介するグールドの理論を参照）ため，コミュニティの中心となってパフォーマンスをするデロス島の少女コロスを理想の姿とし，そこに自身を投影するのである。『アポロン讃歌』におけるデロス島の少女コロスについては Nagy (2013) を，『ヘラクレス』『ヘカベ』も含むエウリピデス悲劇におけるデロス島コロスのイメージの活用については Henrichs (1996) を参照のこと。ギリシア世界におけるコロスの活動の一大拠点としてのデロス島については，Kowalzig (2007) 56-128 に詳しい。Calame (1997) は，そのタイトルの示すとおり，古代ギリシア世界に拡がる様々な少女コロスを詳細に分析した研究である。

を「からかった kakos...egoreuon」[9]と描写されている点である[10]。この一節は，ギリシアの宗教儀礼の多様性を示すと同時に，場面や目的によってコロスの演じた役割も多岐に渡ったことを物語る好例であろう。

　古代ギリシアのコロスが単純に歌うだけの集団ではなく，歌と踊りを同時にこなしながら，共同体での様々な行事で活躍した組織であったことが明らかになったと思われる。ヘロドトスの証言は第三者によるコロスの活動の記録であったが，以下では，悲劇および抒情詩から一つずつ作品を取り上げ，コロスが自分自身のパフォーマンスへ言及する[11]箇所を中心に検討してみたい。コロスが自己をどう見なしていたか，自身の役割をどう認識しているか，あるいは詩人がどういう機能をコロスに与えていたかを分析することで，コロスという存在が古代ギリシアの社会に対して担った役割を考察していきたい。その際，ヘロドトスも言及するコレゴスとコロスとの関係も詳細に見ていく。

　だが，具体的な作品の検討に入る前に，まずはコロスとその定義をめぐる先行研究を概観したい。アリストテレス（Aristoteles, 前384-前322）から始まり，18世紀から現在に至るまで，コロスは一体どのような存在として理解されてきたのだろうか。様々なコロス解釈を整理した上で，悲劇と抒情詩の作品解釈に進んでいく。

---

9) ギリシア語を直訳すると「悪く言う」ほどであり，用いられている動詞 egoreuon（原形 agoreuo）は元来「集会（アゴラ）で発言する」という意味を持つ。コロスの性質に鑑みるに，からかいの内容を単に「発言した」のではなく「歌った」のだと想像されるが，ギリシア語は「歌った」かどうかよりも「衆人環視の中で」という要素を重視しているかのようである。

10) Hornblower (2013) も指摘するとおり，からかいの歌を歌う女性のコロスからは，女神デメテルを祀った祭典が連想される。『ホメロス讃歌2番　デメテル讃歌』では，娘のペルセポネが連れ去られたことを嘆くデメテルを「イアンベ」という形式の歌で笑わせる場面が描かれる（198-205行）。デメテルの祭典「テスモポリア祭」はギリシアの広範囲で行われた女性のみの祭で，性的なからかいの要素が含まれていたとされる。ギリシア喜劇作家アリストパネスに『テスモポリア祭を営む女たち』という作品があるが，ここではその祭典の詳細はあまり明らかでない。

11) コロスの自己言及性 choral self-referentiality という概念を命名し，提唱したのは Henrichs (1994-95) であり，これによりコロス研究に革新的ともいえる観点が導入された。

2 コロスとは何か

例えばアテナイでの演劇に関していうと[12]，時代が下るにつれコロスの役割は限定的になっていったとされてきた[13]。グールドも示すように[14]，アリストテレスが『詩学』において悲劇を定義する際[15]にコロスに一切の言及をしなかったのは有名な話である。定義づけに引き続いて，アリストテレスは悲劇の六要素を列挙する[16]。その中で最も重要度が高いとされるのは「出来事の組みたて」であり，「歌曲」は最後に（申し訳程度に）触れられるに過ぎない。また，彼の悲劇論では「コロスもまた，俳優の一人とみなされなければなら」ないが，エウリピデスとソポクレス以外の作者の悲劇では「コロスが歌う部分は（中略）当の悲劇の筋とはなんの関係ももたない」ために，コロスは単に「あとから挿しはさんだ歌を歌う」だけの存在となっている，とされる[17]。つまるところ，アリストテレスにとって悲劇のコロスとは，俳優と区別のつかない

---

12) 古代ギリシアの演劇研究では，残された資料の都合などもあり，アテナイがその中心となることが多い。しかし，近年では，僭主統治下のシチリア島の様々な都市がかなり体系化された演劇文化を持っていたことが注目を集めている。こうした研究の代表が Bosher (2012) および (2021) である。

13) こうした認識が広まった大きな要因の一つが，以下本文で紹介するアリストテレスの叙述である。アリストテレスの考察が残した影響は多大なもので，彼の時代，つまり前4世紀以降はコロスの役割がかなり限られたとする議論はもはや当然のものとされてきた。これに疑問を呈し，アリストテレスの論述を再検討するとともに前4世紀以降の悲劇や喜劇作品を分析することで，コロスの役割は必ずしも限定的になったとはいえないと結論づけるのが Jackson (2019) である。

14) Gould (2001) 378. グールドのこの論稿 'Tragedy and Collective Experience' の初出は1996年であり，彼らが持つ集合的経験・集合的記憶に着目して悲劇のコロスを分析したという点で，その後のコロス研究に新たな見方をもたらした。

15) 1449b21 以下。「悲劇とは，一定の大きさをそなえ完結した高貴な行為，の再現（ミーメーシス）であり，快い効果をあたえる言葉を使用し，しかも作品の部分部分によってそれぞれの媒体を別々に用い，叙述によってではなく，行為する人物たちによっておこなわれ，あわれみとおそれを通じて，そのような感情の浄化（カタルシス）を達成するものである」（和訳は松本訳［1997］より引用。以下同様）。『詩学』が注目するのは，悲劇が「行為の再現である」点であり，その「行為の再現」とは「筋（ミュートス）」，すなわち「出来事の組みたて」であるとアリストテレスは解釈する。

16) 『詩学』1450a-b.

17) 『詩学』1456a25-30.

ような機能しか果たさず，本筋に関連しない挿入歌のようなものを歌っているだけの集団だったのである。

　この解釈は，十数世紀にわたって悲劇研究の世界に大きな影響を持ち続けたため，コロスを俳優から独立したものとして捉え，定義づけようとする試みは，18世紀の後半に差し掛かってようやくその一歩を踏み出したのであった[18]。その中でシュレーゲル（August Wilhelm Schlegel, 1767-1845）が提唱した「コロスはあらゆる人間の代表であり，（中略）理想的な観衆である」という説[19]は，今日のコロス研究においてもなお議論の的となることがあるほど，ある意味で衝撃的な定義であったと言えるだろう。アリストテレスがコロスを舞台上の俳優と同種のものとして理解したのに対し，シュレーゲルは，観念論者たちとの交流の中で，コロスの独自性を観衆との同一視の中に求めたのである[20]。シュレーゲルの定義から読み取れるのは，舞台上で俳優が演じる出来事へのコロスの反応や彼らが上げる声は，その受け手，すなわち観衆の反応や声を代弁するものであり，その点で彼らは「人間の代表」となり得る，という解釈であろう。

　ここまで，悲劇のコロスは一方で俳優に，他方で観衆に類似した性質を持つものと捉えられてきたが，次に紹介するのは彼らを「英雄」に対置しようとする考え方である。ヴェルナン（Jean-Pierre Vernant, 1914-2007）とヴィダル＝ナケ（Pierre Vidal-Naquet, 1930-2006）は，構造主義的な二項対立を悲劇のコロス解釈に応用し，現実のポリスから分離した架空の世界で，実際には実現不可能な英雄的規範に従って生きる「英雄」と，現実のポリスに生き，その集団的真実を体現する「コロス」とを対比する[21]。本書第4章でも述べられるとおり，ギリシア悲劇の舞台は神話の世界であり，そこでは神々の血を引いた英雄たちが活躍する。俳優が演じるそうした英雄は固有名で特定されるが，一方で，12人ないしは15人から構成されるコロスのメンバー一人一人に名前が付いていることはない。また，劇中で英雄は時に破滅や死を迎えるなど，彼ら

---

[18]　Billings (2013) 317.
[19]　Schlegel (1846 [1809]) 70.
[20]　Billings (2013) 319.
[21]　Vernant and Vidal-Naquet (1988) 185-88, 310-12.

を取り巻く状況は常に変遷し，それが物語を推進していくのだが，コロスにはそうした変化は無縁であり[22]，俳優のような入退場も行うことなくオルケストラ[23]に留まる。いずれにせよ，ヴェルナンとヴィダル＝ナケが描くコロスは，神話的世界に「個人」として生きる英雄と対置される「集団」なのであり，ポリスの集団的真実を体現する彼らは，「市民の声」の具現化だと理解されている。観衆は，英雄をとおして見た神話とコロスをとおして見た神話の交わるところとして，悲劇を経験するのである。

こうした英雄とコロスとの対比には賛成しながらも，コロスがポリスの経験を代表する立場にいるという点に異議を唱えるのがグールドである。グールドによれば，時にアッティカ方言でなくドリス方言[24]を用いて歌うコロスは，アテナイの観衆にとっては異質さを孕む存在であり，また，多くの作品で女性や老人，奴隷など社会の周縁で生きる人間の性質を与えられることによって[25]，コロスはポリスを代表するどころか，青年期から壮年期の男性市民が中心となって構成されるポリスにとっての「他者」として提示されている[26]のである。コロスの属性を選択する自由が詩人に与えられている以上[27]，この「他者性」は詩人が意図的にコロスに付している性質ということになる。その動機の一部は，ヴェル

---

22) Vernant and Vidal-Naquet (1988) 310-12.

23) 悲劇や喜劇が上演された劇場の中で，コロスが歌い踊る円形の場所を指す，今日の「オーケストラ」の語源になった用語である。俳優は観客席から見てその一つ奥にあるプロスケニオンと呼ばれる長方形の場所で演技をするため，原則としてコロスと俳優が同じ場所に立つことはない。劇場の各部の説明は，『アンティゴネ』の中務訳（2014）7-9 に詳しい。

24) アッティカ方言およびドリス方言は，古代ギリシア語の中に存在した方言群である。アッティカ方言はアテナイを含むアッティカ地方で主に使用され，悲劇や喜劇でも歌唱部分でない箇所は原則としてこの方言形で演じられる。ドリス方言はスパルタを含むペロポネソス半島南東部で主として使用され，ギリシア島嶼部やシチリア島，イタリア半島の一部でも用いられた。ドリス方言は合唱詩の伝統と深く結びついているため，悲劇でもコロスの歌唱部分が（コロスの出身がドリス方言の地域に設定されていなくとも）意図的にこの方言で歌われることがあり，アッティカの観衆には異国情緒の溢れる歌唱に聴こえたようである。なお，後出のアルクマンの抒情詩もドリス方言で書かれている。

25) 例えば，以下で取り上げる『アンティゴネ』のコロスはテバイの老人たち（男性）から成る。

26) Gould (2001) 381-82.

27) グールドも指摘するとおり，現存する悲劇の中でもソポクレスの『アイアス』と『ピロクテテス』のコロスは現役の兵士であるため，悲劇のコロスが必ずしも周縁的な属性を帯びている必要があった訳ではない。

ナンとヴィダル＝ナケが提示したように，悲劇の主人公たる英雄が体現する世界観に対しての「他者」を劇中に存在させることにあり，そうして付与された「他者性」をつうじて，コロスは（統治する側でなくされる側の）集団の集合的経験・集合的記憶を観衆に示すのである[28]。ただし，こうした解釈に触れる際に常に念頭に置くべきは，アテナイの悲劇あるいは喜劇でコロスを演じたのは男性市民であり，彼らには裕福な市民の代表（コレゴス）が出資したという点である。コロスの劇中でのアイデンティティーがどれほど周縁的であっても，ポリスの現実においては彼らは社会生活の中心を担う人々であり，統治する側の市民の代表として観客の前で歌い踊り，公的な祭典で優勝を争っているのだ。

　ところで，コロスの語る「集合的（集団的）経験・記憶」とは一体どのようなものだろうか。本章第3節でも取り上げる，ソポクレス（Sophocles, 前496/5頃-前406/5頃）の悲劇『アンティゴネ』を例にとって，グールドの理論を検討してみたい。主人公アンティゴネは，王の命に背いたため，地下に幽閉されようとしている。それに対しコロスは，同じく幽閉される憂き目にあった神話上の人物の逸話を歌い，彼らが記憶するエピソードをアンティゴネに語りかける[29]。塔の上に閉じ込められながらゼウスの子を宿したダナエ（944-54行），ディオニュソスを迫害したため罰として牢に入れられたリュクルゴス（955-65行），後妻に騙された元夫に幽閉されたクレオパトラ（966-87行）といった神話の人物に降りかかった悲劇を歌うコロスが，石に姿を変えられ最期を遂げた神話上の女性ニオベに自分自身をなぞらえたアンティゴネの嘆き（823-33行）を踏まえていることは確かであろう。しかし，時間・空間ともにかなり限られた中で進行する『アンティゴネ』の物語の中に，神話という「コミュニティが共有する記憶」を持ち込むことで，コロスは物語

---

[28] 悲劇のコロスに周縁性・他者性を見出し，彼らの上げる声はポリスにおける権威を欠くと結論づけるグールドに反論するのがGoldhill (1996)である。「社会に受け継がれた集合的記憶を動員し，格言的な一言を発する」という機能をコロスに認めているにもかかわらず，他者性のせいでその発言の権威が奪われているとするグールドの論に対し，ゴールドヒルは論理の飛躍を指摘した上で，他者性は必ずしもコロスの発言から権威を取り去るものではないと主張する。

[29] 948行および987行の呼びかけから，コロスがアンティゴネに語りかけていることは明らかだが，彼女はすでに舞台を下りてしまっているため，実際にその場にいるのはコロスと観衆だけである。

を異なる時代および場所へと拡大しているのである[30]。名前のある個人としての主人公に対比される匿名の集団であるコロスは，このようにして，自身が集団的に持つ経験や記憶を語ることで，自らの存在を確立していると説明され得る[31]。

　紀元前4世紀に端を発し，現在でも様々な案が提示されるコロスの定義であるが，その存在が劇の上演において必要不可欠なものと見なされるようになったという点では，古代から現代に至るまでに大きな進歩があったと言っても構わないだろう。これほど多種多様な定義を可能にするコロスというものが実際の作品でどのように機能したのか，次節以降で見ていくことにする。

3　神に祈るコロス

　完全な形で現存する7本のソポクレス作品のうちの一つ『アンティゴネ』は，とかく舞台上の登場人物たちの間に絶え間ない衝突が起こる作品であることもあり[32]，コロスには比較的注目が集まりにくい。舞台となるテバイの地の長老たち（演じるのは当然アテナイの男性市民である）が構成する本作品のコロスは，物語の展開を左右する行動を取ることはほとんどないものの，自己への言及という観点からすれば，特に151-54行および1146-54行は注目に値する。

　コロス入場の歌である「パロドス」の最終盤，テバイの王権をめぐる兄弟の争いが，両者の相討ちという形でではあるが終結した今，長老たちは勝利を祝う上でのコロスとしての自己の役割に言及する。

　　戦いも過ぎたこと，忘れ去るがよい。

---

[30]　Gould (1999) 112-13.
[31]　Gould (2001) 385-87.
[32]　作品のタイトルにもなっている女性アンティゴネは，戦死した兄の遺体の埋葬をめぐって，妹のイスメネや王クレオンらと次々に衝突を繰り返す。兄を埋葬したいアンティゴネに対して王はそれを禁じ，肉親を思うが故にその禁を破ろうとするアンティゴネを妹が諫めるのである。『アンティゴネ』の物語展開や論争部分の詳細な分析は，本書第4章を参照のこと。

夜もすがら舞い歌いつつ，
　　神々の社を遍く訪れよう。
　　テーバイの地を揺るがしつつ，
　　バッコスが先導してくだされ。
　　　　　　　　（ソポクレス『アンティゴネ』151-54 行）[33]

　コロスは夜通し神々の社に参り，歌と踊りを奉納してまわろうとしている。これは確かに彼ら自身のコロスとしての役割への言及であるが，「今ここで」上演されているパロドスでの歌や踊りを指しているのではなく，あくまで今後行おうとする儀礼を想像しているに過ぎないことは注目に値するだろう。先の展開をここで明かしてしまえば，コロスが実際に勝利を祝って神々を参詣する場面など『アンティゴネ』には存在せず，ここで彼らが思い描く勝利は根拠のないものに過ぎない。討死ののち野ざらしにされたままの侵略者（アンティゴネにとっては次兄）ポリュネイケスの遺体がポリスを汚し，数々の死をもたらすことになろうとは，この時のコロスは夢想だにしていないのである。
　とはいえ，劇中のテバイというポリスにおける自身の役割を，戦争終結を祝って神々に感謝の儀礼を捧げることだとコロスが認識している，という点は確かに表現されている。その儀礼の導き手としてコロスが想定するのが，テバイの守護神であるバッコス（ディオニュソス）である。作品の設定を離れて劇場の外からの視点で見れば，ディオニュソスは演劇の神であり，悲劇が上演された大ディオニュシア祭はこの神を祀っていたことは先にも述べた。一方，『アンティゴネ』の中での彼はコロスを導く存在として想像され，歌や踊りの音頭を取って儀礼を司ることが期待されている。
　ディオニュソスがコロスを導いて登場する作品といえば，エウリピデス（Euripides, 前 480 頃-前 406 頃）作『バッカイ』を思い起こすだろう。『バッカイ』でのディオニュソスは，自身の信者の一団であるコロスを率いて舞台に現れ，信仰を否定してかかる当時のテバイ王を罠にはめ殺害する。ディオニュソスのこうした残虐性は頻繁に議論の対象となる

---

[33]　本章での『アンティゴネ』の和訳は，中務訳（2014）より引用する。

が，ここでは彼の「コロスの指導者」，ギリシア語でいうところの「コレゴス choregos」としての機能に着目すべく，神自身によるプロロゴス（前口上）を見てみよう。

　　さあ，リューディアの国のトモーロスの山並みを捨てて来た
　　我がティアソスの女たち，我が侍者，旅の仲間として
　　異国から私が連れて来た女たちよ，
　　レアー母神と私との発明になる，
　　フリュギアの国の趣を伝えるタンバリンを取れ。
　　やって来て，ペンテウスの屋敷であるこの王宮のまわりで
　　打ちまくるのだ，カドモスの国が注視するようにと。
　　　　　　　　　　　　（エウリピデス『バッカイ』55 行–61 行）[34]

　コロスに対するディオニュソスの指示は至って単純である。自身の故郷から持ってきた打楽器を皆で打ち鳴らし，テバイの国にディオニュソスという神の存在を知らしめよというものだ。ただし，こう言うと神自身はコロスの入場前に一度退場してしまうので，コロスの歌や楽器の演奏に実際に加わるわけではない。この時点でのディオニュソスの機能は，あくまでコロスの感情をたかぶらせ，歌や踊りを始めさせること[35]にあるようだ。
　こうした視点から『アンティゴネ』のパロドスをもう一度見てみると，こちらのコロスもディオニュソスが彼らの儀礼の始まりを合図してくれるのを待っているかのように思えてくる。コロスは，戦争の終結を祝う儀礼が自身の役割であると認識していながらも，ディオニュソスの到来を待たなければそれを全うすることができない存在である。しかし，既述のように，作中で実際に戦勝の儀礼が行われることはない。つまり，頼まれなくともテバイにやって来た『バッカイ』とは異なり，『アンティゴネ』のディオニュソスは，コロスに呼びかけられようとも

　34）　和訳は逸身訳（2013）より引用。
　35）　Calame (1997) 49–53 によれば，音楽的指導者であるコレゴスの役割は，コロスのメンバーを集めて「組織する」こと，合図を出してパフォーマンスを「始める」こと，そしてその間コロスを「指揮する」ことに大別できる。

顕現することはないのである。

　野ざらしとなったポリュネイケスの遺体をめぐる論争ののち，そしてそれに起因する数々の死が明らかにされる直前[36]，コロスは再びディオニュソスに祈る。今や死の穢れに侵されたポリスに「浄めの足どりもて」顕現してほしいと願い，コロスは歌い踊る。

　　いざや，火を吐く星々の
　　舞い群の長(おさ)[37]，夜もすがら，
　　響く歌声の音頭取り，
　　ゼウスの御子よ，顕れたまえ。
　　王よ，あなたを配剤者イアッコス[38]として
　　称えつつ，一夜(ひとよ)さじゅう，狂い踊る
　　テュイアスたちを供に従えて。
　　　　　　　　　　　（ソポクレス『アンティゴネ』1146-54 行）

　劇冒頭の入場歌では，祝勝の儀礼で自身の歌と踊りを率いてほしいと願ったコロスであったが，穢れによるポリスの破滅が忍び寄る今，テバイの守護神ディオニュソスの浄めの機能にも期待をかける。加えて，ディオニュソスのコレゴスとしてのイメージはより具体的に，鮮明になっていることも見て取れる。コロスが想像するディオニュソスは，

---

36) 王クレオンの命により地下に幽閉されたアンティゴネは自らの命を絶ち，それを発見した婚約者ハイモン（クレオンの息子）が彼女の遺体のそばで自殺を遂げる様子が使者によって報告される（1192-1243 行）。息子の死を知らされるや，母エウリュディケ（クレオンの妻）も自害を果たし（1282-1305 行），ポリスは死に覆われることになる。なお，ギリシア悲劇では死の場面が舞台で演じられることはほとんどなく，使者などからの報告の形式で登場人物，コロス，また観衆もその事実を知るのである。この点についての詳細は，本書第4章を参照のこと。

37) 「舞い群の長」と訳出されているのは，他でもない「コレゴス choregos」という語である。

38) エレウシスの秘儀（注 40 参照）における，入信者の守護神。ディオニュソスと同一視されることが多く，ここでもその別名のように扱われているが，実際の秘儀においては2柱が混同されるようなことはなかった。ただし，1119 行で言及されるエレウシス，コロスが祈りを捧げる対象であるディオニュソス，そしてこのイアッコスという要素が，エレウシスの秘儀とそれがもたらす死者への救済を想起させるのは確かだろう。Griffith (1999) 314 は，これらの要素がアンティゴネとハイモンのこの時点での死を示唆していると推測する。

星々を導くコレゴス[39]であり、信女であるテュイアスたち（バッカイと同義）を従える指導者である。特に「星々」、「夜もすがら」、「一夜さじゅう」といった「夜に行われるパフォーマンス」への言及は、一晩中歌い踊って神々に感謝したいとコロスが歌ったパロドスを想起させるものであり、星々のコロスや信女たちのコロスに自身を投影しているようにも見える。

また、この歌の序盤では、テバイの守護神としてのディオニュソスの力を絶大なものとして提示すべく、コロスはギリシア世界の様々な土地に言及する。イタリア（1118行）、エレウシス[40]（1119行）、ニュサ山[41]（1131行）、パルナッソス山[42]（1143-44行）と、ディオニュソスは自身に関連の深い場所を次々に越え、テバイにやって来るのだとコロスは想像する。グールドによれば、このような一種唐突にも聞こえる各地への言及は、ディオニュソスの普遍性や強大さを示すものであり、同時に、テバイの祖カドモスとその血統につながるディオニュソスの神話を想起させる機能を有するのである[43]。いずれにせよ、この歌の中で、ひいては作品全体で彼らの思い描くディオニュソスは、一貫してポリスの守護神かつコロスのリーダーであり、それは彼ら自身で儀礼を司ることができ

---

[39] ある程度の数が集合し、規則的な動きを繰り返す星や星座がコロスに例えられることは珍しくない。本章第4節で扱うアルクマンの抒情詩でもプレイアデス（プレアデス星団のこと）が言及され（60行）、解釈には諸説あるものの、その一つにはこれをライバルのコロスと見なすというものがある。ギリシア文学に登場する星々のコロスとそのイメージが持つ機能ついては、Gagné (2019) に詳しい。他にも、イルカや鳥などの生物、あるいは建築物など、様々なものの集合体がコロスと見なされることがある。こうした事例を集めた文献には、Steiner (2021) がある。

[40] アテナイのデモス（小地区）の一つで、ギリシア語を解すれば誰でも入信できる秘儀があることで知られた。デメテルとその娘コレ（ペルセポネ）の神域に加え、ディオニュソスの劇場も有した。エレウシスの秘儀についての詳細は、本書第24章を参照。

[41] 場所には諸説あり特定は困難だが、おそらくエウボイア地方にあったとされる。

[42] アポロン信仰で知られるデルポイの北側に聳える。ディオニュソスの狂信的な信仰の習慣はアッティカには存在せず、アテナイの「バッコスの信女」たちはデルポイの信女の一団に加わるべくこの山まで来ていたらしい。なお、デルポイとアテナイのほぼ中間に、『アンティゴネ』の舞台となるテバイが位置する。

[43] Gould (1999) 113. ディオニュソスは神ゼウスと人間セメレとの子。セメレはテバイの創始者カドモスの娘であるため、ディオニュソスから見たカドモスは祖父に相当する。『バッカイ』のプロロゴス（前口上）では、テバイに到着したディオニュソスが自身の生まれを語り（1-9行）、それに続いて、セメレがディオニュソスを身ごもったまま落命した際の様子がコロスにより歌われる（88-100行）。

ないという事実の裏返しなのかもしれない。
　『アンティゴネ』のコロスは，自身の役割を，祝勝のためであれ顕現を願うためであれ，神への儀礼を奉納することだと認識していると考えられる。パロドスではディオニュソスの助けを自らの歌や踊りを始めるために必要としたが，その後には共同体の穢れを払うために「自力で」祈った。つまり，1146 行以降でのディオニュソスの顕現を願う儀礼は，ディオニュソスというコレゴスがおらずとも行われているのである[44]。にもかかわらず，ディオニュソスのコレゴスとしてのイメージはより強化され，そこにポリスの守護神としての浄化の機能も付加される。歌や踊りの神への奉納という古代ギリシア社会におけるコロスの基本的な役割は，『アンティゴネ』でももちろん表現されているが，結果的に最も際立つのはコレゴスとしてのディオニュソスの存在であるようにも思われる。

4　コレゴスを引き立てるコロス

　先の節では「コレゴス」という語が頻出したが，その用法および機能を簡単に整理してみよう。まず，劇の外，つまり日常生活のレベルでは「劇などの上演競争に際してコロスに出資する者」を意味することがある。既述のとおり，少なくともアテナイの祭典に参加するコロスは一般市民から構成されているため，本番に向けての訓練が必須であった。その訓練費用や生活費，上演に際しての衣裳代等をすべて負担するのがコレゴスであり，アテナイの裕福な市民の中から選出される決まりになっていた。この場合のコレゴスは「経済面で」コロスを導くのが仕事であった[45]。

---

[44]　これが果たして成功したのかといえば，『バッカイ』とは異なり，『アンティゴネ』ではディオニュソスが実際に登場することはない。コロスの期待に反して，見えない形での神の手助けや介入も果たされず，この歌の直後に登場人物の死が次々と語られ，嘆かれるだけである。

[45]　出資者コレゴスの詳細な役割を含む，アテナイのコロス制度（コレギア）については，Wilson (2000) が最も詳細に論じている。コレゴスに選出されるのは非常に名誉なことであり，軍船の一種である三段櫂船への出資などと同じく，コロスへの出資も公共奉仕の一つ

一方,『アンティゴネ』で言及されたコレゴスとしてのディオニュソスは,明らかにコロスへの出資者ではない。劇中の人物が（本来は知り得ない）劇の外の現実にあえて言及するメタ表現の宝庫である喜劇では,劇中での「コレゴス」という語が実社会での出資者を指す例もあるが[46],悲劇の中での「コレゴス」は基本的には「パフォーマンス面で」コロスを導く者を意味する。『アンティゴネ』のパロドスおよび『バッカイ』のプロロゴスにおけるディオニュソスの役割は,コロスの儀礼やパフォーマンスを始めさせることにあったようだが,これから紹介するアルクマン（Alcman, 前7世紀半ば-終盤活動）の抒情詩ではどうだろうか。

作品の分析に入る前に,アルクマンの経歴と彼が活動した当時のスパルタの様子を簡単に紹介しておく。レスボス島の女流詩人サッポー（Sappho, 前7世紀後半-？）とおおよそ同時代人あるいは先輩とされるアルクマンは,当時すでに強固な支配体制を整えていたポリスの一つスパルタで活躍した。後にアレクサンドリアで編纂された彼の作品集は6巻から7巻を数えたとされ,そのうち2巻は「パルテネイア *partheneia*」[47]と呼ばれるジャンルに属する詩を収録したらしい。本節で

の形だった。有力な市民であるという前提があるため,コレゴスは弁論作品にもしばしば登場する。最も知られた例は,デモステネス第21弁論「メイディアス弾劾」であろう。前348年,大ディオニュシア祭でディテュランボスのコレゴスとしてオルケストラに立っていたデモステネス（Demosthenes, 前384-前322）は,メイディアスに殴られ,衣装まで剥がされるという被害を蒙った。アテナイ社会での出資者コレゴスが,否が応でも注目を集める立場だったことを物語る逸話である。なお,デモステネスをはじめとする弁論家の仕事や,彼らの書いた法廷弁論の詳細については,本書第20章および第22章を参照のこと。葛西（2019）は,ギリシア悲劇と法廷弁論とを比較し,悲劇のコロスを法廷でいう証人になぞらえる。

46) ギリシア中喜劇の詩人アンティパネス（Antiphanes, 前4世紀）の断片202番では,「コレゴスに選ばれたら,コロスの豪華な衣装に出資するために自分はボロしか着られない」ことが皮肉られている。本書第5章2.2も参照のこと。具体的な金額としては,Osborne (2010) 114 によると,アテナイの祭典全体の運営に毎年10万ドラクマが必要で,それを100人の市民で分担したらしい。職人の日当が1ドラクマ,裁判人の日当が2から3ドラクマだったと言えば,その莫大な金額を想像しやすいだろうか。ちなみに,注45でも触れた三段櫂船奉仕など,すべての公共奉仕の合計年額が100タラントン（60万ドラクマに相当）ほどであり,1000人弱の裕福な市民が負担したそうである。毎年の公共奉仕をこなすには大量の現金が必要で,アテナイにおける銀行業の発展の一因となった。詳細はOsborne (2010) 104-26を参照。

47) 直訳すれば「乙女の歌」。何らかの祭典での少女のコロスによる上演を目的に書かれた抒情詩を指し,アルクマン以外にもピンダロス（Pindaros, 前518頃-前438頃）による

紹介する断片1番もこのパルテネイアの一つであり，アルクマン作品のうち最もまとまった形で伝承されていることから，断片3番とともに研究の対象として頻繁に取り上げられる。

　スパルタと聞いてまず思い起こすのは，強力な陸軍国だという事実だろう。しかし，このポリスは，同時に音楽文化の中心地でもあり，アルクマンに先立つ世代の段階で，すでにギリシアの各地から詩人の集まる環境にあった[48]。これから紹介するアルクマンの詩にも，ドリス方言での歌唱やポリス創設に関連づけられる神話への言及など，実際に上演が行われたであろうスパルタを想起させる要素が散りばめられている。1行めに名前の挙がるポリュデウケスは，双子の兄弟カストルとともに「ディオスクロイ」の名でスパルタを中心に崇拝された英雄である。その後2–15行で，彼らの父テュンダレオスの兄弟ヒッポコオンの11人（読みによっては10人）の息子の名前が次々に言及される。この部分は保存状態が極めて断片的であるため，文脈を特定するには至らないが，この息子たちは殺されてしまったらしい。

　このようにして，スパルタを仄めかすことで上演の場所を設定した上で，35行までは神話の物語やそこから導かれる格言的な内容などが展開される（途中は損傷が甚だしく，全体を意味の通るように解釈するのは困難である）。本節の中心となるのは，39行の途中より始まるこの詩の「第2部」である。

　　　（略）わたしが歌うのは
　　　アギドの輝かしい姿。彼女はまるで
　　　太陽のようにみえる，わたしたちの証人となってくれるよう
　　　アギドが呼び求めた
　　　あの太陽さながらに。ところがその名も高いわが合唱隊の長は
　　　彼女（注：アギド）を褒めることも咎めることも，

作品が現存する。こうした抒情詩の分類は後代にアレクサンドリアの学者が導入したもので，上演当時の文脈が失われている分，適切とは言い切れない部分もあるが，パルテネイアについては「少女コロスが上演する」という決定的な要素がある。このジャンルの詳細および抒情詩の他の分類については，Budelmann (2018)を参照。

48) Budelmann (2018) 57.

わたしにどうしても許さない。
なぜなら彼女自身（注：コレゴス）こそ
衆に卓れし者とみられているから。（略）
……
（略）そしてわたしの従姉妹の
ハゲシコラの長い髪は
混じりけのない黄金さながら
花と輝いている。　　　　　（アルクマン断片 1 番 39-54 行）[49]

　まずコロスは，アギドという人物の名を挙げ，その太陽のように美しい姿を褒め称える（39-43 行）。実際には複数人で歌いながら，集合的な単数形の一人称「わたし」を用いるコロスは，過去の神話物語からまさに今行われている儀礼へと観衆の視点を大きく移動させる[50]ものの，彼女らが注目を要求するのは自身のパフォーマンスではなく，アギドと後出のハゲシコラである[51]。声を合わせて「わたし」となった，あくまで集合的なコロスに対し，名の挙がる二人の少女は集団から突出した個人という特徴を有する。ハゲシコラの名前は 53 行に至るまで明かされないが，「合唱隊の長 *choragos*」[52]（44 行）として言及され，コレゴスとしての立場がむしろ強調される結果となっている[53]。

　コレゴスは，太陽と見紛うほどの輝く美貌を持つアギドのことさえも評価の対象とさせないほど，コロスの中で傑出した存在である（43-47 行）。このコロスは少女たちで構成され[54]，コレゴスはどうやら彼女たちのいとこに相当するらしい（52-53 行）。花と輝く長い髪を持つ（53-54 行）コレゴスのハゲシコラは，名実ともに彼女たちのリーダーである。コレゴスはコロスに優越する地位におり，その立場の上下をコロスが明

---

49) 和訳は丹下訳 (2002) より引用。
50) Budelmann (2018) 71.
51) Hutchinson (2001) 85.
52) 「コラゴス」は「コレゴス」のドリス方言形。長い e の部分が長い a となっているのが，アッティカ方言と比較した際のドリス方言の特徴の一つである。
53) ここでのコレゴスは，Budelmann (2018) も示すとおり，コロスに出資した者ではないだろう。文字通りの「コロスのリーダー」として，パフォーマンスの中で際立つ存在であったことを意味している。
54) Calame (1997) 4.

確に示しているという点が目をひく。

　この詩はスパルタでの何らかの祭典のために書かれたとされるが，いずれかの神に奉納されるものだったのか否か，だとすれば対象はどの神だったのかといった点については様々な議論がある[55]。とはいえ，公的な祭典のために書かれたということは，一度きりしかない特定の出来事を歌った詩ではなく，共同体が定期的に行う儀礼で何度も用いられることが前提とされていたと考えられる[56]。上演の都度，ハゲシコラ役やその他のコロスの構成員役が選ばれ，詩の世界をその役割になりきって演じていたのであろう。そういった点は，悲劇や喜劇で役を演じることと大差ないようにも思える[57]。

　コレゴスをひたすらに引き立てるというコロスの機能に加え，「わたしはアギドの美しさを歌う」（39-40行）と自らのパフォーマンスに言及している点にも着目したい。彼女たちは，自覚的にアギドを引き合いに出しつつ，ハゲシコラを称賛している。未来の儀礼や現れないコレゴスを夢想した『アンティゴネ』のコロスとは対照的に，彼女たちは「今ここで」歌われている自身の歌に言及し，後に98-99行では「私たち10人（あるいは11人）の少女が歌う」[58]とコロスの構成にまで触れるのである。

　ここでのコロスの役割は（つまり，詩人がコロスに与えた機能は），自身でも言及するとおり，コレゴスを際立たせ，その優越性をコミュニティ全体にアピールすることにある。コレゴスは完全な意味でのコロスの一員とはならず，決してその集団の中に埋もれることはない[59]。『アンティゴネ』で神のコレゴスに人間のコロスが従ったように，本作品においてもコレゴスとコロスの間には明白な地位の差が存在する。それを言葉（に加え，おそらく動作）で示すことがコロスの仕事なのである。

---

55) Calame (1997).
56) Nagy (1990).
57) Hutchinson (2001) 78 も，この詩の中に演劇的な特徴を認めている。
58) この抒情詩は，比較的長いとはいえ断片でしか伝わらないので，読みを確定できない箇所も多い。
59) Nagy (1990) によれば，コレゴスであるハゲシコラとそれに次ぐアギドは歌わずに踊るのみで，他の構成員は歌いながら踊ったらしい。コレゴスの特異性を強調する解釈といえるだろう。

5 結　　び

　コロスという古代ギリシアに特有の装置は，早くも前4世紀にはアリストテレスの著述の対象となり，特にこの数十年間は様々な角度から研究されてきた。しかし，その際，「演劇のコロス」や「合唱抒情詩のコロス」のように，ジャンル分けが前提とされることが多いのもまた事実である。それに対して，本章で示してきたのは，自らの歌や踊りに言及し，コレゴスとの関係で自身の立ち位置を規定しながら決まった役割を演じるという点では，演劇のコロスと抒情詩のコロスとの間に明確な区別を設ける必然性は存在しないという結論である。

　コレゴスにも大別して二つの機能があると示した。アテナイを中心とする地域で，前5世紀以降に「コレゴス」と言えば，ポリスの祭典のためにコロスに出資する裕福な市民である。一方，『アンティゴネ』やアルクマンの抒情詩で歌われたコレゴスは，パフォーマンスにおいてコロスを導く存在であった。いずれの場合においても，一見すると調和のとれた歌や踊りを見せる均質的な集団であるコロスの内実に目をやると，力を持った特定の個人に依存しているということが見て取れる。つまり，圧倒的な富を持つ出資者がコロスを養うという現実のポリスにおける構図と，神のコレゴスが人間を率いたり，圧倒的な美と高貴な血統を持つ少女が他の少女たちをそばに置いたりといった，詩の中で想定される構図とは，一種のパラレルを形成しているのである。

　見せかけの平等や均質性と，その裏に潜む逆転不可能な地位の差を内包する集団は，何もコロスだけではない。アテナイが標榜したデモクラシーはどうだろうか。一部の市民が出資して祭典などの公共事業を賄ったという事実に，同様の構造を見出すことができはしないだろうか。一握りのグループが莫大な費用を負担し，その見返りとして社会的名誉を享受できる[60]というコミュニティにおける前提がある一方，これを実現するためには，その他大勢の一般市民のパフォーマンスを必要とすると

---

60)　Wilson (1997).

いう一見矛盾を孕む構造を，アテナイというポリスは抱えていたのである。そして，いざ劇場に足を踏み入れれば，この緊張はコロスとコレゴスとの関係の中に顕在化する。この事実が，ギリシア演劇の持つ迫力を現代のわれわれにも鮮明に伝える一端を担っていると言えるのではないだろうか。

参 考 文 献

Billings, J. (2013). 'Choral Dialectics: Hölderlin and Hegel', in Gagné and Hopman (eds.), 317–38.
Bosher, K. (ed.) (2012). *Theater outside Athens: Drama in Greek Sicily and South Italy*. Cambridge.
―――. (2021). *Greek Theater in Ancient Sicily*, ed. by E. Hall and C. Marconi, prepared for publication by L. Winling. Cambridge.
Budelmann, F. (ed.) (2018). *Greek Lyric: A Selection*. Cambridge.
Calame, C. (1997). *Choruses of Young Women in Ancient Greece*, trans. by D. Collins and J. Orion. Lahnam.（原著：Calame, C. (1977). *Les Chœurs de Jeunes Filles en Grèce Archaïque*, 2 vols. Rome.）
Gagné, R. (2019). 'Cosmic Choruses: Metaphor and Performance', in Horky, P.S. (ed.) *Cosmos in the Ancient World*. Cambridge, 188–211.
―――. and Hopman, M. G. (eds.) (2013). *Choral Mediations in Greek Tragedy*. Cambridge.
Goldhill, S. (1996). 'Collectivity and Otherness―The Authority of the Tragic Chorus: Response to Gould', in Silk, M. S. (ed.) *Tragedy and the Tragic: Greek Theatre and Beyond*. Oxford, 244–56.
Gould, J. (1999). 'Myth, Memory, and the Chorus: 'Tragic Rationality'', in Buxton, R. G. A. (ed.) *From Myth to Reason?: Studies in the Development of Greek Thought*. Oxford, 107–16.
―――. (2001). 'Tragedy and Collective Experience', in *Myth, Ritual, Memory, and Exchange: Essays in Greek Literature and Culture*. Oxford, 379–404.
Griffith, M. (ed.) (1999). *Sophocles:* Antigone. Cambridge.
Henrichs, A. (1994–95). '"Why Should I Dance?": Choral Self-Referentiality in Greek Tragedy', *Arion* 3.1, 56–111.
―――. (1996). 'Dancing in Athens, Dancing on Delos: Some Patterns of Choral Projection in Euripides', *Philologus* 140.1, 48–62.
Hornblower, S. (ed.) (2013). *Herodotus:* Histories, Book V. Cambridge.

Hutchinson, G. O. (2001). *Greek Lyric Poetry: A Commentary on Selected Larger Pieces*. Oxford.
Jackson, L. C. M. (2019). *The Chorus of Drama in the Fourth Century BCE: Presence and Representation*. Oxford.
Kowalzig, B. (2007). *Singing for the Gods: Performances of Myth and Ritual in Archaic and Classical Greece*. Oxford.
―――. and Wilson, P. (eds.) (2013). *Dithyramb in Context*. Oxford.
Nagy, G. (1990). *Pindar's Homer*. Baltimore.
―――. (2013). 'The Delian Maidens and Choral Mimesis in Classical Drama', in Gagné and Hopman (eds.), 227-56.
Osborne, R. (2010). *Athens and Athenian Democracy*. Cambridge.
Pelliccia, H. (2009). 'Simonides, Pindar and Bacchylides', in Budelmann, F. (ed.) *The Cambridge Companion to Greek Lyric*. Cambridge, 240-62.
Prauscello, L. (2014). *Performing Citizenship in Plato's Laws*. Cambridge.
Schlegel, A. W. (1846[1809]). 'Vorlesungen über dramatische Kunst und Literatur', in Böcking, E. (ed.) *Sämtliche Werke*, vol. V. Leipzig.
Steiner, D.T. (2021). *Choral Constructions in Greek Culture: The Idea of the Chorus in the Poetry, Art and Social Practices of the Archaic and Early Classical Period*. Cambridge.
Vernant, J.-P. and Vidal-Naquet, P. (1988). *Myth and Tragedy in Ancient Greece*, trans. by J. Lloyd. New York. (原著：Vernant, J.-P. and Vidal-Naquet, P. (1972-86). *Mythe et Tragédie en Grèce Ancienne*, 2 vols. Paris.)
Wilson, P. (1997). 'Leading the Tragic Khoros: Tragic Prestige in the Democratic City', in Pelling, C. (ed.) *Greek Tragedy and the Historian*. Oxford, 81-108.
―――. (2000). *The Athenian Institution of the* Khoregia. Cambridge.

作品和訳・日本語文献
アルクマン他，丹下和彦訳（2002）『ギリシア合唱抒情詩集』京都大学学術出版会．
エウリーピデース，逸身喜一郎訳（2013）『バッカイ――バッコスに憑かれた女たち』岩波文庫．
葛西康徳（2019）「私訴弁論の世界」，デモステネス，葛西康徳他訳『弁論集5』京都大学出版会，423-509.
ソポクレース，中務哲郎訳（2014）『アンティゴネー』岩波文庫．
松本仁助・岡道男訳（1997）『アリストテレース　詩学／ホラーティウス　詩論』岩波文庫．

26
古典古代の人類学

アンドレア・タデイ

> 古代ギリシアでは，法と宗教は互いに不可分な存在である。法と宗教は複雑に絡み合い，ギリシア人の思想や生活の様々な場面に顔をのぞかせる。本章は，「ディケー（正義）」や「ノモス（法）」といった概念をキーワードに，ホメロスやヘシオドスの叙事詩の世界からギリシア悲劇，また法廷弁論へと，時代と文脈の変遷をたどりながら法と宗教の入り組んだ関係を見ていくものである。
> 　この考察に際しては，古典歴史人類学という20世紀中盤のパリに端を発する学問の手法を用いていく。法学，古典学，社会学，心理学，民族誌学などの多種多様な領域とその研究者たちの出会いによって発展した歴史人類学は，特定の概念を常に時間の経過の中に捉え，創作の中で表される現象を実際の社会の成り立ちに則して観察することを目指す。歴史人類学という視点から見たギリシアの法と宗教は，その結びつきをさらに深めてわれわれの前に現れる。

1　はじめに —— 古典歴史人類学の誕生

　古代ギリシアでは，法と宗教は複雑に絡み合っていた。現代の多くの社会ではこれら二つの領域は社会的行為の中で互いに独立していると見なされるが，ギリシアでは様々な場面で相互関係が見られ，その性質は時代の文脈，特に前8世紀から前6世紀のアルカイック期なのか前5世紀から前4世紀の古典期なのかによって異なってくる。本章は，こ

うした法と宗教の複雑な関係の具体例を紹介するものである。

　本章は「古典歴史人類学」という方法論のもと展開する。社会学者・古典学者のルイ・ジェルネ（Louis Gernet, 1882-1962）と歴史心理学の創始者イグナス・メイエルソン（Ignace Meyerson, 1888-1983），および両者に学んだジャン＝ピエール・ヴェルナン（Jean-Pierre Vernant, 1914-2007）の三名の交流に端を発するこの学問は，1980年代以降リッカルド・ディ・ドナート（Riccardo Di Donato, 1947-）により，その発展へ至る経緯が再構築されてきた。ディ・ドナートはピサ大学で古典人類学の授業を初めて開講し，同大学に古典人類学研究所を設立した研究者であり[1]，上述の三人やモーゼス・フィンリー（Moses Finley, 1912-86）らの未発表原稿を整理し発表したことでも知られる[2]。古典歴史人類学とは，古典ギリシア文学という表現の形式，アルカイック期以降の異なる社会集団が自己をどう捉えたかという思想の形式，社会が構成される背景としての制度やアーティキュレーションという現実の形式それぞれの間に一貫した関係を見出そうとする学問である。こうした方法論によれば，文学作品の読解とは，特定の作家が書く詩の世界や彼のスタイル，作品分析にありがちな他の作家との関係の再構築（のみ）を目指すものではなく，ある作品が描く世界に社会のどういった側面が反映されているのかを探求するものである。

　学問としての古典ギリシア歴史人類学は，20世紀前半にジェルネの社会学・古典学，マルセル・モース（Marcel Mauss, 1872-1950）の民族誌学 ethnography，メイエルソンの歴史心理学が出会ったことで誕生する。パリ高等師範学校 École Normale Supérieure の学生であり，大学では古典学と法学の学位を得たジェルネは，初期の著作では社会学者デュルケーム（Émile Durkheim, 1858-1917）に傾倒し，1917年発表の『ギリシアにおける法的・道徳的思想の発展』[3]を彼に捧げてさえいる。法学研究に不可欠な概念である「ディケー *dike*」，「ローベー *lobe*」，「トー

　1）　Di Donato (1990), (2013) 参照。後者の参考文献は非常に有用である。Meyerson (1995[1948]), Gernet (1968), Vernant (1965) も参照のこと。
　2）　このうち，ジェルネとヴェルナンの原稿は現在ピサ大学古典人類学研究室に保管されており，https://lama.fileli.unipi.it より全文が参照可能である。
　3）　Gernet (2001[1997]) を指す。

エー *thoe*」,「ポノス *phonos*」などの用語のアルカイック期から古典期における意味の発展を分析したこの著作は，後年のジェルネが没頭することになる研究，すなわち，アンティポン（Antiphon, 前 480 頃–前 411）やリュシアス（Lysias, 前 445 頃–前 380 頃），デモステネス（Demosthenes, 前 384–前 322）などの弁論作品やプラトン（Platon, 前 427 頃–前 347 頃）著『法律』の校訂作業への端緒を開いた[4]。ジェルネの研究者としてのキャリアは複雑で，その大部分をアルジェ大学で過ごし（1921-48 年），アルジェリアの脱植民地化にも積極的に関わった。この間，デュルケームが創刊し編集長を務めた雑誌『社会学年報』と緊密な関係を築き，ギリシアに伝わる説話を物語としてではなく原史時代の社会の記録として読み解きはじめる。彼の主たる関心は，母方の親族が子どもを養育する里子制度，呪術による王権に基づく実際の王権のモデルや通過儀礼にあり，特に後者は人類学から派生したカテゴリであった[5]。後年ディ・ドナートが示したように，デュルケームがジェルネの研究に不可欠な役割を果たしたことは否定する余地はないが，一方でメイエルソンの存在も見過ごすことはできない。1928 年の出会い以降，彼らの交流は多大なる研究成果をもたらすことになる。

哲学者エミール・メイエルソン（Émile Meyerson, 1859–1933）の甥として誕生したイグナス・メイエルソンは，精神科医・精神医学研究者でありながら，当時のフランスで盛んだった社会学と歴史学との関係にまつわる議論に積極的に参画していた。前出の民族誌 ethnography 学者モースや社会言語学の創始者アントワーヌ・メイエ（Antoine Meillet, 1866–1936）らの研究者もそのメンバーであった。1948 年の著書『精神の機能と作品 *Les fonctions psychologiques et les oeuvres*』[6]でメイエルソンが強調するのは，どの時間および空間からも独立した絶対的な心理学ではなく，歴史的な変遷に着目した心理学の必要性である。ここで彼が用いる「機能 fonction」という語は数学的な意味，つまり「（価値，王権，時

---

4) 仏 Les Belles Lettres 社の仏語対訳付き校訂本ビュデ叢書に，弁論家三人の作品については校訂者兼翻訳者として，プラトン『法律』については序文の筆者として，それぞれジェルネの名が残る。
5) Marrucci (2005), (2010) を参照。
6) Meyerson (1995[1948]) を指す。

間，法などの）観念と，（文学，建築，制度などの）人間が作る作品におけるその客観化 objectification との相関関係」と解釈する必要がある。これに従えば，作品（ここでは特に文学作品）を研究することで，時間の変遷とともに社会の中で複雑化するものの見方が作品中にどう反映されているかを辿ることができる。メイエルソンは特に「ペルソナ persona」の精神的機能を詳細に検討し，その中で「ペルソナ／私」という概念が，仮面をアイデンティティーとして用いる演劇，犯罪における個人の責任を問う法，そしてディオニュソス崇拝の形態とそこから派生する古代および現代における宗教体験をとおして発展していった様子を明らかにする。

　時を同じくして 1948 年，アルジェからパリに戻ったジェルネは，アンリ・レヴィ＝ブリュール（Henri Lévy-Bruhl, 1884-1964）とともに École Pratique des Hautes Études で「古代ギリシアの法社会学」を開講する。人類学者リュシアン・レヴィ＝ブリュール（Lucien Lévy-Bruhl, 1857-1939）の息子で法学者のアンリは，古代ローマの法社会学を教えていた。彼らは「ローマ法研究所」で広範に共同研究を展開し，開講したセミナーの原稿は前出のピサ大学古典人類学研究室に保管されている[7]。ジェルネが彼の代表的論文の一つ「古代ギリシアの droit（法）と prédroit（pre-law, つまり法以前）」[8]の出版を準備したのもこの時期で，その基盤となった議論を École Pratique での初期の講義で行っていた。ちなみに，この講義に出席したヴェルナンが残したノートがピサ大学のアーカイヴに保存されている。さらに同年（1948 年），メイエルソンも南仏トゥールーズからパリに移ってきた。

　ジェルネとメイエルソンの弟子の中で，後年最も重要な人物となるのはヴェルナンである。トゥールーズではメイエルソンとともに対ナチスのレジスタンス活動に参加し，師と同様に 1948 年にパリに移ったヴェルナンは，ジェルネのギリシア古典学とメイエルソンの歴史心理学の道を追求するようになる。こうして，多様な人物の多様な経験が学問の場

　7）　ジェルネの未発表原稿が数多く保管され，そのうち二つの論文がそれぞれ Gernet (1999), (2000b) として，本章の著者による伊訳とコメントをともなってイタリアの法学雑誌 Dike に発表された。

　8）　Gernet (1948) を指す。prédroit (pre-law) の詳細については本章第 6 節を参照。

で邂逅し，古代ギリシアの歴史人類学が誕生したのである。ジェルネの死後，1968 年に『古代ギリシアの人類学』[9]という研究書を出版したのは，他でもないヴェルナンであった。

　以上のような研究史を再構築したのは，前出のイタリア人古典学者ディ・ドナートである。古典学者アウレリオ・ペレッティ（Aurelio Peretti, 1901-94）と歴史学者アルナルド・モミリアーノ（Arnaldo Momigliano, 1908-87）に学んだディ・ドナートは，戦士の社会的地位やアキレウスの盾の解釈，同時代の社会構造などの文化人類学的な視点のもと，ホメロスとギリシアの叙事詩を口承伝統の現象の一つとして観察する[10]。

　ここで，私自身のこの研究史における位置づけを少し話しておこう。ディ・ドナートが設立した古典人類学研究室に私も属しており，1994/95 年にイタリアで初めてピサ大学が開講した古典人類学のコースを引き継ぐ栄誉にあずかっている[11]。また，ジェルネの未発表原稿を数多く編集・発表し，ギリシア宗教と古代の法との関係性，祭典とギリシア悲劇との関係性などを研究の主軸としている。同研究室に属するルチア・マッルッチ（Lucia Marrucci）は主としてアルカイック期と古典期の王権と権力の形式を，カルラマリア・ルッチ（Carlamaria Lucci）はホメロスにおける時間をそれぞれ研究対象としており，他にも多くの若い学者たちがこの研究室が創始した分野でそれぞれの研究に励んでいる。加えて，毎年海外からの研究者も招いての連続セミナーシリーズを開いており，本書の編者のひとり葛西教授も登壇者として名を連ねたことがある。

　この導入のまとめに移ろう。歴史心理学とは，特定の時間や空間から切り離された概念を拒否する学問であった。そのため，必然的に，本章での以下の議論にはある程度の「近似」が用いられる。「ギリシア人であること」はアテナイ，スパルタ，テバイそれぞれの地で異なった意義を持ち，ギリシア文明もアルカイック期，古典期，ヘレニズム期それぞれの時代で変容した。ゆえにホメロスからヘシオドス，古典期の弁論家

9）Gernet (1968) を指す。
10）Di Donato (1999) および (2006) を参照。
11）Taddei (2020) を参照。

まで，特定の概念の時代による変遷を念頭に置くべきではあるが，古典期アテナイの優位性は変わらず存在するため，アテナイの法を「古代ギリシアの法」として近似的に扱うことも正当化されるというわけである。

2 言葉，観念，神々

　はじめに，古代ギリシアで「正義」を表すのに最も一般的な語「ディケー dike」と「テミス themis」を見てみよう。両者の主たる相違は「立てる，設定する」を意味する動詞 tithemi と繋がる「テミス」が，例えば神などの「上」から押しつけられたものを指す一方，「ディケー」は単に「ルール」を意味するという点である。大まかに言うと，テミスは「神々に関係する法」であり，ディケーはいわば「共同体の秩序を維持するためにその構成員が遵守する法」ということになる。ディケーは「示す，限度を決める」を意味する語根 *deik- より派生し，「正しい行為」と「法廷による決定」を同時に意味する。しかしこれらの語義も時代によって変遷し，例えば前5世紀の「ディケー」は，public trial を意味する「グラペー graphe」とは異なる private trial の意味で用いられるようになった[12]。そして第三の言葉も考察しなければならない。それは「ノモス nomos」（法）であり，「分配する」という動詞 nemo と関係がある。ノモスは「機能するために共通のルールが必要な共同体が採用したルール」を指すこともあるが，何よりもまず「神々に属するルールや秩序」を指す語である。

　「テミステス themistes」，「テスモス thesmos」，「コスモス kosmos」，「タクシス taxis」など他にもいくつかの単語が存在するが，アルカイック期から古典期のギリシアで「正義」という意味領域に属した主たるものは「ディケー」と「テミス」，そしてホメロス以降の「ノモス」であった。その後，それぞれが語義の変遷を経て，法的な文脈ではより限

　12）graphe はわが国では「公訴」，dike は「私訴」と訳されているがこれは誤訳である。詳しくは本書第22章を見よ。

定された意味を持つようになる。これらの語が，より抽象化され「正義の概念」を意味する「ディカイオシュネー dikaiosyne」，「フェアな」を意味する「ディカイオス dikaios」，「合法性」を意味する，nomos に由来する「エウノミア eunomia」といった用語に発展していった。

　法と宗教を論じる本章の冒頭の議論として私が強調したいのは，これらすべての概念が神々にかかわる領域に深く根ざしているという事実である。まず何より，ディケー Dike とテミス Themis はそれぞれ女神でもある。dike を Dike と，themis を Themis と大文字で書き換えるだけで，われわれの考察はギリシア法の起源の術語的研究から神話のそれへと移っていく。まさにここから，法と宗教との密接な関係の探究が始まるのである。

3　正義の神々

　前7世紀の詩人ヘシオドスによれば，テミスは原始の神々ウラノス（天）とガイア（大地）との娘であった。ディケーはそのテミスとゼウスとの間の娘で，エウノミアとエイレネ（平和）は彼女の姉妹である。ヘシオドスはこうした神々の系譜を体系的にまとめた最初期の詩人の一人であるので，彼の作品『神統記』でこれらの神々が描かれている様子を検討しておいても損はないだろう。

　　さて大地は　まずはじめに彼女自身と同じ大きさの
　　　　ガイア
　　星散乱える　天を生んだ……（中略）
　　ちりば　　　ウラノス
　　……さてつぎに
　　天に添寝して生みたもうたのは　深渦の巻く大洋
　　　　　　　　　　　　　　　　　ふかうず　　　オケアノス
　　コイオス　クレイオス　ヒュペリオン　イアペトス
　　テイア　レイア　テミス……[13]

　　　　　　　　　　　　　　　　（ヘシオドス『神統記』126-35行）

---

13)　『神統記』の和訳は廣川訳（1984）より引用。

正義の女神テミスと彼女を取り巻く神々が，天地開闢と不可分の存在であることが見て取れただろうか。ウラノス（天）を生んだのち，ガイア（大地）はそのウラノスとの間にテミスを含む多くの重要な神々をもうけている。その後『神統記』では，一連の出来事を経て徐々にゼウスが他の神々によって支配者と認められるに至り，他の神格に対する優位性を示すようになる。こうして権力を握ったゼウスは，テミスとの間にディケーをもうける。

　　二番目に　ゼウスは　輝かしいテミスを娶られた。彼女は
　　季節女神たち　すなわち
　　　ホーラ
　　秩序　正義　咲き匂う平和を生まれたが
　　エウノミア　ディケ　　　　エイレネ
　　この方がたは　死すべき身の人間どもの仕事に　心を配られる。
　　　　　　　　　　　　　　（ヘシオドス『神統記』901-03 行）

　この一節から，アルカイック期ギリシアでは正義，秩序，平和が互いに密接に関係していたことが一目で分かるだろう。正義の概念が均衡のそれに深く根ざしていたことを示すかのように，ヘシオドスは，広く一般に浸透していた知識を反映しながら，ディケーがエウノミアとエイレネの姉妹だと語る。もう一つ注目に値するのは，秩序と平和に加え，「ホーラ（季節）」もディケーの姉妹とされる点だ。ここでいう「季節」が示すのは一年における時間の恒久的な連続であり，普遍的なリズムが農業，牧畜や滋養，繁殖における原理，すなわちこの世界を滅ぼす原理ではなく生きながらえさせる原理を支配している，という発想である。
　総括しよう。「正義」が女神ディケーとされ，その母親テミスが正義のまた別の，かつディケーを補完する側面とされ（テミスはより原初の要素に近い神々の娘であった），その姉妹が経過する時間と世代に秩序とリズムを与え，人間の行為に心を配る「季節」の神格とされる，という興味深い構造を示しているのである。

4　神から人間へ

　法と宗教のかかわりは，自然界の秩序と人間界の秩序や正義の尊重との関係に由来する。ヘシオドスの別の作品『仕事と日』では，詩人と自身の兄弟ペルセースとの間に生じた相続争いの中で，次のようなことが語られる。

> ペルセースよ，これらのことを胸に刻み，
> 「正義(ディケー)」の声に耳を傾け，暴力は一切忘れ去れ。
> クロノスの御子は，人間に次の掟を定められたからだ——
> すなわち，魚や獣(けもの)，また空飛ぶ鳥どもには，
> 互いに相食(は)むのが慣(なら)いであるが，それは彼らには正義がないゆえであり，
> 人間にはゼウスが正義を賜(たま)わった——これに優って善きものはない。
> 正しきことを心得て，これをあえて語る者があれば，
> 遙かをみはるかすゼウスは，この者に幸を賜う。
> 証人となり偽りの誓いを立てて，故意に偽証を行ない，
> かくして「正義」を傷つけ，医(いや)しがたい罪を犯せば，
> その者の一族は後に衰え，落魄(らくはく)することになるが，
> 誓いを守る男の末裔(まつえい)は，後に栄える[14]。
> 　　　　　　　　　　　　（ヘシオドス『仕事と日』274-85 行）

　神々の世界から人間の日常へと場面は転換し，詩人ヘシオドスも，ここでは兄弟との争いに巻き込まれるごく普通の人間となる。しかし，人間界での正義の働きは，やはり神々の力のうちに組み込まれ，神々が人間に示す原理によって存在することが示される。
　ヘシオドスは正義と暴力を対置するが，これは口承伝統の根付いた社

---

14) 『仕事と日』の和訳は松平訳（1986）より引用。

会ではごく基本的な構造である。口承詩の創作に欠かせない力である「記憶」が正義の働きにも不可欠であるという事実は、詩人が兄弟ペルセースに「正義の声に耳を傾け」、暴力は「忘れ去」るよう語りかけることから明らかになる（275 行）。ここでのヘシオドスの教えは兄弟への単なる忠告ではなく、ゼウスが人間に与えた「掟（ノモス）nomos」に基づく。共食いを行う動物と人間とは、クロノスの子ゼウスが授けた「これに優って善きものはない」ディケーによって隔てられているのである（280 行）。

　もう一つ、『仕事と日』から読み取れる重要なポイントがある。ヘシオドスがディケーに「優って善きものはない」と語る際、法と宗教の境界はふたたび取り払われる。「正しきことを心得て、これをあえて語る者があれば」（281 行）、ゼウスはその人に繁栄を与え、反対に、誓いを破り、偽証し、ディケーを害し、罪を犯す者には、末代にわたる衰退を与える、というわけだ。この後ヘシオドスは、「悪しきこと」へ至る道の平坦さと「善きこと」への道の険しさを対置する。この部分からも多くの興味深い考察が可能なのだが、今はわれわれの議論に集中するため、まずは以下の二点を押さえておこう。

　第一に、ゼウスが「ノモス」を定め、それによって動物と人間が区別されるという点。すなわち、ディケーを持たない動物は共食いを厭わないが、人間は与えられたディケーによって争いを解決する。第二に、人間はディケーを正しく使わなければならないという点。さもなくば女神ディケーを傷つけ、末裔までその代償を払うことになる。その代償とは、いわば自然な時間の流れや季節ごとの生命の変遷の阻害である（前節で登場したホーラの働きが想起される）。

　法と宗教との関係は、宗教上の不適切行為が法で罰せられるといった単純なものにとどまらない、古代ギリシア文明のさらに複雑な問題にかかわるテーマである。そこでは宗教・政治・法のそれぞれが互いにまったく分離することなく、共同体という一つの現象の異なる側面を構成しているのである。

5 殺人と宗教

　以上の議論を前提に，複雑に絡み合った法と宗教の問題を解きほぐしてみよう。最初に取り上げるのは「殺人のその後」である。殺人に対する法的な措置というよりも，人を殺すこと，より正確には，自身の社会集団の一員を殺すことから生じる宗教的「穢れ」と殺人とのかかわりを見ていこうと思う。

　ホメロスが伝えるところによれば，パトロクロスは幼少時代，遊びの最中に誤って友人を殺してしまったらしい。パトロクロスはまだ幼かったが，それでも父メノイティオスは彼を追放する必要があった。復讐を避け，殺人の穢れを持つ者を共同体から離すためである。メノイティオスは息子をアキレウスの父ペレウスの屋敷へ連れて行き，ペレウスはパトロクロスをアキレウスの側で一緒に育てた。後にトロイア戦争でヘクトルに殺された際，パトロクロスは亡霊となってアキレウスの前に現れ，アキレウスが死んだら骨を同じところに埋めてくれと懇願する。

　　もし聴いて下さるのなら，もう一ついいたいこと，お頼みしたいことがある。どうかアキレウスよ，わたしの骨をあなたの骨から離さずに，一緒の場所に納めてもらいたい，父メノイティオスが，幼いわたしをオポエイスからあなたのお屋敷へ連れて来て，われらが同じ屋敷で育ったように。因はといえばわたしが無残にも人を殺めたからであった——あれはさいころ遊びで喧嘩になり，かっとなったわたしが愚かにも，アンピダマスの息子をそうする気もなく殺した日のことであった。その時，騎士ペレウスはわたしを屋敷に迎え，ねんごろに育て上げて，あなたの従士にして下さった。さればわれら二人の骨も，同じ容器に納めて欲しい，お母上があなたに与えられた両の把手の黄金の壺に[15]。

　　　　　　　　　　　　　　（ホメロス『イリアス』第 23 歌 88-92 行）

---
15) 『イリアス』の和訳は松平訳（1992）より引用。

パトロクロスの一件は二つの観点で非常に興味深い。一方では，殺人が意図せず行われたという事実が処罰に際してどのように考慮されているかを見て取ることができる。ある意味では，人間の正義の装置と宗教的規範とは，一定程度独立して働いている。人を殺してしまったからといって自動的に復讐の対象になるわけではない（戦場ではむしろ自動的に復讐の対象になる）。しかし他方では，殺人から生じる宗教的穢れ（一種の汚染とも言える）[16]によって，殺人者が子どもであっても共同体からの追放の対象になることも分かる。

　ある社会において，意図された行為とされない行為とを区別するための概念が発展していることは，殺人が穢れをもたらすという宗教的思想から脱却していることを意味しない。これはロバート・パーカーが40年も前に示したことで，彼の著書はいまだこの分野における必読文献である[17]。穢れが生じるため，殺人を犯した者は隔離され人との接触を断つ必要があり，所属する共同体での宗教行事や政治生活に関わることを許されない。その結果が共同体からの追放である。一方で，追放された者が他の共同体には受け入れられるという事実は，殺人の穢れがある種の魔法のように効力の範囲を切り替え，その効力は，殺人者を追放しなければ必然的に発生する相手方からの復讐が直接的に及ぶであろう家族のみに限られる，ということも示している。

　家族が殺された場合，その復讐をするのは近親者の義務に他ならなかったことは強調しておかねばなるまい。この義務を果たされなければ近親者がその咎めを受けるということが，同じくホメロスの『オデュッセイア』で語られる。ペネロペイアへの求婚者の一人だった息子をオデュッセウスに殺されたエウペイテスが，同胞に対して復讐を喚起する場面である。

　　方々よ，あの男はアカイア人に対して，なんと大それたことを企んだことか。あまたの優れた男たちを，船に載せて率いて行ったが，

---

16) Gernet (2001[1917]) を参照。
17) Parker (1983) を指す。ギリシア語で「穢れ」を意味する「ミアスマ *Miasma*」を書名に冠する，本書第24章の著者がギリシア宗教の穢れの概念を包括的に論じた研究書である。

うつろな船は失うし，部下たちも死なせてしまった。また帰国してくれば，ケパレネス人の間でも，特に高貴な家柄の者たちを殺したではないか。されば方々よ，…（中略）…さもなくば，われらは今後いつまでも，世間に顔向けがならぬであろう。わが子わが兄弟を殺した男たちに報復せぬのは恥辱 dishonour であるし，後の世の人に聞かれても恥かしい。さようなことになるとすれば，わしとしては生きていて何の喜びがあろう。むしろ一刻も早く死んで亡者たちの仲間に入りたいものじゃ[18]。

（ホメロス『オデュッセイア』第 24 歌 426-36 行）

『イリアス』には他にも，メドン（第 13 歌 694-97 行，第 15 歌 333-36 行）やエペイゲウス（第 16 歌 571-76 行）のエピソードのように，穢れと追放の仕組みが見て取れる箇所がある。このうち，小アイアスの兄弟メドンは継母とかかわりのあった男を殺したために故国を追放されていた。また，かつてブデイオンを治めたエペイゲウスは，従兄弟を殺めた際，ペレウスとテティスの夫妻に保護を求めた。アキレウスの両親である夫妻によって息子の率いる軍に参加を許され，トロイアへ出征したエペイゲウスは，ヘクトルに倒され，パトロクロスが彼の復讐にまわることになる。

6　pre-law —— ホメロスとギリシア悲劇

先ほど挙げたホメロスの例から，われわれは「prédroit (pre-law)」という概念を検討することができる。prédroit はジェルネによる造語で，1948 年に発表され，後に書籍『古代ギリシアの人類学』の一部として収録された論文「古代ギリシアの droit と prédroit」で研究史に初めて登場した。では，この「prédroit (pre-law)」とは一体何だろうか。一言で

---

[18]　『オデュッセイア』の和訳は松平訳（1994）より引用。本章第 1 節でジェルネがその意味の変遷を扱ったと紹介した語の一つ「ローベー *lobe*」が，ここでは「恥辱」「恥（かしい）」と訳出されている。

表すとすれば，古典期の法を予示するような一連のルールで，未だ定式化のなされていないもの，ということになる。それらは手続や動作，その最中に発するべき言葉という形で拘束力を持ち，魔術や宗教と呼ばれるようなものと近しい関係にある。prédroit (pre-law) は，時間的には古典期の法に先立つものだが，後述するように，宣誓の文言や，盗や殺人の訴追手続の一定の側面において古典期に入っても機能し続けていた[19]。

今度はホメロスが描くアルカイック期の殺人を簡単に見てみよう。戦闘が始まり，一人の戦士が殺されると，その仲間が報復に向かう。殺しは連鎖し，戦闘が中断するまで止まらない。しかし「ホメロスの世界」[20]には，殺人（もとより宗教的な側面に強く結びついている）が法的な判断の対象になるケースも存在する。アキレウスの武具をまとって出陣したパトロクロスが討ち死にしたことにショックを受け，戦闘から撤退したアキレウスに，ヘパイストスが新たに作った盾には，法のかかわる場面が描かれている（そのアキレウスが怒りと悲しみを棄てて戦闘に復帰するのは，他でもないパトロクロスの復讐を果たすためである）。

> またほかの場所では多数の人間が集会場に集まっている。ここでは係争が起っており，殺された男の補償をめぐって，二人の男が言い争っている。一方は，町の人々にも事情を説明して償いはすべて支払い済みであると公言するのに対して，他方は何も受け取っておらぬという。双方は仲裁者の裁定による結着を望み，民衆はそれぞれの側に味方し，二派に分れて声援を送り，触れ役たちが出て制止にかかる。長老たちは輪形に設けられた神聖な場で，磨かれた石に坐り，声高い触れ役から笏杖を受け取っては手に持つ。笏杖を手にして次々に立ち上がっては，代わる代わる己れの裁定を述べる。場の中央には黄金二タラントンが置いてあり，これは最も公正な裁定を下した者に与えられる。
>
> （ホメロス『イリアス』第18歌 497-508行）

---

19) Taddei (2009) および Gernet (2000a) を参照。
20) Vidal-Naquet (2000) の書名『ホメロスの世界』より。これは Finley (1954) のタイトル『オデュッセウスの世界』を受けたものである。

ある殺人が起き，「殺された男の補償をめぐって」の係争[21]に至った。神々は介入しない。二人の男が集会場で対立し，それぞれの支持者が彼らを囲む。触れ役が場を制止しようとする中で，長老が裁定を下すべく立ち上がる。この場面を紹介したのは，古典期の手続の一部がすでにホメロスの世界で予期され，prédroit（pre-law）が機能している様子がはっきりと見て取れるためである。残念ながらこの文脈では，法と宗教の交わりはそれほど明確でないが，ふたたび神話を扱う今後の議論で上記の場面が重要になる。

　神話上の殺人といえば，オレステスが思い浮かぶだろう。アルゴスとミュケナイの支配者アガメムノンとクリュタイムネストラとの間の息子オレステスにまつわる神話は非常によく知られている。ホメロス以来語られ（あるいは暗示され）続け，前458年に悲劇詩人アイスキュロス（Aischylos, 前525/4頃–前456/5頃）が『アガメムノン』，『コエポロイ』，『エウメニデス』からなる三部作『オレステイア』として上演したことでさらに有名になった。アテナイで殺人が裁かれる場であったアレオパゴスの制度改革から数年後のことである。

　トロイア出征の際，指揮官だったアガメムノンは，神々から順風を得るために自分の娘イピゲネイアを犠牲に捧げる。イピゲネイアは犠牲にされる直前に女神アルテミスによって助け出されていたが，アガメムノンは戦争から帰還するや妻に殺されてしまう。クリュタイムネストラはアガメムノンの従兄弟アイギストスと不倫関係にあり，ともに夫の不在中にアルゴスを治めながら，娘イピゲネイアの殺人に対する復讐の機会をうかがっていたのだった。

　一つの殺人にはもう一つの殺人が続く。父アガメムノンの復讐を果たし，アルゴスの支配者となるべくアルゴスに戻ったオレステスは，姉エレクトラの助けを得て母を殺す。この母殺しは同時代のギリシアですでに論争を呼んでいた。父の復讐のための母殺しは，本当に正しい行為だったのか？

　オレステスの神話は法と宗教の関係が持つ様々な側面を内包するが，前5世紀中盤のアテナイで悲劇として上演されたことを考えてみると，

---

[21] 原語では「ネイコス *neikos*」。この語の解釈に研究者たちは頭を悩ませ続けている。

興味深い点が浮かび上がる。当時のアテナイではアレオパゴスの制度が改められ，裁判という手続にまつわる法整備が始められたところだった。このことを背景に『コエポロイ』の冒頭を検討してみよう。父アガメムノンの墓に到着したオレステスは神ヘルメスに祈る。死者を冥界へと導く役割を持つヘルメスに，オレステスは以下のような言葉で語りかける。

> 冥界のかかりのヘルメスさま，父神からの仕事を守っておいでるからは，どうか私の護り手ともして，助けを求める私どもの味方になってくださいませ，いまはこうして故郷へと帰って来ました私ですから。このお墓の墳に上って，私はこのとおりに，父上へ，耳を澄ましてお聞きのようと，呼びかけるのです……[22]
> （アイスキュロス『コエポロイ』1-5 行）

オレステスは父の墓に立ち，まさにその場所で，復讐が正当なものとして受け入れられるよう願う。ヘルメスへの祈りによって，オレステスはいわば母に殺された父との繋がりを模索するのである。

その後すぐに，姉エレクトラが舞台に現れ，コロスの先導のもと同様の祈りをヘルメスに捧げる。その中で特に興味深いのは以下の数行である。

> コロスの長：その人たちに，神さまなり人間なり，誰かが向かっていって……
> エレクトラ：裁き手か，罰をむくいる者かがっていうの。
> コロスの長：はっきり申せば，殺した報いに，殺し返そう，という者が。　（アイスキュロス『コエポロイ』119-21 行）

120 行目の「裁き手（ディカステス）*dikastes*」と「罰をむくいる者（ディケポロス）*dikephoros*」の意味の差は些細だが，実は非常に大き

---

[22] 『コエポロイ』の和訳は高津他訳（1985）より引用（『供養する女たち』の題で収録）。また，この箇所も含む『コエポロイ』全体における神々の意思の問題については Taddei (2023) を参照。

な問題である。どちらも第1節で紹介した *deik/dik という語根から派生した語で「ディケー」の概念と密接に関係しているのだが，「ディカステス」がポリスによって認められた職務である一方，「ディケー」と「運ぶ」を意味する動詞 phero とからなる「ディケポロス」は，文字どおりには「ディケーをもたらす者」を意味する。つまり，「罰をむくいる者」という訳語は原義から少々外れており，次の行でコロスの長がエレクトラに対し，殺した者を殺し返そうという人が現れる希望を捨ててはいけないと訴える場面を先取りした訳になっているのである。

『コエポロイ』の舞台では，ホメロスやヘシオドスが歌った宗教的な緊張状態が表現される。もしディケーが，人間と，共食いを厭わない動物とを隔てるのであれば，劇中のオレステスは良心の呵責を感じていることだろう。復讐というシステムに則るのであれば，彼は母を殺さねばならない。しかし，母殺しは非道な行いである。法と宗教の関係が，互いに矛盾する形で明確に示されたといえよう。

法と宗教のかかわりという点で，ヘルメスに祈る際のオレステスの立場にも言及しておこう。オレステスは父の「お墓の墳に上って」いるわけだが，この時に彼が残した足跡からエレクトラが弟の帰郷を知ることで，父の墓に上る場面の重要性がさらに増すことになる。祈りの言葉に加え，オレステスの行動も，彼がその遂行を強制される復讐という行為の，宗教上の正当化を求める機能を果たしているのである。

7　神話から現実へ —— とある裁判事例の考察

神話から現実へ目を向け，前4世紀半ばの裁判の事例を検討してみよう。デモステネス作とされる法廷弁論『エウエルゴスならびにムネシブロスの偽証罪弾劾』より以下で挙げる一節は，この裁判自体の中心ではないが，われわれの議論への関連は大きい。

ここでの弁論者テオペモスの家が襲撃された際，殺人が起こってしまった。被害者はテオペモス家のかつての女奴隷で，事件より数年前に解放されていた。仮に被害者がまだテオペモス家の奴隷であったならば，彼は襲撃者たちに対し訴えを起こすことが可能だっただろう。しか

し，実際には女奴隷はすでに解放されていたので，彼女をテオペモス家に結びつける宗教上の繋がりは途絶えていた。また，一般論として，家族内には神々による結びつきが存在し，誰かが殺された際には復讐の義務を負うことになる。困ったテオペモスは，神々に関する法の解釈者たち「エクセーゲータイ Exegetai」に助言を求める。以下では彼らの返答が説明される。

> さて彼女が死んだのち，私はこれらのことについて何をなすべきか知るためにエクセーゲータイのもとに行き，彼らにことの次第を余さず詳しく語りました。この者たちの襲撃，女のいい人柄，私がどのように彼女を家で持っていたか，盃のために，それを放そうとしなかったので，彼女が死んだことを。そしてエクセーゲータイは私からそれらを聞くと，私に解釈を述べるべきか，それとも助言をすべきか，と私に尋ねました。「両方を」と私が答えたので彼らは私に次のように言いました。「では私たちがあなたに，掟を詳しく解説した上で，然るべき処置を助言してしんぜよう。まず，出棺に際し，もしその女に誰か親族がいる場合には，槍を敵に向けて，墓で殺人犯に村十分の宣言をすべきである。次に，三日間墓を守らねばならぬ。……」[23]
>
> （デモステネス第 47 弁論『エウエルゴスならびにムネシブロスの偽証罪弾劾』68–69 節）

エクセーゲータイが助言する内容は，神話に登場したオレステスが父の墓で取った行動と類似している。神話における同様の例をヘレニズム期の歴史家イストロス（Istros, 生没年不詳）も記録しており，それによれば，この行為はアレオパゴスでの殺人訴訟の起源にかかわるらしい。初期アテナイの伝説的な王エレクテウスが，狩の最中に誤ってケパロスに殺されてしまった娘プロクリスの墓に槍を突き立てた，というエピ

---

[23] デモステネス第47弁論の和訳は，原則として佐藤他訳（2020）より引用。「エクセーゲータイ」は「神事解釈者」と訳出されているが，ここでは元のギリシア語をそのままカタカナで表記した。

ソードである[24]）。こういった場合，歴史人類学的な手法は非常に効果的である。この分野で発展した方法で神話を解釈することで，特定の場面で有効とされるある動作の以前の形態を考察することが可能になる。そうした動作は，prédroit（pre-law）と法 droit（law）が絶えず相互に影響を及ぼし合う中で，古典期には法的手続として採用されていく。

　エクセーゲータイはテオペモスに，法の解釈を求めているのか助言を求めているのかと問う。法の解釈は「ノモス」から派生した用語「ノミマ nomina」の範疇に属すのだが，この語は他の類語よりも強く「慣習」の意味を持っている。続く場面で，エクセーゲータイは「ノモス」にも言及することとなる。この文脈での「ノモス」は最も根本的な意味での「法」を表し，特にここで描写されるような手続を支配する法的枠組に深く関連している。エクセーゲータイの回答は以下のように続く。

> またわれわれはお前に以下のことを助言する。お前自身が居合わせたのではなく，妻と幼子たちが居合わせたのだし，他の証人たちがいないのであるから，誰も名指しで殺人犯として村十分を布告してはならない。他方，殺しをはたらいた者たちに対して村十分を布告すべし。次にバシレウスの前に訴訟を起こしてはならぬ」と。「またお前がそうすることは法にも適っていない。というのは女はお前の親族ではなく，家内奴隷でもない。お前自身の説明からすると。法律はその者たちに関する訴訟はせよと命じている。だからもしお前自身と妻と幼子たちがパラディオンで訴訟の誓いを立てて自身と家に呪いをかけたりすれば，お前は多くの者に悪人と思われるであろうし，彼が無罪となる場合には，お前は偽りの誓いをしたのだと思われ，他方彼が有罪となる場合には，彼は妬むだろう。そうではなくて，お前自身と家のために誓いと呪いをやめて，災厄をできるだけ気楽に受け止めよ。そして何か他の方法で望むなら，復讐せよ」と。
>
> （デモステネス第 47 弁論『エウエルゴスならびにムネシブロスの偽証罪弾劾』69-70 節）

24）　*FGrHist* 334 F14.

この事件の状況が，通常の手続に則りアルコン・バシレウスに訴訟を起こすことを排除した。その結果弁論者は自身への呪いを含む布告を選んだ，という事実は，法と宗教の関連性の中でもさらに考察を要求する部分であろう。弁論者が法的手続に進むことは「法（ノモス）に適わない」として阻まれるが，そのノモスは，訴訟の宣誓者とその家に降りかかり得る呪いを含む一連の手続を説明しているのである。「偽りの誓い」を立てたとなれば，ヘシオドスが『仕事と日』で語ったように，ディケーを害する結果となる。エクセーゲータイの解釈と助言によれば，テオペモスは「誓いと呪いをやめて」，「他の方法で……復讐」しなければならない。しかしながら，「他の方法」が何であるかは明らかにされない。

8　呪いと誓い

　デモステネスが言及したノモスは，古典期の殺人訴訟の冒頭で実際に行われたある手続の一部を想起させる。「プロレーシス *prorrhesis*」と呼ばれるこの手続は，原告が被告を殺人者と呼んで呪いをかけ，その結果後者が公の空間へ立ち入ることを禁じることになる。
　ギリシア悲劇に舞台を移しても，同様の行為が読み取れる。ソポクレス（Sophocles, 前 496/5 頃–前 406/5 頃）作『オイディプス王』で，オイディプスが先王ライオスを殺した者への呪いを発する場面である。予言者テイレシアスによれば，ライオス殺害に起因する穢れが，オイディプスの支配するテバイの町に疫病を引き起こしているようだ。自身がライオスを殺してしまっていたとは知らず，オイディプスは殺人者の扱いに関して以下のような命令を出す。

　　だが，しかし，もしお前たちが黙っているならば，また誰かがわたしのこの命令より友達を，あるいは自分をかばおうとするならば，その時にわたしがするであろうこと，それをようく聴け。わたしは命ずる，誰であろうとその者に，わたしが支配しその王座を占めているこの国のなんぴとも宿をかさず，言葉も交わさず，神への祈り

も犠牲をもわかたず，清めをも施さぬようにと。また，すべての者は，これこそ，たった今ピュティアの神のお告げが明らかにしたもうたように，われらが穢れであるとて，家より追うように。わたしは，このように，神と非業の死をとげたお人との味方なのだ[25]。

(ソポクレス『オイディプス王』233–45 行)

このオイディプスの言葉からも，法と宗教の相互関係を考察することができる。まず，神話という文脈に現れる絶対的な力が持つ役割を強調しておくことが重要だ。こうした力が人々から神とみなされ，ポリスに起きる幸も不幸も決定する能力を持つことは，ヘシオドスとの関連で既に述べた次第である。

次に，オイディプスの命令と，アテナイの法廷での実際の手続とを比較してみるのも非常に面白い。デモステネスの弁論でのエクセーゲータイの発言にあったように，殺人訴訟は「プロレーシス」で始まる。厳粛な雰囲気で満ちたアゴラで，訴訟を起こされた側が公の空間への出入りを禁じられ，宗教儀礼への参加や人々との交流が絶たれることが宣告されるのである。これは，以下に示すドラコンの法の内容とも一致する。

さて，［数ある法律の中でもとりわけて］ドラコン［の法］は「殺人」を恐るべき，凶悪な犯罪として規定し，そしてこの種の殺人罪を犯した者を，「浄めの水，献酒，混酒器，犠牲式，アゴラへの立ち入りを禁ずる」と書き記し，この種の犯罪に人々が手をそめるのを思いとどまらせようとおそらく考えたのでありましょう[26]。

(デモステネス第 20 弁論『レプティネスへの抗弁』158 節)

殺人の罪に問われた者は，その者が属する共同体の生活での神々にかかわる領域への参画を中断されることになる。デモステネスの別の弁論『アリストクラテス弾劾』でも，アレオパゴスでの殺人訴訟における同様の手続が言及される。他の様々な種類の手続と同じく，宣誓もアテ

---

25) 『オイディプス王』の和訳は松平他訳 (1986) より引用。
26) デモステネス第 20 弁論の和訳は原則として北嶋他訳 (2004) より引用。ただし，ここで「殺人」とした部分は「敵討ちの殺人」と訳出されている。

ナイでは重要な役割を担った。誓うことは神々の領域へ足を踏み入れることであり，偽誓すれば本人や家族に厄災が訪れますと宣誓者に誓わせる，まさに死の領域に踏み込む行為であった。

> 諸君にも周知の通り，殺人の裁判を行なう権能と任務を法が与えているこのアレイオス・パゴスでは，そのようなことをしたと言って人を告発する者は，まず自分自身の，そして一族と家の破滅を賭けて厳粛に誓い，しかもそれは月並みな誓いではなく，ほかの何のためでもない，ほかの誰もしない誓いであり，しかるべき人によってしかるべき日に，時も執行者も神意に適うように屠られた猪と牡羊と牡牛の犠牲肉の上に起立して行った誓いなのです。このような誓いを立ててもその後もまだ信頼されず，もし真実を言っていないことが証明されるなら，誓言者は偽誓の汚名を子供と一族に残すだけで，それ以上のものは何も手にしないでしょう[27]。
> （デモステネス第23弁論『アリストクラテス弾劾』67-68節）

デモステネスが伝える法が，アレオパゴスでの訴訟を始めるに際して行うべき行為を非常に明確に規定していることがわかる。現代の研究者の仕事は，ここで描かれる一連の行為を，ホメロスやヘシオドスの時代でも，神話の時代でもない，訴訟手続が既に定式化されていた古典期にアテナイで実際に行われたものとみなすことである。

法が定める手続では，猪，牡羊，牡牛という特定の動物を，宗教が定める正確な方法で屠る必要があった。これらの動物を屠ることは資格のある神官にのみ許され，その時間さえも神意を尊重して決められていた（「ディケー（正義）」と「ホーラ（季節）」の家族関係は，ヘシオドス作品を扱った際に強調したとおりである）。こうした宗教的手続は，アテナイの法が定める手続の一部であり，法と宗教の関係を考察するにあたっても重要なポイントとなる。

デモステネスのこの弁論からは，法的手続における宣誓の役割も論

---

[27] デモステネス第23弁論の和訳は木曽他訳（2003）より引用。アレイオス・パゴスはアレオパゴスと同義。

じることができる。「誓う」という行為が意味するのは，単に特定のフレーズを口にすることではなく，それを口にすることで宣誓者は自身と家族に呪いをかけるという，まさに神々の世界に属する手続を踏むことに他ならない。したがって，宣誓をした者には，家族全員の死と破滅の可能性が常にのしかかるのである（「一族と家の破滅を賭けて厳粛に誓い」とデモステネスも言う）。

　ここで，新たに「神判 ordeal」という概念を紹介しておく必要があるだろう。時に裁定が神に委ねられることがあり，そこでは火や水など自然の要素を用いた審判が行われる。燃え盛る物体に手を置くといった試練に挑みそれを突破すれば，その者が真実を語っているという重要なサインとなるという発想は，古代ギリシアを含む複数の文明で散見される。この概念の細部に踏み入ることは本章の目的から外れるので割愛するが，「宣誓」を「バーチャルなテスト」と考えることはできるだろう。テストは神々に委ねられ，宣誓の真実性が判断される。宣誓者が真に誓っていれば何も起きないが，それが偽誓だった場合には宣誓者と家族を死が襲うのである。

　以上のような事柄は，二点の重要な帰結を生む。第一に，アテナイの法では異議申立てが可能であるが，宣誓に関してはそれができない点。偽誓には神罰のみで十分だと言わんばかりである。第二に，宣誓は本質的に拘束力を有している。何かを誓えばその効果が直ちに現実世界を拘束するという事実は，以下に挙げるアンドキデス（Andokides, 前5世紀-前4世紀）の弁論『秘儀について』の一節から明らかである。

　この弁論の当事者の一人カリアスには息子がいるが，彼は認知を拒否している。息子がフラトリアに入り，ポリスの一員と認められようという手続の際，カリアスはその子が自身の子ではないと誓う。

> カリアスは祭壇に手を置くと，自分の息子はグラウコンの娘の産んだヒッポニコス以外に未だ誰もいない，然らざる時はわれとわが家に破滅あれ——もちろんそうなるでありましょうが——，そう誓ったのです[28]。　（アンドキデス第1弁論『秘儀について』126節）

---

[28] アンドキデス第1弁論の和訳は原則として高畠訳（2002）より引用。ただし，下の引用でカリアデスとした人名はカリクレスとされている。

カリアスの件は実は非常に複雑だ。問題の息子は彼が義理の母との間になした子で，この誓いの後何年も経ってからカリアスは彼女を家に戻し，子の認知をすることを約束した。そこで，カリアス自身がその一員でもあるケリュケス氏族のフラトリアの前での新たな手続が必要になる。

　　さて，その後であります，皆さん。カリアスは後に再びこの年取った破廉恥女と恋に落ちたのであります。そして，この女を家に戻し，すでに大きくなった子供を，自分の息子だと主張してケリュケス氏族の一員に引き入れようとするのです。カリアデスは認められないと反対したのですが，ケリュケス氏族は彼らの法にしたがい，父が自分の子供であると誓うなら，その者を一員に引き入れることができると投票決議しました。カリアスは祭壇に手を置くと，クリュシラから生まれた自分の正当な子供である，と誓ったのです。先にそうでないと誓った同じ子供をです。このことすべてについての証人をどうぞ呼んでください。

　　　　　　　　（アンドキデス第1弁論『秘儀について』127節）

　一つの問題について相反する二つの事柄を誓うことができるというだけでも面白いが，両方の宣誓が即座に法的な拘束力を生む様子はさらに興味深い。最初の宣誓ではカリアスと息子の親子関係が直ちに否定され，後の宣誓では，息子は既に成人していたにもかかわらず，直ちに嫡出子と認められたのである。

　祭壇に手を置き，偽誓だった場合には自身と家族に破滅あれと誓う一連の行為が，高度に定式化されていたことがアンドキデスの例から分かるだろう。二つの矛盾し相反する真実が述べられたにもかかわらず，誓いによって発動する手続はどちらも現実世界に対して即効性を持つ。その働きは，宣誓の場に集まった氏族の構成員の判断からは完全に独立しているのである。

9　結　び

　ここまでの議論で見てきたように，古典期における法と宗教は，手続の選択の場面や，特定の動作と一定の手続の配置（configuration），また特にそれらの手続が現実世界に及ぼす効力の中で頻繁に接触を見せる。法と宗教が入り混じる他の例もいくつか紹介しておこう。リュシアスの弁論『エラトステネス告発』では，死者の復讐を願う際に大地を叩く行為を連想させる「エピスケプシス episkepsis」が言及される。同じくリュシアスの『テオムネストス告訴』での「父殺し」のように，特定の用語に宗教的な意義をあてることで，家族など神々にかかわる領域の侵害を暗示することもある。公の祭典という宗教行事の最中に起きた暴行事件を扱うデモステネスの『メイディアス弾劾』では，事件の場の性質からその侵害の深刻度はより高まる。

　本章で私がピックアップした問題は，時系列に沿った視点，すなわち歴史人類学の方法から，以下の点を検討することを可能にした。つまり，ギリシア法の基礎となる法概念とは，どの程度宗教に根があるものなのか。そして，法と宗教との繋がりは，古典期においてもどの程度強固であり続けたのか。これらの問題を，宣誓，殺人訴訟の開始方法，子の認知など，特定の訴訟手続，古代ギリシアにおける法と prédroit（pre-law）との複雑な絡み合いの分析を通して，本章は明らかにしたのである。

参 考 文 献

Di Donato, R. (1990). *Per una Antropologia Storica del Mondo Antico*. Florence.
―――. (1999). *Esperienza di Omero. Antropologia della Narrazione Epica*. Pisa.
―――. (2006). *Aristeuein. Premesse Antropologiche ad Omero*. Pisa
―――. (2013). *Per una Storia Culturale dell'Antico*. Pisa.
FGrHist: Jacoby, F. (ed.) (1923-58). *Fragmente der griechischen Historiker*. Berlin.
Finley, M. (1954). *The World of Odysseus*. New York.（フィンリー，下田立行訳（1994）『オデュッセウスの世界』岩波文庫.）

Gernet, L. (1948). 'Droit et Prédroit en Grèce Ancienne', *L'Anneé Sociologique* 3, 21‒119.
―――. (1968). *Anthropologie de la Grèce Antique*. Paris.（英訳：Gernet, L. (1981). *The Anthoropology of Ancient Greece*. Baltimore.）
―――. (1999). 'Eranos', *Dike* 2, 5‒61.
―――. (2000a). *Diritto e Civiltà in Grecia Antica*. Milan.
―――. (2000b). 'Le Droit', *Dike* 3, 187‒216.
―――. (2001[1917]). *Recherches sur le Developpement de la Pensée Juridique et Morale en Grèce*. Paris.
Marrucci, L. (2005). *Sovranità e Leggenda. Studio di una Funzione Antropologica in Erodoto*. Pisa.
―――. (2010). *Kratos e Arché. Funzioni Drammatiche del Potere*. Amsterdam.
Meyerson, I. (1995[1948]). *Les Fonctions Psychologiques et les Œuvres*. Paris.
Parker, R. (1983). *Miasma: Pollution and Purification in Early Greek Religion*. Oxford.
Taddei, A. (2009). 'Il Prediritto come Funzione Psicologica', in *Studi in Onore di Remo Martini*, vol.3. Milan, 689‒711.
―――. (2020). 'Venticinque Anni Dopo. Fra Antropologia Storica e Letteratura Greca' in Taddei, A. (ed.) *Hierà kai Hosia: Antropologia Storica e Letteratura Greca - Studi per Riccardo Di Donato*, 7‒18.
―――. (2023). '«Sed obstat θέλων»: Aspetti della Volontà degli Dèi nelle *Coefore* di Eschilo', *METra* 2, 51‒74.
Vernant, J.-P. (1965). *Mythe et Pensée chez les Grecs*. Paris.（英訳：Vernant, J.-P. (1983). *Myth and Thought among the Greeks*. London.）
Vidal-Naquet, P. (2000). *Le Monde d'Homère*. Paris.

作品和訳・日本語文献
久保正彰（1973）『ギリシア思想の素地』岩波新書.
木庭顕（1997）『政治の成立』東京大学出版会.
ソポクレス、松平千秋他訳（1986）『ギリシア悲劇Ⅱ』ちくま学芸文庫.
デモステネス、北嶋美雪他訳（2004）『弁論集3』京都大学学術出版会.
―――、木曽明子他訳（2003）『弁論集4』京都大学学術出版会.
―――、佐藤昇他訳（2020）『弁論集6』京都大学学術出版会.
ヘーシオドス、中務哲郎訳（2013）『ヘシオドス全作品』京都大学学術出版会.
―――、松平千秋訳（1986）『仕事と日』岩波文庫.
ヘシオドス、廣川洋一訳（1984）『神統記』岩波文庫.
ホメロス、中務哲郎訳（2022）『オデュッセイア』京都大学学術出版会.
―――、松平千秋訳（1992）『イリアス（上・下）』岩波文庫.
―――、―――訳（1994）『オデュッセイア（上・下）』岩波文庫.

（末吉未来　訳）

27
妥協するギリシア人

葛 西 康 徳

> 古典ギリシア文学は紛争文学である。もちろん，これはギリシア文学に限ったことではない。『戦争と平和』から内面の紛争，すなわち葛藤をテーマとする漱石の文学まで，紛争は文学全般にわたるテーマである。それゆえ，本章は紛争文学のギリシア（人・語）的特徴を扱うと言ってもよい。ホメロス，ヘシオドス，ギリシア悲劇・喜劇，ヘロドトス，トゥキュディデス，法廷弁論など，親子，夫婦から始まり，家族・親族，友人，ポリス内およびポリス間，果ては異民族間の争いに至るまで，それが現実のものであれ，フィクションであれ，論争，紛争，対立などの場面を含まない文学作品は無いと言っても過言ではない。このような対立ないし困難な状況にあるとき，ギリシア人はどのような行動をとり，またスピーチを行うのか。さらに，紛争を儀礼化，制度化すらしたギリシア人は，それを実際にどのように運用したのであろうか。
>
> 本章では，*peithomai/peitho* という言葉を手掛かりに，『イリアス』を中心として古典作品を考察する。ギリシア人がどのように対立を回避しようとしたか，すなわち妥協したかを明らかにしてみたい。本章がわたしたち日本人自身について考える視点を提供できればと願っている。

1 ギリシア人

1951 年，オックスフォード大学の欽定ギリシア語講座教授[1]であっ

---

1) Regius Professor of Greek のこと。この講座はかのヘンリー 8 世（Henry VIII, 1491-1547）がオックスフォード大学（1541 年）とケンブリッジ大学（1540 年）に設立した。ドッズは 1936 年から 1960 年の間，この講座を占めていた。

た E. R. ドッズ[2]（Eric Robertson Dodds, 1893-1979）は，『ギリシァ人と非理性』を出版して，これにより戦後の西洋古典学の方向を決定したといわれる。この本の第 1 章「アガメムノンの弁明」において，ドッズは次のように論じた。ホメロス（Homeros, 前 8 世紀頃？）の『イリアス』の冒頭で，アガメムノンはアキレウスに分配された戦利品であったブリセイスを奪い，それに憤慨したアキレウスは戦線を一時離脱する[3]。こうして両者は対立状態に陥る。第 9 歌におけるアキレウスに対するギリシア方の使者の「説得」も功を奏さず，アキレウスを欠くギリシア軍は圧倒的な劣勢となる。アキレウスに代わって参戦した盟友パトロクロスは，トロイア軍のリーダー，ヘクトルに討たれる。復讐のために戦闘に参加することを決意したアキレウスに対して，第 19 歌の集会の席においてアガメムノンは有名な「言い訳」をする。アガメムノンがアキレウスの戦利品を奪ったのは次のような事情である，とアガメムノンは言う[4]。

> 私（アガメムノン）が原因 aitios ではなく，ゼウス，モイラ[5]，およびエリニュス[6]である。アゴラ agore/agora において，彼らが私の心 phren にアーテー ate を投げ込んだのである。
> （『イリアス』第 19 歌 86-88 行）

ここでドッズは，ギリシア語「アーテー ate」を「心理的干渉 psychic intervention」として解釈することを提唱する。従来の説明では，このアーテーは，「責任を負わなければならない無分別な行動に対する罰」とされていた[7]。これに対して，ドッズは心理的干渉によって正常な行

---

[2] ドッズの主要な業績は，本章末参考文献一覧の Dodds, E. R. の項目および Stray et al. (eds.) (2019) を参照のこと。
[3] ホメロスについては，本書第 2 章参照。
[4] 古典の訳は特に断りなきかぎり筆者葛西による。
[5] ホメロスあるいはヘシオドス（Hesiodos, 前 8 世紀末-前 7 世紀初め活動）における運命の女神。
[6] 復讐の女神。本章で詳述のとおり，アイスキュロス『エウメニデス（慈しみの女神たち）』では，クリュタイムネストラ殺人事件の原告としてエリニュエス（エリニュスの複数）が登場し，被告人オレステスを殺人の罪で訴追する。
[7] 例えば，代表的ギリシア語辞典の LSJ（書誌情報は本書巻末の総合文献案内を参照）

動から逸脱した場合における，外部からの働きのことをアーテーは意味していると解釈する。神々もまた心理的干渉を受ける。例えば，アガメムノンは上記の発言に続いて，ゼウスでさえアーテーに悩まされると述べている（第19歌95-133行）。ドッズによれば，このような理解からうまれたのが，ゼウス，モイラ，エリニュスのような神々であり，詩人がそれに個性を与えたのである[8]。このような見方には，伝統的な解釈をする者たちは違和感を覚えるかもしれないが，人類学的類例（例えば，ボルネオ，中央アフリカ）があり，なんら驚くにはあたらない。

　心理的干渉に加えて，ホメロス的人間にはわれわれから見れば奇妙な二つの特徴がみられる。第一に，すでにスネル（Bruno Snell, 1896-1986）が詳細に論じたように，ホメロスが描く人間には統一的な人格ないし精神という観念はない[9]。感情や判断は，テューモス *thymos* とかプレーン *phren* などの身体の個々の部品[10]がそれ自身で独立して行う。なお，プシュケー[11] *psyche* は死者のみに用いられる。第二に，第一と密接に関連するが，性格や行動を知識の言葉，例えば「私は知っている *oida*」で説明する。その結果，平常心から外れた衝動そしてその結果は，「自分は知らなかった」として，アガメムノンの例のように他者のせいにされる。

　辞書の説明とドッズの解釈の違いは一目瞭然であろう。辞書の説明にはアーテーに責任や罰といった倫理的，道徳的，また法的な概念が使われている。しかし，このような概念はホメロス的人間を理解するうえでは，役にたたないばかりか有害ですらある。再び，アガメムノンの言葉を引用する。

　　　ゼウスがアーテーを送り込んで私の心を奪ったので，元に戻って

など。なお，邦訳（ホメーロス，呉茂一訳（1953-58）『イーリアス（上・中・下）』岩波文庫）では「迷い」や「迷妄女神」とされる。

　8）　神々の個性や特権については本書第24章を参照。
　9）　Snell (1946) およびその邦訳のスネル（1974）参照。
　10）　テューモス *thymos* は，英語では heart, breast, soul, mind などの意味を持つ。プレーン *phren* は，上記 *thymos* の意味に加え，faculty of thinking, mental intelligence といった意味にもなる。
　11）　魂，霊魂，亡霊などを意味する語で，心理学 psychology の語源。

aps，私は数えきれないくらいの賠償をして，アキレウスと和解しようと思う。
　　　　　　　　　　　　　　　（『イリアス』第19歌 137-38 行）

　アガメムノンはアーテーが原因だとしても，賠償はすると明言している。現在の目からみると，常識的にも法的に考えてもその義務はないように思われるが，ホメロスでは正反対に見える[12]。

　このようにホメロス的人間は，少なくとも一見したかぎりでは，日本人とは非常に異なるように映る。しかし，驚くべきことに，ドッズはホメロスの社会は「恥の文化」であると言い，参考文献としてルース・ベネディクト（Ruth Benedict, 1887-1948）の『菊と刀』を挙げている[13]。なぜ，彼はホメロスの社会は（日本社会と同様に）恥の文化であると言うのであろうか。ドッズによれば，アガメムノンのように，平常心から外れた衝動によって他人に損害を生じた場合，自分は知らなかったとして他のなにものかのせいにするのは，特に行為者が恥辱を感じるときに生じる。つまり，アーテーという観念を用いることによって，彼は「恥辱感を真面目な気持ちで」外的な力のせいにすることができたのである[14]。

　しかし，このようなホメロス的観念は，その後アルカイック期（前7世紀-前6世紀）に劇的に変化するとドッズは言う。確かに，ギリシア悲劇における人間行動の原因と結果に関する理解は，ホメロスとは相当異

---

12)　現代では，通常，法的責任は刑事責任と民事責任に分けられ，前者は加害者が有責，つまり有罪とされるためには，加害者の行為が故意によることが原則で，例外的には過失が要求される。後者は故意のみならず広く過失である場合も，責任，つまり損害賠償責任は免れない（民法 709 条）。古代ギリシアにおいて，現代のような民事・刑事の区別はないが，本件の場合はあえていえば民事責任が問題となる。確かに，民事責任の分野では，過失を必要としない無過失責任主義が特定の分野で広まりつつあるとはいえ，アガメムノンの主張するように他者に原因がある場合に賠償責任があるというのは理解に苦しむ。あるいは，この問題は因果関係としては，「風が吹けば桶屋が儲かる」の一例として処理されるかもしれない。まして，数えきれないくらいの賠償をするというアガメムノンの主張は，ますますわれわれの理解を困難にする。なお，本書第 22 章参照。

13)　Dodds (1951) chap. 1, n. 106 およびドッズ（1972）32.『菊と刀』の原著は Benedict (1946), 邦訳にベネディクト（2005 [1967]）。

14)　前注の箇所で，ドッズは自分たちは罪の文化の後継者なので，ホメロスの宗教を，そもそも宗教とみなすことが困難だと述べる。

なるように見えるからである[15]。ドッズは，第2章においてこれを恥の文化から罪の文化への変化ととらえる。誤解を恐れず言えば，この変化は日本文化から西洋文化への変化とも言える。ギリシア悲劇では被害者およびその家族は，超自然的なもの，または神々とりわけゼウスが加害者に対して懲罰を下すことを期待する。こうして，超自然的なものないし神々が道徳と刑罰の源泉となる。そして，神の法は初期の人間の法と同様，人間の主観を考慮に入れない。

さらに，アルカイック期には穢れ miasma と浄め katharsis の観念が登場する。穢れは伝染し，遺伝する。ホメロスにはこの観念はない。ドッズはこの変化の背景には家族の変化があるとみる。家族の連帯性が緩み，家族生活の中に内的緊張が現れる。父親によって抑圧された欲望から生み出された罪意識，自分は穢れと接触したかあるいは祖先の宗教的犯罪を相続したのだという穢れの観念，そして浄めの儀式により穢れを免れるという観念，これらの観念がこの時期に生じるのである。読者は，ここに「エディプス・コンプレックス」という言葉を連想しないわけにはいかない[16]。これを端的に示しているのが，ソポクレス（Sophocles, 前 496/5 頃–前 406/5 頃）の『アンティゴネ』583–625 行である。

このように，ドッズは『ギリシア人と非理性』において，心理学および人類学の方法と知見を活用しているが，このような試みは 19 世紀末から古典学において少しずつ行われていた。『ギリシア人と非理性』はこれを正面から古典作品の具体的な分析に採用することによって，それまでのギリシア人観を徹底的に打ち砕いた。その後，ドッズの主張は様々な方面で批判され，現在ではほとんどそのままの形では維持されていないが，ヴァルター・ブルケルト（Walter Burkert, 1931–2015）やロバート・パーカー（Robert Parker, 1950–）をはじめとして，戦後のギリシア宗教研究（者）に計り知れない影響を及ぼしたことは間違いない。なお，この本のタイトルは，ギリシア人がいかに非合理だったかを論じた書と

---

15) ただし，『イリアス』と異なり『オデュッセイア』には，のちの変化を先取りするような箇所がみられる。例えば，冒頭のところで，ゼウスは人間が神々に責任をなすりつけようとするのを批判している（第1歌 32–43 行）。

16) 精神分析学者フロイト（Sigmund Freud, 1856–1939）がいかに多くの古典作品を引証しているかをみるだけで，彼が古典教育を受けていることがよくわかる。例えば，須藤訓任他編（2006）「不気味なもの」，『フロイト全集 17』岩波書店など。Kasai (2013) も参照。

いう印象を与える。しかし（前章でも述べたが），通常のイメージとは異なり，この本はギリシア人がいかに「人間の経験や行動における非合理的なものの重要さ」について深刻に対応したか，つまりいかに合理的であったかを示したものなのである[17]。

ところで，ドッズの指摘は日本文化との比較も含んでおり，われわれ日本人は大いに関心をもつかと思われたが，不思議なことに，日本人の西洋古典学研究にはほとんど影響を及ぼさなかった[18]。推測するに，ドッズの本が出版されたのは，日本ではようやく西洋古典学会が設立されたころであり，日本の学会にとって当面の目標は，主要古典作品（特にギリシア）をテクストに基づいて精確に日本語に「翻訳」することであった。そしてこの翻訳作業が一応完成するのは，1970年代末である[19]。ましてや，古典解釈に人類学や心理学の成果を咀嚼して活用する余裕も関心もなかった[20]。

日本（ただし，これはやや問題のある表現であるが）に言及したもう一人の西洋の古典学者として，筆者はカール・モイリ（Karl Meuli, 1891-1968）を挙げたい[21]。モイリはアイヌ民族に見られる熊の骨格の保存という慣習の中に，生命への畏敬とその再生を願う，旧石器時代にまで遡る人間心理の永続性を認める[22]。なお，ドッズはモイリのシャーマニズム研究から非常に大きな影響をうけているが[23]，これも偶然とは思われない。スイスの古典学者モイリは，『ギリシア人と非理性』の出版当時すでに，後にブルケルトによってギリシア宗教の核心におかれた動物犠

---

17) Stray et al. (eds.) (2019), 特に 36-87（R. Gagné の章）および 116-27（R. Parker の章）を参照。

18) 日本の古典学者による比較研究としては，藤縄（1994 [1974]）がある。この本は古代ギリシア，西洋そして日本および中国についての著者の該博な知識に基づく洞察に満ちており，類書を見ない。

19) 岩波書店版『プラトン全集』の完成は 1978 年 1 月である。

20) 貴重な例外として，久保（1973）がある。

21) もちろん，日本の能研究とギリシア悲劇研究を比較した研究者，とりわけピッツバーグ大学スメサースト教授（Mae Smethurst, 1935-2019）を落とすわけにはいかない。スメサースト（1994）および（2004）を参照。スメサースト教授の研究については，本書第 17 章に詳しい。

22) Meuli (1975b [1946]). 特に 962 (Tafel 42) では，サハリンの Orok 族が熊の骨格を正確に埋葬台にのせている。

23) Dodds (1951) 140-41, ドッズ（1972）173-74.

牲の理論的基礎を提供していた[24]が、いったい何人の古典学者が彼に注目していたであろうか。しかしドッズは、モイリの業績に注目していたのである。両者を結び付けたのは比較民族学的関心であり、その関心は日本にも及んでいたのである。

　この本を契機にして、西洋古典学の中心的関心は（日本以外では）ギリシア宗教研究に向かった。ドッズの最大の功績は、それまでの「西洋文化の模範としてのギリシア」、つまり「われわれ（西洋人）はギリシアに似ている、似せなければならない」という考えから、恥の文化と罪の文化の対置に見られるように、「異人種ないし異文化としてのギリシア」という考えに移行させたことである。では、ドッズによれば同じ恥の文化である日本ないし日本人とギリシア人は、果たして似ているのだろうか？

　さて、このようなドッズの指摘を、われわれはどのように受け止めるべきであろうか？　荒唐無稽な、あるいは過度に一般化した比較文化論としてそれを片付けるのではなく、テクストに基づいて、確認ないし反論を試みるべきではないだろうか。そこで、本章が提唱する視点は、この恥の視点、つまり恥は誰が誰に対して感じるかという問題である。恥は、相手に対してではなく、第三者（の評価）に対して感じるのである[25]。その視点から、アキレウスとアガメムノンの対立をもう一度その発端から分析してみたい。

　アリストテレスは『弁論術』第2巻6章「恥 aischyne」で、恥について次のように述べている。

　　恥というのは名誉失墜 adoxia の表れ phantasia、しかも名誉失墜それ自体の故であり、その結果生じたことの故ではない。というのも、誰も評判（名誉）それ自体を気にするのではなく、評価者 doxazontas がいるために他ならない。当然のことながら、人は自分を評価する人たちに対して恥を感じるのである。評価する人というのは、例えば、自分をすばらしいと尊敬してくれる人たち、あるい

---

24)　Meuli (1975b [1946]), Burkert (1983).

25)　Weir (2006) 176 は defamation を、'A is liable for saying anything to C about B which would be apt to make an average citizen think worse of the latter' と説明する。

は，自分が尊敬する人たち，あるいは，その人たちに尊敬されたいと望む人たち，あるいは競争相手，あるいは，その人たちの評価を無視できない人たち，のことである。　　　　　　（1384a23-29）[26]

なお，評価者のリストは，当然のことながら，アリストテレスが同第2章「怒り」のところで，自分が誰の面前で過小評価されたときに怒りを感じるかを論じるときのリストと酷似している。

さらに，以下の5種類の人たちの面前で，自分を過小評価する者たちに怒りを覚える。すなわち，自分の競争相手，尊敬している人たち，その人たちに尊敬されたいと思っている人たち，あるいはまた，その人たちに対して恥ずかしいと感じるそのような人たち，あるいは，その人たちの前では彼らが（私に）恥ずかしいと感じるそのような人たち。以上，五つのタイプの人たちの前で。
（1379b24-29）

アリストテレスの説明から明らかなように，恥や怒りを感じる対象は，一言で言えば，「評価者」である。

そこで，次節では，アガメムノンとアキレウスの具体的な紛争場面を，このドッズが提起した問題を念頭におきつつ，分析することにしたい。

2　*peithomai / peitho*

1　『イリアス』第1歌においてアキレウスとアガメムノンは対立しているのか

ここでもまたドッズから出発する。ドッズが校訂した古典作品の一つにプラトン『ゴルギアス』[27]がある。この作品の中心テーマは，前半が

---

26)　翻訳については，内山勝利他編（2013-）所収の堀尾耕一訳「弁論術」を参考にした。Kennedy (2007) 134 参照。
27)　Dodds (1959).

弁論術 techne rhetorike, 後半がいわゆる正義論 dikaiosyne である。ここでプラトン（ソクラテス）は，有名な弁論術の定義，すなわち「説得（ペイトー）職人（デモスのために働く人）demiourgos peithous」を提案する。このペイトーというギリシア語は，日本では伝統的に「説得（する）」と訳される（英訳では persuade, persuasion）が，これは端的に言って，誤訳である。その理由は第一に，「説得」はその手段としてまず言葉を連想させるが，ペイトーの手段は，言葉以外のもの，特に金銭（買収）や性行為である場合が珍しくない。第二に，「説得」は行為を表し，その結果（説得されて相手の言うとおりにする）まで含意しないが，ペイトーは結果まで含んだ概念である[28]。

ところで，さきほどのドッズの分析では，行為者本人がわからない原因におそわれる時，外（自分以外）に原因を求める心理的作用が最も先鋭に現れる。このとき，他人に対して「恥」を感じるのである。このドッズの説明には，論理の飛躍があるように思われる。推測するに，ホメロスのギリシア人はドッズ自身（西洋人）とは根本的に違っており，自己，人格，責任，罪などについての観念体系を有していなかったとドッズは考え，人類学的研究成果を調べていくうちに，ルース・ベネディクトの「恥の文化と罪の文化」の対置に出会ったのではないだろうか。「心理的干渉」と「他者に対して感じる恥」の間には，何か媒介項（補助線）が必要ではないか。そこでもう少し，具体的にテクストを読み，他者の目，すなわち評価を気にするとはどういうことなのかを，ギリシア語から突き止めてみる必要があると思われる。そのギリシア語として，ここでは peitho に着目したい。そして，さきほどのドッズの引用した，アガメムノンの弁明の背景を探るため，ホメロス『イリアス』第1歌から始めたい。

アガメムノンとアキレウスの対立は，アゴラ agora（集会），すなわち第三者の前で行われる（第1歌 54-55 行）。この集会の招集者はアキレウスである。また，第三者とはギリシア軍（アカイア軍）の兵士たちであり，そこでは一般兵士 laoi も，アガメムノンらリーダーたち hegetores

---

28) Buxton (1982). 第二の点は英語の persuade も同じである。オースティン（2019）および葛西（2018）参照。

ede medontes（例えば『イリアス』第 9 歌 17 行等）も含まれる。この二人の論争は，先に述べた第 19 歌においても，アゴラ，つまり第三者の前でなされる。そもそも，ホメロスはじめ，多くのギリシア文学の中で，登場人物が相手と 1 対 1 で，かつ第三者から隔離されて，対話する場面は非常に少ない。オデュッセウスとペネロペイアの第 23 歌での対面シーンでも，少なくとも女の召使，エウリュクレイアは控えている[29]。トゥキュディデス（Thucydides, 前 460 から 455 頃–前 400 頃）のいわゆる「メロス島対談」はアテナイ側とメロス側 1 対 1（ただし，両当事者は一人ではなく，代表者たちである）で対峙する。ただしこれは，トゥキュディデスでは非常に数少ない例外である。プラトン（Platon, 前 427 頃–前 347）の対話篇において，ソクラテス（Socrates, 前 469–前 399）は 1 対 1 対で対話している場面でも，かならず第三者（対話仲間）が控えている。ギリシア悲劇や喜劇においては，合唱隊（コロス）と聴衆が存在する。われわれがギリシア文学を考える際に忘れてはならないのは，ギリシア文学では，第三者が存在している，という点である。

　さて，第 1 歌におけるアガメムノンとアキレウスの対立は，伝統的には以下のように理解されてきた。アポロンによる攻撃の結果生じたギリシア軍の大損害の原因が，アガメムノンが神官クリュセスの嘆願（代償による娘クリュセイスの返還請求）を拒否したことにあることがわかり[30]，それゆえクリュセイスを返還するが，その埋め合わせにアキレウスの戦利品たるブリセイスをアガメムノンが要求したことは，アガメムノンの「暴戻 *hybris*」（203 行）である。アガメムノンの要求に対して，アキレウスは真っ向から対立し，アテナの介入によりかろうじて武力衝突をまぬかれる。

　しかし，テクストを注意深く読むと，大方の予想と異なり，実は両者の対立点は非常に小さいことがわかる。それは，アガメムノンにアゴラで一旦正当に（異論なく）分配された戦利品であるクリュセイスの返還に対する埋め合わせを「いつ」行うかという論点，厳密にいえば「いつ」の問題だけである。そもそも，アポロンによるギリシア軍への猛

---
29) 『オデュッセイア』第 23 歌 171 行および 177 行。
30) ただし，これについて，アガメムノンはアキレウスによる陰謀（預言者〔占い師〕カルカスの解答）ではないかと疑っている（第 1 歌 106-13 行）。

烈な攻撃の原因となった，アガメムノンおよびメネラオス[31]への神官クリュセスの嘆願拒否自体は，不思議なことに非難されない。また，アガメムノンはクリュセイス返還を受け入れ，その結果生じる戦利品分配状態の変更を埋め合わせによって調整しなければならないという考えは，集会参加者の間で共有されている。ところで，「いつ」問題に関して，アガメムノンは「直ちに *autika*」（118 行）と要求する。アキレウスは，「それは衡平[32]ではない」と言う。何が衡平に反するのか，つまり，ふさわしくないかというと，分配したものを再び集めてまわること，である。そしてさらに，トロイア攻略の暁には，アカイア軍が，3 倍，4 倍の埋め合わせ（賠償）をするとアキレウスは約束する。つまり，アキレウスはアガメムノンの主張が不当だとは言っていない。それどころか，正当性を認めているから，埋め合わせをすると言っており，また，再分配がやっかいだと言っているだけである。つまり暗黙のうちに，両者は一定の前提を共有している[33]。

これに対して，アガメムノンはアキレウスが基本的には自分の主張を受け入れていると判断し，アキレウスのみならず，アイアスや，オデュッセウスから，彼らに分配された戦利品を「直ちに」戻し（クリュセイス返還の）埋め合わせるように要求する[34]。ところが，埋め合わせ返還対象者としてアキレウスは特にアガメムノンから名指しをされていないにもかかわらず，過剰反応し，アガメムノンと一触即発の状態になる。そこに仲裁（調停）役として割って入ったのが老人のネストルで，有名なスピーチを行う（254-84 行）。

　　自粛せよ *pithesthe*，二人とも私（ネストル）より若いのだから。
　　　　　　　　　　　　　　　　　　　　　　（『イリアス』第 1 歌 259 行）

---

[31]　彼もまた嘆願の名宛人である。
[32]　*epeoike*（126 行）をこう訳出する。*epeoike* は「……することはふさわしい，妥当である」を意味する *eiko* に強調の接頭辞が付いたもの。なお，*epieikeia* については葛西 (2019c) を参照。
[33]　詳細は葛西 (2001) 参照。
[34]　Dover (1968) 177.

27 妥協するギリシア人

あなた方（アガメムノンとアキレウス）も自粛せよ *pithesthe*[35]。なぜなら、*peithesthai* はより良い（得な）*ameinon* ことだから[36]。

(『イリアス』第 1 歌 274 行)

ここでのキーワードは、*peitho* の中動相形 *peithomai* である。通常、*peitho*（能動相）は、「説得する persuade」、中動相は「従う、信じる」と訳される。ここでは、ネストルはアキレウスとアガメムノン二人に対して、「自粛せよ」[37] と命じる。では二人はどのような行動をとればよいのか。なぜなら、二人の主張は部分的には矛盾しているわけなのだから、もし二人が自粛するということが現実に起これば、非常に奇妙な結果になる。つまり、両方が自粛するので、アキレウスがブリセイスを差し出しても、アガメムノンはそれを受け取らない。結局どうなるのか。したがってネストルは、二人のうちのどちらかが自粛することを待っているとしか考えられない。

このスピーチの後、アガメムノンは、「アキレウスはすべての人に優越しようと欲し、すべての人を力で押さえつけようとし、すべての人を支配しようと欲し、すべての人を指揮しようと欲するが、そのような行為に対して、*peithesthai* しない人が出てくると思う」(287-89 行) と述べる。4 回「すべての人」という表現を用いているのは、すさまじい反復のレトリックである。これによって、アガメムノンはアキレウスをアカイア軍から引き離していく（*peithesthai* しない）。この中動相 *peithesthai* の意味は何か。

このアガメムノンのスピーチの途中でアキレウスは話を遮り、「もし、私が、お前に万事について譲歩する[38]ことになれば、私は臆病者で無能と呼ばれるだろう。そのようなことは、他の者たちに命じよ。この私にだけは指図するな。なぜなら、この私だけはもはやお前に今後 *peisesthai* することはないと思う」(293-96 行) と言う。

---

35) *peithomai* の第二アオリスト中動相、命令法二人称複数形。
36) *peithesthai* は *peithomai* の現在、中動相、不定法。*ameinon* は *agathos* および *esthlos* の比較級である。
37) *peithomai* を昨今の流行語を用いて訳出してみた。
38) *hypeixomai*. この言葉については後述するように、メネラオスも用いている（第 23 歌 602 行）。

このように言ったあと，アキレウスはブリセイスを返却すると同時に，それ以外のモノは決して取らせない，といって自己の船団に帰り，以降，パトロクロス復讐のために立ち上がるまで，戦闘に関与しないということになる[39]。

　この中動相 *peithomai* の意味をもう一度考える。アガメムノンとアキレウスのうちのどちらかが勝った（負けた）のであろうか。戦利品の移動だけをみれば，アキレウスが敗者のように見えるが，そのように考えていいのであろうか。アガメムノンがアキレウス，アイアス，オデュッセウスその他にブラフ（bluff）をかけたとき，アキレウス以外は沈黙したままであった。これで，アガメムノンは安心した。では，アキレウスが（この件については）アガメムノンの言うとおりしたことを *peithomai* とホメロスは呼んでいるのであろうか。アガメムノンだけに譲歩したのであろうか。アゴラの第三者たちは関係ないのであろうか。アキレウスは次のように言う。

　　なぜならば，お前たちが与えたので，そのお前たちがブリセイスを
　　私から奪う *aphelesthe* のだから。　　　　　　　　　（299 行）

　つまり，アガメムノンだけをさしているのではない。アキレウスは第三者（リーダー・兵士たち）がアゴラで（正式に）戦利品を与えた（自力で取得したのではない）ことを認めたうえで，その第三者たちが今またアゴラでそれを彼から奪うことを，認めたと考えられる。やはり，第三者はここでも関係していると見ることができる。同時にまた，アキレウスはこのアゴラで，「今後，私だけは *egog'* お前（アガメムノン）に与する *peisesthai* ことはないと思う」（296 行）と宣言する。つまり，アキレウスはアガメムノンとの *peithomai* で表現される関係は絶つが，それ以外の第三者たちとの関係は維持する，あるいは少なくともあいまいな状態にして，アゴラを去っていくのである。評価（ティーメー）は第三者が下す以上，彼らとの関係を絶つことは，アキレウスにとって自らの社

---

[39] しかし，アキレウスはただ戦闘に参加しないというだけでなく，積極的に大声で泣いて（348-51 行，357-58 行，362 行），母である女神テティスを呼び，ゼウスにトロイア軍を援助し，ギリシア軍に害を及ぼすよう嘆願するように頼む（407-12 行）のである。

会的存在の自己否定を意味するからである。
　では，この中動相の含意をどのように理解すればいいのであろうか。

2　*peithomai* の含意

　國分功一郎は近著『中動態の世界――意志と責任の考古学』の中で，動詞の中動相の観点から，主体―客体，責任―意志問題などを，現代哲学や臨床心理学まで参照しながら，幅広く論じている[40]。日本語との比較に関する 1928 年の細江逸記の論文「我が國語の相（voice）を論じ，動詞の活用形式の分岐するに至りし原理の一端に及ぶ」の紹介は興味深い。なお，國分は middle voice を中動相ではなく中動態と呼ぶ。さらに，最近の著作では，より直接的に，エミール・バンヴェニスト（Emile Benveniste, 1902-76）に依拠して，中動態では主語が動作の場所となり，能動態では動作が主語の外で完結する，と区別する[41]。その言わんとするところは，主体―客体構造，意志―責任構造は能動相―受動相という対置に対応し，中動相はこの構造の外にあるということであろうと思われる。しかし，ギリシア語中動相の用例や意味は極めて多様で，一概にそのように言えるのかどうか疑問が残る。

　例えば，「立法する」の場合 *nomon tithemi*（能動相）も *tithesthai*（中動相）も，いずれも主体―客体構造は維持されている。両者の差は，前者は他者が立法する（立法の影響が及ぶ対象と立法者が別）のに対し，後者は立法の主体と立法の対象が重なる，という点にある。前者の場合，主語は神々，後者では主語はポリス。確かに，神々は立法（法律）の及ばない対象であり，その意味では立法行為の外にいると言える。他方，ポリスは立法（法律）の効力が及ぶ場である。しかし，*archo*（開始する）の場合，「戦争 *polemou*（*polemos* の属格）を始める」の場合，能動相も中動相も用いられるが，能動相の場合「開戦する」，中動相の場合「応戦する」の違いはあるが，いずれも主語は戦争行為に関わる[42]。また，*misthoun*―*misthoustai*（貸す―借りる）は，主語はいずれも貸主であれ借

　40）　國分（2017）。
　41）　國分・熊谷（2020）351。
　42）　ただし，*polemon poiein/poieisthai* の場合，前者（能動相）では，主語は戦闘の当事者ではなく第三者である。

主であれ，行為の外にはない。

　第二に，國分氏の主張では，一般にギリシア語動詞はまず能動―中動というペアで用いられ，受動相は遅れて登場したとされる。そしてこの変化は，意志や責任という概念の登場と呼応しているという。しかし，興味深いことに，-tos / -teos で終わる形容詞（動詞的形容詞 verbal adjective）は，初期から見られるのである[43]。

　すでに述べたように，『イリアス』第 1 歌のアキレウスとアガメムノンは，お互いに正面から対立していたのではない。両者の本当の対立点は小さく，むしろ共有されている前提理解は広い。この前提事項は，一旦なされた戦利品分配に，アガメムノンが自発的にクリュセイスを返還したことにより変更が生じたこと（この返還の原因はアガメムノンとメネラオスの嘆願拒否にあるから，いわば自業自得であるという主張は誰もしない），その減少分を誰かの戦利品で埋め合わせるということに全員が同

---

[43]　Wackernagel (1921) 118–37 および Wackernagel (2009) 157–78.
　念のため，Wackernagel の内容を箇条書きにて要約しておく。
　①中動相は，主語が自分自身のために，自分自身の領域と利益（関心）の中で実行する行為をさす。
　②能動相が他者のためになす行為を表現するのに対して，中動相は自分自身のために，すなわちその成果を自分が入手するためになす行為を表現する。
　③能動相は自分自身の資源から何かを与えることを意味するのに対して，中動相は自分が占有する行為を意味する。
　例えば，貸す misthoun―借りる misthousthai, nomon tithemi（神々が立法する）―nomon tithesthai（ポリスが自国のために立法する）など。
　④役人（特に法・宗教担当）が，自己の利益とは無関係に職務として行う行為は能動相で表し，中動相は自己の利益が関わる場合の行為を表す。例えば，犠牲儀礼が神官によって為される場合は能動相 hieropoiein，ポリスが自国のため挙行する場合は中動相。
　⑤開始する archein および，作る・為す poiein について。能動相（属格 polemou archo）開戦する。中動相（属格 polemou archomai）応戦する。能動相（対格 polemon poiein）その戦争を惹起した当事者を巻き込まない戦争を第三者として始める。中動相（対格 polemon poieisthai）当事者として関わる戦争を遂行する。
　⑥中動相は行為が行為者自身への方向・動きを示す。
　⑦主語・主体が同時にその行為の目的・対象である場合。自分の体を洗う。入浴・沐浴する。能動相（peithein）は誰かを誘導・口説く。中動相（peithesthai）は自分自身を誰かに誘導させる，言うとおりにする（Wackernagel (2009) 169）。
　なお，動詞的形容詞に関して，Wackernagel (1921) 135–37 および (2009) 176–78 は「受動相を能動相の本質的反射物ではない形で，受動相に相当するものがすでにあることにわれわれは本当に驚く」と述べる。

意している（アキレウスとアガメムノンはその埋め合わせの時期について対立しているのみ）。この共有された前提理解を破壊することをしない限り（つまりアガメムノンに埋め合わせをする必要はないと主張しない限り），アキレウスはつねにアガメムノンに対して「借り」がある状態になる。そしてアキレウスの戦利品でいますぐ埋め合わせない限り，第三者（ギリシア軍）にも「借り」がある状態になる。

　ここに，アキレウスがブリセイスを差し出した理由がある。それは，彼自身がブリセイスはギリシア軍が彼に与えたものであると公言することによって，彼自身を正当化しているのである。

　では，アガメムノンとアキレウス，そして第三者たるギリシア軍の関係において，能動相は使われないのであろうか。

3　『イリアス』第 9 歌における *peitho*

　『イリアス』においては，能動相 *peitho* は中動相に比べてその用例は少ないが，特に他動詞的意味を持つ場合は非常に珍しい[44]。その中で，興味深いことに第 9 歌で 3 回登場する（315 行，345 行，386 行）。第 9 歌には，アキレウスに対して，戦線復帰を促すために派遣された 3 名[45]の使節のスピーチと，それに対するアキレウスの返答が記述されている。能動相の用例はすべて，オデュッセウスに対するアキレウスの返答の中で，しかも否定形で，アキレウス（の *thymos*）をアガメムノンは *peitho* できないだろう，という文脈で用いられる。説得は失敗する。しかも，騙すことを意味する動詞（*apatese* 344 行，*exapatesein* 371 行，*apatese* 375 行）も接近して登場する[46]。これは，アガメムノンのどのような行為を指しているのか。これまでのアキレウスの功績への過小評価，そして第 9 歌でオデュッセウスのスピーチで示されたアガメムノンの贈物提供，つまり一種の，慰謝料を含む損害賠償の申し出を指す。こ

---

44)　これは『オデュッセイア』においても同様にあてはまる。
45)　オデュッセウス，ポイニクス，アイアスの 3 名。ただし，182 行で二人（双数 to baten）が用いられている。ここではポイニクスがアキレウスの陣屋にいること，すなわち使者ではないことが示されている。なお，Griffin (1995) 51-53 参照。
46)　『オデュッセイア』では，ペネロペイアが求婚者たちを，オデュッセウスの父の葬式用（死者）の衣服を編んでは解くという機略（ドロス）を用いて，3 年間騙してきたことを *peitho* と表現している（第 2 歌 106 行，第 19 歌 151 行，第 24 歌 141 行）。

れをアキレウスは一つの条件をつけて，拒否する．その条件とは，これまで彼が受けてきたすべての苦痛の賠償．しかし，この条件は算出不可能かつ実現不可能であるゆえ，事実上完全拒絶に等しい．一方，アガメムノンの約束した贈物はというと，そのリストが2回反復されて登場する（122-56行 = 264-98行）．これは一見豪勢なリストのように見えるが，注意して読んでみると，途中135（277）行以下は，条件付き（トロイア戦争に勝てば *ei de ken aute*）．無条件で差し出すのは，鼎7つ，黄金10個，釜20個，馬12頭，そして女性7名（クリュセイスを含む）である．莫大と言えなくもないが，条件付きの贈物（20人のトロイア人女性，自分の娘を結納無しで贈呈〔娘婿〕，城町7つ）[47]に比べればそれほどでもない．ちなみに，第23歌でパトロクロスの葬送競技において，アキレウスが提供した賞品は，馬車競技だけで，1等が女奴隷（複数）と鼎，2等が雌馬（妊娠中），3等が釜，4等が金の延棒2本，5等が盃である．トータルの賞品（全部で7競技）はアガメムノンの贈物に匹敵すると言えるのではないか．それはともかくとして，第9歌の贈物リストには無条件と条件付きのものがあり，後者は，少なくともアキレウスにとっては，信用できないと思われても不思議はない（過去において騙されたように）．オデュッセウスが数え上げたアガメムノンの贈物リストは，その期待に反して，アキレウスに過去の失望（自分の能力と功績に対する自己評価とアガメムノンそして第三者評価〔ほかのアカイア人もそれを認めてきた〕の差）を思い出させることになった．

　このように見てくると，アキレウスの3用例を見る限り，*peitho* はきわめて特徴的にアガメムノンとアキレウスの間に共有される前提理解が欠如していること，両者の理解が乖離・対立していることを示している．そして，*peitho* するとは，その乖離ないし対立を矯正ないし変更して，前提理解の共有に持っていこうとする行為を示し，それはしばしば，*peitho* される側からみれば，自分の立場を破壊され，または相手の主張に籠絡され，騙されるという非常に強い警戒感を惹起する行為なのである．

---

[47] その一つカルダミュレ（150行 = 292行）には現在でも同名称の村があり，筆者の指導教官，ジョン・グールド（John Gould, 1927-2001）の別荘があった．

ここに『ゴルギアス』においてソクラテスがゴルギアスの行為を *demiourgos peithous* とよび，警戒，批判した理由がある。このように，*peitho* と *peithomai* の意味の差の背後には，常に第三者（アカイア人）の存在とその評価，承認がある[48]。

3　アゴーン *agon*

1　アゴーン文化

　第三者の前で，スピーチを含む様々な手段を用いて相手と渡り合うという行動様式が，古代ギリシアにおいて一般に「アゴーン *agon*（競争，競演）」として広く知られている。アゴラ，法廷，民会など公の場で，両当事者が相対立する主張をぶつけ合い，それを第三者が評価し，しばしば勝敗ないし順位を判定する。あるいはまた，劇場においても，悲劇および喜劇の登場人物の論戦が合唱隊[49]および聴衆といういわば二重の第三者のもとで，上演され，各劇作品の順位が判定される。ギリシア文化がアゴーン文化と呼ばれる所以である。ブルクハルト（Jacob Burckhardt, 1818-97）はドリア人の侵入から前6世紀末までを「アゴーン時代」と名付け，次のように述べている。英雄時代の衰退後，社会の上層階級の精神的および実際的生活はすべてアゴーンの様相を帯びる。教育は，祭儀における，犠牲儀礼，合唱隊，ダンスと運動競技との両方が融合したものである。これはアゴーンの原因ではなく，結果である[50]。最近では，ギリシア文化を「パフォーマンス文化」というより広い概念で捉え，その中でアゴーンを論じる試みもある[51]。冒頭のテーマ設定において，ゴールドヒル（Simon Goldhill, 1957-）はパフォーマンスの要素として *agon, epideixis, schema, theoria* の四つを上げ，*agon* を 'contest' や 'competition' をキーワードとして説明する。特にアテナイ

---

[48]　詳細は葛西（2001），Dover (1968), Gould (2001) 335-58 をそれぞれ参照。
[49]　これについては本書第25章を参照。
[50]　Burckhardt (1998) 160-213 ('The Agonal Age'), ホイジンガ（2018）の第3章「文化を創造する機能としての遊びと競い合い」および第4章「遊びと裁判」，Meuli (1968) をそれぞれ参照。
[51]　Goldhill and Osborne (eds.) (1999).

では，民会，法廷，競技，劇場，戦争などにおいてアゴーンの要素が見られ，「極度の競争社会」であった。そこでは，一連の階層的あるいは対抗的諸制度の中で，男性，家族そして国家によって，権威や地位が競争，争奪され，そして保持されたのである[52]。

しかし，ここで一つの疑問が湧いてくる。この競争社会ないし制度が維持されるためには，競争と闘争を分けるルールが必要であり，かつ参加者がこのルールを遵守すること（すくなくともその合意）が要件となる。では，まずそのルールとはどのようなものであろうか。そこで次に，実際にこのルールが守られているか，守られなかった場合どうなるのかを具体的に検討したい。

2 『イリアス』第23歌におけるパトロクロスの葬送競技

『イリアス』第22歌でヘクトルを斃したのち，第23歌ではアキレウスはパトロクロスの葬式を挙行する（1-225行）。そのあと，有名な競技（パトロクロスの葬送競技）を開催する。なぜ，葬式に引き続いて競技が挙行されるのか[53]。葬式と競技の間の密接な関係を分析することによって，アゴーンの起源と意味を解明したのがカール・モイリの研究である[54]。教授資格取得論文『ギリシア人のアゴーン』は，「ギリシア人の犠牲慣習」[55]と並んで，モイリの古典学研究の特徴，つまり「モイリらしさ」を最も強烈に読者に印象付ける作品であり，全くオリジナルな研究である。その副題は，「葬送慣習，葬送舞踊，葬送歌，そして死者称賛における競技と競演」となっている。モイリによれば，死者は本質的に両義的なもの，すなわち生存者にとって愛と恐怖の対象なのである。民族学とフロイト心理学（『トーテムとタブー』）[56]から，彼は死者の生存者に対する「復讐」の観念を推論する。つまり死者は，敵や殺害者に対し

---

52) Goldhill and Osborne (eds.) (1999) 1-3.
53) 『オデュッセイア』第8歌では，パイエケス人が客人オデュッセウスのために競技 *aethlos* を開催している（104-233行）。そこでオデュッセウスは円盤投げに参加する。
54) Meuli (1968). この著作は1926年にモイリが提出した教授資格取得論文である。モイリの業績と評価については，ブルケルト（2003）参照。
55) Meuli (1975b), ただし初出は1946年。
56) 須藤訓任他編（2009）『フロイト全集12』岩波書店に収録。

てだけではなく，最も親密な者に対しても復讐心を抱く[57]）。実際，パトロクロスの魂（プシュケー）はアキレウスに対して，次のように非難し，命令する（69-92行）。「お前は眠っているのか。私のことをすっかり忘れてしまったか。私が生きているときは蔑ろにしなかったが，死んだ今はどうでもいいのか。直ちに葬儀を挙行してくれ，あの世の門をくぐれるように」（69-71行）。そして，「私にお前の手を握らせてくれ。私は泣く。なぜなら，あの世から二度と再び戻っては来られないから」（75-76行）。そして，自分は死んだが，アキレウスのモイラ（運命）もトロイアで死ぬと定まっていると脅し，両者の骨を一緒においてほしいと指示する（75-76行）。それに対して，アキレウスはパトロクロスの命令を「いちいち押し付ける *ekasat' epitelleai*」とみなし，「命令どおりに，言うとおりにする *peisomai hos keleueis*」と約束する。「そしてお互いに身を寄せ合って泣こう」と言う（94-98行）。しかし，それはかなわない。アキレウスは「パトロクロスの亡霊が泣いて，涙を流しながら，私にいちいち命令をしていった *hekast'epetellen*」（103-07行）という。

このように，パトロクロス（の亡霊）がいかに執拗にアキレウスに命令を出していったかが描かれている。これを受けて，アキレウスはパトロクロスの葬式を挙行するのである。では『イリアス』第23歌の第1部，葬式の場面を詳しく見てゆこう。

冒頭，トロイア方は町全体がヘクトルの死を哀悼し *stenachonto*，一方，アキレウスは自分の仲間ミュルミドン勢に対して，「我々はパトロクロスのために慟哭 *klaiomen* しよう。それが死者たちの分け前，特権 *geras* だから」（9行）と言うや，皆一緒に泣き叫ぶ *oimoxan*（12行）。このように，ヘクトルやパトロクロスのような死者に対して，トロイア方であれ，ギリシア方であれ，泣く，哀悼する，悲嘆にくれる，などの動詞が頻出する。その後，アガメムノンは葬式の準備を開始する。まず，火葬のための焚き木を伐採する（110-26行）。ミュルミドン勢は髪の毛でパトロクロスの死体を覆い，アキレウスも髪の毛 *kome* を，パトロクロスの手の中におく。そしてアガメムノンとアキレウスは焼き場を作

---

57) この点が，Hozumi (1912) における基本前提，すなわち祖先と子孫は相互に憎しみは持たず，愛情しか抱かないという想定と全く反対である。

り，何頭もの羊，牛，馬，犬，そして 12 名のトロイア人を殺してパトロクロスの死体と一緒に焼く（161-78 行）。その間，アキレウスは，ワインを地面に注ぎながら，パトロクロスの魂プシュケー psyche を召集し，激しく呻きながら，火の回りをゆっくり，重い足取りで動きつつ，骨を焼きながら，一晩中泣き続けた odyromai のである（218-25 行）。

　葬式に続く第 2 部は，有名な「パトロクロスの葬送競技」である（226-897 行）。アキレウスは全部で 7 つの種目を提案し，挙行する。すなわち，第 1 競技馬車（戦車）競争（262-650 行），第 2 競技ボクシング（651-99 行），第 3 競技レスリング（700-39 行），第 4 競技徒競走（740-97 行），第 5 競技一騎打ち（798-825 行），第 6 競技弓（射的）（850-83 行），第 7 競技槍投げ（884-97 行）。このうち，第 7 競技だけはアガメムノンの不戦勝に終わっているが，それ以外はすべて，実際に競技が実施された。ここでは，この競技の中で最も詳細に描かれている第 1 競技に焦点を当てて分析したい。

　兵士らがパトロクロスの骨を泣きながら klaiontes（252 行）集めたのち，アキレウスは彼らをその場にひきとどめ，彼らを広い集まり「アゴーン」にしてすわらせた[58] hizano euryn agona（258 行）。競技開催者でかつ賞品提供者はアキレウスである。

　第 1 競技（馬車競争）の参加者は，最初に手を挙げたエウメロスのほか，ディオメデス，メネラオス，メリオネス，そしてアンティロコス（ネストルの末子）の全 5 名である。賞品は 1 等には女奴隷（複数）と鼎，2 等には雌馬（妊娠中），3 等には釜，4 等には金の延棒 2 本，そして 5 等には盃である[59]。アキレウスは監視 skopos として第 9 歌で使者として登場したポイニクスを指名する（359 行）[60]。

　さて，結果（到着順），当初の賞品，そして最終的に分配されたものを一覧表にすると以下のようになる。

---

[58] Richardson (1991) 200-01 参照。『オデュッセイア』第 8 歌 258-60 行では，九人の係がデモスの中から demioi 選ばれ，彼らはアゴーンに関して kat' agonas 万事手はずを整える役であった。彼らはコロスが躍る場 choros を整地し，広く立派な（美しい）アゴーン（演技場）kalon d' euryunan agona をこしらえた。

[59] 賞品を表すギリシア語は aethlon, aethlion。なお，古代ギリシアにおける「価値」概念についての重要な研究として Gernet (1981 [1948]) がある。

[60] なお，審判 (h)istor に関する研究として Avlamovic (2017) がある。

27　妥協するギリシア人

到着順			賞　品	分配最終結果
1着	ディオメデス	1等	女奴隷（複数）と鼎	ディオメデス
2着	アンティロコス	2等	雌馬（妊娠中）	アンティロコス
3着	メネラオス	3等	釜	メネラオス
4着	メリオネス	4等	金の延棒2本	メリオネス
5着	エウメロス	5等	盃	ネストル
		特別賞	青銅の胸甲	エウメロス

　表を見てまず不思議に思われるのは，5等と特別賞である。なぜエウメロスが特別賞を獲得し，なぜ試合に参加していないネストルが5等の賞品をもらうのか。到着順と最終結果の間に何があったのであろうか。競技の流れを詳しく見ていこう。

　約400行にわたる競技の全描写（262-652行）の中で，競技者がスタートするのは362行からである。最初の100行の間，参加者は何をしていたのであろうか。他方，全員がゴールに到着するのは，533行である。到着から次の競技が始まる約120行の間に何が行われたのだろうか。

　この競技に参加者として最初に手をあげるのはエウメロスである（288行）。なぜなら，彼は馬車競技の第一人者であったからである（289行）。その彼がなぜ「びり」になったか。実は，彼は途中までは先頭を切っていた（375-76行）。その時点で，2着はディオメデス，以下，メネラオス，アンティロコス，メリオネスの順であった。ここで，種々のハプニングが起こる。まず，ホメロスではよくあるように，神々が介入する[61]。ディオメデスがエウメロスに追いつきそうになった時，アポロン

---

[61] この場面では他の競技にも神々は介入している。第4競技徒競走において，それまで2位だったオデュッセウスはアテナに祈願して助力を乞い（770行），アテナの介入により小アイアスが足を滑らせる（774行）。その結果，オデュッセウスが1位になる。この介入に対して小アイアスは文句を言うが，聴衆は笑って受け入れない（782-784行）。さらに，第6競技弓（射的）競技では，テウクロスはアポロンに犠牲を捧げないため射そこない（862-865行），メリオネスは捧げて命中する（872-76行）。なお，神々の介入については，Redfield (1994) および Griffin (1980) 参照。Redfield (1994) は神々は人間と同様に物語のキャラクターであり，両者の違いは外見，力，体格などの程度差にすぎないとするのに対して，Griffin (1980) は，神々と人間の差は本質的なものとして，ホメロスでは描かれているとする。なお，葛西（2003）では，神々相互間および神々と人間の絆（オブリゲーション）の基礎にあるレシプロシティを意味する *charis*（絆）などのギリシア語の用例を網羅的に分析して，人間の相互関係での用例と比較して前者ではつながりが弱い（薄い）ことを示した。

が介入して鞭を叩き落とす（382-87 行）。一方，アテナも介入して，エウメロスの馬車を破壊し，エウメロスは落下する（388-97 行）。さらに，アテナはディオメデスに助力する（398-400 行）。

　これが，実力ナンバーワンのエウメロスが「びり」に終わった原因である。この不幸なエウメロスに対して，アキレウスは 2 等賞の雌馬を与えるという驚くべき提案をする。理由は，実力がある oristos (=aristos) エウメロスに 2 等の賞品を与えることが衡平 epieikes だからである（536-38 行）[62]。しかし，さらに驚くのは，この提案にその場にいたギリシア軍が（ただ一人を除いて）全員賛成したことである（539-40 行）。この点は，いくら強調しても強調しすぎることはない。もし，アンティロコスがディケーによって[63]反論しなかったら，アキレウスはその賞品をエウメロスに渡していただろうからである（540-42 行）。ここから，アキレウスおよびギリシア軍は，実力と結果の間にはギャップがあるという認識を共有していることがわかる。そして，アキレウスは結果でなく実力によって評価することを「衡平 epieikes」と判断している（537 行）。

　2 着のアンティロコスが反論するのはいわば当然のこと dikei である。アンティロコスは，エウメロスの実力 esthlos は認めつつ，神々の助力を祈願しなかったことが惨敗の原因であるとしている。そしてアキレウスに別の賞品を彼に与えるように言いつつ，2 等賞品（雌馬）は渡さない，もし，誰であれ力で私と戦う machesthai つもりがあるならば，その賞品について試してみればよい，と威嚇する（543-54 行）。ここでは実力行使も辞さない構えである。この反論を容れ，アキレウスは代わりの賞品として胸甲をエウメロスに与える。

　しかし，この威嚇（挑発）が今度はメネラオスとの論争の引き金となる。伝令が杖 skeptron を彼に授けて，聴衆を静かにさせる[64]。メネラオスは次のように言う。彼によれば，アンティロコスは，自分の馬車を前に突っ込むことによって，先行していたメネラオスの馬車の進行を阻んだ。それゆえ，ギリシア軍のリーダーたちに対して次のように言う

---

[62] ここで衡平と訳した形容詞 epieikes（epieikeia 名詞）については，葛西（2019c）参照。
[63] dikei は dike の与格形。dike, dikazein については，Thür (1970) 参照。
[64] 杖を持ってしゃべるのが，アゴラでの正式な発言のやり方である。

（573行）。アンティロコスと自分の双方にとって，依怙贔屓無し *med' ep' arogei* でちょうど真ん中 *es meson* になるように落としどころを考えよ *dikassate*（574行）。決して，ギリシア軍の誰かが，「メネラオスの馬はずっと劣っていたのに，自分の技量（アレテー）や力が勝っているという理由をつけて，アンティロコスから偽りの言明によって *pseudessi* 無理やり，賞品の雌馬を引っ張っていった *agon*」と言わないように。

しかし，メネラオスはこれでは埒が明かないと考えて，自分自身が裁断 *dikazo* すると言う[65]。そのようにしても誰も彼を非難せず，かつそれがまっすぐ *itheia* だから。もしそれが不服ならば，儀礼 *themis* に則って，ポセイドンに対して，決して彼の馬車をドロスで *doloi* 意図的に *hekon* 妨害しなかったと宣誓せよ *omnythi* とアンティロコスに命ずる（570-85行）。

これに対して，アンティロコスは宣誓したのか。次のように言う。

> いまは抑えよ（*anscheo* 中動相，二人称命令）。この私はあなたより若いのだから，メネラオス王よ *anax Menelae*（呼格）。あなたは年長でかつ技量も優れている。自分のような若者のメーティス *metis* は薄い，透けて見える *lepteos*〔と相手をたてた上で〕，私は私が獲得した *aromen* 馬（賞品の雌馬）を差し出す *doso*。さらに，あなたが，そのほかに何かより大きなもの（価値あるもの）を要求するならば，家からとってきてすぐ差し上げよう。あなたにずっと疎まれたり，神々（ダイモーン）にばちあたりなことはしたくないので。
>
> （『イリアス』第23歌587-95行）

アンティロコスは宣誓し（でき）なかった。それには一つの理由がある[66]。それは，100行もある競技開始前の話に遡る。実はネストルが末子アンティロコスにある作戦を伝授するのである（306-49行）。折り返し点のできるだけ内側を回れというその作戦は（334-41行），*metis* ない

---

[65] Thür (1970) 参照。
[66] *dolos*（585行），*metis*（590行）。ただし，そうだとしても宣誓することは論理的には全く可能である。

し dolos と呼ばれる[67]。この metis は力 bie (bia) と対比され，ネストルは metis をより重視する（315行）。アンティロコスはこの作戦に従い，先行するメネラオスの馬車の直前に自分の馬車を突っ込み，危うく衝突しそうになったメネラオスは自分の馬車のスピードを緩めた結果，アンティロコスが追い抜く。そして，そのままアンティロコスが2位で，メネラオスは3位でゴールすることになる。

さて，アンティロコスがあっさりと引き下がって2等の賞品をメネラオスに渡すと言ったのをうけて，メネラオスは次のような行動をとる。

> この私は怒ってはいるが，お前にここでは譲歩しよう hypoeixomai（602行）。お前は以前は平常心を失ってはいなかったし，決して感情に流されることはなかった。たった今だけ，それが若気の至りで分別に勝ったのか。しかし，今後は二度と，お前より優れたもの（目上のもの）に対してフェアでないやり方で優勢な立場に立とうとする eperopeuein のは慎むように（605行）。というのも，ギリシア軍の他の者ならばこの私の機嫌を直ちに変える parapeisen (<parapeitho) ことはできないだろう（606行）。というのもお前は，私＝メネラオスゆえに heinek'emeio, 実際大変な目に遭い，たくさん苦労もした。お前の立派な父親も兄弟も同様に苦労した。それゆえ，嘆願しているお前に私は妥協しよう lissomenoi epipeisomai（609行）。そして私のものではあるが雌馬をお前に譲ろう doso（610行）。ここにいる皆さんが私のテューモス thymos が度を越した hyperphialos, 頑固でわからずや apenes ではないということをわかってくれるように。　　　　　（『イリアス』第23歌 602-11行）

このように，メネラオスはアンティロコスが宣誓をしなかった結果，2等の賞品はすでに自分のものになったと理解したうえで，あらためてアンティロコスに与えると言う[68]。なぜ，メネラオスはアンティロコス

---

[67] これらの語は，計略，企み，計画などとも訳される。Detienne and Vernant (1978) および Vidal-Naquet (1981) 参照。英語では cunning intelligence とも訳される metis は 313, 315, 316, 318 の各行に頻出し，312行では動詞の metisasthai となって登場する。

[68] emen hippon doso（609-10行）。なお，宣誓を拒否することにより所有権が移転す

に宣誓を挑んでいながら，譲歩したのであろうか（602 行）。

メネラオスがあげる理由は二つ。第一に，自分が原因で生じたトロイア戦争でアンティロコスのみならずその父（ネストル）や兄弟が甚大な損害を被っていること。第二に，譲歩しないと周囲のギリシア軍がメネラオス（のテューモス）が度を越している hyperphialos，そして頑固者 apenes であるとみなす恐れがあること。度を越しているという形容詞は『オデュッセイア』における求婚者に対して用いられている[69]。

このパッセージにはきわめて興味深いことに，peitho，正確にはその強調形ともいえる parapeitho の能動相と peithomai，正確には同じくその強調形ともいえる epipeithomai の中動相の両方が使われている。しかも前者は否定形で。つまり，一方で，（ほかの人間ならば）メネラオスの機嫌を変更はできないが，アンティロコス（およびネストルらは）は例外的に変更ができたということになる。なぜかといえば，メネラオス自身が原因でトロイア戦争が生じ，アンティロコスらは戦争に参加して被害を受けたからである。ただし，あくまで変更は例外である。他方，アンティロコスの発言と行為（宣誓をせず，2 位の賞品を返却するのみならず他にも贈物をする用意がある）を，比喩的に嘆願 lissomai とみなし，周囲のギリシア軍が自分をやりすぎ hyperphialos と評価するのではないかと気にして，2 位の賞品を再びアンティロコスに与える。ここにいかに周囲の第三者の評価と中動相が密接に関連しているかが明らかになる。

さて，これで一件落着かと思いきや，驚くべきことに，「びり」のエウメロスに特別賞として青銅製の胸甲を与えた（560 行）ために残っていた 5 等の賞品を，アキレウスはネストルに「パトロクロスの葬式の記念」として与え，宝物にせよと命ずる（618-23 行）。しかもこれはアゴーン無しの賞品として与えられる aethlon。なぜか。それは，ネストルがもはや老齢の故アゴーンに参加できないからとアキレウスは言うが，それは事実であるが真意ではあるまい。おそらく，ネストルが授けた作戦

るのか否かについては，この箇所だけでは明らかではないが，メネラオスの主張はそのように理解できる。

69)　以下，『オデュッセイア』でこの語が用いられている箇所を「歌番号. 行番号」の形で列挙する。1.134; 2.310; 3.315; 4.790; 11.116 15.12; 13.373; 14.27; 15.315; 15.376; 16.271; 18.167; 20.12; 20.291; 21.289（アンティノオス自身が求婚者に対して使っている）; 23.356. なお，6.274（パイエケス人の一部に対して）9.106（キュクロプスに対して）。

第2競技ボクシング	勝者賞品	ラバ	勝者 エペイオス
	敗者賞品	酒杯	敗者 エウリュアロス
第3競技レスリング	勝者賞品	鼎	引分 大アイアスとオデュッセウス（謀り dolos）
	敗者賞品	女奴隷	
第4競技徒競走	1位賞品	混酒器	オデュッセウス（アテネへの祈願）
	2位賞品	牡牛	小アイアス（転倒）
	3位賞品	黄金の錘半分	アンティロコス（錘半分追加）
第5競技一騎打ち	勝者賞品	剣	大アイアスとディオメデス 勝敗不明
	両者賞品	サルペドンの武具	
第6競技射的競技	勝者賞品	斧（両刃10個〔鳥を射た者〕）	メリオネス（アポロンに祈願する）
	敗者賞品	斧（片刃10個〔糸を射た者〕）	テウクロス（アポロンに祈願〔子羊の犠牲〕せず）
第7競技槍競技	勝者賞品	懸釜	アガメムノン（不戦勝 アキレウスの宣言）
	敗者賞品	槍	メリオネス

　metis によって獲得したアンティロコスの賞品をメネラオスによって衆人環視の中で取り上げられたことにより，その原因である作戦そのものが批判の目に晒されることになり，その結果ネストルが面子（名誉）を失ったことをカヴァーするためである。これに対するネストルの返答（626-50行）には，彼の十八番である昔話（630-50行）が含まれている。この昔話こそまた葬式後のアゴーン *aethla*[70] なのである（631行）。そして，このアゴーンにおいてこれまでネストルは，ボクシング，レスリング，徒競走，槍投げ，すべてにおいて勝者となったのである。唯一，馬車競技では，今回と同様，敗北を喫した（相手が双子だったので）。この5等の賞品によって，自分の面子（名誉 *time*）はギリシア軍の中で保たれ，またアキレウスには神々が報酬 *charis* を与えるだろうという。そして，アゴーンに参加できない自分はもはや「侮辱的な（みじめな）老年とともにある（*peithesthai* 中動相）他ない」（644-45行）。

　パトロクロスの葬式とアゴーンは，ネストルが若かりしとき参加した葬式とアゴーンにエコーし，ギリシア軍の中で相互評価による結束をもたらす。そこにはアキレウスも含まれている。だが，パトロクロスはもはやいない。これがアキレウスの支払った代償であり，死者（パトロク

---

70) アゴーンも，それによって得られる賞品も，*aethlon*（*aethla*）と呼ばれる。

ロス）の特権なのだ。
　以下，第 2 競技以降の参加者，賞品，結果を列記しておく。

4　In (half) losers' eyes

　冒頭において，本章の目的を紛争文学としてのギリシア文学のもつギリシア的特徴を明らかにすることと設定したうえで，これまで第 1 節ではドッズ『ギリシァ人と非理性』の紹介を通じてギリシア人論を，第 2 節では『イリアス』におけるアキレウスとアガメムノンの関係，そしてギリシア軍など第三者を交えた関係を，スピーチにおける *peithomai/ peitho* というギリシア語の用法に特に注意して分析してきた。第 3 節では，紛争に関してギリシア人が編み出した儀礼ないし制度としてのアゴーンを，宗教的問題を含めてこれまた『イリアス』第 23 歌の葬送競技を中心に考察した[71]。

　競技においては，戦略ないし偽計 *metis, dolos*，そして神々の介入などが頻繁に登場した。それはなぜか。裸の闘争（もしそのようなものがあるとすれば）と競技の違いは何か。換言すれば，紛争と紛争ごっこの差はどこにあるのか。通常言われるのは「ルール」の存在の有無であるが，結局のところこの差は程度の差にすぎない。アゴーンないし競技が制度として存続するためには，すくなくとも裸の実力（差）がそのまま現れないような仕掛け（フィクション）が不可欠である。戦略や神々が登場するのはギリシアに限定はされないであろうが，その多様さ，複雑さ，緻密さにおいて，他文化と比較できるだけの特徴を古代ギリシアは有していたということが許されるのではないかと思う。

　裸の実力差を隠す仕掛けをあえて定式化すると以下のようになる。

1）参加者および第三者の存在。判定者，観衆，公開性[72]
2）当事者（参加者）には，実力差がある。文字通り，個人の力の差，

---
[71]　紛争解決に関する制度といえば当然裁判が重要であるが，これについては本書第 22 章を参照していただきたい。
[72]　最古の裁判（描写）と言われる『イリアス』第 18 歌 497-508 行参照。

馬（馬車），道具，そして財力の差。この差をどうするか。「実力差」がそのまま（裸で）現れるならば，その差は「正当な」ものと言えるか。そもそも，それならば，わざわざ競技や裁判をする必要がない。

3) 実力差を「正当な差」にするための，何らかの仕掛け（フィクション）が必要。
4) 「偶然」が作用するように仕掛ける。例えば神々の介入。
5) 「戦略」,「偽計」,「トリック」,「詐術」,「計画」,「企み」
6) 4) や 5) は，「不正／不当」なものか。必ずしもそうではない。いわゆる「道徳」や「倫理」とは別次元。なぜなら，もし，常に不当／不正ならば，実力差に戻る。すなわち，裸の闘争に陥る。
7) しかし，常に正当なものとすると，実力を出す機会がない。ばかばかしくてそもそも競技／裁判をやらない。
8) そこで，何らかの「限界」が必要となる。ここに，紛争と紛争ごっことの境界が現れる。
9) その一つが，「誓約」,「宣誓」。しかし，これらは絶対的な拘束力／強制力があるか。無い。もしあれば，「戦略」や「神々の介入」の介入する余地はなくなる。
10) 宣誓をめぐる攻防にどのようにして，そして誰がケリをつけるのか。

この最後の問いに対して，『イリアス』第23歌におけるメネラオスとアンティロコスの攻防は非常に興味深い。当事者双方がネガティブな態度，すなわち「引いて」いるからである。当事者の一方が引いた場合はそれでケリがつく（ように思われる）。当事者双方がポジティブな態度をとった場合は，つまり神々に自己の（行為の）正当性を誓った場合は，そのあとどうなるのであろうか。通常言われるように，決闘が行われるのであろうか。管見のかぎり，そのような例を（少なくともギリシア文学において）筆者は寡聞にして知らない[73]。メネラオスの事例がとりわけ

---

73) 『イリアス』第3歌のメネラオスとパリス（アレクサンドロス）の決闘も，神々の介入（アプロディテ，373-76 行）で中途半端に終わる。なお，ギリシア人の戦闘行為における実力，トリックおよびそれらに対する彼らの観念の複雑な相互関係を余すところなく分析

興味深いのは，相手方の宣誓拒否により本来ならば自分の勝ちであるにもかかわらず，そのあと「譲歩」している点である。なぜ譲歩したか。それは，すでにみたように，相手方との特別な関係と第三者の目（評価）を顧慮したからに他ならない[74]。

では最後に，紛争，それがナマの紛争であれ競技（アゴーン，裁判）であれ，それがどのように終わったか，あるいは終わらなかったかについて，いくつかの例を一瞥して本章を閉じたい。

まず，『イリアス』第24歌。わが子ヘクトルの死体を引き取りに来たプリアモスは，殺害者アキレウスに直接嘆願する。その嘆願行為[75]は最も正式のジェスチャーに則ったものである（477-79行）。プリアモスとアキレウスの関係を嘆願者と被嘆願者としてとらえた場合，この場での関係は逆転している[76]。この嘆願を受けたアキレウスは，一旦プリアモスの手を押し戻す。両者の身体的接触が絶たれた瞬間であり，通常はこのような場合は嘆願は拒絶され，しばしば被嘆願者により殺害される[77]。しかし，この場合そうはならなかった。アキレウスはプリアモスの願いを容れて死体を返還する。ただし，常に緊張感が漂う（559-70行）。嘆願理論の重要な例外の一つであるが，注目すべきことに，アキレウスはプリアモスの手を「そっと *eka*」押し返したのである（508行）[78]。

したのが Vidal-Naquet (1981 [1968]) であり，必読文献である。

74）相手方に対する宣誓要求に関して，ギリシア法における奴隷の証言（バサノス *basanos*）の証拠提出要求（「果し状」プロクレーシス *proklesis*）については，葛西 (2019) および本書第22章参照。

75）嘆願（*hiketeia*, supplication）についての古典的研究は，Gould（2001，初出1973）であり，その後の研究（批判）はあるものの，その地位は揺らいでいない。グールドによれば，嘆願は，①顎，膝などへの身体的接触，②神殿，祭壇など聖域に入ることの二つのタイプに分かれる。この場面ではプリアモスは①の方法を採っている。

76）第23歌480-484行。通常は，理由があって殺人をしてしまった場合，その殺害者が嘆願者として保護を求める。アキレウスとプリアモスの場合前者が殺害者でかつ被嘆願者，後者が嘆願者となっており，この役割逆転をどのように説明するかについては，古来論争がある。詳細は久保 (1988) 参照。

77）Gould (2001) 32-36 参照。『イリアス』第6歌45行以下のアドラストス，第21歌64行以下のリュカオン，『オデュッセイア』第22歌310行以下のレオテスらがこれに該当する。

78）この「そっと」という言葉の意義を，グールドは筆者が留学中に受講したホメロスの授業において強調していた。ただし，本書第12章の著者リッサラーグのオックスフォード

次に,『オデュッセイア』第 24 歌を見てみよう。皆殺しにされた求婚者の親族は,オデュッセウスへの復讐の決起集会を開く。半数以上 hemiseon pleious (463 行) は復讐に立ち上がる。残りの親族は思い留まる (463-66 行)。オデュッセウスとこれらの親族が,あわや衝突するというタイミングで,ゼウスから遣わされたアテナが出現し,停戦を勧告し (531-32 行),さらにゼウスが脅しの雷を落とす (539-40 行)。最後に,アテナがメントルの姿で現れ,両者に停戦協定 horkia を敷いたところで物語は終了する (546-48 行)。しかし,この停戦合意が続く保証はない。実際,『イリアス』第 3 歌でのトロイア軍とギリシア軍との休戦協定を破棄させるきっかけを作ったのは,他ならぬゼウスとアテナである。

第三に,ギリシア悲劇の中からアイスキュロス (Aischylos, 前 525/4 頃-前 456/5 頃) の『エウメニデス (慈しみの女神たち)』を取り上げてみたい。「オレステイア三部作」の最後を飾るこの作品は,殺人事件を扱うアレオパゴス法廷におけるアテナイ市民の評決[79]とアテナの投票 (734-42 行) が有名であるが,劇はこれでは終わらない。では,投票後の 743 行から結末の 1047 行までの約 300 行では,一体何が行われたのであろうか。裁判の評決結果は,そのあとどのようにして実現されるのであろうか[80]。

投票結果を聞いた敗訴者であるエリニュエス (彼女らは同時にコロス

での授業 (TOPS) で知ったことだが,壺絵資料には,プリアモスの嘆願場面でアキレウスが残虐な対応をしている様子を描いたものがある。壺絵資料については本書第 12 章を参照。

79) 741 行「評決が同数の場合は,被告が勝訴する」(アリストテレス『アテナイ人の国制』69 章 1 節)。

80) 現代では,確定判決は強制執行力をもち,民事事件であれ刑事事件であれ,国家権力によって当事者の意思にかかわりなく執行される。しかし,実際に執行されるためには,当たり前の話であるが,国家権力の発動を開始するため,民事事件の場合は勝訴者が,刑事事件の場合は検察官が強制執行にむけて次の行動を起こさなければならない。古代ギリシアにおいては,民事執行は原則として私的執行である (例えば,自分 (自力) で借金を取り立てる)。ただし,民事事件の場合は,敗訴者が自ら判決内容を履行すれば,勝訴者は行動を起す必要はない。あるいはまた,両者が和解すればそのあと国家権力は発動されない。ほとんどのケースはこの和解で終わるだろう。刑事事件では,現代では例えば恩赦がある。また法務大臣が承認しなければ死刑は執行されない。なお,強制執行制度が極めて不備であった古代アテナイにおいてなぜ犯罪が横行せず法秩序が保たれたかという興味深い問題については,Lanni (2016) の研究が示唆的である。

でもある）は，自分たちよりも若い神々（アテナ，アポロンなど）が古来の慣習 palaioi nomoi を踏みにじり，名誉を奪った atimos と主張する。「ディケー（正義，復讐）」の女神の名前を呼び（785 行），市民たちによって自分が堪えがたいことを被ったと述べて，評決を批判する（778-92 行）。それに対してアテナはエリニュエスに対して次のように言う（794-807 行）。「私の側にいなさい，決して重苦しく嘆いて引きずらないように」（794 行）[81]。ここでも中動相 pitheste が使われている。なぜなら「あなた方は負けたのではない。裁判 dike は本当に同数の結果だったのだ。あなたの不名誉にはならない」（795-96 行）。「ゼウスから輝く証言・証拠が出され，オレステスがそのようなこと[82]をなしても損害を受けるべきではないと神託を下した神（アポロン）自身が証言しているのだから（797-99 行）」。そして「私（アテナ）は無条件に pandikos あなた方に対して請負う。地下にあなたの住まいを提供してポリスの住人によって名誉を受けるようにと」（804-07 行）。これに対して，エリニュエスは，前回と同様の反論を繰り返す（778-92 行 = 808-22 行）。それに対してアテナは，「あなた方は不名誉ではない atimoi[83]。私はゼウスの側に与している[84]。そして，私はゼウスの雷光が隠されている部屋の鍵を知っている」と威嚇し，「お前は進んで私の側に立て eupeithes」（829 行）と命じ，「私と住処を同じくするもの synoiketor」（833 行）と呼ぶ（824-36 行）。しかし，まだエリニュエスの怒りは収まらない（837-46 行）。それに対して，アテナは「私はあなたたちの怒りは理解できる」としたうえで「よい行いをすれば，よい見返りをうけ，よい評価をうける。神々が最

---

81) pitheste 中動相第二アオリストの命令形。これについては，クリュタイムネストラがアガメムノンに紫のカーペットの上を歩くようにと威嚇する場面（アイスキュロス『アガメムノン』943 行）と同じである。Sommerstein (ed.) (2008) はこの箇所（Ag.943）を，「あなたは自分の意思で私の側にたって言う通りにするのだから，やはり私の上にたっていることになる」と解釈し，ソポクレス『アイアス』1353 行（「（アガメムノンに向かって）あなた自身が同僚にあなたを負かすようにしているのだから，やっぱりあなたが上なのだ」）を同様の例として引いている。Sommerstein (ed.) (2008) 110. なお，葛西（2001）23 参照。

82) 母親クリュタイムネストラおよびその愛人アイギストスの殺害行為のことを指す。詳しくはアイスキュロス『コエポロイ（供養する女たち）』を参照せよ。

83) アテナイ法では，atimia は市民権（公民権）喪失を意味する。atimoi ではないということは，ポリスにおいて市民権を認め居住（ただし地下）を許すということを暗に意味している。なお，atimia について葛西（2019b）489-92 参照。

84) pepoitha Zeni. pepoitha も中動相である。

も贔屓にしてくれるこの土地を分有することにおいて」(848-69 行)[85]という。それでもなお、エリニュエスは不満を表す (869-80 行)。ここでアテナはついに堪忍袋の緒が切れて、次のように言う。「もし、あなたが女神ペイトーを畏れ、畏むならば *Peithous sebas* (885 行)――私の甘き舌の宥めすかしと魅惑の力を憚って――この土地にあなたはとどまってもよい。しかし、もし留まる気がないとしても、この地になにか怒りや憤懣を、あるいは人々に損害を投げるのは正当ではないだろう。なぜなら、あなた方はこの土地の分配を受ける可能性があり、未来永劫名誉を正当にうけることができるのだから (881-91 行)」。これに対して、エリニュエスは態度を変え「アテナ様 *anass' Athena*」と呼ぶ。そしてもう不平を言うことはやめて、「どのような居場所を私が持つとあなたは言うのか」(892 行) と、初めて正面から質問をする。

　ここでアテナの主張に対して、エリニュエスは態度を変えざるを得なかったのである。そして態度を軟化し (900 行)、アテナとの同居を受け入れた (916 行) エリニュエスに対して、アテナは「女神ペイトーの目 (複数 *ommata Peithous*) に私は感謝する。なぜなら、そのペイトーの目が、以前はそれらは非常に反発していたのに対し、私の舌と口を監督してくれるから。アゴラのゼウスが勝利をおさめ、よきことを求める私たちの争い *eris* が、将来にわたってずっと勝利を収める」(968-75 行)。

　このように、エリニュエスとアテナは最初は対立関係にあるが、その間は中動相を用いて、アテナは自分の側にエリニュエスを引き込もうとする。しかし、警戒し、反発するエリニュエスとの距離は縮まらない。そこでアテナは方針を変え、相手を突き放して相手自身に選択するように迫る。相手を対等の関係において見ている。その際、相手には選択の余地はあり、この土地に住むという選択をすれば名誉を受けられるのに、もしそれを選択せず、その結果名誉を受けられなくても、それは自業自得である。したがって、この土地の人々に損害を加えてはならない、というロジック (レトリック) である。ここで用いられている概念は能動相のペイトー (*Peitho*)[86] である。それに対して、その前までは中

---

85) 868 行では、「よく *eu*」という言葉を三連発している。
86) ただし、ここでは大文字で用いられ、女神ペイトーを表す。

動相 *peithomai* であった。この違いは一体何を意味しているのであろうか。

　中動相を用いた前半部分では，アテナはひたすら自分の側にエリニュエスを引き寄せることに終始していた。もしそうすればこのアテナイの地で厚遇されるというのが理由である。しかし，エリニュエスは敵意を和らげない。そこでアテナは，いわば相手に下駄を預ける方法をとる。それは女神ペイトー（能動相）を畏れ，自らをその力の対象にすること，それは魅惑し，騙すと見える力である。もし，その力に従わず，アテナイに居住しない場合，それはその土地がエリニュエスを拒んだのではなく，彼女らが自らその土地を出た *apoxenos*（884 行）のであるから，その土地に害悪を加えてはいけない。アテナはここで，害悪の応酬 negative reciprocity の鎖を切ったのである。つまり，評決によって自分を敗訴させた，したがってアテナイ（市民）に復讐してもよいと考えているエリニュエスの論理を打ち砕いたのある。これに対して，前半の中動相部分では，評決は引き分けでアテナイ市民はエリニュエスには不利益を加えていない（名誉を侵害していない）という論理を用いて，アテナはエリニュエスを自らの側に組み込もうとした。自ら相手の側に入っていく（相手に従う）ことは，決して相手に屈服することは意味しない，なぜなら自らの意思によるから（中動相），というロジック（レトリック）である。ただし，最後に忘れてはならないのは，前半，後半いずれの場合も，アテナイ（ポリス）への受け入れの際に，エリニュエスに注がれる第三者たる市民の評価（名誉）がロジック（レトリック）のポイントを形成している点である。

　さて，この終結シーンは大文字のペイトー *Peitho*，いわゆる「説得の女神」の勝利と，民主政的な裁判制度，つまり市民が裁判人となって紛争，特に殺人事件を解決するシステムの確立をメッセージとして送っている，と解釈することはできるであろうか。筆者にはやはり疑問が残る。アテナとエリニュエスたち（エリニュエス）は，拮抗している *eris* のであって，勝敗（優劣）関係ははっきりしない。少なくともアテナは相手に自分が負けたとは感じさせないように，ロジック（レトリック）を組み立てている。では，なぜそうまでにして勝敗に（こだわらないように）こだわるのであろうか。こうして漸く，われわれは本章の終末部分

その前に，オレステスを被告（人）とする裁判をもう一つ見ておきたい。それは，エウリピデスの『オレステス』である。この作品のストーリーはエウリピデスらしく非常に錯綜しており，神（アポロン）が最後に登場する。ただし，すべてに決着がつくわけではない。以下，裁判に関わる点に絞って，注目すべき点を列挙するに留めたい。報告者によれば裁判は以下のようであった。第一に，裁判はアルゴス人の集会（884行，以下行数を表す。底本は Loeb (ed. Kovacs 2002) による）である。集会（$ochlos$）の規模その他は記されていない。第二に，原告が誰かも特定できない。発言者は，まず，布告者（$keryx$）の一人タルテュビオス。彼は，常に二枚舌（$dichomytha$, 890）であるが，アイギストス一派に対してニコニコしていた。次はディオメデス。彼は，追放刑を提案するが，これに対する聴衆の反応は賛否が分かれた。第三の発言者はオレステスとエレクトラを石打刑に処すべきだと提案した。その理由付けはテュンダレオスが前もって用意したものだった（915）。最後の意見は，第三とは正反対に，オレステスに花冠をかぶせるべきだとした。この意見は家柄の良い人々には受け入れられた。以上の意見が述べられた後，オレステスが反論した。もし，夫を殺害した妻を生かしていいというならば，男は死ぬか，女の奴隷になってしまう，と言った。しかし，オレステスは聴衆（集会の出席者）を $peitho$ できなかった（943）。

　このように，この集会は裁判ではなく，むしろ『イリアス』冒頭のアガメムノンとアキレウスの論争が繰り広げられた「アゴラ」を彷彿とさせる。結局第三の提案者の意見が承認されたのである。ところで，この第三の意見はテュンダレオス，つまりクリュタイムネストラの父，すなわちオレステスの祖父の，論理に基づいている。その論理とは，「クリュタイムネストラはオレステスの復讐ではなく，法によって裁かれ，追放刑に処せられるべきであった。さもないと，殺人は永遠に続く。」（491-543）。これは，追放刑という点を除けば，一見きわめて近代的（現代的）な論理である。これに対してオレステスは反論する。第一は，アイスキュロス『エウメニデス』と同じく，「男性が種であり，女性は畑にすぎない」という論理，第二は，「私が復讐しなければアガメムノンのエリュニュエスが私を脅し続ける。私はアポロンの命に従って復讐し

たのだ。」(544-604)

　さて，オレステスは確かに（最初は）裁判に負けた。しかし，第二段階の刑の執行方法に関して，重要な譲歩を集会の参加者から引き出した。それは石打刑ではなく，自殺（自刃）という方法である。この譲歩が，その後の劇の展開を大きく変えてゆく。オレステスは武器（自殺の道具）を携行することができるのである。その後の詳細は割愛し，アポロンによる最終結末について付言する。アポロンの予言によれば，オレステスは一年間の追放の後，アテナイに行き，そこで（再び）三名のエリニュエスから裁判で勝利しなければならない。(1648-52) 勝つかどうかは誰にもわからないのである。

　本章は，ギリシア文学を紛争文学として捉え，その中でギリシア的特徴がどのように表れているかを，*peithomai / peitho* というギリシア語，特にその中動相と能動相の使い分けに着目して分析してきた。まず，第一に忘れてならないのは，紛争の大枠，つまり基本的条件は，物理的な力の衝突であり，殺戮である。パトロクロス，ヘクトル，そしてアキレウスも殺害される。ヘクトルの妻アンドロマケは，父と七人の兄弟全員が一日のうちにアキレウスに殺されている（『イリアス』第6歌407-39行）。『オデュッセイア』では，オデュッセウスと一緒にトロイアで戦った仲間は全員死亡している。誰一人，イタケ島に帰還できなかった[87]。そして一人だけ帰還できたオデュッセウスは，ペネロペイアへの求婚者を全員殺害している。さらに，トロイア戦争後のギリシア軍リーダーと連行されたトロイア人（女性）を描いたギリシア悲劇作品では，殺戮はその背景と展開が増幅され，その極限まで描かれる。

　これが紛争（戦争）の基本である。おそらく，古今東西あらゆるところ，あらゆる時に見られる現象であろう。だからこそ，モイリは殺戮から生じる死と，それに対する（彼が信じる）人類普遍の対応としての葬送慣習（特に「泣く」行為）に関する比較人類学的資料を渉猟し，古典作品における描写と突き合せたのである。また，グールドは，殺戮行為を（一定程度）回避する嘆願儀礼を，モイリと同様に，古典作品と人類

---

[87] これについてはアルトーグ（2021）「解説」参照。

学的知見の照合によって明らかにしたのである。
　これに対して本章は，この紛争の大枠の中で，当事者（神々も含む）がどのように対立に向き合い，そしてどのようにして対立を回避しようとしたかを，（フィクションを含む）第三者の存在に注目することによって，そのスピーチの分析から明らかにしようと試みたものである。話者は，相手を中動相 peithomai を用いて第三者を巻き込んで，自ら相手と同じ行動をとる，同じ側に与する，言うとおりにすることを相手に要求（命令）する。それが「よりよい，賢い ameinon」ことだとして（「妥協の思想」）。そして，アキレウスはその限りでいうとおりにした。つまり妥協した。しかし，アガメムノンとの関係は絶った。それが，その後，彼が非常に不安定な状態に陥る原因となる。つまり，ほかのギリシア軍との関係は必ずしも絶っていない。だから，ギリシア軍の評価を気にする（というか，彼らの評価によってしか彼自身の名誉は保てない）。しかし，アガメムノン憎しで，母親に泣きつき，神々を巻き込む。ギリシア軍を危機に陥れる。アキレウスは「組織の人」ではない。だから，（ネストルに示唆された）パトロクロスが戦況を偵察し，そして引きずり込まれ，参戦し，アキレウス自身も参戦する。
　では，peithomai のロジックを離れるとどうなるか。待ち受けるのは孤立であり，ここに peitho のロジックが出てくる[88]。そこでは，相手との共通理解は欠損しているか，敵対（不信）関係にあるので，peitho を拒否するか（『イリアス』第 9 歌），peitho されると騙されたと実感する（だから騙されないように抵抗する）。この peitho への不信は，プラトン『ゴルギアス』によく表れている。しかし，プラトン晩年の『法律』ではもう一度，peitho が見直される。そこでは，かつての拒否反応は弱まり，peitho はプラトンの『法律』を構成する不可欠のパートになっている。
　それでは，「純粋」な peitho はあるのか。『オデュッセイア』第 23 歌で求婚者を殲滅した後，オデュッセウスが妻ペネロペイアに対して証拠を示して，自分の正体を告げたあと，ペネロペイアは次のように言う。

---

[88]　筆者は英語では peitho を persuade ではなく，defy (defiance) と訳したい。相手にチャレンジし，相手の前提を破壊する行為である。

侍女は存在しているものの，二人は（ほぼ）1対1の関係で対峙している。

> あなた（オデュッセウス）は私のテューモス thymos を peitho する（現在形）。私のテューモスはとても頑固なのだが。
> 　　　　　　　　　　　　　　　　　　　（『オデュッセイア』第 23 歌 230 行）

　このあと，オデュッセウスは自己の流浪の経験を妻に語るが，必ずしも物語本編の記述とは同じではない[89]。また，オデュッセウスは再び旅に出る。
　これまで見てきたように，中動相 peithomai が描く世界において，もしそのように呼ぶことが可能ならば，「敗者 loser」が最終的にとる行動は，一種の「妥協」である。しかし，その人物は相手に屈したのではない。第三者とともにあることを選んだのである。あえて言えば，第三者に負けたのである。これを筆者は「（半）敗者 (half-)loser」と呼びたい。そしてこのことは，勝者がとる行動も「妥協」であることを意味する。勝者は（半）勝者なのである。
　もちろん，すべての場合に「妥協」に至るということはない。peithomai を離れて peitho の世界に移れば，そこに待ちうけているのは，相手の主張を破壊しあう，騙し合いの世界である。それもよし。これはおそらくすべての文化（文学）に共通にみられる現象であろう。もし，その中でギリシア（人）的特徴があるとすれば，すでにこれまで何度も論じてきたように，第三者の評価を考慮しながら当事者はスピーチや行動を繰り広げ，その（半）勝敗もまた第三者の評価に，直接的であれ間接的であれ，影響されるということである。このように，ギリシア人は妥協することを第三者の前で，正々堂々と行ったのである[90]。

---

[89] 久保（1983）を参照。
[90] 本章は，筆者がこれまで長年行ってきた様々な講義のポイントを恣意的に集めたものである。以下その講義を列挙する。「西洋論証文化論」（新潟大学法学部 1995-2003），「西洋法文化論」（新潟大学法科大学院 2004-05），「ローマ法」（東京大学法学部 1997），「法制史（古典古代における重要判例研究）」（千葉大学法科大学院 2013-16），「特殊講義　妥協するギリシア人」（東京大学文学部 2020）。また，本章をもとにして，2021 年 3 月 13 日，最終講義「妥協するギリシア人」をオンラインで開催した。最終講義を準備してくださった方々，そし

参 考 文 献

F. アルトーグ，葛西康徳・松本英実訳（2021）『新装版オデュッセウスの記憶』東海教育研究所．
内山勝利他編（2013-）『新版アリストテレス全集』岩波書店．
J. L. オースティン，飯野勝己訳（2019）『言語と行為』講談社学術文庫．
葛西康徳（2001）「古代ギリシアにおける「紛争」に対する対応の二つの側面について——peithomai / peitho を手掛かりとして」，『法制史研究』50, 1-42．
―――（2003）「ホメロスにおける神々の一断面——社会関係と説得」，鈴木佳秀編『神話・伝説の成立とその展開の比較研究』高志書院，77-99．
―――（2018）「プラトンと職業——『ゴルギアス』」，小島毅編『知の古典は誘惑する』岩波ジュニア新書，127-51．
―――（2019a）「古代ギリシア教に改宗することはできるか」，『史友』51, 27-51．
―――他訳（2019b）『デモステネス弁論集 5』京都大学学術出版会．
―――（2019c）「*Aequitas, Epieikeia,* Ubuntu——平等と衡平」，『日本とブラジルからみた比較法——二宮正人先生古稀記念』信山社，353-86．
兼本浩祐他編（2009-20）『フロイト全集』岩波書店．
久保正彰（1973）『ギリシァ思想の素地——ヘシオドスと叙事詩』岩波新書．
―――（1983）『オデュッセイア——伝説と叙事詩』岩波書店．
―――（1988）「アキレウスの驚愕——文字通りの解釈可能か」，『木下順二集　第 13 巻月報』岩波書店，4-7．
國分功一郎（2017）『中動態の世界——意志と責任の考古学』医学書院．
―――・熊谷晋一郎（2020）『〈責任〉の生成——中動態と当事者研究』新曜社．
B. スネル，新井靖一訳（1974）『精神の発見』創文社．（原著：Snell (1946)）
M. スメサースト，木曽明子訳（1994）『アイスキュロスと世阿弥のドラマトゥルギー——ギリシア悲劇と能の比較研究』大阪大学出版会．
―――，渡辺浩司・木曽明子訳（2014）『ギリシア悲劇と能における劇展開——アリストテレースを手引きに，そして彼を超えて』法政大学能楽研究所．
E. R. ドッズ，岩田靖夫・水野一訳（1972）『ギリシァ人と非理性』みすず書房．（原著：Dodds (1951)）
藤縄謙三（1994 [1974]）『ギリシア文化と日本文化——神話・歴史・風土』平凡社ライブラリー．
W. ブルケルト，葛西康徳訳（2003）「ヨーハン・ヤーコプ・バハオーフェン，カール・モイリとスイスの古典学研究」，『西洋古典学研究』51, 1-19.

てご参加いただいた方々に心よりお礼申し上げます．

R. ベネディクト，長谷川松治訳（2005 [1967]）『菊と刀』講談社学術文庫．（原著：Benedict (1946)）

J. ホイジンガ，里見元一郎訳（2018）『ホモ・ルーデンス――文化のもつ遊びの要素についてのある定義づけの試み』講談社学術文庫．

Avramovic, S. (2017). 'Homeric *Histor* (*Il.* 18. 497-508), *Mnamon* in Gortyn, *Pristav* among the Slavs, *Dorzon* in Albanian Custom: Different Legal Systems, Similar Institution', *Tokyo Classical Studies* 10, 115-53.

Benedict, R. (1946). *The Chrisanthemum and the Sword: Patterns of Japanese Culture*. Boston, MA.

Burckhardt, J. (1998). *The Greeks and Greek Civilization*, trans. by S. Stern, ed. by O. Murray. London.

Burkert, W. (1983). *Homo Necans: Anthropology of Greek Sacrificial Ritual and Myth*, trans. by P. Bing. Berkeley; Los Angeles; London.（原著：Burkert, W. (1972). *Homo Necans: Interpretationen altgriechischer Opferriten und Mythen*. Berlin.〔2nd ed. 1977〕）

Buxton, R. G. A. (1982). *Persuasion in Greek Tragedy: A Study in Peitho*. Cambridge.

Detienne, M. and Vernant, J.-P. (1978). *Cunning Intelligence in Greek Culture and Society*, trans. by J. Lloyd. Sussex; New York. （原著：Detienne, M. and Vernant, J.-P. (1974). *Les Ruses de l'Intelligence : la Mètis des Grecs*. Paris.）

Dodds, E. R. (1951). *The Greeks and the Irrational*. Berkeley; Los Angeles; London.

―――. (1959). *Plato: Gorgias*. Oxford.

Dover, K. J. (1968). *Lysias and the Corpus Lysiacum*. Berkeley; Los Angeles; London.

Gernet, L. (1981). 'Value in Greek Myth', in Gordon (ed.) (1981), 111-46. (first appeared in French 1948)

Goldhill, S. and Osborne, R. (eds.) (1999). *Perfomance Culture and Athenian Democracy*. Cambridge.

Gordon, R. G. (ed.) (1981). *Myth, Religion and Society: Structuralist Essays by M. Detienne, L. Gernet, J.-P. Vernant and P. Vidal-Naquet*. Cambridge.

Gould, J. (2001). *Myth, Ritual, Memory, and Exchange: Essays in Greek Literature and Culture*. Oxford.

Griffin, J. (1980). *Homer on Life and Death*. Oxford.

―――. (1995). *Homer:* Iliad *IX*. Oxford.

Hozumi, N. (1912). *Ancestor-Worship and Japanese Law*. Tokyo.

Kasai, Y. (2013). 'In Search of the Origin of the Notion of *aequitas* (*epieikeia*) in Greek and Roman Law', *Hiroshima Law Review* 37.1, 543-64.

―――. (2021). *Peithomai and Peitho in Homer -An Aspect of the Background to Greek Rhetoric-*, Ph. D. thesis, Bristol 1992. Bibliotheca Wisteriana.

Kenndy, G. A. (2007). *Aristotle on Rhetoric: A Theory of Civic Discourse*, 2nd ed. Oxford.

Kovacs, D. (2002). *Euripides V:* Orestes etc. in Loeb Classical Library.

Lanni, A. (2016). *Law and Order in Ancient Athens*. Cambridge.
Meuli, K. (1968). *Der Griechische Agon: Kampf und Kampfspiel im Totenbrauch, Totentanz, Totenklage und Totenlob*, Habilitationsschrift 1926, ed. by R. Merkelbach. Cologne.
――――. (1975a). *Gesammelte Schriften*, 2 vols., ed. by T. Gelzer. Basel.
――――. (1975b [1946]). 'Griechische Opferbräuche', in Meuli (1975a), 907–1021.
Redfield, J. (1994 [1975]). *Nature and Culture in the* Iliad: *The Tragedy of Hector*, expanded ed. Durham; London.
Richardson, N. (1991). *The Iliad: A Commentary*, vol. VI, Books 21–24. Cambridge.
Snell, B. (1946). *Die Entdeckung des Geistes: Studien zur Entstehung des europäischen Denkens bei den Griechen*. Hamburg.
Sommerstein, A. (ed.) (1989). *Aeschylus:* Eumenides. Cambridge.
――――. (ed.) (2008). *Aeschylus:* The Oresteia. Cambridge, MA.
Stray, C. et al. (eds.) (2019). *Rediscovering E. R. Dodds: Scholarship, Education, Poetry, and the Paranormal*. Oxford.
Thür, G. (1970). 'Zum *dikazein* bei Homer', in *Zeitschrift der Savigny-Stiftung für Rechtsgeschichte. Romanistische Abteilung* 87, 426–44.
Vidal-Naquet, P. (1981 [1968]). 'The Black Hunter and the Origin of Athenian *ephebeia*', in Gordon (ed.) (1981), 147–62. (first appeared in 1968)
Wackernagel, J. (1921). *Vorlesungen über Syntax: mit besonderer Berücksichtigung von Griechisch, Lateinisch und Deutsch*, 2 vols. Basel.
――――. (2009). *Lectures on Syntax: With Special Reference to Greek, Latin, and Germanic*, ed. and trans. by Langslow, D. Oxford.（原著：Wackernagel (1921)）
Weir, T. (2006). *An Intoroduction to Tort Law*, 2nd ed. Oxford.

結びに代えて
──21 世紀の古代ギリシア・ローマ──

ティム・ウィットマーシュ

1　生き残った古代

　21 世紀の今,なぜわざわざ古代ギリシア・ローマを学びたいと思う人がいるのだろうか。古代ギリシア・ローマは,前近代社会でありながら,その様子を物語る記録が並外れて豊富であるから,というのが単純明快な解答の一つだろう。世界中を見渡しても,ギリシア・ローマと同等の文書記録の残る古代文化は中国とインドにしか存在せず,加えて彼らの残した書物や芸術作品,建築物などの遺構はどれもきわめて断片的なものに過ぎない。一方,ギリシア人やローマ人が作り上げた景観や書物は,現代にまで生き残った。ギリシアやローマには,文化が花開いたその時から,ホメロス(Homeros, 前 8 世紀頃?)の『イリアス』や『オデュッセイア』[1]といった「古典」が存在しており,自身が創造したものも同じように後の世代が受け継ぎ,価値を見出してくれるだろうとすでに予想できていたのある。ギリシアの歴史家トゥキュディデス(Thucydides, 前 460 から 455 頃−前 400 頃)が自身の作品を「世々の遺産」[2]と考えて記したことはよく知られているし,ローマの詩人ホラティウス(Horatius, 前 65−前 8)は「私は記念碑を建てた。青銅よりなお固く,(中

---
1)　本書第 2 章に詳しい。
2)　『戦史』第 1 巻 22 章。和訳はトゥーキュディデース,久保正彰訳(1966)『戦史(上)』岩波文庫より引用。

略）そういう記念碑を。」[3]と宣言したのだった。

　それから数百年の間，裕福なギリシア人やローマ人は書写者を雇って（あるいは「買って」。書写者の多くはおそらく奴隷であった），何世紀も前の作品を複写させ続けた[4]。中世初期にはキリスト教の修道僧の仕事となったため，内容面から複写されなくなってしまったものも確かにあるが，それでも残された作品の範囲は驚くほど多岐に渡る。例えば，アリストパネス（Aristophanes, 前 460 から 450 頃–前 386 頃）の猥雑な喜劇[5]の中に，敬虔な修道僧がキリスト教的な美徳を見出そうとは，誰も思いもしないだろう。だが実際は，彼の喜劇のうち 11 作が生き残ったのである。アリストパネスのジョークは，人間の身体機能やキリスト教以前の神々，当時の人にしか分からない政治家などをあげつらったもので，修道僧がそれらを何に利用しようとしたのか推測するのは難しい。ひょっとするとこうした作品は，古代アテナイのまばゆいばかりの輝きだけを武器に生き抜いてきたのかもしれない。ギリシアやローマの魅力は，完成された歴史上の社会である点にあり，単にキリスト教に通ずる徳目の根源としてのものだけではなかった（もちろん一部にはそういった動機も避けがたく存在したが）。

　生き残ったギリシア・ローマ時代の作品の量にも驚かされるが，もっと印象的なのはその幅である。「古典古代」と呼ばれる時代は 1000 年以上（おおよそ前 8 世紀から後 4 世紀頃まで）続き，地理的な意味では，現在のヨーロッパのみならず北アフリカから中東，インド北部までの数百万平方キロメートルをカバーする。作者でいえば，書物であれ他の形式であれ，残されたものの作り手の大多数は家柄の良い男性だが，女性の視点を物語る数少ない（だが唯一ではない）例としてサッポー（Sappho, 前 630 頃–前 570 頃）[6]の詩が伝わる。奴隷がどのように世界を見ていたのかを伝える作品はほとんど存在しないが，解放奴隷の哲学者エピクテ

　3）『カルミナ』第 3 巻 30 歌 1-2 行。和訳は柳沼重剛編（2003）『ギリシア・ローマ名言集』岩波文庫より引用。3 巻からなる詩集の完成を誇る詩人の言葉である。
　4）本書第 10 章および第 11 章に詳しい。
　5）喜劇一般については，本書第 5 章を参照のこと。
　6）サッポーの入門書には，Finglass, P. J. and Kelly, A. (eds.) (2021). *The Cambridge Companion to Sappho*. Cambridge があり，中国と日本におけるサッポーの受容や研究に関する章も含まれる。

トス（Epictetos, 後1世紀半ば-2世紀）[7]の記録から，解放前の暮らしの恐怖を垣間見ることができる。イデオロギーという点でのギリシア・ローマの文芸文化の多様性には舌を巻くばかりである。法律の領域を除いては，ギリシア社会もローマ社会も，国が「公式の」書物[8]を作成するべきだという発想にはついぞ至らなかった。キリスト教以前の社会には，聖職者の説く道徳や宮廷お抱え歴史家による歴史書などはなかったのである（カエサルなど，様々な出来事を自身のバージョンで書き上げる政治家はいたが）。概して，ギリシア人やローマ人は，何かを伝えなければと感じた時に，書きたいものを書いていたのであった。

　その結果，古代ギリシア・ローマという現代のどの文化とも異なる世界への展望は，不完全にではあるが並外れて大きく開けているのである。面白いことに，この150年間でギリシア・ローマの資料はより豊富に，より多様になった。また，ギリシアとローマおよび彼らに支配された地域での考古学的調査により，古代の人々の生活への理解も深まっている。ローマ時代の町ポンペイを例に挙げよう。後79年，ウェスウィウス山の噴火により灰に埋もれたポンペイは，相当の被害を受けたにもかかわらず，火山灰が降り始めた時のままの状態で保存されていた。ここから，ローマ郊外の町の開発や人口動態，交通手段，食生活に娯楽，地方政治（野心ある政治家の活動用ポスターや，彼らに対する人々の本音が見える落書きが見つかっている）のことまで，膨大な情報が伝わってくるのだ。また，ギリシア・ローマ時代の碑文も，インド北部からブリテン島までの広範囲で出土している。しかし何よりも，エジプト特有の乾燥した土壌が何万ものパピルス（文書）[9]を保存していたおかげで，われわれが参照できる古代資料の分量が圧倒的に増加したのであった。これらの資料の一部には，先述のサッポーの詩など，文学作品が残されていることもあるが，大部分は日常生活を記録したもので，愛のこもった手紙や税金の領収書，契約書や役所役人への苦情などから構成されている。

---

[7] 日本語で読める作品として，國方栄二訳（2020-21）『エピクテトス　人生談義（上・下）』岩波書店がある。

[8] 法に関する公式書物『ローマ法大全』については，本書第23章を参照のこと。

[9] 本書第11章を参照のこと。

2　ギリシア・ローマのもたらす功罪

　われわれは困難な世界に生きている。世界中が繋がり，誰とでも交流を持てる一方，衝突も生まれる。工業化によって物質的豊かさが確保され，健康面や衛生面，教育や生活様式は目覚ましい発展を遂げたが，富は未だ平等に分配されてはいない。また，この50年間，世界の多くの地域ではかつてなく長い期間の平和が続いたが，それは先立つ時代の帝国主義・植民地主義・奴隷制度の残虐性を浮き彫りにしたに過ぎなかった。多くの問題を抱えるこうした文脈において必要とされるのが，人間同士の理解，謙虚な態度や知恵なのであり，それらは，全くの異文化や複合的な他文化に取り組むことから生まれるのだ。もちろん，ギリシア・ローマのみを学んで他の民族を視野に入れないという話をしているのではない。しかし，冒頭でも述べたとおり，前近代社会であるにもかかわらず，ある程度以上の詳細まで理解できると言っても過言ではないという意味で，ギリシア・ローマは一種の例外なのである。

　ギリシア・ローマを学ぶ動機として頻繁に言及される要素には敢えて触れなかった。古代の他の民族に比べ，ギリシア人やローマ人の方がより良くて賢いだとか，より人間的だとかいった議論がその一つである。もう一つは，これと密接に関連するのだが，ギリシア・ローマが西洋文明の開花を体現しているとする言説である。こうした一種の大言壮語にはつきものだが，正しい視点から検討すればこれらの議論にも真実が一部含まれてはいる。ギリシア・ローマ的な考え方は数世紀にわたって大きな影響の源であり，今日「西洋」と呼ばれる，緩やかに結合した，だが多様な国々の一団が構成する地域が，この300年の間，ギリシア・ローマ世界との一種の特別な結びつきを主張し続けてきたのは紛れもない事実である。こういったことは，例えば，ヨーロッパやアメリカの公共の建造物が，円柱や破風，広い表玄関が特徴的な「新古典主義」様式で建てられることが多いという点からも見て取れる。

　しかし，ギリシア・ローマの時代以降に起きた種々の変化を考慮すれば，ここまでの長期間に及ぶ文化の連続性を議論することはできないは

ずである。キリスト教の拡大，ヨーロッパにまたがる帝国の時代，産業革命，奴隷制度の終焉，女性解放……。さらに言えば，世界の諸文化は，数千年に渡って互いに物品や思想をやり取りし，婚姻関係を結んできた。現代の西洋（という曖昧な語が意味するところは何であれ）とギリシア・ローマ文化との間を繋ぐ糸など，現実には存在しない。現在のギリシアやイタリアといった，その結びつきを最も強硬に主張する国々にとってさえそれは同じことである。

　ここまで慎重になるべき理由は，過去にあまりに多くの人々が事実と正反対のことを主張してきたからである。つまり，現代のヨーロッパ人はギリシア・ローマの遺産を直接受け継ぐ存在であると。こうした主張をするヨーロッパ人の多くは，自国による他地域の征服や帝国主義的支配，他民族の奴隷化や果ては（たまたま見た目が異なっていたり，たまたま異なる宗教を信仰していたりする）自国民の虐待や殺害を擁護する立場にいた。もちろん，ギリシア・ローマの文化との繋がりを主張したのは，植民地主義や集団虐殺を実行した人間だけではない。その中には，同性愛の合法化や女性参政権など，社会的正義を求める人々もいた。だが，実情はといえば，急進的なリベラル派にも他の思想の人々にも，ギリシア・ローマ文化が道義的な意味での後ろ盾となることはほとんどなかった。

　だからといって，古代の思想が持つ力や永続性を否定しようというのではない。政治においては，前6世紀の終わりにアテナイで創始された特徴的な政体であるデモクラシーが，西洋のみならず，もちろん日本を含む他の多くの地域にも根付いている。とはいえ，現代の議会制民主主義と，原則として国家が下すすべての決定に際して全市民がその意思を投票できた古代の民主政との間には，想像を超える違いがある。また，アテナイの民主政では，自由人（つまり奴隷でない）であり，アテナイ人の父親から生まれたことを証明できる男性にのみ市民権が与えられ，のちには母親もアテナイ人である必要があると制限が強化された。これは現代のわれわれが考える民主主義ではない。しかし，専制政治には頷けないという思い，投票権をもってしか自由は達成されないという信念，富める者も貧する者も同等の価値を持つという理想のどれもが，古代のアテナイに端を発し，今日でもその活力を失っていないことも事

実だ。重要なのは，こうした思想が時代を経て連綿と，まるでリレー競争のバトンのように受け継がれてきたのではないということだ。デモクラシーの再発見は比較的最近の出来事であり，例えば英国で「デモクラシー」という言葉が前向きな響きを持ったのは 19 世紀に入ってからである。つまり，政治の世界にも，一続きの「西洋の伝統」なるものは存在しないのである。

とはいえ，ヨーロッパの伝統に対して，最も長期的な影響を及ぼしてきたのはギリシア・ローマの書物であることに議論の余地はない。後 2 世紀に活動したギリシアの医学著述家ガレノス（Galenos, 129-216）は，アラビアとヨーロッパの科学に重大な歴史的意義を持つ人物である。彼はとにかく多作であった。単語の数でいえば，彼の書いた語数は彼以前のギリシア文学作品すべてを合わせた語数よりも多く残されている。18 世紀に入り，科学の発展によって彼の理論がほとんどすべての観点で誤っていたことが証明されるまで，ガレノスはヨーロッパの大部分で覇権を握っていた。ガレノスと少なくとも同程度に影響力を振るったのが，プラトン（Platon, 前 427 頃-前 347 頃）とアリストテレス（Aristoteles, 前 384-前 322）の哲学であり，他の要素とともにキリスト教およびイスラム教神学の発展に寄与した[10]。また，ヘロドトス（Herodotos, 前 5 世紀前半-前 420 頃）とトゥキュディデスの歴史は，過去の出来事について，思い込みではなく証拠と事実に基づいた説得的な説明を探求するよう読者に仕向けたのであった[11]。15 世紀以降のヨーロッパで，古代の先例を欠いた芸術や文学を想像するのは至難の業である。ギリシアの悲劇詩人[12]やローマのプラウトゥス（Plautus, 前 205 頃-前 184 活動），テレンティウス[13]（Terentius, ?-前 159 ?），小セネカ（Seneca, 前 4 から後 1 頃-65）がいなければ，シェイクスピア（William Shakespeare, 1564-1616）やラシーヌ（Jean Racine, 1639-99）といった劇作家はどうしていただろうか。ペトロニウス（Petronius, ?-後 66）やアプレイウス（Apuleius, 後 125 頃-?），ヘリオドロス（Heliodoros, 後 4 世紀），アキレウス・タティオス

---

[10] 本書第 19 章に詳しい。
[11] 本書第 21 章に詳しい。
[12] ギリシア悲劇一般については，本書第 4 章を参照のこと。
[13] これらのローマ喜劇詩人については，本書第 5 章および第 6 章に詳しい。

（Achilleus Tatios, 後2世紀）ら[14]による古代の小説が再発見されなければ、今日最も優勢な文学ジャンルである小説はどうなっていただろうか。オウィディウス[15]（Ovidius, 前43–後17）の『変身物語』が語る奇妙で、不思議で、同時に暴力的な物語のない、ヨーロッパの詩や絵画を想像できるだろうか。こうした議論をとおして、ヨーロッパの文化的「祖先」がギリシアやローマにあると主張することはできないが、比較的限られた範囲のギリシア・ローマの作家が長い間ヨーロッパ人の想像力を惹きつけてきたという事実を示すことは可能である。

3　古典を学ぶこととは

　しかし、こうしたギリシア・ローマ文化への陶酔や、また、特に古典学教育を社会的優位性の指標に用いることに、研究者も含め、多くの西洋人が食傷気味となってしまった。ラテン語やギリシア語の知識が、上流階級への所属を示唆する一つの方法であることは紛れもない事実であり、そのような階級に属するのは裕福な白人である傾向にある。筆者がこの章をしたためている英国では[16]、現在の首相[17]も庶民院内総務[18]も、イングランドで最も学費のかかる私立学校（Eton College, イートン校）からオックスフォード大学へ進んだ経歴を持ち、何かにつけラテン語やギリシア語を引用することを好んでいる。その首相は、かつてアフリカ出身の人々を軽視し、彼らがまるで自身が受けた素晴らしい教育を欠いているかのような発言をしたこともある。この例を見れば、古典学教育が社会的・民族的特権階級の武器だと受け取られても仕方がない。
　しかし、われわれのような中学・高校あるいは大学のギリシア語やラテン語教員のほとんどは、古典学教育をこうした形で提示したかったわけではない。反対に、この50年以上、ギリシア・ローマの世界とその

14）これらの作家については、本書第9章に詳しい。
15）本書第8章を参照のこと。
16）本書の初版が刊行された2021年当時にさかのぼる。
17）第77代英国首相のボリス・ジョンソン（Boris Johnson, 1964–）。
18）ジェイコブ・リーズ＝モッグ（Jacob Rees-Mogg, 1969–）。

言語の勉強がより身近なものになるよう努力を重ねてきた。古代の社会を，複合的な文化の交錯する場所として，つまり，様々な社会的・地理的・人種的背景を持つ人々が交流し，意見を交わした場所として理解しようとしているのである。ギリシア・ローマの文化は，現代のある特定の社会だけが受け継ぐ特別な財産などではない（既述のとおり，現在のギリシアとイタリアは特殊な例である）。最良の方法は，ギリシア・ローマの遺産を，中国やインド，その他の地域の遺産と同様に，世界文化として捉えることである。ありがたいことに，現代と古代との間に大きな時間的隔たりがあるおかげで，膨大で多様で刺激的な資料の山を，冷静にかつ想像的な眼差しで見ることができる。こうした作品の中には，今読んでも気持ちを昂らせたり，現代が抱える問題に語りかけるものもあれば，当時の社会に特有の，長い間埋もれていた考え方や価値観を伝えるものもある。それらすべてが重なり合って，他に類を見ないほど豊かで多様性のあるギリシア・ローマという古代社会の全体像を描き出すのだ。本書が皆さんをこの素晴らしい世界へ導き，この先に待つ長い冒険の第一歩となれば幸いである。

（末吉未来　訳）

第 2 版　あとがき

――そもそも日本の書店や図書館では，古典学の本はどこに置いてあるのでしょうか。

　数年前に，F. アルトーグ『オデュッセウスの記憶』（東海大学出版部）を共訳で出版したとき，興味があって大きな書店を訪ねて，いったいどの棚にこの本が並べてあるかを見に行きました。そもそも置いていない本屋がけっこうありましたが，置いてあるところも，本屋によってまちまちでした。世界史，哲学，神話の棚など。ちなみに，この本はおかげさまでよく売れて，東海教育研究所から 2026 年に新版を出す予定です。
　そもそも，「古典学 Classics」は，哲学でしょうか，歴史でしょうか，文学でしょうか，はたまた言語，神話，宗教など，一体どれに属するのでしょうか。ちなみに，日本の図書館では Classics の本（洋書であれ和書であれ）はどこに置いてあるでしょうか。試しに，ギリシア文学・ラテン文学の本がどこに分類されているか，調べてみてください。

――Classics は，日本ではなぜ古典学と言わないで「西洋」がつくのでしょうか。

　良い質問です。まず，皆さんにとって「古典」といって最初に思いつくのは『源氏物語』や『枕草子』でしょう。あるいは中国古典（『論語』や杜甫，李白などの漢詩），さらには仏教の経典，イスラムのクルアーン，キリスト教の聖書などかもしれません。あるいはまた World Classics（世界の名著・世界古典文学全集）と呼ばれる世界各国の文学や哲学，思想もまた古典と考えられます。特に日本では，このような理解の方が一般的ではないかと思います。
　そこで，日本では様々な古典の中からギリシア語およびラテン語で

書かれたおよそ紀元前8世紀頃から紀元後4・5世紀までの文献を特に「西洋」古典と呼び，これを研究する学問を「西洋」古典学と呼びます。この定義は一見明確に見えますが，実際には多くの例外や留保があります。例えばキリスト教（聖書）文献はギリシア語で書かれていることが多いのですが，これは西洋古典学の対象ではありません。

　もう一つ重要な点は，ラテン語は現在でも一部の人や一部の場所で使われています。例えばオックスフォード大学やケンブリッジ大学でディナーを食べるときには，最初にラテン語でお祈りをするのが今でも普通です。実際18世紀頃までは西洋では学術論文を原則としてラテン語で書いていましたので，ラテン語文献の量は古代よりもそれ以降の方が圧倒的に多いのです。これらの中世以降の諸文献をClassicsの中に含めて研究対象にする傾向は近時強まっているように思います。

　　──それでは西洋では，Classicsは自明の学問で，方法や対象は明確なのですか。

　いいえ，必ずしもそうではありません。日本ほど古典の範囲が広いということはありませんが，本書をご覧になれば明らかなように，決して古代ギリシアおよびローマだけに対象は限られておりません。いわゆるルネサンス以降の古代ギリシア（語）・ローマ（ラテン語）研究そのものが古典学，とりわけ古典学の方法的中核である文献学の確立と発展を示しています（第10章）。

　また，古典そのものではなく，その近代への影響・受容を研究する分野が最近特に広まっています。アニメや映画なども古典学の研究テーマになっています。「風の谷のナウシカ」という映画を見たことがあるかと思いますが，ナウシカは誰の名前かわかりますか。さらに，もう気づいた人もいるかも知れませんが，従来の古典学の入門書は必ずホメロスから始まっていましたが，本書は違いますね。

　　──ところで，日本（人）とClassicsの関係はどのようなものでしょうか。

第 2 版　あとがき

　実は意外にも日本（人）は早くからギリシア語，ラテン語に接しています（詳しくは第 18 章）。16 世紀に西洋人（「南蛮人」）が日本に鉄砲とキリスト教を伝えたとき，古典文学も伝えています。17 世紀初め，日本人が創作したラテン語の文章がオックスフォード大学の図書館に残っています。江戸時代，表向きは鎖国政策を採っていましたが，最近の研究が明らかにしているように，西洋の学問の吸収（その中にはラテン語で書かれたものも含む）を旺盛に行っています。この基礎があったからこそ，幕末から明治にかけて西洋の学問を急速に受容できたのです。明治の最初に，東京大学が発足した時，ラテン語の入門授業は医学部などにおいてすでに行われていました。当然のことではありますが，Classics は，まずギリシア語，ラテン語の習得から始めるというのが古今東西共通です。日本では原則として中等教育においては古典語を教えませんので，古典語に初めて出会うのは大学ということになります。また，文法書などで独習するスタイルもかなり一般的です。

　──西洋では，学校教育の中で Classics はいつから教えられるのでしょうか。

　時代により，また国により相当異なりますので，ここではイギリス（イングランド）の現状について説明します。イギリスでは伝統的に中等教育（secondary education，11，12 歳）から，まずラテン語を教え始めます。例外的にはそれよりも早い人もいます。例えば本書の執筆者の一人ロバート・パーカーは確か 9 歳（もしかしたらそれよりも前）から始めています。しかし，年齢よりも重要なことは，古典語教育を提供しているのが現在ではもっぱら independent school（国などから財政補助を得ていない学校）に限られているという事実です。その結果，かつては大学に入学して古典学を専攻する学生はある程度ギリシア語，ラテン語の知識を有していましたが，現在ではそのような学生は非常に限られています（特にギリシア語）。そこで，大学入学後にサマー・スクールなどの集中講義で語学を特訓するというコース，あるいは（これには賛否両論がありますが）翻訳で古典作品を教えるというコース（Classical Studies など）も設定されています。このような努力のおかげでイギリスでは古典を学

ぶ若者の数を維持しています。このような古典教育の改革を推し進めた研究者の中に私（葛西）の指導教官ジョン・グールド先生も含まれます。

ちなみに，古典語教育が現在でもよく維持されているといわれるイタリアには，Liceo Classico という14歳から19歳まで5年間みっちりギリシア語とラテン語（他に数学と物理）を学ぶ学校があります。本書第26章の執筆者タデイ先生によると，大学で古典学を専攻する学生の語学力は，皮肉にも，入学時がいちばん高いそうです。本書の執筆者にイタリア人が多いことも頷けるかと思います。

———イギリスの元首相ボリス・ジョンソン（Boris Johnson, 1964-）はオックスフォード大学で古典学を学んだと聞いていますが本当ですか。

驚くかもしれませんが本当です。しかも名門のベイリオル・コレッジ Balliol College（1263年創立）です。ただし成績はII-1（upper second）でした。これはオックスフォードでは，ごく普通の成績です（良くもなし悪くもなし）。この成績を見て彼のチューター（指導教官）は，実は本書執筆者の一人オズウィン・マリーですが，予想外に良かったので驚いたということです。しかし，オックスフォードで古典学を学ぶというのは，特別に評価されます。イギリスの大学は一般的に3年制ですが（医学部は別），オックスフォード大学の古典学コースは4年制です。

また，同じくイギリスの元首相でデイヴィッド・キャメロン（David Cameron, 1966-）というハンサムでいかにもイギリス紳士のような政治家がいますが，彼はボリスとパブリック・スクール（名門イートン・コレッジ）も同じで，大学も同じオックスフォードですが，専攻はPPEです。このPPEというコースは最近日本でも注目を浴びてこれに似せた学部学科を作りつつありますが，このコースは哲学 Philosophy，政治学 Politics，経済学 Economics を1年ずつ学ぶ，お買い得の即席コースです。できた当初は相当批判されました。イギリスの学部教育の中では例外的にいわゆる教養コース的です。現在では大変人気を集めています。これは噂話ですが，デイヴィッドがボリスに対して，ファースト・クラス（first class, 優等）を取れなかったことを揶揄すると，ボリスは「君は

PPE じゃないか」と返したそうです。ボリスのデイヴィッドに対するプライドは相当なものです。

――いま Classics と PPE の違いが述べられましたが，いかに Classics のプライドが高かろうと，やはり次第に没落しているのではないですか。

　Yes and No です。確かに，オックスフォード大学，ケンブリッジ大学といえども，Classics を専攻する学生の数は多くありません。前者では毎年約 120 名，後者では約 80 名です。ただし，例えば人気科目の法学，PPE，歴史学などでも定員は各々 200 名程度ですから，それなりの数は維持しています。しかも，PPE のようにそのカリキュラムの中に哲学，政治学を含むものがありますから，当然プラトン，アリストテレスなどは教えられています。また，オックス・ブリッジ以外の大学，例えば私の母校ブリストル大学でも，古典学・古代史学科では，正確な数はわかりませんが，毎年 50 名以上の学生が履修しています。ただし，その中で伝統的な Classics（ギリシア語，ラテン語の習得を基本とする）のコースを取る学生は一部です。その他に，比較的大きい古典学科を持つ大学としては，スコットランドのセント・アンドリュース St. Andrews，エジンバラ Edinburgh，グラスゴー Glasgow，イングランドではダラム Durham，ノッティンガム Nottingham，エクセター Exeter，ロンドン大学の中の University College London，King's College London，Royal Holloway などがあります（もちろん他にもあります）。

　最近，オックスフォード大学およびケンブリッジ大学でも，ギリシア語・ラテン語の未修者（A レベル試験を受けていない者）コースを作っています。前者においては未修言語（例えばギリシア語）に対して初歩から教えなければならないので，最終試験 Greats での未修言語の科目 paper の数は少なくしています。後者では，ギリシア語，ラテン語ともに学んでいない学生は，最初の 1 年間は語学習得に集中させ，トータルで 4 年間のコースになっています。

　このように，中等教育段階から厳しい古典語教育を課す西洋の伝統は弱まりつつありますが，大学学士課程での広い意味の古典教育，そして

それを支える大学院生や教師たちの活動は，決して衰えてはいません。彼らはしぶとく，かつタフです。そして彼らの教育目標は，古典学を学んで社会で活躍できる人材を養成することです。これが変わることはありません。

　——Classics についてかなりイメージができてきました。そこで率直な質問ですが，Classics を（日本で）学ぶ意義は何ですか。

　難問です。大きく分けて二つの答え方があります。the Greeks like us と the Greeks unlike us です（ここではギリシア・ローマ文化をギリシア（人）で代表させます）。もちろんこの二つは密接に関連していますが，あえてここでは分けて答えます。前者はギリシア文化の遺産に学ぶという立場です。例えば哲学や政治（デモクラシー）のモデルをギリシアに求める態度が分かりやすいかと思います。もちろん単純に現代に移植しようとするものではありませんし，それは不可能です。とはいえ，哲学であれ政治であれ，少なくともその方法は学ぶに値すると考える立場です。また日本ではあまり共有されておりませんが，オックスフォード大学の古典学部が最近まで Faculty of Literae Humaniores（=Faculty of More Humane Literature）と呼ばれたことからお分かりのように，ギリシア語，ラテン語で書かれたもの（古典）はわれわれの言語活動の模範になるという考えは今でも西洋では根強いと思います。

　もう一つの立場，すなわち the Greeks unlike us は，前者に比べて最近有力になりつつある考え方です。つまり，ルネサンス以降続いてきたギリシア賛美の立場を一旦離れて，古代ギリシア人と近代人の違いに着目する，いわば一種の人類学的研究です（本書第 26 章参照）。特に，古典古代から近代西洋人が直接受け継がなかったものとしての宗教に焦点を合わせて，ギリシア人，ローマ人を彼らのコンテクストで理解しようとする試みです。

　ここまでは西洋人の話です。さて，われわれ日本人は（あまり日本人にこだわる必要はないという考えもありますが），途中からいわば横入りして西洋文化を学び始めましたので，上に述べた第一，第二の立場いずれもそのままはあてはまらないと思います。かといって第三の立場を標榜

する能力も欲望も私にはありません。

　近代日本の教育制度の中で，古典学は奇妙な位置に置かれました。哲学においては，いうまでもなくギリシア哲学が基礎ですから，ギリシア語を学び，プラトン，アリストテレス研究が発達しました。また，歴史学においては，ギリシア・ローマ史は西洋史の不可欠な一部として研究されました。では，西洋古典学はというと，一方では言語学的研究から博言学として始まり，他方では古典作品の翻訳として普及しました。このようなアプローチでは，西洋古典学と自分との距離を自覚することが難しくなります。この自覚を持つためには，やや議論は飛躍しますが，西洋で西洋古典学を学ぶことが有効ではないかと思います。西洋人が西洋古典を学ぶ態度とわれわれが学ぶ態度の違いを，現場で否応なく見せつけられます。これは，西洋人の方が古典語が理解できる，という話ではありません。最近，日本人で高校まで教育を受けてきて，英国の大学で西洋古典を学ぼうとする人が出て来ました。彼らが西洋古典についてどう感じるのか，今後尋ねてみたいと思います。

　——本書はどのようにして出来たのですか。

　それは編者である私の個人的な関係から始まります。私がオックスフォード大学と関わり始めたのは 1993 年 11 月頃でした。ただしオックスフォード大学というのは組織あるいは制度として存在している，一種のフィクションです。現実に存在するのは 30 を越えるコレッジで，私の場合最初のとっかかりは，クライスト・チャーチ Christ Church（1546 年創立）でした。そこでの体験をもとに 1995 年夏からサマー・スクールをクライスト・チャーチで実施することになりました。次に，私は 1999 年から 2000 年にかけて，先ほど申しましたボリス・ジョンソンの母校ベイリオル・コレッジに visiting fellow として滞在しました。本書「まえがき」に書きました TOPS を人的にも物的にも支えてくれたのはこの二つのコレッジ（ずいぶん雰囲気は違います）です。

　具体的に名前を挙げさせていただきますと，前者のピーター・パーソンズ Peter Parsons 先生，後者のオズウィン・マリー Oswyn Murray 先生，エイドリアン・ケリー Adrian Kelly 先生，そして私の博士論文の審

査員であったニュー・コレッジ New College（1379 年創立）のロバート・パーカー Robert Parker 先生に相談をし，次々に将来有望な若い先生方を紹介して頂きました。なお，パーソンズ先生は 2022 年 11 月 16 日に逝去されました。先生の著書『パピルスが語る古代都市』は高橋亮介先生の翻訳により知泉書館から出版されています。

その後，2021 年秋より 1 年間，私はケンブリッジ大学セント・ジョンズ・コレッジおよびキングズ・コレッジに滞在することができました。そこで知り合った何人かの先生に，本書第 2 版に寄稿してもらうことになりました。

初版は幸いにも各界から好意的に受け止められ，何度か増刷を致しました。そこですでに初版の時から計画していた章や，新たに TOPS で授業に加えられた章などをあわせて，ここに第 2 版を刊行する運びとなりました。今回は初版の編者ヴァネッサ・カサート先生に加えて，吉川斉，末吉未来両氏に編者として加わっていただき，大幅に増補いたしました。

　——あまり類書がないようですが，本書の構成について説明してください。

初版と同様に，三部構成に致しました。以下簡単に説明します。

まず，第 1 部はいわゆるジャンル別の構成です。新たに第 3 章ギリシア抒情詩，第 6 章ローマ演劇，第 7 章ヘレニズム文学，第 9 章セカンド・ソフィスティック Second Sophistic を加えました。一方，第 1 章近東文学，第 2 章ホメロス，第 4 章ギリシア悲劇，第 5 章ギリシア・ローマ喜劇，第 8 章アウグストゥス文学については改訂を加えました。第 6 章，第 7 章，第 9 章の内容は，我が国では初めての紹介ではないかと思います。

第 2 部は Classics の方法，素材，そして受容（普及）の問題を扱いました。これは従来の西洋古典学の入門書ではあまり論じられていなかった領域です。まず第 10 章は，Classics を Classics たらしめている「方法」，すなわち「文献学 Philology」を初学者にも分かりやすく具体的な例を挙げて説明しています。

第 11 章は，20 世紀に入って急速に発展してきたパピルスを研究する学問についてかなり具体的な事実をふまえて紹介しています。日本にはパピルスの現物はほとんど存在しませんが，最近は画像データとして入手可能になりました。とはいえ，解読にはやはり専門家による手ほどきが最初は不可欠ですので，興味をもった読者はぜひオックスフォード大学を訪ねてください。ちなみに，本書では主として文学パピルスが紹介されていますが，ローマ法の研究にとってもパピルスは極めて重要です。

　第 12 章はいわゆる図像学で，壺絵の分析解釈においては世界の第一人者と言ってよいリッサラーグ先生による簡にして要を得た紹介がなされています。この分野もまた，最近は画像データが普及し，日本にいても研究できますが，やはり限界があります。フランスの古典学研究の一大拠点であるパリの（旧）ルイ・ジェルネ研究所，そしてそれを牽引してきたヴェルナン（Jean-Pierre Vernant, 1914–2007）やヴィダル＝ナケ（Pierre Vidal-Naquet, 1930–2006）を私に紹介してくれたのもリッサラーグ先生です。悲しいことに，先生は 2021 年 12 月 15 日，パリで急逝されました。さらに，読者の美術史への関心が強いこともあり，TOPS で毎年教えて下さっているロビン・オズボーン先生に第 13 章を寄稿頂きました。

　次はいわゆる神話学の紹介です。もしかしたら，ギリシア神話は日本の読者には（アニメなどを通じて）最も身近な Classics の世界かもしれません。様々な解釈理論があり，初学者には魅力的ですが手強い分野です。第 2 版では神話学を第 14 章ギリシア神話，第 15 章ローマ神話に分け，詳しく論じました。

　第 16 章は，まるで論文のようなスタイルでとっつきにくいかもしれませんが，内容は非常に刺激的です。われわれはよくギリシア・ローマと並列して論じますが，果たして両者は対等ないしパラレルでしょうか。執筆者は初期ローマ文学（ローマ喜劇）の専門家で，またラテン語以外の諸言語にも造詣が深く，ラテン文学を（ギリシア文学の）翻訳の視点から分析しています。この視点は次の第 17 章，第 18 章にも引き継がれます。

　上で少し触れましたが，最近の Classics は受容・普及の研究（reception

/ diffusion studies）にその対象を拡大し，新たな展開を見せています。第17章は古典演劇と日本の伝統劇（特に能）の比較研究です。日本の能はすでに東京大学に外国人教師として来日したフェノロサ（Ernest Francisco Fenollosa, 1853-1908）によって紹介され，フランス人宣教師ペリー（Noël Péri, 1865-1922）によって本格的に研究がなされています。そして第18章は，日本で最も多くの人に読まれている西洋古典作品である『イソップ（童）話』を，そのはじまりから日本への伝播，さらに近代教育への活用までを論じています。

　最後に第3部は，学問，思想，宗教，法，そしてそれらを生み出したギリシア人とは何かを分野別に論じています。第19章は言わずと知れた哲学。なぜギリシアで（のみ）「哲学」が生まれたのか，そしてギリシア以外にも「哲学」はあるのか，といった問題を自問自答しながら読んでください。

　第20章は，いわゆるレトリック（弁論術，修辞学）のギリシアにおける成立から学問としての確立，そしてローマへの受容と教育課程としての確立を俯瞰しています。グローバル人間としての必修科目として，その重要性が常に指摘されるにもかかわらず，正面から論じられることのないレトリックについて，その理論と実践の両面から明らかにしています。

　第21章は，いわゆる歴史（学）です。本書にはギリシアのヘロドトスやトゥキュディデス，あるいはローマのリウィウスやタキトゥスなどを扱った章が欠けていると思う読者も多いと思います。それを補うため，また日本では比較的論じられることが少ない歴史叙述 historiography とは何かを具体的にイメージしてもらうために，本章を作りました。

　第22章と第23章は法，裁判，正義，法律家などを扱っています。Classics の入門書に法に関する章を設けることは異例かと思います。ギリシアとローマでは法や裁判のあり方が（共通点もあるのですが）相当異なりますが，それぞれの文化においては中心的な位置を占めているのです。日本では法や裁判を一部の専門家の領域として（敬遠して）とらえる傾向が強いですが，ギリシア，ローマでは事情が異なります。また，近代の政治・法制度を理解するためにも，ギリシア・ローマの遺産を無視することはできません。

第 24 章はギリシア人の宗教を扱いました。この分野は戦後急速に研究が進み，Classics の醍醐味を堪能することができます。ギリシア，ローマの神々の名称から始まって，庶民の「呪いの札」まで，宗教のもつあらゆる側面を論じています。どうぞ，われわれ日本人の宗教と比較して考えてみてください。

第 25 章は，初版では第 1 部に置かれていましたが，ジャンル横断的に近時大変注目されている「合唱隊 chorus」について紹介しているため，第 3 部に収録しました。

第 26 章は，古典古代世界を人類学の視点から再解釈しようと試みたものです。この分野は，19 世紀後半フランスで生まれた社会学および心理学の方法論を古典学（および法学）に応用しようとした，方法論的に大変野心的な試みです。

第 27 章は，困難な状況に陥った際のギリシア人の特徴を，その行動様式やスピーチの分析を通じて明らかにしようとする試みです。その際のキーワードは「説得」と訳されてきた peithomai / peitho です。これもまた，われわれ日本人と比較しながら読んでくださることを希望します。

最後の章は結びに代えて，ケンブリッジ大学のティム・ウィットマーシュ先生に，「このままではイギリスにはオックスフォード大学しかないような印象を与えるので，是非なにか書いてください」と説得して書いてもらいました。「古代の社会を，複合的な文化の交錯する場所として，つまり，様々な社会的・地理的・人種的背景を持つ人々が交流し，意見を交わした場所として理解しよう」というウィットマーシュ先生の熱意が伝わってきます。

『古典の挑戦』の使い方

――初版の刊行から丸 4 年が経過しましたが，実際の大学の授業ではどのように本書を使用されていますか。

X 先生：通年で開講されている，古典学の概論的な授業で教科書として使っています。『古典の挑戦』の内容に入る前に，前期の半分，つま

り8コマ分ほどを，ホメロスやヘシオドスの作品紹介にあてています。そうすることで，まずは古典学の基本的な知識を身につけることができ，スムーズに本書の第1章や第2章の内容へと繋げられます。

　Y先生：私の授業は前期のみの開講なので，残念ながらX先生ほど時間にゆとりを持つことができません。初回の授業を古典学および本書へのイントロダクションとし，2回目にまずは神話の章（第14, 15章）を読むことにしています。

　——本書のどの章から扱うかという点については，お二人の間で違いが見られますね。

　X先生：第1章と第2章が扱うギリシアの叙事詩やそのルーツに関する議論は，やはり古典学の中心となりますからね。同様の理由で，第2章の次には文献学（第10章）を取り上げます。受講者の多くは文学部の2年生以上ですので，分野が異なる学生さんなどでも，自身の専門とのかかわりから，古典文献学に関心を持っていることが多いです。

　Y先生：私の場合は受講者のほとんどが1年生ですから，神話からアプローチします。古典学の中では，やはり神話が最も身近ですし，本書の中から関心のある章を選んでもらうと，いつも神話が一番人気ですね。神話の次は哲学（第19章），歴史（第21章）と続き，残りの授業をいわゆる「文学」にあてます。

　——神話は今でも古典学への入口となっているのですね。

　X先生：神話は私の授業でも人気です。学年末レポートでは，本書から1章を選んで関連することを論じる課題を出すのですが，最もよく選ばれるのは神話の章です。その他には，悲劇，修辞学（第20章），イソップなどを選ぶ学生が多いですね。どれも高校の世界史の授業などで聞き覚えのある人名が多く出てくる章です。

Y先生：高校の授業からの接続というのは，私も重要視しています。哲学と歴史の章を扱う回では，まずは高校の教科書の内容から入ります。大学1年生にとっては，高校で学んだ知識は，比較的新しいものですからね。そういった意味では，文献学などの分野に触れるのは全くの初めてという学生がほとんどですが，中には授業をきっかけに関心を持ってくれる人もいるようです。

——先生方が様々な工夫をされて，本書を授業に使用されていることが伝わります。本書への学生の反応はいかがですか。

X先生：最初はその分厚さに腰が引けてしまう学生も多いようですが，1年をかけてじっくり読んでみたことで本当の価値がわかった，という感想をもらいます。授業ですべての章を扱うことはできませんが，せっかく手に取ったのであれば，ぜひ通読してもらいたいですね。

Y先生：教える側の力量も試される本だと思います。自分の専門外の章をどうやって授業で解説するかという課題を常に抱えていますが，それは本書の各章が非常に無駄なく簡潔に書かれているからでしょう。教える側にも学ぶ側にも「挑戦」をつきつけ続ける，大変に読みがいのある本だと言えるのではないでしょうか。

——TOPSサマースクールではどのように授業が行われ，本書はどのように使用されているのでしょうか。

TOPSでは，古典科目（ホメロス，ギリシア悲劇，神話学，ローマ神話，ラテン文学（詩），ラテン文学（散文），セカンド・ソフィスティック，人類学と古典学，ギリシア古典美術など）から，2科目選択してもらっています。1科目9時間の授業なので，本書の各章のうちの一部を扱うことが一般的です。しかも，本書の関連する章に加え，大量の英語の資料も事前に読んでくることが条件なので，学生には相当な負担となります。

もちろん，高校生・大学生の中で古典学を専攻する人はほとんどおりませんが，意外にも途中脱落者はおらず，また最終のエッセイ（2000-

第 2 版　あとがき

3000 words）も提出します。これは，ひとえに講師の先生方の説明の仕方やパワーポイントの美しさによるところが大でしょう。例えば，黒澤明の『蜘蛛巣城』や，三島由紀夫の『潮騒』などが比較の材料に紹介され，われわれが学ぶことも多いです。なお，先生ごとに提出されたエッセイの中でベストエッセイを選んでもらっていますが，高校生のものが選ばれることも珍しくありません。

　科目間で受講希望者数に差はありますが，各授業の定員（約 10 名）を遵守するため，学生は必ずしも第一希望を受講できるわけではありません。それでも不満がでることは，まずありません。やはり，教え方がうまいというほかないのです。

*

　最後になりましたが，本書の出版にあたっては本当に多くの方のご助力を頂きました。まず，初版と同様に，本書の出版を快諾された知泉書館社長小山光夫氏，編集の労をとられた松田真理子氏には心よりお礼申し上げます。また吉川斉氏と末吉未来氏は，旧稿の修正・点検，そして新稿の整理・翻訳を通じて実質的に本書第 2 版の編集を担当されました。また，松本英実先生は，今回も「まえがき」，「あとがき」などにおいてご協力いただきました。今回も表紙カバーを選定したのは，吉川斉氏です。スポーツマンらしい氏のセンスが発揮されています。サブタイトルは小川友希子氏の発案によります。翻訳および訳注を担当された大学院生諸氏，そして厳しい字数制限の下で執筆を快諾され，素晴らしい原稿をお送り頂いた執筆者の方々には深く感謝申し上げます。

　本書も初版同様，内外の友人，同僚，そして大学院生，学生など，皆さんの協力の賜物です。ありがとうございました。

　　2025 年 4 月 4 日

編者を代表して　葛　西　康　徳

総合文献案内

　以下に掲げた文献は，初学者にも理解しやすく，比較的容易に入手できるものである．また，外国語文献は英語に限定した．

文法書
田中美知太郎・松平千秋（2012）『新装版ギリシア語入門』岩波書店.
中山恒夫（1987）『標準ラテン文法』白水社.
水谷智洋（1990）『古典ギリシア語初歩』岩波書店.

辞　典
高津春繁（1960）『ギリシア・ローマ神話辞典』岩波書店.
水谷智洋編（2009）『改訂版　羅和辞典』研究社.
─────編著（2013）『ラテン語図解辞典──古代ローマの文化と風俗』研究社.
Diggle, J. et al. (eds.) (2021). *Cambridge Greek Lexicon* Cambridge.
LSJ　　　Liddel, H. G. and Scott, R. (1966). *A Greek-English Lexicon*, rev. by H. Jones, 9th ed. Oxford.
OCD　　Hornblower, S., Spawforth, A., and Eidinow, E. (eds.) (2012). *The Oxford Classical Dictionary*, 4th ed. Oxford.（オンライン版：https://oxfordre.com/classics）
OLD　　Glare, P. G. W. (ed.) (2012). *Oxford Latin Dictionary*, 2nd ed. Oxford.
Price, S. and Kearns, E. (eds.) (2003). *The Oxford Dictionary of Classical Myth and Religion*. Oxford.

読みもの
F. アルトーグ，葛西康徳・松本英実訳（2026予定）『新版オデュッセウスの記憶──古代ギリシアの境界をめぐる物語』東海教育研究所.
逸身喜一郎（2000）『ラテン語のはなし──通読できるラテン語文法』大修館書店.
─────（2018）『ギリシャ・ラテン文学──韻文の系譜をたどる15章』研究社.
伊藤貞夫（2004）『古代ギリシアの歴史──ポリスの興隆と衰退』講談社学術文庫.
葛西康徳編（2020）『藤花のたわむれ──久保正彰先生の卒寿を祝して』Bibliotheca Wisteriana.
─────（2022）『文化転移──混合・界面・普及』Bibliotheca Wisteriana.
─────・鈴木佳秀編（2008）『これからの教養教育──「カタ」の効用』東信堂.
久保正彰（1973）『ギリシア思想の素地──ヘシオドスと叙事詩』岩波新書.

―――――（1978）『OVIDIANA――ギリシア・ローマ神話の周辺』青土社.
―――――（2018）『西洋古典学入門――叙事詩から演劇詩へ』ちくま学芸文庫.
高津春繁（2008）『古代ギリシア文学史』岩波全書セレクション.
―――――・斎藤忍随（1963）『ギリシア・ローマ古典文学案内』岩波文庫.
小島毅編（2018）『知の古典は誘惑する』岩波ジュニア新書.
斎藤忍随（2007）『ギリシア文学散歩』岩波現代文庫.
高橋宏幸編著（2008）『はじめて学ぶ　ラテン文学史』ミネルヴァ書房.
高畠純夫・齋藤貴弘・竹内一博（2018）『図説　古代ギリシアの暮らし』河出書房新社.
橋場弦（2016）『民主主義の源流――古代アテネの実験』講談社学術文庫.
松本仁助・岡道男・中務哲郎編（1991）『ギリシア文学を学ぶ人のために』世界思想社.
松本仁助・岡道男・中務哲郎編（1992）『ラテン文学を学ぶ人のために』世界思想社.
毛利三彌・細井敦子（2019）『古代ギリシア　遥かな呼び声にひかれて――東京大学ギリシア悲劇研究会の活動』論創社.
吉村忠典（1997）『古代ローマ帝国――その支配の実像』岩波新書.

叢　書
『西洋古典叢書』（京都大学学術出版会）
Loeb Classical Library (Harvard University Press)　オンライン版あり.
Oxford World's Classics
Penguin Classics

英語文献
Beard, M. and Henderson, J. (1995). *Classics: A Very Short Introduction*. Oxford.
Boardman, J., Griffin, J., and Murray, O. (1986). *The Oxford History of Greece and the Hellenistic World*. Oxford.
―――――, ―――――, and ―――――. (1986). *The Oxford History of the Roman World*. Oxford.
Price, S. and Thonemann, P. (2011). *The Birth of Classical Europe: A History from Troy to Augustine*. London.
Rutherford, R. (2005). *Classical Literature: A Concise History*. Oxford.

人名索引
（神名を含む）

ア 行

アイアス　23, 88, 154, 160, 333, 605, 632, 656, 658, 661, 667, 672, 677
アイスキネス　224, 229, 530, 537
アイスキュロス　44, 74, 76, 78, 80, 81, 95, 96, 114, 119, 153, 183, 186, 252, 292, 293, 328, 340, 343, 350–52, 356, 358, 419, 423, 430, 500, 634, 635, 645, 647, 676, 677, 680, 684
　『アガメムノン』　44, 78, 423, 634, 677
　『エウメニデス』　78, 81, 419, 634, 680
　「オレステイア三部作」　676
　『コエポロイ』　78, 80, 634–36
　『縛られたプロメテウス』　340, 350, 352, 353, 355
　『ペルサイ』　81
アイソポス／イソップ　341, 431–33, 435–39, 441, 443–47, 449–55, 457–60, 704, 706
アウグスティヌス　391, 392, 398
　『神の国』　392
　『福音書記者たちの調和について』　398
アウグストゥス／オクタウィアヌス　129, 130, 133, 134, 142, 151, 152, 155, 159, 166, 189–92, 194–96, 199, 200, 202–05, 208–12, 216–20, 222, 252, 277, 278, 313, 341, 367, 374, 390, 393, 406, 511, 702
アエネアス　157, 158, 202, 216, 219, 273, 364, 366, 367, 370, 372, 385
アガメムノン　6, 21, 24, 31, 44, 45, 47–50, 75, 77, 78, 80, 94, 235, 343, 356, 357, 423, 497, 589, 590, 634, 635, 647–49, 652–58, 660–62, 665, 666, 672, 673, 677, 680, 682
アキレウス　21–24, 31, 35, 40, 41, 45–47, 49–55, 77, 154, 177, 227, 232, 266, 273, 307–11, 333, 344, 345, 354, 356, 357, 469, 487, 506, 523, 524, 624, 630, 632, 633, 647, 649, 652–58, 660–62, 664–66, 668, 671–73, 675, 676, 680–82, 684, 692
アキレウス・タティオス　229, 231, 242, 243, 245, 247
アスクレピオス　238, 343, 381, 568, 578, 581, 582
アテナ　18, 37, 78, 81, 83, 88, 94, 176, 303, 320, 344, 345, 367, 368, 419, 420, 466, 570, 573–76, 580, 583, 655, 667, 668, 676–79
アトレウス　77, 155
アドルノ，T.　466
アナクシマンドロス　467, 470, 473
アプレイウス　239, 240, 246, 692
アプロディテ　113, 177, 178, 181, 320, 322, 344, 345, 370, 419, 569, 570, 571, 575, 674
アポッロ　129, 193, 204, 205, 207–09, 214, 217–20, 322
アポッロニオス　165, 168, 172, 178, 180, 187, 291
アポロン　24, 52, 78, 79, 81, 96, 173, 174, 292, 300, 301, 341, 343, 344, 419, 420, 442, 469, 569, 570, 578, 601, 611, 655, 667, 672, 677, 680, 681
アラトス　179, 188

アリスタルコス　37, 153, 167, 175
アリステイデス　115, 233, 237, 238
アリストテレス　48, 75, 90, 106, 107, 184, 272, 283, 463–68, 472, 474, 477, 479, 480, 485, 489, 494, 495, 497, 508, 510, 518, 521, 523, 524, 526, 533, 537, 576, 602–04, 617, 652, 653, 676, 684, 692, 699, 701
　『アテナイ人の国制』　106, 107, 272, 273, 508, 519, 521, 523, 533, 534, 537, 676
　『形而上学』　272, 468
　『詩学』　48, 90, 222, 603
　『政治学』　508
　『魂について』　474
　『弁論術』　484, 485, 489, 494, 497, 521, 526, 652
アリストパネス　37, 51, 82, 101, 104, 105, 108, 110–14, 116, 118–23, 128, 137, 167, 488, 495, 501, 505, 602, 688
アルカイオス　63–66, 167, 168, 206, 293
アルキビアデス　82, 115, 506, 578
アルクマン　33, 72, 167, 272, 598, 605, 611, 613–15, 617, 619
アルテミス　75, 79, 83, 174, 344, 569, 570, 573–76, 601, 634
アレクサンドロス大王（3世）　9, 15, 108, 165, 166, 184, 185, 237, 274, 277, 279, 320, 464, 509, 531
アレス　344, 345, 369, 370, 570, 574, 575
アンティポン　530, 537, 622, 645
アンドキデス　530, 537, 642–45
アントニウス／マルクス・アントニウス　155, 166, 190, 192, 194, 195, 198–201, 203, 211, 226, 277
アンドロマケ　55, 227, 425, 681
アンミアヌス・マルケッリヌス　513
　『ローマ帝政の歴史』　513, 514
イオ　219, 345, 350, 354, 355

イソクラテス　101, 229, 291, 472, 480, 489, 494, 530, 537
イピゲネイア　74, 75, 78, 79, 83, 87, 88, 90–94, 127, 634
ウァッロ　142, 144, 148, 150, 151, 156, 161, 391, 394–96, 410
　『ラテン語論』　142, 157, 161, 394, 395
ヴィダル＝ナケ，P.　331, 593, 604–06, 703
ウィトルウィウス　313–15, 317–19, 328, 337
ヴィンケルマン，J. J.　297, 313, 317, 319, 320–25, 327, 339
ウェスト，M. L.　21, 40, 54
ウェヌス　199, 202, 203, 320, 370
ウェルギリウス　32, 41, 177, 181, 189–96, 198, 202–06, 209–12, 216, 218, 220, 221, 273, 360, 364, 365, 367, 372, 383, 385, 386, 396, 407
　『アエネイス』　202, 204–06, 216, 217, 221, 273, 360, 364, 367, 372, 383, 385, 391, 396, 401
　『農耕詩』　181, 194–96, 206, 221, 273
　『牧歌』　171, 176–78, 188, 192–98, 206, 218, 221, 273, 292
ヴェルナン，J.-P.　301, 331, 347, 348, 358, 574, 593, 604, 605, 621, 623, 624, 703
ウラノス　16–18, 26, 344, 346, 353, 355, 393, 400, 571, 626, 627
エウヘメロス　397
エウリピデス　44, 74–76, 78–82, 88, 91, 93–96, 101, 102, 104, 110, 113, 114, 123, 124, 127, 153, 161, 183, 186, 229, 236, 252, 291, 419, 424, 427, 500, 601, 603, 608, 609, 680
　『アウリスのイピゲネイア』　78
　『イオン』　123, 127
　『エレクトラ』　78, 80, 155
　『オレステス』　78, 110, 680

人名索引

『キュクロプス』　102
『タウリケのイピゲネイア』　74, 75, 78, 79, 83, 88, 90, 91, 93, 94, 127
『トロアデス』　78
『バッカイ』　82, 96, 101, 110, 154, 419, 608, 609, 611–13
『ヒッポリュトス』　88
『ヘレネ』　44, 78
エピクテトス　688, 689
　『人生談義』
エピクロス　283, 397, 472, 480, 586
エリニュス／エリニュエス　78, 419, 647, 648, 676–79, 681
エレクトラ　78, 80, 110, 155, 634–36, 680
エンニウス　144, 148, 153, 154, 156, 397–99, 401–04, 407–11
　『エウヘメルス』　398, 401, 407, 410
　『年代記』　282, 408, 410, 512
エンペドクレス　472, 478
オイディプス　75, 76, 82, 84, 96, 127, 262, 264, 265, 423, 424, 500, 590, 639, 640
オウィディウス　32, 154, 156, 176, 182, 189–92, 215–17, 219–22, 360, 364, 365, 369, 381–83, 385, 386, 693
　『悲しみの歌』　222
　『恋の歌』　222
　『黒海からの手紙』　176, 222
　『祭暦』　156, 360, 369, 381, 383, 385, 386
　『変身物語』　176, 181, 182, 216, 217, 219–22, 240, 364, 382, 383, 385, 693
　『恋愛術』　176, 216, 222
　『恋の技法』　222
　『恋愛治療術』　216
オクタウィア　143, 156, 159, 190
オデュッセウス　22, 26, 31, 34, 41, 44, 46–48, 50, 58, 153, 213, 232, 241, 266, 267, 273, 333, 343, 500, 572, 575, 585, 594, 599, 631, 633, 644, 655, 656, 658, 661, 662, 664, 667, 672, 676, 681–84, 695, 709
オリュンポス十二神　26, 51, 77, 101, 219, 342, 343, 345, 351, 353, 358, 369, 393, 408, 570, 573, 574, 580
オレステス　78–82, 87, 88, 90, 91, 93, 94, 110, 127, 419, 634–37, 647, 677, 680, 681

カ 行

ガイア　17, 26, 346, 353, 400, 626, 627
ガイウス　556–58, 562
　『法学提要』　541, 557, 562
カエサル　148, 154, 158, 159, 162, 190, 194–96, 199–201, 203–05, 208, 210, 237, 277–79, 283, 367, 374, 511, 689
カッリマコス　165, 167, 168, 171–75, 178–81, 187, 209, 212, 216, 217, 271, 292, 365
　『アイティア』　173
ガレノス　271, 692
キケロ　99, 131, 142, 150, 151, 153, 155, 158, 161, 181, 237, 273, 274, 283, 375, 378, 394, 399, 406, 434, 436, 483, 485, 491, 492, 494, 536, 548
　『神々の本性について』　375, 399
　『発想論』　485, 491, 492
　『ブルトゥス』　142, 158, 159
ギボン，E.　515
クインティリアヌス　149, 150, 215, 222, 492, 494
　『弁論家の教育』　149, 215, 222, 485, 492, 494
グーテンベルク，J.　255
グールド，J.　575, 587, 592, 595, 601, 603, 605, 606, 611, 662, 675, 681, 698
クセノパネス／クセノファネス　471,

人名索引

473, 474, 568, 586
クセノポン／クセノフォン　66, 182, 242, 247, 292, 466, 509
『アナバシス』　182, 292
『ギリシア史』　509, 517
クリュタイムネストラ　78, 80, 155, 634, 677
クレオパトラ　166, 190–204, 210, 211, 221, 277, 279, 606
グロート, G.　517
クロノス　16–18, 26, 193, 344, 346, 350, 354, 355, 357, 374, 400, 401, 571, 628, 629
ゲッリウス　144, 378, 386
『アッティカの夜』　144, 378, 386
高津春繁　95, 96, 140, 188, 272, 358, 645, 709, 710
ゴルギアス　342, 488, 489, 495, 520, 523–25, 537, 653, 663, 682, 684
『ヘレネ頌』　488

サ　行

サッポー　33, 37, 59, 61–72, 206, 253, 271, 293, 613, 688, 689
サトウ, E.　448, 449, 458
サトゥルヌス　193, 194, 350, 374, 401
サルスティウス　274, 511
シェイクスピア, W.　88, 97, 100, 389, 417, 418, 692
『マクベス』　389
『間違いの喜劇』　100
ジェルネ, L.　331, 522, 593, 621–24, 632, 703
シュリーマン, H.　6
小セネカ　143, 151, 153–55, 159, 423, 428, 692
スエトニウス　133, 134, 142, 148, 151, 152, 154, 199, 205, 222, 404
スキピオ・アエミリアヌス／小スキピオ　183, 398, 510
スキピオ・アフリカヌス／大スキピオ

183, 210, 398
ストラボン　318
ゼウス　14,–18, 20, 23, 24, 26, 34, 44–46, 51, 64, 77, 85, 112, 175, 176, 193, 242, 264, 325, 328, 341, 343–48, 350, 351, 353–55, 357, 360, 397, 400, 401, 406, 420, 437, 569, 570, 571, 573, 574, 582, 583, 606, 610, 611, 626–29, 647, 648, 650, 658, 676–78
ゼノドトス　167
ゼノン　179, 280, 480
ソポクレス　74–76, 78, 80, 81, 83, 84–86, 88, 90, 96, 105, 107, 127, 153, 183, 252–54, 256, 261–64, 266, 268, 292, 423, 424, 426, 500, 501, 590, 598, 603, 605–08, 610, 639, 640, 645, 650, 677
『アイアス』　88, 161, 605, 677
『アンティゴネ』　74–76, 84, 85, 87, 89, 90, 94, 262, 263, 424, 426, 427, 500, 598, 605, 606–13, 616, 617, 650
『エレクトラ』　78, 80, 155
『オイディプス王』　75, 76, 96, 127, 264, 423, 424, 500, 590, 639, 640
『コロノスのオイディプス』　96, 264
『ピロクテテス』　266, 605
ソロン　115, 468, 522, 532

タ　行

タキトゥス　282, 496, 511–13, 519, 704
『同時代史』　282, 512, 513
『年代記』　282, 408, 410, 512
タルクィニウス　158, 362, 380, 382, 390
ダレイオス（1世）　10, 499
タレス　342, 464, 467, 468, 472–74, 479, 463
ディオドロス（シケリアの）　183,

443, 509
『歴史叢書』　509
ディオニュシオス（ハリカルナッソスの）
　128, 371, 470, 503
　『ローマ古代誌』　128, 371
ディオニュソス／バッコス　64, 76,
　81-83, 87, 95, 97, 101-03, 105, 110,
　112, 113, 129, 154, 169, 200, 214,
　343-45, 370, 413, 414, 419, 424-
　28, 569, 570, 598, 600, 606, 608-13,
　619, 623
ディオン（プルサの）／ディオン・クリュ
　ソストムス　234-36, 239, 241
ティブッルス　189-91, 211-16, 219,
　222
テイレシアス　26, 85, 89, 639
テオクリトス　165, 171, 172, 176,
　177, 179-81, 187, 188, 244, 292
テオプラストス　466, 480, 489
テセウス　23, 175, 237, 333
テティス　21, 45, 50-55, 77, 176, 344,
　354, 632, 658
デメテル　174, 179, 343, 370, 400,
　569, 570, 582, 585, 602, 611
デモクリトス　121, 283, 478
デモステネス　227, 229, 237, 292,
　489, 494, 507, 520, 521, 526, 528-
　33, 536, 537, 565, 593, 595, 613, 619,
　622, 636-41, 644, 645, 684
デュメジル, G.　358, 363, 384
デュルケーム, E.　621, 622
テレンティウス　97-99, 126, 129-
　31, 134, 135, 140, 141, 143, 146-50,
　152, 153, 157, 159, 164, 170, 274,
　407, 410, 692
　『アンドロス島の女』　129, 147
　『宦官』　99, 100, 129, 149
　『義母』　129, 131, 160
　『兄弟』　130, 141, 147, 152, 158
　『自虐者』　129, 131
　『ポルミオ』　129, 146
トゥキュディデス　182, 184, 229,
　291, 328, 488, 497, 500-09, 518,
　526, 655, 687, 692, 704, 496, 646
ドゥティエンヌ, M.　574
トゥリクリニウス　256
ドッズ, E. R.　524, 584, 585, 589-95,
　646-54, 673, 684
ドラコン　522, 577, 640

ナ・ハ　行

ナエウィウス　141, 144, 148, 153,
　154, 156, 162, 407, 411
　『ポエニ戦争』　156, 407
ネロ　151, 152, 155, 159, 313, 322,
　512
パーカー, R.　568, 591, 594, 631,
　650, 697, 702
バーク, E.　516, 553, 564
パウサニアス　300, 302, 313, 317-19,
　323, 331, 337, 339
バッキュリデス　102, 271, 288, 293,
　600
パトロクロス　21, 22, 45, 49, 50, 52,
　55, 227, 307, 308, 631-33, 647, 658,
　662, 664-66, 671, 672, 681, 682
バナール, M.　466
パリー, M.　40, 41, 56
パリス　31, 44, 52, 71, 113, 232, 235,
　344, 497, 674
パルメニデス　463, 471, 475-78
パンドラ　347, 348, 350, 351
ハンニバル　196, 362, 398
ヒッポクラテス　271, 474
ヒッポナクス　174, 180
ピュタゴラス　467, 474, 475, 585
ピロストラトス　223, 224, 227-29,
　232, 233, 235, 240, 241, 245
ピロデモス　283, 284
ピンダロス　73, 102, 167, 168, 175,
　229, 291, 293, 600, 613
フェノロサ, E.　416, 417, 704
プラウトゥス　97-100, 110, 122, 125,

　　　　129, 130–35, 137, 140, 143–48, 151, 160, 162, 164, 170, 407–10, 692
　　『アンピトルオ』　100, 122, 133, 145, 160
　　『三文銭』　132, 145, 146
　　『バッキス姉妹』　125, 131
　　『ほら吹き兵士』　99, 100, 145
　　『メナエクムス兄弟』　100, 122, 144
　　『ロバ物語』　134, 146
プラトン　10, 66, 166, 229, 237, 240, 244–46, 256, 271, 272, 281, 291, 391, 463, 465–67, 472, 474, 477–81, 487, 489, 495, 497, 506, 507, 510, 520, 522–26, 529, 535, 537, 568, 578, 586, 589, 593, 595, 600, 622, 651, 653–55, 682, 684, 692, 699, 701
　　『饗宴』　506
　　『国家』　281, 523, 525, 568
　　『ゴルギアス』　489, 495, 520, 523–25, 537, 653, 663, 682, 684
　　『ソクラテスの弁明』　529, 537, 595
　　『パイドロス』　10, 489, 495, 520, 525, 526
　　『プロタゴラス』　391
　　『法律』　522, 526, 535, 578, 593, 600, 622, 682
　　『メネクセノス』　507
プリニウス（大）　274, 282, 313, 315–22, 324, 325, 337, 339, 371, 386
　　『博物誌』　274, 313, 315, 317, 321, 371, 386
ブルケルト, W.　591–95, 650, 651, 664, 684
プルタルコス　108, 166, 199, 203, 231, 237, 365, 378, 385, 386, 392, 393, 505, 578
　　『英雄伝』／『対比列伝』　108, 166, 365, 385, 393
　　『モラリア』　166, 378
ブルトゥス　158, 195, 278, 390
フロイト, S.　650, 664, 684
プロペルティウス　179, 189–91, 206–12, 215, 216, 219–22, 365, 370, 371, 380, 381, 385, 391
プロメテウス　340, 342, 343, 346–57, 391
ペイトー　525, 654, 678, 679
ヘーゲル, G. W. F.　507, 516–18
ヘカタイオス　183, 184, 470, 498
ヘクトル　21, 45, 49, 50, 52, 53, 55, 154, 227, 232, 273, 306–11, 630, 632, 647, 664, 665, 675, 681
ヘシオドス　5, 9, 14, 16–20, 22, 23, 25–28, 167, 168, 173, 177, 181, 184, 193, 229, 291, 340–44, 346, 348, 351, 352, 356, 358, 373, 375, 390, 395–97, 406, 407, 468, 469, 473, 474, 497, 571, 574, 586, 589, 595, 599, 620, 624, 626–29, 636, 639–41, 645–47, 684, 706, 709
　　『仕事と日』　28, 193, 291, 346, 358, 468, 628, 629, 639, 645
　　『神統記』　5, 9, 14, 16–20, 22, 26, 28, 40, 167, 291, 346, 358, 375, 396, 397, 406, 468, 469, 571, 599, 626, 627, 645
ヘスティア　370, 400, 401, 570
ベネディクト, R.　592, 649, 654, 685
ヘパイストス　176, 344, 345, 353, 366, 370, 570, 633
ヘラ　18, 64, 343–45, 353, 360, 367, 400, 401, 570
ヘラクレイトス　472–74
ヘラクレス／ヘルクレス　23, 112, 153, 157, 180, 245, 316, 343, 355, 366, 370, 371, 379, 382, 406, 573, 601
ヘリオドロス　229, 231, 233, 235, 240, 242, 244–47, 692
ペリクレス　9, 107, 115, 122, 320, 324, 327, 328, 488, 502–05, 507
ヘルメス　26, 114, 176, 179, 292, 305, 308, 309, 322, 345, 355, 437, 570, 635, 636

人名索引　　　　　　　　　　　　　　717

ヘレネ　　31, 44-46, 61, 62, 67, 71, 78, 113, 217, 232, 235, 239, 341, 342, 344, 408, 488, 497
ヘロダス　　180, 187, 272
ヘロドトス　　10, 11, 25, 182, 184, 197, 229, 235, 322, 470, 471, 474, 496-503, 508, 509, 518, 569, 571, 572, 574, 589, 592, 594, 598-602, 646, 692, 704
フィンリー, M.　　58, 519, 621, 644
プリアモス　　21, 45, 46, 308, 310, 311, 675, 676
ボアソナード, G. E.　　455
ポセイディッポス　　171, 187, 272, 285
ポセイドン　　23, 46, 241, 343, 400, 419, 570, 574, 575, 669
ポッリオ　　158, 161, 192-94
ポパー, K.　　466
ホメロス　　5, 9, 14, 18, 20-25, 28, 31-45, 48-56, 58, 124, 167, 168, 172, 174, 176-80, 184, 206, 217, 221, 229, 232-36, 239, 241, 246, 272, 273, 291, 292, 306, 309-11, 323, 341-43, 346, 352, 366-68, 400, 405-08, 466, 468, 469, 473, 474, 483, 487, 495, 497, 505, 523, 571, 572, 574, 575, 577, 586, 589, 590, 592, 599, 601, 602, 620, 624, 625, 630-34, 636, 641, 645-50, 654, 655, 658, 667, 675, 684, 687, 696, 702, 706, 707
　『イリアス』　　7, 9, 14, 18-24, 28, 31-34, 36, 38-52, 54-56, 58, 167, 176, 177, 202, 230, 232, 270, 273, 306, 308-10, 342, 343, 346, 367, 373, 408, 468, 469, 487, 497, 523, 575, 630, 632, 633, 646, 647, 649, 650, 653-57, 660, 661, 664, 665, 669, 670, 673-76, 680-82, 687
　『オデュッセイア』　　7, 9, 14, 20-23, 26, 28, 31-34, 36, 38-48, 50-52, 54-56, 167, 176, 230, 232, 235, 246, 273, 302, 314, 343, 346, 367, 368, 373, 388, 403, 405, 466, 468, 487, 572, 585, 599, 631, 632, 645, 650, 655, 661, 664, 666, 671, 675, 676, 682, 683, 687
ホラティウス　　32, 98, 99, 143, 150, 160, 189-91, 196, 198, 200, 201, 203, 204, 206, 209-12, 217, 219, 222, 382, 687
　『エポディ』　　197, 198, 206
　『歌章』／『カルミナ』　　201, 204, 210, 212, 688
　『書簡詩』　　150, 212, 222
　『詩論』　　143, 160, 217, 222
　『諷刺詩』　　206
　『牧歌』　　171, 176-78, 188, 192-98, 206, 218, 221, 273, 292
ポリュグノトス　　302, 318
ポリュビオス　　183, 184, 188, 365, 385, 386, 496, 509-11, 519
ホルクハイマー, M.　　466
ポンペイウス／ポンペイユス　　130, 155, 158, 199, 278, 374

マ　行

マルス　　130, 200, 369-72, 392
ミネルワ　　367-69
ムーサ／ムーサイ　　9, 34, 157, 167, 173, 207, 208, 278, 341, 343, 368, 373, 405-08, 599
メイエルソン, I.　　621-23
メナンドロス　　98, 100, 106, 109, 110, 112, 123-28, 137, 140, 145, 150, 170, 229, 272, 281, 408
　『シキュオニオイ』　　125, 127
　『辻裁判』　　109, 125, 127, 128
　『人間嫌い』　　112, 125, 126
メネラオス　　31, 44, 47, 71, 235, 344, 497, 656, 657, 660, 666-72, 674, 667
モイリ, K.　　585, 592, 593, 595, 651, 652, 664, 681, 684

モース，M. 593, 621
モミリアーノ（モミッリャーノ），A. 519, 624
モンテスキュー，C.-L. de 496, 511, 514, 515, 517, 518

ヤ・ラ・ワ 行

ヤヌス 374
ユスティニアヌス 464, 541, 556, 557, 561, 562
ユッピテル 100, 129, 133, 160, 193, 198, 208, 210, 218-20, 350, 360, 366-69, 378, 401, 402, 437, 442, 569
ユノ 129, 156, 360, 367-69, 373, 401, 404

ラシーヌ，J. 293, 692
リウィウス 142, 252, 360, 361, 365, 377, 380, 383, 385, 387, 391, 397, 511, 704
 『ローマ建国以来の歴史』／『ローマ建国史』 142, 252, 360, 361, 365, 377, 380, 383, 385, 391, 511
リウィウス・アンドロニクス 128, 142, 144, 148, 152, 154, 368, 397, 403-09
リュコプロン 186, 187
リュシアス 489, 495, 507, 530, 537, 578, 622, 644
リュシッポス 316
ルキアノス 232, 235, 238, 240, 241, 245
ロムルス 157, 161, 195, 197, 237, 351, 359, 361-63, 371, 375-77, 379, 381, 385, 387, 390-94, 396, 398, 401, 402
ロンギノス（偽） 503, 517
 『崇高について』 517
ロンゴス 229, 231, 242-44, 247

ワレリウス・マクシムス 360, 371, 385, 387
 『著名言行録』 360, 387

事 項 索 引
(作品名・地名を含む)

あ 行

アーテー　589, 590, 647–49
『アイティオピス』　52–54
アウロス　66, 420
アカイア　7, 31, 44, 180, 183, 321, 631, 654, 656, 657, 662, 663
アカデメイア　122, 474, 478, 480
アクティウム　155, 166, 190, 198, 200, 201, 203, 204, 208, 209, 211, 219, 221, 277, 283
アクロポリス　76, 103, 119, 299, 300, 303, 320, 325, 326, 579, 580, 583
アゴーン　116, 117, 119, 473, 534, 663, 664, 666, 671–73, 675
アゴラ　103, 115, 371, 602, 640, 647, 654, 655, 658, 663, 668, 678, 680
アッカド　10–15, 20, 25
アッシリア　7, 11, 12, 14, 20
アッティカ　76, 101, 102, 105, 115, 126, 144, 145, 229, 302, 303, 306, 307, 311, 326, 332, 334, 378, 386, 408, 488, 500, 501, 505, 583, 605, 611, 615
アテッラナ劇　142
アテナイ　36, 37, 75, 76, 79, 80–84, 86, 89, 93, 94, 98, 100, 101, 103, 104, 106–10, 115, 117, 119, 120, 127–31, 145, 166, 169, 170, 176, 178, 179, 183, 186, 196, 252, 264, 272, 273, 283, 299, 303, 305, 311, 320, 322, 324–28, 331, 332, 334, 335, 337, 342, 345, 351, 390, 414, 419, 420, 425, 437, 464, 474, 479–81, 483, 487–89, 496, 497, 499–508, 516–23, 526, 528–35, 537, 545, 546, 573, 576–79, 581, 583–85, 587, 591, 598, 600, 601, 603, 605–07, 611–13, 617, 618, 624, 625, 634–35, 637, 640–42, 655, 663, 676, 677, 679, 681, 688, 691
あの世／来世　85, 568, 584, 585, 665
アパラトゥス・クリティクス　54, 257, 258
アフリカ　194, 274, 391, 398, 427, 428, 467, 498, 648, 688, 693
アラビア　276, 285, 290, 692
アルカイック　36, 43, 44, 48, 174, 180, 299–301, 311, 323, 325, 326, 329, 330, 590, 620–22, 624, 625, 627, 633, 649, 650
アルケー／始源　463, 465, 468, 472–74, 476
アルゴナウタイ　176
アルコン　82, 101, 106–08, 337, 533, 639
アレオパゴス／アレイオス・パゴス　634, 635, 637, 640, 641, 676
アレクサンドリア　9, 37, 63, 161, 165–68, 172–75, 178–80, 182, 185, 186, 253, 271, 272, 277–79, 286, 481, 613, 614
イアンボス　146, 173, 174, 180, 186, 206
イエズス会　431, 433–36, 438–41, 460
「イエスの言葉」　289
イオニア　8, 180, 210, 463, 464, 467, 469–72, 474–79, 498
イタケ　31, 46, 47, 154, 273, 681
イデア　465, 474, 477, 479

一般法廷弁論　　520, 521, 526, 530
異読　38, 54, 255, 257-60, 265
イマージュ　297, 299-303, 305-12, 331
インド　7, 9, 13, 18, 25, 166, 184, 204, 277, 363, 364, 366, 368, 369, 372, 376, 377, 378, 416, 417, 427, 434, 468, 480, 509, 516, 537, 687-89, 694
韻律　14, 33, 41, 60, 63, 67, 68, 87, 116, 117, 147, 169, 173, 175-77, 180, 186, 206, 256, 364, 365, 406-08, 469, 470
ウェスウィウス　282, 284, 293, 315, 689
ウェスタ　195, 370-72, 383, 401
ウルク　6, 11-13, 20, 21
エイドス　465
英雄　20, 23, 31, 33-35, 38, 41-47, 49, 51, 58, 76, 77, 81, 88, 108, 154, 166, 173, 175, 176, 178, 193, 198, 199, 202, 210, 211, 213, 229, 232, 233, 236, 237, 241, 265, 266, 273, 288, 307, 309, 311, 334, 339, 343, 345, 354, 359, 364-66, 372, 374, 377, 382, 385, 386, 392, 393, 398, 505, 506, 513, 572-75, 578, 586, 587, 595, 604-06, 614, 663
疫病　24, 344, 505, 507, 639
エクフラシス　177, 231, 232, 241
エジプト　9, 10, 19, 37, 165, 166, 172, 180, 184-86, 190, 199, 203, 204, 226, 235, 245, 253, 270-74, 276-82, 284-89, 295, 296, 329, 463, 468, 498, 569, 570, 589, 594, 689
エトルリア　158, 191, 195, 196, 303, 325, 362, 366, 379, 380, 382, 390
エピグラム　165, 169-72, 174-76, 179-81, 187, 271, 272, 283, 285, 292
エレウシス　110, 111, 578, 585, 610, 611
エレゲイア　72, 173, 175, 189, 206, 211, 212, 215, 216, 220, 221, 273,

365
演説　50, 94, 101, 104, 224, 227, 231, 232, 234, 235, 243, 246, 274, 291, 328, 392, 472, 483, 484, 486-90, 499, 503-07, 514, 530, 551, 576, 581
オクシュリュンコス　62, 183, 270, 281, 282, 286-88, 290-93, 295
オリュンピア　77, 325, 328
オリュンポス　26, 51, 77, 101, 219, 342, 343, 345, 351, 353, 358, 369, 393, 408, 570, 573, 574, 580

か　行

解放奴隷　133, 134, 147, 152, 207, 208, 372, 403, 688
カオス　346, 390, 395-97, 402
カタルシス　603
合唱詩　67-69, 102, 271, 605
歌舞伎　100, 108, 109, 134, 415, 420-24
仮面／マスク　6, 109, 112, 124, 285, 353, 355, 358, 413-15, 417, 421, 422, 623
カルタゴ　130, 133, 134, 145, 147, 183, 196, 362, 403, 510
観想／テオーリアー　469, 463
騎士　61, 70, 71, 152, 208, 227, 379, 630
犠牲儀礼　573, 583, 592, 593, 660, 663
ギリシア教／ギリシア宗教　188, 342, 568-70, 572, 575, 577, 586-89, 591-95, 624, 631, 650-52, 684
キリスト教　275, 276, 289, 295, 342, 364, 365, 375, 391, 398, 413, 414, 419, 431, 433-36, 438-42, 444, 464, 481, 513, 515, 516, 569, 570, 587, 588, 688, 689, 691, 692, 695-97
『ギルガメシュ叙事詩』　5, 20-23, 28, 468
儀礼　12, 24, 60, 65, 67, 69, 74, 81, 83,

事項索引

87, 130, 152, 157, 158, 174, 297, 298, 300, 305, 306, 308, 311, 312, 344, 345, 363, 378, 392–94, 396, 413, 414, 419, 424, 468, 568, 570, 572, 573, 576–83, 585, 587, 592, 593, 595, 598, 600–02, 608–13, 615, 616, 622, 640, 646, 660, 663, 669, 673, 681

クーロス像　　299–301, 297
楔形文字　　5, 7, 10–15
クセニア　　594
クラテル　　303, 304
グラペー　　527, 528, 532, 625
劇場　　76, 83, 87, 100, 101, 103, 106, 120, 128, 130, 131, 133, 134, 155, 169, 389, 419, 421, 422, 427, 601, 605, 608, 611, 618, 663, 664
元老院　　134, 145, 154, 190, 200, 203, 210, 277, 390, 392, 399, 447, 453, 490, 491, 511, 512
口承詩　　40–42, 43, 48, 49, 53, 56, 628
公訴　　520, 528–30, 579, 625
構造主義　　347, 574, 593, 604
校訂　　36, 37, 54, 62, 63, 65, 135, 146, 161, 167, 168, 171, 180, 187, 255, 256–62, 265, 267, 268, 271, 273, 276, 314, 319, 396, 397, 459, 593, 622, 653
口頭伝承　　498, 499, 503
告示　　544, 547–50, 553–56
コトゥルナタ劇／クレピダタ劇　　142, 143, 152–56, 159, 161
コモン・ロー　　521, 523, 527, 529, 537, 545, 560, 563–65
コリントス　　9, 302, 318, 321, 503, 504
コレゴス　　82, 87, 102, 103, 105–07, 148, 598, 600–02, 606, 609–13, 615–18
コロス／合唱隊　　67, 68, 76, 82, 83, 87, 100–03, 106, 107, 109, 112, 115–18, 120, 122, 124, 126, 147, 153, 159, 162, 169, 170, 264, 281, 293, 342,

343, 353–55, 414, 415, 419, 420, 422–24, 583, 598–618, 635, 636, 655, 663, 666, 676, 705
コンスル／執政官　　158, 159, 192–94, 278, 282, 283, 375, 376, 390, 403, 406, 543, 548, 549

さ　行

裁判実務　　521, 526
裁判人／審判人　　117, 119, 532–35, 543, 546, 551, 553–56, 564, 613, 679
詐欺　　240, 245, 542, 548, 554
サテュロス劇　　101, 102, 292, 420
サビニ　　157, 363, 364, 379, 380, 391
シケリア／シチリア　　81, 145, 176, 183, 397, 403, 443, 487, 488, 503, 508, 509, 531, 603, 605
自然科学　　167, 349, 444, 464, 465, 471, 474, 477, 479
私訴　　292, 520, 528–30, 579, 619, 625
辞退詩　　209
市民権　　133, 403, 558, 577, 677, 691
写字生／書写者　　253–56, 258, 292, 294, 688
写本　　37, 42, 43, 54, 99, 125, 167, 170, 171, 176, 251–58, 260, 262, 263, 265–67, 271, 274, 276, 281, 286, 289, 291, 292, 294, 295, 341, 434, 439, 466, 557, 599
自由　　14, 80, 93, 143, 154, 200, 209, 212, 216, 239, 272, 288, 319–22, 324, 327, 342, 345, 380, 382, 403, 405, 407, 454, 491, 496, 500, 507, 511, 515–18, 530, 552, 558, 572, 578, 579, 605
修辞学／弁論術／レトリック　　124, 142, 154, 215, 219, 223–34, 237, 240, 242–44, 246, 283, 340, 342, 387, 391, 398, 399, 433, 470, 480, 483–95, 497, 521, 524–26, 529, 531, 533, 551, 552, 576, 581, 652, 653,

654, 657, 678, 679, 704, 706
自由人　133, 134, 147, 152, 362, 372, 585, 691
呪縛　81, 584, 595
シュメール　4, 5, 10–13, 15, 20, 23, 25, 27, 28
受容　32, 49, 97, 100, 186, 249, 274, 303, 356, 388, 431, 432, 457–60, 688, 696, 697, 702–04
シュンポシオン　66–68, 331–35, 522
上演競争　103, 105, 107, 128, 130, 132, 600, 612
叙事詩　4, 5, 9, 13, 20–26, 28, 31–45, 48–50, 52, 53, 55, 56, 58, 69, 70, 144, 157, 168, 173, 175, 176, 178, 180, 181, 188, 202, 206, 209, 212, 215–17, 221, 229, 232, 272, 273, 283, 291, 310, 318, 340, 341, 343, 346, 356, 364, 367, 373, 403, 405–08, 427, 468, 469, 471, 472, 475, 487, 497, 505, 572, 599, 620, 624, 684, 706, 709, 710
叙事詩の環／Epic Cycle　45, 48, 49, 52, 56–58, 272, 318
抒情詩　33, 59–63, 65–69, 71, 72, 167, 168, 172, 175, 176, 179, 206, 253, 271, 272, 291, 293, 340, 341, 598–600, 602, 605, 611, 613, 614, 616, 617, 619, 702
シリア　7, 13, 15, 17–19, 175, 178, 199, 276, 283, 400
神官　24, 166, 185, 200, 235, 237, 239, 240, 245, 250, 276, 279, 344, 368–71, 374, 377, 378, 420, 500, 546, 547, 575, 576, 578, 587, 641, 655, 656, 660
信義誠実　541, 542
審査弁論　530, 534
神託　78, 79, 171, 469, 472, 576, 578, 581, 582, 677, 568
新分析派　48–50, 52, 55, 56
人類学　297, 299, 301, 306, 340, 342,

358, 361, 561, 571, 589–94, 620–24, 632, 637, 644, 648, 650, 651, 654, 681, 700, 705, 707
『スーダ』　114, 175, 181
スパルタ　8, 44, 101, 113, 119, 196, 327, 488, 497, 501, 503–06, 509, 510, 605, 613, 614, 616, 624
聖書　11, 12, 21, 185, 186, 221, 273, 281, 286, 289, 364, 434, 695, 696
政体　184, 335, 496, 510, 511, 515, 516, 518, 691
世界演劇　426, 428
セカンド・ソフィスティック　223–26, 234–36, 239, 240, 242, 246, 702, 707
説得　78, 84, 86, 89, 118, 180, 232, 241, 242, 266, 475, 485–87, 493, 510, 522, 525, 528, 531, 549, 565, 579, 647, 654, 657, 661, 679, 684, 692, 705
線文字B　8
創世神話　388, 390, 392, 394, 396
葬送競技／葬送儀礼　130, 662, 664, 666, 673
即興　41, 42, 61, 134, 135, 146, 227, 228, 232, 341, 575
ソフィスト　122, 223–34, 236–38, 240, 242, 246, 341, 472, 480, 487–90, 499, 524, 581
祖本　439, 441

た　行

妥協　86, 646, 670, 682, 683
嘆願　20, 24, 110, 195, 262, 581, 655, 656, 658, 660, 670, 671, 675, 676, 681
中動相　657–61, 669, 671, 672, 677–79, 681–83
ディオニュシア祭　76, 96, 101–08, 111, 113, 123, 130, 169, 600, 601, 608, 613

事 項 索 引

ディケー（正義／裁判）　79, 81, 90, 104, 109, 116-19, 125, 127, 128, 154, 193, 194, 240, 245, 279, 342, 399, 419, 483, 484, 488-91, 493, 508, 514, 520, 521, 523-36, 541-46, 548, 550, 551, 553-56, 563, 564, 579, 590, 613, 620, 621, 625-30, 635, 636, 639-41, 654, 668, 673-77, 704

帝国　7, 9, 11, 14, 15, 25, 101, 102, 117, 130, 166, 223, 225, 226, 230, 236, 239, 277, 279, 365, 418, 447, 449, 452, 457, 458, 464, 481, 496,- 500, 508, 512-16, 518, 562, 690, 691, 710

ディテュランボス　102, 103, 106, 107, 169, 175, 272, 291, 600, 613

ティベル　371, 375, 380-82

デウス・エクス・マキナ　94

テクネー　298, 465 520, 523, 524, 525,

哲学／フィロソフィアー　32, 48, 114, 115, 154, 166, 175, 179, 183, 184, 196, 233, 234, 236, 237, 239, 240, 244, 246, 252, 271, 272, 274, 283, 284, 291, 340-42, 375, 391, 397-99, 403, 453, 463-82, 485, 489, 491, 497, 516, 517, 521, 523, 568, 578, 579, 586-89, 595, 622, 659, 688, 692, 695, 698-701, 704, 706, 707

テバイ　75, 76, 82, 84, 85, 87, 145, 184, 262, 264, 605, 607-11

テミス　75, 79, 83, 174, 344, 353, 521, 569, 570, 573-76, 601, 625-27, 634

デモクラシー　82, 328, 332-36, 519, 524, 588, 595, 617, 691, 692, 700

デモス　67, 105, 115, 505, 530, 577, 578, 611, 645, 654, 666

デルポイ　17, 218, 231, 237, 244, 302, 318, 499, 577, 578, 611

デロス島　9, 101, 601

統一論　40, 43, 56, 505

等価　145, 310, 389, 397, 399, 402, 407-09, 411, 418

東京大学ギリシア悲劇研究会　423, 710

トガ　133, 149, 150, 156, 160

トガタ劇　142, 143, 148-52, 157, 160-62

都市法務官　543-48, 553, 554, 555, 556, 559, 561, 563

『トマスによる福音書』　281, 286

ドリス　605, 614, 615

トルコ　7, 19, 44, 63, 70, 174, 181, 182, 253, 271, 378, 400, 497

奴隷　16, 67, 111, 115, 117, 118, 121, 124, 126, 132-34, 145, 147-50, 152, 170, 178, 180, 199, 207-10, 214, 219, 242, 279, 362, 368, 372, 375, 403, 427, 526, 557, 585, 601, 605, 636-38, 662, 666, 675, 680, 688, 690, 691, 667, 672

トロイア　6, 7, 21, 22, 31, 34, 44-50, 52, 56, 62, 67, 70, 71, 75, 77, 113, 154, 155, 160, 202, 217, 232-36, 239, 241, 266, 273, 308, 318, 341, 342, 344, 345, 366, 372, 391, 423, 425-27, 488, 497, 501, 601, 630, 632, 634, 647, 656, 658, 662, 665, 666, 671, 676, 681

な　行

内乱　189, 190, 192, 194-97, 202, 278, 293, 504, 506, 508

認知　7, 80, 87, 90, 91, 94, 123, 127, 128, 154, 475, 545, 558, 642, 644

ニンフ　26, 343, 346, 406, 571

ノモス／ノモイ　522-24, 620, 625, 628, 629, 638, 639

は　行

パイデイア　　223, 226, 228-33, 236, 244, 246
パッリアタ劇　　98, 142-54, 160-62
パピルス　　37, 54, 59, 60, 62, 63, 98, 113, 124, 125, 170, 171, 174, 177, 180, 183, 266, 267, 270-76, 279-96, 340, 341, 689, 702, 703
バビロニア　　10-12, 20, 166, 185, 277, 400
パフォーマンス　　56, 59, 60, 63, 65, 66, 67, 311, 598, 601, 602, 609, 611, 613, 615-17, 663
パラティヌス　　131, 367, 375, 378, 381
パルテノン　　320, 324, 325, 327, 328, 345, 570, 583
バルバロイ　　388, 408, 409, 500, 513
パンアテナイア祭　　37, 303, 583
ビザンツ／ビュザンティオン　　37, 167, 256, 271, 279, 481
ヒッタイト　　5, 7, 10, 13-20, 22, 24,-26, 355, 376
ヒュブリス　　508
フォルム　　370, 371, 381, 392, 399
福沢諭吉　　418, 449, 451, 454, 455
プトレマイオス朝　　165, 166, 168, 172, 180, 199, 253, 274, 277, 278, 285
プラエテクスタ劇　　142, 143, 156-62
文献学　　31, 39, 43, 60, 167, 175, 251, 254, 263, 268, 269, 306, 340, 341, 404, 405, 589, 593, 696, 702, 706, 707
分析論／分析学派　　39-41, 505
ヘクサメトロス　　41, 175, 178, 179, 181, 206, 216, 364, 365, 406-08, 469
ペナテス　　372, 373, 391
ペリパトス派　　182
ヘルクラネウム　　270, 282-85, 287, 293, 295, 315, 325

ペルシア　　8-11, 25, 36, 102, 122, 166, 182, 245, 277, 324-26, 330, 408, 425, 470, 474, 480, 496-501, 503, 504, 508
ヘレニズム　　36, 37, 43, 154, 161, 165, 166, 168-75, 178-80, 182, 183, 185-87, 209, 229, 244, 253, 274, 280, 322, 325, 330, 341, 365, 366, 397, 415, 416, 463, 464, 466, 480, 481, 483, 489, 492, 509, 624, 702
ペロポネソス　　77, 101, 103, 113, 120, 130, 182, 324, 327, 328, 467, 501, 503-05, 509, 531, 601, 605
弁論作家／弁論代作人　　520, 526, 531, 534, 536
方言　　12, 13, 60, 63, 65, 174, 179, 180, 229, 448, 605, 614, 615
法廷弁論　　232, 472, 521, 523, 526, 528-31, 533-37, 550, 551, 576, 593, 595, 613, 636, 520, 620, 646
法律家／法学者　　142, 149, 151, 156, 281, 395, 455, 520, 529, 531, 535-37, 542, 546-50, 552, 554-57, 560-65, 623, 704
ポエニ戦争　　128, 130, 157, 183, 361, 362, 398, 403, 407, 411
ホメロス（風）讃歌　　14, 174, 292, 400, 601, 602
ホメロス問題　　31, 38-40, 42, 43, 48, 56, 505
ポリス　　59, 64, 65, 75, 82, 104, 119, 272, 298, 303, 321, 464, 479, 480, 498, 503, 504, 506, 509, 524, 568, 572, 573, 575-79, 582, 583-85, 598, 600, 601, 604-06, 608, 610-14, 617, 618, 635, 640, 642, 646, 659, 660, 677, 679, 709
ポリス教／ポリス宗教　　568, 575, 577
翻案　　12, 97-100, 110, 137, 143, 146, 154, 165, 185, 186, 293, 360, 364, 367, 368, 377, 382, 389, 402, 405, 407, 408, 425, 427, 428, 436

事 項 索 引　　　　　　　　725

ポンティフェックス神官団　546, 547
ポンペイ　124, 130, 155, 158, 199, 278, 314, 315, 325, 374, 689
翻訳　14, 15, 18–20, 68, 120, 135, 141, 143, 145, 179, 185, 256, 259, 260, 388–90, 394, 397–99, 402, 403, 405–10, 415, 431, 432, 436–40, 443–47, 450–56, 458, 528, 529, 548, 553, 569, 588, 651, 697, 701–03

ま 行

マケドニア　9, 157, 165, 179, 183, 194, 272, 277, 284, 292, 321, 480, 489, 510, 530
ミムス劇／ミモス劇　129, 142, 177, 180, 272
ミュートス　499, 500, 603
ミュケナイ　5–8, 18, 19, 34, 44, 47, 56, 634
ミレトス　467, 468, 470, 473, 475, 498
民主主義　496, 517–19, 691, 710
民主制／民主政　83, 328, 474, 479, 483, 488, 496, 506, 507, 510, 516–18, 531–33, 576, 679, 691
ムセイオン　167, 172, 278
メソポタミア　5, 6, 10–13, 15, 18, 20, 23, 27, 276, 463, 468
模擬弁論　227, 229, 491

や・ら 行

役者／俳優　76, 82, 83, 87, 88, 94, 100, 102, 103, 107–12, 116, 118, 122, 130–34, 145, 147, 148, 153, 161, 169, 190, 352, 353, 355, 414, 415, 419, 421–23, 426, 494, 603–05
ユダヤ　165, 184, 185, 226, 364, 419, 497, 587, 588, 595
リュケイオン　122, 479, 480
リュラ　59, 66
ルネッサンス　97, 99, 135, 146, 155, 252, 262, 323, 413, 416, 515, 516
レスボス　63–65, 70, 244, 253, 271, 293, 613
レナイア祭　98, 101, 103–06, 108, 123, 130
『ローマ法大全』　541, 562, 565, 689

欧 文

bona fides　542
dolus malus　548, 554–56
fraud　548, 549, 554, 555
interpretatio / interpretari　399, 402, 407, 569
peitho　522, 542, 646, 653, 654, 657–59, 661–63, 670, 671, 673, 678–85, 705
peithomai　542, 646, 653, 657–59, 663, 671, 673, 679, 681–85, 705
plaidoyer　528, 534
prédroit / pre-law　623, 632–34, 638
vertere　143, 397, 407–10

執筆者紹介

編　者

葛西　康徳（かっさい・やすのり）
1955 年生まれ。Ph.D.　東京大学文学部名誉教授
〔主要業績〕 *Peithomai and Peitho in Homer - An Aspect of the Background to Greek Rhetoric -* (Bristol, Ph.D. 1992). Bibliotheca Wisteriana, Tokyo, forthcoming；フランソワ・アルトーグ『新版オデュッセウスの記憶』東海教育研究所，2026（共訳）；『デモステネス弁論集 5』京都大学学術出版会，2019（共訳）．

ヴァネッサ・カサート（Vanessa Casato）
1977 年生まれ。D.Phil. ヴェネツィア大学（イタリア）マリー・キュリー・グローバル・リサーチフェロー
〔主要業績〕 *Hipponax the Poet. Poetic Mischief in Archaic Greece*. Cambridge, forthcoming（共編）；'Sappho's Poetic Language', in Finglass, P. and Kelly, A. (eds.) *The Cambridge Companion to Sappho*. Cambridge, 2021; *The Cup of Song: Studies on Poetry and the Symposion*. Oxford, 2016（共編）．

吉川　斉（よしかわ・ひとし）
1980 年生まれ。博士（文学）。成城大学文芸学部准教授
〔主要業績〕『『イソップ寓話』の形成と展開──古代ギリシアから近代日本へ』知泉書館，2020．

末吉　未来（すえよし・みく）
1988 年生まれ。M.Phil.　ベルン大学（スイス）大学院博士課程
〔主要業績〕 'Word Full of Respect, World Full of Conflict: Leaders and Creation of Tension in the *Antigone*', *Pallas* 131 « Interactions chorales. Interactions entre chœur et acteurs dans la tragédie grecque ancienne », forthcoming.

執　筆　者
（掲載順）

クリストファー・メットカルフ（Christopher Metcalf）　第 1 章
1986 年生まれ。D.Phil.　オックスフォード大学（英国）クイーンズ・コレッジ・フェロー
〔主要業績〕 *Three Myths of Kingship in Early Greece and the Ancient Near East: The Servant, the Lover, and the Fool*. Cambridge, 2025; *Sumerian Literary Texts in the Schøyen Collection Volume I: Literary Sources on Old Babylonian Religion*, Cornell University Studies in Assyriology and Sumerology 38. University Park, PA., 2019; *The Gods Rich in Praise: Early Greek and Mesopotamian Religious Poetry*. Oxford, 2015.

ベルナルド・バッレステロス（Bernardo Ballesteros）　第 2 章
1989 年生まれ。D.Phil.
ウィーン大学（オーストリア）古典学・中期・後期ラテン研究所アシスタント・プロフェッサー
〔主要業績〕 *Divine Assemblies in Early Greek and Babylonian Epic*. Oxford, 2024; 'Greek and Near Eastern Epic: Context and Comparison', *The Cambridge Companion to Ancient Greek Epic*. Cambridge, 17–40, 2024; 'Naming The Gods: Traditional Verse-Making in Homer and Old Babylonian Akkadian Poetry', *Manuscripts and Texts Cultures* 2/2, 11–50, 2023.

ヴァネッサ・カサート（Vanessa Casato）　第 3 章
編者参照

執筆者紹介

グンター・マーティン（Gunther Martin）　第 4 章
1976 年生まれ。D.Phil.　バーゼル大学，ベルン大学（スイス）講師
〔主要業績〕 *Pragmatic Approaches to Drama: Studies in Communication on the Ancient Stage*. Leiden, 2020（共編）; *Euripides: Ion. Edition and Commentary*. Berlin, 2018; *Divine Talk: Religious Argumentation in Demosthenes*. Oxford, 2009.

アデル・C・スカフーロ（Adele C. Scafuro）　第 5 章
1950 年生まれ。Ph.D.　ブラウン大学（米国）古典学教授
〔主要業績〕 *Oxford Handbook of Greek and Roman Comedy*. Oxford, 2018 [2014]（共編）; *Demosthenes, Speeches 39–49*, University of Texas Series. Austin, 2011; *The Forensic Stage*. Cambridge, 2004 [1997, 2000].

ドメニコ・ジョルダーニ（Domenico Giordani）　第 6 章，第 16 章
1991 年生まれ。D.Phil.　オックスフォード大学（英国）レイディ・マーガレット・ホール講師
〔主要業績〕 'The Goddess of Silence. Revisiting the Ritual of Tacita Muta', *Classical Antiquity*, forthcoming; 'Varro's *Antiquitates rerum humanarum*. Defining Roman Republican Antiquarianism', *Materiali e discussioni per l'analisi dei testi classici* 92, 85–135, 2024; 'Un problema di metrica plautina. Variazioni ritmiche e versi inframezzati', *Rivista di cultura classica e medioevale* 65.1, 139–67, 2023.

マッシモ・ジュゼッペッティ（Massimo Giuseppetti）　第 7 章
1980 年生まれ。Ph.D.　ローマ・トレ大学（イタリア）ギリシア語・ギリシア文学准教授
〔主要業績〕 'Hermesianax's Poetics of Love in Context', *The Classical Quarterly*, 73.2, 620–29, 2023; *Bacchilide: Odi e frammenti*. Milano, 2015; *L'isola esile. Studi sull'Inno a Delo di Callimaco*. Roma, 2013.

日向 太郎（ひゅうが・たろう）　第 8 章
1965 年生まれ。博士（文学）。東京大学文学部教授
〔主要業績〕 ボッカッチョ『名婦伝』（訳）知泉書館，2024;『世界文学の古典を読む』放送大学教育振興会，2020（共著）;『憧れのホメロス――ローマ恋愛エレゲイア詩人の叙事詩観』知泉書館，2019; パウルス・ディアコヌス『ランゴバルドの歴史』（訳）知泉書館，2016.

ベネデク・クルチオ（Benedek Kruchió）　第 9 章
1990 年生まれ。Ph.D.　イェール大学（米国）古典学部アシスタント・プロフェッサー
〔主要業績〕 *The Aethiopica of Heliodorus: Polarising Narration and Ancient Reading Communities*, Greek Culture in the Roman World Series. Cambridge, forthcoming; 'Unfulfilled Prolepses in the Ancient Greek Novels: Virtual Worlds, Time Warps, and Closure', in Schomber, S. and Tagliabue, A. *Prolepsis in Ancient Greek Narrative: Definitions, Forms and Effects*. Leiden; Boston, 159-77, 2025; 'What Charicles Knew: Fragmentary Narration and Ambiguity in Heliodorus' *Aethiopica*', *Ancient Narrative* 14, 175–94, 2017.

パトリック・フィングラス（Patrick Finglass）　第 10 章
1979 年生まれ。D.Phil.
ブリストル大学（英国）ヘンリー・オーヴァートン・ウィルス・ギリシア語講座教授
〔主要業績〕 *The Cambridge Companion to Sappho*. Cambridge, 2021（共編）; *Female Characters in Fragmentary Greek Tragedy*. Cambridge, 2020（共編）; *Sophocles*. Greece and Rome New Surveys in the Classics 44. Cambridge, 2019.

エンリコ・エマヌエレ・プロディ（Enrico Emanuele Prodi）　第 11 章
1985 年生まれ。D.Phil.
カリアリ大学（イタリア）ギリシア語・ギリシア文学アシスタント・プロフェッサー
〔主要業績〕 *Tzetzikai Ereunai*, Bologna, 2022; *Didymus and Graeco-Roman Learning*. Oxford, 2020（共編）; *The Cup of Song: Studies on Poetry and the Symposion*. Oxford, 2016（共編）.

フランソワ・リッサラーグ（François Lissarrague）　第 12 章
1947 - 2021 年。Ph.D.　社会科学高等研究院（フランス）名誉教授
〔主要業績〕 *Panta Kala. The Aesthetics of the Heroic Warrior*. Sather Lectures 2014. Berkeley, forthcoming; *La cité des satyres. Une anthropologie ludique*. Paris, 2019; *Vases grecs. Les athéniens et leurs images*. Paris, 1999; *Un flot d'Images. Une esthétique du banquet grec*. Paris, 1987.

執筆者紹介

ロビン・オズボーン（Robin Osborne）　第 13 章
1957 年生まれ。Ph.D.　ケンブリッジ大学（英国）古代史学名誉教授
〔主要業績〕 *The Oxford History of the Archaic Greek World, Volume II: Athens and Attica*. Oxford, 2023; *The Transformation of Athens: Painted Pottery and the Creation of Classical Greece*. Princeton, 2018; *The History Written on the Classical Greek Body*. Cambridge, 2011.

クレシミール・ヴコヴィッチ（Krešimir Vuković）　第 14 章（共著），第 15 章（共著）
1987 年生まれ。D.Phil.　カレル大学（チェコ）ギリシア・ラテン研究所アシスタント・プロフェッサー
〔主要業績〕 'River, Giant and Hubris: A Note on Vergil, *Aeneid* 8.330-3', *Classical Quarterly* 74.1, 150–8, 2024. *Wolves of Rome: The Lupercalia from Roman and Indo-European Perspectives*. Berlin, 2022; 'The Topography of the Lupercalia', *Papers of the British School at Rome* 86, 37–60, 2018.

末吉 未来（すえよし・みく）　第 14 章（共著），第 25 章
編者参照

マリア・マリオラ・グラヴァン（Maria Mariola Glavan）　第 15 章（共著）
1981 年生まれ。Ph.D.　ザダル大学（クロアチア）古典学部アシスタント・プロフェッサー
〔主要業績〕 'Propertius IV 9 as a Reflex of the Indo-European Fire in Water Mytheme', *The Journal of Indo-European Studies* 50.3–4, 361–87, 2022; 'Jason and the Greek Epic Hero in Light of Archetypal Criticism', *Umjetnost riječi: Časopis za znanost o književnosti, izvedbenoj umjetnosti i filmu* 65.3–4, 133–51, 2021; 'The Indo-European Daughter of the Sun: Greek Helen, Vedic Saranyu and Slavic Morana', *Nouvelle mythologie comparée* 6, 387–409, 2021（共著）.

マクシム・ピエール（Maxime Pierre）　第 17 章
1977 年生まれ。Ph.D.　パリ・シテ大学（フランス）教授資格
〔主要業績〕 'Un récit venu d'ailleurs : comparaison entre la scène de messager des tragédies de Sénèque et *l'ai-kyōgen* des *nō* de Zeami', *Mètis* 20, 269–84, 2022; 'La tragédie sans drame : relire la *Médée* de Sénèque à partir du nô', *Mètis* 18, 251–70, 2020; 'Le groupe de chanteurs du nô est-il assimilable à un chœur de tragédie grecque ?', *Revue de Littérature Comparée* 113, 379–98, 2019.

吉川 斉（よしかわ・ひとし）　第 18 章
編者参照

納富 信留（のうとみ・のぶる）　第 19 章
1965 年生まれ。Ph.D.　東京大学文学部教授
〔主要業績〕『ギリシア哲学史』筑摩書房，2021；『ソフィストとは誰か？』ちくま学芸文庫，2015； *The Unity of Plato's Sophist: Between the Sophist and the Philosopher*. Cambridge, 1999.

吉田 俊一郎（よしだ・しゅんいちろう）　第 20 章
1978 年生まれ。博士（文学）。東京都立大学人文社会学部准教授
〔主要業績〕「古典期ラテン修辞学における controversia figurata（文彩つき模擬法廷弁論）について」，『フィロロギカ』14, 36–59, 2019；「ワレリウス・マクシムス『著名言行録』の修辞学的側面の研究」東海大学出版部，2017；「大セネカの修辞学理論と模擬弁論の関係について」，『西洋古典学研究』63, 87–98, 2015.

オズウィン・マリー（Oswyn Murray）　第 21 章
1937 年生まれ。D.Phil.　オックスフォード大学（英国）ベイリオル・コレッジ名誉フェロー，王立デンマーク科学文学アカデミーおよびピサ高等師範学校（イタリア）名誉会員
〔主要業績〕 *The Muse of History: The Ancient Greeks from the Enlightenment to the Present*. London, 2024; *The Symposion-Drinking Greek Style: Essays on Greek Pleasure, 1983–2017*. Oxford, 2019; *Early Greece*. Cambridge, MA., 1993.

ゲーアハルト・チュール（Gerhard Thür）　第 22 章
1941 年生まれ。Dr. iuris
グラーツ大学（オーストリア）ローマ法名誉教授，オーストリア科学アカデミー会員
〔主要業績〕 'Prozesseide im Gesetz Drakons und ihr Nachleben im klassischen Athen', in Barta, H. et

al. (eds.) *Prozessrecht und Eid. Recht und Rechtsfindung in antiken Kulturen* I. Wiesbaden, 153-78, 2015; *Prozeßrechtliche Inschriften der griechischen Poleis: Arkadien* (SB Öst. Ak. Wiss., phil.-hist. Kl., 607. Band; Gemeinsam mit Hans Taeuber). Wien, 1994; *Beweisführung vor den Schwurgerichtshöfen Athens. Die Proklesis zur Basanos* (SB Öst. Ak. Wiss., phil.-hist. Kl., 317. Band). Wien, 1977.

アーネスト・メッツガー（Ernest Metzger）　第 23 章
1960 年生まれ。J.D., D.Phil.　グラスゴー大学（英国）ダグラス・ローマ法講座教授
〔主要業績〕　'Formularprozess: Verfahrenseinleitung', in Babusiaux, U. et al. (eds.) *Handbuch des römischen Privatrechts*. Tübingen, 2021; *Litigation in Roman Law*. Oxford, 2005; *A New Outline of the Roman Civil Trial*. Oxford, 1997.

ロバート・パーカー（Robert Parker）　第 24 章
1950 年生まれ。D.Phil.　オックスフォード大学（英国）ウィケアム・ギリシア史講座名誉教授
〔主要業績〕　*On Greek Religion*. Ithaca, 2011; *Polytheism and Society at Athens*. Oxford, 2005; *Miasma. Pollution and Purification in Early Greek Religion*. Oxford, 1996 [1983].

アンドレア・タデイ（Andrea Taddei）　第 26 章
1973 年生まれ。Ph.D.　ピサ大学（イタリア）ギリシア語・ギリシア文学准教授
〔主要業績〕　*Heortè. Azioni sacre sulla scena tragica euripidea*. Pisa, 2020; *Licurgo,* Contro Leocrate*: introduzione, traduzione, note di A. Taddei*. Milano, 2012; *Louis Gernet. Diritto e civiltà in Grecia antica, a cura di A. Taddei*. Milano, 2000.

葛西　康徳（かっさい・やすのり）　はじめに，第 27 章
編者参照

ティム・ウィットマーシュ（Tim Whitmarsh）　結びに代えて
1970 年生まれ。Ph.D.　ケンブリッジ大学（英国）ギリシア語欽定教授
〔主要業績〕　*Achilles Tatius,* Leucippe and Clitophon*, Books I-II*. Cambridge, 2020; *Dirty Love: The Genealogy of the Greek Novel*. New York, 2018; *Battling the Gods: Atheism in the Ancient World*. New York, 2015.

翻　訳　者
（掲載順）

吉川　斉（よしかわ・ひとし）　第 1 章，第 7 章，第 9 章
編者参照

嵐谷　勇希（あらしだに・ゆうき）　第 2 章
1997 年生まれ。東京大学文学部卒業。一般社団法人 OCTOPUS 職員

末吉　未来（すえよし・みく）　第 3-6 章，第 10 章，第 13 章，第 14 章，第 26 章，結びに代えて
編者参照

千葉　槙太郎（ちば・しんたろう）　第 7 章注，第 11 章
1983 年生まれ。帝京科学大学講師
〔主要業績〕　「ポセイディッポス『エピグラム集』の Lithika におけるホメロスの利用とオリジナリティ」，『西洋古典学研究』68, 50-63, 2020.

野津　寛（のつ・ひろし）　第 12 章，第 17 章
1964 年生まれ。Ph.D.　信州大学人文学部教授
〔主要業績〕　『ラテン語名句小辞典』研究社，2010；『羅和辞典 改訂版』研究社，2009（共著）；『ギリシア喜劇全集』1，4，8，別巻．岩波書店．2008-11（共訳）.

執筆者紹介

友井 太郎（ともい・たろう）　第 15 章
1987 年生まれ。関東学院大学講師
〔主要業績〕「カトゥッルス 67 番をめぐって——誹謗と洗練の交わるところ」,『西洋古典学研究』67, 38–49, 2019.

岡野 航星（おかの・こうせい）　第 16 章
1993 年生まれ。東京大学大学院博士課程満期退学。司法書士
〔主要業績〕「アルカイオスの琴に捧げる頌歌——ホラーティウス『カルミナ』第 1 巻 32 歌を巡って」,『東京大学西洋古典学研究室紀要』11, 1–38, 2019.

水島 顯介（みずしま・けんすけ）　第 21 章
1994 年生まれ。東京大学大学院博士課程。歴史叙述研究

葛西 康徳（かっさい・やすのり）　第 22–24 章，第 26 章
編者参照

〔古典の挑戦　第2版〕　　　　　　　　ISBN978-4-86285-436-0

2021年3月31日　初版第1刷発行
2024年4月15日　初版第4刷発行
2025年4月30日　第2版第1刷発行

編　者	葛　西　康　徳
	ヴァネッサ・カサート
	吉　川　　　斉
	末　吉　未　来
発行者	小　山　光　夫
印刷者	藤　原　愛　子

発行所　〒113-0033 東京都文京区本郷 1-13-2
　　　　電話 03 (3814) 6161 振替 00120-6-117170
　　　　http://www.chisen.co.jp
　　　　株式会社 知泉書館

Printed in Japan　　　　　　　　　印刷・製本／藤原印刷

「学問の府」の起源　知のネットワークと「大学」の形成
安原義仁, ロイ・ロウ　　　　　　　　　　　　　　A5/370p/4500円

人文学概論〔増補改訂版〕　人文知の新たな構築をめざして
安酸敏眞　　　　　　　　　　　　　　　　　　四六/312p/2500円

人文学の学び方　探究と発見の喜び
金子晴勇　　　　　　　　　　　　　　　　　　四六/216p/2600円

人文学の論理　五つの論考
E. カッシーラー／齊藤伸訳　　　　　　　　　　四六/246p/3200円

人文学の可能性　言語・歴史・形象
村井則夫　　　　　　　　　　　　　　　　　　四六/488p/4500円

欧米留学の原風景　福沢諭吉から鶴見俊輔へ
安酸敏眞　　　　　　　　　　　　　　　　　　四六/520p/3700円

西洋古典学の明日へ　逸身喜一郎教授退職記念論文集
大芝芳弘・小池登編　　　　　　　　　　　　　菊/432p/8000円

ピンダロス祝勝歌研究
小池　登　　　　　　　　　　　　　　　　　　菊/176p/4300円

「イソップ寓話」の形成と展開　古代ギリシアから近代日本へ
吉川　斉　　　　　　　　　　　　　　　　　　菊/376p/5300円

憧れのホメロス　ローマ恋愛エレゲイア詩人の叙事詩観
日向太郎　　　　　　　　　　　　　　　　　　菊/192p/4200円

パピルスが語る古代都市　ローマ支配下エジプトのギリシア人
P. パーソンズ／高橋亮介訳　　　　四六/506p+口絵8p/5000円

名婦伝 [ラテン語原文付]　〈イタリア・ルネサンス古典シリーズ〉[知泉学術叢書29]
ボッカッチョ／日向太郎訳　　　　　　　　　　新書/746p/6400円

パイデイア（上・中・下）　ギリシアにおける人間形成 [叢書3・31・34]
W. イェーガー／曽田長人訳　　　新書/上・中 各6500円/下5500円

古典残照　オウィディウスと中世ラテン詩
柏木英彦　　　　　　　　　　　　　　　　　　四六/192p/2600円

ラテン中世の精神風景
柏木英彦　　　　　　　　　　　　　　　　　　四六/144p/2200円

(すべて本体価格、税別)

哲学中辞典
尾関周二・後藤道夫・古茂田宏・佐藤和夫・中村行秀・吉田傑俊・渡辺憲正編　　新書/1402p/5200 円

ソクラテスの哲学　プラトン『ソクラテスの弁明』の研究
甲斐博見　　A5/358p/6000 円

対話とアポリア　ソクラテスの探求の論理
田中伸司　　菊/270p/4800 円

イデアと幸福　プラトンを学ぶ
栗原裕次　　菊/292p/5000 円

プラトンの公と私
栗原裕次　　菊/440p/7000 円

善く生きることの地平　プラトン・アリストテレス哲学論集
土橋茂樹　　菊/416p/7000 円

『テアイテトス』研究　対象認知における「ことば」と「思いなし」の構造
田坂さつき　　菊/276p/4800 円

プラトン『国家』における正義と自由
高橋雅人　　A5/370p/6500 円

アリストテレスの時空論
松浦和也　　菊/246p/5000 円

アリストテレス方法論の構想
山本建郎　　A5/264p/5000 円

内在と超越の閾　加藤信朗米寿記念哲学論文集
土橋茂樹・納富信留・栗原裕次・金澤修編　　菊/304p/4500 円

プロティノスの認識論　一なるものからの分化・展開
岡野利津子　　菊/302p+口絵12p/5500 円

聖書解釈者オリゲネスとアレクサンドリア文献学　復活論争を中心として
出村みや子　　菊/224p/4000 円

新版 ペトラルカ研究
近藤恒一　　A5/548p/8000 円

〈声〉とテクストの射程
高木　裕編　　A5/378p/6800 円

(すべて本体価格、税別)

アウグスティヌスと古代教養の終焉
H.I. マルー／岩村清太訳　　　　　　　　　　A5/800p/9500 円

ヨーロッパ成立期の学校教育と教養
P. リシェ／岩村清太訳　　　　　　　　　　　A5/608p/9000 円

ヨーロッパ中世の自由学芸と教育
岩村清太　　　　　　　　　　　　　　　　　A5/496p/8500 円

ルネサンスの教育　人間と学芸との革新
E. ガレン著／近藤恒一訳　　　　　　　　　　A5/414p/5600 円

十二世紀ルネサンスの精神　ソールズベリのジョンの思想構造
甚野尚志　　　　　　　　　　　　　　　　　A5/584p/8000 円

エラスムス『格言選集』
金子晴勇編訳　　　　　　　　　　　　　　　四六/202p/2200 円

対 話 集
D. エラスムス／金子晴勇訳　　〔知泉学術叢書8〕
　　　　　　　　　　　　　　　新書/456p/5000 円

学問の共和国
H. ボーツ・F. ヴァケ／池端次郎・田村滋男訳　A5/304p/5000 円

〈大学〉再考　概念の受容と展開
別府昭郎編　　　　　　　　　　　　　　　　A5/376p/6500 円

近代大学の揺籃　一八世紀ドイツ大学史研究
別府昭郎　　　　　　　　　　　　　　　　　A5/316p/6000 円

ドイツの大学と大学都市　月沈原（ゲッティンゲン）の精神史
大西健夫　　　　　　　　　　　　　　　　　菊/520p/6500 円

近代フランス大学人の誕生　大学人史断章
池端次郎　　　　　　　　　　　　　　　　　A5/344p/6500 円

幸せのための教育
N. ノディングズ／山﨑洋子・菱刈晃夫監訳　　四六/394p/3400 円

人文主義と国民形成　19世紀ドイツの古典教養
曽田長人　　　　　　　　　　　　　　　　　A5/568p/8000 円

工科系学生のための〈リベラルアーツ〉
藤本温・上原直人編　　　　　　　　　　　　四六/220p/1800 円

(すべて本体価格、税別)

歴史認識の時空
佐藤正幸　　　　　　　　　　　　　　　　　　A5/480p/5600円

ヨーロッパ史学史　探究の軌跡
佐藤真一　　　　　　　　　　　　　　　　　　A5/330p/3800円

ランケと近代歴史学の成立
佐藤真一　　　　　　　　　　　　　　　　　　A5/410p/5200円

ビザンツ世界論　ビザンツの千年
H.-G. ベック／戸田聡訳　　　　　　　　　　　A5/626p/9000円

コンスタンティノープル使節記
リウトプランド著／大月康弘訳　　　　　〔知泉学術叢書10〕
　　　　　　　　　　　　　　　　　　　　新書/272p/3300円

ランゴバルドの歴史
パウルス・ディアコヌス／日向太郎　　　　　　菊/302p/6000円

ザクセン人の事績
コルヴァイのヴィドゥキント／三佐川亮宏訳　　四六/336p/4000円

東西中世のさまざまな地平　フランスと日本の交差するまなざし
江川溫／M. スミス／田邉めぐみ／H. ウェイスマン共編　菊/390p/5000円

旅するナラティヴ　西洋中世をめぐる移動の諸相
大沼由布・德永聡子編　　　　　　　　　　　　菊/302p/4500円

変革する12世紀　テクスト／ことばから見た中世ヨーロッパ
岩波敦子　　　　　　　　　　　　　　　　　　菊/488p/6200円

地獄と煉獄のはざまで　中世イタリアの例話から心性を読む
石坂尚武　　　　　　　　　　　　　　　　　　A5/552p/8500円

イタリアルネサンスとアジア日本　ヒューマニズム・アリストテレス主義・プラトン主義
根占献一　　　　　　　　　　　　　　　　　　A5/290p/5000円

ルネサンス文化人の世界　人文主義・宗教改革・カトリック改革
根占献一　　　　　　　　　　　　　　　　　　A5/292p/5500円

イエズス会教育の歴史と対話　キリシタン時代から現代に至る挑戦
桑原直己・島村絵里子編　　　　　　　　　　　菊/560p/7500円

キリシタン時代とイエズス会教育　アレッサンドロ・ヴァリニャーノの旅路
桑原直己　　　　　　　　　　　　　　　　　　四六/206p/3000円

（すべて本体価格、税別）

ゲーテとドイツ精神史　講義・講演集より　[知泉学術叢書11]
E. カッシーラー／田中亮平・森淑仁編訳　　　新書/472p/5000円

ニーチェ『古代レトリック講義』訳解
山口誠一訳著　　　菊/168p/3600円

ニーチェ　仮象の文献学
村井則夫　　　四六/346p/3200円

歴史と解釈学　《ベルリン精神》の系譜学
安酸敏眞　　　A5/600p/8500円

解釈学と批判　古典文献学の精髄
A. ベーク／安酸敏眞訳　　　菊/420p/6000円

〈ケアの人間学〉入門
浜渦辰二編　　　菊/276p/2500円

医学的人間学とは何か？
青木茂・滝口直彦編訳　　　四六/234p/3000円

進化の中の人間　ヒトの意識進化を哲学する
坂本　充　　　四六/310p/2700円

21世紀の「老い」の思想　人生100年時代の世代責任
森下直貴　　　四六/222p/2500円

原子力時代の驕り　「後は野となれ山となれ」でメルトダウン
R.シュペーマン／山脇直司・辻麻衣子訳　　　四六/136p/2200円

平和なる共生の世界秩序を求めて　政治哲学の原点
加藤信朗　　　四六/216p/2600円

生態系存在論序説　自然のふところで誕生した人間と文明の相克
八木雄二　　　四六/304p/2800円

生態系存在論の構築　「ある」と言われるべき「ある」の地平を見いだす
八木雄二　　　四六/312p/2800円

生態系倫理学の構築　生きることの「あるべき」かたち
八木雄二　　　四六/244p/2400円

地球に自然を返すために　自然を復活させるボランティア
八木雄二　　　四六変型/144p/1000円

(すべて本体価格，税別)